[全3册]

约瑟芬·铁伊 推理经典

（英）约瑟芬·铁伊　原著
沈旷　译

中国华侨出版社

图书在版编目（CIP）数据

约瑟芬·铁伊推理经典：全3册/（英）铁伊原著；沈旷译.—北京：中国华侨出版社，2016.3

ISBN 978-7-5113-6010-6

Ⅰ.①约… Ⅱ.①铁… ②沈… Ⅲ.①推理小说—小说集—英国—现代 Ⅳ.① I561.45

中国版本图书馆 CIP 数据核字（2016）第 055866 号

约瑟芬·铁伊推理经典：全3册

著　　者	/（英）铁伊
译　　者	/沈　旷
责任编辑	/文　喆
责任校对	/高晓华
经　　销	/新华书店
开　　本	/787 毫米 ×1092 毫米　1/16　印张 /57　字数 /1455 千字
印　　刷	/北京建泰印刷有限公司
版　　次	/2016 年 7 月第 1 版　2016 年 7 月第 1 次印刷
书　　号	/ISBN 978-7-5113-6010-6
定　　价	/98.00 元

中国华侨出版社　北京市朝阳区静安里 26 号通成达大厦 3 层　邮编：100028
法律顾问：陈鹰律师事务所
编辑部：（010）64443056　　64443979
发行部：（010）64443051　　传真：（010）64439708
网址：www.oveaschin.com
E-mail：oveaschin@sina.com

前 言
PREFACE

约瑟芬·铁伊（1896—1952），一位特立独行的作家。她的每部作品都立意奇特，且充满人性的温暖，既包含了奇妙的悬念，又具有极高的文学价值。

虽然她的一生只创作了八部作品，但却丝毫不影响她在推理史上的地位。她的每部作品都有着各自的独特风格，都让人惊叹不已，而这也让她成为推理史上著名的三人女杰之一（另外两位是阿加莎·克里斯蒂、多萝西·赛耶斯）。

虽然和阿加莎·克里斯蒂齐名，但这二人的作品却有着非常大的不同之处。铁伊的作品，几乎没有公式可循，每一部风格都不一样。这也让她成为一个一生没有任何失败作品的推理大师。

作为一名推理迷，你或许读过阿加莎·克里斯蒂，你或许读过柯南·道尔，但如果你不曾读过约瑟芬·铁伊，那就太可惜了,现在的你,还不能被称为一位资深的推理迷,只有知道铁伊、读过铁伊、喜欢铁伊,才能成为一位真正的推理迷。只有读过铁伊,你才有可能推开智力与人性的另一道门,走入更加广阔的世界。

本书收入了约瑟芬·铁伊一生的所有作品:《排队的人》《一先令蜡烛》《萍小姐的主意》《法兰柴思事件》《一张俊美的脸》《时间的女儿》《歌唱的沙》《博来·法拉先生》。

这些故事情节曲折、案情惊险、结局震撼,作品中用来推动阅读欲望的,不单是情节的张力,还有感同身受的人物命运。阅读时就如身临其境,仿佛亲自感受着每一场惊心动魄的案件,亲自经历着那些激动人心的过程,不到故事的结尾,不到最后一刻,都不忍释卷。

目录
CONTENTS

◆ 排队的人

第一章	谋杀案发	003
第二章	格兰特探长	005
第三章	丹尼·米勒	012
第四章	拉乌尔·莱加德	018
第五章	再话丹尼	023
第六章	地中海人	027
第七章	层层谜团	032
第八章	艾弗里特夫人	041
第九章	探长的意外收获	048
第十章	毅然北上	057
第十一章	卡恩尼施	062
第十二章	追捕嫌疑犯	067
第十三章	耐心等候	074
第十四章	呈堂证供	078
第十五章	神秘别针	084
第十六章	丁蒙特小姐相助	089
第十七章	真相大白	094

◆ 一先令蜡烛

第一章	惊现女尸	103
第二章	她是明星	104
第三章	新闻头条	111
第四章	验尸风波	112
第五章	有利证物	120
第六章	私访聚会	123
第七章	访问哈默	127
第八章	遗嘱迷云	134
第九章	抓捕失败	137
第十章	有人自首	141

第十一章 嫌犯现身	146	第三章	217
第十二章 寻找大衣	149	第四章	220
第十三章 珍贵线索	154	第五章	223
第十四章 找到大衣	159	第六章	231
第十五章 线索断了	163	第七章	237
第十六章 转移目标	166	第八章	243
第十七章 重新开始	170	第九章	251
第十八章 巧遇休斯	172	第十章	257
第十九章 星相演讲	174	第十一章	261
第二十章 追凶隐修士	181	第十二章	266
第二十一章 线索出现	186	第十三章	270
第二十二章 跟踪的收获	189	第十四章	276
第二十三章 哈默的"狡猾"	192	第十五章	281
第二十四章 鬼影来客	197	第十六章	283
第二十五章 真凶	198	第十七章	288
第二十六章 真相大白	201	第十八章	292
第二十七章 完美结局	204	第十九章	297
		第二十章	302

◆ **萍小姐的主意**

第一章	209	第二十一章	305
第二章	212	第二十二章	308

排队的人

第一章　谋杀案发

　　三月的一个晚上，大概七八点钟的光景，整个伦敦的酒吧常客们，如潮水般涌向剧场的售票口，在尽可能的情况下，客人们都会选择购买一楼底层或顶层的戏票。砰砰砰，在一连串的轰响中，周末狂欢的序幕徐徐拉开。可是专门上演传统经典的"赛斯比斯暨特普西凯莉"剧院仍是冷冷清清，四个接待员百无聊赖地杵在圆柱下，眼巴巴地盼望着客人的到来，但环顾四周，空空荡荡。

　　天气寒冷，欧文剧院门口，只见有五个人挤在一块儿互相取暖，很少有人愿意看希腊悲剧。"戏盒子"前一个人都没有，因为并不是对所有人开放，所以逐渐被人给遗忘了。爱伦娜圆形剧场来了一个芭蕾舞剧团，会在那儿演出三个星期，购买顶层座位的人大概十来个，而想要购买底层后座的人却已经排成了一条长龙。与此同时，沃芬顿剧院前的两个售票口都挤满了人，排成两条长龙，还不断有人加入其中。过了一阵子，一名身材魁梧的警卫，费力地挤入了底层后座的人海里，挥舞着他健硕有力的手臂冲着人群大声嚷嚷："所有的座位都已经售罄，只有站位。"他有着结实有力的肱三头肌，像是一头野牛，轻松推开了几只瘦弱的绵羊，直奔剧院大厅后面的玻璃门后面取暖去了。排成长龙的队伍纹丝不动，他们已经排了三个小时的队，寒冷与训斥无法动摇他们。他们嚼着银色锡纸包裹着的巧克力，滔滔不绝地笑谈着，就算是只剩下站位，那些人依然心甘情愿地站着观赏《你难道不知道？》最后一周的公演。这是最后一部旷世之作，是由伦敦人自己编写的歌舞剧，上演了有两年的时间，在公演之前的几周内，正厅与楼厅包厢的座位票就卖了一个精光。年轻女孩不愿意排队，便耍起了小聪明，她们守候在栅栏口伺机贿赂，也有一些企图在售票口插队，可惜都没能奏效。整个伦敦的人都不想错过沃芬顿的戏，盼望着能够大饱眼福。他们期待着高利·格伦这个喜剧大师再抛出新的笑料，格伦是一个幸运的人，他有一个勇敢的经理，将他从火车铁轨上救了下来，并且给了他一个开启崭新生活的机会，显然他把握住了，成为了一名出色的演员。他们渴望感受蕾伊·马科布的温情与耀眼的星光。这颗夺目的明星，在两年的时间里，抚慰着人们空虚的心灵，成为不可替代的存在。蕾伊跳起舞来像是一只斑斓多彩的蝴蝶，蕾伊迷人的笑容，让她在为某牙膏广告代言的六个月里，引领了时尚。大家会用"若即若离，忽近忽远"来形容她的魅力，她的铁杆戏迷，则会用世界上最美好的词语来形容她，有时还觉得不够透彻，还会手足并用来描述她的魅力。可惜如今的美人要远赴美国，这成为粉丝心坎上的痛。

　　在这两年中，是蕾伊·马科布让有如荒漠的伦敦变得多姿多彩。如今每一个观众都想将美人最后的风采镌刻在脑海中。

　　下午五点钟的时候，下起了蒙蒙细雨，冰冷的雨丝，将排队的人淋了一个遍，但却没有人因此而起身离开。虽然天气非常恶劣，但对于观众来说只是不值一提的困难。前面的队伍慢慢蠕动着，躲在暗巷里的街头艺人开始蠢蠢欲动。几个发传单的小鬼首先按捺不住，他们神态从容，目光狡黠，穿过队伍的时候，将手中的传单朝天撒去，像火烧屁股一样在人群中穿过，引得众人一阵惊呼。接下来，在人行道粗糙而湿漉漉的地毯上，一个腿比身子短了一截的人，滑稽地将自己的四肢打成了一个结，有意无意地，让他看起来像是一只蜘蛛；然后，他可怜的蛤蟆眼中精光一闪，在众人猝不及防之下，冲入了摩肩接踵的人群，众人才反应过来，知道自己被耍了。

　　接着上场的是一位演奏流行音乐的小提琴演奏者，他表演得十分投入，完全没有察觉到自己的E和弦高了半个音。紧接着，一名情感丰沛的民谣歌手与一组三人管弦乐团同时到达场地，他们看到彼此，不悦地皱着眉头，几分钟后，民谣歌手先发制人，演唱了一首《因为你唤醒了我》赢得了满堂喝彩。管弦乐团的团长不甘示弱，将吉他丢给他的副手，然后十分隆重地介绍起团中的男高音，现场一片欢呼，男高音十分得意，高昂着头想要与观众互动，可是团长比他高了半个头，无论他怎样努力都被严严实实地挡在了身后。团长紧接着开始介绍其他成员，民谣歌手趁机捣乱，扯着嗓子进行干扰，足足僵持了两分钟，他才骂骂咧咧地躲入了暗巷里，这个时候，管弦乐团才开始慢慢悠悠地演奏最后一支舞曲。这对于看腻了老套戏码的观众来说特别新潮，顿时一切的烦忧全都烟消云散，大家兴奋抖动着脚，挥舞着手，跟着音乐打着节拍。管弦乐演奏完毕，魔术师、传道士闪亮登场，还有一个滑稽演员，用绳结假装将自己绑了起来，最后顺利地上演了一场逃生的戏码，十分有趣。

　　节目精彩纷呈，一个接一个轮番上场，让人目不暇接，每个演员在离开之前都会一字排开，一瘸一拐却坚持不懈地将帽子伸到摩肩接踵的人群中，嘴里说着"谢谢捧场"之类的客气话，期望有人能够慷慨解囊。演出告一段落之后，小贩们瞅准时机纷纷登场，有售卖零食的，有售卖玩具的，有售卖火柴的，还有兜售明信片的。有的观众对这些小玩意儿很感兴趣，有的则用一分钱换来片刻的清净。

　　忽然，人群开始骚动起来了，有经验的人都知道发生了什么事情。观众们手忙脚乱地将脚凳折叠起来，塞进背包，或者干脆将其扔到一旁，吃零食的人也都停下手来，从怀里摸出了钱包，焦急地等待着。一场惊险刺激的赌局上演了，是能够成功购得门票，还是遗憾地失之交臂？一切都是未知数。队伍前面的购票大战非常激烈，大家不再是用几张纸币来换取一场门票，而是明目张胆地砸钱，只为求得一张宝贵的门票，等候了许久的大门突然敞开，让久等了的英国人兴奋异常，他们开始焦急地推搡着前面的人，有的见缝插针，这让售票口挤成一个沙丁鱼罐头的观众再度压缩，只有这样，他们才能够尽快地挤到售票口。说起遵守秩序，英国人显然要比苏格兰人要差了许多。一笔笔交易飞快地进行，叮叮当当的硬币落在黄铜盘子上，好似大珠小珠落玉盘，每一个买到票的幸运儿，都欢呼雀跃，从拥挤的人群中解脱了出来。后排的人越发焦急，本能地朝前挤去，直到前面的人被挤得喘不过气，大声呼救，警察才过来维持秩序。"喂喂，大家一个一个来，都会买到票的，不用着急。"不时的，有几个人从人群中挤了出来，如蒙大赦一样欢呼雀跃。这个时候，队伍才能向前挪动几寸。售票口前，一位身材臃肿的胖太太似乎准备的钱不够，笨拙地掏出钱包。她本就应该事先准备好足够的钱的。她这样磨磨蹭蹭，让后面的人非常生气。忽然，胖太太似乎感受到了敌意，转过身来朝着身后的男人嚷嚷道，"喂，你要是不推我的话，会显得很有礼貌。你们再蛮不讲理，我也要优雅地掏出我的钱包。"

　　然而遭到训斥的男人并没有做出回应，低垂着头。胖太太不忿地翻了一个白眼，冷冷哼了一声，转过身来，把掏了半天的钱放在了售票口。她没有察觉到的是，身后的男人缓缓瘫软在地，膝盖着地。后排焦急等待的观众，眼睁睁地看着他跪倒在地，接着软绵绵地趴倒在地上。

　　"这家伙似乎昏过去了。"有人惊呼了一声，却没有人敢上前搀扶。在这个时候，每个人都十分现实，生怕自己排了一整天的队，因为一时的善心而前功尽弃，心中想着总会有人伸出援手来帮助小伙子。可惜，没有一个人伸出援手相助。他们一个比一个自私自利，没有人愿意伸出手来帮助已经虚脱的小伙子。小伙子慢慢倒下，全身松软开来，背上的刺伤处汩汩冒着鲜血，触目惊心。这让后排的人尖叫着躲避了开来，有个女人叫声凄厉，好似被踩到了尾巴的猫咪，原本不断推搡的人群，忽然间静止不动了。

　　天花板无罩灯的清冷白光照射而下，男人孤单地瘫软在血泊中，周围的人群纷纷避让开来，让出了一圈空地。人们可以清晰地看到男人的装扮。一把银色的家伙，斜插在男人的灰呢外套上，闪烁着不祥的光芒。

　　是一把邪恶的匕首。

　　众人纷纷大声呼号，请求着警察的帮助，这个时候，警察慌忙从别的队伍中赶了过来。事实上，女人的一声凄厉的呼叫，就让警察感觉有些诡异。除非有人不幸丧命，否则没有人会喊得如此撕心裂肺。警察审视着现场，足足有一两分钟的时间，遇害者身体蜷卧在地，像是一只虾米，他把男人的脸转向了光线更明朗的一面，然后松开手，对柜台里惊慌的人吼道："快打电话，让警察与救护车过来！"他惊魂未定地转过身来，看向身后排队的人。

"有谁认识这位先生吗？"

没有人回答警察的话，一个个盯着地上的遇害者缄默不语。

排在遇害者身后的是一对夫妇，他们看起来生活美满，十分幸福，然而此时，女的正面无表情地抽噎着，"求求你，吉米，带我回家吧，我不要看演出了，这是一场噩梦。"刚刚买到票的胖太太，被突如其来的变故给吓得僵住了，她带着黑色棉质手套的手，攥紧了手中的票，庆幸自己顺利买到了一张票。而后排的人，则像是后知后觉一样得知有人被暗杀了！这个噩耗，让有些人心情沉重，丧失了玩乐的兴趣。有些冷漠的人拼命地挤到前面来企图看看热闹。有些愤愤不平的人，觉得应该保留他们排了好几个小时才抢到的位置。门廊斜坡上的群众看到前面一片混乱，近乎绝望地来回打转。

"吉米，求求你，带我回家吧，拜托！"

吉米叹了一口气，终于开口道："亲爱的，我们现在可能回不了家，只有得到警察的准允，我们才能够回家。"

警卫听到吉米的话，严肃地点了点头，"你说得对，你们前面的六个人，都不准离开。还有这位夫人……"他转头看向了胖太太，"无关的人继续排队买票。"他挥舞着手臂嚷嚷着，像是一个维持秩序的交警，正在指挥车辆绕过抛锚的车子。

吉米的夫人哭得越来越厉害，而胖太太则非常不满，不断地大声抗议，她认为自己只是一个观众，对遇刺的男人一无所知，不应该遭受牵连。排在吉米夫妇身后的四人也大声抱怨着。对他们来说，看不成演出已经够糟心的了，居然还陷入了一场麻烦之中。而且谁都无法预料要等到什么时候，才能够脱离干系。对此，他们情绪激动地表示自己与此事毫无关联。

"或许吧，"警察解释道，"按照规定，你们都得去局子里将知道的情况说明，放心，我们不会为难你们。"然而在这样的情况下，警察的劝说显然没有什么作用。

剧院的工作人员从门房找来了一块绿色的毯子，将冰冷的尸体盖住。不一会儿，自动打印机的声音、哗啦啦的硬币声又响了起来，听起来格外刺耳。门房似乎非常同情现场的观众，一改往日耀武扬威的架势，答应给他们预留一些座位。不知道是想让他们对此感恩戴德，还是想从中赚些好处。不久，高布里奇警署的警官呼啸而至，救护车也迅速赶到现场。七位滞留下来的证人在一个探长的询问下，分别做了简短的笔录，留下了地址与姓名。探长告诫他们，只要警察局传唤，就必须要随时随地接受调查，然后挥了挥手，让他们自行离去。吉米搂着哽咽不止的妻子乘着一辆计程车离去，剩下的五个人镇定地走入了剧场中，找到了门房预留下来的位置，这个时候，《你难道不知道？》演出的序幕才徐徐拉开。

第二章　格兰特探长

巴尔克警督按响了桌下象牙色的按钮，他的指甲精心修剪过，平整光滑，很快他的下属出现在他的面前。

"让格兰特探长来见我。"他吩咐了一声。来人是一个胖子，本来见到长官极力想要奉承巴结，可惜肚皮太大，站着的时候身体微微后仰，从巴尔克警督的角度看过去，这完全就是一个傲慢无礼的姿态。这位下属仿佛是意识到了自己的弄巧成拙，尴尬地前去传达消息，同时将记忆里那些让人发笑却总是不断上演的糗事藏在心底。很快，格兰特探长进入了办公室，愉快地与巴尔克警督与在场的每一个人打着招呼。格兰特探长的到来，让巴尔克警督的心情明媚了许多。

格兰特恪职尽守，有勇有谋，值得一提的是，他的模样与警察的形象反差很大。他身材中等偏瘦——我如果用风度翩翩来形容他，你多半会将他与天生衣服架子一样的模特联系起来。但要是你看到一个衣着得体，却又比衣服模型要鲜活的人，准是格兰特没错。为了能够跟上格兰特的时尚品位，巴尔克警督这些年来一直不遗余力，可惜收效甚微。客观地说，他只是比起以前更加注重穿着打扮而已。事实上，对于绝大多数的东西，巴尔克都缺乏鉴赏能力，穿着打扮只是其一。他总是忙碌个没完，尤其是扯着同事陪他熬夜加班的时候，大家都会觉得非常讨厌，背地里诅咒他早点离开人世。

昨晚巴尔克因为坐骨神经痛的缘故失眠了，他很庆幸自己今天还能够准时上班，他微微抬起头来，欣赏地看着格兰特这位得力干将，他的目光十分清澈，不含一丁点的杂质，清晨和煦的阳光洒落下来，让人感觉非常亲切。

"高布里奇又出事了，"他说道，"高尔街那边说有人在暗地里捣鬼，当然这只是谣传。"

"又有人中计了吗？"

"没有，但加上昨晚的那起案子，他们三天来已经发生了五起重案了，他们崩溃了，希望我们能够帮忙将最后一起案子接过来。"

"你说的不会是剧院排队被暗杀的那件案子吧？"

"猜的没错。现在我决定将这件案子交给你来接手，彻底查清此案。哦，对了，我将巴伯派到伯克郡去了，纽贝里的抢劫案需要他来处理。所以只能让威廉姆斯给你当助手。你也清楚，纽贝里那边我们是在求人办事，必须得阿谀奉承，在这方面，威廉姆斯比起巴伯来要差远了。好了，你立刻前往高尔街，祝你马到成功。"

半个小时后，格兰特向高布里奇警方的法医了解情况，得知被杀男子在送到医院之前就已经丧命。凶器是一柄锋锐的匕首。凶手将匕首从死者脊柱左侧奋力插入他的后背，蛮横的力量使得他的外套紧贴皮肉，血液只能够勉强从伤口渗出，所以没有鲜血四溅的景象。据格兰特判断，男子直到排在他面前的人朝前方移动，他才失去了平衡，倒在地上，死亡应该有十多分钟了。昨天晚上人潮汹涌，他极有可能被人挤在中间，随着队伍朝着前方移动。事实上，在沙丁鱼罐头一样的人群中，就算是想要倒下去都没有空间。格兰特觉得男子多半没有预料到自己会遭遇不测，所以当他毫无痛苦地在混乱、拥挤、跌跌撞撞的人群中突然倒下时，没有人会为之在意。

"凶手是什么情况？在杀人的过程中有没有特别之处？"

"应该是个健壮的男人，而且是个左撇子，没啥特别的地方。"

"为什么说是一个男人？"

"当时的那种状况，根本没有足够的空间来挥刀发力，凶手直接将匕首插入了男人的后背，出手干净利落，女人不可能有这样的用刀力量。"

"死者是什么情况？"格兰特继续询问，他非常乐于倾听一些有科学依据的观点。

"死者满面红光，看起来营养不错，其他的暂时还不了解。"

"精明吗？"

"看起来很精明的样子。"

"他是哪种人？"

"你是问他的工作吗？"

"不，这个我能猜个八九不离十。我是问他是哪一种类型的人？对了，在你们的行话中应该得这样说——他是哪种性格类型的人？"

"哦，懂了。"法医沉吟了一会儿，颇为纠结地看向格兰特，"这个恐怕很难描述得很清楚，你懂我的意思吗？"格兰特微微一笑，点头赞同，"我觉得可以将他归类于一事无成的那种人。"他扬了扬眉头看向探长，等到探长明白了他的意思之后，继续补充道："他看起来像是一个空想主义者，他满面沧桑，这是岁月的沉淀，但他的手却白白净净，你们一会儿来看看就知道了。"

他们一同查看了受害人的尸体。男子一头金发，有着红褐色的眼睛，个头中等，身材瘦削，约莫29岁到30岁的光景。他的双手像是法医描述的一样，又细又长，一看就不像是干体力活的人。法医的目光看向了男子的双脚，"死者可能站立的时间太长，以至于左脚趾向内弯曲。"

"你认为凶手是不是研究过解剖学？"格兰特好奇道，他不敢相信那么细小的伤口能够瞬间使人致命。

"看起来不像是外科医生的刀法，至于你说的解剖学，我想但凡是经历过战争的老兵，多多少少都一些解剖学的常识。当然了，也有可能是歪打正着。"

格兰特由衷地感谢法医的帮忙，然后带着高尔街的警察继续侦查案件。桌子上堆着一些从被害人口袋中搜出来的一部分遗物。一小堆的零钱——两枚半克朗的硬币，两枚六便士的硬币，四个一便士硬币，一个先令，还有一个半的便士。一条白色棉质的手绢，没有在上面找到任何一家洗衣店的标志，也没有名字首字母的拼写。出人意料的是还有一把军用的左轮手枪，子弹是满膛的。

气氛变得十分压抑，格兰特翻来覆去地检查着。"他的衣服上也没有找到洗衣店的标志吗？"他问道。

"没有在死者的身上找到任何标记。"

"有没有人来认领尸体？总该有人来打听死者的消息吧？"

"有一个老疯婆子来过。事实上，只要警方发现了意外遇害的尸体，这个老疯婆子都会过来认尸。除此之外，并没有别的人过来。"

既然如此，格兰特只有自行查看衣服，并且判断它的来源了。他查看布料，每一个物件都查得极其仔细。鞋子与帽子的款式比较好，虽然破旧但不会让人感觉寒酸。帽子是在一家大商场购买的，这个牌子在全英格兰与其他的各个省份都有连锁机构。鞋子很旧，商标都被磨没了。男子穿得比较时尚新潮，蓝色的西服与灰色的大衣剪裁得都非常得体，是亚麻布料，这是一种上等布料但也不会太贵。衬衫更是时下比较流行的颜色。单从穿着打扮上来看，这个男子要么本身比较注重个人形象，要么平时总跟一些新潮的人士来往，当然了，他也有可能是一名男装店的店员。与高布里奇警方人员所描述的一样，这个男子的身上找不到任何洗衣店的标志。这说明他要么习惯自己在家洗衣服，要么就是为了隐瞒身份而刻意为之。不过从衣服上来看，并没有刻意摘掉标志而留下的痕迹，这说明第一种情况更为合理一些。但是换一个角度来看，西装的标志也被有意识地去除了，而且随身携带的物品非常少，这说明男子似乎有意识地掩饰自己的真实身份。

最后一件遗物就是那把邪恶的匕首了。匕首设计颇为精巧，刀柄是银质的，大概有三英寸长，上面镌刻着一个满脸胡须、身穿法衣的神像，看起来很像是基督教国家惯有的那些装饰考究的圣像，全身散发着耀眼的光晕。这种匕首使用的时候要非常小心，在意大利与西班牙的南部海岸可以轻易买到。

"除了凶手之外，还有谁碰过这把匕首？"格兰特询问道。

"这把匕首在男子送到医院之后才取下来，还没有人接触过。"警员回答道。

当得知指纹检验的结果是一片空白的时候，格兰特变得非常失望，真是见鬼，在光亮圣洁的神像表面，居然连半点的指纹都找不到。

"我把这个拿回去做研究用。"格兰特临走之前交代威廉姆斯去提取死者的指纹，并将左轮枪拿去做性能测试。表面上看来，这就是一把稀松平常的军用左轮手枪，在这连年征战的英国，早已屡见不鲜。不过我曾介绍过，格兰特是一个更信任科学权威的人。他独自乘着一辆出租车离去，然后耗费了一整个下午的时间询问七个证人，这七个证人都是男子遇害时距离最近的目击者。

出租车急速行驶，格兰特思考着案情的进展。之前见过的七个证人，对于案件没有什么帮助，一开始他们就不约而同地表示自己对受害男子一无所知。案件拖到现在，他们不太可能再提供什么新的线索。而且，要是真的有这么一个人认识死者或者与死者相熟，抑或是有了什么线索，他肯定在第一时间就和盘托出了，绝对不会隐瞒到现在。以格兰特的经验来说，百分之九十九的人说的消息都没有用，还有一个会选择默不作声。况且，从法医的尸检报告来看，死者被发现的时候早已中刀多时了，就算是再蠢笨的凶手，也不会在行凶后待在案发现场等着被人发现。假设凶手一反常理，故意留在案发现场虚张声势，那么，凶手与死者之间的关系，想必非常复杂，不是用常理能够推断的。很多时候，凶手会觉得最危险的地方就最安全。不过这个可能性非常小。要是有人看到死者生前与什么人交谈过，那么格兰特最好能够找出这个人来了解情况。当然了，凶手有可能从始至终都没有跟受害人有过交流，只是默默地排在受害人的背后，行凶之后再悄无声息地离开。如果是这种情况，肯定有人中途离队，只要找出目击者就行了，只要找到媒体帮忙应该就能够尽快解决。

格兰特尝试着在脑海中勾勒凶手的模样。通常情况下，英国人不会使用匕首来行凶，即便是用铁器，也完全可以用剃刀来割喉。而他自己习惯的方式，是用棍子来解决问题，而不是枪。很显然，这是一起违反了英国人思维习惯的凶杀案，而且精心策划，最终也得以成功执行。作案手法带着阴柔气息，像是地中海沿岸岛国的风格，凶手至少在那生活过一阵子。也许是一个到过地中海沿岸的英国海员干的，只是一个海员会有如此缜密的思维，会想到在排队的时候行凶吗？他完全可以在深夜无人的时候，在一条偏僻的街道上行凶杀人。如此生动的杀人方式，绝对是地中海式的。这一切勾起了格兰特想要一探究竟的兴致，这样的手段他之前可从来没有见到过。

格兰特开始思考凶手杀人的动机，惯常的都是因为复仇、偷盗、嫉妒、恐惧。偷盗可以首先排除，在那样拥挤不堪的环境中，再笨拙的小偷都能够将死者偷个精光，所以根本不需要行凶杀人。那么是因为复仇？这很有可能。地中海沿岸的人都是有名的玻璃心，受到一次侮辱，一辈子都难以释怀。因为嫉妒？也有可能。一次偶遇的女孩冲着地中海沿岸的男人嫣然一笑，他们就有可能发了疯一样地冲过去。不用怀疑，拥有红褐色眼睛的死者外表十分帅气，莫非是他抢了一个地中海东部男人的女友？

不知道为什么，格兰特本能地推翻了这个可能。倒也不是完全排除了这种可能性，他只是觉得作案动机不会与此相关。忽然，格兰特脖子一凉，似乎想到了什么——死者身上的左轮手枪是为了对付凶手的吗？如果死者本来是准备用枪射杀凶手的话，那凶手是不是因为恐惧而下手的？或者在凶手要下手的时候，死者原本是准备拔枪自卫的，只是没来得及？可是从物证来看，至今都未能查明身份的死者曾故意隐藏身份，这种情况下，一把上膛的手枪会不会意味着自杀？可是如果死者想要自杀，他为什么要耗费大量的时间来排队看演出？究竟是什么缘故让一个人刻意地隐藏自己的身份？因为曾经与警察有过冲突而担心被捕？或者是他想要杀人，因为害怕失手而暴露身份？这些猜测都有可能。

至少有一点可以肯定的是，凶手与死者应该是老相识，并且曾发生过摩擦。民间曾经盛传一些神秘的团体，专门设计一些五花八门的谋杀手段来行凶，对此，格兰特是不相信的。虽然说那些乌合之众实施抢劫、勒索的时候只是以此为乐，但从格兰特的经验来看，这些人的手法比较单一，并没有什么怪招。再说了，目前也没有秘密社团在伦敦的地界上活动，当然了，格兰特希望永远也不要有这样的社团。这起谋杀案实在是蹊跷，好像是一个地中海人与死者之间的一场情感对决，或者说是智力游戏。不管如何，他必须尽快确定那名死者的身份，这样才能打开突破口。可为什么直到现在都没有人过来认尸？当然了，现在可能还早，也许几天后就有人过来认领了。毕竟，死者目前只是消失了一夜而已，很多人都有夜不归宿的时候，家人不会因为这样的事情专程过来认尸。

格兰特耐心仔细地审问了七个证人，时刻保持高度警惕，不过很明显的是，他根本没有打算从他们的口中得到什么有价值的线索，只是按照惯例走一遍程序，以便于自己总结材料。格兰特察觉到，除了詹姆斯·拉特克利夫太太因为惊吓过度而被送入医院休养，其余的人都像往常一样忙着自己的事情，没有受到一丁点的影响。因为身体原因，拉特克利夫太太的妹妹代替姐姐接受了盘问。她长得十分甜美，有着一头蜜色的头发，进入会客室的时候一脸愤怒，她觉得在姐姐身体不适的情况下，哪怕是警察也不应该打扰姐姐休息。不过，当她真的看到警察时，还是颇有些不安的，本能地又检查了一遍证件。对此，格兰特内心觉得好笑，但是表面上却不露声色。

"看得出来你不欢迎我，"格兰特一脸歉意地说道，语气并不生硬，"我只需要两分钟的时间来跟你的姐姐谈谈。你可以在门口掐着表计算时间。当然了，你要是想跟我一同进去也可以。我要向她询问的事情并不值得保密。只是因为这个案件由我来负责，有责任向案发当晚的七个证人搜集讯息。要是我今晚就能够排除他们作案的可能，那么明天我就会努力寻找新的线索，这只是例行公事，希望你能够理解。"

不出意外，格兰特的一席客套话十分奏效。女孩略一沉吟，就点头道："我试着说服她。"她转回病房肯定帮格兰特说了很多的好话，因为她很快就回来了，把格兰特一行人引入了姐姐的病房。格兰特终于能够见到这个至今都在哭哭啼啼的女人。她坚称直到死者倒在了地上，自己才注意到队伍中有这样的一个人。她用手绢紧紧捂着嘴，蒙眬的双眼中满是惊恐与不解。格兰特希望她能够放下手绢，因为他一直觉得女人的嘴，总是能够比眼睛泄露出更多的秘密。

"死者瘫倒的时候，你站在他的身后吗？"

"没错。"

"那你看到谁站在他的身边了？"

她记不太清楚了，她平时上街很少注意别人，更何况那天大家的注意力都在即将开演的节目上，没有人会去关注别的事情。

"不好意思，"她在格兰特起身离开的时候满怀愧疚地表示，"我非常想要帮上你的忙，帮助你们及早将凶手缉拿归案。"格兰特将她排除了嫌疑，挥手告辞。

格兰特开车去市内向她的丈夫了解情况，虽然他完全可以将七个目击证人同时传唤到警局，但他并没有这样做，他很想看看这些目击证人在谋杀案的第二天，都在忙一些什么样的事情。没准儿能够从中看出一些端倪来。格兰特进门后，主人表示昨天夜里发生的谋杀案，如今已经传遍了整个街区，现在每一家每一户都非常警惕。在格兰特的询问下，他想起站在自己面前的是一个男人，他紧挨着死者，与这个男人一同前来的还有前面的四个人，他们一同离去。在格兰特的询问下，主人的回答与他的妻子如出一辙，他是在死者倒地之后才注意到队伍中有这个人。

格兰特在调查了剩下的五个人后，得到的结果都差不多，对案情没有什么帮助，所以全都排除了嫌疑。让格兰特感到有些不可思议的是，在案发之前没有一个人注意到死者。竟然没有一个人注意到死者？死者可是始终都站在队伍当中的啊？在那种拥挤的状况下，要是有人插队，一定会引来众人的谩骂。另外，即便每一个人都没有观察别人的习惯，但排了那么久的队，队伍中有这么一个人，总该有人注意到吧？这个疑点，直到格兰特回到警局都没能想明白。

格兰特很快就向媒体发出了通告：若是有人在案发的当晚目睹有人离开队伍，请立刻与苏格兰场取得联系。这个通告还附有案件的进展情况与死者的详细信息。接着他将威廉姆斯召回，询问他那边的进展。威廉姆斯汇报说，已经获取了死者的指纹，并且送到了鉴定科，但警方尚未找到与其匹配的信息，也就是说暂时还无法确定死者的身份。枪械专家检查了死者的左轮手枪，那是一把二手枪，有些年头了，足以使人致命，但却没有什么有价值的发现。

格兰特十分不满地冷哼了一声，"没用的专家！"威廉姆斯无奈地摇头一笑。

"嗯，专家反复确认过，并没有什么特别的地方。"威廉姆斯继续报告，"将左轮手枪送交给枪械专家之前，我已经取下了很多个指纹样本。现在我正等着检验的最终结果。"

"干得好！"格兰特赞赏道，紧接着他就带着死者的指纹样本去找警督。他向巴尔克提交了一份全天的询问报告，非常详细。格兰特在汇报的时候，提到了这场凶杀案有点另类，不太英式，但并没有将自己的推断说出来——他觉得这场谋杀案的凶手很有可能是一个外国人。

"看来，我们的线索都是一些毫无用处但又非常宝贵的线索。"巴尔克道，"我怎么感觉这场谋杀案像是出自于侦探小说，除了那把真实存在的匕首，让人感觉不到一丁点的真实。"

"我也是这么想的，"格兰特回答道，"我很想知道，在发生命案之后，今晚沃芬顿剧院还会有多少人前去排队。"他漫不经心地接话道。

这时，威廉姆斯走了进来。

"长官，这是从左轮手枪上提取的指纹图像。"他简短地说着，将文件放在了桌子上。格兰特漫不经心地拿起来，与自己之前采集的指纹比对了一番。忽然间，纸上一个箭头所指方向的东西吸引了他的目光。上面标注有五个清晰的指纹，还有许多个不完整的指纹，但无论是否完整，显然都不属于死者。指纹图像还附有一份从鉴定科拿来的鉴定报告，这些指纹与警方所掌握的信息无法相配。

格兰特走回了自己的办公室，陷入了沉思。现有的调查结果有什么价值？难道这把左轮手枪并不属于死者？或者是死者借来的？或者这枪并不属于死者，是有人暗中将手枪塞入了他的口袋？可是，想要将一把军用左轮手枪悄无声息地塞入别人的口袋，这不太可能。要知道，军用的左轮手枪可是一个大家伙。当然了，要是在行凶之后，再神不知鬼不觉地将左轮手枪塞入死者的口袋，就有可能了。可是他为什么要这么做呢？格兰特感觉疑云重重，就算是最牵强的可能都想不出来。他将匕首从包装盒子里取了出来，仔细地放在显微镜下观察，然而却是一无所获。现在刚过五点钟，格兰特准备出去透透气。他打算去沃芬顿剧院一趟，找案发当晚的门房了解一下情况。

天空晴朗，黄昏的天幕布满了淡黄色的云朵，笼罩着紫色雾霭下的伦敦城。格兰特深吸了一口新鲜空气，感觉春天要来了。如果他想要追踪地中海人，他就得想出一个理由请假，实在不行就请病假，然后找一个好地方钓鱼。应该去哪儿呢？苏格兰高地显然是最好的选择，可惜那边的人不怎么样。他也可以去斯托布里奇那边的泰斯特钓鳝鱼，虽然很无趣，但那里的小酒吧别有风味，而且民风淳朴，他可以在草地上遛马，或者策马狂奔。

他迈着轻快的步伐，将手头上的案件全抛之脑后。这就是格兰特惯有的行事风格。巴尔克有一句箴言是这样说的，"你必须要反复地思考，不断地思考，日日夜夜地思考，最后一定能够找出症结所在。"也许这种行事方式对于巴尔克很管用，但格兰特却不吃那一套。格兰特曾经反驳过巴尔克，他认为自己不断地思考，除了会让自己的下颌感到疼痛之外，将一无所获。格兰特觉得自己一旦碰上棘手的难题时，自己就变得焦虑不安，这不仅无法解决问题，还会导致自己的思维越来越混乱。所以，每当找不到突破口时，他就任由自己闭目休养，等他睁开眼睛时，往往新的突破口就随之而来，意想不到的角度会让原先非常棘手的问题，一一得到转化。

下午的时候，沃芬顿剧场正有日场的演出，格兰特发现前场一个人都没有，后场则是一片狼藉。门房不在，没有人知道他的去向。去剧院里各个地方通风报信的人气喘吁吁地报告，"长官，我们都找遍了，没有找到门房。"无奈之下，格兰特也加入了搜寻的队伍，终于在后台的一个狭窄的通道中将门房给堵住了。门房显得很紧张，当格兰特表明了自己的身份之后，门房又变得非常热情，开始口若悬河地讲了起来。他平日里只能远远地对贵族们行礼，没有什么机会跟来自于刑事调查局的高级探长友好交流。他满脸堆笑，整了整帽子的角度，理了理胸前的领带，濡湿的手心不断地在裤管上擦拭着，那谄媚的姿态似乎只要能够取悦探长，就算是让他承认案发当天在队伍中看到了一只猴子也没有问题。格兰特冷哼了一声，他保持着惯有的做事态度，他从一个旁观者的角度来看待一切的问题，煞有其事地欣赏着这个老头的表演。谈话尚未开始，格兰特就以职业警察的第二条专业素质预判到了结果，所以他准备礼貌地跟这个热心却没有用处的老头告辞。此时，一阵迷人悦耳的声音传来，"哟，这不是格兰特探长吗？"抬头望去，一眼就看到穿着便装的蕾伊·马科布，看起来她似乎正准备去更衣室。

"你是在找工作吗？这个时候，你就算是想要找一个巡警的活儿都不会成功。"她微笑着揶揄着格兰特，低垂的灰色眼瞳十分友善地看着他。他们一年前就认识了。当时蕾伊有个非常贵重的化妆箱遭窃，那可是一位非常有钱的粉丝赠送给她的礼物。格兰特帮她处理了这件事。此后两个人未再谋面，但蕾伊对格兰特依然记忆犹新。虽然格兰特一向低调冷静，但他还是非常得意，情不自禁地开怀大笑起来。格兰特告诉蕾伊他是为了公事而来，蕾伊的笑容顿时黯淡了下去。

"死者真是可怜。"蕾伊说道："你是不是整个下午都在审问证人？真是可怜。我想你一定口渴了吧？走，去我房间喝点水。我的女仆就在那边，她会为我们料理好的。我们这么久没见了，要好好聊聊。"

她将格兰特引入了更衣室，房间一半是一面大镜子，一半是衣橱。与其说这是更衣室，不如说它是一间花店。蕾伊顺手拿起一束花，轻轻摇动。

"我收到的花太多了，我的公寓已经放不下了，所以只能留在更衣室。我的粉丝派人送花过来，非常礼貌又十分坚定，我只能恭敬不如从命，总不能像是参加葬礼一样告诉观众，让他们不要送花过来，这样太伤人了。"

格兰特微微一笑，"这是粉丝的心意，他们也只能以这样的方式表达对你的喜欢了。"

"我知道。"蕾伊说道："我非常感激他们，但实在是太意外了。"

女仆将茶水送了过来，又从铁皮罐中拿出了一些精致的小点心，蕾伊站起身为格兰特倒茶。格兰特缓慢地搅动着茶水，看着蕾伊往自己的杯子中倒水，忽然惊讶地抽搐了一下，活似被人踩到了尾巴的猫咪——蕾伊居然是个左撇子。

"见鬼！"格兰特甩了甩头，喃喃自语道："今天我虽然不能休息，但我似乎必须要休息一下了。我为什么会对这个特别在意？全伦敦有多少的左撇子？为什么要在意蕾伊？看来我是太紧张了。"

"你习惯用左手。"格兰特脱口而出，这么说，一来是他脑海中浮现的第一个想法，二来也是为了打破沉闷的气氛。

"是的。"蕾伊漫不经心地回答道，又很正常地询问起案件的进展。格兰特将报纸上刊登的一些讯息告诉给她听，特别地提到了凶刀，这是整个案件最为有力的证物。

"刀柄的位置，有个小小的银质圣像，装饰着红蓝相间的彩釉。"

蕾伊平静的双眸中，忽然闪烁了一下。

"你刚才说什么？"她情不自禁地问道。

格兰特原本想问："难道你见过类似的东西吗？"不过，很快他就打消了这个念头，因为他知道答案肯定是否定的，再说了，他已经掌握了一些线索，并且察觉到之前未曾注意到的细节，于是他又耐心地描绘了一番凶刀的各种特征。

"一个圣像？真是一个离奇的案子，你负责如此古怪的案子，我觉得你要找高人为你祈祷了。"

蕾伊优雅而冷静地伸出自己的左手，往格兰特的杯子中倒水，格兰特注意到她不动声色的神态与非常有力的手腕，心中暗自琢磨，她这么冷静是否合乎常理。

"凶手不可能是蕾伊。"格兰特暗忖道："我最近肯定是被各种奇怪的事情给折磨得疲惫不堪了，要不然也不会产生幻想。"

两人开始谈论起美国，这是蕾伊即将探访的第一站，也是格兰特非常熟悉的一个国家。当格兰特告辞的时候，他非常诚挚地感谢蕾伊的热情招待。事实上他早就忘了喝的是什么茶，也没有在意是不是早就过了吃饭时间。他从房间出来后，向门房要了火点燃了一根烟，在与门房的攀谈中，他得知蕾伊自从昨晚六点钟的时候，就一直待在化妆间里，直到第一场演出快要开始的时候，叫场的跟班莱辛才将她从化妆间中请出来。门房夸张地扬着眉毛，说道："莱辛先生在那里。"

格兰特点头一笑，走开了。在返回警署的途中，格兰特却高兴不起来。蕾伊眼中一闪而过的光芒到底是为了什么？如果不是恐惧，那就一定是认出了什么？对，肯定是这样。一定是她认出了什么。

第三章　丹尼·米勒

格兰特张开双眼，盯着天花板陷入了沉思。其实，在睁开眼的最后几分钟他是醒着的，可睡眠残留的混沌与清晨的清冷让他本能地拒绝思考。虽然脑海中的逻辑思维没有完全苏醒，但他却越来越发现自己心情低落。仿佛有什么非常糟糕的事情在等着他。这种感觉非常强烈，将他仅有的睡意一扫而空。他瞪着双眼，怔怔地盯着朝阳映衬着的天花板与悬铃木的影子，不由得忧心忡忡。今日已是他接手案子的第三天了，通常来说早就应该进行相关证物的审查工作了，可目前为止他手中没有一件证物值得继续检验，更不要说找到什么相关的线索了。

他回忆起昨日的情况。直到昨天早上为止，仍然没有人来认领尸体。他把一条崭新的领带交给了威廉姆斯，让他去伦敦的各个角落搜寻一番，这条领带是死者身上最具个性特征的证物。与死者身上的其他衣物一样，这条领带同样是经商的人士所佩戴的普通样式。格兰特只是心存幻想，没准儿哪一个记忆力超群的售货员想起是谁买走了这条领带。当然了，就算是售货员记得是谁买走了领带，购买领带的人也未必就是警方所要寻找的人。在伦敦这样的大城市，同样款式的领带在"费什兄弟"的一家店，就能够卖出很多条。但是，就算是仅有一线希望，格兰特也不愿错过。威廉姆斯准备出门的时候，格兰特的脑海中忽然浮现出了一个念头，死者生前有可能是某家服装店的售货员，这样一来他完全不需要去店里买衣服。很有可能，死者就是"费什兄弟"公司的售货员。"去调查一番。"格兰特对威廉姆斯吩咐道："看看哪家公司的职员对死者这样的员工有印象。另外，若是你看见或者听到了什么有意思的事情，无论你觉得是否重要，回来都要事无巨细地向我汇报。"

等威廉姆斯离开后，格兰特翻开了晨报，不过他没有观看谋杀案的各种报道，而是径自看向下面的个人信息专栏。可惜，并没有什么发现。报纸上刊登着他与警督的大幅照片，标题是"格兰特探长负责侦查剧院购票谋杀案"，这让格兰特眉头紧皱。"愚蠢！"他大声斥骂，放下了手中的报纸，开始梳理伦敦各大警察分局上报的失踪人口的名单。在五个失踪人口中，有一个来自于达勒姆小镇的青年男子，与死者非常相似。格兰特费了一番工夫，总算是接通了达勒姆镇的警察局。但得到的消息是，这个青年本来是一个举止粗暴低俗的矿工，如此一来，无论是矿工的身份，还是低俗的举止，都与死者不太吻合。

整个早晨，格兰特都在准备问讯的材料与必要的手续。快要到中午的时候，威廉姆斯从设立在斯特兰德的"费什兄弟"公司一家最大的分公司打来了电话，他显然忙碌了一个上午，但却一无所获。非但没有人记得谁买过同样的领带，甚至连卖过这种领带的事情都完全没有印象。因为最近他们公司的库存里，没有这种款式的领带。于是，威廉姆斯前往公司的总部，向经理询问了一些情况。经理建议威廉姆斯将领带送往诺思伍德的工厂，那里记录着过去一整年中各种款式的分销地点。于是威廉姆斯打电话回来请示,是否能够将领带交给经理带去工厂。

格兰特点头同意,心里暗暗赞赏威廉姆斯办案的能力与热情。这件事情要是落在其他中士身上,他们也同样会出去巡查,逛遍整个伦敦,这是他们的职责所在。但是他们肯定会对这件事情不抱什么希望。要知道,"费什兄弟"的公司分店遍布整个苏格兰与英格兰,想要从上百家分店中找到同样款式的领带,无异于大海捞针。从威廉姆斯汇报的情况来看,想要找到的希望非常渺茫。

这种领带一盒有六条,是同一种色彩,只是色度略微有些差异。通常同一种色度的领带,只会拨给下属分店一到两条。真要是这样,那么售货员就非常有可能记得谁买了领带。这要比同样色度的领带销售给了某一位顾客要好记很多。格兰特一边以侦探特有的敏感来认真地听汇报分析,同时又能够像一个闲人一样惬意地欣赏着中士的销售行话。"费什兄弟"的经理只用了短短半个小时的时间,就改变了这个下属简单明了的讲话风格,威廉姆斯此时满口术语,讲话考究,这让人感到极为惊讶。听着他仔细的推理分析与流畅的话语,格兰特好似看到了一副古怪的电视画面,脑海中慢慢浮现出了经理的形象。即便没有什么有趣的收获,但他还是向威廉姆斯表达了感谢。这是格兰特的魅力所在,要是有人讨好他,他总是会给对方表明自己的欣赏的态度。

午后,格兰特将匕首送到了实验室进行分析,不过也没有指望会有什么新的突破点。"有什么动向都向我进行汇报。"他说道。一直到下班前,他都在耐心地等待着化验的结果。这个时候的卧室挺冷的,他从被窝里将胳臂伸了出来,一把拎起了电话。拨通之后说道:"我是格兰特探长,请问有什么进展吗?"

"进展不顺,昨晚来了两个不同的人认领尸体,但却没有什么结果。我已经将他们的姓名住址等资料记录在册,放到了你的办公桌子上,旁边还放着一份检验报告。"

"很好。"格兰特说着挂掉电话,清醒过来后他恢复了理智,这让他心中的一丝不祥的预感烟消云散。他从床上跳了起来,洗了一个冷水澡,还悠闲地吹起了口哨,穿衣服的时候也没停下来。房东菲尔德先生正准备赶乘八点钟的公交车,对于他来说时间有些紧张。菲尔德的太太听到格兰特不停地吹着口哨,便跟丈夫说:"我觉得这个无政府的家伙,逍遥自在的日子不会太长的!"在菲尔德太太看来,无政府主义者与杀人凶手是一个概念。格兰特很少会用这么乐观的词语来形容这个案件,不过,当他看到桌子上那个尚未开封的包裹的时候,就仿佛是一个孩子看到了幸运盒。盒子里的东西有可能毫无价值,也可能是非常昂贵的珍珠宝石。菲尔德太太帮格兰特摆好了早餐,眸中闪烁着慈祥的神色。格兰特像是一个孩子般撒娇道:"我觉得今天是我的幸运日,你信吗?"

"我从来不会关心运气之类的事情,不过我一直坚信好人会有好报。而且我信命,我不相信命运会让一个好好的青年不明不白地死去,上帝会庇护我们的,格兰特先生。"

"哪怕是证据不足,我想上帝也会保佑我们刑事调查科的。"格兰特吃着熏肉与煎蛋。菲尔德太太怔怔地盯着格兰特看了一会儿,随后就顾虑重重地摇头离开,留下他一个人吃着早餐看着报纸。

在前往城里的路上,格兰特的脑海中满是同样的难题:直到目前为止,死者的身份仍然没有任何的头绪。事实上,伦敦每年都会有人时不时地失踪几天,随后就与世隔绝了。但问题的关键是,这种人通常年老体衰,或者一贫如洗,像他们这样的城市人先前曾被亲人与朋友给遗弃了,所以当他们死亡的时候,他们的故事也就会慢慢地淡出人们的视野。根据格兰特的判断,死者绝对不是这样的人,他至少是有正常的社交圈的,虽然格兰特还没有查到。而且,从死者的长相来判断,一眼就能够看出是伦敦人。当然了,就算他是外省人乃至外国人,那他在伦敦总该有个落脚的地方,譬如宾馆、俱乐部、旅店之类的场所,说不定已经有人发现死者失踪。或许在媒体上刊登的"发现失踪人口马上汇报给苏格兰场"的通告已经开始起作用了,正有人在前来报案的路上呢。

假设死者是一个伦敦人,那为何他的亲人与朋友还不来警局报案呢?莫非,他们觉得死者就该获得这样的下场？又或者是他们不愿意引起警察的关注？死者会不会是一个混混？不幸被黑帮从内部清理了？可是帮派的人，可不会在大庭广众之下动手杀人，他们真要想杀人，有的是比这个安全有效的办法。

除非，被害人的死只是一个帮派杀鸡儆猴的警告。这样一想，倒是很有可能。死者身上携带武器，像是一个黑帮分子，又在大庭广众之下被杀死，引起了轰动。如此一来，帮派不仅处决了内鬼，还给其余心怀不轨的帮派分子一个无形的警告。这真是一个一石二鸟的好办法。格兰特越想越觉得是这么一回事。他以前就一直对秘密社团保持着关注，现在觉得这个案件很有可能与帮派有联系。但是，假设格兰特的推断成立，这个案件是帮派组织清理内鬼的一个手段。但是，就算是这样，也不应该没有人来认领尸体或者向警局报案。除非是混混内部的黑吃黑，这样的话，死者的朋友们多半会了解到一些情况，所以他们根本不敢来报案，这只会给他们招来麻烦。

格兰特走入警察局的时候，脑海中仍然在不断地梳理着几个活跃在伦敦的几个帮派组织。丹尼·米勒显然是其中最为恶名昭著的一个凶犯，他曾经风光过一阵子，不过如今他已经在牢里待了三年的时间。事实上，当初他要是不那么穷凶极恶，坏事干绝，还不至于会被捉拿归案。早些年，他因为二次盗窃而入狱，刑满之后被美国遣送回来。他非常聪明，思维方式与典型的英国人骨子里注重的个人主义至上有所不同，他是典型的美国主义思维方式，所以他对英国的警务体系一直非常小心提防，轻易不敢招惹事端。可惜的是，他手下的小喽啰总是会时不时地出来闯闯小祸，被拘留几个月又会被释放走人。丹尼成功获释之后，对待对手总是一副美国混混特有的冷酷残忍，这对于刑事调查科来说，绝对不是一件好事。他喜欢用枪，当然了，若是有谁像是驱赶不了的苍蝇一样惹恼了他，他没准会用刀子将其杀死。格兰特觉得应该找丹尼谈谈，这个时候他看到了桌子上的一个文件包。

格兰特满怀希望地打开了文件夹，飞快地掠过前面几页不太重要的信息——布赖特工作的风格就是非常得一本正经与教条主义，若是你将一只波斯猫交给他来化验，他一定会用第一大页的纸来告诉你为什么波斯猫的毛是浅黄色的而不是黑色的。掠过这些不重要的信息，接下来，才是重要的讯息。布赖特认为，在刀刃与刀柄的接口处的血迹，与刀刃上的血迹，并不属于同一个人。镶嵌着圣像的底座是空心的，而且一端已经破损了。断口处应该可以将人给割伤，而且因为死者流血过多，已经掩盖了小口。但是一旦按压表面，毛茬的一端就会缓缓抬起，略高于另外一边。凶手紧握着凶器刺向死者的时候，因为用力太猛，自己的手碰到端口就会被割伤。现在，凶手的左手一定有一个锯齿形的伤口，这个伤口的位置在拇指与食指的某处。

格兰特感觉目前的进展挺顺利的，好歹有了一点突破，可惜的是他不能走遍整个伦敦去找一个左手上有伤口的左撇子男人，况且就因为一个伤口就逮捕人，显然证据不足。格兰特沉吟片刻，找来了威廉姆斯。

"你知道丹尼·米勒现在住在什么地方吗？"格兰特问道。

"不知道。"威廉姆斯答道："也许巴勃会知道，他昨天晚上刚从纽伯里回来，对丹尼的事情了然于胸。"

"好，你去查查。不，你还是让巴勃到我这里来一趟吧。"

巴勃来到了格兰特的办公室，他瘦瘦高高，是一个慢性子，此时睡眼惺忪，脸上挂着一抹让人容易产生误解的微笑。格兰特将问题重复给巴勃听。

"你是问丹尼·米勒吗？"巴勃不假思索地回答大道："他在皮里科的安贝大街上有了落脚的地方。"

"哦？呵呵，他最近老实吗？"

"也许吧。我总觉得高布里奇那拨儿人正调查的珠宝抢劫案很有可能就是他干的。"

"我反而觉得银行的那个案子与他一贯的作风非常相符。"

"可能吧，我听说他最近换了一个新的女友，可能手头有点紧。"

"你知道他的电话吗？"

巴勃写在了纸上。

一个小时之后，安贝大街的一幢房子里，丹尼正悠闲地蹲在厕所里解手儿，忽然接到了通知说，例行公事的格兰特探长让他去苏格兰场谈谈。

丹尼凶狠地瞪着前来传达消息的便衣，灰白眼睛里满是警惕，"如果格兰特探长想要给我扣什么大帽子，那他是找错人了。"

便衣耸了耸肩，表示自己对谈话的内容一无所知，只是奉命传个话罢了。

"那探长现在正在查什么案子呢？"

便衣似乎根本不了解内情，再说了，就算是知道真相也不会随意透露的。

"好吧，我一会儿就来。"丹尼无可奈何。

一个肥胖的警察将丹尼带到了格兰特的身前，瘦小的丹尼向后扭了扭头，冲着离去的引路人挑了挑眉毛，似乎在向他告别，紧接着一脸不满地说道："你们不能一有麻烦就找我过来训话。"

"你说得不对。"格兰特玩味一笑，"准确地说是你一离开警局，麻烦就源源不断地找上门来了，你说呢？"

"真是服了你，探长先生。我任何人都别想被你给漏掉，对了，你不会认为我又偷偷犯事了吧？"

"当然不是，我请你来只是因为你或许能够帮上一点小忙。"

"您真是高抬我了。"丹尼说这句话的时候，一点也看不出是发自内心，还是随口敷衍。

"你见过这样的一个人吗？"格兰特开始给丹尼描述死者的情况，与此同时，用审视的眼神盯着丹尼的表情，大脑一刻不停地分析着丹尼的反应。丹尼戴着手套，怎样才能让丹尼毫无防备地取下手套呢？

等到格兰特描述结束，着重说到死者的脚向内弯曲的时候，丹尼礼貌地打断了格兰特的话，"你说的是排队买票不幸遇害的人吧？探长先生，实在很抱歉，我根本就没有见过这个人。"

"哦，要是这样的话，我带你去看下尸体你应该不会反对吧？"

"探长先生，如果能让你对我放心，我愿意陪你一同前往。"

格兰特将手插入了裤兜里，掏出了所有的硬币，仿佛出发前非得将兜里所有的零钱全部掏干净一样。一枚六便士的硬币从他的指尖滑落，落到了平整的桌面上，顺势滚向了丹尼，在快要滚出桌子边缘掉落于地的前一刻，丹尼忽然伸出手接住了。他用戴着手套的手翻过硬币，笨拙地放在了桌子上。

"举手之劳。"丹尼十分友好地说道。但是，这一个小细节，并没有逃过格兰特的眼睛——丹尼是用右手接下硬币的。

当两人驾车开往太平间的路上，丹尼无声无息地转过头来看向格兰特，笑了起来，"我说，要是我的伙计看到我跟你坐在一辆车里，他们肯定会在五分钟内逃亡南安普敦，甚至连打包的时间都不会有。"

"是吗？那等我们回来的时候再打包吧。"格兰特回答道。

"这一路上，你是不是都录音了？不如我们来打一个赌吧，赌五美金，不不，赌五英镑。要是你在两年内抓不到我的人，你就输了。你是不是不敢跟我赌？我就知道，你那么精明，绝对不会上当。"

等到丹尼亲眼看到尸体的时候，格兰特热切的目光，扫过了丹尼那张面无表情的脸，却没有发现一丝一毫的可疑之处。丹尼冷静的眼珠子漫不经心地看着尸体，似乎对此毫无感觉。不过格兰特知道,哪怕是丹尼真的认识死者,他也休想企图从丹尼的表情上看出一些蛛丝马迹来。

"我没有见过,从来没有见过……"丹尼正说话的时候,蓦地停了下来,半晌过后,他忽然惊呼道:"天呐,我应该见过这个人。等等,让我好好地想想,我是在哪儿见过这个人来着?等等,我一定会想起来的。"他戴着手套的手,不断地拍打着自己额头上的纹身。

"他是在表演吗?"格兰特想着,"要真的是表演的话,那未免也太逼真了。"

不过以丹尼一贯的做事风格来判断,他是不会故意卖弄自己拙劣的演技的。

"哦,该死的,我明明记得和他说过话的,但是我叫不出他的名字。"

最后,格兰特放弃了审讯,丹尼·米勒无论如何努力,都想不起来死者是谁,对此他对自己非常不满意,不知道为什么最近这段时间自己的脑子一直不太好用。"我没有在吹牛。"他不断地嘟囔着,"只要我见过的人,就像是烙印在脑海中一样,我会记得非常清楚。"

"你先回去好好想想,要是想起来了,就给我打电话。"格兰特忽然道:"对了,你能帮我一个忙吗?你能将手套给我脱下来吗?"

丹尼眼睛滴溜溜转了一圈,问道:"你又在耍什么花招?"

"我想你没有理由拒绝我的提议吧?你说是么?"

"鬼知道。"丹尼冷哼了一声。

"你之前不是还要跟我打赌吗?"格兰特耐心劝说道:"现在我就答应跟你赌,只要你脱下手套,我立刻就知道谁输谁赢。"

"可是,如果我要是输了呢?"

"呵呵,我可不敢保证你一定会赢,这一点你应该清楚。"格兰特眸含笑意。

丹尼翻了一个白眼,随即又一脸无所谓的模样,他干净利落地脱下了右手的手套并将右手伸了出来,格兰特看了一眼,微微点头。紧接着丹尼又摘下了左手的手套,将左手探了出来,右手重新插入口袋中。

格兰特发现,丹尼的左手干干净净,根本没有什么新的疤痕。

"丹尼,你赢了。"格兰特道。"能输能赢,你挺大气啊。"丹尼缩回左手,由衷感慨道。

"你要是想起什么线索来,请马上联系我。"两人分开时,格兰特再三嘱咐道,丹尼·米勒郑重其事地答应了下来。

格兰特在午餐之后,继续忙活问讯的事情。

陪审团在看了一眼那具触目惊心的尸体后就回到了法庭就座,脸上挂着自以为是佯装谦卑的神色,每当初涉一桩神秘的案件,他们就是这种姿态。其实他们根本不用去辨别是非,因为他们的内心深处早已将这个案件给拍板定性了。对于这件引起轰动的杀人事件,他们只需要静心而轻松地聆听各个目证人的证词就行了。格兰特冷眼旁观,心中暗暗庆幸自己的生活与案件都不需要依赖这群人的智力。他懒得去理会愚蠢的陪审团,自顾自地看着证人上演的一系列喜剧,这些证人说出来的证词与他们本身所上演的喜剧,总是让人感觉不对劲。如今,格兰特对这几个滑稽的证人已经非常熟悉了。案发当晚在沃芬顿剧院维持秩序的警卫也出席了,他似乎是精心打扮了一番。刮了胡须,额头油光锃亮。他简洁明了地给出了自己的证词,对于自己的表现非常满意。另外一个叫詹姆斯·拉特克利夫的证人是个房东,他对自己莫名其妙被卷入一桩案子而备受关注感到烦扰不已,可他还是过来尽自己一个公民所要承担的责任。这绝对是法律认可的良好公民的表率啊,所以纵使他的证词没有什么用,探长依然对他表示着自己的敬意。詹姆斯说道,案发当晚排队的时间太漫长了,非常无聊,刚开始灯光合适还能够看一些流浪艺人消磨时光,可一等剧院的大门开启,人们就不约而同地开始朝前挤,最后就只有干站着了。

詹姆斯·拉特克利夫的妻子也作为证人出席了,她就是探长早前在病房中见过的女人。法庭上，她仍然哽咽不已，手中攥着一方手帕，每当回答完几个问题后，就期盼着有人能够给她鼓励与安抚。法庭对她的盘问更为详细，因为当时她就站在死者的背后。

"夫人，我是不是可以这样去理解。"裁判官不咸不淡地为问道："你站在死者的后面足足站了两个多小时的时间，但对死者与他的伙伴却一点印象都没有。当然了，要是死者有同伴的话。"

"我跟你说过了，我不是一开始就挨着他的，等他倒在我脚下时，我才注意到这个人。"

"既然如此，那是谁一直站在你的前面？"

"我记不太清楚了，好像是一个年轻小伙子。"

"那个年轻小伙子像是做什么的？"

"我不清楚。"

"你看到他提前离开队伍了吗？"

"没有。"

"你能不能给我们描述一下这个小伙子。"

"好的，他长得很黑，看起来像是一个外国人。"

"他是一个人来的吗？"

"我不清楚，似乎不是。他好像跟别的什么人交谈过。"

"你为什么连三天之前的事情都记不太清楚了？"

这突然性的一问，让她脑袋一片空白，"我想想，"她努力地回忆着，裁判官暗含嘲讽的话语让她本来就紧绷的心弦越发忐忑不安起来，"排队的时候本来就不会注意到前后左右的陌生人啊，再说了，我与丈夫一直都在看书。"说着说着，她又情不自禁地号啕大哭起来。

还有那个惊魂未定的胖妇人，身穿光滑丝缎上衣，她非常不情愿地回忆那天案发当天的事情。她红润的胖脸与棕色的靴扣眼都让人感觉到她对于自己在案件中所扮演的角色相当得自豪。可惜裁判官用一句谢谢终结了她的话，这让她失落不已。

紧接着盘问的是一个瘦小的男子，他行为严谨，可以与刚才的那个警卫相提并论。不过他似乎根本没有将裁判官给放在眼里。被折磨得郁闷不已的裁判官说道："好了，我已经知道大多数情况下排队都是两个人并排。"陪审团暗自窃笑，这个温顺的裁判官看起来颇为郁闷。由于男子与其余的三个证人一样，都对队伍里的受害人没有什么印象，也没有注意到中途是否有人离开，因此法庭只要让他们先行回家。

沃芬顿剧场门房的证词虽然有些语无伦次，但至少还有些用处。他告诉法官他曾经见到过死者几次，死者以前经常去看戏，但是对于死者的具体情况他就一无所知了。受害人每一次去看戏都西装笔挺，有时候也会跟朋友一起去，但是案发当晚，门房对于受害人是否带了同伴不太清楚。

整个问讯没有什么价值，这让格兰特很失望。一个身份不明的家伙被人从背后捅了一刀，在场的目击人居然一个也没有看到行凶者，这实在古怪。唯一的线索就只有那把匕首，上面仅仅能看出凶手的大拇指或者别的手指上有伤痕，除此之外，再也没有什么讯息。在死者方面，"费什兄弟"公司的职员有可能已经查出了他们将一条浅黄色系略带淡粉色斑点的领带卖给了哪一位顾客。鉴于以上种种讯息，法庭只能暂时将此案列为无头公案，而格兰特的脑海中始终无法抹去拉特克利夫太太曾经提到的那名年轻小伙子，据说是一个外国人，一念及此，他起身去打电话。这个人是否是拉特克利夫太太因为匕首而产生的联想，或者真的是格兰特脑海中一直怀疑的那个地中海人呢？若是按照拉特克利夫太太所说，那名年轻的外国小伙子在死者倒地的时候并不在现场，那么他就应该是中途离开了，从队伍中离开的这个人就是凶手。

不管怎样，他打算先回到局子里看看有没有什么新的线索，若是没有，就去喝杯茶提提精神。他现在非常想喝茶，暂且将一会儿要上交给总督巴尔克的报表抛之脑后，慢慢地品茶对于思考有着非常大的帮助。格兰特总是能够在冥思之中得到灵感，他想起自己非常欣赏的一个诗人兼散文家就喜欢慢慢品茶，在看似枯燥的过程中酝酿自己的传世之作。虽然诗人的消化系统因此而饱受折磨，但只要能够问鼎现代文学巨匠也值了。

第四章　拉乌尔·莱加德

　　格兰特刚一接到电话，就立刻把喝茶的事情给抛在脑后了，因为有一封用大写字母写的信正等着他来开启。格兰特对此已经见怪不怪了，苏格兰场总是能够接到这种用大写字母书写的信件。当格兰特拦下一辆出租车的时候，不禁感到有些可笑。哪天人们才能够明白这种用大写字母掩饰笔迹的做法完全是徒劳呢？不过眼下，他还是不想人们变得那么聪明。

　　在拆信之前他用一些粉末涂抹在信封上，以便日后采集指纹的时候有用。随后，他十分小心地从信的上方撕开，从镊子夹着这封看似颇为厚重实则非常轻的信，从中抽出了一沓英格兰银行的5英镑现钞与半张便笺纸，便笺纸上的字母全部是用大写的，上面写着："售票口排队受害人的安葬费"。

　　信封里总共有5张纸币，有25英镑。

　　格兰特坐了下来，怔怔地盯着手中的信。他在刑事调查科这些年，还真的是头一次碰到如此蹊跷的事情。今晚在伦敦的某个角落里，忽然有人对队伍里的受害人大发善心，心甘情愿地寄出了25英镑请人在贫民墓地里给他安葬，却不过来认领尸体。这与格兰特曾经猜测过的恐吓说相符吗？或者是因为凶手迷信，唯有将受害人的尸体妥善处理才安心？格兰特觉得这逻辑不通。一个可以从背后捅刀子的人绝对不会在乎尸体的下场，很显然，死者有一个朋友，今晚就在伦敦城，不知道是男是女，但他愿意用25英镑来安葬死者的尸体。

　　格兰特叫来了威廉姆斯，两个人一起对这个廉价的白色信封上面的笔迹进行了一番研究。

　　"能看出些什么来吗？"格兰特问道。

　　"应该是个男人，生活不太宽裕，不经常提笔写字，穿戴干净，吸烟，而且心情不佳。"

　　"真棒。"格兰特情不自禁地夸赞道，"你哪儿是助手华生啊？威廉，你能力这么强，哪儿还有我的功劳！"

　　威廉姆斯从小就对华生的故事非常熟悉。他从十一岁起就趁着打猎的时候躲着大人，在伍斯特郡的干草棚子里看《斑点带子案》。他笑嘻嘻地说道："长官，我想你的判断比我要更为详尽。"

　　事实上格兰特真的没有太多的收获。"我只是觉得寄信的人并不理智，居然寄来一些本土的五英镑纸币，这很容易败露自己的行迹。"他小心翼翼地掸掉信封上的粉末，可惜的是并没有发现指纹痕迹。他找来手下，让人将这个珍贵的信封拿去采集指纹。写有重要信息的半张便笺纸也要送到笔迹专家那里做进一步的比对分析。

　　"真不凑巧，现在银行已经下班了，你着急回家见老婆吗？威廉？"

　　威廉姆斯并不急着下班回家，因为他的老婆带着孩子去了南部的岳母家，而且要待上一个星期。

　　"要不，"格兰格说道，"我们一起吃饭，顺带着谈谈你对这个案子的看法。"

　　几年前，格兰特继承了一大笔遗产，若是他愿意，他完全可以靠着这笔钱提前退休，过着悠闲的生活。虽然有的时候格兰特也曾抱怨自己的日子猪狗不如，但他深爱自己的工作，干得还是像以前一样热火朝天。他不过是将遗产用来让自己过得更舒服一些罢了。南方郊区有个规模不大的杂货店，店内灯火通明，里面各种商品应有尽有。小店的来由与格兰特继承的遗产有关，也与一个假释犯有关。在犯人出狱的当天上午，格兰特撞见了他。当初是格兰特想办法把他从牢狱中"弄出来"，又帮助他开启了新的生活。正是因为这笔不菲的遗产，格兰特才能够成为劳伦特这种高级餐厅的常客，更让人难以置信的是，他被餐厅的领班给当成了贵宾。要知道，整个欧洲也不过只有五个人能够得到这种殊荣，格兰特对这份殊荣的由来一清二楚。

在金碧辉煌的餐厅内部，马赛尔一脸尴尬地迎了过来，他实在没有好办法了，这个时间点已经没有什么好的位子了，只有角落里的一张实在算不上好的座位还空着，今天格兰特没有打电话来预订，结果就造成了现在这种招待不周的局面。

格兰特沉默着坐了下来。他饿坏了，只要饭菜美味，他坐在哪个位置都没有关系，只要别正对着厨房的门口就行了。两扇绿色的屏风虚掩在门口的位置，服务员来来往往，双向门不断地发出嘎吱嘎吱的噪音。格兰特与威廉姆斯边吃边聊，格兰特决定让威廉姆斯去信封上的邮戳地址相关的银行，了解一番有关这些纸币的发行事宜。查这个东西应该不会很难，银行总是非常配合警方的。很快他们就将话题转移到案子本身的问题上来。威廉姆斯觉得很有可能是黑帮内讧，受害人很有可能违反了黑帮的规矩，而且也知道自己快要大难临头了，所以向帮里唯一的亲近兄弟借了枪，但却还没来得及防身就一命呜呼了。至于今晚寄过来的钱，就是那个唯一的好友暗中所为。这些从表面上都说得通，但总是让人感觉少了一点什么。

"你觉得他身上为什么没有能够表明自己身份的东西？"

"这个有可能是黑帮内部不成文的规矩，不幸被抓了之后也不至于暴露自己的身份。"

这么说倒也讲得过去，格兰特沉吟半晌，反复地推敲着他的推理。忽然，他以这么多年来在刑侦调查科工作中培养出来的精准洞察力，发现门口的方向有人正盯着他看。他非常想回头一探究竟，但他还是抑制住了自己的冲动。他此时正背对着门坐着，几乎正对着传菜口的方向，他假装不经意地瞄了一眼镜子，可是好像并没有人注意到他。格兰特低头吃东西，隔一段时间就抬头看看。大厅里自从他们两人来了之后，就没有再来什么顾客，所以非常容易看到周围每一个人的动静。透过镜子的反射，格兰特只发现一些做着自己事情的人，有的在用餐，有的在喝酒，有的人在抽烟。但格兰特总感觉有人在盯着自己看，这种被人暗中盯梢的感觉，让格兰特不由得感觉有些毛骨悚然。他昂起头，视线跳过了威廉姆斯的头顶，直直地看向门口方向的屏风。就在那个位置，两个屏风当中的缝隙中，正有一双眼睛紧盯着他。仿佛是察觉到自己已经被发现，那双眼睛一转眼就不见了，格兰特继续低头用餐。他暗想，有可能是饭店里的一些好奇的服务员吧。说不定他知道格兰特是谁，所以想要亲眼瞧瞧这个总是跟谋杀案打交道的探长罢了。格兰特走到哪里，都有可能被偷看，可是这一次，当他说话说到一半抬眼的时候，他发现那双眼睛确确实实在偷瞄他。这可就有些放肆了，于是格兰特便恶狠狠地回瞪着对方。然而那盯梢的人却一脸的无所谓，依旧我行我素。偶尔有侍者在屏风后面进进出出，那双眼睛也会消失一会儿，但很快就会固执地回来，偷偷摸摸地继续盯着他看。这让格兰特升起了强烈的好奇心，他很想看看究竟是谁在窥视他。所以他对坐在离屏风前不到一码的威廉姆斯指示道："你背后的屏风后面，藏着一个对我们非常感兴趣的人，听我的号令，只要我一打响指，你就快速顺着屏风朝右边倒下来，把屏风撞到一边去，但要尽可能地制造成意外事故，你明白了吗？"

格兰特静候了片刻，待到出入的服务员少了一些，而那双眼睛再度窥视他们的时候，打了一个响指。威廉姆斯健壮的手臂猛地一挥，屏风摇晃了一阵，朝着一旁倒下，然而后面一条人影都没有，只有门还在摇晃不定，肯定是有人匆匆忙忙地逃离了现场。

威廉姆斯因为撞到了屏风而向饭店赔礼道歉，格兰特暗想，算了吧，反正也难以确定究竟是什么人在盯梢。他不再考虑这件事情，飞快地吃完了饭，与威廉姆斯朝着警署的方向走去，期盼着信封上的指纹图样已经准备好，就等他来验看了。

谁想，没等图样出来，被送往诺思伍德"费什兄弟"工厂的领带已经做成了报告送了过来，有关那款领带的唯一记录是去年的时候，公司诺丁汉分部曾要求订购六条一盒带有不同花纹的这种领带。他们顺便将领带还给了警方，并保证日后有什么需要，一定会继续配合。

"要是今天与明天都没有什么新的状况发生，"格兰特说道，"你去调查银行方面的情况，而我则却趟诺丁汉。"

这个时候，有人将信封上采集的指纹样片给递了过来，格兰特顺手拿起了这件案子里的另外一些指纹照片，这些照片来自于死者的指纹与左轮手枪上的指纹图样。根据报告显示，纸币上除了一些黑斑之外，什么都没有发现。格兰特与中士就只有将所有的希望全都寄托在信封的指纹上了。写信人将信件投递了出去，这个过程中肯定会有很多的人接触过这封信，所以上面的很多指纹都非常明显。但最为显而易见的是信封口右侧有一枚食指指纹，而这枚指纹与留在受害人兜里的左轮手枪上的指纹完全匹配。

"如此看来，完全符合你的猜测，是受害人的朋友为他提供了枪支？"格兰特问道。

中士忽然倒吸了一口凉气，惊疑了一声，并没有理会格兰特。

"你怎么了？"

"这图样就好像小孩子学写字所用的字母表一样清楚。"

中士的身子突然间僵硬了起来，他一脸怪异地望着自己的上司，"我敢发誓，我绝对没有看走眼，很有可能我们的指纹检验系统出了什么差错，你看。"他伸手指向右下角里一枚看不太清楚的指纹，又将死者的指纹拿过来做对比。格兰特沉默不语地做着比较，中士将脑袋探过他的肩膀，颇为担忧地想要证实自己之前的推论。可是摆在他们眼前的事实，已经毋庸置疑，指纹是属于死者自己的。

格兰特很快就察觉到，事实让人感到震惊，不过道理却非常简单。

"这不过是张普通的信纸，"他尽量平静地说道，"威廉，你猜对了。那个把枪借给受害人，后来又寄安葬费过来的人，应该是跟受害人住在一起的。正因为这样，当他的室友失踪了，他完全可以胡乱编织一个谎言来骗过房东或者一些对死者颇为关心的朋友。"他将桌上的电话拿了起来，"我们来看看笔迹专家那边有没有什么新的情况。"

然而，除了格兰特已经掌握的讯息之外，笔迹专家并没能提供更多的情报。寄钱人所用的信纸就是普通的商店就能够购买到的信纸。写信的人是一个男性，若是能够提供嫌疑犯的笔迹作为参照，那么笔迹专家就能够判断出两种笔迹是否出自于同一个人之手，但从目前所掌控的情况来看，这些专家并没能帮上什么忙。

威廉姆斯站起身来准备回去，家里空无一人，他有些想念自己的妻子与孩子。但还有一个星期，他那俊俏的妻子才会从南方回来。格兰特没有回家，他仍旧痴迷地沉浸在自己构思的案件之中。桌子上摆放着一把匕首，给人一种优雅又邪恶的感觉，看起来像是一个玩具，邪恶而锐利的刀口与刀柄上那纯洁神圣的圣像，形成了强烈的反差。蕾伊·马科布是怎么说的？对了，她说要想破大案就必须要有别人的祝福才行。好吧，格兰特也许会去类似于"消费者事务所"之类地方，那里的人会比刀柄上的圣像更有用。他想到了蕾伊·马科布。今天早上的报纸上，全都在报道她将要启程奔赴美国的消息，几个主流媒体都非常哀痛而遗憾，他们甚至愤怒地指责英国的经纪人无能，居然让这么优秀的音乐人离开本国。格兰特盘算着要不要在蕾伊离开之前再见她一面，问问她究竟是为了什么会在他形容匕首的时候惊讶失态。要知道，她可是跟命案毫无关联啊。格兰特知道她家住在郊外一幢半独立的小屋，原来叫作罗苗·马克汉姆。格兰特还曾经因为一桩旅行包失窃的案子跟马克汉姆夫妇打过交道，她不太可能提供什么新的线索。当然了，就算是有，她多半也不会告诉格兰特。因为那天在更衣室聊天的时候她完全可以告诉格兰特，但她却故意让格兰特觉得她什么都不知道，也许她知道的那点事压根就与案子没有什么牵连。她之所以会惊讶，也许是想象力比较丰富，在格兰特描述匕首的时候已经想象出了匕首的样子，仅此而已，跟案子本身并没有什么关联。再说了，这把匕首也不算什么稀罕货，许多人都应该见过类似的匕首，甚至自己就有一把。看来，格兰特根本没有必要再找马科布小姐了，就让她安稳地前往美国吧。

格兰特冥思苦想始终没有什么收获，起身将匕首锁在了抽屉里，就准备回去。他走到路面上才发现今晚的夜色非常迷人，空气清凉，他立刻决定步行回去。晚上的伦敦街道，总是会比白天汹涌如潮的人群要漂亮得多，这让他十分欣喜。

快要走回自己所要居住的那条路上时，格兰特有些疲惫，他只是本能地迈动着脚步，脑海中一片迷蒙，有那么一小会儿的时间，他索性闭上了双眼，但并未真的睡了过去。不论是真像还是看错了，格兰特敏锐地发现对面街道路灯下似乎有一条模糊的人影。谁大晚上不睡觉出来晃悠？

他飞快地思考怎样才能够穿过街道，与那条人影保持一个安全的距离而不被发现。可是眼下他已经无法再改变方向了，只得硬着头皮埋头向前，不搭理远处的夜游神。待到他回到自己的住处，他情不自禁地转头看了一眼，那条人影并没有离开，只是在夜色中若隐若现。

他掏出钥匙进门的时候，已经是晚上的十二点多了，但菲尔德太太还在等着他。"我觉得我必须要尽快地告诉你，有一位先生来过，可是没有多做停留，也没有留下什么口信。"

"多久之前的事情？"

"大概一个多小时前。"菲尔德太太回忆道："那个人的具体长相我没看清楚，他站在台阶下，看起来很年轻。"

"他叫什么名字？"

"我不知道，他拒绝告诉我他的名字。"

"谢谢你。"格兰特回答道："你赶紧休息吧，要是那个人再来找我，我会亲自接待他的。"菲尔德太太迟疑着说道："你不会冲动吧？我一想到你跟那些无政府主义的人来往，就有些害怕。"

"菲尔德太太，请你不要担心，你不会在睡梦中被人给炸死的。"

"我可不是担心会被炸死。"菲尔德太太道："我只是担心有一天你会躺在血泊中，而没有人发现。要是大清早我一推开门，看到这幅情景，可将是多么可怕而糟糕的体验？"

格兰特爽朗地大笑起来，"你放心吧，这种情况绝对不会出现的。除了康塔尔梅森的那些德国兵，还从来没有人能够让我流血，那一次我受伤，也只能说是那帮德国兵碰巧走运罢了。"

"你睡前最好吃一点东西。"菲尔德太太无奈妥协，指点着桌子上的食物，"我给你做了一些英式西红柿，而且又在汤姆金斯家买了一些上好的腌牛肉。"她道了一声晚安就走开了，可是她还没有走到厨房，就听到有人在敲门。格兰特发现菲尔德太太跑去开门，心中不由得猜测，究竟是谁大半夜来敲门，又对菲尔德太太勇士开门的行为感到颇为好奇。不一会儿，菲尔德太太推开客厅的门，道："先生，又一个年轻人找你。"在格兰特好奇的目光中，一位年轻人走了进来，他二十岁左右，身材颀长，面色黝黑，肩膀很宽，脚步沉稳。他进入房间后，明亮的黑眼珠子先朝着门后的方向鬼鬼祟祟地看了一眼，然后站在距离格兰特几码远的地方，他抬起了戴着手套的手，手指纤长，摘掉了自己的软帽向格兰特表示敬意。

"请问你是格兰特探长吗？"

格兰特点头，示意他坐下，年轻人用非英式的礼仪，在椅子的边缘慢慢地坐下，手中仍然抓着帽子，开口说话。

"我是劳伦特餐厅的服务员，负责擦拭银器与餐具。今天晚上我看到你在劳伦特吃饭了，我的同事们告诉了我你的身份，我考虑了很久，决定将我所知道的事情告诉给你听。"

"好的。"格兰特微微一笑,"你说吧,对了,你是意大利人?"

"不是,我是法国人,我叫拉乌尔·莱加德。"

"好,你继续说。"

"案发那天,我正好休假,就去看戏,正好在队伍里。而且我排在受害人的身后有挺长一段时间。他不小心踩了我一脚,然后我们就聊了起来,不过内容都是关于即将上演的戏剧。我站在外排,而受害人则靠着墙。接着就有一个陌生男人走了过来跟他讲话,然后就顺势插队,排在了我的前面。这个新来的人,似乎在向受害人要什么东西,他一直排在队伍中,直到大门打开,所有的人都朝着前方簇拥而去。看起来受害人似乎非常生气,但他们两个并没有发生争吵。命案发生之后,我就逃走了。因为我不愿意跟警察打交道,不过我昨天晚上见到了你,你显得很有绅士风度,所以我就下定了决心将我所知道的线索告诉给你。"

"你干嘛不到警察局里找我?"

"我不相信那些警察,他们都是一些没用的废物,再说了,我在伦敦也没有什么朋友。"

"新来的男人跟受害人说话的时候,把你给挤到了后面,当时你身旁站在靠墙位置的是一个什么人?"

"是个穿着黑色大衣的女人。"

是拉特克利夫太太。

目前为止,小伙子说的话完全符合事实。

"你能不能给我描述一下这个插队的人?"

"他个头不是很高,至少没有我高。戴着一顶像我这样的帽子,只是稍显棕色,穿着一套与我同款的大衣。"他指着自己合身有腰线的海军蓝外套,"不过他的大衣是棕色的。他皮肤很黑,没有胡子,他这个地方很突出。"他摸了摸自己引以为傲的下颌与颧骨。

"要是你再见到他,你能不能将他给认出来?"

"当然可以。"

"你发誓吗?"

"你是什么意思?"

"就是说你非常肯定?"

"没错。"

"他们两个人在争吵一些什么?"

"我没听清楚,你要知道,我并不喜欢偷听陌生人的谈话,虽然我的英语还可以,但别人的语速一快,我听起来就有些费力了。但我估计,应该是插队的男人在向受害人索要什么东西,而受害人不给。"

"可是那个人离开的时候,为什么没有人注意到他呢?"

"因为那个时候来了一个警察,让所有人都'向后面站'。"

不得不说,这个小伙子非常能说会道。格兰特拿出笔记本与铅笔,把铅笔放在摊开的页面上,递给了这个来访的年轻人。"你能不能给我画一下当时你站在队伍中的位置吗?并且画出其他的人,以此来表明你的位置。"

小伙子伸手从格兰特手中接过本子,用右手拿起了铅笔,画出了一张清晰而明了的图,不知不觉中已经将原本对于警察的偏见抛之脑后。

格兰特盯着年轻人严肃而专注的脸,大脑飞快地运转起来。他所说的话应该都是事实。他曾经在案发的时候目睹受害人瘫倒在地,因为害怕又夹在人群中逃走了,他一直躲着,直到不再对外国的警察有所顾虑后才最终过来说明事实。而且他还看见了凶手,并且能够指认出来,感谢上帝,案情终于有了新的进展。

他从小伙子的手中接过了纸笔,当他从图上抬起头时,意外地发现小伙子正贪婪地看着桌子上的食物，格兰特突然意识到，小伙子可能是一下班就赶来见他的。

"很好，非常感谢你的配合。"格兰特微笑道："走之前，不如跟我一起吃点夜宵吧。"

小伙子有些不好意思，婉言拒绝了。不过最终还是在格兰特的说服之下答应了下来。开始与格兰特一起享用汤姆金斯家的美味腌牛肉。莱加德兴致勃勃地跟格兰特谈起了他在第戎的家人们——给他邮寄法文报纸的姐姐，喝过原味葡萄酒后就不再喝啤酒的爸爸，还谈起了他在劳伦特饭店的工作，以及对于英国与伦敦的印象。当格兰特最终把他送到凌晨的茫茫夜色中时，他转过身来站在台阶上，诚恳地道歉："很抱歉，之前我一直隐瞒着情况。但请你理解我的处境，逃离现场之后我一直非常痛苦，我不知道警察中还有像你这样具有绅士风度的人。"

格兰特亲切地拍着他的肩膀，送走了他。转身锁上门后，他立刻拨通了电话。电话通了，他说："我是格兰特探长，向所有的车站发出通告，缉拿伦敦剧院排队谋杀案的凶手，一个左撇子的男人，大约三十岁，中等身材，面色黝黑，头发呈暗色，面颊与颧骨突出，胡子刮得非常干净。最后出现的时候头戴褐色的软帽子身穿褐色的大衣，左手食指或者拇指上有新伤。"

之后他就上床休息了。

第五章　再话丹尼

列车穿过马里列本，在和煦的阳光中向前驶去。格兰特透过车窗朝外看去，回忆起上次到高尔街警察局问讯的情景，现在不由得信心大增。追查凶手总算是有了一些线索，掌握了凶手大致的面貌形态，将他给捉拿归案似乎只是一个时间问题了，说不定今晚就能够确定嫌疑人的身份。他在空无一人的列车中舒展着身体，在前进的列车中，让阳光肆无忌惮地倾洒在自己的身上。在上午十点钟，列车行进在美丽的英格兰乡间。甚至连简陋的农家小屋也甩掉了与生俱来的乡土气息，正忘情地闪着光亮，这在清晨和煦的阳光中显得更加的端庄起来。用廉价涂料粉刷出来的嵌花小门今天也不像以往那样难看了，仿佛是翡翠、红宝石、天青石与玛瑙装点成的乐园，别有洞天。花园里同样焕发着蓬蓬生机，尽情生长的郁金香与刚刚栽种的草皮，娇滴滴的可爱模样让人仿佛置身于巴比伦的空中花园一样。孩子们不时传来银铃般的笑声，五彩缤纷的衣服随风飘动。举目远眺，当小镇的最后一抹痕迹被列车给甩在身后时，幅员辽阔的牧场在朝阳之下好似一幅昔日的狩猎油画一样富有腔调。今天早上的英格兰怎么看都富有情调，这一点格兰特深信不疑。连诺丁汉运河仿佛也浸染了一丝威尼斯水城的蓝色。

格兰特从火车站中出来，上了拥挤喧闹的电车。若是你问格兰特什么东西在他心目中最具有中部特色，他一定会毫不犹豫地告诉你是电车。他认为，伦敦城内的电车与这个繁华喧闹的大城市完全不搭调，像是一个被繁华诱惑的乡巴佬，一边出着苦力一边愤世嫉俗，由于没有赚到大钱而始终摆脱不了干苦力的命运。每当远处传来电车那古怪的鸣叫声时，格兰特就知道自己回到了家乡，回到了这一块死气沉沉的土地上了。当地的电车绝非羞于见人一样躲藏在后街，而是神气十足得在主干道上穿行，一来当地人引以为傲，二来也确实为了便利。一长排的黄色电车停在了诺丁汉的市场上，阻挡了人们原本宽阔的视野。要是想从这边的人行道走到对面的货摊绝对不是一件容易的事情，感觉就像是捉迷藏一样。大自然的神奇之处莫过于赋予人们极强的环境适应能力，当地人仿佛非常享受一蹦一跳地前行，不自觉得多跳几下有什么危险。至少格兰特就从来没有见过有人在这条街道上丢过性命。

到了"费什兄弟"公司，格兰特拿出受害人生前佩戴的领带，询问营业员是否记得有人曾经买过同样的款式。站在柜台里的营业员已经不太记得了，她叫来了另外一个职员，那人正用白皙而极为灵活的食指上下翻找墙边卡片盒子里的资料，竭尽所能地寻找顾客所要寻找的货品。格兰特有一种直觉，他觉得这个年轻人的记忆力非常出众，果然不出所料，那店员瞄了一眼领带之后，就告诉格兰特他曾经从橱窗里拿出来过，虽然不太确定就是同一条领带，但款式应该差不多，大概是在一个多月前，有一位绅士想要购买。他是从橱窗里看中的这条领带，因为领带的款式与他当时的衣服非常般配，所以他就进来购买。对了，那个顾客看起来不像是诺丁汉的本地人，为什么呢？首先，他没有诺丁汉的本地口音，穿着打扮也不像是本地人。

"你能形容一下此人的形态吗？"

"可以。"职员非常肯定地描述起来，他已经带给了格兰特太多的惊喜，"我甚至可以准确地说出日期。我之所以能够记得这么清楚，是因为……"他忽然有些犹豫了起来，语气变得十分世故老练，"那天发生了一些让我记忆犹新的事情，我记得那天是2月2号。"

格兰特记下了这个日子，然后开始盘问职员对于这个顾客的大概印象，"他是旅行的商人吗？"

职员觉得不太像。因为顾客并没有谈论商务上的事情，好像他对诺丁汉城的发展完全就是漠不关心的态度。

格兰特继续问道，"那天城里是不是有什么特殊的活动会吸引外地的人来到诺丁汉城？"职员肯定地点了点头，"那天是整个中部地区的节日，诺丁汉城举行了一个盛大的音乐会，有许多的外地人过来观看。"职员之所以会知道得这么清楚，是因为他参加了教堂的唱诗班，对于各种节日的由来了如指掌。"那个顾客似乎是对音乐很有兴趣，而不像是什么经商人士。"职员当时就以为那位顾客是来看音乐会的。

格兰特非常赞同职员的判断，他本能地回想起受害人的手，那是一双敏感的手。他经常出入沃芬顿剧场，就算不是什么知识分子，至少也是一个音乐爱好者。关于这一点，与格兰特当初认为他是黑帮分子的判断相去甚远，但是格兰特仍旧不愿意轻易地忽略掉这条线索。其实，格兰特认为受害人是帮派分子的推断，也并没有什么依据，只是他的办案经验使然。他向职员表达了谢意，然后又打听起当初举办诺丁汉城音乐盛典的负责人姓名以及参加人员的情况。职员建议他去拜访一位名叫尤尔达的律师，并告诉格兰特这个人是音乐会的主管员之类的人物，庆典总共举办了三天的时间，他每天从早到晚都不曾离开座席，说不定他会认识那些从伦敦来的音乐迷。

格兰特记下了尤尔达的地址，发现职员正非常好奇地看着自己，说不定多年以后有人向他打听今天是谁跟他打听尤尔达的地址，这位记忆力超群的职员，同样能够准确无误地说出来。如此看来，这位职员在这个时装店倒是有些大材小用了。

"请问你是在找那个买了领带的先生吗？"职员询问道。他特别强调了"找"这个字，像是警察盘问一样的口气。

"不完全是这样。"格兰特说道，"不过有可能的话，我会继续追踪这个人的消息。"说着，格兰特离开时装店准备去找尤尔达。

"李斯特与尤达尔事务所"在一条靠着城堡的小街道上，就是那种电车无法到达，偶尔响起一阵脚步声就让人感到毛骨悚然情不自禁想要回头看看的小巷子。阴暗狭小的办公室看起来颇为老旧，至少有三百多年的历史，阳光透过等候室破旧的玻璃窗，也就能够触及橡木窗框而已。窗台黯淡的光芒就好似敌军围堵下的幸存者，虽死犹荣。若是有人觉得这间办公室应该装修一下了，那么尤达尔一定会认为这个想法非常荒谬，他可不喜欢什么所谓的现代建筑。仿佛是为了淡化室内阴暗的效果，尤达尔满脸堆笑地迎接每一位造访的客人，热情真诚，礼数有加，交际能力绝对堪称一流。当然了，这种能力未必就能够让他成为一名出色的律师。作为尤尔达家族第三代中唯一的继承人，年少时代他都在"尤尔达公司"大院里的一间小屋内度过，因为痴迷橡木镶板与绿玻璃，对这两样东西的痴迷程度仅次于对交响乐与奏鸣曲的感情，所以就在这个地方常住下来。如今他是"李斯特与尤尔达"公司的一个能干的办事员，平时处理一些杂事，只要最糟糕的事情不发生，他就算是尽职尽责了。

尤尔达非常热情地招待了格兰特，格兰特觉得他肯定见过受害人，只不过一时间想不起来罢了。格兰特按照地址一路找来，总算是跟着尤尔达进了屋，尤尔达自始至终都没有像普通人那样露出好奇的态度，似乎在他看来，格兰特不过只是另外一个很有魅力的男人。格兰特还没顾得上向他表明拜访的原因，他就热情地邀请格兰特一同享用午餐。边吃边聊是非常明智的选择，如果格兰特没有吃早饭的话，现在已经下午一点钟了，想必他早已饿坏了。格兰特只好恭敬不如从命，既然他有求于人，就要尊重别人，这也是获得线索最好的办法了。再说了，作为一个警察从来不会放弃一个交友的机会，若是苏格兰场遴选箴言，那一定是："不尝试怎么会知道结果？"

吃午饭的时候，格兰特打听到尤尔达从未见过他所描述的这个人。尤尔达对于每一个参与庆典的演员都如数家珍，包括演员的个性、长相以及另外一些他感兴趣的事情，但却没有一个人符合格兰特口中所描述的那个人。

"若是你确定他是一个音乐家，你应该去莱昂斯管弦乐队或者剧院碰碰运气，因为那里的乐手大多都是伦敦人。"

格兰特并没有费尽口舌地去解释，有关死者是一个音乐家的推断来源于死者与庆典有关的种种线索，而让尤尔达先生打开话匣子似乎不是一件难事，气氛轻松而愉快。在与热情好客的尤尔达告别之后，格兰特整个下午走遍了城里的各家交响乐团，仍然一无所获。紧接着他打了一个电话，想要了解一下威廉姆斯追查银行纸币的情况，忙了一个上午的威廉姆斯接了电话。纸币已经送到了银行，但暂时还没有结果，银行方面表示会全力配合警方工作。

情况还不赖，格兰特挂掉了电话。繁杂离奇的案件已经露出了冰山一角，虽然事态还不是很明朗，但顺着英格兰银行发行的纸币去寻找，总会找出一些线索来。哪怕他在诺丁汉城没能查清死者的身份，他也能够从死者的朋友们那里找到突破口，这样一来，距离确认死者身份的日子就不远了。然后就能够顺藤摸瓜找到那个地中海人。可是，格兰特还是感觉有些沮丧，本来今天早上他有种预感，觉得在夜晚到来之前会有什么消息传来，这样的话就能够使他在错综复杂的案件中找出一条明路。但如今一想起这几天跑的冤枉路他就感觉有些郁闷，以至于尤尔达请他吃的丰盛午餐，都无法让他感觉好受一些。到了火车站后，他发现下班车至少还得等上半个小时，格兰特走进了一间宾馆休息，顺便看看能不能在这种充斥着闲言碎语的公共场合得到什么小道消息。他注意到了内个侍者，一个十分傲慢，像是一个脑满肠肥的哈巴狗，另外一个心不在焉，就像是一条德国猎獾狗。格兰特觉得找这两个人帮忙都不太可能，不过一位中年女招待给他送来了一杯咖啡，格兰特的心情顿时好了许多。短短的几分钟，他就沉浸在这种温馨的气氛中，他友好地与女侍者攀谈了起来，女侍者时不时地要去招待别的客人，但总会回来在距离格兰特不远的地方忙活着，两人能够说得上话，闲聊起来。但是，很快格兰特就意识到，想要给这位女侍者描述一个既非驼背又不是瞎子更没有什么特别之处的男人显然是瞎忙活，因为她每天所要接待的客人太多，其中至少有半打都符合格兰特的描述，好在格兰特并不气馁，他仍然尝试着从女侍者的口中套出更多的话来。

"这里的生意似乎不太好？"格兰特道。

"没错。"女侍者点头，"做生意总是时忙时闲的，现在又是淡季。"

"全都靠住店的客人吗？"

"也不都是这样,大体来说,宾馆的生意就是时好时坏。"

"这里有过客满的时候吗?"

"当然有了,合作社来的时候就会客满,他们总共订了两百多个房间。"女侍者记得诺丁汉城只有在那个时候才会人满为患。

"大概是什么时候?"格兰特好奇。

"2月初的时候。"女侍者回答,"他们一般一年会来两次。"

"2月初!"

"那些合作社的人都从哪儿来的?"

"说不准,整个中部地区都有。"

"不单单是伦敦?"

"不是,不过其中也有一些人是伦敦人。"

格兰特起身去搭火车,他脑海中不断地思考着一种可能性,但又觉得不太可行,可是又不知道问题究竟出在哪里。受害人怎么看都不会是那种人。若是他曾经做过商店的售货员,那应该会因工作需要打扮得更加得体一些才对。

返程不算难熬,但也没有了明媚的阳光与晴朗的心情。太阳早就落山了,灰色的雾霭笼罩着整个乡野的天空,让黄昏变得更加单调而沉闷。格兰特只得看报纸来消磨时间,等所有的新闻都浏览完毕,他抬起头来看向窗外,列车在隆隆的声响中疾驰着,格兰特的脑海中也在受害人究竟是什么职业这个问题上不断地兜着圈子。车厢内还有三个人,他们口若悬河地谈论着某些事情,但不管是什么话题,格兰特都觉得沉闷无比,心烦意乱。一排交通信号灯仿佛凌空悬挂的宝石,透过即将消失的白昼,让格兰特稍稍平复了烦闷的心情。这光亮很神奇,仿佛给了格兰特什么启示一样。格兰特很庆幸自己在经历了喋喋不休与喧闹之后,枯燥的旅程终于进入了尾声,他又能够沐浴在伦敦耀眼而生机勃勃的灯光中了。

他来到警署,忽然有一种直觉,他觉得自己派人调查的事情已经有了结果,而且就在里面等着他回来。这次感觉绝不会出错,关于受害人生平的事情将会交到他的手上,他有些迫不及待的感觉,下意识地快走几步,从来没有感觉走廊这么长,电梯运行如此得慢。

然而还是什么都没有,除了威廉姆斯留给他的一份报告,这份报告格兰特曾经在电话中向威廉姆斯提起过,现在威廉姆斯多半已经喝茶去了。

就在格兰特回到警督的时候,丹尼·米勒那里发生了一件怪事。在皮里科大街上的一栋房子里,米勒正侧坐在一把逍遥椅中,穿着拖鞋的双脚慵懒地耷拉在扶手上,薄薄的嘴唇中叼着一根六英寸长的香烟,这根香烟从过滤嘴中伸了出来。他的简站在房间中央,正忙着试穿各种各样的晚礼服,她从衬衣里取出厚纸板的动作就像是在剥豌豆。慢慢地,她转过身子,将婀娜的身姿展露在灯光下,投射出了一道修长的身影。

"这件衣服很漂亮,对吗?"她笑问道,眼睛看向镜子里的丹尼,却发现丹尼正盯着自己的后背一动不动,瞳孔却越来越大。她倏地转过身来,"你怎么了?"丹尼没有搭理她,仍旧盯着她一言不发。忽然间,他像是疯了一样一把将香烟扯掉过滤嘴,丢入了壁炉之中,开始翻找起东西来。

"我的帽子呢?我的帽子放到哪儿去了?"

"就在你身后的椅子上,出什么事情了?"简惊讶地问道。

丹尼一把抓起帽子冲出了房间,就好似被恶魔附体了一样。简看到丹尼摇摇晃晃地冲下了楼,重重地将大门给关上了。她就那样直愣愣地站在原地,惊恐万状地盯着门口的方向,这个时候,她听到丹尼回来的声音。他又回来了,脚步轻灵得就像是一只敏捷的猫,三步两步就冲上楼来,出现在她的面前。

"能给我两便士吗？我连两便士都忘了带。"丹尼道。

简怔怔地将手伸向她那个奢侈精致的手袋，这个手袋可是丹尼送给她的，简从手袋中掏出了两便士，"我不知道你身上没有钱。你要两便士做什么？"

"见鬼！"丹尼大吼了一声，然后又一阵风似的消失了。

他一路跑到了最近的一个电话亭，虽然气喘吁吁，但内心中却颇有成就感，根本不需要像平时那样低头在电话录中翻找半天，这一次他直接要求接通苏格兰场。在等待电话接通的时间里，他激动地在电话亭中来回踱步，最后终于听到了电话中传来格兰特的声音。

"探长，我是米勒。我回忆起你跟我说的那个人了，他是一个帮派分子。我曾经和他一起乘坐火车去雷斯特城看赛马，大概是在一月底的事情。好像是……什么？我是否确定？我完全确定。这件事情就好像是昨天刚刚发生一样。我们在路上聊赛马，他好像是个内行。在此之前，我从来没有见过他，或者说自从……什么？不不不，我从来不看报纸……不用客气，我非常高兴能够帮助你，我就说嘛，我的脑袋不会一直生锈不管用的。"

丹尼走出了电话亭，意识开始恢复了平静，他准备回去好好安慰被自己惹恼的简。电话那头的格兰特挂上了话筒，重重地出了一口浊气。竟然是赛马！这好像与案情很相符。他为何这么笨，简直就是一个笨蛋！他居然从来没有朝这方面想过。他居然忘了就算是三分之二的诺丁汉人善于制作蕾丝，还有足足三分之一的人痴迷于赛马。当然，赛马就足够证明受害人的身份了，他的穿着，他前往诺丁汉的目的，以及他对音乐剧的喜爱，说不定他根本就是一个混混。

格兰特出去找了一份《赛马现报》，没有错，在2月2号的时候，考维克公园内部有一场障碍赛，一月末的时候，在雷斯特城里也有一场，这证明了丹尼的话是真实的，看来丹尼给他提供了非常有价值的线索。

格兰特冥思苦想，在星期六的夜晚，那些赌马经纪人就算是不在现场看比赛，也一定关注着比赛的进展。至于周日，想来没有人愿意待在家里，可以预料到的是，整个周日，如浪如潮的人群开着车从四面八方来到赛马场，甚至于连银行与赌注登记处的调查都要让位于这个忙碌的周日。

格兰特抛开了繁杂的思绪，起身准备到劳伦特酒店休息一会儿。周一肯定会非常忙碌，他得围绕着领带与左轮手枪的线索继续展开调查，没准儿银行方面也会传来好消息，提供某些线索。这样的话，就能大大加快侦办的速度，免去那些累人的程序。至于现在，他必须得去吃点早饭，好好梳理一番头绪。

第六章　　地中海人

金碧辉煌的大厅中空着一半的坐席，格兰特信马由缰地走到了一个角落中，马赛尔总算找到一个机会跟格兰特聊起天来。探长负责的案子是不是有了新的进展？当然了，格兰特从来都不负众望，他能够从一把小小的匕首推断出凶手的模样，简直神乎其神。马赛尔相信，如果自己上菜的时候顺手拿了一把鱼叉，格兰特就能证明他左脚的小脚趾上有一个鸡眼。

格兰特可没有兴趣模仿福尔摩斯的手法。"一般情况下，我们把这类小错误归咎为此人正在热恋中。"

"我可没有！"马赛尔笑了起来，"探长，我敢向你保证，我不会犯这种低级的错误。"

"哦？看来你不愿意与人交往？"

当然不是这样,马赛尔非常乐意与所有人交往,而且他的妻子非常严谨,格兰特对此还是了然于胸的。

"对了,有一天我结识了一个在你们这里的食品间工作的年轻人。"格兰特说道:"叫莱加德,有这么一个人吧?"

"哦,你说的是拉乌尔啊。他是一个不错的小伙子。非常帅,对吧?他那俊朗的脸型,那迷人的眼睛,曾经有人请他去拍电影,可是拉乌尔不愿意。"马赛尔说话的时候,时常冒出几个法语词,若是让马赛尔来挑人,拉乌尔迟早会升任餐厅经理一职。

这个时候来了一个客人,恰巧坐在格兰特对面的桌子上,只见马赛尔脸上的笑容飞快消失,他又摆出那副惯常的自视甚高不温不火的模样,过去给刚来的客人点餐。马赛尔的好脸色只给他中意的五位客人,别的人可没有这种福分。格兰特总算有机会饱餐了一顿,虽然他不紧不慢地享用着食物,但从餐厅出来之后仍然发现为时尚早。斯特兰德大街依旧像是白天一样喧闹而拥挤,晚归的人潮与早起取乐的人流交织在一起,不管是人行道还是车行道都显得拥挤不堪。他不紧不慢地沿着拥挤的人行道往查令十字街的方向走去,路旁店铺橱窗中的五彩灯光交替地洒在他的身上,有玫瑰色、金黄色、海蓝色,不远处的那家应该是鞋店、服装店与珠宝店。在即将走出"瓶颈"地带的时候,人行道顿时变得宽敞了许多,先前簇拥成团的人群慢慢散开,男的女的各自埋头走路。原本走在格兰特前方几码远的一个男人忽然转过身来,好像要去看开过来的公交车号码。他的目光落在了格兰特的身上,橱窗里一道钻石反射而出的灯光正照在他的脸上,使他原本面无表情的脸瞬间变得狰狞可怖起来,这种变化一目了然。他顾不上左右张望,义无反顾地冲到了马路中间快要启动的公交车前。这个时候车已经开动了,格兰特只好停下了脚步让车子从他身边开过,但车尾尚未转向的时候,他就已经跑下了人行道直插车流尾随那个古怪的男人。街道非常得拥挤,但格兰特只在乎前面逃窜的人影,个人的人身安全早已抛之脑后。其实,格兰特心中非常清楚,"我从德国佬的魔掌中逃出来足有四年之久,现在要是死在了车轮之下那真是阴沟里翻船。"忽然一阵刺耳的急刹车传来,一辆出租车几乎与他擦肩而过,惊魂未定的司机忍不住破口大骂。他闪身躲开了一辆黄色的跑车,又看到左手旁有个什么黑不溜秋的东西在嗖嗖直转,那是一辆公交车的前轮,他慌忙跳回一步,谁想这时右边又冲过来一辆出租车,他瞬间跳到了公交车的后尾。出租车猛地一个急刹车,在距离格兰特只有一米的地方停了下来,他一鼓作气三步两步地冲上了安全的人行道。格兰特飞快地朝着两旁打量了一下,发现自己跟踪的目标,正气定神闲地朝着贝德福德大街走去,俨然没有料到格兰特会当机立断地穷追不舍。格兰特暗暗感谢上帝保佑他毫发无损地穿过马路,现在自己才能够信步闲逛,与猎物保持着一段相对安全的距离。这时格兰特想到,若是这个人在到达贝德福德大街前环顾四周,那他就知道自己的判断没有出现差错——这个人是因为看到格兰特才惊慌失措,拔腿而逃的。格兰特根本不需要多看一眼,就能够证实这个人是高颧骨、面色黝黑、下颚突出,左手食指或者拇指上有一块新疤痕,对此格兰特非常得自信,好像他亲眼看到了一样。

过了一会儿之后,男子佯装漫不经心地朝后方看了一眼,也不知道为何,他转头只有短短的两秒钟,但却给人一种在谨慎打量的感觉,紧接着下一刻,他就消失在贝德福德大街。格兰特拔腿狂追,然而却眼睁睁地看着身形瘦长的男子悄然进入了一条幽暗的街道,街上一个人影都没有。格兰特转过街角,继续向前追去,仍然没有见到半条人影。如果当初他一直按照直线追踪,那个男子就不可能掏出格兰特的手掌心。现在格兰特只能虚张声势,顺着街道的右手边大步流星地走着,眼睛小心翼翼地盯着每一个道口。走了一小段,并没有看到人影。这个时候格兰特不由得焦急起来,一种被人给愚弄了的感觉从心底升起。他站住脚步回头望去,正巧看到有人从对面的街道上的一个店门口走了出来,在斯特兰德街角一闪而逝,直奔人潮汹涌的集市走去。格兰特只用了三十秒的时间,就重新返回了斯特兰德大街，可惜那人早已消失无踪了。公交车来回穿梭，出租车飞驰而过，整条街上的店铺大门一会儿开一会儿关，想要找个隐蔽处躲起来或者夺路而逃非常容易。格兰特不由得暗骂了起来，他一边骂一边想，好吧，这次算自己栽了。但想来那个人肯定懊悔不已，怎么会好端端地在自己的面前露出了马脚。这绝对是致命伤。他有生以来第一次感觉媒体真厉害，能够随心所欲地发布通缉嫌疑犯的告示，这能够让民众提高警惕。他继续在街上逗留了一阵子，虽然已经不抱什么希望，但每经过一家店铺的时候，都会以搜寻的目光看上一眼。紧接着，格兰特躲入了一个门廊停留了一会儿，他觉得那个男人绝对没有逃走，而是藏在某个隐蔽处暂避风头，说不定他觉得危险过去了，就会主动现身。格兰特在门廊里站了一会儿，并没有看到什么动静，街对面有一个注意到格兰特的警员走过来询问他在寻找什么人，格兰特从门廊中走出来，对表达歉意的警员说明了一下情况。眼看追捕无望，格兰特给警督打了一个电话。一想到自己被那个男人给戏耍了，还让他在自己的眼皮底下溜走，格兰特就冲动得想要调来一队人马。但眼看着繁忙的交通状况，哪怕是坐上最快的车，等人马抵达现场时，嫌疑犯早就逃之夭夭了。一念及此，格兰特放弃了继续追捕的念头，至少眼下看来派人过来希望不大。

挂掉了电话，格兰特漫步在特拉法尔加广场上，精神终于振奋了许多。在过去的一个多小时中，他非常自责，懊恼的情绪充斥心间，嫌疑犯不过距离自己六米之远，在自己眼皮底下居然被他给溜走了。好在目前的案情已经基本明朗，刚才他确确实实有一个小失误，算是让进展倒退了一步，但总体来看，案情已经有了很大的进展。他确认那个地中海人仍旧在伦敦，这就是最重要的线索。格兰特昨晚才刚刚向警方描述了嫌疑犯的体态样貌，在此之前，警方并没有采取任何措施，嫌疑犯很有可能会逃离伦敦。要知道，今晚自己碰巧在斯特兰德大街看到失魂落魄的嫌疑人，否则的话，警方就要翻阅从英国各个角落，乃至整个欧洲各国警方发来的报告，这已经大大削减了警方的工作量。如今知道了嫌疑犯就在伦敦，就能够集中所有的警力来追捕他。嫌疑犯有可能会从公路逃走，但绝对不会以任何别的方式得逞。格兰特已经做好了部署，嫌疑犯妄图从大一点的租车公司租车逃离，绝对不太现实，那样只会将自己的行踪给暴露出来。当然了，若是他想跑，没有人能够拦住他，可是他绝对别想轻而易举地逃之夭夭。让人感到疑惑的是，危险早已经过去了，这个嫌疑犯为什么还不离开此地呢？对了，格兰特深知，伦敦人有一种顽固的精神，总是要固守在自己熟悉的城市。而外乡人又总是像老鼠一样对不见天日的下水道极为钟爱。但无论他是哪里人，此时此刻肯定躲在某个角落，不愿意尝试逃走。虽然警方没用大喇叭满街地宣传凶手的样貌，但并不代表巡警不知道这件事。在这种情况下逃走，他必须得面对售票员与船上的工作人员，要想做到面不改色心不跳地蒙混过关，必须得有莫大的勇气与智慧。所以说，嫌疑犯只能藏身在伦敦，从现在开始，警方会不间断地进行巡查，这次他想要从格兰特眼皮底下逃走的可能性几乎为零。除此之外，格兰特总算是见到了嫌疑犯的真正面目了，这绝对是案情的重大突破。下次格兰特要是再碰到他，绝对要将其拘捕。

嫌疑人仍在伦敦，嫌疑人的朋友同样在伦敦，嫌疑人的模样已经有了线索，至于死者的朋友则可以通过那些纸币看出一些端倪来，正如马赛尔说的那样，整个案情正朝着好的方向发展。走到圣马丁道巷尾，格兰特忽然想起今晚正是《你难道不知道？》的最后一场演出，他想回去看一眼再回到警局。只要是没有什么刺激与逼迫，他的脑袋就清晰而好用，但警察局里那种死一般的寂静，却能够让他发疯，他待在局里从来无法将事情整理出头绪来。而在汹涌如潮的大街上，没准儿就能有什么新的发现，嫌疑犯说不定就藏在聚众闹事的人群中呢。总而言之，出来走走比待在警察局更有机会破案。

演出已经开始二十多分钟了，格兰特与剧院的经理客套了几句之后，就想找一个地方看戏。这个时候楼下已经人满为患，他见缝插针地在后排处找到了一个仅有六英寸见方的立足之地。从黑暗中远远看去，台上气势如虹。这家剧院从来不缺少观众，此时的观众可以从天花板一直排到地板上，舞台下呈现出一片迷蒙的玫瑰色，观众们像是着了魔似的狂热沸腾。这是此剧最后一次演出，热情高涨的观众们正依依不舍地向自己热爱的演员告别。剧院里充斥着赞叹之声、友情之语以及叹息之声。这个时候的人们一改往常那副英式的拘谨冷漠姿态，大开其感情闸门，任爱慕之心淋漓尽致地释放。格兰不时地出场上演老派的插科打诨，有人大声嚷嚷道："格兰，来一个完整的表演！"不少人出声附和，"来一个完整的！"格兰只得使出了浑身本领。紧接着，蕾伊·马科布好似随风飘摇的落叶一般轻盈地落在了宽敞的舞台上。她一向如此，翩翩起舞的时候，总会比音乐略微慢上小半拍，好像音乐根本不是与舞步同步的，而是引她起舞，只见她时而快速旋转，时而飘然而起，乐曲停下的时候她又轻轻地落下。

她好几次都应台下的观众的热切要求，在舞曲中缓缓起舞，脸上挂着欢愉的笑容，活力四射地扭动着娇躯，就好似一颗水晶一样玲珑璀璨，又像是出水芙蓉一样娇艳动人。将近尾声的时候，她一串飞转后干脆利落地戛然站住，速度与技巧堪称完美，让人拍案叫绝。观众一开始看得如痴如醉，几乎忘了呼吸，而后就是一阵雷鸣般的掌声。她翩然落幕，然而观众却不肯善罢甘休，最后终于有人上来将她给拽下舞台到后台休息，本剧剧情才得以上演。观众们早已没有耐心等待下去了，今晚没有人会关注剧情，他们以前似乎也不太在意，那些狂热的粉丝们才不管呢，这出剧究竟讲述了一个什么故事，几乎没有人能够说清楚，今晚将时间浪费在一些无关紧要的事情上绝对得不偿失。

声名在外的合唱团登台献艺的时候，台下的观众总算是安静了下来。这十四个沃芬顿女子在英国乃至于整个欧洲大陆都算是小有名气，他们整齐划一的动作叫人叹为观止，大家看得非常过瘾，而且像是观赏禁卫军交接仪式一样百看不厌。表演的时候看不出谁的脑袋偏一些，谁的脚趾踩过了线，又有谁的脚抬得高过了同伴，更没有谁比其他人先落脚。最后一个女孩在离场的时候十分夸张地拍了拍自己橙黑色的鸽子裙，这让台下的观众看得大呼过瘾，几乎已经将蕾伊给忘了。不过很快，他们又想念起蕾伊来，今晚蕾伊与格兰才是真正的主角。这个时候，与格兰和蕾伊无关的事情都没有人愿意关注。今晚，人们激动而兴奋，他们肆意狂欢。格兰特用同情的目光看着领唱的男声独唱是由英国最顶级的男高音领衔，由一群男孩子伴唱，在渐渐暗下去的灯光下，交响乐悠扬动听，舞姿翩跹。他显然也希望观众高呼三次以上的"再来一个！"然而最后一段合唱尚未结束，观众就变得兴致寥寥。男歌手高看了自己，观众其实根本不愿意看这个节目。他只能尽力维持风度，承认自己今晚就是蕾伊的陪衬，陪她起舞，为她高歌，所有的一切都是为了烘托她。格兰特忽然想到了一个问题，是蕾伊·马科布鲜明的个性让男歌手黯然失色，还是蕾伊故意用这种方式使得自己出人头地？格兰特对于女演员在舞台上的雅量实在是不敢恭维。演艺明星总是容易被四处泛滥的悲情故事给感动得泪眼婆娑，但当面对强有力的竞争对手时，他们的善良就会消失殆尽。蕾伊·马科布一向以长相甜美、性格纯良而著称。当然了，她的经纪人在娱乐圈里绝对是狐狸一样精明的老江湖，格兰特曾经也看过一些关于蕾伊的八卦新闻。他原本饶有兴致地看着文章，看完后才突然意识到，这根本就是经纪人的杰作。她的经纪人有着出众的能力，在包装造势上颇有手腕，能将广告做得不留痕迹、自然而然地融入故事之中，引导读者不自觉地接受。

但有一点很值得怀疑，在出道两年的时间里，蕾伊曾经跟不同的三个男主角合作过，可是剧组的其他成员却从来没有变化过。难道她平易近人的性格，谦虚低调的态度与淑女风范都是伪装出来的吗？莫非伦敦城里这个表面最为风光的宝贝，暗地里是一个钢铁一样冷酷无情的人吗？格兰特曾经见过"生活中"的她，觉得她谦和、聪明，十分出众，从来不会乱使小性子，更不会有一丝一毫的趾高气扬。一个女孩用聪明的头脑为自己闯出了一片天地，能够走到今天这个程度绝对不容易。格兰特曾经接触过不少的女演员，她们就算是妆容再美，也难以掩饰内心的空洞。蕾伊·马科布却不这样，她不但拥有甜美的外表，更有丰盈的心灵。这个时候格兰特有机会近距离地观察她，但为了让自己满意，他极力地否认了自己对蕾伊的美好印象。格兰特非常喜欢蕾伊，一念及此，他情不自禁地推翻了之前脑海中所冒出的所有的联想。可是格兰特无法欺骗自己的内心，他已经对蕾伊心生疑心，并且在逐步地深入探究，并且所有的疑虑正逐步地得到了证实，这让他感到颓丧。她始终不让男主角进门，不难找到可以表明这一点的各种迹象，但如此巧妙的手段，格兰特以前从来都没有见过。若是她试图分散或者转移格兰特的注意，或者干脆自己率先喝彩，这么做实在是太愚蠢了，非常容易被识别，所以蕾伊绝对不会这么做。格兰特意识到，蕾伊非常得精明能干，她不会犯这种低级错误。她只需要在不经意之间运用她独特的魅力，竞争对手就很快会变得黯淡无光。她只有在与格兰特在一起的时候，才会显得有些力不从心，若是说格兰特并不比蕾伊更加夺目耀眼，但也至少能够与她平起平坐。于是乎，蕾伊只能够不断地容忍退让。那位男主角就另当别论了，虽然说这位歌手长相帅气，态度温和，唱功也非常之得。但与蕾伊同台竞技的时候，风头被压过是极为正常的事情。这个男主角现在仍然记忆犹新，他们曾经谈到过一个话题，想要找到一个能够与蕾伊匹配的男主角非常得困难。今天格兰特看了演出，总算是明白了其中的缘由。他仿佛一瞬间就弄清楚了她所有的心思，纵然处于她无限的魅力包围之下，也岿然不动，这点让格兰特自己都觉得有些不可思议。在众人皆醉的舞台下，只有格兰特与他的大脑仍旧保持着清醒，能够从狂热之中镇定下来，冷眼旁观。格兰特看着舞台上男女演员的表演，感觉男主角就像是一个可怜虫，冷漠又拘谨，好似格兰特在《圣经·新约》里扮演鳟鱼一样。而蕾伊用自己甜美的微笑，硬生生地从他的手里夺走了本该属于他的胜利果实，将所有的荣光全都据为己有。但没有人注意到胜利早已被蕾伊侵占，哪怕是看出了一些端倪，也只会单纯地认为今晚上的男主角实力不够，无法达到观众的心理预期。毕竟，想要找到一个能够与蕾伊媲美的男主角实在是难上加难。在抢尽了所有的风头之后，蕾伊在离场的时候一个漂亮的转身，带着一抹狡黠的微笑，牵着男主角的手一齐来向观众谢幕。如此一来，观众更加认定，男主角的表演，根本无法与蕾伊媲美。于是乎，男主角的瑕疵被无限地放大，人们会永远铭记男主角为何会黯然失色。没错，这真是太微妙了。这场演出对于格兰特来说，真是非常有吸引力。他看清了蕾伊的本来面目，镁光灯下的她显得那么陌生。散场的帷幕拉开时，剧场中的欢呼声此起彼伏，专心思考的格兰特却忽然觉得浑身冰冷。帷幕不断地拉开，无数的鲜花与礼物好似潮水一样淹没了所有的脚灯。紧接着演员们开始一个接着一个地致答谢词，格兰第一个说话，手里紧握着威士忌瓶子走上台，想要再一次地搞笑但似乎并没有成功，因为他的声音由于太过于激动而不断地发抖。

据格兰特估计，格兰多半是回忆起了当初吃不饱穿不暖的艰苦日子，想起了穷酸小镇上的破旧房间，想起了每天晚上雷打不动的两场演出。还有那些如影随形的恐惧。格兰曾经为了生计卖唱了多年，能够受到今天这种众星捧月一样的待遇，自然会万分得激动。紧接着，是导演登台答谢环节，最后轮到蕾伊·马科布。

"先生们，女士们。"她用一贯清亮的声音，缓慢地说道："在两年前，我没有一丁点名气的时候，是你们的善良感动了我。今天晚上，你们再一次地感动了我，而我就只能够站在这里对大家说声感谢。"

观众的欢呼声此起彼伏，格兰特心想，蕾伊·马科布表现得非常出众，谈吐得体，拿捏得恰到好处。格兰特转身离开了剧院，他知道接下来全体的剧组人员都会轮番登台致谢词，从主演到传叫童，这些戏码他早就听腻了。他穿过了泛着粉红色与淡黄色的门厅，走入了夜色之中，然而此时他却忽然觉得胸口有些闷得慌。若是三十五年来他始终没能甩开那些烦人的幻觉，那么现在他终于明白了，自己一直爱慕着蕾伊·马科布。

第七章　层层谜团

"这根本就不是正常的基督徒过的日子。"菲尔德太太一边不忿地抱怨着,一边将准备好的早餐端到了格兰特的面前,有两样东西格兰特必须要吃,一个是熏肉,一个是煎蛋。菲尔德太太尝试着从报纸上的每日菜单里精心挑选搭配,还破例地从汤姆金斯先生家的店铺买来了美味的猪腰子与其他的"风味食品",并且恐吓格兰特,若是他不改掉老习惯,就不会再给他准备早餐。然而菲尔德太太的这一招并不管用,格兰特办案就是这样,无论对方用什么招数都不会灵验。格兰特依旧我行我素,周六到周一,早餐就这样一成不变。现在是周日的早上八点钟,这个时间总能让人联想到菲尔德太太的话。在菲尔德太太的词典里,"异教徒"绝非代表着信仰的缺失,而是代表着生活不够舒适而体面。格兰特今天早上八点钟就吃早餐,这简直就比他一整天都在忙工作还要让人感到惊讶,菲尔德太太感觉十分难过。

"我总是在想,国王为什么不多给你颁发一些奖章呢?伦敦城里谁会非得在这个时候吃早餐。"

"这么说的话,探长的房东太太也应该有一枚荣誉勋章。菲尔德太太,你作为我的房东太太,立下了汗马功劳,特此授予你大英帝国的荣誉勋章。"

"得了吧,就算没有那枚勋章,能够给你做饭我也应该感到荣幸。"菲尔德太太满脸笑容。

"这话说得真有水准,我应该想想要如何才能够回答。可惜的是在早上的八点钟,我从来说不出如此优雅的词,只有女士才能够在早上八点钟的时候如此得幽默而风趣。"

"你真正应该感到惊讶的,是你这位苏格兰场的大探长,让我拥有了目前这样的特殊地位。"

"真是这样吗?"

"当然是了,不过你完全不用担忧。我绝对不会透露出半点风声,你作为一个大探长,肯定有许多人想要知道你最近的动向,或者有哪些人曾经拜访过你,不过,我就静静地坐着,任凭那些家伙如何暗示我都没有用。至于这些事情,我自己就能够处理好,不用你费心了。"

"菲尔德太太,你真是太伟大了,为了给我保密,你宁愿装作蠢笨的样子,真是叫人感动。"

菲尔德太太笑着眨了眨眼睛,"这是我应该做的事情,虽然我并不太情愿。"说着,她十分优雅地走上楼去。

格兰特吃完早饭准备离开的时候,菲尔德太太走过来看了一眼分毫未动的面包,不禁担心地说道:"哎呀,你中午一定要多吃一点,饿着肚子怎么做事啊?"

"吃撑了可不明智。"

"在伦敦人的身后你根本不需要跑得太快,总会有人将他给拦截下来的。"

阳光明媚,格兰特沿着小路朝着公共汽车站走去,不由得自嘲一笑,捉拿罪犯是刑事调查科里最容易干的活了。然而目前为止,仍然没有人成功拦截到警方正在通缉的嫌疑犯。几乎大半个伦敦城的人都将目光集中在了他身上,通常都是从背后盯着。有那么多手上带伤的人需要进行调查,这让局外人觉得不可思议。格兰特整个上午都坐在桌前和煦的阳光下,耐心地翻阅着一摞摞的报告,并将手下派到了各个地方进行常规的巡查,仿佛是战场上指挥作战的将军一样。他完全忽略了外界的线索,除了两份报告之外,这两份报告给格兰特提供了一些有价值的东西,证明了当初出现在斯特兰德的那个人极有可能并不是地中海人。他派了两个手下去调查这方面的情况,一个去了康沃尔,另外一个则去了约克郡。一整天下来,他手中的电话总是响个不停,传来的都是一个接着一个的坏消息。一些警员察觉到,他们的搜寻目标压根就不像是一个通缉犯。这个线索很有价值,是一名警员在诺丁汉郊区别墅蕾丝窗帘后苦苦守候的结果,他整个下午专门监视着住在"三幢房子"以外的那个人，等那个人走入监视区域。结果却意外发现，有一个嫌疑犯是一个著名的马球运动员，当时正匆忙赶往车库准备开车外出，到三四百英里之外去度周末。不曾料想警员的举止引起了伯爵的好奇心，警员无奈之下只得道出自己正在执行公务。

"我还以为你是在跟踪我。"伯爵说道，"那个时候我的直觉非常准，我非常想知道你想要做什么。我这一生被指控过很多次，但是还从来没有人说我像一个杀人凶手。无论怎样，希望你们好运。"

"感谢您，先生，我也祝您好运。我由衷地希望您在返回的路途中，意识始终能够保持清醒。"伯爵先生的超速驾驶记录在英国绝对是名列前茅的存在，他嘿嘿一笑，表示赞同。

确实，那些被指派出去执行任务的警员，兴许还会觉得星期日的工作还算是轻松，但在办公室里担任幕后指挥的格兰特却感觉异常枯燥而无聊。下午的时候，巴尔克走进了办公室，可惜没有能够提出任何能够使得案情更加明朗的建议。他们眼下不能够放过任何一丁点的蛛丝马迹，稍稍觉得有点用的线索都会不厌其烦地派人去调查核实。这些基础的工作非常耗时耗力，在菲尔德太太眼中显得非常"另类"，不是正常的基督徒应该干的事情。格兰特颇为羡慕地看向窗外，落日的余晖照耀在河床上，弥漫着整个萨里郡。今天是个好天气，要是能够去汉普郡该是一件多么美好的事情！他仿佛看到丹伯里森林的第一抹新绿，幻想着在太阳落山后的晚上乘坐马车吟诵《圣经》，光是想想都觉得非常惬意。

格兰特回到家的时候已经非常晚了，然而他仍然在不辞辛劳地思考着，不愿意放过任何一个与案情相关的线索。随着夜幕的降临，很多的嫌疑面孔慢慢变得模糊，格兰特便任其一一逝去。菲尔德太太曾经说过，最好的慰藉莫过于回家吃晚饭，可在吃晚饭的时候，他仍然疲惫不堪地留意着壁炉旁的电话。没有电话来的话，他就上床睡觉。他梦到了蕾伊·马科布打电话给自己，说："你永远都不会找到他，永远都不会找到！"她一直重复不断地说着这句话，格兰特请求她多给自己一些提示，帮助自己破案，然而她却丝毫不理会。他多么希望接线员能够打断他们之间的谈话，好让格兰特不要再饱受折磨。忽然电话变成了一根钓鱼竿，他木讷地走过去将钓鱼竿给拿了起来，将鱼竿当成了马鞭，赶着四辆马车，跑到了诺丁汉的大街上。街道的尽头是一片沼泽，沼泽的前方就是街道中央，那位宾馆的女招待就站在那个位置。他大声地提醒她躲开穿梭的马车，但声音却怎么也喊不出来。此时那位女招待的身体却变得非常大，足足占满了整条街道。就在马车向她冲去快要撞到她的时候，她却好似一个巨人一样高高在上，俯瞰着格兰特与他的马车以及整条的街道。所有的一切都那么猝不及防，根本不给人反应的时间就大祸临头。要来的躲也躲不过，他暗想，惊醒的时候格兰特发现自己正安全地躺在床上，理性的世界仍然按照前因后果运行着。肯定是那些该死的蛋奶酥在作怪，他暗骂了一声，翻身仰卧在床上，双眼扫过漆黑的天花板，这下子他的睡意全无，索性漫无目的地思索了起来。

为什么死者要故意隐瞒自己的身份？莫非这只是一个意外？他的衣物上只把裁缝师傅的名字去掉了，然而领带上却还留着制造商的信息。若是有人想要刻意抹除自己的身份信息，这里应该是最容易注意到的地方。但若是他只是不小心弄掉了裁缝的名字，又该怎样解释死者衣物上的线索全都消失的巧合呢？只有很少的零钱、一把左轮手枪、一块手帕，甚至连一块手表都没有，怎么看都像是在蓄意自杀。莫非他穷困潦倒？看起来又不像。当然这还说不准。格兰特就见过许多貌似富翁的乞丐，也知道很多的乞丐在银行里有大笔的存款。莫非这名男子不名一文，想到与其终老病死，不如体面地亲手结束自己的生命？莫非他带着最后的几先令到剧场去，就是为了嘲讽那些让他在大千世界中穷困潦倒的众神吗？想要在他们的脸上狠抽耳光来报复吗？莫非是那把匕首出乎意料地比他自己的左轮手枪抢先了一两个小时，所以才造成了他临终的时候留给这个世界的讽刺结局？可是，就算是他真的没有钱过日子了，他为什么不去向朋友们借钱？至少他有一个会为了他邮寄25英镑的朋友。或者是他去借了钱，但是朋友却拒绝了他？后来，这个朋友因为良心发现，所以又寄来了25

英镑？若是受害人故意摆出一把左轮手枪，又隐瞒了自己的真实身份，那么这场谋杀极有可能是因为一场争执，即帮派分子之间的纷争。可能是地中海人觉得死者的失败人生与自己脱不了关系，所以必须要为此事情负责。这是一个最为合理的解释，也符合目前的所出现的种种状况。受害人对赛马有着浓厚的兴趣，极有可能是一个职业赌马者。他死的时候身上没有手表，也没有什么钱，很显然是打算自杀。也许地中海人在向死者索取一些他难以偿还，也不愿意偿还的东西，从而导致了地中海人痛下杀手。那位曾经拒绝借钱的朋友也许早已厌烦了给他收拾烂摊子，不过在听说他不幸身亡之后，为了良心好受一些，只得慷慨解囊，匿名帮死者料理后事。这些都只是假设，不过却几乎说得通。眼下就只剩下一个疑点，直到现在，仍然没有人来认领尸体，这点实在是难以解释。若是这场谋杀只是单纯地因为两个人的争执，死者的朋友们就没有必要因为害怕什么而一直保持沉默。一个外国人竟然有这么大的本事，能够让受害人的朋友们畏畏缩缩，不敢正大光明地前来认领尸体，却选择了相对谨慎的匿名交流的方式。这确实让人感到匪夷所思，几乎没有前例。格兰特办案这些年来，还从来没有在受害人身份都没有确定，就将凶手给捉拿归案的情况。

淅淅沥沥的春雨好似绵软的小手触碰着窗台，格兰特叹息了一声，看样子好天气很快就要结束了。很快天空就变得格外暗沉、寂静而沉默，上帝似乎是派出了先遣兵，命令他们一旦观测到大地后，就悄无声息地回去汇报。果不其然，许久不见的大风在呼啸声中，冲向了远方，回声刺耳。一阵狂风暴雨席卷而下，敲打在玻璃窗上，就好似大珠小珠落玉盘，狂风紧随着席卷而至，凶猛无情地席卷骤雨，格兰特睡着了，像个熟睡的婴儿。

第二天早上，淅淅沥沥的小雨仍然下个不停，天色阴沉。格兰特之前的推理，至今仍然无懈可击，那缺失的一个疑点也被他的聪明才智给补齐了。纵然他在追踪死者身份这条线索上一度陷入了困境，但在与维斯姆斯特银行奥德尔菲经理见面讨论了一番，忽然间有种柳暗花明的感觉。

经理成熟稳重，头发雪白，肤色黝黑，就跟他面前的钞票差不多是同一种颜色，他的举止与金融咨询师相差甚远，就像是个医生，格兰特真是希望能够体会一下这位道森先生干瘪的指尖触碰自己手腕会是一个什么样的感觉，但是今天早上的道森先生仿若是一尊不食人间烟火的神像，跟罗马的墨丘利神有点相似，还有点像印度的克利须那神。他开始向格兰特报告纸币的调查结果。

这5张让探长非常感兴趣的钞票，是在本月3号的时候，从银行的一个流水账户中提走的，提款的总额为223英镑10先令，是一个名叫艾伯特·索雷尔的客户提走的。位置是开在明雷大街上的一个小赌马馆。这笔钱被提走之后，整个账户中就只剩下一英镑的余额，很有可能是为了保留原账户能够继续使用而留下的余额。

太棒了！格兰特想到，受害人的朋友也爱好赌马。

"请问，道森先生能不能认出索雷尔？"格兰特询问道。

"可能不行。但是你若是有需要的话，我可以将柜台的出纳员给你仔细描绘一下。"紧接着奥德尔菲找来了那位出纳员"这位是苏格兰场的格兰特探长，他想要仔细地了解有关艾伯特·索雷尔先生的情况，我跟他说，那天是你来负责接待的，说不定能够提供一些线索。"

出纳员说得非常详细，他所描述的对象绝对不会有错，无须怀疑，因为他所说的正是死者本人。

说完，格兰特坐在那里急速思考着一系列的问题。这意味着什么呢？莫非是受害人欠了朋友的钱，而那个朋友夺走了死者的所有财产之后又良心发现？他就是这样拿到的钞票？竟然也是在本月的三号。那天正是谋杀案发生之前的第十天。

"那天是索雷尔先生自己来提取的钱吗？"格兰特询问道。

"不是。"出纳员道："是一个陌生人拿着支票过来兑换的。"没错，他现在还能够记得清楚这个人的模样，是一个中等偏矮、黑瘦、颧骨很高的人，看起来有点像是外国人。

是那个地中海人!

格兰特顿时激动得有些喘不过气来了,就像是小说里的爱丽丝经过了长途跋涉之后,总算是见到了红心皇后一样。案情终于是有了新的进展,但却如此令人费解。

他要求查验支票,支票很快就送来了,格兰特说道:"这不会是伪造的吧?"他之前从来没有往这方面想过。表面看来,从提取金额到签名认证都出自于索雷尔先生的手,而这些通常都很难进行伪造。他们又拿出了一些支票摊开在桌上,这些支票都是受害人曾经签过的支票,两相对照。他们很快就排除了支票是伪造的嫌疑,"若是伪造的支票,"道森先生说道,"那这样的技术也太好了。即使这些票据经检验证明是伪造的,那也很难让人相信。我认为应该接受这张支票是真实有效的事实。"

如此说来,那个外国人取走了账户中的所有余款,只留下了20先令,然后在10天后,从背后杀死了索雷尔。也好,就算暂时从支票上看不出什么线索来,最起码这张支票能够在日后的刑事法庭上,证明两个人之间存在着一种尚不明确的关系。

"你这里还有索雷尔兑换的其他钞票吗?"很快就有人将账目送了过来,格兰特查阅了一番账目。紧接着又询问了索雷尔的住址,银行方面并没有他家庭住址的记录,只知道他的办公室设在明雷大街32号,在查令十字街的尽头。

格兰特从斯特兰德大街拐上了明雷大街,一边走一边梳理着刚刚得到的这些信息。这个地中海人用写有索雷尔签名的支票,到银行兑换了现金,那么,从领钱到遇刺的这10天中,索雷尔几乎没有什么钱财失窃的可能。也就是说,这张支票是索雷尔亲自交给了地中海人。可是为什么不直接付钱给地中海人呢?因为在这笔交易之中,地中海人并不想留下自己的签名而搞了一个小手段。也许是他胁迫了索雷尔?要不然就是他想要从索雷尔索要一些东西,就像是案发当晚拉乌尔·莱加德所听到他们的谈话仿佛是关于要东西的争吵,他莫非还想多要点钱?难道这个地中海人在索雷尔命案中所扮演的角色,并不是什么倒霉的同伴,而是一个趁火打劫的恶棍?

至少,从维斯姆斯特分行的交易记录里,可以看出索雷尔当时已经是身无分文了,因此就有了蓄意自杀的可能性。

可是,究竟是谁给索雷尔邮寄了25英镑?格兰特也不会相信一个抢夺了索雷尔所有钱财,然后又为了要更多的钱而痛下杀手的恶徒会在事后良心发现,给索雷尔邮寄安葬费。肯定还有第三者,这个人与凶手有着不浅的交情,并且在他从索雷尔手中得到的钱中分走了至少25英镑。除此之外,这个第三者多半是跟索雷尔住在一起的,并且亲眼看到了死者把指纹留在了装有25英镑的信封上。能够慷慨解囊地支付安葬费,多半带有一些女性色彩,可是笔迹专家一致认为,信封上的字迹应该属于男性。另外,这个第三者很有可能就是给索雷尔自杀提供左轮手枪的人。案件变得扑朔迷离,至少这件事情就难以解释清楚,各种线索缠结在一起,相互之间联系紧密,可能不知道什么时候就突然能够找到一根幸运的线头,从而将所有的谜团全都解开。从目前的情况来看,格兰特只要摸清死者生前的生活圈子与生活习惯,那么找到那个地中海人应该就不会太难了。

从查令十字街往里走,稍微拐一个弯就到了明雷大街,街上有种阴森森的感觉,让人感觉神秘而压抑。陌生人初来乍到会情不自禁地认为自己也许是一个不速之客,好似擅自闯入了私人领地,又仿佛是进入了一家陌生的咖啡馆,当地的常客会半带惊讶、半带敌意地想要上来盘问一番。当然了,对于格兰特来说,他就算不常住在明雷大街,他也很熟悉这里的一草一木。他作为苏格兰场的探长,对查令十字街与雷斯特广场这一带地区的情况如数家珍。那些装潢金贵,但总是给人一种狡黠门脸的房子见到了格兰特,肯定会说:"哟,你怎么又来了?"格兰特径自来到了32号房门前,看到木板上的喷漆字牌卜写着赌马经纪人艾伯特·索雷尔的办公室在二楼。格兰特进入了门廊,沿着昏暗的楼梯一路上楼,周围弥漫着一股刚刚清扫过的味道。格兰特在楼上的宽阔地带看到了一扇门上标有索雷尔的名字，当即抬手敲门，随后就停了下来，然而除了远处马路上嘈杂的车声与楼下大街上行人的脚步声，再没有任何声音从屋里传出来。格兰特弯腰从钥匙孔往里看，发现里面并没有钥匙，当然了，小孔的视野很有限，只能看见办公桌的一角与一个煤篓。他察觉到屋子有两个套间，而索雷尔的办公室就在里面。格兰特在原地等了一会儿，静立不动。仿佛在等候着什么，可惜的是钥匙孔里的那副小小的静物画里并没有任何动静。他站起身来，准备离开，然而没等他迈出一步，忽然听到了一种诡异的响声。格兰特侧耳倾听，忽然察觉到楼层的栏杆边缘，倒挂着一颗人的脑袋，头发因为地心引力的缘故，而变成了蓬蓬头，样子可怕而怪诞。

这颗脑袋似乎感觉被人给发现了，温和地出声道："请问你是在找人吗？"

"你已经看出来了，不是吗？"格兰特满心不快地回答道："我来这里，是找这间办公室的主人。"

"是么？"那脑袋忽地消失无踪，不一会儿，楼梯上走下来一个年轻人，身上穿着脏兮兮的绘画用罩衫，站在第一级的台阶上，满身的松节油味，他用沾满了颜料的手指理了理头发。

"这里的人有好久都没有来了。"他解释道："我住在他楼上两层，这里一间是工作室，一间是卧室。我之前上楼梯的时候经过这里，能听见那个赌马经纪人，他叫什么名字来着？反正就是他与人在交谈。"

"你说的是客户吗？"格兰特提醒道。

"没错，我想就是这样，我听见客户会来找他，不过我肯定上一次见到他的时候，已经是两个星期之前的事情了。"

"你知不知道他常去跑马场？"格兰特问道。

"你说哪里？"艺术家反问。

"我说的是，他每天都会去看比赛吗？"

艺术家摇了摇头，似乎对此事不太清楚。

"我想进去看看，哪儿能够找到钥匙？"格兰特问道。

艺术家觉得只有索雷尔自己才会有钥匙，这处房产的代理人在贝德福德广场不远处有一间办公室，但他已经记不清具体是哪一条街、门牌号又是多少了，只是自己过去能够找到。他自己的房门钥匙早就丢掉了，要不然倒是可以用他的钥匙来尝试着捅捅索雷尔的门，兴许能够打开。

"那你出门的时候怎么办？"格兰特询问道，一时间十分好奇，压倒了他想要进门探查的欲望。

"不用锁。"这个艺术家无所谓地回答，"要是有人能够从我这间屋子里找到什么值得偷的东西，我绝对会佩服得五体投地的！"

忽然，在距离他们一米远的地方，一阵鬼鬼祟祟的响声，再次从紧锁的门内传出，好像是什么东西在移动。

艺术家当即低下了蓬蓬头，将耳朵贴在了门上，用询问的目光看向探长。格兰特沉默不语，一把拉住了他的手臂，将他拽入了楼梯下的一个拐角处。"你听着，"格兰特道，"我是一个便衣，你明白我的意思吧？"天真的艺术家有些犹豫，显然不太相信格兰特的话，说道："我当然明白，你就是一个警察呗。"格兰特没有搭理他，"我必须进入那个房间看看，后面有没有院子能够让我看到这间房间的窗户？"

真有。画家将格兰特领到了一层，穿过黑漆漆的走廊一路来到了房子后面，从那里他们钻入了小屋砖砌的后院中。在靠墙的位置，正有一排顶着铅屋顶的低矮小房，站在上面正好能够看到索雷尔的办公室。房顶有一个小口，好像有人在里面居住。

"帮忙搭把手。"格兰特说道，猛地一跃攀上了小棚的屋顶，他从画家满是油彩的双手中将脚拔了出来，"我要提醒你一句，你现在是共犯，私闯民宅可是犯法的。"

"这绝对是我一生中最值得纪念的事情了。"艺术家一脸的无所谓,"我一直想要尝试着践踏法律,可惜从来没有找到合适的机会,现在我有幸能够与一名警察成为共犯,我简直就是三生有幸。"

格兰特翻了一个白眼,双眼直直地盯着窗口。然后缓慢地站起了身子,恰巧与窗台差不多高。他很是警惕地朝着里面望去,但屋子里并没有什么东西在移动,然而背后的动静却让格兰特吓出了一身冷汗,他转过头来,愕然发现画家也爬上了屋顶,"你带枪了吗?"画家轻声问道,"要不要我给你找一根拨火棍之类的东西?"格兰特摇了摇头,忽然纵身一跃,翻过了半身高的窗台,一跃跳入了屋内。屋子里除了他急促的呼吸声之外,再也没有别的声响,屋子里空空荡荡的,阴沉的阳光扫过厚厚的尘土,对着他的那扇通往前屋的房门半开着,格兰特快步冲上前,猛地将门推开。忽然喵呜一声,一只惊慌失措的大黑猫,从外屋跳了出来,飞快地窜到了后面,然后猛地一跃,顺着大门的方向跳了出去,速度之快让格兰特根本没有看清楚那究竟是一个什么东西。这个时候传来一声沉闷的撞击声,随后画家的哀号声就传入了耳中,格兰特快步来到窗口,听到下面院子里传来一阵阵呻吟,他翻身滑到了外屋的房顶上,向下望去,正看到画家抱着脑袋哭笑不得。格兰特松了一口气,重新翻身进入了房屋中,想要查看一番索雷尔的抽屉。可惜的是,抽屉中空空如也,显然刻意地整理过。前面的屋子是办公室,而不是卧室,那么,索雷尔应该还有别的住处。格兰特关好了窗户,滑下了屋顶,重新回到了院子之中。画家仍然在低声啜泣着,不过已经能够腾出一只手来揉眼睛了。

"你伤得如何?"格兰特关心道。

"没什么大碍,只是肋骨间的肌肉有些过于亢奋了,"艺术家回答道,"我的肋骨差点就要断了。"他强撑着站起身来。

"也好,就当是浪费了20分钟的时间。"格兰特苦笑一声,"不过我已经满足了。"他跟着一瘸一拐的艺术家重新穿过漆黑的通道。

"我能够荣幸与你并肩战斗,耗费我多少时间都非常值得。"蓬蓬头说道,"我告诉你,你的来访让我印象深刻,我来的时候正巧是我的创作低谷,我周一上午的时候从来不画画,其实我就不该在周一画画,我应该将星期一从日历表上用火烧掉。可是你的到来,让我的这个周一早上变得有意义了,我想我们合作得很愉快。在不违背法律的情况下,你什么时候再来,我可以给你画一张素描,你的脑袋长得挺可爱的。"

格兰特忽然有了一个主意,"你能够凭借着记忆,将索雷尔画出来吗?"

画家考虑了片刻,点了点头,"应该可以吧,你跟我来。"他领着格兰特走入了工作室,里面到处都是油画帆布、颜料、作画工具,还有一些日常的用品。上面落满了尘土,要不然的话,你肯定会以为这间房子刚刚被洪水冲过,每件东西似乎都很破旧,摆放的角度就好似大水退去之后自然形成的模样。画家在屋子里一通乱翻,好像故意在藏匿着什么东西,不一会儿的时间,他调好了一瓶印度墨水,又找来了一把干净的刷子。只见他在素描板干净的画布上画了七八下,然后又退后审视了片刻,紧接着扯下了画布,伸手递给了格兰特。

"我画的不太准确,但认出这个人来应该难度不大。"画家说道。

格兰特对于画家的技艺钦佩不已。纸上的墨迹还没有干透,但死者的形象却已经一清二楚。整张素描看起来有点像漫画的风格,稍稍有些夸张,但绝对要比照片的还原效果还要好很多。画家甚至于将生活落魄的索雷尔眼神里流露出的一丝怀才不遇都描绘得惟妙惟肖。格兰特由衷地对他表示了感谢,并且留下了自己的名片。

"你往后要是有什么需要我帮助的,尽管来找我。"格兰特说完之后就转身离去,而画家手中捏着名片,对于名片上的名字一阵咋舌。

在剑桥广场附近,坐落着劳里·默里宫殿式的办公大楼。这是伦敦最大的赌马经纪公司之一,俗话说"跟着默里，逢赌必胜"。格兰特走在街道的另外一边，恰好看到向来面色和蔼的默里下车走入了办公室。他认识劳里·默里已经有很多年了，于是，他就穿过街道，尾随这位声名在外的默里走入了辉煌绚丽的总部大楼。他通报了自己的姓名，接待员领他穿过了宽敞热闹的办公大厅，越过金光灿灿的实木青铜装饰、玻璃隔断间以及数不清的电话，终于是来到了伟人的书房，书房的墙上挂着不少的大幅图片，都是良种马。

"哟，"默里朝着格兰特微微一笑，道，"你应该是为了公事而来吧？希望上帝保佑今天卡菲·格洛兹输掉比赛。因为今天足足有一半的英国佬，都押了它。"

格兰特可不希望输光自己所有的钱，虽然卡菲·格洛兹看上去有着不错的表现。

"哈哈，你千万别告诉我今天你是来赌马的！"

格兰特微微一笑，当然不是，他来这里的目的是想问问默里认不认识一个叫作艾伯特·索雷尔的男子。

"我从来没有听说过。"默里回答道："那是一个什么人？"

格兰特也认为索雷尔是一个赌马经纪人。

"哪个马场的？"

关于这个，格兰特就不太清楚了，但他知道索雷尔在明雷大街上有间办公室。

"也许还在赛马场吧。"默里思考了一会儿，"我建议你去趟林菲尔德，今天所有的马场经纪人都会聚在那个地方，这可以给你省去很多的工夫。"

格兰特认真地考虑了这个建议，觉得的确是眼下最好的一个途径了。说不定还能够打听到索雷尔同行的情况，这绝对要比弄到索雷尔的家庭住址要有用得多。

"你听我说，"默里看到格兰特有些犹豫，笑道，"我可以与你一同去，我们开车过去，这个时候最后一班火车也停了。我们可以开车过去。我的一匹爱马今天也将出征，我跟驯马师说了我会前去观战，可惜今天天公不作美，我原本打消了这个念头。现在你要去的话，那正好，我可不要独自前去。对了，你吃饭了吗？"

格兰特没赶上吃饭，于是默里起身去张罗午餐，格兰特则顺便给警督打了一个电话。

大概一个小时后，格兰特已经坐在乡间吃午饭了，天上下着毛毛细雨，他们两人到达马场的时候，小雨依然淅淅沥沥地下个不停。距离第一场马赛还有十分钟的时间，格兰特对于参赛双方没有什么兴趣，他耐着性子陪默里走向了马场的白色围栏，很快就要下场比赛的马儿正以小碎步来回做着最后的热身。格兰特对于马匹很有研究，他一边漫不经心地欣赏着良种马的矫健步伐，一边打量着周围的人群，大家一个个都颇为懂行地在那里评头论足。莫伦斯坦一副信心十足的模样，仿佛他就是这个世界的神灵。格兰特很想知道今天他打算用什么鬼把戏在这里招摇撞骗，他肯想用3月里那场乌七杂八的盛会来打动格兰特，当然了，没准儿那群傻瓜中就有人吃这一套。穿着一身花格外套的芳达·莫登绝对算是马场里一道惹眼的风景，她刚刚从第三次蜜月旅行中回来，此时正非常夸张地显摆着，生怕别人不知道，不管你从哪一个角度看过去，都可以看到她的花格子外套。玩马球的伯爵也在现场，他就是曾经被怀疑是那位地中海人的先生。还有很多人，他们有的神情愉悦，有的神色沮丧，格兰特一一辨别着，并在心中暗暗地给每一个人做出一个简短的评价。

在第一场比赛结束之后，一小部分的幸运儿容光焕发地围到赌马经纪人的身前，然后一个接一个地被打发了回去。这个时候，格兰特也开始干正事了。他不停歇地四处询问，直到兴致高昂的人群再度围上前打听第二场比赛的消息的时候，他的询问才不得已暂停了下来。让人失望的是，并没有人听说过索雷尔，郁闷的格兰特只好与默里在马场等待着第四场比赛，默里的马很快就要在这场障碍赛中出战。默里与格兰特同时站在了检入区的中央，一边欣赏着自己的爱马，一边听着格兰特调查索雷尔的进展，还不断地向格兰特表达自己的同情，用动听的话来安慰格兰特。格兰特发自内心地欣赏默里名下的这匹健壮的枣红马，有一搭没一搭地听着他的建议。他完全不能够理解，整个马场为何会没有一个人认识索雷尔？

骑士们入场了，围栏边上的观众纷纷后撤，找了一个视角绝佳的位置站好。摩拳擦掌的小伙子们纷纷俯下身子，将头靠在爱马的脖子上以示爱抚，只等着信号一发，胯下的坐骑就会如离弦之箭一样飞奔而出。

"你瞧，莱西来了。"默里提醒道，有一位骑士走着猫步穿过大片的潮湿草坪，向两人走来。

"你认识他吗？"

"不认识。"格兰特如实回答。

"他绝对是平地赛的高手，曾经偶尔也会玩玩障碍赛，技术没的说。"

事实上，格兰特曾经听说过这个人，作为苏格兰场的探长就要尽可能得做到无所不知，可是他还是头一次目睹这位大名鼎鼎的莱西。骑士朝着默里微微一笑，显得略有些拘谨，默里很简单地将格兰特介绍给了他，莱西在潮湿的空气里微微地颤抖着。

"幸亏今天没有跑障碍赛，我可不想光着身子下水。"他自嘲道。

"你去房子里烤烤火会好受些。"默里道。

"请问你去过瑞士吗？"格兰特随意问道，他记得瑞士一直以来都是平地赛骑手们在冬天的时候所向往的圣地。

"瑞士吗？"莱西不紧不慢地用爱尔兰腔调重复了一句，"我没有去成，那个时候我刚好出了麻疹，说了你别不信，足足九天的时间我什么东西都吃不下，只能够喝牛奶，卧倒在床一个月才能够下地。"他本来颇为帅气的脸庞微微扭曲着，流露出一副格外沮丧的模样。

"喝牛奶可是会发胖的。"默里朗声一笑，"说起发胖这件事情，你认识一个叫索雷尔的人吗？"

莱西的双眸色泽很浅，但却明亮有神，清泉般的目光缓慢地扫过格兰特，然后又投向了默里，原本握在指间颤颤巍巍的马鞭，也慢慢停了下来。

"我好像能够想起这个人来。"他沉默了一会儿说道："可是他并不胖，查理·巴德利的秘书不就叫索雷尔吗？"

然而默里早已忘了查理·巴德利的秘书是什么模样了。

"你能不能认出这张素描中的人？"格兰特掏出了一个袖珍的本子，从里面拿出了一张画，正是蓬蓬头给他画的印象画。

莱西接了过去，一副十分欣赏的模样，"真是画得太好了。没错，他就是查理·巴德利的秘书，绝对没有错。"

"我要如何才能够找到巴德利？"格兰特询问道。

"这个问题，似乎不太好回答。"莱西的脸上再度浮现出拘谨的笑容，"你要知道，巴德利在两年之前就已经过世了。"

"原来是这样，从那以后你是不是就再也没有见过索雷尔了？"

"没有，我也不知道他发生了什么事情，我听说好像在哪个地方坐办公室。"

有人将一匹枣红马给牵了过来，莱西脱掉了外衣，从草地上拿起了一双靴子，放到了马鞍上。他一边整理着裹腿一边对默里说道："我的驯马师阿尔文森今天没来，他说让你来给我面授机宜。"

"我可没有什么新鲜的话要说，"默里道，"无论你用什么战术都行，我相信它绝对是最后的胜者。"

"好。"莱西点了点头，然后转身朝着栅栏走去，一人一马在草坪上形成了一道美妙的风景。

格兰特与默里一同走到了观众席，默里说道："格兰特，你千万别沮丧。巴德利虽然死了，但我知道有人认识他。等这一场比赛结束之后，我就带你去找那个人。"格兰特顿时放下心来，非常享受地观看着比赛。放眼望去，五颜六色的旗帜在随风飘扬，这与跑道后面尘土覆盖的树林形成了强烈的反差。不一会儿，观众就安静了下来，变得鸦雀无声，这种沉默让人觉得有些古怪，格兰特甚至怀疑置身于一个空旷无人的草坪上。他看到了赛马是如何你追我赶地飞奔以及紧张刺激的冲刺，默里的枣红马距离冠军就差了一步之遥，屈居第二的位置。默里迎接了自己的爱马，并且向莱西表达了祝贺，随后就将格兰特引到了赌马人群聚集的地方，将他引荐给一位面色红润的老者，这个老者看起来很像是圣诞老人，"撒克，"他笑道，"你应该认识巴德利吧？还记得他的秘书吗？"

"你是说索雷尔吗？"圣诞老人说道："他早就自己单干了，他在明雷大街上有一间私人办公室。"

"他还会经常来马场吗？"

"不会，他好像只在办公室里忙活，上次看到他的时候好像干得还不错的样子。"

"上次是什么时候？"

"应该有挺长的一段时间了。"

"你知道他住在什么地方吗？"

"那我就不清楚了，谁要找索雷尔？他可是一个好孩子。"最后这几句话带着一丝防备的口吻，格兰特慌忙解释说自己绝对没有加害索雷尔的意思，于是乎，撒克就用拇指与食指塞入了口中，朝着马场的栏杆方向吹了一声口哨。许多人听到哨音全都好奇地转过头来，撒克发现了自己要找的人。"乔，"他使劲喊道，"请你让我跟吉米说几句话，好吗？"乔毫不犹豫地打发手下走了过来，很快吉米就来到了眼前。这位年轻人衣着光鲜，模样可爱，一身亚麻行头，显得很有品位。

"你之前跟索雷尔很熟吧？"撒克问道。

"没错，可是我有一段时间没有见到他了。"

"那你知道他住哪儿吗？"

"我跟他熟悉的时候，他在布莱特林的新月区租了房子，就在富汉姆路的附近。我曾经去过那里，可是门牌号已经不记得了。我只记得房东太太叫艾弗里特。他是一个孤儿，在那里住了很多年了。"

格兰特对他形容了一下地中海人的模样，然后询问索雷尔是不是有这样的一个朋友。

"好像没有。"吉米从来没有见过索雷尔与什么人有来往，不过他已经跟索雷尔有很久没有联系了。索雷尔自从自己单干之后，就告别了以前的朋友圈，偶尔也会去骑骑马权当消遣。

通过吉米的介绍，格兰特又见到了两个认识索雷尔的人，可是没有人能够说清楚他的交友背景。这些赌马经纪人都是事不关己高高挂起，这个时候他们有些好奇地望着格兰特，不过下一场比赛的下注一旦开始，他眨眼就会将这些毫不沾边的事情给忘得一干二净。格兰特通知默里，他已经可以结束调查了，事实上默里在障碍赛结束之后就已经没有了什么兴趣，他建议立刻返回市内。车子开动，格兰特转过头来瞥了一眼马场，这个地方给他带来了很多有用的消息，这让他感到愉悦，要是哪天他没有公务缠身的时候，一定要来这个地方好好享受一番。

在返回的路上，默里兴致高昂地谈论着他所感兴趣的事情，他谈论起赌马经纪人及他们的团结的精神。"他们就像是苏格兰高地人，彼此之间偶尔会有一些小摩擦，但是一旦有外人骚扰，那么他们立刻就会联合起来一致对外。"紧接着，他又聊起自己的爱马与爱马身上的一些小毛病，包括驯马师的职业操守等等，还不厌其烦地说起了莱西与另外一些骑士们的高超骑术。最后他询问道："命案的进展如何了？"

"很好。"格兰特回答道。他想，要是案情每天都像今日一样顺利，说不定只需要一两天的时间就能够破案了。

"你找索雷尔难道是为了这桩命案？"默里沉默了半晌，有些胆怯地出声道。

默里行事向来正派，格兰特便如实告诉他，"索雷尔就是死在剧院门口队伍里的那个人。"

"什么？"默里失声惊呼，他好一阵子都默不作声，这个惊吓一时半会儿让他回不过神来。"唉，真让人感到悲伤，"他叹息了一声，"我虽然没有见过这个索雷尔，但好像每一个认识他的人，都很喜欢他。"

格兰特也这样想。看起来索雷尔似乎不是一个混混，这个时候格兰特格外想要再碰到那个地中海人。

第八章　艾弗里特夫人

在布莱特林的新月区，随处可见一栋栋三层红砖小楼，富有诺丁汉特色。这个地方的人喜欢在庭院中栽种盆景，石头台阶是用五颜六色的陶土随意涂抹出整洁但却单调的线条，有一些会在人们明目张胆地注视下羞红了脸，有的则直接显示出不欢迎的态度，甚至还有一些因为愤怒而脸色苍白，不过每一块石头都表现出一副"少管闲事"的清高模样。你可以拉一下铜铃的把手，这种纯铜的亮色很吸引人，不过当你经过门槛的时候，根本不可能躲过那些粉刷一新的台阶。格兰特顺着索雷尔生前经常走的大街慢慢行进，一边走一边想，地中海人会不会也知道这条老路？

一位身材瘦小、五十多岁，还有一些近视的艾弗里特夫人应声打开了98号的门，格兰特向他询问索雷尔的情况。

"索雷尔先生早已不在这里居住了。"她说道："他在一个星期之前，就已经动身前往了美国。"

似乎也有人这么说过。

"究竟是谁说索雷尔去了美国？"

"当然是他自己说的了。"

对了，索雷尔很有可能自己编出了这样的谎言，来掩盖自己自杀的目的。

"他是一个人住吗？"

"你究竟是谁？为什么要打听索雷尔？"她问道，格兰特只得告诉他自己是个便衣，很想进去跟她攀谈。她看起来颇为惊诧，不过最终还是接受了这个现实，领着他走入了一楼的客厅。"这里原来都是索雷尔的房间，现在已经有一个女教师租用了，但我想她应该不会介意你为了公事来这里进行勘察的。对了，索雷尔没有干什么坏事吧？我无论如何都不相信他是那种人，他一直都非常得安静。"

格兰特再一次向她询问索雷尔是否独自一人居住在这个地方。

"不是，"她回答，"他本来是与另外一个先生合租的房间，但在索雷尔先生前往美国之后，他的室友也只能被迫离开，因为他一个人根本负担不起如此高昂的房租，然后就来了一个年轻的女教师。"艾弗里特夫人对于两个人的离去感觉非常遗憾，因为他们都是好人，两人的关系也很融洽。

"你知道他朋友的名字吗？"

"杰拉德·拉蒙特。"她答道，"索雷尔先生一直都在经营着自己的赌马生意，拉蒙特就在他的办公室工作。哦，我说错了，他们不是生意伙伴，而是非常要好的朋友。"

"索雷尔还有别的朋友吗？"

"他没有什么朋友。"她回答，"他与拉蒙特几乎总在一起。"经过了一番仔细地回忆，她向格兰特形容了当初两个年轻男子是怎样来到这里租房住下的。经过了一番详细的描述之后，格兰特深信这两个都不是那个地中海人。

"你有没有索雷尔或者他朋友的照片？"

艾弗里特夫人说道："我觉得家里可能还有几张照片，你要是不介意等一会儿，我可以帮你找找看。"格兰特尚未来得及审视一番房间，艾弗里特夫人就返回来了，手里握着两张明信片大小的照片，"这些是去年的时候，他们在河边照的。"

两张快照显然都是在同一个地点拍摄的，因为照片的背景都是以泰晤士河边的垂柳为背景，而且能够看到河中心的一条方头船。其中一张拍的是索雷尔，他穿着一身法兰绒衣服，一手捧着烟斗，一手拿着一个气垫。另外一张照片里，也是一个身穿法兰绒上衣的年轻人，看起来应该是一个外国人。

格兰特沉默地坐了很久，眼睛直直地盯着照片中的黝黑脸庞。照片拍得很清楚，格兰特的脑海中仿佛又一次浮现出在斯特兰德看到的那双眼睛，那目光投到自己的身上时，瞬间暴露出了极度的恐慌。他们拍照的时候，正在河边享受着阳光，就算是这样，照片中的人物仍然给人一种并不友善的感觉，在这张线条刚硬的脸上根本不可能找到友情这个词。

"你觉得拉蒙特去了哪里？"格兰特问道。

艾弗里特夫人不太清楚。

格兰特用审视的目光看向她。她说的都是真话吗？艾弗里特夫人似乎猜出了格兰特内心中的困惑，立刻补充上了另外一条线索，索雷尔在泰晤士河南岸的一个地方还有房子。

格兰特越来越怀疑。莫非她有所隐瞒？是她寄来了钞票安葬索雷尔的吗？索雷尔的朋友与那个地中海人是同一个人，而他从索雷尔那里夺走了223英镑却没有出一点血。他瞥了一眼夫人冷硬的面庞，她倒是很有可能会像一个男人一样用力写字，再说了，笔迹专家也未必没有失误的时候。如此说来，那个出钱的人就是左轮手枪的主人。错了，格兰特努力地修正自己的猜测，是那个"寄出"钱的人拥有那把左轮手枪。

"他们两人之中，谁有一把左轮手枪？"

"没有。我从来没有看到过他们用那种东西，他们看起来不像是个坏人。"

紧接着她又毫不厌烦地谈论起两个年轻人有多么的纯良憨厚，安静稳重。她究竟是在有心袒护这两人，还是刻意引开格兰特的注意力？他本来想要询问拉蒙特是不是一个左撇子，但想了想又忍住了。若是她根本就不愿意合作，自己询问这个关键的问题，肯定会打草惊蛇，并且暴露出之前所有的调查工作。她很有可能向那个警方准备抓捕的地中海人发出警告，从而让他藏得更隐蔽，所以现在还为时尚早。照片上的这个人，就是索雷尔的室友，也正是在斯特兰德看了他一眼就择路而逃的人。他将索雷尔的钱给席卷一空，他很有可能就是剧院购票队伍里的杀人凶手。既然如此，眼下最重要的就是向艾弗里特夫人保密。

"索雷尔是大概什么时候动身前往美国的？"

"他买了14号的票，不过他13号的时候就已经离开了。"她回答。

"那天可是不幸日！"格兰特叹息了一声，基督教耶稣的遇难日也正是这一天。格兰特这么说，是想要让话题变得轻松随意一些，少一些对抗的色彩。

"我从来不会迷信这些东西，对我来说，每一天都是一样的。"艾弗里特夫人说道。

不过在格兰特看来，13号正好是索雷尔被杀的那一天。

"拉蒙特与他一起走吗？"

"没错，拉蒙特与索雷尔早上一起离开的。拉蒙特先生打算将他的行李送到新租的房子里，而索雷尔却要赶往南安普敦，并在当天晚上乘船离开。我本来是想要给他送行的，可惜他坚持说不用，真是遗憾。"

"他为什么不让你送行？"

"他说是因为时间太晚了，而且他是一个孤儿，不习惯有人给他送行。"

"他有没有亲戚？"

"没有，我从来没有听他说起过。"

"那么拉蒙特总该有亲戚吧？"

"没错。他有父母，还有一个兄弟，不过他们都在战后移民到新西兰去了，从那之后就再也没有见过。"

"他们在这里总共住了多长的时间？"

"索雷尔住了有八年多，拉蒙特有四年。"

"那在拉蒙特来之前，是谁跟索雷尔一起住了四年？"

"那可就多了，不过多数的时候，是我的侄儿，现在也已经搬到爱尔兰去了。我要告诉你的是，索雷尔与每一个人相处得都非常融洽。"

"听起来他好像是一个开朗乐观的人？"格兰特问道。

"也不是吧。"艾弗里特夫人道，"完全不能够用开朗乐观这两个词语来形容索雷尔，用在拉蒙特先生身上倒是非常得合适。拉蒙特活泼开朗，而索雷尔则有些内向，不过性格非常好。有的时候索雷尔心情不好，拉蒙特总能够找到方法逗他开心。"

若是有人在遇难的时候，有人出手相救，那得多么感激对方啊？然而格兰特却对此嗤之以鼻，要知道，杀死索雷尔的人正是拉蒙特。

"他们争吵过吗？"

"没有，我从来没有听说过。若是他们有争吵，我肯定会很快就知晓的。"

"好，就这样吧。"格兰特吐出了一口气，"这两张照片我想要带走用几天，你不会因此而介意吧？"

"只要你能够保证日后将这两张照片还给我就可以。我非常喜欢这两个孩子，而我就只剩下这两张照片了。"

格兰特答应了下来，十分小心谨慎地将照片夹在袖珍本中，祈祷着上面能够留下珍贵的指纹线索。

"你不会为难他们吧？他们这辈子都没有做过什么坏事。"格兰特走的时候，艾弗里夫人跟出来询问道。

"要是他们真的是好人，那么就不会有事。"格兰特答道。

他马不停蹄地赶回了警察总署，在将照片拿去化验的时候，威廉姆斯向他汇报了对整个伦敦赌马经纪人的情况所做出的报告，结果白忙活了一整天，没有任何的收获。送检的照片很快就送回来了，格兰特将照片整理完毕后，起身前往劳伦特吃饭。已经很晚了，餐厅里客人不多，只剩下一个服务员在漫不经心地收拾着餐桌上的面包屑，空气中弥漫着红酒、肉汁与烟草的味道，绝大多数的客人都已经用餐完毕。无精打采的服务员收拾好装着面包屑的铲子，正弯着腰暗自庆幸总算能够小憩一会儿了，不曾想领班又将一位客人引入了餐厅，顿时好心情变得一团糟。然而，当他认出来人是格兰特的时候，立刻就调整了自己的心情，摆出一副"能够为如此尊贵的客人服务是万分荣幸"的姿态，事实上他的心里早已凉了半截。"糟糕，我险些犯了大错！这个人可是马赛尔的贵客啊！"

格兰特问道为什么没有见到马赛尔，然后知道那天早上他匆匆忙忙地离开了英国，前往法国。他的父亲刚刚过世，而他又是家里的独生子，聪明人都知道，他将要继承一个大家业。格兰特并未因为没有见到马赛尔而变得沮丧，其实马赛尔身上那种趾高气扬的态度，让格兰特也十分头疼。他点了餐，问起拉乌尔·莱加德是不是在当班，要是他在的话，希望能够过来谈谈。几分钟之后，穿着一身白色亚麻工装，头戴帽子的拉乌尔，从门玻璃的后面窜了出来，跟在后面的领班也十分胆怯地走向了格兰特的餐桌，那副景象就好似要去领奖的腼腆少年一样。

"晚上好，莱加德。"格兰特笑着打招呼，"你真的给我带来了很大的帮助，我想再让你看一些东西，看看能不能够辨认出一些东西来。"他掏出了12张照片，摊开在桌子上，让莱加德仔细查验。小伙子用了很长的时间，这让格兰特感到有些困惑，因为之前他曾经夸下海口说自己再见到队伍里的那个人，一定能够一眼将其辨认出来。好在他一开口，格兰特心中的困惑就消失无踪。

只见拉乌尔用手指指点着索雷尔的照片，"他就是站在我旁边的那个人，还有这个。"这一次，他的手指挪到了拉蒙特的照片上，"这个人，就是走过来说话的人。"

"你确认吗？"格兰特问道。

"绝对没有错，我可以发誓。"拉乌尔一脸认真地说道。

格兰特等的就是他这句话。"非常感谢你，莱加德。等你当上这里的经理的时候，我一定会过来捧场，另外，我还要将半个英国的贵族都带过来给你捧场。"

拉乌尔讪讪一笑，"也许根本就不会有那么一天。我是说我想要当经理的事情，希望很小。还是拍电影来钱快，只要随随便便地让人拍一张照片，摆个姿势……你懂得嘛。"忽然间，那张聪明而英俊的脸庞出人意料地扮了一个鬼脸，逗得格兰特险些将嘴里的鸭肉与绿豆都喷了出来。"我想先去尝试一下那个行当，要是我真的发迹了，我就买下一家酒店。"拉乌尔用手比画着，做出大腹便便的模样。

格兰特笑容和煦地目送他优雅地离开，这个小伙子现在还要在后厨擦勺子呢。格兰特暗暗想道，拉乌尔非常清楚他这张英俊的脸庞所具备的商业价值，他不但聪明乐观，而且还十分幽默诙谐，绝对是一个地地道道的法国人。若是有一天他真的变胖了，他修长的身材与帅气的样貌就报销了，格兰特会觉得非常可惜。格兰特期盼着这个小伙子在日后发福的肉身中，还能够保留幽默的细胞。格兰特用餐完毕后，返回警署申请了逮捕令，将三月十三日晚在沃芬顿剧场外的杀人凶手杰拉德·拉蒙特缉拿归案。

住在布莱特林新月区的艾弗里特夫人在送走了格兰特之后，关上了房门，就直勾勾地盯着客厅走廊上的棕色油毡纸一动不动，许久都不见她动弹。她伸出了舌头，舔了舔自己薄薄的嘴唇。她并没有显得焦躁不安，仿佛是在十分专注地思考某些事情，大脑飞快地转动了起来。大概有两分钟的时间，她矗立在房间中央一动不动，仿佛就是一件家具，在钟表的滴答滴答声中静默不语。紧接着她转身走回了客厅，伸手将格兰特坐扁的垫子弄回原来的模样，然后本能地坐在了硬木椅子上，好似刚刚做出一生中最为重要的一个决定。她从碗柜的抽屉里抽出了一张白色的布，开始麻利地准备晚餐，在客厅与餐厅往返来回，她精确地将刀叉摆放整齐，一看就知道是多年的习惯使然。快要准备完毕的时候，一个三十来岁、衣着单调的女人开门进屋，她穿着灰色的外套，披着一条浅黄褐色的围巾，带着绿色的帽子，让人一眼就能够看出她所从事的职业。她在走廊里脱掉了胶鞋，走入了客厅，寒暄一般地笑谈着外面潮湿的天气。艾弗里特夫人随意附和着，说道："晚餐我给你准备了冷餐，你要是不介意的话，我打算出去拜访一个朋友，但愿不会给你带来不便。"女人表示自己完全不会介意，艾弗里特夫人表达了感谢，就退回了厨房。她从橱柜里拿出了一块牛肉，切成了一块块厚片，开始做起了三明治。做完之后，用白胡椒仔细地洒在周围，小心翼翼地放入篮子中。另外，她还在篮子里放了一些做好的酱汁、巧克力与方肉。她熄灭了火，把水壶灌满了水，然后把水放到了壁炉的旁边，这样的话，等她回来之后水就会加热完毕，随后，她便上楼打扮了起来。她将散落在外面的头发小心翼翼地拢到帽檐下，她从抽屉里拿出了一把钥匙，将另外一个抽屉打开，从里面取出了一卷钞票点了点数目，随后将钱放入了包中，又在帆布与丝绸包裹里的一打便签本上撕下来一张，写了一张便条，最后用信封将其封好，塞入了衣兜里。她重新回到了楼下，戴上了手套，从厨房的桌子上拿起了篮子，然后从后门走了出去，又小心地锁好了门。艾弗里特夫人来到了大街上，并没有左顾右盼，双眼始终直视着前方，她那挺直的脊梁、微微扬起的下巴以及迈出的坚定步伐都一一展现着一位良好市民的形象。她径自走到了富汉姆路的一个公交车站点停了下来。随意地看了看周遭的人群，然后就像是一位明事理懂规矩的家庭主妇一样静静地等候着公交车。上车之后也与普通人没有什么两样，谁都不愿意多看他一眼，只是在下车的时候，司机碰巧认出她曾经搭过车，仅仅如此罢了。在前往布里克斯顿的路上，同样没有人特别注意到她，对于路人与乘客来说，她的存在实在是太不起眼了，最多也就会漫不经心地扫上一眼而已。车子开到了斯特里塔姆山车站，她下了车，身影被吞没在夜晚的雾气之中，没有人会记得她曾经到过哪里，也没有人会因为她隐藏在内心深处的惶恐紧张而感到奇怪。她走上了一条长长的街道，两旁的路灯就仿佛是薄雾夜色中的月亮，与旁边的一条街道一样，平坦而宽阔。她走过了一条条街道，在最后一条路的中间忽然转身，走回距离她最近的灯杆下面。这个时候有个小女孩匆匆忙忙地超过了她，好像是约会迟到了。另外还有一个小男孩跑过来，手里的两个便士发出叮叮当当的声音，除此之外，再也没有别的人了。她佯装借着灯光看表，然后重新按照原路返回，路面的左边有一座廊柱式的高楼，楼房承袭了布里克斯顿上流社会的高傲与冷漠。墙皮大面积地脱落下来，窗帘呈现杂色的斑驳，这就是楼房宣布主人到来的独特方式。已经很晚了，没有人会注意到这些小细节，只有门缝里透出的灯光与门上不时打开的小气窗证明这里仍然有人居住。她的身影好似鬼魅一样闪入了楼中，大门在她的身后轻轻地关上了。楼里的设施非常得简陋，灯光微弱而昏暗，她顺着楼梯走上去，来到第三层的时候已经漆黑一片。她抬头看了一眼伸手不见五指的楼上，屏住呼吸静心聆听，然而她只能够听到破木头碎裂的咔嚓声。她不紧不慢地摸索着朝上方爬去，在转弯处她非常小心，生怕一个不慎滑倒在地，总算是走到了一片漆黑的楼顶时，她已经累得气喘吁吁了。她先四下打探了一阵，确定没有人在跟踪自己，随后抬手向前摸索着根本看不见的门，摸到之后，轻轻敲响。并没有人应门，屋内也没有一点光亮。但她再度抬手敲响了门，嘴对着门与门框的缝隙处轻声说道："是我，杰里！"与此同时，门里传来一声怪声，像是什么东西被一脚踢开，紧接着门被打开了。站在逆光中的男子轮廓就像是被钉在十字架上的耶稣。"赶快进屋。"男子一边说着一边将艾弗里特夫人拽入了屋内，锁上了门。屋里的窗户上挂着窗帘，艾弗里特夫人顺手将篮子放到了窗户旁的桌子上，转回身对着杰里。

"你不应该过来找我，你为什么要来？！"杰里问道。

"由于没有时间写信通知你，我才冒险过来找你，而且有一些事情必须要当面说才行。警方已经查明了你的身份，一个苏格兰场的人今天晚上找到了我的家里，想要了解你们的情况，我除了没有告诉他你在哪里之外，其他我所知道的一切都告诉他了。我甚至将你们两个的快照都交给他了。而且他也知道你还在伦敦，找到你的落脚处应该只是时间的问题了。所以，你必须立刻离开这个地方。"

"你为什么要将照片给他？"

"我本来不想给他的，但他向我索要照片，我若是让他空手而归，我担心他会怀疑我。你听我说，我是觉得自己没办法装得很像，可以完全不泄露任何的蛛丝马迹。况且我想，既然他们已经调查得如此深入，再给他们一张快照，应该也不会坏事。"

"为什么不会？"男子一脸苦相，"明天每一个伦敦警察都会得到我的照片复印件，这比听人描述的样貌可要精确得多。你要知道，这张照片说不定会给我带来杀身之祸的。"

"所以我说，若是你现在还在伦敦，那么照片肯定会给你带来麻烦，你迟早会被他们给发现的，只是时间的长短罢了，你今晚必须立刻离开伦敦。"

"我恨透了这片土地！"他愤愤不已地骂道，"可是我要怎么才能逃走？我又能够逃到什么地方去呢？只要我离开这个房子，不出五十步就一定会碰到警察。像我如此蠢笨的人，绝对没有办法装得像没事人一样，根本不可能蒙混过关。之前的一个星期，对于我来说，简直度日如年！天呐，我真是太愚蠢了，就为了那么一点小事，就给自己束缚上了枷锁！"

"得了吧，如今事已至此，后悔也没有用了。还是想想该怎样才能够逃走，越快越好。"

"没错，你刚才就说过了。可是我要怎样才能够逃离？又能够逃到什么地方去呢？"

"你先吃点东西吧，我来教你，你还没有吃饭吧？"

"我吃了早饭。"他回答，脸上完全没有一丝饥肠辘辘的模样，反而用愤怒的眼神盯着艾弗里特夫人。

"现在最为重要的，"她说道，"是你必须立刻离开这个地方。这个地方的每一个人都知道了这件事情，你要躲到一个没有人认识你的地方。"

"你要是想让我逃到国外去，那根本就等于废话。4天之前我企图上船当帮工，船上的人问我有没有加入什么工会，没的话就不会要我。要是想让我搭船过海，我还不如自首算了。"

"我并没有让你出国，你也没有想象中那么出名，我说的是苏格兰高地。你认为在我西海岸的老家，会有人注意你吗？相信我，他们才不会管你是谁。那边的人只看当地的报纸，而那些报纸上关于伦敦的消息只有寥寥几行。那个地方距离火车站足足有36英里远，四英里之外的邻村才有警察，从来没有发生过比偷大马哈鱼更为严重的案子了，那里绝对是最为理想的藏身之地。我已经给你写好了一封信，说你是因为身体不好而投奔那里，你名叫乔治·洛，是一名记者。今晚10点1刻，在国王十字路口有一列火车开往爱丁堡，你就搭那趟车，必须要快。"

"但是警察就在火车站设卡抓我呢。"

"国王街的十字路口从来没有警察，我在那里来来往往十多年来，还从来没有见到一个警察。苏格兰更是一个开放的城市，再说了，就算是有便衣在那个地方，足足有半英里长的车厢也足够你藏身的了。你要是想离开这个是非之地，就必须要赌一把了，反正不能在此坐以待毙。我早就盘算过了，事到如今，你也只有这一条路可走了。"

"我非常害怕，今晚出门到街道上的时候，感觉就像是进入了机关枪的扫射范围，随时都会丧命一样恐惧。"

"你如果没有胆量赌一把，那么就去自首，反正不能坐以待毙。"

"艾伯特称呼你为麦克白夫人真是非常准确。"他不由地感慨出声。

"抓紧时间！"艾弗里特夫人语气严厉。

"我有点晕。"两人陷入了一阵沉默，"好，我答应你，我要赌一把。"

"时间非常紧迫，"艾弗里特夫人提醒道，"你赶快拿手提箱装东西，你可别想让我帮你拿箱子。"

杰里遵循艾弗里特夫人的指示，走入了挨着客厅的卧室内，朝手提箱中胡乱地塞着一些东西，而她则往挂在门后面的衣服兜里塞着食物。

"真的有用吗？"杰里显得颇为沮丧，"我觉得我们的努力都是徒劳，我不太可能坐火车离开的。"

"你独自一个人当然危险了。"艾弗里特夫人说道，"只要我与你一同走就不会有什么问题，你看看我，像是一个能够包庇犯人的那种人吗？"

杰里站在门口的位置，用挑衅的目光看了艾弗里特夫人几眼，露出了一抹苦笑。"但愿你说的都是对的。"他飞快地着手做着各种准备，十分钟后，他们就整理完毕，准备出发了。

"你身上还有多少钱？"

"我有足够用的钱。"杰里回答。

艾弗里特夫人似乎还想要问什么。

"我说的不是那种钱……"杰里赶紧解释道，"这些都是我自己的钱。"

艾弗里特夫人手里提着军用大衣与小毯子，嘱咐道："不管怎么样，你都不能摆出一副急匆匆的模样，你要尽量地想象自己只是在度假，根本不要在意旁人的眼神。"杰里提着一个高尔夫球包与一个手提箱,当然了,他看起来根本不像是要去打高尔夫球的样子。只不过是在掩人耳目罢了。事实上,越是能够虚张声势,逃脱的机会就越大。很快,他们就走上了雾气笼罩下的街道,艾弗里特夫人说道:"我们先去布里克斯顿街,找一辆公交车或者出租车代步。"

碰巧的是,两人还没有走到中心区,就遇到了一辆出租车,杰里费力地将箱子拿上车,艾弗里特夫人向司机说明目的地。

"夫人,到你说的那个地方去路费可不便宜。"司机提醒道。

"没关系的,我儿子放一个假非常难得,豁出去了。"艾弗里特夫人说道。

司机笑道:"你说的没错,该花钱的时候就是要痛痛快快地花,省省钱的时候就勒紧裤腰带,这没有什么大不了的事情。"等艾弗里特夫人坐进车内,车子不再发出"突突""突突"的声音,慢慢开动了。

沉默了好一阵子后,杰里说道:"说真的,就算我真的是你的亲生儿子,恐怕你能够帮助我的也就这么多了。"

"我很庆幸你不是我的儿子。"艾弗里特夫人道。两人都陷入了长久的沉默中。

"你叫什么名字?"忽然,艾弗里特夫人问道。

"乔治·洛。"杰里想了想回答道。

"没错。"艾弗里特夫人道,"不过下一次可不能想半天才说,明天早上十点钟,韦弗利有一趟北上到因弗尼斯的火车,这样一来,你明天晚上就要在因弗尼斯过夜了,之后要做什么事情我已经写在纸上了。"

"听你的口气,好像对于我能够顺利闯过国王十字路很有信心。"

"没有。警察可不是蠢材,苏格兰场的那个人对于我的那套说辞至少有一半是不相信的,不过他们毕竟也是人,等火车开动之后我就会把纸条交给你。"

"我真希望现在我能够拥有一把左轮手枪。我并不会开枪杀人,但有了左轮手枪,我会勇敢很多。"

"上帝啊,请你理智点行吗?不要再干蠢事了,这样只会让你的处境更加艰难。"

他们再度陷入了沉默,女人挺直了腰板,警惕性很高。而男人则蜷缩在角落中,隐没在漆黑的夜色里。出租车一路向伦敦的西面开去,穿过了牛津大街北面的广场,驶上了尤斯顿路,又在靠左边的拐角来了一个急转弯,最后直奔国王十字路而去,最为关键的时刻终于到了。

"你来付钱,我去给你买票。"

杰里·拉蒙特掏钱的时候,拉低了自己的帽子,下车的时候司机根本懒得多看他一眼。来了一个脚夫帮他提行李,他乐得如此。真正危险的时候到了,他反而变得没有那么紧张,不管能不能顺利闯过这一关,他都要倾尽全力。艾弗里特夫人买完票后,冷漠的脸上多了一丝赞许。他们跟随着脚夫一起走上了站台,随后走下站台来到了车前,寻找着合适的位置。他们伪装出了一个令人信服的画面,男人带着毯子、高尔夫球包,女人十分体贴地替他拎着军用大衣。

脚夫走入了走廊中,不一会儿出来说道:"先生,我给你找了一个合适的位置,也许一路上旁边都不会有人,非常安静。"

拉蒙特给了他小费,然后上车查看座位。对面的位置已经有乘客占了,不过还没有上车坐好。忽然他身后传来了一阵脚步声,拉蒙特对艾弗里特夫人说道:"你们那边的人喜欢钓鱼吗?"

"有人会在海湾里放海杆。"艾弗里特夫人说道,两人非常自然地聊着这个话题,直到脚步声消失。拉蒙特假装随意地沿着走廊的方向望过去,却发现刚才走过去的那个人正在敞开的车厢门边上停下脚步检查货架上的行李。等拉蒙特想起来已经为时已晚,那个脚夫早已将他的名字的首字母写在了手提箱上。"G·L·"这个名字实在是太大众化了。他发现那个男子向这边走过来,"我们继续聊。"他慌忙对艾弗里特夫人说道。

"说不定会将皮肤晒伤的。"艾弗里特夫人说道，"但是你有可能会钓到一种叫作比雷的鱼，那种鱼足足有三英尺那么长呢。"

"真是太美妙了，到时候我一定要给你捎一条过去。"拉蒙特说道，当陌生男子在他身后停下来的时候，还假装笑了笑，这让艾弗里特夫人都暗暗称赞。

"先生，打扰一下。请问你的名字叫洛摩尔吗？"

"不是的。"拉蒙特转头正视着陌生男子，"我叫洛。"

"好吧。"陌生男子道，"车厢里是你的行李吧？"

"没错。"

"好的，非常感谢。我正在寻找一个叫作拉蒙特的人，真希望你就是我要找的人。在这大冷天找人真是够遭罪的。"

"你说的没错。"艾弗里特夫人说道，"我儿子也是这样，一说起今天晚上这第一次夜间旅行就抱怨不断，好在一路上肯定会抱怨更多，对不对？"

拉蒙特笑了笑，"我从来没有搭乘过夜车。"陌生男子说道，"真不好意思打扰你们了。"然后走开了。

"乔治，你真的应该拿上我这个毯子。"艾弗里特夫人在脚步声慢慢远去的时候故意说了一句。

"这毯子都快要焐热了。"拉蒙特好像煞有其事，"火车开动后一个小时，我就会被烤熟的。"

火车关上了门，发出了一声刺耳的哨音。

"这些东西拿着路上用。"艾弗里特夫人将一个包裹塞给了拉蒙特，"记住我的话，会有人在月台上接你的，你不会有事的。"

"我差点忘了一件重要的事情。"拉蒙特摘下了帽子，匆匆吻了一下艾弗里特夫人。

长长的列车很快就融入了苍茫的夜色里。

第九章　探长的意外收获

格兰特像是从前一样漫不经心但却颇为认真地阅读着晨报，乍一听起来感觉有些自相矛盾，但这样的描述却非常客观而恰当。他真的是一目十行地翻阅了报纸，但是你事后向他询问报纸上都写了一些什么，他肯定能够事无巨细地给你讲出来。对于这个格兰特有点引以为傲，从目前来看，抓住嫌疑人只不过是时间问题罢了。一个星期前发生了命案，能够在短短的七天时间内，梳理错综复杂的案情，找出嫌疑人已经非常不容易了。当然了，之所以能够如此顺利，其中也有着一些运气的成分，但是你要知道，当警察可不能全部靠运气。否则的话，恐怕上辈子的命案都还悬而未决。譬如说盗窃案吧，警察就必须靠一些运气来抓个现行，要不就无法制裁他们。但这桩命案可就没有那么容易，是一个不折不扣的苦差事，格兰特有一种直觉，那个地中海人现在一定还混迹于伦敦南区的人海中，像是一个戴上了眼罩的猎犬，正摩拳擦掌地想要逃走。艾弗里特夫人也有重大的嫌疑，不过她总的来说，还算是讲了实话。那个被派去监视她的人回来汇报说，从昨晚八点他上岗以后一直到凌晨，都没有看到有人出入。再说了，艾弗里特夫人根本没有必要，但还是将两张照片交给了格兰特，那么她真的有可能对于嫌疑人现在的住址并不知情。格兰特非常了解伦敦人那种骨子里的那种冷漠，对住在富汉姆路的伦敦人来说，泰晤士河对岸的一切东西，就好似加拿大那种国度一样让人感觉到陌生。在艾弗里特夫人看来，位于安大略省某一条街上的某个地址，也许跟里士满没有什么两样，根本不会引起她的兴趣。那个名叫拉蒙特的人，只不过在她那里住了一段日子，相较而言，她对于拉蒙特的关心程度，远远不如受害人。说不定拉蒙特曾经虚情假意地说过要写信给艾弗里特夫人，但艾弗里特夫人也没有太多的奢望。大体来讲，格兰特并没有觉得艾弗里特夫人说了假话。另外，左轮手枪与信封上也没有发现她的指纹，格兰特敏锐地察觉到她曾用左手的拇指与食指紧紧地捏着照片的一角，从那里采集下来的指纹化验出来，与现有的任何指纹图样都不吻合。这些线索都让格兰特在清晨感觉非常愉悦。暂且不论将凶手捉拿归案让他多么激动，能够将凶手落实就已经足以大快人心了。只要一想到凶手杀人时的残忍手段，格兰特就有一股无名怒火从心底蹿出来。

经过一个星期的时间，尚未破案的剧院谋杀案受到的关注已经越来越低，慢慢地被其他的大事件给代替了。虽然格兰特平日最主要的精力，都放在诸如偷自行车之类的并不重要、关联也不是很大的小案件上，但他仍然非常欢喜甚至于可以说是感恩地看到，按照报纸上各种文章所占据的篇幅来排列，如今英国发生的诸多大事，也不过就是正在准备中的划船比赛，这是在牛津大学与剑桥大学之间开展的比赛。另外就是一个美容医生与一名做拉皮手术的女人之间的医患纠纷，最后就是蕾伊·马科布马上就要动身前往美国的消息。等到格兰特将报纸给合上的时候，他脑海中全都是蕾伊，这让他再度感受到了一种与警察职业完全不相干的冲动。他并没有心跳加快，这样说有些夸张，毕竟作为一个刑事调查科的干警来说本来就要有泰山崩于前而面不改色心不跳的素质。然而格兰特还是意识到了自己内心深处的一丝悸动，或许是在憎恶自己在报纸上看到蕾伊的照片时表现得那般脆弱，但是在面对蕾伊好似阳光一样温暖的笑容时，他还是会情不自禁地睁大眼睛观瞧，蕾伊的微笑风靡一时，让人怎么都看不厌。他撇了撇嘴，面色凝重地扫视着各种标题，"蕾伊·马科布的演出剧照"，"马科布小姐在《你难道不知道？》中的渡渡鸟造型"，"马科布小姐的珍稀划船照"，还有那张"马科布小姐前往南开普敦"的照片几乎占据了一半的篇幅。在最后的这张照片中，蕾伊手中捧着鲜花，像是一只贵族猫一样踏在豪华车厢的台阶上，身边站着前来送行的各种名人。他们的姓氏从左向右——列出。照片的下方还有不少的观众露出了一颗颗脑袋，他们真的是少数的幸运儿，因为有很多的观众想要一睹芳容，却只有他们冲到了最前面。他们正大声欢呼地为蕾伊送行，他们转身的时候，因为面对镜头的脸庞靠得太近，从而使得图像的焦距偏移，而变得模糊不清，看起来乱七八糟的。在这片描绘欢送场面的文章中有这样一句话，"与蕾伊乘坐'皇后号'的还有福尔斯·鲁宾逊夫人、玛格丽特·贝蒂威尔爵士、下议员查特斯·弗兰克以及莱辛勋爵。"

格兰特不屑地撇了撇嘴，莱辛的余生毫无疑问地要遵循别人的意愿，而他却有可能会被一辈子蒙在鼓里而不知道真相，这样也好。格兰特忽然清醒了过来，若是他在伦敦的社交界与群众面前公开表示自己被蕾伊·马科布的魅力给倾倒，他肯定会被无尽的唾沫星子给喷死。他丢掉这张纸，刚要准备拿起另外一张的时候，忽然想起了什么。若是艾弗里特夫人所言不实，那么他就必须要去调查索雷尔是否真的准备动身前往美国。他想当然地认为索雷尔前往美国的事情不过是他编织出来蒙骗艾弗里特夫人的谎言，目的是让她放心。不过如今的嫌疑犯已经确定是拉蒙特了，所以索雷尔是否真的要前往美国似乎并不是什么重要的事情。可是不调查的话对吗？肯定不对，至少不合章法。于是乎格兰特找来了手下，吩咐道："你们去调查上周三的时候有哪些船从南开普敦开出。"然后他便一直梳理着线索，直到警员回来报告道："一艘行驶加拿大与太平洋航线的'梅塔莉莲号'客轮曾经开往蒙特利尔，另外一艘开往纽约的'阿拉伯皇后号'行驶鹿特丹与曼哈顿航线。"听起来索雷尔想要查到这些航班肯定少不了一番周折。格兰特很快就猜测到索雷尔应该是先到了鹿特丹—曼哈顿航线的办公室，然后在闲聊中得知还有去美国的航班，所以才会突发灵感编造了一个谎言。

外面淅淅沥沥地下着雨，格兰特走在鹿特丹—曼哈顿航线办公室所在的大楼中，远处一个穿着一身蓝衣，看起来古灵精怪的小男孩从石铺路的人行道上一路飞奔过来，问道："先生，有什么可以效劳的吗？"格兰特说："我想要找一个人谈谈，这个人必须熟悉上周纽约航线的业务。"这个孩子信心十足地将他领到了一个房间，格兰特再度将自己的来意跟另外一个职员说明，他很快又被带走。经过两个人的引路，格兰特总算是见到了自己想要见到的人。这是一个对"阿拉伯皇后号"的各个方面了如指掌的职员，包括客船的内部经营、员工与乘客人数、设计特点、运载能力、客船吨位、行驶时刻表乃至起航与出港的记录等。

"你能不能帮我查查，有哪些人预定了'阿拉伯皇后号'的票，却没有如期登船吗？"

"没问题。"职员回答，"那天总共有两个人没有如期上船，一个是索雷尔先生，另外一个是詹姆斯·拉特克利夫夫人。"

格兰特听得哑口无言，他又询问起两个人预定的日期，发现是在同一天，也就是命案发生的前7天预定的。詹姆斯·拉特克利夫夫人在最后的时刻取消了预定，而索雷尔先生却没有任何消息。

"我能够看看舱位图吗？"格兰特问道。

"可以。"职员回答，紧接着拿出了一张平面图来，"这是索雷尔先生的座位，与他相隔三个位置的舱位，就是詹姆斯·拉特克利夫夫人的。"

"他们都是单独定位的吗？"

"没错。"职员直到现在仍然能够记得这两笔交易。然后他回忆起拉特克利夫夫人的情况，又在格兰特的肯定中，确认了没登船的人就是索雷尔，他说自己若是看到索雷尔绝对能够认出来。

格兰特拿出了地中海人的照片，给他看，"是这个人吗？"

职员摇晃着脑袋，"我从来没有见过这个人。"

"那么这个人呢？"格兰特将索雷尔的照片递过去，结果职员一眼就辨别了出来。

"他有没有询问过跟他同排相邻舱位的情况？"格兰特问道。可惜职员对于这些细节早就忘得差不多了，他们一个星期七天都非常忙碌。格兰特表达感谢后就离开了，他行走在毛毛细雨中，却毫无感觉。案情一下子变得复杂、扑朔迷离起来，这让格兰特的办案思路严重受挫。看样子，索雷尔的确是准备到美国去，他预定了二等舱，而且还亲自挑选了舱位。这个让人震惊的事实，把所有的推断全都彻底打乱了。仿佛原本正常转动的机器突然来了一个急刹车。若是索雷尔真的身无分文，那么他完全不会坐二等舱去纽约，从预定的舱位来看，以自杀来解释索雷尔兜里的左轮手枪显然没有说服力。这一切都让格兰特想起了自己起初的猜测，索雷尔之所以要故意掩盖身份，是为了避免与警察打交道。但是，从记录上来看，索雷尔大体上也算是一个遵纪守法的良好公民，更让格兰特感觉不可思议的是，拉特克利夫太太居然也卷入了其中。案发的时候她就站在索雷尔的身旁，索雷尔被杀之后也只有她嚎啕大哭起来，当时他与丈夫就排在索雷尔的身后。对了，她的丈夫！格兰特的眼前，顿时浮现出了詹姆斯·拉特克利夫的形象，那是一个典型的英国公民。格兰特决定再去拜访一下这位拉特克利夫先生。

一个年轻人查看了格兰特的证件，将他领到了办公室，三分钟过后，拉特克利夫先生走入了房间，非常热情地欢迎格兰特的到来。

"原来是探长啊。"他笑道，"最近命案办理得怎么样了？你知道吗？你与牙医是这个世界上最为可怕的两种人，因为你们都能够让我回想起不堪回首的往事来。"

"我本来不想来打扰你。"格兰特说道，"只是我正好就在附近办案，心想说不定你能够借我用一下电话，这样的话就省得我去一趟邮局。"

"原来是这样，没有问题。"拉特克利夫说道，"你请便，我先出去一会儿。"

"你不需要出去。"格兰特说道，"我没有什么隐私，我只是回个电话看看警局有没有在找我。"

并没有人找过格兰特。伦敦南部的线索仍然非常得渺茫,不过出动的警犬仍然在忙碌地搜寻着。挂断了电话后,格兰特舒了一口气,惊讶地发现自己居然能够在离开警局之后还能放松下来。他需要一点时间来理清思路,在此之前,他不会轻易地逮捕任何一个人。对于苏格兰场的警察来说,这辈子最痛苦的事情莫过于抓捕嫌疑犯。他转过身来看向拉特克利夫,说道:"我们已经锁定了嫌疑犯,抓捕行动正在进行之中。"拉特克利夫当即送上了赞美之词。而格兰特却打断了他,说道:"对了,你之前为什么不告诉我,你的夫人本来是打算在命案发生的那一天乘船去纽约的?"

拉特克利夫的脸部表情在阳光的照耀下清晰可见,这张脸瞬间变得苍白与震惊,"我不清楚啊。"顿了一顿,又补充道:"我认为这也不算什么大事情,没有必要告诉给你。她因为受到了惊吓所以不能够外出,况且她必须留在伦敦等候问讯。她有个妹妹在纽约,她打算去那里待上一个月左右的时间,这并不是什么稀奇的事情罢?我跟这命案可没有一丁点的关系。"

"呵呵,你理解错了。"格兰特说道,"我也是在偶然之间知晓这件事情了,没有什么大不了的。你的夫人好些了吗?"

"好多了,她自从问讯之后就一直没有回过家。现在她跟东伯恩的小妹妹在一起,就是你见过的那个人。"

格兰特回到警察局的时候,依然觉得困惑不解。他按下了办公桌上的按钮,对接听的人吩咐道:"辛普森在吗?"

"长官,在的。"

"让他过来一趟。"

很快,一个身材中等、金发碧眼、脸上满是雀斑的女人走入了房间,就像是一只警觉的猎犬,散发着讨喜的气质。格兰特说道:"在高德尔斯格林的雷蒙诺拉路54号住着一对名叫拉特克利夫的夫妇,我想了解他们之间的关系怎样,我的意思是他们的夫妻相处,另外就是他们的家庭情况,调查得越快越好。关于他的工作,我已经了解得差不多了,所以你不用在这点上耗费精力。我只想了解他的家庭情况,只要在合法的范围内,随便你使出什么样的招数都行。另外,不管你有没有收获,今天晚上都要给我回话。马林斯在吗?"

"是的。"辛普森来的时候碰巧看见了他。格兰特道:"将他叫过来。"

马林斯没有雀斑,看起来就仿佛是教堂的司事,"长官,早上好。"他寒暄道,等待着自己的任务。

"早上好。除非我另有任务给你,不然的话从现在开始,你就乔装成沿街叫卖的小贩,你的意大利语非常好,但是最好还是更英国范儿一些。这样就不容易引人注意。你拿着我的便条去朗兹大街找克利瑟罗,他会给你需要的货物,你不用刻意卖得太多。你要记住千万不要直接回到警局,一个小时后,我们在克利瑟罗附近的小巷中碰头。这一个小时,你能够办好这些事情吗?"

"可以,长官。对了,我是假扮成年轻人还是老头儿?"

"这没有关系,青壮年就行了。若是刻意地将胡子弄得灰白,就有点表演性质了。千万不要自作聪明地弄些什么,也许你还需要体面地坐公交车才能完成接下来的任务。"

"好的,长官。"马林斯答应了下来,仿佛探长的指示就是帮他去送一封信那么简单。

短短一个小时之后,格兰特在朗兹大街的小巷里与他碰上了头,"真是太好了,马林斯。你就是一个天才,你现在的样子,若是不说我绝对不会相信你曾经写过报告。"他十分欣赏地望着眼前的小贩,这个看起来有些驼背的人就是警察总督中最有前途的干探之一。通常来说,刑事调查科的警察不需要乔装,不过真的乔装了,绝对没有人能够认出来。马林斯更是将乔装技术练得炉火纯青,让人看不出破绽来。他身上的衣服刚刚洗过了一次,但非常破旧,肩膀处还有一个破口,不过穿在身上还算是凑合。

"买个小玩意儿吧？尊敬的先生。"小贩马林斯一边说着，一边随手打开了柳条箱盖子，台面上摆放着一大堆便宜货，都是意大利产的，有裁纸刀、木头彩绘装饰品、纸碗与泥塑雕像。

"真棒！"格兰特赞叹道，说着从兜里掏出了一个用面巾纸包裹着的东西，他一边打开纸巾一边说道："你现在立刻到布莱特林的新月区98号，问问那家的夫人有没有见过这个东西。"他将珐琅质握柄的银匕首丢入了那堆彩绘木头泥人之中。"你不要说了，这件东西卖不卖，""这玩意儿多少钱？"格兰特顺手拿起一件货品。

"要是你这样的先生要买，就给1英镑9便士罢。"马林斯毫不犹豫道。

等过路人走远之后，格兰特立刻重新说道："等你从布莱特林的新月区出来之后，一定要小心，然后去雷蒙诺拉路54号那里，问问有没有人见过这玩意儿，一有消息的话马上通知我。"

在下午茶的时候，乔装成小贩的马林斯赶到雷蒙诺拉路54号的后门，一个长相甜美，但却精神萎靡的女佣开门，"真是的，怎么又来了一个！"

"又来了一个什么？"小贩问。

"也是一个卖货的啊。"

"是么？他的东西有我的全吗？我敢说他的新鲜玩意儿比我少得多。"小贩一边打开盖子一边说。

"哇！"女佣看了一眼，惊呼道，"这些东西很贵吗？"

"也不都是。不过旁边的这样东西，像你这种收入不菲的女孩肯定能够买得起。"

"先生，你怎么知道我赚多少钱啊？"

"哈哈，具体我也不太清楚，只是走南闯北得多了。像你这种年轻貌美的女孩在豪宅服务，待遇肯定非常丰厚。"

"呵呵，赚得是不少。"说话的时候流露出一丝说不清道不明的不满意味。

"屋里的夫人想不想看看新鲜玩意儿？"小贩问道。

"夫人现在不在家，"女佣回答道，"我现在是这家唯一的一个女士，夫人她去了东伯恩，你当过兵吗？"

"没错，我在大战的时候参的军，在军队里待过一段时间，那时候是在法国，当了四年的兵。"

"原来如此，不如你进屋喝一杯茶吧，我们正好也都在喝茶，也好让我们好好看看你的这些宝贝。"

女佣领着小贩进屋，餐桌上放着黄油、面包，几种不同口味的果酱与蛋糕，桌边坐着的男人正端起一大杯的抹茶往嘴边送，那个男人皮肤白皙，但满脸的雀斑，披着一条蓝色的围巾，外套的翻领上还残留着银质徽章摘掉的痕迹，他旁边的桌子上丢着一些廉价的便笺本。

"他与你一样，都是一名退伍军人。"女佣介绍道，"他是卖便笺本的，但我估计现在很少有人会卖这种东西了。我都很长时间没有看到附近还有人兜售这种东西了。"

"你呢？是卖什么的？"雀斑男人问道，十分镇定地望着小贩古怪的目光，"生意怎么样？"

"凑合呗，混口饭吃。你看起来混得很不错啊。"

"唉，不行也得干啊，我到现在还没开张呢。这附近的人都跑去赛狗了，好人就是时运不济啊。"

"再来点果酱。"女佣十分殷勤地把他的茶杯推到了小贩那边，让他自己享用。

"夫人此时不在家，这对我也好也不好。要是夫人在家，说不定我就能够开张了。"

"哈哈，我可不觉得这有什么遗憾的。"女佣接过话题道，"她不在家的时候我就解放了，她的那个脾气，是人都无法忍受。"

"她总爱发脾气吗？"

"是的，我觉得她就是天生的臭脾气。她自己形容说自己只是有点精神紧张罢了。自从上次命案发生之后,夫人当时正在排队,她就站在死者的身旁,真是一件恐怖的事情。从那以后她就要接受讯问,还要出庭作证什么的。如果真的是她干的,她才不会如此大吵大闹。昨天晚上她又在家大喊大叫,说她再也忍受不了之类的话。可怜的男主人过去安慰她,她却丝毫不领情,甚至不让先生靠近,还对先生破口大骂,就是骂一条狗也不能那样骂啊。我跟你说,她跟莱斯布里奇小姐,一起回东伯恩的时候还没有缓过来呢。"

"碰上这种倒霉事,最好的办法就是离开一段时间。"雀斑男人叹息了一声,"她经常去那里吗?"

"好像不太去,我不骗你。命案发生后的第二天她去了约克郡,可还是没有办法缓解,就不再过去了。现在她想要去东伯恩散散心,我估计会在那儿待上一段时间。得了,让我瞧瞧你的货吧。"女佣转头看向小贩。

小贩指了指柳条箱,"你随便挑,只要是你喜欢的东西,价钱好谈。我都好久没有这么悠闲地喝茶了。你说呢,比尔?"

"你说得对。"他的同行用力地咬了一口蛋糕,点头道,"很少有人像这位小姐一样热心肠。"

女佣挑了挑柳眉,颇为得意地在柳条箱子里挑了很长一段时间。"对了,夫人还丢了一件东西在我这里。"女佣说道,"夫人有点艺术细胞,她对奇珍异宝与珍惜古玩都颇为痴迷。咦?这是什么东西?"她拿起了一柄匕首,询问道,"杀人用的吗?"

"你之前见过类似的东西吗?"小贩惊诧地问道,"这只是一把裁纸刀,也可以用来削木头。"

女佣尝试着用手点了点刀尖,顿时一脸厌恶地放开手,身子微微一晃,慌忙丢掉了手中的匕首。最后,她挑了一个用来当摆设的彩绘碗。小贩只收取了六个便士,为了表达感谢之情,女佣拿出了拉特克利夫的香烟,于是,他们抽着烟,聊起了他们颇为关注的命案。

"我告诉你们,我们这儿还来过一位探长呢。他长得非常帅气,而且十分温和,当然了,干警察可不是一件好差事。夫人那种状态,要是不见他,又怕他会生出疑心。我之前曾经听到莱斯布里奇小姐跟夫人说:'梅格,别犯糊涂。你不想见他的最好策略,就是多见见他,让他相信你的话,你一定要这样做'。"

"听起来东伯恩似乎是一个好地方,"雀斑男人道,"府上有人陪伴,总会让人很快忘记烦恼。"

"嗨,她可不是好相处的人,她总是千方百计地要把一个人给逼疯。然后再换一个人,她就是这种不正常的人。"

雀斑男人察觉到女佣总是毫不厌烦地聊着同一个话题,他索性站起身来,"小姐,谢谢你的茶,真是非常感激你。"

"不用客气。"女佣好心地劝说道,"你要相信我的建议,趁早放弃便笺本的生意,现在很少有人会买这种东西啦。你要跟他学学,弄一些只有圣诞节的时候商店里才会有的新鲜玩意儿。"

雀斑男人在那一堆"圣诞节商品"中不屑地扫了一眼匕首,"你继续往北走还是去南边?"他对小贩说道。

"北边。"小贩回答。

"那真是太好了。我真的要走了,小姐,我要再度感谢你的茶点。"大门在他身后慢慢合上,五分钟之后,小贩也起身告辞。

"小姐,你最好不要这么轻易地给外人奉茶,"小贩嘱咐道,"大街上有很多好人,但也有不少的坏人,你独自一个人在家一定要注意安全。"

"你这样说不会是嫉妒那个满脸雀斑的男人吧?"女佣不着痕迹地卖弄着自己的风情,"我觉得根本没有必要,因为你也看到了,我根本没有买他的货。"

"那好吧。"好意被人给曲解了,小贩无奈地站起身来,离开了房间。

说起来也巧，当小贩坐上了公交车后，发现雀斑男就坐在前方外侧的地方。

"你也来了？"他兴奋地说道，"是不是还不错？"

"非常糟糕。"小贩答道，"你怎么样？"

"凑合，并没有什么特别的。"他瞄了一眼身后空无一人的车站道："如今的女孩子真是太蠢笨了，就说刚才，我们完全可以将家里洗劫一空，然后再干掉她，而她却连一丁点的警觉性都没有。"

"我临走之前曾提醒过她，她居然认为我是在嫉妒你，真是荒谬！"

"嫉妒我？真是奇怪，她又没有买我的本子。"

"没错，她也是这样说的。"

"哼，那是因为你的货好，是老板帮你选的？"

"是的。"

"我一猜就知道。他想干什么？"

"不知道。"

"我特意观察了，女孩对那把匕首并没有什么特殊的反应。"

"是的。"小贩不再说话。

雀斑男也不再说话了。"给你烟。"他从包里摸出了两根香烟，递给了同伴。小贩随意地看了一眼商标，认出是拉特克利夫先生的烟，原本严厉的眼神顿时转为了微笑。

"你这个小偷！"他顺势夹着烟凑到伸过来的火柴旁。

一个小时后，马林斯与辛普森向格兰特汇报情况的时候，没有一丝一毫的投机取巧。辛普森说，拉特克利夫夫妇相敬如宾，间或也会吵架，可是他搞不清楚吵架的原因究竟是什么，不晓得是拉特克利夫自身的毛病，还是他非常厌恶自己的妻子，因为每一次他们吵架的时候，房屋内就只剩下他们两个人，女佣所知道的点点滴滴都是透过紧闭的房门探听到的。在命案发生的那晚，他们吵得最为激烈，从那以后两人还没有和好。拉特克利夫太太本来打算去约克郡，不过因为太过于紧张而没有出门，上次被询问之后就跟妹妹一起南下去了东伯恩。她是一个情绪起伏不定的人，能够瞬间喜欢上一个人，喜欢得毫无道理可言。她自己的手里有些私房钱，所以什么事情也都不会依赖丈夫。

马林斯汇报道，他费尽心力也没有办法让九十八号的女主人对他的货品产生一丁点的兴趣。艾弗里特夫人坚持认为自己什么都不缺，可是他刚一打开柳条箱，她的目光就被匕首给吸引住了。她一脸怀疑地看了他一眼，就将门砰的一声关上了，"你赶快走。"

"你怎么看？她认出匕首了？"

马林斯不敢妄下结论，但事实就是因为看到了那把匕首才砰的一声关上了房门。本来她还耐心地拒绝着他的兜售，可是一看到匕首，整个人的态度就立刻急转直下。至于雷蒙诺拉路的女佣则完全没有见过这把匕首，这一点他敢肯定。

格兰特让马林斯回去了，又把匕首放回了抽屉中锁好，然后一个人沉默地思考了很久。今天并不是一个好日子，一来抓捕没有开展，尽管这也不算坏事，二来案情又发生了突如其来的变化，索雷尔本来真的打算前往美国。除此之外，除了不明身份的人寄来的25英镑之外，拉蒙特提取的那笔款项仍然没有踪影。命案发生已经过去了一个星期的时间了，那笔钞票是十天之前从银行取走的，除了25英镑之外，其余的钱音信全无。另外两个派出去的探员，也没有带回来任何有用的消息，他仍然想不明白拉特克利夫太太能跟索雷尔有什么联系，他宁愿相信这是一场巧合。她丈夫在提起拉特克利夫太太的纽约之行的时候，瞬间表现出惊恐的神色，格兰特认为，这不过是因为自己的存在让他又勾起了不堪回首的往事罢了。至于艾弗里特夫人，她突然不在家只能证明她非常狡猾，而不能够证明她参与了犯罪。马林斯曾经说过，她曾经很是戒备地看了一眼马林斯，然后故意地对匕首熟视无睹，然后又非常无礼地骂走了他，这说明他已经起了疑心。格兰特决定再试探一下艾弗里特夫人的智力，从而将她从共犯的名单中排除。至于拉特克利夫夫妇两人，他暂时不会去搭理他们，因为暂时并没有足够的证据来显示他们与这件案子有关联。情况总是这样，在没有证据的时候，警方发现了一些相关的情况，可是返回去寻找证据的时候却一无所获，就只能够暂时地将它们给晾在一旁了。眼下格兰特只想要知道，为什么拉特克利夫太太告诉女佣自己准备去约克郡，而其实她是想要出国。

桌子上的电话响了起来，格兰特将电话抓了起来，心情非常迫切，以至于没有听到听筒里传来的威廉姆斯的声音。

"我们已经找到了他的藏身之处，探长。你是准备现在过来，还是让我们立刻行动？"

"在哪儿？"

威廉姆斯将地址告诉了格兰特。

"你们赶紧封锁所有的出口，不要给罪犯任何逃走的机会。"

"好的，长官。这一次我们绝对不会放走他。"

"好的，我们半个小时后在布里克斯顿路的阿克小巷子里汇合。"

格兰特与手下会合之后，一边走一边听威廉姆斯的汇报。威廉姆斯是在盘查房屋代理的时候，发现了嫌疑人的踪迹，拉蒙特在这个地方租了一个顶楼的公寓，只有两间小卧室。他是在命案发生的前三天租的房子，在命案发生的当天住了进去。

很好，格兰格发现这些讯息与艾弗里特夫人说的情况非常吻合，他问道："他用了什么名字租房子的？"

"本名。"威廉姆斯道。

"不会吧？他居然用了本名？"格兰特显得非常得惊讶，紧接着又沉默了下来，似乎是受到了什么困扰，"威廉姆斯，你干得非常出色，这么快就找到了嫌疑犯的藏身之处，了不起！不过这个家伙非常狡猾！"

"没错。"威廉姆斯表示赞同，"我们到现在还没有见到他的真实面目呢，这个人非常狡猾。前面就到了，从这开始数，第四个门洞就是他的租住地。"

"好的。"格兰特说道，"你跟我一同上去，另外再派一个狙击手，以防不测。出发！"

因为他们没有楼门的钥匙，三楼又没有门铃，所以他们只得不断地按响一楼的门铃进行求援。一楼的住户打开门，放他们进入。他们借着日光沿着简陋的楼梯慢慢地上行，每到这个时候，格兰特就感觉自己的精神格外亢奋。他已经等候不及地想要与这个地中海人面对面对峙，一定要亲手将其制服。格兰特伸手敲门，屋子里传来了空空的回音，似乎没有一个人。格兰特再敲，还是没有任何的回应。

"快开门，拉蒙特。我们是警察，你最好乖乖投降，否则的话，我们就要闯进去了。"

可是仍然没有任何的动静。"里面难道没有人？"格兰特看向威廉姆斯。

"他昨天夜里还在这里。长官，从那以后就没有看到他出来过，从今天下午三点起，这栋房子就被我们给秘密封锁了。"

"看样子我们就只有破门而入了。"格兰特说道，"等门打开的时候，千万别忘了往后面站一点。"他们终于合力把门给踹开了。无暇顾及因为用力不均而冲撞在一起的刺痛，格兰特右手插兜进入了屋内。

他只看了一眼就知道这里发生了什么情况，他其实在门外走廊的时候，就有这种预感了，他觉得屋内不会有人。"这个狡猾的家伙又逃走了。"

威廉姆斯非常沮丧地站在了屋子的中央,就像是一个被夺走心爱玩具的孩子。他格外痛苦地叹息了一声,格兰特虽然也非常得失望,可还是打起了十二万分的精神来安抚威廉姆斯。这绝对不是威廉姆斯的失误,也许是他有些过度的自信,事实上,能够在如此短暂的时间内找到凶手的藏身之处已经非常难得了。

　　"他逃走的时候非常匆忙。"威廉姆斯道,眼前的情况多多少少能够平复他受挫的自尊与稍稍缓解的失望情绪。嫌疑犯四处逃窜的情况并不稀奇,食物丢在桌子上,半开的抽屉显然被胡乱翻过,私人物品与衣服散落在地面上,这绝对不是事先计划好的东西,而是在仓皇之下逃走的。

　　"我们检查一下他落下来的东西,看看有没有遗落的。"格兰特道:"在开灯之前,我要采集指纹。"他带着荧光粉,在屋子里转悠了几圈,可惜的是并没有发现什么东西上有明显的指纹痕迹,所有的东西都破损不堪,一文不值。让人庆幸的是,似乎有人用右手摘取了门后挂着的外套,而空出了左手顺势在门板上留下了两枚清晰可见的指纹痕迹。这个发现总算是让格兰特感觉有些安慰,格兰特打开灯,耐心地检查拉蒙特的残留物。这个时候,正在搜查卧室的威廉姆斯将格兰特叫了过去,手中捧着一卷英格兰银行的钞票。

　　"这钱是从抽屉后面翻到的,探长,我猜测得没错,他的确是仓皇而逃。"威廉姆斯终于找到了些许的安慰,"他这绝对是自寻死路!"

　　格兰特掏出了自己的笔记本,翻开,寻找到了一连串的数字,拿过来与这些钞票比对了一下,没有错,这些钞票就是拉蒙特从索雷尔那里拿到支票之后,到银行取出来的,也许是走得太仓促了,竟然忘了屋子里还留下了什么重要的东西。除了通过邮寄的方式,寄给了警察局那二十五英镑的安葬费之外,剩下的钱一分不少地都在这里。但这个揣测又有些勉强,按理说,地中海人从银行将钱提出来直到命案的发生,已经有十天的时间了。然而他在这十多天的时间里,居然一分钱都没动?在事情没有败露之前,根本没有必要担忧啊?这可是一大笔钱啊!这真是让人伤透了脑筋。

　　除此之外,并没有发生什么有价值的线索,格兰特看了一眼壁炉架上摆放的一列书,看起来拉蒙特在文学方面还颇具天主教徒的品位。格兰特信手拿下了一本书,翻开,扉页上的字迹映入眼帘,其中就有格兰特曾经在银行支票上见过的签名:艾伯特·索雷尔。如此看来,索雷尔才是这本书的主人。格兰特翻开一本又一本,几乎每一本书上都有索雷尔的签名。看起来似乎是索雷尔在决定前往美国之后,赠送给拉蒙特的。也就是说,在命案发生之前,两个人的关系依然非常融洽,那么,他们之间究竟发生了什么矛盾,以至于要痛下杀手?或者说他们之间早已貌合神离了?莫非拉蒙特是一条躲藏在草丛中伺机而动的毒蛇吗?

　　眼下十万火急的事情是寻找到拉蒙特新的落脚点,可是他最有可能去哪儿呢?他仓惶之中逃命,潜逃国外的可能性微乎其微。他绝对没有跑远,甚至没有跑出伦敦,他不过只是以惯用的手段隐藏了自己的踪迹。

　　格兰特下达了新一轮的命令,搜寻工作继续进行,不得松懈,然后独自一人返回了警署。他开始进行换位思考,他把自己想象成凶手,期盼着能够对寻找嫌疑犯下一步的藏身之所能够有所帮助。已经很晚了,格兰特疲惫不堪,好在功夫不负有心人,漫长的等待总算是得到了应有的回报。他在拉蒙特家的门板上采集的指纹报告很快就送了过来,证实指纹的主人居然是艾弗里特夫人!当初在布莱特林新月区的那所小房子里,曾在索雷尔的照片背面留下了拇指印的手,这一次又倚在拉蒙特的门板上,似乎是在帮助拉蒙特取下什么东西。这就是艾弗里特夫人!格兰特一阵自责,没想到自己居然被艾弗里特夫人给骗了,一直蒙在了鼓里,真是羞愧万分。不过,格兰特还是坚信艾弗里特夫人所说的话,都是事实。看起来似乎是他派出去监视艾弗里特夫人的警员疏忽大意了。这对于格兰特来说,绝对是一个沉重的打击。好在格兰特对于拉蒙特的去向找到了一点线索,可以继续调查下去。略一沉吟，格兰特就断定是艾弗里特夫人向拉蒙特提供了消息，这才促使拉蒙特仓皇之间逃之夭夭。也许昨天晚上格兰特前脚刚走，她后脚就来到了拉蒙特这里报信了。而那个时候派去监视的警员还没有到位，但是她返回的时候警员总该看到啊？真是疏忽大意。如此推断下来，艾弗里特夫人很有可能给拉蒙特提供了新的藏身之处，按照格兰特对于她的了解，她绝对不会愚蠢到让拉蒙特躲在布莱特林新月区的住所里。眼下的当务之急就是去查清艾弗里特夫人的所有情况，包括她的家族，也许会有新的发现。但是要从哪儿下手呢？对艾弗里特夫人这种聪明而狡猾的人要怎样才能够打开缺口？派人乔装打扮，去后门卖货的那招儿已经不奏效了，因为她根本就不是一个喜欢闲聊的人，再说了，她如今已经起了疑心。打草惊蛇迫使她露出马脚是下下之策，他十分清楚，艾弗里特夫人绝对不会在闲聊中轻易泄露秘密。那到底要如何是好？要在什么样的场合中，在什么样的情况下，才能够让她吐露天机呢？格兰特假设了许多种场景，越想越觉得她的卓尔不群。忽然，一个念头浮上了脑海。不如去教会瞧瞧。艾弗里特夫人是个虔诚的信徒，她一定会受到众多信徒的拥戴，不过由于她很少与人交往，有点自我有点封闭，所以受欢迎的程度不会很高，教会的一些知识分子与拥护工人党派的人就不会喜欢她这种性格的人。因为有些人对于八卦更感兴趣，譬如谁不幸破产的事情，或者一些奇闻异事，都会让他们非常上瘾。教会早已给艾弗里特夫人定位了，既然她在教会不是那么受欢迎，那些教友肯定就有的说了。

眼下，非常有必要派人进一步地调查有关艾弗里特夫人的近况，格兰特在睡觉之前，已经初步定下了合适的人选。

第十章　毅然北上

"辛普森，昨天你去拉特克利夫家的时候，乔装成什么人？"

"一个退伍军人，靠卖便笺本为生。"

"好的，今天你仍然可以乔装成一名退伍军人。要穿戴整洁，今天就不要戴围巾了，换一套衣服穿，身份是一个无业游民。你去布莱特林新月区富汉姆路，调查一个住在98号的艾弗里特夫人，要记住，上门推销这种低劣的手段对她没有作用，你一定要谨慎。她似乎是个虔诚的信徒，要去教堂做礼拜，你试试看能否从这条线索上寻找突破口。要不然的话也可以去俱乐部坐坐，那里三教九流的人多，谈资也多。我要了解她的亲戚朋友都住在什么地方，无论他们现在还有没有保持联系。另外，我还要给你提一个建议，虽然这个建议有可能并没有什么价值——艾弗里特夫人非常敏感狡猾，你可不要将她当成一个三岁小孩。执行任务的时候要注意安全，若是身份暴露了，那么你就会被其他人所代替，这条非常有希望的线索也会随之告吹。你要记住，若是有什么发现，记得先打电话，千万别先回警局。"

"布莱特林大教堂"的牧师考尔迪克特正在教堂前的草坪上挥汗如雨地干活，他的割草机忽然抛锚了，他扬起脸，抱怨起太阳太过于毒辣。这时，他突然察觉到有人正在注视着他与手下的工人们，眼神中又是羡慕又是怜悯的神情。陌生人察觉到自己被发现了，慌忙抬高了自己的帽檐，整整衣衫，高声道："先生，在这么炎热的天气里干活可不是一件好差事，你需要我的帮助吗？"

年轻牧师微微一笑，他似乎干一整天的活都不会感到厌倦，"你觉得我干不了这活？"牧师朗声大笑。

"不不，我不是这个意思。我只是想问如果我来帮你干，你会不会慷慨解囊，赏我一些工钱。"

"是吗？你是在谋求一份工作吗？"考尔迪克特回答道。

"没错。"陌生人道。

"你结婚了吗？"

"暂时还没有。"辛普森本能地想要对牧师表达感激之情，好在及时控制住了。

"你想要谋求一份什么样的工作？"

"我不是什么挑三拣四的人，什么样的活我都能干。"

"我会做鞋子。"辛普森说道，心中却在嘀咕以后要怎样才能圆谎而不露出马脚。

"这样吧，你来除草，我去干一些别的活，下午一点钟的时候，你过来与我一同吃饭。"

然而辛普森却有些不满意这个工作，他的目标是厨房，他可不愿意只在吃饭的时候有机会跟牧师交谈。他顿时聪明地装出犹豫不决的模样，然后把本来已经放在除草机上、准备大展身手的双手放了下来，支支吾吾地表示，"先生，如果不麻烦的话，我自己到厨房去吃一口就行了，在其他的地方我吃不习惯。"

"没有问题，你跟我来吧。"考尔迪克特显得非常宽宏大量，而辛普森却生怕自己这个唯一能够打听消息的机会稍纵即逝，于是只能在这个热心肠的牧师面前坚持己见了。

"拜托，你要是不介意的话……"他倔强的口气像是一头牛。

"好吧，如你所愿。"年轻牧师心中有些恼火，觉得眼前这个陌生人为什么就不能够打开心结，与大家打成一片？牧师走开了，很快，他又折身回来，借口说想要听听辛普森的遭遇，他觉得辛普森这个造访的陌生人还是可以信赖的人。于是乎，牧师就与辛普森在小路上聊了一些彼此感兴趣的话题，一直畅聊到了下午。牧师曾经做过随军的牧师，他谈起了大战，又聊到了树苗、弥漫整个伦敦的烟灰与皮革，他本能地觉得最后的这个话题，应该会是新来的观众最为感兴趣的话题，当然了，作为一名牧师，他自然不会忘了描绘自己如何劝说年轻人走入教堂找到信仰的光辉事迹。牧师聊起了上帝对赌博的态度，他觉得所有的赌徒都是在犯罪，干着损人不利己的事情，这个时候，辛普森总算明白了考尔迪克特为什么没有多少年轻追随者的原因了。

"你是年轻人。"考尔迪克特疑惑道，"你能不能说说，为什么年轻人不愿意走入教堂？"辛普森倒是颇为了解年轻人的想法，不过只要不发生意外情况，他就会在这个地方待到天黑才会离开。所以他打消了讨好牧师的念头，只是微微摇头，表示自己无能为力。要知道，赌场经纪人一个星期两个半先令的待遇十分丰厚，可要比费尽心思经营社区教堂要滋润得多，谁愿意费那个劲？终于，教堂传来了收工的敲锣声，辛普森暗自庆幸，"祝你好运。"牧师赶紧回到了教堂的后面。午饭时间对于辛普森来说，可是一个千载难逢的良机。

据他所知，牧师是一个黄金单身汉，他身边有两个女仆，一个负责做饭与做家务，另外一个就好像是电影中的女助手之类的角色。他们两人都对辛普森的到来表示了热烈的欢迎，辛普森也终于有机会与下层人士一起就餐，倾听他们的抱怨了。然而从他们的口中只是了解到艾弗里特夫人是个寡妇，倨傲不群，她之所以会这样，是因为她的父亲曾经是一名牧师。除了这个消息之外，没有任何有用的线索。"他的父亲之前在这里当牧师吗？"女佣说不是。辛普森觉得有可能是个偏僻的小地方。在女厨子看来，艾弗里特夫人之所以会参加教会的各种会议与活动，并不是说她有多么的虔诚，她不过只是想向世人证明，她的父亲也是一个牧师罢了。辛普森回到了草坪上干着快要结束的活，脑海中却是在暗中琢磨着这件事情。这个时候牧师回到了他的身旁，询问他是否有兴趣参加当晚在教堂举行的社交活动。辛普森答应了下来，真挚地表达了自己的感谢之情。举办活动要将椅子之类的东西从教堂中搬出来，辛普森是一个好帮手。他完全可以下午的时候过来，与妇女委员会做一些筹备的工作。辛普森暗想，妇女委员会也许是他最想要利用的群体的，当即千恩万谢地答应了下来。

下午，辛普森干了一些修剪草坪的活，然后就跟女助手与女厨子轮番闲聊，前者不断地找借口跟他聊天。虽然收获要比前一天在艾弗里特夫人家里要多一些，但今天的谈话因为没有同事在其中帮衬着，所以显得格外枯燥无聊。下午茶结束后，辛普森找了一个理由去教堂。教堂是一栋用红砖建成的房子，十分丑陋，两三个时尚的女人激动万分，好像是几只老母鸡一样忙碌不停。一个人刚刚做了一些事，就立刻会有人指手画脚，然后就吵吵闹闹，话说了很多，做的事却没见多少。这种毫不停歇的找茬儿与争吵，没有人能够忍耐得住。辛普森站在门口观察了一会儿，然后缓慢上前，摘下了帽子，向她们行礼。"请问你是在找人吗？"一个妇女问道。他慌忙解释道是考尔迪克特先生让他过来搭把手，大家都很高兴地接受了他。事实上很快他就红得发紫，女人们什么事情都来找他拿主意，他不由地洋洋得意起来，这绝对不是刑事调查科的干警应该有的心态。谁想他在晚上的时候，居然碰到了一个强劲的对手，让他原本的得意劲顿时消失无踪。他后来曾与马林斯提起过，整个晚上他都痛苦不堪，虽然具体原因无从知晓。他金红色的头发与满是雀斑的脸庞，成为了无往不利的撒手锏。他理所当然地成为了当晚最受欢迎的男人，几乎不费吹灰之力，就将消息打探得明明白白。等到事情告一段落之后，马林斯跟他说："探长对你的能力非常满意。"辛普森愉悦的神情里，夹杂着一丝不屑，"哼，为了得到消息我可耗费了九牛二虎之力！"

　　教堂的社交聚会，最终于9点45分的时候完美结束，辛普森非常讨喜地主动上前帮忙，与妇女委员会又玩了一出拆东墙补西墙毫无意义的收尾工作，然后目送着那些对他热情有加的长舌妇回家。正因为如此，他在第二天见到格兰特的时候，才能够将所了解到的关于艾弗里特夫人的情况告诉给格兰特。

　　艾弗里特夫人是一个苏格兰人，但是说话却没有苏格兰口音。那是由于她从西海岸搬到伦敦已经足足有25年的时间了。她的父亲曾经是鲁斯镇西海岸的一个村庄的牧师，她的兄长继承了父亲的职业，如今也是一名牧师。她原本叫洛根，15年前变成了一个寡妇，没有生过孩子。她有些自闭，所以在这个社区不是什么中心人物，但还是能够得到人们的敬重，所以当她将房子租给两个赌马经纪人的时候，教堂也没有表达什么不满之情。索雷尔是在退役之后，租用了艾弗里特夫人的房子，那个时候他还没有从事赌马经纪人这个行业，所以，大家也没有理由认为艾弗里特夫人是有意收留堕落之人。在个人关系方面，整个社区里没有人愿意与索雷尔与拉蒙特两个人交往，这点格兰特能够表示理解，人们有意跟他们两人保持一段距离，就好似他们两人是麻风病人一样。但善良的人总是会对坏人的事情非常感兴趣，所以一旦有两个人的任何事情，都很有吸引力。人们通常都会远远地观察这两人，而这两人却完全不认识人们。根据艾弗里特夫人的描述，他们两人几乎形影不离，也没有什么女朋友。他们两人又都是聪明的人，所以艾弗里特夫人对他们非常关心。众所周知，艾弗里特夫人在伦敦没有什么亲戚朋友，一年只回一次老家。若是在她回家期间两位房客仍然住在这里，她甚至还会掏钱请人来照顾这两个房客的生活起居。

　　这边辛普森搜集好了情报，挤出了教堂；另外一边，格兰特找来了在国王十字街与尤斯顿内地蹲点的值班人员。询问那里有什么可以的情况。在国王十字街的蹲守警员，讲到了一个年轻人与母亲前往车站的事情，格兰特当机立断地打断了他，问道："你描述一下母亲的模样。"警员描述得十分仔细。

　　"火车站方面，有什么特别的情况？"

　　嗯，是有几个肤色黝黑、身材高瘦、高颧骨的苏格兰北方人，全都搭车前往了北方。

　　"你凭什么确定他们都不是嫌疑人？"

　　"探长，是因为他们的言谈举止，另外还有那位夫人。他们的行李早早就放在行李架上，姓名的首字母是G·L，非常明显地朝着外面，另外他们还带着高尔夫球包，看起来非常轻松的模样。"

　　格兰特不由得有些佩服艾弗里特夫人。这个主意绝对不是拉蒙特想得出来的，他将最为关键的钞票都落在了屋里，又怎么会想起带上高尔夫球包？他顿时怀疑箱子是不是故意那样子放在行李架上的。他不敢想象一个仓皇逃命的杀人犯，会随身带着一个高尔夫球包，除非正好有一个高尔夫球包。

他会逃往什么地方呢？

他们的行李上没有贴上标签，检票员说他们要去爱丁堡。

格兰特不一会儿就猜出了拉蒙特的落脚之地。苏格兰教会里姓洛根的人可没有多少，罗斯郡有一个人，是卡恩尼施教堂的牧师。

格兰特走到了巴尔克的办公室说道："我要去苏格兰场几天，去钓鱼。"

"你要是想去哪儿放松心情，比苏格兰场舒适的地方有很多。"巴尔克对案情陷入僵局的情况一清二楚。

"也许罢，但去别的地方钓鱼不行。这是我所要去的大概方向，我只需要两天的假就够了。"

"不用带一个人去吗？"

"不需要。"

"最好还是带上一个人吧，光是想想高地那些烦人的警察就够你受的了。"

"他们总该会抓鱼罢？况且现在还没等到那一步，或许我会找个人将鱼带回伦敦。"

"好吧，你什么时候去？"

"晚上7点半的时候，我会从国王十字街上车，这样明天10点之前我就能够赶到弗里斯，到了之后我会通知你的。"

"好！祝你好运。"巴尔克道。

因为暂时并不能够确定逃往卡恩尼施的人就是拉蒙特，所以在出差之前，格兰特提前安排了他不在的时候伦敦日常的搜寻工作。他之所以要亲自去追捕逃犯，是因为只有他曾经见过拉蒙特。另外，格兰特的这个举动，也有可能是虚张声势，引蛇出洞。

火车轰隆隆地朝着国王十字街开去，格兰特开始研究卡恩尼施地区。他非常开心地研究着地图，能够在淳朴的乡村追捕嫌疑人想想就让人感觉刺激，那里有一种古朴亲切的感觉，少了大机器与现代化大生产的枯燥与严肃，这可要比泰晤士河岸边那些钢筋水泥要好得多。在这里想要打电话，必须要去邮局。也没有办法动用后备力量去截断打电话的人。在这种地方只能够智取，当然最终也有可能会用枪来解决问题，但格兰特发自内心地不希望发生这样的事情。将一个死人带回去实在是没有什么成就感。格兰特打算低调行事，要知道他只不过是晚了两天而已。昨天晚上之前，嫌疑犯也许还不会抵达目的地。而他在那个地方待的时间越长，就越不会让村民怀疑。一开始，他所有的行动都必须要掩人耳目，可随着慢慢地适应了乡村的生活，那种与世隔绝的感觉，会让他误认为非常安全。

格兰特研究了一番地图，海水与河水汇合成了芬莱湖，卡恩尼施村就坐落在芬莱河南岸。向南约莫四英里的地方，有另外一个湖泊流经此地，湖水的北岸有一个比卡恩尼施稍微大一些的村庄，叫作加尼。换句话来说，卡恩尼施坐落在半岛的背面，而加尼则在正对的南面，两地之间的陆地间距约莫有四英里远，中间有一条三级公路与山脉连接。格兰特打算待在加尼，听说那个地方有一家可以洗澡的旅馆，同时也可以在芬莱河钓鱼来进行伪装，这样就可以监视卡恩尼施的动静了。他就这么研究着地图，一直到夜深，直到他对地图上的乡村了如指掌，背得滚瓜烂熟。根据以往的经历，就算是看地图非常在行的人，真正地走到路上，还是会出现这样那样的差错。不过他还是感觉非常满意，因为根据他对这一地区的了解，绝对比匆忙之间四处逃窜的人要好得多。

天亮之后格兰特振奋了许多，起身穿好了衣服，一边吃着早饭一边盯着窗外大片的景色，他不由地有些好奇，那个亡命天涯的嫌疑犯究竟是怎么想的呢？一个伦敦人从他熟悉的街道逃离，周日的泰晤士河绝对不会像西部的河流一样为他准备好湍急的水流，死气沉沉的旷野中没有一辆萨里游览马车能够给他提供观光服务。他是不是会后悔从伦敦逃走？这个时候，格兰特又开始琢磨起拉蒙特的脾气来，他以往非常开朗而活泼，现在他还会如此开朗吗？他为了不可告人的目的而杀人，绝对不是一个神经过敏者。对于一个精神脆弱的人来说，与其待在这种鸟不拉屎的地方，忍受着孤独无助所带来的恐惧，倒不如冒险蜗居在城市熟悉的砖瓦单元房中舒服。以前，躲入高地的山中就相当成功地逃离了法律的制裁，用爱尔兰的话来说就是胜利大逃亡。然而如今人类的科技越来越发达，这种情况越来越少见。现在，就算有一千个嫌疑犯，也不会有一个人潜入苏格兰高地的群山中避难，逃难的人需要食物与水，过去那种在山里的废弃茅屋与洞穴中居住的事情早已过时了。其实，要不是艾弗里特夫人建议拉蒙特离开伦敦暂时避避风头，他说什么也不会这么干，关于这一点，格兰特深信不疑。但是拉蒙特看到了目的地之后，又会作何感想呢？

火车顺利抵达了因弗尼斯，格兰特离开了火车，在狂风中穿过了月台，转乘了当地的火车。整个上午就看到火车隆隆作响地穿过绿色的乡野，又缓慢开进了棕褐色的荒野，与格兰特早上起来看到的那一片鸟不拉屎的地方差不多。火车一路向西疾驰，不时地停靠在广阔的荒野中那些不知名的小站台上。下午的时候，格兰特被带到了一个漫天飞沙的站台上，下了火车后，当地人告诉他，要想继续前进必须要坐邮车，抵达卡恩尼施至少还有三十六英里的路程，要是路程顺利的话，约莫晚上八点的时候就能够抵达。不过能不能一路顺风，还要看路上的情况了。两星期之前，这部车子的左前轮卡在了沟里，司机不得已之下只能将另外一辆车的右前轮给更换了下来。格兰特被带到了订票室，在车站后面的一片沙地上，看到了一个新奇的东西，这就是五个小时之后格兰特即将要乘坐的家伙，这是一辆游览车，驾驶座后面摆放着三条长凳子，上面摆放着坐垫，外面用美式花布罩着，看起来应该勉强能够减轻旅途的劳顿。让格兰特惊愕的是，在这个时间点，居然还有别的人同行，这简直是要挤死人啊。格兰特询问能不能租一辆车，他的要求让那些人的脸色有些不太好看，他的要求不仅是徒劳，而且他还铸成了大错，从格兰特的态度来看，似乎根本瞧不上这辆邮车。格兰特只好委屈一下，并且希望自己能够愉快起来，他将行李放到了司机的旁边，随后在车上坐好，期盼着情况不要那么得糟糕。

邮车在狭窄的路上颠簸不停，下坡的时候会迎面撞上从山上汹涌而下的小溪流，他终于意识到什么叫作"人定胜天"了，很多地方是不会与陌生人同行的。

"你碰到这种情况的时候，一般会如何处置？"格兰特询问司机。

"有的时候他们会退回去，否则的话我们就只能倒车了。"司机道。行驶了大概五英里，当他们与一辆牵引车碰面时，格兰特见识到了这个地方的新鲜路规。牵引车是小型号的，不过在如此狭窄的地方就变成了一个庞然大物。这里一面是深渊，一面是陡峭的山壁，但是邮车司机却一边倒车一边开着玩笑，直到退回路旁的碎石堆上。牵引车耀武扬威地轰鸣而去，旅行终于得以继续。在三十六英里的路途中，他们总共有两次受到阻碍，每一次都是为了给别的车让路。头一次两辆车擦身而过，这面的邮车陷入了沟里，那边的汽车轮子则冲进了草丛与沙地之中。另外一次是一辆福特车迎面开了过来，司机凭借着车子的良好性能，大胆地擦边开了过去。两辆车的司机还彼此用眼神交流着，好在这场水路两栖作战并没有让任何人感到不安，虽然车上早已人满为患，却没有一个人发出不满的声音，似乎这样的事情每天都会发生。

格兰特十分担心超载的车子，同时也在想，要是车上没有了足够的座位，那些等候在路旁的人要怎么办才好？守候在路边茅草屋旁边等车的一个稍微显老的夫人也同样忧心忡忡。当邮车慢慢停在了她身前时，司机弯下腰去帮助她，但是她一看到车里已经没有了座位，顿时焦急地问道："你如何能给我腾出空位来啊。安迪？"

"别嚷嚷了，我们从来没有抛弃过任何一个客人。"安迪大咧咧地说道。格兰特听明白了，"别嚷嚷"这个词在这个地方有着与英国其他地方不同的含义，在这儿并不表示责备，而只是半开玩笑地驳斥，有的时候也表示直截了当略带一些嘲讽的赞赏。安迪是在用苏格兰当地人的土话嗔怪对方瞎担忧，果不其然，不一会儿空位就腾出来了。并没有人表达不满，只不过放在车后面的鸡笼子被挤倒了。母鸡咯咯咯咯地惊叫连连，一路上都活得好好的，认领母鸡的主人早就在前面的小道口等着了，他抓起了鸡笼子丢到了一辆独轮手推车中。

在距离加尼还有几英里的地方，格兰特就已经能够闻到大海的气味了，这是一种凹凸海岸线上独有的海藻味。四周根本看不到一丁点大海的痕迹，在这样的环境中闻到这种气味让人感觉非常奇怪，更让人惊诧的是，在前面的山里忽然出现了一小湾绿色的池塘，拍打在石头上的褐色水草波浪，仿佛在昭告天下，这里并不是湖泊，而是真正的大海。忍受了二十四个小时的颠簸，最大的惊喜终于来临了，车子驶入了加尼，海岸边绵延的沙滩在晚霞的余光中静静躺卧，狂暴的大海此时温柔地触碰着沙砾。车子在挂着旗子的客栈门口停了下来，格兰特下了邮车。虽然他饿坏了，但他仍然饶有兴致地站在门边，欣赏着落日的余晖慢慢地消失在西面海岛的紫色轮廓之中。傍晚时分，空气中弥漫着宁静的气氛，弥漫着大海的味道。小村庄里到处都点起了仿若水仙花一样的金黄色小灯，而大海上则抹上了一抹薰衣草的紫色，沙滩在夜幕之下闪烁着淡淡的荧光。

可惜的是，格兰特来到这样一个美妙的地方，居然是来缉拿一个杀人凶手！

第十一章　卡恩尼施

格兰特没能从安迪那里得到什么有用的讯息，因为安迪对于他的好奇程度，远超过他对拉蒙特究竟在哪儿落脚更高。安迪对于格兰特的询问，都是用一两个词汇简短的回答，或者干脆摇头或者点头回应。反过来却总是想要打听格兰特的情况。在安迪套出格兰特的身份之前，格兰特只好无奈地停止了这种无聊的游戏。吃完早饭，格兰特站在门口与加尼的旅馆老板闲谈，然而却丝毫没有效果。这个人显然一无所知。

"先生，你真的是来钓鱼的？"旅馆老板问道。格兰特点头一笑，"要是可以的话，我会去芬莱河里钓鱼。"

"在山后四英里的地方，就有合适的位置，您熟悉那里的环境吗？"格兰特茫然摇头，他觉得越是表现出无知才不会引人注目。"哦，在那个地方有一个非常小的村庄，不过你来这里住店是来对了，那里的旅馆除了羊肉之外根本没有别的东西可以吃。"格兰特微微一笑，"也许比那还要糟呢。" "你说得没错，你第一天吃羊肉也就算了，第二天也忍了，但是几天过后我敢保证你在山上看到一头羊都会感到恶心。而在我这里，你要是不愿意徒步旅行的话，我还可以给你提供一辆福特车。您应该有驾照吧？"格兰特说，"我还以为这里的每一个旅馆都会有一个专属的钓鱼海域呢。" "当然不是，这里所有海域都归那个在卡恩尼施开公司的老板，他在格拉斯哥做股票经纪人。对了，他现在应该在这个地方，他大概是一个星期前回来的。"

"真的吗？要是可能的话，我现在就想借用一下你的福特车，我想要去拜访他。"想要在这个地方闲聊而不会被人注意，钓鱼自然是最好的借口了。"你说他叫什么名字？"他一边问，一边坐上了破破旧旧的福特车，坐在一个满身绒毛、眼睛很亮的司机旁边。

"他叫德赖斯代尔先生。"老板客气地回答道："他对于水域管理得非常严格，当然了，也许你能够说动他。"带着不咸不淡的安慰，格兰特出发了。车子一路翻山越岭，前往了芬莱湖。

"他住在哪儿？"格兰特转头看向身旁毛茸茸的司机，两人在交谈中格兰特知道他名叫罗迪。

"他住在卡恩尼施。"

"你的意思是他住在村子里？"格兰特问道。

"过了那个村子的河边。"

"我们是不是要穿过村子？"

"不用，我们可以从桥上走。"

车子开到了分界线，虽然早就知道这里是一座峡谷，但是眼前的景象却让格兰特感到震惊不已。定睛望去，脚下是一条万丈深渊，除了河岸边的一点绿色之外，湍急的河水好似一缕银线，淌过漫山遍野的桦树林，径自朝着远处的海口席卷而去。他们沿着河流顺势而下，径直来到了山边，格兰特看到了两座教堂，顿时心生一计。

"这个村子里的教堂看起来已经足够用了。"

"那可是一个小自由派教会的，我觉得你应该不会过去。你看下面那个，就是洛根先生负责的。"他伸手指向了路尽头的右手边，一座简陋的教堂与建造结实的正方形会馆坐落在河边的树林中。"小自由派设在村庄另外一端靠近海的地方。"

格兰特非常感兴趣地瞄了瞄那座合适居住的、如今却很有可能藏着嫌疑人的房子。"这个地方不错，要是能够寄宿在那就好了。"

罗迪觉得不可能。房东只会在夏天的时候将房子出租一个月的时间。牧师目前是单身状态，还有他的寡妇姐姐丁蒙特夫人住在这里帮助他料理家务。他的一个外甥女，在伦敦当护士，如今放假，也回来住在这个地方。

除此之外，再也问不出什么了。格兰特必须要时刻注意才行，要是自己不断地提问题，就有可能引人罗迪的怀疑。"旅馆里现在住的人多吗？"

"只有三个人。"罗迪答道。作为竞争对手，罗迪对于卡恩尼施旅馆中的住客数量一清二楚，不过从他的描述来看，这三人之中并没有拉蒙特，罗迪说起他们的背景与喜好来简直可以说是了如指掌。

卡恩尼施会馆坐落在河岸边的近海处，后面就有一条公路直通北面。罗迪把车开到了大门口的位置，"您最好在这里等等。"格兰特说道。车子刚刚"咔"的一声停住了，格兰特就停下了车走上台阶。大厅内，一个穿着上等花呢、身材瘦小、表情呆板的人迎了出来。格兰特猜到，这个股票经纪人现在应该是在举行聚餐吧。他本来以为股票经纪人都是身材肥胖、皮肤粉嫩、穿着窄脚长裤的形象。所以当这个清瘦的人与他谈话的时候，格兰特不由得大吃一惊。"先生，我有什么可以帮助你的？"

"我想要见德赖斯代尔先生。"

"好的，请进。"男子说着，将他领入了一个堆满了渔具的房间。格兰特原本打算厚着脸皮，靠着自己煽情的本领来感动对方，可是当他一看到本人的时候，立刻就改变了主意。他掏出证件，在对方投来诧异目光的时候，不由得感到非常满足，因为这说明他乔装得非常成功。

"探长先生，我能帮助你一些什么？"

"只要你能够给我在芬莱海边钓鱼的机会就谢天谢地了。我最多在这里待上两天，我要追查的人就在这附近，唯一不打草惊蛇的办法，就是乔装成钓鱼的客人。本来我以为加尼的旅馆会有一片海滩可以垂钓，一问之下才知道行不通。你放心，虽然我以前是个钓鱼能手，但这一次我会少钓一点，而且绝对不会伤害任何一条鱼。"

让格兰特诧异的是，德赖斯代尔先生在听完他的话后，阴沉沉的脸上不由得泛起了一抹微笑。"探长，"他笑道，"您不知道这件事情会在这个地方引发多大的轰动，你本人又是如此独特的一个人。要知道从一九四五年开始，警察就没过来找过人，当然了，从那时起，警察也没有抓过什么人。卡恩尼施居然会藏着一个杀人犯，而鼎鼎大名的探长，还不远千里地赶来抓人，真是太稀奇了。"

"也许我要缉拿的人也这么想。"格兰特冷冷道，"无论如何，你只要准允我钓鱼，我就不会叨扰太久的时间。"

"你可以随便钓鱼，在哪个位置都可以。对了，今天我正好要去一趟上游，你要不要与我一同过去，我可以给你挑选一个最佳的钓鱼地点。想要钓鱼休闲，还是要找一个风景优美的地方才好。你先将跟班打发回去吧。"这个时候罗迪正站在窗户外，张扬地用盖尔语跟女帮佣说说笑笑，根本不知道正有人要将他给打发走。"你告诉他不用来接你了，晚上你想要去哪儿，我都可以派车送您。"

格兰特本来对这个人的印象不太好，因为他听说这个人非常小气，但看到他能够如此尽心尽力地帮忙，不由得一阵欣喜，于是乎他让罗迪回去了。德赖斯代尔开始默默地挑选着一会儿去河边垂钓所要用到的渔具，他没有再询问格兰特任何的问题，这让格兰特松了一口气。看起来，似乎格兰特不开口说话，他是打算就一直这样沉默下去的。于是格兰特开口询问最近河水的情况，不一会儿两个人就以钓鱼爱好者的身份畅聊了起来。他们沿着河的右岸上去，德赖斯代尔谈起了河中间形成水潭的特点。这条窄小有石头点缀其中的茶色河流，只有不到六英里长，流经山里的时候汹涌澎湃，到了下面静止的水潭时得到了缓冲，随后就汇入了大海之中。

"我觉得你是想要找一个距离村子近一点的地方。"德赖斯代尔说他自己要到上游去待上大半天的时间，建议探长留在河的下游。格兰特颇为感激地表示同意，"那就是会馆吗？看起来苏格兰的牧师生活得非常惬意。"

"确实如此。"德赖斯代尔赞同不已，不过却没有继续聊这个话题。格兰特打量着这栋房子，不断地追问是否有寄宿的人，对于逃犯来说，这绝对是一个好地方。但德赖斯代尔的回答与罗迪没有什么不同，他颇为腼腆地告别了格兰特，转身离开，只留下格兰特一个人。一想到在这个鸟不拉屎的地方能有一个值得信任的帮助自己，格兰特就感到一阵庆幸。

他打算在会馆上方约莫两百米的地方坐下来钓鱼，他放慢了动作，一边钓鱼一边暗中观察着房子周围的一切情况。根据他的观察，他所站立的位置这边有一条类似于公路的大车道。而在另外一侧的地方，他能够看到的却只是一条人们踩出来的羊肠小道，所以，任何人想要往上游去都必须要走他这一边。会馆外面是一圈石头围墙，正面对着河岸的公路，而格兰特恰好位于会馆的背面位置。墙的里面是一排瘦骨嶙峋的冷杉树，把整栋房子给严严实实地遮掩了起来。后花园的围墙一直延伸到河边，围墙的中间部分是一扇本地区最为流行的小铁门。虽然格兰特看不到房子大门前的那一条公路，但两旁的公路却都在他的眼皮子底下，所以只要有人从那栋房子里进出，格兰特就能够看得一清二楚。他能够在这个地方待上一整天，就算是没有人过来跟他说话，也不会有人质疑他，这绝对是一个绝佳的监控地点。格兰特向着棕色河水抛下了鱼竿，他感觉生活十分美好。只不过由于阳光太刺眼，注定了收获不会很大，好在他真正钓的鱼并不是河里的鱼，而是一个杀人凶手。虽然直到如今都没有提起过会馆中的陌生客人，但正如他的预感一样，他感觉自己要找的人就躲在这房子里面。

不到十点钟的时候他就开始钓鱼，在一个小时之内，除了他自己之外，没有任何一个人来找他。会馆的两个烟囱慵懒地伸向了湛蓝色的天空，袅袅冒着青烟，脚下的河水汹涌着，水流湍急而过，像是在唱着一首催眠曲。从他的右手边看过去，远处的桥那儿，是一栋用石灰粉刷的房子，阳光下的那一份宁静就好似舞台剧的背景一样迷人。格兰特认为这个地方就像是一幅美丽的风景画，他稳稳地端坐在河边，不愿因为自己的缘故而打破这幅和谐而美好的画面。这个时候的格兰特不再是探长，而是摇身一变成为了一个渔夫。这个时候一个邮差从村里骑车出来，他卖力地蹬着自行车，不断地按响车铃。就在格兰特沉浸在美景之中的时候，会馆矮墙上的铁门忽然打开了。从里面走出来一个姑娘，后面跟着一个男人。他们将铁门用力地关上之后，就欢笑着走上了小径，直奔小桥的方向走去。这个时候格兰特就在房子上方的一百米处，两个人谁都没有注意到他。男人穿着法兰绒的裤子，身材纤瘦，戴着帽子，穿着一件风衣，看起来与拉蒙特不太相像。格兰特有些失望，他此番前来，是满心希望能够抓住拉蒙特的，没想到自己的判断出了差错。他迫切地希望两个人是朝着这边走来的，而不是去村庄。没错，如果他们要走村庄的话，就应该从前门走，他很是怀疑地看到两个人拐上了小桥，当然，他们仍然有可能会经过卡恩尼施会馆，再沿着公路径自朝前走去。当看到女孩向河沿走来，而男人也紧跟着走过来时，格兰特终于松了一口气。他们正朝着上游走过来，越来越接近他，还有不到几米就能够从他身后经过。忽然，他使劲地把鱼钩扔到了更远的池塘里，他已经收回了自己的目光。在一两分钟内，他们肯定会发现他。格兰特头上的破旧帽檐垂下来挡住了脸，再加上他一早已洗得没形的衣服，让他觉得自己不可能露出破绽，另外，他脚上的短靴也不会引来怀疑。这绝对是非常高明的打扮，事实上，格兰特本身就是一个钓鱼爱好者，所以乔装起来得心应手。格兰特的动作并没有引来丁蒙特小姐与男人的目光，他们似乎并没有兴趣关注一个陌生人。忽然，他们说话的声音盖过了水流声传入了格兰特的耳中，并且伴随着水流声越来越清晰。他们有说有笑，显得非常亲密。他们经过格兰特身后的时候，格兰特一动不动，等他们走过去的时候也没有下意识地掉头查看。若是格兰特抬头看去，他肯定会招来好奇的目光，从而会引起对方的怀疑，甚至会将自己的脸孔暴露在对方的眼中。不过，等两人沿着河流朝着上游走过去的时候，格兰特再一次地盯住了他们。那个男人就是拉蒙特吗？他再次认真地观察男子走路时的姿势，通常来说一个人想要改变自己的走路姿势是不太可能的。这个男人走起路来有些跛，但这一点还不能够充分证明他不是拉蒙特。忽然，男子转过头来，格兰特因为距离太远，完全看不清楚他的脸，但从姿势上来判断，格兰特已经心中有数了。他的理智尚未做出准确的判断，单单从刚才那一副活灵活现的画面来看，格兰特不由得想起当初在贝德福德大街尽头的画面，绝对不会错，这个人一定就是拉蒙特！一念及此，格兰特的心跳顿时加快了不少。那么，拉蒙特发现他了吗？应该不会。但是他为什么会突然掉头呢？也许只是他有了一种不好的预感。也有可能是丁蒙特小姐说起陌生人钓鱼的事情，而且拉蒙特得知这个陌生人不是卡恩尼施会馆的人，应该不能够在这个地方钓鱼，所以他转头确认了一下罢了。

　　现在该如何是好？格兰特飞速思考着。是在牧师馆守株待兔，将拉蒙特抓捕吗？格兰特的口袋中就有逮捕令，这样做完全可以。但格兰特觉得还是要确认清楚才行，从而证实拉蒙特就是杀害索雷尔的凶手。警方目前已经知道他曾与索雷尔发生过口角，但具体情况还没有证实。没有直接的证据证明他与那把杀人的匕首之间有什么联系。所以，在掏出逮捕令之前，他必须要查看一下拉蒙特的左手是否有受伤的痕迹；若是没有的话，那么直到如今的追踪，都将会变成竹篮打水一场空。无论心中怎样确定，在正式逮捕之前，所有的证据都必须要做到无懈可击才行。若是其中任何一个证据有疑问，格兰特都不能够轻易地出手抓人。看情况，他必须要亲自到会馆确认一下才行，想来这应该不会很难。要是这条路不通的话，他就干脆假装掉入了河中，等待他们的援手相助。

　　河岸边的位置有一块巨石，格兰特坐在那里大口吃着三明治，看到两个人又原路返回，他们转身经过了格兰特所在的位置，往下走上桥准备进入村庄，不久之后又重新出现，顺着公路返回了会馆，如今是午餐时间，就在格兰特的眼皮子底下，他们至少游玩了一个小时。

　　格兰特小心翼翼地包好没吃完的三明治，准备结束这次体验非常差的钓鱼之旅，这个时候看见了一个本土的警员，正推着一辆破破烂烂的自行车从上游走了过来。当他看到格兰特的时候，不由得放缓了脚步，一改之前悠闲的姿态，当格兰特抬起头的时候，他更是停下了脚步。

　　"运气怎么样？"警员问道。他的脸就像是蜡像一样没有一丁点的表情。格兰特看了他一眼，就暗中庆幸，他利用了德赖斯代尔的行为，实在是太明智了。

　　"什么也没有钓到。"格兰特告诉他，"在如此明媚的早上，我本来也没有期待能有什么好收获。"

　　"你说的没错，"警员道，"最近总是下雨，像这样的好天气可不多，我想你在下午的时候肯定会有收获的。"

格兰特知道警员是在安慰他，一笑置之。他指着警员瘪掉的轮胎道："你的运气看起来似乎也不好啊。"格兰特指着车轮胎说道。

"没错，这里的路实在是太难走了。好在是我，还能够得到一些补偿，要是别人可就没有这么走运了。"他转头看向会馆，"洛根牧师有一天跟我说，牧师与警察一样享受轮胎磨损补助。他的车上有三个轮胎在一个星期内都坏了，就算是脾气再好的牧师也难以忍受。"

"卡恩尼施这地方的车是不是很多？"

"不不，德赖斯代尔先生有两辆，我想你应该知道。洛根先生有一辆，总共只有这些。别的牧师都是用挎斗车。"

"那要是有人想要租用，该如何是好？"

"好办，旅馆有一辆专门提供给旅客租用的福特。他们自己不开的时候，就租给旅客出去玩。"福特车在警员的眼中显然已经是非常了不起的好车了。

紧接着警员又说道："看，洛根先生又要去阿克里斯东部看望双胞胎了。"格兰特看到一个魁梧的身影出现在会馆外朝加尼那里的公路上，沿着河往上走，一副急着赶路的模样。

"我本来以为那条路穿过山，只能够通往加尼方向。"

"是的，大路通往加尼，可是山脚下有一条小岔路，沿着河走，可以前往一个农场，你站在那条路上应该可以看到。洛根先生平日就走这条路，他不是一个爱走路的人，但到了这种地方，也就只能委屈自己了。"

警员颇有兴趣地看着格兰特钓鱼，等了很长的时间，对原本空无一人如今有人垂钓这件事情很感兴趣，而格兰特却是在安静地思考着，若是洛根的车从会馆开出来，忽然出现在公路上，并且径直朝着加尼乃至更往南的地方开去，他要如何是好。他没有办法确定里面的乘客就是拉蒙特，他站的地方太远了，完全看不清楚。可是在采取行动之前，必须要将这一切都弄清楚，那么接下来是去打电话求援呢，还是直接实施逮捕呢？格兰特估计应该可以借用旅馆的福特，或者向德赖斯代尔先生借车？下午的时间慢慢溜走，四点多钟的时候，天光一会儿亮一会儿暗，警员推着车慢慢地朝着村里走，很显然已经忘了要去修补轮胎这回事了，会馆里仍然寂静无声。格兰特吃完了剩下的三明治，开始思索要怎样才能够光明正大地进入会馆。他想要假装坠河呼救，虽然只是突发奇想，但随着天光越来越暗，这一招已经不灵验了。这个时候，一阵沉闷的脚步声传来，格兰特转头看去，发现洛根先生就站在他的身后。

牧师非常热情地与格兰特打着招呼，泛红的脸庞看起来格外严肃，脸上的鹰钩鼻给人的感觉不太友好，但却微微笑着，"你今天的收获似乎并不理想啊？"

"可不就是嘛。"格兰特唉声叹气，"已经钓了一整天了，依然是两手空空，要是就这样返回加尼，肯定会遭受不少人的笑话。"

"对了，你住在卡恩尼施会馆吗？"

"不是，"格兰特道，"我住在加尼的旅馆里，不过德赖斯代尔先生非常友善，他允许我在这里钓鱼。"

"是加尼的人送你来的吗？"

"当然不是！"格兰特道，"如果我不想钓了，我完全可以自己走回去。不过只有四英里而已，很快就到了。当然了，要是钓到了鱼，我也会留给德赖斯代尔先生的。"

"天气如此寒冷，你又没能钓到鱼，不如来我家喝一杯茶吧？我叫洛根，晚茶是在五点半到六点钟之间，早已准备好了。"

格兰特大喜过望，当即表达感谢。这正合格兰特的心意，但他努力地让自己不流露出喜悦的神色来。如今，命运就掌控在他的手中，只要他成功地进入了会馆，那么自己就拥有了主动权。他当下胡乱地收拾了自己的东西，拉住牧师的胳臂沿着河流往下走大概半公里以外的会馆。也许是牧师下坡路走得累了，现在走得并不快，格兰特不得不分外小心，故意放慢了脚步配合他的速度穿过小桥，拐上公路来到了会馆门前。当牧师带着他穿过宽敞的小径，来到门前的时候，格兰特感觉自己的心脏几乎快要从胸口跳出来了。他并没有嘲笑自己，要知道，在十天之前，他接收命案的时候，摆放在他面前的就只有一块手帕、一把左轮手枪与一把带血的匕首罢了。如今，在大英帝国的另外一端，他却要与嫌疑犯碰面了。

他们两人在大厅里脱掉了外套与大衣，听到一扇门里传出人们喝茶聊天的嘈杂声，紧接着洛根先生走到了门口，将格兰特带入了屋里。

第十二章　追捕嫌疑犯

门里面是一个餐厅，桌边围着三个人，他们正在喝茶。一个长得与艾弗里特夫人有些相像的老妇女，一个是红头发皮肤白皙的女孩，另外一个就是地中海人。格兰特走在了牧师的身后，牧师身材魁梧，三人必须得先给他让出空位来，牧师才好给众人介绍与他一同过来的格兰特。这让格兰特有足够的时间仔细观察在场的每一个人，并颇具有恶趣味地等着他的猎物认出自己来。忽然，拉蒙特瞪大了双眸惊恐盯着格兰特，紧接着涨红了脸，不过很快蹿红的脸庞就变得苍白如纸。

"这位是格兰特先生，是我带来的访客，"牧师说道，"我看到他在钓鱼，然而却不幸地一无所获，所以想要请他进屋喝杯热茶。这是我的姐姐丁蒙特夫人，我外甥女丁蒙特小姐，另外还有我的朋友洛先生。你等等，我来给你找座位。"

格兰特被安排坐在丁蒙特小姐的身旁，正对着拉蒙特。在相互引荐的时候，他向格兰特鞠躬表达敬意，完全看不出有什么异常之处。格兰特觉得对方肯定是乱了分寸不知道该如何是好，要么就是决定暂时先按兵不动。他坐下来的时候朝桌子上看了一眼，心弦不由得为之一紧，拉蒙特的茶杯在碟子的反方向，这说明他是一个左撇子。

"很高兴你们没有刻意等我，艾格尼丝。"牧师的口气仿佛以为众人会耐心地等他回家一起喝茶，"今天的黄昏真的好美，我穿过了吊索桥，从河的另外一边回来的。"

"哈哈，我们很高兴你能够绕道而走，"他的外甥女笑道，"因为你带来了一个人，这样一来，我们的总人数变成了奇数，可以进行投票表决了。我们如今正在争论混血儿究竟是好还是坏呢。我不是说白加黑的血统，而是说在不同血统的白人之间。妈妈说，只有单一血统的白人才是最为尊贵的，也许她是一个传统的高地人，要按照血统追溯的话，洛根这个姓氏曾经属于麦克伦南家族，家族中的成员都有专属的游艇呐。可惜我的父亲居住在边境，祖母是英国人，洛先生的祖母是意大利人，所以我们的看法与我的母亲有一些不一样。如今看起来，罗伯特舅舅作为血统纯正的高地人，有着这个种族人所固有的冥顽不灵与让人厌恶的自傲，他肯定是偏向于我妈妈的观点了。现在我们就只能够向你求救，你的祖先不会也穿过苏格兰花格呢子裙吧？"

格兰特非常真挚地表示，混血儿理应比血统纯正的人更受重视一些，所以直到今天他们仍然存在。混血促进了人类的多元化，对于人类的发展与进步绝对是有好处的。而且混血儿绝大多数都非常聪明，多才多艺，甚至非常宽容大度，又充满了同情心。总的来说，他赞成丁蒙特小姐与洛先生的观点。

格兰特本来以为这只是一个没人当一回事的闲聊罢了，可万万没有料到洛根先生却变现得异常激动，甚至是极为严肃地反驳了他的观点。他的种族血统对于他来说异常珍贵，他还借鉴了一些欧洲大陆其他国家的例子来证明所受到的毒害。直到晚茶时间结束，格兰特才知道一件滑稽的事情。原来洛根先生一生都没有出过国，他只是与一些地位低微的人打过一些交道，而且还是在约莫三十年前受训当牧师的时候，关于别的国家的情况，他就更不了解了。善解人意的丁蒙特小姐慌忙出来打圆场，格兰特本来只是想当好一个配角，谁想到头来却本末倒置了，于是乎他干脆收起了闲聊的兴致，专心对付拉蒙特。

地中海人现在看起来情况好了不少，他正视着格兰特的眼睛，除了眼中的一丝不易察觉的敌意之外，根本看不出有什么异常。他根本没有想要掩饰自己左手上的刀疤，因为他的杯子已经暴露破绽了，这真是一个绝好的证据。显然他已经知道自己大势已去，只是想看看自己在大难来临的时候能够保持平静。格兰特感受到了拉蒙特眼中的敌意，这对于他来说是一个好消息，对于警察来说，抓捕一个懦弱者绝对不是什么好差事，与犯人挥刀对砍反而惬意得多。好在这一次不会出现下跪求饶的戏码了。

不过有一点让格兰特感到有些为难，就是这三天下来，拉蒙特与丁蒙特小姐的关系已经非常亲密。当拉蒙特回答问题的时候，丁蒙特小姐忙不迭地微笑附和，眼神一直追随着拉蒙特。她看起来就是一个很懂得照顾自己的人，所以并不嫌弃拉蒙特不够体面。莫非拉蒙特准备拉一个盟友？通常来说，一个亡命天涯的罪犯，是没有心情花前月下的，更何况是一个初犯？若他真的是这样的话，那他可真是一个彻头彻尾的人渣。好在格兰特根本不会给他机会让他得逞，他在静观其变。他再度加入了热烈的谈话中，并且品尝了五点半晚茶的主菜"炸鲑鱼"。拉蒙特慢慢地咀嚼着，这让格兰特不禁感到有些好奇，他究竟是要使出多大的力气才能够平复心情勉强吃一口？他是否在意？还是早已想好了脱身之策？"你莫非不是这样想的吗？格兰特先生。"拉蒙特问道，他这是在挑衅还是虚张声势？他拿餐具的手非常稳，他正是用这双手结束了好友的性命。他在谈话的时候一点儿的破绽都没有暴露出来，看来，他是一个伪装高手。

晚茶结束之后，众人开始抽烟。格兰特顺手将烟递给了丁蒙特小姐一根，谁想她居然自嘲地挑了挑眉毛。

"先生，我们要是在外面，坐在河边的石头上，我一定会接受的。但这里可是高贵的会馆，我无论如何都不会抽烟的。"

"天色已晚，我就不逗留了，我还要走回去呢，告辞了各位。非常感谢你们的热情款待，让我本来一无所获的一天变得十分精彩。不知道洛先生能不能陪我走一段？时间还早，天气也不错。"

"没有问题。"地中海人答道，他跟着格兰特来到了大厅。格兰特向女主人告别的时候，注意着拉蒙特以防被他偷偷溜走，但他发现对方平静地站在大厅中等他。紧接着丁蒙特小姐走了出来，跟牧师一起送他们两人，格兰特忽然担忧起来，她会不会陪同前去？也许是拉蒙特用后背对着她，实在是有些怠慢，所以格兰特非常自然地问道："你不跟我们一起走吗？"拉蒙特一句话也不说。虽然他知道丁蒙特小姐肯定跟在后方，但却没有回过头去。很显然，他根本不想让她跟着。顿时，丁蒙特小姐想要加入进来的话噎住了。格兰特松了一口气，若是能够有办法，他可不愿意亲眼看到一个女人变得愤怒狂躁。在大门的位置，格兰特与拉蒙特冲着门内的两人告别，虽然只是一个简单的脱帽动作，但在格兰特看来，却好似永别一样。

他们顺着公路默默地走，走过了第一个小坡，已经看不到会馆了。他们来到了公路的岔路口，格兰特停下脚步，道："你应该清楚我此行的目的，对吗？拉蒙特。"

"你在说什么？"拉蒙特平静地盯着格兰特。

"我是苏格兰场的探长，身上带着一张逮捕令，奉命捉拿本月十三日晚上，发生在沃芬顿剧院的杀人案。我现在要提醒你，从现在开始，你所说的每一句话都将成为呈堂证供，现在，我要确认你的身上是否携带了武器。能不能将你的大衣兜里的双手拿出来，举过头顶？"

"你肯定是弄错了，"拉蒙特说，"我是愿意陪你走一段路，可是，我并没有说要陪你走多远，现在恕不远送了。"他的左手猛地从兜里掏了出来，格兰特本能地以为是一把左轮手枪，当即眼疾手快，推开拉蒙特的手臂，这时，他看清对方手中拿着一瓶胡椒粉，顿时又是咳嗽又是打喷嚏。至于拉蒙特则是飞快地朝着小路的方向逃走了。格兰特尽量屏气凝神，这样才能全神贯注地追击，他仅仅用了两分钟就发现了对方的去向，当初在斯特兰德的那一幕景象，再度浮现在格兰特的眼前，他奋起直追。在如此短暂的时间里，就算是拉蒙特再快，也绝对跑不出多远。再说了，他究竟能够跑多远，还得看到他的体力如何。从逃跑的方向来看，等到拉蒙特跑得精疲力尽的时候，那一带的路上正好没有什么遮挡物。当然了，精明的拉蒙特肯定也想到了这关键的一个问题，所以他多半会先隐藏起来，等到天黑到足以安全撤退的时候，再寻觅出口。

在这样的情况下，只有占据最高点的人才能够操控全局。几米开外的地方，一股溪流从山间席卷而下。山谷并不是非常深，人站在里面的话绝对会被发现。不过若是弯下腰来，就能够借着掩护，顺着大片旷野攀上山腰。他警惕地环顾四周，在看得到的地方，找到了一条小溪流。他弯起了身子沿着小溪往上爬，爬几米就停一下，在确认没有什么异常的情况下，再继续往里走。小溪的边缘长满了低矮的桦树，继续向上走去，溪流穿过了一片高原，上面零星地散布着许多高大的桦树。格兰特决定冒险。他小心地从溪流的岸边站起身来，踏上了高原的草地，并爬过了草地，朝着对面半山腰几英尺以下的一排郁郁葱葱的帚石楠走去。成功穿过之后，他径直来到了山谷前面。此时他右边是一块庞大的石板，掩映在乡村最为常见的一大块长方形冷杉林中。看到冷杉林，格兰特微微放下心来，这片林子对于他来说，就仿佛是在贝德福德大街上的另外一道门。他几乎第一时间断定，拉蒙特肯定躲藏在内部，等着格兰特在公路上的某个地方出现呢。面对暗淡的前景，莫非他还心存幻想？他肯定知道，若是等到天黑的话，格兰特就会毫不犹豫地报警。如今，天色慢慢暗了下来，格兰特是不是要放弃藏身之处，立刻报警呢？没准儿拉蒙特正等着他主动现形呢。若是格兰特放弃蹲守，有意地打草惊蛇，有可能正中拉蒙特的下怀。他迫切地希望自己能够下定决心，可以看破拉蒙特的诡计。他越想越觉得拉蒙特一直没有发出任何动静就是在等着自己发出警告，没错，肯定是这样。他已经给了拉蒙特平静离开的机会。只是他自己没有抓住，如今的拉蒙特不过只是在垂死挣扎罢了。

格兰特在湿漉漉的帚石楠上躺了很长的一段时间，穿过叶子的缝隙看向山谷，从左边山脚下的公路上，传来了一声长而尖锐的刹车声，不一会儿的时间，他看到了一辆车穿过了小桥，仿佛一只小小的黑蜘蛛顺着卡恩尼施会馆后方的路上爬行，慢慢地消失在视野之中。慢慢地，北方的天光暗淡下来，忽然间河岸下方传来了一声响动，本来以为是波光粼粼的河水在来回地鸣响，如今看起来似乎不是这样，似乎还有其他的东西在动。格兰特的心弦顿时为之一紧，热血上涌，他屏气凝神地等候着。不一会儿，在河边一块足有12英尺高的巨石后方，拉蒙特的身影印入了他的眼帘，消失在河岸的下方。格兰特没有轻举妄动，他暗中揣测拉蒙特究竟是要前往平地，还是盘算着往哪个方向逃命？虽然他心中痒痒得恨不得立刻抓住拉蒙特，但他理智地忍耐住了，在没有绝对的把握抓住他之前，格兰特可不想再一次让他逃走。拉蒙特并没有闲着，他成功地伪装成了一个村民的模样，正朝着某一个方向移动过去。格兰特险些忘了，拉蒙特这个岁数的人多半都服过兵役，略懂一些反追踪的本事。这一次，格兰特并没有发现什么，只是听到了一些动静。一时间，拉蒙特再也没有了半点动静，格兰特忽然想起，河水的左岸有一条路可以提供天然的屏障。现在正是离开看台的时候了。拉蒙特究竟想要干什么？若是他顺着这条路走，一刻钟左右的时间就能够回到会馆。到时候，他就可以博取丁蒙特小姐的同情！真是好计策。根据拉蒙特所想象的，若是他是格兰特，打算回去搬救兵，那么这个时候返回牧师会馆是最安全不过的事情了。

格兰特觉得他一定会这么干，然后潜回水沟。重新回到了小路上后，格兰特觉得还是先确认了拉蒙特返回会馆后，再动手不迟。

格兰特让自己平静下来，满心希望在下游的拉蒙特不会发现自己，他快步穿过了一小块空地，然后回到了河床边缘。他想直接渡河，但是会惊动拉蒙特。反而不如等到拉蒙特返回会馆，才能够比较漂亮地来一个奇袭。若是能够成功渡河，他就能够在河对岸的制高点清楚的监视拉蒙特的行踪。若是能够跟上这个家伙的话，说不定还能够与他并肩而行，而且还不会被对方察觉。心动不如行动，格兰特纵身跳入河水中，开始渡河，紧接着又跃入了沼泽地中，费尽了九牛二虎之力，总算气喘吁吁地来到了一条小河的转弯口，小心翼翼地蹲下来查看。拉蒙特在上方大概五十米的地方，正小心谨慎地缓慢移动着。格兰特一路追踪吃尽了苦头，看到拉蒙特如此优哉游哉、明目张胆地按照计划逃走，气就不打一处来。就在拉蒙特进入小后门的时候，格兰特千辛万苦地钻出了帚石楠丛，顺着河边向下返回卡车道上。他兜里揣着一把手枪与一副手铐，这一次他狠下心来，要是实在不行，就来强硬的。可以预见的是，拉蒙特手中并没有武器，否则的话，他也不会用胡椒粉来攻击格兰特。即便如此，格兰特这一次也不准备冒险。事情已经发展到了这个地步，他不会再顾及别人的感受了，就算是整个英国的妇女都愤怒大哭，他也完全不在乎了。

格兰特火冒三丈地暗想道，只要拉蒙特胆敢跨过那道门，就一定会让他受到惩罚。他用力地眨了眨眼睛，看到拉蒙特跨过了门，正朝着会馆墙角下的小桥走去。这个蠢货要干什么？格兰特现在已经称呼拉蒙特为蠢货了。拉蒙特似乎已经想好了一个脱身之策，他先勾引丁蒙特小姐，然后就可以在会馆中潜伏起来？不对，拉蒙特已经走进了小桥，他究竟在干什么？每一个人的行为都会有目的啊！可拉蒙特看起来并不像是要偷偷开溜的样子，也不像是四处闲逛的架势。

河岸！忽然，格兰特一拍脑门，他想到了。拉蒙特肯定是想要乘船逃走，那些船都停靠在偏僻的角落，村里的人不会发现。眼下正在退潮，无论是大人还是孩子，都不会发现他悄声无息地离开了。格兰特不由得暗骂了一声，不得不承认拉蒙特非常聪明。格兰特对于西海岸的贸易船只有一些了解，懂得他们要如何使用与保存。事实上，在西海岸上的村子里，最稀缺的商品是海鱼！麦肯齐家的船丢了好几天才有人发现，就算是察觉船不见了也只是单纯地以为肯定是被人给借用了。绝对不会大吵大嚷，也不会费神地去寻找船只，因为他们坚信好借好还的道理。一脚踏上卡车道的格兰特暗中想道，拉蒙特是在会馆中喝茶的时候就想好了退路，还是情急之下灵机一动想到的脱身之策？要是这都是他事先设计好的，那么他绝对才智过人，杀死索雷尔的命案肯定也是他一手策划。

格兰特飞快地从卡车道上冲了下来，他已经想好了对策，今天早上当格兰特向德赖斯代尔表明身份的时候，就察觉到房子的一端有些突出，按照沿海的小型码头作为屏障，形成了一间船库，而且从模糊的印象中，里面有一个游艇。若是格兰特判断没有失误的话，如果德赖斯代尔在家的话，那么拉蒙特极有可能要打他的主意。当然了，这一切暂时都是猜测罢了。

格兰特跑到小桥的位置时，已经气喘吁吁，全身湿透，又穿着沉重的短靴，像他如此灵巧的人也颇为艰难。好在只要跑到卡恩尼施会馆的门口，最艰难的一段旅程就结束了。德赖斯代尔的管家，拦住了上气不接下气的格兰特，似乎有种不祥的预感。

"我家的主人呢？"管家惶急问道："他出什么事情了？是不是不小心溺水了？"

"他难道没有在家吗？"格兰特诧异道，"见鬼！那个是汽艇吧？我想借用一下。"他指点着船库，但是管家却用狐疑的眼神盯着他，格兰特上午来的时候，可没有一个人在他的旁边。

"不可以！"管家答道，"你最好还是尽快离开这个地方，否则的话，我告诉你，等到德赖斯代尔先生回来之后，你就有大麻烦了。"

"他什么时候回来？会很快吗？"

"随时都有可能。"

"可是我一分钟都等不了！"

"给我滚蛋！"管家嚷嚷起来，"你要是再不走的话，我就叫人来了。"

"你给我听好！"格兰特猛地抓住了他的胳膊，沉声道，"我现在与你一样非常清醒，所以你千万别干愚蠢的事情。你跟我到这个位置来看看。"

他的语气让管家一愣，若有所思地跟着格兰特走向了海边。海湾中央有一只划艇，这个时候正随着水势飞快地划向狭窄的河口。

"你也看到了，我需要追上那条船，但是用另外一条划艇肯定不太现实。"

"不行，这里退潮非常慢。"

"所以说，我要借用汽艇。平时都是谁在开汽艇？是德赖斯代尔先生自己开吗？"

"不是，若是开汽艇的话，都是我来开。"

"那你就别磨蹭了，赶紧将汽艇给开出来。德赖斯代尔知道我的身份，他已经允许我在这里钓几天鱼了，那个人肯定是在偷船，除此之外，我还有更为重要的原因要追到他，只是暂时不方便透露。"

"要是我答应你出海，你能负责吗？"

"当然了，法律会站在你这一边的，我答应你。"

"这样的话，我必须要留个口信才行。"他说着飞快跑进了房子。

格兰特本能地伸手想要拦住他，可是没能来得及。紧接着，格兰特开始担心管家不可靠，会不会趁机逃走了。好在他很快就返回来了，两人一路小跑穿过了草坪，来到了船库，提取"罗伯特船长"号汽艇。就在管家去发动引擎的时候，管子里发出了一声短暂的空转声，德赖斯代尔扛着一把枪走了过来，很显然，他在山上待了一下午的时间。格兰特兴奋地跟他打着招呼，并简略地给他介绍了眼下的情况。德赖斯代尔一言不语，不过却跟他一同来到了船库，吩咐道："皮金，你忙你的去吧，剩下的交给我，我会载着格兰特先生出海的。待会儿为我们准备两个人，不对，应该是三个人的饭菜，等我们回来吃。"

皮金欣然地答应了，他飞快下船，用力地推了"罗伯特船长"号一把，德赖斯代尔发动了引擎，汽艇呼啸着离开了码头，顺着海湾朝着南方偏离，格兰特死死地盯着西天昏黄天穹下的一个小黑点。忽然间，小黑点改变了航向，仿佛非常急切地朝着南面疾驰而去，等它穿越了闪光的地平线之后，短时间内就消失在丛山的阴影之中。

"你还能够看到他吗？我已经看不见他在哪儿了。"格兰特一脸的惶急。

"我可以看到他，他正打算朝南岸靠近，你不要担心，我们一定会比他先抵达岸边的。"

他们一路飞快向前，南岸以惊人的速度呈现在他们的眼前，约莫一两分钟之后，格兰特又看到了一条小船。拉蒙特疯狂地划船，朝着南岸靠近，对于不熟悉水面情况的格兰特来说，他根本不知道两者之间相距多远，距离南岸又有多远。好在"罗伯特船长"突然放慢了速度，这给了格兰特一个定心丸，德赖斯代尔已经开始减速了，大概一分钟内，他们就能够追上拉蒙特。然而，当两艘船相差只有五十米的时候，拉蒙特忽然停下了划桨的动作，莫非他想弃船逃跑吗？紧接着他弯下腰去，好像是害怕开枪的样子。等到德赖斯代尔关闭了引擎，驾驶着汽艇靠近小船的时候，拉蒙特已经脱掉了衣服，摘掉了帽子，看他的架势似乎要跳水求生。然而他刚刚一抬脚，整个人的身子就一滑，他的后脑勺重重地撞击在船上，砰的一声跌入了水中，瞬间消失无踪。

当汽艇开到小船的边上，格兰特已经脱掉了衣服与短靴。

"你的水性怎么样？"德赖斯代尔平静地问道，"如果你的水性一般的话，我们完全不用下水，等他浮上来就行了。"

"我可以，"格兰特道，"只要有一艘船在这里等我，我就能够应付。眼下想要留活口，我就必须要下水了，刚才那一下撞得很严重。"他走到了汽艇的边缘，六七秒钟之后，一颗乌黑的脑袋露出了水面，格兰特拖着一个昏厥的男子游到了岸边，在德赖斯代尔的协助下，将那人拽上了汽艇。

"终于抓住他了！"格兰特摆弄着瘫软在船上的柔弱身子。

德赖斯代尔将小船绑在了汽艇的后面，然后发动了引擎。他看着格兰特草草地解开了衣服，却仔细地查看着伤者的情况，不由得来了兴致。拉蒙特脑后汩汩流血，伤势很严重的样子。

"非常抱歉，弄脏了你的船。"格兰特一脸歉意地说道。

"没有关系，我可以让人擦干净。他就是你要找的人吗？"

"没错。"

德赖斯代尔盯着眼前这张死气沉沉的黑脸，沉吟了片刻。

"我能不能问问你为什么要抓他？你要是不觉得我这么做很无礼的话。"

"因为他杀了人。"

"真的吗？"德赖斯代尔问道，似乎从格兰特口中听到的是"偷东西"那样的罪名一样，并没有显露出惊讶的表情来，他又看了一眼伤者，"他是外国人吗？"

"不是，是伦敦人。"

"既然这样的话，岂不是可以判处绞刑了，对吗？"

格兰特的眼神直勾勾地盯着拉蒙特，他真的该死吗？也许不是。

他们回到了卡恩尼施会馆后，格兰特说道："他一直住在洛根牧师的会馆里，眼下我无法将他带回伦敦。所以我想旅馆应该是最好的安身之处了，费用会由政府来承担。"

他们飞快地走上了登陆台，站在门口的位置望风，等待着皮金过来迎接他们，德赖斯代尔道："我们要找到的人现在昏过去了，有没有已经生好了火的房间给格兰特先生？"

"您隔壁就有这样一个房间。"

"好。我们把这个人抬到那里，然后请马西森到加尼旅馆去请安德森医生过来，顺便告诉加尼旅馆的人，就说格兰特先生今晚住在这里，他的东西也要顺便带过来。"

格兰特慌忙谢绝了德赖斯代尔的慷慨，"这个家伙可是从背后捅了朋友一刀的人，我们没有必要这样帮助他。"

"我绝对不是为了帮助他才这么做，"德赖斯代尔微微一笑道，"也不是要针对我的生意竞争伙伴。你也不希望将辛辛苦苦抓到的人弄丢吧？从外表来看，他现在似乎状态还可以。但是，等我的伙计烧好了火，再将他这个死猪一样的人抬到床上去，就与死人相差无几了。再说了，你也需要有一个像样的房间来洗个热水澡，又舒服又温暖，你就不要伤筋动骨地将伤者给送到那边的旅馆了吧？对了，皮金！"德赖斯代尔叫来皮金，嘱咐道："千万不要跟别人乱说，有人问起，你就说这位先生与我们划船的时候不幸落水了，我们将他给救上来了。"

"是，先生。"

随后，德赖斯代尔与格兰特联手将这具瘫软的身体给抬到了楼上，在一个非常温暖的大房间内对他进行了抢救。然后德赖斯代尔给丁蒙特夫人写了一张便条，解释说拉蒙特碰到了一点小的意外，有一些轻微的脑震荡，但总的来说，没有什么大碍，希望她们不要担心。

格兰特换上了管家拿来的一套换洗衣服，坐在床边等着吃晚饭，听到敲门的声音就顺口答应道："进来。"谁想进屋的人居然是丁蒙特小姐，她的胳臂下面夹着一个小包，看起来颇为平静。

"我将他的一些东西给拿过来了。"她说了一句话，然后面无表情地走到床沿，凝神打量着拉蒙特。为了打破沉默，格兰特告诉丁蒙特小姐已经派人去找医生了，他估计就是轻微的脑震荡，另外就是脑后面的位置有一个伤口。

"为什么会出现这样的情况？"她问道。

其实格兰特换衣服的时候，就一直在考虑该如何才能够解释这样的情况。

"我们遇到了德赖斯代尔先生，他提出要带我们出去逛一圈。洛根先生在码头的时候不小心脚下打滑，摔了一下，后脑勺先着地。"

她沉默着点了点头，似乎有些不愿意相信，但并没有直接说出来。"这样吧，今晚我留下来照顾他，幸亏德赖斯代尔先生援手相救，否则的话就糟了。"她自然地将包取了下来。"说起来你可能不相信，今天早上我们两人去河边散步的时候，我就有一种不祥的预感，好像有什么事情要发生。好在情况不算严重，要是当时就已经咽气了，那就不用再找医生了。"她停顿了一下，忽然抬头看向格兰特，"你今天晚上要跟洛根先生住在一起吗？"

"没错。"格兰特说道，这个时候，德赖斯代尔推门走入了房间。

"准备好吃饭了吗？探长，你肯定饿坏了吧？"说话这句话的时候，德赖斯代尔才发现丁蒙特小姐就在一旁。这个时候，他聪明地将话锋一转，几乎没有什么停顿，就说道："丁蒙特小姐，你是在为逃学的孩子牵肠挂肚吗？哈哈，我觉得根本没有必要。因为这只是轻微的脑震荡罢了，再说了，安德森先生一会儿就会到的。"

若是别的女人，格兰特绝对不会泄气，但看到丁蒙特小姐那锐利的目光时，格兰特的心弦不由得为之一紧。"感谢你将他带过来，要是他醒过来之前没有什么需要做的事，我想要留下来照顾他，当然了，只是你们不介意的话。"说完转过头来看向格兰特，"对了，你是什么探长？"

"哦，我是学校的督学。"格兰特情急之下脱口而出，当然，探长一词也有督学的意思。话刚一说出口，格兰特就有些后悔。德赖斯代尔也知道自己犯下了错，可惜已经没有办法收回去了，只好硬着头皮帮助格兰特圆谎。

"我怎么看着不像啊？请督学是最为笨拙的手段。我们在吃饭前，你还需要些什么吗？丁蒙特小姐？"

"谢谢，不用麻烦了。要是我需要什么，能找女仆吗？"

"没有问题。你要是需要我们的帮忙，随叫随到，我们就在楼下的房间。"说完他就走出了房间，格兰特紧随着走了出来。丁蒙特小姐也跟着走了出来，并且随手带上了门。

"探长，等一等，"她说道，"你们莫非是将我当成傻子了吗？你要知道，我当初可是在伦敦的医院中整整待了七年！您可别企图像忽悠乡下无知少女一样忽悠我，快告诉我真相吧。"

这个时候德赖斯代尔已经走到了楼下，走廊中就只剩下格兰特与丁蒙特小姐两人，格兰特略一沉吟，觉得这个时候若是再编造另外一个谎言去蒙骗丁蒙特小姐，那就是瞧不起她。"事到如今，你若是执意想要得知真相，那我就不能再隐瞒了。之前我之所以一直不告诉你实情，是因为这样做可以保护你们。以免你因为某些事情而遗憾终生。现在，我可以老老实实地告诉你，我是特意来抓拉蒙特的，其实，我与你们喝茶的时候，他就已经有所察觉了，因为之前我们曾见过一次。本来我想要在散步的时候将他抓住的，没想到他撒腿开溜，为了躲避我，甚至不惜选择了跳水。正因为如此，他才受了伤。"

"你为什么要抓他？"

格兰特叹息了一声，看来这个问题无论如何都躲不过去了，"因为他在伦敦杀了人。"

"杀人！"这个词汇就像是一柄尖刀，刺入了丁蒙特小姐的心中。格兰特既然说出了这个词，而不是过失杀人，那么，事实应该已经盖棺论定了。"那他究竟叫什么名字？是不是根本就不是什么洛？"

"他叫杰拉德·拉蒙特。"格兰特做好了足够的心理准备,等着承受丁蒙特小姐近乎歇斯底里的质问。可她并未如此。

"你们现在只是在怀疑他?还是已经证据确凿了?"

"我们有充分的证据。"格兰特道。

"可是我姨妈……她为什么要将这样的一个人送到了这个地方来?"

"我想艾弗里特夫人与他相处了这么长时间,也许是念在旧情的份儿上帮了他。"

"我只在伦敦见过我的姨妈一次,虽然我们都不喜欢对方,但她看起来也绝对不像是会干出这种事情的人。我还是觉得她肯定有什么难言之隐,对了,这个什么拉蒙特,也不是什么记者了?"

"当然不是,他是赌马经纪人。"格兰特解释道。

"不管怎么说,我还是要感谢你告诉我真相。"丁蒙特小姐说道,"我要为安德森医生来看病做做准备了。"

"你现在得知了他的真实身份,还是愿意照顾他吗?"格兰特本能地问道。

"是的。"丁蒙特,这个让人刮目相看的姑娘,她冷静地回答:"他是杀人凶手,但也是一个患了脑震荡的病人。虽然他辜负了我们招待他的热情,但我毕竟是一个专业的护士。也许你不知道,我们高地人的习俗,哪怕是客人使得主人的兄弟血洒当场,还仍然会得到我们的盛情款待与保护。正因为如此,我从来不会以高地人为荣,"她声音低了下来,"但是这一次是个例外。"她稍稍喘了口气,不知道是想笑还是轻声啜泣,也许兼而有之。她就这样转过身去,走入了房间照顾那个负心汉去了。

第十三章 耐心等候

前一天晚上格兰特辗转难眠,现在却有足够的理由美美地睡一个懒觉,肆意地品尝着美味佳肴。他已经完美地抓到了犯罪嫌疑人,案子也结束了,白天又是上山又是下水的追捕,让他透支了很大的体力,早就应该好好地睡上一觉了。德赖斯代尔先生隆重地招待了格兰特,让他好好地饱餐了一顿。窗外的大海宁静而美好,房间中篝火散发出微亮的光芒,格兰特依旧难以入睡。非但如此,他还感觉有什么地方不对劲。他开始了自我分析,想要尽可能地理清所有的思路,然后顺利结案。他提出了许多的疑问,逐一进行排查,最后再一一舍弃。莫非是因为丁蒙特小姐?为了她表现出来的大体懂事与勇敢而感到遗憾?可是到现在,格兰特也不确定女孩是不是对拉蒙特有超乎友情之外的情愫。晚茶的时候,丁蒙特之所以会格外地关心他,说不定只是在如此荒凉的乡下,想要找到一个与自己的立场一致的人非常困难的缘故。莫非是因为劳累过度?就算是钓了一整天的鱼,又翻山越岭消耗了很大的体力,到目前为止也休息了很久了,为什么不能安眠?是担心拉蒙特再一次从自己的眼皮子底下溜走?虽然安德森医生诊断说他身上没有骨折,但是想要走路必须要等一两天之后了,所以目前不用担忧他会逃走。

可以说,已经没有什么事情值得他操心了,但是格兰特还是辗转反侧,难以入眠。忽然,他听到护士走过走廊的声音,他决定起床,看看自己能不能帮上什么忙。他穿好了睡衣,朝着拉蒙特所在的房间走去,护士跟在他的身后,手中捧着一根蜡烛。

"他非常安全。"丁蒙特小姐的口气颇有些自嘲的成分,好似在抱怨着什么不公平的待遇。

"我还没有睡,听到你走动的声音,所以就出来看看有没有什么事情需要我帮忙。"格兰特说话的语气十分威严,似乎是借此来掩饰自己仪容不整的尴尬。

丁蒙特小姐微微一笑，"不用麻烦你了，谢谢你体谅我。他现在仍然在昏迷之中，暂时不需要做什么。"说着打开了门，请格兰特进屋。

整个房间一片漆黑，好在床边亮着一盏小灯，与丁蒙特小姐说的一样，拉蒙特仍然处于昏迷之中，格兰特借着灯光观察着拉蒙特，他现在看起来已经好多了，呼吸也非常均匀。"早上应该就能够苏醒过来。"丁蒙特小姐肯定道。

"我实在是不知道怎么开口向你表达我的歉意，"格兰特忽然说道，"让你做这些事情，真是难为你了。"

"没有关系，先生。我比你想象得要坚强得多。若是可能的话，千万别让我的妈妈与舅舅知晓这件事情，你能保密吗？"

"好的。不过在我们南下之前，必须要找到安德森先生，给他打上一阵镇定剂。"

丁蒙特小姐忽然转过身来看向格兰特。格兰特本能地以为自己的话刺伤了她，但话已经说出了口，就是泼出去的水，无法收回了。

"他真的是一个坏人吗？"她忽然说道，"我的意思是，除了……"

"不是。"格兰特答道，"至少目前根据我所掌握的资料，对于他还不够了解。但他的的确确从背后捅死了一个人。"

"是那个排队买票不幸遇害的人吗？"女孩问道。格兰特点了点头，然后等着她出声反驳，不过很显然，这一次他碰到的是一个理智大于冲动的女孩。他与拉蒙特刚刚认识三天，而拉蒙特每一天，甚至每一个小时都在撒谎，如今警察将他抓住，这一切都足以抹杀她对拉蒙特刚刚建立起来的好感。

"我烧了一些水，一会儿用来沏茶。"丁蒙特小姐问道："你要来一杯茶什么的吗？"格兰特点了点头。然后他们两人并肩站在宽敞的窗口，喝着滚烫的茶水，脚下的楼板不时地传来西海岸夜里独有的海浪声。格兰特再度回到了自己的房间，他确定自己不是因为丁蒙特而感到内疚，只是有什么事情困扰他的感情，让他有些不舒服。就比如现在，在金色的阳光中，对着美味的咸肉与煎蛋，在舒适的海风中，给巴尔克起草胜利的电报，这是多么美好的事情，但他仍然没有想象中的那么开心。穿着白色罩衣的丁蒙特小姐走了过来，看起来像是一个圣洁的天使，她告诉格兰特，病人已经苏醒了过来，但她希望等医生安德森过去检查完毕之后，格兰特再过去。

"他醒来多久了？"格兰特问道。

"几个小时前就醒了过来。"丁蒙特小姐回答道。说完，就轻轻地离开了。留下格兰特一个人静静地猜测拉蒙特醒过来会与护士谈论一些什么话题。德赖斯代尔走过来与格兰特一起享用丰盛的早餐。并且建议格兰特好好地放松一天，钓上一天的鱼就是一个不错的选择。然而格兰特却说自己要等安德森医生的报告，然后马上就要行动，还询问有没有电报发给他。

"有的。皮金非常重视这件事情，现在正在取电报的路上。"

安德森医生是一个老医生，穿着一身干净的呢子外套。他说患者的情况很好，记忆也没有受到损害，他以为格兰特是拉蒙特亲近的朋友，所以好心地提醒道："晚上之前最好都不要去打扰他，既然丁蒙特小姐愿意照顾他，就让她去好了，她好歹也是一个经验丰富的护士。"

"他什么时候可以走远路？"格兰特焦急问道，"我们正急着要南下。"

"若是事情非常紧急的话，后天应该就可以了。"瞥见到格兰特非常失望的眼神，医生话锋一转，"或者明天也可以，要是旅途非常平稳而舒服的话。当然了，我建议最好是后天。"

"着什么急嘛，鸭子都已经烤熟了还怕飞了不成？"德赖斯代尔笑道。

"我害怕不小心被人给偷吃了。"格兰特道。

"你放心，皮金绝对是一个优秀的看守，我会让他看住人的。"

格兰特看到一脸诧异的医生，便将事情的来龙去脉讲述了一番，然后，他问道："要是我们在这里等他康复的话，他应该没有机会逃脱吧？"

"今天的话应该不用担忧，"安德森医生道，"现在他想要动一根手指头都非常困难，若是想要逃走，除非有人抬着才行，不过我觉得应该没有人会愿意抬着他离开。"

虽然格兰特自己也觉得非常不合理，但他还是面对着狂暴的大海，起草了给巴尔克的第二份电报，这也是昨天晚上发出的电报的补充。写完之后，他就跟着德赖斯代尔前往河边去了。

整整一天，除了中途皮金派来的一个长着朝天鼻子招风耳朵的小伙子过来送巴尔克的电报，他们倒是过得非常充实而放松。格兰特痛快地洗了一个澡后，敲响了隔壁房间的门，丁蒙特小姐开了门，格兰特看到凶手完好无损地躺在床上，不由得长舒了一口气。

拉蒙特抢先开口，"你总算还是抓住我了。"

"看起来是这么一回事。"格兰特微微一笑，"本来你是有绝佳的机会可以带着钱远走高飞。"

"你说得对。"拉蒙特感慨了一声，转头看了一眼丁蒙特小姐，又慌忙缩了回来。

"你为什么要跳船？你当时在想什么？"

"本来潜水与游泳是我的看家本领，要是当时我没有滑到的话，我是打算钻到水底的石头处，然后躺在水面上，只将鼻子露出来。等你们找烦了，或者天色暗下来之后，我就有机会远走高飞了。可惜最后还是你赢了，我们两人的输赢差距，就在一颗脑袋上。"

在短暂的沉默之后，丁蒙特小姐说话了，"探长先生，我觉得他现在已经完全可以离开了，至少已经不需要专业护士的陪护了。那么，今天晚上是不是会有人来代替我？"

格兰特感觉话中有话，好像是说现在拉蒙特恢复了体力，应该要找一个更为称职的警卫来看守他才行。于是非常感激地询问道："你现在就要走吗？"

"只要有人来接手，我就立刻离开。"格兰特按响了门铃，对走进屋里的女仆详细说明目前的情况，"你要是现在就想要离开，我会代替你留在这里。"格兰特等到女仆离开之后，这样对丁蒙特小姐说道，她表示了赞同。

格兰特走到窗沿，看向窗外的海湾，他这么做的用意非常明显，是为了创造机会给丁蒙特小姐与拉蒙特告别。然而丁蒙特小姐却在整理着东西，屋子里并没有谈话的声音。床上的男子正目不转睛地盯着她，仿佛在全身心地迎接这最后的离别时刻。格兰特转头看向大海，这个时候，丁蒙特小姐说话了，"走之前我还有机会看到你吗？"

"我希望是这样。"拉蒙特回答，"要是见不到你的话，我就给会馆打电话，当然了，要是允许我这样做的话。"

"好，既然如此，我就不说再见的话了。"丁蒙特小姐说道，拿起了包，径自离开了房间。

格兰特斜睨了一眼拉蒙特，又慌忙移开了自己的目光，这个时候就算是揣摩凶手的内心活动，也是非常不礼貌的事情。等他再度转过头来的时候，发现拉蒙特已经紧闭了双眸，脸部扭曲，一副非常痛苦的模样。格兰特不由得被他给触动了。拉蒙特非常在意丁蒙特小姐，那么，看来他还不算是一个彻头彻尾的人渣。

"拉蒙特，我能够为你做些什么呢？"格兰特问道。

拉蒙特自顾自地思考道："我想要说服别人是非常困难的，每个人都认为我是凶手。"

"没错。"格兰特回答地有些敷衍了事。

"可是真的不是我杀的人。"

"不是你吗？好吧，我们也不希望你现在就承认自己的杀人动机。"

"她也跟我这样说。"

"谁啊？"格兰特惊诧地问道。

"丁蒙特小姐。我跟她说我不是杀人凶手的时候，她也是这么说的。"

"是吗？你要知道，甄别你是不是杀人凶手其实很简单，所有的证据都一一对应，根本不可能出错。甚至连这个都一样。"他顺手抓起了拉蒙特垂在床单上的左手，指着拇指内侧的伤痕，"这伤痕是怎么弄的？"

"我往新家楼上搬运行李的时候弄伤的，就在那天早上的时候。"

"好了，好了。"格兰特摆了摆手，"我们暂时不讨论这个问题，你现在根本没有能力做出完整的表述。若是我听了你的话，律师就会拿这一点来反驳我，说你陈述的时候并没有思考能力。"

"无论你什么时候问我，我的回答都不会变，"拉蒙特沮丧道，"因为根本不可能有人会相信我的话，要是有人相信的话，我就不用逃跑了。"

一般没有过前科的人，总是喜欢装无辜。外行要是看了，总会觉得自己是不是搞错了，但格兰特身经百战，这种小伎俩绝对不可能骗得了他。所以格兰特只是微微一笑，就走到了窗边，今晚的海湾就好似宝石一样湛蓝，两旁的山峰倒映在宁静的湖面上。

"你是怎样知道我来这里的？"拉蒙特问道。

"通过指纹。"格兰特简短道。

"你采集到了我的指纹？"

"不是你的，不过我很快就要采集你的指纹了。"

"那指纹是谁的？"

"艾弗里特夫人的。"

"她的指纹与我有什么关系？"拉蒙特的语气中带着一丝反驳。

"我想你自己应该知道，别说话了，我们明天就得出发，最晚后天必须要启程。"

"你们没有为难艾弗里特夫人吧？"

"没有，但我觉得艾弗里特夫人跟我们耍了花招儿。"

"你是什么意思？她没有被逮捕吧？"

听口气好像不将问题弄清楚，他是无论如何都不愿意闭上嘴巴了，格兰特无奈之下，只能一五一十地将事情的原委告诉了他。

"艾弗里特夫人不会因此而卷入案件中来吧？"

"不会吧，因为我们抓到你了。"

"唉，我选择逃跑，真是太愚蠢了。要是一开始我就前往警察局说明事情的真相，也许就不会沦落到今天这步境地，说不定还能够安稳地过日子。"他的目光飘向了大海的方向，"不过说起来也很有意思，要不是有人杀了索雷尔，我这辈子都不会有机会来这个地方。"

"哦？你觉得是谁杀了索雷尔？"格兰特问道。

"我也不太清楚，我觉得我认识的人中没有人会对索雷尔痛下杀手，除非是有人认错了人。"

"这绝对不是拿错了刀叉这种小事，不太容易出错。"

"真的，也许有人将他当成了别的什么人。"

"你是一个左撇子，左手拇指内侧有伤痕，又在索雷尔生前与他发生过争吵，还将他的财产洗劫一空，如今居然还敢义正词严地认为自己是被冤枉的。"

拉蒙特显得非常沮丧，"我知道我现在的情况有多么的糟糕，你根本不用打击我。"

敲门声响起，一个长着招风耳的伙计站在了门口，告诉格兰特说是主人派他过来，若是格兰特需要的话，他可以来替班。格兰特微微一笑道："五分钟后，我会按响门铃，到时候我会用得着你。"伙计咧开嘴傻傻一笑，转身进入了夜色之中。格兰特从口袋中掏出了一些东西，在水槽里冲洗了一下，然后返回到床边的位置，"将你的手指伸出来，不会疼的，你不用担忧。"格兰特将拉蒙特两只手的指纹全都采集了下来，拉蒙特默不作声又十分配合地看着格兰特熟练的动作。格兰特采集好指纹后就知道，苏格兰场里的档案中还没有他的指纹记录，这种指纹只有对上号才有用。

格兰特将取下的指纹放在一旁晾干，拉蒙特问道："你在苏格兰场是个大官吗？"

"不告诉你，你自己想象吧。"

"我好像想起来了，我在报纸上见过你的照片。"

"正因为如此，上个星期在斯特兰德大街上，你一看到我就掉头狂奔。"

"那是星期六的事情吧？我真希望那个时候所有人都给我让路。那天我一转头看到你就在我身后，真的吓得不轻。"

"其实我一看到你走入斯特兰德大街就跟丢了，这样说，你是不是会感觉好受一些？对了，你之后干什么了？"

"我上了一辆出租车。"

"你快跟我讲讲，对了，你在会馆喝茶的时候是不是已经筹划好了要乘船逃走？"

"没有，我从来没有计划过什么。我之所以会想到用船只逃走，是因为我本来就在船上，而我觉得你可能不会想到这些。我一直才想怎样才能够逃脱你的魔爪，直到看到桌子上的胡椒粉，你要知道，我的枪被索雷尔给拿走了。"

"那把枪是你的？"

"没错，这就是我去队伍里找他的原因。"

格兰特冷哼了一声，"别再说了。"他按响了摇铃，叫来了伙计，"明天我会将你想要说的东西记录下来，要是今晚需要什么，就告诉这个伙计，让他过来找我。"

"没有什么需要了，谢谢你。你真是绅士风度，比我想象中的那些警察要好得多。"

格兰特本能地微微一笑，笑脸投射到拉蒙特乌黑的脸上，"我本来也曾反复思考过索雷尔的案子，而且我一直感觉，如果那不是自杀的话，凶手应该是一个女人才对。"拉蒙特说道。

"多谢你的提醒。"格兰特语气淡漠道，随后留下了伙计看守拉蒙特，走下楼的时候，格兰特才知道自己为什么一直挂念着拉特克利夫太太。

第十四章　呈堂证供

拉蒙特在卡恩尼施并没有再说什么，但是在南下的旅途中却给出了供词，安德森医生听说他们即将动身，马上赶过来为病人求情，希望能够再多休养一天，"你们肯定不希望他脑袋上的伤口发炎吧？"

正急着给拉蒙特录口供的格兰特只能无奈地跟医生解释，都是病人急切地想要讲出前因后果，否则的话，他内心中的焦灼会比头上的伤势更让他难受。

"病症初期并没有什么异常情况，但是在录完口供后的一天，他仍然需要卧床一天休养，你要相信我，今天就饶了他吧。"安德森医生劝说道。格兰特无奈只得退步，再多给拉蒙特一点时间来编造一个谎言，不过就算是再多的花言巧语，在铁证如山的证据面前，也绝对不会被抹杀。格兰特反而感觉有些好奇，也许是案子悬而未决的缘故，格兰特非常想要知道拉蒙特还能够说出什么话来，于是他告诫自己要耐心等待。他给自己放了一天假，到处游玩了一番。但是他根本没有心思做其他的事情，他心中清楚，也对自己的状态十分不满，当丁蒙特小姐提醒他，千万别忘了在乘车南下的时候，一定要来会馆前，给她一点时间与拉蒙特告别。格兰特忽然意识到，这出戏似乎还要继续演下去。但实际情况要比格兰特想象的好很多。拉蒙特的演技非常高超，他像是前几天晚上喝茶一样自然，会馆的男女主人除了关注他的身体之外，谁都没有发现异常。丁蒙特小姐始终没有出现。"丁蒙特说已经与你告别过了，若是告别两次的话就有些不吉利了，她觉得你最近很倒霉。"

"我确实非常糟糕。"拉蒙特和善地说道。汽车渐行渐远，格兰特掏出了手铐。

"抱歉。"格兰特将拉蒙特给铐了起来，"到了火车站可以给你摘掉。"拉蒙特一个劲地嘟囔着"倒霉"这个词，似乎特别钟爱这个词一样。在火车站，来了一个便衣，他已经在开往因弗尼斯的火车上订好了一个包厢。他们晚饭之后，气色不佳的拉蒙特开始断断续续地给他们讲述起这些天的故事。

"我虽然知道的不多，但我愿意讲给你们听。"

"你难道不知道这样做的话，对自己非常不利吗？你的律师肯定不会希望你这样做，因为你这样做，等于是将自己所有的底牌都暴露了出来。"然而拉蒙特仍旧坚持要说，于是便衣掏出了一个笔记本。

"我不知道应该从哪儿开始说比较好，我们要从哪儿开始说？"

"不如你告诉我，索雷尔被杀的那一天，你都干了一些什么事情，就是13号那一天。"

"好的。那天上午的时候我们都在打包行李，索雷尔要前往美国，正往滑铁卢站运行李，而我则要搬到布里克斯顿的新家。"

闻言，格兰特不由得心中一跳，暗骂了自己一句笨蛋，他居然忘记了寻找拉蒙特的行李。很显然，行李里的东西很有说服力。都怪格兰特对于拉特克利夫夫妇产生了错觉，导致他白白忙活了一阵子。

"我们忙到了中午，然后一起去考文垂大街的里昂丝饭店吃东西。"

"你们坐在什么位置？"

"二楼角落里的一个座位。"

"好，你继续。"

"吃饭的时候，我们就因为我要不要给他送行而争论不休。我本来想一直跟到南安普敦，然后送他上船，可是他坚决不让，连到滑铁卢站坐火车赶船都不允许。他说他这辈子最厌恶送行了，尤其是要去很远很远的地方。我记得我当时曾说，'若是好朋友不去很远的地方，送行就是多此一举，但是如果要去地球的另外一面，那么就算是送行也没有用。多一分钟的陪伴与少一分钟的陪伴，又有什么价值呢。'到了下午的时候，我们就一起去沃芬顿剧院一起看《你难道不知道？》这部剧。"

"你们下午一起去沃芬顿剧院看的演出？"格兰特感到惊讶。

"是的，索雷尔订了一个小包间，作为最后的怀念。中场结束的时候，他跟我说，一会儿演出结束之后，就会立刻去外面排队，然后再看晚上的演出。其实这场剧我们已经看了很多遍了，但是仍然痴迷不已。我们约好了在那里告别。但是对于我来说，对待索雷尔这样的一个老朋友，如此轻易地告别实在是觉得非常草率。但你要知道，索雷尔有时候就是这样的固执。他不希望我去给他送行，我也就没有必要去了。我们两人在沃芬顿剧场告别之后，我就回到了布里克斯顿的住所整理东西。那个时候我的心里空落落的，因为我从来没有一个像艾伯特这样的知心朋友，他的离开，让我感觉非常得孤独。"

"你为什么没有跟索雷尔一起离开？"

"我倒是想去看晚上的演出，可是我没有钱了。我也希望索雷尔能够借我一些钱，他对我很了解，知道我肯定会还的。但是他从来没有提过，因为这件事我有些耿耿于怀。他要离开的那几天，我每一天都感觉很难受，他看起来似乎也并不开心。我们告别之后，他攥紧了我的手，塞给了我一个小包，让我发誓等到他离开之后才能够拆开看。我本来以为就是一件临别赠礼，也就没有多想，那是一个小纸包，像是珠宝盒那一类的物件。原本我以为这里面是一块手表，因为我的手表总是时灵时不灵，他曾经跟我说，'你要是再不换一块新表，恐怕就赶不上上天堂了。'"

说到这里的时候，拉蒙特突然哽咽了起来，他擦掉了窗户上的水汽，继续说道："然后，等我回到布里克斯顿整理东西的时候，忽然发现左轮手枪已经不见了。当然了，这把枪我从来没有用过，那只是我在大战之后的一个纪念品。无论你相不相信，我都曾是一名战士。我宁愿在战场上拼命，也不愿意被人在伦敦追着逃跑。在荒郊野岭，还会让人感觉是在玩游戏，而在伦敦，就仿佛是布满陷阱一样危机四伏。你有没有这种感觉，就是在乡下追捕的时候，感觉并没有那么糟糕？"

"你说得对，"格兰特回答道，"但我没想到你会有这样的感觉，我以为你更喜欢生活在城市里。对了，你的左轮手枪真的没了吗？"

"是的，丢了。虽然我从来都没有用过。原先住在艾弗里特夫人家里的时候，都是锁在抽屉里，打包的时候我还记得很清楚放在了哪儿。而且我是在早上刚刚打包，我将包里的东西一件一件按照相反的顺序拿出来，确认手枪丢了。那个时候我非常害怕，虽然直到现在我也不知道是为了什么。终于我回想起来，索雷尔虽然平时就非常内敛，但他那些日子更加沉默寡言，状态有些不对劲。我猜想他到一个陌生的国家，说不定需要一把手枪来防身。但是他完全可以向我要求，我没有理由不给他。我当时非常恐惧，也说不上来是为了什么。我去剧院的队伍里找他。他的位置非常靠前，似乎是排在第三的位置，所以我猜肯定是他临时找人帮他排队了。他有一些多愁善感，他肯定想要在伦敦的最后一天，将自己认为所有有意义的事情全都做完。我询问他有没有拿我的左轮手枪，他承认了。我变得格外恐惧，现在想来似乎没有什么，不过就是一个老朋友偷偷拿了我的手枪罢了。但是当时我有点不知所措，我让他将手枪还给我。他说我真是小气，他说我留在了安全的伦敦，而他则需要横跨大半个地球前往一个陌生的国度，向我借手枪就不行吗？可是我的态度非常坚定。他没有办法，只好让我去他的行李箱里翻，然后又说要将钥匙与托运票的收据都给我。那个时候我突然意识到自己猜错了，我原本以为手枪一直就在他的身上，紧接着我就感觉到自己非常渺小，为自己的吝啬感觉非常羞愧。你知道，我做事情总是很冲动，但事后又感觉非常后悔。但是索雷尔就完全不一样了，他总是能够深思熟虑，然后按计划做事。很多时候我们做事情的方法截然不同，无奈之下，我只好跟他说，收据与左轮手枪我都可以不要，然后就径自离开了。"

格兰特皱了皱眉头，他并没有在遗物中找到什么寄存收据。

"你看到那张收据了吗？"

"没有，他只是跟我说了一句这样的话罢了。"

"第二天我起来很晚，因为我从来就不习惯打理自己的生活，我又要整理房间，又要给自己做早饭。你知道，我那个时候没有工作，所以我很有耐心，打算等到'平地赛季'开始之后，再找一份职员的工作。大概十二点钟的时候，我出了门，脑子里全都是索雷尔的身影。我对临别之前的争吵一直耿耿于怀。我厌恶自己的行为，于是我走到了邮局，给索雷尔发了一份电报，地址上写的是'阿拉伯皇后号'，电报上写的是'对不起，杰里'这几个字。"

"你是从哪家邮局发的电报？"

"就是布里克斯顿海尔街上的那家邮局。"

"好的，继续说。"

"我买了一张报纸之后就返回了住处，紧接着我就看到了剧院排队人群中发生的谋杀案的报道。

报纸上除了说死者是一个皮肤白皙的年轻人之外,并没有什么详细的描述。所以我也就没有想到这个命案会跟索雷尔有什么牵连。我猜想那个时候的索雷尔肯定已经上船了,你相信吗?若是死者是被枪杀,也许我还会有所警觉,但是被人从背后捅了一刀,我就不会在意了。"

格兰特颇为惊讶地看向拉蒙特,这个家伙的话中有一点是真的吗?若是没有的话,他肯定就是格兰特最不愿意见到的冷血杀手了。可是拉蒙特根本没有注意到格兰特内心深处的疑虑,仿佛仍然深深地沉浸在悲伤的故事之中。若是拉蒙特一直在演戏的话,那演技绝对是炉火纯青。

"星期二早上刷牙洗脸的时候,我忽然想到了索雷尔给我留下的包裹,我便打开来看。里面是索雷尔所有的现金,我登时愣住了,心中升起一抹恐惧。要是索雷尔出了什么事情,我早就应该知道的。包裹里没有留便条,但他将包裹给我的时候曾经告诉我说是留给我的,而且还让我发誓要在他离开后的第二天才能够打开。那个时候我有些手足无措,我仍然认为索雷尔还在前往纽约的途中。我出门买了一份报纸,上面大篇幅地报道了剧院的命案,还有对死者的衣服与他兜里的物品的详细描述。黑色的印刷体大字几乎一瞬间就让我想到了索雷尔。我有些心力交瘁地上了一辆公交车,想要立刻赶往苏格兰场去,将我所知道的消息告诉给警方。在车上的时候我持续看报道,上面说凶手是一个惯用左手的人,警方正在寻找那晚曾经中途离开的人。我忽然想起来,那晚我与他发生了争执,旁边的人应该都能够听到。他所有的钱都在我这里,但却没有一张凭证证明我是怎样拿到这笔钱的。我顿时吓出了一身的冷汗,慌忙下车,一边走一边思考着对策。我越想越觉得不能去警察局,因为警察很可能不会相信我所讲的故事。我一边为索雷尔感到难过,一边又为自己的处境感到忧心,简直快要疯了。我当时想就算是我不去警察局,说不定警察也能够顺藤摸瓜找到真正的凶手。所以我就放弃了去警察局的打算。在星期五的那天开始了问讯,可是没有人认识索雷尔。那天我急得几乎想要冲出去找警察说明情况,一想到索雷尔惨遭横死我就心有不甘,但联想到自身的处境,我又变得懦弱了。为了心安,我拿出了一部分钱给索雷尔料理后事。我本来想要亲自送给警方的,但你知道我怕警察怀疑,所以就用了一些手段。但没想到第二天报纸上就刊登了这个消息,而且警察也在找我,我得知这个消息的第一个反应就是马上跑,因为报道中说嫌疑犯的食指与拇指内侧有伤口,这会让我百口莫辩。我等到天黑的时候去找艾弗里特夫人求助,她非常了解我。我把事情如实地告诉了她,他相信了我,因为她太了解我了,在这种时候,所有人都会怀疑我,而她却相信了我,这让我非常感动。她说我是一个傻子,她要是我的话,就会在第一时间向警察说明所有的情况。后来她跟我说,如今我能够做的就只有暂时避避风头了。若是警察没有发现我的话,还有希望找到真正的凶手,等到风头过去之后,她就会出钱将我送出国。因为不管怎么样,我都不可以再动用索雷尔的钱了。从艾弗里特夫人家里出来之后,我就漫无目的地在街上闲逛,因为我实在是无法忍受缩在家里那种提心吊胆的日子。我觉得看电影应该不会有危险,所以就打算去海马基德看电影。当我逛到斯特兰德的时候,偶尔转头看了一眼,突然发现你就在我身后,仿佛是在跟踪我,所以我马上回到了住处,再也不敢出门。直到艾弗里特夫人星期一晚上过来告诉我,说你已经找到了她。她与我一起去了国王十字街,告诉我卡恩尼施会有人接我。至于后面所发生的事情,我想你应该都一清二楚了。在卡恩尼施待了一天之后,我忽然觉得有些希望了,谁想晚上的时候就看到你出现在会馆里喝茶。"

拉蒙特沉默不语,双手不停地颤抖着。

"你怎么知道索雷尔给你的钱就是他所有的钱了呢?"

"因为他的银行储蓄账户中总共也就只有这点钱了。约莫一个星期之前,为了他这一次的美国之行,我将钱从他的银行里取了出来,但是他只拿走了其中的一英镑。"

"你从前就一直帮他取钱吗?"

"从来没有过。因为那一个星期他忙于处理办公室的事情,又要整理一些出国所要携带的东西。"

"看来他也不是没有钱来付费,既然如此,他为什么还要将钱给取出来?"

"那我就不知道了。也许他是担心没有钱偿还债务？不过以我对他的了解，他从来不会欠别人的钱。"

"他的生意后来怎么样了？"

"还行吧，跟冬天的时候差不多。我们通常不会为全国赛马比赛下注，因为平地赛的收益已经非常不错了。"

"冬季之后你们的生意就淡了？"

"是的。"

"你是什么时候将钱给索雷尔的。"

"取出来之后就给了他。"

"你说你跟索雷尔起了争执，但你拿什么来证明这把枪就是你的？"

"我没有办法证明。这把枪我从休战时期就锁了起来，根本不需要用到它。另外，除了索雷尔之外也没有人知道这把枪的存在。对了，弹匣是满的，因为我从来不用这把枪。"

"你认为索雷尔会拿这把枪干什么呢？"

"这我就不清楚了，我完全没有头绪，我其实也想过，他是不是要拿去自杀，但是这完全没有理由啊。"

"在卡恩尼施的时候你曾经跟我说过，你说有可能是一个女人杀了他，你是什么意思？"

"哦，你想想。我认识索雷尔的每一个男性朋友，但却不认识他的女朋友。但我总是感到在我认识他之前，他曾经有一个女朋友。他对自己在乎的事情总是缄默不语，他从来不会对我开口。我曾经见到他收到过几封信，是女人写的。但是他从来不会多说一句，而且索雷尔也不是那种你能够拿来开玩笑的人。"

"女人写给他的信？最近六个月有没有收到这种信？"

拉蒙特略一沉吟，点头道："我想是的。"

"字体是什么样的？"

"挺大的圆字体。"

"我相信你已经知道杀死索雷尔的是一把匕首,你之前有过这样的匕首吗？"

"我从来没有，事实上我见都没有见过。"

"那你知道那个女人是谁？又或者是哪种类型的女人吗？"

"我不清楚。"

"你是说，你对几年来最为亲密的朋友的过去一无所知？"

"我对他过去的事情一清二楚，除了这一件事情。你不了解索雷尔，否则的话你就会明白，就算你再努力地打听，他也不会愿意跟你说这些事情。一般他也不会刻意回避我，但特殊的事情他会特殊对待。"

"他干嘛要去美国呢？"

"我不清楚。我说过他那段时间都不开心。他从来都不会那样消沉。"

"他是一个人去美国吗？"

"对。"

"没有女人？"

"当然没有了。"拉蒙特凌厉的口气，仿佛格兰特的提问侮辱了他曾经最亲密的朋友。

"你是怎样知道的？"

拉蒙特努力地想着答案，但显然是白费功夫。因为他也是头次碰到这样的情况，一个他最为亲密的朋友去美国，而他却没有提前知道。格兰特认为他正在思考这种可能性，然后又将其否决了。

"我说不清楚我为什么会知道，但我就是知道，若是有别人的话，他不会瞒着我。"

"那么你不知道索雷尔后来的事情了吗？"

"我当然不知道，我要是知道，又怎么会告诉你所有的情况？"

"我希望你没有说谎！"格兰特语气严肃道，"你身上模棱两可的嫌疑，会对你日后的辩护非常不利。"他让便衣念出了所有的记录，拉蒙特确认没有错之后，用颤抖的手在每一页纸上写下了名字。写到最后一个名字的时候，他突然说道："我感觉非常得难受，我能不能躺一会儿？"格兰特从医生那儿要了一片药给了拉蒙特，一刻钟后，当格兰特还在分析着事情的来龙去脉时，拉蒙特已经陷入了昏睡中。

这些供词看起来可信度颇高，情节环环相扣，而且与目前警方所掌握的情况基本一致。当然了，从基本的案情来判断，这些都不可能发生，但确实挑不出什么毛病来。拉蒙特已经将所有的问题都给出了合情合理的解释，时间地点，乃至动机都一清二楚。他描述丢失手枪后的情感流露非常逼真。他说的是真的吗？这真的可能吗？又有多大的可信度？难道这个世界上真的有这种天衣无缝的巧合？可惜，拉蒙特的故事从一开始就非常单薄，从一开始就非常虚假。毕竟他有将近两个星期的时间来编造故事，完善因果关系，修改润色，从而让每一个细节都天衣无缝。为了活命，再笨的人也会绞尽脑汁地想出一个看似合理的剧情来求得暂时的安稳。眼下没有人能够证明拉蒙特的不幸遭遇与对他有利的几个疑点的真实性。格兰特意识到，想要证明拉蒙特所说的话是真的，就必须要了解索雷尔的故事。若是拉蒙特有证据显示索雷尔有自杀的倾向，那么拉蒙特口中的索雷尔擅自偷走左轮手枪与临别的钱财相赠就有可能会发生。一念及此，格兰特忽然愣住了，自己在干什么？帮助拉蒙特洗脱清白？拉蒙特所说的是真的吗？若是真的话，那么他之前所有的努力都会付诸东流，而拉蒙特也将会无罪释放，格兰特就要承认自己抓错了人，这对于一个大名鼎鼎的探长来说，绝对是一个耻辱。天底下难道真的有这样的巧合？格兰特不相信。倒不是故事的真实性不高，而是拉蒙特讲故事的时候所流露出来的神态让人难以相信。

他开始竭力思考，若是拉蒙特没有撒谎的话，那么左轮手枪与装钱的信封上的指纹应该相同才对。若是他在卡恩尼施采集的指纹与其相同，那就证明故事讲到左轮手枪与钱的时候并不假。索雷尔曾经收到女人的来信，完全可以找艾弗里特夫人求证。不过，很显然，艾弗里特夫人一直坚信拉蒙特是清白的，肯定会尽其所能地帮他洗脱罪名，这样看来，她的话并不能相信。

若是他在撒谎的话，那么究竟发生了什么事情促使他痛下杀手？莫非是他憎恶好朋友临走时都没有帮助他，一时冲动之下杀了他？可是他早已得到了索雷尔的钱。若是他在索雷尔遇害之前就拿到了所有的钱，就更没有理由去杀人了。不然的话，钱就应该在索雷尔的身上。再假设，拉蒙特那天下午收拾行李的时候已经偷到了钱，他就更不会急于下杀手了，反而应该远走高飞才对。格兰特越想越觉得实在没有办法给拉蒙特杀索雷尔找到合理的动机。另外还有一个对他非常有利的情况，他跑到了剧院门口这种公开场合与索雷尔争吵，若是蓄意杀人的话，不可能如此明目张胆。拉蒙特给人的印象，并不像是一个蓄谋已久的冷酷杀手。莫非他们争执并不是因为左轮手枪，而是另有隐情？会不会是因为女人争风吃醋？格兰特忽然想起丁蒙特小姐离开房间的时候他那落寞颓丧的表情，这与他讲起索雷尔不为人知的感情戏码的时候表现完全不同，格兰特只好放弃了这种可能。

会不会是因为生意？拉蒙特非常窘迫，而朋友却对他的这种窘迫熟视无睹，从而让他心存怨恨？这个可能性最大。但是仔细想想又会发现，索雷尔自杀的可能性更大。格兰特想得越深入，就越发现只有了解了索雷尔的事情之后，才能够真相大白。他决定回到伦敦后的第一件事情，就是要带着拉蒙特去寻找索雷尔的行李，彻底弥补之前的过错。若是没有发现什么的话，他决定再拜访一下艾弗里特夫人，格兰特现在非常急切地想要见到她。

他最后瞥了一眼正在沉睡的拉蒙特面，对还没睡的便衣交代了一声，就强迫自己睡觉。纵然有很多困难，但格兰特咬牙发誓，绝对不会让案情就这样无疾而终。

第十五章　神秘别针

格兰特洗了一个热水澡，在摇曳的水流下面不断地旋转脚趾，尽可能地使自己享受抓住逃犯的满足感，随后就匆匆地回到了警署向巴尔克复命。巴尔克一看到他就立刻向他道喜。

"恭喜你，格兰特！干得真漂亮！"巴尔克询问格兰特那些没有写进官方报告里的抓捕细节，格兰特一五一十地讲述起了自己在卡恩尼施这三天中的经历，巴尔克简直听得入迷了。

"真厉害！你比我要强多了，能在沼泽里冲锋陷阵绝对不是我们这样的人能够做到的。看来这一次你是找对了地方！"

"也许吧。"格兰特兴致不高地耸了耸肩膀。

"你为什么一点儿也高兴不起来？"巴尔克笑望着一脸严肃的格兰特。

"哦，我能够抓住逃犯，多半是靠了运气。另外，我可能疏漏了一个关键的线索。"

"出什么岔子了？"

"我查出索雷尔的的确确是要前往美国，至少他预定了舱位，而我却忘了他的行李现在肯定还在终点站等人前去认领呢。"

"在我看来，这根本不算什么大的失误。你已经知道了死者是索雷尔，他有什么样的朋友，查不查行李都无关紧要。拉蒙特身上还有什么重要的线索吗？"

"没有。都怪我急于追捕拉蒙特，疏忽了查询索雷尔的行李，但现在我对索雷尔想要有更深入的了解。我跟你说实话，我对这个案子的前景并不乐观。"

"出什么问题了？"巴尔克惊讶地张大了嘴巴，"这案子已经是我们这么久以来，调查得最彻底的一个案子了。"

"你说得对，表面上看起来是这样。但是再深入挖掘，还有很多不为人知的秘密。"

"你的话是什么意思？莫非凶手不止一个人？"

"我不是这个意思，我是说有可能我们抓错了人。"

巴尔克沉默了片刻，开口道："格兰特，往常我从来没有见过你如此地优柔寡断，你真的应该放一个假好好放松放松了。穿越沼泽这种事情对你也许并没有好处，你可能累坏了。像你这种鸡蛋里挑骨头的天赋，这一次绝对不可能派上用场。"

"这是拉蒙特昨天晚上的口供。"格兰特将本子递给了巴尔克，巴尔克开始阅读，格兰特走过巴尔克身旁来到了窗口，俯身看向阳光下的草坪与河流，心中暗想，本来案子办得挺好的，现在岂不是在自找麻烦吗？也好，不管有没有被骗，等到向长官复命之后，他就必须赶往滑铁卢站，看看能不能从那里找到什么线索。

"我现在非常想要见见这个拉蒙特！"巴尔克砰的一声将供词丢在了桌子上，格兰特转头看向巴尔克，"你为什么要见他？"

"因为这个家伙给我们惹了这么多的麻烦，还企图用眼泪来打动了我们正义凛然的探长！"

"你是不是也觉得有些不可思议？"格兰特道，"你难道一句话都不相信？"

"别说一句话，我一个字都不信。"巴尔克冷笑道，"像这种没有什么证据的故事，我过去也不知道听过多少了，但是想要找到别的手段来定他的罪似乎有些棘手，真是该死啊！"

"那么换一个角度想想，你能不能给拉蒙特谋杀索雷尔找一个相对合理的解释？"

"格兰特，你现在需要放一个假。我都想不起来你已经来警署多少年了，为什么在最后的关头还给证据确凿的凶手辩解？你现在需要的是放假，我的伙计。拉蒙特之所以杀人，也许只是因为他看不惯对方走路的姿势。再说了，我可没有工夫去核对罪犯的心理，还给他们提供合理的动机或者类似的东西。所以你就别为难自己了。现在我们只需要拿着确凿的证据将他送入监狱，这才是我们要做的事情。"

短暂的沉默之后，格兰特将材料整理好，打算离开警署赶去滑铁卢站。

"慢着，我刚才只是随便说说罢了，你莫非真的相信他没有杀人？"

"我给不出他杀人的动机，"格兰特道，"虽然说证据确凿，但我也不知道为什么自己无法坦然接受这一切，但无可否认的是，我的确不能肯定地说他就是一个杀人犯。"

"莫非这就是你那著名的第六感吗？"巴尔克问道，重新用调侃的腔调问道。

然而今天早上格兰特却显得颇为严肃，"当然不是，这是我在面对拉蒙特本人，听到一路讲述故事之后的感觉，这种感觉你体会不了。"

"我说了，拉蒙特编造了一个感人肺腑的故事，将你给打动了。我劝你赶紧忘了这一切，除非你能够找出一些证据来说话。第六感是好，我承认你有时候是能够给人带来惊喜。那那些时候你多多少少有些东西支撑你的观点，但现在就完全不一样了。"

"这也正是我困惑的地方，案子办理到现在，我应该高兴才对。可是总是有什么东西让我开心不起来，我必须将这个东西给找出来，不然我肯定会疯的。我总是觉得肯定有什么地方出了差错，继续追查下去会出现两种结果，要么拉蒙特被判杀人罪，要么他无罪释放。"

巴尔克叹了一口气，"既然如此，我就再多给你几天玩玩吧，至少到目前为止，你干得非常棒。我觉得我们手头的证据，已经足以在法庭起诉拉蒙特了。"

格兰特在清晨的阳光中，会入了繁忙的人流，径直朝着滑铁卢站赶去，这是伦敦众多火车站中最让人感到难过，设施也最好的一个火车站。当格兰特从暖烘烘的人行道进入了冰冷的车站，感觉里面充斥着离别的愁绪。格兰特为了能够打开索雷尔的行李，他申请了一些必要的手续，然后来到了行李滞留室，一个官员颇为热情地说道："探长，我知道你说的行李，在一个星期之前就到达了这里。"他领着格兰特径自朝着行李箱走去，那是两个破旧的大箱子，他很快就发现，若是索雷尔想要在南安普敦上船的话，行李上就必须要带着鹿特丹、曼哈顿公司的标识。可是结果并非如此，行李上连一个标签都没有。箱子上只有一个平常的标签，上面写着一个"A·索雷尔"的名字。格兰特忽然觉得心跳加快，他用万能钥匙打开了箱子，头一个箱子里面，一件衣服下面压着索雷尔的护照与船票。索雷尔干嘛不带在自己的身上，而要放在箱子里？也许是索雷尔在搭乘海防联运火车之前还会再次打开这个箱子，所以就没有带在身上，这样可以安心地在人多眼杂的剧院门口排队，这样相对安全一些。

格兰特继续检查着箱子，并没有发现别的迹象表明索雷尔不打算按照原计划出国。箱子的衣服叠得整整齐齐，摆放的顺序能够体现出此人的性格来。随手用到的东西会放在手旁边，而以后会用到的东西则会放在里面一些。从打包的方法可以判断出来，近段时间索雷尔不会再从箱子里掏出一些什么来，箱子里根本没有任何的文件、信件与照片。其中，有一件事情让格兰特感到非常意外，一个人要出国为什么连一件像样的纪念品都没有？想到这里，格兰特毫不放松，继续埋头寻找，在两个夹层的底部找到了一小捆的快照。他撤掉了扎紧的带子，飞快地浏览了一番。至少有一大半的照片是拉蒙特，有的是独照，有的是与索雷尔的合照，另外还有一些在军队服役的老照片。照片上出现的女性，除了艾弗里特夫人之外，就只有一些偶然到部队支援的救护队员。格兰特感到有些失望，将所有的照片全都放到了自己的兜里。

索雷尔的行李，一直在格兰特的脑海中挥之不去，本来以为会有意外的收获，可惜事情不尽如人意。这让他非常失望，懊恼至极，只得又将物品一件一件地放回行李箱。就在他拎起一件外套准备叠起来的时候，忽然一样东西从兜里掉了出来。那是一个蓝色天鹅绒小盒子，是一个珠宝盒。格兰特猛地扑上前，将地上滴溜溜打转的盒子给摁住，打开盖子的时候，怦怦乱跳的心脏几乎快要从胸口跳出来。他拇指稍稍一用力，盒子啪的一声就打开了。深蓝色的内里上放着一枚女士用来别在帽子上的针饰。上面用珍珠拼成名字首字母的花押字，简洁又漂亮。格兰特大声地念出了"M.R."，玛格丽特·拉特克利夫。

格兰特的思绪尚未将所有的线索进行比对，脑海中就浮现出了一个名字。他盯着这个不起眼的小饰品，翻来覆去地拿在手中查看，最后又放了回去。这玩意儿能够给他带来什么样的启示？就是这样一个稀松平常的别针暗示着，一直以来都有一个神秘的女子藏在幕后吗？索雷尔被害那一天，她就站在索雷尔的背后，也是她在同一天的时候，与索雷尔预定了同一艘船的舱位，前往同样的目的地。如今，格兰特又从索雷尔的行李中找到了唯一一个有些价值的东西，居然就是写着她名字首字母的别针。从盒子的商标来看，根本不太像是一个穷酸的赌马经纪人能够光顾的品牌店。格兰特想了想，觉得应该前往梅瑟斯·加利欧暨斯坦珠宝店。他锁好了箱子，将别针拍下了照片之后，丢到了衣兜里，随后径自离开了滑铁卢。等他登上巴士的时候，忽然想起拉蒙特曾经跟他说过，起初索雷尔给他的那笔钱就是用类似于珠宝包装用的白纸包着的。如今细细想来，拉蒙特倒也没有在说谎话。可是索雷尔如果是要与拉特克利夫一同出国的话，那他为什么在临走之前将自己身上所有的钱都赠送给了拉蒙特？据格兰特所知，拉特克利夫太太非常富有，但是作为一个男人，通常是不会愿意跟一个女人私奔，最后还用女人的钱的。

梅瑟斯·加利欧暨斯坦珠宝店位于邦德老街上一个非常不起眼的小路口。格兰特走过去，看到一个店员。格兰特刚一打开小盒子，店员马上就认出了别针，原先就是他接手的这个生意。因为这枚别针是一个定做的礼物，是一个皮肤白皙、名叫索雷尔的男子预订的。这枚别针价值三十几先令，店员查了记录本，是在本月6号那天预定的。星期二的时候完工，索雷尔打来了电话确认，然后在6号当天的时候取走了别针。"你以前见过他吗？"格兰特问道。"没有，"店员道，"他过来给我们描述了要预订的款式，对价格没有什么异议。"

格兰特从店里走了出来，仔细考虑了很久，他没有找到什么有价值的线索。以索雷尔那种收入的人，居然会舍得购买一个三十几先令的别针，真是痴情。因为他在出发之前没有来得及将这份礼物送出去，也就是说他在准备离开英国之后才表明了自己的心意。这件礼物放在箱子的里面，索雷尔在美国还有什么朋友，没有人知道。但是玛格丽特·拉特克利夫却是要与他同乘一艘船的女人。她绝对脱不了关系。她的出现不仅没有将案情理顺，而且还将水搅得更浑浊了，格兰特越想越感觉有些蹊跷。

快到中午的时候，格兰特要赶回警察局，因为他要等着邮局方面传回消息来。他到的时候，已经有了眉目。在14日星期三的那一天，布里克斯顿海尔街的邮局的确有一封发给登上"阿拉伯皇后"号上的艾伯特·索雷尔的电报。内容是"对不起，杰里。"也许电报已经送到了，因为背面没有任何没有送达的记录，当然也不是没有可能，电报由小船等待着送到大船上，也许一直都没有人查收，正等着返回。

"够了！"格兰特忽然大喊了一声，威廉姆斯慌忙附和，"遵命。"

现在应该怎么办呢？格兰特想要见见拉特克利夫太太，但却不清楚她现在有没有回家。若是打电话过去的话，肯定会引起对方的警觉。看样子他必须要派辛普森再走一趟了，拉特克利夫太太可以稍稍等一下，当务之急是去见见艾弗里特夫人。他向辛普森讲述了一些要点后，吃完午饭，格兰特就来到了富汉姆路。

　　艾弗里特夫人给格兰特开了门，脸上完全没有一丝害怕与尴尬的表情，眼睛里是满满的敌意。格兰特皱了皱眉头，他要用什么样的态度来对待她呢？用官方的严肃口吻试图镇住艾弗里特夫人显然不理智。故意对她帮助拉蒙特逃走的事情睁一只眼闭一只眼？好像也没有什么意义。对艾弗里特夫人这样的人拍马屁绝对不理智。格兰特忽然感觉，目前对待她最好的办法就是实话实说。

　　在艾弗里特夫人让格兰特进屋的时候，格兰特说道，"我们正在调查拉蒙特的案子，但直到目前为止，仍然需要一些证据。他所说的事情有可能是真的，但仅仅根据他的描述不好做出判断。再说了，陪审团也不会相信他，他的证词非常薄弱，在刑事法庭会被认为是一个糟糕的故事，根本不可能得到任何的同情。但我觉得要是能够多一些证据的话，没准儿就能够扭转乾坤。正因为如此，我就再次来打搅你了。若是他真是无辜的，也许真的会有一些只有你知道的证据来证明他的清白，我就是为了这些东西而来。"

　　她沉默不语，眉头紧皱，试图在判断格兰特的话有几分可信度。

　　"我已经跟你坦诚相告了。不论你信不信，我都能够向你保证，我绝对不是要故意偏袒拉蒙特。这件事情与我的职业名誉关系紧密，若是有一丁点错的可能，我就会继续调查下去，直到将真正的凶手找出来为止。"

　　"你想要知道什么？"她问道，从语气来看似乎已经放松了不少，至少暂时是妥协了。

　　"首先，通常索雷尔都会收到什么信件，这些都是从哪儿邮寄过来的？"

　　"他很少收到信件，因为他的朋友很少。"

　　"那你有没有见过女人的来信？"

　　"偶尔的时候会有。"

　　"从哪里寄过来的？"

　　"应该是在伦敦吧。"

　　"字体是什么样子的？"

　　"正规的圆体字，偏大。"

　　"你知道给索雷尔写信的女人是谁吗？"

　　"不知道。"

　　"他在多久之前开始收到这样的信件？"

　　"已经有好多年了，我都记不起来是多久之前的事情了。"

　　"这么说，这些年来你一直都不清楚写信的女人是谁了？"

　　"没错。"

　　"有没有女人找过他？"

　　"没有。"

　　"信件隔多久会来一次？"

　　"不会太久，大概六个星期来一封？甚至还要更少。"

　　"拉蒙特说索雷尔对于这些信件，总是遮遮掩掩，是这样吗？"

　　"我觉得那不是遮遮掩掩，而是精心爱惜，就是对自己珍爱的东西会格外在乎，你懂我的意思吗？"

　　"那么，索雷尔收到信的时候，会有什么不同吗？比如有特别开心之类的情绪流露？"

　　"没有，他从来都是一个喜怒不形于色的人。"

　　"告诉我，你以前有没有见过这个东西？"格兰特从口袋中掏出了一个天鹅绒小盒子。

"M.R.，"她缓慢地念叨着，与格兰特头一次见到这件东西的时候一模一样，"不，我从来没有见过。这跟索雷尔有什么关系吗？"

"这是在索雷尔行李箱中的一件外衣兜里找到的。"

她伸出了枯瘦的手拿住了小盒子，好奇地看了一会儿，又还给了格兰特。

"你能不能想出一个索雷尔自杀的理由？"

"我想不到，不过我可以告诉你的是，在索雷尔启程之前的一个星期，邮局曾经给他邮寄过一件东西。那天傍晚，他回到家的时候东西已经寄到了。拉蒙特在他之后回到的家。"

"你说的是像这样大小的珠宝盒吗？"

"没有这么小，但若是加上包装盒的话应该差不多。"

但梅瑟斯·加利欧暨斯坦的店员分明说是索雷尔自己带走了别针，"你能记住是哪一天吗？"

"我不是很确定，但应该是他离开之前的那个星期四。"

星期二索雷尔就从珠宝店取走了小盒子，星期四晚上这个小盒子又经过邮寄回到了索雷尔的房间。结果很明显，肯定是女人拒绝了他的礼物。

"包装上的笔迹是什么样子的？"

"只有标签上有地址，地址都是打印的。"

"索雷尔打开之后有什么情绪变化吗？"

"他打开的时候我并不在面前。"

"在那之后呢？"

"也没有。他总是非常内敛的样子，在那之后就一直很安静。"

"我懂了。拉蒙特是什么时候到你这儿来告诉你所有事情的？"

"星期六。"

"你之前就知道在剧院命案中丧命的人就是索雷尔吗？"

"不清楚。星期四的报纸上才刊登出对于死者的描述，在那之前我一直认为索雷尔已经上了船，离开了这个国家。等后来我看到被警方通缉的嫌疑犯的描述才开始琢磨，那个时候已经是星期六了。"

"你那个时候是怎么想的？"

"我那个时候与你想的一样，觉得肯定是什么地方出现了糟糕的误会。"

"你能不能告诉我，拉蒙特都跟你说些什么了？他已经向警方供认了。"

艾弗里特夫人犹豫了一会儿，说道："我真是没有料到事情会变得越来越糟糕。"紧接着他就把拉蒙特告诉自己的话一五一十地告诉格兰特，甚至有一些小的细节，居然跟当初拉蒙特在南下火车上讲给格兰特与那个便衣警察一模一样。

"你就不觉得他在说谎吗？"

"如果是一个陌生人这么跟我说，我绝对不会相信，"艾弗里特夫人说道，"可是我太了解拉蒙特了。"

"可是你认识索雷尔的时间更长，却对他生命中有非常重大影响的人与事一无所知。"

"没错，但那是索雷尔，与他相处多长时间都别想彻底了解他，可是我对拉蒙特的所有事情都一清二楚，甚至包括他在男女方面的事情。"

"感谢你给我提供的这么多信息，"格兰特起身说道："就算你所说的情况帮不上拉蒙特什么忙，但至少不会让他加重罪行。你有没有想过索雷尔不去美国的话，会因为什么样的理由？"

"你是说他要准备去别的什么地方吗？"

"不是这个意思，我是说，如果他真的打算自杀的话，那么他的美国之行就是一个精心策划的幌子罢了。"

"我绝对不相信自杀这一说,我坚信他是打算去美国的。"

格兰特表示了感谢,然后他就返回警署。从辛普森那儿得知拉特克利夫太太与她的妹妹仍然逗留在东伯恩,什么时候返回还不清楚。

"那么拉特克利夫先生常去东伯恩吗?"

"没有,拉特克利夫先生只在他夫人抵达那里的时候去过一次,而且没有过夜。"

"你知道他们为什么会吵架吗?"

"不太清楚,连女仆也不知道。"辛普森那张满是雀斑的脸上折射出了欣喜之色,格兰特猜测他的这次行动,多半是与女仆发生了一些好事。格兰特有些悲哀地挥了挥手让他出去。看起来他必须要亲自到东伯恩面见拉特克利夫太太,来一个出其不意的造访,不过,明天格兰特必须要为拉蒙特的案子出席治安法庭,那是一个非常正式的法庭,他必须要到场。今晚没时间按照计划去东伯恩与拉特克利夫太太闲聊了,不过若是明天的事情一切顺利,他就可以立刻动身。他非常希望明天自己不用到场,因为那就是走走过场,探访拉特克利夫太太就完全不一样了。那是一场狩猎,虽说机会渺茫,但必须下注的赌局。他已经有些迫不及待地想要知道,当他拿出那枚刻着她首字母花押字装饰的别针时,拉特克利夫的脸上会浮现出一个什么样的表情。

第十六章　丁蒙特小姐相助

高布里奇治安法庭就是一个糟糕透顶的地方,不管你什么时候来到这个地方,你都会感到心情低落。格兰特对这个地方实在是太了解了,每一次他来到这里都会情不自禁地抱怨一通,倒不是说悲伤的气氛让他难过,而是因为不得不在这个地方浪费一整个上午的美好时光,这让格兰特感觉沮丧。像平时一样,格兰特来到高布里奇治安法庭的时候,他感觉自己的职业连一条狗都不如。他觉得自己正戴着有色眼镜,颇不耐烦地看向那些代表着法律的工作人员,看着志得意满的治安官,看着那些坐在观众席上闲得无聊的观众,格兰特感觉自己难受得要吐出来。他像往常一样环顾四周企图缓解这样的情绪,沉思了片刻后,总算是平静了下来。他是因为必须要出庭而感到难过!然而他的心底深处,却有一个声音在呐喊:"再等一下,我还有一些问题没有弄清楚呢,再给我一些时间让我找出证据来。"但作为已经受到上司恭贺,手中握有重要证据的探长,要是现在这样做的话会显得非常可笑。再说了,眼下他也拿不出更多的证据来证明自己的猜测。他的目光落在了拉蒙特的代理律师的身上。看样子,若是拉蒙特想要在伦敦中央刑事法院有胜诉的机会,必须要请一个权威的大律师,不然的话绝对没有任何的胜算。可是那必须要花上大价钱,而且那些律师并不是慈善家,他们要收取高昂的费用的。

前面的两个案子很快就审判结束,这个时候拉蒙特被带上了法庭,他看起来有些精神萎靡,但好在恢复得还算不错,甚至于他还注意到探长也在场,于是乎奉上了微微一笑。拉蒙特的到来在法庭内引起了一阵骚动,由于事先没有人通知媒体,所以在场的人要么是好奇,要么就是其他案件相关人员的亲友。格兰特抬头寻找艾弗里特夫人的身影,却发现她并没有出席,整个法庭里拉蒙特唯一的一个朋友,好像就是那个花钱请来的律师而已。不过,出于职业敏感,格兰特仍然不忘继续打量着一张张的面孔,寻找可能出现的各种可疑之处,因为他一直认为,法庭内的陌生人极有可能会提供一些意外的线索,然而,经过了一番地观察,这些观众的脸上除了好奇之外再也没有别的表情。等到格兰特呈上了证据，准备离开的时候，却意外地发现法庭的后面来了一位看客，竟然是丁蒙特小姐。她的假期足足有一个星期之久，当初在会馆中喝茶的时候她就说过，一年一度的假期足足有7天，而她一定要在家里待够了才会回来。格兰特不禁心中感慨了一声，这个女孩坚信拉蒙特是犯下重罪的杀人犯，但还是选择缩短了假期，千里迢迢地赶回来亲耳聆听审讯。拉蒙特现在背对着他，并没有注意丁蒙特小姐的到来。丁蒙特小姐正视着格兰特的目光，朝着他鞠了一躬，显得落落大方，魅力无穷。她坐在那里就像是一位正在寻找题材的作家，发誓要写尽人间百态一样。就算是拉蒙特的案子告一段落，被押出法庭等候再审，她姣好的面容也一直未动声色。这对姨妈与外甥女非常相像，格兰特觉得，可能也因为这个她们才会互相不喜欢吧。她起身打算离开的时候，格兰特走了过去，跟他打招呼。

"你回来有什么事情要做吗？丁蒙特小姐？要是不急，能够与我共享晚餐吗？"

"我一直以为探长们都是靠罐头一类的速食食品过日子的，你们居然有时间坐下来好好地吃一顿饭？"

"不但是这样，他们还吃得不错呢。走吧，我带你去见识一下。"丁蒙特小姐跟着格兰特来到了劳伦特餐厅，席间她说了自己突然改变计划的原因。"当事情发生之后，我不可能再像是一个没事人一样待在卡恩尼施了，"她说道，"我想来法庭听讯，所以我就回来了。这辈子我都没有来过法庭，这个地方实在是让人感觉不舒服。"

"治安法庭还算可以的了，等到去更高级别的法庭时……"格兰特说到这里停了下来。

"我真不希望去那里，但似乎不得不去。你这次案子办得很漂亮，对吧？"

"我的上司是这样说的。"

"莫非你不是这样想的？"她语速很快地问道。

"没错。"格兰特点头承认，他并没有将眼前这个特立独行的女孩看成是外人。

不一会儿，丁蒙特小姐就谈起了拉蒙特的事情。"他看起来状态很差，监狱里会善待他吗？"

"会的，他们肯定会照顾得非常周到的。"格兰特道。

"他们不会对拉蒙特严刑逼供吧？我可要提醒你，按照他目前的状况来看，绝对经受不起一丁点的折磨，否则他会更加严重。"

"听你的口气好像不相信他会杀人？"

"我认为不太可能，但我也知道我的想法根本不会改变什么，我只想让他得到一个公平的结果罢了。"

格兰特记得当初在卡恩尼施，他告诉拉蒙特犯罪的时候，她曾经坦然接受了现实。

"没错，"丁蒙特小姐说道，"当时你知道的情况比我要清楚得多。事发三天之前，我才与他相识，我当时非常喜欢他，但这并不能够证明他是不是有罪或者是清白的。再说了，我宁愿做出残忍的选择，也不会做一个理智的傻瓜。"

格兰特默默地品味着丁蒙特小姐的刚烈话语。

"你放心，这里不是美国，无论怎么样，他已经给出了一套说辞，不会再有所改动或者编出另外一套说辞了。"

"他有朋友吗？"

"只有你姨妈艾弗里特夫人。"

"那是谁帮他雇佣的律师？"

格兰特给她解释了一番当时的情形。

"这样看来，他绝对不会遇上什么好律师，所以我觉得这有失公允。法律允许有名气的大律师给有钱人辩护，却让无名之辈来打理穷人的案子。"

"他肯定会得到公正的审判，你就放心吧。在谋杀案中，只有警察才会被折腾得够呛。"

"在你这么多年的警察生涯中，有没有碰到过判断错误的案子？"

"当然有那么几次了，"格兰特坦然说道，"但通常都是把身份弄错了而已，这案子根本不存在这种问题。"

"我觉得不一定，很多时候一些案子并没有直接的证据，却有一大堆看起来毫不相关的东西硬是拼凑在一起，就好像是被面上的拼布一样，看起来似乎是那么回事。"

她说话的口气越来越激烈，格兰特不得不一再向她保证，最后两人都默不作声了。格兰特忽然灵机一动，冒出了一个想法来：若是他独自一人前往东伯恩，不管怎样佯装与公务无关，拉特克利夫太太都会提高警惕，继而怀疑他的真实意图。但如果自己身旁跟着一位女士的话，就有可能会被认为是休假，那么拉特克利夫太太就不会怀疑他在那一带露面的动机。格兰特非常清楚，这一趟旅途能够成功完全取决于这个关键因素。

"你今天下午有什么安排吗？"格兰特问道。

"没有啊，怎么了？"

"你今天有没有做善事？"

"没有，我为自己的自私感到羞愧。"

"你下午不如以表妹的身份跟我去一趟东伯恩，就不会那样难过了。在晚饭之前我们都要以兄妹相称，行吗？"

"我不懂你的意思，你难道又要追捕哪个可怜人了？"

"现在还不好说，但是我的确是要去核查一些事情。"

"不会吧，"她缓缓说道，"要是去旅游的话，我肯定不会犹豫。但要是我不知道什么情况，就跟一个陌生人外出，情况就不一样了。"

"我暂时还不能告诉你是怎么一回事，但我可以向你保证，你绝对不虚此行。怎样，你能够相信我一次吗？"

"可是我要怎样才能够相信你呢？"她狡黠问道。

"我也不知道为什么，因为警察有的时候也会像一个普通人一样骗人。"

"比一般人更加无法无天吧？"丁蒙特小姐讥讽道。

"好吧，那你自己决定。反正你肯定不会后悔的，我可以向你发誓，如果你愿意的话。"

"这真像是你的作风，不是吗？好了，我愿意跟你走一趟，给你当一次表妹，何况我有这样一个帅气的表哥应该庆幸才是。"她的语气中带着明显的嘲讽，所以格兰特对赞美之词很难开心起来。

他们乘坐列车穿梭在绿色的旷野，车上，格兰特向丁蒙特小姐面授机宜。

"若是有人问起，你就说我们一起过来，并且打算在这儿享受午后阳光，我打算跟以前因为工作缘故接触过的女士攀谈，等我们谈到帽子上的装饰品的时候，你就把这个东西从包里掏出来，就说是你刚刚买来准备送给妹妹的礼物。对了，从现在起，你的名字叫埃莉诺·雷蒙德，妹妹的名字叫玛丽。你将别针展示给他们看，等看到我整理领带的时候再放回去，这个暗号代表我已经知道了我想要知道的事情。"

"没问题，我顺便问一下，你叫什么名字？"

"埃伦。"

"非常好，埃伦。我差点忘了问这个，若是到时候我居然不知道自己表兄的名字那就出丑了。这个世界真是奇妙，看看阳光下的这些樱花多么悠闲自在，再想想这个时候正有很多人陷入痛苦之中。"

"你净说些傻话。你应该想想几分钟后我们就要看到惬意无比的空旷海滨了，那是多美的事情啊！"

"你去过位于伦敦的老维克剧团吗？"她问道。两人开始热烈地讨论起当初《贝莉丝小姐》一剧的精彩绝伦，同时飞快跑向了火车站。

东伯恩的海滩像是格兰特想象中那样空旷而美丽，格兰特说道："我们沿着海岸往前走，然后再返回。我相信这样的好天气，她们肯定会出来透气的。"

"幸好她们没有待在丘陵地带，我倒是不介意走路，但是这样就算是走到明天也很有可能只走了四分之一啊。"

"你放心，我要找的那位女士可不擅长走路。"

"她叫什么名字？"

"等我给你们相互介绍的时候再说吧，你要装作不认识她一样，所以不能告诉你。"

两人沿着笔直的海滨大道一直走到了霍利威尔，格兰特忽然说道："我们现在下到海滩去，我已经看到了那两个人，她们正躺在鹅卵石上。"

于是他们来到了海滨大道，开始慢慢往码头走。只见两个女人正斜躺在对面的折叠帆布椅子上。等格兰特靠近的时候，故意看了她们一眼，道："哟，这不是拉特克利夫太太吗？你们怎么到这里休养来了？这天气真是绝了！"

一愣之后，拉特克利夫太太看到了格兰特，对他表示了欢迎，"你还记得我的妹妹莱斯布里奇小姐吧？"

格兰特跟她握了握手，道："没错，不过我觉得你可能不认识我的表妹。"

就在格兰特刚要给两人介绍丁蒙特小姐的时候，莱斯布里奇小姐忽然惊喜出声，"这不是丹迪·丁蒙特吗？你最近怎么样？我的宝贝。"

"你们认识吗？"格兰特略感诧异地问道，一时间冷汗直流，险些就闯了大祸。

"当然认识了，我当初因为阑尾炎住进了圣·迈克尔医院，都是丹迪·丁蒙特悉心照顾我的。她帮我洗了头，还帮我洗手，非常体贴，我真是要好好地感谢她呢。玛格丽特，快过来跟丁蒙特握个手。这是我的姐姐，拉特克利夫太太，没想到你还有一个当警察的表兄。"

"你们是过来休假的吗？探长先生。"拉特克利夫太太问道。

"算是吧，我表妹正好放假，而我也刚处理完了手头的案子，所以决定过来放松一下。"

"哦，现在还没到下午茶的时候，"莱斯布里奇小姐说道，"我们不如坐下来一起聊聊吧，我都好久没有见到丁蒙特了。"

"顺利结案肯定非常愉悦吧？亲爱的探长先生。"几人并排坐在沙滩椅上，莱斯布里奇先开口说道。格兰特耸了耸肩膀，三言两语就略过了案子，将话题转到了饭店、食物、衣服上去了。

"我特别喜欢你帽子上的针饰，"丁蒙特小姐看起来十分随意地跟她的朋友聊了起来，"我这个下午一直都在琢磨这个东西呢，因为我们要送给一个即将结婚的表姐一个。我拿给你瞧瞧。"丁蒙特小姐一伸手，就从包里翻找出了一个蓝色天鹅绒的小盒子，"你觉得怎么样？"她打开了盒子，伸到她们的面前。

"哇，真漂亮！"莱斯布里奇小姐感慨惊呼，而拉特克利夫太太却沉默不语。

"M.R.，"拉特克利夫太太默默念了出来，"怎么与我的名字一模一样，你的表姐叫什么？"

"玛丽·雷蒙德。"

"听这个名字就像是故事里走出来的完美女主角，她肯定很棒吧？"莱斯布里奇小姐赞叹不已。

"她没有什么出众之处，而且她要嫁的男人也挺木讷的，你喜欢这枚别针吗？"

"当然喜欢了。"莱斯布里奇道。

"真漂亮！"拉特克利夫太太由衷感叹了一声，"我能不能看一下？"她拿起了盒子将别针翻来覆去地看了一遍,然后递了回来,"设计真是独特,你们买的是成品的吗?"

在丁蒙特小姐求助的目光中,格兰特微微摇头。

"不,是订做的。"丁蒙特小姐回答道。

"玛丽·雷蒙德真是幸运,她要是不喜欢的话,那可真是没有品位。"

"其实就算她不喜欢,她肯定也会撒了谎说她非常喜欢,你知道,每一个女人都非常擅长撒谎。"

"我看是虚情假意吧。你这么说话真像是一个大失所望的可怜虫。"莱斯布里奇说道。

"难道我说的不对吗?善意的谎言无时无刻不充斥在我们的生活中,就算你不跟你的朋友撒谎,你肯定也会对自己的女仆撒谎。"

"我也许会跟朋友说谎,但我从来不会骗我的女仆。"拉特克利夫太太道。

"真的没有吗?"格兰特慢条斯理地转过身来看向她,"谋杀案发生的第二天,你本来打算去美国,对吗?"她平静地点了点头,"那么,你为什么跟你的女仆说你要去约克郡呢?"

"我真的不明白你在说些什么,但我可以确定地告诉你,我从来没有告诉女仆说要去约克郡,我说的是去纽约。"

格兰特抢先一步脱口而出,"哦,可她以为你说的是约克郡。"拉特克利夫太太这个时候说了一句,"你怎么会知道?"

"这个世界上没有警察不知道的事情。"

"你的意思是说,没有警察干不成的事情吗?"拉特克利夫愤怒道,"你将我的女仆约出去了?你肯定在怀疑我是杀人凶手。"

"这没有什么好奇怪的,警察总是会怀疑一切。"

"这么说来,我还要因为你只调查了我的女仆,而要表达谢意吗?"

"我们去喝一杯茶吧,就去我们居住的宾馆,要不再找一个地方也行,玛格丽特你觉得呢?那家宾馆每天都是一成不变的凤尾鱼三明治与葡萄干蛋糕,我早就烦死了。"

格兰特提议去一处以蛋糕享有盛名的茶点屋,征得同意之后,他开始帮助收拾拉特克利夫太太散落的物品。匆忙收拾的过程中,他故意将便笺本碰落在沙滩上,翻开的首页是封写了一半的信。耀眼的日光下,拉特克利夫太太又大又圆的字体立刻出现在众人的眼前。"抱歉。"他赶紧收拾好一摞纸,将杂志给整理好。

这顿茶点吃得相当不错,但气氛却有些不太融洽。三位女士中有两个人带着他难以忽略的不信任的眼神,而莱斯布里奇小姐则兴致高昂地聊着天。喝完茶,格兰特与丁蒙特小姐起身告辞,格兰特与丁蒙特小姐在慢慢暗下去的天色中赶向火车站。格兰特说:"丁蒙特小姐,你真是一个非常靠谱的人。我永远都不会忘记你的善心。"丁蒙特小姐沉默地走在路上,而她本来不太高兴的情绪也因此而有所缓解。"真是有你的,探长。居然折服别人来信任你,若是将政治思想家马基雅弗利与刑事调查科的警探相比,前者想要取悦别人的难度显然要更大。"

格兰特撇了撇嘴,他的内心在做着激烈的自我斗争。此时,他心中仍然疑惑不解。他并不确定拉特克利夫太太究竟有没有见过那枚别针,更不知道她当初有没有将她纽约一行的事情告诉给女仆。虽然他已经看清楚拉特克利夫太太的字体,但也说明不了什么。因为大多数女性的字体都是又圆又大。若是她真的与谋杀案有关,那么她肯定非常狡猾,对于任何事情都面不改色。当初第一次对她进行访问的时候,她就轻而易举地戏耍了格兰特一次。这一次除非有明确的证据证明她与案子没有关联,否则的话格兰特绝对不会允许她再度逃之夭夭。

"你觉得拉特克利夫太太如何?"他问身边的丁蒙特小姐。车厢里除了一个乡村老汉与她的女儿之外,就剩下他们两个人。

"你是说闲聊，还是调查？"丁蒙特小姐问道。

"丁蒙特小姐，你莫非是在跟我赌气吗？"

"我觉得你这话说的不对，"丁蒙特小姐道，"通常情况下，我不太会被人给愚弄，可是今天却上当了。"感受到丁蒙特小姐语气中的不忿，格兰特感觉非常受伤。

"其实你用不着这样，"格兰特沮丧万分，"你的表演非常棒，根本看不出有什么差错。我只不过是想将尚未弄清楚的一些事情搞明白罢了，所以就恳请你能够援手相助，仅此而已罢了。我之所以询问你对拉特克利夫太太的看法，只是感觉一个女士的直觉兴许会给我一点提示，不带偏见的话最为中肯。"

"行吧，若是你想知道我内心深处的真正想法，我告诉你，我觉得那个女人是个蠢货。"

"是吗？你难道不觉得她其实是一个心思缜密、颇为狡猾的人吗？"

"我不认为她有城府。"

"你觉得她非常肤浅？但很明显……"格兰特停下来思考着。

"得了吧，你既然询问我的看法，那么我就如实告诉你，我就是觉得她是一个非常肤浅的笨蛋。"

"那她的妹妹怎么样？"格兰特问道，虽然她与案子没有关联。

"她的妹妹是一个有头脑有个性的人，也许你不会这样认为。"

"那你觉得拉特克利夫太太有可能会杀人吗？"

"根本不可能！"

"为什么不可能？"

"她绝对没有那个胆量！"丁蒙特小姐优雅地说道，"她在愤怒的时候也许会有过激的行为，但是一分钟之后全世界都会知道，从那时起所有人都会谈论她。"

"那么你认为她是不是知道一些事情，却不愿意说出来？"

"你是说杀人凶手吗？"

"没错。"

"你的把戏对拉特克利夫太太非常管用，但是我想说，她若是真的想要隐瞒真相，那么这其中肯定有跟她息息相关的事情，就是这样。"

格兰特思考了起来，变得沉默不语，一直到火车开进了维多利亚，"你住在医院吗？"

"没有，我住在卡文第士广场附近的会馆里。"

尽管她一再谢绝共进晚餐的邀请，并且坚持不让他送，格兰特还是把她送到了住处，并且停到了门廊处说了一句晚安。

"你还有几天的假期？"格兰特好心问道，"接下来打算如何打发呢？"

"我会先去探望我的姨妈，我懂得了一个道理。已知的邪恶并不可怕，可怕的是那些未知的邪恶。"

格兰特望着丁蒙特小姐转身离去的背影，感觉几个小时中被人误解的情绪终于有所缓解。

第十七章　真相大白

格兰特不再像以往那样精神抖擞，他变得郁郁寡欢，整个苏格兰场都没有人见过他如此黯然神伤。他甚至对待下属都变得疾言厉色起来。他几乎被自己折磨得快疯了。

星期五的时候，拉蒙特再一次被带到了高布里奇治安法庭，在格兰特的意料之中，他的律师一开始就对拉蒙特给出的证词提出了异议。于是一场在格兰特看来毫无意义的争论上演了，最后一个回到监舍，另外一个回到了办公室。

格兰特回到了警督，巴尔克推门进来，"格兰特，我听说你对这个证词很有意见？"

"是的。"

"你觉得他们为什么要这样做？"

"我不知道，大概是在走程序吧，他们肯定会知道以后我们要用到证词。"

"也好，就让他们折腾去吧。就算他们再折腾，也抵不过铁证如山。有没有证词，我们都能够将他绳之以法，你根本不用担心。"

"事实上，我已经决定放弃了。经过这一遭我学会了相信自己的所见所闻，而不是感觉上的东西。"

"真好！"巴尔克欣喜若狂，"你总算是停止了胡思乱想，格兰特，你以后肯定能够成为一个了不起的人。五年的时间培养出来了良好的鉴别能力，而你又谨守着这些，日后将会成为你的一笔财富。"说完，他善意地盯着格兰特，微微笑着。

一个警员推开门，对格兰特说道："长官，一个女士说要见你。"

"谁？"

"她说她不方便透露自己的姓名，不过她坚持要见你。"

"行吧，让她进来。"

巴尔克站起来准备离开，转念一想又坐了下来。两人沉默着等待访客的到来，很快警员就带来了一个女士。

正是那位站在购票队伍中的女人。

"你好，沃利斯太太。"格兰特好不容易才想起她的姓名，"你有什么事吗？"

"你好，探长，"胖女人用地道的伦敦腔说道，"我之所以过来，是因为这件案子越来越离谱了。是我杀了艾伯特·索雷尔，与别人无关。"

"什么！？"格兰特一惊，怔怔地盯着胖女人。

巴尔克斜睨了一眼格兰特，看到格兰特手足无措的模样，主动开始掌控了局势，"请坐，沃利斯太太，"他友善地说道，"你也许是被这个案子给折磨得太痛苦了，是吗？"他伸手拿过椅子，安抚她坐了下来，"但是你拿杀人这件事情开玩笑就不对了。你为什么会觉得自己是杀人凶手呢？"

"我干得非常漂亮。"胖女人回答。

"好。那让我来这么说吧，我们要怎样才能知道或者相信是你杀了索雷尔呢？"

"怎样知道？"胖女人一笑，"你们之前不知道是谁杀了人，现在我来自首你们不就知道了吗？"

"可是你要明白，我们没有理由相信你的话。"巴尔克道。

"这种事情难道还会有人主动承认？"沃利斯太太提高了嗓门。

"有时候会有。"巴尔克道。

闻言，沃利斯太太安静了下来。格兰特站起身子，径直走向了胖女人，"沃利斯太太，能不能请你将手套摘下来？"

"我知道你要找什么，不过现在我手上的疤痕已经快要恢复完整了。"沃利斯太太摘下了手套，将裸露的左手伸向了格兰特，在拇指的内侧，经历了常年劳作的粗糙皮肤上的伤口已经愈合但仍然明显留下了划痕。格兰特吐出了一口浊气，此时巴尔克走了过来，仔细检查沃利斯夫人的手。

"沃利斯太太，"巴尔克道，"你为什么要杀人？"

"你不用管我，"胖女人答道，"我就是想要杀了他，这就足够了。"

"恐怕不行，"巴尔克说道，"就算您手上有个伤疤，也并不能够证明您就一定是杀人凶手。"

"我现在告诉你，我杀了人。你们为什么就不相信我呢？我是用我丈夫从西班牙带来的小刀杀死了索雷尔。"

"这不过是你的一面之词，我们没有办法确认你说的话是真是假。"

她颇有些敌意地盯着他们，"警察总是不愿意好好地听别人在谈论些什么，"她说道，"要不是你们抓错了那个年轻人，我现在马上就起身离开，从来没有见过你们这么笨的警察。"

"是这样，还有很多事情我们不清楚，"巴尔克说道，"譬如，你那天是站在索雷尔的前面，是怎样杀了他的呢？"

"其实一开始我并不排在他的前面，而是一直排在他的身后，人群开始向前移动的时候，我用刀插入了他的后背。紧接着我换到了他的前面，紧紧地挨着他，他才没有倒下来。"

"索雷尔与你是什么关系，你为什么要杀他？"巴尔克的眼神变得锐利起来。

"没有什么关系，他就是该死，所以我就杀了他。"

"你以前认识他吗？"

"没错。"

"认识多久了？"

"有些时候了。"胖女人犹豫了片刻道。

"他做了什么事让你受到了伤害？"

胖女人兀自紧咬牙关，巴尔克简直无助至极，格兰特只得出手相助。

"非常抱歉，沃利斯太太。"巴尔克的语气好像要立刻结束这场谈话，"我们绝无可能相信你说的话，你看起来非常荒唐可笑。我能够理解很多人会有这样的幻想，幻想着自己杀了人。现在您最好立刻回家，把所有的事情都好好想清楚。"

正如巴尔克所料，这席话似乎起到了作用，她红彤彤的脸上浮现出了一抹惊恐的神色，紧接着一脸狐疑地打量着巴尔克，道："我不认识你，我只相信探长的话。""这是我们的总督察，也是我的上司。沃利斯太太，您必须对我们多说一些情况，这样，你说的话才有可信度。"

她听出了格兰特口中的托词，尚未缓过神来，巴尔克就又开口了，"你为什么要杀索雷尔？你必须要给我们一个合理的解释才行。"

"我的刀套还放在家里。这就是最好的证据。"沃利斯太太道。

"恐怕还不够，"巴尔克道，"每一个人都有可能有一个刀套，你必须要说出杀人动机，才有可能令人信服。"

"好吧，"长久的沉默之后，她终于开腔，"若是你们真的想要知道的话，我告诉你，我杀他是因为他要杀我的罗茜。"

"谁是罗茜？"

"我的女儿。"

"他为什么要杀罗茜？"

"因为我的女儿拒绝了他的求爱。"

"你的女儿跟他住在一起吗？"

"没有。"

"那么有可能的话，能不能告诉我们她的地址。"

"不行。再说了，现在她已经出国了。"

"可是她若是已经出国了，索雷尔还怎么能够伤害她呢？"

"我杀索雷尔的时候，我的女儿还没离开。"

"这样的话……"巴尔克刚要说话，格兰特却打断了他。

"沃利斯太太，"格兰特道，"蕾伊·马科布是你的女儿吗？"

胖女人猛地从座位上蹭了起来，脸色发紫，喉咙中发出一阵含糊不清的声音。

"你不要紧张，先坐下来，然后告诉我们具体的情况。"格兰特道。

"你怎么知道她是我的女儿？"胖女人诧异道。

格兰特没有理会她，不答反问，"你凭什么会认为索雷尔会伤害你的女儿？"

"我好多年都没有见到索雷尔了，但有一天我在街上碰到了他。我告诉他我的女儿会去美国的消息，而他说他也会去。我可不希望那样的情况发生，因为我知道现在的他对于我的女儿来说是一个累赘。索雷尔奇怪地冲着我微微一笑，说他们要么一起去，要么谁都去不成。我问他是什么意思，我告诉他罗茜是签了约肯定要走的。但是他说罗茜与他之间也有约定。我怎么劝他，他都不听，后来，他就怒气冲冲地走了。"

"那是什么时候发生的事情？"格兰特问道。

"三周之前的事情，在我杀了他之前的周五。"

"好，继续。"

"后来我一直琢磨着这件事情，越想越觉得他会对我的女儿不利。"

"你女儿跟他订婚了吗？"

"他是这样说的，但那都是少男少女之间的事情，他们从小就认识，不过，罗茜肯定不愿意嫁给他。"

"你继续说。"

"我觉得索雷尔唯一能够找到罗茜的地方就是剧院了，所以我跟我的女儿说起了这件事情，但她显得满不在乎。她现在有很多重要的事情要操心，绝对不会浪费自己的时间在这种微不足道的事情上。但是我却非常担心。那晚我去了戏院，索雷尔并没有出现，一连几天，直到星期二的晚上，我看到他独自一人过来了。于是我走过去，在他身后排进了买票的队伍中。不一会儿，我就发现他的外套右边口袋中有一个圆鼓鼓的东西，一摸感觉非常硬，是一把左轮手枪，他肯定是来射杀罗茜的。我心中大急，所以就等到人群拥挤的时候，刺死了他。他一点动静都没有，我就顺势挤到他的前面去了。"

"索雷尔自己来的吗？"

"嗯。"

"当时他旁边有什么人？"

"一开始有一个黝黑皮肤的年轻人，长得很好看。后来，一个人过来跟艾伯特说话，将年轻人给推到了我的后面。"

"你后面的人是谁？"

"就是那对问讯时给过证词的夫妇。"

"罗茜·马克汉姆为什么会是你的女儿？"

"我的丈夫是一个海员，他经常从国外给我带东西过来，但在罗茜很小的时候就淹死了。他有一个姐姐嫁给了马克汉姆，生活得很幸福。于是主动提出要收养蕾伊·马科布，并且保证对她好，我同意了。他们将我的女儿教养得很好，她现在是一个标准的淑女。我在外打了这么多年工，自从罗茜有了收入，就为我买了养老金，我就不再做女佣打杂了。"

"你女儿是怎么认识索雷尔的？"

"索雷尔是他的姑姑带大的，以前就住在马克汉姆家的隔壁，艾伯特与罗茜从小是同学。那个时候他们如胶似漆，后来索雷尔参军了，而他的姑姑也死了。"

"他们订婚了？"

"不过只是少男少女相互之间的许诺罢了。"

"但索雷尔自己觉得是订了婚吧？"

"很有可能。"

"他们还有着联络？"

"是的。"

"你在知道索雷尔会威胁你的女儿后，为什么不在第一时间报警？"

"我也曾想过要报警，后来又一想，觉得我没有证据，而且警察不可能一直阻止他，说不定会让事态更加恶化。我的女儿行走在外，只要索雷尔想杀她，总会有机会的。"

"你的女儿见过那把匕首吗？"

"没有。"

"真的？"

"她见过，抱歉我说谎了。"

屋子里静悄悄的，巴尔克一直默不作声，而格兰特也一阵茫然失措。

"有一件事情非常重要。罗茜的名字绝对不允许出现在案子里，一句话都不要提。"胖女人道。

"这一点我无法保证。"

"不行，这样会毁了她的前程！"

"我们尽量竭尽所能。"

"好吧，不过我觉得罗茜现在已经是一线女明星，应该不会有太大的影响。不过我还是希望你们能够在她从美国回来之前绞死我。"

"现在说这些还有些为时过早。"巴尔克一笑，"你身上有家门的钥匙吗？"

"有。"

"我们要去你的家里找你所说的刀鞘作为证据，我们在哪儿能够找到？"

"在衣柜左手边最上面的抽屉中，最底层一个装着香水的盒子里。"

巴尔克唤来一名警员，交代了几句，将钥匙交给了警员。

格兰特询问了沃利斯太太的家庭地址，又问："你之前为什么不坦白？"

"因为我觉得你们除了我自首之外不可能抓到凶手，但没有料到会因为我的缘故而让一个年轻人定罪，这让我良心难安。"

"好吧，我明白了。"格兰特扬了扬眉头，叫来一名警员，吩咐道："你陪沃利斯太太去隔壁房间休息一下，她有什么需要你尽量满足她。"很快，警员就带走了沃利斯太太。

"看来，我以后再也不能怀疑你的第六感了。"巴尔克耸了耸肩膀。

格兰特微微一笑。

"你觉得蕾伊·马科布会知道内情吗？"巴尔克问道。

格兰特思索了一会儿摇了摇头，"应该不会。她是那种只考虑自己的人。虽然她见过那把匕首，但未必就会将她的生母与命案联系起来。之前我曾问过她关于匕首的事情，我想她只是不想惹上麻烦，你也知道，她马上就要去纽约签约了。"

巴尔克点了点头，与格兰特重新梳理了一遍案情。

不久之后，警员马林斯敲门进来，将刀鞘放在了格兰特的桌子上，"从沃利斯太太交代的地方找到的，探长。"

"谢谢你。"格兰特颇为客气地说道。他将匕首放入刀鞘，站起身来准备呈给巴尔克。现在他可以去汉普郡了。

沃利斯夫人被带去医院检查了，医学鉴定结果证明她一切正常，可以提起公诉，她的案子在月内就会进入司法程序。格兰特相信她可能会被无罪释放，虽然不成文的法令，在这个国度里并不被接受，但英国的陪审团跟法国人一样多愁善感，而且沃利斯太太的代理律师鼎鼎大名，从他口中传出的凄美故事定会感动陪审团的眼泪而使其忘记追究她不得已而为之的选择。

"这真是一桩古怪的案子，更让人感觉奇怪的是，这桩案子中居然没有一个真正意义上的坏人。"

"真是没有。"格兰特撇撇嘴回答道。

你说有吗？

一先令蜡烛

第一章　惊现女尸

　　夏天，美好的清晨来临了，时针刚刚走过七点，和无数个曾经的日子一样，威廉·帕特凯瑞在附近的草地上漫步着，在他的身边有一个散发着耀眼光辉的、离他足足有二百英尺的英吉利海峡，它看上去就像一块纯洁无瑕的白色石头。四周连空气都是如此清新，无论哪里都看不到一只鸟儿的身影。他沐浴着温暖的阳光，只能听到从很远处的沙滩上所传来的海鸥的歌唱声，剩下的什么也听不到，这里也只有帕特凯瑞那孤独的影子，找不到其他人的身影。

　　碧绿的草地上还残留着露珠的痕迹，它好像是在上帝手中创造出的另一个崭新的世界，可是这样的想法并不属于帕特凯瑞，这些晶莹的露珠只能说明了造成残留在叶子上的水汽还没有被太阳蒸发掠夺，这样的想法只在他的大脑里停留了一瞬间，就很快变成了另一个想法：他的肚子已经咕咕叫起来了，要继续在这里漫步，还是享受着温暖的阳光行走到西欧佛去买一份早晨的报纸呢？这样就可以提早知道最近发生了什么案件，这时你大概会有一个疑问：现在已经有了收音机，报纸还有什么用处？这只是心中的一个目标，无论什么时候，人都是需要它的，不可能只是跑去西欧佛去看海景。手中拿着报纸，吃着早餐，这种感觉很不错，就这样决定了，去镇上走一走。

　　脚下踩着黑色的靴子，他走得飞快，那双鞋子在阳光下闪着光芒，说明平日里他对鞋子是非常爱护的。这样就很容易推断了——帕特凯瑞的很多时间都用在了整理靴子上，他之所以有这种习惯只是为了让自己的性格凸出一些，换种说法，打发时间罢了，现在靴子上落些灰尘不是更好吗？帕特凯瑞应该有一种强迫症，幸运的是他对此根本不了解，所以不会担忧，除非有人告诉他，这是因为强迫症他才会得知的。在他服兵役的期间，所有人都说他是在"唱反调"。

　　蓝天中，一只海鸥尖叫着从崖边俯冲着飞过，来到了其他几只海鸥的队伍中，这些鸟儿发出的叫声让人感到十分烦躁，帕特凯瑞行走到了边缘，观察着那些已经开始退潮的大海到底变成了什么样子才让海鸥如此尖叫。

　　无数的海浪泡沫渐渐高涌了起来，随后被一块绿色的东西遮挡，看上去只是一块破旧的破布或者毛呢，可是为什么被海水浸泡了这么久颜色还如此鲜艳呢？

　　帕特凯瑞蓝色的双眼中满是惊奇，连身子都变得僵硬了起来，他穿着那双发亮的靴子在草地上飞奔着，发出了噔噔的声音，听上去像是心脏的跳动。峡谷在很远的地方，可帕特凯瑞的速度也很快，他不停地喘着气，沿着那些参差不齐的梯子，十分激动，又有些不满——吃早餐前泡在冷冰冰的海水里，这就是结果！简直脑子有问题！行行好，不要让早餐出现问题了！谢菲尔急救法是个不错的选择，可需要肋骨断掉，但看上去并不像，有可能只是在昏迷中，现在应该做的是人声在她耳边叫喊确定她没有事儿。

　　她裸露出的四肢看上去就和沙子的颜色差不多，难怪他之前认为会是绿色的布，这简直太神奇了！应该帮忙！要不是因为游泳，没有人会在这么早的时间去泡冰冷的大海吧？他也曾经经历过那些一定要游泳的状况，发生在红海港口，那些人参加了登陆小组要去帮助阿拉伯人，他很不理解为什么要这样做，可并没有其他的选择了，就像是早餐无论怎样难以下咽也要忍耐，就算毫无营养。上帝啊，给个帮助吧！

　　行走在海滩上是很艰难的事情，脚下有难受的石头滑来滑去，偶尔探出头的一小片沙滩都要比海浪高了！双脚都会陷进去！他总算走进了那些到处飞翔的海鸥队伍里，任由它们拍打着翅膀，不停尖叫。

　　现在用谢菲尔急救法仿佛已经不行了，其他的也一样，他已经发觉了，这个女孩停止了呼吸，虽然帕特凯瑞也还无感情地在红海中搬运那些冷冰冰的尸体，可现在却被震惊包裹了全身，这样崭新而光明的新一天，一个年轻的生命却离开了，这是怎样的错误啊！可以看出面前的是个漂亮姑娘，虽然头发染过色，其他却是很好的。

浪花在她染着颜色的深红色脚趾上来来回回拍打，虽然已经知道潮水很快会退到远方去，帕特凯瑞还是决定把这个已经离开人世的身躯拖了出来，不让她再经受海浪的磨难。

他原本想要向警察求救，可他打量了四周想得知女孩有没有留下什么有用的东西，可并没有收获，她有用的东西可能已经被海浪带走了，更有另一种可能性——她根本不是在这里下水游泳的，现在最重要的是根本找不到东西可以遮挡她的身体，于是帕特凯瑞又开始调转了方向，向着海岸边的巡逻站跑去，那里有可以联系他人的电话。

"我在沙滩上发现了一具尸体。"他拿起了电话打给警察，和比尔·冈特说。

比尔的嘴巴里发出了难以置信的声响，他忽地回过头去，这个简单的动作表达了他内心的想法——对这件事情没有任何兴趣，他甚至无法理解会有人选择以这种方式结束生命，而且他也认为事件的结果完全在自己的意料之中，所以他非常自豪。

"要是有人想自杀的话，"他的声音很冷淡，"为什么要在这里？附近不是还有许多沙滩吗？"

"这并非自杀。"帕特凯瑞回答。

可比尔根本没将他的话放在心上，"到达南海岸那边的门票比这里要贵不少！他们连自己的命都可以扔掉，还会计较什么？不会让自己死得更高贵点吗？可他们却购买了便宜的，把麻烦事都推给我！"

"比奇角那边也有很多这类事情！"不甘心的帕特凯瑞生气地反驳他，"绝对不是自杀！"

"绝对是自杀，不然英国要那么多的悬崖有什么用？为了防止海啸到来吗？并不是，就是为了自杀，这已经是今年的第四起命案了，到时候还会有更多的！"他抱怨完了才选择去听帕特凯瑞说话。

"那是一个女孩……也可以说是女人，身上穿着绿色的浴衣。"（帕特凯瑞没有办法认清什么是泳衣）"在南侧的峡谷，距离是一百码，那里一个人也没有，所以我很快来打了电话，然后需要快点回去，我们就在那里见面吧！喂？队长吧？没错，今天就很不幸运了，不过我已经可以接受了，这听起来就像是意外溺水的啊！是的，我们需要救护车，开到峡谷，在西欧佛旁边的地方转下路，一直到那片树林，就这样，再见。"

"为什么这么确定是意外？"比尔发问。

"我说过了，她穿着浴衣。"

"为什么不能穿浴衣自杀？这样看起来更像意外。"

"这个季节要怎么跳海？她一定会掉在沙滩上的，这点不需要怀疑。"

"也有可能是走进去一点点淹死。"比尔再次回答，他喜欢和人拌嘴。

"那也有可能是吃了太多的薄荷糖中毒了吧。"帕特凯瑞回答，在阿拉伯的时候他也热衷于较真儿，可现在他突然觉得，这样很无趣。

第二章　她是明星

尸体的一边围绕着几个表情都不是很好的人，他们分别是：帕特凯瑞、比尔、警察队队长和警员，还有两名救援人员。那个年轻的救护员感受到了饥饿，这种感觉让他有些尴尬，因为其他的人都在认真观察现场。

"你和她认识？"队长发问。

"并不是。"帕特凯瑞回答，"应该说没有见过，所有人都这样说。"

"那就不是从西欧佛来的了，在那边都有自己的海滩的，应该是从内陆的某个地方来的。"

"有没有可能在西欧佛下水的，然后冲过来了？"警员说道。

"时间错误。"帕特凯瑞反驳道，"她并没有在水中浸泡很长时间，所以是在附近溺水。"

"那她怎么过来的？"队长继续问。

"开车啊。"比尔回答。

"车又在哪里？"

"或许在平时大家停车的地方吧？像是树林的边缘。"

"会吗？"队长说着，"我们并没有发现。"

那些救护员为他做了证明，因为他们和警察一起赶到现场，那里也停着救护车，并没有其他车子的影子。

"这真是奇怪的事。"帕特凯瑞说着，"其他的地方又太远，走近路也不可能，这是早上啊！"

"或许不是走来的。"有一名救护员开口了，"她很富有的样子。"他又自顾自地解释了一句，好像害怕有人质疑他。

这些人静静地围在尸体边很久，救护员没有说错，死者生前的身体被保养得非常不错。

"那她的衣服又在哪里呢？"队长又提出了一个问题。

帕特凯瑞发表了他对这个问题的想法："可能是把衣服留在了比较浅的沙滩上，现在已经被冲到海水里了。"

"倒是有这样的可能。"队长点了点头，"可她到底是怎么来的？"

"如果是游泳过来的，这不是让人不敢相信吗？"那个饿着肚子的年轻救护员终于大着胆子开口。

"这种事情，什么都算不得奇怪了。"比尔自言自语，"她没有从悬崖上跳下来就已经很不错了，饿着肚子游泳，孤身一人，这都没什么奇怪的，现在的傻瓜真是让人费脑筋！"

"她脚踝上又是什么东西？"警员发问。

看起来像是一条白金制作的脚链，造型很是古怪，环环相扣都是C的形状。

"现在我们将她送到太平间吧。"队长站了起来，"只有这个方法了，查出她到底是谁，我们也不能做什么了，事情看起来不会太复杂，东西也没有被偷或者丢失。"

"我认为可以。"救护员答应了，"可能她的管家正在寻找她，电话也已经打到了警察局。"

"是的。"队长有些担心地回答，"我还是想知道她是怎么来到这里的，还有——"

他的双眼突然停在了一个方向。

"喂，那里有个人！"他大喊。

所有人都转过头去，他们看见一个男人站在悬崖边上，表情紧张又焦急，正望着他们，知道自己被发现，他立刻就逃跑了。

"现在可不是什么散步的时间！"队长说，"我们最好把他找到，问他跑什么！"

几个人向那个方向走去，发现那个男人并不是想要逃跑，而是走了过来，他看起来又黑又瘦，随后一路磕磕绊绊地跑了过来，所有人都觉得他看起来很是疯狂，距离越来越近，甚至可以听到男人嘴巴里发出的气喘吁吁的声音，虽然这里和谷口很近，而且他看起来正值年轻。

他飞快地跑到了所有人的身旁，谁都没有去理会，下意识地将挡在那尸体前的两个警察都推开。

"上帝啊！竟然是她！果然是她！"男人大叫一声，突然失魂落魄地坐到了地上，眼泪落下。

所有人都无措地望着他，时间就这样安静地走过了，最后队长轻轻地拍打着他的后背，低声说："好了，孩子！"

可男人却哭得更加痛苦，身体到处摇摆。

"可以了，可以了。"警员也在旁边不停劝慰，让他不要再伤心了。

"你这样哭下去又有什么用处呢？现在振作起来吧——先生。"他看到男人拿出来擦拭泪水的手帕是高级的，于是加上了尊敬的称呼。

"她是你的家人？"队长发问，还把质问的语气大加改变，显得十分柔和。

男人不停摇头。

"那么是朋友？"

"她对我真的很好啊！非常好！"

"你现在要帮我确定她到底是谁啊！请告诉我们吧？"

"她是——我尊敬的房东。"

"那么……我的意思是，她的名字是什么？"

"我并不知道。"

"不会的！你是知道的！先生！请你看着我的眼睛，会振作起来的，现在能帮助我们的人就只有你了啊！你怎么会不知道和你住在同一所房屋的人叫什么呢？"

"我，真的不知道……"

"那么平日里是怎么称呼她的？"

"克莉丝。"

"那姓什么呢？"

"我只是叫她克莉丝。"

"那么她又是怎么叫你的？"

"罗宾。"

"罗宾是你的名字？"

"没错，罗伯特·斯坦纳威，应该是提斯多，从前是斯坦纳威。"他反复解释着，或许是队长的神色让他觉得这很有必要。

队长好像在说："我的老天啊！让我有耐心一点吧！"

可他嘴里表达的却是："你的话没有任何用处啊，到底是什么——"

"提斯多。"

"好吧，提斯多先生，你可以告诉我这位小姐以怎样的方式来到这里的吗？"

"她是坐车子来的。"

"原来是坐车，可车子又在哪里呢？"

"我偷了。"

"你说什么？"

"我偷走了车子，可是我现在又开回来了，因为我知道这样太过无耻，我是个可恶的人，就开了回来。我没办法在路上找到她，所以她应该是在这附近散步，随后我就看到了你们在这里围成一团，我的上帝啊！不！"他又开始流眼泪。

"你和这位小姐在哪里居住？"队长再次发问，已经恢复到了审问他人的语气，"是西欧佛？"

"并不是，是她——我是说，她曾经拥有的，上帝啊，那个叫作布莱尔的村庄，在梅德利城外。"

"那里离这里大约是一英里半的距离。"帕特凯瑞突然说道，因为队长不是住在这里的人，听起来完全不了解的样子。

"你独居吗？有没有佣人？"

"有一个来自村子里的女人,她叫作皮茨太太,她只管做饭。"

"我懂了。"

过了一会儿,"可以了,大家。"队长和我们说着,然后弯下腰去抬起担架,男人长长地抽了一口气,双手蒙住脸颊。

"是要把她送到太平间,队长?"

"没错。"

男人突然再次露出了脸来。

"不可以的!她不是无家可归,不是应该回到家中吗?"

"我们没有办法将不确定身份的尸体送回农舍。"

"那可不是农舍!"男人反驳,"在我看来不是,而且——太平间太过阴森了,我的天啊!"他大哭起来,"怎么会这个样子?"

"戴维斯?"队长转身和警员说道,"你们回到警察局做个报告,我——去那个叫什么来着?对,布莱尔的地方,和提斯多先生一块。"

救护人员把担架抬了起来,发出咯吱咯吱的声音,踩着沙滩离开了,帕特凯瑞和比尔紧紧跟在身后。

等他们走到很远的地方,队长才继续说:"你应该不是和房东一起游来的吧?"

提斯多脸上的表情突然变得很怪异,他停了停。

"不是的,我总是在吃早餐前进行游泳,我——并不了解运动这方面的事情。"

队长点了点头:"那她又是什么时候离开的?"

"我并不了解,在昨天晚上的时候她和我说,如果今天醒得早就会去游泳,我醒得很早,可那个时候已经看不到她了。"

"我知道了,那么,提斯多先生,你好多了吗?我们出发吧。"

"是的,没错,这是应该的,我好了。"他起身整理了下自己,然后二人安静地走过了海滩和峡谷台阶,再次回到提斯多停了车子的地方——那条小路的边缘。停在那里的车子十分漂亮,乳白色的,有着双排座位,而且还有放置杂物的地方,还可以多坐上去一个人。队长看着这里,突然找到了女式的衣服还有在冬天赛马大会上女士都喜欢穿的皮靴子。

"她到海滩的时候就是穿着这些的,在泳衣外面穿着外套,脚上是靴子,哦,这儿还有毛巾。"

果然有毛巾,队长发现了,那是一条绿色和橙色混合的毛巾。

"这真是奇怪,她去海滩不带着毛巾?"队长问。

"她总是喜欢让太阳将她晒干。"

"你好像很清楚这个连名字都不知道的女同伴的生活习性?"

队长来到了车子旁:"你们同居多久?"

"我只是在她的房子里居住而已!"提斯多回答,脸上的表情很难看,"希望你可以清楚,队长,我会帮助你很多事情,而克莉丝只是我的房东,只有我们在她的农庄里居住,也没有佣人,我们的关系很清白,这很难接受吗?"

"是的,很难。"队长坦白,"这些又是什么用的?"他翻找着一个纸制的袋子,里面放着两块小小的圆形面包。

"这原本是我要带给她的,我只在厨房里弄到这些,从很小的时候我就习惯了要在游泳后吃面包,我也认为如果她游泳后吃点什么会开心。"

车子走下了倾斜的小路,进入了通往西欧佛的主道,他们在路上横穿着,路标上这样写着:

"梅德利一号线，利得斯通三号线。"

"那么你和她一起到来的时候，并没有想要偷车吗？"

"当然！"提斯多回答，脸上已经出现了愤怒的表情，"我看到车子停在那里没有丁点的想法，甚至不去想！直到现在我也不敢相信自己会做出那种事情来，我一定是疯掉了！我不是这样的人！"

"她那个时候在海中？"

"这个我不知道，我并没有看，如果我看到了，就算距离再远我也不会偷车的，我带来了面包，立刻就将车子开走了，等我回过神来的时候就已经很远了，我没做任何停歇就调转车头，开了回来。"

对于这番回答，队长并没有发表自己的观点。

"你应该告诉我你在农庄里住了多久了。"

"是从上周星期六的深夜开始的。"

今天是周四。

"我还是没有办法去相信，你竟然不知道她的姓是什么。"

"我理解你，因为事情的确有点古怪，刚开始的时候我也有这种感觉，我原本是非常传统的人，可和她在一起住的时候很多事情就这样发生了，只是短短相处了一天，我们就彼此了解接纳，好像认识了很久的老朋友。"队长并没有说话，只是满面疑惑，而且问号就好像从热炉子上冒出的热气不停冒出来，他又不高兴地加上了一句，"要是我真的知道，怎么不告诉你？"

"这个……我哪里知道你的想法？"队长很不客气地回答，用余光观察着男人苍白如纸、却十分平静的面孔。他好像真的刚刚从不稳定的情绪中完全走出来似的，这个年轻人实在太过肤浅，对很多事情都不会加入自己内心的感情，遇到事情只会大发脾气，他嘴巴里所谓的情爱也只不过是到阴暗的地方去苟且，其他的全都是没有用的，而且他们更是没有根本原则，无法经历事情，事情如果变得棘手起来，他们就会马上推掉。

从小没受过什么苦，现在的教育让孩子变得什么都会轻易得到，只等待结果，前一分钟还那么悲痛，现在却如此安静，好像什么也没有发生。

紧接着队长发现了，他紧握方向盘的手在轻微地颤抖着，不管这个罗伯特·提斯多的内心到底如何，总之绝对不会如表面这样镇定。

"是在这儿吗？"队长发问，在花园的栅栏旁边停下。

"没错。"

这是一栋大半都是木质的农舍，五六个房间的样子，有着很多的荆棘和忍冬树把房子与旁边的街道都隔开了，蔷薇低低地开着，如果那些美国人、旅游者还有摄影家看到了，一定认为这是一处绝佳的美景。门窗也微敞开，蓝色的屋子对人们亲切地打开，隐约可以看到里面有一只铜制的长柄锅。

他们走上了红色的砖道，门前的台阶上有一位又瘦又小的女人坐在那里，她身上穿着一条白色的围裙，头发稀少，盘在了脑袋的后方，上面还有一个看起来马上就要掉下来了的黑丝头饰。

在看到她的时候，提斯多的脚步就变得缓慢了，以便可以让她看到队长穿着制服的身影和马上要发生的事件。

可皮茨太太正是警员的遗孀，所以此刻脸上并没有什么特殊的表情，平常的时候只要有穿着制服的人走上来，就说明她应该去准备晚饭了，这个时候她也是这样想的。

"我制作了一些薄饼，一会儿就好了，然后炉子熄灭，罗宾逊小姐回来的时候请你告诉她可以吗？先生？"随后她看到了穿着制服的警察，"可别说你无照驾驶啊，我的先生！"

"罗宾逊小姐？她出了一些意外。"队长说。

"我的天啊！是车祸吗？她总是很莽撞地开车，事情是不是很严重？"

"并不是车祸，意外地死在水中。"

"这样。"她慢慢地回答，"实在是糟糕。"

"为什么这样说？"

"发生在水中的意外只有一种吧？"

"没错。"队长点头。

"唉，怎么会这个样子呢？"她说着，表情也变得悲伤起来，随后态度突然变了很多，"你又去了哪里？"她严厉地训斥着，双眼瞪着正垂着头的提斯多，好像看到了西欧佛市场上在砧板上的死鱼，很明显，她对这位绅士的尊敬态度在遇到灾难时已经完全消失了。

她一直都认为提斯多是个没用的废物，而且他现在的模样的确是这样。

队长觉得很有趣，不过他没有过分表现，"发生意外的时候，这位先生并不在现场。"

"怎么会呢？当时他们是前后脚出门的。"

"哦？你为什么这么说？"

"我看到了，我就住在那边的农舍里啊！"

"那你还知道罗宾逊小姐会有其他的居住地吗？这里并不像时常居住的。"

"是的，这并不是，她只在这里居住了一个月的时间，房主是名叫欧文·休斯。"她顿了顿，开始强调这个名字多么重要，"可是他现在不在，在好莱坞忙着拍电影呢，大概是西班牙伯爵的故事，他之前虽然已经拍过这类的电影，还有法国伯爵，他认为西班牙是不错的提议，有个女孩来找我，给了我五英镑，要我将他睡过的床单卖她，我把自己的给她了，她竟然不害羞！还要再给我25先令去买他的枕套，这个世界怎么了，我不理解啊——"

"那么罗宾逊小姐还住在哪里？"

"我不知道了，只知道这里。"

"她曾经会经常给你写信通知你吗？"

"不，她用电报的，我以为她会，可我发誓她从来都没有过！一般都是在利得斯通邮局发送6封电报，很多时候都是我家的艾伯特在放学的时间去取，还有几个有报纸那么长呢！"

"那你知道她有没有什么熟人吗？"

"没了，那个斯坦纳威先生除外。"

"一个都没有吗？"

"是的，没有，有一天我在教她一个冲马桶的小诀窍，使劲拉然后再放开，她说，皮茨太太啊，你有没有过这样的感觉？看到人们的脸就觉得厌恶呢？我说对，有一些人是，她说并不是特定的人，而是全部的人，对世界上的每一个人都感到厌恶。我说也曾有过，每当这个时候就喝一点蓖麻油，她笑着说这是个好办法，只要谁都喝一些，世界就会变得美好又安宁了，墨索里尼就从来没有这样想过，她这样说的。"

"她来自伦敦？"

"没错，她在这里居住的3个星期里曾回去过几次，上次是周末吧，她带着斯坦纳威先生回来了。"说到这里，她鄙夷地望了提斯多一眼，好像他是什么不干净的东西，"他竟然不知道她的居住地？"

"并没有人知道。"队长说，"我可不可以看看她的文件，或许能找到什么吧。"

说着，皮茨太太把他带到了客厅里，里面的空气十分凉爽，却有些昏暗，还有着豆子的香气。

"你们准备把她——我是说尸体怎么样？"她问着。

"在太平间里。"

这句话似乎带了浓浓的、悲伤的感觉。

"哎，上帝啊！"她的围裙边缘不停地擦着餐桌，"我竟然还在做薄饼！"

这并不是在抱怨没有人享用她的薄饼，而是对突发事件的感叹。

"你们需要吃点早餐吧？"她转头对提斯多说，语气也变得缓和了许多，似乎也明白了，这些只不过是命运的安排罢了。

提斯多明显没有心情，他摇着头拒绝，走到了窗户边上，而队长则在书桌上寻找着什么。

"我来一块薄饼吧。"队长一边说着，一边翻看上面的东西。

"在肯特郡都没有办法吃到比我做的更好的薄饼了，我是这样想的，斯坦纳威先生，你想喝点茶吗？"

她向着厨房的方向走去。

"你不知道她姓罗宾逊吗？"队长抬起头来询问。

"皮茨太太总是叫她小姐，而且，你认为她姓罗宾逊吗？"

就连队长也觉得她不可能姓罗宾逊，于是放弃了这个话题。

提斯多继续说道："你不再需要我做什么了吧？我想出去到外面的花园散步，这里实在是太压抑了。"

"可以，但要记得我还需要车子回到西欧佛。"

"我已经说过了，那只是因为我的冲动，而且我并不可能偷掉车子逃跑。"

这个人倒是不笨！队长这样想着，虽然脾气有点大，但并不是什么懦夫。

桌子上面放着几本散乱的杂志、报纸还有已经抽掉了半盒的香烟，还有拼图、指甲刀指甲油、几块丝布和零零碎碎的物品，其实什么都有，可就是没有发现便签。只有一种文件，那就是当地商人的账单，而且都已经付款了，就算那个女人并不整洁生活也没规律，可至少说明她是个谨慎的人，那些收据虽然看上去已经破旧了，很难发觉，却没被扔掉。

安静的清晨，皮茨太太在厨房里发出冲茶的声音，还有对那美味薄饼的期待，让队长的心情得到了很大的缓解，他开始查找桌子上的东西，并且沉迷地吹起了哨子——这是队长的一个无法改变的习惯，他的哨声十分动听，并且完全没有走调儿，可口哨还是口哨，他颤着声音吹起《偶尔对我歌唱》，还加上了自己的改变，这种演出让他的内心很是满足，某次他的太太拿了《邮报》给他看，里面说吹口哨表现了空洞的心灵，可这表现对他来说并没有什么用。

就在这个时候，口哨的声响被突然打断，客厅的门突然响起了一声嘲讽的敲门声——滴答——叮叮咚咚！有个男人在说着："你竟然躲在这里呀？"

房门被很大地打开了，外面站着一名个子很矮、皮肤黝黑的陌生人。

"啧啧啧。"他说着，拉长了声音，他站在那里看着队长，嘴巴咧得很大，"我把你当作克莉丝了！到底发生了什么事情会出现警察？有小偷？"

"并没有什么小偷。"队长调整了下情绪。

"可别说克莉丝又组织了什么疯狂派对？我还以为她不做这种事情很久了，这样和她那高贵的地位完全不符合啊！"

"并不是——"

"呀！她躲到哪里去了？"他加大了声音，扯开嗓子对着楼上喊道，"呵！克莉丝，下来吧！你这个家伙，躲着有什么用？"说着，他面向队长，"她躲我已经有3个星期了，应该是被制片厂的灯光照得烦了，这样下去早晚会神经衰弱的！可之前的电影那么成功，所以大家都把她当成有用的招财物了！"说着，他故作正经地唱起了《偶尔对我歌唱》，"就这样我才把你当作克莉丝了，你吹得就是她的歌啊！还不错呢！"

"你说她的歌？"队长眼睛一亮，仿佛看到了希望。

"没错！是她的歌，你难道以为是我的歌？兄弟，这可不好，虽然歌是我写的，可并没有什么用，是她唱的啊！虽然并不是特别完美，可，这是一首好歌，不是吗？"

"我不知道。"如果这个人再继续吵下去，他大概会想明白。

"你没看过《铁栏杆》吧？"

"是的，并没有。"

"这就是广播和唱片最烂的地方了！电影的活力都被弄掉了，你听到克莉丝在电影中唱歌的时候已经开始恶心了，这对电影公平吗？嗯？作词者还可以接受，可电影呢？实在是太残酷了！应该有人管一管了，不是吗？嘿，克莉丝！我在找她啊，她不在吗？"

他突然失望起来，就好像孩子一样，"要是她走进来发现我，那还不如我先发现她呢，因为——"

"请等一下，这位——嗯——先生？请问你的名字？"

"杰伊·哈默，出生证明上写着杰森，我还写过《如果不会在六月》，你大概也吹过——"

"那么请问哈默先生，在这里居住的，也可以说曾经居住的小姐是电影明星吗？"

"她是不是电影明星？"哈默吃惊地接过话来，他突然觉得或许是自己搞错了，"不对，克莉丝的确住在这里吧？"

"她是叫作克莉丝，但是——你大概可以帮助我，她发生意外了，是不幸的，她说自己姓罗宾逊。"

男人听了这样的话开心地笑了起来："哦？罗宾逊？好玩！我总觉得她没什么想象力，说不出临时的台词，你相信这个姓吗？"

"当然不信。"

"我都和你说什么了？她总是把我当作那些没用的碎片，让我也说出她的秘密吧！或许她会把我捉起来放进冰柜里！但也值了！我也不是什么绅士，我告诉你吧，队长，她的名字是克里丝汀·克雷。"

"克里丝汀·克雷！"队长大声叫道，下巴都要掉了下来。

"克里丝汀·克雷！"皮茨太太也喃喃着，她站在厨房前，手中的薄饼也忘记了。

第三章　新闻头条

"克里丝汀·克雷！克里丝汀·克雷！"报纸上的海报这样写着。

"克里丝汀·克雷！"头条大新闻也在喊着。

"克里丝汀·克雷！"收音机同样重复着。

"克里丝汀·克雷！"到处也能听到这个名字。

所有人都停止了手中的事情来说出这个名字，克里丝汀·克雷竟然溺水身亡了！或许再这样的社会中还会有人问："那么到底谁是克里丝汀·克雷？"

这是在布鲁姆斯勃里派对上一个聪明的青年，他这样说也只是为了展现自己的小聪明。

因为这个女人失去了生命，所以其他的地方也发生了不少的事情。

在加州的一个男人在给格林威治村的一名女士打电话，另一名德州的飞行员不停加夜班，拿着克雷的拷贝赶往现场，纽约公司将订单取消了，意大利的一位贵族也破产了，因为他原本想卖掉自己的游艇给克雷，费城中，一位男士吃了很久以来的第一顿丰盛大餐，是因为他透露了"我曾经认识她"的新闻，女人们开始走上了夜总会的台子，因为终于轮到了她们，英国某处教区也有男人跪下来对上帝祈祷表示感谢。

安静了很长时间的报纸世界也终于在这则始料未及的暴风下活动了起来，《号角》在布莱顿的选美比赛上很焦急地传唤回了巴特·巴塞洛（巴特对此十分感谢，他刚回来的时候就在谈论屠夫如何吃肉），还有一名叫作吉米·霍普金斯，专门对"犯罪和激情"感兴趣的明星记者，他那时正在采访一个很无趣的下流社会赌博案件。（《号角》已经堕落了。）这个记者扔下了手中所有的东西，他们好像虫子一样跑进了肯特郡的那家农舍、旅店和庄园，克里丝汀·克雷在乡下有一个迷人的居住地，那些朋友和亲人也完全不知，她躲在这个偏僻的地方，这难道不为她的死亡添加了一丝神秘的因素吗？

在庄园的照片下（花园变成了最主要的部分，因为房子被植物挡住了）的题目是："克里丝汀·克雷的房屋"，（虽然她在这里居住了没多久，可写租房没有吸引力），这些让人吃惊的照片旁，是躲避在玫瑰花后面的房屋，上面又写着："她在世时最喜欢的地方。"

主持人因此流下了眼泪，就像截稿后又发生了什么重要的事情一样。

所有对人性都颇有了解的人，在仔细观察克里丝汀·克雷的死亡所引起的影响时都发现了，虽然她的离开引起了多种情绪——震惊、恐惧、惋惜、悔恨等等，可并没有人为此感到悲伤，唯一可以说是真情表现的就只能是那个罗伯特·提斯多在她的尸体上放声大哭的时候了，如果说这里面有很多成分都来自于因为对象是克里丝汀国际明星的身份，那么这种情节也就只是一个不值得提起小过程而已了。那么她身边那些熟悉的人呢？他们能给出的反应也只有震惊而已了，当然也会有例外——科尼，准备拍摄她最新影片的导演对此感到十分失望，而克雷的对手戏男演员勒庸则放下心来，影片中存在了克雷表面虽然很光彩，可这也会成为票房无可避免的压力。

特伦特公爵夫人早已经安排好了以克雷为主要人物的餐宴，她只是想要利用这次机会来表现自己在社交名流中的地位，可现在她只能咬牙切齿地惋惜了，而莉迪亚·济慈却非常高兴，因为她曾经预言过克雷会死去，虽然她是一名完美的预言家，可能这样准确也十分难得。

"你真是厉害！"她的朋友这样说道，虽然是恭维，"我亲爱的朋友，你十分了不起啊！"几乎没完没了，莉迪亚因为这种愉悦丧失了理智，每天都忙着参加各种聚会，就是为了倾听他人夸赞自己的的话语，别人在说："莉迪亚啊！我亲爱的！你怎么会……"的时候，她总是那样的沉醉。没有错，就是这样，不会有人为克里丝汀·克雷的离去而感到悲伤，所有人都准备好了衣服，希望自己可以收到葬礼的邀请。

第四章　验尸风波

第一步是验尸，验尸正在进行的时候，迎来了暴风雨前的第一次骚动。第一个发现水面上骚动的人是吉米·霍普金斯。每次有一条大新闻，他都兴奋地大叫："好新闻，好新闻。"因此他得到了"吉米"这个称号。他的信条是"上滚筒印刷的都是好东西"，霍普金斯总能敏感地嗅到好东西的气味。也是这个原因，在他帮助巴特分析那些来到这个小市政厅并挤到这里来挖掘新闻的记者时，突然进行到一半时就停下来，他瞪大的眼睛里流露出惊恐的眼神。因为有一张男子的平静的脸庞出现在他身前那两位狗仔队宽大的帽子中间，比起这间房子里的任何东西，这张男子的脸更具有新闻价值。

"有什么发现吗？"巴特问道。

"我有些新发现。"霍普金斯边说边从长凳上站了起来，验尸官这时宣布了大家要保持安静的要求。"把我的位置空着。"他低声说完后就溜出了房间。他又通过后门进入，熟络地来到已瞄好的地方坐下来。那男子打量着身边这位不请自来的客人。

"早上好，探长。"霍普金斯打招呼道。

探长看到他后，一脸的不耐烦。

"我这么做也只是为了混口饭吃。"霍普金斯有些刻意装腔作势地说道。

验尸官又一次敲着桌子要求大家安静，探长的脸色才缓和过来。

帕特凯瑞进来开始陈述证词，趁着这喧闹的机会，霍普金斯紧接着说："怎么都惊动了您苏格兰场的大驾，尊敬的探长先生。"

"作壁上观罢了。"

"我明白了，探长只是按例来旁听，看来最近的案子很少吧？"探长对此并没做回答，"探长您就发发善心吧，现在是怎么回事，死因有问题吗？还有没有其他的疑点？嗯……如果你不方便发表你的观点，我可以保证，做你可靠的保密箱。"

"你是可靠的牛虻才对吧？"

"可你知道我想要吸到血得透过多厚的皮肤吗？"对于这句话探长只是淡淡一笑，并除此之外没有其他表示。"探长你能不能透露一下，今天的验尸会是不是会推迟？你只要告诉我这件事就好了。"

"如果推迟或延期，我并不会感到惊讶的。"

"只凭你这句话我就明白了，谢谢你，探长。"霍普金斯既嘲讽又严肃地说完后就离开了房间。他把皮茨太太的儿子艾伯特从墙边窗户那儿叫下来，告诉他与其看无聊的验尸会，不如拿他两先令的报酬帮他跑趟腿。让他去利得斯通发一封电报，那是一封让《号角》忙得热火朝天的电报。忙完这些事，他就去和巴特会合了。

"有新发现。"他小声对巴特说，而巴特挑了挑眉毛，投去询问的目光。

"格兰特来了，他是苏格兰场的人。抓到凶手了，今天的验尸会可能会推迟。"

"换个地方再说。"巴特担心这里人多被别人听到。

"那个穿灯笼裤的人你认识吗？"吉米同意后又问了一句。

"男朋友。"

"男朋友不是杰伊·哈默吗？"

"换了，这是新交的。"

"因爱生恨？"

"脚踩两只船吧？我猜是。"

"他们也同意这说法，因为她耍过他们而引起他们的谋杀，听上去比较合理。我也赞同。"

验尸官宣布了一些最基本的证据，例如怎样发现了尸体，怎样确认了死者身份等，接着宣告验尸程序到此结束，下次时间另行通知。

霍普金斯猜想，克雷的死肯定不是意外。他还想知道一些消息，就必须去找那个穿法兰绒灯笼裤的人，毕竟暂时苏格兰场不会采取逮捕行动。那个青年叫提斯多，巴特告诉霍普金斯昨天几乎全英国的记者来都采访他（那时霍普金斯正从赌牌凶案那里赶回来）。但他没有那么容易搞定，还大骂了一堆难听的话，说记者是食尸鬼之类的污言秽语。

这件事是这么回事，之前没人敢如此无礼地对待媒体记者，因为他们都受到了惩罚。

不过霍普金斯有足够的信心可以把人吸引过来落入陷阱。

他问："你是提斯多，没错吧？"快到门口时，他从人群中走出来，刚好走到了这青年身旁。

那个青年的脸色突然难看起来，脸上满是敌意。

"我就是。"青年的戒备心很强。

"老汤姆·提斯多是你什么人，舅舅吗？"

青年的脸上的敌意随风而散。

"正是如此，你认识我舅舅吗？"

"见过几面。"霍普金斯回答道，他随口说了一个名字，没想到真有其人。

"我早就不用斯坦纳威了，你应该知道吧？"

"有所耳闻。"尽管不知道他说的是什么，霍普金斯还是镇定自若地回答道。

"现在在哪儿高就？"

还没走到门口，霍普金斯和提斯多已经像老朋友一样熟了。"我送你一段吧，顺道一块吃个便饭。"

头条新闻连半小时都没有到就搞定了。这个毛头小子并没有他们说的那么难搞嘛！詹姆斯·布鲁克·霍普金斯是最厉害的新闻人，这是毋庸置疑的。

"不好意思，霍普金斯先生，"有一个声音打断了霍普金斯，说话的是格兰特，"尽管我很愿意成全你，但我已经约了提斯多先生。"

与此同时，霍普金斯看到提斯多有些惊讶，于是便知道了其中的隐情。他随机应变地补充道："我们有件事需要提斯多先生帮帮忙。"

"这究竟是怎么一回事？"提斯多被搞蒙了。

霍普金斯一看提斯多不认识格兰特，于是连忙落井下石地说道："介绍一下，这是格兰特探长，"他继续说，"这天底下没他破不了的案子。"

"你愿意帮我写讣闻吗？"格兰特问他。

"非常荣幸。"记者会心一笑。

他们两人看到的提斯多又干又老，像极了一张羊皮纸。若不是看到他太阳穴上的脉动，还以为他是死人呢。记者和探长没想到霍普金斯说出探长身份后会有这样的结果。接着，提斯多的膝盖软了，格兰特急忙扶住了他。

"过来，坐到我车里。"

提斯多眼神空荡，他被扶着穿过了乱七八糟的人群，坐进了一辆黑色汽车的后座。

"西欧佛。"他坐在提斯多身旁向司机喊了一声。

当汽车缓缓驶向公路时，霍普金斯还站在原地绞尽脑汁地思索。格兰特知道霍普金斯马上会从一只牛虻变成一只猎犬了。

他的脑子也没闲着，前天晚上，忧心忡忡的警察局长因为一个毫无头绪的小问题找到了他。他们也不想麻烦他，但实在是没有找到一个解释。全警察局上上下下都在进行互相批评性的讨论，无果后，最后都想把责任推卸给别人。如果有一个案子可以让他们持续不懈地去忙碌还好，那还能拿到荣誉，但事实上目前并没有罪案。他们不想因为那具尸体就立案，如果失败还要面对别人的嘲讽，这是谁都不愿做的事。

格兰特不得不取消了他在剧院的订位，坐车来到南部的西欧佛。他见了当地警方和法医，听取了他们的意见，然后在凌晨的时候，他开始期待快点见到罗伯特·提斯多。

身边的提斯多因为见到苏格兰场的人就昏迷了，现在还不能说半句话，暂时昏睡不醒。回到西欧佛，提斯多差不多该醒了，现在有司机科克在，不方便提问。格兰特倒了一杯酒递给提斯多，他毫不客气地喝了，好一点之后，他为刚才的失礼开始道歉。

"不知道怎么回事。整件事太恐怖了，以致影响我睡不好觉，一大堆事反复出现在脑子里。我无法控制我的大脑，总是想很多事情。验尸时——我不明白为什么要延期验尸，这不过是简单的溺水案。"

"还有两个疑点。"

"怎么？"

"到了西欧佛再说吧。"

"我的话会成为对我不利的证据吗？"他笑得很怪异，但没有敌意。

"你说的正是我想说的。"探长说完，气氛沉闷下来。

到达办公室后，提斯多虽然累，但状态还算好。当格兰特把他介绍给警察局长时，和蔼可亲的局长就要与他握手时，他又急忙收回了手。

"你好。嗯，咳！"局长咳了一声，显得尽量自然些。

他看起来一点都不像凶杀案的嫌疑人，不过现在什么都不好说。他不禁想到，有些事情虽然现在他才知道，但那早就存在了。不能与他握手，绝不能。

"天气不错，但却不适合赛马，马会很累。去度假也许是个不错的主意。不能太自私，你喜欢赛马吗？知道那个名叫古德伍德的马场吗？我想你和我的朋友——"不知为何，他不愿称呼探长的头衔。"你们安静地谈一会儿，我就不奉陪了。我去'帆船'吃午饭了。"最后一句是提醒格兰特有事可去那儿找他。"那儿食物还行，主要是喜欢那儿的格调。不像'海洋'，拿食物要穿过露天休息室。"局长说完就出去了。

"他真像弗雷迪·劳埃德那个角色。"提斯多说道。

格兰特欣赏地看他一眼后，拉过一把椅子。

"你喜欢看戏。"

"曾经我喜欢任何东西。"

格兰特留意到他用的一个词。"曾经？"他问道。

"我破产了，没钱就放弃了。"

"记得你的那句'你所说的一切都将……'了，对吗？"

"嗯。无所谓了，我只是实话实说。如果你推断错，那可不能怪我。"

"我欣赏你的观点。你为什么与一个不认识的女人住在一起？你之前这么说过，对吗？"

"不错。尽管听上去不可信，但很简单。有一天天很晚了，我站在逸乐酒吧对街人行道上不知干什么。我口袋只有5便士，我原打算全花光，我正想去哪儿花完这些钱，或者假装这5便士不存在。所以——"

"等一下。请解释一下，你为何这么看重那五便士。"

"那是一笔大钱的最后一点零头，原来可是有3万英镑。那是我舅舅给我的遗产。我舅舅说，要继承他的遗产就必须把我的姓斯坦纳威改成提斯多，反正提斯多家比斯坦纳威家好多了，我也无所谓了。如果我不姓斯坦纳威，我现在就不会破产。我这个榜样烂透了。继承遗产前我在建筑事务所工作，住在普通公寓，后来我觉得钱足够多了，于是就辞掉了工作，到很多我以前想去而不能去的地方看了看。纽约、好莱坞、布达佩斯、罗马、卡布里岛这些地方我都去过了。等我回到公寓时只剩下了2000磅，我本打算把钱存起来，去找工作。如果是以前，把钱存进银行很容易。两年间我在各地交了很多朋友，他们来找我玩，十几个人随时随地来伦敦。很快，有天早上我发现我只剩100英镑了。

"我内心几乎绝望了，两年来我第一次安静下来细细思考。有两个选择：我可以到全世界各地去找那些我曾养过的人，前提是你得很会骗；第二个选择就是跑。只要我想，跑很容易，我会从此无影无踪。大家会奇怪为什么没看到提斯多，以为我又去世界各地玩了。趁早离开，大家只会想念我。走得晚了反而会让他们嘲笑我。我结清了债务，此时只有57英镑了。我想赌一把，想赢到足够多的钱，然后开始新的生活。出于提斯多家族的谨慎，我只拿出30磅，每次15磅，在日蚀押了红山梨。剩余的钱干什么也不够了。我除了四处流浪外别无选择了，我觉得这个主意挺好的，因为这是一个转变的开始。我可不能带着钱或存到银行，所以我决定一晚上把钱花个精光。然后我会把晚礼服当掉，找一套合适的衣服换上再上路。可我没想到，西欧佛周末半夜找不到开门营业的当铺。我只好站在街上，对着那5便士烦恼。也不知道手里的衣服怎么办，连睡觉的地方也没有。我站在街口的路灯下，在转上兰卡斯特大道的那个路口，在红灯亮的时候，有一辆车停靠在路边。

"克莉丝一个人开着车……"

"克莉丝？"

"那时我还不知道她叫什么？她瞧了我一眼，街上很安静，只有我和她，我们之间距离很近。她面带微笑地对我说：'先生去哪儿，我可以送你一程。'我说：'无论哪里都好。'她说：'那可不顺路，查塔姆、法弗舍姆、坎特伯雷，这些地方可以吗？'只要能不站在街上，去哪儿都好。我可不能编理由去朋友家，而且那些人和我已经越来越远了。她很迷人，尽管我没说之前的话，但是她能看出我已经一文不名了。我想解释，她说无所谓。她说她叫克莉丝。我说我叫罗伯特·斯坦纳威，后来，她竟然用我家里的小名叫我。以前我身边的人叫我鲍勃，再次听有人叫我罗宾，我很高兴。"

"你怎么想告诉她你的原姓？"

"大概是想回到我原来的身份吧。我也没给这姓带来荣誉，而且我一直认为我是斯坦纳威。"

"好，请你继续。"

"基本就这些，我接受了去她家住的邀请。她说她是一个人。不过我只是个客人。我提醒她难道不怕引狼入室，她说她一直都在碰运气，到现在为止运气都不错。有一点她是对的，两个人互相认可后就会变得很容易。我感觉我俩好像认识很久了。如果是刚认识，也许要花好几个星期才能互相熟悉。我们对于对方的喜欢不是感情用事，她很美，也很棒。第二天我没衣服穿，只好穿别人的浴袍和睡衣。周一，皮茨太太到我房里，提给我一个箱子。我没见过那个箱子，里面全是衣服，看着都是从坎特伯雷买来的。皮箱上写着我的名字，我难以向你描述我的感觉，她竟然记得我的名字。这是第一次有人送我东西。从前的那些朋友他们只想着向我索取，让我付款，要么借我的车开。却从不替我着想。这些衣服让我感动得想为她做任何事。她看到我穿着那一身并非定做的衣服时，开心地笑了。虽然不是名店买来的，但很合身。接下来我们享受着美好时光。阅读，闲聊，游泳，皮茨太太不在就一块做饭。我没想过未来怎样。她说过几天要离开农庄。过了几天，我委婉地说要离开了，她不让我走。之后我再也没提过。这就是事情的前因后果。"他颓然地叹口气，"我终于知道心理医生如何工作赚钱的了，现在我无比轻松。"格兰特忍俊不禁，心想这个年轻人有些童真。

接着他立刻暗骂自己像一条落水狗一样。

有人正利用魅力这件人类最厉害的武器站在他面前。他打量着那张脸，善良而脆弱。曾有一个凶手也是他这样的长相，蓝眼睛，看着很无辜，很实在。可那人竟然把未婚妻分尸，埋进了坟墓。提斯多的眼睛露出那种温柔的眼神，格兰特见多了这样的人。对这种人而言，女人是必不可少的。母亲的乖宝宝和玩弄女人的男人都有这种温柔的迷人的眼神。

幸好不用多久他就能得知提斯多是不是在说实话了。"你想让我相信你们相处的日子里没对她的身份产生一点怀疑？"他想等提斯多不留心的时候再问这个问题。

"我猜她可能是一名女演员，因为她的谈吐和家里到处摆着的戏剧和电影杂志。我曾问过一次，她说：'没名字就没压力。'她让我别忘了这句格言。"

"我懂了，她送你的衣服中有没有一件大衣？"

"大衣我有，她送我了一件雨衣。"

"大衣是穿在晚礼服外面吗？"

"没错，我和朋友出去吃饭时，天正下着小雨。"

"大衣在吗？"

"我们去迪姆彻奇的时候被偷了。"他眼睛里开始戒备起来，"这和那件事有关系吗？"

"是什么色系的？"

"深色，黑灰色那样。怎么了？"

"你报警了吗？"

"没，我们不想找麻烦。"

"直接告诉我事情的真相好吗？"他脸上的坦诚正在逐渐消失，并变得充满了敌意。"你没和克雷小姐去游泳是吧？"

"是的，她刚出门我就醒了。"

"既然你还没醒，又怎么知道她刚走？"

"当时刚刚六点，她不可能走得更早。皮茨太太也说我是在她后面出门的。"

"是这样啊。从你起床到发现克雷小姐的尸体这段时间内，你先往峡谷走，偷了车，想开去坎特伯雷，然后你后悔了，再回来的时候已经发现克雷小姐溺水而亡。这就是整个过程吗？"

"嗯，就是这样。"

"如果你对克雷小姐心存感激，就不会这样做了。"

"我压根儿都不相信我会那么做。"

"你确定你那天没游泳？"

"当然，怎么了？"

"除了周四，你最后一次游泳是在什么时候？"

"周三中午。"

"可你的泳衣周四早上还是湿的。"

"这你也知道了？不错，不过那不是海水。我把衣服晾在窗外，发现有鸟在上面拉了屎，我刚洗完澡就把泳衣洗了。"

"但你却没有再把它晾出去？"

"你说那件事之后吗？我晾过了。探长，你告诉我，这和克雷小姐的死有关系吗？这种毫无理由的询问就是一种折磨。今天早上的问话像是最后一根稻草，压得我已经快到忍受的极限了。大家都说发现她的经过，都在说那具尸体。可在我心中，那只是克莉丝。现在又莫名其妙地怀疑她的死和我的大衣的关系。"

"因为我们发现了这个。"

桌上有一个纸盒，格兰特从中取出一颗男式大衣上常见的纽扣。像是从衣服上拽下来的，线头上缠着一根细金发。提斯多站起来把手撑在桌子上，瞪大了眼睛看那件东西。

"你是说她是被人溺死的？我的意思是看像。即便这样，也不能认定那人是我，没有充分的理由怀疑我，那样的纽扣太常见了。"

"提斯多先生，我还没说什么，我只是把各种可能性都想了一遍，去掉那些不可能的罢了。我问你只是想知道你的大衣上有没有这样的扣子？你说原有的一件丢了，是这样吗？"

提斯多张了半天嘴，看着探长一句话都说不出来了。

门外响起了敲门声，然后门被打开了，一个既矮又瘦的十多岁的小女孩站在门口，衣服看上去有点邋遢，凌乱的黑色头发上连顶帽子也没有。

"抱歉，"她紧张道，"对不起，我以为我爸爸在这里。"

提斯多这时不小心掉下椅子来，摔在地上。

格兰特前面有一个大书桌，但他还是立即走过来，那个瘦小的女孩不慌不忙地移动，但最后比格兰特先到一步。

"天啊！"她说道，她伸出双手扶在提斯多肩膀下面，帮他翻过身来。

格兰特把沙发上的靠垫拿了过来。

"除非是中风的人，否则别那样做，"女孩说，"应该让他的头一直仰着，看上去不像中风，他太年轻了。"

她用手撕开了提斯多的衣领、领带和前襟，她的手法熟练得就像是老道的厨师切除馅饼边上多余的面皮那样自然和专业。格兰特仔细地打量着小女孩，因为袖子短的缘故，发现了她露出袖口外那皮肤黝黑的手腕上，有许多新旧夹杂的抓痕和伤疤。

"爸爸不能喝酒，可他的自控力太差了，我想在橱柜里肯定有他藏起来的白兰地。"小女孩淡淡地说。

格兰特按她说的，果然在橱柜里发现了白兰地，他取了白兰地回来，小女孩这时候正在拍打提斯多，他不省人事，小女孩力道很轻，却不间断地拍在他脸颊上。

"你似乎很熟悉怎么应对这种情况？"格兰特看着眼前的女孩说道。

"我在学校里负责带童子军，"她的话很温和而且说的很清晰，"那是个非常有趣却无聊的组织，但却可以让一成不变的生活有所改变，这才是我想说的重点。"

"这些常识和方法是你在那里学的吗？"他一边点头赞许，一边开口问道。

"我是在布拉德福德·彼特的更衣室里学到的，那些女童子军只会烧纸和闻嗅盐那类简单的事罢了。"

"那又是什么地方？"

"你知道那个重量级的拳击手吗？之前我很看好他，对他很有信心。但最近他的速度好像慢了不少。至少在速度上，我觉是这个问题。你难道不觉得吗？他开始慢慢醒了。"最后这话的对象是指提斯多，"现在可以把白兰地拿过来给他喝了。"

小女孩看着格兰特给提斯多喂酒的时候，问道："我进门前是不是在拷问他，如果我没猜错，你是警察对吗？"

"亲爱的小姐，能告诉我你的名字吗？我还不认识你呢。"

"艾丽卡。我名字叫艾丽卡·伯戈因。"

"伯戈因小姐，作为警察局长的女儿，你难道不知道，英国唯一会儿受到拷打的除了警察没有其他任何人了。"

"可是他为什么会晕倒呢？他是嫌疑犯吗？"

"这个我就不清楚了。"格兰特不假思索就回答道。

"我看着他可不像是犯罪嫌疑人。"小女孩仔细打量着口吐白沫的提斯多，"他的样子不像是会犯重罪的人。"她说这话时很严肃正经，和她之前一贯的行为如出一辙。

"不要让表面的东西影响你的判断，伯戈因小姐。"

"不，我并不是你说的那样。总而言之，他又不是我喜欢的那一类男人。话说回来，只要了解的足够多，根据表面的情况也能得出正确的合理的推断。就算是你闭上了眼睛，也不愿意买一个软软的栗子吧？难道不是这样吗？"

这段谈话在格兰特看起来还真是有些不可思议。

说完话，女孩已经站了起来，两只手插到了破旧的夹克口袋里，看着就好像是衣服上突出了两个圆球。她身上那件衣服的两只袖口都已经被磨坏了。上面满是被荆棘剐断的线头。她的裙子也很短，腿上穿着一只扭曲的长袜。只有她的鞋子看上去还算是比较厚实，应该是高档货，但是和她的手一样，上面也被弄得伤痕累累。这些信息都表明了一个事实：她并非从福利院出来的孤儿。

格兰特又把目光放到了她的脸上，那张脸看上去绝不像是一张普通女孩的脸，她脸色有些蜡黄，三角形的脸型上分明透着一股平静和果断，这些素质都不像福利院那样的地方能培养出来的。

"请帮我拿一下。"看上去，她的神情比较愉快，这时格兰特扶着提斯多站了起来，正要扶他到一旁的椅子上去。"你不会有事的，再喝一点我爸的白兰地吧，比起流进我爸的血管，还是给你喝比较好。我要走了，你知道我爸爸在哪里吗？"她问格兰特。

"他现在应该在'帆船'吃午餐。"

"谢谢。"女孩又把头转过来，看着不知情的提斯多，"你的衬衣领口太紧了，以后要小心点。"说完她走向了门口。格兰特这时走过去帮她开门，她看着格兰特问道："你还没有告诉我你的名字。"

"我叫格兰特，愿意随时为你效劳。"格兰特边说还边向女孩微微欠了欠身子。

"我现在没什么需要的，但说不定将来会有。"女孩又细细地打量了一遍格兰特。

格兰特竟然暗自想，自己居然有不要被归为软栗子之类的想法。"我喜欢那一类颧骨比较高的人，你正是我喜欢的那种类型。有机会再见吧，格兰特先生。"

"探长先生，那女孩是谁？"提斯多带着一种大梦初醒的意味问道。

"她是伯戈因局长的女儿。"

"她说的没错，我的衬衫领口的确是太紧了。"

"那件衬衫也是克雷小姐送给你的衣服之一吗？"

"是的，我现在被捕了吗？"

"不，并没有这样的事。"

"如果能吃牢饭，也是个不错的主意。"

"为什么这么说呢？"

"至少眼下可以暂时安顿下来，今天早上离开农庄后，我发现自己已经无处可去了。"

"你的意思是你可能要去流浪了？"

"倘若再有件合适的外衣，我会考虑的。"

"我想这有些不现实，你必须待在一个需要你时，我们能找到你的地方。"

"这我知道，可我现在怎么办？"

"找个工作如何，比如回到你之前那个建筑事务所里去工作？"

"我可不想再进什么事务所，再也不想干建筑了，他们把我放到那里，只是因为我会制图。"

"如果我理解没错，你是从此以后不想再自己赚钱养活自己，而是打算当一个废人，对吗？"

"哦，别说得这么难听。当然不是你说的那样，我想找工作，可我不知道现在这样还能干什么工作。"

"你在上流社会待了那么久，你总有会的事情，比如你会开车，是吗？"

门口传来了敲门的声音，队长把头伸进门里面向里看。

"对不起探长，打扰你我很抱歉，有些紧急的事情，我要在局长的档案里找些需要的文件。"

等到探长同意之后，队长才走进来。

"这个时节，海边一向是比较热闹的，探长。"他一边说，一边手不停地翻看着档案。"在城外的那家'海洋'餐厅的厨师一定是从欧洲大陆过来的，那个厨师用刀捅了一名侍者，原因竟然是那个侍者有头皮屑，这样的案子竟然发生在我们辖区。后来，他被送到了医院抢救。听说他的肺部受伤了。好了,我找到了,谢谢你了,对给你造成的不便,我再次致歉。"

格兰特看向正在茫然无措地整理领带的提斯多,他脸上挂着忧郁的神情。这个时候,提斯多的眼神也正好碰上了格兰特的眼睛,显然怔了一下,随后他就明白了,于是继续自觉地说道:"队长,请等一下,你是否知道他们有没有人顶替那个侍者的缺?"

"暂时还没有呢,那位托塞利先生,哦,也就是那里的经理正在为这件事发愁呢。"

"探长先生,你还有什么要问的吗?"提斯多看着格兰特问道。

"今天就到这里吧。"格兰特说,"祝你一切顺利。"

第五章 有利证物

傍晚,格兰特在电话里对巴尔克总督察说:"还没有逮捕任何人。但我推断这是一桩谋杀案,这个是毋庸置疑的。法医也是和我一样的结论,"格兰特顿了一下,继续说道:"她头发上那一粒口子看上去像是意外,不过如果你亲眼看到那个场景,就不会那样想了。因为她的指甲似乎抓过什么东西,并因此裂开了。所以我们把她指甲里的东西取了出来,已经拿去分析。不过因为那些东西在海水里泡了很久,估计已经没什么有价值的信息了。"

"……我觉得这是个很棘手的案件,我们掌握的所有信息都指向同一个疑点,可是这些线索又互相矛盾。晚上我会回去,这里留下威廉姆斯做一些例行的询问就可以了。我想去见一面她的律师,那个叫作厄斯金的人。我在验尸会上也看到了他,不过那个时候我要去询问提斯多,所以只能作罢。能不能请你帮个忙,帮我约一下他,时间就是今晚吧,我想找他谈一谈。葬礼的时间已经定在了下周一,就在高德斯墓园。是火葬,我可能会去参加葬礼。同时我也想见一见她的亲人和朋友。如果允许,我也许会喝上几杯,顺便看看有什么有价值的信息,就看时间够不够了。那就多谢您了。"

打完电话后,格兰特没事做,离晚饭时间还早,他便去找威廉姆斯喝下午茶。威廉姆斯有个习惯,他很喜欢在咸肉煎蛋上放上一块烤好的大面包片。

他们坐下来之后,格兰特首先说道:"明天是周天,扣子的那件事可能会被耽误。"格兰特继续对他说道,"皮茨太太说什么了吗?"

"皮茨太太也不敢确定,她说当时她只看到他的头伸了出来。她只看到他在树篱旁边,走了过去。不过他穿不穿已经不重要了,因为那件衣服经常放在汽车后座上。和克雷小姐的衣服放在一起。而且她也说已经忘了最后一次见提斯多穿那件深黑色的大衣是什么时候。他应该是经常穿那件大衣。从早到晚都是穿着的。克雷小姐说他是个冷血的人,也许因为他是从外国回来的吧。反正她对提斯多没什么好感。"

"你是说皮茨太太觉得提斯多有嫌疑?"

"不是,她仅仅是不想评价他,探长,你有没有想过,这件案子的实施者一定是个很聪明的人。"

"你为什么会这样想呢?"

"如果不是我们发现了一颗扣子,都不会有人怀疑到其他的事情。她被发现的时候,是一大早游泳时溺死的。看上去没有任何的破绽。没有脚印和武器之类的任何痕迹。现场很干净,没有任何争斗的迹象。"

"你说的很对,的确很干净。"

"但你却不这么想,不是吗?"

"是因为那颗扣子，因为没有人想要去淹死一个人的时候还会穿着大衣，如果是你，你会吗？"

"我不清楚，那得看当时我到底处在什么样的情况。"

"那你的办法是什么？"

"在和她游泳的时候，趁她不注意把她按进水里面。"

"如果如你所说，你身上会有她留下的抓痕。一定会！"

"不，我会在水浅的地方，提起她的双脚，把她的头放到水里面，直到她自己溺死。这不就行了？"

"威廉姆斯！你说的真是个好办法，的确很残忍。"

"那你会怎么做，探长？"

"我要是凶手，我不会在水里动手，我也不想去游泳，换句话说，我不想一大早去泡水，也或者说，我想动手之后早点离开现场，不会多逗留一分钟。也许我会在水深的岩石旁站着，然后叫她过来，然后趁她不注意，和她说话的时候，一把按下她的头，按进水里面。这样我浑身上下，只有手是可以被她抓到的，并且我会戴上手套，等上几秒钟，她就会咽气了！"

"你的办法也不错，探长。不过在峡谷附近一英里，没有一个合适的地点来实施你的办法。"

"原因呢？"

"因为这附近没有一块岩石！"

"你说的没错，不过这难不倒我，因为有防洪堤。"

"好像是有，探长你说的对。你是说凶手这样下手的吗？这就是你的观点对不对？"

"谁知道呢，这只是我的推断，不过有一点我还是想不通，那件大衣到底是怎么回事？"

"我不知道为什么你很在意这一点？探长，那天早上有大雾，六点的时候肯定很冷，不论是谁，都有可能穿大衣的。"

"的确是这样。"格兰特点头道，他暂时撇开了这个话题，不过一时半会还是无法释怀。很多这种无法解释的事情，有时候会阻塞他的思维，让他不能正常思考。

他交代威廉姆斯之后的调查任务，然后自己准备回城里。"我刚刚跟提斯多谈过，"他陈述道，"他刚刚在'海洋'那家餐厅找到了一份侍者的工作。我想他应该不会逃走的，不过如果派个人过去看着他点也许更好。桑格去就行了。按照他的说法，这是周四的时候，他开车走过的路线。"他把一份文件递给警员。

"先去查查，虽然那个时候天色很早，但也许有人会看到他呢，还有一个问题，那就是他到底有没有穿大衣。这是一个不容忽视的疑点。我想，既然他说他偷了车，说明这没有问题了，不过这不是合适的理由。"

"我看过他的供词，他的供词有些可笑，我甚至在想，'他应该编一个更加合适的理由才对。'你说呢，探长？"

"他淹死她之后，也许第一个念头就是逃走。开着车他可以去英国的任何一个他想去的地方，甚至去国外都可以。那个时候，她的尸体还没有被发现。不知后来有什么事让他觉得自己很傻，为什么要逃走？或者他想到了自己的扣子被抓掉了，于是就回来了。总之，他觉得最好的选择就是回去在原地看着，然后等警察询问的时候装作什么都不知道。现在他最大的嫌疑是，他得把那件掉了扣子的大衣处理掉。即便不是因为扣子的问题，也有可能是因为大衣的袖子被水打湿了。结果他开车回来的时候，尸体被发现了，是被海水冲上来的。于是他开始在海滩策划并上演了一幕戏。这场戏并不难演，事实上，只要想到他自己差点就露出了破绽才是让他不安的原因。"

"按照你所说的，这是他干的？"

"我还不确定，从某种角度上想，还缺少一种动机。他身上没钱，而克雷小姐又是一个很大方又富有的人，显然他被她迷住了。可是他却说自己并不喜欢她，也许这只是他的一面之词。他说他们之间没有任何关系的时候，他说的应该是实话。他可能受到过爱情的烦恼和困惑，他更想做的事情应该是把她揍一顿出出气。但现在看来，他却把她杀了，并且是透着奇怪的冷血残酷的谋杀，你明白吗？威廉姆斯。"

"你说的不错，探长，这件案子确实让我烦恼。"威廉姆斯心满意足地把一大块上等的牛排放到嘴里，享受着美味。

格兰特又露出了他那标志性的微笑，他这种微笑更容易让他的属下为他效力。他和威廉姆斯是合作伙伴，两人的关系一直相处得很好，并且对彼此都很欣赏。关系这么好的原因也或许是威廉姆斯对别人的地位没有什么野心吧？威廉姆斯更像是一位对丈夫忠贞而又美丽的妻子，而不像一个生机勃勃的警察。

"在验尸会上，我不该错过她的律师的，我还有很多的事情要问他，还不知道周末的时候他会不会去哪里。不过我已经提出申请，向苏格兰场调阅她的资料和档案。但我想，她的律师应该会提供更多有价值的线索。我们必须要搞清楚，她死了之后到底是谁获益最多。这对提斯多也许是一个坏消息，但对很多人而言，却是一条好消息。听说她是美国人，她如果有遗嘱的话，应该在美国的什么地方。我想等我明早醒来的时候，警察会告诉我的。"

"克里丝汀·克雷不是美国人，探长！"威廉姆斯惊讶的语气让格兰特吃了一惊。

"那么，她是哪里的人？"

"英国人，出生在诺丁汉。"

"那为什么那么多人说她是美国人。"

"这也是没办法的事，她在诺丁汉出生，也在那里读的书，还有人说她在附近的工厂做过工，但没人知道事情背后的真相究竟是怎样的。"

"哦，我竟然忘了你是个戏迷，威廉姆斯，你还知道什么，都告诉我。"

"那是自然，好吧，我知道的那些消息都是从电影《银幕天地》或《电影故事》那些杂志上看来的。像那些杂志为了销量，都是胡编乱造的，但不过有一点值得一提，那就是那些人从不放弃追求真相，前提是故事够精彩。克雷小姐不喜欢被人采访，而且在她每次告诉别人的故事也不一样。当这些误会被人指出来的时候，她总说：'前一次说的太无聊了，这一次的才精彩呢。'所有的采访者都被她搞得一头雾水，说她这是女人典型的善变的特点。"

"你呢，你也觉得是这样吗？"格兰特问道，他对那些不清楚的东西总是很感兴趣。

"哦，我不清楚。我觉得她这样做，应该是……是一种保护自己的一种方式吧。你应该能明白我的意思。如果别人想要抓到你的把柄，就应该在他们知道真相后，再扰乱他们的思绪，让他们猜来猜去。这样一来，烦恼的人就是别人，而不是你自己。"

"一个女孩能从诺丁汉工厂的女工一路爬到现在银幕里的巅峰，她应该没那么容易受伤害吧。"

"也有可能正是因为她在绸缎工厂打工，是一个无名小卒，才能在各个社交圈子里爬得很快。每过半年她就会加入一个新的圈子，这样一来，她的身家就上升得更快了。要知道，这可是要花费很多力气的，就像一位在海水里要上升的潜水员。如果要上升，你要适应不同的压力和各种变化。哦，不，不，我觉得她更需要一个让自己隐藏起来的外壳，她那个壳就是一直让大家猜来猜去的。"

"这么听来，你还这是一个克雷迷。"

"那是自然。"威廉姆斯说道。他原本粉红的脸颊现在更加粉红了。他有些愤懑地在厚片吐司上抹了一团橘子酱。

"在结案的时候，我一定要亲手给那个罪犯为他犯下的罪戴上手铐。只有那样我才会出一口气。"

"那你的看法呢？"

"这个嘛，如果探长你不介意，我想提醒你，你可能忽略了一个动机很明显的人。"

"你指的是谁？"

"杰森·哈默。早上八点的时候，他在附近不知道在窥探些什么？"

"他来自桑威治，还在那附近的酒吧里度过了一晚。"

"那是他自己说的，有没有派人去查过他？"

格兰特翻开了记录本。

"可能没有，这是他在找到纽扣前主动提供的供词，所以警察并没有怀疑什么。那个时候，大家的注意力都放在了提斯多身上。"

"哈默最有动机，他被克雷抛弃了，他追到农庄的时候，却发现了克雷有了其他男人。"

"听着是很合理，你先把他列入你的怀疑人中，查一查他有哪些衣服。我们已经发出通告，寻找被丢弃的大衣。希望早点有好消息传来。大衣这线索可是比纽扣好多了。提斯多曾经说他把衣服卖给了一个男人，那人名字叫作塔格。可是却不知道他是在哪里做生意。他和之前那个克莱文街的家伙是不是同一个人？"

"是，探长。"

"知道他在哪里吗？"

"就在维斯特本恩街的最里头。"

"那谢谢了。提斯多的话我不怀疑，也有可能那件扣子是其他大衣上的。这可能会引出其他的事情。"他说道。

"那这件差事就辛苦你了，说到这儿，我有个东西可以为你的第三把咖啡添点味道。"他把放在口袋里的那份《前哨》，《号角》的下午版拿了出来，并把它放到威廉姆斯的茶盘旁，上面的标题很醒目：克雷之死是意外吗？

"是他？吉米·霍普金斯！"威廉姆斯看到后反感地说道。把一颗方糖丢进了茶杯里。

第六章　私访聚会

根据电梯的楼层显示，格兰特需要在这个粉色电梯门口等待一段时间才能搭乘，他思量了一下，还是决定从二层的楼梯走上去。

他径直朝楼梯通道口走去，迈着疲惫且略显沉重的步伐，在他走在这铺着厚厚地毯的楼梯上时，一切都变得悄然无声了。

格兰特一边注视着楼梯上的地毯，一边在心里寻思着。他从来就没有想过，像玛尔塔·哈拉德这样游戏于圣詹姆斯和干草市场之间的社交界名媛，却可以居住在这样一个沉静幽闭的小区里，这似乎和她张扬喜爱闹腾的生活作风背道而驰。

他在来之前，巴尔克试图联系了玛尔塔·哈拉德的律师厄斯金，可并没有联系上。据他的助手说，他受到了惊吓，所以去别处度周末了，至于去了哪里，就不得而知了。而他感兴趣的克里丝汀·克雷的遗嘱内容，只有等待下周才能看见了，他现在要到玛尔塔的家寻找别的答案。

进入小区，他问门卫："请问，玛尔塔在家吗？"

门卫答道："玛尔塔大概在11点左右跟几个人一起从剧院回到小区里。"

虽然格兰特不愿有别人在场，但事态紧急，格兰特今天一定要了解到克里丝汀·克雷的社交情况，而且他仔细阅读过那份警方花了12个小时整理却依然不够完整的克雷档案，里面有两句非常重要的句子：

1.克里丝汀·克雷的本名叫作克里丝汀娜·哥德贝尔。
2.她一直没有爱人。

四年前，老比尤德公爵的第五个儿子爱德华·钱伯斯勋爵与克里丝汀·克雷结了婚，他们在好莱坞相识，爱得火热，恋爱不足一个月就宣布了结婚。

当时克里丝汀·克雷正在拍摄她的第一部电影，所有人都认为她"攀上高枝"。可像她这样凭一己之力，不靠任何人上位，从区区一个百老汇的舞女变成歌舞巨星，又从歌舞明星转向电影拍摄的女人，结婚之前居然会一直没有爱人，可见她对感情是极为慎重的，只有让她疯狂的人才能让她芳心跳动。当然，这也意味着，和爱德华结婚之前，她还是处女之身。

但婚后仅仅两年，"爱德华勋爵"便变成了"克里丝汀·克雷的丈夫"，对此，他本人对这样的称呼还算坦然。

他们的生活幸福和乐，克里丝汀的工作非常忙，没有空闲时间，而爱德华·钱伯斯则非常热爱野外探险，并且喜欢把其中趣事撰写成书，他虽然是公爵家里的第五个儿子，却拥有从舅舅那里继承的大笔财富。由此可见，爱德华的婚姻保障来自于他拥有的财富，以及他对老婆克里丝汀成就事业的无比骄傲。

可是这样怡然的生活方式，怎么可能会发生谋杀呢？格兰特百思不得其解。

在英国工作的3个月里，制作人很喜欢克里丝汀的歌声，并让她在她主演的电影里献唱插曲，这样可以满足观众的私欲从而俘获更多的观众的心。

娱乐界并不会随意猜想她和哈默的关系，就算在同事看来他们之间已经有些猫腻儿，至于提斯多是谁？他只是一个在失去了所有，变得潦倒不堪还陷入了无限迷惘的男孩，当然，这个男孩还接受了别人随手馈赠的好意。

关于提斯多还是等以后再了解吧，现在得先去寻找关于哈默和她的事。格兰特想着想着，不由得加快了脚步，上到了二楼，他听到了电梯门关闭的声音，猛然一抬头，正好看见了吉米·霍普金斯正想去按下门铃的手缓缓地回缩的动作。

很显然，吉米·霍普斯金看见了自己。

"嗨，真巧！"吉米对着格兰特似笑非笑地说道。

"我并不觉得有什么巧合可言，我希望你是因为她的邀请，所以才会到来。"本来就不想有太多旁人打扰的他，看见吉米的时候，心生一丝烦躁，格兰特的语气听起来有些刻薄。

"探长，那你有没有带好搜查令呢？其实我很担心，一会儿她的律师对你发出律师函！"吉米阴阳怪气地说。

"谢谢你多余的关心。"说完，格兰特抬手就要按下门铃，却被吉米截住了。他笑嘻嘻着，但语速却非常迅速："既然我们都是为了玛尔塔而来，那就一起吧！"

格兰特没有回应，他按下了门铃。

是啊，很显然，吉米对自己独自进入玛尔塔的家里并没有什么把握，在格兰特对管家自我介绍之后，他就跟着格兰特进到了玛尔塔的家。

"我想我是身后的这位先生是《号角》派来的，并不是和我同行的朋友。"格兰特直言不讳地对那个管家说道，他并没有打算替吉米掩饰什么。

格兰特的话刚刚说完，管家转眼说道："哈拉德小姐现在有客人在，而且客人走后她也需要休息的，先生你……"

"哦，霍普金斯先生，欢迎你的到来！亲爱的玛尔塔，我怎么从不知道你认识霍普金斯先生呢？我正想知道你早上在报纸上都写了些什么呢？"管家的话还没来得及说完就被门里的一个声音给打断了，玛尔塔的起居室大门突然打开了。

"我做梦都没想到我能听见她的声音！"吉米小声地对着格兰特的耳边说完后，随即上前向刚才的说话者致意。格兰特没有理会，他向刚从房间里走出来的玛尔塔·哈拉德走去。

"你好，阿伦·格兰特！现在来找我是为了什么事呢？正事？还是私事？"玛尔塔笑着对格兰特说道，好似她并不介意他的深夜造访。

"都有，但是在我们谈话之前，我希望你能把他们都打发走，因为我想跟你单独聊聊。当然，别告诉你的客人，我是谁。"格兰特一本正经地对着玛尔塔说道。

"你知道的，我非常乐意帮你，因为这条项链，时常让我想起你。"她指了指自己脖子上的珍珠项链。其实项链也不是格兰特送的，只是他曾替她寻回过而已。

"进来吧，我给你介绍一下。"玛尔塔领着他进到内室。转头问他："你的朋友是谁？"

"他是《号角》的吉米·霍普斯金，不是我的朋友。"

"原来如此，我现在知道了莉迪亚为什么这么欣喜若狂了。"

玛尔塔给格兰特一一介绍了屋里的人。第一个是克莱门特，社交界的摄影家，他穿着乳白色的衬衫；第二个是一个不知名的上尉，是玛尔塔的追随者，他的手里拿着威士忌，摇晃着杯子，一副自视清高的样子；第三个是朱蒂·塞勒斯，终年演绎傻大姐的年轻女演员，金发碧眼却郁郁寡欢，或许因为体重长期与美食作斗争的缘故吧；第四个是莉迪亚·济慈，她现在正在和吉米聊天。

"这是格兰特先生，我的朋友。"玛尔塔说。

不过，在场的各位们并没有什么特别的反应，以为大家对格兰特也并不熟悉，以为只是玛尔塔的普通朋友而已，可吉米却有些挑衅地说："格兰特先生？"

"怎么了？难道不是吗？"和他聊天的莉迪亚好奇地盯着格兰特看着。

"当然不是！"吉米义正词严地继续说着，他的眼神对上格兰特时变了，"他拥有一个贵族的头衔，因为他曾帮助希腊贵族找到一件丢失的衬衫，哈哈，很好笑吧？不过他羞于使用这个头衔。"场面有点尴尬，可是吉米想了想，不管怎么样，可都比与犯罪调查部门的探长作对来得好。

"格兰特先生，希望你不要介意他的失礼，他经常拜访我，但却从来没有写过真正的访问内容。基本上他就是这样的一个人，因为他一进来我就知道他是四月份的白羊座，比较健谈，而你是狮子座的，我没说错吧？"莉迪亚随即说道。

"我想你不用说出来，我能感觉到因为这里会有感觉，你有狮子座的特征。"莉迪亚指着自己平坦的胸部说。

"希望这些特征不会致命。"格兰特出于礼貌还是淡淡微笑地回应着，可是心里却非常不耐烦，他想尽快摆脱这些纠缠。

"天啊，格兰特先生，你难道完全不了解占星术吗？狮子座的人受众人宠爱，注定会成功并且拥有属于他的荣誉，这是多么幸运啊！"

"请问狮子座是什么时候？"

"七月下旬到八月下旬这段时间，我敢断定你是八月的第一周出生的。"格兰特被彻底地震惊了，他出生于八月四号，可是表面上他仍旧表现得云淡风轻。

"两年前，她为克里丝汀·克雷占卜过，预言过她的死亡命运，莉迪亚太厉害了。"玛尔塔斟了一杯酒递给了惊魂未定的格兰特。

"呵，莉迪亚猜得可真准啊，准到她真死了！"朱蒂漫不经心地说，手里还拿着三明治。

朱蒂的话惹恼了莉迪亚，看着她马上就要燃烧起来的火焰，玛尔塔对着朱蒂说："莉迪亚不是第一次说中了，朱蒂，你这样做有失偏颇。当初汤尼·皮金的车祸，她同样说中了，还有她让我不要接受柯林斯的提议……"

"玛尔塔你别说了，我相信星相，他们不相信就算了，你不能要求双鱼座的人有信仰！"莉迪亚打断了玛尔塔的话。

吉米在旁边小声说着什么，可大家的注意力却一下子都被克莱门特的话转移了。

"我现在想知道的是警方在西欧佛有什么发现，而不是莉迪亚在星相里有什么发现。"克莱门特不大不小的声音，刚好能被所有的人清楚地听到。

"我也想知道凶手是谁。"朱蒂跟着说。

"朱蒂！"玛尔塔并不想听他们讨论这个话题，她用有些呵斥的语气叫了朱蒂。

"别打断我！你知道我们都很想知道事情的真相，大家都在猜测一切的可能性。"朱蒂完全不理会玛尔塔的呵斥，"我认为是杰森，你们呢？"

"杰森？为什么？"克莱门特好奇，她回问朱蒂。

"当然是因为他最闷骚啊，什么都放在心里。"

"胡说八道吧你，他不是闷骚，他的感情细腻，而且是慢慢表达出来的，不是泛滥的洪水，收不住那种。"玛尔塔抗议了他们的猜想。

格兰特静静地看着这一切，他发现玛尔塔在帮杰森辩解，她喜欢他，可是究竟有多喜欢呢？

"不对，他不是闷骚型，他特别容易满足。我想，这样的人是不会兴起报复欲望的。"克莱门特说道。

"可是，我认为受虐狂一般不会是虐待狂。"格兰特突然加入了他们的谈话之中。

"不管怎样，我都相信杰森，他善良得都不可能杀死一只苍蝇，我们不要怀疑他。"玛尔塔坚持认为杰森不可能是凶手。

"是吗？"朱蒂用意味深长的语气回应着玛尔塔，这让大家都纷纷看向她，似乎在等着她说出结论一样。

"你这话什么意思啊？"克莱门特问道。

"别问了，就当我什么都没说，反正我觉得是杰森。"

"动机呢？"

"我猜测是因为她想分手。"

玛尔塔受不了他们这样一问一答的胡乱猜疑，生气地说："朱蒂，你胡说，你很清楚，他们并没有什么！"

"我怎么可能知道呢？他没有离开过她的视线范围。"朱蒂不屑地说道。

"在婊子的世界里所有人和她一样！"吉米低声地在格兰特耳边说道。

突然，莉迪亚的一席话把霍普斯推向的大家的视野，她说："我想霍普斯金先生会知道更多，因为他今天曾去西欧佛采访。"

吉米成为大家注目的对象，每个人静默不语看着他，等待他开口。

他和大家分享他今天去采访到的一切，警方查到了什么？怀疑是谁？他曾经在报道上提到她和别人同居的事是不是真的？关于这一切，他侃侃而谈，乐在其中的他不时还会偷笑地看着一旁备感无奈的格兰特。

"警方会抓捕那个叫提斯多的男孩，非常帅的一个帅哥，肯定能在法庭上引起轰动。"吉米告诉了大家他的结论，以及提斯多就是和她同居的人。

"提斯多？"在场的所有人都不认识，略显疑惑地看着吉米。

朱蒂·塞勒斯除外，她先是很惊恐的表情，然后才假装成无所谓的淡定神色，这一系列都被格兰特看在眼里。

"这简直不可能，我宁愿相信爱德华会杀人，也不相信克里丝汀·克雷会做这种荒唐的事！"玛尔塔接受不了这样的事情，可他们却不一样，他们开始叽叽喳喳嘲笑玛尔塔的单纯。

"怎么不会？他回到英国之后发现自己的老婆和人苟且，一定气昏了头！"朱蒂说道。

"爱德华怎么可能会出现在清晨六点钟的海边呢？"

"我们不用考虑的人是钱伯斯，因为他周四才回到英国。"吉米继续给大家提供线索。

"我不能接受这样的谈话，太过无情了，我们可以换一个话题吗？"玛尔塔始终很排斥这个话题，她一点儿也不想聊。

"这个话题再讨论下去也不会有任何结果，因为凶手……"朱蒂突然大声说道，"是你！"

"我？"玛尔塔不知道该怎么回应朱蒂的攻击，大家也都非常默契地不说一句话了。

"你想得到她新片里的角色，所以你杀了她，对吗？"朱蒂冷冷地说，好像在陈述事实。

"克莱门特也曾经和她恶语相向过，就因为她拒绝让你拍照，说你的作品像打翻的肉汁。"玛尔塔开始反击朱蒂，试图找到理由去证明一些什么。

"不，你错了，他只会学习博尔贾家族的手段，用一盒巧克力毒死她。不过这样想来的话，也有可能是和她演对手戏的勒庸，他可能继承了他父亲冷酷的性格，啊，科尼！他也许早就想杀了她，终于有了四下无人的机会，所以……"朱蒂说道。

她已经忘记了就在几分钟前，她信誓旦旦认定了凶手是杰森这件事。

"我们不要再继续了，好吗？"玛尔塔非常生气，也提高了音量，想要终止这样没有意义的讨论，"我知道大家已经从她的死亡带来的惊吓中走了出来，可我们仍然不能妄自揣测，她是我们的朋友，即使她死了，我们也要尊重她，不是吗？"

"算了吧，没有她挡在各位的面前，大家都很开心，谁会在意她？"朱蒂非常恶毒地回击玛尔塔，说完，她喝下了第五杯威士忌。

第七章　访问哈默

周末结束了，整个城市都开始恢复运作，可是格兰特还是来得太早了，他准备去拜访一下提斯多的裁缝。威格臬街上安静得还是像周末一样，很少有行人在走动，不过有不少商铺打开了大门准备迎接这个美妙的周一。

一路上，他看到有花店的人在将过了盛开期的鲜花重新捆绑，让它看起来不那么萎靡；古董店的店员把昂贵的古董地毯移至别处保护了起来；早餐店里的咖啡尽管只能搭配的是昨天的小面包，也是客满无座；服装店周末的大打折促销活动也恢复了原价……

整个街区一片生机盎然，格兰特却没有感到丝毫的享受，他被这个案件的复杂程度缠绕，感到心烦。一路上，他都在思考各种各样的破案关键点。

就好比他现在拿着扣子去找裁缝一样，虽然这并不能让这个案子结束，可是会让案情有进一步发展，他多么希望，伦敦的裁缝能斩钉截铁地告诉他："是的，这就是我给提斯多制作大衣时用的扣子。"

可是关于这件大衣，提斯多也是给出了近乎合理的解释："我重新买了一件符合那边气候的大衣，我原来的大衣不适合。"这个解释太合理了，所以让案件变得更加困难和棘手了。

伦敦的裁缝有一个特别的地方在于，不管你是多少年后走进去，也不管你拿着大衣上的哪种扣子，他们都会认得，而且面对你时面露微笑，彬彬有礼。

可是洛杉矶的裁缝和伦敦裁缝不一样，他们并不会记得他们在半年前使用过什么样的扣子来制作大衣，并且作为证物，他也不可能将扣子寄往洛杉矶去。

关于这件大衣是不是属于提斯多的，格兰特还是找到了两个证人，第一个是威廉姆斯警员。根据威廉姆斯的叙述，他亲眼看见提斯多穿着灰色的大衣，把一辆车从路边开走了。而威廉姆斯的其他贡献就没什么太大的用处了；第二个证人是一名农夫，他说在周四的清晨，具体是几点他也不是很清楚，只知道那个时候还没有太阳，应该是很早了。他赶着羊在威德马许的十字路口处挡住了一辆车，车里有一个穿着深色大衣的男子。他不能确认车里的男子是不是提斯多，可他确认是这一辆车。

虽然格兰特希望那件大衣能够主动地出现，这样一切都会变得可爱起来，可是这几乎不可能的事情。或许有人会认得那是提斯多的大衣，上面还掉了一颗扣子。这简直就是对这件事最完美的解决了。

就在昨天，格兰特还放弃了上好的牛排大餐，任劳任怨地走出一家高级餐厅，默默地去拜访了哈默先生。只是因为威廉姆斯曾说过杰森·哈默森根本就没有在森威治的旅馆里过夜。

格兰特如愿以偿地见到了哈默先生，在德文寓所的一套带有粉色装饰的套房里。

"你知道吗？我一般不这么早就起床。"哈默穿着紫色的长睡袍，一头很短的头发，出现在格兰特的眼里，此刻的他，正在试图收拾一下散落的乐谱，好让格兰特有个地方可以坐下来。

一边收拾，一边开始对格兰特抱怨道："探长，虽然有的人觉得她很难相处，可是我和克莉丝还是做了很好的朋友。因为我们是同一类人，你懂？我们知道自己并不是那么得优秀，我们都很害怕被别人发现这一点，可是我们必须对自己充满了信心，才会有人被你吸引过来臣服于你。反过来，你要是自己都不相信自己了，就只剩下他们的嘲笑和不屑一顾了。"

当他说完这一段的时候，他已经腾出一张椅子，并示意格兰特坐下来听，格兰特对他微微一笑，也就不再说话，安静地听着哈默先生一个人的自述。

"我第一眼看见她的时候我就知道，她和我一样，喜欢'虚张声势'。我就是靠着我爆棚的自信，让唱片公司愿意发行我的第一首歌，我也是靠着这样的'虚张声势'打入美国娱乐圈。"哈默一直走来走去地说，再看到他时，他的手里端着两杯红酒向格兰特走来。

"来一点吗？也许是太早了，对我来说，喝酒是除了睡觉以外最美好的事了！"出于礼貌，格兰特接过他的酒杯，却没有小酌一口。

"为了合约，我还有两首歌要完成，你知道吗？是为了，为了，哦，科尼的新片！"他有些不知所云地说着，格兰特也就仔细地听着，他想或许下一句就对案件有所帮助的。

他停顿了一下，又继续开口说道："你知道对我来说什么是一种折磨吗？是在完全没有灵感的情况下逼我写歌，就像现在这样。而且，还要我写给那个根本不懂得歌唱的女人哈拉德。你听过克莉丝唱歌吗？她的《偶尔对我唱歌》是不是非常好听？"

格兰特听过克莉丝唱的歌，且记忆深刻。

"那不是我写的最好的歌，可是她却能把它唱成了全世界最好的歌，你觉得那个只会摆架子的哈拉德可以吗？"他有点失落地说道。

说完这些，哈默先生就不再说话，只是在房间里忙碌着，就像他说的，他还有两首歌没有完成。格兰特对于这人的认知还停留在昨天玛尔塔口中的"情感细腻"和朱蒂认为的"闷骚男"，可是他今天看到的却都不是。他只看到一个可怜的人、一个普通人，为了生活不断地受到别人的强迫。格兰特认为他并不是那种很好看的男生，却也充满了个人魅力。只是在面对不一样的人时，他显然有着不一样的相处方式一样，那么在面对格兰特时呢？就像他刚才那一出非常卖力演的戏，是为了格兰特而演吗？

格兰特有些坐不住了，他起身来走到杰森·哈默的旁边，用伦敦绅士惯有的礼貌语气告诉哈默：
"哈默先生，我很抱歉，在周日的一大早来打扰你，我想你也知道我们在调查你的朋友克里丝汀·克雷小姐的死因。按照惯例，我们需要对每一个她认识的人进行排查，希望你配合一下。"

哈默只是看看那些他刚写的乐谱，头也不回地说道："像你们这样的英国绅士，怎么会突然在早餐时间打扰别人呢？尽管你感到非常地抱歉，也感到很无奈，因为这就是你的工作，不是吗？探长！就像这些是我的工作一样！"哈默用手指在乐谱上划过来划过去，企图让格兰特知道他很忙，并没有什么耐心接受格兰特的调查。

"哈默先生，请问那天晚上你住在哪里？我们根据调查，发现你那晚并没有住在森威治的旅馆。"格兰特不再和他周旋，很直接地说出了查到的内容，他在等待哈默的回答。

"哈默先生？我想你们只要在对高级区住宅的人才会用这个称呼吧？如果今天的我只是一个什么都不是的普通人呢？并且在调查时我说了谎话，你们应该是强行把我带回警局拷问吧，每个国家的警察都是一样的，欺软怕硬，并且贪钱！"

"我想我还不知道全世界的警察都是什么样，哈默先生！请问那晚你在哪里？"

"车里。格兰特先生，你的绅士风度呢？两句话就逼得你讽刺我了，别误会，我也没有见过你！"

"你的意思是承认你不在旅馆了？车里？什么地方？有证人吗？"格兰特迫切地想知道些什么。

"没有证人，我一个人睡在车里。我把车停在一片草地上，旁边有一栋房子和两棵树，我记得那是肯特郡东部，我当时在那里迷了路，太晚了，就没再往前开了。"

"你是说你在肯特郡迷路了？"

"当然，你知道的，在肯特郡几乎哪里都是一样的，尤其是在夜晚。天黑之后的英国很难找到村庄，你肯定没有试过去寻找！当你看到一个路标，上面写着'距离某地还有多少'，你非常兴奋地朝着路标开去，可是你发现又是一个路标。你在那些路标的指引下转来转去，还是找不到路。很长一段时间之后，你就会放弃了！我就是这样，所以把车停下来，直接地睡在了车了！"

"为什么不去找个旅馆？"

"我根本找不到旅馆在哪里，不过比起那些旅馆，我更宁愿睡在我的车里！"

"你的胡子好像长得很快？"格兰特注意到哈默的胡茬，由于今天早起和自己的打扰，还没有来得及刮掉。

"长得很快，基本上我需要一天刮两次胡子。这有什么问题吗？"哈默看着格兰特无奈地说道。

"为什么你到克里丝汀的农舍时，你的胡子是干净的呢？"

"哦，如果你和我一样，你也会在车里准备剃须刀的！"

"你醒来直接去了她的农舍，你不吃早餐吗？"

"早餐我一般不会吃太多，咖啡或柳橙汁都可以！我准备去克里丝汀那里让她给我准备早餐的，在英国我更喜欢柳橙汁，并不喜欢你的咖啡！"

"既然是这样，你为什么要对警方说你在森威治的旅馆过的夜？"

当格兰特问到这里时，哈默开始变得有些拘谨，不再是刚才那一副淡然处之的态度了，他的回答也不再是轻松自在的语气了。他有一点紧张，他的回答也带有一丝敌意在其中。

"我并不想被卷入其中。"

"那就是说，当时你就知道她是死于谋杀？"

"我说过我和她是朋友，你能相信一条鱼在水里会溺死吗？加上当时警察开口询问的态度让我觉得很不舒服，所以更加不想被卷进去！"哈默接着说，"我想那个警察并不是有意的，在办案时，谁都会变得小心翼翼,不是吗?"

"我很好奇你是怎么知道她住在哪里的?据我所知,她没有告诉任何人。"格兰特不再追问哈默撒谎的事,他想要从哈默这里了解到更多情况。

"是的,她没有告诉任何人她去了哪里,包括我在内。克里丝汀这段时间一直觉得心烦,心累。因为她和科尼的关系一直相处得不够融洽,以及她的这部电影观众反应并不是很好。实话说,我认为是科尼放不下身段,也不会拍她。我们都劝她去度假散散心,或许会好一点,她有点犹豫,可她还是去了。那一天,她的管家邦多告诉我们,她走了,克里丝汀说会在一个月内回来。我也并不认为需要担心什么,不是吗?"

哈默笑笑,问身旁认真听着的格兰特,他又继续说道:"大概是两周之后,我在利比·西蒙斯举办的派对里遇到了玛尔塔·哈拉德,她告诉我说,她周六在贝克街的一家巧克力店遇到了克里丝汀。她想知道克里丝汀住在哪里,可是克里丝汀只是说:'跟奥斯卡比起来,我更喜欢帮忙采收运往路科芬园市场的樱桃,我想我可能不会回去了!'"

哈默低头轻轻地笑了两声,接着深情地说:"我了解她,所以我直接地去路科芬园市场,我了解到,樱桃都是从一个叫作禽鸟绿地的一个果园运送过来的。周三的一大早,我就出发去这个地方,在下午三点左右我到了禽鸟绿地,开始寻找这个果园。我询问了很久,才有一个人告诉我说,他曾经见过一个开车的女人想要帮忙,可是果园的人回答她说:帮忙可以,但是他们不支付工钱!他们还笑嘻嘻地告诉我说:她摘得很好,如果下次她还愿意帮忙的话,他们愿意支付工钱!正在这个时候,果园主人的孙子跑出来告诉我说,他最近在利得斯通的邮局见过克里丝汀。我急急忙忙地告谢之后,便开车前往这个邮局。"

"然后呢?"格兰特问道

"然后那位邮局职员告诉我,她对克里丝汀的印象非常深刻,因为她从来没有见过克里丝汀这样发很多电报的人,并且这个职员告诉我,克里丝汀住在梅得利。我驱车前往,可是真太晚了,就像我开头说的那样,在路上我迷路了,我直接睡在了路边。"哈默说完了之后有点口渴,喝了一小口刚才准备的红酒。

"格兰特探长,你还满意吗?我的调查是不是比你高效的多呢?"哈默微笑地问道。

格兰特并没有回应哈默的问题,只是轻松又愉悦地对着哈默笑了一下,说道,"你车里应该有件大衣吧?"

"你怎么知道?"

"那个大衣是什么面料?现在在这里吗?"

"在衣柜里,有什么关系吗?"哈默转身走进卧室拉开了衣柜的大门。

"如果你能在我的衣柜里找到那枚扣子,我想你就比我聪明。"哈默站在衣柜旁边,对着格兰特做出一个"请便"的手势。

"什么扣子?"

"就是一颗扣子。"哈默悠悠然地看着格兰特在仔细地观察着自己的大衣,双手环抱着自己的睡袍,就不再说话了。

当然,格兰特并没有在衣柜里面发现什么,虽然并不知道哈默会不会对警察撒第二次谎,可是现在,格兰特没有任何证据证明他撒谎或者隐瞒了其他。格兰特再次对打扰到哈默表示歉意之后,他就离开了。

终于到达了格兰特想要去的裁缝店门口,他把自己的车停靠在这家裁缝店的路边。他不由得想到了哈默昨天的一席话以及哈默的衣服。他嘴角一笑,想着,哈默的大衣绝对不可能来自史泰西与布列克的店里。

格兰特推开了裁缝店的大门，里面是陈旧的摆设，从创店之初沿用至今，大概有150年了吧。史泰西与布列克秉持一向从容而干练地为绅士们量体裁衣，而不是用那些华而不实的装潢去留住顾客。

店长特里姆利先生看见格兰特推门进来，就笑脸盈盈地上前来接待这位贵宾。格兰特看见特里姆利上前来，便对他微微一笑，便开始询问了起来。

通过特里姆利的叙说，这确实是他给提斯多制作的衣服，当时还连同制作了一件深色大衣，但并不是这样的纽扣，伦敦没有一家裁缝店会使用这样不入流的纽扣，这种纽扣是连低级裁缝都不屑于使用的。他又说道，如果是国外的裁缝用这样的纽扣，倒是非常有可能的。

"也许是美国呢？"

"可能是吧。"当然，特里姆利还是希望格兰特不要过于在意自己的看法，这仅仅是因为推断来自于自己的直觉。

在特里姆利的眼里，提斯多是一个曾经就读于有着悠久历史的文法学校的优秀的年轻人。他对他的好感度是很高的，就读在这个学校的人，一般都拥有良好的品行和出众的性格，这些并不是每所学校都能培育出来的。

"你放心吧，现在的证据不足以让提斯多有什么麻烦。"在格兰特的心里，提斯多只是一个懂得忍让的人，并且处处隐忍。他并没有把自己的想法告诉特里姆利，只说了让他放宽心的话。

听到格兰特的回答特里姆利还是高兴的。他老了，也许已经跟不上这个时代的变化了，他已经不能去理解年轻一辈的想法和所作所为了，更不要说去理解年轻人的信仰了。

这个周一的早晨对特里姆利来说是有一点沉重的，因为他知道克里丝汀是一个多么优秀的明星，也知道这个优秀的人已经香消玉殒了。他认为，并不是每个时代都可以拥有这样一个璀璨的明星，他为克里丝汀的逝去感到无奈和惋惜。

"探长你不感到惋惜吗？听说她家境并不富裕，但是她却拥有良好的教养，也有着与众不同的个性，这是多么难能可贵的事。我虽然不是她的忠实影迷，可是我却不曾落下任何一部她主演的电影。我常常沉浸在她的电影里，可见她的表演多么地具有感染力。就连我家的小侄女也对克里丝汀小姐非常喜爱呢，这样的一个人，不应该是属于任何人！"特里姆利继续说道，他在表达她对克里丝汀的喜爱之情，同时也表达了惋惜之意。

"我想你说的是对的，对于她被杀害的消息，我也感到震惊和痛心！"说完之后格兰特向特里姆利告辞，便离开了裁缝店。

格兰特走出来之后，并没有直接离开。他看着路边克里丝汀·克雷的广告橱窗，仿佛克里丝汀依然活着，只是就像她的管家邦多说的那样，去度假了！格兰特还想到了特里姆利刚才的一席话语，他暗自感慨道：对于一个世界级的偶像来说，死后竟然是在一个偏僻的郊区进行焚烧，这似乎有点可怜了。像她这样一个具有偶像光环的超级巨星，她的葬礼应该是盛大而又奢华无比的，绝非简陋。

格兰特发现自己好像太过于多愁善感，这个案件似乎太给他太多的感慨了，难道是因为主角是克里丝汀吗？现在案件还没有侦破，所有的证据都不能成为关键。想到这里的格兰特心里为之一振。

格兰特没有去参加克里丝汀的葬礼，他只是一个和她素昧平生的陌生人，他认为并没有必要去参加葬礼，除非他想要调查了解什么，其他统统都不需要。前天晚上，他去找玛尔塔，试图了解到什么的时候，他已经见过了克里丝汀的一帮朋友们，很显然的，从他们的嘴里并没有得到什么对案件有所帮助的消息。玛尔塔一直很抵触大家对于谁是凶手的猜测，就算加上吉米的三寸不烂之舌在一旁跟着各种附和也无济于事，这让他们的讨论不得不终止。

就在这时，莉迪亚提出了帮他们每个人看看手相，对此她还是相当精确的。就在他对格兰特的性格做出了一个惊为天人的解读之后,她意味深长地告诉格兰特,"在不久之后,你会做出一个错误的选择!"关于这个选择会是什么,格兰特也不知道,当时他在猜想,难道是克里丝汀的葬礼吗?可是格兰特又想,莉迪亚的告诫好像对谁都有相同的作用,人都难免在有所选择的时候失误,不是吗?

玛尔塔在费了九牛二虎之力之后,才终于送走了她的朋友们以及吉米,玛尔塔着急地询问了留下来的格兰特,"苏格兰场是不是已经发现了什么?你要介入调查克里丝汀的案件吗?"

关于这个问题,已经不再是警察的保密范围,所以格兰特如实地回答了玛尔塔,"是的,他们会介入,并且参与调查这个案件。不过克里丝汀的案件处于怀疑阶段,暂时也没有什么发现和进展。"

玛尔塔不知道怎么了,突然就开始哭了起来,她默默地抽泣着。一小会儿之后她说:"在我的心中,克里丝汀是一个非常优秀的演员,即使她身上有着缺点,可是她用自己非常优秀的一面,掩盖了那一部分小小的缺点。"

接着玛尔塔一一说出了她眼中的克里丝汀的缺点。格兰特并不打算继续询问玛尔塔,从刚才玛尔塔的朋友们的谈话中他就已经知道了答案。

格兰特不再待在玛尔塔的家里,在和情绪低落的玛尔塔告辞之后,他选择了走楼梯的方式离开。格兰特一边踩着这舒适的地毯,一边为人性的复杂叹了一口气,一副备感无奈的样子。

格兰特把车子停在又一个路口上,他不经意地往左边一看,就看见了对面人行道上站着一个灰色的身影。

"早安!"他冲着对面那个穿着灰色衣服的人大声说。

"早安,格兰特先生!"艾丽卡说道。

格兰特注意到了艾丽卡见到自己时难以抑制的高兴神情,就算她故作镇定也掩饰不了一脸的喜悦。他还看见艾丽卡穿着一件很干净的衣服,和她在乡下穿的相比,也没有什么太大的不同,只是能看出来这件衣服还很新,应该很少穿。估计这是艾丽卡特意用来"进城"的衣服吧,虽然那件灰色套装和头上的帽子搭配起来,显得邋里邋遢的。这样的服饰搭配,并不能算是赏心悦目。

"没想到会在城里遇见你!"格兰特有些惊喜地开口问道。

"我今天是来做假牙的!"艾丽卡耸了耸肩有些无奈地说。

"假牙?"

"对啊,去年冬天我'飞翔'在一根柱子旁边往外跳,为了拦截住它,我摔落了几颗牙齿整个脸都变得又红又肿,我来看过医生,医生说只能做假牙。"

"'飞翔'?真的是没有辜负它的好名字啊。"

"这倒是真的,上次我们抓到它的时候,它已经跑到肯特郡了,可想而知,它在奔跑上有多么厉害了。"

"那你现在是已经看过牙医了还是在去看牙医的路上呢?"

"我已经见过牙医了,他们没有大小合适的,只有定做,所以我改天还得再来一次,希望这一次做的不会再需要我从太妃糖里找回它们了,上一次做的假牙实在是很让人无奈啊!"艾丽卡有些调皮地说。

"既然这样,你现在打算去哪里?我送你一程吧!"

"不知道你是否愿意载我去参观一下苏克兰场呢?"艾丽卡拉开车门,上了格兰特的车。

"当然愿意了。但是我约了一位律师20分钟后在坦普尔见面。"

"哦,既然如此,那你可以在卡斯伯街放我下车吗?我的保姆需要我做一件事。"

"好的,没问题。"事实上当艾丽卡坐上格兰特的车时,他就知道,她一定是有保姆的。格兰特能看出来,她的衣服都是裁缝定制的,就像校服一样。现在的母亲很少会有这样的打扮,一件灰色法兰绒套装，再配上一顶帽子。

格兰特一直都觉得，艾丽卡整个人都围绕着一种落寞，就算她是那么的独立，并且拥有女人少有的坚定意志。

"我最讨厌穿着这双鞋走路了，虽然它并不是那么高。"艾丽卡为自己的双脚得到了解放而开心起来。

"为什么讨厌？"

"这双鞋是保姆让我穿着进城的，她认为进城穿这样的鞋子最为合适，可是我却觉得很累，因为穿着它，我并不能走得稳当。"她把自己的脚举起来给格兰特看。

格兰特看见了她脚上的高跟鞋，其实真的不是很高，比起英国的那些贵妇脚上的华丽高跟鞋，艾丽卡脚上的这一双，显得非常朴素。

"你只要经常穿这样的鞋就会习惯的，你必须顺应这个时代的潮流。"

"为什么呢？"艾丽卡有些不解。

"在这个时代里，太过于具有个人风格并不见得是一件好事。"

"好吧，我想是因为我并不常到城里来吧，我不知道现在潮流是什么。我想你应该没有时间和我一起去吃冰淇淋吧？"

"恐怕我没有时间，你知道的，我约了一位律师二十分钟后见面。等我下次去西欧佛的时候，我们再一起吃，好吗？"

"好吧，也只能这样了，我都忘了你会回到西欧佛的。"艾丽卡有点自言自语。

"对了，我昨天看见你的受害者了。"她突然想起来，急迫地告诉格兰特。

"我的受害者？谁？"

"就是昏倒的那一个啊！"

"在哪里看见的？"

"昨天我爸爸带我去吃午餐，在'海洋'那里我看见了他。"

"'海洋'？你爸爸不是很讨厌那个地方吗？"

"是啊，其实我觉得那里的熏鲱鱼味道虽然重了一些，但是还是不错的，可是我爸爸却说他从来就没有见过这么恶心的熏鲱鱼。"

"是你爸爸告诉你提斯多在那边上班吗？"

"不是的，是队长告诉我的，我想提斯多并不是一个专业服务员，他送来的冰淇淋也忘了给我配送汤匙，我还看见他很关心顾客，非常地友善。专业的服务员不会有这样的差错，而且不会去过度关心顾客的。"说完，艾丽卡又说了一句，"我想那天你一定欺负他了，对吧？"

"不不不，艾丽卡，我怎么会欺负他呢？你不要因为他是一个陷入麻烦的帅哥就觉得我会欺负他。"格兰特觉得艾丽卡的推论有些好笑，并且否定了艾丽卡的说法。

"不，格兰特先生，我并不是喜欢上他了，他不是我喜欢的那种类型的男人，我爱的是托加尔。"

"托加尔？"

"托加尔。"

"他是谁？"

"你真的不知道他是谁吗？他是那个非常出名的驯兽师啊！"艾丽卡非常意外格兰特竟然不知道托加尔是谁。

艾丽卡以不敢相信的表情看向格兰特，格兰特回应她的是轻轻一笑，表示格兰特真的不知道他是谁。

"难道你从来没有去过奥林匹克过圣诞节吗？你今年可以去看看，真的非常棒，我可以让米尔斯先生给你留个座！"

"非常感谢，我想还是不需要了吧！你喜欢托加尔多久了呢？"

"四年左右吧，这四年来我只喜欢他一个人。我是不是用情很专一啊？"艾丽卡饶有兴味地问格兰特。

"我想是的。"格兰特认同她的说法。

"哎呀，请你在前面东方旅行社的门口让我下车好吗？"她突然说道。

"你要坐船去旅游吗？"格兰特把车停靠在旅行社的门口，然后转头问艾丽卡。

"不，我要去帮我的保姆拿一些资料，虽然她从来没有离开过英国，但是她很喜欢这样的东西。上次我在摄影展也帮她带了一些拍摄得非常棒的奥地利风景画，还有德国的一些温泉她也有所了解。"说完艾丽卡就下车了。

"谢谢你的顺风车，格兰特先生，我期待着和你在西欧佛一起吃冰淇淋！再见！"艾丽卡关上了车门，准备离开。

"对了，你怎么联系我呢？"她突然回眸问格兰特。

"我想我可以联系你的爸爸。你觉得可以吗？"格兰特微笑着回答艾丽卡。

"当然可以了，再见。"艾丽卡穿着那让她不舒适的高跟鞋，一步一步走向旅行社之后，格兰特看了看时间，已经不早了。

他发动了车子，加快了车速，去赴克里丝汀·克雷律师的约，还得去见她的丈夫。不过因为遇到了艾丽卡，通过和她的闲聊，也缓解了格兰特刚才阴郁的心情。

第八章　遗嘱迷云

当你见到爱德华·钱伯斯时，你就会明白大家为什么只称呼他为爱德华，而不是其他。他个头很高，气度威严，俊朗而正派，举手投足间处处带有内敛而平易近人的风度，笑容也只是偶尔惊艳般地一闪而过。与他身旁紧张兮兮的厄斯金先生那焦虑的样子相比，他就像一艘是在容忍小拖船指挥的万吨邮轮一般沉着。

格兰特与其从未谋面。远游近三个月之后，爱德华·钱伯斯在周四下午返回伦敦，迎面而来的却是丧妻之痛。他立刻赶到西欧佛确认尸体，周五在愁云惨雾的郡警察局里，对那颗扣子进行了检查，之后，便促使警察局将此案移交给苏格兰场。丧妻之后的杂务与长期离家，使得家中待处置的事情千头万绪，所以他又返回伦敦。与此同时，格兰特也恰好从伦敦离开。

这是个疲倦不堪的男人，但情绪上没什么波动。格兰特不禁好奇，何人何事，方可让这位家族荣耀史长达五百年之久的世家公子显露内心？之后，当他拉过椅子坐下的时候，他忽然想起，爱德华·钱伯斯并不是遵从家族传统之人。假如他像表面上那样顺从家族的话，便会迎娶某位表亲，谋取一份公职，经营一块田产，读读《晨间邮报》，可这些和他扯不到一点关系。他娶了一位来自新大陆的艺人，他为自己的游兴而四处探险，还热爱写作，并结集出版。如此想来，还真是让人心悸，刻板偏见竟会如此地让人先入为主。

"爱德华勋爵已经知道遗嘱的内容了。"厄斯金说道，"实际上，很久以前他便知道其中最重要的几项了，遗嘱确定之时，爱德华夫人已经将自己的想法和与丈夫作了沟通。可是，还有一处让人诧异的地方。也许你可以亲自看一下遗嘱。"

他又说："爱德华夫人生前共立过两份遗嘱，都不在英国，在她的坚持下，其在美国的律师都将之废除。她希望她的不动产由英国这边打理，那是因为她向来很欣赏英国人的稳定性。"

克里丝汀对她丈夫没有任何遗赠。"我不留任何财富与我丈夫，爱德华·钱伯斯。因为他的财产永远都超出他的物质所需，而他对金钱也毫无眷恋。"至于她的私人物品中，排除她挑出来要送人的物品之外，他可以自由选择他所中意的。遗赠中有好几笔是遗赠给朋友与亲属的，包括以一次性付清或一年金的方式兑现。受益人为邦多，她的最后一任造型师和管家、她的黑人司机、乔·麦尔斯——与她有过数次成功合作的大导演、芝加哥的一个旅馆侍者帮助他"拥有那个加油站"。受益人总数达三十余人，他们分布全球，身份地位各异，但是其中并不包含杰森·哈默。

格兰特看了看日期，18个月之前，那时也许她和哈默还素不相识。

以上遗赠虽说是个大手笔，但她惊人的巨额遗产中尚有很大一部分没有指明用处。这一部分，令人咋舌的是，不是留给某人，而是用于"保护英格兰之美"。遗赠中表示要用它建立信托基金，用于购买濒临消失的美丽建筑或土地，并为之进行妥善维护。这是让格兰特诧异的第三个地方。第四个疑点是赠予名单的末尾，这里写道："赠予吾兄郝伯特，一先令的蜡烛钱。"

"哥哥？"格兰特抬起头问道。

"爱德华勋爵原本不知道自己还有个妻兄，他也是看了遗嘱才知道的。爱德华夫人的父母早已过世，没有听闻过她还有活着的家族成员。

"一先令的蜡烛钱。这句话你有印象吗，先生？"他回头问钱伯斯，后者摇头否定。

"照我看，也许是兄妹不和。可能他们幼时因为什么事争吵过，而这事让他们至今心生芥蒂。"他的目光看向律师，"每当爱丽西亚出现在我面前，我总会想起她打烂我收集到的鸟蛋的事。"

"很难说这纠葛仅仅是发生在小时候吧？"格兰特说道，"她是后来才和他了解的。"

"这得去问邦多，她在我太太刚到纽约的时候，就过来给她打理服装了。话说回来这重要吗？毕竟，这个人只分到一先令而已。"

"很重要，我可是第一次发现尊夫人对某人表示出恨意。很难说这代表着什么隐情。"

"假如你看过接下来的发现，也许就不会关注这个了。"厄斯金说道，"就是这个，你看看，这就是我说到的让我诧异的地方。"

这就表示奇特之处并不在遗嘱上。

格兰特从律师那微微颤抖的干燥手掌中接过文件。这是张白色的厚便条纸，泛着白光，穷乡僻壤的小店都能买到，写的是克里丝汀写给律师的信。抬头写着"肯特郡，梅德利，布莱尔"，并注明这是对她的遗嘱附则的解释。她将自己在加州的农场，连带全部地表建筑和设备，外加五千英镑，统统赠与一位伦敦自由民，罗伯特·斯坦纳威。

"这里，"律师说道，"正如你所看到的，落笔日期是周三。而到了周四清晨——"他颇为玩味地沉吟，没说下去。

"这具有法律效力吗？"格兰特问道。

"我并不怀疑这一点。这是通篇手写的文件，而且签名也很合乎规范。还有玛格丽特·皮茨做签名旁证。附则内容清楚，而且行文也有规有矩，逻辑合理。"

"有伪造的可能吗？"

"完全不可能。爱德华夫人的字迹我很熟悉，你可以发现她的字迹独具一格，极难模仿——更何况我很了解她的文风，那就更难模仿了。"

"好吧！"格兰特反复地读着信，十分怀疑它的真实性。"如此一来那就得从长计议了。我必须回一次苏格兰场。这预示着，在天黑之前，我们很可能会有一次逮捕行动。"

他站起身来。

"我和你一块走。"钱伯斯说道。

"好极了，先生，"格兰特应声答道，"方便的话，我希望可以通个电话，确定总督察可以到场。"当他抓起话筒时，心中有个声音响起："哈默说的对。我们确实喜欢见高踩低。要是这位丈夫只是个保险推销员，我们怎么可能这么若无其事地让他参加警务会议呢！""巴尔克总督察在吗？哦……？是在二十分钟内的，是吗？嗯，告诉他格兰特探长有重大发现，要立即与他会面。对，如果厅长也在的话，连他一起通知。"

他挂断电话。

"感谢你为我们帮了大忙。"他向厄斯金告别，"顺便说一句，如果你知道那个'哥哥'是谁，希望你可以通知我。"他和钱伯斯从一条又暗又窄的阶梯上下来，灼人的烈日照在头顶。"你说，"钱伯斯停下发问，一只手放在格兰特的车门把手上，"咱们要不要去喝两杯，我想提提神。这个早晨挺——挺熬人的。"

"好啊，乐意奉陪。沿着河堤走没十分钟就到了。你想去哪儿？"

"这个嘛，我的俱乐部在卡尔顿街，而我不想遇见熟人。萨弗也好不到哪儿去——"

"前面有家还不赖的小酒馆。"格兰特说道，将车子调了个头，"这个时段又安静，又凉快。"

他们经过街角时，格兰特被几张报纸海报吸引住了。"克雷的葬礼：罕见的奇特景观"、"十位女士当场晕厥"、"克雷吻别伦敦"以及《前哨》的"克雷最后的观众"。格兰特将油门踏板上重重地踩了下去。

"那真是吓人。"他的乘客平静地说道。

"是的，我也这么想。"

"女人啊！我想人类这个物种大概没几天好日子了。我们虽然从战争中幸存下来，可也着实代价不菲。所有人都——被疯癫传染，有时还会大规模地恐慌。"他沉默了一会儿，显然是在脑海里冷眼旁观着这个景象。"我见过用机关枪扫射空地上的军队——在中国——还有反抗屠杀的行径。不过看到今天早上那一大帮如疯似颠的人群，不是因为——克莉丝，而是因为他们让我羞为人类，羞于与他们为同类。"

"我本来指望处置尚早，反应应该不会这么大的。我是说警方是这样打算的。"

"我们也是这样想的，所以才会是那个时间。现在我已亲眼所见，我知道当时做什么都无济于事。那些人完全把理智抛之脑后了。"

他顿了顿，接着发出一声悲凉的笑声。"她从来没有对别人真的心存爱意。因为她发现人们——让她失望，所以才会那样分配自己的遗产。今天早上，她的粉丝的表现证明了她是对的。"

酒吧正如格兰特所描述的，凉爽，寂静，让人十分惬意。没有一个人认出钱伯斯。除了他们，还有6个人在店里，有3个人对格兰特点头示意，另外3个人则是看起来紧张兮兮的。即使钱伯斯心里未曾摆脱悲哀，却依然直觉敏锐，他问道："假如你想不被人认出来，你会去哪儿？"格兰特笑了，"我还没找到。"他承认道，"有次我坐朋友的游艇去拉布拉多，结果上岸之后村口商店里有个人对我说：'探长，你把八字胡留短了哇。'从那之后我就只好认命了。"

他们聊了一会儿拉布拉多，接着聊加列利亚，钱伯斯回来前就在那待了数月。

"我从前以为亚洲还有南美洲一些印第安部落，都没开化，而东欧都征服了他们。除了一些小城镇之外，加列利亚还处于蒙昧的黑暗之中。"

"我认为他们对自己最了不起的爱国者恩将仇报了。"格兰特说。

"雷姆尼克？是的。等他的党舔舐伤口之后，就会东山再起。这就是这个黑暗的国家的运行规律。"

"那里有多少党派？"

"大约10个吧，不算小派系的话。那个坐在火山口的国家最少有20个种族，个个都闹着要自治，可是倡议的方针政策又都没什么新意。那可真是个奇妙的地方。推荐你有空去瞧瞧。首都是他们的脸面——他们竭尽所能地山寨着每个国家的首都。歌剧院、电车、电灯、美轮美奂的火车站、电影院——但是就在20英里外的乡村，你就会发现新娘拍卖场。女孩们排列站好，脚边放着她们仅有的嫁妆，等着献身给出价最高的人。我在城里的一幢大楼里，看见一个老太婆在电梯外面发疯似的大喊大叫，她以为自己被诅咒了，大家只好把她送到收容所去。城里贪婪糜烂，乡下迷信愚昧——不过依然还是处处充满着希望。"

格兰特任由他去说，希望能让他忘记早晨的不愉快，哪怕只是短短几分钟。他的思绪并不在加列利亚，而是在西欧佛。果然是他做的，那个情绪化的小白脸！他迫不及待地将他的女主人一所农场和5000英镑骗到手。这消磨掉了格兰特对这个男孩最后的一丝好感。从现在起，罗伯特·提斯多在他心目中，只会是即将被他捏死在手指上的一只臭虫，一个他不想大费周章而速战速决干掉的角色。虽说在他的内心深处，难过的情绪还是为了这个惹人喜欢的提斯多即将消失这个事实而泛起，不过此时他最大的感受却是为这个案子的了结而感到轻松不已。会议讨论的结果不会有变化了，充足证据在手，而在上法庭之前还可以找到更多。他的上司巴尔克与他想法一致，厅长也是如此，这个案子已经水落石出。嫌犯是个穷困潦倒、无瓦遮头、山穷水尽的男子。在落魄之时却攀扯上了富婆的金绣鞋。4天之后便出现了一份遗嘱，使他受益匪浅。隔天一早，女子去游泳，10分钟后他尾随其后，尸体被发现之时他渺然无迹。他现身时讲诉了一个漏洞百出的故事。说他偷了车又回来还车。一颗黑色纽扣缠杂在尸体头发里，而他的深色大衣丢失了，他声明两天前大衣被偷走，可有人指认他当天早上那件大衣还在他身上。

如此便补全案子的完整拼图，缘由，动机，线索。

令人惊讶的是，对拘捕令唯一表示提出异议的，居然是爱德华·钱伯斯。

"这太过于巧合了，不是吗？"他说道，"我是说，只要还能正常思考，谁会在隔天一早就去犯案呢？"

"恐怕你忘了，爱德华勋爵，"巴尔克说道，"如果不是事出有因，谋杀就根本无从谈起了。"

"更何况，时间对他来说是很紧的，"格兰特指出："就剩几天到月底，届时农庄的租约到期，他清楚这一后果。她也许不想去游泳，因为天公不作美，又或者她会突然临时起意到内地去。重点是她一大清早会去游泳的时候寥寥无几。条件非常理想：海滩在早晨空无一人，晨雾可以方便行事，机不可失——时不再来呀。"

是的，案情分析得有头有尾。爱德华·钱伯斯返回他在摄政街公园的府邸，那是他在继承布列姆遗产时一起获得的房子，也是他周游列国间隙时的休憩之所。而此时，格兰特身上带着一张拘捕令，南下西欧佛。

第九章　抓捕失败

假如你问托塞利最讨厌什么，那就是警察，而托塞利会发现自己总能找到痛恨的目标。当伙计的时候痛恨厨师长，当厨师长的时候痛恨经理，等当上经理的时候，那痛恨的可就更多了：大厨、天气潮湿、他老婆、行李员领班的胡须、早餐时要解决的顾客纠纷——反正，多极了！不过他最恨的依然是警察。他们又影响生意，又影响消化。只要有一个警察从玻璃门向他走来，他的消化系统就开始罢工了。

一想到每年孝敬给当地警察当"供奉"的钱，就让他难受。去年总共送了30瓶威士忌、30瓶琴酒、2打香槟和6瓶白兰地甜酒——可还是有些"不长眼"的警察上门，对旅馆的微薄小利榨骨吸髓——总之，托塞利在拥有一身肥肉和高血压的同时依然承受着泰山之重。

这就是为什么他对格兰特满脸谄笑——托塞利这一辈子都在愤怒脸上涂抹上笑容的化妆，就像绳索在大峡谷上绷得紧紧的——还送上一根高档雪茄给他。格兰特探长想找新入职的侍者，对不对？没问题！不过他这时候在轮休呐——在午餐和下午茶之间——不过可以立马找他过来。

"等等！"格兰特说道，"你是说他在轮休？那你知道他在哪儿吗？"

"应该是待在他自己房里。侍者都喜欢让自己歇歇脚，你明白的，站久了腿酸。"

"那我自己去见他。"

"当然可以。汤尼！"托塞利叫住经过办公室的一个侍者，"带这位先生去那个新来的侍者房间。"

"谢谢你，"格兰特说，"等一下我下来的时候你不会走吧？我想和你说说话。"

"我会留在这儿的。"托塞利带着认命的无奈口气说道。他突然伸展双手，脸上的笑容变得意味深长："上个星期是厨房里有人捅人，这个星期呢？盗窃？通奸？"

"你很快就知道了，托塞利先生。"

"我会在这里，"他的笑容变得狰狞，"但是待不了多久，肯定不会！我要安置那种投下六便士硬币就可以供应食物的机器，那样就万事大吉了。"

"就算是这样，万一是硬币弯了投不进去呢。"汤尼为其引路时，格兰特走向电梯时回头说道。

他们穿过人潮汹涌的大厅时，他说："桑格，你和我一块上去。威廉姆斯，你留在下面接应。我们会把他从这里带下来。比起侍应生通道来，这里会引起骚动的几率要小很多。没人会多加注意的。准备好车子了吗？"

"是的，长官。"

格兰特和桑格步入电梯上去。身边突然静了下来，在电梯上行的几秒钟时间里，格兰特开始纳闷自己为什么没有拿出拘捕令，直接向托塞利说明来意，这才是顺理成章的做法。为什么他会这么急于收鸟入笼？兴许是他苏格兰先祖传承下来的谨慎出来阻止，还是他预料到了什么——会是什么呢？他也不清楚。他只知道来这里是当务之急，至于是为什么等以后再说。首先，他得把这个人握在手心里才行。

电梯轻亮的声音划破了寂静。

旅馆侍者的宿舍，是在西欧佛"海洋"旅馆这幢摩天大厦的最顶层，狭小的单间密集排列整齐。当带路的侍者伸出拳头准备敲门时，格兰特制止了他。"这就可以了，谢谢你。"他谢道，于是侍者和电梯员转身离开，从狭小而装修精致的走道深处消失，留出空旷的楼梯平台让警官们办事。

格兰特开始敲门。

提斯多冷淡地回应："来客请进。"

这是个很窄小的房间，令格兰特联想起等待他入住，却也和这里没有区别的牢房。床放在屋角，窗户在一侧，而两扇衣橱门在对面的墙上。提斯多身穿衬衣躺在床上，鞋子放在地板上。床单上则有一本面朝下打开的书。

很明显，他以为是来人是自己的同事。当他看见格兰特，两眼睁得大大的，等他在看到桑格也站在格兰特身后的门口时，就回过神来了。

格兰特还没说话，他就来了一句："你是认真的吗？"

"是的，恐怕我们也没有开玩笑的心思。"格兰特说。他大声地向嫌犯宣读例行声明以及警告事项，而提斯多则坐得稳稳地，两只脚在床边晃来晃去，完全没当回事。

当他完事的时候，提斯多缓缓说道："我想死神降临也不过如此。不公至极却又无处可逃。"

"你怎么这么肯定我们的来意？"

"仅仅是探望也用不着两个人吧？"他粗着嗓子说道，"我想知道的是你们这么做的理由何在？你们有证据吗？你无法证实那颗扣子是我的，因为那压根不是我的。你们为什么不和我说你们到底发现了什么，好让我解释清楚？就算你们找到新证据了，我也可以给以解释。知情权在我，不是吗？我到底能不能解释？"

"恐怕你没办法解释的，提斯多。你最好准备跟我们走吧。"

提斯多站了起来，依然认为这件事发生在他身上真是不可思议。"我这个样子出去不好，"他说道，低头看着身上的侍者制服，"我能换件衣服吗？"

"可以，你换吧，顺便把随身物品带上。"格兰特老练地伸手摸一摸口袋，然后空手拿出。"不过我们得在场。不要拖，好吗？你就在那边等吧，桑格。"他顺口说完，关上门，将桑格留在外面。他走到窗户边，依着窗台。这里楼层很高，以格兰特的思维判断，提斯多有可能会自杀。他没有死硬撑到底的强硬心理素质，或许也没有足够的勇气去不计一切的公之于众。绝对是奉行"我死后，哪管洪水滔天"信条的那种人。

格兰特用余光留意着他的举动。局外人会以为他只是普通地拜访朋友，一边闲扯，一边靠着窗台。实际上他暗地里做好准备应付各种突发状况了。

但是什么意外也没有发生。提斯多从床底下拉出衣箱，行尸走肉一样地换上他的软呢衣服和法兰绒裤。格兰特心想要是他有毒药的话，应该会把它藏在制服里的隐秘之处，可是只见他把制服随意地甩到一边，他无意识地松了一口气。看来应该很顺利，他的举动没有问题。

"我似乎可以不用操心怎么喂饱自己了，"提斯多说，"这个倒霉事当中就这个好像还算幸运哩。唉，我说，我既没钱又没朋友，上哪儿找律师去？"

"我们会给你指定一位。"

"就和餐厅提供的餐巾纸差不多吗？我懂了。"

他打开最靠近格兰特的那个衣橱，开始把衣服从里面的衣服架上取下来，叠好，放进他的衣箱里。

"至少你可以说一下，我的动机是什么？"他说道，好像突然灵机一动的样子。"你可以把纽扣弄错；你甚至可以把一颗纽扣硬扣到一件风马牛不相及的大衣上，可是动机呢？那根本是莫须有！"

"所以你的意思是你没有动机？"

"当然没有。正好相反的是，我觉得上星期四早上发生的事是我人生中最倒霉的事。我想，即使是旁观者也会这么认为的。"

"那么克雷小姐在她的遗嘱上另加的附则，给你留下一座农场和一大笔钱的这些事，想必你也拿不在意了。"

提斯多本来一直在调整他一件衣服的叠放位置。现在他停止了，手里还抓着衣服，但是身体僵直，直瞪着格兰特。

"克莉丝居然会这么做！"他说道，"不，不，我不晓得这些。她真是个大善人！"

有那么一小会儿，格兰特心中满是猜疑。他的演技实在出神入化，时机、表情、动作，比专业演员还精湛。不过疑虑很快一扫而过。他重新支起二郎腿，迫使自己回顾起记忆中那些看似无辜而又迷人的杀人犯（安德鲁·哈梅，将女人娶回家，然后又淹死她们，相貌纯洁得像唱诗班的独唱者。还有些比他还迷人,罪孽更是深重的),随后,他就把思绪回复成正在目睹嫌犯已然落网的一位探长应有的平静。

"看来你终于找到完美的动机了。可怜的克莉丝!她还以为她是在为我好呢。我有为自己辩白成功的可能吗,你知不知道?"

"这我可难说了。"

"我十分尊重你,格兰特探长。看来我只有在绞刑台上才能发出我那无声的含冤之声了。"

他关上那扇靠近格兰特的壁橱门,打开离得较远的那扇。门的开口不是面向格兰特,因此格兰特看不见橱柜里有什么。"可是有些地方你让我大失所望。你知道吗,我原以为你是位优秀的心理专家。当我星期六早上对你讲诉完我的人生故事的时候,我觉得你应该可以认定我不可能犯下你心中所想的那种罪恶,而我现在却发现你和那些平庸的警察没啥两样。"

他弯下腰,大部分身体都探进壁橱里,似乎在拿隔板上的鞋子,一只手还一直握着门把手。

"咔啦"一声,衣橱钥匙被他从门锁中拔了出来,壁橱门轰然关上,就在格兰特刚要反应的时候,门已经从里面反锁起来。"提斯多!"他叫道:"别干傻事!你听见没有!"他心里迅速回想各种毒药的解药。噢,天啊,他真是个蠢蛋!"桑格!过来帮我把门撞开!他把自己锁在里面了。"

两个男人一起全力撞门。他们拼命地撞了几次,门依然死死关紧。

"听我说,提斯多,"格兰特喘着气说道,"服毒是愚蠢的决定,我们会用最快的速度把你救回来,你只会白白地活受一场大罪。你最好想明白了!"

门还是毫无动静。

"消防斧!"格兰特说道,"我上来的时候看到过。就在走廊那头的墙上,快!"

桑格飞快跑出去,几秒钟后,他带着斧头回来。

第一斧才刚落下,一个衣衫凌乱、大打哈欠的侍应生从隔壁房间出现,没好气地说:"你们闹得跟警察临检似的啊。"

"嘿!"他接着说道,盯着桑格抓在手上的斧头,"你们在搞什么啊?"

"别捣乱,傻瓜!有个人在壁橱里自杀了。"

"自杀!壁橱!"那侍者狐疑地抓抓他的黑头发,像个刚睡醒的小孩,"可那不是壁橱!"

"不是壁橱?"

"不是,那该叫啥来着——小后门梯,你知道吧,防火用的。"

"天啊!"格兰特说,狠狠地拍了一下那扇门。

"它通向哪里——楼梯间吗?"他回头对侍者叫道。

"通往前门大厅的走廊。"

"大楼只有八层,"格兰特对桑格说,"电梯还快一些,可能还来得及。"他按了电梯。"威廉姆斯会把他拦下的,只要他打算从大门出去的话。"他说着,自我安慰着。

"威廉姆斯不认识他,探长,至少我是这么想的。"

格兰特破口大骂,那些他自法国参战之后回来就弃之不用的字眼脱口而出。

"在后门守着的那个人见过他吗?"

"是的,长官。所以我们才派他守在那里拦住他。而威廉姆斯警员只能等我们而已。"

格兰特已经无力骂人了。

电梯出现了。

30秒后他们赶到了大厅。

威廉姆斯那张粉红的脸上显现出欣喜的期待,告诉了他们最不想听的结果。威廉姆斯果然没有拦截到任何人。

人来人往，去餐厅喝喝茶，去露天休息区吃冷饮，去吧台喝喝酒，去里昂厅里和人闲聊——整个海洋旅馆的大厅就像美利坚那样的种族大熔炉。想在熙熙攘攘的人群里引人注目，得倒立用手走路才有可能。

威廉姆斯说有个年轻人，褐发，穿着软呢夹克和法兰绒裤，在大约五分钟前离开了。事实上，有两个人走出去了。

"两个人！这两个人一起离开的？"

不，威廉姆斯是说在过去5分钟离开的人，符合这些特征的有两个。假如前提是这样的话，那么眼前就只有一个。

没错，是还有一个。格兰特看着威廉姆斯，绝望的情绪袭来，犹如一波波海浪一样地拍打着他，使他整个人都像被淹没一般。是的，肯定还会有更多人。哪怕只是在肯特郡，此时必定就有1万个人符合提斯多的特征。格兰特勉强振作，开始忙碌着设立封锁线，这可真是个让人发疯的工作。

第十章　有人自首

吉米·霍普金斯一辈子都没发表过这么引人注目的新闻图片：高德斯墓园中那些疯狂群众们的面容如同美杜莎一般狰狞，他们像复仇女神一样披散着头发、张着大嘴，在怨恨的驱使下疯狂地攻击着别人。这些面部特写冲击着镜头，让所有人都不得不承认这实在是一篇非常优秀的报道。克雷的葬礼才是今天最重要的事件。对《前哨》报来说，能拥有这么一个摄影师着实令人骄傲。

然而对霍普金斯来说，最令他自豪的则是自己能跟踪住格兰特这个移动的"线人"。不论是从威格莫街去东方旅行社办公室，再到坦普尔，最后抵达苏格兰场，还是仅仅在街角歇脚等待格兰特离开苏格兰场的大门，都让他受益匪浅。至于一路追着他去了西欧佛，则更是让他得到了意想不到的收获。

当报童举着《前哨》报在街头兴奋地大喊"克雷遭遇谋杀！凶手已经落网"时，他的身边挤满了急于知道真相的人。与这种热闹的场景相对的，则是其他各个报社里低沉的气压。几乎每个记者都垂头丧气地试图向愤怒的主编解释自己失职的原因。

"苏格兰场方面曾说过他们会在第一时间电话告知我们可以对外发布的新闻的！"他们如此辩解道。

但主编怒气不解。他实在想不通为什么要给这些家伙发薪水。就为了让他们舒舒服服地坐等着捡官方丢来的垃圾？他们难道以为自己是在赛马场里赛马等着赢赌金的大老板吗？

在此次事件中，唯一一个得意的人恐怕要数吉米的大老板了。他毫不吝啬地签下了吉米的薪水支票，以至于吉米得以直接搬进了格兰特曾预订了房间的海洋饭店，要说他的房间可比格兰特的要宽大得多了。而且对于格兰特来说，即便是订了房，也不可能像吉米一样入住，因为接下来的大部分时间，他恐怕都只能待在警察局了。

"是克里丝汀·克雷的星座使她命中注定获得如此令人震惊结局。说真的，我也许应该好好谢谢她。"吉米想。

与吉米的闲适不同，格兰特早就被埋在了源源不断的各类信息中，不过，这也是他早就预料到了的。自案发当日至星期二中午，提斯多几乎出现在了威尔士和英格兰的每个角落，而到下午茶时，甚至还有举报人声称在苏格兰见到了他。

格兰特综合了一下这些来自举报人们的消息，发现在这短短几天内，提斯多不但在约克郡的某条河边钓过鱼、去亚伯利斯维特的一家电影院看了电影、在林肯郡租了一间房并且偷跑赖掉了房费（格兰特发现，他总是赖掉各种账单），还在卢斯托夫向别人表达了想要搭船的意愿（搭船的情况还同时发生在其他五六个地方。看来因为没钱付给女房东而打算远离英国的年轻男子确实多得出乎人意料），另外，还有人说在潘瑞斯的一处沼泽地看见了他的尸体（大半个下午，格兰特心里都在琢磨这条消息的真伪）。

除了上述那些，那些消息中还提到提斯多曾醉倒在伦敦的某条小巷、分别在海华斯和阿吉尔街吃了面包干酪和蟹肉三明治，在东格林斯塔、爱斯伯里、多彻斯特、汤布里奇、莱斯特、格兰森、阿什弗、查塔姆、卢斯、卢顿、海斯以及伦敦等多个地方买过帽子。他出现在人们能想象出的每一个地方，偷了人们能想象出的所有东西。（其中包括一只来自克劳伊顿某家玻璃瓷器店的细颈水瓶，按举报者的说法，这只水瓶之所以被偷是因为它可以被当作一件很好的武器。）

信件、电报、无线电蜂拥而至，三部电话也此起彼伏地响着，甚至还有源源不断亲自登门的举报者。所有的这些消息警方全部要一一排查，即便明知至少有90%都是无用的，可在确定无用之前，还是需要进行进一步调查。即便如格兰特一般有耐心的人，在这成堆的报告前也几乎失去了自制力。

"没想到一时疏忽竟要付出这么大的代价。"他说。

威廉姆斯摇摇头："您就想开点吧，先生，幸好情况还没变得更糟呢！"

"更糟？你来说说，还有比现在更糟的情况？"

"嘿！您是不知道，要是有个疯子来自首的话，那我们的时间可要被浪费得一干二净了！"

威廉姆斯一语成谶，隔天早上，这个疯子真的出现了。

格兰特仔细检查着一件被露珠浸湿的大衣，这件衣服是早上才送进来的。刚刚查完抬起头，他就看见了一脸神秘的威廉姆斯。威廉姆斯小心翼翼地关上门，又神秘兮兮地走到他的面前。

"怎么了？"因为期待，格兰特问话的声音显得有些尖锐。

"来了。"威廉姆斯回答道，"长官，来了一个自首的疯子。"

威廉姆斯的声音中隐含着一丝内疚，他总觉得若不是自己昨天提起，也不至于会招此厄运。

格兰特随口嘟囔了一声。

"先生，这次看起来不但有趣，而且时髦，似乎十分不寻常。"

"你指的是个性还是仅仅是长相？"

"不，长官，我说的是那位小姐的衣服。"

"小姐？！来的是个女人？"

"没错，就是一位女士。"

格兰特突然愤怒起来。在如此忙碌紧张的时刻，一个女人，一个想出名想疯了女人，竟然会只为了满足自己卑鄙又变态的欲望而到警察局来捣乱！

"把她带进来。"格兰特压抑着心中的怒火。

威廉姆斯开门出去，很快将一位衣着光鲜的女士传唤了进来。

这位女士便是朱蒂·塞勒斯。

朱蒂·塞勒斯表情阴郁，一言不发地走进房间，带着一份从容的姿态。她的出现让格兰特感到十分惊讶，不过，他还是察觉了到隐藏在她精致妆容下的那份强烈的叛逆。那是一种如同她的身世一般被格兰特所熟悉着的愤世嫉俗。

格兰特很会吓唬人。

他沉默着拉出一张椅子，同时说道："你可以出去了，警员。"

待威廉姆斯离开后,他扭头对朱蒂说:"塞勒斯小姐,你难道就没觉得不公平吗?"

"嗯?"朱蒂做出了一个疑惑的表情。

"为了一件要案,我每日要工作至少二十三个小时,而你,却打算用一份假口供来浪费我宝贵的时间吗?"

"我没这么想。"

"可你是这么做的!我不想听你再多说一个字,请你马上离开这里!"说着,格兰特准备起身开门。

"等等!"她出言制止,"就算你把我赶走了,我也会去另一个警察局自首,然后被他们推来找你,因为这事儿确实是我干的!"

"不可能!"

"怎么不可能?"

"第一,你不在案发现场。"

"你怎么能确定我不在那附近?"

"据周六晚聊天内容显示,你周三晚间是在切尔西的济慈小姐家中做客。"

"没错,但我只喝了几杯鸡尾酒就早早离开了,因为当晚莉迪亚还要参加一个在河边举行的派对。"

"即便如此,从时间上来说你也不可能在次日天刚亮时就抵达西欧佛附近的海滩。"

"若是我隔天早上身在英格兰北部呢?那就没什么奇怪的了吧?我当时是开车去的,这一点你可以随时去我的公寓进行查证,与我同住的女孩也会告诉你我是在周四中午才回去的。"

"那也不能证明此次谋杀与你有关。"

"可事实确实是我驾车躲进了峡谷中的树林里,一直等着她去那里游泳。"

"你当时穿着一件男人的大衣?"

"你怎么知道?的确如此。那大衣是我弟弟放在车里的,我开车的时候感觉很冷,就拿来穿上了。"

"你穿那件大衣去了海滩?"

"当然!那种冷得让人发抖的天气,我怎么可能把大衣丢在车里?说实话,我并不喜欢在清晨游泳。"

"可你还是下水了?"

"那是自然,谁也没办法在岸上淹死别人吧?"

"你将大衣留在了岸上?"

"没,"经过一番深思熟虑,她用略带讽刺的口吻说,"我是穿着它下水去的。"

有那么一瞬,格兰特被吓了一跳。他深吸一口气继续问道:"也就是说,你换好泳衣,又穿上了你弟弟的大衣走下了海滩。那么之后呢?"

"她当时已经游离岸边有一段距离了,我下水后游向了她,接着把她淹死了。"

"过程?"

"她先跟我打了招呼,我回了她,然后我按照弟弟曾教过我的办法轻轻掐住了她的下巴让她无法呼吸。紧接着我潜下水去,抓住她的脚跟把她拉到水下,直到成功将她溺死。"

"还真是够干净利落的。"格兰特说,"既然连这些都计划好了,你应该也给自己编了个动机才对吧?"

"动机?我不喜欢她,甚至可以说我很讨厌她。她的长相和成就都让我心烦,我忍无可忍,只好杀了她。"

"我懂了。接下来我想听听你自首的理由。这桩谋杀案可称得上是天衣无缝,你为何还要来自首呢?"

"因为你们怀疑错了人。"

"也就是说，你自首是因为我们把罗伯特·提斯多当成了嫌疑犯？好吧，真相大白。既然如此，作为浪费了我宝贵时间的补偿，你能不能跟我说说你对提斯多了解多少？正好你也可以趁此时间在这儿休息一下。"

"抱歉，除了他绝不可能杀人外，我对他一无所知。"

"哦？这么说你很了解他？"

"不！对我来说他只能算是个陌生人。"

"不是朋友？"

"不是，而且你不用乱猜，我们也不是什么情人。除了给我递过一杯鸡尾酒外，他甚至都不知道有我这么个人。"

"可您还是竭力想要替他脱罪？"格兰特的语调变得客气起来。

然而这种客气令她反感不已："难道你不会在杀人后去自首，以免别人替你背了黑锅吗？"

"那得看警察是否够蠢。塞勒斯小姐，我认为您低估我们了。"

"我就是认为你们很蠢！你们将无辜者当成杀人犯，千方百计地要置他于死地，可当有人来自首时，你们却完全不肯相信！"

"塞勒斯小姐，每一件案子中都有很多只有警方才掌握的情况。你错在只按照新闻来设计自己的故事，而忽略掉重要的线索，或者说你根本不知道此案中还有另一条重要的线索。"

"什么线索？"

"关于克里丝汀·克雷的住处，这个住处向来无人知晓。"

"但凶手肯定知道。"

"没错，这也是我重点要查的事。所以你看——我现在很忙。"

"你根本不信我的话，一个字都不信。"

"也不能这么说。实际上，你说的那些内容有很多都让我相信，比如，你可能确实在周三时整晚待在外面，或许你也的确去游了泳，并且直到周四中午才回家，但是，这些都不是能确定你杀人的证据。"

格兰特话音刚落，朱蒂就掏出了自己的唇膏，用她那慵懒的、难以模仿的姿态站了起来。她一边涂着唇膏，一边说："既然你不肯给我这个见报的机会，那没办法，我也只能认命地继续一辈子演我那愚蠢的金发女郎了。幸好我买的是当天往返的票。"

格兰特脸上露出一个不屑的笑容："凭你，还骗不了我！"说着，他走过去帮她把门打开。

"去你的！"朱蒂突然歇斯底里地嚷道，"就算你说对了又怎样？你还是错怪了他！你错了！错得简直离谱！告诉你，在这个案子结束前，你一定会臭名昭著的！"

说完，她撞开目瞪口呆的威廉姆斯和其他两名警员，消失在警察局大门外的人流中。

"终于走了，这才只是第一个。"威廉姆斯说，"长官，你说这些人是不是很奇怪，要是我们对外宣称凶手的大衣上缺了一枚扣子，恐怕也会有人把自己的大衣扯掉一枚扣子送过来吧？他们这到底是在给咱们找麻烦还是给自己找乐子呢？对了，长官，刚刚那个女的恐怕不是什么普通的角色吧？"

"嗯。威廉姆斯，说说你的想法。"

"我觉得她是一个冷酷无情的演音乐剧的女人，只是想找机会出名，以此来推动自己的事业罢了。"

"全错！她是个正剧女演员，她痛恨自己的职业，并且善良到可以为了别人牺牲自己。"

"怎么会？"威廉姆斯觉得有点没面子，不过他很快找到了一个借口，"当然，我没跟她交谈过，猜错了也是正常的。"

"并非如此，外表也是辅助判断的一个很好的依据。说实话，威廉姆斯，我很希望自己能够如此断案。"

　　说着话，格兰特坐了下来，用手指捋着自己的发丝，"威廉姆斯，如果是你，在成功逃离海洋饭店后会怎么做？"

　　威廉姆斯明白，他是让自己站在提斯多的角度去考虑这个问题。

　　"首先，我会挤上自己见到的第一辆公交车，然后混在人流里下车，随便走向什么地方。当然，不论去哪儿，我都一定会伪装成自己有一个确切的目的地的样子。"

　　"接下来呢？"

　　"可能要坐另一辆公交车去人烟稀少的地方吧。"

　　"所以你会尽量避开城镇？"

　　"那是一定的！"威廉姆斯瞪大眼睛回答。

　　"可你不觉得一个陌生人在空荡荡的乡间行走更显得不寻常吗？"

　　"还有树林啊！这一带可是有很多能供人藏身的树林的，有些甚至能让人一直躲藏下去不被别人发现。比如说，要是他藏进了像西边的阿什顿森林一样的地方，恐怕要出动一百个人，来一次地毯式搜查才能有所收获呢。"

　　格兰特摇摇头："那么食宿问题呢？"

　　"最近天气回暖，露宿应该不成问题。"

　　"可如今已经两天了，如果他真的到了乡下，那么肯定变得蓬头垢面了，可你记不记得，有人曾举报说他去买了剃须刀？也就是说，他也可能去投奔了朋友，比如——"格兰特用眼睛扫向了刚刚朱蒂坐过的椅子，"不，不可能！她没必要冒那么大的风险来故弄玄虚！"

　　威廉姆斯其实很希望格兰特能去酒店里休息一下。他觉得，格兰特因为没有抓住提斯多而有些过分自责了。即便最优秀的人也难免犯错，更何况，众所周知，格兰特身后还有警方的全力支持，他早晚一定会破了这个案子的。

　　"他实在没有必要为了一次失察而折磨自己，这未免也太愚蠢了些。"威廉姆斯想。若说警察也会心痛的话，那威廉姆斯那颗平素坚毅无比的心脏此时就正在为他的上司而痛着。他始终认为，格兰特根本没必要介意那些居心不良、觊觎着他的职位的小人，为了这些爱小题大做的家伙和每个人都可能犯下的过错而把自己累倒，这实在是得不偿失。

　　"你能不能把这玩意儿扔掉？"格兰特指着威廉姆斯的大衣说，"你这衣服的款式起码是20年前的了吧？而且我记得，那些扣子也都是早在10年前就掉光了的。威廉姆斯，我有件事一直想不通，那件大衣在他待在海滩的时候还在呢，可为什么回来时就没了呢？从各种线索来看，他十分迫切地赶了回来，以便掩饰自己在逃亡途中留下的破绽。也就是说，他应该是在路上把大衣给处理掉了，但问题是，那条路岔路不多，而且从时间上来说，他也不可能走出太太远，我们怎么可能一直找不到那件大衣呢？那附近的两个浅浅的养鸭池、三条连硬币也藏不住的小溪，还有各种水沟、围墙、花园和杂木林，我们全都翻了个遍，可就是什么都没有！没有任何一个人能说出他到底把大衣藏到了哪里！威廉姆斯，要是你的话，你会怎么处理那件大衣？"

　　"应该会烧掉吧。"

　　"不会。时间来不及。况且，那是件湿衣服，没准儿还已经湿透了呢。"

　　"那就卷起来塞到树杈之间去，反正人们只会低着头在地面各处查找。"

　　"哈！你简直是个天生的罪犯！威廉姆斯，快去告诉桑格这个假设，并且要求他今天下午就按照这个方向去查！跟抓到提斯多比起来，我宁愿先拿到大衣。不，确切的说，我一定要找到那件大衣！"

　　"另外，关于剃须刀，长官，你觉得他会不会把剃须刀随身带着？"

"我还没考虑过这点,但我认为他没那么冷静。不过说真的,我也从没想过他竟然胆敢逃跑,我本以为他会自杀呢。对了,你们把他的东西都放哪儿了?"

"桑格把它们全都装在这个箱子里拿过来了。"

"看看里面有没有剃须刀,这样我们就能知道他是否刮过胡子了。"

剃须刀并不在箱子中。

"哼!真不错!"格兰特说,"谁能想到他竟然在我的眼皮底下把剃须刀装进了口袋,嘴里还说着什么'探长,您太让我失望了'。他那时就在密谋逃走!而我,我这个天字第一号傻瓜探长竟然完全没有察觉到!我完全看错了这个小子,从根儿上就看错了!打从一开始,当我把他带离验尸调查庭时,我以为他是个满腔热血、行事冲动、歇斯底里的家伙。后来,我在得知遗嘱的事后改变了想法,但也仅仅是把他当成了一个可怜人罢了。而现在,直到现在我才发现,他竟然是在当着我的面做着逃走的计划,而且他还成功了!警员!提斯多不是什么窝囊废!我!我才是!"

"振作点,长官!咱们只是时运不济而已。放心,哪怕只有我们两人,也一定能将那冷血的杀手绳之以法的!"威廉姆斯骨子里热血沸腾着。他完全没想到,那个能令杀害克里丝汀·克雷的凶手显出痕迹的关键人物,竟是一个闻所未闻的、来自堪萨斯市的傻乎乎的小女人。

第十一章 嫌犯现身

艾丽卡坐在她那辆臭名昭著的小破车里踩了踩刹车,让车子停了下来,然后又倒回去一点,最终停在了一片草丛前。

她饶有兴趣地看了看那只在金雀花间露出来的男式皮鞋,接着,又来回打量了一下这条铺满细碎的阳光、两边开遍了海石竹和威灵仙的笔直的乡间小路和旁边的这片空地,最后才慢悠悠地开口说道:"放心出来吧,我保证这附近几英里内连个人影儿都没有。"

她话音刚落,鞋子立刻消失,紧接着,一张看起来受了惊吓的男人的脸出现在了树丛中。

艾丽卡看着那张脸,"还真是叫人松了口气啊,我原来还以为你死定了呢。"

"你怎么确定就是我的?"

"凭你鞋底的曲线。你鞋底的脚掌部分,就是撕掉价签的那个位置,有几条奇怪的曲线,上次你躺在我爸爸办公室的地上时我就发现了。"

"啊,是有这么回事,你还真是个敏锐的侦探啊。"

"可你这个逃犯却很差劲儿,"艾丽卡说,"随便一个人都能看到你的脚印。"

"但你并没给我时间逃跑,我听到车子的声音时你已经离我很近了。"

"你是聋了吗?我可怜的丁尼可是跟老达因先生的贝壳和米德威女士的帽子并称为郡上三大笑柄啊!"

"丁尼是谁?"

"我的车啊!你不可能一点动静也没听到吧!"

"呃,那个,我最近睡眠不足,可能是不小心睡着了那么一两分钟。"

"我猜也是。你饿吗?"

"你有吃的东西?还是,你只是在跟我说客套话而已?"

艾丽卡将手伸到车后,掏出了半磅奶油、半打面包卷、四个番茄和一罐牛舌。

她先把牛舌罐头丢过去:"我没带开罐器,你自己找个硬东西把瓶口砸开吧。"

说完，她又从口袋里掏出了一把折刀，开始往切开的面包上涂奶油。

"你不会总是像这样随时带着食物吧？"他有些纳闷。

"为什么不会？我常年不在家，又总是肚子饿，就只能这样了。喏，给你刀子，自己切一块牛舌放上面吧。"她将刀子和涂了奶油的面包递给他，"用完把刀子还我，我还得再涂那块面包呢。"

他依言照做。

拿回刀子，她又拿起一块面包忙碌起来。艾丽卡表现出礼貌的无视，让他可以不用费力去装出一副他目前根本无法做出的无所谓的样子。

过了一会儿，他说："你应该知道自己这么做是错的吧？"

"我哪儿错了？"

"首先，你作为警长的女儿来帮一名逃犯，这就已经是错上加错了。其次，如果他们对我的指证是正确的话，你此时已经让自己身陷险境了，这难道还不糟糕吗？你必须知道，你绝不该犯这种错误。"

"要是你真的是凶手的话，就算杀我灭口也没什么用吧？"

"但如果我已经杀过人了，那是杀一个还是两个就没什么区别了吧，反正死刑只能执行一次而已。这么说，你认为我不是凶手？"

"不是认为，而是确信。"

"为什么？"

"你可没有杀人的能耐。"

"谢谢。"他语带感激。

"我没那种意思。"

"我知道！"他笑得十分真诚，"虽然听起来让人有些难堪，但却很直爽。"

"我也很会说谎的。"

"那你恐怕今晚就需要施展这项技能了，否则就得将我的下落说出去。"

"没人会问我这些。"艾丽卡回答，仿佛自己没听到他后面的半句话一样，"对了，你实在不适合留络腮胡。"

"我也这么想。但没有水和肥皂，就算我有剃须刀也没用。我猜你肯定不会随身携带肥皂吧？"

"当然，没人会像吃东西一样频繁地洗手。不过为了防止换轮胎后手太脏，我倒是有能起泡、能洗手的东西，就在这个瓶子里。你看看能不能用得上。"说着，她从车厢中取出那只瓶子，"你知道吗，你比我想象的聪明多了。"

"为什么这么说？"

"因为你逃走了，而且是从格兰特探长的眼皮底下。我爸爸常常自诩工作能力超群。"

"他确实是。要不是实在害怕被关进牢里，我也没那个胆子逃跑。从计划到实施，我只用了半小时，那是我这辈子最刺激的半小时，现在我可知道什么叫极速生存了。我原以为这个词的意思是指有了钱以后就能随心所欲地在一天内做20件不同的事呢，但现在看来，我以前的理解还是错了。"

"克里丝汀·克雷是个好人吗？"

这个问题让他有些惊慌失措，"你的思维也太跳跃了。"他停止了进食，"没错，她确实是个好人，在知道我讨厌到办公室去上班却又很穷以后，她甚至还把自己在加州的农场留给了我。"

"这件事我略有耳闻。"

"你知道这事？"

"嗯，爸爸和其他人讨论此事的时候我恰好听到了一点。"

"这样啊……即便如此，你还相信我不是杀害她的凶手吗？你应该认为我是个爱占便宜的人吧？"

"她美吗？"

"你没看过她饰演的角色？"

"好像没有。"

"我也一样。你觉得奇怪吗？实际上，一个流浪者是很难看上一场电影的。"

"我很少去电影院，我家附近可没什么好影院。多吃点牛舌吧。"

"克莉丝本来是一片好心，他只是想帮我而已，可没想到她送我的礼物却成了一个催命符，这是不是很讽刺？"

"看来你也不知道谁是凶手喽？"

"不知道，"他摇摇头，有些顾虑地看着女学生，"我只是在某天晚上刚好搭了她的顺风车而已，对于她的那些朋友，我一个认识的都没有。话说回来，你是不是觉得这事儿挺不可思议的？"

"不会啊，这种事只要两相情愿就得了。就拿我来说，我就常常从一个人的外表来判断他的好坏。"

"我总觉得那应该只是个意外，是警方太小题大做了。要知道，案发时，正是海边最空旷寂寥的时段，起码要再过一小时才有可能有人能起床呢。怎么可能会有人选择在那个时间、在那种地方行凶呢？而且，那粒扣子应该也只是巧合而已吧。"

"那要是警方找到你的大衣时，那些扣子一个都不少的话，是不是就能证明你没有参与这件案子？"

"也许吧，据我所知，目前警方似乎只找到这么一个证据，不过我想你知道的应该比我多很多。"他淡然一笑。

"那么弄丢大衣的时候你在哪里？"

"嗯……我记得周二那天我们去了迪姆彻奇。下车时，我俩习惯性地都把大衣放在了车后座上，然后我们在防洪堤上散了半小时左右的步。当我再次注意到我的大衣，是在回程的半路上加油的时候。我原本是转身去拿放在后座的克莉丝的皮包的。"说到这，他的脸微微红了一下。艾丽卡原本有些惊讶和尴尬，过了一会儿她才明白，原来他是因为要女人替他付账这事儿而感到不好意思，这对他来说，简直比被冠以谋杀者的罪名还让人羞愧。

不过他很快镇定下来，继续说道："就是那个时候，我发现自己的大衣不见了，我猜，应该是在我们散步时它就丢了。"

"你觉得会是吉卜赛人偷的吗？"

"应该不是，我没见到那里有吉卜赛人。我觉得更可能是过路的人拿走的。"

"你的大衣有什么特征吗？就是那种可以在警方面前证明那确实是属于你的那种。"

"有的。在大衣衬里裁缝店的标签上有我的名字。"

"可是如果大衣真的是被偷走的，那小偷一定会第一时间把标签拆掉。"

"你说的没错。不过我的大衣还有个记号——在右边的口袋下面，曾经被别人的香烟碰到过，当时烫下了一个小小的焦痕。"

"这是个好记号！如此一来就好办了。"

"前提是，这件大衣能被找到。"

"没人会因为警方在查找就把自己偷来的东西送进警局。况且他们想要找的是被丢掉的大衣而不是穿在身上的大衣。到现在为止，你的大衣并没被任何人找到。我想说的是，我们应该帮你找证据，站在你的角度去寻找大衣。"

"我该做些什么？"

"去警局自首。"

"你说什么？"

"我说让你去自首。这样一来你就能得到一名指定律师,接下来就会有人从帮助你的角度去寻找大衣了。"

"不,我做不到。你……抱歉,我忘了你的名字。"

"艾丽卡。"

"对,艾丽卡。我讨厌坐牢,只要想象一下我就浑身难受。"

"是幽闭恐惧症?"

"或许吧。其实只要事先明白可以出去,不管是山洞还是其他什么封闭的空间我都无所谓,但我不能被锁起来。锁在某个地方,无所事事地傻坐着胡思乱想,我实在是忍受不了。"

"你要是这么想,那也没办法。真可惜,原本这可是一个上上之策。那你自己有什么想法吗?"

"反正最近没有下雨,或者我可以一直露宿吧。"

"你就没什么能去投奔的朋友吗?"

"什么样的朋友愿意收留一个杀人嫌疑犯?你实在是太看得起人类的友谊了。"沉默了几秒钟,他的声音变得惊慌失措起来,"不,不不!也许我想错了,我以前好像从没遇到过什么好人。"

"好吧。不过你不觉得我们应该商量一个见面地点吗?这样我明天就能给你送食物了。你觉得就在这怎么样?"

"不行!"

"那去哪儿?"

"哪儿也不行!我的意思是你别再来找我了。"

"理由?"

"你这是在惹祸上身、在犯罪!虽然我不懂刑法,但我知道你会因此而成为罪犯的。这绝对不可以!"

"得了吧,法律可没规定一个人不能把食物从车子里丢出去。明早只会有一些面包、巧克力和干酪莫名其妙地从一辆车上掉到树丛里,除此以外什么都不会发生。好了,我得走了。在这种荒无人烟的地方长时间停车,没准儿什么时候就会有人出来瞎问的。"

说着,她将吃剩的食物全都塞进车里,打开车门坐进了驾驶室。

他打算站起来跟她告别,准备要站起来。

"别动!你就那么坐着吧,别犯傻!"她的声音颇为严厉。

他转身换成了跪着的姿势:"这样总行了吧,起码让我表示一下自己的感谢。"

她关好车门,把胳膊支在车窗上。

"纯的还是坚果的?"

"什么?"

"巧克力呀。"

"啊!要葡萄干的!谢谢你艾丽卡·伯戈因。总有一天,我会让你也戴着红宝石走在地毯上的……"

他话没说完,声音就被丁尼离去时引擎的怒吼给淹没了。

第十二章　寻找大衣

"你有闲钱吗,慈生?"艾丽卡问自己父亲的总管。

慈生沉默着停下手头的账目盘点工作,冷冷地瞥了她一眼,然后低下头继续拨着算盘。

过了好一会儿，他才用低沉的声音说道："两便士！"

这句话是在说他正在清算的账目，慈生十分厌恶算账，艾丽卡耐心地等待着。

"两便士就能让我风光下葬。"他又说，视线回到了账目表第一栏。

"行了吧，你可是会长命百岁呢！能不能先借我10英镑？"

老人把铅笔从舌头上拿开，舌尖上显现出铅笔留下的紫色痕迹，"你找我是为了这个？你又想要钱做什么？"

"反正不是坏事。好吧，我确实有事要办，而且油钱也很贵。"

不提汽油还好，一提汽油，慈生的语气马上变得不好起来，他很讨厌丁尼："你是说你那辆车？要是因为车子的问题，你大可以去找哈特。"

"当然不行！哈特只是个新人！"艾丽卡吃惊地回答。

她的回话让慈生心里舒坦了一点，哈特虽已到任11年，但跟他比起来，的确是个新人。

"你放心，我绝不会做坏事的。"艾丽卡跟慈生保证，"我原本打算晚上跟爸爸要的，可爸爸要去威廉叔叔家，不知何时才能回来。除了他以外，"她顿了顿，"你也知道，我并不喜欢去求那些总喜欢追根究底的女人。"

这句话说到了慈生的心坎里，甚至打消了汽油的话题在他心中引起的不快。她说的女人指的是保姆，慈生向来对那个保姆没有好感。

他摇着头说："你要知道，10英镑可是我棺材本中的一大部分了！"

"至少到周六前你是用不着的。我倒是还有八英镑存在银行里，可我现在时间宝贵，一点也不想浪费到一大早去西欧佛取钱这件事上。就算我出了什么意外，你至少也能回本儿八英镑，而其他两英镑，我相信爸爸也不会赖掉的。"

"为什么要来找我老慈生呢？"慈生语带得意。

按说听到这种问题，正常人都会回答什么因为我3岁就开始依赖你、你是我认识最久的老朋友、你会帮我保守所有的秘密、是你抱着我第一次骑上小马之类的，最少也会说即便你脾气不太好，但总归也是个老可爱这种话。可艾丽卡偏偏没有说她不是"正常人"。

她笑着回答："我只是想知道到底是银行还是茶叶罐更方便一些？"

"你这话什么意思？"

"哎呀，我竟然说出来了！其实这事儿虽然是从你太太那儿听说的，但责任在我，是我不小心在喝茶的时候发现了茶叶罐中若隐若现的钞票。我觉得对喝茶而言这似乎不太卫生，不过这确实是个藏钱的好地方。反正只要用开水一冲，什么细菌都能杀光。"

艾丽卡的话说得慈生哑口无言。

紧接着，艾丽卡觉得已经到了把原本应该当作前锋的话拿来改为后援的时机了："更何况，除了你以外，我还能找谁呢？"

她抢过慈生手中那支铅笔头，在一张竞技赛会的宣传单背面写道："艾丽卡·米雅·伯戈因欠巴索娄姆·慈生10英镑。"写完后，她又在这句话后面用小女生的笔迹签上了自己的名字，然后递给了慈生："喏，我的支票簿用光了，将就用这个吧。有效期截止到星期六。"

慈生接过欠条，小声抱怨着："你可别把我棺材上的铜柄都浪费在肯特郡。"

"铜柄？你不认为那太浮夸了吗？还是铸铁好一些吧！"艾丽卡说。

"对了，肯特郡有多少当铺？"在去茶叶罐取钱的途中，艾丽卡问道。

"总有两千家吧。"

"什么？"艾丽卡瞪大了眼睛，没有继续追问。

当晚，"两千家"这三个字伴她入梦，并在第二天一早她睁开眼时立刻跳了出来。

我的上帝！两千家！虽然慈生可能从没当过什么东西，这也只是他的猜测而已，可那富裕的肯特郡，即便没有两千家，数量也不会少多少。艾丽卡以前从没注意到哪里有当铺。这种事就像采蘑菇，要不是真心想找，谁也不会在这种事上多浪费一丝精力。

这是一个平静而又炎热的清晨。6点半，屋里的人一个都还没有醒过来，艾丽卡的丁尼已经驶出了车库。

无论何时，丁尼的轰鸣声都能响彻天际，可对于夏季早餐前宁静的清晨时光来说，这种声音实在是让人无法忍受。艾丽卡第一次产生了一个不忠诚的念头，这个念头让她内疚不已。

的确，以往丁尼也常常把她气得像一只愤怒的蜜蜂，但那也是因为她深爱着丁尼，将它视为自己的一部分，从而产生了一种恨铁不成钢的迫切之情。她从未产生过背弃丁尼的念头，即使被朋友无情的嘲笑后，也没想过要跟丁尼划清界限。

然而今天，艾丽卡突然平静地想着："也许我该换辆新车了。"

她开始成熟起来了。

在安静的小路上，丁尼尽职尽责地前行着，它的引擎噗噗作响，车身也在不停颤抖。老式的司机座椅上，艾丽卡挺直了腰，不再去琢磨丁尼的事。

在她身边的箱子里，放着在管家完全不知情的情况下准备的"艾丽卡小姐的午餐"，其中包括奶油、面包、番茄、甜酥饼，还有一瓶牛奶和半只童子鸡。此外，箱子后的一只牛皮纸包里包着的则是艾丽卡自己出钱购买的、来自"提供当季最佳食品"的东印度食品商迪斯先生家的美味——亮晶晶粉嫩嫩的冷冻切片小牛肉。（"艾丽卡小姐，你确定要切那么厚？"）不过由于没什么销路，食品商那里并没有带葡萄干的巧克力。

前一天晚上，在距离商店打烊还有不到一个小时的时候，艾丽卡依然驰骋在路上。她其实已经很累了，而且对于一个饿着肚子的人来说，哪怕几块好吃的纯巧克力也会让他感到很满足的，没人会对几粒小葡萄干执着追求的。不过虽然嘴上不说，但艾丽卡却明白，小事同样重要，尤其在心情不好的时候，细节尤其能影响一个人的情绪。

艾丽卡忍受着夜晚的燥热跑遍了附近所有的村庄。她的决心随着成功的希望越来越渺茫而变得越来越坚定。正因为此，最终才会有那只放着四大块半磅重葡萄干巧克力的破行李箱出现在丁尼左侧车门旁的座椅上。

这些巧克力来自雷塞姆村席格斯太太的店子。七点一刻，艾丽卡成功劝服她中断了自己的晚茶，用钥匙重新打开了那扇油漆斑驳的店门。

"伯戈因小姐，除了你，任何一个人也别想让我这么做。"席格斯太太当时这么说道。

艾丽卡开车穿过了沉睡的马林佛街区，在刚过七点时进入了空旷、炎热的郊区。转入那条又直又长的白色乡间小路后，她很快找到了昨天发现提斯多的地方。她的那双训练有素的眼睛对乡下的景物十分敏感，因此昨天才能一眼看见那双男式皮鞋。

"今天应该是个艳阳高照的日子，他会需要这些番茄和牛奶的。"艾丽卡想。她觉得，就算不是为了逃避法律，金雀花丛也不是什么好的藏身之所。提斯多应该找一个至少能在正午时用来乘凉的地方才对。

艾丽卡反复思索着是否应该把"逃犯"送往类似查林之类的地方。那些树林甚至能藏下一支军队，别说警察无法搜索痕迹，就连阳光也别想照射进去。不过艾丽卡讨厌树林，因而也不觉得那是什么安全之处。

"虽然金雀花丛里有些热，但起码不会像在茂密的树林中那样，有随时被人冷不防踹一脚的危险。"艾丽卡自言自语道。

再说，提斯多应该不会同意搭她的便车吧。

且不论提斯多到底是何想法，这项提议甚至连被说出口的机会都没有。若非他的睡眠已经好到连丁尼都吵不醒的地步，他之所以没有出现，就极有可能是因为他已经离开这里了。

艾丽卡开着丁尼全速前进了一英里，一直走到这段路的尽头，接着又返回到昨天停车的位置。随着引擎被关掉，周围立刻变得鸦雀无声，既看不到树影晃动，也听不见一丝鸟鸣。

她就那样若无其事地、安静地等待着，看起来就像是正在思索下一步的前进方向一样。为了不引起偶尔路过的乡下人的怀疑，她不能显露出一丁点儿在等人的表情。

在车里表情轻松地坐了20分钟后，她借着伸懒腰的机会确定了一下这条路上的确是空无一人后，开门下了车。若是提斯多有话要告诉她，那么应该早就出现了。

艾丽卡把巧克力和食物藏到了提斯多昨天躺着的地方，又从衣服口袋里拿出一包香烟和一些火柴，也放了那里。她本人是不抽烟的，虽然试过，但因为不喜欢，所以她并没有继续尝试。但她不确定提斯多是否吸烟。对万事追求完美的艾丽卡来说，买这个纯粹是为了以防万一。

做完这一切，艾丽卡回到车上发动引擎，头也不回地离开了。回程路上，她的思绪和眼光始终向着远方的迪姆彻奇和海岸线。

经过一番周密的推理，艾丽卡坚信那个偷大衣的人绝对不是"当地人"。她从小生活在乡下，很清楚若是一件新的黑色大衣突然出现，哪怕是由一个最不起眼的人穿在身上，也一定会引起大家的注意的。并且，乡下人对当铺没什么概念，他们不会想到可以用别人车里的大衣去换取现金。因为无法对人解释，所以即便起了贪念，他们也不会真的将其据为己有。基于以上推论，艾丽卡确信大衣应该是被过路人给偷走了。

由此，事情变得既简单又复杂了起来。"过路人"总要比"当地人"更显眼和容易辨认，但同时，"过路人"四处移动的特质，也使得追踪难度加大了不少。那件大衣从失窃至今已超过一周，恐怕早就周游了大半个肯特郡了。

"或许……"饥饿激发了艾丽卡的想象力，当迪姆彻奇出现在她的视线中时，她的眼前浮现出这样一幅画面：那件大衣套在一个面色苍白的小职员身上，他是市长办公室的工作人员，家中还养着一位可怜的夫人和一个吃奶的婴儿。一想到要从这样的人手上拿回大衣，哪怕是为了给提斯多雪冤，艾丽卡也还是觉得有些心酸。

艾丽卡觉得自己必须吃点什么了。饥饿虽然能打开想象的翅膀，但对逻辑思维却毫无益处。

她在路边一个叫作"日升"的铁皮棚子前停下车子。那面火柴盒形状的、涂着紫罗兰和栀子花颜色的招牌上爬满了天竺葵，藤叶的缝隙间能清楚地看到八个大字："用餐休息，通宵营业。"敞开的店门内，阵阵细碎的人声飘散在温暖的空气中。

此时店里挤着两个身材魁梧的男人。其中一人是店老板，他正在将刚出炉的土司面包切成厚片。另一个人在用一只大杯子喝着滚烫的热汤，喝的时候还不断发出巨大的声响。看到艾丽卡时，两人的动作都停了下来。

一片沉默中，艾丽卡先开了口："早安。"

"啊早安，小姐。"店老板随即招呼道，"要喝杯热茶吗？"

"嗯……"艾丽卡环视一周，"有刚做好的熏肉吗？"

"当然！我家的熏肉不但美味，而且入口即化！"老板马上答道。

艾丽卡高兴起来："我要一大盘！"

"需要鸡蛋吗？"

"来3个。"艾丽卡回答。

老板朝门外瞅了好几眼，确定她是一个人来的以后高兴地说："这年头可很少有小姑娘有你这么好的胃口了，这才像话嘛！快坐吧，小姐。"

说着，他用围裙的一角将铁质椅子上的灰尘掸掉，又一次询问道："你的餐马上就来！熏肉要薄的还是厚的？"

"厚的，谢谢。"回答完老板的话，艾丽卡一边坐下一边带着特别的问候之意跟另一个人打招呼："早安。那辆货车是你的？我特别想试试开一开那种车呢。"她自然地将自己融入小店吃喝谈笑的氛围中。

"噢？哼，我还一直打算去学走钢丝呢！"

"恐怕你太壮了点吧，"艾丽卡一脸认真，"我还是觉得你更适合开货车。"

听到他们的对话，老板停下了切熏肉的动作，在一旁笑了起来。

货车司机发现去讽刺一个总说实话的人实在是白费力气，于是他放松了自己，露出了一个和蔼一些的表情，"有小姐作伴来换换口味还是挺让人高兴的，是吧，比尔？"

"我总觉得货车司机是很受欢迎的啊，你还需要总换口味吗？"艾丽卡问道。

货车自己被问得哑口无言，他不确定这个瘦瘦的女孩子到底只是在说实话，还是在故意招惹他或侮辱他。

在他还没反应过来时，艾丽卡已经自顾自地继续说了下去："话说回来，你让流浪汉搭过便车吗？"

"从没有！"司机迅速回答，他开始庆幸自己还能稳稳当当地站在地面上。

"真是可惜。我对流浪汉还蛮有兴趣的呢。"

比尔将熏肉在煎锅上翻了个面，问道："你是基督徒？"

"跟基督徒没关系，只是学术上的感兴趣。"

"天啊，你不会在写书吧？"

"没有，我只是在帮人收集资料而已。"艾丽卡没打算放过司机，"就算不准他们搭车，你也应该见过不少流浪汉吧？"

"开车的时候谁有时间去注意什么流浪汉呢。"

"跟她说说哈罗戈特·哈里的事吧。"比尔边敲着蛋壳边接过话茬，"我记得上星期在你的车里见过他。"

"除我以外，你绝不会在我的车里见过其他人。"

"你就少嘴硬了，就算你搭过一两个奇怪的流浪汉，这个小姑娘也不会到处宣扬的。"

"哈罗戈特可不是什么流浪汉。"

"那他是什么人？"艾丽卡问。

"一个四处做行脚生意的瓷器小贩。"

"啊！是那种用瓷碗换兽皮的人吧？"

"不是那一类，他是会修理茶壶把手之类的那种。"

"那他做这种买卖赚钱多吗？"这是个纯粹为了让话题继续下去的问题。

"勉强度日而已。隔三岔五，他还得去弄些旧靴子或者旧大衣来卖掉以便补贴家用。"

艾丽卡沉默了一阵，她尽量压抑着自己的心跳声。

隔三岔五，旧大衣……

接下来她该如何接话呢？她总不能直接问"你有没有看到他那天是不是带了一件黑色的大衣"吧，那可就彻底暴露了。

过了一会儿,她重新开口:"听起来好像挺好玩儿的。老板,请给我点芥末,谢谢。"

跟比尔说完,她又接着说:"我真想见见他,不过我想他这会儿可能都到了英国的另一边了吧。对了,你是哪天看到他的?"

"让我想想。嗯,应该是上周一,他在迪姆彻奇城外搭上我的车,然后在汤布里奇附近下去的。"

太可惜了,不是哈罗戈特!他明明是一个很有希望的怀疑对象,既行踪不定,又经常贩卖大衣和靴子,甚至还有迅速离开有潜在威胁区的有利条件……唉,算了,反正这事儿本来也不可能如她当初预想的那样简单。

"不是星期一吧?"比尔将芥末递到艾丽卡盘子边,"我记得你路过的那天吉米刚好来我这送货,所以应该是星期二才对,不过也没什么区别就是了。"

怎么会没什么区别呢?!艾丽卡往嘴里塞了一大口熏肉蛋来抚平自己的激动。

饭店内陷入了短暂的沉默。这一方面是由于艾丽卡早就养成了像男人一样安静进食的习惯,另一方面,也因为她还没想好该如何既有技巧又能达到效果地说出下一句话。

就在此时,货车司机推开杯子站起身,看来他准备离开了。艾丽卡着急起来:"你还没跟我说完这个叫什么哈罗戈特的人的事呢!"

"你还想知道什么?"

"我想当面跟他聊聊。一个瓷器修补商,每天到处旅行,一定会有很多有趣的故事的。"

"他可不是个健谈的人。"

"我可以给他报酬。"

比尔笑了。"报酬?只要有25便士,哈罗戈特就愿意把嘴皮子磨破,要是你能给他50便士的话,他甚至还能给你讲讲他是如何发现南极的。"

"噢?你也认识他吗?"艾丽卡转向比尔,看来似乎他和自己还能产生些共鸣,"你知道他家在哪儿吗?"

"嗯,冬天的时候他倒是不会乱跑,但夏天他一般都住在帐篷里。"

"和奎尼·韦伯斯一起,在潘博瑞附近随便哪里扎营。"司机也插话道,他并不喜欢让比尔一个人出风头。

在发白的桌面上扔下几枚硬币后,司机向门口走去。迈步的同时,他又说了一句:"要是我的话,如果打算让人觉得说话能得到回报,就一定会先去找奎尼打个招呼。"

"谢谢!我会记住你的话的!谢谢你能帮我!"艾丽卡由衷地说道。

她声音中饱含的真诚让司机不自觉地停下了脚步。他打量了艾丽卡一番,疑惑地说:"你这么个胃口好的女孩子竟然会对流浪汉感兴趣,这可真是奇怪。"说完,他转身出门,走向了自己的卡车。

第十三章 珍贵线索

面包、橘子酱和好几杯茶下肚后,不得不夸赞一下艾丽卡的好胃口了。不过,她想要得到的消息却和这些营养成反比。虽然比尔很乐意帮忙,但说实在的,他对哈罗戈特·哈里却是一无所知,真的是爱莫能助呢。现在,她是时候做出决定了:到底要不要离开"温暖"的迪姆彻奇,跟随神秘且未知的哈里,去到那个"寒冷"的汤布里奇乡间。

"我想,也许流浪汉中的大部分都会很诚实,你说呢?"结账时,她顺便问了一句。

"这个，如果是机会来了的话，应该是那样的。你应该懂我的意思。"比尔想了想，回答她。

艾丽卡当然懂。她想，应该没有任何一个年过五十的流浪汉会拒绝这样一份从天而降的礼物——无人照看的大衣。而大衣和靴子，哈里更会来者不拒。并且，他上星期二刚到过这里。所以此刻，她的任务就是在山野森林中，追踪这位瓷器修理匠的下落，直到把他找出来。如果天黑还没找到，她就只能跟她在斯特恩斯的父亲编一个说服力强的谎言，来说明她不回家的理由了。

在这项她自告奋勇的神圣任务中，说谎成了第一件让她心情郁闷的事：要知道的，在这之前，她从没因为任何事，跟父亲隐瞒过自己的计划。而现在，短短几个小时，她的忠诚度就两度受到考验。上次对丁尼的不忠，可是说是她没意识到，那么这次呢，她不但深深地意识到了，还非常在意。

算了，先不想这些了，反正这个季节白天很长。丁尼也许是辆老车，但却从来没有出过差错或者生过病。如果一切还像刚开始那么幸运，那晚上说不定就能带着大衣回到自己的家，躲在自己的床上睡觉了呢。想到这，她兴奋得不能自已。

跟可爱的比尔道别时，她告诉比尔，她会向她所有的朋友推荐他的早餐。说完就调转了丁尼的车头，向西北方出发，一直开进了繁花盛开的乡间原野。此刻，在闪耀的晴空下，道路已经开始刺眼了，而前方的地平线也浮现在热气中。在这片绿色的大熔炉中，丁尼跑得汗流浃背，很快，车内也像蒸锅一样。艾丽卡虽然心里很急，但也只能耐着性子，每跑几英里，就把车停下来，敞开两侧车门，让丁尼冷却一下。也许，她真的应该换车了。

很快，她来到了汤布里奇干道上的吉宾斯路口附近，这一次，她又故技重演：停好车，进了一家小吃店，准备吃午餐。可遗憾的是，幸运之神没能再次眷顾她。这家小店是一位爽朗的女人在照顾，天南地北，她什么都可以聊，却唯独对流浪汉嗤之以鼻。她不喜欢到处漂泊的生活状态，更不喜欢窝囊废。艾丽卡心不在焉地吃着东西，喝着咖啡，享受这暂时的阴凉。但，她必须尽快离开，去找一个"更好的地方"。当然，"更好"指的是能得到小道消息，而不是食物。她不断告诉自己，那些路边的翠绿、阴凉的咖啡店，还有那阴影下闪着微光的鲜丽布幔，今天，都和她没有关系，她不是来享乐的。流浪汉和咖啡店是没有缘分的。

她转到了一条通往戈贺斯特的小路，这已经是哈罗戈特老家一带了。她开始寻找旅店，因为旅店一定有瓷器要修，那样，她就可以打听哈罗戈特，这里一定有人认识他。

她要了一份半生不熟的冷牛肉，另加一份生菜沙拉。这里的餐馆很漂亮，几乎和斯特恩斯的差不多。她开始祈祷，等一会儿端上来的餐盘中会有裂痕的，一个，只要一个就好。因此，当她看到装着罐头水果的玫瑰瓷碗被端上来时，她高兴得差点叫出来，是的，她看到了裂痕。

女侍是这一季才来的临时工，（通常，把整个世界都当作谋生地盘的人，对家居用品的价值是没有兴趣的。）她不知道这个碗是否贵重，但她认同艾丽卡的说法，这碗确头很漂亮。她说，应该是有人专门过来修理瓷器的，但她个确定，个过，她爸应去问问。

当问到是谁来修理这么漂亮的瓷碗时，老板告诉她，这个碗买来时就是那样。在梅特非公园附近的一个零工那儿，有很多类似的东西，而当时的那个修理师傅年龄已经很大了，说不定早就不在人世了。不过，如果艾丽卡有东西想要修的话，他倒是可以推荐一个叫帕尔码的人，手艺非常好，时不时会到这附近来。在他清醒时，能把碎成几十块的东西恢复如初，你找不到裂痕，但前提是，你得确定他没喝醉。

帕尔玛？艾丽卡听着老板的描述，又问是不是这一带只有他一个修理师傅。

老板说最在行的当然是哈里，不过他不认识。

"哈里？"

她终于听到了这个名字。

他叫哈罗戈特·哈里，住在汤布里奇的某个帐篷里，老板也不知道具体怎么找到他。不过老板觉得，那里可不适合艾丽卡只身前去。要知道，哈里可不是什么好人。

艾丽卡走了出来，再次暴露在炙热的空气中。刚刚打听到的这些消息让她兴奋不已。哈里通常会一连几天，甚至几个礼拜都不会离开居所。只要他有了收入，就一定会把舒服地它们都享用完。

要去拜访一位瓷器修理匠，当然，她得准备一些破损的瓷器才行。

她驱车进入了汤布里奇矿泉疗养地，心里想着她那深居在卡佛利公园的大姑妈，她居然没有以睡觉来抵抗美食的诱惑，而是来到了莱姆树下散步，想到这，她就觉得有些惋惜。接着，她进了一家古董店，挑中了一个跳舞小瓷偶，这可花了慈生的一些棺材本呢。然后，她再次开回潘博瑞，特地选了一条人车都很少的路，胡乱地将玩偶扔向车内的脚踏板上。

没想到，它还很结实。就算艾丽卡拿住它的脚，使劲向车门敲击，它仍然完好无损。艾丽卡怕更大的暴力会让它粉身碎骨，只好把人偶的一只臂膀给折断了事。这样一来，她就有了找哈里的通行证了。

如果你莫名其妙地去问一个流浪汉的行踪，那一定会让人心生疑窦的。但如果你说要找一个瓷器修理匠的话，那就可以理直气壮了。一共只花了90分钟，她就见到了哈里。如果不是他的帐篷远离任何一条现有的路，那一定可以更快的。艾丽卡先跟随一条可以穿过树林的手推车轨迹往上走，可路太难走了，连灵活自如的丁尼都费劲得很，接着，她又来到了一片宽阔的金雀花田，那儿的视野可远到美德威谷；然后又进入了第二片树林，一直走，直到另一端的林中空地，在那儿还有一条小溪，水流向一方幽暗的水池。

艾丽卡真希望帐篷不在树林里，那该多好。要知道，从孩童时代，她就天不怕地不怕，喜欢一望无际的旷野，却唯独不喜欢树林。虽然阳光下的小溪清澈又快乐地奔流着，但深邃的水池却是沉静得让人难以亲近。在肯特郡，很难见到这种突如其来的神秘深水洼。

当她刚刚看到林中空地时，一条狗就恶狠狠地朝她狂吠，打破了原来的寂静。此刻，小人偶正被她紧紧握在手中。噪音中，一个长得非常高的女人走到了帐篷门边，她肩膀宽阔，抬头挺胸，似乎在等着艾丽卡走过来。艾丽卡突然有种错觉，等她走过去，是不是要给那女人行个屈膝礼呢。

"中午好啊！"越过狗儿的叫声，她愉悦地跟那个女人打招呼。

但是女人站在一动不动，根本没有搭理她。

"我有件瓷器想——可不可以让那狗安静下来？"

此刻，她们已经很近了，只有狗吠声还在妨碍着她。

女人踢了狗一脚，顿时世界安静了下来。耳边又出现了潺潺的流水声。

艾丽卡亮出了那个破损的小玩偶。

"哈里！"女人一边怀疑地看着艾丽卡，一边叫道。紧接着，一个鼬鼠般的矮小男子出现了，很自然的猥琐。可以看出他现在火气很大，因为他的双眼全是血丝。

"有活了！"

"现在我不干活。"一边说着，一边啐了一口唾沫。

"是吗？那可真不巧。我可听说你是修理瓷器的行家，所以专程跑过来的。"

女人抢过艾丽卡手上的人偶，说道，"放心吧，他会干活的。"

"你付钱吗？"哈里又啐了一口唾沫，接过女人手里的人偶后，气呼呼地问道。

"你想要多少钱？"

"两先令。"

"不行，得两先令六便士。"女人补充道。

"没问题，我付得起这钱。"

哈里回到了帐篷，女人则继续站在门口，因此，艾丽卡也没有办法跟进去，无法看到里面的情况。之前，她想象的情景应该是，她跟随哈里进到帐篷里，然后看到大衣正整整齐齐地折放在角落。但现实的情况却是想伸个头进去，都毫无可能。

"用不了多少时间。"奎尼不知是建议，还是取笑她说，"也许你用树枝做个口哨的时间，他就完工了。"

"你一定觉得我做不了，是吗？"从奎尼的眼神里，艾丽卡看出了她的蔑视。奎尼一定觉得她只是个都市孩子，根本不可能做得了这种手工。艾丽卡的严肃小脸被美丽的微笑取代了。

艾丽卡拿出小刀，砍下一段树枝开始削切、挖刻，然后又拿去溪水里浸湿，她希望，这一气呵气的过程能拉近奎尼和她那个伙伴的距离，甚至能和他们的瓷器修理攀上关系。但是，现实总是残忍的，只要她有意地往帐篷移动，奎尼就会马上停止欣赏她的制作过程，从林子里走回去，守在那里。所以等艾丽卡把口哨做完时，她的人偶也已经修好，再次回到她的手里了。比起刚刚把车停在路边，她还是毫无收获，有些欲哭无泪的感觉。

她无奈地拿出自己的小钱包（她讨厌皮包），按照约定付了两先令六便士。在拿钱的瞬间，她看到那一叠身负救人重任的钞票，心里绝望极了。突然，她像惊醒一般，对男子大声喊道："你从迪姆彻奇拿走的那件大衣去哪儿呢？"

时间仿佛凝固了，陷入了一片沉默，寂静之中。

艾丽卡继续喊道："我不想采取什么强制手段，比如告发你之类的，我只想拿回我的大衣。如果它还在你手上，我可以付钱给你，把它买回来；如果你已经把它当掉……"

"你可真厉害啊！"男子终于回过神来，破口大骂，"你叫我帮你修理瓷器，然后还诬赖我。现在，趁我还能控制住自己，最好赶快走出我的视线。否则，我很难不打烂你的嘴巴。真是不知天高地厚……还有你的舌头，我真想一把扯下来，简直胡说八道。不光这样……"

女人推开了他，霸气十足地站在了艾丽卡的面前。

"你凭什么说我男人拿了一件大衣？"

"上星期二的时候，他搭了一个叫杰克的人的便车，当时，他手上抱的，正是从迪姆彻奇的一辆车上偷走的。这一点，我们大家都知道。"这个"我们"用得很有水平，她希望自己的话能有点说服力，不会显得很可疑。再看两个人的表情，像无辜，又像是愤怒。"我不想小题大做。我只想拿回大衣。我可以给你们1英磅。"在艾丽卡感觉又有一顿劈头盖脸的骂声袭来时，她赶紧提到了钱。

两个人交换了一下眼神，艾丽卡适时地捕捉到了这个信息，她确信，这个男人就是她要找的，顿时她有种如释重负的感觉。他们完全知道她在说什么。

"如果你们已经当了，只要告诉我在哪家当铺，我依然可以给你们十先令。"

"你要一件男人的大衣做什么？这对你有什么好处？"还是女人比较警惕。

"从头到尾，我都没说过那是款男士大衣。"艾丽卡嗅到了胜利的气息，他们已经露馅了。

"算了，当我没说吧。"奎尼自知说错话了，也懒得再继续装下去，"你要它干什么？"

如果说和命案有关，她们一定会极力否认。父亲曾经长篇大论地教导过她，小贼都怕惹上大麻烦，绝不会卷进与死罪有关的刑案，就算没任何牵连，也是躲得远远的，这一点，她熟记于心。

"只是为了帮哈特解决一些麻烦。"艾丽卡开始编故事，"他不该把车子就那么随意扔在路边。明天主人就要回来了，如果大衣找不回来，他一定会被辞掉的。"

"哈特？那是谁？你哥哥吗？"女人天生好奇。

"不是，不是！他是我家的专职司机。"

"专职司机！"一声刺耳的怪笑，听不出来开心，倒像是讽刺，"可真有意思呢。这么说来，你家应该有两辆劳斯莱斯和五辆宾利吧。"哈里的小红眼睛游走在艾丽卡身上，仔细打量着那身破旧且小得极不合身的衣服。

"没有，没有！我家只有一辆兰彻斯特，而我开的是一辆老莫里斯。"看着他们越来越怀疑的眼神，她又进一步介绍说："我爸爸是警察局长，我叫艾丽卡·伯戈因。"

"是吗？哈哈！我爸爸是威灵顿公爵，我是约翰·洛克斐勒。"

幸好她穿了那条一年四季都穿在里面的运动短裤。为了证明自己所言非虚，艾丽卡掀起自己的软呢短裙，拉住短裤的松紧带，慢慢地用大拇指把一小块短裤内里摸了出来。

"你应该认识字吧？"她问道。

"艾丽卡·M·伯戈因。"红着眼睛的男子，读出那块山羊绒标签的口气，他诧异极了。

"不要那么重的疑心病，那很不好。"一边说道，一边松手，让松紧带弹回了原处。

"所以，你做这些，只是为了你的司机？"哈里似乎想扳回些什么，"你很关心他，是吗？"

"我很爱他。"艾丽卡的语气像极了那句"还要一盒火柴，谢谢"。要知道，一般来说，在学校的公演上，艾丽卡通常只是负责拉帷幕的。

艾丽卡轻松过了关。他们两人只忙着算计，根本没有留意到这些细节。

"你能给到多少？"女人先开口。

"是拿回大衣？"

"不不！只是告诉你，去哪儿可以拿到大衣。"

"刚刚我已经说过了，如果你们能告诉我地址，我可以给你们10先令。"

"太少了。"

"我怎么知道你们会不会骗我？"

"那我们又怎么确定你不是在骗我们呢？"

"好吧，最多我可以给你们1英磅，因为我还要留钱去当铺里赎它呢。"

"不是当铺。我把它卖给了一个碎石工人。"男子接话说道。

"碎石——工人？"艾丽卡顿感绝望地大叫道："天啊，你的意思是说我又得继续去寻找另一个人吗？"

"不不，这倒不用。你只要把钱给我，我就会告诉你，在哪里可以找到他。"

艾丽卡爽快地掏出一英磅，拿给他看了看，说："说吧。"

"他在派道伍德附近的法夫文岔路口工作。如果在那里，你没找到他，那就去他住的地方。他住在开普的一间农舍，就在教堂的旁边。很好找的。"

她把钱递了过去，可那个精明的女人却看到了钱包里的内容。

"等等！哈里，她必须多给一些钱才能离开。"女人一边说着，一边挡住了艾丽卡前往树林的路。

"休想从我这多拿一毛钱。"艾丽卡大声吼道。她很愤怒，忘了近旁的深水池和那无边的寂静，仿佛就在那瞬间，她突然克服了对树林的厌恶，"你们是骗子！不讲信用！"

女人伸过手来，想要抢她的钱包，但要知道，在去年冬天，艾丽卡刚刚代表学校参加过曲棍球比赛，所以，虽然女人的来势凶猛，却落了个空，仅仅碰到了她的手臂，还被反弹回来，打中了自己的脸。接着，艾丽卡灵活绕过高大的女人，跑到了林间空地。这一次真要感谢自己，在那无数个冬天的下午勤学苦练了。

她知道他们在后面追，心里越来越忐忑，如果被他们抓到，他们会把她怎么样呢。她倒是不怕那个女人，反而更怕那个又矮又小的男人，他熟悉路，身体又轻，还喝了酒。现在在太阳的照射下，一遇到有树影的地方，她根本看不清路。她真希望刚刚在慌乱中，自己说过有人在车上等她，如果这样的话，情况就会好——她被树根绊倒，在地上翻滚了好几圈。

他踩在柔软山路上的脚步声越来越近，艾丽卡听得一清二楚。刚一坐起来，就看到了他的脸在草丛上忽高忽低。她想，要不了几秒钟，自己就会被追上了。到底为什么会被摔倒呢，原来是因为自己手里紧紧抓着两个东西，仔细看看，一手拿着瓷偶，一手拿着钱包和哨子！哈！一看到哨子，她赶紧放进嘴里，有节奏地吹了一连串哨音。长长短短、时长时短，跟信号差不多。哈里听到哨音后，停下了脚步，不知道发生了什么，或者是将要发生什么。此刻，他们的距离仅几码远。

"哈特！哈特！"她用尽全身力气，使劲喊道。

然后，又再一次吹起了哨。

"好好！就让你和哈特会合吧。总有一天，你会求着我告诉你，那个老头家里发了什么讳莫如深的事。到那个时候，我一定会让你加倍付我钱的，亲爱的小姐！"男子像是在自言自语。

"再见了！帮我告诉你太太，谢谢她让我做了这个哨子。"艾丽卡俏皮地说。

第十四章　找到大衣

"探长，现在先稍微放松一下吧，你需要休息。"

警察局长站了起来，套上了雨衣。"你看你，已经累得不成人形了。这样除了让你尽快进入坟墓，没有别的任何用处。今天是星期五，我敢保证，这整整一周，你都没有好好吃过一顿饭，也没有睡过一晚上觉。这简直就是胡闹！其实，你真的不必这么认真。以前，有犯人逃脱过，以后也将继续会有。"

"不能从我手里逃走。"

"这样的要求太苛刻了。你对你自己太苛刻了，我只能说，任何人都会犯错，任何人！谁会想到，在卧室里，居然会有逃生的门！"

"不不，我应该先检查检查橱柜的。"

"哎，好探长，我的好探长——"

"当时，第一扇门打开时，是面向我的，所以我可以看到里面。可当他走到第二扇门时，却分散……"

"你现在已经无法客观的判断问题了，我说过。你要是一直想着这件事，那慢慢地，你的眼里、脑海里将全是橱柜。那么，威廉姆斯所说的'因公崩溃'就是对你最好的诠释了。现在，跟我一起回家吃饭吧。别说'但是'了，就二十英里。"

"但是在这期间，可能会发生什么事……"

"别忘了，我们家有电话。对了，艾丽卡让我一定邀请你过去，说是有东西要给你看。她还提到要吃冰淇淋。你喜欢吃？"

"看什么？是小狗吗？"格兰特有些好奇地问道。

"我也不知道，也许是吧。反正在斯特恩斯，一年到头我都会看到各种小动物。瞧，最佳的接班人员来了。警员，晚上好！"

"您好，长官！"威廉姆斯回应道，他脸上红通通的，应该是刚喝完晚茶。

"我要把格兰特探长带回家去吃个晚饭。"

"那太好了，长官。现在对探长来说，好好吃顿饭尤为重要。说不定他会茅塞顿开呢。"

"要是有什么事找他，就打这个电话号码。"

事实上，格兰特已经非常累了。这一个星期，过得可真漫长啊。一想到马上可以换个环境，轻轻松松地和一群人吃顿饭，他就好像突然触碰到了一个幸福的领域，那种感觉，他似乎已经很久没有感知到了。他习惯性地把文件收拾得整整齐齐。

"太感谢你了！能去你家蹭饭，我乐意之致。还有艾丽卡小姐，她可真好，还会想到我。"他一边客气地说着，一边伸手去拿帽子。

"她啊，总是想到你。不知为什么，她可不是个会挂念别人的人。也许她很崇拜你。"

"那我可有一个了不起的情敌呢。"

"哦，对了，在奥林匹亚，是的，我记得。你知道吗？艾丽卡是我的独生女儿，她的妈妈在她出生时，就去世了。"他们一同走出警局，走去开车的路上，他说道："我真的不知道应该怎么带孩子。所以我一直把她留在身边，甚至她没有上过幼儿园。带她的老保姆常常和我聊这个话题，并为教养小孩的事吵得面红耳赤。后来，她开始上学了，她需要和同龄人一起玩，而教育的最直接目的：就是学着和人相处。虽然她并不喜欢，但还是坚持了下来。我觉得她很勇敢。"

看着局长那一本正经和忧心忡忡的神情，格兰特诚恳地说道："我觉得她很迷人。"

"问题就在这儿，格兰特，她已经不小了，应该多出去走走。比如：去城里的姨妈那里住一段时间，看看外面的世界。可是她根本不愿意，她只喜欢待在家里，或者是到处跑着玩。她的同龄人都开始注意穿着打扮之类的事，她却毫不在意。现在，她已经17岁了，整天开着她的小车乱晃，我很担心，你知道吗？如果我不问她，至少有一半的时间，我都不知道她在哪儿！虽然她是个诚实的孩子，但我还是有些担忧！"

"我倒不觉得你应该担心些什么。像她这种年龄，很少有人像她一样，清楚地知道自己想要什么。您就放心吧，她有自己的乐趣。总有一天，她会展现给你的。"

"对了！"局长补充道，"刚刚忘了告诉你。我太太的表哥乔治·米尔也会过来一起吃晚餐。你认识他吗？一位神经科专家。"

"久仰大名，从未谋面呢。"

"这是艾丽卡安排的。乔治这人很好，就是有些古板无趣。大部分时间，他说的都是什么反应之类的话，我都听不懂。但艾丽卡却似乎能听明白。他来也不错，反正是个好人。"

格兰特一见到乔治，就喜欢他，他看起来真的很讨人喜欢。当然，他也注意到了乔治狭窄的头骨，所以他更加确定，乔治一定有某种特质可以掩盖外在的不完美，那一定更让艾丽卡欣赏。乔治一点也不自大，也没表现出什么优越感。他巧妙地对格兰特的失意表达了同情，又没有让他心生不快，仅这一点，就足以体现他的价值。因此，格兰特更是当场向他求助，像跟自己交好的人诉说衷肠一般。他想，对于乔治来说，失败不过是一件再平常不过的事。

饭前，伯戈因局长就禁止大家在饭桌上讨论克雷的案子，但事实证明，不过是枉费心机而已。当那盘鱼还没吃完时，大家都在谈提斯多的事了，包括局长自己。但艾丽卡只是静静地坐在那听着。她今天穿的是朴素的白色用餐制服，鼻子上还扑着粉，虽然如此，看起来还是和白天相差无几，没有显出成熟。

"我们找不到他的一点踪迹。"格兰特说，"从他一离开旅馆，就消失得无影无踪了。这其中，有几十个人的描述和他一样，但追踪下来，都一无所获。现在我们掌握的情况和星期一差不多。如果前三天晚上他是露宿在外的话，那昨天呢，那可是倾盆大雨。连动物都会想找个地方躲雨，所以如果他还活着的话，他一定去什么地方躲雨了。对了，那场大雨可不是区域性的，从这里到泰因，全都是洪水泛滥。但现在又过了一天了，依然没有任何线索。"

"他会从海路逃走吗？"

"应该不会。这也让我觉得很奇怪。一千个逃亡案件中，居然没有任何一个逃犯会选择海路离开。"

"也许是因为我们这种岛民，早已厌倦了海水。"米尔笑着说，"所以他们都不会朝这个方向去想。探长，你有没有留意到，在过去的半个小时谈话中，你把这个人描述得非常清晰。另外，你还把一件事也表达得很清楚，我想，这件事也许连你自己也没有意识到。"

"到底是什么事呢？"

"在你的内心，很奇怪他为什么要这么做。也许你心里还有点难过。你无法理解这点，也不愿意去相信。"

"是的，乔治爵士。我想如果换作是你，也同样会难过的。"格兰特笑了笑，"从头到尾，他一再强调那些对他有利的事，就像我告诉你的，我把那些可以核实的供词，再次核实了一次，可以确定是事实。可是，像偷车这种一戳就破的故事他也编得出来！并且，他还弄丢了那件举足轻重的大衣！"

"就偷车这件事，我并不认为有多难以理解。要知道，在过去几个星期，他唯一的念头就是逃避。财富挥霍殆尽，他要逃避这种耻辱；他要逃避人群；他要逃避自食其力的处境；当然，还有农庄上的暧昧情况，也需要逃避。在也的潜意识，可能并不想面对分离。但当时他情绪处于极度的低迷状态，他对自己产生了厌恶和质疑（说到底，他最想逃避的人是自己）。于是，当他的意志力崩溃时（那天清晨的6点钟），他偶遇了那辆丢在路旁的车，乡间空无一人，他很自然地就开着走了。我想那时，他完全不知道自己在做什么。所以，等他恢复意识时，一定吓坏了，立即把车开回原处。哈！恐怕到死，他也不明白自己当时为什么会开走那车吧！"

"可能要不了多久，偷窃都不算犯罪了，对于你们这些专家来说。"局长有些尖酸地评论道。

"这个主意不错，先生。"说着格兰特又对米尔说道，"大衣的故事显得太薄弱了，你是否能解释得更值得推敲一些？"

"有时，事情的真相总是让人跌破眼镜，不是吗？"

"你的意思是这个人是无辜的？"

"我想是的。"

"为什么这么说？"

"我相信你的判断力。"

"我？"

"是的。这个人做的这件事，你觉得很惊讶。说明一定是有什么间接的证据掩盖了你最真实的想法。"

"我是一名警察。在我这儿，想象和逻辑永远是同步的。或许那些证据是间接证据，但却是十分完整，不容置疑的。"

"你有没有觉得太完整了？"

"爱德华勋爵也是这么说的。可是警察最想要的就是足够的证据啊！乔治爵士。"

"钱伯斯太可怜了！"局长说，"怎么会遇到这样的事，他是个好人。听别人说，他们非常恩爱。虽然我不认识他，但年轻时，和他们家还有来往呢。所有人都特别好。真是太不幸了！"

"星期四那天，我还和他在多佛见面了。"米尔说道，"我在维也纳参加完学术会议后，就从法国的卡莱回来了，而他则是在多佛坐的火车，接送船客的火车。当时，他好像非常高兴，因为即将回国了。对了，他还给我看了带给他太太的黄玉。我猜测，他们一定每天都有互通电报。说实话，我觉得这一点可比黄玉更让我记忆犹新。"

"等等，乔治爵士，你的意思是说他没在卡莱上船？"

"是的。从加列利亚，开着他哥哥的私人游艇回来的，很可爱的一艘小船，我记得叫派特罗号，当时，就停在港口。"

"那他是什么时候到达多佛的呢？"

"我想应该是前一天晚上吧，当时想进城已经太晚了。"他停下了话，怪异地看着格兰特，"无论是逻辑还是想象，爱德华·钱伯斯都不可能是嫌犯。"

"这个我知道。"格兰特刚才听到钱伯斯换乘火车就僵在半空的动作，终于完成了。他平静地撬出了桃子核。"其实没什么，这是职业病，什么事都想问得一清二楚。"

实际上，格兰特的心里却是充满了惊讶和臆测的。之前，钱伯斯给他的信息是星期四早上，取道卡莱回国的。虽然没有明说，但暗示得很清楚。当时，格兰特随口讲了一些关于新轮船的住宿设施什么的看法，而钱伯斯回应时，明确表示他是早上上的船。为什么要说谎呢？而星期三晚上，他明明在多佛，却没有让他知道。到底是什么原因呢？米尔无意中披露了钱伯斯行踪一事造成了一阵尴尬的肃静，为了打破这僵局，格兰特轻声问道："艾丽卡小姐，你不是想让我看小狗，还是什么别的东西，现在请拿出来吧。"

众人的惊讶表情让艾丽卡顿时脸红了。这可是从未有过的事，三个男人都呆住了。

"不是小狗。我觉得是一件你非常想要的东西，但你未必会接受。"艾丽卡试图解释着。

"我很期待。"格兰特承认，他很想知道在艾丽卡看来，他想要什么。当然，他可不希望她买什么礼物送他。毕竟在这众目睽睽之下，这太尴尬了。英雄崇拜就够了。"东西在哪儿呢？"

"我把它用包裹包着，放在我房间呢。本来我想等你喝完波特酒后，再拿出来。"

"可以拿来餐厅吗？"她父亲急切地问道。

"当然可以。"

"那我叫伯特去拿吧。"

"不，不行！"她大叫，紧紧抓住了父亲的手，阻止他按铃，"我去吧，很快就回来。"

果然很快就见他抱着一个大牛皮纸袋回来了，她父亲取笑她说，这简直就是救世主来发礼物了。

她从包裹里拿出了一件灰黑色的男士大衣。

"这就是你一直在找的大衣，但并不缺扣子。"

格兰特职业地接过艾丽卡手上的大衣，仔细端详起来。

"艾丽卡，你从哪儿弄来的？"父亲吃惊地问道。

"我花钱买的。从一个碎石工那里，花了10先令买来的。而他则是花了5先令从一个流浪汉那里买的。他一合计，觉得很划算，但还是不忍割爱。最后，我不得不一边陪他喝冷茶，一边听他海阔天空地讲述边界军团在7月1号的事迹，还看了看也胫骨上的弹痕。他终于肯将大衣转手给我。当时，我就想我一定要拿到这件大衣，否则我一转身，说不定就被别人买走了，或者很难再找到他。"

"你怎么确定这就是提斯多的大衣？"格兰特问。

"这里。他告诉过我，在这儿有个标记。"艾丽卡指着一个被香烟烧过的地方，回答道。

"是谁告诉你的？"

"就是提斯多本人。"

三个人异口同声地问，"谁？"

"星期三那天，我遇到了他。我也是从那天起开始找大衣的，我很幸运。"

"你在哪里遇到他的？"

"在靠近马林佛的一条路上。是的，是那里。"

"整件事你没有告诉任何人？也没有报案？"格兰特的声音有些严厉。

"是的，我没有，"艾丽卡的声音颤抖了一下后，恢复了平静，"本来，我就不相信是他做的。我想，如果他能在真正被捕前，证明自己是无辜的，那对你来说会更好；否则的话，你抓了他又放，报纸一定会说得很难听。我真的很崇拜你，所以不想你摊上这事。"

一阵茫然的沉寂。

格兰特先开口问道："是提斯多让你找这个吗？"他把烧焦的地方往前推了推，其他人立刻凑了过来。

"没有换过扣子的痕迹。"米尔率先报告心得。

"确定是这件大衣吗？"

"应该是的，但我们也不能找提斯多来试穿吧？或者皮茨太太可能会帮上忙。"

"可是——可——，如果真的确认无误，正是这件大衣，你知道这意味着什么吗？"局长有些结巴地问道。

"当然。意味着之前的所有努力都白费了，一切从头开始。"

他冰冷且疲惫的眼里充满了失望，偶遇艾丽卡亲切的灰色双眸时，他拒绝她眼里的关切。艾丽卡或许是他的救星，但现在下定论还太早。目前看来，她扰乱了案件的整个步调。

"我想我该回去了。"格兰特说："请把电话借我用一下好吗？"

第十五章　线索断了

皮茨太太很快就认出了这件衣服。她告诉警员，这件衣服曾经不小心被热水打湿过，于是她拿着在炉火上烘烤。那个时候她就看到衣服上面的这块痕迹，是被烟烧了的样子。

到目前为止，事情真相已经非常清晰地摆在大家面前：提斯多那件衣服，就是周二放到车中，然后就找不到了。他能够证明自己从海边开走了汽车，所以他不可能是杀害克里斯汀的凶手。格兰特他们在星期五的深夜11点之前，表示这件事情的调查与刚来时一样，没有半点进展。更可笑的是他们对一个无关人员进行了7天认真的、但没用的调查，让真正的罪犯得到了充足的时间挑选逃亡地点。

总之，现在格兰特的脑子里成了一团乱麻。他忽然想到了哈默，虽然对他提供的自己不在场证据都一一核实过，利得斯通邮局的人也证实了当时他确实在那里，但还是有一段时间没人知道他到底在哪——就是从邮局出来一直到第二天早上8点左右，所以哈默还是不能完全排除嫌疑。

还有一个似乎很难被怀疑的人，那就是被害人的丈夫——爱德华·钱伯斯。他明明是星期三晚上抵达英国的，却要费尽心思地要格兰特相信自己是星期四早上才回到英国。要知道他的妻子正是在星期四早上6点被人杀死，钱伯斯这一故意隐瞒自己真正行踪的行为实在是十分可疑。

这件案子最初让他怀疑的疑点"一先令的蜡烛钱"，被随之而来的各种各样的线索所淹没，现在看来，还是要再从这个线索入手，进一步排查。

星期六的早上，原本对这件案子失去关注的报纸，突然登出一则"从警方内部得到的消息"，报纸上的内容大致说明在逃嫌疑犯提斯多是无辜的，并且会在星期六的晚饭时间在警局现身。到了傍晚，各路记者和看热闹的使命都聚集在西欧佛的警察局门口，等待着提斯多的出现。最终这些人都失望而去，提斯多不仅没有出现在西欧佛警察局的门口，任何警察局的门口都没有看见提斯多的身影，这一点格兰特早就料到了。

可看着窗外淅沥沥不停下着的雨，呼呼刮着的北风。格兰特也在纳闷，已经通缉四天，且没有任何藏身之地的提斯多也应该出现在警局门口。格兰特心想大概是他没有看今天的报纸吧！

他派出两个警员一直在积极寻找克里丝汀·克雷哥哥的踪迹，同时找来杰森·哈默，由专人就他是否弄丢了过一件缺了一个扣子的深色大衣这些问题，对他进行细致的审问，格兰特自己则找到爱德华·钱伯斯，向他仔细询问星期三晚上的活动轨迹，虽然这只是一个正常的询问，但在这么一个腐败的环境里，询问一个贵族子弟和询问那些街边流浪汉到底是有些不同的。尽管心里不大乐意，但案子总是要解决。

经过一番询问，才知道派特罗号已经抵达考斯。格兰特乘飞机来到这里，又花钱雇了一艘船穿越海峡，向派特罗号所在的小岛进发，一路上倒是没有了阴雨连绵，湛蓝的天空阳光明媚。格兰特惬意地坐在座位上，翻看周日的报纸，一则标题为"克雷早期生活写照"的新闻标题映入格兰特的视线，让他的思绪再次回到这个案子上。

记得上周的报纸上刊登了一篇对诺丁汉的一位普通缎带女工海伦·科森斯的专访，他和克里丝汀·克雷是关系极好的同事，文章由新闻界赫赫有名的吉米·霍普金斯执笔所写。文中介绍了克雷初中的人格魅力，工作上的成就和海伦·科森斯小姐对她的无私帮助。这篇专访在吉米·霍普金斯的笔下写的充满情感，让人读后能够产生很大的共鸣。

这周的报纸同样有一篇专访，主要讲述了和海伦·科森斯在同一工厂工作的梅格·亨德勒女士的事迹。不过她现在已经离职，梅格·亨德勒养育着8个孩子，从专访中的语言中，读者们稍加思索就可以看出在海伦·科森斯来工厂以前，克里丝汀·克雷不仅辞去了工厂的工作，人也早就搬离了诺丁汉很长一段时间了。所以她对海伦·科森斯十分不屑。

这里，格兰特微微一笑。看得出梅格才真的认识克里丝汀。梅格在专访中说，克里丝汀是一个一心想着赚大钱却沉默寡言的姑娘，所以这个性格使得克里丝汀和同事之间的关系也不是十分融洽。幼年丧父的克里丝汀只有和哥哥与母亲租住在一个简陋的公寓里，一直过着辛苦的日子。在她17岁那年，克里丝汀的母亲不幸患病去世，她和哥哥决定换一个环境，于是就离开了诺汉丁，看来大名鼎鼎的吉米·霍普金斯被一个普通女工给骗了。

如果按照海伦·科森斯的说法，克里丝汀的母亲应该是更加疼爱哥哥一点。但对于那个"一先令蜡烛钱"的线索，格兰特还是满脑疑惑，到底发生了什么事情，会让一个人在遗嘱上记下这么一笔小账。格兰特并不担心这个问题会困扰自己多久，因为苏格兰场可不像那些容易上当的记者，他们会通过各种不同的方法来获得所要的资料，也就是说，等到格兰特晚上回到办公室，关于克里丝汀的详尽资料就会端正地摆在他的办公桌上面。

格兰特随手拿起另一份报纸《周日通讯报》，看到里面有一个从大名鼎鼎的坎特伯雷主教，一直到杰森·哈默等人，谈及的关于克里丝汀在艺术上对于他们和社会影响的内容。这份报纸一向喜欢对任何行为或者事务进行艺术方面的解读，就算是两个拳击手在台上你来我往地出拳，它们也不去讨论什么拳击技巧，只关注拳击艺术。所以在这片访谈摘要里，你可以看到各种阶层的人对于克里丝汀热情洋溢且角度全面的赞美。

格兰特拿起一份《信使报》，随意翻开一页。里面全是莉迪亚·济慈近似打广告般的版面，她在克里丝汀·克雷的不幸遇害的前几个月就准确推算出克里丝汀的不幸，因为没有详细算出被害的细节，使得她在占卜界的信誉受损，幸好大众并没有对她失去信心，这种预言成真的事情，总是能够深深吸引人们的眼球，莉迪亚·济慈准确预见克里丝汀的遇难，也使得大众对她更加信服与崇拜。文章的最后，有几行醒目的小字提示读者，这要剪下报纸上的折扣卷，就能仅仅花费一先令，就能让莉迪亚·济慈帮你占卜。

船一靠岸，格兰特就迫不及待地来到岸上，经过打听得知派特罗号并不在海港内停泊，要想登上派特罗号还要乘船去。格兰特找了一艘小船，向着派特罗号驶去。

远远地看见船上的头发花白的杂役，站在船边迎接他。格兰特上前问："你好！吉尔斯勋爵在船上吗？""不，他去白金汉宫了，估计一周之内是不会回来了。"老杂役声音洪亮地说。格兰特听到后有些失落,原本他打算好好看看这艘豪华的船,"那么,我能上去参观一下吗?"

"当然可以!"老杂役一个人正闷得慌,看到客人自然高兴——说不定运气好的话能得到一笔小费。他一边说着一边在前面领着格兰特边走边介绍着。他过度的热情在格兰特看来似乎有点不舒服的感觉。来到卧室时,看到这么奢华的卧铺,格兰特不由赞叹道:"哇哦!没想到在船上竟有这么豪华的卧铺。""是啊!要知道这是吉尔斯勋爵的最爱,也是不得已下船之外吉尔斯勋爵愿意永远待在船上的重要原因。"

"这么豪华的卧铺,难道爱德华勋爵就不爱吗?"格兰特问。

"他还是喜欢在岸上的生活,每一次只要船一靠岸,他就迫不及待地往岸上赶去。"老杂役笑着说道。

"前几天,船刚到多佛的时候,他是不是上岸去拜访比彻了。"

"这个我就不知道了,我一直都在船上。不过可以肯定的是,船一靠岸他就下去了。他的行李随后就被送到城里去了。"

"哦!这样啊!"格兰特见也问不出什么了,就给了老杂役不少的小费,准备下船去。

老杂役没想到会得到这么多的小费,兴奋地非要留格兰特坐下喝一杯他煮的热可可,"你再坐一会儿,我去给你煮一杯美味的热可可。"

"不用麻烦了,下次有机会我再品尝。"格兰特一心想要快点向苏格兰场汇报情况。老杂役见格兰特好像有事,也没有强求。

回去的路上,格兰特暗暗思索钱伯斯隐瞒人们的这段时间,到底在什么地方。按照钱伯斯这种公子哥儿平日直来直往、不考虑后果的作风。如果仅仅是去朋友家拜访,不可能会刻意隐瞒,也没有必要为了这种平常的小事费尽心机隐瞒众人。

因此,格兰特觉得,他隐瞒的肯定是一件大事,一定不能让人知道的事。而在平日里,钱伯斯又是一位谨慎的人,像那种风流韵事发生的可能性是极低的,按照格兰特的思路,可能只有谋杀这类的事情可以值得他这么大费周章了。正所谓事出必有因,如果是谋杀,又是什么值得他大动干戈呢?再说钱伯斯是唯一一位知道克里丝汀在农场的人,因为她的电报几乎都是发给了钱伯斯。如果说钱伯斯想要制造浪漫,离多佛镇只有一个小时车程的农场,也给突然惊喜现身提供了机会。试想一下,一个满怀欣喜想要给妻子制造惊喜的男子,夜晚来到宁静的农庄外,透过灯光能够清楚地看见屋内人的行为动作和说话,那个男人只是伫立在窗外一动不动。过了许久,灯光暗了下来,那个男人转身慢慢离开。

他是不是感到很哀伤?感到很愤怒?作为一位生活在上层社会的贵族,最在乎的可能是名誉。既然他是一个严谨忠诚的人,最忍受不了的就是背叛行为了。要说起来,人们可能不太会相信克里丝汀·克雷会和哈默尔有不可告人的关系,但一切皆有可能。作为一位警探用加对于那些上流社会关于尊严和名誉重要性的了解,说不定钱伯斯会在知道些什么后,做出一些让人惊讶的事情。当然这一切都只是格兰特的推理,这也给格兰特找到了一个新的突破口。

他兴奋地拿起电话,打往警察局:"现在可以肯定的是爱德华·钱伯斯星期三的晚上已经上岸。你马上仔细查一下,他到底去了什么地方?这个很重要,你询问的时候一定要细心仔细,如果他说他和什么大人物在一起也算是个不错的理由,这会令我有点吃惊。还有,你别忘了去和钱伯斯的侍从好好聊聊,要知道,他们可是天底下最了解钱伯斯去哪里的人。"

"要不要问问他的随从,关于那件深色大衣的事情?"

"对对对!这个也很重要,你可以先和他们聊成朋友,这样说不定就可以直接打开钱伯斯的行李箱查看,是否有那件最有力的证据。"

"对那件大衣,掉了一个纽扣的事情我们没有对外透露。谁也不会因为衣服丢了一个纽扣而丢掉衣服吧!我想这件衣服一定还在它主人的身边。"电话那头的警员接着说。

"你说的没错,寻找大衣的指令只有我们自己人知道,所以到时候一定要仔细搜查一下钱伯斯的衣服。"

"你有找到其他证据吗?"

"遗憾的是,还没有,没有发现任何别的有力证据。"格兰特略微失落地说道。

"哇!你能够仅凭借你的猜想就把这件轰动的谋杀案了结?"

"嘿!伙计,我知道这有点痴人说梦,但我们也要试一试,不是吗?不过,现在办案时还是尽量低调点,我在查这个案子上的失误,搞得名誉可不是太好,我可不行再次成为大众的笑柄了。"

"行了!知道了,我们会小心行事,这也关系到整个警察局的声誉,不是吗?"

"现在警局里面有什么新的线索没有?这几天提斯多还没有出现?没有半点消息吗?"

"没有,目前为止还没有见到提斯多,也没有他的消息。不过,一个成年英国人就算一个人也不会发生什么事。"

"也对,这不过让那些屏息等待的记者们有点希望。谁知道呢!说不定提斯多今晚就会站在记者面前侃侃而谈。我要的克雷的资料准备得怎么样了?"

"范恩已经去调查搜集了,现在估计正在克雷的一个名叫邦多的服装师那里问话,相信很快就会回来了。"

"很好,我现在马上赶回警局,一会儿见,伙计。"挂上电话,格兰特就踏上回城的路。

挂断电话后,格兰特很消除了他脑海里出现的一个念头。提斯多是没任何问题的,他那样的一个成熟男性,怎么会有事情发生在他身上呢?他肯定不会遇到什么麻烦的。

第十六章　转移目标

格兰特回到警局,关于克雷的详细资料已经摆在了他的办公桌上。原来克雷的父母都是附近一座私人庄园的杂役,她的父亲是一位手艺高超的而且踏实肯干的木匠,她的母亲是和她爸爸在同一庄园干活的女工——一位洗衣工人。

在克雷12岁的时候,她的父亲在一次意外中不幸去世,留下他们3人辛苦度日。领了一小笔抚恤金的母亲见日子愈发难过,就决定带着孩子来到诺丁汉,来到城里看看有没有好一点的工作,来帮助他们过上好日子。可能是因为在乡下人们的生活工作地点相对稳定,人与人的关系也比较亲近,一打听,就会有很多记忆反馈过来。不像在城市生活和工作的地点总是换,邻里之间可能只是见面点点头的关系,很多人甚至连邻居什么时候搬走的都不知道,所以关于他们搬到诺丁汉以后的资料,只找到很少一点。

没想到能够帮得到忙的,竟然是报纸上曾专访过的有着八个孩子的梅格·亨德勒,这是一个热心肠的大嗓门,每天扭动着灵活的胖身躯,把八个孩子照顾得很好。在她的言语之间还是充满了对海伦·科森斯为赚取眼不惜撒谎的不满与不屑。不过话题只要不在海伦·科森斯身上,她还是很乐意打开话匣子大谈特谈有关克里丝汀的故事。

其实他们也并没有太多的交集,只不过是两家曾经住在对门儿,又在同一个工厂上班,有时候会顺路相约回家。所以,她比别人更加了解克里丝汀一点。这种了解只不过是一种熟人之间的好感，远没有到达朋友的程度。因为梅格·亨德勒看不惯同时在工厂辛苦过活的克里丝汀，整日摆出一副自命不凡的高傲样子；不喜欢她只要身上沾上一点灰尘，就马上轻轻拍掉——要知道，在车间工作，怎么会没有灰尘。更让梅格·亨德勒厌恶的是，克里丝汀竟然每天在车间里戴着一项在她看来根本是多此一举的帽子。不过她也很同情克里丝汀，因为在克里丝汀母亲的眼里，只要是他的哥哥赫伯特提出的事情，一般都会得到肯定的答复，在她母亲眼里似乎看不到克里丝汀存在。虽然她很依赖母亲，但母亲每天被巧舌如簧的哥哥哄得团团转，就算在外人眼里，克里丝汀的哥哥赫伯特是一个好吃懒做、不学无术、狡猾自私的街头小混混，母亲还是认为赫伯特是一个可爱幽默的小子。赫伯特害怕克里丝汀花掉母亲的每一分钱，只要克里丝汀有任何需要花钱的事情，都会在赫伯特怂恿下，被母亲否决。

记得有一回，克里丝汀看过一场晚会后，对舞台上翩翩起舞的姑娘们十分羡慕。回到家里就向母亲恳求去学舞蹈课。赫伯特知道后极力反对："你要学跳舞？你知道吗？我们可是负担不起学费，女孩子跳舞是一件十分轻佻的事，就算上帝知道了，也不会同意你的要求。"

"你怎么知道上帝不允许，再说我可以用我自己的钱。"说完克里丝汀就后悔了。果然，一听到钱，赫伯特跳到克里丝汀的跟前："什么？在母亲身体这么不好的时候，你还藏私房钱，你应该体谅母亲的难处，拿出来补贴家用！"

哥哥刚说完，就看见他的母亲手捂着脑袋，倚靠在椅子上，好像真的有什么不舒服似的。克里丝汀辛苦攒下来的钱就这样被拿走了。

接下来，他还为克里丝汀私自攒私房钱的行为而大发雷霆，认为她太自私自利了，特别是在母亲的健康状况不好的情况下。但是，赫伯特并没有表现出多心疼母亲，因为克里丝汀给母亲买回一些补品时，他总能第一时间吃掉很多。

后来，赫伯特跟着母亲到附近好玩的地方游玩了几天，原因是因为他失业而心情不好。不过，人们已经记不起来他到底经历了多少次失业了。

对于这样的人家，梅格表现出很大的热情去资助他们。但后来，她也慢慢失去了这一家人的消息。在母亲去世下葬后的第二天，克里丝汀就从诺丁汉那里出走了。他们的房租也快到期了，只有赫伯特独自在屋子里住了几天。梅格对于这个插曲还印象深刻，因为在母亲死去后，这个赫伯特在房租到期的房子里，举行了热闹非凡的大聚会——事实上，以前他也经常会举办这样的聚会，经常是让四周的邻居对震耳欲聋的声音无法忍受，因此聚会时就是邻居们的灾难日。这个便宜的公寓里面，其实每天都有人在大声吵架，赫伯特好像感觉吵架的声音还不够，需要进一步加上自己聚会的声音。

对于他到底举行的是什么聚会，梅格费力地想了想，好像刚开始是那些政治演讲类的，他会在所有人面前发表自己的高明看法，之后就说道自己的信仰。大概是他的胡言乱语引起了参加聚会人们的抗议，只有谈及信仰，才能让人们平息了怒火。他很会把持发言权，无论如何，他都要坚持那个一直发言的人就是自己。

梅格说她活到现在也没碰到过像赫伯特这样把自己看得像个大人物，事实上又没真本事的人。

但是，她实在是想不出克里丝汀到哪儿去了，她想赫伯特应该了解这个女孩的去向。不过梅格很了解他们，克里丝汀很可能因为极度讨厌这个人，而根本没有向他说明什么，就离开了那里。如果是这样的话，克里丝汀的离开，就没有一个人知道了。

梅格还回忆起，当时自己的弟弟希尼非常爱慕克里丝汀，不过她对于希尼的爱意，没有给出任何的回应，也许她根本看不上希尼。不过可以肯定的是，当时克里丝汀根本没有什么男性朋友，一个都没有。虽然梅格在电影中多次见到过克里丝汀，但她无论如何也没有把这个光芒耀眼的明星，和当年那个苦哈哈的女孩子联系在一起。这很让人匪夷所思，但克里丝汀的确有了巨大的改变。

她早就听闻，好莱坞那样的地方，会把一个人变成另外一个人，这就和她自己的经历一样。不过，也许17岁到30岁，这么长的时间里，任何人都会发生改变。她自己也不清楚自己到底被时间改变了多少，这需要静下来好好端详自己。

说到这里，梅格开始发出豪爽的大笑，在警员奇怪的目光注视下，转动自己肥胖的身体，去为他准备了一些点心和茶水。

真是很凑巧，这个参与过抓捕提斯多但没有成功的警员桑格，正好就是克里丝汀的一个粉丝。这个警员觉得就是住在大城市，或者是都市的一些社区里，生活圈子也不会因此变大，要想找到线索，需要更换思路——那些乡村里人们的记忆也许会比这些人更有价值。出于这样的考虑，他到特伦特市的郊区附近，去找一个重要的人物。在郊区的那栋小屋子里，有位叫斯坦默丝女士住在那里，她最喜欢有两样东西，一是一只玩具狗，还有一个很老旧的收音机。据说这两声东西就是单位送给她的礼物——作为退休的纪念。

她曾经在一所叫比斯利路小学的学校，一直教了30年的书，如果不是这样，她哪儿有心情去买那样的东西。在以往的时光里，在学校教学生就是她人生的全部，直到现在，她心心念念的还是学校的一切。

她似乎对克里丝汀还留有非常深刻的印象。不过她不确定这个桑格先生到底想打听克里丝汀的什么事情——这个男人不是普通人，而是个侦探？啊，上帝。她祈祷克里丝汀没有惹上什么大麻烦。接下来，她讲了一些很久以前的事情。那时候，她曾经教过那个叫克莉丝的女孩子，当然，她们没有一直联系。

斯坦默丝小姐说自己一生桃李满天下，所以没有可能和每一位学生都保持长久的联系，但是她记得那个女孩子是个聪明懂事的孩子，她断言她肯定会有大的发展。

格桑直接问她："你觉得你那位肯定有大前途的女学生，是不是现在的克里丝汀·克雷呢？"

这个退休女教师听了，大惊失色地说："你是说好莱坞明星克里丝汀？上帝啊，这是真的吗？应该不是吧？"

格桑对于她的反应，觉得有些过于夸张，但是他后来才看到，这个女人的眼睛睁得很大，而且满含泪水。这个时候，她取掉自己鼻梁上的眼镜，然后用自己叠得很整齐的一方软布轻轻地把沾在上面的泪水擦掉。

"我可怜的孩子，现在她是那么出色。哦，可怜的孩子。"她喃喃自语。

格桑把近期报纸上关于克里丝汀的报道说了一下，不过这位退休教师，没有在乎克莉丝的悲惨遭遇，而是一直感叹学生取得的成就。

"她一直就是那种上进心很强的学生，我想你不了解这个孩子。"她喃喃地说，"我对她的点点滴滴都记得那么清晰，就是因为这一点。她和别的学生一点儿也不一样，那些孩子都想着赶紧结束学业好去挣钱。这里几乎所有的小学生，都是这样的想法。你能想象出来吗，警员先生，他们赚够了钱，就想着离开家。但是克里丝汀这孩子，还想继续深造，她想升入中学继续读书。她拿到足够的奖学金可以继续读，不过糟糕的是她的家人，他们觉得根本供不起她念书。她跑到我这里来，不停地哭泣。我教她的过程中，这是第一次见她哭，她很少暴露自己的情绪。我让她带着母亲来和我谈话。那是个很慈善但没有主见的女人，但我没有让她改变主意。懦弱的人通常都会有他固执的一面，这我知道。这件事情一直是我耿耿于怀的事儿，为我劝说的失败。我一直很喜欢那些有上进心的学生，因为我自己有过那样想奋斗的遭遇，可是我最终也是失去了机会。"

她沉浸在回忆里，一直滔滔不绝地说着。桑格就这么静静地听着，她接着说："我们有着共同的遭遇，所以我很能理解她的心情。她最后不得不离开学校，去工厂做工挣钱。从此我再也没有见过她了。我好像知道，那个时候，他们家里很穷，她的哥哥又懒惰又薄情寡义。他们靠母亲很少的抚恤金过日子。不过后来她还是成功了。我可怜的学生啊。"

桑格要离开了，他提醒她报纸上有和克里丝汀·克雷的相关报道，这些她似乎都没看过呢。

她解释说她没有在周末看报纸的习惯，不过其他时间段的报纸，会由自己的邻居给她送过来。不过最近邻居都去海边度假了，因此她也没有报纸可看了。她时不时会看看街上那些海报，但是对于看报纸，并没有什么强烈的愿望——那只是一种例行公事的机械行为。她问桑格是不是同意自己的看法：通常人们3天之内看不到报纸，那种看报纸的心情就会慢慢消失。并且似乎不看报纸的日子还会相对愉快一些，因为报纸上总有那么多让人很头疼的事情发生。她就在自己的小屋子里慢慢度过余生，不想也不愿意看到外界让人沮丧的事情。

桑格想起了一些关于赫伯特的问题，不过似乎连老师也对这个冷血动物的事情没有记忆了。这里所有的人都对他印象不深，因为他从没有在一个工作单位待上过半年的，对他的离开，人们总是没有任何感觉。没有人了解他后来过的是什么日子。

有一点值得欣慰的是，范恩去了南街一趟，采访了克里丝汀去世前的服装师邦多，这个服装师好像知道一些关于赫伯特的信息——她说克里丝汀有个兄弟。不过，在说到他的名字时，这个一脸褶皱的服装师，便瞪起了双眼。她仅仅和他打过一次照面，但是发誓这一生都不想再看到这个人。

那是一晚上，她们在纽约演出，他给克里丝汀递进来一个便条，就在她换衣服的时候。邦多说当时自己正在帮包括克里丝汀在内的九个女孩打扮，她们要被化装成唱诗班的天使。当时克里丝汀已经很红了，她坚持让邦多一直帮助自己。这是她的一贯风格：对朋友永远不离不弃。在那个便条被送到更衣室之前，她和那些女孩子一起谈笑着，但是一见纸条，她的快乐就被终结了——好似在享用美餐时，盘子里突然出现一只虫子一样。

后来赫伯特走进来了，她只是说："你到底还是找到我了。"他当时对她说，他来提醒她，马上就会有大灾难降临了。但她不屑一顾地回答："我看你是想从我这里捞到什么好处吧？你除了这个，还会有什么目的呢？"

邦多从来没有看到过她会对人这么严厉——她刚刚卸掉妆容，准备化新的妆容，邦多发现她脸上几乎没有血色。

当时她让邦多和其他人都到房间外面去，然后房间里就传出了很激烈的争吵声。邦多就在外面听着——当时房间外还是有很多想见克里丝汀的人，毫无疑问他们都听到了里面的吵架声。后来邦多硬着头皮进去通知她，演出马上就要开始了。

那个男人很凶狠地让他不要插话，但是克里丝汀警告他，如果他还不离开，就会有警察来解决问题。他只好走了，而且再也没有出现过。

但是他之后会经常寄来信件，邦多认识他的字体，他似乎总是知道她们的行踪，每次信件上的地址都是她们所在的位置。但是克里丝汀每次收到信件，都会不开心好几天。这个人就像个恶魔影子一样，永远摆脱不了。

有一回，疲惫的克里丝汀对邦多说："我感觉仇恨这件事，非常让人身心疲惫，你是这么认为的吧，亲爱的？"邦多说她没有恨过什么人，但是从前对一个态度粗暴的警察发过脾气——那也不是恨。那种感觉很不好，非常费心神，就像是一把怒火，想要把人烧死似的。

这是邦多对于赫伯特的一些回忆，除此之外，还有美国警察提供的一些资料。赫伯特于克里丝汀到美国几年后，也到了那里。他曾经在波士顿待过一段时间，是在一个神父家里做仆人，不过做了很短时间。那家人被他看似老实的外表欺骗，才收留他的。但是后来发生了一些不愉快的事情，他就离开了。至于发生了什么事情，那位神父没有说什么。也许是因为基督教本来就提倡慈悲，也许是人家怕别人说自己不会识别好人坏人，所以这件事没有闹出来。但遗憾的是，警方也不知道从此他到了哪里。后来，有人给出线索，他就是以神的名义，在美国很多地方实施诈骗的男子。有警方的报告显示，他那段时间在美国是名利双收。后来，事情还是败露而来，他在肯塔基因为亵渎神，而被抓捕坐牢。不仅如此，他因为诈骗罪被德州的警察抓进监狱；在密苏里因为带领群众发动暴乱而被抓进监狱；在阿肯色则是他要求警方把他抓起来以保证自己的安全；在另外一个地方，他又一次因为挑唆人们暴乱而被逮捕。

但是所有逮捕他的记录里，他都不承认自己叫赫伯特·戈特贝德。他说自己没有什么名字，自己的身份就是神的弟兄。

警方告诉他，即便他和神有着亲密的关系，他们也会找到足够理由，把他驱逐出境。他好似得到这个暗示，开始失踪不见了。最后人们发现他，是在一个很偏僻的岛上，可能是叫斐济岛吧，他在那里又一次欺骗人们，然后拿着所有的捐赠，逃去了澳洲。

"经历丰富的人啊。"格兰特仔细地查看完资料，长叹了一声。

"我看铁定就是这个人了，一点儿都不用有疑问。"威廉姆斯很肯定地说。

"这个人具备了罪犯们的所有特点，他贪心而又自负，而且是非常冷血无情的。我也希望这个人就是我们要找的人。我想能除去这个到处害人的恶人，也是为全世界消灾。但是这个人因为什么要杀死克里丝汀呢？"

"很大原因是为了钱。"

"这个可能性很小，她对他的态度是怎样的，他很明白。"

"我感觉他可能制造了虚假的遗嘱，先生。"

"是的，我也是这么感觉的。但是假如他改了遗嘱，那为什么没有现身找我们呢？她去世有两周了。我们接下来要做什么调查，还是没有线索。我们甚至不能确定他是不是在英国待着。"

"他一定是去了英国，这一点我们还要怀疑吗？我记得她的服装师说过，他对她的行踪总是了如指掌。克里丝汀在英国已经待了三个多月，他肯定也跟着到了那里。"

"是的，这说说法是站住脚的。澳洲，嗯，我来查查。"他又开始看来自美国纽约的资料。

"这些报告上的，都是两年之前的事儿了。假如他像那时一样行踪不定，就不好办了；假如他如你所说在英国，那就难容易找到他了。这个人最大的特点就是嘴巴不严实，他一说起来就忘乎所以，人们肯定会对他有印象的。"

"在克里丝汀的遗嘱里，有没有说到这个人？"

"丝毫没有找到。爱德华对于遗嘱的每一个字都没放过，但是没有找到。威廉姆斯，你能否告诉我，你觉得什么事儿，或者是哪种理由，会让钱伯斯也开始撒谎？"

"为了一些人的面子，他会这么做。"他毫不犹豫地这样对格兰特说。

这次轮到格兰特吃惊了，不过他想了想，还是点头道："你说的不错，我怎么想不到这点？虽然他到底为了维护谁我们不知道，但这种可能是存在的。"

第十七章　重新开始

如此看来，遗嘱中所指的蜡烛并不是通常意义上用来照明的那一类，而是用来祭祀用的，格兰特揣测道。正值星期一的午后，格兰特驱车前往坦普尔。"神的兄弟"教堂非常奢华，里面用高级亚麻作为装饰，神龛用的也是昂贵货。其实，赫伯特只是出于对戏剧的喜好才弄了这么大的排场，然而在肯塔基州之外的地方，生意都堪称火爆。爱慕虚荣而又富有的人们沉浸在其中。

克里丝汀用1先令表达了自己的蔑视。或许是因为她的心愿总被神灵给忽视，她才只给了一先令的供奉。

厄斯金先生的房屋，在一株悬铃树下，在黯淡的灯光下，格兰特将自己的计划告诉给了律师。警方准备将赫伯特·戈特贝德给引蛇出洞，他们有非常正当的理由，所以律师完全没有必要担忧。况且，这件事情已经获得了爱德华勋爵的许可。

律师显得有些踌躇不决，这倒并不是说他持有反对态度，只是因为律师的本职工作就是要考虑各个方面的细节，如果很快就表示了赞同，会显得有失水准。当格兰特离开的时候，律师总算是赞同了这次行动。

格兰特笑道："太好了，希望你能够让明天的报纸成为话题。"离开之后，格兰特情不自禁地抱怨起来，他觉得搞法律的人就是在不断地制造麻烦，而事实上，这个世界的麻烦已经足够多了。格兰特此时就有许多麻烦事。他感觉自己就正处于那些用纸牌给人算命的巫女所描绘的"被麻烦包围"的状态。很快就要到星期二了，仍然没有罗伯特·提斯多的消息。罗伯特·提斯多身在何处？警方要如何才能够找到这个人？老实说，格兰特真正顾虑的事情，并非是自己将要承受的指责，而是担忧提斯多的安全。前几天格兰特以为提斯多没有出现的原因，是由于没有良好的消息渠道。阅读当天的报纸，在逃亡的时候可不是一件容易的事情。格兰特不由得心生顾虑。说不定有什么事情发生了。"提斯多无罪"这几个字，用很大的字体印在了报纸上，散布在英国的每一寸土地。他为什么没有注意到？这件事情已经成为了街头巷尾的谈资，可提斯多仍然没有现身。

自打艾丽卡在上个星期三驱车离去之后，就没有人再看到提斯多。星期四夜里下了一场多年未见的暴风雨，随后的几天也都风雨不断。提斯多自从星期四接受了艾丽卡留下的食物之后，就没有再动过之后食物。星期五的食物被雨水淋湿，变得黏黏糊糊的。格兰特听说星期六的时候艾丽卡整日都在乡间寻觅，好似一条忠于职守的猎犬，她的足迹遍布各个谷仓，以及每一个藏身之处，耗尽了体力。艾丽卡认为，提斯多肯定是在星期四夜里找到了栖身之所，否则的话，他早就丧命于暴风雨中了。另外，提斯多在星期四的清晨拿走了艾丽卡留下来的食物，说明提斯多不会走得太远。

但是艾丽卡所有的努力都毫无价值。由于警方缺乏人手，今日一群业余人员组成了一个搜救队伍，但尚未传回消息。格兰特感觉到了一丝恐惧，他尝试着摆脱这种恐惧感。然而这一丝恐惧感，就好似星星之火，转瞬间就点燃了整个草原，火光冲天。

多佛方面的消息非常有限，几乎让警方难以忍受。这是由于调查的时候要遵循两个原则：一个是不能够冒犯贵族；另外一个是不可以打草惊蛇。前者是为了不伤及无辜，后者是为了追捕逃犯。事情变得越来越棘手。格兰特与爱德华·钱伯斯商讨诱捕赫伯特的计划时，格兰特发现他平静的脸上显露出了一丝沉着，很多时候都将快要脱口而出的话给咽了下去："星期三你身在何处？"钱伯斯会作何反应？也许会有一丝困惑，考虑片刻，随后答道："你是说我返回多佛的那个夜晚吗？我那个时候正在某个地方与某个人在一起。"随后他就会读懂格兰特的潜台词，紧接着就会一脸困惑地看向格兰特，这会让格兰特觉得自己愚蠢之极。非但如此，格兰特认为，当面暗示爱德华·钱伯斯与他的亡妻事件有牵连，就是一种不折不扣的侮辱。

可是当钱伯斯不在身旁的时候，格兰特的脑海中总是会浮现出一些古怪的画面，将钱伯斯卷入其中。但当钱伯斯一露面，任何的怀疑都会显得非常荒谬。在格兰特得知钱伯斯那晚之前的行踪之前，必须要将每一个带有冒昧的怀疑都打消。

事到如今，格兰特只知道钱伯斯在那晚肯定是在某个偏僻角落。在各大旅店与亲戚朋友处都没有什么发现。如今已经扩大了范围，下一刻格兰特就有可能接到消息，证明勋爵当时睡在某个精美的四柱床上，那个时候格兰特就会无奈地承认自己怀疑错了对象。

第十八章　巧遇休斯

柯林斯在星期二的清晨发回了消息。他报告说，钱伯斯的随从拜伍德非常难以讨好。他烟酒不沾，几乎让柯林斯找不出任何的切入点来拉拢他。好在任何人都有软肋，经过了一番周折，他得知拜伍德迷恋鼻烟。这是一个非常隐秘的嗜好，要是被爱德华勋爵发现了，肯定会被开除。柯林斯给拜伍德推荐了一款特殊的鼻烟，总算成功地靠近了勋爵的衣柜。钱伯斯在抵达英国之后，就清除了衣物。总共有两件大衣被清扫，一件是深色大衣，一件是用骆驼毛制成的大衣。拜伍德将骆驼毛材质的大衣赠送给了一个歌剧院的男演员，那是他的连襟；另外一件则卖给了旧货店。柯林斯将旧货店的地址姓名报告给了格兰特。

格兰特派遣了一名手下前往旧货店，一件一件地检查旧货，旧衣商站在一旁介绍道："你们要找的大衣是非常好的货色，原来是爱德华·钱伯斯勋爵穿的。"

大衣是不折不扣的好货色。没有翻新的痕迹，上面的衣扣也一颗不少。

格兰特得知此事后哀叹了一声，不知是喜是悲。他越来越好奇钱伯斯那天晚上究竟去了哪里。

每一家媒体都迫切地想要知道提斯多的下落。刑事调查部遭遇了有史以来最大的危机。《号角》对外宣称他们是杀人犯，而尝试着查清事实的格兰特，则因为种种原因郁闷不已。

快要到中午的时候，吉米·霍普金斯打来了一通电话，他为自己在《号角》上"人性"版的言论做出解释。他说他只是按照行规办事，他相信苏格兰场的伙计们会体谅他的。电话来的时候格兰特恰巧外出了，威廉姆斯接通了电话，但没什么闲情雅致来听他的阿谀奉承。他将自己压抑了许久的情绪一股脑地发泄了出来，令霍普金斯担忧地觉得自己似乎已经与苏格兰场闹僵了。"做事完全不留余地，"威廉姆斯总结说，"你难道不知道吗？媒体在这星期实在是太过分了，你们在欺负无辜的人！"

"你真善良！但请你换位思想，我们作为媒体，是要将货物卖出去的，若是不炒作的话，就难以生存，只能去别的行当抢别人的饭碗。每一行都有每一行的规矩，就好比……"

威廉姆斯干脆利索地挂断了电话，这代表了他的态度。吉米感觉很憋屈。他写那篇文章的时候非常痛快。他义愤填膺地写出了那些严厉的词语。他写东西的时候有一个习惯，他会本能地将舌头抵在脸颊内侧，情绪很快就会泛滥起来。当写完之后，他的舌头就会恢复正常。他的文章有固定的受众，被读者认为是"肺腑之言"，因此，他的薪水总是水涨船高。

但此时他感觉有些难过，因为他的敌人们误解了他，其实那篇文章都是玩笑之语罢了。他非常不屑地将帽子扣在脑袋上，准备出去就餐。

距离不过5分钟之外的一个餐厅中，格兰特栖身于一个不起眼的角落，一杯黑咖啡在他面前冒着热气，格兰特双手撑着头，他尽可能用简略的话语与自己交流着。

克里丝汀·克雷住在非常隐秘的地方。不过凶手知道她的住处。光是这一点，就能够将许多无关人等排除在外。

钱伯斯与杰森·哈默是知情的。

赫伯特·戈特贝德大概也是知道的。

凶手身穿一件深色大衣，只有搭配黑色的纽扣与缝线才匹配。

钱伯斯恰好有一件这样的衣服，但上面的扣子完好无损。

杰森·哈默没有这样的衣服，近来也从未穿过这样的衣服。

至于赫伯特·戈特贝德平时穿什么衣服,则没人知晓。

凶手很有耐心,而且动机非常明显,正因为如此,才能够在清晨6点钟的时候耐心地等待猎物的到来,随后按照事先的计划将其溺死。

钱伯斯存在杀人的动机。

杰森·哈默也有可能性,当然了,如果他们是情侣关系的话,不过暂时并没有足够多的证据。

赫伯特·戈特贝德暂时没有什么杀人动机,但可以看出来他非常憎恨死者。

总的来说,戈特贝德无疑是嫌疑最大的人。他知道妹妹身居何处,他有很多的案底,而且与受害人的关系非常紧张。

肯定是这样!戈特贝德兴许明日就会投案自首了。格兰特竭力地忘记报纸上的消息,尽可能地用黑咖啡来麻痹自己。

就在格兰特举杯的时候,他忽然注意到了对面角落中的一个男人。那男人举着杯子,友善地看向格兰特。

格兰特微微一笑,抢先开口:"大明星真会挑座位,不注意看,根本发现不了你。你的影迷肯定累坏了。"

"影迷不会有问题的。反而是你,你最近肯定非常郁闷吧?他们真荒唐,简直将警察当成了无所不能的超人。"

格兰特舔了舔蜂蜜,贪婪地咽了下去。

欧文·休斯说道:"相信我,迟早会有人宰了吉米·霍普金斯。要不是我的脸现在还挺值钱,我肯定会自己动手。他曾经夸我是'每一个女孩的梦想'!"

"他说的没错!"

"你最近关注过我的农庄吗?"

"我在报纸上看到了一些照片,好像变成了一片废墟。"

"没错,当我看到我的农庄变成一片废墟的时候,我忍不住落泪了。我多么希望将那张照片公布于众,让人们知道我的知名度会给我带来什么。若是在50年以前,说不定会有人专门过来看上一眼,随后满足地离开。可是如今到布莱尔参观游览的人实在太多。为了阻止那些'旅行团',我的律师们整天忙得团团乱转,可根本无济于事。几天之后,郡警察就放弃了继续看守的想法。大约有一万人在过去的一周来到了那儿,每个游客都会去窗户前探望,踩烂我的花草,甚至还会顺手牵羊地带回去一些纪念品。我那个原本有12英尺高,种满了蔷薇的花园,如今变成了一摊烂泥,篱笆更是被踩得稀巴烂。我多么喜爱我的花园。虽然我不至于对着我的紫罗兰放声歌唱,但那都是我亲手种植的花花草草,陪伴着它们一点一点成长,让我非常幸福,但现在都化为了虚无。"

"真是糟糕!更糟糕的是没办法得到赔偿,你肯定非常难过。不过,也许明年的时候那些植物就有可能死而复生。"

"我已经决定要卖掉那个伤心地了。你可曾见过克雷?从未见过?她绝对是个特殊的人,世所罕见。"

"你觉得谁有可能是杀人凶手?"

休斯微微一笑,道:"我非常理解有些人在怒火中烧的时候,会忍不住将她宰了。但那只限于在片场。当平静下来之后,你又会为她上刀山下火海。克里丝汀的死法真是让人难以置信。你听说过莉迪亚·济慈用命盘做过预言吗?她预测到了这件事情,真是让人难以置信。真应该将她这样的怪人给掐死在襁褓中,她非常神奇。我在好莱坞的时候,曾经将玛丽·戴克的生辰寄给了她。玛丽让我发一个毒誓,然后告诉了我她的年龄,她简直就是一个老怪物。莉迪亚根本不知道是在给谁算命,但结果却出奇的准。她要是前往好莱坞，肯定会是出类拔萃的人。

"听说她就快要动身了。"格兰特不咸不淡地说道，"你喜欢好莱坞吗？"

"还好，能够让人好好地休息。"察觉到格兰特轻挑的眉头，继续道："海滩上满是各种小石头，想要让人知道你身在何处不太容易。"

"我原本以为他们会给来自于中西部的狂热影迷举办一个观光团呢。"

"没错，他们只会乘坐观光车路过你家门前的街道，但不会踩烂你的花园。"

"要是你被人杀了，也许就会发生了。"

"我猜不会，谋杀案并没有什么可稀奇的。我是时候离开了，愿你走运。希望神灵能够庇佑你，你给了我很多鼓励，让我感到安慰。"

"是吗？"

"没错，你让我知道有一个职业，比我的职业更糟糕！"他拿起自己的帽子，丢下了一些钱。"大家在做礼拜的时候，有时候会为法官祷告，但没有人会记得辛苦破案的警察！"

他直挺挺地站在角落的位置，将帽子调整到最完美的角度，随后大步离开，餐厅只剩下格兰特一人。

第十九章　星相演讲

吉米并没有感到任何的宽慰。没错，就是那个活力四射、冷漠寡情但又充满才情的吉米。他正在最爱的酒吧中吃饭，但这顿饭菜并不合胃口。牛肉煎得太老，啤酒又不够冰，侍者不断地打嗝，马铃薯软绵绵的，农家布丁吃起来有股小苏打的味道，他最爱的香烟又售空了。这让本来就感觉非常郁闷的吉米，不仅没有因为酒菜而感到安慰，反而更加愤世嫉俗。他抬头看向一些客人与他的同事在桌前谈笑风生，吉米很少愁眉苦脸，这很少见，同事们停止了闲聊，转过头来逗弄吉米。

"吉米，你是得了口腔溃疡吗？"

"我猜他是在学习如何成为一个独裁者，他正在练习自己的表情。"

"那可不成，"又有一个人开口，"必须要从发型开始练习才好。"

"对了，还有手势。手势是事关重要的。譬如拿破仑，他要是没有发明那个将手举到胸前的手势，多半还是一个不名一文的小班长。"

吉米暗中诅咒他们全都下地狱，然后出门寻找自己所爱的香烟牌子。苏格兰场为什么要将事情弄得这么僵？正常人都知道报纸上的消息不是夸大其词，就是子虚乌有。若是你不夸大其词，读者会觉得买报纸来看一些鸡毛蒜皮的小事根本不值得。如此一来，报业巨头、股东，还有可怜的吉米要何去何从？总是要有人给那群木讷的工薪阶级寻找精神寄托，因为他们要么累坏了，要么太过于蠢笨，不会有自己的立场。就算你没有办法让他们感到恐惧，也必须要让他们酣畅淋漓地哭上一场才行。克雷早些年在工厂上班的故事绝对是一个猛料，哪怕有人觉得他是在瞎编，那又怎样？当然了，总是用惊悚与煽情的手段，容易让人审美疲劳，要说英国社会最为痴迷的情绪，定然是为正义而呐喊。于是乎，聪明的吉米，就给了大众一个合适的话题。苏格兰场理应知道这种话题要不了多久就会被观众抛之脑后，所以根本没有必要有所顾虑！有什么可纠结的？

苏格兰场实在是太敏感了，仅此而已。他们明知这件事情永远不会发生。他倒不是要去干扰别人的工作，但那篇文章中也有大实话，并非一味的瞎编，这时吉米忽然想起了这一点。这样的事情竟然会发生在一个有效率的团队身上，真是让人感到无地自容，哦，不！或许用遗憾来形容更为恰当。既然他们在春风得意的时候如此目中无人，拒人于千里之外，那么当他们犯错误之后，就别盼望别人的同情了。话说回来，要是他们能够像美国一样准许媒体参与其中，就不会发生这样的事情。吉米虽然只是一个刑侦案件的记者，可他对于刑事案件与侦查方式的了解十分出众。要是老板允许他请假，而警方又能够将档案提供给他参阅的话，他只需要一个星期就能够抓住凶手，并因此而登上头条。苏格兰场最缺乏的就是想象力。而吉米不缺乏，他缺乏的只是一个合适的契机。

他顺利买到了自己想要的烟，郁闷地将烟倒入金色的烟盒里，这个烟盒是他来到伦敦之前，他的一个乡下的同事赠送给他的临别赠礼。虽然买到了烟，但仍就郁闷地走回办公室。在《号角》总部豪华的门厅中，他碰到了穆斯克，这是一个刚入行的新记者，正从大楼里出来。

他随意地点了点头，寒暄了几句，脚下却不曾停歇。

"你去哪儿？"

"去参加一个关于星座的演讲。"穆斯克回答道，一副心不在焉的架势。

"哈哈，那可是天文学，多有趣。"吉米讽刺了一句。

"是星象学，与天文学毫不相干。"年轻人从门厅走上了洒满阳光的街道，"是一个叫作波普的女士。"

"波普？"吉米正向电梯走去，此时忽然脚下一顿，"你是说济慈吗？"

"济慈？"穆斯克掏出了卡片做了个确认，"没有错。我记得很清楚，她与一个诗人同姓……出什么事情了？"吉米一把将其拽回了门厅。

"你没有必要去听这个演讲了，就是这样。"吉米将穆斯克推入了电梯。

"你这是干什么？"穆斯克一脸惊疑地说道，"很高兴你能够让我多休息一段时间，但你为什么要这么做，你是对星象学有意见吗？"

吉米将他带入了一间办公室，然后冲着一个坐在办公桌后面的男人，开展了一番语言攻势。

"但是，吉米，"男子好不容易找到了一个可以插嘴的空档，"我们原先是想要派布雷克去的。他是这个任务的第一人选，他每个星期都在报纸的第六版告诉读者接下来的7天会发生什么样的事情？星象学是他的本职工作。可惜他没能预见到自己的老婆将会在这星期生孩子，所以我才破例让他休假，让穆斯克顶替。"

"穆斯克！"吉米惊呼，"天啊，你莫非不知道就是这个女人预测了克雷的死吗？在《信使报》用1先令作为报酬给读者算命的也是这个女人啊？"

"那又如何？"

"她绝对是一个大新闻啊！"

"没错，她是《信使报》的红人。但几乎快要过气了。昨日我刚删了一篇关于她的报道。"

"过气就过气了，但是现在肯定还有一些人对她感兴趣。我想其中最感兴趣的人就是被她预言成功的人，也许就是因为她的预言，才诱使了杀人动机。虽然济慈过气了，但她身旁的人不会过气，还是十分炙手可热。"他转过身来，从新来的穆斯克手中一把夺过卡片，"这个好孩子不喜欢星象学，下午给他找点别的事情做吧。"

"那这篇采访要如何……"

"你放心，会交给你的，有可能还会赠送一篇给你！"

吉米在电梯中沉思，拇指颇有节奏地弹着手中的卡片，艾沃斯馆！莉迪亚很快就会出现！"皮特，你知道成功的捷径吗？"他转头看向电梯员。

"我得向你请教请教。"皮特道。

"矬子里挑将军。"

"你真是睿智！"皮特朗声大笑，吉米从电梯中出来，冲他微微一笑。皮特在穿短裤的青春期，就认识了吉米。

　　艾沃斯馆位于威格莫街，这是一个非常高档的街区。在俱乐部中品茶时享受室内乐会有趣得多。一些肥硕的女人在舞台上用美声歌唱，因为全场寂静无声而暗自窃喜，却绝对不会想到观众心底里想的是亚麻好还是绸带好。这是一个好地方，虽然小，但却让人感到亲密。吉米在寻找自己的座位时，忽然察觉到今日的观众中名流荟萃，是自从布夏·科森的婚礼以来最为盛况空前的一幕。"时髦"阶级悉数登场，被称之为"现代女公爵"的豪门望族也陆续到场：这些鼻子长而挺，鞋子很高，血统悠久的一帮人引以为傲的是她们的身份地位，而并非智慧。除此之外，会场中还有许多疯狂的人。

　　这些疯狂的人并非来找乐子的，也不是因为莉迪亚的母亲是某个侯爵的三女儿，他们是因为狮子、金牛和巨蟹这些他们喜爱的宠物而来，黄道十二宫是他们的精神寄托。他们这类人非常容易辨认：他们黯淡无神的目光总是停留在半空中，身上穿的就像是打折商店中的过时衣服，在她们纤长的脖子上似乎都戴着一串珠子，价值六便士。

　　吉米并没有坐在预留给《号角》代表的位置上，执着地在大厅角落的几棵棕榈树当中找到一席之地。吉米与绝大多数的观众不同，他是来看观众的。他隔壁的座位上坐着一个衣衫俭朴、大概35岁左右的瘦小男人，他用直勾勾的眼神望着吉米落座，然后缓慢地凑上前去，直到他带有一丝怯懦的嘴唇距离吉米的耳朵只有1英寸远，悄声说道："这是一个非常厉害的女人！"

　　吉米当然知道他口中的人是莉迪亚。

　　"你说的没错，"他赞同道，"你与她是旧相识吗？"

　　这个衣着俭朴的男人迟疑了片刻，随后道："我不认识她，可是我认识克里丝汀·克雷。"接下来的谈话由于莉迪亚与主持人的上台戛然而止。

　　莉迪亚完全没有什么演讲的天赋。她的嗓子总是发出尖锐的声音，激动的时候，音质就好像廉价留声机播放的旧唱片一模一样。吉米不一会儿就失去了耐心。他早已对莉迪亚的话题感到厌倦。他的目光在这个像沙丁鱼罐头一样的会馆中搜寻着。若是杀人凶手至今仍然没有受到怀疑，仍然逍遥法外的话，他没准儿会来瞧瞧这个预测了克雷的死，用自己的手来借刀杀人的女人！总的来说，吉米觉得有很大的可能性。暗杀克雷的杀人犯极为睿智，这是众所周知的。没准儿他正为了自己的聪明而沾沾自喜，觉得自己的才智完全凌驾于法律之上。对于成功完成了一个杀人计划的人来说，这是很正常的心态。他们筹备杀人计划，并且努力达成目标。他们心生邪念就好似吃饭喝水一样自然。他们会在身边寻找许多的刺激，就好似调皮捣蛋的孩童一样。在伦敦最正统的地方所举办的宴会上，又有如此多身份尊贵的人同时出席，绝对是一场非同凡响的挑战。此时此刻，每一个观众都会或多或少地想到克里丝汀的死亡。当然了，为了保证聚会的格调，发表演讲的人并不会提及此事。这只是一场关于星象学的历史与意义的演讲，之所以会有这么多观众前来捧场，完全是因为将近一年之前莉迪亚准确无误地预言到了克里丝汀·克雷的命案。克里丝汀虽然已经死亡，但她却无形地存在于会馆之中，而且她的分量足以媲美迪莉娅。正因为如此，这场盛大的聚会，才会对真正的凶手充满了诱惑。

　　吉米望着观众，为自己天马行空的想象力而感到骄傲。他的非凡想象力，绝非格兰特能够企及的。他有些后悔没有带巴特过来。巴特更关注社交界的一些事情。因为巴特在报社的职责就是给各种报道添醋加油，他绝对是一个有力的助手。

　　好在吉米对眼前的贵族面孔也算颇为熟知，这让他看得津津有味。

　　"另外，"莉迪亚演讲道，"摩羯座的人常常会闷闷不乐，自我怀疑，个性冲动。更糟糕的时候，还会变得阴冷、充满欲望而且十分奸诈。"吉米对此充耳不闻。他甚至不知道自己是属于哪一个星座。莉迪亚不止一次地告诉他，他是一个"非常典型的白羊座"，但是他从来就不曾记得，他觉得都是一些胡言乱语。

特伦特公爵夫人坐在第三排的位置。她有不在场的最佳证明。她本来是要给克里丝汀举行一场午宴，这场午宴完全可以让她摇身一变，变成整个伦敦最受瞩目的女主人，一扫老古董的形象，可惜的是午宴尚未举办，克里丝汀就已经不幸遇害了。

吉米环顾四周，视线最终落在了第四排一张英俊而黝黑的脸上，这是一张非常熟悉的脸。好奇怪，他根本不认识这个人啊，他发誓从未见过此人。

随后他就恍然想起。这个人名叫勒庸，原本是要在克雷的第三部戏中出演男主角，如今这部电影肯定是要泡汤了。传闻勒庸对于不用拍那部戏感到兴奋，克雷的光辉总是让每一个男主角黯淡无光，不过这并不足以成为一个杀人动机。吉米对勒庸毫无兴趣。他身旁坐着一个时髦人物，身上只有黑白两色。玛尔塔·哈拉德，已经成功接手了克雷原先的角色。

即便玛尔塔与克雷的戏路有很大的差别，但放弃拍摄的话，制片方会承受很大的代价，况且玛尔塔的演技非常平稳而老练，再加上个性鲜活，又格调十足。如今她与勒庸分饰男女主角，两人半斤八两。从合作的角度来看，最新的组合似乎要比"克雷与勒庸"的搭配更具有成功的潜力。这对玛尔塔来说是一个难得的机会，对勒庸而言同样是一个能够让他发光发热的机会。没错，克里丝汀的离世，对他们两人来说都是一次契机。

他仿佛听到一个女声在脑海中回响："没错，尤其是因为杀她的人是你。"谁说的这句话？想起来了，是那个经常饰演傻大姐的朱蒂。星期六的夜晚，在玛尔塔的公寓门前，他遇到了格兰特，两人同时被邀请入内。朱蒂说这句话的时候，用的是那种不屑一顾的语气。他们本来以为是在开玩笑，有人哈哈大笑表示赞同，还提出了杀人动机："没错！你肯定是想要得到新片中的角色！"随后的谈话就是一言我一语，全都是毫无价值的话。

除了性欲与贪婪，野心是最常出现的杀人动机。不过玛尔塔·哈拉德这种世故的人，让她去杀人几乎是不可能的事情。吉米想起来了，玛尔塔在舞台上连杀人的戏份都饰演不好，她似乎觉得"执着是最枯燥乏味的事情"。哪怕她并不认为杀人缺乏幽默感，至少也会觉得非常卑劣。不可能是这样，在吉米的印象中，玛尔塔只可能是受害者，绝不会是凶手。

他发现玛尔塔对于莉迪亚的演讲并没有兴趣。她全神贯注地关注着前排右边的第一个人。吉米顺着方向望去，然后，让他感到古怪的事情发生了，他的视线落在了一个外表平凡无奇的小个子男人身上。他难以置信，再次打量了一番玛尔塔的视线。这一次吉米不再怀疑。为什么玛尔塔·哈拉德会对一个庸俗不堪、模样平凡的男人感兴趣？很快吉米就想起了男人的身份。他叫杰森·哈默，是一个作曲家。也是克里丝汀最要好的一个朋友。对于正常的女人来说，这个男人很难令人提起兴趣。其实，这个男人被公认为克里丝汀·克雷的情人。吉米不由得一阵感慨。没想到，杰森·哈默是这个模样，在今日之前，他只有在唱片的封面上见过他。有些时候，女人的品位让人感觉古怪。

哈默怔怔出神地聆听着莉迪亚的演讲。吉米感觉不可思议，在玛尔塔·哈拉德的全神贯注的凝视下，他居然丝毫没有察觉。他安然坐着，耷拉着脑袋一动不动，玛尔塔明媚的眼神锁定了男人的侧脸。由此看来，只要集中注意力凝视某个人就能让人转过头去的说法完全不靠谱。但不管怎么样，玛尔塔为何会对这个男人感兴趣？这绝对是一个秘密。由于帽檐的遮挡，她身旁的男伴看不到她的双眸，而她也本能地以为所有人都在注意聆听。却未能发现正有人在观察她，她毫不掩饰地直视着哈默。究竟为了什么？难道她对哈默有兴趣？如果真是这样的话，不知道这个兴趣达到了什么样的程度。又或者，那天晚上在她家中的时候，虽然她一直在袒护他，但她却暗中猜疑杰森·哈默就是凶手？吉米凝视着这两个人，足足一刻钟的时间，各种各样的猜测充斥着他的脑海。他不断地环顾着人挤人的会馆，随后又将注意力集中到两人身上。虽然别的地方也十分有趣，但这两个人显然是最有趣的存在。

他回忆起那天有个人说起哈默和克里丝汀·克雷之间的关系超越了正常的友谊时，玛尔塔立刻表示了反对。那是什么原因？她爱上这个男人了吗？爱到什么程度？玛尔塔·哈拉德这样的人会对一个人痴迷到什么地步？会不会因为感情而想要杀死情敌呢？他忽然想起玛尔塔的游泳技术很糟糕的事情，慌忙打住了自己纷杂的思绪。一刻钟前他还自我讽刺地认为将玛尔塔当成性格偏激得要去杀人的凶手是一种非常愚蠢的想法。

　　但那是在他发现玛尔塔对哈默有兴趣之前的事情，不得不说，这是一种非常执着的兴趣。我们假设一下，如果玛尔塔真的爱上了哈默，二人坠入了爱河，那么克里丝汀在事业与感情上，都将成为玛尔塔的对手。克里丝汀在艺术界的地位，绝对是玛尔塔不惜一切都要换取的。很多次玛尔塔眼看着就要成功，却又无奈地一次又一次地坠入谷底。毫无疑问，玛尔塔期盼着事业上的大丰收。

　　她曾经非常苦闷地嫉妒过克雷的成功。五年之前，玛尔塔曾经非常接近克雷如今的地位：声望、财富、成功，什么都不缺，似乎已经快要攀上巅峰了。然而这种巅峰在望的过程足足持续了5年的时间。在此期间，一个毫无名气的舞者出现在百老汇的音乐剧场中，一路又唱又跳又演，成为了大红人。

　　一先令蜡烛图凯。"

　　勒图凯，她不仅前往了那个地方，而且还准时地回来参与了周六日场的表演。他们谈论起玛尔塔所受到的款待，所住的"房子"的样式，包括那个脾气暴躁的替角。她在回来之前，原来是在勒图凯待了四天的时间！当克里丝汀受害的时候，她就在英伦海峡对岸的勒图凯。

　　"假如天下的父母都能像关心子女的饮食起居一样，关心他们的星象的话，"莉迪亚演说着，嗓音好似麻雀一样叽叽喳喳，刺耳而萦绕不绝，"这个世界会变得更加美好。"

　　"勒图凯！"吉米暗自欢喜。他总算是找到了一些眉目！在那个案发的清晨，玛尔塔·哈拉德不仅与克里丝汀相隔不远，并且她还拥有能够轻松跨过这段距离的交通工具。

　　勒图凯让吉米陷入了回忆之中。那个时候克莱门特、玛尔塔与吉米站在一个鸡尾酒柜边，她耐心地解答着克莱门特提出的一些枯燥的问题。从谈话中玛尔塔好像是与同伴乘坐私人飞机前去的，回来也是如此。关键的是那架飞机，据说是水陆两用的！

　　在雾气浓厚的清晨，一架飞机悄然落在海面上或者沙滩上，转眼离去，它的出现没有任何人有所察觉，唯有一个孤单的游泳者碰巧发现了。吉米心中笃信，好像目睹了那架飞机仿若大鸟一样拨开云雾，落在了海面上。

　　驾驶员会是谁？不可能是哈默。哈默从未离开过英国。这是警方为什么会对他极有兴趣的缘故。因为哈默出现在案发现场的机会太多了。他拥有证据来证明自己并不在场，可是吉米并不知晓哈默的证据是否有力。警方的保密能力实在十分出众。简而言之，他已经获得了一条警方未曾找到的线索。格兰特与玛尔塔是好朋友，所以格兰特会理所当然地忽略玛尔塔。再说了，格兰特从未看到玛尔塔凝视哈默的样子，也并不清楚飞机的事情，吉米敢对天发誓，那架飞机的存在，会让所有的假设都成为事实。

　　但这个命案真的与飞机有关的话，那么驾驶员，就算不是共犯，也是从犯。

　　吉米停止了思考，休息片刻。他颇为惊诧地顺着那几排盛装出席的听众看过去，最终将视线锁定了人群中央那个颇为时髦的黑白色人影上。这个熟悉的身影，与刚才脑海中的猜测真的匹配吗？眼前的人影才是人们所认识的玛尔塔·哈拉德，时尚而安静。吉米为何会将玛尔塔与命案联系起来？可是玛尔塔的目光仍然时不时地投向哈默，她注视哈默的时间比注视莉迪亚的时间还要长。在她那张全无防备的脸上，有一种神奇的东西，将现实中的玛尔塔，与吉米通过想象所营造出来的幽灵般的玛尔塔融为一体。

　　忽然，一阵狂风暴雨般的声音中断了吉米纷杂的思绪，他抬起头来，发现是现场的观众在用力地鼓掌。看来枯燥乏味的演讲总算是结束了。吉米慵懒地伸了一个懒腰，打了一个哈欠。他想要立刻离开，到外面透一口气，然后考虑一下下一步的计划。他上一次如此兴奋的时候，还是老魏林顿将他如何揍自己老婆的故事交给他来独家采访的时候。

不过紧接着是提问关节，并没有就此散场。济慈小姐边喝开水，边流露出一抹亲切的笑容，她等待着听众们逐渐积攒智慧。当某个勇敢的人开了头之后，各种各样的问题就纷沓而来。有一些问题十分轻松有趣，这让一些对会馆中闷热的空气、尖锐的声调、枯燥乏味的演讲内容而感到闷闷不乐的听众，不禁莞尔一笑。但是很快，问题就变得越来越尖刻，随后绝大多数的观众都猜到了那个不可避免的问题出现了：济慈小姐究竟有没有准确地预言过克里丝汀·克雷的死亡？紧接着，全场寂静，所有的人全都震惊而焦急地望着莉迪亚。莉迪亚果断地表示了肯定，她用的是一种非常威严的口气，她的确时常运用星象精确地预言了未来。为了增加说服力，她还举出了一些例子。

气氛越来越融洽，有人鼓足勇气询问莉迪亚在算命的时候是否得益于第六感。她沉默了很长的一段时间，当所有的听众都停止了喧哗，慢慢恢复了平静之后，她感受到了一双双眼睛中的渴望。

"没错，"莉迪亚总算是张口了，"可是这绝对不是我想要讨论的关键。但是有不少次，我能够感觉到有一些理智之外的东西存在。"她顿了一顿，迟疑了片刻，随后忽然往前迈三大步来到讲台旁，这个动作十分突然。"我要告诉大家的是，在我踏上这个讲台之前，我就预料到了一件事情，那就是杀害克里丝汀·克雷的凶手，就在在座的人群之中。"

有人曾说过，假如你发一封"事发，快走"的电报给100个人，其中的99个人，在看到电报后都会立刻抓起钥匙跑向车库。莉迪亚的这句话实在是太骇人听闻了，现场出现了一段时间的寂静。紧接着，听众出现了骚动，好似澎湃汹涌的潮水一样。推开座椅时发出的尖锐的吱嘎声，在嘈杂的会馆中仍然如此清晰刺耳，很快，越来越多的椅子被拉开，场面变得混乱不堪，在场的人越是失魂落魄地想要逃离，就越是慌不择路。没有人知道自己为何要逃走，可能绝大多数的人只不过想要离开这个让人压抑的气氛。贵族阶层发自内心地厌恶自己露出窘迫的形象，可是当发现必须要穿过横七竖八的椅子与混乱的人群才能够顺利到达门口，这让他们急于离开危险境地的本能越来越强，几乎快要形成了恐慌。

主持人竭尽全力地安抚着在场的听众，企图缓和混乱的场面，可惜根本就没有一个人听。有人来到了莉迪亚的面前，吉米听到她喃喃自语："我为什么会说出这样的话来啊？上帝，我怎么能够说出这样的话？"

吉米走向前，企图爬上讲台，记者所特有的细胞此时全都活跃了起来。然而就在他刚刚将手搭在讲台上准备一跃而上，就认出了莉迪亚的男伴是《信使报》的记者。这个时候，他才恍然想起，莉迪亚如今还是《信使报》的独家新闻人。所以，她会给他信息的可能性十分渺茫，在如此低的概率下，根本没有必要去做这种费力不讨好的事情。毕竟吉米还有更好的猎物等待着他。当莉迪亚爆出那句惊人之语时，吉米不由得瞠目结舌，等他反应过来，慌忙转过头去查看那玛尔塔与哈默的反应。

玛尔塔脸色惨白如纸，脸上现出一种激愤之情。她是最先站起来的一批人，令悼离夫，这令勒庸悚然一惊，随后他只能无奈地拿起自己的帽子，跟着她狼狈不堪地逃离现场。玛尔塔自始至终都没有多看讲台或是莉迪亚一眼，便直奔门口而去，但是由于她的座位位列前排，所以当会场中的听众在某个人的带动下变得一片混乱的时候，她就被卡在了座位与大门之间。

与此同时，杰森·哈默却是稳坐如松。当莉迪亚说出那句骇人听闻的话之后，他仍旧保持兴致盎然地盯着莉迪亚。直到不断地有人涌到了他的面前，他方才施施然站起身来，帮助一个女人翻过一个拦路的椅子之后，摸了摸口袋，似乎在确认手套是否还在兜里，随后才慢慢地离开。

吉米耗费了很大的劲，才凭借记者娴熟的技术挤到了玛尔塔的身旁，这时候她正被两部散热器夹在中央。

"真是一群蠢货！"吉米提醒玛尔塔别忘了自己的身份，她十分刻薄地谩骂了一句。她怒目圆睁，瞪着慌不择路的一群人，与平日里沉着冷静的玛尔塔小姐截然不同。

"假如有个乐队席在中间的话就好了。"

玛尔塔忽然想起眼前的人群说不定有些是她的观众，于是便尽可能地让自己冷静下来，吉米将这一切都看在眼里。但吉米仍然觉得玛尔塔正在气头上。

"济慈小姐真是了不起啊。"吉米试探性地说了一句话。

"她就是一个令人恶心的女人！"

"恶心？"吉米疑惑不解地问道。

"我觉得最适合她的活动，应该是去斯特兰大街表演翻筋斗！"

"你觉得她只是在炒作而已吗？"

"那你是怎么认为的？你莫非是觉得她有特异功能？"

"但是，哈拉德小姐，我记得那天你收留我在你府上过夜的时候，你曾亲口告诉我说莉迪亚不是混江湖的。你说她真的会——"

"她自然不是混江湖的！她也有过不少精准的推测。可是这跟一次收一先令帮人家找凶手根本就不是一回事。她要是再不收敛，"她顿了一顿，然后诅咒道，"最后，她肯定会沦落为艾米·艾佛森之辈！"

吉米忽然觉得玛尔塔所说的话与他想象中完全不同。他也不明白自己究竟在期待着一些什么。但绝对不是这些话。就在他犹豫不决的时候，玛尔塔用一种前所未闻的决绝的口气说道："你没有将我们的谈话当成一次访谈，对吗？假如这是一次访谈的话，你必须要了解得更加清楚，所以，你就当我什么都没有说过吧。"

"是的，哈拉德小姐，你没有说过任何话。不过我听懂了你的意思，你是在警告我。"吉米微笑着补充了一句。

"我并不觉得跟你与警方有什么可谈的。"她说，"现在，请你往左边挪一下，好让我到你前面去。"

她冲着吉米轻轻点头，微微一笑，让自己沾满了香水的娇躯，从他身边挪到一个足以落脚的地方，很快就消失在人群当中。

"没有一点有用的消息！"吉米自顾自地嘟囔道。之后便追悔莫及地原路返回，准备挤回他不久之前看见杰森·哈默的位置。老贵妇对他谩骂不止，初入社交界的少女也冲着他杏目圆睁，好在吉米的大半辈子都是在人堆里挤进挤出，可以说，他对此非常擅长。

"你对今天的事情怎么看，哈默先生？"

哈默用一种轻松愉悦的态度盯着吉米。"你准备给多少钱？"最终，他总算吐气开声。

"你是什么意思？"

"你想让我开口，那么你准备给多少的酬劳呢？"

"我可以给你一份免费的报纸。"

杰森失声而笑，随后板着脸道："我认为这个下午让我很有教育启发。你会相信星座这玩意儿吗？"

"不怎么相信。"

"我也没有那么肯定。今天的演讲中包含了许多天地自然中的奇闻异事。在我出生的村庄中，我就曾经亲眼看见过一些怪异的事情。类似于巫术、魔法之类的东西。科学是完全没有办法解释的，真叫人难以置信。"

"你说的是什么地方？"

杰森不由得微感惊诧。"东欧。"他飞快地回答道。然后紧接着说道，"济慈小姐就是一个不折不扣的怪物，将她请到家里绝对不够明智。她能够预知未来的能力，或多或少会破坏婚姻生活。更遑论她能够揭破过去的一些事情。我认为每一个男人对自己不在场的证据，都有权力保持沉默。"吉米暗自气愤，看来这是一个不同寻常的下午，根本没有人在按照常理做事！但是假如他能够挤过人群找到莉迪亚，没准她的话会符合他脑海中已经为她量身打造的模式。

"济慈小姐说杀人凶手就在现场的时候，你觉得她是真的感受到邪恶的气息了吗？"他满怀希望地追问道。

"是的，这是理所当然的！"杰森略微有些惊诧，"我想她早已考虑得非常清楚了，不然的话，绝对没有人会说出这种让自己下不了台的话。"

"我发现你一直以来，都非常平静。"

"没错，我在美国整整生活了15年。已经没有什么事情能够吓唬到我了。你知道摇喊教派吗？知道康尼岛吗？听说过流浪汉要卖一座金矿吗？到西部去，年轻人，你会大开眼界的！"

"我目前最想回家睡觉。"吉米语毕，再度铆足劲地挤进了人群。

等他来到门厅，略微恢复了一丝精气神。他整顿了一番衣衫，等到人群离开，顺利地从会馆中出去，安全地呼吸到威格莫街上的清新空气后，才恢复平静，紧接着就开始三五成群地窃窃私语起来。

可惜的是吉米，并未从他们毫不设防的谈话中获取到什么有用的信息。

很快，穿过众人的头顶，他看到了一张脸孔，让他情不自禁地脚步一顿。这是一张白皙的脸，眉毛清清淡淡，长得就好似一头小型的猎犬。他认识此人，名叫桑格。之前碰到他的时候，他正端坐在苏格兰场的一张办公桌后方。

看起来格兰特并不缺乏想象力嘛！

吉米气呼呼地罩上了一顶帽子，大步流星地走了出去，准备好好地梳理一番事情的来龙去脉。

第二十章　追凶隐修士

没错，格兰特也是个富有想象力的人，但他与吉米有所不同。

格兰特绝对不会耗费足足两个小时，派一位出色的警探去观察观众。桑格之所以会在艾沃斯馆现身，是由于他的工作是监视杰森·哈默。

他回去之后，对当日下午的情况做了报告，从报告结果来看，哈默并没有什么反应。演讲刚一结束，《号角》的霍普金斯就尝试着与杰森搭话，然而似乎吃了闭门羹。

"真的吗？"格兰特微微一笑，撇了撇嘴，"假如他能够勾起霍普金斯的兴致，那我们就要对他刮目相看了。你比我想象中要聪明灵活得多！"桑格得意地笑了笑。

周三的午后，厄斯金先生打来电话说鱼已经上钩了。当然，他是这么说的："你们瞧，格兰特探长主张下的诱饵，总是会有奇效。"反正他的意思是鱼上钩了。厄斯金先生迫切地想要请他看那份文件，能否让请格兰特特意过来一次？格兰特肯定会欣喜地答应下来！不到十二分钟的时间，他就出现在那个满是绿光的房间中了。

厄斯金将一封信递给格兰特，手颤抖得比往常更为厉害了。

先生：

　　欣闻您在广告上发布的公告，假如赫伯特·戈特贝德到访您的办公室，就会有佳音。请包涵本人无法亲自前来，如果先生能用信件将消息告诉给我，请将信件寄给坎特伯雷市斯利多街5号，我会拿到信件的。

赫伯特·戈特贝德敬上

"坎特伯雷！"格兰特心中狂喜。他翻来覆去地把玩着手中的信件。信纸是一种廉价纸张，墨也是劣质的墨水。行文和字迹也算不上行云流水。格兰特回忆起克里丝汀在遗嘱中她所使用的粗拙词句和别具一格的笔迹，不禁暗自赞叹遗传的力量。

"这件事情顺利得让人难以置信，我们已经拥有了他的联系地址。他为什么要这么做？莫非这位赫伯特是遭到通缉了吗？警方绝对不知道他，至少他的名字听起来非常陌生。可惜的是，我们没能得到他的相片。"

"我们接下来该如何行事，探长？"

"你写信告诉这个人，如果他不亲自过来的话，我们就没有办法确定他就是赫伯特·戈特贝德，所以，他必须亲自到访我的办公室！"

"好的，这么做非常靠谱。"

格兰特撇了撇嘴，好像靠谱与不靠谱很重要一样。这群人到底认为罪犯是如何坠入法网的？可以肯定的是，哪一种做法靠谱并不包括在内。"假如你现在就提笔写信，晚上信件就会到达坎特伯雷。我明天早上会赶过去，守株待兔。你能借我用一下电话吗？"

他拨通了警局的电话："给我对比所有的通缉名单，找找看是否有一个男人是传教狂或者痴迷于尖锐化戏剧场景的？"

警察没有找到格兰特所描述的男人。假如除开一个名叫贺利·麦克的人的话，他与警察们早就相识了。而且，报告上指出他住在普利茅斯。

"真是感激！"格兰特挂了电话。"非常奇怪！"他转头看向厄斯金，"假如这个人没有被通缉，为何要如此低调行事？假如我们没有握住他的什么把柄，那么我有理由相信这个人一收到回信就会前往你的办公室。只要给钱他什么都能够做，克雷非常清楚他的软肋，正因如此，才会故意留下一先令。"

"爱德华夫人非常了解人性。我觉得可能是她从小就步入了社会，这将她磨砺出了一双火眼金睛。"

格兰特问他是不是对她非常了解。

"很抱歉，我并不十分了解他。她非常有魅力，有些离经叛道，但是在其他的方面嘛——"

没错，格兰仿佛已经猜透了她的心思："你能否直截了当地告诉我她究竟说了什么？"想必她也难以忍受厄斯金先生的怪脾气。

格兰特离开，回到警局之后，让威廉姆斯准备好明早与他一同赶往坎特伯雷，格兰特安排好一切事宜，这样即使他们离开也会有人顶替他们的职位，回到家，格兰特呼呼大睡了10个小时。第二天早上，他与威廉姆斯就从雾蒙蒙的伦敦离开，来到了坎特伯雷。

与格兰特想象中的一样，那个临时的通信地址，果然是位于一个偏僻路上的小报摊。格兰特沉吟了片刻，说道："我并不觉得寄信的人会在今天现身，但是世事难料。你去对面的酒馆一趟，把大门正上方的那个房间预订下来，让人将早饭送给你。你千万不要从窗户旁离开，注意观察每一个路过的行人。我先进去，在我需要你帮助的时候，我会在橱窗前打手势的。"

"你难道不吃早餐吗，探长？"

"我用过早餐了。在下午1点左右，你可以让人给你送午餐。不过这个地方看起来好像不会有肉排这种东西。"

格兰特停顿了片刻，直到清晰地看到威廉姆斯在楼上的橱窗前现身，方才直奔那家小铺走去。一个圆胖秃头男子蓄着浓重的八字胡，他正从纸箱中掏出一条条香烟，费力地塞入玻璃柜中。

"早上好。请问你就是里克特先生吗？"

"没错。"里克特先生小心谨慎地说道。"我听说，你偶尔会将这个地址作为别人的通讯地址，对吗？"

里克特先生从头到尾地打量了一番格兰特。他丰富的阅历从眼睛中透露出来：这人究竟是顾客还是警察？很快他就有了判断。

"那又怎样？这又不犯法，不是吗？"

"你说得对！"格兰特微笑回应，"我只是想跟你打听一位叫赫伯特·戈特贝德的先生，不知道你是否认识？"

"你是在跟我说笑吗？"

"我没有开玩笑。他的通信地址写的是你的店址，所以我觉得你兴许认识他。"

"这跟我一点关系都没有。我对收信的人毫无兴趣。只要他们在收到信件后给我报酬就行了，别的事情我懒得管。"

"那好，我想让你帮我一个忙，我会暂时等候在你的店里，一直到戈特贝德先生来收信，对了，有信件寄给他吗？"

"有一封。昨晚收到的，对了，你是警察吗？"

"没错。"格兰特掏出了证件。

"听着，我不希望看到你在我的店铺中抓人，我一向是个守法公民，干着老实的买卖，虽然会有一些副业，但我不希望你砸了我的招牌。"

格兰特向他许诺，告诉他自己根本就没有想要抓人，只是想见见戈特贝德先生，询问几个问题罢了。

"可以，假如你没有骗我的话。"

于是乎，格兰特悠闲地站在柜台后面的一个报摊前，开始耐心地守候，这个早晨比想象中的要舒服得多。虽然做了很多年的警察，但格兰特仍然对于人性充满了兴趣。反而是威廉姆斯，要时刻不停地监视着一条普通的小路，枯燥至极。在吃午饭的时候，他兴奋地替代格兰特外出吃午饭，站在报摊后面与人闲聊，大概半小时之后，他又有些不情不愿地回到酒馆楼上那个沉闷的房间中。夏日午后时分的沉闷，天气非常糟糕，时间缓慢地流逝，黄昏的时候起了雾，很早天就黑了。家家户户亮起了灯，灯光在雾气中显得十分刺眼。

"你几点钟打烊？"格兰特有些迫切地询问道。

"唔，大概10点钟。"

时间很充足。

9点半的时候，格兰特发现有人进入了店内。

突如其来的，没有听到任何的脚步声，也没有丝毫的寒暄，只听到一阵衣服摩擦的沙沙声响。格兰特定睛望去，发现来人是一个穿着修士服的男人。

一道尖锐不快的声音响起："你有没有寄给赫伯特的信——"

格兰特的一个细微动作惊动了来人。

来人旋踵即走，转身就要离开，留下半截没说完的话。

他的出现实在是让人毫无防备，消失得又那么让人难以察觉，正常人一时半会儿都会反应不过来。不过格兰特在这位突然造访的怪人刚起身离开的下一刻，就冲出了店门。他看到来人拐进了一条小巷口，慌忙追了上去。那儿是一排两层楼房的后院，所有的院门都敞开着，不远处有两条小岔路。然而那个怪人却消失无踪了。格兰特转过头来,发现威廉姆斯已经来到了他的身后,正大口喘着粗气。

"见鬼!"格兰特骂了一句,"我相信他没有跑远。你去堵那条路,我走这一条路,那是一个看起来很像修士的男人。"

"我刚才看到那个家伙了!"威廉姆斯撂下一句话,拔腿就追。

然而在10分钟后,当两人在小店聚首的时候,都一脸的失望,他们没能追到人。

"那个人是谁?"格兰特询问里克特先生。

"我不清楚,我从来没有见过他。"

"附近有修道院吗?"

"坎特伯雷可没有!"

"嗯,那整个区呢?"

"好像也没有。"

他们身后不远处的一个女人,随手在柜台上丢下6便士。"给我一包金箔烟。"她抬头看向格兰特,"你们要找修道院吗?布莱维诺那边有一个兄弟会。里面都是修士。他们模样古怪,都是秃头,腰间还缠着绳子。"

"你是说布莱维诺?"格兰特又惊又喜,"从这过去远吗?"

"并不远,也就相隔两条街的距离。可惜在坎特伯雷,跟你们这样描述根本没有用。它在考克菲森往后走的那几条巷子中。假如不是吉姆在等我给他买烟的话,我可以给你们引路。里克特先生,请给我一包六便士的香烟。"

"我已经打烊了。"里克特先生恶狠狠地说道,有意对格兰特的目光视而不见。女人所说的话,让他坐实了知情不报的罪。

女人一脸惊讶,她刚要开口争辩一番,格兰特将自己的烟盒掏了出来。"这位女士,俗话说无规矩不足以成方圆。凭我微不足道的职权,没有办法强行命令他卖一包烟给你,但请允许我对于你的帮助给予回报,将我的烟拿给吉姆抽吧。"她面色古怪地望着格兰特将香烟倒在自己的手上,她离开的时候,嘴里仍然在不忿地抗议着。

"好了,"格兰特看向里克特,微微一笑道,"你能告诉我有关兄弟会的事情吗?"

"我不太清楚。但的确是有这么一个兄弟会,我现在想起来了,但我真不清楚他们平时在哪儿活动。你也听到那个女人的话了,想必就住在考克菲森后面。相信我,世界上一半的怪人,都会在这个地方开一个分会。好了,我要打烊了。"

"好吧。"格兰特冷笑着奚落了一句,"来卖香烟的女人,真会给你找麻烦。"

里克特先生咬牙切齿地咒骂起来。

"我们走,威廉姆斯。对了,里克特,你给我记住,关于这件事情你一个字都不能向外透露,我们明天还有可能会见面。"

这句话仿佛给里克特浇了一盆凉水,若是他以为永远不会见到格兰特与威廉姆斯了,那根本不可能。

"这件事很古怪,探长。"两人离开大街的时候威廉姆斯分析道,"我们下一步要干什么?"

"我要去见识一下那个兄弟会。威廉姆斯,你最好还是留下来吧。你拥有着一张沃彻斯特郡的小白脸,与苦修扯不上一丁点的关系。"

"你的意思是说我一看就像是警察。这一点我非常清楚。其实我时常有这个困扰。这给我的工作带来了诸多不便。你知道我有多么羡慕你的样貌吗?探长。你给人的第一印象就是军人,而不是警察。一个军人办事的时候要比警察方便得多。"

"你理解错了，我并不是指的你的长相，威廉姆斯，与你的长相无关。我只不过顺口一提罢了。这件事情只适合独自行动。你去吃点东西，然后回去等我的消息。"

经过了一番寻找，他们终于找到了兄弟会。二楼上是成排的窗户，下面是一条街道，下面唯一的出入口是一扇厚重的窄门，上面布满了钉子。门上没有挂着招牌，也没有刻上任何的字，这让好奇的格兰特得不到任何有用的讯息。还好，他发现了一个门铃。

格兰特按响了门铃，等了好一会儿之后，一阵微弱的脚步声才从厚重的门内传了出来。门上的一个小小的格栅护罩打了开来，一个男子露出头来，询问来者何人，有何贵干。

格兰特说要找负责人。

"你说要找谁？"

"你们的负责人。"格兰特语气坚定地说道。他并不知晓他们的领导要如何称呼，到底是院长还是主教，但用负责人来形容总不会错得离谱。

"这个时候教长大人不见外客。"

"麻烦你将我的名片转交给他，"格兰特说着将一张卡片递了过去，"告诉他我有十万火急的事情找他，烦请他与我见面。"

"红尘俗事无关紧要。"

"你只需将我的名片交给教长大人，他看了之后自有定夺。"

格栅门很快就弹回了原位，这样的举动如果不是在虔诚的教堂，一定会让人感觉粗鲁无礼，格兰特被留在了阴暗的街道上。威廉姆斯在不远处的阴影中悄悄敬了一个礼，紧接着便转身离开。隔壁的街道上，不时地传来孩童的嬉戏声，然而这条街道却寂静无声。威廉姆斯的脚步声消失后又过了很久，门内才响起人的动静。紧接着嘎的一声，有人拉开了门闩，钥匙转动的声音响起。门被打开出一条仅容一人通过的缝隙，门里的人请格兰特入内。

"愿安宁与你同在，愿主的庇佑永远与你同在，阿门。"男子手脚飞快地插回门闩并锁上门，同时飞快地念叨着一串含糊不清的话。

"尊敬的教长大人愿意接见你了。"男子说着，开始给格兰特引路，脚上的凉鞋拍打在地面上发出踢踏踢踏的声响，让人感觉他有些不修边幅。他将格兰特带入了一间满是白漆的小屋子里，里面除了桌椅之外，只剩下一幅耶稣受难图。他离开之前祷告了一声"愿平安与你同行"便关上房门，将格兰特独自留在了屋里。屋里格外阴冷，格兰特祈祷着教长大人不会是因为想要故意惩罚他而让他在这等太久的时间。

好在五分钟后门房就回来了，态度十分恭敬地弯着腰为他的教长引路进屋。紧接着又叽里咕噜地念叨了一段祷告词，才将教长大人与格兰特留下来，独自离开。格兰特原本以为教长大人是一个狂热分子，没想到出现在他面前的是一位卓越的传道人，气质出众、性格沉稳、精于世故。

"孩子，我有什么能够帮助你的？"

"我想要找一个名叫赫伯特·戈特贝德的修士。"

"没有人叫这个名字。"

"我早已猜到你们那个人在你们这儿是不会用这个名字的，但你一定知道这些会众的俗名。"

"每一个人自从踏入这扇门，成为我们兄弟会的一分子，俗名就烟消云散了。"

"你不是问我是不是需要帮助吗？"

"我仍然需要帮助。"

"我必须要见到赫伯特·戈特贝德，我有重要的事情要告诉他。"

"我不记得这个名字，而且作为黎巴嫩树兄弟会的人，也不需要听你们红尘俗世中的事情。"

"好吧。或许你真的不知道谁是戈特贝德，但我要找的人就藏身于你们兄弟会。我希望我能够进去找他。"

"你是想让我将所有人全都召集出来给你辨认吗？"

"我不是这个意思，但我想你们一定有那种每一个修士都会参加的仪式吧？"

"有的。"

"让我参与其中。"

"你是认真的吗？"

"下一场仪式什么时候开始？"

"一个半小时后，午夜仪式就会进行。"

"那么我希望能够得到一个座位，以便我能够看清所有教众的脸。"

教长大人显得有些为难，他格外强调了圣堂的不可侵犯性，然而在格兰特言语之间无意流露出的既陈腐又迷人的圣堂惯例，以及英王手谕残留下魔力的种种说辞之下，他终于是答应了格兰特的请求。

"另外，我想打听一下，因为我对你们教会非常陌生，所以我想要问一下，你们教众需要去城里行走活动吗？"

"不会。除非是受到慈悲心的感召。"

"如此说来，教众与外界是完全没有沟通了？"真是这样的话，那么赫伯特必须要有一个近乎完美的不在场证明！"每一个月修士都会有一次入世修习的机会，总共一天一夜。这是为了防止纯洁的集体生活，会让修士养出故步自封的习性。在白天的12个小时中，修士必须要尽可能地帮助同胞。晚上的12个小时，则必须要单独待在某地静修。夏天的时候通常是在室外，冬天的时候会去一些教堂中。"

"我懂了，请问这24小时是从什么时候开始计算的？"

"从午夜之后的第一个午夜开始。"

"非常感谢。"

第二十一章　　线索出现

一幢非常朴素的小教堂，烛光、白粉墙，简朴得无法再简朴了，只有东侧山墙前那座华丽壮观的祭坛算得上可以吸引人的目光去看看。这些修士虽然不怎么有钱，但发财的路子还是不缺的。那些陈列在白天鹅绒上的一些器皿，还有雕有耶稣受难像的十字架，应该是过去的海盗从西班牙人在美洲的什么地方抢劫来的赃物。他以前认为很难把他所知道的赫伯特·戈特贝德，和眼前这穷酸的排场联系在一起。戏剧化的表演只能演给自己看，缺少观众捧场是很扫兴的事。不过一看到那个祭坛，他又拿不定主意了。也许赫伯特的确在用心经营呢？这也是保不住的事。

格兰特把仪式上听到的每句话都忘记了。他坐在边窗旁一个不被人察觉的凹处，从这个座位他可以看见全部出席人的脸，人不多，没有超过20个人，他发现来的人都很有趣。这里面有乡巴佬，有宗教狂，有些人仿佛一脑袋糨糊，有的人专和自己作对来此寻找安宁，有些人和世界格格不入，专门来此此寻求慰藉。格兰特饶有兴趣地对他们一个个进行观察，最后看到一张脸的时候，不由得被吸引了。这张脸的主人找不到受苦的表情，却不知道为什么要来这里遭罪？看上去有些奇怪的五官，全都没搭配合适，在念着经文的时候，牙齿都露出来了。小教堂里其他所有人都不怎么稀奇，都能很容易在世俗世界里找到合适的位置：教长是神职人员，这一个可以在神经科的候诊室待着，那一个到失业辅导处工作。但是最后这个人要把他放哪里合适呢？法庭上。

"看来，"格兰特自言自语道，"这人就是赫伯特·戈特贝德。"不过现在他还不能确定，要等他看这个人如何走路再说。因为他唯一看过的就是他如何走路的样子。不过他还是决定试试自己的判断是否正确。最优秀的法官也可能会犯错——戈特贝德可能是坐在前排的那个看起来没什么脾气的瘦弱的家伙——如果那个下唇松垮的油腻东西不是戈特贝德，就令他非常吃惊。

午夜过后，众人都慢慢地离开了小教堂，这时他就没什么可怀疑的了。

戈特贝德走路的姿态非常奇怪，看上去非常僵直，也很笨拙，肩膀总是在晃动，这种姿态可是他独有的，找不到第二个。

格兰特也走出教堂，找到教长大人。询问最后离开小教堂的人是谁？

那是阿罗伊瑟斯修士。

经过一番交涉后，教长派人去请阿罗伊瑟斯修士过来。

在等待的时候，格兰特和教长聊了聊修道会和会上的一些戒律，知道入会的会众都不能拥有世间的财产，也不得为了世俗的目的而和其他人有什么联系。所以不会想着上报纸之类的事。另外他也知道了教长打算在一个月之内到墨西哥去，因为那里有一个新教会等着他去掌管，那是他们用自己募来的基金修建的，至于在挑选接班人方面，都由他自己决定。

格兰特忽然灵光一闪。

"希望你不要认为我是在探听你的隐私——但你能告诉我在你心中是不是已经有了特定的人选？"

"没错，我已经可以说是基本上决定了。"

"能告诉我是谁吗？"

"我实在找不到什么理由要把这件事在告诉我自己会上的弟兄之前要让你这个陌生人知道，不过这也不是什么大事，如果我认为你会保密的话，"格兰特向他保证。"我的继承人就是你想见的那个人。"

"可是他是新来的呀。"格兰特不假思索地说道。

"我不知道你怎么会了解得这么清楚，"教长大人厉声说道，"你说得很对，阿罗伊瑟斯修士只来了几个礼拜：但当会长的和入会时间的长短没什么关系。"

格兰特不好多说什么，接着问到今晚到街上去的人是谁。

教长说没这个人，谈到这里就结束了，因为格兰特要见的人走了进来。

他站在那里，穿着暗褐色长袍，双手交叠在一起，藏在显得非常宽大的袖子里。格兰特看到他脚上没有穿鞋，赤着脚的，这让他想起报摊里他突然出现的那一幕。格兰特暗想，赫伯特这么喜欢赤脚，到底是表示谦逊的表现，还是为了在走起路时不发出声响呢。

"这位是阿罗伊瑟斯修士。"教长说着，然后就离开了。

"我代表厄斯金先生，他是坦普尔的律师。"格兰特说道，"你是阿罗伊瑟斯修士？"

"是的，我是。"

"你本名是赫伯特·戈特贝德。"

"我不知道你说的是谁。"

格兰特打量了他一会儿："对不起，"他说，"我们正在找戈特贝德，因为有一份遗产和他有关。"

"是吗？但如果他是我们修道会的人，那他对这是没什么兴趣的。"

"如果这笔遗产数目惊人的话，他也许会觉得依靠遗产在教会外做的善事要比出家做的善事要多得多了。"

"我们发誓我们只为教会奉献自己的生命，至于教会外发生的任何事情，我们的弟兄都不会有什么兴趣的。"

"所以你否认你就是赫伯特·戈特贝德喽？"

格兰特虽然在谈话中占优势，但他发现眼前的人的眼睛里透露出来的是一股恨意。这般恨意是他以前从没见到过的。这是为什么？按道理应该是害怕呀。格兰特觉得眼前的这个人是某个插手碍事的人。这种感觉占据了他全部的想法，并陪着他回到旅馆。

威廉姆斯正在对着一份冷掉的餐点想着什么，这是格兰特要他为自己准备的。

"有什么消息吗？"格兰特问道。

"还没有，长官。"

"提斯多呢？你打电话问过了吗？"

"大约20分钟前就打了，也没什么消息，长官。"

格兰特在面包里夹了几片火腿。"可惜，"他说，"如果我不是总想着提斯多，我办起事来就没这么麻烦了。走吧。今晚我们肯定没法睡觉了。"

"有收获吗，长官？你找到人了？"

"找到了，就在那个地方。不过，他不承认他就是我们要找的人。他们外界没有任何瓜葛。所以他在店里才会显得拘束，都不想知道躲在柜台后面的另一个人是谁，一感觉到有外人在场就想着马上离开。这就是我最不明白的地方，威廉姆斯。他好像只害怕自己会被逐出修道会，却不关心正有人要把他关进监狱里去。"

"但是他从店里逃跑，可能是想躲起来。修道院这种好地方不引人注意，正是逃犯藏身的好地方。"

"是的，可是他没有表示出有什么害怕的表情，但是看上去是气坏了，可能我们让他的好事受到了破坏。"

他们没有发出任何响动就下楼，格兰特吃着三明治往下走。正当他们到一楼时，一个壮硕无比的女人出现在他们面前。虽然她两手空空，但看上去还是让人感到不寒而栗。

"原来你们竟然是这种人！"她的语气满是恶毒的讽刺，"一对不敢见人的狗男人。你们假装阔佬走进我的店，让我和我老公拿出最好的东西伺候你们——上好的肉排，还有味美的舌肉，更别提那些只有你们才吃的昂贵的怪味英国番茄沙司——但最后我们呢？有什么好处？一大早就看见空荡荡的房间。我很想叫警察来抓你们——要不是——"

"噢，有完没完！"格兰特忍不住笑了起来。一旁的威廉姆斯对女老板说了他们的身份。

"哦，你们是警察？怎么不早点告诉我？"她嘟囔道。

"我们不是什么警察。"威廉姆斯没好气地说道，格兰特笑得直不起腰来，拖着他赶快离开。

"真是好笑！"他说，"也太滑稽了！这让我舒服多了。听着，那些修士，不管他们到底是什么人，每天午夜只能在房间里睡觉，要到早晨六点才会出来。但是赫伯特好像不受这个约束，想怎么样就怎么样。我不知道他为什么只有他可以。那些一楼的窗户，要跳下来没什么难的，但是要爬回去就要费好大的力了，而且他不那么灵活。不过他肯定出来了而且还没有被什么人发现过，我想他还会溜出来，我想去看看他到底能去哪里。"

"你怎么会有这样的想法，长官？"

"直觉。如果我是赫伯特的话，我也会找一个地方作为据点。回旅馆之前我在那一带仔细察看了一下。那个修道院和街道有两个邻接点。一个在大门的侧面；一个在另外一边，花园的尽头有围墙，有十五英尺高。还有一个非常坚固的铁门。这个地方离他们住的房子很远，所以我想我们去过的那一侧应该是他溜出去的路。不过你还是去守着花园那边，看见有人出来就跟着他，我在大门这边守着。如果到六点还看不到有人，你就回去睡觉。"

第二十二章　跟踪的收获

格兰特不知要守到什么时候。在充满湿润空气的柔和夜色中，弥漫着菩提树花叶那醉人的芳香。四周伸手不见五指，漆黑的夜幕罩在头顶，显得那样厚重。钟声传来，让格兰特感觉既疏远又亲切。这夜晚平和的氛围渐渐渗透到格兰特的头脑当中，使得他的意识越来越模糊，格兰特只得勉强维持清醒的状态。

凌晨两点半的钟声刚刚响过，格兰特便突然察觉到有情况发生，于是他没有借助任何动力便立即清醒。四周静悄悄的，但修道院前的那条小路却传来轻微的响动。一点光也没有，什么都不清不楚的，只能勉强看到那里有一团黑影，如同微风中的窗帘一样轻轻动着。那里有人！

格兰特一动不动地观察着黑影的变化，它渐行渐远，越来越模糊，最后似乎不动了。由此可以确定，那可疑人物正在往远处走。格兰特把靴子脱下来挂在肩上以免在这安静的夜里发出脚步声而惊动到对方。他悄悄地来到那条小路上，走过屋外高墙。等出了高墙的影子，四周光线便稍亮了一些，因此他又见到了那个人影。他紧跟其后，保持着极度的警觉，这时既不知对方离自己有多远，也无法判断对方是不是停了下来。这番情形在经过前面那条街之后才有所好转，因为那人影的轮廓较之前清晰了不少。那人走得很快，又十分机灵，专挑暗处遮掩身形。格兰特加大步子，先是走过几条小弄堂，弄堂两侧满是那种仅有两层的矮楼，随后又穿过了几栋带有花园的小别墅和一片小型牧场。

继续跟踪时，格兰特发觉脚下出现了那种碎石路面，硌得他双脚生疼，心里不禁喃喃咒骂。看来那人是往乡下去的，至少是郊区。

在又暗又静的夜色中，这一番跟踪进行了约莫20分钟。格兰特根本不知道环境如何，只能一味地跟着那人。脚下何时会出现台阶、斜坡或障碍物全都无法预测。一个不小心，这一晚的辛苦可能就白费了。但格兰特发现那人走得毫不犹豫，可见那人并不是在逃跑，他对这条路线十分熟悉。

过不多时，格兰特发现他正身处于一处广阔的田野上。四周没有什么建筑，就算是有，估计也是在树篱的后面——这里可能是一处刚兴起的郊区。树篱挡住了格兰特的视线，大片模糊的暗影衬在了那个人的后面。这时，格兰特猛然发现那个人影不见了。他立即站住。那家伙是不是察觉了？还是躲了起来？之前格兰特曾踩滑了几块石头，那人是不是听到了声音？虽然之前看不大清，但格兰特还是能通过那人的身影动态确定他并没有起疑。可是现在那人却彻底消失了。

格兰特稳稳地继续前行，最后走到树篱旁，那里有一个作为栅门的缺口。他很想掏出手电筒照明，因为在乡下路上就这么摸黑地走让他极为烦躁不宁。最后格兰特想赌一把，他判定那人进了这个栅门，于是他也走了进去。进来之后格兰特却发现脚下是一片细沙，不由得有些疑虑，他站在那里想："难道就只是个沙坑吗？那家伙在耍什么花招？想偷袭我？"但格兰特随后便想到，人们常用红色细沙铺在新式乡村别墅的入口处作为一种装饰，他这才深吸一口气，放下心来继续前行。格兰特凭脚下的感觉找到草地整齐的边线，然后沿着这条线向前，他知道前面一定会有一间房子。果然，前面的黑暗中出现了一栋大概有8间房大小的白色建筑，显得特别突出。虽然夜色笼罩，但这房子却像是在发光，而那个家伙则再度出现在这诡异的微光之中。那人直着身子定在那不动，好像正在回头看着格兰特。格兰特此时才发觉自己也站在房子的侧面，身形露了出来，便连忙压低身形。片刻之后那人移动身子，最终消失在了房子的一角。

格兰特快步赶上前去，后背贴在墙上侧耳倾听，可是什么也听不到，显然那人早已不在，格兰特算是白费力气了。格兰特走进房子的角落，忽然一块布落在了他的脸上，随后便紧紧地勒住了他的脖子。

但格兰特就在脖子即将被这块布缠住的一刹那，他迅速抬臂将手指插入了脖子和布之间。格兰特借着这块布发力，突然俯身向下，奋力地一甩，便将那人的身子从自己的背上抛了过去，将那人的脑袋摔向地面。格兰特也被压倒了，那块布也还套在脑袋上，但好在他双手自由了。格兰特抓向那人，同时觉得那块布松开了，不由得一阵狂喜。格兰特此时仍然双目不能见物，呼吸也十分困难，但却不至于被勒死。其实格兰特早已经开始还手，他用尽力气去掐对方的脖子。那人却不停地扭动，如同一条泥鳅般滑不溜秋，还抬起膝盖顶向格兰特下体。对于赫伯特·戈特贝德来说，他可不是头一次在打架的时候使用这么下流的手段。格兰特胡乱伸手去摸，但只能摸到身下那片草地，他真想看到些什么，哪怕只有半分钟。格兰特松开刚才不经意间抓住的对方的某个部位——也不知是腿还是胳膊——然后奋力向旁滚去。但那人用尽力气将格兰特死命抓住，格兰特根本没有滚动，但他却因此而争取了时间，伸手握住了口袋里的手电筒。但这时那人忽然用力将格兰特脸朝上地摔在地上，这一下格兰特的手就被压在衣袋里出不来了。但格兰特还有一只手能动，他用力朝着对方粗重呼吸声音的方向打了一拳，感觉指头击中了一个硬东西，紧跟着便传来了牙齿断折之声。那人登时垮下来，整个身子压在了格兰特身上。格兰特挣扎着挣脱出来，立即去掏手电筒。

但那人中了一拳后只是被吓了一跳，所以还没等格兰特把手电筒掏出来，那人就已经能活动了。格兰特打开手电筒照向那人，却没有照到他的脸，那家伙躲开了。格兰特向后一退，那人顺势冲了上来。格兰特把手电筒砸了出去，却差一点没能打中，结果两人同时摔倒在地。因为格兰特没准备好承受这么大的重量，他光想着击打对方了，这才重重摔下去。

此时，格兰特的头脑有些迟钝，他的本能正在尽力激发那不知所措的身体去对抗敌人，但他的心里却淡漠地想着对方会用什么方式杀掉自己？可结果却让格兰特十分诧异，他只觉得身上一轻，那人居然移开了，同时一块石头擦着格兰特的脑袋砸在地上，震得他耳鸣不已，但格兰特仍然能感觉到那人离开时的情形。

格兰特撑起身子，刚好坐在了刚才袭击他的那块石头上。他在地上摸寻手电筒，打算继续去追，忽然黑暗中传来一个女人的声音，只听她小声问道："你是赫伯特吗？你怎么了？"

格兰特起身打开了手电筒。

一张长着如同温驯的鹿的眼睛的女人的脸出现在格兰特的视野中，但这女人的其他部分却显得一点也不温驯。她被光亮照在脸上不禁大吃一惊，立即倒吸一口凉气，后退数步。

"别动！"格兰特喝道，那女人便立即不动了。

"你喊什么！"她的语气显得有些着急，"你是什么人？我刚才把你当成——我的一个朋友了。"

"我是一位警探。"

以格兰特的经验，他说出这种话时，对方一般会产生两种完全不同的反应：要么害怕，要么敌视。不相干的人一般表现为前者；要是后者的话，那就不言而喻了。而这女人的反应恰恰是后者。

格兰特照了照那间只有一层的房子，见上面还有几个阁楼。

"你别乱照了！"她嘘了一下，"你会把她弄醒的。"

"把谁弄醒啊？"

"雇佣我的一位老太太。"

"你在这家做女佣？"

"是管家。"

"只有你们两个住在这里吗？"

"不错。"

格兰特又照向那女人后面一扇打开的窗户，问道："你住在这间房里？"

"是的。"

"好吧，咱们去你房里谈谈。"

"那可不行！我可什么都没干，你能把我怎么样？"

"到你屋里去谈谈没问题吧。"格兰特的语气可不像他所说的话那么客气。

"别以为我不懂！没有搜查令我是不会让你进来的！"那女人严严实实地挡在她的窗户前，不让格兰特进去。

"哼，我办的是凶杀案，根本不用什么搜查令！"格兰特说。

"凶杀案！天啊！"她瞪大了眼睛，"那跟我有什么关系？"

"麻烦你先进到你的房间里去，开开灯再说。"

那女人只好按格兰特说的去办，她灵巧地翻过窗台进了房间。格兰特等灯光亮起便迅速上了窗台打开窗帘。

这房间看起来叫人感觉很舒服，一张鸭绒被铺在床上，一盏带灯罩的台灯放在桌上。

格兰特向那女人问了雇佣她的老太太的名字，那女人回答了，并说自己才来这里不长时间，不过两三个月。

格兰特又问道："在此之前你在哪儿工作？"

"在澳洲的一个地方工作。"

"你是赫伯特·戈特贝德的什么人？"

"他是谁？"

"别装蒜了！我不想耽误工夫，小姐——对了，你在这工作用的名字叫什么？"

"当然是我的本名了！"她朝格兰特狠狠瞪了一眼，"我叫罗莎·富里森。"

格兰特调了一下灯罩的角度好看清她的相貌，最后确定不曾见过她。"我知道赫伯特·戈特贝德今晚跟你约好在这里见面。你快点儿实话实说吧，免得给自己找麻烦！"

"既然你这么说我就告诉你，不错，我是在等他。他是个送牛奶的。难道你会因为这一点就抓我吗？这也不全是我的错。我孤身一人在这太无聊了，只得找个人寻欢作乐。"

"是吗？"格兰特走向衣橱，同时向那女人喝道，"听着，待着别动！"

衣橱里都是女人的衣服，但这些上档次的衣服似乎不太符合这女人的身份，不过衣服都有些旧了。格兰特又让这女人把抽屉打开给他看，那女人颇不情愿地打开了。

格兰特见里面没有什么特殊的，便要求想再看看行李箱。

那女人说行李箱在阁楼的储物室。

格兰特又问床底下的箱子里都有什么，那女人此时已经气得要发疯了。

"把床底下的箱子打开！"格兰特命令道。

"你无权查看！把搜查令拿出来，要不然我不会让你看的！"

"你要是心里没鬼，打开叫我看看又何妨？"

"箱子的钥匙丢了！"

"哼，你的表现让我非常怀疑你。"

那女人只好取下挂在脖子上的钥匙串，俯身去拽那些皮箱。格兰特留意观察她，才发觉她并不是纯种白人。看她的动作和头发质地，似乎是——黑人？印第安人？格兰特忽然想起了赫伯特在南太平洋主持过的那个教会。

"你多长时间前离开的群岛？"格兰特装作不经意间问道。

"那是——"她忽然警觉,忙住口不说,"我不明白你的意思。"

第一只皮箱打开了,里面空空如也;第二只箱子里却全是男人的衣服。

"怎么,你经常穿男人衣服吗?还是平时靠卖旧衣服赚些外快啊?"格兰特问道。虽然他现在脚又肿头又疼,但这个发现却让他欣喜若狂。

"这都是我未婚夫的衣服,他已经不在了,所以你别拿这种事开玩笑。"

"他好像没有大衣啊?"格兰特在箱子里翻看着,同时问道。

"有,不过他过世时给弄破了。"

"这样啊?他是什么原因去世的?"格兰特显得十分关心,边找边问道。

"他死于车祸。"

"哼,你还要继续演戏吗?"格兰特语气一变。

"你这人!你到底什么意思啊?"

"我还以为你能编一个极其引人联想的结尾呢!你未婚夫叫什么?"

"约翰·斯达波。"

"斯达波!(Starboard,词意为船或飞机右舷。)那就是说不是车祸喽?"

"恐怕只有你自己才知道你在说什么吧。"

"那只空箱子该不会恰好就是原来装你未婚夫的那件破损大衣用的吧?"

"当然不是。"

格兰特不再找了。他收手回来,手里却多了4本护照。其中一本是英国护照,正是属于赫伯特·戈特贝德的;一本是美国护照,持有人是亚历山大·拜伦·布莱克;一本是西班牙护照,持有人是个叫作荷西·费尔南德兹的聋哑人;第四本是美国护照,由威廉·凯恩斯·布莱克夫妇共同持有。不过4本护照上所有的相片却都是同一个人,那就是赫伯特·戈特贝德;而第四本护照上妻子的照片则是罗莎·富里森。

"哼哼,看来你那个未婚夫还是个搞收藏的,专门收藏护照,真够奢侈的了。"格兰特把护照都放到了口袋里。

"你不可以这样!把东西还我!我要喊人了!我就说你是暴徒,破门而入要侵犯我。你看着!"说着她就开始扯衣服。

"随你怎么叫。不知道你的那位雇主老太太看到这些护照会怎么想。对了,如果你对那个老太太图谋不轨的话,你还是先想清楚的好。好了,我得走了,虽然我那双靴子也不知道能不能再接着穿,但还是找到的好,可能掉在花园了吧。还有,凯恩斯·布莱克太太,我劝你在我传讯你之前最好老老实实的。我手头暂时还没有对你不利的证据,所以别给我留下坏印象,否则你会后悔的。"

第二十三章 哈默的"狡猾"

格兰特硬生生把脚挤到靴子里去(心里尽量去想别的事以分散注意力,这是他从小就用来应对痛苦的手段),但是没走几步就又忙不迭地脱了下来,只穿袜子一瘸一拐地往回走。回去的路很难找,好在他的方向感天生就极强(格兰特的同事说就算把他双眼蒙上,再让他转圈转得发蒙,他还能找到北),辨别这里的大致方向是不难的。格兰特站在路边一户人家的门庭下,看着街上来回巡逻的警员却不愿意上前问路,他不想费心跟对方解释这些事。任何一个犯罪调查科的警探都不想以这副尊容和同行打交道。

他给威廉姆斯留了一张便条，叫他早上6点来了就给局里打电话要一份有关宗教团体组织的资料，组织的名字叫作黎巴嫩树，有了信儿便立即叫醒他。然后格兰特才把4本护照压在枕头下面，上床美美地睡了一觉。这一觉睡到了将尽十点才被威廉姆斯叫醒。

　　"有提斯多的消息吗？"格兰特睁眼便问。

　　答案是否定的。

　　局里说黎巴嫩树圣修道会是1862年由一个富有的单身汉创建的，其修道方式是禁欲。这个创始人被自己深爱的女人甩了，这件事无人不知。他本人成为第一任会长，还把钱都花在了这个修道会的建设上。修道会强调要固守贫穷，钱财只能在会长同意后用在慈善方面，故此这个修道会以广为布施而出名。下一任会长由前一任会长提名，但是如果全体弟兄都持反对意见，便可以随时将其罢免。

　　格兰特一边喝着旅馆那难以下咽的破咖啡，一边分析案情。"看来赫伯特的目的就是想当修道会的会长。他把现任会长玩弄在股掌之间。真难以想象，当会长的居然如此愚蠢。不过咱们见过的蠢货也不算少了，是吧，威廉？"

　　"我正在分析，长官。"威廉姆斯脸上没什么表情。

　　"很多扎扎实实、独立创业的企业家，却常会被那种在饭店大厅混生活的骗子轻易地给玩弄了！当然，那个赫伯特也很有心计。他在美国搞教会，可能就是想当下一任会长吧。不管怎样，现任会长现在已经把他当成接班人了。只要他接下来的这段时间里不出大错，就可以拿到一大笔钱了。难怪他这段时间这么害怕出岔子。他妹妹给他留了多少钱才是他最想知道的，因为如果这些钱够花，他就不用去苦修了。虽然他修行时也常有机会可以抽空去跟那个女人寻欢作乐，但教会的清苦生活根本无法吸引他。"

　　"你觉得他会待到什么时候，长官？"

　　"待到他得到足够多钱的时候。反正凭这些，"他说着向那几本护照一指，"就足够对他发起起诉了。因此咱们随时都可以在有需要的时候把他拘捕。让我觉得头疼的是这案子的杀人动机是什么？他是杀人凶手这件事我并不否定。他完全有法子离开教会一整天去作案。但原因何在呢？他在得知妹妹要来英国后便跟着来了。我觉得从他相好的女人的柜子里的衣服来看，他来英国时可能经济上比较窘迫，因此他才会去投奔黎巴嫩树。可是在修道会里他一定过了不长时间就会觉得有盼头了，那还杀他妹妹干什么呢？"

　　"或许是兄妹两人见过面，还发生了争吵。案发时间是早上6点，这一直让我们觉得很别扭，但于他而言其实再平常不过了。"

　　"对！看来我还得去问问那个院长大人，阿洛伊修斯修士在一个星期之前那天是不是离开过修道院。昨天院长显得特别清高不爱搭理人，但如果我把他得意门生的这些护照拿给他看的话，我想他会愿意跟我聊聊的。"

　　但是格兰特却没见到院长。那个门房只在小窗口里露出充满厌恶表情的脸来，不管格兰特问什么，他的回答都是一样的，因此常常是所答非所问。显然这是因为赫伯特暗中跟门房交待过了。

　　小窗口关上了，格兰特站在弄堂里无可奈何。只有开具一张拘捕令才行，格兰特只能忍着双脚的疼痛往回走，费了好大的力气才上了车。其实格兰特倒挺佩服赫伯特的本事的，居然能加入到如此封闭的团体中去。看来得尽快弄到拘捕令才行。他回到旅馆把个人物品收拾了一下（他不想再在这里住上一晚），就在他正在给睡梦中的威廉姆斯留便条时，忽然旅馆有人来叫他去接听他们局里的电话。

　　电话里问他能不能去趟多佛，那边的同事要找他，好像案子有了新的进展。

　　他回房去把写给威廉姆斯的留言改了，这才出来走向自己的车。当他把个人物品丢到车上时，却忽然想到自己居然给了那个臭脾气的老板娘那么多小费，可对方提供的却只是差劲的服务和难吃的饭菜。随后才开车驶向多佛。

新进展？什么新进展？看来只能是跟钱伯斯有关了，而且非比寻常。因为如果仅仅查到了钱伯斯那天晚上的去处，那在电话里说一声就行了。看来这新的发现一定很重要。

这个案子的负责人是瑞梅尔警探，他是个憨厚实在但满脸忧郁的小伙子，他最大的优势就是长得不像老百姓心目中的警探。瑞梅尔此时已经站在了警局门口等待，格兰特一把将他拉上车。瑞梅尔说，由于他们执着地追查，终于找到一位叫席尔的老水手。那个周三的晚上——其实已经是周四凌晨了——12点半的时候，席尔从孙女的订婚宴会上离开，走在回家的路上。当时路上除了他没有旁人，因为现今没什么人会到海边去住。人们都想住在建山上的那些漂亮但不结实的别墅里，那种房子恐怕打个喷嚏都会倒。席尔走着走着看到了海面，便停下来片刻想看看海港，他觉得夜色中港边的锚泊灯很美。

那时雾渐渐起来了，但事物的轮廓还比较清楚。席尔知道派特罗号要开进港口——赴宴之前他就用望远镜看到了这条船——因此他当时就开始寻找，却看到船并没有停在突堤边，而是下了锚停泊在海上。后来他又看到从船边开出一艘小汽艇驶往岸边，小艇速度慢，声音小，似乎不想引起别人的注意。当小艇停在突堤的阶梯旁时，在码头边的阴影中，一个男人闪身出来。此时小艇上也出现一个个子高高的人，席尔认得他——爱德华勋爵（席尔以前常见到勋爵，还曾为勋爵的哥哥服务过）。只听勋爵说道，"是哈默吗？"个子较矮的男人说道："是我。"随后压低了声音说道，"海关那边没问题吧？"爱德华勋爵说道："放心吧，没问题。"然后这两人就都上了汽艇，随后汽艇开走了。雾越来越浓，整个港口都给罩住了。约莫一刻钟后，席尔才继续上路。

就在席尔走上大街时，还能听到汽艇驶离派特罗号所发出的声音。但到底是靠岸还是离港就不得而知了。那时席尔不觉得这件事有多重要。

"上帝啊！"格兰特说道，"真难以置信。这简直——他们俩之间可哪能有一点交集啊！"格兰特在潜意识里却立即补充了一条："只因一个女人，使得完全毫无关联的两个人竟然这么熟稔！"

格兰特默然呆坐，过了片刻才说道："我知道了，瑞梅尔，你做得漂亮。我去吃午饭，顺便把这件事里里外外想个明白。"

"好的，长官。我能提一个建议吗，长官？是好心的。"

"你要非说不可，那我也无可奈何。当下属的差不多都这样，这可不是个好习惯。"

"黑咖啡还是少喝为妙，长官。你早餐就喝了四杯，别的东西却都没吃。"

格兰特笑了："还用你来管我？"说着格兰特发动了车子，又说道，"越多人垮下去，你升职就越快。"

"我是心疼银子，不想花钱买花圈，长官。"

格兰特行驶在去吃午饭的路上，他此时并没有笑。克里丝汀·克雷的丈夫和他的绯闻情人出去深夜幽会。这也太离谱了。但爱德华·钱伯斯作为比尤德公爵的第五个儿子，终究是名门望族，虽然他向来不走寻常路。但他竟然跟流行音乐界的杰森·哈默暗中有来往，两人的身份就差着十万八千里，这可真是一桩怪事。他们在搞什么鬼？不可能是谋杀。

对格兰特而言，这两人合谋杀人的结论相当诡异，所以他直接给予了否定。

两人之中可能有一个想杀她，但若说两人合谋作案那简直是荒谬之极。席尔说听到汽艇后来又驶离了派特罗号，会不会在汽艇上只有两人中的一个离开了？从海港出发，一路沿海岸线北上，再到西欧佛的峡谷，其间的距离并不甚远；而哈默在克雷被害后两小时便在她的农庄里现身了。直接站在汽艇上溺死克雷的方式最为理想，这跟格兰特之前设想的站在堤防上溺死人的效果是一样的，离开现场都是那么快速安全。格兰特越是想着汽艇，对这种杀人手段就越是着迷。之前他们开展调查工作时，就曾检查过附近的船只，但汽艇的活动范围太大了。但是——唉，只不过是"但是"——这个结论太不靠谱了！那情形根本难以想象！难道杰森会说"你要是肯借我船，我就帮你淹死你老婆"？难道钱伯斯会说"你要是肯帮我淹死我老婆，我就借你船"？这两个人一定是因为其他的原因才见面的。就算后来真杀了人，也是他们没有料到的，并非他们的初衷。

可他们到底因为什么会面呢？当时哈默一见面就问及海关的事，显然他急于知道结果。难道哈默吸毒？可是有两处不符。一是哈默不像个有毒瘾的人，二是钱伯斯也不可能贩毒。那一定是他急于想得到的某种物事，而且是犯法的。

到底是什么东西要回避海关呢？私烟？珠宝？钱伯斯隔天早上确曾向乔治·米尔显示过他捎回来要送给克里丝汀的黄玉。

可就算事实如此，还有一处说不通。爱德华·钱伯斯真要是走私，也只是想找个乐儿而已，他可绝不会是为了哈默的利益才去做的。格兰特脑子里的念头纷至沓来，后面的又否定了前面的。

这两人之间空间有什么交集呢？一定有。从他们的交往上就可以确定。但那到底是什么？所有人都会觉得他们只不过是认识罢了，也许连认识都算不上。很显然，钱伯斯离开国内的时间要远早于哈默来到英国之时，而克里丝汀跟哈默相识则是从他们搭档拍英国片时才开始的。

格兰特这顿午饭吃得一点滋味都没有，他的思绪飞速地运转着，如同一台机器。那些甜面包和青豆仁跟倒进泔水桶里也没什么两样。等到咖啡端上来的时候，他还是没有想通。此刻，他真想成为侦探小说里那些天生就富于惊人直觉和精准判断力的超能怪胎，而并非只是一个踏实认真却无甚过人才能的警探。按目前的情形，接下来要做的显然就是审讯他们两人中的一个了，而且要找的那个显然是哈默。为什么？哦，可能因为哈默更容易对付吧。好吧，也许是因为不会带来什么大麻烦！算了，何必执着于弄清楚自己所有做法和想法的动机呢！格兰特忍住又喝第二杯咖啡，此时他想到了瑞梅尔，不禁面露微笑，他心想这小伙子不错，以后一定是个优秀的警探。

他给德文寓所打电话，询问哈默先生在今天下午茶和晚饭之间能否抽空跟格兰特(没必要说出身份)见面谈谈。

对方却说哈默现在不在伦敦，而是去白崖角见那个欧洲大陆来的明星蕾妮·普林胡弗了。他正在帮她写歌，而且今晚不会回来。那边的地址是白崖角高闸道，电话是白崖角3025。格兰特又照着这个号码打过去，那边却说哈默带着普林胡弗小姐开车出去兜风了，应该在晚餐之后才会回来。

白崖角是西欧佛的延伸，上面全是供有钱人居住的风格各异的别墅，看得到却遥不可及。这里听不到游客的惊呼赞叹，也看不到各家报纸那些虚假的报道。格兰特在海洋饭店还留有一间房，因此他就到西欧佛去，威廉姆斯也会赶过去跟他会合。

除了等待，格兰特什么也做不了，他得等着局里的拘捕令，等着去见哈默。

哈默现身时正是上鸡尾酒时间。

"你是要和我共进晚餐吗，探长？就算不是也说是吧，我来请客。我真受不了那个女人了，要是再过一个小时我非得发疯不可。疯婆娘！神经病！我之前见过的明星多了去了，可是我的苍天啊！她是最夸张的一个！她说的那些话让我听得直糊涂，照理说，她见我这个样子总得适当缓一缓、迁就一下我吧？没有！她叽哩呱啦还往下讲，说着说着还插几句德文，有时候还来几句法文，她还觉得自己说得多有文采呢！服务生过来！对了，探长，你喝点什么？不喝酒？拉倒吧！真不喝吗？那算了。服务生，给我上一杯杜松子调酒。你用不着保持那种身材才能钻进警车吧，探长。你该不会是禁酒派信徒吧？"

格兰特说他没参与过任何禁酒活动。

"好吧，找我来想谈点什么？你不是有事要跟我说吗？"哈默认真起来，严肃地看着格兰特。"案子有了重要的进展吗？"

"告诉我那个周三的晚上你在多佛都干了些什么。"

"多佛？"

"对，两周之前的那个周三。"

"有人在耍你吗？"

"哈默先生，你听好，就因为你有所隐瞒，所以让案情变得复杂了。这会影响我们抓捕杀害克里丝汀·克雷的凶手。现在这件案子处处不协调。你现在就跟我全盘托出你在那个周三晚上做过的所有的事。那些跟案情无关的大半细节就不用说了，它们只会影响案子的进展。混乱无关的东西堆在上面，只能让案件的主线模糊不清。你不是想帮忙抓住真凶吗？好啊，证明给我看！"

"探长先生，我想说我很喜欢你，我从没如此地喜欢上一个警察。但是我已经都说过了，那天我在去往克里丝汀农庄的路上迷失了方向，后来就在车里睡的。"

"如果有人可以指证在午夜之时在多佛见到过你呢？"

"那我也是在车子里过夜的。"

格兰特没词儿了，不禁有些丧气。看来接下来只能去找钱伯斯了。

哈默用一双褐色的小眼睛十分担心地看着格兰特。

"你这一阵子好像没休息好吧，探长？这会拖垮你的。我看你就放弃原则来杯酒吧，一杯酒下肚你就会感觉什么都变好了，相当神奇。"

"如果你承认你没在车里睡觉，我就能在床上安心地睡上一觉！"格兰特愤然离座，显得有损风度。

他想在哈默给钱伯斯报信之前就找到钱伯斯。最好是打电话把钱伯斯请到西欧佛来，并派警车前去把他接来。同时想方设法在钱伯斯出城之前缠住哈默。

不过钱伯斯早已出城去爱丁堡参加一场由文人墨客们举办的集会去了，并在会上致词，内容是"加列利亚的未来"。

这就好办了，不管是谁想要找到他都得花些时间。哈默要是想联络他，也只能靠发电报或打电话。格兰特下令对电话和电报严加监控，这才回到餐厅，却见哈默还在那喝酒。"我知道你讨厌我，探长，但说心里话我是真喜欢你。而且，那个婆娘确实很恐怖。你就不能先把咱们两个人的身份放一放，坐下来一起用餐？"

格兰特的脸上露出了微笑，不过笑得有点违心。他坐了下来。

哈默也笑了，看得出来，他知道格兰特心里的想法。"不过探长先生，如果你想通过跟我一起吃这顿饭，最后让我说出我那晚不是在车里过的夜，那你可有点自欺欺人了。"

这顿饭格兰特吃得倒挺开心，似乎是出于一种自然而然的状态，他觉得正在跟对方斗智，他想引哈默说出实情。

饭菜很美味。哈默也非常幽默。

格兰特又收到了电话通知，说爱德华勋爵正在回来的路上，他搭乘的是早班首次列车，将在午茶时分到达伦敦。而对于戈特贝德的拘捕令将随着明早第一批邮件发过来。

于是格兰特当晚就在海洋饭店住了下来，虽然思路仍然混乱，但已经不至于崩溃了，至少明天要做什么已经心里有数。哈默当晚也在这里住下，因为他已经没有精力去应付那个叫蕾妮的女明星了。

第二十四章　鬼影来客

因为建造师的最新理论——气味向上定理，海洋饭店的厨房设于顶楼。早期的设计是一体电气化的厨房，这也是建筑界非常流行的做法。不过大厨亨利却对此不屑一顾。亨利来自普罗旺斯，用电热来烹饪，神啊，对他而言简直是场噩梦！上帝要是教导我们用闪电来做菜，那他就不会发明火了。因此亨利依然用他的炉子和火盆。此时是凌晨三点钟，闷燃着的炉火依然发着柔柔微光，照亮着这间白色的宽敞厨房。屋里到处都是发光体：银器、铜器和搪瓷。（不包括铝制品，一说到铝亨利就要心塞）门半开着，炉火不时地发出轻微的噼啪声。

过了一会儿，那扇门动了一下，被稍微推开了一点。一名男子站在门缝边上，侧耳倾听着动静，然后他安静地走了进来，像个幽灵似的。他朝餐具桌走去。昏暗中一道亮光闪过，那是他从抽屉里取出一把刀，不过依然悄无声息。然后他从桌子向墙边走去，在墙上有一块小木板，上面有几排挂着钥匙的挂钩。他没有摸索，一伸手就找到了他要用的那一把。正当他要离开的时候，他犹豫了片刻，走到炉火前，就像是被某种魔法召唤一样。他在火光中的眼神发亮而激动，面容却隐藏在黑暗中。

炉床旁边有张报纸，上面放着早上生火用的引火木条。男人留意到了，他推开木条，掀开木条下面的报纸，就着火光读着。他读了一会儿，无声无息，此时的厨房依然像是空无一人一般。

突然间变化乍起：他霍然而动，跑到电灯开关那，把灯打开，再跑回去把整张报纸抽了出来。他颤抖着把报纸放到桌上摊开，不停地轻拍，尽量将它抚平，好像报纸是个活物一样。然后他放声大笑，轻柔地用拳头快速敲打着斑驳的桌面。渐渐地，笑声越来越大，失控一般。他又回头跑向开关，将厨房里所有的灯都打开了，1，2，3，4，5，6，7，8。一个惊人的想法吸引住了他。他跑出厨房，经过铺满磁砖的走廊，安静得像团鬼影。他加快速度，飞奔下昏暗的阶梯，整个人活像只蝙蝠。此时他又开始低笑，夹杂着阵阵哽咽。他冲过黑暗的大厅休息室，来到荡漾着绿色灯光的接待前台。但是没人在，晚班的门房去巡逻了。男子翻开住客登记本，手指在本子上来回游移。接着他离开柜台跑上楼，除了呼吸急促之外，动作依然十分安静。他把万能钥匙从二楼服务室的挂钩上取下，然后跑到73号房门口。顺利打开房门，他摸了一下电灯开关，就往床上的男子扑了过去。

格兰特迷糊地从一个有关非法交易的梦境中惊醒，下意识地应付某个跪在他床前抓着他猛摇的疯子，他听见此人边啜泣边重复着说：“果然是你错了，不过还好！果然是你错了，不过还好！”

"提斯多！"格兰特说道，"老天，见到你找真是太高兴了。你去哪儿了？"

"储水塔。"

"海洋饭店？你没离开过这里？"

"从星期四晚上到今天，那是多久的事情了？我是夜里从服务生入口进来的。那天可是雨下如注，哪怕你是光着屁股穿过城市，也没有一个人会注意到你。我知道这儿有个小阁楼可以藏身，因为有一天我看到一群帮工躲在那儿。除了帮工之外没人会去那儿，我躲到晚上才到储藏室找吃的。我想会有人因为少了一些食物而受罚吧，或者说他们压根就没发现？你想他们发现了吗？"

他那双明亮得很不寻常的眼睛热切地注视着格兰特。这时他已经颤颤巍巍地打冷战了。不用猜就知道他现在冷得够呛。

格兰特先是轻轻地把他推坐在床上，从抽屉里找出一套睡衣裤递了给他。

"来，先把它穿上，然后赶紧地进被窝。你那天来的时候身上都该湿透了吧？"

"没错，湿衣服压得我动弹不得，不过我已经在阁楼上把衣服晾干了，还很暖和，白天的时候还有点暖过头了。你晚上——晚上的穿着还真——真讲究。"他的牙床开始碰撞，显然身体开始不适。

　　格兰特帮着他把睡衣穿好，给他盖好被子。他按铃让侍者送来一份热汤，顺便请一位医生过来。然后他坐在电话前，告诉警场这个好消息，提斯多用他那过分明亮的眼睛俏皮地看着格兰特。他把电话挂掉，回到床边来说道："此时我无法形容我心中的歉意，我会尽全力来弥补。"

　　"毯子！"提斯多说道，"床单！枕头！鸭绒被！上帝啊！"

　　在打战的牙齿和一个星期没刮的胡子之间，他的脸上尽可能地露出了笑容。"帮我说声'此刻我要安眠了'。"话刚说完，他就进入了梦乡。

第二十五章　真凶

　　到了早上，医生强调患者的淤血现象比较严重，如果还不赶快处理的话，就会很快发展成肺炎。格兰特通知警场，让提斯多的茉莉婶婶来帮助照顾，但提斯多却拒绝让自己的婶婶到场。威廉姆斯接到命令去坎特伯雷拘拿修士阿多伊瑟斯，格兰特则想着在中午再去伦敦去找钱伯斯。他向伯戈因局长进行了汇报，要向他报告提斯多已经露面了，接电话的是艾丽卡。

　　"噢，我真为你感到高兴！"她说道。

　　"为我？"

　　"是的，这件事一定让你费神了。"

　　直到这个时候格兰特才领悟到这件事让她有多难过。原来他不断掩饰着自己内心的恐惧。看起来，她还真细心。

　　早上还没过完，这个好孩子就送来了新鲜鸡蛋。格兰特心想，这很符合她，换别人就是送鲜花和水果了。

　　"我希望她没有因为这件事儿有什么麻烦吧？"提斯多问道，每当他提起上星期的事，就像在谈论发生了许久的事一样。

　　"刚好相反。她不但救了你的命，也避免我的名声受损。是她找到了大衣。算了，现在不跟你说了。你现在要做的事是静养，让身体尽快恢复起来。"

　　但他还是把知道的都说了。提斯多听了，有气无力地喃喃自语："哦"这个词他说了一遍又一遍。

　　访问钱伯斯一事开始就让格兰特感到迷惑。如果他直截了当地问："听好，你和杰森·哈默两个都在说谎，想掩盖那天晚上发生的事，现在我发现你们就待在多佛。当时你们在干什么？"那会得到什么答案？"亲爱的探长，对于哈默的回答我也不知道为什么，不过那晚他的确到我的小船上来做客，我们一起去钓鱼。"那会是一个很难戳穿的不在场的证据。

　　他的脑海里还是从事非法买卖的想法。到底是什么样的非法买卖让钱伯斯和哈默如此投入呢？再说是什么货需要花一整晚去交易，即使是一整船的私货也不至于呀。但是他们两个都还提不出那天晚上自己不在现场的证据。从午夜到早餐的这段时间他们又在干些什么勾当呢？自从瑞梅尔在多佛发现了一些东西以来，他一直都认为，如果他能记得起来钱伯斯在撒谎——就是关于他什么时间来多佛日期的谎——之前说过什么话，就会很容易查出来了。

　　想到这里，他决定在离开海洋饭店之前去理发。

　　当他正要推门的时候，脑子里又响起了钱伯斯说的一段话。

原来他那时候说的是这个！格兰特明白了。一套合理的因果关系图像在他脑子里形成了。他马上打电话给政治保安处，询问了六七个问题，然后再去等候理发，脸上满是得意的笑。现在他知道自己该怎么跟爱德华·钱伯斯说了。

这时是生意最好时候，屋子里都是人。

"马上好，先生，"店长说道，"要不了一分钟就会好的。"

格兰特坐下来，伸手去架子上拿了一本杂志看了起来，这些杂志已经很旧了。于是他选了本《银色报道》翻阅起来。这是本美国电影杂志，都是些无关紧要的花絮。关于某人的所谓"真相"，如果是第五十二次报道，那肯定和以前说的完全不一样。一个憨傻的金发女星说明她发现了隐藏在莎士比亚文章里的新问题。另外一个说她在保持身材上的秘诀。一个分不清煎锅头尾差别的女演员会展示自己怎么做煎饼。一个猛男型的男星说他对其他猛男型的男星表示敬佩。格兰特越看越觉得没意思。正当他打算换杂志的时候，突然像发现了什么似的，连忙集中精神看了起来。

那篇文章非常吸引他。当读完最后一页时，他站了起来，眼睛依然看着杂志的最后一页，有些意犹未尽。

"轮到您了，先生，"理发师说道，"请到这儿坐吧。"

但是格兰特仿佛没有听见。

"我们已经准备好了，先生，希望没让你厌烦。"

格兰特抬头看着他们，仿佛他是在跟别人说话似的。

"我能拿走这本书吗？"他指着手中的杂志问道，"这已经是六个月前的杂志了。谢谢你。"他说着就走出了理发店。他们看着他的背影，觉得这人真是奇怪，不知道杂志上有什么让他着迷。

"肯定是找到他的有缘人了。"有人这样评价。

"我认为缘分这种东西应该不存在了。"另一人表示反对。

"或是找到什么可以治什么难以启齿的病的秘方。"

"不对，是请教他的好朋友去了。"

于是他们又笑了起来，很快就把他忘记了。

格兰特在电话亭里，外面已经有一位绅士等得不耐烦，开始怀疑他是不是有一辈子要说的话都在这里讲完。

这时他正在和电影明星欧文·休斯打电话。这个话题吸引那个绅士在旁边偷听，他希望能够听到一点什么。对话的内容是关于某人是否在一封信上跟另外一个人说起过什么事。

"真的！"格兰特说道，"非常感谢，我就想知道是不是有这件事。"

然后他又要求对方别把这件事说出去。接着他询问泰晤士警局，然后还顺手把门关紧，不让人听见，让苦候在外的绅士气得只瞪眼睛。

"你知道河滨道276号的住户吗？他是否登记拥有一艘快艇？"

对方很快就开始查询了。

"是的，276号是有一艘快艇。是一艘速度很快的小艇。能出海吗？当然可以。不过他们主要是用来在埃塞克斯郡沿岸的浅滩上去猎鸟。出入泰晤士河口是完全没有问题的。"

格兰特请他们在一个半钟头之内帮他备好一艘小艇，因为他会在这个时间前回到伦敦，这样，就帮了他一个大忙。

警局的人说没有问题，马上就办。

格兰特马上打电话给巴尔克，交代他，如果威廉姆斯在一个半小时内回到伦敦，就让他去西敏斯特码头见自己。万一当时威廉姆斯没回来，那就叫桑格去见自己。

格兰特马上开着车去赴约会，好在此时正是吃午饭的时间，交通非常通畅。当他赶到时，发现威廉姆斯已经在等他了，他在那里喘着气，因为他是最后一刻才从警场急忙赶过来的，让桑格先回去。只要有机会，威廉姆斯就希望亲自参与每一件事，更何况总督察说一件刺激的事情就要水落石出了。

"那么，教长大人感到很吃惊吧？"格兰特问道。

"比阿罗伊瑟斯修士差远了。有一阵子他认为我们没有证据，从他的反应来看，我认为一定还有一些警察机构想快点抓住他。"

"我觉得这很正常。"

"我们要去哪儿，长官？"

"切尔西区。那里是画家和民俗舞者最爱去的地方。"

威廉姆斯看着他的长官，注意到自从提斯多出现之后，他的气色看上去和以前不一样了。

警艇朝停泊了一艘灰色大快艇的河滨道276号岸边驶过来。警艇减慢速度，慢慢地靠拢过去，直至离船一英尺远的地方才停下来。

格兰特跨了上去："威廉姆斯，紧跟在我后面。我需要有目击者作证。"

船舱上了锁。格兰特有些失望地看了看对面那栋房子，摇了摇头。"我必须冒险进去，我坚信我是对的。"

他当着水警的面，撬开锁，然后走进船里。这是一间看上去整洁、有海员气味的船舱，每一样东西都收拾得干净，非常有序。格兰特仔细检查了柜子。终于在右侧床铺底下的柜子里找到了要找的东西——一件油布大衣，黑色的，是在坎城买的，右边袖口少了一颗扣子。

"威廉姆斯，把它拿着，然后我们一起到那栋房子去。"

女佣说济慈小姐在里面，然后让两人在一楼的餐厅等候。这是房间虽然很朴素，但非常新。

"这种地方不是咽下烤牛肉的地方，倒很适合割阑尾。"威廉姆斯说。

但是格兰特没有作声。

莉迪亚来了，微笑展现在她的脸上，手镯和珍珠项链在身上叮当乱响。

"对不起，我不能请你们上楼，亲爱的狮子座先生，我的一些客户可能不会认为这是友好的拜访。"

"这么说，在玛尔塔家的时候，你就知道我是什么人了？"

"当然。你不用夸奖我的预言能力，亲爱的格兰特先生。这是你的朋友吗？"

"这位是威廉姆斯警员。"

她看起来好像有点狼狈，格兰特心想，但仍试图向警员表示友好。接着她看见了威廉姆斯腋下夹着的衣服。

"这是我的大衣，你想干什么？"她厉声问道。

"这真的是你的大衣？在船上柜子里的？"

"当然！你们好大的胆子，谁让你们去打开船舱的？！那一直都是锁着的。"

"我们会修好的，济慈小姐。但我要告诉你，我不得不逮捕你，罪名是15号星期四早上在西欧佛的峡谷，你亲手杀害了克里丝汀·克雷。我要警告你，从现在起，你所说的任何一句话都会成为对你的证词。"

她的脸马上从那种很自满的表情变成异常地愤怒，当朱蒂·塞勒斯侮蔑她的能力时，这种怒容也出现过。"你没有权力逮捕我，"她说道，"那不是我的命。除了我还会有谁知道这一切？我对星象研究得很透彻。星象已经预言我有辉煌的前途。倒是你，一个无知的可怜虫，你只会不断失误和犯错。我终将获得成功，这是上天注定的，没有谁能改变，这就是命运。'有些人生而伟大'——想必你也明白它的意思吧。人如果不是生而伟大，就只能注定是卑贱。我是注定要取得成功的人，注定要成为大众领袖，要被全人类所顶礼膜拜……"

"济慈小姐，如果你现在就跟我们走，那我将不胜感激。你需要的任何衣物我保证会马上送到的。"

"衣物？干什么？"

"让你在狱中可以替换。"

"我不明白。你没权力让我坐牢的。那不是我的命运。我的星座图说我可以为所欲为的。"

"只有有恒心和毅力，每个人都会去做自己想做的事。但是不能触犯法律。你要叫你的女佣进来吩咐吗？如果你想要你的帽子，她会拿给你的。"

"我不要。我也不会跟你走的。我下午要去玛尔塔家参加一个宴会，克里丝汀的角色被她抢走了，你明白吗？就是新电影里的女主角。那是被我算出来的。我们命中该做的事谁也不能违背。也是各得其所吧，像音乐盒里的齿轮一样，你懂音乐吗？参加完玛尔塔的宴会我还要去找欧文·休斯，然后再商量以后的事。如果你们晚上有时间的，那时我们可以谈谈。你知道欧文吗？他很帅气。他也有他命中注定的位置。如果不是因为欧文的话，我是不会想到那件事。不，我的意思不是那样的。伟大成就必定出自伟大的心智。这是大家公认的。不过触发的引信却常常被人忽视。就像电灯和开关之间的关系。前个礼拜我在苏格兰演讲的时候，就引用过这句话。效果还很不错，大家都认为很贴切，你觉得呢？要不要来一杯雪莉酒？我想我可能怠慢你们了。因为我一直还想着那些人正在楼上等我去把事情说清楚。"

"说清楚什么？"

"当然是关于我——不，和他们有关的事。他们就是为了这个才来的。我脑筋现在有点不清楚。他们想知道他们未来会怎么样。而这一点只有我知道。只有我，莉迪亚·济慈——"

"我能用一下电话吗，济慈小姐？"

"可以。在走廊上的橱柜那里。就是颜色看上去比较新的那一个。我是说电话，不是橱柜。我刚才是说什么？"

格兰特对威廉姆斯说："请他们立刻派雷诺士来。"

"就是那位画家吗？我将很高兴能和他见面。他也是那种生下来就注定要伟大的人。这和使用或者混合颜料的技巧没什么关系，你知道吧，这是一个人生来就具有的本质，而本质是星象注定的。你一定要让我帮你用星座图算一次。你是狮子座的，对人的吸引力非常大，有王者之相。有时候我会对自己不是八月出生而感到难过。不过白羊座的人是天上的领导者，而且还很健谈。"说到这里，她笑了起来，"不好意思，大家都认为我话多，从小他们就叫我是话匣子……"

第二十六章　真相大白

半个小时之后，警方的医务人员雷诺士为不停地叫嚣、胡言乱语的莉迪亚·济慈打了一剂吗啡，这样，她就能被警察带走了。

格兰特和威廉姆斯站在门内，看着救护车离开，不知道此时应该说些什么。

"好吧，"过了很久，格兰特才打起精神说道，"我想我要去见钱伯斯了。"

"制定这个国家法律的人真该被枪毙。"威廉姆斯带着恨意说。

格兰特吓了一跳。"是指死刑吗？"

"不是，是餐馆打烊的时间。"

"噢,是这样呀。我柜子里还有一瓶。你想要就拿去喝吧。"

"谢谢长官了。不要激动,小姐!"后面这句话是对他身后还在哭泣的女佣说的:"世事无法预测,朝好处看吧。"

"女主人对我真的非常不错。"她说,"看见她这个样子,我真的很难过。"

"那件大衣你就拿着吧,威廉姆斯。"格兰特和威廉姆斯沿着小路下去,然后上了前来接他们的车子,带着难以言喻的心情走了。

"告诉我,长官,你是怎么从那么多嫌犯中查出是这个女人干的?"

格兰特拿出他撕下来的那几页杂志。

"这是我在海洋理发店的一本杂志上找到的,你有兴趣就自己看吧。"

那篇文章是中西部某位热衷八卦的女记者写的,当时她在纽约度假,那里到处都是电影明星,也少不了莉迪亚·济慈小姐。而莉迪亚·济慈那难以令人置信的预言,让女记者感到惊奇。她曾作过三个十分惊人的预言。她预言林·德瑞克在3个月内会发生一次严重的意外;而现在林·德瑞克还躺在床上。她说一个月内米拉德·罗宾逊会遭受到重大的事故,导致损失严重;结果那些刚杀青、价值百万美元的母带因为火灾而消失了。

而她的第三个预言就是一位第一线女星将在不久淹死,而且她也说了那位女星的名字,不过这位八卦女记者没有在新闻上说出来。"如果这第三个预言能够顺利实现的话,济慈小姐肯定会是全世界最不可思议的超能力拥有者。全人类都会向她膜拜。不过,我要警告那位可爱的金发女星,为自己安全着想,千万不要和济慈小姐一起去游泳!也许这样的诱惑对她来说要付出很大的代价!"

"真想不到。"威廉姆斯有些感叹,一路都没说什么话,直到格兰特在警场门前让他下车。

"告诉总督察我和爱德华勋爵要会面,然后再回来见他。"格兰特说道,随即驱车前去摄政公园。

他在屋里等了半个小时,钱伯斯才回到家。

"你好,探长。听宾斯说你已经等我很久了。很抱歉,让你花那么多时间干坐着。喝茶吧?如果不喝,也可以喝酒。有消息要告诉我吗?"

"是的,先生。我对在你刚回来就打扰感到抱歉。"

"再怎么样,也比昨天在我姨婆家客厅里的演讲要好很多。实话告诉你,我去就是看在她老人家面子上的缘故,不过后来却发现她还是认为我是多余的,不去的话会更好。那么告诉我有什么坏消息吧。"

格兰特把事情说了一遍,他严肃地听着,那故作轻率的姿态已经悄然消失了。

"她精神肯定是错乱了吧?"格兰特说完之后,他问道。

"是的。雷诺士就是这样肯定的。也许是歇斯底里症,不过他认为肯定是精神失常。所谓伟人的妄想,你应该知道吧?"

"可怜的人!但是她怎么知道我太太会在那个地方呢?"

"是欧文·休斯在信上说的,信是从好莱坞寄来的。他大意了,忘记了她住在他农庄是件不能说的事。他甚至还在信里说到了晨泳的事情。"

"原来是这样。我知道了……那么她对快艇一定是非常熟悉了?"

"她是在快艇上长大的,所以在这方面没什么问题。她每天都在使用河道。没有人想过要问她在河道上来来去去是干什么。在她找到可以利用的机会之前,她已经利用夜晚在河上跑了很多趟了。说来奇怪,但就是没有人考虑过那条河会被她利用来达到她自己的目的。我们虽然考虑过使用快艇的可能,但没想到这快艇是从伦敦来的。不过就算想到了,也不会有什么用。倒是她穿的那件男式大衣让我们误入歧途。因为有女人穿男人的油布大衣乘游艇出海,只是我不认为我能因此而想到这一点。"

接着是一阵短暂的沉默。

两个男人都在脑海里盘算着，想着那艘船在的河面游荡，驶出河口，沿着海岸边前进。经过一个又一个小镇，沿途许多地方的灯光都在伴随着这个有着特殊使命的小艇。

　　不过到后来来到了一片黑暗的地方，夏夜的浓雾笼罩着它，水面完全是一片漆黑，而且四处一片寂静。在那段难熬的时间里，她到底在想着什么？她是一个人，有的是时间进行沉思反省。没有星星可以让她联想到自己是如何伟大。还是说即便在那个时间里，她已经完全疯狂了，让她做什么都不犹豫了？接下来的事——两个男人也已经知道了。令人惊讶的邂逅、友善的致意。克里丝汀的绿色泳帽在船边浮动着——那顶泳帽到现在也没有被发现。船上的女人弯下身去和她进行对话。然后——格兰特想起克里丝汀手上那些因为用力而发生断裂的指甲，所以得手应该费了很大的劲吧。

　　"所以这案子可以说已经结案了，先生，不过我还有事情要找你了解。可以说是另外一件案子。"

　　"是吗？请用茶。宾斯，你可以不用在这里伺候了。需要糖吗，探长？"

　　"我想知道你把林姆尼克带到什么地方去了。"

　　钱伯斯拿着糖的手停在了半空中。表情看上去有些惊讶，又不失调皮，而且——不知怎的——还带着对探长的钦佩之意。

　　"他在哈默的一个朋友家里，是汤布里奇泉附近的一个什么地方。"

　　"地址能给我吗？"

　　钱伯斯给了他一个地址，又给格兰特上茶。"你干嘛要去找林姆尼克？"

　　"因为他在英国待着，却没有护照——这还是得到你的帮助！"

　　"他是没有。但在今天早上这个问题已经解决了，政府已经颁发入境许可证给他了。当然，也费了不少口舌——英国是个热爱公理、保障受迫害者、庇护无家可归的正义之士的国家，虽然这些都是无用的高调——但是说出来后还真管用。政府官员到现在还很自豪地认为做了一件正确的事，你知道吗？我说完了这些话之后，他们一个个都像非常自豪似的。"

　　他看着探长那张没有表示赞同的脸。"我不知道这件小事还会让你如此操心。"

　　"操心！"格兰特终于发怒，"这差点把这个案子给毁了。你和哈默一直对你们那天晚上的事守口如瓶——"他突然发现自己的话过于敏感，就停下来了。

　　不过钱伯斯还是表达了理解。"我真的很抱歉，探长。你打算以此来逮捕我吗？恕我直言，逮捕的理由要溯及过去吗？"

　　"大概是不可能的。我得去问一问。如果可以的话，我会很高兴的。"格兰特恢复了平静。

　　"好吧。逮捕的事我们以后再讨论。不过我很想知道你是怎么发现的？我以为我们已经做得天衣无缝了。"

　　"幸亏有了一位年轻的警员——瑞梅尔在多佛的优异表现，否则，我还真的不会发现。"

　　"那我一定要见见这位瑞梅尔。"

　　"他发现那天晚上你和哈默相互见过，而且对海关的事还很关心。"

　　"是的，林姆尼克就藏在我船舱的柜子里。那半个小时怎么说呢？非常刺激。不过海关和港务局的人也不是神仙，是吧？"

　　格兰特认为这表明他们敲掉了钱伯斯的碇泊桩，但是却缺乏胆量去撬他的舱板。"那时候我就有一种感觉，如果我能想起来你是故意让我弄不明白你抵达多佛的时间之前讲过一些什么话，我就会发现问题的关键所在。结果最后，我还真的想起来了！你提到加列利亚就是想牵扯到林姆尼克，而一旦林姆尼克的党把一切都准备好了，那他就肯定能东山再起。不过真正的障碍是在要发现你和哈默的关系。正因为它如此简单，所以就被我忽视了。你们在你太太介绍下就相互认识了，而且还十分投缘。我必须说明，他在我眼前所做的那些低级表演很逼真，干得也很漂亮。我实在应该进一步地去认识你……"

"什么认识？"

"你的离经叛道！"两人都笑了，"一旦把这些问题想明白了，其余的就顺理成章了。政治保安处那边关于林姆尼克的失踪，还有申请护照被拒，和英国不准他入境这些情形就会一目了然了。他们甚至知道他就在英国，只是没有什么证据。所以你的快艇后来又因此而靠岸了？"

"你是说那天晚上发生的事吗？是的。哈默把我们带到他的朋友家里。他胆子很大，我想他也被吓坏了，不过还是没有退缩。我听说提斯多也出现了。"格兰特起身要走的时候，钱伯斯说道："想必令你也因此而放心了。他病了吗？"

"没有。他只是感冒而已，当然也感觉很累。不过我想他应该没什么可担心的。"

"我看了今天在约克郡出版的午报，上面说他受了很多的苦。我知道媒体就是喜欢夸大事实，所以坚信报上写的都是假话。"

"是假话。吉米·霍普金斯就是如此。"

"吉米·霍普金斯是什么人？"

"是——"格兰特顿觉说不出什么了。他有些嫉妒地看着钱伯斯说道："现在我知道有些人干嘛要去那些荒无人烟的地方了！"

第二十七章　完美结局

大约过了一个月的时间，赫伯特·戈特贝德决定离开英国，去田纳西州那里，协助纳什维尔警方调查，关于他在准备筹建教堂时，金斯利老夫人捐给他的2000美元的去向，他需要向警方解释清楚。

就在他乘船离开的那天，艾丽卡在斯特恩斯举办了一次盛大的晚会。

当初她亲自邀请格兰特参加此次晚会的时候，她曾向他说道："让我们一起尝一尝大功告成的喜悦！"

参加这一次聚会的基本上都是以往的旧人，唯一的新人就是罗伯特·提斯多。

当看到这位英俊潇洒青年人，就想起他饱经磨难的情形，格兰特的心里有些担心，他害怕曾经那个只知道在鼻子上随便扑点粉，整天开开心心，一身孩子气的艾丽卡会消失。然而当他亲眼见到曾经那个开心的孩子依然如初见般的随意打扮，依然没有脱离孩童时期的天真时，他不禁松了一口气。

艾丽卡在面对那位英俊的青年时的态度，就和曾经她对他说，"你的衬衫领子太紧了"的时候一模一样，还是那样的一本正经。

收回目光时，不经意间看到了乔治爵士正用愉快的目光，颇有深意地在他和艾丽卡的身上来回逡巡时，格兰特的眼中蕴满了笑意，和乔治对视，两人互相举起酒杯，以道祝贺。

"你们两个人，现在是在互相敬酒吗？"艾丽卡凑过来也拿起酒杯，说道："我也来，让我们一起预祝罗伯特在加州事业的成功！"

一群人一起饮下了这杯酒。

"如果你不喜欢那个农场，没关系，"艾丽卡笑着说道，"等我年满21岁，我就将它买下来，这样你就可以离开了。"

"那种田园生活，你很喜欢吗？"罗伯特的语气有些激动。

"当然了，我非常喜欢那样的生活。"她转头看向格兰特，开始对他说话。

"可是你现在还小，等你长到21岁，还要好多年。我觉得你可以先过来看一看。"罗伯特道。

"嗯，你说的没错，我也希望有机会过去看一看。"她在说这句话的时候，显得有些心不在焉，不知道在想什么。

艾丽卡看着格兰特，直呼他的姓名说道："格兰特先生，如果在圣诞节前，我可以从米尔斯先生那里拿到票，您是否愿意在圣诞节的时候陪我一起去看看马戏表演？"

说完这些之后，也许是觉得自己的这个要求有些鲁莽，艾丽卡的脸色变得潮红。艾丽卡是一个天性率真的孩子，能够脸红，这对她来说是非常罕见的。

"当然愿意！"格兰特说道，"而且是荣幸之至。"

"啊，太好了，既然你答应了，那我们就这样约好了。"随后她举起手中的杯子，高声说道："让我们向奥林匹亚的圣诞节致敬！干杯！"

"让我们一起向奥林匹亚的圣诞节致敬！干杯！"格兰特说。

萍小姐的主意

第一章

　　激昂的铃声在清晨时分突然炸响,刺耳得令人发疯。
　　回廊里陆续响起了吵闹声,逐渐打破了清晨的寂静与平和。嘈杂的声音通过小中庭四面的窗户传了出去,流入依旧沉寂的花园里,散在了仍沾着露珠的草地上。
　　萍小姐随着声响从床上坐起身来,先睁开了一只迷蒙的眼睛,伸手去摸索她的手表。手表呢?她不得不睁开另一只眼睛。床头桌好像也不在?哦,当然不在,终于想起来了:她昨晚发现这儿没有床头桌,就把手表放枕头底下了。她将手伸向枕头底下继续摸索着,思维渐渐清醒起来。天!那只闹铃发出的声音真是让人上火!然而,在枕头下也没有手表,可是,她确实记得放在那里。她一把抓起枕头,只有一条蓝白花色的亚麻小手帕静静地躺在那里。她丢下枕头,将灰色的眼睛凑到床铺与墙壁间的空隙上方。那里有个小小的东西,应该是她的手表。她顺势平趴在床上,将一只手臂费力地伸进空隙里,恰好能碰到手表。萍小姐小心翼翼地用拇指和食指轻轻将手表夹了起来,生怕一个不小心弄掉了。她可不想爬到床底下去摸手表。幸好一切顺利,她松了一口气,拿着手表,翻过身子,洋洋得意地扫了一眼手表的时针与分针。
　　5点半!
　　萍小姐倒吸了一口冷气,睁大了她的双眼。这怎么可能?就算是再怎么不注重体育训练、如何热衷于办学,也没听过有学校会在早晨5点半的时候响起开课铃!虽说是世间无奇不有,而且昨天不也发现了嘛,这里也就没有床头桌和床头灯,但5点半也有点太……她把手表紧紧贴在耳朵上,确认能听到手表在"嘀答嘀答"尽职地走着。她拉过枕头,眯着眼,从床铺后方的窗户打量着外面的花园。嘀!真够早的,世界的一切都如同万物初醒一般。
　　萍小姐突然想到昨晚的一幕:涵妲做出君临天下的样子对她说道:"亲爱的,好好休息。你的演讲很受学生们欢迎呢。晚安。"当时却完全没有提到五点半会有铃声之类的事情。
　　好吧!还是得谢谢老天爷,这毕竟不是她的葬礼。她依稀想起了好久之前听着铃声过日子的学生时代。而现在,若想在萍小姐生活中响起铃声,大概也只有她自己亲自将手指按在铃铛按钮的时候了吧。外面的吵闹声逐渐降低,由断断续续最终过渡到寂静。她转过身来,重新把头埋进枕头里。是的,这不是她的葬礼。这恼人的铃声,这闪耀的露珠,都是为了这些正值青春年岁的少年们,为了他们灿烂的青春岁月。尽情去享受吧,少年们!她呢,则决定再睡上内小时。
　　萍小姐拥有着孩童般纯真的圆脸庞,粉嫩的肤色,秀气的鼻子,还有一头精心用小发夹固定着的褐色秀发。昨晚这些小发卷,耗费了她好大一部分精力。火车上的旅行已经使她感到疲惫,接着又马不停蹄地与涵妲见面、给学生做演讲……在卷发之前她也想过,在这里或许待不了一天的时间,而且头发才烫过两个月,就算一晚上不夹发卷也不会有什么问题,但最终她还是下决心实实在在地卷上14个发夹。这是对自己脆弱一面的抗争,也是为了让涵妲看得起。尽管在今天稍早的时候对自己已经有所放纵,但她始终提醒自己要保持坚强的意志,不能在涵妲面前有半分失色。当年,在她还是四年级的怯懦女学生的时候,已经开始敬仰着担任6年级班代表的涵妲了。涵妲似乎生来在这些方面就出类拔萃,她懂得如何监督并使他人最大地发挥所长。毕业后,只接受过秘书行政方面培养的涵妲居然能担任这所体育学院的院长,靠的全是她的才干。但恐怕甚至在萍小姐开始写书之前的很久之前,涵妲就已经忘了谁是露西·萍,正如萍小姐也几乎忘了谁是涵妲。

萍小姐是这样认为的，她的书是她俩重逢的契机。

这本书给她带来的惊喜仍未平息。她的本职工作原是教授女学生法语，她也一度将其视为自己的人生使命。在双亲相继去世4年之后，每年可以领到250镑年金的萍小姐依依不舍地递交了辞呈。对这笔年金有所妒忌的校长犀利地向她指出，像她这样受过良好教育且有一定身份地位的人而言，250镑可能维持不了一年的日常生活。但她已经下定决心。辞职后，萍小姐在远离坎登镇的丽晶公园附近租了一所还不错的公寓。只有在开支有所紧张的时候，她才会去教授几节法语课去应付一下，她把大部分的时间都花费在阅读与心理学相关书籍上。

最开始读心理学的书，她纯粹是觉得好奇，后来继续读下去的理由只是她想验证这些书的内容是否与她想的一样，千篇一律毫无智慧可言。在读了37本同类型的书之后，萍小姐居然发展出独树一派的心理学。当然，她的学说和那37本书都是不同的，事实上，她认为那37本书的内容简直糟糕透顶。她读到最后，气得实在忍无可忍，开始坐下写驳斥的论点。心理学著作的专业术语大多不是英文，萍小姐的法语特长使得她写出的观点显得学问渊博又造诣极深。然而，若是萍小姐稍微擅长于打字技巧，也没有在一张作废草稿的背面写了一封短柬的话，后面的事情也许就不会发生了。那封短柬的内容是：

亲爱的斯塔拉先生：
您夜间使用无线电收音机的行为给本人带来极大困扰。若阁下能在晚间十一点后不再使用，本人将甚为感激。

露西·萍谨上

这位住在楼下的斯塔拉先生，当晚竟亲自到访。萍小姐对斯特拉先生的印象是他那慑人的气势，她不由得忍下了好几口气。直到斯塔拉先生摊开手上握着的短柬，向她说明自己并不是为了无线电收音机的事情而来，她才敢发出声音。斯塔拉先生作为一名出版社的审稿人，他对短柬背面的稿子表现出极大的兴趣。

在往常，若是有人打算出版一本关于心理学的书，出版商一定会摇铃请仆人送来一瓶白兰地酒，商量着如何打消这个念头。但是刚好从一年前开始，英国的民众突然对小说感到莫名其妙的厌烦，反而把兴趣投入到更为深奥的主题，如天狼星究竟离地球有多远、某个部落原始舞蹈的内涵意义等诸如此类。这个变化彻底颠覆了出版界的动向。出版商使出全力无时无刻不去寻找新主题，来填补读者求知渴望的沟壑。萍小姐的观点恰逢其时，落入出版商热情的怀抱中。接着，萍小姐与出版社的资深合伙人在共进午餐之后，最终签了一份合约。然而，萍小姐的幸运还在继续，在英国人对小说感到厌倦的同时，知识分子也同样受够了弗洛伊德一帮人的学说，他们在努力寻找一种全新的思维。萍小姐在此时脱颖而出。某个早晨，当萍小姐像往常一样醒来的时候，她突然发现自己出了名，她的书也成了流行的畅销书。她对此震惊不已，恍恍惚惚地走出家门，在不知其味地灌下3杯黑咖啡之后，双眼发直地在公园里坐了整整一个早上。

就在她的书稳居畅销榜数月后，她也习惯以作家萍小姐的身份应邀到各学会演讲的时候，她收到了涵妲的来信。涵妲在信中追忆了二人同在学校时的美好学生时代，而信的主要内容是邀请萍小姐去自己现在任职的学校住上几天，并为她的学生做几场演讲。此时的萍小姐对去各处演讲产生了厌倦的心理，而对"涵妲"这个名字的印象也并不深刻。在她想要提笔婉拒的时候，却想起了在她四年级时所发生的那段羞耻的事情：她的同学发现了她拼命想隐藏的受洗名：蕾蒂西亚。尽管当时她还是一名四年级的学生，但她已经想到用自杀来对抗母亲自作主张给自己起的这个夸张的名字。而那时候是涵妲让她放弃了投河自尽的念头，涵妲用一种独有的开玩笑似的用词遣字的方式，将此事化解成一出诙谐剧。在这之后，再也没有人提起"蕾蒂西亚"这个名字了。在萍小姐拿起笔的一瞬间，一股感激之情涌上了她的心头，因此她落笔的内容变为了：自己愿意到涵妲的学校小住一晚——当然，在感激之余不能落下她一贯的谨慎——并且十分荣幸能有机会给贵校学生做心理学的演讲。

一切还算是令人愉快的，萍小姐边想着，边顺手把一叠讲稿高高竖起，以抵御强烈的太阳光。她还没有过这样安静的好听众：一排排油亮整洁的脑袋，把空洞的演讲厅装饰得像花园那般令人赏心悦目。何况，这场演讲还时不时地伴有热烈的掌声，这掌声并不似在各个学会时发出的那种礼貌性的鼓掌声，这样真诚的击掌声真是犹如天籁。再加上学生们问题也出乎意料地颇具水准。萍小姐原先对这些听众并没有多少期待，她认为这些在体育学院上学的年轻女孩子只是肌肉发达，并不能真正欣赏这场主题为心理学的演讲。不过毕竟问问题的人还是少数，所以其他人可能还是像她所想的那样头脑简单。

唉，算了，反正今晚她就可以回到自己甜蜜的被窝，其他的事都不算什么。涵妲一直劝她多留几天，有那么几个瞬间她确实也动摇了，不过到达当日的晚餐彻底改变了她的想法。夏天的晚餐居然是煮豆子和牛奶布丁，好吧，这些可以吃饱，也有充分的营养，但这并不能让人神清气爽。这是一顿吃过就不想再吃第二次晚餐。饭间涵妲提到教员和学生的伙食是一样的。萍小姐暗暗希望涵妲不是看到自己对煮豆子投以质疑的眼光才这样说的。萍小姐也十分努力，尽量用一种愉快的眼光看面前的这盘豆子，然而这似乎并不成功。

"汤米！汤——米！天！亲爱的汤米！快醒醒吧，我真要绝望死了！"

萍小姐顿时从思考中回过神来。这个听起来绝望至极的声音似乎就从她的房间里发出的。她这才发现，自己房间的第二扇窗户正对着面积不大的庭院，房间的窗户都冲着庭院，因此房间之间的声音都清晰可闻，非常便于对话。她躺了下来，像要平复自己心脏的激烈跳动。她的视线从堆在脚边的被单上方掠过，望向了被窗框住的对面的一片墙景。她的床被安放在房间的一角，床的右侧墙壁上有一扇窗户，对着庭院的窗户在左床脚后方的位置。她保持着在床上躺着的姿势，只能从长条形的缝隙中看到庭院另一边半扇打开着的窗户。

"汤——米！汤——米！"

一个黑色的脑袋突然出现在萍小姐看到的那半扇窗户里。

那黑色的脑袋开始说话了："看在上帝的份儿上，有谁能往托马斯房间丢个什么东西把她[①]弄醒，让戴克斯别再吵了。"

"亲爱的盖林琦，你真是个不通人情的家伙。我的吊袜带断了，得用安全别针。汤米昨天把我唯一的那个别针借去在游园会上当挑针用了。我得赶快让她还给我——汤米！快醒醒，汤米！"

一个音调较低的声音加入了谈话："喂！你们小声点！"接着是一片沉静，萍小姐感到她们似乎在用手势交流着什么。

黑色脑袋小声问道："你这些手势什么意思？"

"闭嘴，她在那里！"还是那个音调较低的声音。

"她？"

"那个萍小姐。"

"亲爱的，你在瞎说些什么啊，"戴克斯那清亮的嗓音又出现了，并再次轻松地称对方为亲爱的，"她住在前厅，就像那些高高在上的教员一样。哎？我去问她有没有安全别针借我，怎么样？"

"可是我觉得她会更喜欢拉链。"另一个新的声音出现了。

"拜托你们闭嘴好么！告诉你们，她就住在班特丽的房间里！"

这下真的陷入沉静中了。萍小姐看到那黑色的脑袋飞快地转向了她房间窗户的方向。

"你怎么知道的？"有人低声问道。

"乔丽昨晚送夜宵的时候跟我说的。"乔丽应该指的是宿舍管理员乔丽弗小姐,萍小姐想,乔丽的这个名字倒是给那个看起来的冷酷的人添了几丝温情。

"天哪!"这回是那个提到"拉链"的声音。

此时,又一阵铃声响起,如同早先那阵铃声一般刺耳。黑色脑袋在响铃的第一时间消失在了窗户边上,戴克斯的啜泣声在各种噪音中断断续续地响着。一天的日常生活即将开始,刚才的社交失态事件悄然消失。各处的房门砰砰乱响,走廊上的脚步声一波接着一波,空气中充盈着大呼小叫的声音,这时有人想到托马斯还在熟睡,用力地敲打着她的房门。接着,脚步的声音逐渐转移到中庭草地的另一头,变成了在碎石上奔跑的声音。在中庭草地上嘈杂的声响达到最高点,又开始减弱、远去,应该是集合到教室里去了。最后一个匆忙的脚步声伴随着咒骂的声音从碎石路上穿过。显然,这声音的主人是睡过头的托马斯。

可怜的托马斯同学!萍小姐对她报以同情。毫无疑问,被窝是最迷人的了,像这种对刺耳的铃声以及同学哀切的喊叫声都不为所动的人,起床对她来说无疑是一种酷刑,她或许是威尔士人,姓托马斯的似乎都是威尔士人。对了,凯尔特人最讨厌起床了[2]。太可怜了,托马斯同学。萍小姐此刻真心祝愿托马斯同学将来能找到一份可以睡到中午再起来的工作。

在胡思乱想中,睡意再次向她袭来。对了,"喜欢拉链"的评价到底是好是坏,反正用安全别针的人,不是令人仰慕的,看来,或许——

她睡着了。

[1]汤米是托马斯的昵称。
[2]居住于爱尔兰、威尔士、苏格兰高地,雅利安民族的一支。

第二章

她正在承受两名高大的巡警的鞭打,罪名是她没有按照法令规定使用拉链,而是使用了安全别针,当血一滴滴从身上留下的时候,她猛然醒了过来,这才意识到,叫醒她的是新一轮的铃声。萍小姐忍不住诅咒了几句:不!她绝对不会在午餐后在这多留一分钟!她将会准时登上从拉博开来的两点四十一分的火车,在她上车之前她会有礼貌地表示再会,她还会在月台买一盒半磅的巧克力来犒劳自己,尽管她浴室里的体重秤会显示这半磅的后果。说起浴室,萍小姐突然想到或许她需要洗个澡。

涵妲在没有将她的房间安排在教员浴室附近表以歉意,也对把她安排住在学生宿舍里事情再三抱歉。但从瑞典来的馥若·葛塔森的母亲占用了所剩的唯一一间教员宿舍,并且她要住到下个月初学期成绩公布后,她想要亲自检查女儿的成绩。萍小姐对自己的方向感毫无自信,她不确信自己是否能找到那间浴室。在空无一人的走廊上寻找浴室已经够难堪的了,若是在途中碰到早起的学生让她们看见自己这个赖床的人准备去洗澡,岂不是更尴尬。

萍小姐一向能在看到事情糟糕的一面时,又能看到相反的一面。于是,她在想这些糟糕的后果的同时,又坐了好一会儿来享受什么也不做的愉悦。又一阵铃声响起了,传来了新的一波脚步声。她看看手表,7点半了。

她准备放下礼仪的负担,不去洗澡而直接穿上她那身行头。洗澡这件事说白了不过是一种把身体泡在水里的时尚,就连查理二世都可以发出臭味,她这一介平民,不洗澡也算不上什么。这时,有人敲响了她的房门。太好了！看来她不再是孤立无援了。

"请进！"萍小姐的声音如同鲁滨逊在迎接队伍登陆一般。肯定是涵妲来问候早安的，自己怎么没早点儿想到呢。自己真傻，还是像原来一样没自信，压根儿就没想到涵妲会顾及到她。看来，她应该培养身为一名作家的自觉，或许应该去换个发型，或者每天练习如何用尊贵的声音说"请进"至少二十遍。

进来的不是涵妲，而是一个天使。进来的女孩有一头金色的秀发，穿着浅蓝色的亚麻材质的短袍，她还拥有一双迷人的湛蓝色双眸和一双令人羡慕的美腿。因为对自己的双腿不满意的缘故，萍小姐总是先注意别人的双腿。

"噢！对不起，"天使开口道，"我忘了可能会打扰您的休息，学校的作息和别的地方不太一样。"

萍小姐听闻此言非常高兴，因为这个天使般的女孩子把自己赖床的过错归于学校的作息上。

"对不起，打扰您更衣了。"湛蓝色的双眸扫到在地板上的软鞋，像被迷住一般停住了目光。这是一双浅蓝色的缎面软鞋，非常女性化且很奢华地在表面覆盖着羽毛。当然，这绝对不实用。

"恐怕这双鞋有些傻气了。"萍小姐随口说道。

"萍小姐，你不会明白这双鞋对于一个实用主义者的意义。"说完，突然想到自己来到这里的正事，"我姓纳什，是高年级的代表。很荣幸代表同学来邀请您明天和我们一起享用下午茶。星期天我们的用茶地点将会在外面的花园，这是高年级才有的特权。夏日的午后在花园里用茶一向会令人很愉快，并且我们大家真心希望您会来。"女孩儿得体地微笑着，用真诚而渴望的眼神看向萍小姐。

萍小姐连忙解释道明天不能去了，因为她今天下就要离开了。

"噢！别这样！"女孩抗议道，她语气中的诚恳深深打动着萍小姐，"不，萍小姐，别走！你是上天派来看我们的，很少有人会来这过夜，这里简直就是个修道院。我们每天都在努力用功，根本没空去想象外面的世界；况且这已经是高年级的最后一个学期了，往后的日子会更加冷酷封闭，期末考试、成绩发布会、工作分配……想到这里，我们都觉得自己是行尸走肉。而就在这时，您来了，给我们带来了外面世界的消息，您又是那么有涵养——"她顿了一下，半开玩笑地说，"您可不能抛弃我们啊！"

"听说你们每周五都有外校人士来学校做讲座？"露西说。有人说她是上天派来的，生平还是第一次，她却决定对这种赞誉持保留态度，因为他并不喜欢这种被感情所牵制的感觉。

纳什小姐将演讲的情形说了出来，在萍小姐之前的三位演讲人，一位是80岁的老人，演讲内容是亚述人①的碑文，一位是讲中欧历史的捷克人，最后一个是讲脊柱侧凸的接骨师。

"脊柱侧凸？"露西问道。

"就是脊柱骨弯曲。您认为这些人可以给我们的校园生活带来轻松愉快的气氛吗？教员们给我们安排这些讲座的目的只是让我们不要与外面的社会脱节，但请恕我直言——"显然，这是个喜欢直言的女孩，"您昨天演讲时所穿的衣服比所有的讲座都令我们感兴趣。"

萍小姐在她的书刚开始畅销的时候，就花了一大笔钱买下了这件她显然仍然很喜欢的衣服，这次也是为了不再涵妲面前失色特意穿来的。

那种被感情牵动的感觉又增强了一分。不过，还不至于为了这些感情放弃她的理智。她在不断地提醒着自己煮豆子、没有床头桌、没完没了的铃声等等这里的一切。是的，就算是莱斯体院学院的全体学生都躺在她房间门口的走廊上大声哭泣，她也一定要登上2点41分的那列火车。她嘴里轻声嘟囔着自己行程上满满的安排，又转移话题似的请求纳什小姐带她去教员浴室，"我不喜欢在走廊上找来找去的感觉，但是这里有没有服务铃。"

纳什小姐对学生宿舍里的服务不佳向她表示理解。"伊莎应该记住这里没有服务铃，过来专门招待您的,哦,伊莎是教员宿舍的女佣。"她又建议如果萍小姐不介意,可以使用距离较近的学生浴室。"学生浴室当然要相对小一点,我的意思是,那里没有完全封闭的隔间,地板也是那种普通的水泥地,并不像教员浴室里是海豚拼花的瓷砖,但两个地方的水是一样的。"

听说可以使用距离较近的学生浴室,萍小姐感到十分开心。她一边收拾着洗浴用品,一边想着纳什小姐对于这里的教员缺少对学生应有的尊重的原因。她突然想到了之前的学生玛丽·鲍罗尔。尽管她也像班上同学那般去用功学习法语的不规则动词变化,但她对于法语老师的态度却不像别人那般尊敬。原因是她的父亲"几乎是个百万富翁"。萍小姐依照自己的理论来分析纳什小姐的行为,认为她与玛丽·鲍罗尔一样有个富有的父亲。后来,她了解到别人第一次听到"纳什"这个姓的反应。"宝拉·纳什真有钱,他们家有男管家的。"对于那些拼命工作养家糊口的医生、律师、牙医、商人和农夫的女儿来说,男管家是个不可忽略的存在,因为在她们眼里,男管家像黑奴一样稀有。

"你不去上课么?"萍小姐的话音打破了充满阳光的走廊里的寂静,"看你们5点半起床,还以为你们会在早餐之前会有早课。"

"是这样的,夏天的早餐之前我们是有两节课。一节活动课,一节室内课。一般是网球和运动机能学之类的课。"

"运动——什么?"

"运动机能学。"纳什小姐想了一会儿,决定以举例的方式来给一个对这方面一无所知的人解释。"我把一罐子水从架子上拿下来,要说明这个动作牵动了那些肌肉。"看到对方点头表示理解,于是接着说道,"但在冬天,我们可以和大家一样在7点半起床。通常会用这两个小时参加外界的活动,比如公共卫生、红十字会等。不过,我们已经完成这些课程了,就用这些时间准备下周的期末考试。能在不充裕的时间里利用这两个小时,我们都很高兴。"

"你们下午茶或者之后没有时间吗?"

纳什小姐像是听到什么好笑的话,"当然没有。下午四点到六点是到诊所实习的时间,你知道的,现在外面都是病人。扁平足、骨折,什么病都有。6点半到8点半有舞蹈课。是芭蕾舞,不是土风舞,因为土风舞算是运动,被安排在早上。晚餐在8点半左右,所以之后的晚自习大家都很困,经常会在睡觉和学习之间做心理斗争。"

她们走到走廊尽头的楼梯时,碰到一个匆匆忙忙走来的小家伙,她右臂紧紧夹住一具骨架模型的颈部,另一手臂则抱着骨盆和腿骨的教具。

"莫里斯,你拿着乔治要去干什么?"纳什问道。

"啊,宝儿,你别拦着我,"这个低年级学生看到她们吓了一跳,用右肘使劲把模型往上顶了顶,边继续赶路边说道,"千万不要和别人说我经过这里,你们忘掉看到过乔治。我本想早起在五点半之前就把他放回原处的,可是我起晚了。"

"你和乔治整晚都没睡吗?"纳什继续问道。

"没有,我们只坚持到2点左右,我——"

"你怎么能让房间里的光不漏出来的?"

"我把小毯子钉在了窗户上。"这个小师妹用理所当然的语气回答道。

"6月晚上的气氛很好吧?"

"倒有些毛骨悚然,"莫里斯回答道,"但这是我复习'肌肉附着'唯一的办法了,求求你了,宝儿,一定要忘记看到我的事,我一定会被老师发现之前把乔治还回去。"

"不可能吧,你总会遇到别人的。"

"天呐!拜托,不要再吓唬我了,我已经够害怕了。我还怕没法把他摆成原来的姿势了。"说着，莫里斯带着乔治走下了楼梯，消失在了宿舍门口。

"像是爱丽丝梦游仙境一样，"萍小姐看着莫里斯远去的背影说，"我以为'注射'[2]是和针头相关的一件事呢。"

"肌肉附着，是指肌肉在骨骼附着的确切位置。靠骨架模型学习比只看书更加明白，这就是莫里斯绑架乔治的原因。"纳什笑着说道，"她真是挺积极的，我还是低年级的时候，只从教室里偷过骨头，从没想到要偷乔治。不过，解剖学真是低年级时期的阴影。但低年级学生在对人体了如指掌之后才能去诊所实习。解剖学的期末考试是升高年级的最重要的考试了。浴室到了，这儿就是。我还在低年级的时候，星期天板球场附近的草地里，到处躲着抱着教科书学习的低年级生。学校一向禁止学生把课本带到户外，他们认为我们应该在外出时进行像下午茶、去教堂、郊游之类的户外活动。但在夏天还处在低年级的学生只想找个安静的地方复习教科书，把书带出去可不是件容易的事，那书就像一般人家放客厅里的《圣经》一般厚。有一阵外面盛传莱斯体育学院一半以上的女生都怀了孕。其实那只是在衣服下藏的书显现出的曲线罢了。"

纳什停下来，拧开水龙头把水放到浴盆里。"在学校，一般每个人一天都会洗三四次澡，每分钟水的流量大概得像尼亚加拉大瀑布一样才够用。"在水流声中，她提高嗓音继续说道，"恐怕你会错过早餐。"听到这话，萍小姐不由得露出沮丧的表情，纳什赶紧说到"我给您带上去早点好了。不，不麻烦，我非常乐意。本来嘛，不应该让客人8点的时候去吃早餐。您在房间里慢慢享用就好。"她临走时，用手挡住门说道，"真心希望您再考虑一下留下来，如果那样我们会很高兴的。那是种您想象不到的高兴。"

萍小姐舒服地躺在温暖的水中，想着她的早餐。不必去餐厅和那些话匣子谈话真是令人愉快。那个年轻的女孩也真是体贴。或许可以留么一两天，陪陪这些知书达理的女孩。

一阵熟悉的铃声开始响起，她惊了一跳。她立刻坐起来，开始打肥皂，不！她必须要一分不差地登上那班2点41分的火车。

这铃声大概是早餐前的预备铃。铃响之后，走廊里又响起了杂乱的脚步声。突然，浴室的突然被打开，接着是水流进浴盆的声音，夹杂着一阵熟悉的悲鸣："我亲爱的老天，我一定会迟到的，但我现在又是满身大汗，天，我现在应该在写那篇关于血浆的文章的，但我真是对那个完全不懂。物理期末考试就在下周二了。但是，清晨是多么的清新迷人啊——我的肥皂去哪儿了？"

萍小姐在隔壁惊得下巴都快掉了。没想到在这样一个早上5点半起床、晚上八点睡觉的环境里，居然还有人有时间把自己累得浑身大汗。

"亲爱的唐妮，我忘拿肥皂了，借我你的用用。"

"等我用完就给你。"这个声音和戴克斯完全相反，是沉稳平和的。

"哦，我的天使，麻烦快一点。要不我又该迟到了，上次霍奇小姐已经注意到我了。唐妮，你或许有空能帮我看一下十二点的那个'脂肪症'病人的门诊？"

"没空。"

"知道吗，她没有表面看起来那样严重，你——"

"我自己也有病人。"

"这我知道，就是那个扭伤足踝的小男孩嘛！卢卡斯可以帮忙的，还有那个'歪脖'女孩——"

"不行。"

"唉，我就知道你不会愿意的。可是我什么时候才有空去写那篇血浆的文章。还有那让人沮丧的胃膜，亲爱的，我简直不敢相信那玩意儿居然有4层。就像阴谋论一样。勒克斯小姐说看反刍动物就知道了，但反刍动物并不能让什么东西都适用。"

"肥皂，接着！"

"哦，亲爱的，谢谢你。你救了我，真香，这肥皂很贵吧？"在涂抹肥皂的这段时间里，她发现隔壁的浴室有人。

"唐妮，我隔壁是谁？"

"不知道，或许是小盖？"

"盖林琦，是你吗？"

"不是，"萍小姐吓了一跳，回答道，"我是萍。"她尽可能使自己的声音听起来柔和一点。

"别开玩笑了，你到底是谁？"

"萍小姐。"

"别说，你学得还真像。"

"是赖托蕾吧？"沉稳声音说道，"她挺会模仿的。"

萍小姐躺回浴缸，沉浸在一片寂静中。

突然从隔壁浴室传来从浴缸起身的声音，接着是脚踩在地上的声音。萍小姐看到几根手指扒在隔板上，一张友善的小马脸从隔板后冒了出来。

在看到萍小姐的一刹那，她脸上的表情从友善渐渐转到了惊恐。这张脸一下子消失了，取而代之的是从隔壁传来的绝望的低吟。

"噢，萍小姐！不，亲爱的萍小姐，实在是太抱歉了，我真没想到会是您——"

萍小姐忍不住去享受这个小犯罪的快感。

"希望我的举动没有冒犯到您，呃，我是说，多于冒犯。您知道的，我们这里对人体都很熟悉，所以——"

萍小姐明白她所讲的意思，确实这种糗事发生在这里总是比在别处好的，而且自己身上有一层厚厚的肥皂沫，所以也没有特别不愉快的感觉。所以她好意思地回答道，是自己擅自占用学生浴室在先，戴克斯小姐不必过分自责。

"您知道我的名字？"

"对啊，你早上找安全别针的时候吵醒我了。"

"天哪！我没脸和您见面了。"

"我想萍小姐大概会搭最快的一班火车回伦敦了。"沉稳的声音从远处传来，带有些责怪的语气。

"那是欧唐娜，"戴克斯说道，"她是爱尔兰人。"

"我是爱尔兰的奥斯特。"唐妮低声说道。

"你好，欧唐娜小姐。"

"您一定认为这里看起来像个疯人院，不过，萍小姐，请不要因为戴克斯一人的行为来否定其他的人。我们大部分人还是比较成熟懂事的，还有一部分人是既文明又有教养。您明天来和我们一起用午茶的时候就会知道了。"

萍小姐还没来得及回答她，刺耳的铃声又响了起来。戴克斯不顾自己马上就要迟到的事实，继续在铃声里哀怨地喃喃自语。她向唐妮的肥皂表达了谢意，念叨着她上衣腰带的去处，最后说道，如果萍小姐愿意忘掉自己今早的过失，她明天会表现得更加成熟、懂事、有教养的。看来，所有人都很期待明天的下午茶。

在年轻的学生匆匆离开后，浴室里又只剩萍小姐一个人，当然，陪伴她的还有持续的铃声、隔壁浴盆水流走的声音以及卡在喉头的抗议声。

① 居住在两河流域北部（今伊拉克的苏摩尔地区）的一支闪族人，或者更确切地说是与非闪族人融合了的闪族人。

② "注射"与"肌肉附着"同音。

第三章

从拉博站出发、去往伦敦的火车在下午2点41分准时靠站，而此时萍小姐正坐在杉木上，怀疑自己是否做了个愚蠢的决定。周六下午，花园里阳光普照，一片安宁，令人心旷神怡。学生们现在都在板球场上和来自位于小镇另一头昆姆学院的学生比赛，这两个学校一直处于竞争关系。萍小姐发现这些年轻人们，各方面都表现得十分优秀，真是多才多艺。涵妲在早餐过后专程到房间里找她谈话，说如果她愿意留到下周，就会有全新的发现。"这些孩子们尽管拥有各自的个性，但都是朝气蓬勃的，在她们的行动中更可以看出来。"看来涵妲没有信口开河，这些女孩子精彩的表现逐渐地在她眼前展现。午餐的时候，萍小姐和教员们坐在一起，一面和"均衡"食品作斗争，一面借机熟悉这些人。涵妲独自坐在桌子的另一头享用着食物。勒克斯小姐显得相当能言善语，她的智慧隐藏在她瘦削的体内，作为一名教授理论课的老师，她有着相当数量的意见和观点。与其相比，身材健壮且肤色红润的低年级体育老师雷格小姐看起来没什么主见，仅是偶尔附和雷弗夫人。雷弗夫人是教芭蕾舞的，尽管说话不多，但只要她开始用深厚的嗓音发音，就没人敢轻易打断。坐在桌尾的是馥若·葛塔森小姐和她的母亲，沉默寡言的葛塔森小姐是高年级的体育老师。

萍小姐感觉自己在整个用餐过程中都被葛塔森小姐深深地吸引着，她那瑞典式灰色眼眸中散发出的狡黠是那样与众不同。魁梧的霍奇小姐，聪慧的勒克斯小姐，木讷的雷格小姐，优雅的雷弗夫人……这双眼的主人给这些人又有什么样的评价呢？

在琢磨了一个瑞典女子好久之后，萍小姐现在正在等着一位南美洲人的到来。"迪德洛不参加板球赛，"涵妲说，"所以我让她来陪你。"她其实更加喜欢独处，但有个到英国念书的南美人作陪，倒是件挺有趣的事情。纳什在午餐过后对她说道："如果你对板球不感兴趣，恐怕今天下午您要一个人独处了。"这时正好经过的另一个高年级学生说道："宝儿，不要担心，那个花核桃会陪她的。""那就好。"显然纳什对于这个称呼并不陌生。

萍小姐对这个名字的主人很是好奇，就这样独自坐在花园里，在消化营养均衡的午餐同时思考着这个名字的缘由。"核桃"应该指的是那种巴西坚果，有时也用来形容疯疯癫癫的人。那么，"花"又是什么意思呢？

一个学生从她面前经过，一面走着，一面冲着她露出微笑。萍小姐认出这是早上碰到的那个女孩。

"乔治回到他原来的地方了吗？"萍小姐问道。

"是的，谢谢您。"莫里斯笑着回答道，突然又停住脚步，"不过我好像又有了新的麻烦，勒克斯小姐进教室的时候，我刚好把手放在乔治身上保持他的平衡。我很有可能会东窗事发。"

"人生如此地艰难啊。"萍小姐同情道。

"不过我总算明白'肌肉附着'是怎么回事了。"莫里斯说着又继续加快了脚步。

萍小姐想到，这真是一群有教养、爱干净又健康的孩子。在这里能感受一种别样的快乐。比起待在拉博和伦敦的乌烟瘴气里，还是在这里享受清新的空气与孩子们热情的问候声比较好。她换了个姿势，望向草坪另一头——乔治亚式高大的"老屋"建筑，它在两边的玛丽安式建筑的衬托下略显老气，但在莱斯学院的整体布局看来倒也赏心悦目。教室都安排在"老屋"，卧室安排在两侧。体育馆在这些建筑的后面。周一离开之前，一定要去体育馆参观一下高年级的体育课。一来是看看这些训练有素的学生的表现，二来是满足一下自己不用亲自去跳马和平衡木的快感。

　　从"老屋"那边远远地走来了一个人，穿着花式图案的连衣裙，戴着一顶宽沿的遮阳帽。看到眼前身材苗条的女孩，萍小姐发觉并不是所有的南美人都像是自己想象的那般臃肿。当然，她也明白了"花"指的是什么。在莱斯学院普遍朴实着装的师生之间，这样的连衣裙和遮阳帽显得格外突出。

　　"萍小姐，你好。我是迪德洛。很可惜昨晚错过了你的演讲，我刚好在拉博镇有课。"对方优雅地脱下帽子，坐在旁边的草地上。萍小姐可以清楚地看到她得体的动作、神色以及她的秀发和蜜棕色的瞳色。

　　"有课？"

　　"是给镇上开商店家的女孩子上舞蹈课。她们学得很认真，但也糟糕透了。她们会在下星期的最后一节课上送我一盒巧克力。这是传统，也是因为她们喜欢我。但我觉得自己是个骗子，根本没人能教会她们跳舞。"

　　"她们开心就好啦。学生经常会这样外出授课吗？"

　　"当然，大家都这样，这算是实习。一般都会去学校、修道院或者俱乐部这样的地方上课。你不喜欢板球吗？"

　　萍小姐努力使自己的思维跟上突然转变的话题，并表示自己对板球没有半分兴趣。"你怎么不去玩呢？"

　　"我不喜欢任何球类运动，在我看来，围着一个小球跑来跑去，真是愚蠢至极。我来这只是为了学舞蹈。这里的舞蹈课程口碑相当不错。"

　　萍小姐回答道，在伦敦有更好的教授舞蹈的专门学校，教课水平肯定也会比一所体育学校的高。

　　"那样的学校是为了那些自小就开始学舞蹈并立志以舞蹈为业的学生开的，我只是喜欢舞蹈而已。"

　　"那你回到家乡之后，会专职教舞蹈吗？"

　　"不，不会。我要结婚。"迪德洛小姐干脆地回答道。

　　"我来英国只是因为恋爱不顺利。我是那么喜欢他，但我们两个不合适，所以我来这里为了度过这段难过的时光。"

　　"你母亲是英国人吗？"

　　"不，她是法国人，我的祖母是英国人。我喜欢英国，在这里——"她抬起手放到颈部的位置，"以下，充满浪漫，而以上却完全是个老顽固。我失恋时候去找我的祖母，我痛哭着问她我该怎么办，她让我擦干眼泪，到国外走走。我说我要去巴黎学画画。但她却告诉我来英国，'学着流一点汗水'。我一向很听祖母的话，而且我又喜欢跳舞，所以就来这所莱斯体育学院了。一开始，我说我只学跳舞，他们还很惊讶——"

　　萍小姐不明白这样一个"花核桃"是怎么被这个朴实的学院接受并融入这里的生活的。"——恰好有个学生退学了，留下一个空缺，他们才说：'好吧，就让这个巴西女孩留下来吧，让她上课，反正也没有什么损失，还能补上平衡。'"

　　"所以你是直接上的高年级？"

　　"只有舞蹈课才能这样。你知道的，尽管我已经是个舞蹈家了，但还得和那些小女生们一起上解剖课，这挺有意思的。其他的课，只有有兴趣我才去上。但除了'水管工程'之外，我所有的课都去上过。我觉得这个课的名称实在有失体面。"

　　萍小姐猜想"水管工程"似乎是"下水道工程"的意思。

"这儿的课你都喜欢吗？"

"这里的课程真是相当丰富。英国的小女孩也十分天真，就像九岁的小男孩一样。"萍小姐听到这里露出一丝不相信的神情：纳什可完全不天真。迪德洛似乎注意到她神情的变化，于是继续解释道，"就像是十一岁的小女生，她们很容易'情绪激动'，你知道这是什么意思吗？"萍小姐点头表示知道。"雷弗夫人的几句表扬就能让她们激动得昏倒。我也昏倒过，不过是被她们吓的。她们一起攒钱给葛塔森小姐买花，可是葛塔森眼里只有那个军官。"

"你怎么什么都知道？"萍小姐惊讶地问道。

"他的照片就在她的房间里，在她的桌上。她是'欧陆人'，可不会'情绪激动'。"

"可是德国人就是'欧陆人'，他们经常'情绪激动'。"萍小姐指出。

"他们身心不平衡。"迪德洛随意地总结了日耳曼民族的特性，"瑞典人可不一样。"

"她们只是希望收到喜欢的花。"

"当然不会喜欢。我发现她还是比较喜欢没送花的学生。"

"看来还是有人没有'情绪激动'的。"

"但那只是少数。女童子军们就不会，就像我们这里的两个。"她轻描淡写地像说两只兔子，"她们忙着斗嘴，哪有功夫！"

"斗嘴？女童子军之间难道不都是团结的吗？"

"那她们属于同一种'风'的情况下。"

"'风'？"

"就是气候啊。比如在巴西，风声是'啊——哈'，"她张开双唇吐气，"这会产生一种人。另一种是'嘶——嘶'，"她咬住嘴唇发出另一种声音，"这会产生另一种人。在苏格兰也是一样，据我观察，坎贝尔是属于前面一种风声的，懒散、说谎，另一方面又非常迷人，而斯图尔特属于第二种风声的。所以她比较直白，又认真，是那种有自觉性的人。"

萍小姐忍不住笑了起来。"按你这样说，苏格兰东面岂不是都是圣人了？"

"据我所知，她们也会因为私人原因而争吵。大多是因为对方不尊重自己待客的习俗。"

"你的意思是，一个人去另一个人家里做客，言行却不端庄？"萍小姐开始想象一些类似的场景：偷盗贵重的东西、抽烟烧坏家具。

"不是的，我指的是两百年前在雪地里的那场屠杀事件。"迪德洛说到这里，语气不禁严肃起来。

萍小姐这回大笑出声来，她想到了当年坎贝尔族人遵从威廉三世的命令，在葛伦科的大雪中屠杀麦氏的历史事件。凯尔特人真是一个心胸狭窄的民族啊。

她正出神地想着凯尔特人，"花核桃"回过头来看她，问道："你是为寻找研究对象而来的吗？"

萍小姐向她解释道，自己是霍奇小姐的老朋友，顺便来这里度假，并温和地补充道："无论如何，我绝对不会拿这里的学生当作研究对象的。"

"真的吗？原因呢？"

"因为这里的学生实在太天真、太正常、太相似了。"

迪德洛的脸上出现了一种刺痛萍小姐的惊讶。看来，她也不像萍小姐想的那样单纯。

"你好像不太认可我的说法？"

"我的意思是，我想不到那个高年级学生可以用'正常'来描述。"

"哦？"

"你也清楚她们在这里的生活方式。在这里长期经受这样严格的训练，似乎不太可能还保持正常。"

"比如纳什小姐？"

"宝儿啊。她确实很坚强,也能忍受折磨。但你能觉得她和英尼斯之间的友情是正常的吗?她们俩关系是很好,"迪德洛快速地说着,"好得完美,但这正常吗?不是,那是一种接近同性恋的病态感情,是很幸福美好,但——"她竭尽全力想找一个合适的词汇,"可以说这份友谊是缺少了很多东西的。'门徒们'也是一样的。"

"门徒们?"

"马修斯、威麦、卢卡斯和赖托蕾。她们一起来到这个学院,又恰好都是耶稣的门徒。到现在,恐怕她们的想法都是一样的了。她们一起住在顶楼的房间。如果你向她们其中的一个人借安全别针,她们一定会异口同声地回答道:'我们一个也没有。'"

"好吧,那戴克斯小姐呢?她哪里不正常?"

"心智发展不健全。"迪德洛生硬地答道。

"才不是这样!"萍小姐这回不再赞同她的话了,"她只是个单纯、快乐的人。她只是快乐地生活着,是个再正常不过的人了。"

"花核桃"听到这里笑了起来。"好吧,萍小姐。就算你说的都对,但是这已经是她们最后的一个学期了。下面发生的事情,每件都会超出常规。每个人都多多少会有些不正常。我是认真的。如果一个学生她原先就情绪不稳定,那么在这学期她的情绪会放大几倍。如果她原先有些小野心,那么接下来她会变得雄心勃勃。"她坐直身子,做了一个总结:"她们生活的方式本来就不正常,所以也不要期待她们本身会正常。"

第四章

"不要期待她们自身会正常。"萍小姐不由得念叨着这句话。

转眼到了周日,她坐在相同的地点,愉快地看着眼前一张张简单而快乐的青春脸庞。就算是她们之间并没有出众的天才,但同时也不可能有人心存恶念。从她们的脸上也看不出严格的生活方式带来的疲倦与不满。看来这些孩子们,可以在涵姐指定的规章下安然度日,萍小姐想到,如果这种生活方式的成果是这些天真的孩子健康成长,那么她或许也应该赞同这套方法。

她很有兴趣地观察着"门徒们",长期在一起生活尽管没有给她们带来体型上的相似,但至少神情就像是长期相处在一起的夫妻那般一致。人们往往只会注意到她们那带有期待的圆脸,而忽略四人之间体格和肤色的不同。

她还颇有兴致地注意着托马斯,就是那个惯于晚起的威尔士人,这是个长得有些土气的小个子。还有声音熟悉的欧唐娜,现在总算能看到本人样子了:细腻的皮肤、大大的灰色眼睛以及长长的睫毛,是典型的爱尔兰女子的长相。而位于团体两侧的女童子军并没有给人留下深刻印象。"这是专程从克劳福德糕饼店买来的,"红发的斯图尔特边切蛋糕,边用讨喜的爱丁堡腔说道,"你们这些只吃廉价面包的人总算可以尝尝真正的美味了。"带有迷人气息的坎贝尔则靠在一旁,优雅地享用着手中奶油蛋糕。

除了带有土著脸孔的哈赛特是南非人之外,参加下午茶的女学生们都算是伊丽莎白女王所认定的"纯英国人"。

其中最为出众的恐怕只有玛丽·英尼斯,也是宝儿·纳什的闺蜜。萍小姐甚至觉得她们二人的相得益彰给她带来一丝满足。宝儿选中的朋友应该像她自己一样外表和内在都很优秀。英尼斯不算是传统的美人，她从眉心到双眼所蔓延的沉思会使人忽略了她迷人而纤细的骨架。她和活泼开朗的宝儿不同，与正在和同学们一起大笑的宝儿不同，萍小姐现在还没有看到过英尼斯脸上的一丝笑意。昨天在与其他教员度过傍晚的回房间之后，宝儿敲响了她的房门，"我来看看您有什么需要，顺便向您介绍一下住在您隔壁的玛丽·英尼斯。如果您有什么事情，她随时可以过来帮忙。"说罢，宝儿就留下英尼斯一个人，自己回去了。英尼斯给萍小姐的第一印象就是迷人而聪慧，略带些拘谨，尽管态度还是友善的，但谈话始终没有对自己露出一点微笑，也没有生硬地找共同的话题。这与萍小姐最近加入的学术圈里的人完全不同，甚至在这样一所充满天真与快乐的体育学校里，这样的人也是很少见的。这简直就是一副拒绝和别人交往的姿态。英尼斯对那本厚厚的灰色教科书的态度会不会也和对待他人的方式一样？

  坐在树荫下萍小姐继续想着，玛丽·英尼斯是不是对人生感到无聊的问题。萍小姐一向认为自己擅长从人的脸上解读性格，最近更是加上了某些心理学理论来完善分析。例如，眉心过低和眉尾过高都是心思极深的人的特征。她从来没有在这一点上错过。有人——好像是专门研究的面相的高登先生——曾经发表过这方面的研究报告。当一群人聚集在公园里听演讲，总是鼻子较长的人坚持的时间会更久一些，短鼻子的人会更早走开。观察着英尼斯的眉毛位置和嘴角，露西认为这个专注的表情是特意为阻止笑声而做出的。这不是一张普通现代人所具有的脸，这是——？

  或许是历史书上插图或者是画廊里的一幅伟人画像？

  反正，这不应该是一个学校游戏课老师的脸。具有像英尼斯这张脸庞的人，往往是历史的创造者。

  被围绕在众多微笑的脸庞中间，有两张脸是无法让萍小姐立刻喜欢起来的。一张脸的主人是坎贝尔，她过于柔顺，言语过于附和，是个容易迎合他人的人；另一个则是带有雀斑的鲁斯，她总是双唇紧闭，做出警觉的姿态。

  鲁斯在下午茶的时候迟到了。在她出现时，大家顿时陷入了安静。萍小姐不禁想起老鹰飞过所带来的一片鸦雀无声。尽管这片沉静并不带有恶意，就像是大家注意到她出现的符号，但并没有人邀请她加入到自己的谈话圈中来。

  "对不起，我好像迟到了。"鲁斯在安静中说着。萍小姐听到有人笑，小声说道："书呆子！"算是给鲁斯小姐无法从书堆中抽身而迟到做出的总结。纳什给萍小姐介绍了鲁斯之后，就坐到草地另一边和其他人继续去谈话了。萍小姐一向理解极少集体活动而被排挤在外的人，因此对这个迟到的女孩生出了几分同情，但又看到她那张极为严肃的脸孔，她有觉得自己的同情纯粹是多余的。如果坎贝尔给萍小姐留下的印象是过于顺从而不惹人喜欢，那么鲁斯则是完全相反的存在。可以说，除了推土机之外，没有什么更好的形容词可以说明鲁斯小姐给人留下的印象了。

  "萍小姐，我的蛋糕您一点也没动！"戴克斯熟练地将萍小姐当作老朋友，她坐在一旁，像个洋娃娃似的，往前伸直一条腿。

  "哪个是你的？"萍小姐看着眼前足足可以开个乡村宴会的各种糕点问道。

  萍小姐看着属于戴克斯的那块淋着奶油酱汁的巧克力三明治，决定为了友情——当然也是自己贪吃——可以暂时忘掉体重带来烦恼。

  "你们的下午茶都是自己准备点心吗？"

  "不，这都是因为您来了。"

  坐在她另一侧的纳什笑了起来，"萍小姐，你眼前的这群人没有一个不是天天去厨房找食物的贪吃鬼。体育学院的学生没有一个不喜欢吃的。"

  "亲爱的，在我上学的这段日子，我随时都感到十分饥饿，只有极大的羞愧感可以让我拒绝早餐，但在那不到半小时后，我就饿得可以吃下整整一匹马。"

"那你唯一的罪过就是——"鲁斯话说了一半就停住了,因为斯图尔特在她背后狠狠踹了一脚。

"您的到来是唯一的缘故,"纳什语气略带嘲讽,想要掩饰鲁斯没有说完的话,"我们还准备了一些清凉的饮料呢。"

"我们还慎重地讨论过,是否要盛装出席这次下午茶",戴克斯边说着边切着三明治分给发夹,对刚才的失语完全没有察觉,"但我们又觉得您还是不够特殊。"在这句话引起的笑声之后,她又慌忙解释道,"我的意思是,您可能会更喜欢大家原来的样子。"

她们今天按照个人的品位穿得形形色色。有穿着短裤的,又穿着浅蓝色亚麻运动上衣,也有穿着粉色丝质连衣裙的,但没出现花色图案的裙子。迪德洛又去拉博镇的修道院陪修女们喝茶去了。

"还有,"盖林琦开腔了,就是昨天早上出现在窗户边的黑色脑袋,也是那个希望有人丢醒托马斯来阻止戴克斯哀叫的女孩,"还有,虽然我们也很想盛装出席,但萍小姐,您知道的,期末考试就要来了,我们最快也要花费5分钟才能换上那些繁琐的衣服,如果您不嫌弃我们的便服,就相当于——"她停下来计算了什么,"相当于给人类智慧的传播贡献了1小时20分钟的时间。"

"亲爱的,你可以扣掉我的5分钟,"戴克斯专业地舔着三明治上的奶油说道,"我花了整个下午的时间研究大脑皮质层,最后的结论是我根本就没有这玩意儿。"

"你肯定有的。"童子军的一员坎贝尔用甜腻的格拉斯哥腔调应和着,但没有人注意到这句可有可无的话。

"我本人还是最讨厌生理学的绒毛。你们想想,在短短不到0.05英寸的长度里,它的横剖面居然有7个部分。"欧唐娜说道。

"你们必须要这么细致地了解人体结构吗?"萍小姐问。

"周二早上就必须要这么细致。"瞌睡虫汤米回答道,"那之后就无所谓啦。"

萍小姐突然想起自己曾经答应过自己会在周一早上去参观她们的体育课,于是就问道期末考试在哪一周,体育课是否还照常上。学生们确认道,体育课会像跟往常一样上,但成绩发布日就不了,要提前两周就停上体育课。萍小姐这才知道成绩发布是仅次于期末考试的大事。

"我们的家长都会来,""门徒们"成员之一说道,"并且——"

"是所有人的家长。"另一个门徒补充说。

"——还有其他学校的人,再加上——"

"来自拉博镇的乡绅。"第三个门徒继续说道。好像是有一个门徒开始说话,另外的成员就会默契地配合。

"还有一些郡内的贵族。"第四个成员说完了整句话。

"这算是一场恶意谋杀。"门徒之一评论道。

"我还是喜欢成绩发布会的。"鲁斯插言后,大家又陷入了一片沉静。

是的,在这里完全没有不友好的气氛,她们只是在孤立一个人。没人对鲁斯的话有所评论,她们纯粹不去搭理她。

"我认为这样可以让别人知道我们在做些怎样有趣的事情。"她自我挽救似的补充了一句。

其他人仍然不置可否。萍小姐第一次见到英国式的沉默可以展现得如此淋漓尽致的场所,甚至都带有些残忍了。她因为同情而蜷起了手指。

鲁斯倒是没有将这当回事,她伸手去拿点心吃,并问道:"壶里还剩些茶吗?"

纳什自顾自地去拿茶壶,斯图尔特接着"门徒们"的话继续说下去。

"真正的恶意谋杀是抽职位的签。"

"抽签?"萍小姐问,"是工作的签吗?不是都各自申请吗?为什么还要抽签?"

"我们这里只有极少数的人要申请，"纳什边倒着茶边说道，"学校有充足的资源可以运作。曾经雇佣过莱斯学院毕业生的地方在职位有空缺时会给霍奇小姐写信，请她推荐相关人选。如果是资深的主管人员之类的职位，则会将消息传达给已经有工作经验的毕业生。但大多是情况下都是应届毕业生填补。"

"她们的酬劳一般都不高。"门徒的一员说道。

"一般第一份工作的工资都不高。"门徒二号说道。

"钱是少了点。"三号补充。

"但起码还是体面的。"四号说。

"就是这样啦，"斯图尔特说，"这件事情最痛苦的地方在于被霍奇小姐叫去，听她宣读自己的命运。"

"还可能乘上火车离开这里，因为霍奇小姐根本就没叫你。"托马斯说道。看来，这个贪睡的女孩对自己未来的去处不抱太大的希望，认为自己八成会失业，不得不回到山区的老家。

学生们一边缓慢地移动着，一边继续交谈。在依依不舍中，开始收拾东西，慢慢离开，最终随着午后的阳光消失在花园的另一边。萍小姐这才发现，花园里只剩自己一人了。

她独自一人就这样坐了半个多小时，看着树影随时间延展开去。接着，她看到迪德洛从小径走过，她的巴黎式优雅姿态和下午那些天真的女孩格格不入。她看见萍小姐，便改变方向朝她走来，问道："下午有什么收获吗？"

"我不需要收获，但我确信这是我度过的最美好的下午之一。"

"花核桃"就这样静静地看着她。

"你真是个好人。"她干巴巴地回答道，朝宿舍走去。

萍小姐觉得自己一下年轻了好几岁，但她不喜欢这种感觉。一个小丫头居然让自己觉得自己又傻又天真！

她猛然起身打算去找涵妲，在路上她不断地提醒自己是曾经写过一本畅销书的露西·萍，曾在各种场合做过演讲，并且已经名列名人榜，还是公认的心理学专家。

第五章

"校园犯罪是什么呢？"晚餐后和涵妲一起上楼的萍小姐问道。她们在敞井的扇形窗前停了下来，俯视着中庭，打量着继续趟过她们的人群。

"将体育场当作逃离学习的捷径。"涵妲立马回答道。

"不，我是说真正的犯罪。"

涵妲转过脸来，犀利地看着她。过了一会儿说道："我亲爱的露西，看这些孩子好好学习的时间都不够，哪有时间去谋划犯罪啊。你怎么会想到这些的？"

"下午茶说到'饥饿'的时候，有人提到'罪过'……"

"噢！是这个意思啊。"涵妲脸色稍缓，"偷吃的啊，偶尔会有这种事发生。毕竟这么多人生活在一起，总有人是经受不住诱惑的。"

"你是说偷厨房的东西吃吗？"

"不，一般是学生宿舍里的食物。小问题罢了，不是什么严重的问题。更不是什么犯罪的前兆，在我看来只是意志力不够坚定。孩子们又不偷钱也不偷什么贵重物品，只是没能受得了食物的诱惑。特别是蛋糕。她们需要这种高热量的东西来补充能量。尽管在饭点儿并不限制她们的饭量，但在她们这个年纪随时都会感到饥饿。"

"确实是一群努力的孩子。你觉得大概有多少学生可以顺利毕业？"

涵妲一面冲经过的高年级学生点头，一面回答道："平均总人数的80%，有些人一次性就能通过考试，有些人得考两次。"

"但总有人会因为一些意外而不能毕业的吧？"

"有啊，总是会有意外的。"涵妲开始上楼梯。

"迪德洛之前的那个女孩，就是因为意外退学的吗？"

"不，是她个人原因。"涵妲心不在焉地回答着。

萍小姐在她身材健壮的朋友背后走上阶梯，听她的语气就像是在学生时代涵妲还是班长的时候命令别人不准在衣帽间的地上放拖鞋一样。这是一种不给人留任何余地的余地。

涵妲认为中学是通往未来光明的必经之路。如果有人怀疑这条路充满艰辛，并质疑这个过程对学生有副作用，那么只能说他并不理解这个学校的全部情况，但直接否定学校领导的好意，是不对的。

"这里简直就是个修道院，"突然想到纳什昨天早上说的话，"根本没空去想象外面的世界。"萍小姐在度过了在学校里的完整一天后，发现事实确实如此。就算是到了晚上用餐的时候，教室里还有学生在完成两份报告。而修道院尽管封闭却享有一种安宁，起码没有竞争，事事顺心，并没有这种在焦虑中拼命努力的生活，而这两个地方都具有无限的自我吞噬和日益狭隘。

真的是这么狭隘吗？萍小姐想到了在画室里的聚会。若是在专科学院举办，出席者大多是同一类的人；如果是在科学学院，来的人一定都是科学家；若是在神学院，就会有各种神学的理论者。在学校里这间挂满画作、铺着印花棉质地毯的画室里，从高高的打开着窗户里吹来夏日的暖风，居然也聚集着各种各样的人，雷弗夫人正倚靠在沙发上，优雅地抽着一根带滤嘴的香烟。勒克斯小姐则端坐在椅子上，充当书籍与讨论的学术界代表。运动界沉默寡言的代言人雷格小姐正在倒咖啡。同样身为客座教师艾宁·奈特是医学界的代表。作为外国代表的馥若·葛塔森则没有出息：她陪着不会说英语的母亲回房去了。

萍小姐继续幻想着一个离校生的传奇经历，有这么多各色各样的老师教课，让她离开的原因恐怕还是课程的内因没有吸引到她吧。

"萍小姐，和同学们共度了一个下午之后，你对她们有什么新的看法呢？"雷弗夫人这是朝她看来，并向她问道。

一个愚蠢的问题！萍小姐心想，怎样的英国中产阶级的家庭会培养出雷弗夫人这样的妇人。

"我觉得，"当然，同时她也为自己得到一个诚实直言的机会而感到高兴，"她们每个人都很优秀，都可以当作莱斯体育学院的代表。"涵妲听到这里，脸色明显地亮了起来。学校就是涵妲生命得一部分，莱斯学院每一草每一木，甚至是一项活动都像是她的亲人一样。

"她们确实是一群活泼可爱的人儿啊。"多琳·雷格附和着，尽管她自己刚刚离开学生时代没多久。

"她们有时也像是一群无知的野兽，"勒克斯小姐接着指出，"她们竟然以为画家波提切利[①]是意大利面的一种。"她低头看着从雷格小姐手中接过的咖啡说道。"其实她们连意大利面到底是什么都不知道。前一阵，戴克斯还在营养学的课上当堂站起来指责我破坏了她的想象。"

"这倒是让人没想到，戴克斯还有可以被破坏的东西吗？"雷弗夫人慵懒地提出了自己的质疑。

"你怎么破坏她的想象啦？"坐在窗边位置的年轻医师问道。

"我只是说所有种类的意大利面都是面粉制成的。这好像破坏了戴克斯对意大利的美好想象。"

"她想象的意大利是什么样的？"

"'通心粉在摇曳中生出一片茫茫的面海。'这是她本人的原话。"

涵妲在极少量的咖啡里加了两块方糖，不顾露西的侧目，转过身去说道："至少这和犯罪扯不上什么关系。"

"犯罪？"众人惊讶地一起问道。

"萍小姐刚才问我在学院里有无犯罪前科，这真像是心理学家的职业病。"

没等露西为自己单纯的提问目的辩解，雷弗夫人就顺着涵妲的话头说："既然如此，我们可得好好请教一下了。心理学家小姐，你看看我们这里都有什么见不得人的秘密？又有哪些人犯下了什么罪行？"

"上个圣诞节有人不开灯就骑脚踏车，这是我听过最严重的了。"雷格小姐自觉地跟上了话题。

"犯罪，"雷弗夫人说，"我说的是犯罪，不是这种小小的安全事故。"

"如果说是事故，就是那个每周六都在镇上驻军营等待的痴情女孩吧。"

"对了，不说我还忘了。"勒克斯小姐问道，"我们把她拉走之后，她去哪儿了？"

"她现在在普利茅斯的海员庇护所找到了一份工作。"涵妲在众人的大笑声中开了腔，"我不认为这是一件好笑的事。我们在这儿的近十年来，可以称得上是犯罪的大概只有手表时间了。当然，即使是这件事，"涵妲刻不容缓地补充道，生怕对学校的声誉有所影响，"严格来说这也只能算是因为性格上的偏差，并不能算偷盗。因为她除了手表之外什么都没拿，拿来的手表也不用。最后她也大大方方地拿出了放在房间抽屉里的九只手表。"

"若按照类似的处理方法，她现在应该再给金银匠打下手吧。"雷弗夫人说。

"我不知道她最后的去向，"涵妲严肃地说，"我觉得她的家人应该把她看管起来了。听说他们家庭还算不错。"

"您看，萍小姐，校内发生犯罪的概率是很低很低的。"雷弗夫人晃动着她瘦削的手说道，"我们并不是一群善于创造有趣话题的人。"

"可以说是正常得过分。"雷格小姐接道，"要是偶尔有些小丑闻发生的话，可能还会带来些趣味。就像是总会带来某些变化的倒立和后滚翻。"

"我倒是想看看真正的倒立和后滚翻，"露西问道，"明天我能去体育馆看看高年级上课的样子吗？"

涵妲当即表示她一定要去看才行。她们最近正在拼命练习，准备成绩发布是的表演彩排，这一次算是给萍小姐的做的演出也不过分。"她们是近几年最优秀的一届。"

"周二体育期末考试，我能先使用一下体育馆吗？"随着雷格小姐的提议，大家开始商量期末考试的时间安排。

于是萍小姐换到窗边的位置，和奈特医生聊了起来。

"你是教有关'肠绒毛'的课程吗？"

"不是，这属于一般中学教学的健康教育，是凯瑟琳·勒克斯小姐在负责这门课。"

"那你是教什么的？"

"不同年级有不同的课程。有一门是公共卫生，指的是一种社会上的疾病，人的生存百态，有点类似于你的专业。"

"你说的是心理学吗？"

"是的，我以教授公共卫生课为生，但我的兴趣所在是心理学。我非常喜欢你书中的内容，书中的客观坦诚是最吸引我的地方。现在学术界的书中经常会夸大一个简单的概念。"

露西听了这番直白的赞誉，不由得脸红了红。

"此外，我还是这所学校的医疗顾问。"奈特先生接着最开始的话题说了下去，"不过这是一桩闲差，因为这里的每个学生都很健康。"

"但是，我听说——"露西想起局外人迪德洛小姐对于学生们不正常的坚持，不由得开了口。她想，这个同样身为局外人的医学专家或许能看出些不正常的地方才是。

"当然有时候也会有些突发状况，"年轻的医师理解错了露西话中背后的意思。"确实在平日生活中少不了磕磕碰碰，比如瘀伤、扭伤、手指脱臼这些问题都有。但并没有什么大的事故。我任职的这段时间，较为严重的只有你住的房间原来的主人班特利这学期摔断了腿，而且，她下学期就可以回来。"

"但是在这种令人无时无刻不全力以赴的生活环境中，她们的精神不会崩溃吗？"

"会的，这是大家公认的事实。最后一个学期就是这样，在这段时间充斥着各式各样的考核课程。"

"考核课程？"

"是的。就是每个学生都必须在体育课或者舞蹈课上在教员面前表演，教员根据她们的表现情况打分，这总是会令人非常紧张的，这就是考核课程。除此之外，还有其他科目的期末考试、成绩发布、工作分配、计划离开校园的生活等，这些对于一个孩子来说还是太辛苦了。但她们往往能表现出出人意料的活力，要不然也没法从这样的生活中撑过来。你还要加咖啡吗？我正好要去加点。"

她拿起萍小姐的咖啡杯走向中央的桌子。萍小姐靠在厚厚的窗帘折缝之间，从楼上往下打量着花园。校园景色在落日下线条变得模糊了许多，清凉湿润空气吹拂着她的脸颊。耳边想起了似乎是从学生教室里传来的钢琴声和女孩的歌声，歌声清亮迷人，充满着朴实的技巧与流行的声部转换。在带有民谣风味的曲调中，充满着带有传统意味的感性，然而这又有别于自怨自艾的靡靡之音，年轻的嗓音与古老的曲调恰到好处地融合在了一起。萍小姐觉得自己好久没有听到过这种纯真自然的歌声了。比起常年在伦敦里混浊的空气和繁复的收音机声响中的生活，这里简直就是世外桃源，无时无刻不享受着清新的空气、花园的温馨和女孩子纯美的歌声。

我在伦敦实在待了太久了，萍小姐想道，我已经变了。或许应该搬去南部住一阵，或者干脆出国。自己似乎已经忘记了这个世界充满着的活力。

"是谁在唱歌？"萍小姐接过咖啡杯问道。

"应该是斯图尔特。"奈特医师对这个声音并不感兴趣，"萍小姐，您是否愿意帮我一个忙。"

露西表示如果在自己能力范围之内，一定帮忙。

"我正好受到一个医学会议的邀请函，"奈特医师悄声说道，"时间是周四，可是那天我碰巧有一节心理学的课。霍奇小姐总是不满我整天去参加各种会议，所以请假的事实在是不好办。如果你能帮我代一节课，那就太好了。"

"可我明天中午就要回伦敦了。"

"不是吧！"奈特医师失望道，"一定要回去吗？"

"说也奇怪，刚才我还在想，我是多么不愿意回去。"

"那就不要走了。多留下几天，顺便帮我一个大忙。求你了，萍小姐。"

"可以我代课的话，涵妲会不会不同意？"

"你想的太多了，你可比我强多了，我不是畅销书的专家，也不是大名人，更不是这个代表这个科目最先进知识的学者……"

萍小姐摆摆手坦诚自己的失言，但眼神却向花园望去。有什么非要回伦敦的理由吗？有什么急事需要她处理吗？有谁在等待着她吗？没有。她突然觉得自己看似鲜亮的名人身份并掩饰不了生活的凄凉，还带来些狭隘、缺少人性。尽管不可避免经常与人接触，但其实接触的都是同一类型的人。除了曾经在她家帮佣的蒙莫朗太太会从曼彻斯特郊区发出去度周末的邀请，以及热情的住在华柏丝威镇的希丽姨妈之外，余下的尽是些小商人。她的交往圈子总与出版业和学术界相关，毋庸置疑这两个行业的先生、小姐都是聪明又风趣的，但同时也要承认他们关注的范围是在有优先。比如，她不能和其中的任何一人同时谈道社会保险、乡村民谣和奖券。这些人似乎都是专注于某一件事，而这件事总是和版税相关。萍小姐通常自己都弄不清楚自己的版税，更何况还要就此和别人建立共同话题。

而且，他们之间没有一个年轻人。

至少和这些孩子们相比不是年轻人，或许在她认识的人中有年龄和这些学生们相似的年轻人，但除了年龄之外，他们已经被社会上的评判标准和自己的生机挤压得不再年轻了。或许改变一下，重新认识一下这个世界也是好的。

再说，受众人欢迎也是一件不错的事。

是的，没有必要再花时间思考自己想要多留一段时间和放弃了舒适用餐的原因，她只是享受被众人欢迎的感觉。

过去，她一直被冷落、被忽视、被嫉妒、被敬仰，后来被阿谀奉承，风风雨雨走来终于成为一个还算得体的人。她最后一次受到大家热切的目光是在小学毕业的时候上台领奖的时候。能够有机会在这样充满活力且温馨的一个环境里，刺耳的铃声、讨厌的煮豆子、不方便的浴室算得了什么呢？

"奈特医师，"雷格小姐从背后打断了她的思索，"'门徒们'有没有让你给她们介绍曼彻斯特的医师认识呢？"

"有过，她们四个人一起问的，我当然答应了。我非常乐意能帮她们这个忙，说实话，我觉得她们几个成功的概率很大。"

"她们四个单独来看，每个人都普普通通，"勒克斯小姐说道，"而四个人团结起来倒是一股不小的力量。她们将来在兰开夏郡绝对会很有前途的。我还是第一次碰到这种情况，四个人可以抵上六个半人的力量。还有，你想看《星期日泰晤士报》吗？我要把它带回房去了。"

显然没人想读。中午的时候萍小姐就看见这份报纸原封不动地躺在这里了，今天也就只有勒克斯小姐动过它。

"这一届高年级的学生相当省心，我们几乎不用操什么心，她们不像前几届那样，出现一些什么不好的状况。"雷弗夫人的语气里似乎带了些嘲讽。

"这确实令我很惊讶，"霍奇小姐没有带一丝嘲讽地说道，"学生们总会在偌大的社会中找到适合自己的工作，一有空缺马上就会有人替补上去，就像是一个机器上替换新旧两个零件那样令人诧异地吻合。拿我个人看来，在我就职的这几年，莱斯体育学院还没有发生过什么不妥当的安排。对了，话说科尔多瓦学院那里来了一封信，就是爱丁堡的那个科尔多瓦学院。上面提到穆卡德小姐要结婚了，需要有人顶替她的空缺。茉莉，你还记得穆卡德小姐吗？"除了涵妲之外，雷弗夫人是在这个学校待得最久的人了，而且她的受洗名正是"茉莉"。

"当然记得。她跳起舞来就像是没发酵好的面团。"这位夫人对人的印象几乎都是按照舞蹈的姿势评价的。

"是个好女孩，"涵妲突然高兴起来，"我觉得这个职位挺适合西娜·斯图尔特的。"

"你和她说了吗？"雷格小姐问道。

"还没有，我还得考虑考虑。"

"你打算慢慢策划吧？"雷弗夫人说，"你肯定昨天中午就知道了，那是邮差最近来送信的时间。你居然能藏到现在才告诉我们。"

"毕竟也不是什么重要的事嘛，"涵妲防备地回道，最后勉强露出了一丝敷衍的微笑，"不过我还知道一个'最佳就业'，这绝对是一份最好的工作。"

"说说看！"大家一起问道。

但涵妲不肯说，因为还没有收到正式的通知，要是最后并没有相关通知书或者申请书那这就是一场空了。在确定之前最好还是别传出去了。但她仍看起来十分激动，同时也是十分神秘的。

"好吧，那我就去睡觉了。"勒克斯小姐拿起桌上的报纸，不再面朝着涵妲高大的身躯，问道，"萍小姐，你明天用过午餐之后就得回去了吧？"

"呃……"萍小姐在出其不意间宣布了自己刚下的决定，"我正在考虑要不要在这里多住几天，你也劝过我的，"她朝涵妲说道，"在这里我看到了一个全新的世界，这些孩子让人着迷，所以——"她觉得自己像个笨蛋一样在说话，看来她离成为名流露西·萍小姐还差得很远。

但她这番磕磕绊绊的话却迎来了一片赞同，就连勒克斯小姐的脸上都显现出了一丝快乐，萍小姐心底止不住一阵感动。

"请留到周四可以吗？那天我刚好要去伦敦参加会议，正好帮我代一节高年级的心理学的课。"奈特医师提议道，好像刚才从来没有说到过这件事一般。

"这个的话，我不知道是否合适——"露西配合地演着戏，不确定地向涵妲看去。

"奈特医师总是为何种会议跑来跑去，"霍奇小姐表现出一种不冷不热的态度，"但是你如果愿意给我们的学生上一堂课，那是我们的荣幸，萍小姐，我们十分乐意。"

"这更是我的荣幸。能充当一名临时教员，比客串一名外来的演讲者有意思多了。我非常愿意给学生们上课。"她起身同奈特医师握手的时候表示默契似的朝她眨了眨眼。

"现在我得回我的宿舍了。"

她向大家一一道晚安，和勒克斯小姐一同走出了画室。

二人在一起走向建筑的后方过程中，勒克斯小姐的眼神一直漫无目的地望向路边，但萍小姐还是从她的眼中看出了几分友善和欣喜。

"你是真的喜欢我们这个封闭的动物园吗？"勒克斯小姐问道，"还是只是想在自己的私人收藏里添加几个研究对象？"

昨天下午，"花核桃"迪德洛小姐也曾经问过她类似的话："你是为寻找研究对象而来的吗？"露西准备给出相同的回答，看看对方的反应。

"我留下来只是因为喜欢这里。要是想寻找一些可以作为私人收藏的研究对象，体育学院可不是什么绝佳的地方，你觉得呢？"

"为什么不是呢？"勒克斯小姐继续问道，"每天大强度密集的训练会磨钝人的理智，而情绪却更加强烈。"

"是吗？"这回轮到露西惊讶了，"如果我累得像狗一样，我一定是立刻躺在床上睡一觉，不会理会任何事情。"

"睡一觉当然没有问题，这是正常情况下的选择，这会给人带来愉快和安定，但问题是，要是睡醒之后还是感到疲倦，这该怎么办呢？"

"怎么办？"

"是的，这就是我们正在讨论的问题。"勒克斯小姐隐晦地回答道。

"你是说，这种睡了一觉仍然感到疲惫的情况很常见？"

"我又不是她们的医疗顾问，不会拿着听诊器去调查每一个学生的问题。但我敢确定，大多数的高年级学生在最后一个学期总会在早晨睡醒后，仍会有一丝对生活的厌倦。人在极度疲惫的情形下，消极情绪情绪总会不受控制地放大。平日里看起来无足轻重的小事将会成为高山，一定不可跨越，无心的话语将会成为抱怨的根结，小小的挫折会成为自杀事件的起源。"

萍小姐不禁想到下午茶时和大家待在一起的情形。那是一张张被晒得微红、带着快乐笑容且有无忧无虑的脸庞。在这些天真健康的孩子之间，哪能看见一丝暴躁和焦虑的痕迹？她们确实正面临着繁重的学业，也有不少抱怨，但那只不过是年轻人带有幽默的小恶作剧罢了。

当然，她们真的会感到疲惫。事实上，萍小姐不认为她们不会感到疲惫，在这样的生活环境下，不感到累才是不正常的呢。

"我的房间到了，"勒克斯小姐停了下来，"你会不会想读什么书呢？你本来打算早点离开的们，应该没带什么书吧？要不要来我这拿点书看呢？"

说着，她打开了自己房间的房门，一件收拾得整整齐齐的闺房展现在萍小姐眼前。墙上只有孤零零的一幅版画、一张照片，剩下的则是满满一壁橱的书。在房间里能听到隔壁传来的瑞典语交谈的声音。

"可怜的家伙，"勒克斯小姐说道，仿佛萍小姐十分想知道详情一般，"馥若一直很想家，能用自己母语说话一定是一件很幸福的事情吧。"她发现萍小姐正打量这墙上的照片，"这是我的妹妹。"

"可爱的小女孩。"萍小姐希望自己语气中没有露出一丝惊讶。

"她现在是医学院的三年级学生了，"她顺手拉上窗帘，"我比她大十几岁，说是我一手带大她的也不为过，"说着她走过来和萍小姐并肩站着，"你想看什么样的书呢？从鲁尼恩[2]到普鲁斯特[3]我都有。"

萍小姐选择了《年轻的访客》。她在很久之前曾经读过这本书，但她看到这本书的时候仍忍不住笑了起来，只是反射作用，情不自禁。她抬头发现勒克斯也在冲着这本书笑。

"有件事我绝对做不出来。"萍小姐略有些遗憾地说道。

"什么？"

"写一本让所有人一看就发笑的书。"

"也并不是所有人，"勒克斯脸上的笑容逐渐放大，"我有个表姐妹只看了一半就进行不下去了，我问她原因，她只是说'太假了'。"

萍小姐带着书和微笑一路走向自己的房间，一面想着明天不用去匆匆忙忙地赶火车了，一面又想着勒克斯小姐，这个有着可爱的妹妹，而自己又喜欢荒诞故事的人。她走进建筑两翼之一、那条长长的走廊时，看到纳什·宝儿正在另一侧楼梯的拐角处，用力地摇着手摇铃。顿时整个走廊充满着刺耳的铃声。宝儿站在那里，边摇铃边看着她捂耳朵的动作。

"摇睡觉铃是高年级代表的工作吗？"萍小姐终于在宝儿停止摇铃的时候得以开口。

"不是，这是高年级生每周轮流做的。这周恰好是我，名单按照姓氏首字母排列，我排名比较靠后，一学期才会轮到一次，"纳什凑到萍小姐耳边，用让对方保密的语气低声说道，"可惜只有一次，而且我得假装自己很不高兴，所有人都认为盯着钟看时间很恐怖的事，但我却意外，我喜欢制造噪音的感觉。"

确实，萍小姐想，精神轻松、身体状况良好的人肯定喜欢制造噪音。紧接着，萍小姐又想到，这个女孩或许只是因为喜欢制造噪音，更是喜欢这种将权力握在手里的感觉吧。不会不会，她力图赶走这个想法，纳什家境优越，人生顺利，一辈子并不特别奢求什么。她的生活中不欠缺任何东西，她只是单纯地喜欢铃声而已。

"话说，"纳什一边同她下楼一边说道，"这不是睡觉铃，这是熄灯铃。"

"啊,已经这么晚了吗?我是不是也得熄灯呢?"

"当然不用,您可是随心所欲的神。"

"在这里借宿的神也算是神吗?"

"您的房间到了。"纳什退到一旁,打开手电筒,照亮了露西的房间。傍晚时分在乔治亚式画室度过了好长一段时间之后,房间中明亮的光线让她想到了美国杂志里的插画。"很高兴能在睡前能遇到您,我要向您道歉,明天早上我不能帮您带早饭上来了。"

"没有关系,"露西回到道,"反正我是要起床的——"

"不,我的意思是,莫里斯,一名低年级的学生想帮您送,而且——"

"就是那个绑架乔治的小女生吗?"

"啊,我忘了您当时也在场,对,就是那个女孩。她觉得要是不在您离开前的最后一个早上送一次早饭给您,她会终生遗憾的。当然我提前叮嘱过她,要在不能向您无理索要签名照,也不打扰的您的前提下进行。希望您不要介意,她确实是个好孩子,她会很高兴的。"

对萍小姐来讲,谁送早餐都没有问题,她只是想一个人安静地在房间里享用早餐。于是她先提前谢过了莫里斯的心意,同时表示明天并不是她留在这里的最后一天。她改变主意了,打算留到周四给大家上一堂课再离开。

"真的吗?您真的会留下来吗?太好了!我真的太开心了,萍小姐,大家都会很开心的,您对我们太好了!"

"就像药品一样好吗?"萍小姐开玩笑似的抗议道。

"不,是像补药一样。"

"是像咳嗽糖浆一样吧。"萍小姐打心底里感到高兴。

她是如此高兴,以至于在卷恼人的发卷时没有感到一丝厌烦。她一边涂着面霜,一边审视着自己的脸。自己拥有一张线条柔和的圆脸,现在还看不出皱纹。如果把自己的脸比作一块甜饼,那么至少还是一块表面光滑的甜饼。她想到,上帝分配给每一个人适合自己的脸,如果她有挺翘的鼻梁,那得采用另一种打扮方式来搭配。如果她向勒克斯小姐一样瘦削,那她只能忍受了。但其实,萍小姐不会忍受生活中的任何事情,就连写书也是一样的。

萍小姐突然想起没有床头桌这件事,这大概是不鼓励学生晚上熬夜看书的缘故吧。她关上灯,走到窗边,拉开窗帘,呼吸着外面夜晚的空气。此时的莱斯学院陷入了一片宁静之中,白天里的讲话声、铃声、大笑声、脚步声,一切都隐藏在夜晚的黑暗之中了。

"萍小姐。"

从对面的窗户里传来一丝低呼声。

她们能看得见她吗?不,应该不是看见她了,而是听见她拉窗帘的声音了。

"萍小姐,您能留下来我们真的感到很开心。"

校园里消息传播的速度就像在墙上蔓延的常青藤。她刚和纳什互道晚安不超过15分钟,消息已经流传到对面的房间了。

她还没来得及做出回答。以中庭为中心的四面窗户陆续传来附和的声音。太好了,萍小姐。我们真是太高兴了。真的高兴。萍小姐。是的。没错。开心。萍小姐。

"大家晚安。"萍小姐轻声回道。

晚安,大家不约而同地回答。晚安。萍小姐。晚安。

萍小姐拉过椅子放在床头并把上号发条的手表放在上面,明天早上就不用再枕头底下乱找一气了。多神奇啊,昨天早上她还迫不及待地要离开这个地方呢。

或许是因为身为心理学家的自信，萍小姐并没有任何不适的预感，甚至也没听到小精灵在她沉睡时耳边的低语："离开这里，趁事情没有发生前，赶快离开这里。"

①桑德罗·波提切利（SandroBotticelli；AlessandroFilipepi，1445—1510）是15世纪末佛罗伦萨的著名画家，欧洲文艺复兴早期佛罗伦萨画派的最后一位画家。
②达蒙·（阿尔弗雷德）·鲁尼恩（DamonRunyon，1884-1946年），美国记者及短篇小说家。
③马塞尔·普鲁斯特（MarcelProust，1871-1922）是20世纪法国最伟大的小说家之一，意识流文学的先驱与大师。

第六章

木质地板上随意地摆放着一把把椅子，学生们一个个从跪姿起身，转向教员，排成整齐的一列进行晨祷仪式。"临时教员"萍小姐，为弥补在房间吃早饭这一不符合身份的行为，特地来参加8点45分的晨祷。但说是参加，在开始仪式的几分钟内，她唯一能做的事是观察背朝自己跪在那里的学生的一排腿，真是一双双各有特色的腿，萍小姐不禁感叹造物者的神奇。这个时候，学生们身着统一制服，将脑袋埋在双手中，但她饶有兴致地发现通过腿辨认人的效果并不次于通过脸来辨认。看看眼前这些不同的腿：固执的、浮夸的、清新的、迟钝的、怀疑的……只要在瞄一眼脚踝，她可以直接唤出对应的人名：戴克斯、英尼斯、鲁斯或者宝儿。瞧，位于第一排那双优雅的腿的主人一定是迪德洛，看来，修女们并不排斥非英国教徒来做晨祷。那个像竹竿一样的腿一定是坎贝尔，旁边那一双是——

"阿门。"涵妲虔诚的语调打断了她的分析。

莱斯学院的女学生们跟着一齐念"阿门"，随即起身。萍小姐则跟着教员们一同走了出去。

"先跟我进来，我得先整理一下早上的邮件，然后再陪你去体育馆。"涵妲带着萍小姐进了她的起居室，已经有个样子恭敬的秘书在屋里等着她了。萍小姐拿着一份《每日电讯报》坐到了窗边的一张椅子上，有一句没一句地等着涵妲和秘书之前的交谈。某某先生写信来想得知成绩发布的具体时间；某某太太写信问道，学校附近是否有合适的旅馆，和先生来看望女儿的同时想留宿一晚；找出肉贩开的票据让这位眼见为实的先生瞧一眼；这个周五的特殊教学课程取消；有三位有远见的家长想要获取学校的简章。

"这些事并没什么麻烦。"涵妲说道。

"是的，"恭顺的秘书表示道，"我马上和相关的人员联络。有一封阿灵赫斯特的信件不在这里。"

"嗯，不在，这星期晚些回复就行了。"涵妲回道。

阿灵赫斯特，萍小姐心想着。阿灵赫斯特应该指的就是阿灵赫斯特女子学院了。这所学校声名显著，相当于女子学院中的伊顿学院。只要有"我在阿灵赫斯特女院读过书"这句话，便可以万事畅通了。她把注意力从手中的报纸上移开，想到，这和昨天涵妲说的"最佳就业"是否有什么关系。如果真的有什么关联，肯定会在志愿去这所学校的高年级生间产生一阵风波。她本想向涵妲确认这件事，但立马打消了这个念头。一方面是因为那个恭顺的秘书还没有离开，另一方面是因为涵妲脸上露出的表情，那是一种集合了担心和犯罪的一张脸，似乎她正在计划做什么事。

算了，萍小姐心想，如果她想紧紧地保守一个秘密，就给她一个机会吧。我可不想在其中掺一脚。萍小姐跟着她的老友顺着长廊走着，就这样穿过了建筑的整个侧翼。在经过屋外的遮阴小路之后，走向体育馆。体育馆和整体建筑以及右翼平行。从高处看，体育馆与房屋主体构成英文字母"E"的形状。字母中的三画分别是"老宅"、右侧翼和体育馆。笔直的竖的笔画则由连接建筑的边厢和遮荫小路组成。通向屋外的遮荫小路头上的门是开着的，可以听见从体育馆传来的各种声音：谈话声、笑声、脚步声。涵妲现在正停在门边上，指着另一头的们说："那个，就是我说的'校园犯罪'。学生们把它当作穿过体育馆的便利门，而不是走应该走的遮荫小路，所以我们把它锁起来了。没想到要求这些不停运动的学生多走上几步，是件这么难的事。警告了好几次都不管用，所以我们决定从根源上遏制这件事情了。"

说罢，她转过身继续带领着她走向了建筑的另一头，那里有一个和玄关相连的楼梯可以直接通往观众席。她们上了一段楼梯之后，涵妲又一次停下脚步，指着一个拖车式的机器，这个机器就放在楼梯之间的天井处，"这是学院的特色之一，我们的真空吸尘器，也是闻名新西兰的'讨厌鬼'。"

"为什么会有这个名字呢？"

"因为它的全名是'大自然的讨厌鬼'，简称就是'讨厌鬼'。你还记得当时学校的教条吗？大自然讨厌真空[①]。"她用带有怜爱且意味深长的眼神看着这台丑陋的机器，"这个'讨厌鬼'占用了我们好大一笔资金，然而这是值得的。之前，我们无论怎样打扫体育馆，总会有残留的灰尘。这些灰尘被孩子们踩得到处都是，最后又被有些人呼吸进去，造成了一种鼻黏膜炎的病，当然，也不是所有的学生都患了上这种病。但每时每刻都有人受到这病的困扰。在奈特医师致歉的医疗顾问说这病源是看不见的灰尘，事实证明她是对的。因为自从我们用了这个机器之后，再没人犯过鼻黏膜炎，而且，"她看起来很高兴地继续补充，"最后我们因此省了更多的钱，我们的园丁吉蒂兼职负责使用这台机器，省下了雇佣清洁工的这笔钱。"

她们走到楼梯顶端，萍小姐停了下来再次附身看了看楼梯间的天井，"我不喜欢这东西，它的名字起得太恰当了，'讨厌鬼'，它让我感觉不舒服。"

"但不得不承认它的功效确实很大，也很易于使用。吉蒂只要每天早上花上二十分钟，是可以让体育馆变得干干净净。反正她本人对'讨厌鬼'是十分满意的。她现在像训练动物一样地驯服这个机器。"涵妲打开楼梯顶部的门，引导萍小姐走向观众席。

体育馆这样的建筑很少有特色可言，只是讲求功能。莱斯学院的体育馆确实也是这样，这个大型长方体空间的唯一光源来自于屋顶和高墙上的窗户，毫无美学可言；尽管如此，也要提防从高高的窗户外直射的阳光会直接射进学生的眼中而造成意外的伤害。但这个像个大盒子的空间里，还是能感觉到夏日难得的柔和色的光线，高年级的学生在四处散布着，有的在做伸展运动，有的在练习，有的在聊天，大家都在享受着不多的快乐时光。

"她们会介意我这个观众吗？"萍小姐坐了下来。

"不会的，她们习惯了，经常有来客参观的。"

"观众席下面是什么？她们都在那儿看什么？"

"看她们自己，"涵妲简短地回答道，"下面的墙上是一大面镜子。"

萍小姐欣赏着学生们专注看着自己在镜子中身影的样子，能用这种超然的态度面对自己的肢体动作，这确实不错。

"这真是我人生中最大的不幸，"娃娃脸的盖林琦边看着自己伸得高高的手臂，边说道，"我的胳膊老是伸不直。"斯特尔特也在一面观察着自己的动作，一面伸展着。

"如果你能结合周五的演讲内容，再加上你自己的意志力，绝对可以伸直。"

"接下来试试另一面的弯曲吧。"宝儿·纳什从倒仰的姿势直起身来。

萍小姐心想，周五的演讲指的应该是那天傍晚名为"益处"的一个课题，那一段讲的好像是

"信仰"、"成事在人",诸如此类,不知道这内容是出于哪一位名家的笔下。

拥有着南非土著人脸庞的哈赛特正在帮倒立的英尼斯捉着她的脚踝,"真——的,英——小姐,三——只手倒立。"哈赛特模仿者馥若·葛塔森的瑞典腔调,英尼斯不由得笑得倒在了地上,转眼偶然看到坐在上方观众席上的萍小姐和涵妲,脸色红了起来,接着又微微一笑。萍小姐想,这还是第一次看到英尼斯脸上带有这样的笑容,她愉快地感受着两张面孔之间的差别。哈赛特或许更适合穿天蓝色的长裙,深厚的背景应该是一个小山丘和一座城堡,最后应该有一条弯曲的小路从画像的右下侧蜿蜒开去。英尼斯的画像应该以17世纪的楼梯为背景,嗯,不对不对,有点太欢快了,眉形也不太对,或者应该搭配16世纪的更好一些。

鲁斯正独自一个人四肢着地地仰着身子,努力地拉着筋。其实作为一个天天做运动的年轻人,这样拉筋简直有些过头了,这好像是来自北方一些地区的习惯吧?对这位鲁斯小姐来说,人生容不得一丝马虎,生活的现实就是时刻需要保障,除了拉筋是应该如此认真之外,另一个重大的任务则是找到一份好的工作。萍小姐真心希望自己可以更喜欢鲁斯一些。她接下来准备去寻找戴克斯,来转变一下心情。可是,在这群学生里,并没有看到那个拥有亚麻色头发和一张时刻快乐的小马脸的身影。

突然,体育馆变得安静了起来。

尽管没有看到有人出现,但确实有人来到了这个体育馆。萍小姐能感觉到这个人是从观众席下方的入口走进来的,她想到楼底放置"讨厌鬼"的地方有一扇门,大概就是从那里走进来的。

来人没有发布任何口令,但所有的学生一扫刚才吵吵闹闹的样子,马上列队站齐。

馥若·葛塔森的身影从观众席下方走了出来,审视着眼前的学生。

"戴克斯——小姐,在哪儿呢?"她用冰冷地语气问道,话音刚落,戴克斯慌张地从门外冲了进来,看到眼前整齐的队列一下子停住了。

"噢!糟糕!"她哀叹着,一边立马窜进同学给她留出空位的队伍之中。"呃,对不起,葛塔森小姐,真的对不起,我——"

"那你成绩发布的时候也要迟到吗?"葛塔森小姐一针见血地问道。

"不,当然不可以,我,只是——"

"只是什么?我们都知道,你肯定是又弄丢了什么东西,或者什么又坏了?你就算是光着身子来上课,你还是会弄丢或者弄坏些什么东西。大家,立正!"

"托马斯小姐,或许你可以再收一下你的小腹,这样大家可以站得更齐。"

托马斯立刻照做。

"艾佩亚小姐?请你收收你的下巴。"

队伍中一个面色红润的小女生迅速将自己的下巴往脖颈收,"好的!"

她们齐向右转,形成了纵列排队,在体育馆里脚步轻盈地还排前进,几乎听不见脚下发出的声音。

"安静点,再安静点。轻点,轻点。"

这可能吗?

显然是可能的。队列正在一片安静中有序地前进,这群高矮胖瘦不一的女孩子是怎么做到如此安静地行走在这体育馆中的?

萍小姐偷偷瞥了坐在身旁的涵妲一眼。涵妲的脸上露出欣慰而骄傲的神情,每个看到这神情的人大概都会被触动。萍小姐一下子把学生放了下来,想到了涵妲这个人,从她像面布袋一样庞大的身躯到她刚正不阿的精神。涵妲有一对上了年纪的父母,没有姐妹,却有着像母鸡一样的性格。恐怕还从来没有人为她夜不成寐,也没有人给她送过鲜花。萍小姐突然想到了现在不知身在何处的艾伦,好几个月以来,她都在考虑,要不要忽略他的喉结和他在一起,被人爱的感觉真好,而且她也像改变一下自己的生活，但最后想到收获总是得有付出，比如她得帮他补袜子，但她实在不喜欢做这个，即使是艾伦的袜子也一样。按理说，涵妲这样的人应该是一个无趣的人，但事实上并没有，以她脸上这种毫无防备纯真的表情来看，她给自己成就了一个有趣的人生。在她和萍小姐多年后的初次谈话中提到，十年前自己刚开始接管莱斯学院的时候，学校又小，又没有名气，她是和学校一起成长起来的。她现在同时身为校长和学校的股东之一。但在萍小姐看来，在看到涵妲今天的这个表情之前，一直无法理解自己的老友是怎样将全身精力投入到工作中去的。她知道学校就是涵妲的生命，除此之外，涵妲对其他任何事情都不感兴趣。但萍小姐所想到的全身投入是同今天涵妲脸上的表情是完全不同的。

一阵拖动的声响打断了萍小姐的沉思。此时的学生们不再四肢着地或者是前弓后仰，而是像一个个船头雕像一样喘着粗气，把杠木搬了出来。看到这个东西，萍小姐就感觉到自己的胫骨一阵发疼，自己学生的时代不知道多少次用自己的骨头敲击那块坚硬的木头。看来，进入中年的好处之一就是不用再做这些令人不舒服的事情了。

杠木搬出来之后被摆在体育馆地板的中央，两条杠木分别在两侧的凹槽里，高度大约在双手举起的位置，金属材质的插销和木质的把手契合地插在木桩的对应位置，一具折磨人的器材架好了。用胫骨撞击木头的时间还没到来，现在只是"转动"时间。学生们自由分成两人一组，分别到两头的单杠下方，举起双手攀在杠木上，侧转、后翻，然后像陀螺一样在木杠上转起来，一切都井井有条地进行着。轮到了鲁斯，鲁斯双膝一弯跃上了杠木，却又松手，落了下来，她满是雀斑的脸上布满了惊恐。

"馥若，天哪，我不可能做到的。"

"别胡说，鲁斯小姐，"馥若的鼓励中并不带有惊讶，显然这样的事情发生过好多次了，"你还是低年级生的时候就已经能做得很好了，现在肯定能做得更好。"

鲁斯矜持地保持着沉默，又一次跃上了杠木。前半段的动作可以说是像选手一般如行云流水，但突然之间，再转身的一个瞬间一只手没有攀牢木杠，顿时失去了平衡，在全身重量都放在一只手上之后，过了好一阵才恢复了平衡。最后还是用一只手将身体拉起，安全地落地，但整体的流畅性被破坏了。

"看，馥若，我就知道会这样，馥若，我会像凯亚一样的。"

"鲁斯小姐，你不会和任何人一样的，你只是不够熟练，一时失手罢了，来，你再来一次。"

鲁斯第三次跃上了单杠。

"不对！"这位尽职的瑞典老师出声道，鲁斯落地听着老师的下一步指示。

"不要说做不到，而要对自己说，这些动作我经常练习，并且可以轻松完成，我这次可以做得更好。来！"

鲁斯接连又试了两次都没有成功。

"行了，鲁斯小姐，先到这里吧，先别耽搁时间了。你明天早点来，一直练到回到原来的水平。"

"可怜的孩子！"萍小姐说话的时候，女学生们又将杠木反过来，将平的一面朝上，开始进行平衡木的练习。

"是的，真可惜，"涵妲说，"她可是我们这里最出色的学生之一。"

"出色。"萍小姐惊讶道，感觉这并不是属于鲁斯的一个词。

"至少在活动类的科目中，她的表现是很优秀的。理论课目对她来说可能会比较难，但只要再努力一些就好了。总之，她是个好学生，也为莱斯学院赢得了不少口碑。今天的表现肯定是因为过度紧张造成的，她已经这样好一阵子了，只是过度焦虑。这种情况或许是因为一件小事引起的，很奇怪吧？"

"她说的凯亚是谁？是迪德洛替代的那个女孩吗？"

"是的，你居然还能记得。那也是一个典型的案例。有一天她突然失去了保持平衡的能力。她一向有着极佳的平衡感，却突然不灵了。她先是变得极度不稳定，后来会在练习中出现中断，最后居然无法在平衡木上站起来了。她就坐在那里抱着平衡木不放，像个受惊的小孩似的一直哭着。"

"某种内在力量的失调？"

"当然，她终究不是害怕平衡木。最后我们还是送她回家了，让她休息一阵子，回来继续完成训练。但她在这里度过了一段快乐的日子。"

"快乐吗？"萍小姐心想。快乐得以至于最后崩溃了。究竟是什么让一个擅长平衡木的孩子抱着杠木哭泣呢？萍小姐不得不另一种新的眼光开始审视平衡木这项运动，继续想着可怜的凯亚的经历。学生们两人一组翻上平衡木，侧身坐着，接着慢慢地从杠木上站起来，慢慢举起一只脚，年轻的肌肉在阳光下闪闪发光，双臂做着指定的动作。一张张专注而冷静的脸庞，一个个稳定而平衡的身躯，都在参与着这项运动。练习结束后，她们坐在脚踝的部位，再向前一翻，双手撑住杠木，转身侧坐后，一个翻身跃起落地。

这一次没有人失手，整个表演堪称完美。就连葛塔森小姐也找不到任何缺陷。萍小姐这才发现自己一直屏住呼吸，她做了深呼吸，同时往后一坐。

"太精彩了！原来我们上学的时候，平衡木没这个高，是吧？所以也没这么刺激。"

涵妲脸上充满着高兴的表情，"有时候我来只是为了看平衡木练习，别的什么也不看。有些人更喜欢那些看起来更花哨的项目，比如跳马。但我觉得像在平衡木这种综合了冷静和自我控制的项目才有着令人着迷的地方。"

说到跳马，那也是十分精彩的。在萍小姐看来，那个木马真是可怕极了。但下面的学生们却露出了跃跃欲试的表情，看来她们都很喜欢跳马。她们大概喜欢那种把自己的身体抛在半空中，在空气中翻越，最后扭身站立的感觉。此时，加在孩子们身上的规范似乎变得生动了起来，她们笑声不断，表现出一种充沛的体力，年轻真好！她们用这个项目表达出了自己对生命的热爱。萍小姐同时发现，在单杠接连失手的鲁斯似乎很擅长这个项目，表现出了极佳的勇气和自我控制，甚至可以说她具有完美的手法和近乎神奇的技巧。看来涵妲说的话是有道理的，她毫无疑问地是个优秀的学生，所有的表现都很得体合适，但感觉还配不上"出色"这样的形容，感觉这个形容词应该用在宝儿·纳什这样的学生身上，这种身体、心理都达标的学生身上。

"戴克斯小姐，把你的左手放开，你在爬山吗？"

"我不是故意要抓住的，葛塔森小姐，我不是故意的。"

"嗯，我知道，但这并不意味着我不会说你。赶快跟在马修斯小姐后面再来一次。"

戴克斯重新来了一遍，这一次，她及时地把双手放开了。

"好的！"她对自己的这次表现十分满意。

"很好！"馥若也露出赞同的笑容，"记住，协调，一切的快完都是协调。"

"看来她们都很喜欢馥若。"露西看着收拾器材的学生们说道。

"她们喜欢这里所有的老师，"涵妲收起了刚才的高兴开始恢复严肃的语调，"一个不受学生欢迎的老师，即使再好，学校也不会留她的。但从另一个角度来说，学生们也应该对自己的老师保持一定的敬畏。"她又开始笑了起来，像是用一种资深教师的语气在开着玩笑。要知道，涵妲不太开玩笑。"葛塔森小姐、勒克斯小姐、雷弗夫人都有各自的风格，也受到了学生们的尊敬。"

"雷弗夫人？我觉得尊敬之心绝对不会让我双腿发软，这种程度可以算是恐惧了吧。"

"你还不了解茉莉。其实她是很有人情味的。她只是有点喜欢把自己塑造成学院里的传奇人物。"

确实，在萍小姐心中，雷弗夫人和"讨厌鬼"堪称校园里的两大传奇，他们的共同之处在于又可怕有令人着迷。

学生们又站成了整齐的一排，随着深呼吸将手臂不停地抬起又放下。50分钟的练习时间终于告一段落。她们每一个人都脸色红润，带着胜利的笑容。

萍小姐起身准备和涵妲一起离去的时候，看见馥若的母亲正坐在观众席的后方。眼前这位将头发高高挽在脑后的胖妇人不由得让萍小姐想起诺亚方舟玩具上的那位诺亚夫人。萍小姐微微欠一下身，向她露出了一个最大程度的热情微笑。这种类型的微笑一般是掩饰与外国人之间语言的隔阂做出的。萍小姐想到这位夫人不会说英语但可能会说德语，于是尝试着说了一句德语，这位夫人眼睛亮了起来。

"很荣幸能和您说上话，小姐，这真是我的荣幸，不过，得说德语才能和您说话。我的女儿告诉我，您是一位有名的人。"

萍小姐则谦虚地回答道，尽管自己有一点小成就，但离成为有名的人还有一段距离。接着又恰当地表达出自己对刚才葛塔森小姐的表现表示敬佩和赞赏。由于涵妲在上学的时候只选修了古拉丁文，并没有学过现代语言，她只好垂着手在一旁站着，成了这场跨国交流的局外人。随着涵妲的引领，三个人一起下了楼。

当她们走到建筑外阳光下的时候，学生们正好从体育馆楼下的门走了出来，或者慢慢地从遮阴小路上走向主建筑。鲁斯在所有的人之后出来了，萍小姐怀疑她是不是算好了时间才故意碰见涵妲，否则为何要和大家拉开这么一段距离呢。她一定是看到了观众席上的涵妲，要是萍小姐的话，一定会避免这次碰面悄悄溜走，而鲁斯却在附近停留迟迟不肯离去。她对鲁斯的好感又减少了几分。

涵妲叫住鲁斯，示意要和她说几句话。萍小姐和葛塔森太太路过她们两个人身旁时候，可以清楚地看见鲁斯上扬的脸上的雀斑，她正在听着校长小姐的教诲。萍小姐不由得想到了自己还是学生的时候，大家所说的那种阿谀奉承还有那种粗鄙的满足。

"我原本还挺喜欢雀斑的。"萍小姐稍带些遗憾地说道。

"不好意思，您说什么？"身旁的葛塔森太太用德语问道。

然而，"雀斑"并不是一个用德语交流的好话题。萍小姐可以想象到以德语复杂的语法和单词来交流这件事是怎样的一种后果，大概说的话都可以写成一本书了。或许用法语说更为妥帖，那是种词汇精致并且带有一种嘲讽的语种，而且还会带一些优雅的味道。

"这是您第一次来英国吗？"她们没有进屋，而是从花园穿过，走向了建筑的前端。

葛塔森夫人确实是第一次来到英国，并且对这个很会设计花园却对建筑设计一窍不通的民族感到惊讶。"我们所在的这个屋子还好，"葛塔森夫人说道，"'老宅'还是很不错的建筑，显然它是这里的人还很懂得建筑的时候设计的，你觉得呢？但从瑞典出发之后，在火车上和出租车上的房子真是难看。不要觉得我看待事情的态度很像俄国人，只是——"

"俄国人。"

"是的，就是指那种天真无知、对自己国家过于自负的人。我不是那种人，我只看不惯那些没有美感的建筑。"

萍小姐笑着表示，葛塔森太太恐怕对英国的烹饪也得过一些时间才能适应。

"这倒没有，"这位矮个儿的妇人对萍小姐的这个回答倒是很惊讶，"应该不会，我女儿曾经跟我说过，这个学校的伙食是按照营养的均衡搭配的，所以这并不是传统的英式食物。"萍小姐觉得"营养"、"均衡"似乎带着一丝勉强的味道。"她还说这里旅馆的饭也不正宗。她觉得她在度假期间去村民家里吃的乡村菜倒是不错，要知道，她并不是什么东西都喜欢的，比如她就不喜欢所有人都喜欢的北欧生鲱鱼。但无论如何，这里的烤肉、苹果的奶油馅饼、冷火腿肉还是好吃的，甚至可以让人称赞。"

所以，在穿过花园的时候萍小姐脑袋被各种美食充斥着：炸鲱鱼、燕麦粥、甜点、火锅、小肉片等。她没有算上猪肉派,就当没有这个东西一样,因为她总是觉得猪肉派不够文明。

转过建筑的角落便是前厅,她们一间教室敞开的窗子下停了下来,刚才的那些高年级学生已经开始认真地听着勒克斯小姐教授了。窗户打开的空间很大,浴室可以清楚地看到教室里的情形,萍小姐随意地扫了一眼教室里一排排的身影。

她开始移动目光之后,才发现这些面孔全然不是十分钟前在体育馆看到的那群面孔。她惊讶地仔细打量着这些孩子们,发现所有的兴奋、运动造成的脸色红润、对自己表现得满意感全都消失不见了。甚至似乎刚才那段快乐时光的影子也看不见,所有的脸上只是显得那么无精打采。

当然,也并不是所有的人都是这样的状态。比如,哈赛特的表情还是那样高兴,宝儿·纳什也是那么地完美有精神。但是大部分的人都是一副低迷的样子,还有还带有一丝愁容。就像是座位离窗户最近的英尼斯,她的鼻翼两侧居然出现了一道一直到下巴的法令纹,她还从来没看见这种痕迹在低于30岁的女人脸上见过。

萍小姐带着一种不适应的难受感觉转过脸去,就像是在一片明亮的阳光中发现了一大块阴影一样令人不愉快。在离开之间,她不经意间看到了鲁斯的脸,令她吃了一惊。她从这张脸上突然想到了华柏丝威!

可以和华柏丝威有什么关系呢?

脸上长着雀斑的鲁斯,和那位受到萍小姐敬仰的姨妈,二者的形象是完全不同的。

是的,完全不同。

那么为什么——天!等一下,不是她的姨妈,而是姨妈的那只猫。现在坐在教室里长着北方面孔的鲁斯的表情,就像是那只名字叫费拉德尔菲亚的猫在食物里发现了奶油——而不是牛奶——的那种那种表情,可以用"沾沾自喜"这个词来形容。

这次绝对不是什么偏见作祟,萍小姐认为一个刚在体育课上出现重大失误的人的脸上不可能会出现这种表情。她对鲁斯最后那一点勉强的同情顿时破灭了。

①大自然厌恶真空:这是亚里士多德的观点。他提出这一观点的背景是:他认为这个宇宙是由五种物质构成的,所有的空间至少被其中的一种物质填充,不存在"无物"的空间。

第七章

"萍小姐!""花核桃"突然出现,挽住萍小姐的胳膊说道,"我们一起逃跑吧。"

这是周三的早上,整个学校被笼罩在期末考试的沉闷气息之中,校园里一片安静。萍小姐靠在五条铁栏的大门上,望着远处的一片金凤花。这是莱斯体育学院花园最偏僻的一个角落,也是乡村的起点。这里属于拉博镇的控制之外,是如假包换的乡间花圃。花圃的末端有一条小溪,连接着的是学校的板球场,最终消失在一望无际的田野中,中途流经各种矮篱、树丛等各种景色。这一片交汇着金黄色、白色、绿色的大自然风光,静静地在初阳下睡着。

萍小姐依依不舍地将目光从这片美妙的自然景色移开,转移到了这个不知道还有多少花衣服的巴西女郎身上。她现在穿着另一件图案鲜亮的连衣裙,比上次那件花色图案的更加令人炫目。

"你有什么好的去处吗?"

"去村子里怎么样?"

"这附近有村庄吗？"

"在英国到处都有村庄，乡下不就是这样吗？与其他地方不同的是，这里有个比灵顿镇。从这里透过树梢望去，就能看见那里教堂顶上的气象指标。"

"看起来好远啊。"萍小姐一向不喜欢走远路，况且待在这花园里还挺舒服的，她已经有好长一段时间没有看到这么大面积的金凤花了，更别提享受欣赏的乐趣了。"比灵顿镇是个大地方吗？"

"是的，那里有两个小酒馆呢。"迪德洛似乎对那里了如指掌，"镇上还有典型英国乡村所应具备的全部事物。伊丽莎白女王还在那里住过呢，听说查理二世还曾经在那个镇上藏匿过。镇上的教堂里现在还埋葬着十字军的骨骸，其中有一个人长得很像我巴西家里的那个牧场管理人，那里农舍经常出现在店里出售的书上和明信片上，这个镇子——"

"是出现在那种导游书上吗？"

"不不，是那种有名的作家写的书，你肯定知道。我刚来莱斯体育学院的时候还读过他的书，书名是《漫天飘雨》。书里有各种胸脯和乱伦关系的事，书中也提到埋葬在比灵顿镇的烈士们，就是在上个世纪，有6个朝警察局投掷石块的人被判入狱。想想看，这居然是个有着这样史事的乡镇！话说在我的家乡那边，人们用不起手枪，只能用刀。最后我们用花瓣把尸体埋葬，痛哭流涕，过了一个礼拜之后就忘掉了这一切。"

"呃——"

"我们还可以去那个叫'小茶壶'的茶馆喝杯咖啡。"

"那一定是个爱尔兰的小店吧？"

外来的客人即使是再聪明也有犯错的时候。"我认真地告诉你，那真是正宗的咖啡。香味浓郁，口感棒极了。好不好嘛，萍小姐，反正只15分钟的路程，况且现在还不到10点呐，在1点钟被叫去吃煮豆子之前，我们也没什么可以做嘛。"

"你不用参加期末考试的吗？"萍小姐顺从地跨过迪德洛专门为她打开的栅栏门。

"我得参加解剖学的考试。你知道的，我只是觉得有趣。我每一节课都认真地听了，最后测试一下自己的水平，也是一件好玩的事情。再者说，解剖学也是挺有趣的一门学科。尽管学起来还是挺难的，极其限制人的想象力，但总归是值得一学。"

"我也觉得，起码在突发情况发生的时候不至于像个傻瓜一样。"

"突发情况？"显然迪德洛根本就没有想到这方面去，"对哦，也是。但我的意思是，这门学科不会过时的。但萍小姐，你的学科，请容我坦白，总有一天会不流行，不是这样吗？这门课听起来也还算有趣，但为此下真正的功夫我感觉不值。今天的明见往往会成为明天的荒谬，而解剖学就不同了，锁骨永远是锁骨，你能明白我的意思吗？"

萍小姐当然明白，她只是对眼前这个女孩的深谋远虑而惊讶。

"所以说，我明天会和低年级的学生一起参加解剖学课程的考试。这件事情值得表扬，我觉得我的祖母也会赞同我的做法的，所以今天在大家忙着解答谜题的时候，我就要陪迷人的萍小姐步行去比灵顿镇喝咖啡了。"

"谜题？"

"花核桃"从口袋里掏出一张纸，展开念道，"在遇到球在越线出界但并未着地之前，界内的球员击打或触碰将其带入场内的情况时，该如何判定比分？"

萍小姐哑然。此时真是无声胜有声，她将这张纸重新叠好，放回口袋里。

"既然她们还进行课程谜题的解答，你怎么会拿到试卷的呢？"

"是雷格小姐给我的。她说，希望这个能让我开心一下，确实很有成效。"

在金黄色的金凤花园和纯白色的山楂树篱笆之间有一个直接通往小溪边的小路。她们此时停留在桥上，静静地望着柳荫下的流水。

"那里，"迪德洛指着溪水那边的地平线，"那里就是就竞技场。到了冬天，场上会积满了淤泥，她们只好在鞋子上绑上绳子来防止滑倒。"萍小姐觉得迪德洛的语气就像是在说："她们打上鼻环只是为了吸引大家的注意。"因为她的语气太过绝对了。迪德洛接着说道，"我们现在正在往下游走，下一座桥就会直接通到马路上了。其实也不能算是真正的马路，就是一条小路。"她边说着，边轻盈地走向树荫下的小路，就像是一只优雅而靓丽的蜻蜓。萍小姐对她接下来竟能不去发言来破坏这美好的意境而感到惊奇。

当她们走在路上的时候，她终于开口说话了："萍小姐，你带钱了吗？"

"没有。你呢？"萍小姐因为沮丧不由得停下了脚步。

"我也没有。没关系的，奈薇儿小姐一定会资助我们的。"

"奈薇儿小姐？"

"就是茶馆的老板娘。"

"这倒是让人感到惊奇，难道不是吗？"

"我不这么觉得。因为我经常忘记带钱，但奈薇儿小姐一向很亲切。萍小姐，别在沮丧了。我在那镇上的声誉还算不错，你看我的好了。"

确实，这个小镇就像迪德洛描述的那样，奈薇儿小姐也是如此。"小茶壶"茶馆也名不虚传。按理说，对那些喜欢新式花样面包、奶酪和啤酒的人来说，这种传统的旧式茶馆是不屑一顾的。但对于喜欢喝茶，并且对乡间面包铺附近的小店、粗糙且不算卫生的面包、洗不干净的茶杯以及浓黑的纯正茶水情有独钟的人来说，这家店简直让人喜出望外。

这家茶馆里无处不存在文学作品中描述的乡镇风情：带有手绘印度式树木图案的瓷器、厚重的橡木桌子、詹姆斯一世时代花色的麻质坐垫，没上釉的粗陶盆里随意地插着几棵植物，窗台上还有一些手工艺品。一进屋就可以嗅到浓郁的烤蛋糕香气，屋子后方正对着花园，阳光从窗外射进，使房间里充满明亮的光线。一切都是那么和谐、宁静。

体型壮硕的奈薇儿小姐穿着印花的棉质围裙如接待老朋友一般欢迎迪德洛的光临，并问道她是否"像你说的那样想在大西洋另一头一样玩曲棍球"。"花核桃"把这个将她同布鲁克林小巷一概而论的问题并无兴趣。"这位是萍小姐，著有许多心理学的作品，现在正在莱斯学院做客。"迪德洛颇有礼貌地向店主介绍萍小姐，"我向她推荐了你这里的咖啡，按理说客人也应该遵循一些基本的理解。但很不巧我们两个恰好今天都没带钱，我们想在这里先吃一顿，以后再来付钱，行吗？"

这个提议对于奈薇儿小姐似乎是在寻常不过的了，她毫无异议地走向厨房去准备咖啡了。这时候的茶室里空荡荡的，因为让主上，并没有其他客人。萍小姐得以随意走动着，观察着这里陈旧痕迹和新鲜艺术品的完美交汇，虽然也看到了那个用棕榈树叶编制的坐垫，但还是很高兴奈薇儿小姐并没有采用那些俗气的仿铜门门把手。随后与迪德洛一起在桌边坐下，看着外面的街景。还没等咖啡上来，店里进来了一对中年夫妇，他们是开车来的，似乎是在找着什么地方。他们的车像是乡镇医师常开的那种：耗油量低、三四年前的旧款式，但从车子上下来的那位微笑的妇人看起来绝对不像是一个医师的太太。她留着一头灰色的头发，有着苗条的身材和细长的双腿，玲珑的脚合适地容纳在质地上好的靴子里。萍小姐以欣赏的眼神看着来者，现在已经很少能看到这种气质极佳且出身良好的人了。

"要是在我的家乡，"迪德洛同时也在打量着夫人，并向那辆车投以鄙视的眼神，"这样的女人外出时总会再加上一个专职司机和一位仆人。"

这对中年夫妇表现得似乎有些不寻常，萍小姐边看着他们进门边想着，他们这副轻松的样子似乎正是在度假。他们走进来向茶馆里的萍小姐和迪德洛投去疑问的眼光。

"没错,应该就是这里了。"那位优雅的妇人说着,"那里就是她说的那扇对着花园的窗子,看,上面确实刻着旧伦敦大桥。"

他们移到窗户前的桌子旁坐了下来,像是被某件事物吸引一样,开始安静地研究、讨论。萍小姐松了口气,如果让她为这位夫人选择一名男子,她一定也会选择同一个人的。他可能过多地带有些忧郁的气息,因此也更能固执于自己的想法,但还是仪表堂堂。他让萍小姐想起某个很受称赞的人物,但具体又想不起到底是谁。大概是那两道眉毛的缘故吧,深色的浓眉低低地垂在双目之上。她还发现他身上的西服略显陈旧了,虽然在熨烫上花了一番工夫,但还是能看出陈旧的模样。妇人穿的粗花呢套装也有些寒碜,甚至在脚踝处能清楚地看到丝袜修补的痕迹。她的双手很粗糙,像是长期做家务活造成的。她优雅的灰发也只是简单地打理了一下,没有夹发卷,也没有梳成波浪。这个看起来生活困窘的妇人为何会表现得如此快乐?是因为和心爱的丈夫正在进行一次久违的旅行吗?只是因为这样就会让她迷人的双眸发出如此纯粹的光芒吗?

奈薇儿小姐端着咖啡和一大盘香气浓郁的蛋糕走了过来。蛋糕像是刚出炉的样子,松脆的边缘看起来更加引人食欲。萍小姐最终下定决心,就只放纵这一回,把体重的问题先忘掉,好好地吃完这一顿。不过,她似乎经常会做类似的决定。

她正倒着咖啡的时候,听到那位男士向奈薇儿小姐说道:"早上好,我们是从西边来的,专程来尝尝你们店的松饼,不知道有没有时间能帮我们准备一份儿?会不会耽误贵店早上准备的时间?"

"如果太忙没时间也没有关系,"那妇人也开口说道,"我们也想点那个闻起来味道好极了的蛋糕。"

奈薇儿小姐回到准备烤松饼的时间可能会长一些,因为要现准备做松饼的面糊,并且按照规定的步骤会更麻烦一些,毕竟放太久的材料做不出正宗的味道。而且,夏天很少客人会点烤松饼。

"我也是这么想的。就是因为我们那在莱斯体育学院念书的女儿很喜欢这家店的烤松饼,而且,这可能是我们唯一来到这里品尝的机会了。"妇人说着,笑了起来,一方面可能是因为马上能见到女儿开心,另一方面似乎是为自己孩子气的要求。

原来是这样,他们是学生的家长。

是谁的父母呢?萍小姐透过咖啡杯的上沿打量着他们。

或许是宝儿的父母?不,当然不是,宝儿家里还是很有钱的。

那么还有谁呢?或许是戴克斯?但也有问题,她那头亚麻色的头发绝对不可能继承于一位深发色的男士,这位稳重的女士也不可能培养出戴克斯这样鲁莽的性格。

突然,她认出了那对眉毛。

玛丽·英尼斯。

他们一定是英尼斯的父母。说来也挺奇怪,短短这么一会儿时间便能从他们身上看出英尼斯的影子。她端庄沉稳的性格、不属于这个世纪的表情以及她无法痛快享受人生的态度。对生活水准有一定的要求却没足够的经济来源维持。对于一个正处于上学年龄的女孩来说,这确实是一个不小的心理负担。

奈薇儿小姐离开之后,空气里产生了一丝由安静造成的尴尬,于是萍小姐听到自己的声音:"恕我冒昧,请问二位是姓英尼斯吗?"

他们带着一股迷惑的神情转向她,片刻沉静后,妇人笑了起来问道:"是的,我们是曾经在哪里见过面吗?"

"不,未曾,"萍小姐正在后悔自己的一时冲动使自己陷入了困境,她感到自己的脸正在不受控制地红了起来,"可我认识您丈夫的眉毛。"

"我的眉毛？"这回是英尼斯先生说话了。

他聪慧而善解人意的妻子又笑了起来。"一定是因为玛丽！你们是从莱斯学院来的吧？那你是认识玛丽吗？"话间，她的脸色又亮了几分，就连声音也提高了起来。你是认识玛丽吗？是因为马上就要见到自己女儿的缘故，才会这么高兴吗？

萍小姐简单地做了自我介绍，也介绍了一下迪德洛，后者很开心地听到这对夫妇对自己的情况了如指掌。"凡是有关于莱斯学院的任何事情我们都一清二楚。"英尼斯夫人说，"即使这是我们第一次来到这个地方。"

"二位还没去过莱斯学院吗？对了，如果不介意的话，能过来我们坐在一起喝咖啡吗？"

"玛丽没到这里念书之前，这里对我们来说是个相当遥远的地方。所以我们决定，在她学业即将完成时候，来参加她的成绩发表会。"萍小姐猜想这其中的缘故可能大部分是由于旅费的限制，身为一位母亲绝不会只是因为距离，才这么多年来第一次自己女儿的学校，其实她内心是很想亲眼看看女儿的上学生活环境的。

"那二位现在要和我们一起去莱斯学院吗？"

"不，现在还不去。你们一定很好奇，因为我们要先去一趟拉博镇。我的先生是个医生，要去那里参加一个医学会议，所以我们现在还不打算去学校。何况现在还是期末考试的时间，我们这么突然跑过去，会让玛丽分心的。虽然这么却过门不入是件很说过不去的事，但我们已经等了这么长时间了，再等几天也没什么关系。真正不能拒绝的是不绕个远路来比灵顿看看。没想到会在这个时间遇到学校里的人，尤其还是在考试的时间。我们来就是想看看玛丽提到的这个地方。"

"我们了解在成绩发布的当天并不会有很多空闲时间，"英尼斯先生说道，"到时候恐怕会有很多要看的东西，听说她们的教学成果很多样化的，是这样吗？"

萍小姐表示这是再正确不过的了，并说着她在教员身上看到的多元化世界。

"那就好，当时玛丽选这个学校的时候，我们还不太理解，她原先对体育项目并没有多少兴趣，我们以为她会去学医，但她说希望自己的将来会有更多的选择，看到她做了一个正确的决定。"

萍小姐想到了那双浓眉所表现的惊人意志力，果然她通过相貌读人的判定是正确的。英尼斯是属于那种一旦下定决心就不会轻言放弃的人。是的，眉毛是下结论的主要因素。如果有一天她不再专注于心理学，她要去写一本关于面相的书。当然，她要用个笔名，毕竟现在的知识分子还是看轻面相的学说的。

"你们的女儿很漂亮，"迪德洛突然说道。在她吃了一口带有香气的蛋糕之后，发现大家在惊异中沉默了下来。"在英国，在父母面前称赞女儿的美貌是一件很失礼的事情吗？"

"不，"英尼斯夫人连忙回答道，"当然不，只是我们从不觉得玛丽是属于那种长得很漂亮的女孩。尽管她看起来还算不错，起码我们自己是这么认为。她是我们唯一的女儿，作为父母，总是认为自己的孩子会更可爱。她——"

"我刚来学校的时候，"迪德洛在萍小姐惊讶的眼神中又拿起了一块蛋糕，天知道她怎么保持自己的身材的，"当时正好在下雨，树上的叶子沾着雨水，就像是一只只倒掉的蝙蝠，大家为了避雨都急急忙忙地乱跑，还不忘相互寒暄着，就在这个时候我看到一个女孩，她不乱跑也不说话，长得居然有些像我祖母家的那副曾祖母的祖母的画像，我就对自己说：'看，这还不是一个蛮荒之地，毕竟还有一个这样的女孩在这里。'所以我决定要留下来。萍小姐，还有咖啡吗？她不是漂亮而已，是一个具有美德的美人。"

"那宝儿·纳什也算吗？"萍小姐不忘维护着宝儿。

"在英国——萍小姐，牛奶只倒一点就好，谢谢——圣诞节的时候总是会刊登一些漂亮的人物像，可以让人裱起来挂在壁炉上的那种精致照片,但这是为了保持心情愉悦,尽管图片都很靓丽——"

"好了好了,"英尼斯夫人插言道,"你说的不对。宝儿很可爱也很迷人的。对了,我忘了你们也认识宝儿。"她又转向萍小姐,"你大概认识她们所有的人,但我们只认识宝儿。有一次复活节,她曾经来我们家里度过假,因为这时候西部的天气会更好一些。玛丽夏天的时候也去宝儿家住过几个星期。我们很喜欢宝儿的。"她看了看丈夫,想征求他的附和,因为他几乎没有参与过对话。

英尼斯医生坐起身来——他没坐直的时候,就像一个过度的工作狂——脸上露出了一种像小男孩一样淘气和感到有趣的神情说,"看到我们能干又自信的小玛丽被别人照顾,这真是件很神奇的事情。"

英尼斯夫人尽管对丈夫的回答还不够满意,但仍然决定继续进行这一个话题,"或许,"她似乎是第一次认真思考这个问题,"玛丽的自信或许是一种天生的表现,所以她也会觉得被人照顾也是一种不错的体验。"接着她又接着说道,"我认为她们是相互取长补短,因此才会成为好朋友。我为此感到高兴,因为我们真的都很喜欢宝儿,也是因为玛丽这种性格并不容易遇到交心的朋友。"

"听说她们的课程安排非常紧张?"英尼斯先生问道,"我看她笔记本的时候回想为什么她们要学一些就算是医学院的学生也会在毕业之后忘记的东西。"

"比如绒毛横剖面。"萍小姐突然想到了这个词。

"是的,净是诸如此类的东西。你在这几天学了不少关于医学的东西嘛。"

烤松饼被端上来了,尽管没有完全按照规定的制作程序来,但食物发出的香气值得让人专程从西部开车过来享用。真是一次愉快的聚餐。萍小姐感到整个茶室里处于一种和谐的气氛,正和外面明媚的阳光所对应。即使在英尼斯先生匹配的脸上也看到了一丝轻松与满足,而英尼斯夫人,似乎只要能谈到女儿的事就会让她开心。并且,再过几天她就可以去亲自探望女儿了,顺便验收她学习成果。

萍小姐心想,如果自己当初一意孤行回到伦敦就会失去分享这份和谐的机会。上午11点,我都会做些什么呢?大概是独自一人在公园散步,或者正在为不想参加的文艺界聚会想借口中吧。现在,正是因为英尼斯医生要去参加会议才会碰巧有了这一切,不,准确地说,应该感谢多年前的涵妲为她打抱不平。然而阳光灿烂的英格兰六月天将30年前阴暗的学校大厅扯上关系实在是太勉强了。但是,不能确实也否认那里是一切事情的起源。

"真是个愉快的上午,"英尼斯夫人再次来到了街上,"一想到我们马上又会碰面就感到很开心。你会一直留到成绩发布的时候吧?"

"但愿如此。"萍小姐不确定涵妲是否能容忍自己长时间地占用学生宿舍的床位。

"约定好了哦,不要向任何人提起曾经在这里看到过我们。"英尼斯先生说道。

"当然,我们发誓。"二人目送着她们的新朋友走向车子。

"你觉得我可以让汽车加速的同时不会蹭到前面的邮局吗?"英尼斯先生在顾虑着自己的车技。

"我不想看到比灵顿镇为我们而添加几个牺牲者了,"他机智的妻子回答道,"无辜的牺牲总是令人惋惜。不过,话说,亲爱的,没有冒险的人生岂不是很无趣?"

因此,英尼斯医生选择发动引擎,开始了冒险之旅。车子的前轮擦上了邮局雪白的墙壁,留下了一大块轮胎痕迹。

"杰维斯·英尼斯的标记,"英尼斯夫人从车窗上向她们挥手,"成绩发布会那天再见!"

她们直到看着汽车消失了踪影才回过身来,走向通往莱斯学院的小路。

"真是一对好人。"迪德洛说。

"是的,很有魅力。想起来好巧,如果不是你今早提议想来这里喝咖啡,我们可能永远没机会碰到他们。"

"因为信你,我才这么说的啊,听好了:这就是典型的让外国人羡慕的英国人,沉稳、有教养，还仪表堂堂。他们看起来很穷，你注意到没，那位夫人的衬衣都快洗破了，甚至看不出原来的颜色了。她往前仰的时候，可以看见领口。这么好的人却这么贫穷，真是不应该。"

"都离女儿这么近了还不能去看她，英尼斯夫人一定会感到很遗憾吧。"萍小姐说道。

"应该是的，但这位女士也是很有个性的。她不来是正确的选择，现在所有的高年级学生都忙得抽不出一点空。抽走时间的一瞬间，所有的计划就会像楼房一样，全部倒塌了。"迪德洛边从河岸上采了一朵雏菊，边发出咻咻的笑声。这是萍小姐第一次听到她发出这样的笑声。"我真不知道她们会怎么解答那个越界的谜题。"

萍小姐在想英尼斯会在每周的家书中怎么描述她。"一定会很有趣的，"英尼斯夫人说，"读玛丽家书的时候，我会特地去看她怎么说你的。"

"英尼斯会竟然会让你想到画像中的人，这也挺有意思的。"萍小姐看着迪德洛说，"恰巧她也会让我有这种想法。"

"是的，那是我曾祖母的祖母。"迪德洛把雏菊丢进小溪中，看着流水慢慢把它载走。"但我没向那对善良的人说出全部的内容，我曾祖母的祖母是个在那个时代不受欢迎的人。"

"噢？或许是因为害羞，现在不是说有种自卑情结嘛。"

"这我就不清楚了。她的丈夫死得太轻易了，丈夫太轻易的死往往会让妻子很好不过。"

"你的意识是她谋杀了自己的丈夫吗？"萍小姐沐浴着夏日的暖风惊骇地问道。

"不，不是这样的丑闻。"迪德洛带有些嗔怪地回答道，"只是她的丈夫死得过于巧合，他是个又酗酒又赌博的男人，还没什么魅力。有一段阶梯的木头送了，有一天他喝醉以后不小心踩了上去。只是这样。"

"她后来有再婚吗？"萍小姐对这个故事颇为感兴趣。

"没有，她再没有爱上过别人。她独自一个人把儿子拉扯大。并且很幸运！儿子没有染上赌博，把自己的土地资产也管理得很好。她自己很会管理资产。我祖母继承了这一点，她从远处来嫁给我祖父的时候，从来没有离开过伦敦西区，但几个月后，她已经完全掌握了管理的事项。"迪德洛毫不掩饰地赞叹道，"真是一群了不起的英国人。"

第八章

对涵妲极度温顺的秘书蹑手蹑脚轻轻走了进来，在萍小姐面前的桌上放下了当天的几封信件。为了给勒克斯小姐的阅卷时间空出更多时间，萍小姐主动要求代替她给高年级的病理学期末考试监考。她困惑地看着试卷，实在想不明白像关节炎、淋病、脓疮类似的字眼出现在美好夏日早餐过后的原因。"肺气肿"还好一些，这个名称的拉丁名更容易让人想到一种园丁栽培的花卉。或者是"胸椎弧度"也可以，像是在描述大丽花的轮廓。"脊髓"的拉丁名有点像攀爬的蓝色小花，在成熟后会变成粉红的那种。"脊髓痨"则像是那带有异国风情且有昂贵的百合花了。

舞蹈病，脊柱侧弯，空凹足。

天！这些孩子们能完全弄懂这些是什么东西吗？

根据下列不同状况，如何区分不同方式的治疗：（1）先天（2）外伤（3）歇斯底里。

对了，现在自己还不具备同情这些孩子的身份。

她从讲台上同情地看着下面的学生，他们都在为自己的未来奋力书写着。尽管各自的脸上都摆着严肃的表情，但也并非都是焦虑。似乎只有鲁斯显得格外担忧。萍小姐发现她现在充满忧虑的脸上比她那装模作样的神情更为真实一些，因此对她也投入了一部分同情。戴克斯把头埋进试卷中，每看完一道题就吐一次舌头，叹一口气，如此循环反复。宝儿则是一副信心充足的样子，从容答卷的姿态就像是在优雅地写着一张邀请函，"困惑"这个词既不属于她现在的人生，更不会存在于未来，她的人生不会有任何怀疑。斯图尔特在红发的衬托下脸色显得更加苍白，但嘴角仍然保留一丝微笑，要知道，她的将来已经有了保障：她要回到家乡的科尔多瓦学院任教，萍小姐已经受到了她庆祝会的邀请函，当时女孩对自己说道："按理说我们没有邀请教员参加私人派对的习俗，但您不算是正式教员，所以邀请您以朋友的身份来参加。""门徒们"散落地坐在前排，是不是还交流着眼神，这是她们共同擅长得科目，而且显然她们也没什么值得担心的问题。曼彻斯特如果有幸得以聘请她们，则花费的每　分钱都是物超所值。英尼斯坐在靠窗的而为之，时不时地抬头看看窗外的花园，似乎是为了提神，但从她游刃有余地答题节奏来看，她并不需要什么外来灵感，她只是为了寻求一种精神上慰藉，她好像在说着："看，美景依然在那里，教室外面有一片广阔的天地。"英尼斯的神情似乎是在抹去对学校的最后一丝留恋。从鼻翼到嘴角的那道长长的皱纹还在那里。

萍小姐从勒克斯小姐的抽屉中拿出裁纸刀，准备拆看送来的信件。其中包括三张账单，这放到最后看，另外还有一张收据、一张报表还有一个四四方方的精致信封。这个深蓝色的并且看起来很昂贵的信封表面烫印着猩红色的名字：米莉森特·克雷。这简直是女演员自我推销的常用方法。信只有五行笔画粗犷的大字，内容是感谢她对仁爱基金的捐献。最后一封则是从蒙莫朗西太太那里的来信了。她用裁纸刀打开了这封信。

　　大人（除此之外，蒙莫朗西太太还写了许多错别字）：
　　　　照您告诉我的，我由(邮)寄了紧急包果(裹)。是有挂号的那种。老福今天去工作的时候已经丢到威莫街的由(邮)筒里了，收具(据)也放在一起。我也照分（吩）付（咐），把蓝色的信和衣服包在一起了。你的粉红针织上衣还没洗回来，我就放了另一件，希望是对的。
　　　　大人，不要说我多嘴，但是我说的是为了你好。一个女人自己书写又没有其他的年清(轻)人作伴，这样不好。不要说我多管事，我真的是为你好，你是我做过事的最好的女人，老福也是这么说的。但他也说好女人到处跑看事情不好。不要说我多嘴。
　　　　　　　　　　　　　　　　　　　　　　　　　　　　蒙莫朗西太太竞(敬)上
　　另，硬刷子放在戎(绒)鞋脚尖里了。

　　萍小姐读罢信后，好长一段时间都沉浸在激动中，她无法忘怀蒙莫朗西太太对自己的关怀。蒙莫朗西太太曾经为了洗衣店而发火，为她念太多书而交了太多学费而愤愤不平。公立学校并不能根据每个人的特点教养人，但初级学校确实应该采用一种小班编制的读写和算数课程，来确保像蒙莫朗西太太这样的人有良好的写作基础。就像是家中之前的兼职园丁老麦尽管在12岁就离开了学校，但在写作这一方面甚至不低于有大学学历的人，原因就在于，他在离开家乡之前，上的乡村小学就是小班编制并且配有优秀的老师。

　　当然，这也是因为在他童年的那个时代良好的教育甚至比牛奶更加重要。受过教育之后的人就会有无限的可能性，可以具有应对一切的能力。老麦就是只配着吃精面粉制的小圆饼干，最后在高龄92的时候结束了他有活力的一生。

　　鲁斯小姐脸上表情的转换打断了她的回忆。鲁斯又做出了一种完全令萍小姐讨厌的神情。是的，她见过鲁斯脸上失望、阿谀奉承、装模作样以及忧心忡忡的表情，但现在是一种偷偷摸摸的样子。

有什么原因让她偷偷摸摸呢？

萍小姐仔细观察了她好一会儿。

鲁斯抬起眼睛，正好对上了萍小姐的视线，于是又将目光转向他处。偷偷摸摸的表情又被取而代之了，余下的是一种"故作轻松"。萍小姐太熟悉这个表情了，她曾经的小学教师老师的经历也让她有些许收获。偷吃糖的小学生往往会做出这种表情。在法语课上偷做算术题的学生也会有这种表情。

考试作弊的学生也是的。

涵妲说什么来着？"理论科目对她来说可能会比较难，……"

原来是这样。

显然记忆那些"肺气肿"那些和花卉名字相近的名词对于鲁斯小姐来说过于困难了。她不得不借助一些其他的东西来辅助。但她究竟会利用些什么东西，那东西现在又在什么地方。不可能是放在膝盖上的，因为课桌是前后开放式的，没有隔板的遮拦，并不是藏东西的好地方。也不会是手指甲，因为那里太小，不足以记下病理学的名词解释，要是写方程式还差不多。剩下最有可能的地方就是袖子了，不管袖口有没有松紧带都没有影响。但今天这些女孩们穿的统一是短袖。那到底是在哪里呢？还是说她只是想看看前座欧唐娜的试卷，或者是右侧的托马斯的试卷？

萍小姐摆出再次阅读信件的样子，等待着时机，所有当过老师的人都会这一招。她还是时不时地抬眼看看下面的学生，过了一阵，直接看向了鲁斯。鲁斯正在奋笔疾书地写着，左手抓着一条手帕。一条手帕恐怕容纳不了病理学复杂的内容，而且也不太容易使用。但进一步想，在莱斯学院手帕可不是常见的日用品，恐怕除了现在的鲁斯之外，没人会拿着像这样的一条手帕。所以萍小姐断定，所有的奥秘一定都藏在鲁斯的左手上。她的座位恰好是最后一排靠窗的最边上，她左侧是一面墙，没有人能看到她的小动作。

萍小姐思量着，现在到底应该怎么做呢？

是直接走到教室后头，勒令让她把手帕交出来，结果发现那只不过是一条最普通不过的右上角仔细地绣着主人名字缩写首字母的九英寸大小的麻布手帕呢？

让她交出手帕，然后在高年级学生们最焦虑的时候制造出一件比暴风雨还猛烈的丑闻？

或者是一直盯着鲁斯让她绝没有任何机会看小抄，自己则保持沉默？

最后这个方法看来是最低调且影响最小的。嗯，到现在为止也没有看见她有什么机会作弊，仅仅因为一件小事便将一个人定罪是不对的。

萍小姐走下了讲台，慢慢走向教室的后部，最后停在托马斯和鲁斯之间，靠在教室后方的墙上站着。托马斯停下笔冲她笑了笑，鲁斯则没有抬头，过了一小会儿，她悄悄地把手帕以及她要隐藏的东西放到了上衣的口袋里。

好的，她近乎完美地打破了这张阴谋，但心中却没有感到一点成就感。她第一次发现一个在小学生身上发生幼稚的欺骗伎俩会出现在高年级的期末考试上，这感觉真是令人讨厌。她还在庆幸幸好这件事是发生在自己原本就不喜欢的鲁斯身上，其他学生并没有受其影响。在回到讲台之后，她也无法平复自己愤愤的心情，她对面前的信件失去了一切的兴趣。她竟然忍不住为鲁斯感到难过。是的，就是难过。因为她知道，这是个努力的女孩，如果所有的流言都是真的话，那么她不是因为偷懒而不得不想出这个办法。她只是发现自己在认真学习过后仍然没有办法拿到好成绩，才会做到这一步的。

由于换了个角度，萍小姐的心情变得轻松了一点。于是，在接下来的时间里，她一种宽容的心态来缓解小抄事件。她继续研究手上的试卷，惊叹试卷所囊括的广大范围，甚至对鲁斯如何把这么多内容融会在一个小小的手帕上感到好奇，她都有点想问问了。

最后可能的情况是，鲁斯只是为一门或者两门的科目准备了小抄。

英尼斯第一个开始整理自己的试卷，她最后仔细地浏览了一遍试卷，又做了一些小小的改动后把试卷放在桌上，又静静地坐着欣赏了一会儿窗外的景色，然后站起身来，把试卷放在了讲桌上。

"天哪！老天爷！"戴克斯哀叹道，"居然有人已经交卷了吗？我还有一半没写呐！"

"请安静，戴克斯小姐。"萍小姐尽职尽责地说着。

戴克斯回以一个大大的笑脸，然后继续埋头答题了。

斯图尔特和宝儿·纳什紧跟在英尼斯之后交了试卷。再过了一会儿，萍小姐眼前的试卷渐渐地多了起来。此时离考试结束还有五分钟了，教室里还有仅剩的三名学生：一个是托马斯，深肤色的威尔士人，看来充足的睡眠并没有给她学习的时间；一个是仍不放弃、奋笔疾书地戴克斯；还有一个就是面带焦虑、不痛快的鲁斯了，显然她现在的心情极为复杂。还有最后两分钟的时候，只有鲁斯一个人了，她将试卷翻来覆去，不断地做着最后的涂改、删减。

终于最后的铃声响起了，彻底打断了她的犹豫不决，她所有的答案从一刻开始都已经成为定局。她匆匆忙忙地将试卷摞在一起，放在萍小姐面前的讲座上：她知道这里铃声背后的额外意义，她得立刻去体育馆集合，馥若小姐可不会因为考试题太难而容忍她的迟到。萍小姐本以为她会不自主地避开和自己眼神的接触，或会有一些类似的举动。但鲁斯的一个大大的微笑和一个直白的叹气打消了她的这个想法。

"唉！"鲁斯呼出了一口气，"太可怕了！"说完，就小跑跟到队列的后面去了。

萍小姐带有几分懊恼地看着眼前的试卷。从头到尾只是她一个人的想象，鲁斯并没有作弊，至少没有经常性的作弊。现在再想想，刚才那点偷偷摸摸的神情可能只是因为自己是在答不出来而产生的，或者最差的情况也不过是想瞄一眼隔壁同学的答案。她脖子上的红晕大概也只是自己被怀疑作弊的缘故。萍小姐想起自己还是学生的时候，即使一件错事不是自己做的，也为因为被怀疑脸上也会因为这种无须有的犯罪感而变红。她必须要向鲁斯说声抱歉，是的，她觉得得想个方法来补偿她。

她把试卷整齐地摞好，又习惯性地把它们以姓氏字母排序，点了一遍确定数量没错之后，就带到楼上勒克斯小姐房间里去了，很庆幸，没有被要求批改这些试卷。房间里没人，她把试卷放桌上之后停留了一下，离午饭开始的时间还有一个小时，该做些什么呢？她觉得自己可以去看看体操训练，但又必须提防自己不能看得太入迷，否则会在教学成果观摩日正式表演那天失去新鲜感。自己可是好不容易才使得涵妲点头同意自己待到那天的——其实也没费什么力气——她就是不想因为今天的贪心而失掉了看演出的兴趣。她走下楼梯，在拐角处的大窗户面前散步，18世纪的建筑师真的很会设计，现代建筑的楼梯拐角处可不会有这样可以漫步的地方，只会有窄小的楼梯，以及一个只是为了照明的小舷窗。从这里朝远处望去，可以穿过院子看到草地上的榆树和与其相连接的小溪。她想现在去金凤花园那里待一会儿。在这样阳光明媚的夏日里，没什么比凝视一片最喜爱的花海更令人愉快的事情呢！于是她顺着建筑的侧翼，慢慢走了下去，准备通过通往体育馆的那条遮阴小路前往那片花圃。

走到遮阴小路上的时候，她突然注意到旁边草皮上有一块不正常的颜色。原先她认为那是一朵花的花瓣的颜色，但随即发现那颜色是一块方形的，不可能是花瓣的形状。走进仔细一看，那是一本小型的记事本，表皮是一种褪了色的红色皮革，看起来是和皮包配套的那种本子，那应该是一款旧式的皮包，因为皮革的样式不是现在流行的额样子。她心不在焉地想着旧款的女士皮包以及其中所容纳的东西，小香水瓶、金笔、象牙制的小写字板……她打开记事本想看看上面有什么线索，内页里密密麻麻地写着小字："病理。解剖。外伤改变。关节膜纤维素。纤控组织。毛细。折叠。及骨。关节僵硬。发烧。"

这些内容当然和萍小姐毫无关系，但她确定一眼就看出这内容的用途。她继续往后翻着，发现每一页都按照字母的排序写满了语句简单的描述。即使在"X"为首字母的一页，也写满了关于X射线的资料。萍小姐感到了极大的挫败感，显然这是一件有预谋产物。绝对不可能是临时抱佛脚、在惊慌之中准备的，而是在全备的思考之后用来对抗的手段。本子上所有资料整理以及抄写的方式都是针对所学过的科目有计划地依次誊写的。如果这是一本尺寸正常的笔记本，那这肯定是一本再普通不过的课堂笔记本。但事实是，没有人会在做笔记的同时还会准备这样和邮票册差不多大小的本子写满了内容，毕竟一本普通的本子也没多少钱。这种大小笔记本的用途恐怕只有一个。

萍小姐现在已经清楚地知道事情的原委。鲁斯在小跑追上前面的队伍时，拿出了上衣口袋里的手帕，她原先从没有在手帕中夹带东西的习惯，而且现在她的心思都在刚才一塌糊涂的试卷上，又害怕会在体育课上迟到，所以就没注意这本夹带在其中的小本子掉落在了这小路旁边的草地上。

露西拿起本子穿过了体育馆，走出了带有五条栅栏的铁门，对心中向往的那片金凤花海视而不见，只是默默地走向柳树下的绿荫，随着流水慢慢地踱来踱去，她停靠在桥的栏杆上，看着草地和水中小鱼的跳动，出神地想着鲁斯。那本记事本上并没有写着任何人的名字，也没有任何可以找到主人的特殊标记。页内使用的草书也无法轻易看出字的主人，毕竟现在学校里同时普及楷书和草书的教学。要是字迹分析专家或许可以得出结果，但那又能怎么样呢？现在没有任何证据可以证明这本小本子的用途是用来作弊的，里面的内容也不是什么不合法的记录。如果她把这本本子当作一件普通的失物交给涵姐，会怎样呢？大概没人会来认领，但另一方面，涵姐要面对这样的事实：在高年级的学生中，有人准备了这样一本可以当作小抄的本子。

如果她保持沉默什么也不说，鲁斯就会受到一辈子都在猜想这本记事本去处的惩罚。萍小姐觉得这样的惩罚似乎是最合适的。她最后一次翻了翻手上的本子，又猜想了一下本子的年代，身体往前一倾，将本子丢进水里了。

在回学校的路上，萍小姐一直在想鲁斯是怎么通过其他科目的考试的。病理学并不是最难的科目，就像是运动机能学甚至还会更难些。鲁斯要是对理论类的科目都有这种困难，那她是怎么克服原先的考试的呢？那本红色的记事本，或许只是她手头众多类似的本子的一本？难道那一只极细的绘图笔只是为了一门科目准备的吗？萍小姐想，如果仔细找，除了像那本红色小本子一样小尺寸的，一个人还是有可能有其他差不多大小的本子的。或许鲁斯就是从这本小本子上才想到了应付考试的方法。

她突然想到，前几门科目的考试成绩已经在学生入口处的公告栏上公示出来了，于是她确定不绕路去前门，而是直接去中庭的入口。果然，绿底的公告栏上已经有好几张低年级的成绩单了，其中还有三张高年级的成绩。萍小姐饶有兴趣地看着。

生理学期末考
特优
玛丽·莫尼斯93
优等
葳玛·哈赛特87
宝儿·纳什86
辛娜·斯图尔特82
宝玲·卢卡斯79
珍妮·盖林琦79
芭芭拉·鲁斯77
甲等
朵喜·赖托蔷74

碧翠丝·艾佩71
琼恩·戴克斯69
爱琳·欧唐娜68
玛嘉丽·坎贝尔67
露露·威麦66
莉安·玛修斯65

其余的学生都及格通过了。好啊，这个鲁斯居然能进入到优等，尽管只有两分就要到甲等了。露西接着开始看第二张成绩单。

医学期末考
优等
宝玲·卢卡斯89
宝儿·纳什89
玛丽·英尼斯89
朵喜·赖托蔷87
露露·威麦85
葳玛·哈赛特82
辛娜·斯图尔特80
莉安·玛修斯79
芭芭拉·鲁斯79
甲等
珍妮·伯顿73
珍妮·盖林琦72
爱琳·欧唐娜71
琼恩·戴克斯69

其他学生也全部及格通过了。而鲁斯再次在优等榜上有名。

运动机能学期末考
特优
玛丽·英尼斯96
优等
宝玲·卢卡斯89
宝儿·纳什88
辛娜·斯图尔特87
葳玛·哈赛华85
露露·威麦80
珍妮·盖林琦79
琼恩·戴克斯78

芭芭拉·鲁斯78

又是个优等，三门考试三次全都是优等。这个女孩真是在理论课目上吃力吗？看来，她有其他小册子存在的可能性极高。

幸好今天已经是周五了，明天就能知道其他考试的成绩了。经过今天考场上的经历，鲁斯恐怕在明天上午的考试不敢再故技重施了吧。如果她已经给明天的考试准备好小抄的话，应该也用不上了。

她继续研究着成绩单上的排名，她为戴克斯能有一科拿到优秀而感到开心。勒克斯小姐这时拿着昨天考试的成绩单走了过来。

"谢谢你帮我把病理学的试卷带到楼上，"她说，"更谢谢你为我监考。我利用这段时间已经把昨天考试的卷子批出来了。"

卫生学期末考
特优
玛丽·英尼斯91
优等
宝儿·纳什88
葳玛·哈赛特87
辛娜·斯图尔特86
宝玲·卢卡斯81
芭芭拉·鲁斯81

"芭芭拉·鲁斯，81分！"露西情不自禁地呼了出来。

"是啊，真是令人吃惊的表现。"勒克斯小姐颇为平静地表示道，"她一直很努力的，她在运动类的科目成绩一直名列前茅，如果在理论课目上不优秀，恐怕她会发疯吧。"

"英尼斯好像几乎都是第一。"

"是啊，英尼斯这么优秀的学生在这里都算是浪费了。"

"为什么这么说呢？难道不是越优秀的学生，越是有更好的发展空间吗？"

"话说是这样，但英尼斯实在是太优秀了，她应该得到比排在榜首更大的提升空间，所以说太浪费了。"

"话说，我觉得今天的这门考试鲁斯不会超过81分的。"当两人打算一起离开的时候，萍小姐突然说道。

"怎么了？她看起来答得很困难的样子吗？"

"何止是困难，简直就是绝境。"萍小姐压抑住自己的心情，争取不要表现得太高兴，"这就是人生呐！"话音刚落，五分钟午饭的预备铃响起来了，高年级学生们从体育馆里鱼贯而出，力争在铃声结束之前可以在浴室里脱下外衣。"唉，想想我们上学那会儿，比这轻松多了。我说的是在入学的时候，在期末考试周，一天中除了考试之外剩下的时间都是自行安排的，可以借此好好地休息一下。但是对这些年轻的孩子来说，考试只是她们时间安排的一部分而已。"

在路上她们可以听到从浴室里传来混杂的咒骂声。"欧唐娜是这头蠢猪，这是我专用的隔间！""马克，你这个混蛋，你踩到我的脚了！""不，不要，天，乖，那是我的紧身衣。""天，你看看我的水泡！""给我把鞋踢过来，盖林琦，地上实在太湿了。""能不能别把凉水到处乱冲！"

"其实她们喜欢这样，你知道吗？"勒克斯小姐自顾地说着，"她们其实就喜欢这种类似于冲锋陷阵式的的生活。这让人很有存在感，她们中很少有人本身就认为自己很重要。这样紧张的生活，算是对自己存在感的一种安慰。"

"类似于愤世嫉俗的心理。"露西对此评论道。

"不是这样的，大心理学家。"勒克斯侧耳听着渐渐远去的声音继续说道，"现在听起来那里就像是一场混战，每个人都在里面又绝望又愤怒，但那不过是表演出来的。5分钟之内，他们就会像乖宝宝一样，整齐地坐在餐厅里了。"

果然是这样。五分钟后，教员们走进餐厅在桌首坐定后，那群刚才还很疯狂的家伙都安安静静地站在自己的座位面前，安静而有秩序。现在她们的心思都在眼前的食物上面。是的，她们还都是孩子，就算是今天有什么过不去的事，明大开始有了新的要应对的时候，一切不快就会忘记了，她们和斤斤计较、心烦意乱成年人可不一样。她们只是一群单纯可爱的年轻人，她们的悲伤不过只是口头上的抱怨，一眨眼就会消散。自"花核桃"那天在杉木下向她卖弄着学生的情报已经有五天了，自己也在有意无意地寻到精神错乱的痕迹。但结果是什么也没找到，除了今天的这一件有计划的欺骗案件之外，什么也没有。

"这真是件好事，不是吗？"涵妲一边忙着切分着一块像奶酪蔬菜饼一样的东西，一边说道，"我给托马斯小姐在威尔士找到了一份工作，离阿伯里斯特威斯不远呢，这真是令我高兴。"

"可威尔士听起来是个死气沉沉的地方。"雷弗夫人沉思着说出了浇灭涵妲热情的一句话。

"是啊，"勒克斯小附和道，"到时候谁能让她保持清醒啊。"

"准确的不是'保持清醒'，而是谁能来把她叫醒。"雷克小姐仍不舍地望着桌中心的奶酪派。雷格小姐并没有脱离学生时代很长时间，因此到现在仍然保持着对食物的贪念。

"但威尔士是她的故乡，"涵妲压抑住心中的不快说道，"对她的适应能力我绝对相信。再说了，我想不到她能在其他的地方能有什么成就。威尔士毕竟只是个保守的乡下，我没别的意思，我只是说，威尔士人总是想回到家乡。如果有机会回到家乡工作，他们一定不会放弃的。这份工作真是来得巧，托马斯小姐应该很适合担当三年级的体育老师。毕竟她也是不是一个主动性很强的孩子。"

"托马斯小姐这个，是现在唯一的工作安排吗？"雷格小姐吃着派问道。

"不，除此之外还有一个新的空缺。我正想和大家讨论人选。"

啊！终于要说到阿灵赫斯特的事情了，萍小姐暗暗想着。

"灵格修道院现在招人，需要专职照顾小朋友并能教授学校里的舞蹈课。所以，必须是个在舞蹈方面有高水准的人才行。我想分派这个工作给戴克斯小姐，听说她和小孩子很处得来。茉莉，关于她在舞蹈方面的表现，我想听听你的评价。"

"嗯，她就是一头母牛。"雷弗夫人犀利地说道。

"可她真的对付小孩子很拿手。"雷格小姐说。

"是头笨重的母牛。"雷弗夫人继续评价着。

"其实真正重要的不是她个人的水平，"涵妲说道，"在于她启发别人能力的水平，所以问题在于她是否能掌控这门课。"

"她当然能区分四四拍和四三拍的区别。"

"去年圣诞节的时候，我看到戴克斯小姐在镇上教小孩子舞蹈的情形，"雷格小姐说，"她真是表现得棒极了，我本来是去做教学评价的，但最后被她上课的样子吸引住了，最后什么都没说。我觉得她还是很适合这份工作的。"

"那茉莉，你觉得呢？"

"我不知道在这件事上有什么好纠结的，"雷弗夫人说道，"反正灵格修道院那里的舞蹈课本来就是一塌糊涂。"

这句话成了最后的结论，戴克斯看来去灵格修道院的事情已经定下了。如果每个人都要上学的话，灵格修道院也是个不差的去处，所以萍小姐真心为戴克斯感到开心。她看着下面的学生，在一片争吵声，仍然可以清楚地听到琼恩·戴克斯小姐对病理学考试题的高声言论："我回答的是关节处黏着，亲爱的，但是我肯定这绝对不是个专业用语。"

"我要先通知她们两个吗？霍奇小姐。"过了一会儿，雷格小姐问道。

"通知？先不用了，我想今天先告诉托马斯小姐，明天再告诉戴克斯小姐。不要让她们集中在这一件事上而兴奋过了头。"

教员们用餐完毕，站起身来，雷格小姐向肃静地站着的学生们宣布："午餐后，请托马斯小姐到霍奇小姐的办公室里谈话。"

显然这是惯例，因为还没等教员们走出餐厅门口，学生们就爆发出低低的讨论声。"汤米，你工作有着落了。""恭喜你，汤米！""太棒了，小汤。""为威尔士人干杯！""祝你年收入过百万，汤米！""你真是幸运！""来，我们干个杯！"

然而，没人提到阿灵赫斯特。

第九章

萍小姐第一次有人提到阿灵赫斯特职位空缺的事情，不是从教员那里，确是在学生的口中听到的。她整个周六的下午都同馥若和她的母亲在一起，她们正在帮忙赶制在成绩发表日那天低年级学生表演瑞典民俗舞的演出服。这是个风和日丽的下午，她们一起把那堆颜色鲜艳的衣物挪到了花园的一角，边缝纫，边欣赏着英式花园的美景。大家都去参加板球赛和网球赛去了，所以花园里空荡荡的，没有热爱学习的学生打断这里的宁静。她们沉浸在缝纫的快乐当中，葛塔森太太似乎在向女儿汇报萍小姐的种种优点，馥若一向严肃的脸上今天有所松动，萍小姐高兴地发现，这个平日里如冰霜一般得女子居然也会有这种微笑和幽默感。其实，是萍小姐的手工活使葛塔森太太对她的印象大打折扣，只是因为她是一个英国人，因此才原谅了她。葛塔森太太又将话题绕回到食物的方面，正在发表对一种名叫"富利卡德拉"的菜肴的赞美。萍小姐的烹饪水平只停留在把西红柿切开，然后倒进锅里，再加上手头上所有调料，煮出来之后再加点奶油调味酱的水平上，因此她以这道菜做起来太麻烦为出，并不对此做出任何评价。

"你今晚有什么安排吗？"馥若向她问道，"今晚我想和我的母亲去拉博镇上看戏，她还没看过英国的喜剧，欢迎你和我们一起前往。"

萍小姐则解释，早先她收到斯图尔特的邀请，今晚要去她的房间参加她找到工作的庆祝会。"我听教员们不会参加这种私人聚会，但我不算是正式教员。"

馥若看着她回答道："你这么做是对的，这会对她们有好处的。"

又是这样类似的话，好像她就是一副药剂一样。

"有什么好处呢？"

"哦，我英语的水平还不能很好地解释这句话，但用德语解释又不够精确。我的意思是说，你的出现有很多益处，其一是因为你穿着漂亮的高跟鞋，其二是你是一本畅销书的作者，其三是她们并没有对你因为敬畏而产生隔阂，还有是因为……总之，这里有成千上万的理由，你的到来对现在的她们来说恰到好处，她们现在正需要这种转移注意力的因素。天，真希望我的英语能再好一些。"

"我明白，你的意思是说我想是抵消胃酸的碱性药剂。"

出乎萍小姐的意料，这句玩笑似的话，引起了馥若赞同的微笑："对，就是这个意思。太可惜了，你今晚不能和我们一起去。但能被学生邀请去私人聚会也是一件值得开心的事情，我觉得你的话一定会乐在其中的。因为考试周已经结束了，大家都很开心。球赛结束之后，她们整整一个周末都没什么事，所以这个周六她们一定会疯狂地玩着。挣脱束缚。"她最后用英文加上了四个字。

挣脱束缚，确实如此。馥若要和她的母亲回下榻的地方，于是她们就此分手，萍小姐走向通往中庭的门。这时，四周传来一片响声，浴室里传来夹杂着水花声音的说话声，木质的楼梯上也传来了嘈杂的脚步声、口哨声、低吟声。显然，孩子们从赛场上回来了，从这些声音可以判断，她们大获全胜。整栋楼的声响像是激昂的胜利曲，这曲子中，有一个词不断地出现，穿过了浴盆里的泡沫盒和老橡木楼梯。阿灵赫斯特、阿灵赫斯特。萍小姐路过浴室门口的时候，才清楚地听到了那个词："喂，听说了吗？阿灵赫斯特唉，天哪！"

"什么？"

"阿——灵——赫斯特。"

接着传来了水龙头被关掉的声音。

"刚才水声音太大了，我没听清，你说什么？"

"阿灵赫斯特！"

"不可能。"

"确实是，"另一个声音又说，"是真事！"

"怎么可能，阿灵赫斯特这么好的职位怎么会轮到我们学校。"

"我确定是真的。是霍奇小姐的秘书偷偷告诉了乔丽小姐，然后乔丽又告诉了同乡的妹妹，她妹妹又和茶馆的奈薇儿小姐偶然提起这件事，今天下午'花核桃'和她表格去喝咖啡的时候，奈薇儿小姐告诉她的。"

"又是那个小白脸？"

"天，是阿灵赫斯特呢，真是不敢相信，你说她们会让谁去？"

"呵，这不是明摆着的嘛。"

"对啊，肯定是英尼斯。"

"英尼斯真幸运呐。"

"不过，这也是人家应得的。"

"可是，那可是阿灵赫斯特。"

楼上的浴室也进行着相同的话题，在水花和泡沫之间夹杂着"阿灵赫斯特"这个词语。

"这是谁说的？"

"'花核桃'啊。"

"天，亲爱的，'花核桃'说话还有个准儿吗，谁都知道她不正常。"

"这我就不知道了，但要是真的话，那一定是英尼斯去了。唉，可怜的我要在乡下度过一辈子了。"

"'花核桃'或许是不正常，但不可能知道阿灵赫斯特意味着什么。所以不可能是为了什么目的捏造出来的。当时她还问我阿灵赫斯特是不是学校名。"

"是不是学校名？呵呵。"

"所以说啊，我们的霍奇大小姐得乐疯了吧，亲爱的。"

"她会不会开心地把晚餐的牛奶布丁换成蛋挞？"

"我觉得乔丽昨天就会做好牛奶布丁，并且把它们整齐地放在门口了。"

"好吧，让它们好好地排着队吧。我要去趟拉博镇。"

"我也想去。英尼斯在吗？"

"不在，她刚洗完出去了，现在应该在穿衣服。"

"话说我们要不要提前给英尼斯开个庆祝会，邀请所有的人，不是那种小型的私人派对。怎么说，这也是——"

"好主意！就这样定了。怎么说，这么好的职位可不是每年都有的。更何况英尼斯是当之无愧的，我们每个人都会替她高兴的，并且——"

"对啊，要在公共的大教室里开！"

"就是，这是大家共同的荣誉，对莱斯体育学院来说也是无上的荣耀啊！"

"那可是阿灵赫斯特，谁会相信！"

"阿灵赫斯特！"

萍小姐在猜想那个恭顺的秘书是不是因为涵姐要公布这件事情了才透漏了这个消息？看来，就算是谨慎小心的涵姐对这样的好消息也是克制不住的。如果没有什么特殊情况，阿灵赫斯特应该是委托涵姐给出合适的人选。萍小姐想，涵姐一定是专门等到这个考试周过去之后，再将这个消息慢慢放出。她深深地佩服着涵姐缜密的心思。

当快到走到走廊尽头、属于她的小房间门口时，她碰见了英尼斯。英尼斯正在扣着身上崭新棉质外衣的扣子。

"嘿，"萍小姐向她打着招呼，"看来你们今天下午大丰收啊。"

"您指的是吵闹声吗？"英尼斯回答道，"是的，我们确实是大丰收。但这吵闹的声音可不只是为了今天下午的胜利，更是因为她们再也不用经历这样的考试周了。"

萍小姐注意到她话语中的"她们"。她好奇地看着眼前的这个孩子，在想她超乎寻常的冷静到底从哪里来的，难道她还没有听说阿灵赫斯特的事情吗？但是，当英尼斯从走廊较暗的地方走到萍小姐明亮的房门口的时候，萍小姐可以看到她脸上洋溢着克制不住的光彩。萍小姐心里顿时涌上了一股暖流，这样才是对的，是的，孩子，未来的光明大门即将在你眼前敞开了。

"但，无论如何，你看起来也是挺高兴的。"萍小姐不由得回归到了普通的客套上，因为没有什么词汇可以形容英尼斯现在眼神的明亮。

"那我套用欧唐娜的一句话'予愿足矣'。"她们错身走过时，英尼斯轻快地说着，"您今晚回去参加斯图尔特的庆祝吧？太好了，我们到时候再见。"

萍小姐回到房间补了一下妆，想去"老宅"听听教员们对这件事的看法。或者还可以喝些茶，她还没有忘记下午茶这个项目，但显然葛塔森母女已经忘得一干二净了。她把冰桶里那瓶托乔丽小姐买的、晚上作为斯图尔特庆祝会礼物的香槟酒换了个位置，想着可惜拉博镇没有品质再高一点的香槟酒了，不过，还好，对于学生们来说，香槟酒没有什么优劣区别。

去"老宅"的路上，又经过了一会儿高年级的宿舍和楼下的浴室，萍小姐能听出来，这场人型讨论会已经到了高潮，现在有更多的学生听说了这个消息，然后又经以水流声、用力关门声、接连不断的脚步声包装，加上评论，传向更多的地方去了。从高声喧哗、激情亢奋的环境中一下子转变到安静、温顺、明亮且一片平和的主会场，让萍小姐一下子难以适应。她闯过了几个楼梯平台，带来了画室的门。嗯，这里面也是一面安静，她随手关上了门，走了进去。这才发现画室里并不是真的安静，而是一片肃然。她悄悄地走向教员中，从她们脸上的神情可以看出，现在正处于一个有着激烈冲突的情形。涵妲正背对着壁炉站着，红着脸，一副固执己见的表情，而其他人则是以愤怒地眼神瞪着她。

萍小姐见到这形势，本想悄悄离开，却有人不经意地倒了杯茶递给了她，让她进退两难，不好就此离开，于是任由手中的茶慢慢变凉。

没人注意到萍小姐的突然出现，大概是因为她们已经默许她成为了教师中的一员，或者更是因为她们还没从冲突中分出注意力来寒暄。所以，当她们看萍小姐的眼神就如同在车厢中看售票员的眼神一样的，丝毫没有排斥的感觉，因为她们知道萍小姐在这场冲突中并没有什么利害关系。

"荒谬！"雷弗夫人首先出声了，"简直就是荒谬！"萍小姐来到这里以来第一次看见雷弗夫人没有以一种撩人激情的舞者姿势坐着，而是双脚贴地端庄地坐在椅子上。

勒克斯小姐则站在她的身后，脸色比平时更加苍白，颧骨上却有两抹不正常的红晕。馥若坐在一张靠后的印花布艺的椅子上，脸上带有罕见的轻蔑表情。雷格小姐则在窗台前踱来踱去，有种既迷惑又生气的感觉，似乎刚从凡人界去往神界，去发现那个世界并无想象的那般安宁。

"我不觉得哪里有荒谬的地方，"涵妲以她独有的领导者语气说道，但即使是萍小姐，也能听出老友声音里的那点不正常。

"何止是荒谬，"雷弗夫人说道，"这简直就是愚蠢的犯罪！"

"别乱说，茉莉！"

"不管从哪个角度看，你这个决定都是错误的。你用一个次等货去敷衍有着最高要求的人，你这样会使得莱斯体育学院名声扫地的！如果你这样做了，最好的情况也要至少花费二十年的力气才能让学校恢复元气。我倒想知道，你究竟是因为什么？因为什么？哼，只是因为你的一时兴起！"

"我这可不是一时兴起，"涵妲生气地回道，"这里有谁能否认她是个优秀的学生呢？她这也算是实至名归了。即使是不擅长的理论课目，她在这学期也做得非常好。"

"也不都是好的，"勒克斯小姐的声音尖得像落在金属盘子里的珠子，"我昨晚批的那份病理学试卷，她连甲等都没拿到。"

听到这句话，萍小姐将手从茶杯上拿开，开始仔细地听了起来。

"是吗？这挺可惜的。"涵妲力图将注意力从这个话题引开，"她确实一直表现得很优秀，超出我的想象。"

"这个女孩是不是个笨蛋，你自己心里清楚。"雷弗夫人说。

"一派胡言！她是莱斯学院有史以来最出色的学生……"

"天，涵妲，你不要再昧着良心说这句话了。对于杰出的定义，你和我们大家一样清楚，不是吗？"雷弗夫人那离自己有一臂距离远的棕色手掌里拿着一张蓝色的信纸，高声地念道："'我们想知道贵校的应届生中，是否有足够出色的学生可以填补本校职位的空缺。这个优秀的年轻人，将会从阿灵赫斯特开始起步，进一步了解本校的传统，并一直联系着与莱斯体育学院的美好友谊。'这可是与莱斯学院友谊的开始，你却要让鲁斯来葬送这段友谊的开始！"

"我实在不明白你为什么这么固执地反对，这完全是你的偏见。她一直是一名合格的模范生。在今天之前我从没有从你们任何人的嘴里听到对她说个'不'字。现在，我要让她的辛勤付出有所回报的时候，你们所有人却都反对。我实在不明白你们是什么意思！葛塔森小姐，你一定赞同我的意见吧，你是不是从没有教过比鲁斯更好的学生？"

"鲁斯小姐确实是个优秀的体操运动员，就像雷格小姐说的那样，她是个很好的运动型选手，但如果她离开了体育馆，不管怎么对运动拿手，都似乎没什么用处，毕竟性格是最重要的。但实话说，鲁斯小姐的性格并没有那么令人欣赏。"

"葛塔森小姐！"涵妲似乎对她的回答很惊讶，"我一直以为你是喜欢她的。"

"你真的是这么想的吗?"这个冷冰冰的回答的言外之意似乎是在说：作为一名老师，我应该喜欢所有的学生，如果你能看出我特别青睐或者厌恶某一个学生，那就是我的失职了。

"你也问了馥若了，也知道我们大家的意见了，"雷弗夫人欣慰地说，"我已经没法说得更明白了。"

"可能，"雷格小姐说道，"我是说可能，他们只是想找一个教体育课程的老师。阿灵赫斯特是有很多体育课程的，体操、竞赛、舞蹈等，每个科目都需要特别优秀的教师。似乎鲁斯小姐还是可以胜任的。"

萍小姐不清白她这番的意图，是想为鲁斯圆场呢，还是要缓和这个针锋相对的气氛、从长计议呢？

"亲爱的，"雷弗夫人以一种开导愚钝的人的语气说道，"人家要的可不是一个似乎胜任的人选，人家要的是一个优秀的应届毕业生，出色到可以在全英国最好的女子学院当老师。你觉得这是鲁斯给你的感觉吗？你好好想想。"

"不不，没有。好吧，我承认这只能是英尼斯才能胜任的职位。"

"是的，我觉得我也没这感觉。确实，英尼斯非常符合这个条件。"

"是的，只有英尼斯可以胜任。似乎大家都这么认为，我不明白为什么只有霍奇小姐不是这么认为的。"一双双眼睛都在盯在了涵妲的身上，涵妲似乎畏缩了一下。

"我和你们说过的，威彻利骨科医院有个职位，非常适合英尼斯。她在医学上表现得格外突出。"

"天！威彻利医院。"

"难道我们所有人的反对都阻止不了你一个人的错误决定吗？霍奇小姐，"勒克斯小姐带有愤怒地尖声说道，"你一个人的意见并没有说服力！"

这句话不该说出口的，涵妲原先还有商量的余地，这句话彻底激怒了她，让她豁出去了，狠狠地反击了勒克斯小姐。

"是的，我一个人确实没有说服力，但是，勒克斯小姐，请你不要忘记，我是这个学校的校长。不管你们是否同意我的观点，对这件事都是无关紧要的。今天我只是因为信任你们，想让你们知道有这么一件事，并且征求你们的同意。你们是都不同意我的主意，但是很遗憾，这件事已经没有任何商量的余地了，我已经做好了我的决定。起码在这件事，你们尽管有反对权，但没有办法干涉。"

她颤抖地拿起手边的杯子，把它摆到茶盘里，向门口走去。这背影就像是一只受伤的大象，萍小姐想道。

"等等，涵妲！"雷弗夫人这时才真正注意到了萍小姐的存在，眼里闪过一丝狡黠，"不如我们问问这位局外人、同时也是一位训练有素的心理学家的意见？"

"我不是训练有素的心理学专家……"萍小姐微弱地抗议道。

"让我们听听萍小姐的意见吧。"

"我不知道萍小姐和这个职位有什么联系。"

"不不，我不是说这个职位，就是想知道她对这两个学生的看法。请说说你的看法，萍小姐，你到这里还不到一周的时间，没有人有资格指责你会有偏见。"

"哦？你是说鲁斯和英尼斯吗？"露西明知故问地说道，想拖延一点时间。涵妲听到这里，停住了要推开门的手。

"说实话，我还不是很了解她们。但霍奇小姐想把这份工作指派给鲁斯小姐，我觉得很惊讶，因为我觉得她并不适合。是的，她完全不能胜任。"

这番话对于涵妲来讲，就像是火上浇油，脸上写满了"连你也这样对我"的表情，毫不犹豫地出了画室，口中还喃喃地说道："没想到一个漂亮的脸蛋居然有这么大的影响力。"萍小姐认为"漂亮的脸蛋"指的是英尼斯，而不是自己。

画室里陷入了好长一段时间的沉默。

"我一直以为我很了解涵妲的。"雷弗夫人感叹道。

"我也以为霍奇小姐是十分公正的。"勒克斯的话语中也带有苦涩。

葛塔森小姐沉默地站起身，带着冰冷的表情走了出去。剩下的人纷纷向她投去赞同的目光，是的，她的沉默足以表明她的意见。

"没想到在一切都很顺利的时候发生这样的一件事情。"雷格小姐又无关紧要地做出了评论，"就在每个人都对自己的工作很满意的时候，而且……"

"或许她会在深思熟虑之后改变自己的主意呢？"勒克斯小姐向雷弗夫人问道。

"她已经深思熟虑了一个礼拜了。或者说下决定已经一个礼拜了，所以在她眼里，这已经是一个事实了，看来没有什么回旋的余地了。"

"但她事先不会知道我们会有什么反应，要不然她怎么隐藏了这么久才和大家说，或许她再想想就会……"

"她再想想的话，只会想到凯琳·勒克斯对她权威的不敬。"

"但她总要得到董事会的同意，不能这么独裁。一定会让她改变主意的。这样不公正的事绝对不能让它这样发生！因为……"

"哦，当然得有董事会的批准。你来应聘的时候应该也见到过那群所谓的董事。只有在某个周五有关于瑜伽或者巫毒之术的讲座时，你才会看见那个董事出现在学校的餐厅里。事实上，她就是个带着琥珀念珠、迷信而又愚蠢的糊涂虫。她认可涵妲的一切决定，其他的同事也是同样的。所以今天我才会这么说，这太令人吃惊，精明的涵妲将这个一无是处的学校发展到今天的地步，这样精明的涵妲居然看不透这样的事情，做出这样荒谬的决定，所以说这真是有趣极了，妙极了。"

"我们总要做些什么事吧？"

"我善良又天真的小凯琳呐，"雷弗夫人边说着边站了起来，"我们现在唯一能做的事情就是回房间祷告。"她拿起丝巾，即使在最热的天气，也没有被她舍弃的丝巾，"还有，能慰藉我们的只有阿司匹林和热水澡了，尽管不是包治百病，但起码还是可以降血压的。"说着，她又恢复了轻盈的舞态走出了房间。

"如果连夫人也没有办法劝得动霍奇小姐，那么大概真的没有别的办法了。"雷格小姐说道。

"我当然是没有办法了，"勒克斯小姐说道，"现在的我说什么都能激怒她。可是就算我尽量不去惹怒她，就算我有埃及艳后那种壁人的本事，也不可能矫正她错乱的想法了。她是个固执的人。你知道吗？她是我见过最固执的人之一。她就是觉得鲁斯是最令人喜爱的学生，值得拥有最好的一切，觉得我们对她都有偏见。这种人谁能说动她呢？"她迷茫地望着窗外的景色，好一会儿才拿起书站了起来，"我得走了，如果能找到空浴室，或许我还能换一身衣服。"

最后房间剩下的只有萍小姐和雷格小姐了，显然后者也急着离开，但想不出合适的退场方法。

"真是一团糟啊。"她开了口。

"是的，真是遗憾。"萍小姐觉得用这句话作为这件事情的总结似乎还不够妥当，这件事急转弯似的发展情形让她摸不清头脑。她注意到雷格小姐的还穿着外出的衣服，"你什么时候知道这件事的？"

"我们比赛结束之后回来，碰巧听到楼下的学生在议论，我就连忙上来确认这件事，结果正好碰到起争执的时候。唉，本来一切都进行得好好的。"

"是啊，"雷格小姐的声音变得镇静了下来，"我在浴室门口听到学生们的讨论，她们认为这是件理所当然的事情。我们老师也认为英尼斯没有什么问题。对我来说，英尼斯并不是成绩最优秀的，但她绝对是最好的教练，因为她一向知道自己正在做什么。当然，她在别的地方也表现得很出色，她应该去学医或者从事类似这种靠脑力的工作。唉，算了，我还是走了，我要摆脱这一切。"她迟疑了一会儿说道，"萍小姐，请不要认为我们经常这样。事实上，这是我第一次看到一件事在教员之间产生如此大的分歧。我们平日里是很好的朋友，发生这种事真是令人感到惋惜。真希望有人能让霍奇小姐改变主意，但据我对她了解，没人能办得到。"

第十章

  大家都说没人能劝得动涵妲，但或许她露西·萍可以。在雷格小姐离开之后，萍小姐发现自己真是处于进退两难的境地。就涵妲对这件事表现的态度而言，勒克斯小姐第一次的评价绝对要比第二次准确得多。"错乱的想法"显然不能解释萍小姐心中对涵妲的疑虑。她想到了在周一早上，秘书在提到阿灵赫斯特来信的时候，涵妲似乎在密谋着什么的表情。这绝不是家长暗中给孩子准备一个圣诞节庆祝会的表情，更像是一种不怎么光明正大的谋划。涵妲或许是因为个人原因觉得鲁斯可以胜任这份工作，但她绝不会糊涂到看不到英尼斯比鲁斯要优秀很多的事实。

  那么，萍小姐觉得自己有责任把这事实找出来给她看看。她把捡到的那本红色记事本立即扔掉真是太冲动了，它或许已经化成纸浆了。但不管有没有那本小本子，她都要勇敢地直面涵妲，指出她的错误，找出证据来证明鲁斯并非是去阿灵赫斯特的最好选择。

  一想到刚才和涵妲之间的对话，萍小姐心情就回到了学生时代才有的不安，她对自己的这种感受感到很意外，这在成年人来说，是不可能出现的一种心情，更何况现在的自己还是个颇有名气的成年人。但她还是被涵妲说得那句关于漂亮脸蛋的话刺激到了，她实在是不该这么想。

  她站起身来，把手中已经变凉了好久的茶放下，发现茶盘里有人贴心地准备了杏仁饼干。要是在十分钟之前，她一定会毫不客气地拿上几块，但现在就算是有奶油泡芙摆在眼前，她也没有胃口享用了。并非是因为涵妲在她心中的形象毁坏了，而她也没对涵妲有过多美好的幻想，但在学生时代自己一直把她当作偶像，那时候的感觉延续到今天。所以，在她发现涵妲有什么不恰当的举动的时候，她还是会受到很大的震惊。鲁斯到底是怎样的一个孩子，居然可以让这样精明的涵妲做出如此糊涂的决定，甚至还对此一味坚持。"漂亮脸蛋"显然是一句不经思考说出的话。一个女人在看惯了各种漂亮的学生之后，是不是对这张普通的北方面孔有所感触？涵妲是不是在这个并不十分优秀也不受人欢迎、却相当勤奋的女孩身上看到了自己的影子？是不是由此想到了自己过去艰辛的岁月？是不是就是因为这些原因，她才在这件事上无比维护鲁斯。甚至对鲁斯在病理学考试的失败万面也不计较，处为此和教员们争吵。

  或许，只是因为鲁斯用她那仰慕的神色影响了涵妲？就像那天早上自己见到的那样。

  不，不会，就算是涵妲有许多缺点，但"愚蠢"绝对不是其中之一。涵妲作为一个学术界的资深人士，不会分不清真实的仰慕和虚假的讨好，就算是在这一点上涵妲被触动了，但还不至于到如此地步。看来，可能性最大的还是涵妲由平凡、不讨人喜欢但富有野心的鲁斯身上想到了年轻时的自己。

  萍小姐不确定要不要现在就去找涵妲商量这件事，或许等她消消火气再去，但等她完全冷静下来之后，恐怕只会更加固执于这件事。在经过一番考虑之后，萍小姐觉得自己还是现在就去找涵妲。

  萍小姐在敲响涵妲办公室的门之后，并没有得到立即的回应。有那么一会儿，她甚至希望涵妲已经回到了自己的房间，那么自己身上肩负的责任可以缓几个小时再执行。然而，涵妲那声"请进"还是传到了耳边。萍小姐觉得自己进门的样子就像是犯了重大罪行的犯人，她为自己的这副样子感到生气。涵妲仍然脸色发红，脸上受伤的表情还没有散去，如果眼前是除涵妲以外的任何一个女子，现在一定是眼睛通红、面带泪痕。但涵妲不是有这种表情的人。她正在忙着审阅办公桌上额文件。萍小姐甚至觉得在自己进来之前，涵妲已经完全把这件事抛在脑后了。

"涵妲，"她说道，"你可能觉得我刚才的话有些冒昧。"

"是有些不合适。"涵妲冷冷地回道。

这是涵妲典型的语气，嗯，不合适。"但有人征求我的意见，"她继续说道，"我就得说些什么。如果没人问我的话，我是不会主动说的。问题是，我说的那些——"

"露西，我不觉得这件事还有什么好说的，这只是一件小事，不至于——"

"这不是一件小事，否则我也不会专程来找你了。"

"在英国，人人都以言论自由为荣。你刚才已经表达了你的态度——"

"是有人让我说我才说的。"

"是的，我知道是有人让你说你才说的。我只是想和你说，对于一件你不了解情况的事情，最好谨慎发言。"

"事实上，我是了解的。但你却认为我是因为鲁斯小姐不出众的外表，对她有偏见——"

"不出众，只是你个人这么认为的。"涵妲简短地纠正她的话。

"或许我们只说她外貌不出众是有些过分了。"典型开始有点生气了，但感觉对话的感觉好多了，"但并不是你想的那样，我不是只靠她的外貌和行为来判断她的为人的。"

"那你是通过什么来判断她的呢？据我所知，你对她其他方面的表现一无所知。"

"我给她们监过一次考。"

涵妲听到这话停顿了几秒钟，这反应令萍小姐十分满意。

沉默大概持续了五秒钟。

"就算你监考，你能看出什么呢？"

"我能看出诚信问题。"

"萍小姐！"涵妲的话音中带有警告，似乎是在说：你要知道，你说出下面事情的后果！然而却并没有丝毫惊讶。

"是的，我说的就是鲁斯小姐的诚信问题。"

"你的意思是，鲁斯小姐在考试的时候有什么小动作吗？"

"她确实是尽力了。我原来也当过老师，对这些手段也是了解的。一开始我发现她要做些什么的时候，为了不让这件事声张出去，我觉得最合适的办法还是不要给她做小动作的机会。"

"什么小动作？"

"一本小本子。"

"那你看到学生考试的时候偷偷看本子，你却什么也没有做？"

"我当然不能做什么了。而且我是在考试结束以后才知道那个本子的存在，当时我只知道她一定有什么工具，因为她的手里抓着一条显然没什么用处的手帕，她又没有感冒。这种情况，我们当过老师的都知道，课桌里不能放东西，那么肯定是在手里的。我就想不管是什么东西，一定都在那条手帕里，尽管我没有证据，但——"

"嗯，你没有证据！"

"确实没有证据。我当时不想影响其他正在考试的学生们的情绪，我选择站在教室后面看着她，让她没有机会。"

"既然你没有当场揭发她，那你怎么知道有那个本子的？"

"我是在去体育馆的路上发现那本小本子的，它——"

"哦，那么说本子既不她的课桌里也不在教室里。"

"是的。如果在她课桌里的话，不到五分钟一定会被人发现的；如果我发现教室里有那样的一本本子，我也一定会立刻告诉你的。"

"那本子是什么样子的？"

"是本小小的地址簿，上面写满了关于病理学的小抄。"

"地址簿？"

"是的，上面按照字母的排序写满了笔记，就像是'关节炎'之类的。"

"这样的话，也可能是学生们在课上的笔记了。"

"没有可能。"

"为什么？"

"因为上面的字小得不正常。"

萍小姐等着涵妲回味这句话的言外之意。

"那这个本子和鲁斯小姐又有什么关系呢？"

"因为当时教室里没有一个学生有像她那种表情的，那是种上课偷偷吃糖的表情，而且，也没有人比鲁斯小姐更头疼那门考试。还有，她是最后交卷的一个人。"

"这又和整件事情有什么关系？"

"如果那本小本子在之前就已经掉了，那么一定不止我一个人会捡到，因为本子封面的颜色很显眼，而且就这么躺在小路旁边的草坪上。"

"原来不是直接掉在路上的。"

"不是，"露西不甘心地补充道，"离小路的距离并不远。"

"但那也有可能是之前掉的，然后考完试急着去体育馆的学生们都没有发现。"

"呃，也不是完全没可能。"

"小本子上有名字吗？"

"没有。"

"没有？那么有什么可以辨认身份的标记吗？"

"也没有。除了字迹之外什么都没有，而且字迹是草书，不是楷书。"

"我了解了。"涵妲突然兴奋起来，"你快把本子交给我，我们得找到这个本子的主人。"

"已经不在我这里了，"露西用微弱的声音说道，"我把它丢河里了。"

"什么，你把它怎么了？"

"我说，我把它丢到球场后面的那条小河里了。"

"这倒是个不寻常的做法。"涵妲的脸上似乎有松了一口气的表情。

"都是我的一时冲动。上面都是病理学的内容，而考试也考完了，我还能怎么做呢？而且这本小本子最后也没有派上用场，这个本子的主人想做的事情最后也没有成功，那还有什么理由要把它带给你看呢？我觉得最合适的惩罚手段就是让这个本子的主人永远不知道它的下落。让她一辈子都带有疑问。"

"'本子的主人'。看来你自己已经下了结论，这件事情同鲁斯小姐并没有什么直接的关系呀？"

"我刚才说过了，如果有确凿的证据，那么我一定会把它交给你的。这当然只是我的推论，但也绝对是合理的推理，而且也是事出有因。"

"这又怎么说？"

"但凡是有把握的学生，绝对不会再这样的事情上白白浪费时间的。所以，在理论课上能力强的学生身上，并没有嫌疑，你曾经和我说过，鲁斯小姐在理论课上并不擅长。"

"但有很多其他学生也是这样。"

"是的，但还有另外一个因素。其他学生就算是成绩不好，但经过努力之后，无论结果怎样也不会特别介意。但鲁斯不一样，她在运动课上很擅长，如果在理论课上考试成绩不理想，难免心里会过不去。她有野心，也很努力。她当然希望自己可以在努力之后得到回报，但她并没有勇气面对这结果，所以就想到了借助小抄。"

"亲爱的萍小姐，这一切只不过是你心理学家的推理罢了。"

"或许是的。但雷弗夫人刚才在画室里要求我做的，就是这种心理学的分析。我觉得这分析的结果应该让你知道，更何况我的分析是相当靠谱的。"她看着涵妲又开始渐渐发红的脸，想到自己是否又不经意间触发了战争，现在她在证明刚才自己并非不明不白地做出评论，"涵妲，我用朋友的身份问你，为什么眼前明明有英尼斯这样合适的学生，你却偏偏想要鲁斯去阿灵赫斯特呢？"她静静地等待着涵妲的回击。

然而，一片沉默。涵妲就那样安静地坐着，手中的笔在纸上随意地画着，这并不是涵妲的习惯，可见她现在的心情颇不宁静。

"我觉得你并不了解英尼斯，"她终于开口了，以一种友善的语气，"你觉得她聪明也好看，所以觉得她也有美德。事实并非如此，她没有任何幽默感，也很排外，这两点对于任何过集体生活的人来说都是很大的缺点。她聪明过了头，以至于没法和他人分享快乐。尽管我觉得她不是故意的，但毫无疑问她瞧不起身边的人。"萍小姐想到今天下午在走廊里和英尼斯对话时她用到的"她们"，涵妲看人果然还是有一套的。"她从来莱斯体育学院的第一天，我就觉得她看不起这个学校，这里只不过是她野心的跳板，她没有对这里投入半分感情。"

"不是这样的！"萍小姐条件反射似的抗议着，然而心里却另有想法。其实涵妲对英尼斯的评价，也是她自己对于这个女孩的困惑，如果莱斯学院对她来说只是一个跳板，一个去往最终目的的中转站，那么似乎可以明白英尼斯过于成熟的自制力、毫无必要的意志力集中以及不苟言笑的表情。

这时萍小姐突然想到迪德洛在茶馆对英尼斯的评价，她是看到了英尼斯之后才下定决心在莱斯学院留下来的，那大概是因为英尼斯给了她同一种不属于这里的感觉，才在那个落雨的午后吸引了迪德洛的注意力，英尼斯就像是来自成人世界的人一样。

"她在同学里的人缘是很好的！"萍小姐大声反驳道。

"确实，有一伙人是很喜欢她，但我觉得那只是她们被她那种独有的冷漠所吸引。小孩子们就很不喜欢她，往往觉得她太有威慑力了。学校的老师们领着学生去外地实习的时候，会有相应的回馈评价。在英尼斯的资料上，'具有敌意'之类的字眼儿经常出现。"

"或许是因为她那对眉毛。"萍小姐对涵妲的这种说法一脸迷惑，似乎觉得她的说法过于表面，于是她连忙补充：'或许她就像其他缺乏自信的孩子一样，无论外表怎样优秀，总是对陌生的环境抱有敌意。"

"我现在才发现心理学家的理论可以反转一切事实。"涵妲说道，"就算是没有天生吸引人的能力，那么至少要去争取友谊，就像鲁斯小姐做的那样。"

她确实争取了。萍小姐心想。

"缺乏这张天生的美丽已经很遗憾了。这样不仅无法受到同学们的欢迎，还要面对来自老师们的偏见。鲁斯小姐只能靠自身的努力来摆脱这些遗憾。她不够聪明，也不漂亮。她更加费力气地去结交别人，她要克服自己和别人不一样的地方，这样才会被人喜欢、被人接受。这从她的学生对她的评价可以看出，她做到了。她实习时，带领的那群小学生都很喜欢她，并且希望再见到她。但是在教师们眼里，她的努力却被完全否定了。她们只能看见她不优秀的一面，却没有看到她背后的努力。"她把目光从笔下的乱写乱画中移到萍小姐的身上，"对，我都明白。你们以为我推荐鲁斯小姐是我一时糊涂，对吧？你要知道，我能把莱斯学院发展到今天这个地步，绝不会了解不了别人心中的想打。鲁斯在校的这几年很用功，而且也有一定的成果，她带的学生也很喜欢她。而且不断地调整自己可以让同学接受，英尼斯可没有这方面的能力。在我的极度推荐之下，阿灵赫斯特不可能不接受鲁斯。"

"就是她还有点诚信问题。"

"当啷"的一声，涵妲一下子把笔掷回到笔筒里。

"这也是一名相貌普通的孩子需要抗争的东西，"涵妲生气地说道，"在你的推理中有个对努力结果不自信的女孩做了弊，你却把这件事安在鲁斯的头上，到底是为什么呢？归根结底还是因为你不接受她的长相和她无意间的表情。"

话说到这里，对话就没有进行下去的必要了。萍小姐动了动，准备离开。

"你发现的那本小本子和这里的任何一个学生都没有关系。你只是因为自己的偏见所以对鲁斯小姐的表情过度解读，她却因为这样遭受不白之冤。要是不幸真的这么一个有罪犯的话，那也有可能是班上的最漂亮最受欢迎的那个人，这就是人性。你对心理学很有研究，但显然对于人性学并不明白。"

萍小姐觉得这看起来像是无关紧要的话，背后却是对她的指责，责怪她不该将罪名强加到一个无辜的孩子身上。走到门口的时候，她实在是气不过，开口说道："还有一点，涵妲。"

"什么？"

"到现在为止，鲁斯在期末考试上都榜上有名。"

"是这样。"

"你不觉得奇怪吗？"

"不，完全不！这是她努力的结果。"

"但这确实很奇怪。有人监督着让她无法使用那本小红册子的时候，她连甲等也没有拿到。"

说完，萍小姐把门轻轻地在背后关上了。

让涵妲自己好好去琢磨吧，她想。

当她走到建筑侧翼的时候，刚才在办公室的愤怒已经全部转化成了郁闷。一方面，就像勒克斯小姐说的那样，涵妲实在太固执。这种耿直的性格简直不给别人留一点商量的余地，在某些问题上，她可以快速准确地思考并予以反击；另一方面，也想勒克斯小姐说的，"错乱的想法"。涵妲并不是有预谋地欺骗大家，所以在这件事很难和她说通道理。现在她要去参加聚会了，萍小姐怕自己克制不住会破坏气氛。唉，她该怎么面对那些猜测着阿灵赫斯特人选的学生们？自己又该如何面对脸色发亮、眼睛里写满了"十愿足矣"的英尼斯呢？

第十一章

晚餐一向是莱斯学院一日中最正式的一餐，高年级的学生会穿着舞会上的丝质连衣裙，而其他人也要穿着正式用餐的服装。而在星期六，由于会有一大部分的学生请假去拉博镇过周末，因此气氛相对自由一些。学生们可以随意选择座位，而且可以在规定范围内选择自己喜欢的服饰。今天晚上的氛围更是轻松，一些学生选择外出去镇上庆祝考试周的结束，还有一部分人则决定晚餐后在宿舍或教室里庆祝。涵妲没有出席今天的晚餐，听说已经在房间里用过了。雷弗夫人因为私人的原因也没来用晚餐。葛塔森小姐和她的母亲去拉博镇上看戏去了，所以教员席上只有露西、勒克斯小姐和雷格小姐在用餐，大家也乐在其中，很有默契地完全不提阿灵赫斯特的事情。

"我原本以为，"勒克斯小姐用叉子翻着盘子里品种不明晰的蔬菜，"乔丽小姐会在这个值得庆祝的晚上准备一些更像样的东西。"

"就是因为要庆祝，她才没这么费心。"雷格小姐像往常一样津津有味地吃着，"她知道楼上一大堆学生自己准备的美食。"

"可惜我们没有。萍小姐，你一会儿可一定要偷偷稍些好吃的给我们。"

"下午比赛结束回学校的时候，我在外面买了一些奶油泡芙。"雷格小姐坦白道，"我们一起在我的房间里喝些咖啡，用这些甜点吧。"

勒克斯小姐看起来更像是喜欢奶酪卷的那种人，尽管她个性中有些冷漠，但骨子里还是十分善良友好的，她回答道，"真好，谢谢你的邀请，我一定会去的。"

"我以为你也去看戏的，要不然我早就叫你了。"

"那都是些老掉牙的东西了。"勒克斯小姐说。

"你居然不喜欢看戏。"萍小姐在一旁惊讶地问道。因为对她来说，戏剧仍然是有美丽的一样艺术。

勒克斯小姐正在看着一块颜色相当可疑的萝卜，说道："不要让小时候看儿童剧时的心情影响你。想想看，第一次正式去剧院，看到一大群演员穿着夸张的衣服在那个大盒子一样的空间里，你觉得很有意思吗？还有那休息时间，本来的意图是让观众们有去卫生间的时间，现在这段时间却被高利润的酒吧占用了。还有什么别的表演有这种荒诞滑稽的休息时间呢？难道人们会在欣赏交响乐的中途，去喝一杯咖啡？"

"但这才是戏剧啊！"萍小姐抗议道。

"确实如此，就像我说的那样：老掉牙。"

这番对话让萍小姐相当受挫，倒不是因为自己有多喜欢戏剧，而是她看错了勒克斯小姐。要是没有刚才的对话，她一直以为勒克斯小姐是一个不惜一切代价前往荒郊野外就为了看一出实验戏剧的戏剧迷。

"我今晚倒是差点儿就去看戏了。"雷格小姐说道，"就是想再看一次爱德华·阿德里安。我原来上学的时候很迷他的。但我现在觉得他有点过时了，你们有看过他演的戏吗？"

"没在舞台上看过，倒是他还是小孩的时候，放假的时候经常和我们一起玩。"勒克斯小姐不甘心地翻着盘中最后的食物。

"一起玩！是在你家吗？"

"对啊，他是我哥哥的同学。"

"天哪，这太不可思议了！"

"这有什么不可思议的？"

"我的意思是说我简直无法想象爱德华·阿德里安会像一个普通人一样，居然真的有人认识他，也想象不到他是个学生的样子。"

"印象里是个令人讨厌的小孩。"

"啊，不是吧？"

"是个相当叛逆的孩子。他老是对着镜子自恋，不过他倒是对流行的食物很有掌控力。"她做着冷静、客观且疏离的分析。

"凯琳，你也太打击我了。"

"我还从来没见过像爱德华一样擅长把烂摊子留给别人收拾的人。"

"他总是有长处的吧？"萍小姐插了一句。

"他是挺有才华的。"

"那你现在还和他见面吗？"雷格小姐像是掌握到神话里的人详细情况一样兴奋。

"很少很少。我哥哥去世之后，我的父母把那处房子卖掉了，就很少聚会了。"

"你真的从来没见他登台的样子？"

"从没有。"

"你也没打算只花6分钱坐车去拉博镇看一眼他今天晚上的演出？"

"当然。我刚才说过，戏剧没法引起我的兴趣。"

"但是，今天的可是莎士比亚的作品。"

"就算是莎士比亚的作品，我也更喜欢在家里看书，和多琳·雷格还有她的奶油泡芙在一起。萍小姐，你真的不会忘记等聚会结束之后偷偷地藏些东西给我们吧？我这穷人什么都欢迎的，蛋白杏仁饼、巧克力棒、甜橙，就算是吃剩的三明治和挤扁的香肠也行。"

"我会拿一顶帽子过去的，"萍小姐慷慨地答应着，"我会在聚会上一边传递帽子一边说'求你们了，给你们的教员点吃的吧'。"

然而，直到她从冰块中拿出香槟之后她也没感到半点开心。不可否认，这个庆祝会一定会成为对她的折磨。她特意给酒瓶扎了一个大大的蝴蝶结，一是为了添加点喜庆，二是为了表明礼物的身份，避免学生们说她是给自己带酒喝的。尽管这个酒瓶现在看起来很像是一个戴着帽子的伯爵夫人，不过她想学生们应该不会介意的。她倒是对自己的穿着很是犹豫，考虑到是否要穿一些休闲的衣服来搭配这次私人的聚会，但另一方面又很想打扮一番突出自己客人的身份。最后她决定穿上自己演讲时穿的正式服装，让那些孩子们好好开开眼界，她认认真真地上了妆。既然涵妲的喜怒无常会给这个聚会带来阴影，那么她，萍小姐，一定竭尽全力给聚会带去乐趣。

根据其他房间里嘈杂声判断，今天举行私人聚会的绝对不止斯图尔特一个人，走廊上充满着咖啡的香气，喧闹的声音随着房门的闭闭合合忽大忽小。就连低年级的学生也跟着一起庆祝起来，尽管她们还没有遇到庆祝分派工作这样的大事，但艰难的考试周总算是过去了。萍小姐突然想到迪德洛的话"锁骨永远是锁骨"，也不知道她的解剖学考得怎么样，下次路过公告栏的时候一定要找找她的名字。

她在10号门上一连敲了两次，才有人才开门。

而当红着脸的斯图尔特开了门之后，所有吵闹的女孩顿时安静地在她身后站了起来，就像是彬彬有礼的小学生一样。

"很高兴您能来。"斯图尔特刚开口，戴克斯就看到露西手中的香槟瓶子，瞬间所有的礼节都不见了。

"酒啊！"她尖叫着，"就像我的呼吸一样，来喝吧！萍小姐！你真是个大好人！"

"希望这瓶酒没有破坏校规。"萍小姐想到先前乔丽小姐脸上欲言又止的表情。"但我就是觉得，你们现在应该喝一杯香槟庆祝一下。"

"是三个人的庆祝。戴克斯和托马斯也在庆祝。真是太好了，您能给我们带一瓶香槟过来，真是太棒了。"斯图尔特说道。

"用漱口杯喝香槟是不是太不正式了？"哈赛特的声音。

"不管这么多了，我们现在就开始吧。这算是开胃酒，也是第一道菜。来，大家把杯子拿到这里来。萍小姐，请到这边坐，这座位是为您准备的。"

这是一把专门从外面抬进来的、摆着各种颜色靠枕的藤椅。除了那把和书桌配套的椅子之外，这算是唯一正式的椅子了。其他来参加聚会的孩子们都自己带了靠垫，直接放在地板上充当了坐垫。有人在灯上绑了一条黄色的手巾，改变了屋内的灯光，是一种温和的黄色光。从大敞开的窗户可以看见灰蓝色的夜空，很快就转换成了纯黑色。她就像是回到了学生时代的聚会，只是眼前的情形更鲜明活泼。是因为靠枕五颜六色吗？参加的孩子们没有书呆子的神色，有着强健的体魄吗？不，当然不只是因为这样，她知道是什么的，是香烟的袅袅白雾。

"欧唐娜还没来呢。"托马斯把收齐的漱口杯摆放在铺好桌布的书桌上。

"我想她现在还在帮鲁斯收拾杠木。"门徒之一说。

"不会的，"门徒二号说，"今天可是周六。"

"就算是邮电局周六也会休息的。"门徒三号接着说。

"就算是鲁斯也是一样。"门徒四号最后说道。

"鲁斯小姐会不会现在还在练习旋转运动？"萍小姐问。

"是的，""门徒们"一起说道，"她会一直练习到成绩发布会的。"

"她哪里抽出的时间呢？"

"早上更衣之后、第一堂课之前的这段时间。"

"6点啊，"萍小姐感叹道，"太惊人了！"

"这还算是个好时候，"四人接着说道，"这个时候精神还算好，而且没人催，可以一个人使用体育馆。何况，这是唯一的时间了。但必须在第一节课之间把杠木放回原位。"

"其实她根本没必要去练习了，"斯图尔特说，"她已经掌握其中的窍门了，只是她担心会在成绩发布会上发挥失常。"

"亲爱的，我了解的。"戴克斯说，"想象一下，在众目睽睽之下，像一个病猴子一样挂在了单杠上，还被馥若的眼神狠狠地盯着，这那可真是一生的耻辱。亲爱的，那感觉真还不如死了。如果欧唐娜没在给鲁斯帮忙，那她现在在干什么呢？她是唯一还没有来的人了。"

"可怜的欧唐娜，"托马斯说，"现在还没有分配的工作。"托马斯现在已经定了回威尔士的工作，她现在高兴得就像大富翁一样。

"不要再为欧唐娜担心了，"哈赛特接道，"爱尔兰人总是幸运的。"

萍小姐四处找着英尼斯的身影，却发现她和宝儿都不在这里。

斯图尔特看到她张望的眼神，读懂了她的意思，说道："对了，萍小姐，宝儿和英尼斯让我转告您，她们有事没法参加这次聚会了，下次她们俩主办聚会的时候请您一定要去。"

"宝儿要帮英尼斯办一场盛大的庆祝会，"哈赛特说道，"就是庆祝阿灵赫斯特的事情。"

"事实上，我们都想帮她举办。"门徒一号说道。

"举办一个像庆功宴一样的聚会。"门徒二号接道。

"这对学校来说也是荣耀。"门徒三号紧接着。

"萍小姐，您一定会来的吧？"比起询问，门徒四号更像是做出了最终的结论。

"当然我很荣幸。"萍小姐嘴上回答着，心里却暗自庆幸着，"那宝儿和英尼斯去哪儿了？"

"宝儿的家长来了，带着她们去拉博镇看戏了。"斯图尔特回答道。

"这就是家里有劳斯莱斯汽车的好处，"托马斯带有羡慕地说道，"只要想就可以随时游览全国。要是我们家要想旅行，只能把那头灰色的老马套上马车，颠簸20英里以上的路程，才能去想去的地方。"

"你家人里是干农夫的吗？"萍小姐想到了威尔士田间小路的情形。

"不是，我父亲是牧师。但我们家里养了一匹马来干农活，我们无法在养一匹马的同时再买一辆车。"

"嗯，反正，"门徒一号边在床上找舒服的位置边说道，"也没多少人想去镇上看戏。"

"那不过是晚上消磨时间的手段罢了。"门徒二号说。

"坐着的时候，膝盖会顶到前面的椅背。"门徒三号承接。

"还得拿着望远镜。"门徒四号说道。

"为什么还要拿望远镜？"萍小姐出乎意料地发现，这些未受社会影响并且力求娱乐的孩子们对戏剧的看法居然同勒克斯小姐一样。

"要不然还能看什么？"

"就像小人偶在小盒子里走来走去。"

"像是在布莱顿海滩的防波堤上一样。"

"至少在防波堤上还能看见人脸上的表情。"

她们自己倒像是她们心中防波堤上的人似的，萍小姐心想。简直一模一样，甚至难以区分。只有她们其中的一员开始讲话，其他人才会接连附和，否则不会有其他话说。

"我倒是挺高兴，因为周围的一切没什么变化，"哈赛特说，"为了成绩发布会，我已经快弄坏一双训练鞋了，而且脚上还有水泡。"

"哈赛特小姐，"斯图尔特不知在学着谁的语气说道，"请随时保持身体良好的状况，这是学生的责任。"

"嗯，或许是这样。"哈赛特回答说，"不过我可没有在周六的晚上坐公交车行五英里路去什么地方，也没去看戏。"

"反正也不过就是莎士比亚而已，亲爱的，"戴克斯说道，"'一切的起因在于我的灵魂'。"她滑稽地模仿着戏里的动作。

"可是有爱德华·阿德里安的表演呢。"萍小姐觉得自己有责任为这些女孩们找到喜爱戏剧的理由。

"谁是爱德华·阿德里安？"戴克斯天真地问道。

"就是那个看起来像个脱了毛的老鹰，看起来满脸疲惫的家伙。"斯图尔特忙着扮演聚会女主人的角色，完全没有注意到萍小姐的用意。萍小姐想，这个关于爱德华·阿德里安的总结，真是够可怕的。"我原来在爱丁堡上学的时候，学校组织过我们去看他的演出。"

"你不喜欢看演出吗？"萍小姐想到斯图尔特在成绩单上也有着和宝儿与芙尼斯一样出色的排名，觉得户外活动对她来说应该不是什么负担。

"总比在教室里坐着好吧，"斯图尔特坦白道，"但是，戏剧真是个过时的老东西。表面看着还行，但是实在不令人感兴趣。这里，我这里还少一个漱口杯！"

"我想是不是少了我的？"欧唐娜正好在此时走了进来，同时递上了她的漱口杯，"看来我是迟到了，我一直在找一双合适的鞋子。萍小姐，请您原谅我的迟到。"她指的是她现在穿的那双室内拖鞋，"我的脚抛弃了我。"

"你知道爱德华·阿德里安这个人吗？"露西问道。

"当然知道。"欧唐娜毫不犹豫地回到道，"自从我十二岁在贝尔法斯特看到他的表演的时候，我就开始对他着迷了。"

"哦？看来你是这个房间里唯一对他感兴趣的人了。"

"真是群野蛮人呐！"欧唐娜环顾了屋内的人说着，萍小姐觉得她的眼睛好像是刚哭过的样子，"如果我现在去了拉博镇，我一定会立刻拜倒在他的脚下，可惜现在到了学期末了，我没什么闲钱去买票。"

萍小姐很欣赏她的行为。如果她不来参加聚会，会让人瞧不起，因为自己毕竟是唯一一个还没有被安排工作的人。她在房间里擦干了眼泪，拿室内拖鞋当借口，高高兴兴地来参加这个和她无关的庆祝会了。

"好了，"斯图尔特此时旋开了香槟的软木塞，"既然欧唐娜都来了，那我们就立刻开始吧！"

"哦，天，居然是香槟！"欧唐娜呼道。

香槟带着泡沫倾入到一个个漱口杯中，大家转向萍小姐，面带期待地看着她。

"我们今天庆祝斯图尔特分派到苏格兰、托马斯回到威尔士、戴克斯去灵格修道院，干杯！"萍小姐说道。

大家一起干杯。

"庆祝我们从开普敦道曼彻斯特所有的朋友们！"托马斯说道。

大家再度干杯。

"好了，萍小姐，你想吃点什么呢？"

萍小姐开开心心地坐了下来。鲁斯并不在这些人之间。上帝在冥冥之中自有安排，派出了劳斯拉斯带走了现在还不知情、仍然兴高采烈、对未来充满憧憬的英尼斯。恰好免除了两个当事人见面的尴尬。

第十二章

转眼到了星期天的中午，萍小姐这时就没有那么高兴了。她觉得自己应该有预见一些，提早找个借口去拉博镇一趟，以免直面这个有大事爆发的地方。她一向讨厌这种爆发，不管是真正意义上的爆发还是事情上的爆发。这种从暗处跳出来把人吓一跳的东西，萍小姐都不喜欢。但今天午饭之后的消息就像是藏在暗处的炸弹，这个爆炸的后果更是让人无法预料。她不抱希望地想着涵妲能最后改变主意的可能性。或许在学生之间的讨论声比自己的意见更有说服力一些，但这也只不过是在没有任何确定信息的情况下不成形的一种猜测罢了。她清楚地明白即使是涵妲对鲁斯有所动摇，这也不意味着她就会让英尼斯去。现在看来唯一的可能是涵妲写信告诉阿灵赫斯特那边些人说学校里并没有毕业生可以胜任这份工作，然而这个结果也不能拯救绝望的英尼斯。不行不行，她一定避开今天中午的午餐，等这些烦心事过去之后再说。不过，就算是要去拉博镇，也要有个什么理由才是。除了郊区里的豪华别墅和装饰过头的街道之外，总有一个可以见的人吧。比如，那个人是个医生，总不可能所有医生的信息都登记在册，她想到自己可以去拜访奈特医师。至少奈特医师还欠自己的一个人情，或许她应该事先邀请她一起吃午饭，或许现在也不晚，可以现在带个三明治就这样出去，等到熄灯的时间再回来。她坐在画室里等其他教员集合一起去餐厅，她看见楼下的学生开始渐渐从教堂回来。她不确定自己是否有勇气请求乔丽现在给她准备一份三明治，或者什么也不准备直接出校门也行，反正，就算是在星期天也没人会饿死在英格兰的乡间小路上。就像迪德洛说的那样，到处都有乡镇的嘛。

迪德洛是一个从教堂里回来的，还是像原来一样，优雅又时髦。萍小姐从楼上探出身子对她说道：

"恭喜你啊。你对锁骨的了解太深刻了。"她昨晚回宿舍前又去看了贴成绩单的公告栏。

"谢谢你，我自己都没想到呢。""花核桃"说着，"我祖母知道这件事一定会高兴的，'优等'听起来还不错的样子。但我表哥说这还不至于到处夸耀，他还说在英国要等着别人的恭喜才是。"

"是这样，没错。"萍小姐理解地赞同，"但可惜的是总会只有少数人来问你成功的事情，在大英帝国里，隐藏才华的人真是太多了。"

"不是在大英帝国，"迪德洛纠正道，"我表哥说，以特威德河为界，在北边就不太在意这件事了。你知道那条河吗？就是英格兰和苏格兰的界限。瑞克还说，你可以在邓巴自吹自擂，但到了贝里克就完全行不通了。"

"我真想见见这个瑞克。"

"哦，对，他对你的评价是非常迷人。"

"我？"

"是的，我一直在向他说你的事。整个中场休息的时间我们都在谈论你呢。"

"你说的是看戏的中场休息？"

"嗯，是他带我去的。"

"那你喜欢昨晚的戏吗？"萍小姐心里为这个带"花核桃"去她不喜欢的地方的男子暗暗叫好。

"嗯，我的感觉和大家一样，就是那样。一板一眼念台词的样子还算有趣，要是在芭蕾舞上多下些功夫就好了。那家伙跳舞的功夫真是业余。"

"爱德华·阿德里安吗？"

"是的。"她似乎想到了别的话题上，"英国人老喜欢带一种帽子，就是那种前面低后面高的那种。"

说完这句什么都不相干的话之后她就走到房子的另一边去了，留下萍小姐一个人在想她的话是指昨晚戏剧的演员，还是看到从一头走出来的戴克斯才说的。戴克斯在星期天戴的帽子比平时在学校里的常戴的要更正式一些，她那张活泼滑稽的小马脸在浅浅的帽檐下显得要更年轻一些。在她看到萍小姐的时候，用夸张的姿势脱帽行礼，并且感叹道，萍小姐在经过昨晚的狂欢之后，还能以这么好的状态出现真是太好了。但她今天早上是来学校以来第一次没有吃下5片涂满了果酱的面包。

"暴饮暴食是七宗罪之一，"她说道，"所以我今天早上必须要去忏悔，我去了最近离学校最近的浸信派教堂。"

"有现在有被救赎了感觉吗？"

"你要是不说，我都没觉到。总之，感觉还不错。"

萍小姐倒是觉得这个惭愧的灵魂需要有一定规模的仪式才能得到救赎。

"据我所知，今天的仪式还像原来一样友好吧？"

"相当友好。牧师训诫的时候单手撑在桌子上，说道：'我的朋友们，今天是个不错的日子。'然后每个在场的人都相互握手，大家的赞美诗很有感染力。"她边回忆着在教堂时的情形，边说着。她想了好一会儿又说道："拉博镇上来了好多普茨茅斯的人——"

"普斯茅斯？"

"什么普利茅斯？"

"我觉得你想说的应该是普利茅斯。"

"呃，反正我认为他们和海军有关，而我正好是普茨茅斯①人。我想在下周末的时候考察一下他们的身份。您觉得他们会不会是海军或者有什么其他的可能。"

萍小姐并没有类似的想法。戴克斯挥着手中的帽子，也走向房子的另一边去了。

接下来，又经过了好几拨学生，她们或者挥手，或者高呼，用不同的方式和萍小姐打着招呼。鲁斯经过的时候，也向她高兴地喊道："早上好，萍小姐！"宝儿和英尼斯几乎排在最后，她们并肩慢慢走着，可以看出步伐中的轻松，她们走到窗下，仰头冲萍小姐问好。

"您好啊。"宝儿对她微笑着说。

她们表达了对昨晚没有参加聚会的歉意，她们还说道，在这之后一定还会有别的聚会的。

"反正我要在成绩发布会结束之后，举办个庆祝会。"宝儿说道，"您会来参加的吧？"

"我当然很高兴能参加。昨晚的戏怎么样？"

"还好，不算太差。我们碰巧坐在科林·巴瑞后面呢。"

"科林·巴瑞？"

"就是那个全英曲棍球偶像。"

"那这就是《奥赛罗》给您们的意外惊喜了？"

"总之让中场休息的时间变得很有趣。"

"难道你们对《奥赛罗》不感兴趣吗？"

"一点不！我们最想看的是艾玛·爱伦的最新电影《燃烧的藩篱》，超级想看。听这个片名就觉得是一部又热情又真实的作品，我个人认为里面会有森林火灾这样的大场面。但我的父母却觉得晚间活动就应该看戏剧，而且一定要在中场的时候买一盒巧克力。我们不想让长辈们扫兴才去看的戏。"

"他们喜欢昨晚的戏吗？"

"嗯，简直爱死了。整个晚餐的过程一直在讨论剧情。"

"你们两个倒真是绝配，其他人看起来都像是异教徒了。"

"下午您要再和我们一起喝茶吗？"宝儿问道。

萍小姐连忙说自己下午有些事情需要外出。

宝儿对萍小姐脸上表现出的罪恶感很感兴趣，倒是英尼斯在一旁用低沉的语调问道："我们应该早点邀请您的，您不会再成绩发布会之前离开吧？"

"不会的，除非有什么紧急情况。"

"那么下个星期天您能抽出时间和我们高年级的一起喝茶吗？"

"谢谢邀请，如果到时候我还在这里的话，我一定会去的。"

"哈，受教了，我上了一节礼仪课。"宝儿在一旁开玩笑地说着。

她们站在碎石子小路上静静地仰头微笑着。后来萍小姐想到今天总会想到这个情形。在灿烂的阳光下，每个人都坦荡荡，坚定地相信着世界的公平与公正，不存在任何疑虑也不害怕任何伤害。永远相信着眼前洒满阳光的小路是通往美好的光明，而绝不是绝望的黑暗。

午餐前五分钟预备铃打断了她们的对话。这时，勒克斯小姐走进画室，萍小姐从来没见过她脸上的表情如此严肃。

"我真是不知道我为什么要来这，"她说着，"要是早想到这一点，我就应该找理由避开今天的午餐。"

萍小姐回答道，她也有一样的想法。

"你说霍奇小姐会不会改变她的想法呢？"

"据我所了解，那大概是不可能的。"

"唉，我们到底为什么要加入这次午餐。要是霍奇小姐一个人在教员餐桌上宣布这件事，那我们也不会被学生们看作这件事的帮凶。"

"要不是11点外出必须要登记名字的话，我早就走了，我就是没有勇气。"

"现在我们能做的，只有向她们稍微透漏一下我们对这件事并不赞同的态度了。"

她在意出席午餐的原因是怕被孩子们认为是帮凶，萍小姐想，而我的原因只是想逃避这件不愉快的事情。自己已经不是第一次这样逃避了，萍小姐真希望自己能有一个有主见的性格。

雷弗夫人今天穿着一件棕褐色的丝质长裙，在阳光下可以看见反射的蓝光。当然，她一双大眼中发出的光芒更是明亮，就像是一只近距离观察的昆虫，单薄的身躯加上不成比例的大眼睛，又凌厉又优雅。雷弗夫人好像已经从当时的愤怒中完全冷静下来了，她带着以往的冷漠，甚至带有些恶意地来出席今天中午的午餐。

"还没见过这样的闹剧呢，"她开口说道，"我已经等不及要开始欣赏这场演出了。"

"夫人，你真是太残忍了。"勒克斯小姐虽然嘴里这么说着，却没听出带有任何感情，好像已经消极到不再关心任何事情了。"你难道没有再去劝劝她吗？"

"当然有过。我用黑暗的力量来同她抗争，与她格斗。我说的可是发自肺腑的，并且在严厉的同时还带有启发性。那个神话里，被惩罚一辈子都在山上推着巨石的人是谁来着？真是神奇的，这就是神话的迷人之处。我一直在想我编排一场惩罚主题的芭蕾舞是否能起一点作用。或许用巴赫的音乐会更好一些，尽管从编舞的角度来看，巴赫会有一定局限性。况且，要是真的用了他的音乐，一定会有人在观众席上咒骂的。"

"求你了，请别再说了。"勒克斯小姐说，"我们马上就要去当一场闹剧的当事人了，你还在着想着编舞的问题。"

"我亲爱的凯琳，你真是太严肃了。你现在要学着接受生活本来的样子，在没有能力改变既定事实的时候，要使自己脱身。中国有句话：逆来顺受[②]。面对这件可恶的事情，我们能做的只有默许。确实，我们也参与了这件事情。比如我们会看到小英尼斯得知这件事情的反应。对她来说这件事情是有多震惊，会不会让她在绝望之中做出什么过激的事情呢。"

"你这是什么比喻！你肯定不知道自己在说些什么，我们确实要亲眼看到有人要受到权力的暴行。但据我所知，不管是在中国还是别的什么地方，都不会赞许这种行为。"

"暴行？"葛塔森小姐同她的母亲走了过来，"什么暴行？"

"就是英尼斯的事情。"勒克斯小姐干巴巴地说道。

葛塔森太太张与诺亚夫人极像的圆脸上写满了困惑。她环顾周围人的脸，希望能从中找到蛛丝马迹。她走到萍小姐身边，在问好之后，急急地用德语说道："你知道校长小姐的事情吗，我女儿对她所做的决定非常气愤。我还是第一次看到她这么生气，看来这正是什么好决定，你觉得呢？"

"是的，我也觉得不是什么好决定。"

"霍奇小姐是个优秀的人。我很欣赏她的，但是一个优秀的女人做错误的选择的后果比蠢女人犯错的后果更严重，更令人惋惜。"

萍小姐表示自己确实很惋惜。

门开了，涵妲走了进来，雷格小姐紧跟在其后。涵妲的神色比平日里显得更加严肃，但雷格小姐的脸上却带着安慰大家的笑，好像在要求这个时候大家要团结，一起去看事情好的一面。她们两个人对比的表情让萍小姐感到遗憾，她想到雷格小姐一向听雷弗夫人的话，于是朝夫人那里投了一个眼神，结果却发现雷弗夫人正紧紧地盯着涵妲。

涵妲今早是在自己的房间用餐的，因此这还是今天第一次见面。她向每个在场的人道了早安。萍小姐觉得她一定提前算过到画室的时间，因为在她的话音还没结束，远处就传来催促的铃声，大家只能起身，没有时间说些其他的什么了。

"大家，我们下去用餐吧。"涵妲说完便走了出去。

雷弗夫人看了勒克斯小姐一眼，表示自己对这场景的佩服，之后也走了出去。

"闹剧要开始了。"勒克斯小姐在下楼的时候对萍小姐说着。餐厅一片安静，露西能感觉到这片气氛中的期待，当然这也可能是学生比上课更过于兴奋带来的错觉。但窸窸窣窣的说话一向都比大声喧哗更有感染力。涵妲还在边用主食边等着布丁，她还不忘交代雷格小姐叮嘱宝儿一下，让她维持一下餐桌纪律。

学生们安静了一段时间，但过一阵声音又扬起来了。

"她们还沉浸在期末考试的快乐中。"涵妲宠溺地说着，默许了学生的行为。

虽然涵妲从不在用餐的时候发言，但这也是她唯一一句算是发言的话。雷格小姐仍在不断努力着讲些毫无新意的话，还面带希望地看着餐桌上的脸，简直就像是把骨头捡回主人脚边的小狗。雷格小姐在闹剧中扮演的是直接行刑的刽子手，她大概也意识到了自己的处境，便希望能多说些什么来博取些同情。她好像在说："看在上帝的份上，我只是一个无辜的低年级体育老师，我不得不按她的心意来，要不然我能怎么做呢？难道她会自己去宣布这个消息吗？"虽然雷格小姐的愚忠普遍引起了大家的不满，但萍小姐还是挺同情她。请安静些吧，她真想对雷格说，安静些吧，少说点话，这才是对现在情况最有益的做法。

终于，涵妲结束了用餐，在环视餐桌之后，确定其他教员们也结束了午餐，便率先站起身来。其他人一起随着起身，今天学生们的起身速度似乎比以往更快一些，显然大家对这一刻都有不同程度的期待。萍小姐实在没有办法不去看她们，看她们脸上洋溢着的期待、略带有催促的微笑，似乎已经准备好在宣布姓名的那一刻一起欢呼。

涵妲转身走了出去，教员们依次跟上，雷格小姐留下对这些雀跃的学生宣布她被交代的话："霍奇小姐请鲁斯小姐午餐过后去办公室谈话。"

①普茨芧斯是指英格兰南部港城。
②此处疑为作者对"逆来顺受"误读，这里想表达的意思应该是既然强暴无法避免，不如去享受。

第十三章

萍小姐在没有勇气回头去看这些孩子脸上的表情，她能感到周围的寂静变成了苍白。寂静和苍白，两者的区别在于夏日里掠过蝉鸣的清爽凉风和北极冬天凛冽的寒风一般。她们就要走到门口的时候，苍白的死寂中已经开始回温，不断地交流着同一个名字。

"鲁斯！"她们都在说，"鲁斯！"

萍小姐直到了户外阳光下还在打着冷战。餐厅里窸窣的议论声，把她带回冬天正在听着在雪地上扫动什么东西的声音。她清楚地记得这个声音，那是在一年的复活节，她去苏格兰游玩，回去时却错过了最后一班车，不得不一个人走回城里，当时的她看着慢慢变为灰蓝色的天空，在寒风中，似乎正在一步步走向更寒冷的冰窟。现在她站在明媚的阳光下，却有一种很深刻的离家之感，她感到头顶上的天空像是在雪夜里那样灰暗。这一阵她突然很想待在自己的家里，就独坐在她小小的卧室里，沉浸在星期天平和的下午中，不被任何悲愤的心情所影响。她觉得自己是到了该离开的时候了，或许明天早上送达的邮件可以给她离开的理由，但从另一个角度，她又十分期待看到周五成绩发布会的演出，何况孩子们曾经答应过她，要专门为她做些新的表演。她认识这里的每一个高年级学生，也认识了不少低年级学生，她同这些孩子们一起讨论成绩发布会上的一切事情，也在讨论中分享了她们的喜悦、恐惧和期待，自己还帮她们缝制了演出服。这是她人生不可缺少的一段快乐时光，更是学生们学生时代更重要的时刻，她没法拒绝在现场观看的诱惑，她做不到就这样放弃参与。

她不知不觉地和其他教员拉开了好大一段距离，恰好遇见从后面赶过来的雷格小姐，她快步走到公告栏的地方，往上贴了一张通知，擦着额头上的汗，说道："天，我总算解脱了，这件事应该结束了吧。这大概是我教师生涯中最残忍的一件事了。我都没法好好吃饭了。"萍小姐想到雷格小姐的盘子里确实罕见地剩下了一大块馅饼。

这就是人生啊！光明的大门一下又在英尼斯的面前关上了，雷格小姐也因为这个没有吃完她的馅饼。

现在还没有人吃完饭走出来，学生们的胃口总是比教员们好很多，通常会多上10分钟到15分钟的时间。所以萍小姐回房的路上没有碰到一个学生。她打算在不被学生碰到的情况下赶快离开学校到田野里去。她现在想到美好的田野中去，躺在草地上，看着广阔的天空，感受着世界的转动，学校里的一切不快和悲愤比起这广阔的田野不过是小事罢了。

她换了双舒适的外出鞋，快步走到"老宅"，小跑下了楼梯，好从正门走出去，来避开吃完午餐的学生们。"老宅"里非常安静，她想今天这个下午在画室里应该不会有聚会了。她快速地避开了主屋，经过体育馆往田野走去。脑袋里想着比灵顿镇上的光景和"小茶壶"茶馆。她的左手边是浓密的山楂树，左手则是金光色的金凤花海。高大的榆木向着太阳，荫护着紫色树影下的每个生灵，她脚下的草地则被可爱的小雏菊点缀着。这个世界还是这么美丽、这么璀璨，没有什么可以把这份永恒颠覆的。噢，她又想起了英尼斯！可怜、可怜的英尼斯！

她想着到底是顺着小河的下游重游比灵顿镇，还是往上游去某个陌生的地方。这时，她突然看到了宝儿。宝儿正站在桥的中央往下看着流动的溪水。她青色的麻质连衣裙和浅色的头发使得她完全和大自然背景融合了，所以萍小姐此前一直没有注意到她的存在。等到萍小姐再走近一些，她才把宝儿的轮廓看得更清晰一些。宝儿看见了朝她走去的萍小姐，却一句话也没有说，这种非宝儿风格让萍小姐吃了一惊。

"你好啊，"她走到宝儿身边，随意地靠在桥栏上，"这里的下午真是美啊！"天，你一定要表现得像白痴一样吗，话音刚落，她就懊恼起来。

宝儿对这句话没有任何回应，沉默了一会儿，她直接问道："您原先就知道这样的工作安排吗？"

"呃，是的，"露西回道，"我听教员们讨论过这件事。"

"什么时候？"

"昨天下午。"

"那么说今天早上您和我们说话的时候就知道了？"

"嗯，怎么了？"

"如果有个善良的人，那么一定会早点告诉她的。"

"告诉谁？"

"英尼斯。在众人面前尊严扫地的感觉实在太令人难受了。"

她现在才发现宝儿正处于极度愤怒的状态中，她从没见过宝儿生气的样子，而且现在她几乎已经气得说不出话了。

"我怎么能这么做呢？"她说道。但因为自己无缘无故背负着被人指责的负担，感到心情很低落。"在霍奇小姐决定把这件事宣布之前，我怎么能背叛她，提前透露她的意愿呢。再者说，我还是期望着她能改变她的决定呢，因为我离开的时候，她也可能会——"她后知后觉地发现自己透漏了太多信息。

宝儿顿时犀利地问道："哦，那么您和霍奇小姐讨论过这件事了，所以说，你也不赞成她的决定，对吗？"

"当然不赞成。"她看着眼前充满愤怒的年轻脸孔，决定把所有的心里话都对她说出来。"你肯定也能想到，宝儿，没有人赞同。教员们和大家的看法都是一样的。霍奇小姐和我是老同学，我受过她的恩惠，也很欣赏她、钦佩她。但在这件事上她却意外地固执。实话说，我第一次听到这件事的时候，就感到十分不和谐。我已经做了我能做的一切，想要改变这件事。这样的话才能在第二天早上醒来，发现这不过是个梦。但是在提前告诉她这件事上，我——"她举起一只手，表示自己的无奈。

"您，可是萍小姐，像您这样聪明的女人总会有些办法的。"宝儿转回身子，继续望着流水，喃喃说道。

"聪明的女人"，这个词显得年轻的宝儿在这件事上的无助，不像是自信的宝儿在争取自救，而像是被愤怒和困惑包围的孩子不由得向普通的萍小姐求助。她毕竟还是个学生，朋友所受的不公平待遇让她感到极度的气愤。萍小姐感到她从来没有像此刻这样喜欢她。

"暗示也好啊，"宝儿继续喃喃道，"给她个暗示也可以，告诉她还有别的候选人。总得有些提示，给她些缓冲的余地，不要这样毫无戒备地受到这样大的一个打击。这都算是一个惩罚了，几乎要将她摧毁了。您至少要顾及到这一点的，不是吗？"

萍小姐此刻真的生出些悔意，或许自己应该这么做的。但现在想做什么都为时已晚了。

"她去哪儿了？"萍小姐问道，"英尼斯她上哪去了？"

"我不知道，我没赶上她，她一路跑出了学校。我只追她到这里，不知道她究竟往哪个方向去了。"

"她很难接受这件事吗？"

"难道您觉得这种情况下她应该鼓起她的勇气吗？"宝儿回问道，随后意识到自己语气中的粗鲁，又接道："对不起，请原谅我。我也知道您对这件事也感到很可惜，刚才我实在是不冷静了，现在的我或许不适合与人交谈。"

"我确实感到很可惜，"露西说道，"我第一眼看到英尼斯的时候就很喜欢她，并且觉得她去阿灵赫斯特一定是十拿九稳的事情。鲁斯小姐对这个结果的反应怎么样，她是不是很惊讶？"

"我没注意到她。"宝儿干脆地回答道。又过了一会儿，她说道："我想现在往上游走走，那里有一片荆棘林，英尼斯一向喜欢那里，或许她去那儿了。"

"你现在担心她吗？"萍小姐觉得现在英尼斯或许更喜欢一个人静一会儿。

"如果您的意思是她现在是否安全，那我觉得她还不会傻到去自杀，但我还是很担心她。这样的打击实在超出人所承受的范围了，特别是在大家都很累的时候，何况英尼斯对这种事情一向都很看重。"她看着流水，低声说道："我们还是低年级生的时候，雷弗夫人总是喜欢对我们冷嘲热讽，您知道的，夫人就是这样的人。我们这些人只觉得心里有点小难受，但对于英尼斯来说就像脱了一层皮一样痛苦。别人可能会因为做不好事情而落泪，但英尼斯从来没有哭过。她只是把伤痛深深埋在心底。这样是很不好的。有一次，她——"她顿住了，发觉自己说了太多。也许她觉得自己再讲下去就过分了，也许觉得对一个陌生人背后谈论自己的好朋友不是什么妥当的事情。"英尼斯，她没有大家想象的那么坚强。"她简短地总结了发言。

她顺着桥的台阶走下去，沿着杨柳小径慢慢走着。在她还没有完全走出萍小姐的视线时，突然转过身来喊道："如果我刚才表现得有些粗鲁，请您原谅我，那不是我的本意的。"

萍小姐继续看着潺潺的流水，希望能从桥上看见前两天因为自己冲动而扔掉的小本子，同时也想着那个看起来很坚强实际上很脆弱的女孩。那孩子没法发泄痛苦，也没有办法强行欢笑，最后只能再一次将伤痕埋在心底。露西还是希望宝儿能过一阵找到英尼斯，因为她是不会向宝儿主动寻求安慰的，这段时间让她自己静一静也好。

萍小姐也觉得宝儿应该感受一下这个世界的阴暗面，宝儿一直以来的生活都一帆风顺了，从这次好友的挫折上她也会学到一些东西吧。

萍小姐下了桥走到了体育场，再望向田野，穿过田间的小路，希望能看到英尼斯的身影，尽管决定即使看到她也要装作没有没到，但英尼斯并不在这里。星期天的午后周围一片安静，大家都还在餐厅里吃着烤牛肉。只有蓝天白云以及路边的景色与她为伴。她就这样走到了一个小山丘的顶端，这个高度可以看到远处相连的山峦。她挑了一棵橡树，在树旁坐了下来，听着草地传来的虫鸣，看着天上的白云缓缓地飘过，感受着树影在她脚下慢慢地移动。萍小姐总能找到这种无所事事的空间，她的老师和朋友们都已经放弃了对她这一方面的改造。

一直等到阳光移动到树篱上的时候，她才起身。她刚才做了一个决定，自己既然已经没有办法在晚餐的时候面对那些学生们了，那么自己要一直走下去，直到夜幕降临的时候再回到学校，起码那个时候已经响过了熄灯铃。她就这样走了一大圈，才看到了远处教堂的塔尖。看到塔尖，她立刻放弃这样无目的地走下去了，觉得当务之急应该是找个地方歇歇脚。只是不知道星期天"小茶壶"茶馆是否会开业，不过就算是不开门，她也能请求奈薇儿小姐为她开一盒罐头，或弄点其他什么吃的。她走到比灵顿镇的时候已经七点多了，自己还以研究的眼神打量了一下镇里最丑陋的建筑——烈士碑。在看到"小茶壶"仍然开着门的时候，她整个人都兴奋起来了。亲爱的奈薇儿小姐，果然很有生意头脑，亲爱的、友善的奈薇儿小姐。

她打开茶馆的门，看到门厅已经被对面房屋的阴影遮去了一部分。星期天的晚上没有多少人，靠窗那边似乎是个家庭聚会，另一角坐着一对年轻的小情侣，他们大概是停在后花园那辆跑车的主人。奈薇儿不仅有生意头脑，而且还能干，即使是在夏日的这样的星期天，也能保持屋子空气的清新。

她四处张望着，想找一个合适的座位，忽然一个声音扬起："萍小姐！"

萍小姐第一反应是想转身就走，她现在是在没勇气和任何一个学生聊天。不过后来她听出来这是"花核桃"的声音。"花核桃"应该就是坐在一角的情侣之一。她的"男朋友"一定就是传说中的"表哥"，是那个对萍小姐印象很好的瑞克，也是学生们之间传的"小白脸"。

迪德洛站起来引领着萍小姐到他们的桌前。"真是太巧啦！"她说，"我们刚说到你的事，瑞克早就说想见见你，你这时候就出现了，真是太巧了。这位是我的表哥理查德·吉莱斯皮[①]，他的受洗名原本是瑞卡尔多，但他觉得这名字太华丽了，像电影明星的名字。"

"也想乐团的指挥。"理查德·吉莱斯皮起身同萍小姐握手，并帮忙拉开椅子，请她坐下。他的一举一动都非常英国化，萍小姐可以看出"小白脸"一词的由来：浓密的黑发、发亮的双眼、外扩的鼻翼、特意修剪的小胡子，一切都像量身定做一般。不过对于萍小姐，他的魅力也只是如此了。他虽然继承着拉丁祖先的外貌特征，但他的举止、风度、个性，都是英国公立学校培养的成果。他看上去要比迪德洛大上好几岁，萍小姐猜测他有30岁左右，总之看着是个有担当有责任还很好相处的男子。

他们像是刚点过菜的样子，理查德又走到厨房，专门为萍小姐的到来点了一份比灵顿炖兔肉。"里面会加许多奶酪，"迪德洛说，"和一般在伦敦里吃的那种威尔士炖兔肉不太一样。酱汁里有许多奶酪，再就着奶油吐司面包，里面还有类似于肉蔻之类的香料，我想应该就是肉蔻吧。总之味道尝起来很不错的。"

可惜萍小姐现在并没有探究美食的心情，只附和式地说着听起来是很不错的话。"表哥是英国人吧？"

"是的，我们不是那种一等近亲，"理查德回来就座的时候，她说道，"我祖父的姐姐嫁给了她的外祖父。"

"简单来说，"理查德接道，"我们的祖父母是姐弟。"

"这样说是比较简单，但是并不够具体。"迪德洛的话中带有拉丁人对撒克逊人不看重亲属关系的嫌弃。

"你现在住在拉博镇上吗？"萍小姐问理查德道。

"不是的，我现在在伦敦工作，但我现在负责在拉博镇上的业务。"

萍小姐用带有不明意味的眼神看着迪德洛，而对方却在忙着看菜单。

"我们公司有个合作的厂商住在这里，这半个月左右的时间，我们要和他们一起工作。"瑞克接着说道，友好地朝她笑着，似乎是让萍小姐放心，他又说道："我还带了一张身份证明给霍奇小姐看过，证明我同迪德洛的亲属关系，我的名誉、社会地位、财富能力。信仰——"

"行了，少说点，瑞克，"迪德洛说，"我的父亲是巴西人，母亲是法国人，这也是没办法的事。不过这上面的番红花蛋糕是什么？"

"特蕾莎绝对是一同用餐的绝佳人选。"瑞克说，"她每次都像是一头饥饿的狮子。我身边的其他女性朋友，总是在吃饭的时候忙着计算摄入的卡路里。"

"其他女性朋友，"她的表妹带有些讽刺地说道，"你根本体会不到在莱斯学院每天汗流浃背，最后只能吃蔬菜和水果的感觉。"

萍小姐这时想到食堂里学生们吃饭的分量，觉得她说的话有点夸张了。

萍小姐问她大概什么时候会回巴西。

"八月底的船。这样的话，在离开学校之后，我还有一段享受英国夏日的时光。我很喜欢英国的夏天，到处洋溢着绿色的暖意。嗯，除了衣服、冬天和牙齿之外，我喜欢英国的一切。话说阿灵赫斯特在哪里？"

即使已经习惯了迪德洛对于话题的突然转变，她还是被这个问题吓了一跳，而瑞克快速地回答速度又使她吃了一惊。"是英国最好的女子学校。"瑞克又问道："你怎么问这个？"

"这可是我们学校最新的话题。我们那里有个毕业生要去阿灵赫斯特工作了，大家高兴得都和什么似的，好像她们之间出了一个女爵士一样。"

"但这确实是个值得高兴的事，"瑞克回答说，"可并不是每一个人一毕业就可以有这么好的工作的。"

"真的吗？你真的觉得这是一件值得光荣的事情吗？"

"当然，我觉得这是一项殊荣。你觉得呢，萍小姐？"

"嗯，是一份殊荣。"

"好吧，我也为她高兴。想到她在女子学院待了这么长时间，她如果真的得到了这份荣耀，我真的挺为他高兴的。"

"你指的是谁？"萍小姐问道。

"英尼斯啊。"

"你中午没在学校里吃饭吗？"萍小姐疑惑地问。

"没有啊，瑞克今天开车来了，所以我们中午去博尔敏斯特的撒拉逊顶去了。怎么了，中午学校里发生什么事了？"

"去阿灵赫斯特的不是英尼斯。"

"什么？不是英尼斯？但每个人都说是她的，真的是每个人。"

"确实，每个人都是这么想，但确实也不是她。"

"那，那谁去啊？"

"鲁斯。"

迪德洛吃惊地瞪大了眼睛。

"不会吧？我不能相信，这是不可能的吧。"

"但这是真的。"

"居然是那个人，她们居然让那个人去，那个下贱的——"

"特蕾莎！"瑞克在一旁提醒她主意用词的礼仪，然后接着感兴趣地看着她吃惊的神情。

迪德洛安静下来，好一阵没有说话。

"如果我不是淑女的话，"她开口道，加大了后半句的音量，"我一定会骂人的！"

家庭聚会那桌人听到了响动，警觉地看过来。最后决定收拾离开，并且开始计算账单。

"看看你都做了些什么！"瑞克说，"把人家给惊走了。"

这时，穿着碎花围裙的奈薇儿小姐把炖兔肉端了上来。但"花核桃"心思已经完全不在美食上了，她突然想到自己是从奈薇儿小姐那里最初得知阿灵赫斯特的事的，于是又继续讨论这件事来。最后还是瑞克把话题转移到了食物上，他提醒道兔肉马上就要凉了。但萍小姐感到瑞克并不是真的对兔肉感兴趣，而是他不知什么时候察觉到萍小姐并不喜欢继续谈论这件事情。萍小姐此时真是对瑞克有万分的感激。

"但不管怎么说，"瑞克看到迪德洛终于不再固执于这个话题之后，说道，"虽然我不认识英尼斯小姐，但听你们对她的评价，我想，即使是她最后没去阿灵赫斯特，最后也应该有一份不差的工作的。"

这也是萍小姐整个下午安慰自己的理由之一。这个理由又合理又符合逻辑，也不偏激，就像是一方对症的良药，对于任何人的心理上来说都是个很大的安慰。但是萍小姐也能理解迪德洛并不能接受这个理由。

"想想因为那个家伙，你落选了。你心里会怎么想？"迪德洛嘴里嚼着兔肉，"那个家伙"当然指的是鲁斯。"在众目睽睽之下被打了一个耳光，就算是有个不差的工作你还会感觉不错吗？"

和宝儿说的意思差不多："在众人面前尊严扫地。"这两个人对这件事的看法是很像的，不过，宝儿更倾向的是朋友受的伤害，而迪德洛想到的则是受到的侮辱。

"那天早上我们就在那个地方碰到了英尼斯的父母。"迪德洛接着说道，她的目光注视着那天早上的位置。当然，萍小姐也能记起那个场景。"真是一对好人，瑞克，说真的，真希望有机会你也能见见他们。就那天我四个人：我、萍小姐、英尼斯的父亲和母亲，坐在一起边讨论边喝咖啡，真是愉快。但现在——"

萍小姐和瑞克一直引导着她说些别的话题。但是到离开茶馆上车之前，她又想到了这件事，不由得继续长吁短叹。幸好由于搭了瑞克的车子，使得比灵顿镇到萍斯学院的距离变短，还没有给迪德洛充分的时间思索这件事情，就已经到学校门口了。萍小姐识趣地率先打招呼离开，"花核桃"却紧紧地跟了上来，"晚安，瑞克。"她随意地同表哥告别道，"周五你回来的吧？"

"风雨无阻，一定。"瑞克回答说："我记得是三点对不对？"

"不是的，是两点半！那张邀请卡上写了，就是我给你的那张邀请卡。你可是生意人，对时间这么不认真，可太不应该了。"

"呃，生意上的事我当然会好好处理的。"

"那你把邀请卡处理到哪去了呢？"

"这个你放心，在我背心和我的心之间的金链子上。"说完，他边顺机结束了对话。

"你的表哥很有魅力。"上楼的时候，萍小姐说道。

"你真是这么觉得的吗？好吧，我也是这么想的。他具有一切英国人应该具有的美德，还有不属于英国人的情调。周五他能来看我跳舞的样子，真好啊！哎？你笑什么？"

萍小姐笑的是迪德洛要表哥来看她跳舞的迪德洛式的邀请方式。她连忙转移了话题。

"你难道不应该走另一道门的吗？"

"是啊，但是我觉得也不会有人介意。反正再过两个礼拜，我就可以随意地走这楼梯了。到时候我可不一定喜欢走这儿了。所以我现在要多走走这条路，而且我不喜欢走工匠用的楼梯。"

萍小姐本想经过教员们宿舍门口的时候同她们打个招呼，但是整个建筑里一片安静，似乎这里的气氛仍然很凝重。所以她放弃了这个做法。反正明天早上大家又会见面了。

从宿舍走廊安静的程度来看，应该已经响过睡觉铃了。迪德洛幸好还保持着对校规的一丝敬畏，因此她们在楼梯拐角处互道晚安之后分开了。萍小姐一个人走回了自己的房间。她在换衣服的时候，一直在注意着隔壁房间里的动静，一片寂静。拉窗帘的时候，也没看见房间里有灯光的样子。英尼斯还没回来吗？

她坐下想了一会儿，不知道自己接下来应该做些什么。如果英尼斯还没回来的话，宝儿现在一定需要安慰。但是如果英尼斯已经回来的话，她似乎也应该在不干扰对方心情的情况下，说些什么，来表达自己的态度。

她关了灯，拉开窗帘，坐在窗前，看着月光下围绕中庭的女生宿舍里的活动。有人在梳头发，有人在缝着什么，有个学生缠绷带时候没有准备剪刀以至于在房间单脚跳找着剪刀，有人正在艰难地穿着睡衣，有人还在追赶一只飞蛾。

就在她观看的这一会儿，又有两个房间的灯熄灭了。明天早上五点半的铃声会照常响起，期末考试周已经结束了，她们好一段时间都不用挑灯夜战、埋头苦学了。

萍小姐突然听到走廊里传来越来越近的脚步声，以为会是来找自己的，于是起身准备开门。结果听到的是英尼斯的房门打开又关上，没有开灯的声音。但她能清晰地听到隔壁有人正在悄悄更衣的声音。走廊里又传来一阵拖鞋的脚步声，接着是隔壁房门敲门的声音，但没有应答。

"是我，宝儿。"来者发出声音。门打开了，又关上了。从门缝里传出来低语的声音和咖啡的香气。

宝儿还贴心地准备了食物。不管英尼斯今天下午和晚上怎样痛苦，现在应该有所缓和，可以吃一些东西了。谈话的声音一直持续到熄灯铃的响起。又传来了门打开又关上的声音。

萍小姐躺在床上，这时才感到疲惫袭来，连动一根手指的力气都没有了。她闭上眼睛，百感交集，对涵妲的气氛、对英尼斯的同情、对宝儿的欣赏……

她决定保持最后几分钟清醒，来好好想想怎么安慰英尼斯受伤的心灵以及表达对这件事的不满，但没一会儿，她就睡着了。

①瑞克是理查德的昵称。

第十四章

周一还算是过得相对轻松，关于阿灵赫斯特的事情已经在学校里传遍了，并且已经被从各个方面讨论过了。教员们和学生们整整一天都在这件事上争论不休，但是到了晚上的时候，已经没有人再提起这件事了。毕竟，所有的一切话语除了让人泄气之外，不能有任何实质性的作用。所以在周一过后，这件事情慢慢得退出了关注的焦点。多亏了乖巧的莫里斯把早饭送到房间里，萍小姐才避免了事发后第一次碰到英尼斯的情形。到午餐的时候，一切似乎已经恢复了原样，似乎学校里并没有发生任何变化。

英尼斯坐在桌前，表情镇定。但萍小姐能敏感地发觉出她的沉默有所变化：对外界一切事物的封闭取代了原先的内敛。鲁斯给萍小姐的感觉则是比以往更像姨妈养的那只猫——想把它直接关在门外让它急得喵喵叫。事到如今，她只有唯一一件感到好奇的事情了：鲁斯对于这个令人意外的结果到底有什么感觉？她为了寻找答案不惜在下楼的时候，不停地追问勒克斯小姐。

"你知道鲁斯听到这个消息的第一反应是什么吗？"

"嗯，就像是一团鬼火。"勒克斯小姐回答道。

"什么意思？"萍小姐不解地问道。

"因为这是最难以忍受、最讨厌的一样东西。"

但这个抽象的回答完全不能满足萍小姐的好奇。对于昨天的事情，只有雷弗夫人责备她昨天的掉队，不过也没有深究，毕竟也没人想知道其中的理由。发布成绩会紧张的气氛开始变得浓厚起来，还有四天了，所有人都在不断练习中，关于阿灵赫斯特的风波已经过去了，不再是什么新鲜的话题了。学校又恢复了单调的氛围。

这周的几天都在无聊和沉闷中度过，除了有两件小小的事情可以带来一丝乐趣。

第一件事是英尼斯拒绝了霍奇小姐让她去威彻利骨科医院的工作。但这对于艾琳·欧唐娜来说是个好消息，因为这个职位被转给了一直没有被安排工作的她，她高兴地接受了。戴克斯知道这个消息的第一时间的反应是："太棒了！亲爱的，我终于可以我把所有的医疗的制服都卖给你了，我这辈子都不会再穿那些衣服了。"最后欧唐娜也欣然同意了，戴克斯抓着在期末的时候变得鼓鼓的钱包开始在走廊里叫卖着其他的东西。直到斯图尔特挖苦她是否有安全别针时，她才有所收敛。

第二件事是爱德华·阿德里安在星期三的时候来学校了。

周三的下午是游泳课，按惯例所有的低年级学生以及没有病患需要照顾的高年级学生都需要下水。但不管怎么下决心，萍小姐觉得自己的泳技仅限于待在浴缸里的水平，因此尽管大家怎么邀请她务必尝试一下这个凉爽的运动，她还是坚定地表示拒绝。她在泳池边上待了将近半个小时，看了一会儿大家嬉笑打闹的样子，满足地起身决定去喝一杯下午茶。在她穿过大厅准备下楼的时候，"门徒们"成员之一走出诊疗室叫住了她："萍小姐，能请您帮个忙吗？只需要坐在艾伯特的脚上就好。"

"坐在脚上？"萍小姐还在想着对方的名字，如果没错的话应该是卢卡斯。

"对，为了固定他的脚，最直接的办法就是直接坐在他的脚上。绷带扣环松了，而且现在没有别的东西可以替代。"她边说着边带领着仍然处在迷惑之中的萍小姐走进了诊疗室。穿着白色制服的学生们正在观察患者的扭伤程度，并指示一个十几岁男孩靠在椅背，面朝下做俯卧撑。"看，"卢卡斯拿起一个环扣对露西说道，"就是中间这个扣眼坏掉了，用上一个太紧，下一个又太松了。您能不能帮个忙，抓住他的脚或者坐在他的脚上。"

萍小姐连忙说还是抓住脚好一些。

"好了，艾伯特，这位是萍小姐，下面要临时担当你的绷带扣环。"

"您好，萍小姐！"艾伯特打量着刚进来的这个人。

那个或许是卢卡斯的女孩双手穿过男孩的腋下拉起他，将他的双脚放到基座上靠着。"萍小姐，就是现在，请双手各抓住一个脚踝，紧紧地抓住。"萍小姐乖乖地听着她的指令，心中暗想，这种需要费体力的治疗方法大概只有在曼彻斯特行得通了，还有就是只有在抓住脚踝的时候，才知道一个十几岁的男孩的重量。她的眼睛瞄着在场的其他人，觉得自己的姿势又奇怪又可笑，但恐怕这些学生们现在没有心思放在她的姿势上。就算是平日里比较熟悉的斯图尔特，在这里看起来也不一样了。这里充满着医院里才会有的安静和明亮，没有人嬉笑或者闲聊。"还差一点就好了。嗯，已经好了。""今天感觉是不是好多了？""来，我们再试一次，试完这次今天就结束了。"

萍小姐在移动中偶然发现哈赛特白大褂里面露出的丝质衣领，看来她已经提早换上了演出服。在结束诊治到去体育馆的这段时间，并没有多少时间，如果她还要用下午茶的话，看来只能拿着一杯在路上喝了。

当她还在惊讶于白大褂下的舞裙的时候，她看到一辆车经过窗前，最后停在了大门出口处。这是一辆时髦又豪华、闪闪发光的加长轿车，而且还罕见的由专门司机驾驶。在这个年头，大概只有残障人士才会雇佣司机驾驶，所以萍小姐对汽车的主人十分好奇，静静地等着看下车的人。

会不会是宝儿的母亲？说不定还会带着他们家的男管家。

但下车的是个穿着西服套装的年轻男子，由于角度太偏，没有看见他的正脸。他走路的姿势就像是在冬日的阳光下懒洋洋地在大道上散步的贵族，他讲究的服装和司机也让人联想到贵族。如果是那样，那他也是个不随大流的贵族，因为现在贵族也开始自己开车了。

"萍小姐，太谢谢您了，您真是帮了我们一个大忙。艾伯特，快谢谢萍小姐。"

"谢谢萍小姐。"艾伯特一板一眼地说道，然后对视着萍小姐，调皮地眨了下眼睛。萍小姐也眨了一下眼睛作为回礼。

这时，去葛塔森小姐那里拿石膏粉的欧唐娜冲了进来，兴奋地低声说道："知道吗？是爱德华·阿德里安来了，车里的人是爱德华·阿德里安！"

"那又怎么样？"斯图尔特从她的手上拿过石膏粉，"怎么拿个石膏粉还要花这么长时间。"

萍小姐悄悄地退出了诊疗室，关上了门，继续往大厅走去。欧唐娜说的是对的，在大厅里站着的正是爱德华·阿德里安，她也发现勒克斯小姐说的也是对的，因为爱德华·阿德里安正在审视着镜子里的自己。

萍小姐上楼的时候，正好碰见下楼的勒克斯小姐。因此萍小姐在经过楼梯间的大平台时，正好可以从上看下目睹这对青梅竹马的恋人见面的情形。

"你好啊，小德。"勒克斯小姐毫不兴奋地打着招呼。

"凯琳！"爱德华·阿德里安却用格外热情的语气打着招呼，急忙向前走了几步，似乎想把她拥进怀里。幸好此时勒克斯小姐及时地伸出了一只手，用较为礼貌的一种方式制止了对方的举动。

"你来这儿有什么事吗？难道你还藏了个'侄女'在我们学校吗？"

"瞧你这话说的，小凯，我当然是来看望你的。你怎么不告诉我你在这里工作呢？为什么你不联系我？不给我一次共进晚餐的机会，好一起叙叙旧——"

"萍小姐！"勒克斯小姐字正腔圆地叫住了她，声音清楚地传到了楼梯上，"请留步，我给你介绍个新朋友。"

"凯琳，听我说——"萍小姐听到楼下的人抗议的声音。

"那位是著名的心理学家萍小姐，"勒克斯小姐的声音似乎还有一种诱惑，"她是你的戏迷呢。"这诱惑还带有些甜头。

他到底有没有意识到勒克斯对他的冷酷？萍小姐站在楼梯上等着二人上楼的时候想着，或者他的自恋已经足够坚固地成为抵抗勒克斯的讨厌？

当三个人一起走到画室的时候，萍小姐终于想起斯图尔特对他的评价："看起来像个脱了毛的老鹰"，并且深深感到这个比喻的恰当。他算是容貌端正，虽然看上去只有四十出头，也能看出精心保养的痕迹。但没有舞台上的化妆，也没戴假发，所以他看上去显得又老又疲惫，前额的发际线也有后退的趋势。萍小姐有点为他难过，同迪德洛那位年轻潇洒且富有活力的表哥相比，这位著名喜剧演员的外表有些令人遗憾。

他对待萍小姐彬彬有礼，因为他认真地读过她的书，当然所有的畅销书他都读。但在和萍小姐说话的同时总是不由自主地瞥向勒克斯小姐，而后者正无知觉地研究着茶壶中的热水量，并最后决定再加上一些热水，便打开水壶开始加热。萍小姐现在对眼前二人所扮演的角色有些困惑。一名成功的戏剧演员专程到学校里来探望一个不起眼的年轻女教师，并且在她的眼前像孔雀开屏似的卖弄着自己，然而对方却不为所动。他专门为她一个人扮演这样的一个角色，刻意地展现着自己的魅力，注意力只围着这个在观察茶壶水量的瘦小女人。这可是件不常见的事情，萍小姐觉得挺有趣。爱德华·阿德里安出现的时候竟然没有伴随着礼乐齐鸣。自从他在舞台上扮演罗密欧，并感动了那些对这个角色已经失望的人的时候，已经有将近二十年的时间了。他的一举一动都被人密切关注着，人们无条件地喜爱着他，赠送礼物不求回报，为他付出不求感谢。这可是爱德华·阿德里安，家喻户晓的明星，票房的保障，国宝级的艺术家。

但是，今天下午他出现在莱斯学院的门口，来拜访一位叫作凯琳·勒克斯的普通女教师，并且像只小狗一样，讨好地吸引着她的注意。然而这位凯琳小姐比起他更注意眼前茶壶中的热水量，这真是件奇怪的事情啊！

"你在拉博镇的演出还算成功吗，小德？"勒克斯小姐的这句话更像是出于礼节。

"还好。这里的学校比较多，但如果遇上莎士比亚的戏，就得容忍这些了。"

"你不喜欢表演给年轻的观众看吗？"萍小姐突然想到自己最近认识的这群年轻人对于他的表演也不怎么喜欢。

"嗯，他们并不能算是合格的观众，你也知道的。我还是比较喜欢成年的观众。何况学生们都是学生的优惠票，对于票房没有什么大的帮助。但这对于我们来说是一种必要的投资嘛。"

最后加上的话似乎在表示自己巨大的宽容，"他们也是有欣赏戏剧的潜力的，我们要好好培养。"

露西觉得以现在年轻人的状况来看，这种培养似乎不是那么成功，因为他们宁愿去看《燃烧的藩篱》。要说年轻人们"不去"看戏剧似乎程度还不是很够，因为大家一向对戏剧是敬而远之的态度。

但无论如何，还算是个令人愉快的茶会，而不是那种针锋相对、推心置腹的会谈。萍小姐出口问爱德华·阿德里亚是否会来看成绩发布会的演出，但显然勒克斯小姐对于这个问题相当不满意。爱德华·阿德里亚回答道，他还从来没有听过成绩发布会这件事，但自己将会非常荣幸地参加。他还说道，最近除了看演员们在衣橱里扭动着，还没看过类似这种体能训练的表演呢。什么？舞蹈？居然还有舞蹈表演吗？那他一定要来看了。而且他还会邀请二人晚上去看他的演出，在结束之后还要一同共进晚餐。

"凯琳，我知道你讨厌看戏，但是，请你忍耐一次，好吗？周五晚上的表演是《查理三世》，我没有演那种你受不了的浪漫的角色。尽管剧本不怎么样，但是整个戏是花了大功夫准备的，我真是这么认为的。"

"对好人无理的诽谤，再加上满满的政治宣传，我看不出这部戏有什么高明的地方。"勒克斯小姐却对这部戏另有看法。

爱德华·阿德里安听了这话，则像一个受教的小学生一样笑了起来："你说的也有道理，但是真正的好戏在演出结束之后次才会上演，你将会看到一个可怜巴巴的演员会让拉博镇上的米兰德餐厅准备好多好菜，他们甚至还会准备一瓶上好的德国强宁葡萄酒。"

听到这里，勒克斯小姐的脸上似乎有了一丝松动。

"看，我还记得你喜欢这种酒。你原来说过的，强宁的酒会在嘴里产生水果的清香，喝了这酒，就会洗掉你讨厌的剧院里的臭味了。"

"我可从来没有说过剧院里有臭味，我只是说过里面吱吱嘎嘎乱响。"

"噢，里面当然会这样，毕竟它也有两百年的历史了。"

"但你知道这让我想到什么吗？像是加冕仪式的马车。让我想到了一个丑陋且充满错误的年代，想到了那种因为幼稚的感情才能得以延续的礼仪。是镀上金子的遗产——"

水壶里的水这时候烧开了，勒克斯小姐往茶壶里加了一些热水。

"小德，给萍小姐拿些东西吃。"

萍小姐从他拿过来的托盘取了一块三明治，想到难道他就是被这种像呼唤保姆一样的语气吸引住了吗？或许他只是有一种怀旧的情怀罢了。因为可以确定的是，像爱德华·阿德里安这种男人是不会对某一样事情表现出长久的喜爱的，就像是他在金鱼缸里待烦了，就会希望跳出这个空间找一些新鲜的因素，比如同这个只把他看作小德的女人交往。

萍小姐转过头想和他说点什么，却惊讶地发现爱德华·阿德里安看向凯琳的那格外明亮的眼神，那神色中似乎带有作为兄长意味的包容，除此之外，还有些藏得更深的东西。是不是那种求之不得的绝望呢？总之有一种超越青梅竹马的感情存在。一个这样的大明星，这样看着莱斯体育学院的理论老师，果然是一件奇怪的事情。

萍小姐又看向对眼前的男人毫无感觉的凯琳，第一次从一个男人的角度来观察她，似乎眼前的这位能称得上是美女。整天沉浸在纯粹的学术世界里，她那身得体的衣服，简单的发型，略施粉黛的脸庞，都是很和谐的存在，因此她那瘦弱的骨架和若隐若现的线条也是再合适不过的了。在学校里，她不过是一个相貌平凡、天资聪慧的勒克斯小姐，但是在戏剧家的眼睛中，她又是那么的不同！柔软的唇线，高高的颧骨，线条自然的脸颊，小巧的鼻子，再加上尖尖的下巴，这些都是可以化妆美化的空间。可以说，勒克斯小姐并非是传统的美人，但进一步来讲的话，只要仔细地打扮一番，也是有几分姿色的。

青梅竹马的二人的谈话内容并不能引起萍小姐很大的兴趣，在接下来的下午茶时间里，她只是在忙着纠正自己对勒克斯小姐的审美态度。

最后，她终于找到退场的时机，她礼貌地同二人告别，可以留给他们俩独处的空间，当然勒克斯小姐会继续无视着他不断散发的魅力。爱德华·阿德里安则更加正式地邀请二人周五晚上去看演出，他的轿车会准时来接她们；成绩发布表演将会在下午六点才结束，估计学校里的晚餐内容也不会很丰盛；尽管《查理三世》本身没有什么意思，但还是一部值得一看的好戏；保证米兰德餐厅的饭菜绝对很美味，餐厅最近又新聘请了丹佛街上波诺餐厅的主厨；他真的想和凯琳好好叙叙旧，而且也想和心理学家萍小姐好好聊一聊，每天和那些演员谈论演戏和高尔夫简直是烦透了；她们如果能够到场，他一定会打心底里感到高兴的——总之，他发挥了一位名演员所能有的一切演技和努力想让她们答应。最后，二人终于同意他的提议，将会在周五晚上一起去拉博镇上，欣赏他表演的《查理三世》，之后在一起享用晚餐，最后由他把她们送回学校。

在穿过建筑的侧翼回房的途中，萍小姐突然感觉一阵沮丧。因为她对勒克斯小姐的判断再次产生严重的偏差：勒克斯小姐并不是无人青睐的女子，也并不是因此才无私付出给她年轻的妹妹，以此来寻求什么安慰。她是一位有资质的美人，不需要从任何人的身上得到慰藉。就算是面对当红的演员，她也能保持从容。

她对勒克斯小姐的判断两次的失误，让她严重怀疑自己心理学家的身份，或许自己应该回家去当个法语老师会更加合适？

第十五章

　　雷弗夫人似乎是唯一对爱德华·阿德里安访问校园感兴趣的人。身为在学校里戏剧的代表人物，雷弗夫人理所当然认为自己对于这次与明星的交流起到不可缺少的重要作用。她极力想要让勒克斯小姐知道两件事情，第一，她凯琳·勒克斯没有道理比她先认识爱德华·阿德里安；第二，就算是原先就认识，也不代表她就可以一个人霸占人家的时间。不过，雷弗夫人也有感到欣慰的地方：她会在星期五近距离地与爱德华·阿德里安接触并且与他交流关于戏剧表演方面的内容。雷弗夫人让大家明白，爱德华·阿德里安在莱斯体育学院这些对戏剧毫无了解的野蛮人之间也并非是孤立无援的。

　　星期四午餐的时候，萍小姐一直在忍受着来自雷弗夫人的尖锐话语，甚至后悔当时答应了爱德华·阿德里安晚上的安排。尽管她还是对周五晚上的晚餐有点期待，但是一想到雷弗夫人一晚上都会盯着自己看的眼神，她的期待感顿时减少了一大半。如果是勒克斯小姐的话，现在恐怕要阻止这件事了，因为她一向不会做让自己感到不舒服的事。

　　萍小姐心里想着雷弗夫人、勒克斯小姐和明天成绩发布会等种种事情，眼神不经意间扫过正在就餐的学生们，然后她看到了英尼斯的脸，顿时感到自己呼吸都要困难了。

　　自从她上一次到今天再次看到英尼斯只有三天，在短短三天的时间里一个女孩子的脸怎么会有如此惊人的变化呢？她不由得瞪大眼睛，仔细地看着她，想找出让她发生如此变化的原因。当然，受到那样的伤害，英尼斯瘦了一圈，脸色也变得很苍白。但最大的变化并不在这里，不是因为她瘦削的脸庞或是无精打采的黑眼圈，也不是因为她的表情，她现在还在一脸平静地面对着她眼前的食物。但只此除外，她的脸确实发现了令人吃惊的变化，她不确定别人是不是也注意到了这种变化，但为什么没有人提到这件事呢。英尼斯脸上表情，就像蒙娜丽莎的表情一样，蕴含着许多不可说的内容，让人无法忽视。

　　要大概就是"把伤痛深深埋在心底"，她想起了宝儿说的话："把伤痛深深埋在心底。这样是很不好的。"从英尼斯的脸色可以看出，真是很不好的样子。她怎么能在脸上同时表现出平静和焦虑的神色？她怎么能在如此大的心理打击之下一举一动还是如此冷静呢？萍小姐不由得望向坐在桌子另一边的宝儿，看到她正在担心地看着英尼斯。

　　"你应该专门给爱德华·阿德里安先生发一张邀请函吧？"霍奇小姐向勒克斯小姐问道。

　　"不用。"显然后者对这个问题非常不耐烦。

　　"那你是不是要嘱咐乔丽一声，让她多准备一份下午茶。"

　　"他下午茶的时候从未不吃东西，所以我没必要自找麻烦。"

　　天！萍小姐在心喊道，不要再谈论这些鸡毛蒜皮的小事了，请看看英尼斯的状态吧。她到底在这几天发生了什么事，上星期的时候她还是充满青春活力的孩子，现在再看她的样子吧，这个外表平静的女孩子心里正在忍受着折磨。你们看到她想到了什么呢？是不是就像是清晨森林里树叶上的露珠？轻轻一碰便碎了，落到了土地里去了。都是脆弱的东西啊！

　　"英尼斯的状态不是很好的样子。"上楼的时候，萍小姐向同行的勒克斯小姐委婉地表示自己的看法。

　　"嗯，应该说是糟糕透了，"勒克斯小姐直白地回答道，"难道你觉得这很奇怪吗？"

　　"难道没人能帮帮她吗？"萍小姐问。

　　"给她找一份合适的工作，"勒克斯小姐冷冰冰地说，"不过说了也白说，现在已经没有现成的工作空缺了。"

"你的意思是说,她要开始自己找工作了?"

"是的。还有两个星期大家就要毕业了,现在霍奇小姐那里好像也没什么工作岗位可以派发了。九月份开始上班的工作,现在已经都找好人了。没想到莱斯学院历年来最优秀的学生,最后居然沦落到找不到工作的境地,真滑稽,不是吗?"

真可恶!萍小姐想,太可恶了。

萍小姐想到明天的成绩发布会,会有许多家长来看自己的孩子,参观她们每天学习生活的校园,验收她们的学习成果。英尼斯心里是什么滋味呢?她的父母辛辛苦苦将她送到这里读书,她最期待的是给双亲送上自己最杰出的表现以及阿灵赫斯特的工作机会,然而这一切都已经成为泡影了。

一名优秀的毕业生没有得到工作机会已经够糟糕的了,但是更糟糕的是这件事情里的不公正。萍小姐认为世上最严重的罪行莫过于不公正了。她现在还能记得自己小时候曾经受到过不公正待遇的感受,受伤、无助、愤怒。这时候的愤怒更加折磨人,自己在孤立无援的境地里慢慢承担着这种折磨的感情,千方百计想找途径发泄这种感情。萍小姐突然觉得英尼斯和年轻的自己很像,都缺少自我调节的幽默感。年轻人会知道怎样直面自己内心的痛楚呢?当然不会。这就是为什么一个40岁的人不会因为别人不经意的一句话自杀,而一个14岁的孩子却可能因此悬梁自尽。

萍小姐自认为自己现在非常了解英尼斯现在心中的愤怒、失望和怨恨,英尼斯有她自己的尊严,同那些在街头的卖唱女为了赚取一个铜板而骗取别人的同情不同,她绝不会这样做的,她只能装作表现得很冷静。她很缺乏幽默感,而且像宝儿说的,也没有那么坚强,但她并不像把自己的痛苦露出给"她们"看。

萍小姐实在想不到该用些什么话来安慰她。显然,传统的方式,比如鲜花或者糖果一点也不适用。但除此之外,又想不到其他的方法。她能清楚地感受到就住在自己隔壁的英尼斯的困扰,也开始讨厌一点忙也帮不上的自己,但这个想法往往轻易地就丢在夜色的风中了。这几天,她能听到英尼斯都是在睡觉铃响之后才会回房间,隔壁声音尽管细小,但是不能让她忘记了这个女孩的存在。她往往会伴着对英尼斯的担忧沉沉睡去,但是一醒来面对白天多姿多彩的生活又会在不经意间忘记她。

鲁斯看来没有周六晚上为自己举行庆祝会的打算。不知道这是因为她敏感地感受到校园里不和谐的气氛,还是只是因为她的节俭。当然,也没人再提到曾经要为英尼斯举行庆祝会的事情,而鲁斯倒也不期待有人为她庆祝。

尽管萍小姐并没有直接参与到学生们吵闹的讨论中,但她却发现无论在哪里,对于阿灵赫斯特这件不公平的工作分配并没有人就此发表任何意见。就算是年轻的低年级生莫里斯,在每天为她送早饭的时候,也没有说过任何关于这件事情的一个字。萍小姐总认为自己作为教员的一名,尽管是临时的,但也算是直接参与了这件事,应该承担一部分责任的。尽管她并不喜欢自己的这个想法。

当然现在正在折磨着她的想法是,明天英尼斯就要面对自己艰难的处境了。她在学校里度过了无数辛苦的时光,一切都是为了明天,本来她应该是带着属于胜利者的微笑的。萍小姐真希望现在就能给她找到一份合适的工作,那么还会在那个尽管贫穷但充满希望的女人看见女儿时欣慰的眼神。

但是,体育老师的工作机会也不是到处都有的。也不能就这样随便给英尼斯一份普通的工作,有些事光有善心是无济于事的,但是现在萍小姐有的,也只有善心了。

既然如此,自己就要好好利用一下这善心,看看到底有什么能做的事情。当其他人都上楼以后,她跟着涵妲进到了她的办公室里,说道:"涵妲,现在我们能不能给英尼斯制造个工作的机会?你也知道的,她这样优秀的学生,没有工作是一件不对的事情。"

"英尼斯小姐不可能长期找不到工作,这只是一时的事情,再者说,你不觉得假造一份工作给她会有什么意义。"

"我的意思不是假造，我说的是创造，寻找。英国这么大，有成千上万的工作机会。我们可以从中整理出什么，让英尼斯在找工作的时候少受点挫折。涵妲，你还记不记得这种等待回信的滋味是什么？那些精心准备的应征信，一封封就像石沉大海了一样。"

"我原先先给她提供了一份工作，但她拒绝了。我不知道我现在还能为她做什么了。因为我这里也没有其他的工作岗位了。"

"尽管没有，但是你或许可以帮着她联系一下报纸上招聘的信息？"

"我联系？这不是太奇怪了吗？再说，这件事也没有必要，她写简历的时候自然会写上我的名字，要不是她的话，我也——"

"但你是有这个能力的啊，你难道不能为了这个有史以来学校最优秀的学生争取一份更好的工作机会吗？"

"萍小姐，你要知道你正在无理取闹！"

"唉，我知道，我只是希望'今天下午5点以前'①，看到英尼斯被妥善的安排。"

霍奇小姐显然没有读过吉卜林的这本小说，更可能的情况是她根本就不知道这个作家的存在，因为她现在的反应是瞪大双眼，说道："比特可教授昨天还在大学的茶会上赞扬你是写了一本值得研究的作品的女作家，但你现在的表现真是与这个身份不相符，你在感情用事。"

萍小姐此时深深地感觉到了自己的落败，自己的聪明才智在涵妲面前根本不值得一提。她默默地看着站在窗边朝外看的涵妲的背影。

"恐怕，"涵妲说，"要变天了。早上的天气预报也说，这么长的好天气之后，就要变天了。要是碰巧在明天变天的话，那真是不幸。"

不幸？你这个愚蠢的女人，你绝对是世上最愚蠢的女人，我确实不是这么冷静聪明，也有些感情用事了，但起码我还能看到这件事情的不幸，而且知道这事和明天的变天，人们在大雨中奔跑避雨这些都无关。是绝对无关！

"是的，涵妲，那将会很可惜的。"她快速地低声说完这句话，就出了办公室，上楼去了。

萍小姐站在窗边，看着天上正在凝聚的黑云，恶狠狠地希望明天最好来场瀑布式的大雨，让所有的人都淋个湿透，把莱斯学院变成个大游泳池。但是她立刻意识到这个心愿的可怕，连忙修正了过来。明天可是这些孩子们人生中最重要的日子之一，她们为了这一天忍受了多少痛苦，流下了多少汗水，可以说她们这几年就是为了这一天而活的。明天，一定要是个阳光明媚的大晴天才好。

---

① "今天下午五点以前"，来自英国作家吉卜林《原来如此的故事》中的句子。这是吉卜林在1882年至1886年侨居美国时写的著名儿童读物。

第十六章

在莱斯学院的这段时间里，萍小姐一天比一天起得早。最开始，她往往会被五点半刺耳的铃声吵醒，然后在铃声停止之后，会选择睡个回笼觉。但是，事实证明，好习惯是可以培养出来的。最近的这几天，她不再在铃声之后继续睡觉了，甚至在成绩发布会的这一天，她在铃响之前就已经醒了。

唤醒萍小姐的是她心中的一种心跳的感觉。这种感觉在她还是个小孩子的时候就曾有过，这会不由得让她想到学校举行颁奖典礼的梯子。萍小姐尽管没拿过什么大奖，但是总是会有某个不起眼的奖项，比如法语考试第二、画画作业第三、唱歌比赛第三等，总之是不会空手而归的。在这天偶尔也会有名曲的演出，比如著名作曲家拉赫玛尼诺夫的那首优美的序曲，因此也可以借此机会买身新衣服。萍小姐年幼时就是为了这种种因素而心跳的。今天，萍小姐重新恢复了这种感觉，只因为同自己相处了这么长时间的学生们表现的日子，她们的辛苦终于要有所展现了。萍小姐现在处在这群年轻的孩子之间，也在分享着属于她们的心跳和期待。

她从床上坐起来，看向外面还是灰色的天空。这灰色迷雾过会儿就将被明媚的太阳光照射得无影无踪。她下了床走到窗边，外面还是一片寂静，院子里只有一只在甩着腿抗议坏天气的花猫，除此之外任何事物似乎都还在沉睡中。清晨的草地上挂满了浓厚的湿气，但萍小姐一向对湿漉漉的草地有一份喜爱，因此看到这个心里也感到十分愉悦。

这时5点半的铃声准时响了起来，把早上的时间划分成刚才和现在两部分。草地上的猫被铃声惊动，跑了出去。这时，园丁吉蒂的脚步声正拖拖拉拉地向体育馆走去，过了一会儿那里响起了吸尘器的噪声，中庭周围宿舍的窗户里开始传来抱怨声和呻吟声，但是还没有人走到窗前，学生们还在和起床做着最后的斗争，希望再拖得久一点。

萍小姐决定现在立刻起床，难得地走到清晨的户外看一看外面清新的景色，感受一下暴风雨前的清凉。她的计划是先去看看金凤花园，她想看看没有太阳照耀下它们会是什么样子。或许颜色会发生一点变化吧？她清洗过后，穿着身边最厚的衣服，又披上外衣，走过安静的走廊，下了楼梯。走到中庭大门公告栏时候，她发现上面有一些心的内容："请同学们注意，家长及访客可以进入侧翼宿舍以及诊疗室内参观，但未经允许不得进入老宅。""低年级学生注意，下午茶时间需要协助招待来客。"在最后，还有一张单独的告示，上面用几个大字写着：

毕业证书将于下周二早上9点颁发

萍小姐继续往前走，走到遮阴小道的时候，她看到毕业证书是一卷看起来十分正式并且系有丝带的牛皮纸卷，看到这个发现，这里就算是毕业证书也是带有学校独有风格的。她想到了她自己的毕业证书，只是在普通的外皮上别了一个徽章，这个徽章可以表明主人的学生时代是在哪里度过的。

萍小姐走过了遮阴小路，一口气走到了体育馆。刚才进来的时候，看见吉蒂正在门口欣赏自己种植的玫瑰，所以萍小姐得出她已经打扫结束的结论。而且，鲁斯每天早上的例行训练似乎也已经结束了，因为她注意到了在水泥过道上的脚印，而体育馆里现在并没有人。萍小姐在准备离开之前，犹豫了一下，径直走进了敞开着的门。此时的田径场还很干净，竞赛场也没有各种比赛过的痕迹，空无一人的感觉让她着迷。偌大的空间、安静的氛围，在淡色的灯光下有一种白天时感受不到的庄严。鲁斯用来练习的杠木静静地立在灯光的阴影下，观众席下的镜子闪耀着摇摆不定的亮光。

萍小姐很想在这里发个口令，听一听自己的声音在这空旷中的效果；或者在不扭伤的情况下，做个下腰的动作。但是，她什么也没有做，只是安静地看着眼前的一切她就有一种沉醉感了。她现在已经是只用眼睛看看就满足的年纪了，而且这也是她很擅长的一件事情。她突然看见在不远处的地板上有一个发亮的物体，她想，或许是钉子之类的东西，而后她又想到就是不是在清扫过后，体育馆里也不应该用这种东西。她好奇地走上前去，把那个亮晶晶的小物体捡了起来，这是一个偏平形状、被银色金属细线缠绕的玫瑰图案花饰。她随手把它放在自己外衣的口袋里，向外走去，笑了起来，今天早上将她唤醒的心跳让她想起了自己小时候的事情，这个小小的金属花饰更是引起了其他童年的回忆：小孩子宴会上的饼干、果酱、乖巧的白色小连衣裙，脚上会穿着有一条松紧带的古铜色小皮鞋，鞋尖通常装饰着这样金属材质的玫瑰花饰。她走到五道栅栏的门前，停留了一下，把口袋中的发卡又拿出来看了看，回忆着过去快乐的往事。她都快忘了那双古铜色的鞋是什么样子了，只记得颜色，她还有一双黑色的，但一般有钱人家的孩子都会穿那种古铜色的。她想，在这学校里不知道有谁会有一双和她一样的鞋子。平时看她们穿的都是那种或硬或软的芭蕾舞鞋，也没看见谁的便鞋上有这种玫瑰花图案的花饰。

可能是鲁斯在刚才穿过体育馆的时候不小心落下的吧。总之这个小东西一定是今天早上才掉落在这里的，因为刚才吉蒂刚刚用吸尘器打扫过体育馆。

她站了一会儿，发现早上的这里有点冷，这里也挺令人失望的。悦目的树丛在灰色的晨雾当中几乎不可见，而金凤花在昏暗的天色下显现出令人不愉快的铜锈色，原本可爱的山楂树篱像是脏兮兮的雪堆。但她不想在早餐之前回去，于是便去了网球场。已经有低年级的学生在场上活动了，她们向萍小姐问好并说道今天被分配的工作是有点奇怪，但是她们不得不在这里发泄积攒了一年的力气，要不然会有其他的任务等着她们。萍小姐留了下来，在早餐之前的这段时间同这些学生们聊天，也给她们打了打下手。学生们都惊叹于她的早起，而可爱的莫里斯问她是不是厌烦了自己每天早上给她房间里送冷掉的面包片的行为。萍小姐直接承认道自己只是因为今天的成绩发布会太兴奋睡不着了而已。大家都表示她这个局外人还能如此热衷于学校的庆典，这是令人很高兴的事情，她们还说道实际上的表演会比期待中的更好，到现在为止，她看到过的都不是最精彩的。

萍小姐回到房间，换下了被晨露打湿的鞋子，忍受着其他教员们对她早起开玩笑的话语，同她们一起走下了楼去餐厅。

她在就座前，想看看今天英尼斯的状态如何，却发现桌旁有一个缺口，似乎是有人还没有来。由于她对大家的位置并不是很熟悉，因此也没法立刻判断缺席的人是谁。但可以判断的是，确实是有个人没有来。也不知道涵妲发现了没有。涵妲还是像往常一样环视了学生们一圈，但是因为大家正在同时坐下，这个缺口也显得不是那么明显。

涵妲应该还没发现，她连忙把视线转了回来，不再继续探究下去。她打心里不想看任何一个学生因为缺席早餐而受到校规责罚。而且，或许只是因为某个人不舒服请假了，所以大家没有对此出声的。

霍奇小姐咽下嘴中的鱼卷，放下刀叉，用她犀利的小眼睛再次扫视了下面就餐的学生一眼。"雷格小姐，"她说道，"请纳什小姐过来一下。"

宝儿·纳什从最近的一张桌子的一端站起身来，走了过来。

"斯图尔特小姐那一桌缺席的空位是鲁斯小姐的吗？"

"是的，霍奇小姐。"

"她怎么没来吃饭？"

"我不知道，霍奇小姐。"

"找个低年级的学生去她的房间里看看。"

"好的，霍奇小姐。"

讨人喜欢且长相憨厚的低年级学生塔尔特欣然接过了这个任务。过了一会儿她回来报告说鲁斯的房间里没人，宝儿将这一情况又说与了教员们。

"你最后一次看见鲁斯小姐是在哪里？"

"我记不得在哪里了。霍奇小姐。今天早上不是像往常一样集合在一起上课，大家都在不同的地方做自己的事情吗？"

"有没有人，"霍奇小姐大声向下面的学生们重复问道，"曾经看到过鲁斯小姐在哪里的？"

下面一阵沉默。显然没人知道。

涵妲在看刚才塔尔特上楼之前,就已经把手中的烤面包片放到了一边。她接着说道:"好了,没什么事了,纳什小姐,你可以先回去了。"宝儿走回座位继续用餐,而涵妲则折起餐巾看向葛塔森小姐,后者已经焦急地站起身来了。

"葛塔森小姐,你同我一起去一趟体育馆。"涵妲说完,二人便匆匆地一起走出去了。其他教员们也起身走了出去,不过是回自己各自的地方。萍小姐回到自己的房间整理床铺的时候,才想道:"我应该告诉她们体育馆没有人的,鲁斯不会在那里。"一边念叨着自己的糊涂,一边心里想着鲁斯的去处,这么大清早她能上哪儿去呢?有没有可能是在今天早上练习的时候再次失手,最后没控制好自己的情绪,所以走到什么地方去了呢?这个理由解释学生在期末莫名缺席早餐的原因似乎还算合理。

露西穿过了老宅,慢慢走下了建筑的中央楼梯,来到了花园。刚才路过涵妲办公室,可以听见里面打电话的声音,因此她没有进去。距离早祷还有将近30分钟的时间,她选择这时候在花园里拆读自己的信件。刚起床时的浓雾已经开始渐渐散去,一束阳光穿进云里照射了下来。看来涵妲说的"不幸"不会发生了,天气已经开始转晴了。萍小姐踱步到花园里自己最喜欢的位置,静静地欣赏这片自然的景色。快到九点的时候,她才回到了屋里。

当她走过建筑的拐角处,看见一辆救护车正从学校里开了出去。她先是吃了一惊,随后又想到,在这里出现救护车似乎不是什么大不了的事情,或许只是把病人送到诊疗室罢了。她来到了画室里,发现在九点的预备铃之前,教员们居然没有到期,只有勒克斯小姐一个人在这里。

"最后找到了鲁斯了吗?"萍小姐问道。

"当然。"

"在哪里找到的?"

"体育馆。她的头骨破裂了。"

就算在这种情况下,萍小姐还是在感叹勒克斯小姐说话方式的简短扼要,"怎么会这样?出什么事了?"

"杠木的插销没有拧紧,鲁斯往上跳的时候,木头掉了下来砸到了她的头上。"

"天!"萍小姐顿时感受到自己的脑袋被单杠敲到的感觉,她一向讨厌杠木这种器材。

"葛塔森小姐陪着救护车一起到西拉博医院去了。"

"她能一起去真是太好了。"

"是的,西拉博医院也不是很远,而且早上的这个时候救护车已经就位了,从学校到那里之间在这个时间也不会堵车。"

"天!真是太可怕了。偏偏是在今天……"

"是啊,我们还想瞒住学生的,不过好像没什么效果,所以只能装作轻描淡写的样子。"

"你觉得情况怎么样?"

"不知道,只知道现在霍奇小姐正在给她的家人打电话。"

"她的家人没打算来看成绩发表会吗?"

"当然没有。鲁斯的父母很早就去世了,她是在舅舅舅妈家长大的。"勒克斯小姐说到这里,停了一下,又加上一句,"以前的她就像个迷途的小绵羊。"她似乎没有意识到自己话里所用的过去式。

"那个插销可能是因为鲁斯自己大意了吧?"萍小姐问。

"也可能是因为昨天抬杠木帮忙的同学疏忽了。"

"是谁啊?"

"应该是艾琳·欧唐娜。她已经被霍奇小姐叫去问话了。"

话音刚落，涵妲走了进来。看到老朋友脸上凝重的表情，萍小姐这几天对她的憎恨顿时消失了。因为现在的涵妲像是老了十岁，这时候仔细看来，似乎现在她还瘦了一圈。

"他们好像有电话，"涵妲似乎还沉浸在处理她脑海中唯一的事故当中，"所以应该可以在他们收电报之前，我就可以通上话。现在正在长途电话连线中，连上的话今天晚上他们就可以到。我现在还在等着电话。勒克斯小姐，麻烦你组织一下今天的早祷。葛塔森小姐看样子是没法赶回来了。"葛塔森小姐是高年级的体育老师，她的地位仅次于霍奇小姐。"雷格小姐可能也没办法参加了，她要去体育馆准备场地。但是雷弗夫人在，萍小姐也会帮忙的。"

"是的，"萍小姐说，"我可以帮忙的。"

此时画室响起了敲门声，欧唐娜站在门口。

"霍奇小姐，您找我吗？"

"欧唐娜小姐，我说过是去办公室里去的。"

"可以刚才发现您不在那里，所以我——"

"好吧，既然你已经来这里了。那么请你告诉我：昨天晚上你有帮鲁斯小姐安放杠木吗？"

"有的，霍奇小姐。"

"当时你抬的是杠木的哪一头？"

气氛陷入了一片紧张的沉默之中。显然，可怜的欧唐娜现在还不知道是哪一头的杠木导致的事故。所以她接下来的回答要不然就是把自己的境地推向绝望，要不然就是给自己的洗白。但她还是用带有坚定的语气说着：

"是靠墙的一头，霍奇小姐。"

"所以靠墙垂直面的插销是你锁进去的？"

"是的。"

"鲁斯负责的是垂直在地面的哪一头？"

"是这样的，小姐。"

"你不会记错了吧？"

"不会记错的，霍奇小姐。"

"你怎么这么肯定？"

"因为我每一次都是负责靠墙的那一边的。"

"为什么？"

"鲁斯比我要高一些，她能把杠木的一头抬得更高一些，所以我每次只能抬靠墙的那一边，因为只有那样我才能用脚顶着墙，来把插销锁紧。"

"哦，我清楚了。谢谢你的诚实回答，欧唐娜小姐。"

欧唐娜转身之后，又转了回来。

"那么是哪一头出了问题呢，霍奇小姐？"

"朝向地板的那一头。"霍奇小姐用怜爱的眼神看着眼前的女孩，心里承认自己忘记告诉她事情真相的疏忽。

听到回答，欧唐娜苍白的脸上泛起了一片红晕。"谢谢您。"她低声说完，解脱似的小跑着出了画室。

"可怜的小家伙，"勒克斯小姐说，"她刚才简直是经历了到目前为止人生最可怕的一个时刻。"

"你怀疑刚才欧唐娜说谎？"

"不，当然不。她说的显然不能再真了。她一定是抬靠墙那一边的，借用腿的力量太高，是再正常不过的了。但我还是不知道这个事情到底是怎么发生的，如果不是鲁斯小姐大意的话，那么杠木的插销是很难松动的，起码不会因为松动使得整个单杠掉下来。再怎么说，有牵引绳也不应该让杠木从那么高的地方一下子掉下来。"

"会不会是吉蒂不小心碰到了？"

"我不知道怎么能不小心碰到那个程度。除非是故意地往上凑，否则那个高度是很难发现还有个插销的。不太可能像是吉蒂打扫的时候不小心碰到的，尽管那个丑陋的吸尘器似乎是无所不能的，但也不可能把插销从杠木上吸下来。"

"那有没有这种可能，"博学多识的勒克斯小姐想了一下，说道，"是一种震动让插销一维。要是震动的话……体育馆里似乎也没有类似的东西啊。"

"当然体育馆里不会有那种东西了。鲁斯小姐一般把门一锁上就交给吉蒂，然后直到第二天早上铃响之后才会再打开。"

"看来，这次除了因为鲁斯一个人的疏忽之外，没有别的原因了。她往往是最晚离开的，也是最早进入到体育馆的人。要不是有什么特殊要求，没有人会起那么早去体育馆的。这次事故只能怨她自己了。不管怎么说，这也是对大家都好的一个结果。现在事情已经很复杂了，要是再出现一个肇事者什么的，还要有相应的人承担责任。那情况只能变得更加糟糕。"

早祷的铃开始响了起来，与此同时，楼下办公室的电话铃声也同时响了起来。

"对了，你有没有在早祷的书上做记号，从什么地方开始？"勒克斯小姐连忙问道。

"从蓝丝带夹着的地方开始。"霍奇小姐说完匆匆下楼去接电话了。

"葛塔森小姐回来了吗？"雷弗夫人在画室门口出声问道，"好吧，我们还是走吧。还是那样，生活总是要继续的。现在我只是希望早祷的念词不要太靠近今天的现实了。"

真想把雷弗夫人丢到南半球的某个小岛上去，萍小姐已经不是第一次这么想了。

早祷仪式还是和原先一样严肃而沉寂，但也能感受到里面多了一丝消沉。在祈祷的声音中，大家基本恢复了平静，萍小姐西也同大家一起念着圣词。

"手中不持伤人利器。"她跟着虔诚地念道，突然间脑海里闪现过什么，她突然感到喘不上气来。

一个想法让她慌乱得无法再继续发声了。

她想起来了，她想起来了！为什么原先她想提醒大家鲁斯不会在体育馆的原因了。是因为看到以为是鲁斯在水泥路上留下的脚印，所以她才觉得鲁斯的例行训练已经结束了，而事实上，鲁斯并没有离开。因为鲁斯当时还没有去体育馆，她是后来才去的，像往常一样跳上了杠木，却在旋转的时候抓到了插销松动的杠木上，她重重地摔了下来，随之单杠砸在了她的头上。直到早饭结束的时候才有人发现她。

那么，那些是谁的脚印呢？

第十七章

"同学们注意，"午餐将要的开始的时候，涵妲示意其他教员不要动，自己站了起来冲下面的学生们说道，"大家已经知道了今天早上发生了一件意外事故，但是我们已经得知这是当事人的疏忽大意导致的。身为一个合格的体育选手，训练的第一件事就是在使用前检查器材的安全。但今天细心的鲁斯小姐也忽略了这个必备的步骤，这也算是给大家伙一个教训。这是一点，还有一点是今天下午的成绩发布会，我们一定要让客人们尽兴而归。也不用刻意隐瞒今天早上的事故了，即使我们想瞒也瞒不住了，但只有一个要求，大家不要在这件事上妄加评论了。客人们如果听说一个学生发生了这样的安全事故，观看成绩发布表演时难免心情会有所影响，但是大家不要再夸大这次的事件了。我们只是希望不管客人们还是即将毕业高年级学生们能对今天有个美好的回忆，所以希大家在今天这样重要的一个日子里要好好约束自己，随机应变。"

整个上午的训练是在身体、心理和精神上的调节中度过的。葛塔森小姐已经从医院回来了，立刻开始组织高年级学生的训练，大家都知道班上少了一个人，心情难免有些沉重。学生中连续有人在上杠或落地的时候因为紧张而出现失误，幸好葛塔森小姐强大的安抚能力，能让她们接受这个已经发生的事实，并让大家的心情尽量放松。但即使如此，葛塔森小姐表示现在只有奇迹发生才能让这些孩子们在下午的时候没人出错。葛塔森小姐那边一解散，雷弗夫人随后赶到给她们又上了一节舞蹈课，因为鲁斯的舞蹈水平不错，在每个舞蹈节目都有一定的角色，所以现在要全部调整重新编舞。这些类似的繁琐复杂的调整，一直快到午饭的时间才结束，但效果好像还是不尽如人意。因此午餐的时候大家还在讨论相关调整的事情："在斯图尔特从我前面跳过去之后，是不是我应该拉你的手？"戴克斯听着同学们焦急地议论，最后大声宣布她的结论："亲爱的，经过刚才一个多小时的调整，我可以证明一个人可以同时在两个地方出现。"

涵姐把英尼斯叫到她的办公室里去，要把阿里灵赫斯特的职位分派给她。因为医院诊断确认的结果是鲁斯小姐的头骨破裂，最好的情况也是在休养几个月之后才能工作。但没有人知道英尼斯听到这件事的反应是什么，但大家知道，结果是她接受了这个建议。这样的安排给人有一种放松感，大家因为这件事情逐渐兴奋起来。萍小姐发现对于这件事无论是教员们还是学生们都没有太多的想法，只有雷弗夫人就这件一波三折的事情发出评论："这是上天的旨意。"

但萍小姐的心里就没有那么轻松了，她心中一直被什么东西堵塞着，并且为这种感觉苦恼。整件事的发展让她有种不对劲的感觉。这起事故发生的时间太过于巧合，就是发生在今天，明天过后，鲁斯再也不用大清早地去体育馆训练了，体育馆里的杠木或许也不会有插销松动的事情了。那么今天早上在体育馆的水泥路上看到的脚印是谁的呢？就像勒克斯小姐刚才说的那样，如果不是什么特殊的情况，不会有人这么早就去体育馆里的。

当然也有很大的可能脚印是鲁斯自己留下的，她或许在进入体育馆之后有别的事情又出去了。因为萍小姐也没法判断脚印的方向是不是朝着主建筑的，她也没记得在进屋的时候看见台阶上有什么脚印的痕迹，她注意到的只有在体育馆外面遮阴小路看到的脚印，当时也没有太在意，就认为脚印的主人就是鲁斯。这些脚印的方向可能也只是环绕着体育馆的外围，根本不是到体育馆里去的。所以甚至可能都不会有学生的脚印，只是起个大清早的学校杂务人员偶然留下的。

是的，一切皆有可能。但是除了脚印的疑点之外，还有一件更加奇怪的事情：在经过超大功率吸尘器的清理之后，她还会在体育馆的地板上捡到一个金属的花饰。那个小东西就掉落在大门和杠木之间的位置上。现在可以确定的事情是这个花饰不可能是鲁斯的。不仅是因为鲁斯在她进体育馆之前可能还没有来，更是因为她没有这样的一双鞋子。萍小姐确定这一点是因为今天早上是她帮助收拾鲁斯的行李的。这原本应该是乔丽小姐的工作，但为了做今天下午招待来宾的工作实在抽不开身，她就把这件事情交给了雷格小姐。但雷格小姐自己也忙得团团转，而高年级学生们又正和雷弗夫人在一起练舞，低年级学生又不适合做这种事。所以这个时候萍小姐表示自己可以帮忙，心里也因为能派上点用处而开心。她进入到鲁斯房间的第一件事就是把她的鞋子都翻了出来。

鞋柜里唯一缺少的就是运动鞋，应该是她早上穿到体育馆里去了。但是为了确认，她在高年级学生回宿舍的时候把欧唐娜叫过来了,问她:"你常和鲁斯在一起,你帮我看一下这些鞋子有没有缺的?"

欧唐娜看着地上的鞋子,想了一会儿回答道,她全部的鞋都在这里了。"除了她的运动鞋,"她又补充道,"应该是穿在她脚上了。"

"就没有哪双鞋拿去洗了吗?"

"没有。除了冬天比赛穿的曲棍球球鞋,我们都是自己打理鞋子的。"

看来鞋的数量是没错了。早上鲁斯穿到体育馆里去的是学校统一发的运动鞋,上面不会有那个金属制的玫瑰花饰。

那么这个花饰是哪里来的呢?一向整理东西马马虎虎的萍小姐,细心地收拾着鲁斯的每一样东西,一直在试图寻找出什么蛛丝马迹。

她在准备下午出席宴会时穿衣服的时候还在不停地想着这个问题:到底是从哪儿来的呢?萍小姐把那个小小的金属花饰随手放进衣橱的抽屉里,看着自己带来的仅有几件衣服,不知道哪一件才适合今天下午在花园准备的宴会。从房间的窗户往下看,可以看见低年级学生正在花园里忙忙碌碌地摆放着桌子、藤椅等设施。她们的劳动成果给一向看起来寂寥的中庭也有一丝活泼的气氛。阳光照耀在她们身上,女孩子们身上的光线明暗和窗框组合在一起像是一幅精致的油画。

萍小姐看到这番情景,又不由得想到了这些天发生的种种,感受到一股心痛,但不知道这心痛的根源到底是什么。但她知道的是,今天在宴会过后她一定要把那个金属花饰交给涵妲。在发生了这么多的事情之后,涵妲在有时间沉下心来思考的话,如果有什么问题最好还是让她自己来处理。萍小姐还在为上一次自作主张地红色小本子丢进水里的事而懊恼,这次,一定要担起自己的责任。这个玫瑰花饰和她无关,不用想太多的。

是的,当然不用想太多,因为没有她的关系。

她最后终于选定了一件浅蓝色的亚麻连衣裙搭配一条大红色腰带,这样看起来还是有几分来自大都市的时髦的,应该可以满足这个宴会的要求。她拿起蒙莫朗西太太特意给她寄过来的鞋刷,刷了刷脚上的绒皮鞋子。准备提前下楼看看有什么可以帮忙的事儿。

下午两点宴会正式开始的时候,第一批客人来了。他们先到校长办公室同涵妲打过招呼,之后便和兴奋的孩子们一起参观校园了。父亲们对于诊疗室里的医疗器具比较感兴趣,而母亲们带着检查的眼神看着自己孩子的床铺,吉蒂也带领着一部分对园艺感兴趣的客人观赏她自己种的玫瑰。萍小姐在心里默默玩着"配对",想把这些父母们和学生们一一对应起来。她发现自己无意识地在寻找英尼斯夫妇的身影,但又为这第二次见面有些担忧。她在心里问着自己:有什么好担忧的呢?根本就没有什么值得担忧的事情,英尼斯终于得到了去阿灵赫斯特的机会,她像自己想的那样有所收获。

在拐角的一个地方,萍小姐碰到了他们一家三口。英尼斯走在父母的中间,三个人手拉着手慢慢在散着步。现在的英尼斯脸上已经恢复了几分神采,全然不是前两天绝望的表情了,尽管看起来还是有些疲惫,但感觉她的内心已经平静下来了。她最终还是有个结果的。

"您早就认识了我的父母,"她对萍小姐说,"可是您一直没有告诉过我。"

萍小姐觉得和他们的会面就像是同老朋友见面的感觉一样。真没想到她和英尼斯父母的交情只是在茶馆里短短的一个小时而已。她觉得他们已经认识了很久了,也认为对面的二人应该也有相似的想法。他们高兴地同她谈论上次见面时谈的话题,热情而礼貌的交谈让萍小姐觉得自己没有被当作外人。平日里与一向孤傲的文化圈的人交往,萍小姐现在感受到了来自朋友的暖意。

英尼斯向他们三个人短暂告别,因为她现在要去准备今天下午开场的节目了,是体育表演。萍小姐便陪着英尼斯夫妇继续向体育馆走去。

"玛丽看起来气色不太好,"英尼斯夫人问道,"你知道到底出什么事了吗?"

萍小姐想了一下，犹豫地不知从何说起。

"她已经和我们说过早上的意外事故了，也说了她因为这次事故才得到了去阿灵赫斯特的机会。但我看她并未因此而高兴，可能是因为不愿意借助别人的不幸达到心愿。但我觉得还有别的什么事情。"

萍小姐觉得面对这对夫妇还是把事情都说出来好，那么万一——，嗯，总之是有好处的。

"原先的时候，学校的每个人都认为那份职位是属于她的。但后来结果并不是这样，我想，这应该给了她不小的打击。"

"哦，我知道了。"英尼斯夫人慢慢地回应道。萍小姐想，自己不必再说些什么了，英尼斯的母亲应该完全了解她女儿心里所忍受的痛苦。

"呃，我想她不会乐意我把这件事告诉你们的——"

"嗯，我们理解，我们不会说的。"英尼斯夫人目光看向远方说道："你看花园里整理得真是完美，我收拾的花园总是不像样子。看那些美丽的黄玫瑰。"

转眼间，三人来到体育馆的门口。萍小姐带他们上楼前往观众席，在路上给他们介绍吸尘器的时候，她又想起了那个玫瑰花饰。在观众席里找到了指定的座位，坐定，演出就这样开始了。

萍小姐坐在第一排旁边的位置，从这里可以清楚地看见场下孩子们的脸，她们正专注听候葛塔森小姐的指令。"别担心，"她听到一个高年级学生的声音，"葛塔森小姐会帮助我们渡过这次难关的。"她们正在战战兢兢地等待着下面的考验，但每个人的眼里还是充满着自信，因为她们相信葛塔森小姐，相信她会让她们坚持到底。

上一次同涵妲一起来体育馆看这些孩子们的表演，已经是两个礼拜之前的事情了，当时涵妲眼里爱惜的目光她还不尽了解，今天她似乎也有了这种心情。英格兰的秋天即将来临，枫叶落下，将会在这个季节。但在莱斯学院度过的这短短两个星期让萍小姐觉得自己对这个世界也有了改观。"门徒们"就会一起去曼彻斯特工作，托马斯会回老家威尔士保持清醒，戴克斯回去灵格修道院照顾小孩子，其他的人也各有归属。在这几天与学生相处的时间里，自己对这些学生就有如此深厚的感情，也随着她们的成功、失败、奋斗、努力一起成长，难怪涵妲在面对这些学生时会有如此神感情的眼神了。

她们做好准备开始表演了。脸上的表情也逐渐冷静了下来。轰鸣的掌声充满了体育馆，给了这些孩子们不小的鼓励。

"真是群迷人的姑娘。"坐在萍小姐身边的一个带着长柄眼镜穿着华丽的老妇人说道。在萍小姐还在猜测她是谁的家长的时候，她又转过脸向萍小姐问道："请问，她们是挑选出来的吗？"

"我不太明白您的意思。"萍小姐回答。

"我是问所有的高年级学生都在场上吗？"

"难道您的意思是场上的这些只是精英？噢，当然不，全班同学都上场了。"

"真的吗？那样的话真是不错，非常精彩！"

萍小姐心里暗想：难道她认为我们会让所有脸上长雀斑学生不要出席下午的演出吗？不过，这位老妇人说的也有道理，除了那些由一两岁儿童组成的艺术团表演之外，没有什么比看这些激情四射的年轻人表演更有意思的事情了。表演用的绳索从屋子的顶端放了下来，梯子也竖了起来，高年级学生们对器材掌握的熟练程度让人惊叹。她们把绳索和梯子摆到一边，开始抬杠木出来开始表扬平衡木。这时的掌声格外热烈，观众都现出很期待的样子。

现在的体育场里和今天早上时完全不同，微弱的光线由金黄色的亮光取代了，显得十分有活力，从屋顶折射下来的太阳光，洒在了场内的木质地板上，好像打了一层蜡一样光亮。她看着移动的杠木，想看看现在会是谁替代鲁斯的位置，是谁抬着朝向地面的那一端？

是英尼斯。

"上！"一听到葛塔森小姐发出的口令，8个学生立刻跃上了杠木。她们一起在上面坐下，过了片刻又一起起身，双脚一前一后，两人一组面对面地分布在杠木的两端。

萍小姐却在观众席上拼命地祈祷英尼斯不要在现场晕倒。因为她现在的脸色已经不能用苍白来形容了，简直就是惨绿。她的搭档斯图尔特想开始做动作，却发现英尼斯并未准备好的样子，于是先等着。但是英尼斯仍然呆呆地愣在那里，似乎已经无法掌控自己的身体了。斯图尔特给她使了一个暗示的眼神，但英尼斯就像没看到一样。杠上的同学们都在耐心地等着她能够站起来，完成下面的动作，千万不要有任何失误。整个体育馆陷入一片死寂，所有的眼光都放在她身上。她终于站了起来，但大家仍然带着迷惑和不解望着她，心里不约而同地想着："一定是因为太紧张了。""可怜的孩子！""看看她的脸色都发青了。""可怜啊，太紧张了。""或许只是不舒服。"

斯图尔特完成了下面的动作，接着二人又慢慢地坐在杠上，转身，一跃而下，第一个节目结束。

一片雷鸣般的掌声随之而起，英国人对待有体育精神但却失败了的选手一向宽容，甚至给成功的选手恐怕也没有这么热烈的掌声。观众们还表达了自己心中真诚的钦佩。他们也清楚在紧张到没法动弹的情况下，在那么高的地方站着还要做出优美的动作是非常需要勇气的一件事情。

但是恐怕这些感情没办法安抚英尼斯现在的情绪，萍小姐都怀疑她有没有听到掌声，她又将自己封闭到自己的小空间里去了，没有人能够走进。萍小姐已经不忍心去看她了。

幸好下一个节目比较喧闹，使观众们很快忘记了第一个节目的失误。为了竭力弥补自己的失误，英尼斯在这个节目中显得格外卖力，在最后第一次大跳跃的动作的时候，萍小姐觉得她想当中摔断自己的脖子了，她看向葛塔森小姐，发现后者和她是一样的想法，不过英尼斯的动作幅度如何不正常，但还算是美丽而且自制的。她现在的每一个动作似乎都是在拼上性命去做，所以也没什么难度了。最后所有的学生们展示完自己的最后一个动作，整齐地站成一排，面带微笑望向观众席。所有的观众们都再次起身为她们学生生涯最后的一场演出鼓掌欢呼。

萍小姐因为是坐在第一排的最边上，还是靠近出口的一边，所以她第一个走出了观众席，她正好看见门口英尼斯在向葛塔森小姐道歉的情形。

葛塔森小姐的脚步停了一下，但是还是继续往前走了，好像对英尼斯想说的任何话都不感兴趣。

但她还是一边走，一边在英尼斯的肩上鼓励式地拍了拍。

第十八章

看完演出，萍小姐随着人群走到了花园，正衡量着这里椅子是否还够坐的时候，宝儿不知从什么地方摸了过来，一把抓住她说道："萍小姐！原来您在这里，我找了好一会儿了，我想介绍我的家人和您认识。"

她把萍小姐带到一对正准备就座的夫妇面前，说道："我终于找到萍小姐了！"

宝儿的母亲和想象中的一样，是个美人，有着由服装设计师和美发师安排出的精致妆容。当然她本人的条件也是十分优秀的，纳什夫人在学生时代的样子大概同宝儿差不了许多。现在，她站在阳光下，看起来也不超过四十岁的样子。她的穿着得体，气质优雅，是那种可以一辈子都被人称赞的女人。而对于别人或夸张或真诚的评价，她也能都心如止水，不为之所动，因此她能心平气和地同每一个人交往。

纳什先生则是现在社会上典型的决策型人物。精心保养的皮肤，得体的穿着，外貌也那么清爽干净，一看就是受到人尊敬和习惯于仆役侍奉的人。

"啊，没时间了，我得去换衣服了，先走了。"宝儿说完就走了。

他们一起坐下来，纳什夫人好奇地看着萍小姐，打趣说："萍小姐，有一件事我们都不知道你是怎么做到的，一定要问问。"

"什么事情？"

"就是让宝儿如此佩服你啊？"

"就是啊，"纳什先生说道，"我们是真心真意地想知道的，我们一直想让宝儿信服某件事，但她就像我们开玩笑说的那样，我们只是恰好把她制造出来的父母罢了。"

"但现在，你已经成了家书的主角了。"纳什夫人微笑着说道。

"如果这能让你们感到很高兴的话，我很荣幸，"萍小姐尝试回应着他们，"你们的女儿才真是让我印象深刻呢。"

"宝儿是有可爱的地方，"她的母亲表示道，"我们也很喜欢她，但是出于个人愿望，我真是希望某个人能够折服她的。在你之前，大概只有她四岁之前照顾她的奶妈可以制服她了。"

"但那奶妈得以制服她的原因，是因为她还是个小孩子没法反抗。"纳什先生在一旁补充道。

"也是，那可是她这一辈子唯一被打耳光的日子。"

"噢？后来又怎么样了呢？"

"我们解雇了那个奶妈。"

"你们忍受不了她教育的方式吗？"

"不，我们当然可以忍受，忍受不了的是宝儿。"

"当时宝儿开始她人生第一次的抗议。"纳什先生像是想到什么好笑的事情似的说道。

"她一连静坐了7天，"纳什夫人随后解释道，"除了穿衣服和吃饭的时间，她都是不肯妥协的状态，我们实在没有办法，只好让那奶妈走人了。但她真是一个合格的奶妈，我们是真心不想让她走的。"

音乐声这时候响了起来，穿着瑞典式民族特色的鲜亮舞裙的低年级学生出场了。下面是民俗舞蹈的表演。萍小姐靠后倚着椅背想着，不过她想的并不是刚才对话中的宝儿，而是英尼斯。又是在这样明媚的阳光下，她心里又涌起一阵不祥的预感。

由于她心里一直想着事情，因此在纳什夫人突然出声的时候还吓了一跳。"玛丽，亲爱的，能在这里看到你真好。"萍小姐看到英尼斯正穿着一种男孩的装束站在他们身后。是15世纪的那种风格的样式：紧身衣、长袜，还有一顶把她头发都包在里面的帽子，更是凸显出这两天变得瘦削的脸颊。她的黑眼圈深深地埋在眼窝里，脸上有一种拒人之千里之外的神情。现在她是一种怎样的表情呢？可以说是一种带有毁灭性的和创造性的脸，萍小姐心中的念头是：世界正是由这种人主宰的。

"玛丽，你看起来像是用功过度的样子。"纳什夫人看着她友好地说道。

"她们现在这段时间都是这样。"萍小姐开口想将纳什夫人从英尼斯身上的注意力移开。

"宝儿就没有，"这位母亲说，"她长这么大似乎还没为什么用功过呢。"

是没有过，萍小姐暗想。宝儿现在拥有的每一样东西，都是别人侍奉给她的。她今天能成长到如此迷人大方，也算是一种奇迹了吧。

"唉，我在单杠上出丑了。"英尼斯用聊天式的轻松的语气说道。这倒是让一旁的萍小姐感到诧异，她以为当事人会多少回避这个话题的。

"亲爱的，说真的，但是我们真是为你捏了把汗，"纳什夫人说，"当时到底怎么了，你不舒服吗？"

"当然不是的，"宝儿从后面走上前来，一把搂住了英尼斯的肩膀，"这只是英尼斯想取得大家注意的小计谋罢了。别看她体能不如别人，但是脑筋却转得快，我们别人还没想到这个方法呢。"

说着宝儿将搂住英尼斯的胳膊一紧。她现在也换上了男式的服装，尽管帽子盖住了她靓丽的秀发，但是她看起来还是那么充满青春活力，她的美貌没有打一丝折扣。

"那是低年级学生最后一个节目了，她们在绿荫中跳舞是不是显得很可爱？下面时间是由英尼斯和我，还有一大群假男孩子，给大家演出一场英式戏剧。接着你们可以在享用茶点的同时，等待真正舞蹈表演的开始了。"

说完，她们俩勾肩搭背地离开了。

"嗯，"纳什夫人目送着女儿的离开，"我想这可能比投身于改造非洲大陆的人民生活能好一些。但是我还是希望她能待在家里，安安静静地当个好女孩。"

萍小姐认为这是纳什夫人再真实不过的想法，像她这样显得年轻美貌的母亲，身边有个这么大的女儿，自己也会感到无限光荣吧。

"可是宝儿一向喜欢这里的体操和比赛活动。"纳什先生说道，"她一向都是无牵无挂的，是的，确实是无牵无挂啊。"

"萍小姐，""花核桃"突然出现在她身后，"我要和高年级的学生一起去表演无聊的戏剧了，这段时间可以让瑞克过来一起坐吗？"她指的是站在她身后的表哥理查德·吉莱斯皮，他正站在"花核桃"的身后，手里还拿着一把椅子，脸上露出那种礼貌性的微笑。

"花核桃"头上包着一块方巾，上面又有一顶靠后斜斜戴着的宽沿帽子，这种疗养胜地巴斯妇女的装扮在她身上别有一番风味，是她看起来有种罕见的惊讶且无辜的样子。萍小姐和瑞克交换了一个对这身装扮欣赏的眼神，后者在萍小姐身边坐定，脸上仍带着笑容。

"她这身罕见的打扮倒是挺好看的。"他看着迪德洛在花丛后消失的背影说道。

"她说的'无聊的戏剧'应该不包括舞蹈吧？"

"我也不知道，从来没见她们演过。但据我所知，她的舞蹈很不错。"

"我甚至还没有和她一起去过参加舞会呢，是不是很奇怪？其实今年复活节的时候我才知道这里有我的一个表亲。她当时一个人来到英国都有一年了，我却完全不知道这件事。为了能在短短剩下的三个月给她留下深刻的印象，我真是竭尽全力了，时间太紧张了。"

"你想给她留下好的印象吗？"

"是的。"如此简短的回答，已经表明了声音主人的决心。

英国中世纪打扮的学生们纷纷跑到草坪上，花园一下子安静了下来。萍小姐认真地辨认着一双双腿的主人，并对这些孩子们在经过一个多小时的剧烈活动之后还有如此的体力表示敬佩。她听到自己在心里对自己说："记住，今晚一定要把玫瑰花饰交给涵妲。一定要这样做。因为无论这件事的结果是什么，都应该是涵妲来处理，你是一点忙也帮不上的。当然现在要放松地看这些孩子的表演，自己可是对这一天的到来期许已久了。今天阳光明媚，每一个人都是这么开心，你也要很开心才行，即使——即使这个花饰会引发任何事，也与你无关。因为这些只是你才认识了半个月的人，马上你就要离开，这里变成什么样都不关你的事。你以后也不会再有机会见到她们了，所以无论发生什么事，都和你没有关系。"

然而这些话似乎没有起到什么作用，萍小姐感到自己的心里还是乱糟糟的。所以当她看到乔丽小姐正在忙着布置下午茶点心的时候，她站了起来，决定去帮点忙，顺便分散一下注意力。

瑞克竟然也跟了过来。"我喜欢打这样的下手，大概是我'小白脸'一面的展现吧。"

萍小姐说他应该留下来看迪德洛的表演。

"已经到了最后了。而且以我对于她的了解,或许我来为她准备茶点她会更高兴一些。"

萍小姐心想,他对自己的心上人也是颇为了解。

"你有什么心事吗,萍小姐?"

这个问题把萍小姐结结实实地吓了一跳。

"你怎么这么说?"

"呃,不知道。只是有点这样的感觉,或许有什么地方我可以帮忙的?"

萍小姐想起上周一起在茶馆吃炖兔肉的时候,他能及时地看出她的疲惫,并且恰到好处地解救了她。她不由得感叹自己没有在二十岁的时候没有像"花核桃"一样遇到这样一个年轻、英俊又贴心的男伴,而不像是艾伦那样不仅有大喉结还喜欢穿打补丁的袜子。

"我得去纠正一件事情,"萍小姐谨慎地开口道,"但结果是令大家都不会开心的。"

"那这个结果对你有影响吗?"

"不会,但对别人会有很大的影响。"

"那就不要担心,大胆去做吧。"

萍小姐机械地把蛋糕分放在托盘上。"你知道吗?有些时候好事不是正确的事,反过来说也是一样。"

"我没太懂你的意思。"

"举个例子来说,你需要救一个压在积雪里的人,但是你面临着这样的选择,如果你救了他极有可能会引发雪崩,这样会波及到下面的村庄,就是这种困境中的问题。你到底想要救谁?"

"当然我会去救埋在雪地里的人。"

"就只救他一个人?"

"就算是雪崩淹没了村庄,但可能不会造成任何伤亡——你那边需要放三明治吗?——但是那条人命是确定的。"

"也就是说,你要去做你认为正确的事,剩下的一切听天由命?"

"嗯,就是这样。"

"这或许是最理所当然的方法,但我觉得这太简单了。"

"除非你把自己想象成上帝,要不然一个人只能做这种简单的事。"

"上帝?——你知不知道你那里的三明治里加了两份肉。"

"我的意思是说,一个人不可能像上帝一样聪明到把事情变化的前因后果全都看清楚,所以这是最简单的方式,也是最好的方式了。哦,听,音乐停了。我能看见我的女孩正在气势汹汹地朝这边走来。"他眼里带着宠溺,看着迪德洛由远及近地走来。"那帽子真是意外地漂亮啊。"说罢,他又看了一眼萍小姐。"萍小姐,你只需要做正确的事,剩下的事由上帝来定夺吧。"

"你没看我的表演吗,瑞克?""花核桃"的话音刚落,他们三人立刻被忙着招待大家下午茶的低年级学生包围了。等到萍小姐好不容易从这些身着华丽瑞典式舞裙的孩子们抽出身来,正好碰见一个人,原来是爱德华·阿德里安。

"啊,萍小姐!我正想找你呢,你听说了没有——"

一个低年级学生往他手里塞了一杯红茶,并且得到了他的一个最佳笑容。在同时,乖孩子莫里斯也给萍小姐递上了一杯茶和一份茶点。

"我们坐下来说吧。"萍小姐建议道。

"你听说了那个意外事故了没有。"

"听说了。但据我所知道的,这种严重的事故并不经常发生,偏偏在今天成绩发布会这么重要的日子发生了，真是令人遗憾。"

"噢，真的是意外事故啊！不过，还有比起这个更大的事儿，你有没有听说凯琳今晚不想去拉博镇的事呢？她说这出意外事故让她心情很差，她要守在这里。她真是太不可理喻了。你大概没见过这么不合理的事情吧，如果觉得心情不好，更应该离开这个伤心地才是。我全部都安排好了。我不但在预定的餐桌上精心准备了花饰，还准备了一个生日蛋糕。下个周三就是她的生日了。"

萍小姐怀疑莱斯体育学院的这一大群人当中大概没人会记得凯琳的生日。

萍小姐对他也表示了自己极大的同情，但也表示她也能理解勒克斯小姐的心情。毕竟还是有个学生受了不轻的伤，这非常让人担心，这时候去拉博镇玩乐确实是不很妥当的事。

"可是我们不是去玩乐的。我们只不过是朋友之间普通的聚餐而已。我不明白的就是这一点，只是因为一个学生受伤，她就忍心抛弃多年的老朋友。求你去和她说说吧，萍小姐，你去劝劝她吧。"

萍小姐则回答道自己一定会尽力去劝劝的，但是不能保证最后的结果，因为在这件事上她和勒克斯小姐还是有一样心情的。

"你也是！天！你也不想去！"

"我知道这有点不合理，甚至是不可理喻的。但我们今晚肯定不能开开心心地去吃饭的，就算去了，也会影响你的心情的。能不能改天再聚？比如明天？"

"明天不行的。明天晚上演出结束之后，我就要离开这了。尽管周六我也是有早场演出的，但是我演的是罗密欧，凯琳完全不喜欢我演这样的角色，她同意看我演的查理三世已经是她忍耐的极限了。天哪！这该如何是好？这事也太……"

"冷静冷静，"萍小姐劝道，"这又不是世界末日。你总会有机会再来这里的。既然你现在已经知道她在这个地方，那么，你就可以随时来见面嘛。"

"但我大概再也不会碰到凯琳心情这么好的时候了，再也不会了。我能争取到现在的地步无非是你在这里。你也知道，她不想在你的面前表现得过于冷酷无情。看，她居然都已经答应来看我的演出了，她从来不想看我的演出的。如果她今天晚上不来的话，我再也不可能有这样的机会了，求你了，萍小姐，你一定要说服她才行。"

萍小姐答应他一定会尽力的。"你今天下午过得如何呢？"

爱德华·阿德里安对于今天下午倒还是满意，唯一不太确定的是，自己是欣赏这些学生们的外貌呢？还是她们的表现。

"她们也很有礼貌。一下午都没有人来找我来签名的。"

萍小姐惊讶地看着他，想看看他到底是不是来开玩笑。不过，看来他是认真的，他直爽地说出了自己内心的想法。看来除了"礼貌"这个原因，他实在是找不出没有人问他要签名的原因。可怜的家伙，完全不知道自己周围是怎样的世界。萍小姐不知道是不是所有的演员都这样以自我为中心，安心地生活在自己的世界里。那感觉一定很好，不受任何外界烦人的因素干扰，自由自在地活着。

"在杠木上走神的女孩是谁？"

唉，难道她连有片刻不去想英尼斯的时光都没有吗？

"她叫玛丽·英尼斯。你怎么突然想到她？"

"她是个漂亮的孩子，长得很像那个，你知道的，15世纪意大利悲剧贵族家庭波吉亚[①]中的一员。"

"完全不像！"萍小姐激烈抗议着。

"其实我整个下午都在想这个女孩到底像谁。我觉得是乔尔乔内[②]笔下的一幅年轻男子肖像，但具体是哪一幅，我就完全不知道了。希望我会再看到那些画。这张脸是令人惊叹的脸，纤细但又坚强，里面有美好又有罪恶。这种有反差的美感，实在是惊人，我没想到会在现代的这样一所女子学院中，能看到这么富有戏剧性的面孔。"

　　这或许还是说得过去，因为他的这个看法倒是和自己对英尼斯的看法比较相近，是的，不像这个世纪的人，悲剧性和创造性。她突然又想到涵妲对她的看法：一个无聊的女孩，看不起别人的人。

　　萍小姐实在不知道怎么让从爱德华·阿德里安这里脱身。恰好看到小路那边迎面走来的辩论课老师，罗布先生，他还是像往常一样在扎眼的高领上打着邋遢的领结。罗布先生是除了奈特医师之外萍小姐认识的另一个客座教员。在40年前，罗布先生也是在戏剧上的一颗明星。听说，有一段时期他曾一度认为自己是莎士比亚笔下男主角的不二人选。萍小姐觉得把他同以自我为中心的爱德华·阿德里安叫到一起谈话，应该会有什么有趣的事发生。但是，萍小姐最终还是狠不下心来，因为她想到了爱德华·阿德里安今晚为她们准备的一切，还有对他所有计划即将泡汤的同情。她还是决定自己要做点好事，她正好看到在远处凝望着自己偶像的欧唐娜，于是招手把她叫了过来。现在的爱德华·阿德里安应该需要一个这样的戏迷陪在他的身边，好振作他的精神。当然他也永远不用知道，这也是在莱斯体育学院唯一的一个戏迷了。

　　"阿德里安先生，"她说道，"这是艾琳·欧唐娜。也是您最忠实的剧迷之一。"

　　"阿、阿德里安先生，您好——"她听到欧唐娜怯怯地开了口。

　　然后她就走开了。

①波吉亚，15世纪意大利悲剧性家庭，是阴谋、罪恶与野心的代名词。
②乔尔乔内，威尼斯画派成熟时期的代表人物。

第十九章

　　当萍小姐被介绍给超过20对学生父母认识的时候，宴会终于结束了。人群开始渐渐地离开花园，她在回去的路上追上了在前面走着的勒克斯小姐。

　　"恐怕我今晚去不了了，"露西说道，"我的偏头痛发作了。"

　　"这真是遗憾，"勒克斯小姐像以往一样不带感情地说道，"因为我也不去了。"

　　"为什么？"

　　"我今天感到很累，而且因为鲁斯的事情，实在没那个精力晚上去吃饭了。"

　　"这倒让我感到很意外。"

　　"意外？什么意思？"

　　"我第一次看到凯琳·勒克斯这么不诚实地对待自己。"

　　"噢，我怎么不诚实了？"

　　"你要是对自己诚实，就不会那刚才那些借口当作你今晚爽约的理由。"

　　"我不会吗？那真正的理由是什么？"

　　"让爱德华·阿德里安一个人孤单地离开会让你感到快乐。"

　　"这理由听起来太坏了吧？"

　　"但事实就是如此，你难道不是在抓住每一个使得自己高高在上的机会吗？"

　　"就算是这样，但我并不因为使坏才今天晚上不去的。"

　　"那你对他未免也太刻薄了。"

"我明白了，你的意思是说现在的情形完全是一个泼妇在没有节制的情况下自己导致了一场悲剧。"

"他是那么想同你在一起，但是你的做法让我想不出别的原因了。"

"谢谢你对我们的关心。但我自己也说不出具体的原因是什么。或许就是讨厌他对我抱怨的模样，他哭诉着自己是多么不喜欢演戏，但事实上演戏是他的全部。"

"就算是他做了什么让你讨厌的事——"

"就算？天哪！"

"——你也应该能做到忍耐和他相处的一两个小时，而不是冠冕堂皇地拿鲁斯的事情当借口。"

"萍小姐，你的意思是让我坦诚面对自己？"

"嗯，意思基本是这样。我挺同情他的，要是他就这么——"

"我的大——好——人——小姐，"勒克斯一字一顿地冲萍小姐说道，"同情谁都不要同情爱德华·阿德里安。有多少女人在为他流泪中虚度了青春时光，最后还是无疾而终。这些都是自我放纵的后果——"

"但起码他还弄了一瓶德国强宁葡萄酒。"

勒克斯小姐听到这话，停下了脚步，冲她一笑。

"那酒的味道真是不错的。"她想了一下评价道。

说完，她继续朝前走着。

"你今晚真的要爽小德的约吗？"她转头说道。

"是的。"

"好吧，如你所愿。原谅我刚才没人人性的话语，我会去的。但是每当他说道，'凯琳，我真是彻底受够了虚假的生活了'的时候，我会在心里怨恨地想道：就是萍小姐才让我陷入如此狼狈的境地。"

"嗯，这我欣然接受，"萍小姐接着又问道，"知不知道鲁斯现在是什么情况？"

"霍奇小姐刚才向医院打电话了，听说是还没有清醒。"

她们经过接待室的时候，萍小姐从窗户看到涵妲正在里面，于是决定进去向涵妲祝贺今天下午演出成功，同时也放松一下自己紧张的脑筋。勒克斯小姐同她分手继续往前走了。涵妲看到萍小姐显出很高兴的样子，萍小姐也很高兴，因为涵妲居然能在听了各种祝贺赞美的言词之后，还能认真听完她讲出相似的话，于是二人坐下来多聊了一会儿。所以当萍小姐到体育馆欣赏舞蹈演出的时候，空座位已经没剩几个了。

眼神恰好过碰到最早过道边上的爱德华·阿德里安，她就停下来对他说了一句："凯琳今晚会去的。"

"那你还会去吗？"他坐在自己的座位上抬头问道。

"唉，我真想去，但是怎么办呢？我在晚上6点半的时候总是会犯偏头痛。"

他激动地说道："萍小姐，我太喜欢您了。"接着吻了她的手背。

坐在附近的观众被他的举动吓了一跳，甚至有嗤嗤的笑声从后面传了过来，但是此刻萍小姐却很享受手背被亲吻的感觉。每天用玫瑰香水和精油护理的手就是用来享受这一时刻的。

之后，她径直走向第一排靠边的位置，发现隔壁座位是空着的。早上那位带着长柄眼镜着装华丽的老妇人并没有来欣赏舞蹈。灯光慢慢暗了下来，体育馆为了塑造出灯光的效果，周围的窗户用帷幕围了起来。瑞克此时从后面走了过来，问道："如果不介意的话，我能否坐到你的旁边呢？"

当他坐下的时候，第一位舞者正好出场。

不知是第四还是第五支舞曲结束的时候，萍小姐已经开始感到失望了。

在见识了学生们堪称高超的体操和芭蕾演出之后，她没想到学生们跳舞的水平仅仅是业余的水平。从目前她们的表现来看，学生的水平来应付将来职业所需已经足够了，但是离"专业"二字还有很大的一段距离。她们对舞蹈的投入的精力远没有同其他项目一样，而舞蹈是需要全力的投入才能做好的。

　　她们的演出水平只能说是合格，完全没有什么新意，或许仅仅是比业余水平稍微好一些的程度。她们的动作和神态都是课本上的一板一眼地模仿，规规矩矩，没有投入什么感情，也没有什么乐趣。也可能因为这些孩子们对自己的步法过于注意，才会使得演出的样子显得单调且呆板。但萍小姐个人认为舞蹈的表演只靠训练和韵律是不够的，最重要的还是那种像她们在体育项目中表现出来的热情。观众们似乎也有同样的感觉，可以明显地感受到他们的掌声是属于礼貌性的那种，而缺少些内心的热情。

　　一首优美的俄国舞曲旋律正在此时响起，观众们不约而同打起精神，期待着在音乐中的舞姿。帷幕升起，迪德洛独自一人出现在大家视野里，她双手高举过头顶，用纤细的腰身面对着观众。她穿着使人联想到从巴西雨林飞来的鸟儿，色彩艳丽的服饰在她的身上闪闪发光。她穿着高跟鞋的灵巧的双脚并不着急起舞，而是似乎是不耐烦似的跺着。接着，她开始了动作，看神情像是在不经意间消磨着时间。慢慢地大家明白了：她这是在等待着她迟到的爱人，渐渐地，她的心情在等待中一点点展现在观众们眼前。大家随着舞曲情节的推进不由得坐直了身子。她的爱人在她的等待中来到了，黝黑的皮肤，谦卑的神情，而她焦急的心情与不耐烦的抱怨一扫而光，向爱人倾诉着自己的爱意。观众们将脖子伸得越来越高，心情被情节带动着。在倾诉之后，她又开始向爱人撒娇，难道你自己不清楚，有我这样的女伴你是多么的幸运吗？苗条的身材，闪亮的双眸，小巧的足踝，难道你看不到我的优点吗？她优雅地将自己的一切展示给自己的爱人看，观众们脸上露出了赞赏的微笑。萍小姐回头看着他们，真神奇，大家总是有相似的感受。她再次和自己的爱人说悄悄话时，观众完全被迷倒了，而当最后她与爱人携手一起离开舞台的时候，观众们如梦初醒般爆发了热烈的喝彩声与掌声。

　　在掌声中，迪德洛朝观众们鞠躬致谢，萍小姐想到了刚同她认识的时候她曾经说过，选择来到莱斯体育学院这所不是专业舞蹈的学校是因为其他专业学校的学生们都会以舞蹈为生。

　　"她实在是太低估自己的舞蹈水平了，"萍小姐冲一旁大声喊道，"她有成为专业舞蹈家的资质。"

　　"我倒是庆幸她没这方面的志向，"瑞克说，"只有来到这里，她才能见识到英国田园的淳朴，要是去了大城市，她只能遇到满嘴是芭蕾舞专业名词却不学无术那样虚伪的人。"

　　萍小姐觉得他的话也有些道理。

　　由于迪德洛舞蹈的精彩，其他学生表演的时候，观众们的热情很明显地又降下温来。斯图尔特的凯尔特式舞蹈颇赋神韵，英尼斯的舞蹈优雅而火热，每个人都有不同的风格，但由于迪德洛的影响，萍小姐对其他人的表演的印象并不是很深刻。

　　迪德洛让人着迷。整个演出谢幕时，她一个人承受了所有人的掌声。

　　萍小姐看到此时瑞克脸上表情的时候，心中不免一酸。

　　别人亲吻自己手掌的感觉是远远不能与之相比的。

　　"我从来不知道迪德洛的舞姿会如此精彩。"一起前往餐厅用晚饭的时候，萍小姐对同行的雷格小姐说道。来宾们此时渐渐离开，从大门传来接二连三汽车引擎发动的声音以及客套告别的讲话声。

　　"那是当然的，雷弗夫人最看重她的了。"雷格小姐用一种带有自豪的语气说，然而尽管身为雷弗夫人合格的追随者，但她对迪德洛没有参加任何运动项目有些不满意。"我觉得她是有舞台魅力的，但是在这里并不是很合适她的地方。话说我觉得她的第一支舞跳得不是很好，你觉得呢？"

　　"我觉得还是很不错的。"

　　"噢，是这样。"雷格小姐像往常一样附和道，又加上一句，"她就是因为这么有才华，所以才让雷弗夫人这么器重她的。"

　　晚餐时刻陷入了久违的安静。一是因为经过了忙碌的一天大家都已经筋疲力竭了，另一方面是因为在放松中大家又想起了早上发生的不愉快的意外事故。学生们对这件事很沮丧，教员们也是一样的，尽管没有表演，但是应酬来宾已经消耗了大量精力，现在看到学生的状态则更加焦虑。萍小姐觉得在这样的情形下，一杯酒可以起到不小的作用，她想到如果答应了今晚的邀请，她现在一定在同勒克斯小姐一起饮用着德国强宁葡萄酒。她又想到，过一会儿就要拿着今早捡到的那个小小的玫瑰花饰到涵姐那里去，告诉这件东西的来龙去脉，她的心都快要跳出来了。

她还把那东西放在抽屉里。晚餐后，萍小姐打算回房把拿东西拿出来，宝儿在走廊遇到她，一把揽住了她的胳膊，亲昵地说道："萍小姐，我们在公共教室里煮热可可呢，您过去说些鼓励我们的话好吗？您接下来不会去那个死气沉沉的房间了吧。"萍小姐意识到"死气沉沉的房间"应该指的是教员们相聚的画室。"求您了，来嘛。"

"唉，其实我今天也没什么精神呢。"萍小姐想到自己并不是十分喜欢热可可，但又想到孩子们期待的眼神，说道："那我们就相互忍耐一下，相互打气吧。"

在前往公共教室的路上，一阵大风从大敞的窗户外吹进了走廊里，院子里树木的枝丫随之猛烈摇晃着，树叶纷纷落下。"看来好天气真是的结束了。"萍小姐停下来说道，她对这种终结好天气的暴风一向不欢迎。

"对啊，天气要逐渐转凉了，"宝儿接道，"所以我们还生了火。"

公共教室位于"老宅"，里面有一个用砖砌成的火炉，安静的教室里时不时地响起火星爆裂的声音，或者是杯盘相互碰撞的声音，学生们仍然穿着颜色鲜亮的洋服，脚上却搭配着室内拖鞋。今天不只有欧唐娜穿着颜色鲜艳的室内拖鞋了，其他学生也都穿着各种各样的便鞋。而坐在椅子上的戴克斯直接是光着脚的，其中一只脚上还缠绕着绷带。她兴奋地朝萍小姐挥手打着招呼，指着绷带。

"为了止血，"她说道，"这是我最好的那一双芭蕾舞鞋的恶作剧。唉，我想我这双被血迹稍微弄脏的芭蕾舞鞋应该不会有人买了。"

"萍小姐，火炉那边还有一张椅子。"宝儿张罗着，又去一边倒了一杯可可。英尼斯正在火炉边教一个低年级的学生如何使用风箱。她听到宝儿声音，回头冲萍小姐拍了拍身边的椅子，用自己的方式表达对客人到来的欢迎。

"我把下午剩下的点心全从乔丽小姐那里拿来了。"哈赛特说着拿着一大盘各色各样的点心走进来了。

"天！你怎么做到的？"大家好奇地问道，"依乔丽小姐的脾气，别说是都拿过来，就是连一块都没什么可能。"

"我以回南非之后会给她寄一些果酱为条件。不过这些并没有像看起来那么多，下午的时候那些工作的人已经吃掉许多了。啊，萍小姐，您在这里，您觉得我们今天的表现怎么样？"

"非常棒，简直好极了。"萍小姐回答道。

"是的，真的是像伦敦的天气一样好，"宝儿调皮地接着说道，"你该不会相信了吧，哈赛特小姐？"

萍小姐为自己有些敷衍客套的话感到惭愧，于是挖空心思想再加上一些细节来表达自己的真诚。

"迪德洛的舞蹈实在是太迷人了！"学生们善解人意地转移了话题，并且向独自坐在火炉边的人投去了欣羡的眼神。

"因为我只做了一件事，一次做一件事，往往会做得比较好。"

萍小姐无法从这冷冰冰的语气中辨认出她的意思是嘲讽还是自谦，不过从对她的了解来看，还是自谦的可能性比较大。

"这样就行了，玛奇，这种程度就很好了。"英尼斯低声对那个低年级的学生说着，然后起身把风箱拿了过来。在她起身的时候，萍小姐不经意间注意到了她脚上的黑色皮质便鞋。

鞋尖上应该有花饰的地方，并没有任何装饰物。

天哪！不，不会的。萍小姐心里默默念道，不，不，不是的！

"来，萍小姐，那杯是您的。英尼斯，拿着这杯。萍小姐，尝一个杏仁饼吧，尽管放的时间有点长了，不是很酥了。"

"不要，这边我专门给萍小姐留了一些巧克力饼干。"

"不不，这边还有一些黄油脆饼，我刚打开的，可不是你们剩下的那些。"

在争论声中，萍小姐呆板地从盘子里随意拿了一块点心吃着。她神色镇定地同大家聊着天，甚至还喝了口自己并不太喜欢的可可。

不，不，不是这样的！

最害怕的事实就这样摆在她的面前了，那件她都不敢在心里想象的事情就这样摆在她的眼前。萍小姐看着眼前的一切，心里感到了极大的恐惧。室内明亮而嘈杂，室外则是在黑夜里的狂风骤雨，鞋子上不见了的花饰……现实成了噩梦。这样一个小小细节的变化是一切悲剧的开始，她感到自己有责任处理这一切，但又不知到底应该怎么做。

现在，她必须要貌似自然地离开这里，然后把她所知道的一切都说给涵妲，告诉她自己手上有一个在事故现场发现的东西，而那个东西的主人是英尼斯。

英尼斯还是蜷坐在火炉旁，也没有起身去拿东西吃，只是不停地喝着手中的可可。她的脚又被她坐在身下了，但萍小姐已经不需要确认了。而别人穿着同款的鞋子的可能性也没有，因为刚才萍小姐环视四周时发现尽管大家的便鞋各有不同，但没有第二双皮质的便鞋了。

换个角度想，其他人也没有在今天早上六点之前必须出现在体育馆的理由。

"要再加一些可可吗？"英尼斯回过头来问她，但发现萍小姐手上的杯子还是满满的。

"那我自己去加一些了。"说着，英尼斯站起身来。

一个高个子的低年级学生这时候走进来，她的名字是法辛[①]，但学生们和教员们都喜欢称她为"两便士"。

"两便士，你迟到了，"有人向她打招呼道，"快来，这里还有一些圆面包。"但法辛带着犹豫的表情站在门口迟迟不肯进来。

"发生什么事了，两便士？"大家对她脸上的表情十分不解。

"我刚才去葛塔森小姐的房间里送花。"她吞吞吐吐地说道。

"你可别告诉我们，她的房间已经有别人送的花了。"不知是谁接了一句，引起大家的哄堂大笑。

"我刚好听到教员们在谈论鲁斯。"

"哦？对了，她怎么样了，有好些吗？"

"她死了。"

英尼斯手中的杯子应声掉在地上，宝儿连忙帮着去捡碎玻璃片。

"怎么可能？这不可能的！"大家纷纷表示不相信，"你一定是听错了。"

"不，我确定没有听错。我在楼梯大平台那里听到的，听得清清楚楚。是半小时前去世的。"

这次回答她的是一片沉寂。

"我真的抬的是靠墙的那一头！"欧唐娜突然惊恐地大叫道。

"小唐，你当然是了，"斯图尔特走向她安慰道，"我们大家都知道的。"

萍小姐放下了手中的杯子，觉得现在的情况还是上楼确认一下好。学生们还在讨论着这件事，没人注意她的离开，庆祝会闲适的气氛一扫而光。上了楼之后，萍小姐了解到现在的大致情况：涵妲先前为迎接鲁斯的家人赶到医院去了，就是她刚才打回来的电话确认了这一消息。鲁斯的家人已经来了，似乎是在平静中接受了这个事实。

"请原谅我，只有老天才知道我一天都没有喜欢过她。"雷弗夫人在沙发上坐直了身子，她请求原谅的声音中透露着坦诚。

"唉，她也算是不错的学生了。"雷格小姐说道，"和她交往熟了之后，也会发现她的不少优点。比如可以在比赛中是一名合格的中场球员。接下来麻烦的事情会不断的，警察、问询、各种报道。"

是啊，接下来类似于跟警察打交道一类可怕的事情还有很多。

但今晚，她已经不能说关于玫瑰花饰的任何事情了。萍小姐本来也想多花些时间好好想想这件事情的。

她想先离开这里，让自己好好地想一下。

①法辛的英文是Farthing，在英语里也指旧式的货币单位，大约是四分之一便士。

第二十章

当！当！她瞪着眼听着远处钟塔传来的声音。

已经凌晨两点了。

外面狂风夹带着暴雨在黑暗中降临，击打着地面。屋内的窗帘也被风鼓动到屋内，给室内带来一种不平静的气息。

随着窗外雨滴的不断落下，她的心也在不平静中。她的内心已经不是原先迷惑的状态，而是被一种混乱而取代。

"做你认为正确的事，剩下的一切听天由命"，这是瑞克给她的建议，并且是一个最合适的做法。

但现在已经不是当时的情况了，当时只是导致了学生严重的身体伤害，但这种基本前提已经瓦解了，是超过当时假设严重的情况。现实就是如此。

这回已经不是"听天由命"所能解决的了。现在恐怕只有法律能够裁决这一切，法律的条令会清清楚楚地说明。这是老天爷也无法插手的事情，他无法解救下一秒就要被马车碾过的性命。

有一句俗话："以牙还牙，以眼还眼。"这是再简单不过的道理，听起来也很公平。人们围观着只涉及两个人的悲剧，冰冷地念着一方的判决："绳索绕颈，直至气绝。"

如果去找涵妲商量——

不是如果，她一定会去找涵妲，本来就是打算要去的。

早上她会去找涵妲，然后告诉她事情的原委，而依涵妲的性格，一定会立刻行动起来，不会考虑别人的处境而做一切该做的事情。然而这种执行力会将许多无辜的人的生活弄成一团糟。

首先受到影响的，她想到了英尼斯夫人。那个善良的妇人现在正在拉博镇的某一处甜蜜地睡着，在明天返回家乡之后就可以安心地看着女儿幸福的生活。但事实是她的女儿不会幸福了。

鲁斯也是一样的，她原本也是有机会得到幸福的。

是的，不能这样想。无论如何，英尼斯要为自己的所作所为付出代价，不能让她从犯罪中获取利益。但总会有别的途径，既能让她受到应有的惩罚，也不能过多地伤害别人的心。

那么到底什么是正义呢？

用事实去羞辱涵妲一手建立的威信，或者是伤害宝儿对朋友的信任，还有英尼斯夫人的影响，难道要用一个人的生命抹杀三个人的生存意义吗？不，再加上英尼斯，这是一命抵四命。

这条生命真的值得吗？

噢，不，不能这样想。不能因为自己的主观判断去抹杀一个人生存的价值。就像瑞克所说的那样，"一个人不可能像上帝一样聪明到把事情变化的前因后果全都看清楚"。瑞克这个人内心的冷静同他轻浮的外表有所不同，有一种极强的说服力。

隔壁不时地传来轻微的响动，看来英尼斯也正在度过艰难的一夜。萍小姐能听出来声音的小心翼翼，但能听出是脚步声或者水龙头的流水声，不知道她是用那些水来止渴还是来镇静自己的太阳穴。这一晚，就连旁观者萍小姐都无法入眠，心脏因为混乱而怦怦直跳，那么当事人英尼斯的心里是怎样的感觉呢？如同涵妲所说，她确实那种对人冷漠的类型，但这绝不意味着她的心思迟钝。无论促使她做出这种的原因是什么——或者是不甘心，或者是恨意——，她走向了那个杠木的时候是不会不想清楚事后自己所背负的罪恶感。她在杠木的插销上动手脚的时候，她也是在毁掉自己。在历史上有许多这样的女子，为了扫除在自己眼前的障碍选择犯罪，但英尼斯不属于这样的冷血类型，她是另一种人：她们往往会在犯罪后，没有勇气面对自己。她们要为此付出想象以上的代价。

毫无疑问，就算她什么也不做，英尼斯也会进行自我惩罚。

现在仔细想起来，在那个周六的午后，她对英尼斯的感觉就是这样：孤傲，冷艳，奋不顾身，毁灭者。

是的，英尼斯因为这次事故走向了悲剧，因为意外加深了毁灭。

尽管事情到了这种地步，萍小姐还是确定这不是一场蓄意谋杀。这也是自己在犹豫说不说出事情真相的最根本原因。她轻轻地拧开了杠木的插销，只是想让她的身体受些伤，起码不能在九月准时去阿灵赫斯特报到，这样自己就可以取而代之了。

萍小姐心下一顿，会不会她在拒绝威彻利骨科医院的职位时，早就有这样的打算了呢？不，不会的。她绝不会是在冷静的心态下提早计划好了这一切，因为到了最后的一刻，事情才发生的，当时的她已经绝望到失去冷静了。

但事情到最后一刻发生的原因，也可能是因为一直没有找到下手的机会，或许之前的每天早上都是体育馆的清扫一结束，鲁斯就已经去练习了。

爱德华·阿德里安说："她是个漂亮的孩子，长得很像那个，你知道的，15世纪意大利悲剧贵族家庭的波吉亚。"

迪德洛的曾祖母的祖母很大可能是有预谋的，但她之后管理着庞大的财产，带大了儿子，似乎是没有任何心理压力地度过了余生。

一阵风吹来，吹得隔壁房间的窗户发出响动，萍小姐听到英尼斯走向了窗户，随后，响动消失了。

她很想现在就敲响隔壁的房门，告诉那个女孩她所知道的一切，和她说现在自己的心情，然后两个人坐在一起商量对策。

一起？同那个松开插销而犯罪的女孩？

不。是同周六下午在走廊上眼神发亮、憧憬未来的女孩；是同今晚辗转反侧难以入眠的女孩；是同那个善良母亲的孩儿。

无论她原先做了些什么，或者计划些什么，事情会发生到这种地步都不是她本意。事故的发生对她来说也是一场灾难。

那么，到底谁才是这场事故的肇事者？

涵妲。是涵妲，事情的起源是她的一意孤行和她对学生的偏爱。

想到这里，她怀疑，现在的涵妲是不是也正在辗转反侧。早些时候涵妲从西拉博镇医院回来的时候，整个人看起来异常憔悴。她原先看起来强健的身躯，似乎只要一碰就可以倒塌。就像是一个新的劣质洋娃娃在幼儿园待了一个月的情况一样。此刻涵妲的状态就是这样。

然而，萍小姐也为自己的好友感到惋惜，因为她失去了一个最疼爱的学生。是的，是疼爱，若不是因为疼爱，她也不会无视鲁斯的一切缺点而推荐她去最好的学校工作。但正是这份偏爱让她直接失去了鲁斯，也给她辛苦经营的莱斯学院带来了不小的麻烦。萍小姐为她感到难过，但又想到如果当初不是她的固执己见，所有的事情都不会发生。

英尼斯脆弱的心灵是事故的直接原因，而涵妲则是引发事故的根源。

现在，她，萍小姐，要按下结束这一切的按钮了。这次结束将会引发更大的轰动，但从好的方面来看，真相浮出水面，犯罪的人受到惩罚，被伤害的人得到安慰。涵妲可能要承担学校方面的责任，但英尼斯的父母该如何面对事情的真相呢？

但，或者这一切都是他们自食恶果，他们不恰当的教育方式，压抑的家庭环境或许都是英尼斯脆弱萌生的根源，对她"没有看起来那么坚强"的性格，他们又要承担多少责任呢？

就算是一切都经过了法律的判定，谁能说最后不是又有老天爷做决定的呢？一个基督教如果旁观了这件事情，一定会认为这是因果报应，觉得这一切都是理所当然。英尼斯犯下错误，所以受到惩罚，而因为这件事受到折磨的人，也一定是因为以前犯过错误。萍小姐觉得这种看法是很有道理的，但却不能相信，不相信英尼斯那对可爱又善良的父母要为这次的事情负责，承担事情的一切后果。

或许——

重新考虑了这个想法，萍小姐又有了新的看法。

如果上帝真的存在的话，那么或许他现在正在做他想做的事情。他的做法是让她这个局外人第一时间看到玫瑰花饰，而不是其他人。但凡是这个学校里的其他人捡到这个花饰，一定会马上交给涵妲的。此后法律才会出场发挥效用。但事实是，是让她看到了花饰，而且她还是个遇事犹豫不定的人，什么事情都会经过深思熟虑才会进行下去，上帝这样做就是他的选择。

尽管心中是这样想的，她还是希望上帝最好选择别人来做这种事，因为她向来没有什么主见，对这么严重且分歧巨大的选择已经超出了她的能力范围。她甚至想把那个烫手的玫瑰花饰顺窗丢下去，一了百了，装作自己从来没看见过的样子。但是她知道自己绝对不会这么做的，因为尽管她遇事没有主见，但她的骨子里还是受到自己那个夸张的受洗名——蕾蒂西亚——的影响，还有挑剔的一面。她无法无视内心的这一部分。这部分也是经常让她内心经常有激烈冲突的原因，她往往会在想保持沉默的时候仗义执言，在想休息的时候却挺直了腰板。

她起身站了起来，走向窗边，窗下的地板上有一摊雨水，她赤脚踩了上去，感受到了一阵快感，她只是感到冰凉，其他的事情都不需要她担心，不用担心打扫的问题。所有一切都是顺其自然的，一切存在都是有道理的。英尼斯有次也提到过类似的事情，那似乎是第一次主动提及什么事情。一天早上她醒来的时候，发现枕边落着雪花，她感到很惊讶又很惊喜，因为这是少有的一次躺在床上就可以感知四季的变化。

她站了好一会儿，感到自己的心慢慢地冷静了下来，然而双脚也越来越冰凉。只好赶紧上床，用被子裹住脚来取暖。她想这两个倒是很配合：脚冷了，心也冷静了。你还是个懦弱的家伙，露西·萍。

快到三点的时候，她感到了睡意的袭来，但猛然又被自己的想法惊醒：自己竟然在认真思考要不要藏匿一件谋杀案件的重要证据，而且是在已经知道事情来龙去脉的情况下，如果真的这样做了，自己无疑就是共犯。

她可以一向奉公守法的露西·萍。

她到底是怎么才会走到这一步的？她无权选择谁去为这件事负责，谁不需要负责。这一切只需要一场在法律指导下的公正裁决，而她应该尽到自己的责任就行了。这份责任，只是因为她是生活在这个世界的一员，这个国家的一个公民的责任，不能带上个人的情绪的。就算是她有多同情、多惋惜，也不应该无视法律而想着藏匿物证。

她已经失去理智了，怎么会这样想呢？

或许，瑞克的话才是对的，只要做自己认为正确的事，其他的就交给上帝来决定吧。

约莫着四点半的时候，她进入了梦乡。

第二十一章

萍小姐不愉快地睁眼看着外面灰蒙蒙的天空。

尽管按照惯例，在成绩发布会的第二天的早餐之前没有安排课程，但铃声还是在早晨五点半的时候准时响起了。看来，学校的生活习惯不会随着课程安排而改变。她躺在床上尝试着再次入睡，但昨晚不平静的内心又开始苏醒了，所有的一切假设将会成为眼前的现实。再过一会儿，她就要做出决定了，她的选择将会给很多人造成影响，而这些人当中有许多人和她的人生都没有交集。想到这里，她开始变得紧张起来。

天哪！鬼知道自己当初为什么到留在这个地方。她起床换好衣服，在头上别上保持头型的发卡之后，她发现自己要先去找英尼斯说清楚，否则她无法直接拿着那个玫瑰花饰去见涵妲。她不能确定自己这是因为孩子气的"游戏公平"观念，还是在妄想找一个两全其美的办法，使得自己的行为不会带来更多的伤害。

她这样想着，走到了英尼斯的房门口，敲响了门。她约莫着英尼斯从浴室回来的时间，现在应该换好衣服了。

果然，英尼斯很快来开了门。眼前的这个人尽管神情疲惫，黑眼圈很重，但脸上的镇定让人不敢相信她还在难以入眠。

"现在能来一下我的房间吗？"萍小姐开口道。

英尼斯有片刻的犹豫，似乎是在想着突如其来邀请的原因，不过她马上就爽快地回答道："我很乐意。"说完便出门跟在萍小姐的身后。

"昨天真是下了很大的雨呢。"背后的女孩语气轻快地说。

这种闲聊的开端不像是英尼斯一向的谈话风格，而语气中的愉快更是极为罕见。

萍小姐把抽屉里的玫瑰花饰拿出来给英尼斯看。

"你知道这是什么东西吗？"萍小姐问道。

英尼斯脸上的愉快表情一下子僵住，随即消失被一种警惕所替代。

"您是从哪儿捡到的？"英尼斯慌慌张张地问道。

萍小姐在刹那间感到了绝望，她多么希望眼前的女孩不是这样的回答，而是说："这好像是舞鞋上的一种花饰，好多同学都有这种鞋的。"她不再感到紧张了，而是感到一种前所未有的沉重。

"昨天大清早在体育馆的地板上。"她低声回答。

女孩脸上的警惕随着这句话变为了消沉。

"事到如今，您拿给我看还有什么意义？"英尼斯有气无力地问道。

"因为我昨晚才发现，所有的学生中只有你才有这双鞋。"

房间里陷入了沉默，萍小姐把花饰就这样放在桌上，等着她下一步的反应。

"我做错了吗？"她忽然开口。

"没有。"

又是一片沉寂。

"您不懂的，萍小姐！"她又开始说道，"我不是想造成今天的结果的，您一定认为我还是在掩饰自己的错误，但事情根本不是您想的样子。我当时是在没法接受自己不能去阿灵赫斯特的事实，那一阵我就是个行尸走肉。心里一直在念叨着阿灵赫斯特，却无计可施，只想到了一个办法，这样做我才能得到那个机会。但我从来没想到事情会发展成这样。您要相信我，您一定要——"

"我当然相信你。如果不是那样的话，我也不会把这个东西给你看。"萍小姐指着桌上的玫瑰花饰说道。

英尼斯问道："您接下来要怎么做呢？"

"我，我不知道。"萍小姐在难以面对的现实前不知道该做些什么。尽管她曾经问过涵姐"校园犯罪"的问题，但对于犯罪的了解仅仅止步于侦探小说的描写。一般书中的主人公看起来怎样可疑，最后总是会被证明是无罪的。那些备受怀疑的主人公的亲友们的感受一定和现在的她是相同的。但即使这样，她也没有从原先的故事情节中得到一些安慰，或者是一些启示。这种事情，似乎每天都在发生，报纸上常常会有通篇的报道，但事故离自己这么近，却是第一次。

一个人怎样才能面对这样的现实？曾经每天同自己一起生活、一起谈笑的人竟然是一件谋杀案的凶手，而且要为这场悲剧付出代价。

萍小姐不由得开始向女孩倾诉自己昨夜失眠时的想法，包括自己想的那个"裁决"的想法，还有自己不想因为揭发一个真相而给更多的人造成负面影响。她太急于倾诉折磨着自己的想法，而没有注意到英尼斯的脸上开始露出希望的表情。她开始说道："当然，你是要为自己的行为接受惩罚的，而不能因此得利。"她一下子顿住了，发现自己在不应该走的路上走得太远了。

但英尼斯快速地接过了话头说道："不，我不会的，萍小姐。就算您不给我看这个花饰，在昨晚听到她的消息的时候，我就决定不去阿灵赫斯特了。我本来就打算一早就去和霍奇小姐说这件事。我昨晚也一晚上没睡，想了很多的事情。不仅是关于对鲁斯的死的忏悔，还有——还有一些我自己的事情，我这种的性格，这些您大概没有兴趣知道的。"她抬头看着萍小姐，继续说道，"萍小姐，我知道自己犯了大错，并且我决定用一辈子的时间来忏悔这件事情。您愿不愿意，您能不能——"就算听过萍小姐先前说过一些犹豫不决的看法，但她还是不能把自己过分的要求用恰当的语言表达了出来。

"我是不是愿意成为共犯？"

这句话尽管正确，却传出冰冷的气息。英尼斯向躲避什么似的往后一缩。

"不是的，我不能勉强别人去做不正确的事情。但您要知道我是愿意为此赎罪的，而且我是真诚的，就算那我的命去抵，我也心甘情愿。"

"我相信你说的话，但你要怎么去赎罪呢？"

"我昨晚想了很久，一开始想去麻风病这样的传染病门诊去当志愿者，但后来想到这和在莱斯学院学的知识不对口。然后我有了更好的想法，那就是回到家乡去帮助我的父亲。我原来根本没有打算去从事医疗方面的职业，但我这方面还算比较擅长。而且，您知道吗，我家乡的骨科诊所还是不错的。"

"想法倒是挺好的，"萍小姐评价道，"但我没听出来你要忏悔的地方在哪里。"

"我从小时候，就厌恶家乡闭塞的环境，想有一天无论如何要离开那个地方。我来到离家远的莱斯学院上学也是这个原因。"

"哦，我明白你的意思了。"

"萍小姐，您一定要相信我。对于我来说，这绝对是一种赎罪的行为，这不是毫无意义的。我会用我的一辈子来做这件事情。"

"嗯，我能理解。"

漫长的沉默又开始了。

预备铃响了起来，这是萍小姐第一次对刺耳的铃声无知无觉的时候。

"当然您不相信我也是应该的，这毕竟是我的一面之词。"

"不，就算这样，我还是相信你。"

但萍小姐的心里却在衡量，这样的赎罪或许太容易了。英尼斯自我惩罚方式是一辈子都生活在闭塞的家乡，一辈子一个人保守着这个秘密，而且永远没有可能再去她向往的阿灵赫斯特了。

这也算是够残酷了。但这就够了吗？这就可以补偿一个逝去的生命吗？

不过，话说回来，到底怎样才能补偿一条生命，只有一命抵一命的办法吗？

英尼斯是那种一定会严格执行惩罚的人，她永远不可能自由地活着了，这相当于没有生命力地活着。这种方式未必说是不合适。

萍小姐现在正面临更为复杂的顾虑，先前的一切想法再加上现在和这女孩说话之后的考虑加在一起，变成了一个更为现实的问题：她到底要不要宣判这个女孩的死刑？是的，就是这么简单。如果她过一会儿立刻拿着玫瑰花饰给涵妲。那么在今年还没有到深秋的时候，英尼斯就已经为自己的犯罪付出代价了。即使还没有死，也一定在遭受着生不如死的折磨了。

让这个女孩终生受着自己内心的谴责，还能给村民们带来些不小的帮助。

但，她，露西·萍，并没有决定这个宣判的权力。

算了，就这样做吧。

"我决定把选择权交给你了，"萍小姐一字一顿地说道，"我做不到，实在是做不到把一个身边的人送到刑场上去。我知道我这样做是不合适的，但我实在做不到。"真是奇怪，应该是对方会觉得紧张，为什么会反过来呢。

英尼斯还没有反应过来她话中的意思，还在疑惑地看着她。

"您的意思是，"她抿了一下干燥的嘴唇，"您不会把这个花饰交出去了？"

"是的，我决定忘记这件事。"

英尼斯的脸色一下子变得惨白。

这种脸色，萍小姐确定自己只有在书上见过。一般是这样描写"像床单一样的惨白"，似乎没有真的像床单那样白，但脸上确实是毫无血色的。

英尼斯一个趔趄，扶住了身边的椅子，才坐了下来。抬眼看到萍小姐担心的神色，说道："您不必担心，我不会晕倒的，是的，我从小到大还没晕倒过。我过一会儿就好了。"

萍小姐的内心其实还在交战中，是去做正确的事还是用感情来用事，她觉得英尼斯似乎对这件事过于冷静了，她应该看出自己感情用事的一面了。这就是感情战胜理智所要付出的代价。

"要不要喝点水？"萍小姐站起身来。

"不了，谢谢您。我没事的，我只是过去的一整天都很害怕，特别是刚才看到你手中的那个花饰，我都要疯了。但是您又是这么善良，给了我机会，这一切都结束了。我实在是太、太——"

她声音哽咽着，说不下去话了，她用手捂住了自己的嘴，试图阻止这哽咽，但最终却无法遏制。又把手盖在脸上，想要镇静下来。但最后她还是顺从了自己的感觉，趴在面前的梳妆台上大哭起来了。

萍小姐看着眼前痛哭的女孩想道：要是别人，一定是一来就这样。女孩子总是拿眼泪当作武器，来博取他人的同情。但英尼斯没有这样做，她抑制住内心的恐惧，冷静地提出交换的条件。如果不是一切结束后感情克制不住的流露，肯定没人知道她内心的挣扎。

铃声又响了起来，由弱逐渐增强。

英尼斯听到铃声，抬起脸来，踉跄地站了起来。"让您见笑了，"她带着鼻音说道，"我要去用凉水冲冲脸，我得让自己冷静下来。"

萍小姐还是认为这个女孩不一般，她能够在自己情绪如此激动的情况下，还能冷静地为自己想出缓解的办法，调整的速度完全不像是处在崩溃边缘的孩子。

"嗯，去吧。"

出门的时候，英尼斯把手放在门把手上，她回过脸来，"萍小姐，我会让您觉得您的决定是正确的。"说完便走出去了。

萍小姐把玫瑰花饰随手又装进口袋里，也走了出去。

第二十二章

真是个令人不愉快的周末。

外面一直在下着雨。教员们的状态似乎都不是很好。涵姐像一只旋转的陀螺，不停地在忙些什么。雷弗夫人一直心情都很差，各方面使不上一点力气。葛塔森小姐则在表达自己愤怒，自己教课的体育馆里怎么能发生这样的事情。雷格小姐则像一个聒噪的预言家，不停地念叨着大家都知道的事情。勒克斯小姐安静地坐在一旁，只是神情略显疲惫。

勒克斯小姐递给她一支从拉博镇上带回来的用浅绿色包装纸包着的红色蜡烛，"他一定要让我把这个带给你，我不明白这是什么意思。"

"这是蛋糕上的蜡烛吗？"

"对啊，今天正好是我的生日。"

"他竟然还记得啊！"

"这有什么奇怪的，他专门有一本本子记录身边的人的生日。这也是他秘书工作的一部分，会在别人生日的时候准时准点地发去祝贺。"

"你对他就不能往好处想点吗？"萍小姐哭笑不得地问道。

"小德吗？不会的，我一直都这么对他。从十岁开始我们就认识了，他有什么心思我都清楚的。"

"别老是这样，"萍小姐说道，"我的美发师给我做头发的时候和我说，一个人应该容忍他人的三个错误。在容忍之后，就会发现外表之下的美德。"

"但是如果是爱德华的话，三个错误之后就是一无是处。"

"为什么这样讲呢？"

"因为他最大的三个错误就是虚荣、自私和自恋。这三个部分组成了他的人生。"

"好吧，"萍小姐无可奈何地说，"我认输了。"

萍小姐还是收好了蜡烛，想着爱德华·阿德里安的优点。

她也希望能记起宝儿的优点。她亲爱的宝儿对自己的好友莫名其妙地放弃了阿灵赫斯特的职位感到十分生气，这倒是原是没想到的状况。但萍小姐听说现在这一对挚友已经为了这件事情吵得不可开交。

"萍小姐，您知道吗？她竟然说不愿意去代替死人去工作。"宝儿情绪激动地说道，"你说着可笑不可笑，就像拒绝一块茶点一样轻易地拒绝了阿灵赫斯特的邀请。而且，一开始她没得到这个职位那么伤心的时候，您又不是不知道。萍小姐您一定要去找她好好谈谈，现在还有机会挽回。这不是一个工作机会这么简单的事情，还牵扯到她的人生，她真是糊涂了。求您了，去找她谈谈吧，不要让她做这种傻事。"

萍小姐好像总是被托付和别人"谈谈"的使命。她似乎就是适合做这种开导别人工作的人。

但这一次她不再是治愈别人心灵的良药了，而成为触犯法律的帮凶。她一直抑制着不去想这一点。

她现在已经没有什么可以同英尼斯说的了，但别人倒是有很多话要说。霍奇小姐与她进行了一番长谈。这个她从来不喜欢的女孩的拒绝给她带来了麻烦。因为她现在已没有其他合适的人选去阿灵赫斯特了，她只能写信回绝阿灵赫斯特的职位邀请了。而接下来这场意外事故在圈子里传来之后，恐怕阿灵赫斯特下回有职位空缺的时候就不会想到莱斯学院了。一所体育学院出现这样的事故是管理不完善的体现，就算是意外也不行，何况还造成了死亡。

警方就是这样想的。警察方面非常友好，很了解这种事故给教育机构带来的麻烦。但是按照惯例，还是要一步步进行侦查，而且还要把案件的真相公开。学校不得不接受来自社会各阶层的误解和责难。涵妲的律师跑遍大小报社，希望能将此事低调宣传，但很难保证不会遗漏哪一个没有分寸的小编辑，如果这个消息这样大肆宣扬了出去，后果会怎么样呢？

萍小姐像在警察的询问之前离开，因为她不想承担审讯之下的难堪。但她的老友涵妲希望她能够留下来帮她一起渡过这次的难关。她向来无法拒绝涵妲的请求，特别是现在受到这次打击骤然老去的涵妲，萍小姐心软了，所以她留下来了，答应帮忙做一些琐碎的事情，好让涵妲有更多的精力来应对这次意外事故所带来的事情。

但她还是不愿意去面对侦讯。

她就是这样的一个人，在得知了所有的真相之后，她不能保证自己可以面不改色地说着假话。

她要面对的可是嗅觉机敏的警察。他们仔细观察了体育馆的周边，计算了杠木的重量以及高度，同学校的相关人士谈话，并以此为根据听取了专家的许多意见，但针对这些意见却没有什么评论。他们最后拿走了那个致命的插销，看起来是例行公事，但谁知道他们能不能从中得到些什么线索呢？谁知道他们在与人交谈中的友善背后不会藏着怀疑呢？

然而，在侦查的尾声出现了一个转机。这个转机的主人公是家住在西拉博镇五十九号的茶叶商人，亚瑟·米德汉。他的家在拉博镇和学校的中间，尽管离得学校不远但米德汉先生除了知道学校大致的地方以及偶尔碰见几个从家门口经过的女学生外，对学校的事情几乎是一无所知。但他听说了这次事故，觉得非常巧合，因为恰巧在事故发生的同一天早上相近的时间里，他家面朝马路的一块窗玻璃被当时经过的大卡车震得掉到了地上。他的这种说法和先前勒克斯小姐提到的假设几乎是一样，个过勒克斯小姐只是随便一说，但米德汉先生的说法却有确凿的证据——落在窗外的碎玻璃。

接下来的事情就像通常那样，一旦一件事情有人开始，那么应和的人将会接连不断。很快又有新的证人出现了，是一位中年妇女，她在旁听审判的时候情绪激动地站了起来，她说在那天早上她放在靠窗户小橱柜上的一瓶腌姜就在同一时间无端摔到了地上，这时原先从未发生过的事情。

"请问，您的家在哪里？"法官请她走出观众席回答问题。

她说就在莱斯学院和比灵顿镇中间的一间农舍里。那么离大马路近吗？当然，夏天的灰尘简直是受不了，特别是在卡车经过的时候——猫？家里不养猫。是的，屋里也没有别人。她是一个人吃完早饭的时候才发现的。

还有可怜的艾琳·欧唐娜也被传讯，尽管表现得很紧张，但她的态度是坚定的。她说自己清楚地记得自己安置的是靠墙的那一头，而鲁斯自己安置靠场地的一头。安置？哦，安置的意思是用绳索将杠木吊起然后再用插销定位。同时还要把将杠木拉到一定高度的绳索缠绕到的地方。哦，没有，在安置之前没有特意去检查器材。

葛塔森小姐在回答为什么绳索没有起到作用的回答是：绳索最后的缠绕不够紧。在插销因为意外脱落后，绳索自然垂下了。而且最后将绳索绕到索栓的这一个步骤只是形式上的动作，平时不起到什么作用，学生们一向不太注意。但绳索确实是起到一定的安全保护作用，在插销断裂的时候，绳索会拉住杠木。当然也有绳索无法承受住杠木重量的时候，有的绳索会在突然加重的情况下松开。不过，她不认为这是原因，因为学校的绳索都是经过测试，有质量保证的。最大的可能还是鲁斯小姐在缠绕绳索的一步大意了。

看来事情的就是这样了，这只是一件单纯的意外事故。警察从拿走的插销上也没有找到什么线索，因为上面有太多学生的指纹，起不到什么作用。

这确实是一件意外的死亡事故。

萍小姐听到警察这一定论的时候，舒了一口气，想到，这一切终于结束了。她站在画室的窗边，看着屋外的风景，心里还是没法相信事情就这样无波折地结束了。她曾经也看过一些犯罪的侦探过程，知道任何犯罪都不是毫无破绽的。

当便鞋上的花饰掉下来的一瞬间已经是一个破绽了，而警察可能会侦查出更多的破绽。然而，现在一切已经结束了，英尼斯相安无事。而现在她也明白了，原先给自己找了那么多借口，说自己是为了英尼斯的母亲，为了宝儿，为了涵妲，所以才会和法律背道而驰。但事实上她只是为了英尼斯一个人。她做了过分的事情，但还没有到被法律制裁成死罪的程度。尽管她外表看起来冰冷，但实际比其他人都要脆弱，对外来压力的承受能力太弱；尽管她在严格地要求自己，但却因为过于苛刻，把自己好的部分都忘记了。

萍小姐想到周三早上给高年级颁发毕业证书是的场景。高年级每个人上台的时候学生们爆发的欢呼声都是不同类型的，萍小姐觉得很有意思。戴克斯上台的时候，底下发出的是一片欢乐的哄笑；宝儿身为高年级学生的代表和典范在上台的时候受到了同学们和学妹们最热烈的掌声。给英尼斯的喝彩声也有特色，不是带有一种感情的，而是理解、同情、敬佩各种感情混合的掌声。不知道大家是不是因为英尼斯拒绝了去阿灵赫斯特的机会才会如此。萍小姐想到涵妲评价她并不是真正受欢迎的学生，但是从这喝彩来看，学生们对英尼斯是有真感情的，是一种发自内心的敬佩与赞美。

毕业典礼本来定在周二举行，但由于案件而引发的一系列事情，延期到了周三。这也是萍小姐留在莱斯学院的最后一天了。她将会准时搭乘中午时分的火车，回到伦敦。在学校的最后几天里，陆续收到了学生们的礼物。几乎在她每次回房的时候，都会发现又堆放了许多新的带有纸条的礼物，她十分感动。从小到大，萍小姐收到礼物的次数屈指可数，因此现在她还保存着收到礼物时的信息。而这些礼物又是如此真诚可爱，没有什么大规模的策划，也没有礼貌客套，每个人的礼物都是孩子们尽最大可能想到的。"门徒们"的礼物是一张白色的卡片，上面写着：

特别提供：
露西·萍小姐
可凭此证在曼彻斯特接受四门徒治疗
任何症状、随时可用

戴克斯的礼物是个看起来乱糟糟的包裹，附着的纸条上写道："希望您每天早上都会想起我们的第一次见面！"里面是一个擦背用的丝瓜澡巾。确实，看到这件礼物她就会想到趴在门边上友善的小马脸。但现在的萍小姐可不是当时悠闲地坐在浴盆里的那个人了。

乖巧的小姑娘莫里斯送了一个手工的毡布小包。天！她是怎么抽出时间做这个的。还有宝儿送的极具有实用性的礼物——一个猪皮旅行箱，纸条写道："我想您会需要这样的一个箱子，来装下各种礼物。"箱子上还写上了她姓名的缩写。就连园丁吉蒂也送来了一盆植物，尽管她们只是在早上的时候有半个小时聊天的交往。不过幸好这盆植物很贴心，因为它很小，并不妨碍在长途车程中携带。

宝儿在早餐时候，毕业典礼之前，专程来到她的房间来帮她收拾行李。所有的物品已经整理完毕了，但能不能盖上行李箱的盖子倒成为一个问题了。

"嗯，一会儿去诊疗室之前，我会帮您坐在箱子上，好拉上它。"宝儿说，"接下来的日子，除了去诊疗室，没有什么安排了，我们会这样一直无所事事到离开学校。"

"你会想念在这里的生活吗？"

"绝对会想的。尽管这也是一段很艰难的时光，但留下的是更多的快乐。况且，还有不错的暑假。"

"英尼斯好像对我说过你们暑假计划一起去挪威的？"

"嗯，本来是这么打算的，"宝儿边低头边回答，"但我们不去了。"

"嗯？"

"英尼斯有别的安排了。"

显然经过关于阿灵赫斯特的争论过后，她们俩的关系有了裂纹。

"嗯，我得出去看看了。免得那些低年级生们把好座位都占了。"她说完就匆匆走了出去。

但还有一段感情似乎在升温。

"花核桃"敲门走了进来，说是要给自己最爱的萍小姐一个幸运符。她看着屋里各种类型的箱子，用以往挑剔的口气说："看来，你并不擅长打包。不过我也一样，在我看来，打包是要有天赋的。"

萍小姐最近收到了各种各样的礼物，但对眼前这位的花样却很好奇。

是一颗蓝色的串珠。

"这是几百年前，在南美洲出土的。它见证了这个世界的成长，具有无限的幸运。"

"这太贵重了吧，我不能收。"萍小姐拒绝道。

"我还有一整串呐，出土的是一条手链。我拆下一颗送给你，我这里还是一串手链。对了，我要告诉你，我不回巴西了。"

"不回家了？"

"是的，我要留在这里，我要嫁给瑞克。"

"恭喜你们！"萍小姐表达了自己的欣喜。

"我们会在10月举行婚礼，在伦敦。你一定回来参加的，对不对？"

萍小姐高兴地表示自己绝对不会缺席。

"我真的很高兴。"她由衷地说。这是这几天以来唯一值得高兴的事情了。

"是的，这真是一件令人很高兴的事情。我也很满意，我们尽管是表兄妹，但血缘关系并不是很近，而且有一种说法是亲上加亲。尽管我心里向往的是嫁给一个真正的英国人，不过瑞克也是很好的对象。他虽然还年轻，但已经是公司的顶梁柱了。我父母听到这消息很高兴，当然，我的祖母也很满意。"

"那么你也是发自内心的开心喽？"萍小姐确认道。

"当然啦。瑞克是这个世界除了我祖母之外第二个可以让我做我并不想做的事的人，我喜欢这个感觉。"

她看着萍小姐眼中的不解，收敛了一下眼中无法自抑喜悦，进一步解释。

"我是说，我非常喜欢他。"

毕业典礼过后，萍小姐又和教员们聚在画室里一起喝咖啡，做最后的告别。因为她要早上离开，所以没人能在这一段时间陪她去车站。涵妞眼含泪水，真诚地向她道谢，感谢她这些日子帮的忙。不过恐怕她一辈子都不可能知道萍小姐实际上了帮了她真正的大忙这件事。她表示萍小姐可以把莱斯学院当作自己的家，想什么时候来都可以，或者来讲课，或者来小住，都可以。或许……尽管萍小姐承认自己在这里度过了一段快乐的日子，但她绝对不会想再来这里了。

如果有可能的话，她甚至想把这个地方驱逐到记忆的边缘。

教员们陆续离开，继续她们的工作。而萍小姐独自一人回到房间继续整理行李。自从周六早上之后，她再没和英尼斯说过话。事实上，除了在颁发毕业证书时看了她一眼之外，就没碰过面。

难道英尼斯就以这样的方式同她道别吗？

回到房间的时候，她发现英尼斯的信静静躺在桌子上，她坐下开始认真地读了起来：

亲爱的萍小姐：

抱歉，以这样的方式与您道别。我写信给您，想表明接下来我将会赎罪的决心，我这是心甘情愿的，我愿意用自己生命无意义的消磨来抵偿她的生命。

还有我很抱歉，因为自己而破坏了您在莱斯学院的平静生活。希望您不要因为我的缘故，而感到不开心。我保证您的善良是一定会有回报的。

不知您是否能与我相约，十年之后来西郡看看我，看看我的生命到底成就了什么。我期待这一天的到来，这似乎也是我没有未来的未来中唯一期待了。

最后，请您接受我的无比感激。

玛丽·英尼斯

"您约了几点的出租车？"宝儿敲门之后推门进来。

"11点半的。"

"那时间不剩多少了。您的东西都收拾妥当了吗？暖壶装上了吗？哦，您没有带来。雨伞准备好了吗？什么，您没有雨伞？那您打算怎么办，是在走廊里等，还是顺手在楼下抄一把伞？我有个阿姨每次下雨都买最便宜的伞，用完就直接丢进垃圾箱了。好了，所有的东西都放进去了吧？要知道把箱子关上之后，可不能再轻易打开了。抽屉里还有东西吗？要知道抽屉的深处总是有一些意想不到的东西。"说着，宝儿随手打开抽屉，把手伸了进去，"您知道吗？西半球一半以上的离婚都是因为抽屉深处的秘密。"

她摸出了那个金属玫瑰花饰。刚才萍小姐决定把它留在抽屉里，因为她不知道怎么处理这个小东西。

宝儿随意地把玩着花饰。

"这看起来很像从我的鞋子上掉下来的。"她说。

"你的鞋？"

"是的，就是那种舞蹈课结束后穿的便鞋。我很喜欢那双鞋的，因为在脚很累的时候穿会格外舒服。您信不信，我现在还能穿上我14岁时候的鞋子。那时候我的脚就很大了。但我不喜欢当时人们说我会长得很高。"她看着手中的东西,"看来,我把这小东西掉在这里了,您根本想象不到,我为了找它花费了多少心思。"说着,就把金属花饰放进自己的口袋里了。

"请您帮个忙,坐到这个箱子上好吗?我得给这个箱子上上锁。"

萍小姐无知无觉地坐了上去。

她在怀疑自己为什么原先从来没有看出来那蓝色的双眸里的那丝冷酷。是的,冷酷,冰冷。

宝儿用力上锁的时候,浅色的头发无意垂到了萍小姐的膝盖上。箱子的锁会如她所愿关上。当然,她从小到大没有一件事不如她所愿的。如果不是的话,她一定会果断地采取行动,就像她4岁的时候,就赶走她不喜欢的奶妈一样。她不懂得什么是挫折。

她认为正确的事情,必须达成才行。她最好的朋友有资格去阿灵赫斯特,那么她必须要去。

"好了!成功。终于关上了,我真的都打算要去找另一个人坐在上面了。嗯,我看到里面还有吉蒂送的一盆恶心人的植物。您一定很为难吧,如果您现在拿这个去换些别的东西,我想不会有人有意见的。"

萍小姐想到,英尼斯是从什么时候开始担心的呢?是离事故发生多久?大概她在体育馆表演的时候就想到了吧,她当时的表现是那样反常。

但她看到萍小姐手上的花饰的时候,才真正确定,它是在哪里被发现的。

可怜的英尼斯,要为此独自赎罪的英尼斯。

"出租——车!"有人在走廊上大声喊着。

"您的车来了。来,我帮您拿着,哎呀,它们很轻的,而且您别忘了,我可是常年接受训练的人。真希望您能一直留在这里,我们都会非常想念您的,萍小姐。"

萍小姐机械地回答着,她自己也有相同的感受,并且约好了等着宝儿开始工作后的第一个假期,她一定会去府上叨扰的。

宝儿一直把她送到了车上,微笑着向她告别。并且向司机嘱托道:"去火车站。"车子慢慢启动,把宝儿完美的笑脸抛到了后面。

司机拉下玻璃窗,问道:"小姐,您这是去伦敦的那班火车吗?"萍小姐礼貌地答道,是的,是去伦敦的。

她将会在未来的很长一段日子待在伦敦,过着平和、宁静、安全的生活,心满意足地活着。她甚至决定要放弃心理学的各种讲座了。

她到底算什么心理学专家?还不如继续当一个法语老师呢。

或许,她该写一本怎样被面相蒙蔽的书。是的,在这一方面,她是行家。

眉毛啊,和利害是有关的。

嗯,决定了,下面要写一本关于面相的书。

不过要换一个笔名。毕竟,现在的知识分子是很不屑于这种面相学的。

[全3册]

约瑟芬·铁伊 推理经典

（英）约瑟芬·铁伊 原著
沈旷 译

中国华侨出版社

目 录
CONTENTS

◆ 法兰柴思事件

第一章	317
第二章	325
第三章	330
第四章	333
第五章	335
第六章	343
第七章	349
第八章	354
第九章	360
第十章	365
第十一章	370
第十二章	375
第十三章	381
第十四章	385
第十五章	391
第十六章	401
第十七章	408
第十八章	412
第十九章	417
第二十章	421
第二十一章	424
第二十二章	428
第二十三章	439
第二十四章	443

◆ 一张俊美的脸

第一章	447
第二章	452
第三章	457
第四章	461
第五章	468
第六章	472
第七章	477

第八章	480	第三章	566
第九章	484	第四章	570
第十章	491	第五章	572
第十一章	494	第六章	575
第十二章	504	第七章	578
第十三章	509	第八章	583
第十四章	517	第九章	589
第十五章	521	第十章	594
第十六章	527	第十一章	598
第十七章	532	第十二章	602
第十八章	537	第十三章	606
第十九章	541	第十四章	612
		第十五章	615

◆ 时间的女儿

第一章	553	第十六章	620
第二章	558	第十七章	622

法兰柴思事件

第一章

　　时钟刚刚指向下午4点,罗伯特·布莱尔就有了回家的念头。

　　当然,下班时间是下午5点。可是,如果在这间名叫布莱尔·海沃德·本尼特的联合律师事务所里,作为仅有的一个姓布莱尔的合伙人,那么不管他什么时候下班回家,都没有人会多说什么。更何况,如果他所负责的业务范围仅限于遗嘱、财产转让以及投资等方面,那么下午这个时间段是没有客户前来咨询的。在米尔福德这样的小镇,邮件投递的最晚时间是下午3点45分,那么他一天的工作也可以下午4点前宣告结束。

　　桌上的办公电话会在4点以后保持安静,和他一起打高尔夫球的同伴估计现在已经打到第14洞或第16洞了。也没有人会打电话进来邀请他一起吃晚饭,那是因为在米尔福德,共进晚餐的邀请函也是以书面投递的方式进行的。琳姨妈也不会在这时打电话过来叫他下班路上顺便带条鱼回家,因为这时是她每隔一个星期都是她看的电影时间,估计这会儿电影已经播放了20分钟了。

　　他安静地坐在位子上,在这个阳光和煦的下午,他呆呆地望着,阳光照在了桌子上,那是一张他祖父从巴黎带回来的、令家人大为惊讶的桃花心木镶铜的桌子。他心里想着,是该回家的时候了。阳光温暖地照在桌子上的茶盘上面,这套漆盘和茶杯已经成了布莱尔·海沃德·本尼特事务所不可或缺的一部分。每天下午3点50分,塔芙小姐都会如约而至,出现在他的办公室里,手里永远端着白色方巾的漆盘,盘子上放着蓝色花纹的瓷杯,杯子里已经倒好了茶,旁边是和杯子相匹配的小碟子,上面有两块饼干。饼干也是有规律的,周一、周三和周五是法式小圆饼,周二和周四是消化饼。

　　他专注地盯着这套茶具,心里却在盘算着,对于布莱尔·海沃德·本尼特的历史传承性,它的意义到底有多大。从他刚刚记事的时候开始,事务所使用的就是这套瓷杯。漆盘是原来家里的厨师将面包从烤箱里取出来时用的,后来他母亲将其带到办公室,用来搁置那套带有蓝色花纹的茶杯。白色方巾是后来塔芙小姐带过来的。塔芙小姐是战乱时期的杰出代表,也是米尔福德镇上第一个在律师事务所拥有独立办公桌的女性。塔芙小姐身材瘦削,战乱时期一直是独身,反应迟钝,但工作仔细、事务所也平安度过了那段混乱的时期。现在,又过了20多年,这个身材瘦削的塔芙小姐头发都白了,气质却依旧典雅从容,而且出乎所有人意料的是,她成了在事务所待的时间最长的人。实际上,她给这个一直不曾改变的事务所所带来的新鲜血液,除了那块盖着茶盘的白色茶巾,再也找不出其他的了。塔芙小姐自己家中每次将食物放在托盘上时,都会事先铺上一层茶巾或装饰巾,到事务所上班以后,看到这里的茶盘上面没有任何覆盖物,她很是难以理解。除此以外,她觉得这漆茶盘会让人没有食欲,身体也觉得不舒服,而且视觉效果也很糟糕。于是,她从家里带来了一块方巾,那是一块朴实无华的纯白色茶巾,和盛食物的容器非常搭调。罗伯特的父亲对那个没有任何装饰的托盘很是喜爱,可是塔芙小姐从事务所的利益出发,让他大受感动,于是白色方巾便一直保存至今。它的存在,就像保存契约的盒子、铜制的标牌,以及赫塞尔廷先生每年都会患一次感冒一样,成了事务所的一部分了。

　　罗伯特正专注于那个装有饼干的蓝色盒子时,一种奇怪的感觉突然冒了出来。这种感觉和那两块饼干没有任何关联,至少和他的生理机能没有任何关系,原因就在于这经年不变的饼干步骤,一种单调又必须的步骤,像周四一定是消化饼,周一一定是小圆饼。截止到去年,他都没有觉得这样的生活有什么不妥。他从来没有考虑过要去别的地方生活,这里的生活非常平静、安宁。一直到现在,他依然是这么认为的。只是近段时间,那种奇怪的感觉会不自觉地出现在他的脑海里。就像这几天,有种声音一直在他脑海里盘旋,"这就是将要伴随你一生的生活方式。"接下来,他的胸口会发闷,会没来由的生出一种恐慌的感觉，就好像十岁那年他去看牙医的感觉，让人胸口不由得一窒。

这种想法的出现，让罗伯特感到既迷茫又愤怒，他一直认为自己是个快乐、单纯、心智成熟的人。为什么这种想法的出现，会打乱他平静的生活？难道他的生活缺少了什么吗？

一个妻子？

可是这并不是问题啊，只要他愿意，他随时随地都可以拥有一个妻子，至少他是这样觉得的。他身边有很多适合结婚的女子，她们对他似乎从来都是青睐有加的。

一个爱他的母亲？

可是琳姨妈对他比母亲还要好，给予他无微不至的关心，几乎已经到了溺爱的程度。

阔绰？

有什么东西是他想买，却囊中羞涩的呢？如果这都不算阔绰，那怎么样才算是呢？

起伏跌宕的生活？

他从来就没有想过要追求起伏跌宕的生活。对于他来说，最让他激动的事情无非就是外出打猎一天，或者在高尔夫比赛的第16洞时，和对方打成平手。

那到底是什么呢？

他这种将要伴随自己一生的生活方式的想法是从哪里冒出来的呢？

他就这样一直坐在那里，看着那个放着饼干的蓝色碟子，心想，难道是儿时曾经有过的美好梦想，一直潜藏在一个成年男子的思想中，觉得梦想终有一天会实现？可是直到过了40岁，才猛然惊觉，梦想已然是具空壳，不可能会实现。于是开始在脑海里盘旋，似乎要让曾经怀揣梦想的人重新捡起荒废的童年时光。

发自内心地说，罗伯特·布莱尔希望目前的生活状态可以一直延续下去，一直到他不再活在这个世上。很小的时候，他就知道，未来的某一天，他一定会进入事务所，继承父亲打下来的江山。那时，纯良的天性让他对其他男孩子怀有深深的恻隐之心，他们没有像他这样笃定自己的未来，不能像他这样享受米尔福德宁静的生活。在这里，他有知心的朋友，有美好的回忆，还有布莱尔·海沃德·本尼特联合律师事务所。

从1843年开始，事务所就没有姓海沃德的合伙人了，可是本尼特家一个年纪轻轻的继承人将后面的办公室霸占了。用"霸占"这个词似乎再恰当不过了，因为这个叫内维尔的年轻人基本上每天都无所事事，只是在这里为赋新词强说愁。他写的诗非常古老，似乎只有他本人才能明白其中的意思。罗伯特并不看好那些作品，可是对于内维尔，他却是一再宽容。因为他想到了他自己，自己刚来事务所时，也坐在同一间办公室，每天也是无所事事，做得最多的一件事就是练习用五号铁杆往皮椅子里打高尔夫球。

最后一抹残阳映照到托盘上，罗伯特终于决定停止胡思乱想，回家。现在出发的话，他还可以沐浴在阳光中，从东边的人行道穿过高街。米尔福德镇的高街能够让他感觉到些许的快乐。当然，这并不是因为米尔福德有什么特殊的地方，要知道，特伦特南部像这样的地方还有上百个，而是因为它与生俱来的典雅气质，这是由过去300年的英国社会所沉淀下来的。而布莱尔·海沃德·本尼特所住的这幢房子，于查理二世统治的最后一年建成，从它旁边的人行道向南，高街也呈一个向上的弧度攀升。这个缓坡上集中列着乔治时代的砖瓦、伊丽莎白时代的有黑色橡柱的木结构的房子，还有维多利亚时代所特有的石屋、摄政时期①的灰泥墙，一直延续到另一端被遮掩在榆树后面的爱德华式别墅。清一色的红、白、棕色之间，会出现一抹不和谐的黑色玻璃风景，就像一个浑身戴满金银首饰的暴发户突然出现在一个上流社会的聚会中。幸亏周围格调优雅的建筑将这个不和谐的音符给冲抵了，就连连锁商店在米尔福德镇都变得柔和起来。南边的美式便利店，每天都在门口挂上红金两色旗帜迎风招展，这让街对面的特鲁洛夫小姐非常愤怒。在那座伊丽莎白女王时代的古典建筑里，她开着一家茶馆，卖点就是她姐姐做的点心，以及安妮·博林②的名声。可是作为英国大银行之一的威斯敏斯特银行，自从放了高利贷出去以后就不再高调了，就算是为了扩大内需而使用威佛大厅时，也只是偷偷镶了一块大理石招牌。药品批发商索尔思将威思顿宅第买下时，也将建筑物令人赞叹的外表保存下来了。

这条街安宁、幸福、充实，被修葺一新的欧椴树一直延伸到人行道上，这一切都让罗伯特觉得赏心悦目。

现在，他将双脚并拢，准备离开办公室回家。电话却在这时响了起来。世界上的其他事务所，电话一般是放在外间办公室的，秘书会接起电话，了解清楚情况后，再将电话转接进里间办公室。可是，在米尔福德镇，程序却不是如此，米尔福德是没办法认同这样的程序的。如果你要把电话打给约翰·史密斯，你就可以认定接电话的就一定是约翰·史密斯本人。因此，在这个春天的傍晚，当布莱尔·海沃德·本尼特事务所的电话响起时，它就位于罗伯特那张桃花心木镶铜的桌子上，很显然就是找他的。

以至于后来，罗伯特经常会忍不住回想，如果那个电话晚打过来1分钟，事情会朝怎样的方向发展？1分钟，在平时看来特别微不足道，可能在这个时间段时，罗伯特已经拿起外套，和对面的赫塞尔廷先生说声再见，然后走入室外的夕阳，沿着街道离开了。如果是这样，接电话的就会是赫塞尔廷先生，他会对打电话过来的女子说布莱尔先生已经走了。那样的话，她就会去找别人，那么接下来所发生的一切，对于罗伯特来说，也只是出于一种事业上的关注而已。

可是电话就恰好在这时响了，罗伯特接起了电话。

"请问是布莱尔先生吗？"打电话过来的是个女人，声调很低。在他看来，拥有这种声调的人往往是冷静自持的，可是电话里的人却显得非常焦急，好像还很惊慌。"哦，能找到你我真是太兴奋了，我还以为你已经下班了呢。布莱尔先生，我先自我介绍一下，我叫夏普，玛丽恩·夏普，我同我的母亲一起住在法兰柴思。你肯定知道的，就是拉伯洛路上的那幢房子。"

"是的，我知道那幢房子。"布莱尔说。他对玛丽恩·夏普有印象，米尔福德镇上的所有人，他几乎都混了个脸熟。这是一个40岁左右的女人，身材瘦削，皮肤偏黑，脖子上经常会系一条鲜亮的丝巾，将她吉卜赛女郎般黝黑的皮肤衬托得更加醒目。早上，她会载上她的母亲，开一辆很旧的车去买东西。她的母亲看起来非常优雅得体，仪态万方，可又一副高高在上的样子，似乎在无声反抗着什么。夏普太太的侧面形象很像惠斯勒③笔下的母亲，当她和你面对面时，她那双冰冷的、无神的眼睛突然间会非常犀利地看着你，会让人不自觉地联想到女巫，感觉浑身不舒服。

那个声音还在继续："你不认识我，可是我在米尔福德见过你，我觉得你是个好人，而现在的我急需要一名律师。曾经和我们有过接触的律师现在在伦敦，当然也不是说我们和那里的律师很熟悉，我们也只是因为一个遗产的案件请他们帮过忙。现在我遇到问题了，我需要律师的帮助，所以我想到了你，也许你可以……"

罗伯特听到这里插嘴道："如果是你的车……""遇到问题"在米尔福德镇来说，不外乎两种可能，一种是出了交通事故，一种是私生子的抚养问题。如果是玛丽恩·夏普，那肯定是前者。可是不管是属于哪一种情况，布莱尔·海沃德·本尼特事务所都是不会承接的，他会将这件案件交给街对面事务所的卡利。卡利对这类案件很感兴趣，而且他也是大家公认的可以将魔鬼从地狱里拯救出来的人才。

"如果是你的车……"

"车？"她无意识地重复着，好像一下子没有明白车是什么东西。"哦，我知道了，你是说车，不是的，这比车的情况要糟糕得多，是和苏格兰场有关的。"

"苏格兰场！"

对于像罗伯特·布莱尔这样和善的小镇律师来说，苏格兰场就像是天外星空、好莱坞一样奇妙。作为一个遵纪守法的好公民，他和当地的警方关系融洽，犯罪案件更是根本不可能和他有任何关联。如果非要将他和苏格兰场扯上关系，那就只有和他一起打高尔夫球的当地警员，这人打球很稳，在打到第19洞时，会不经意地谈论一点工作上的事情。

"我没有涉嫌杀人,如果你有这方面的担心的话。"电话那头的声音听起来很着急。

"现在问题的关键是,是不是有人认为你涉嫌杀人?"不管她被别人怎样认为,这都属于卡利的业务范围,他必须让她去找卡利帮忙。

"不是的,这和杀人没有任何关联。他们说我和一起绑架案有关,也可以称之为拐骗什么的。电话里一时半会儿说不清楚,总而言之,就是我现在非常需要一名律师,现在,马上……"

"可是,你要明白,你需要的并不是我这样的律师,"罗伯特说,"对于刑法,我几乎一窍不通。我的事务所也不具备这方面的资质,你可以去找……"

"我不需要刑事律师,我现在需要的只是一个朋友,一个可以提醒我的人。我的意思是,这个人可以告诉我什么问题我不想回答时,就可以拒绝回答,这并不需要刑事方面的专家,对吗?"

"尽管话是这样说,可是如果你请的是这方面的专家,你就可以得到更多专业的帮助,像……"

"你是想说,你对这个案件根本没有兴趣,对吗?"

"哦,不是,当然不是,"罗伯特热切地说,"我只是真诚地觉得那样做比较科学,你应该……"

"你知道我现在在想什么吗?"她打断他的话,"我觉得自己现在就像是一个掉到河里的人,我努力地想往岸上游,可是在岸上的你不仅没有对我伸出援手,反而指着河对岸对我说,那边比较容易游上去。"

双方都安静了几秒钟。

"哦,不!"罗伯特说,"我只是给你提供这方面的专家,比起找我这样的非专业人士,效果要好得多。本杰明·卡利是这方面的辩护能手,我相信他可以……"

"什么,你是说穿着条纹西装的那个让人作呕的小个子?"她一贯低沉的嗓音突然上升了好几个高度,声音似乎都哑了,然后安静了几秒钟。"对不起!"她回归到正常的声音说道,"那样说太不理智了。可是你看,我打电话给你并不是因为我觉得你做事干脆利落。"("确实是这样。"罗伯特想),"而是因为现在的我遇到问题了,我想知道和我一样的人,心里是怎么想的,而我觉得你就是这样的人。布莱尔先生,不管怎样麻烦你过来一趟。我现在非常需要你,苏格兰场的人现在就在我家,如果你来了之后不想卷进这场纷争,你也可以将这个案件转给别的律师,对吧?而且,很可能最后结局是什么事也没有。如果你现在过来的话,就是像你们律师所说的'考虑到当事人的利益',可能你们会有别的说法,也可能一个小时就完事了。我保证一定是哪里出了问题,你可否帮我这个忙呢?"

事实上,罗伯特·布莱尔觉得自己是完全可以帮她这个忙的。他乐于助人,根本没办法对这种合乎情理的要求说不。更何况如果事情很麻烦,他还有回旋的余地。后来回忆整个事件时,他也坦陈,他从一开始就没想过要把这个案子交给本杰明·卡利。虽然她对于他条纹西装的评价有点过分了,可是他却非常赞同她的看法。如果一个人真的犯了罪大恶极的错误,那么请卡利帮忙无疑是最明智的选择;如果你只是对某些问题感到很迷惘,有点小问题,或者完全是被冤枉的,那么卡利的暴躁脾气可能会带给你不利的影响。

虽然他心里是这样想的,可是在他放下话筒时,他希望他给人的感觉是冷冰冰的,不想接受这样的委托。就算因此被人诟病他也不在乎,他只希望下次再有陌生女子遇到困难时,不要总是想着找他帮忙就行了。

在前往辛恩街修车厂取车的路上,他的头脑在飞速运转着,"绑架"意味着什么?英国法律有明确规定吗?谁会有兴趣绑架她?一个孩子?一个"很有潜力"的孩子?除了在拉伯洛路上拥有这幢大房子以外,她们母女俩给人的印象是非常穷困的。也许她们绑架了她们觉得被父母虐待的孩子?这个倒是很有可能。那个老女人看起来对宗教非常狂热,而玛丽恩·夏普给人的感觉是,如果火刑柱这种刑罚还存在的话,对于她来说也只是一种再普通不过的用品。的确,这很有可能是一次错误的帮忙,是为了剥夺亲生父母监护权的行为。他现在多么希望自己还记得《哈里斯和威尔希尔刑法》里面的内容，在眼前没有现实的法律条文可供查询时，他不知道这算不算要押入大牢的重罪，也许只是程度轻微的不合法行为了？自从1798年12月以后，"拐骗和拘留"这类的案件就再没有在布莱尔·海沃德·本尼特律师事务所的档案中出现过。最后一个类似的案件还是和一个叫作莱梭斯的乡绅有关，当时他喝醉酒了，把年轻的格里顿小姐带离他家的舞会，驮在他的马背上，使她免受洪水猛兽的侵袭。当然，我们并不能怀疑这位乡绅当时的动机。

现在看来，肯定是这对母女因为苏格兰场影响到了她们的计划而错愕不已。罗伯特也感到非常吃惊，难道这个孩子如此重要，让刑警总部也出动了？

一到辛恩街，他便被周围无休止的争吵包围了，不过还好，他很快就从里面走了出来。(词源学家认为，如果你想要了解更多的话，辛恩是由"沙子"④一词引申而来的，不过米尔福德镇的居民显然更明白这个词的意思。在镇子后面那片矮小的草坪上房屋修建以前，这条小路和高街上的情人路是相通的。)在这条不算宽敞的街道上，住着两个整日针锋相对的敌人，他们是马车出租行和现代化的汽车修理厂。马车出租行说，现代汽车修理厂让他的马受惊了。汽车修理厂说，马车行因为运送草料而将本就狭窄的巷子堵塞了。除此以外，修理厂的老板比尔·伯洛和斯坦利·彼得斯，曾经分别是皇家工兵团和皇家通信兵团的士兵，而出租行的老板老马特·埃利斯曾经是国王骑兵卫队的成员，他觉得比尔·伯洛和斯坦利·彼得斯是专门来破坏骑兵队名声的，是和文明背道而驰的。

冬天打猎时，罗伯特耳边充斥的一直是骑兵队的埋怨，而一年中余下的日子里，在他的车需要保养时，便可以听到皇家通信兵团的抱怨。现在，那个从前的通信兵团的士兵想要知道诽谤和诋毁在法律上有什么分别，破坏名誉罪是由哪些因素构成的。如果说一个人"像拿着锡罐的补锅匠一样不知道坚果和橡树果有什么区别"，这算不算破坏名誉罪？

罗伯特一边急匆匆地回答，一边发动汽车，"我不知道，斯坦⑤，我需要仔细考虑一下。"他等一个载着两个胖小孩和一个马车的出租车结束游览，就发动汽车上了高街。

顺着高街往南走，商店越来越少，大部分都是大门对着人行道的民用住宅。再往下走，房屋渐渐往后退，大门和人行道之间出现一道走廊。接着往下走，眼前会出现一片别墅区，前面是一片绿草茵茵的庭院，后面是一排整齐的房屋。最后，房屋不见了，只看得到绿油油的田野和广阔的乡村。

这是一个以农业种植为主的乡村，到处是田地和村舍。这里经济比较发达，可是却很安静。在这里走上数英里，都很难碰到一个人。自从玫瑰战争爆发以后，这里就一片宁静，千年不变，到处都是树篱围着的田地，海空一线，浑然一体。只有一根一根直立的电线杆代表着时代的交替。

地平线的另一头是拉伯洛路。这条路上到处都是自行车、锡钉、科安牌越橘酱、便携式武器，污渍斑斑的红砖间随处可见动荡不安的灵魂，一代又一代地向绿草和大地发出呐喊。可是在米尔福德，居民们不会贪心不足，不会既想要绿草茵茵，又想要保留茶社，所以拉伯洛的美只被保留在西边的山地和海边，北边和东边则相对宁静得多，就好像室外酒吧一样，一个人都没有。这里是简单而无趣的，所以也是被人痛恨的。

离拉伯洛路两英里远的地方，有一幢名叫法兰柴思的大房子，路边很不和谐地树立着一个电话亭。摄政时代的最后几天，有人将这块土地买了下来，在中间建了一幢白色的小房子，然后在周围砌起高高的围墙。在房子正面的围墙上，面向马路开了一个和围墙一样高的双开大门。这幢房子是独立的，和周围的乡村没有建立起联系的通道。房子后面也没有农舍，没有边门，就连通向周围田地的通道都没有。马厩在房子的后面，和当时的风格是一样的，可是却在墙的里面。这个地方和周围的一切都那么不和谐，完全遗世而独立，就像一个被丢弃的儿时玩具一样，从此不再得到主人的青睐。从罗伯特懂事的时候起，这栋房子里面就住着一个老年的男人，或许是有好几个老年男人，也或者是同一个人。可是自从法兰柴思的人们全部将拉伯洛那边的汉姆格林村作为购物中心开始，就没有人再在米尔福德镇见过他们。一直到后来，玛丽恩·夏普和她的母亲在米尔福德购物后，人们才知道法兰柴思被这对母女继承了。

罗伯特想象她们在这里住了多长时间，三年？四年？

关于她们没有融入到米尔福德镇的社交圈子里的原因，人们倒不觉得惊讶。就拿老沃伦夫人来说吧，25年前，她买下了高街尾处那幢有榆树围绕的别墅中的最后一幢，希望住在海边更有利于调养她患有风湿病的身体。可是一直到现在，人们依然习惯于称呼她"那个韦茅斯来的女士"。

更何况，夏普母女也许根本不想和他人有什么交集，她们好像非常甘愿生活在自我世界里。罗伯特曾经在高尔夫球场见过夏普家母女一两次，当时她们正在和波思维克医生打球。她可以像个男人一样打出一记长球，也可以像专业运动员一样潇洒地运用她那浅棕色的纤细手腕，而这些就是她给罗伯特留下的全部印象。

他将车开进高耸的双扇铁门时，发现已经有两辆车停在那里。他眼前的那辆车只需要一眼就可以记住，特意低调、保养良好、谦恭有加。罗伯特从车里走出来时，脑子里还在飞速思索着，到底哪个国家还会有如此安静柔和的警察。

接下来，他将目光投向离他较远的那辆车，那是地方警员哈勒姆的车。在高尔夫球场上，这位警员总是很镇定。

警车里坐着3个人，分别是司机、一位中年女人、一个小孩子或者说是一个小姑娘。司机和蔼且毫不在意地看了一眼罗伯特，可是那双眼睛带有警员特有的敏锐，之后他又看向了别处。不过后座上的人，罗伯特却看不清楚。

那两扇高大的铁门一直没有开，实际上在罗伯特的印象中，它好像从来没有打开过。怀着一颗强烈的好奇心，他推开了其中的一扇门。铁门上有镂空的图案，可是维多利亚时代崇尚隐蔽，所以从马路这边看过去时，铁门内侧的铁片将原来的空隙都填满了，从外面根本看不到什么。高高的围墙也是一道坚固的屏障，将里面包裹得严严实实。所以，除了从很远的地方可以看到屋顶和暴露在外的烟囱以外，外人根本就没有见过法兰柴思的其他部分。

他看过第一眼后的感觉就是也不过如此，原因并不是它没有那个时代的强烈特点，而是因为它太丑了。也许是因为建的时候已经是那个时代的最后几年，所以它并没有突显出那个时代的端庄，又或者是因为当时建造的工匠根本就不是一个合格的建筑师。建造者似乎对那个时代的特征很了解，可是却又没有完全吃透，每个地方都有问题。譬如窗户的尺寸有半英尺左右的偏差，而且也没在正确的位置上。门廊的宽度和楼梯的高度都不合乎标准。最后的结果就是房子完全失去了那个时代特有的标志，就像一个人在怒发冲冠一样。罗伯特走过庭院，来到大门中央，忽然觉得这幢房子就像是一条沉睡了很长时间又突然被陌生人打扰的狗一样，它懒洋洋地站起身，不知道该吠叫。还是应该主动袭击。这房子会用自己特有的表情问你，你来这里干什么？

他还没来得及按门铃，门就从里面打开了。开门的正是玛丽恩·夏普本人。

"我看到你来了。"说着，她伸出手，把他让进了屋。"我不想让你按门铃，这样会吵到我正在休息的母亲，我不想惊扰到她，希望在她醒来前可以完美解决此事。你可以如约而至，我万分感激。"

罗伯特小声嘀咕了几句，而且注意到了她的眼睛，原本他以为她会拥有吉卜赛人的棕色眼睛，而实际上她的眼睛是灰褐色的。罗伯特进入室内，将帽子放在一个柜子上，发现脚下的地毯已经破损了。

"警察就在里面。"说着，她推开一扇门，请他进入客厅。罗伯特本来想和她私底下先交谈一下，了解一下事情的大概，可是现在看来好像来不及了。很明显，她也没有这个想法。

哈勒姆坐在有圆珠子装饰的椅子的一角，看上去就像温顺的绵羊一样。窗边有一把漂亮的赫伯怀特椅子，上面坐着一个来自苏格兰场的年轻人，他身穿得体的西装，自然随性。

他们站起身来欢迎来访的人，哈勒姆和罗伯特互相打了个招呼。

"这么说，你和哈勒姆警员认识？"玛丽恩·夏普说，"还有一位是来自于总部的格兰特探长。"

罗伯特听到了总部这个词，觉得很迷惑。她是以前和警方有过交集，还是单纯对苏格兰场不喜欢呢？

格兰特和他友好地握了握手，然后说道：

"非常欢迎你的到来，布莱尔先生。不仅仅是为夏普小姐，同时也是为我自己。"

"你自己？"

"如果夏普小姐不给我提供丝毫帮助，我的案件是不可能有进展的。就算这种帮助不是出于法律上的，而只是出于友情。当然，有法律上的帮助更好。"

"我了解，你为什么控告她？"

"我们并没有控告她……"格兰特刚开口，玛丽恩就将他打断了。

"我被他们控告绑架并且还打了人。"

"打人？"罗伯特惊讶地说道。

"是的！"她说，语气中带着强硬，"将她打得面目全非。"

"她？"

"一个女孩，她现在就在大门外的车里。"

"我想我们应该从头开始了解。"罗伯特说边攥紧了拳头。

"或许由我来讲比较合适。"格兰特放缓了语气，慢慢地说。

"是的！"夏普小姐说，"您请说，再怎么说这也是你的故事。"

罗伯特不知道格兰特是否听出了她语气里明显的讽刺，可是他还是很迷惑，虽然她已经对他这样冷嘲热讽了，可是她依然让这位苏格兰警员坐在她最好的椅子上。在电话里她显得非常急切，而不是像现在这样一副无所谓的态度。或者是因为有人站在她这一边，让她底气变得足起来，又或者是她重新打起了精神。

"就在复活节之前，"格兰特用警察特有的腔调开始说道，"和自己的监护人住在一起的埃尔斯伯瑞附近的女孩伊丽莎白·肯恩，到她的姑姑那里去度假，她的姑姑是嫁到拉伯洛郊区曼希尔去的。她坐大巴前去，因为从伦敦开往拉伯洛的大巴会在埃尔斯伯瑞停靠，之后再途经曼希尔，最后到达终点站拉伯洛，所以她可以在曼希尔下车，然后步行几分钟到姑姑家里。如果选择坐火车前去的话，她就必须先到达拉伯洛，然后再返回来。一个星期以后，她的监护人——韦恩夫妇，收到一张她寄来的明信片，告诉他们，她一切都好，非常快乐，希望可以再多玩两天。他们觉得伊丽莎白是想在那里度过余下的三个星期的假期，就没有再多过问。可是，三个星期以后，伊丽莎白并没有在学校开学前一天回家，他们也认为她只是一时玩兴大发，不想回家，于是写信给她的姑姑，请她将女孩送回家。可是她的姑姑却告诉这对夫妇说，伊丽莎白早在两个星期以前就已经坐车回埃尔斯伯瑞了。这个回信是通过邮局投递的方式递送的，并不是通过电话或电报这样快捷的方式，所以一个星期以后，韦恩夫妇才知道这个消息。因此当他们到当地警局报案时，女孩已经失踪近四个星期了。警方马上按照惯例进行侦查，可是还没有等到案件有丝毫进展，女孩自己回来了。她回到位于埃尔斯伯瑞附近的家，穿着一条连衣裙和一双鞋，看起来像是经过长途跋涉，非常累的样子。"

"那个女孩今年多少岁了？"罗伯特问道。

"15岁，马上16岁了。"他稍作停顿了一下，看罗伯特是否要询问其他问题，之后再继续自己的陈述。（对于探长的这种细心，罗伯特非常感激，他觉得这种态度和大门外所停的不显眼的警车真是太匹配了。）探长继续他的讲述，"她声称她被'绑架'到了一辆车里，这是这两天她唯一透露出来的讯息。她陷入了一种不太清醒的状态，等她昏睡了将近48个小时后，他们才开始对事情的整个经过有个大致的了解。"

"他们是指？"

"韦恩夫妇。警察也非常想要知道这些讯息，可是一提到警察她就变得狂躁不安，因此警方只能从她父母的嘴里知道这些消息。她说当她在曼希尔的十字路口等大巴回家时，一辆车在她身边停下了，车上坐着两个女人，开车那个年纪稍轻一些，她问女孩是否在等车，并且好心地说可以顺带捎她一程。"

"女孩是一个人吗？"

"是的。"

"为什么没有人送她回家？"

"她的姑父在上班，姑姑则被别人请去给一个受洗的婴儿当教母。"探长说到这里又停顿了一下，以给罗伯特留下提问的时间。之后他又继续说道，"女孩说她在等开往伦敦的大巴，那两个女人跟她说那班车今天已经出发了。因为女孩是掐着点到达十字路口的，再加上她的手表时间不准，所以她也就相信了这两个女人的话。事实上，在那辆车还没有停在她旁边之前，她就已经有了这种担心，觉得那辆大巴可能已经开走了。她非常懊恼，因为当时已经快下午4点了，而且天公也不作美，开始下起渐渐沥沥的小雨，天色也越来越晚。那两个女人非常同情她，于是说先带她去个什么地方，具体什么地方，女孩已经忘记了。她们告诉她，她可以从那里乘坐半个小时后开往伦敦的另外一辆大巴。对于两个女人的帮助，她不胜感激，于是欣然同意了她们的提议，侧身进了她们的车，和年纪大的女人一起坐在后排座位上。"

这时，罗伯特的眼前出现了这样一幅画面，就是那个老女人身形笔直、威严的样子。他看了一眼玛丽恩·夏普，她看起来一副波澜不惊的样子，很显然这个故事她已经听过了。

"雨水打湿了车窗，坐在车里的人根本看不清外面的情景。她坐在车里和老女人讲述自己的遭遇，完全没在意车开到哪儿了。当她终于开始向外面打量时，天色已经全黑了，她觉得她们好像开了很长一段时间。她说了一些感谢她们的话，感谢她们好心带自己一程。这时那个在路上一直沉默的年轻女人开口了，说她们也只是顺路而已。年轻女人还说，女孩可以到她们家里喝杯热饮，然后她们再把她送到等车的地方。女孩犹豫了一下，可是年轻的女人说与其在雨中淋20分钟，还不如找一个舒适的地方休息一会儿，吃点东西。女孩也觉得这个建议合情合理，于是便同意了。年轻女人下了车，打开一扇通往车道大门的门，然后将车子开到一栋房子前。可是当时天已经很晚了，女孩没办法看清楚房子的样子，然后她又到了一间宽大的厨房……"

"厨房？"罗伯特高声说道。

"是的，一间厨房。年纪大的女人在炉子上热着冷咖啡，年轻女人则在一旁准备三明治。女孩说，'三明治就是只用一片吐司做成的三明治'。"

"只是将各种东西糅合到一起而已。"

"确实如此。她们边吃边喝，年轻的女人说，她们现在正缺少一名女仆，希望她可以留下为她们工作一段时间，她说不愿意。于是她们不停地劝说她，而女孩也一直坚持说自己不愿意从事这份工作。这时，她们两人表情变了，然后又进一步劝说女孩，至少她应该去楼上看看她们专门为她准备的房间。她就像被下了迷药一样，只能任由她们摆布。女孩记得走的第一段台阶是铺着地毯的，后面的台阶是硬邦邦的。她还记得她醒来的时候已经是早晨了，她发现自己躺在一个有滑轮的床上，身处一间什么都没有的小阁楼里。她身上只穿着衬衣和衬裙，其他衣服都不见了。门是从外面锁着的，圆形的小窗户也是被锁着的，总之……"

"圆形小窗户！"罗伯特又重复了一遍，语气中带着惶恐。

回答他的是玛丽恩，"是的。"她用一种耐人寻味的语气说，"这是一扇位于楼顶的圆形窗户。"

罗伯特长时间站立在前门处，总觉得屋顶上的圆形窗户位置很怪异，可是他现在不适合发表自己的见解。格兰特又绅士般地停顿了一下，陈述才接着进行下去。

"没过多久，那个年轻女人出现了，手上还端着一碗粥。女孩没接，并要求她们将她的衣服还给她，并放她离开。那女人只说了句饿到极点了自然会吃，就独自离开了。一直到夜幕降临，那女人才重新出现在女孩面前。这次她端着一个托盘，里面放着茶和新鲜蛋糕，又再次劝说她接受女仆的工作，女孩再次拒绝了。据女孩所说，接下来的很长一段时间里，两个女人不停地采取各种方式劝说她，有要挟，也有利诱。后来，女孩决定自己逃出去，她想从那个小圆窗户爬到有围墙的屋顶上，然后再请过路的行人或商家帮忙，帮助她逃出去。可是，她手边只有一把椅子可用。在她刚把玻璃砸出一个洞时，年轻的女人就出现了。愤怒不已的女人从女孩手中抢走了那把椅子，并用它殴打了女孩，一直到自己累得直不起腰来。然后，她就带着椅子离开了，女孩以为她们对她的处罚宣告结束了。可是没过多长时间，那女人又折了回来，手里还拿着一根类似于皮鞭的东西，并开始用这个东西殴打她，直到女孩疼晕了过去。第二天，年纪大的女人抱来一堆床单被罩，说如果她不想工作，可以先做点针线活儿，要不然就别想吃饭。可是女孩对针线活一窍不通，所以她也没得到东西吃。一天过去了，女孩被威胁说如果还不做，将会被毒打，于是女孩勉强补了几条床单，得到一点炖菜作为晚餐。这样的状况延续了好几天，而且如果她补得不好或者速度太慢，她又会遭到殴打或是没有东西吃。有一天傍晚，年老的那个女人给她送来了饭菜，离开时忘记锁门了。女孩想逃，可是很害怕，生怕那是一个圈套，可是按捺不住想要逃的欲望，她还是打开了门。外面一点响动都没有，她沿着没有地毯的台阶跑了很远一段路，然后又经过转角跑了一段楼梯，之后来到一楼的楼梯平台。现在她终于听到了那两个女人在厨房里说着什么，她偷偷地下了最后一级楼梯，跑向大门。大门也是敞开的，她不顾一切冲向了黑夜。"

"只穿着衬衣衬裙？"罗伯特惊讶地问道。

"不好意思，我刚忘记说了，她已经换上了连衣裙。阁楼里没有暖气，如果她还是光穿着衬衣衬裙的话，可能她早就被冻死了。"

"如果她真的是在阁楼上的话。"罗伯特发出疑问道。

"是的，就像你所说，如果她确实在阁楼上的话。"探长也同意罗伯特发出的疑问，可是他并没有像之前一样停顿，而是接着说道，"以后发生的事情她已经不记得了。她说，她在黑暗中走了很长一段路，好像有一条大马路，没有车辆也没有行人。之后有一名卡车司机发现了她，并带她离开了。女孩非常累，上车便睡着了，直到到了车站才醒过来。卡车司机还跟她开玩笑说，她就像是一个没有灵魂的布娃娃。那时好像是晚上，司机说这就是她所说的要到达的地方，将她放下以后便离开了。没过多久，她才看清楚站牌，那里离她家不到两英里的路程。她听到某个地方的钟敲了11下，然后她便回家了。"

①摄政时期：1811年至1820年间，乔治三世被认为不适合统治，而他的儿子，也就是后来的乔治四世被任命为他的代理人作为摄政王的时期。广义的摄政时期是指1795年至1837年，这一时期的政治和文化都表现得非同一般。

②安妮·博林：英格兰皇后，亨利八世的第二任妻子，伊丽莎白一世的母亲。也没有生养男性继承人，后来以通奸罪被斩首。

③惠斯勒，著名印象派画家，父亲是美国工程师，全家都曾经住在圣彼得堡。惠斯勒曾经就读于西点军校，之后却开始绘画。惠斯勒的画作不太注重轮廓和素描，而更强调色彩和音乐的效果，特别喜欢在画作命名前加上音乐的术语，例如《母亲的雕像》又称之为《灰色与黑色的交响曲》。

④辛恩街：英文名为Sinlane，"沙子"的英文是sand，Sin的意思是"原罪"。

⑤斯坦：是斯坦利的昵称。

第二章

接下来是一阵沉默。

"女孩现在就坐在大门外的车上？"罗伯特问。

"是的。"

"我相信你既然把她带到这儿来，肯定是有你的考虑的。"

"当然，女孩身体基本恢复以后，家人都希望她能将事情原原本本地告诉警方。她讲述时有速记员现场记录，然后再用打字机打印出来，让女孩看过签字确认。那份讲述中有两点确实让警察眼前一亮，下面就是从中节选的一部分：

"'车开了一段路程以后，我们迎头撞上了一辆大巴车，大巴车的前车灯正好照着一个醒目的标志，米尔福德。不过，我根本不知道米尔福德在哪里，我从来都没有去过这个地方。'

"这是其中的一点，还有一点是：

"'从阁楼上的圆窗户往外看，我可以看到一道高高的围墙，墙的中间有一扇很大的铁门。墙外是一条马路，那里有电线杆。但是我看不到穿梭不息的车辆，因为围墙太高了，根本看不到车辆的顶端。从铁门那里也没办法看到外面，因为铁门没有丝毫缝隙，就算是有缝隙也被铁片堵住了。铁门内有一条车道，先是笔直往前，然后再分成两条路，形成一个圆圈围住整个屋子。没有花园，只有草坪。至于有没有灌木丛我就不记得了，只记得有小路和草。'"

说到这里，格兰特将刚才用于陈述的记事本收了起来。

"调查很详细，现在就我们所掌握的情况，在拉伯洛和米尔福德镇之间，只有法兰柴思这幢房子符合女孩的描述。更何况，法兰柴思的每一个细节，都和女孩的记忆是一致的。女孩今天看到高墙和铁门后，也确定自己就是被绑架到这里。不过，她对于铁门里面的情况还不甚清楚，我必须先让夏普小姐向我们解释一下事情的经过，并得到她的同意，看她是否愿意和女孩当面对质。她非常清醒地意识到必须有法律人员在场。"

"现在你终于明白了，为什么我那么急切想要得到你的帮助了吧？"玛丽恩·夏普将目光转向罗伯特，"你可以想象，比这还可笑的事情吗？"

"那女孩的故事显然是假象拼凑的，我明白现在家仆不好找，"罗伯特说，"可是有人会用这样胁迫性的手段留住一个仆人吗？更不用说像不给东西吃、殴打这样的行为了。"

"当然，一般人是不会这样做的。"格兰特对罗伯特的意见表示认可，眼睛一直看着罗伯特，根本无心想要将目光投向玛丽恩·夏普。"可是，请你相信，在我从事警员职业的第一年时间里，我就见到了很多不可思议的事情，人类的任性往往是没有底线的。"

"我知道，可是这种解释对于女孩来说也同样适用。更不用说，任性是由她先挑起的，是她失踪长达……"他带着疑问停顿了一下。

"1个月。"格兰特回答道。

"1个月，这么长的时间，而在这期间，法兰柴思的生活作息规律似乎一点变化也没有。除此以外，夏普小姐难道不能提供事发当天不在现场的证据吗？"

"不能！"玛丽恩·夏普说，"据探长所说，那天是3月28日，离现在已经过去很久了，而且这里的生活几乎一成不变，我怎么可能记得那一天发生过什么事情，我想其他人也不一定记得。"

"你们的女仆呢？"罗伯特提醒道，"仆人不是一向对于家庭生活的纪录很到位吗？"

"我们没有女仆，"她说，"这里很难将女仆留下来，这里的位置实在太偏远了。"

事情似乎走进了一个僵局，罗伯特开始岔开话题，试图打破这个僵局。

"对了，女孩叫什么名字我还不知道呢？"

"她叫伊丽莎白·肯恩，大家习惯于称呼她贝蒂·肯恩。"

"哦，对，你好像跟我说过，很对不起。我们能不能对这个女孩的情况做进一步的了解？我想警方之所以相信她的故事，肯定之前也取过证，比方说，为什么她是由监护人抚养长大，而不是由她的父母？"

"她很小的时候就被带到了埃尔斯伯瑞地区，大概一年以后，她的父母在同一时间离世了，韦恩夫妇收养了她。韦恩夫妇有一个比她大四岁的儿子，一直希望有个女儿，而且对她也非常喜欢，于是他们生活在了一起。她将他们当作父母看待，因为对于亲生父母，她实在是没有多少印象了。"

"我听懂了，那么有关于她本人，有什么记录吗？"

"她一向表现良好，不管从哪个方面来说，她都是一个内向腼腆的女孩。在学校虽然成绩一般，不过也还算可以。无论是校内还是校外，都一直本本分分，老师给她下的评语是'诚实可信'。"

"她消失四周后回到家时，身上是不是有明显的被打过的痕迹？"

"是的，当然有。韦恩家的家庭医生第二天一早就给她做了全身检查，而且说她遭受过非常严重的虐待。实际上，她后来向我们讲述事情的经过时，身上很多被打过的痕迹依然十分明显。"

"她曾经得过癫痫病吗？"

"没有，我们在讯问之前就确认过。我可以非常肯定地说，韦恩夫妇非常理智。虽然他们难过得无以复加，可是他们没有过分夸大事实，或者让女孩成为话题的中心。他们在处理这件事情时表现出来的态度非常令人敬佩。"

"我想，我现在必须要做的，就是以同样理智的态度，来结束此次调查。"玛丽恩·夏普说道。

"夏普小姐，请您设身处地想一下，女孩不仅对扣押她的房子的特点描述得十分准确，而且对住在房子里的两个人的描述也是相当精确。'一个身材瘦瘦的年老的女人，花白头发，不戴帽子，穿着黑色的衣服；另外一个年纪轻一点的女人高高瘦瘦的，皮肤像吉卜赛人一样黝黑，没有戴帽子，脖子上还围着一条颜色非常鲜艳的丝巾。'"

"是的，你说的我无法辩驳，而且对于您的处境我也表示非常理解。现在，我想我们最好让那个女孩进来，在这之前，我想说……"

这时，门"吱哑"一声从里面开了，夏普太太站在卧室门口。因为她是趴在枕头上睡的，两侧的头发都睡得翘了起来，让她看起来和一个女巫没什么分别。

她关上门走过来，用一种仇视的眼光注视着眼前的一切。

"哈！"她说，声音低沉得像母鸡的叫声，"3个陌生男人！"

"我来给您介绍，母亲。"玛丽恩说道，与此同时，3个男人都纷纷站了起来。

"这边这位是布莱尔先生，就是布莱尔·海沃德·本尼特律师事务所的布莱尔，他们事务所就位于高街顶端那幢非常高级的建筑物里。"

罗伯特弯腰向老太太行礼时，她用那双老鹰般犀利的眼睛一动不动地盯着他。

"你们那的屋顶要重新盖瓦了。"她说。

事实确实是这样，可是这绝对不是他所预想中的与人打招呼的方式。

不过，他稍感欣慰的是她和格兰特之间打招呼的方式更加耐人寻味。对于苏格兰场的探长在这样一个春暖花开的午后出现在她家客厅里，她似乎并没有表现出太多的惊讶。她只是用沙哑的声音说道："你好像不太适合坐在那把椅子上，你太重了。"

当女儿跟她说另一位是地方警员时，她只是看了对方一眼就把眼光移开了，显然是一点兴趣也没有。从哈勒姆的表情来看，好像他受到了多大打击似的。

格兰特用一种探询的眼光看向夏普小姐。

"让我来跟她解释吧！"她说，"母亲，这位探长想让我们见一下门外车上的女孩。据说她从埃尔斯伯瑞的家里消失了将近一个月时间，回家时她的情况糟糕透了。她对警员说她被两个女人扣留了，她们强迫她留下来做女仆。当她表示不愿意时，那两个人就将她关起来，还殴打她，不给她食物吃。她对警方详细描述了事发地点和当事人，而我和您，还有我们的房子就和她描述的一模一样。她说她就是被关在那个带有圆形窗户的阁楼里。"

"真是让人身临其境啊！"老太太说着，镇静地在一张仿古沙发上坐了下来，"那她有没有说我们是用什么殴打她的？"

"听说是鞭子。"

"我们有鞭子吗？"

"我们有一条用来牵狗用的绳索，必要时可以当成鞭子使用。可问题是这位探长想让我们和那个女孩见一面，看她是否会指认我们就是当初扣押她的人。"

"你有什么问题吗，夏普太太？"格兰特问道。

"没有任何问题,相反,我急切地想要见到这个女孩子。我可以向你保证,并不是每个下午你都可以见到这样一位老太太,睡觉前是一个反应迟钝的老妇人,睡醒后就变成一个精力充沛的怪物。"

"那么,对不起,我要离开一下,去带……"

哈勒姆向格兰特打了个手势,意思是请他将女孩领进来,可是格兰特却轻轻摇了摇了头,看来他是希望在女孩进入这个房屋时,自己也在现场。

探长走出客厅,玛丽恩·夏普开始给自己的母亲解释布莱尔在现场的原因。"让他在这么短的时间内赶过来,真是太难为他了,我非常感谢他!"最后她这样总结道。可是罗伯特依然觉得有一道锐利的视线朝自己射过来。他脑海中闪过这样一个念头,那就是夏普太太在一个星期之内的任何一天,在一天中的任何时候,都可以轻易放倒七个不同的人。

"我对你表示非常同情,布莱尔先生?"她说话的语气显得有得生硬。

"为什么会这样说,夏普太太?"

"我觉得要你代理布罗德莫①的案件,已经超出你的能力范围了。"

"布罗德莫!"

"就是那个精神不正常的罪犯。"

"我觉得代理这类案件可以挑战自我。"罗伯特一点也不示弱,不想让她继续在言语上占据主动权。

他的这种表现似乎赢得了她赞许的目光,夏普太太的嘴角露出一丝隐秘的微笑。罗伯特对她态度的忽然转变感到非常惊讶,可是即便是这样,她也没有在言语上有丝毫的转变。她用低沉的声音尖锐地说道:"是的,我想在米尔福德镇,可以引起人们关注的事情很多,而且都平淡无奇。我女儿没办法,只好在高尔夫球场去和一颗用古塔胶②做的……"

"母亲,现在古塔胶早就被淘汰了。"她女儿闻声说道。

"不过,很不幸的是,对于我这把年纪的人来说,米尔福德真的没有什么可供娱乐的事,包括这种案件在内。于是我只好使劲地锄草,将杂草全部处理掉,这是一种合理的虐待行为,和淹死跳蚤是一个道理。你肯定也淹死过跳蚤吧,布莱尔先生?"

"不,我采取的方法是把它们掐死,可是我的一个妹妹却老是用肥皂把它们压死。"布莱尔说。

"肥皂?"听到这个词,夏普太太似乎兴味十足。

"她用肥皂软的那一面使劲拍打,就把那些跳蚤粘到上面了。"

"真是太好玩了,我还是第一次听说这种方法呢,我想下次我也可以尝试一下。"

这时,他听到玛丽恩在安抚被冷落在一旁的警探,"你的球打得真是太好了,警员先生。"

他此时最深刻的感觉就是梦快要醒了,这些讨论也终将结束,结果是什么已经无所谓,因为你马上就要面对现实。

这是会误导他人的,因为随着格兰特探长的返回,现实也紧跟着到来。首先进来的是格兰特,这样他就可以将屋内所有人的表情尽收眼底,之后,他扶着门,将一位女警和一个女孩子让了进来。

玛丽恩·夏普缓缓站了起来,似乎已经打定主意要面对各种可能,而她母亲则像个旁听者一样依然安稳地坐在椅子上面,后背挺得笔直,双手放在大腿上。虽然她的头发有点凌乱,可是这丝毫不损伤她作为女主人的威严。

那个女孩身穿着学生制服,脚上穿着一双略显稚气的低跟黑色制服鞋,她比布莱尔预想中的年纪还要小。她个子矮矮的,长得也一般,可是她身上有一股无形的感染力。她那心形的脸庞上有一双深蓝色的眼睛,并且两眼分得很开。头发是鼠棕色的,额头处的头发恰到好处地形成一道优美的弧线。两腮处各有一个浅浅的酒窝,脸像个洋娃娃一样显得特别可爱。她的下唇很厚实,樱桃小嘴,耳朵也很小,和头挨得很近。

总的来说,这是一个平常得不能再平常的女孩子,不会在第一时间引起人们的注意,不管在什么场合都不会成为人们关注的焦点。罗伯特在心里默默地想,如果她换上别的衣服,会是什么样子呢?

女孩的目光从夏普太太身上转向玛丽恩，眼神中看不出来任何波澜，好像周围的一切都和她无关一样。

"是的，就是这两个女人。"她坚定地说道。

"你确定就是这两个人？"格兰特问道，之后又说，"你要明白，这项指控非常严重。"

"我很确定，我为什么不能确定呢？"

"就是这两个女人把你关押起来，还拿走你的衣服，强制你补床单，还抽打你？"

"真是个令人叫绝的说谎者。"夏普太太说，那种语气就好像在说，"这幅画面太不同寻常了。"

"是的，就是她们。"

"你说我们带你到厨房，还请你喝了咖啡。"玛丽恩说。

"是的。"

"你能将厨房仔细描述一下吗？"

"我没有太在意。厨房面积很大，地上铺的是石板。嗯，我再想想，还有一排铃铛。"

"炉子什么样？"

"我没有注意那个炉子，不过我记得年纪大的那个女人用来热咖啡的那个搪瓷锅是青白色的，边缘是深蓝色的，底部边上有很多刮伤。"

"我觉得英格兰所有人家的厨房都有那样一个锅。"玛丽恩说道，"我们家就有3个这样的锅。"

"这女孩还是处女吗？"夏普太太问，语气平静无奇，就像在问，"这是香奈尔的吗？"

在大家惊讶的目光中，罗伯特注意到了哈勒姆脸上愤怒的表情，女孩顿时满脸通红。罗伯特觉得女儿肯定会大叫，"哦，母亲！"他猜想女儿之所以保持沉默是表示认可，抑或是因为一直和夏普太太生活在一起，她已经见怪不怪了。

格兰特异常冷淡地说："这和案件本身没有任何关系。"

"你是这么觉得的吗？"年纪大的女人说，"如果我走失一个月，我母亲要问的第一个问题肯定也是这个。好吧，现在这女孩已经明确指认我们了，你打算怎么处置我们，拘留我们吗？"

"哦，不，在采取措施之前，我们还有很多问题要解决。我必须带肯恩小姐到楼上厨房和阁楼里，请她进一步确认。如果确实没有问题，我会将案件原委呈报给领导，由领导开会决定下一步应该采取什么措施。"

"我明白了。真是令人敬佩的步骤，探长。"她缓缓立起身，"那么，如果你没有意见，我想回去继续补我的午觉了。"

"可是，肯恩小姐指认现场时，您不想第一时间……"格兰特闻言情不自禁地说道，一贯冷静的他第一次失控了。

"哦，亲爱的，还是不了。"她的眉头微微皱了一下，将身上的黑色长外衣弄平，"虽然人们已经可以将肉眼看不到的原子分裂，"她略显焦躁地说道，"可是，一直到现在还没有人可以制造出不会起皱的布料，我丝毫不怀疑。"她接着说，"肯恩小姐一定会准确指认出那间阁楼的，如果她不能指认出来，我才觉得诧异呢！"

她开始走向门口，对着女孩所在的方向。女孩的眼里第一次迸出某种微妙的神情，她戒备性地往前跨了一步。夏普夫人丝毫没有意，仍然继续一步一步地往前走，来到离女孩只有一码远的地方，她们面对面站立着。夏普夫人紧紧盯着女孩的脸，整整5秒钟都没有移开过。

"对于因为殴打才被联系在一起的两个人，我想我们给彼此的印象都不好。"她最后又说道，"我希望在这个案件结束以前，我可以更深入地了解你，肯恩小姐。"她转向罗伯特，给他鞠了一躬，然后说，"再见，布莱尔先生，我希望你还会觉得我们有挑战性。"之后，她没有对在场其他的人多说什么，甚至看都没有看一眼，就昂首阔步走出了哈勒姆为她打开的大门。

她离开后，客厅里马上安静了下来，罗伯特非常不情愿地承认，自己真的对她是打心眼里敬佩,对于这种性格强势的女人,他非常有兴趣。

"夏普小姐,肯恩小姐想看看房子的其他部分,你没有不同意见吧?"格兰特问。

"当然没有。不过在这之前,我想将你把肯恩小姐带进来之前所没有说完的话补充完整,我也很高兴肯恩小姐可以亲耳听到。是这样,据我了解,我原来从来没有见过这个女孩,也没有开车带过她,我,还有我的母亲也从来没有带她进过这幢房子,更别提扣留她了。我希望你们可以了解到这一点。"

"非常了解,夏普小姐。你的意思就是,对于肯恩小姐的指控,你完全否认是吧?"

"是的,我完全1863否认。现在,你要过来看看厨房吗?"

①布罗德默:英国专门收容精神失常且具有攻击性的危险病人的精神病院,建于1863年。
②古塔胶:一种天然橡胶。主要是由马来亚半岛、印度尼西亚等热带地区产的山榄科植物的树皮和树叶中的胶乳制成的。我国的杜仲树也含有此橡胶。

第三章

格兰特和女孩、罗伯特一起,在玛丽恩·夏普的带领下,一起去查看房子。哈勒姆和女警则在客厅等着。女孩看到了厨房,然后他们一起来到二楼的拐角处,这时罗伯特发问了:"肯恩小姐说第二段楼梯上好像盖着什么很坚硬的东西,可是地毯却一直铺到这里。"

"地毯只铺到楼梯拐角的地方。"玛丽恩说,"这是维多利亚一直以来的节约风格,只铺一部分,在拐角处铺的是粗毛毡。现如今,如果你不是那么有钱,你完全可以买一些劣质的地毯从楼下一直铺上来。可是当时的社会风气是非常在乎他人的意见和看法,所以这奢侈的东西只能铺在人们一眼能看到的地方,再往上就没有了。"

对于第三段楼梯,女孩的描述也非常准确,通向阁楼的台阶确实没有铺任何东西。

现在到了最紧张的时刻,也就是阁楼,那个既矮又逼仄的空间。天花板很不协调地向三个方向歪斜,和外面的石瓦屋顶连接到一起,只有一束光线从向前开的圆窗户照射进来。石瓦从窗户下面一直绵延到矮小的白色城墙处,那里的窗户被分割成四个部分,每个部分都伤痕累累。好像它从来没有被打开过。

阁楼里什么陈设都没有,罗伯特想,这样布置,应该是为了方便放一些杂物吧。

"我们刚到这里时,这里是有东西摆放的。"玛丽恩说,像是在解答罗伯特的疑问一样,"但后来我们发现很多时候,我们都必须亲自打扫这里,所以后来干脆将东西全部扔掉了。"

格兰特用探询的眼光看向那个女孩。

"那个角落里本来是有张床的。"她说着用手指向离窗户很远的位置。"床旁边还有个五斗柜,后面有三个空箱子,两个手提的,一个大衣箱。对了,还有一把椅子,可是当我想用它撬开窗户以后,这把椅子就被她搬走了。"提到玛丽恩时,她面色平静,就好像这个人根本不在现场一样,"那里就是我曾经想要打开窗户的地方。"

对于罗伯特来说,窗户上的痕迹一看就是很早以前就有了的,可是那上面确实有被撬过的痕迹。

格兰特从房间的正门口走到最远的那个角落,蹲下身子仔细察看一无所有的地板,可是其实根本不需要仔细看。就算是从他现在站的位置看过去,也可以清楚地看到地上有之前放床的位置留下的脚轮的痕迹。

"原来这里有张床。"玛丽恩说,"我们扔掉的家具中,有一件就是这张床。"

"对于那张床,你们是怎么处置的?"

"我想想啊!哦,对了,我们将它给了斯塔普农庄牧场放牛人的妻子。他们的大儿子长大成人了，不能再和其他孩子住在同一间卧室里了，于是他们准备让他住在阁楼里。我们买乳制品一般都是从斯塔普农庄那买的。从你所在的位置虽然看不到农庄，可是它其实离我们很近。"

"你的备用衣箱在哪里，夏普小姐？你还有其他的收纳室吗？"

这么长时间以来，玛丽恩的脸上第一次出现犹疑的表情。"我们确实有一个大的平顶衣箱，那是我母亲放置物品的地方。我们继承法兰柴思时，我母亲现在居住的卧室里面有个昂贵的衣柜，我们将它卖掉，换成了平顶衣箱，上面还有一块印花的棉布，而我自己的箱子则放置在二楼楼梯拐角处的橱柜里。"

"肯恩小姐，对于那些箱子的样子，你是否还有印象？"

"当然，一个皮箱是棕色的，边角有保护套；另外一个是美式的，上面放有一块帆布。"

她的描述相当到位。

格兰特又仔细巡视了一下房间，研究着从窗户往外看的视线，之后转身走了。

"我们可以去看看橱柜里的箱子吗？"他问玛丽恩。

"当然没问题。"玛丽恩回答道，可是语气听起来有点不情愿。

下一层楼梯，到了拐角处，玛丽恩将橱柜门打开，自己往后退了一步，以便让探长审查。罗伯特向前走时，注意到女孩脸上闪现出一种得意的神情。那种表情出现在她略显稚嫩的、平静的脸上，让罗伯特不由得内心一震。那是一种原始的情绪表达，非常冷酷，而这种表情出现在一个监护人和教师一致认为严于律己的女学生脸上，更是让人大吃一惊。

橱柜里有几层格子，上面用常用的亚麻布盖着，下面整齐地摆放着四个箱子。其中两个比较大，一个是布艺的，一个是生牛皮的。其他两个一个是牛皮材质的，边上还有保护套，另一个是方形的，上面盖有多种颜色相间的粗条纹帆布。

"是这几个箱子吗？"格兰特问。

"是的，"女孩非常肯定地说，"就是那两个。"

"我不想让我的母亲再受惊扰了。"玛丽恩突然暴躁起来，"我母亲房间的衣箱的确很大，而且也是平顶的，可是那箱子三年以来都一直在那个地方，从来没有被挪动过位置。"

"很好，夏普小姐。如果没问题的话，我们就去车库吧。"

屋子后面本来是个马厩，后来被改成了车库。他们一行人来到这里，对停放在这里的一辆老式的灰色汽车进行仔细审视。格兰特读着笔录中女孩对其的描绘，一模一样。可是，布莱尔心里却在说，如今在英国街道上来来往往的车辆中，有不下一千辆车和这个描绘相吻合，这并不是很有说服力的证据。"'有一个轮子上的油漆和其他车轮有很大的不同，好像是后来特意加上去的。车子停在人行道上时，那个颜色不一样的轮子正好挨着我这边。'"格兰特将笔录念完了。

看到那个不一样的灰色前轮，四个人相对无言，事实确实如此。

"非常谢谢你的配合，夏普小姐，"格兰特说，同时将笔录放到一边，"对于你的积极配合，我万分感激。如果需要找你再询问有关事宜，我可以随时找到你吧？"

"当然，探长，我们近期不会出门的。"

虽然格兰特觉察出了她语气中的嘲讽，可是面部表情依然是愉悦的。

他把女孩交给女警，她们马上离开了。格兰特和哈勒姆紧跟着也走了，哈勒姆脸上呈现出的依然是一副打扰到了他人的抱歉态度。

玛丽恩送他们到大门口，让布莱尔一个人留了下来。等到她进来时，手里多了一个托盘，里面还有雪利酒和杯子。

"我就不请你共进晚餐了，"说着，她放下手里的托盘，开始往杯子里倒酒，"一方面是因为我们的晚餐过于粗糙，可能你会不习惯。你可能还不知道，你阿姨的晚餐在米尔福德是相当有名的，看，就连我都知道了。另一方面是因为，呢，就像我母亲说的，和布罗德莫医院相关的案件好像并不是你所擅长的范围。"

"对于这一点，我深感抱歉。"罗伯特说，"对于你来说，那个女孩的描述会给你带来非常不利的影响，这你也是明白的，当然我是指证词方面。对于你们家的物品陈设，她可以描述得一清二楚。如果她说的没错，那么她的描述于她就是大大有利的。相反，就算是有错误的地方，对你们也不一定是好事。从逻辑层面来说，可以认为你们丢弃了那些。比如，如果那些箱子不在原处，她可以说那些东西本来就在阁楼上，只是被你们转移了而已。"

"尽管她没有见过那些东西，可是她的描述确实惊人地精准。"

"你是说她对那个箱子的描绘吧。如果你们的箱子是一个整体的话，那么她正确的几率可能只有25%，可是不幸的是，你们刚巧有四个各不相同的箱子，那么她正确的几率就会提升不少。"

他喝了一口放在他身旁的雪利酒，吃惊地发现酒的味道出奇地好。

她腼腆地一笑，然后说，"我们一向很节约，可是从来不会在酒上节约。"他的脸红了一下，想必刚才他的吃惊表现得过于夸张了。

"可是，她是如何知道我们的车轮中，有一个颜色不一样呢？这个陷阱设计得太过巧妙了。还有，她是从哪里知道我、我母亲以及我们的房子的？我们的铁门一向都是关着的。即使她打开过铁门，我也不知道在那条安静的马路上，她曾经做过什么。不过就算她打开过铁门，她也不可能知道里面住着我母亲和我呀！"

"有没有可能她认识你们曾经请过的仆人或园丁？"

"我们从来没有雇佣过园丁，因为屋外只有一块草坪。而且有差不多一年的时间我们都没有请过女仆，只有一个农庄的女孩每星期固定来帮我们做一次粗活。"

听到她这样说，罗伯特表示很怜悯，这么大一所房子没有人帮忙打扫，真的是太不容易了。

"是的，可是有两件事情于我们是有利的。我并不擅长于做家务，可是自从有了自己的房子以后，我心甘情愿去完成这些事情。克洛尔老先生和我父亲是表亲，不过我们从来没有打过交道。我和母亲一直住在伦敦肯辛顿的一个小公寓里。"她的嘴角现出一丝嘲讽的笑容，"你没办法想象我的母亲有多么受邻居的热捧。"那丝笑容不见了，"我很小的时候，我的父亲就去世了。他是一个极度乐观主义者，坚信明天一定会发大财。直到有一天，他发现自己因为投资失败，连第二天的面包钱都没有了的时候，他选择了自尽，将一个烂摊子甩给了我母亲。"

罗伯特觉得或许正是因为这段经历，让夏普太太说话比较尖酸。

"我从来没有参加过职业训练，一直打各种短工，不过并不是家务一类的。对于家务一类的活我相当厌恶，我是在肯辛顿区做那种适合女性从事的工作，像灯罩店、花店、古玩店、旅游问询等。克洛尔老先生去世以后，我就到一家茶艺店上班，在那里整天就做两件事，喝咖啡、聊天。唉，那真的是太不容易了。"

"什么不容易？"

"你可以想象一下，我被一堆茶杯淹没在其中。"

被别人看透内心的真实想法，罗伯特非常不适应，琳姨妈就特别不会了解别人心中的想法，就算你挖空心思给她解释其中的缘由，她还是一副茫然的样子。这让他内心感到不安，可是很显然，对方并没有考虑到他内心的想法。

"我们才刚稳定下来，有了属于自己的家，这种事就找上了我们。"

自从她向他请求援助以来，罗伯特头一次发现自己是站在她那边的。"这都是因为一个小女孩需要不在事发现场的证明。"他说，"对于贝蒂·肯恩，我们必须多方面去了解这个人。"

"我可以向你透露一个消息，那就是她已经不是处女了。"

"这种结论的得出，是缘于一个女性的直观感受吗？"

"当然不是，我并不是一个很女性化的人，也没有什么所谓的直觉。可是我从来没有见过还有哪个处女，无论对方是男是女，有那种颜色的眼睛。眼睛的颜色是很暗的深蓝色，就好像海军蓝褪色过后的样子，我保证一定是这样。"

罗伯特大度地笑了笑，说到底，她还是一个相当女性化的人。

"你不要觉得这和你的律师逻辑不相符就不重视它，"她又强调了一遍，"不信你可以去向你周围的朋友打听。"

说到这里，他的脑海里不禁浮现出米尔福德镇丑闻的主角杰罗德·布伦特的身影。杰罗德也有一双很暗的蓝灰色眼睛，他在白鹿酒馆做服务员，亚瑟·沃利斯也是，他每个星期都要支付三种罚款。还有，这个令人讨厌的女人，她有什么资格说这种总结性的话，可是听起来好像是那么回事。

"想象一下她在那个月里到底做了些什么事情，这还是有点意思的。"玛丽恩说，"当我听说有人将她暴打了一顿时，我真是太高兴了。这充分说明这个世界上还有一个人对她是真正了解的。我希望有一天我可以见到那个人，并向他示好。"

"你说谁？"

"可以具备那样真知灼见的人肯定是'他'。"

"好吧，"罗伯特打算走了，"对于格兰特将这个呈交给法院，我表示深刻怀疑。现阶段只有女孩一个人对你们的指认，根本没有任何证据。她的描述虽然直指你们，也很详尽，可是却没有人证、物证。对她不利的是，这故事本身有很大的荒谬性，我不觉得她可以得到陪审团的认可。"

"可是现在事情已经发生了，不论是否会转交给法院，都不会只躺在苏格兰场的文件夹里。这种事情早晚会公之于众的，如果不早点真相大白，我们会寝食难安的。"

"哦，请相信我，事情的真相一定会重见天日的，我也会尽我所能。可是我想，现阶段我们只有等一等，看看警方下一步会怎么办，不管怎么说，他们比我们有更便捷的条件去弄清事情的本来面目。"

"对一名律师来说，这是对警方最大的褒奖。"

"相信我，真相有时或许就是一种原则，可是苏格兰场很久以前就发现了这项无形资产，它不会因为针对的对象是警方而缩水。"

"如果案子被呈递给法院，"她边说边走向大门口，"而且法院也判决了，那么我们的生活会发生什么改变？"

"我也不能肯定到底是两年徒刑还是七年劳役。我说过我对刑事程序并不是很熟悉，不过我会认真去查看一番的。"

"请一定要这样做，"她说，"这两者听起来有很大区别啊！"

对于她那种喜欢嘲讽人的习惯，他觉得自己并不是十分厌恶，特别是当有刑事案件发生的时候。

"再见，"她说，"你能来一趟我真是太高兴了，这让我心里放松了不少。"

罗伯特回想起来，自己差一点将这个案子推给了卡利，现在听到她这样说，他的脸一下子红了，然后，他朝大门口走去。

第四章

"亲爱的，你今天忙不忙？"琳姨妈一边问着，一边在她肥硕的大腿上铺上餐巾。

这话听起来是那么回事，可是却没有多大的实际价值，只不过是晚餐前的寒暄罢了。就好像她摆弄餐巾，或者用右脚不停鼓捣着为了弥补她腿太短的缺陷而不得已在桌下放着的脚凳。她并没有诚心期待他的回答，抑或说她问这句话是下意识的，根本没打算听到他的回复。

罗伯特越过桌子看向琳姨妈，觉得此时此刻的她比以前更加和蔼可亲。下午偶然去了一趟法兰柴思，回家看到琳姨妈让他觉得特别欣慰。他用一种从来没有过的眼光看向这个矮小的背影，短小的脖子支撑着她粉红的脸颊，还有用大发卡别起的铁灰色头发。琳达·本尼特的生活总共就包括这样几部分，分别是电影明星、教子、教义以及美食，她觉得这样的生活堪称精彩，让她乐享其中。

据罗伯特了解，她只对日报上的妇女专栏感兴趣（比如教孩子们将旧手套改造成胸花）。将罗伯特看过的报纸收起来时，她有时会停顿下来，瞄一眼大标题，之后再加上一番自己的评论。（"某人82天粒米未进"，哦，她真是太傻了。"巴哈马群岛发现了石油"，亲爱的，我有没有跟你说过，煤油价格又涨了一便士。）可是看上去，对于报纸上所报道的事件，她从来没有相信过。琳姨妈的世界就是以罗伯特·布莱尔为中心的方圆十英里的范围之内。

"你今天怎么回来得晚一些，亲爱的？"她看到罗伯特回来，一边问，一边煮她的汤。

从一直以来的习惯来看，罗伯特知道这句话和"亲爱的，你今天忙不忙"是一个意思。

"我到法兰柴思去了一趟，就是位于拉伯洛路上的那幢房子，她们需要向我咨询一些法律问题。"

"那些怪异的人？我怎么不知道，你还认识她们？"

"我也不认识她们，只是她们向我咨询一些法律问题。"

"但愿她们给你付报酬了，亲爱的。你知道，她们一贫如洗。那家的父亲原来是做进口花生生意的，后来因为醉酒死了，没有给她留下一分钱，她们真是太可怜了。夏普老太太在伦敦一幢公寓做管理员，她的女儿则四处打短工。就在她们差点要流离失所时，法兰柴思的老人死了。看来她们的运气还不赖！"

"琳姨妈，这些事你都是从哪里知道的？"

"这些可是千真万确，亲爱的，绝没有一句虚言。至于是谁告诉我的，我已经不记得了，我只隐约记得好像是在伦敦和她们住在同一条街道上的人，这可是最可靠的信息。你是知道我的，我从来不会道听途说。那幢房子怎么样？我经常会猜想房子里面到底是什么样子了？"

"一点都不好，甚至可以称得上是丑陋，可是她们有一些还比较上档次的家具。"

"那当然，那里的维护肯定比不上我们这里。"她说道，一边自豪地看着典雅的餐具架和墙边一排美丽的椅子，"牧师昨天还说，要不是因为这里更像一个平常居家的房子，别人还会觉得这里是展示大厅呢。"说到神职人员，她似乎突然想起来什么，"对了，以后对克里斯蒂娜，你能否更有耐心一点？我想她需要被救赎。"

"喂，琳姨妈，你是不是太空虚了呀！我正在担心这个呢！今天我在放早餐的盘子上看到一张粉红色的字条，上面写着'上帝保佑我'，背景图案是高雅的复活节百合。她又要改信教派了，是吗？"

"是的，她觉得卫理公会教派会埋没她，因此她强烈要求加入本森面包房楼上'圣地'的人们，现在到了该救赎的时候了，一整个早上她都在唱赞美诗呢！"

"可是她一直都在唱啊！"

"那不一样，如果她唱的一直是'珍珠王冠'或'金色道路'，那是完全没有任何问题的，可是她现在唱的是'上帝之剑'，我就明白要不了多久，烘焙的任务就会落到我头上了。"

"没关系，亲爱的，你做的和克里斯蒂娜一样美味。"

"哦，不。"克里斯蒂娜端着肉菜走了进来。这是一位身材魁梧、性情和蔼的女人，有一头蓬松的直发和混浊的眼睛，"罗伯特先生，你的琳姨妈只有一样东西超过我，那就是杏仁小圆面包，可惜这种东西一年只需要做一次就够了。因此，你可以看到，就算我在这里不受人待见，自然有待见我的地方。"

"克里斯蒂娜，亲爱的。"罗伯特说，"你肯定知道，如果你不在了，我们的生活将难以继续下去。如果你走，我也会一直跟着你。不因为别的，就因为你那些让人回味无穷的奶油糕点。对了，顺便问一句，明天还有奶油蛋糕吗？"

"对于那些不知错就改的罪人来说，是不会给予他奶油糕点的。除此以外，我好像也没有奶油了，我一会儿看看吧。还有，罗伯特先生，你应该好好反省一下自己，不要随意斥责别人。"

等到她关门离开以后，琳姨妈不禁长叹了一声，"20年了，"她想到过去，"对于她刚来孤儿院的样子，你肯定已经忘记了。那时她才15岁，瘦得跟麻杆儿似的，让人心生怜悯。茶点时，一整条面包都被她消灭光了，然后她说她会终生在上帝面前为我祷告。你知道的，对于她的话，我从来没有怀疑过。"

本尼特小姐的眼里泪光闪闪。

"我希望奶油蛋糕完成以后，我们再去救赎她。"罗伯特说，听起来有一种唯物论的残忍。"你觉得电影怎么样？喜欢吗？"

"唉，亲爱的，我始终无法忘记他曾经有过五任妻子呢！"

"谁？"

"当然这都是过去的事了，亲爱的，不是同时。我指的是吉恩·达罗。我必须得说，他们发的那些节目单里面蕴含了大量的信息，只是会让人觉得梦想不可能实现。你看，你曾经是个学生，当然我是指电影里的人物，那么天真、烂漫。可是我脑海里始终不能忘记他的那五任妻子，这真的是大大影响了我看电影的心情。他看起来确实是个绅士啊，有人说他的第三任妻子是被他在六楼窗户上吊死的，我才不信呢。他长得又不是特别健壮，而且好像小时候还患过胸腔方面的疾病，他的面容看起来血色不足，手腕也非常纤细，根本不可能将一个人吊死，更不可能是在六楼……"

那低声的描述一直持续到饭后甜点时间，罗伯特的思维从琳姨妈的身上飘向远方，他想到了法兰柴思。他们离开餐桌，到起居室喝咖啡，罗伯特将自己的想法告诉了琳姨妈。

"如果女仆明事理的话，那就是最适合她穿的衣服。"她说。

"什么意思？"

"围裙。你知道，她曾经在宫殿里做女仆，穿着那种粗制滥造的薄细棉布，特别适合她。法兰柴思有女仆住吗？没有？哦，我一点也不觉得奇怪，最后一个女仆也被她们饿死了，你知道吗？给她……"

"哦，琳姨妈！"

"我可以打包票说，她早餐只能吃面包皮，而她们吃的却是牛奶布丁……"

罗伯特没有让琳姨妈继续之后的陈述，尽管刚刚吃了一顿美味的晚餐，可是他却突然觉得很失望和难受。如果连一向和蔼可亲的琳姨妈都觉得这些单调无味的故事没有什么杀伤力，那么将米尔福德镇的丑闻公之于天下，又会造成什么样的伤害呢？

"说到女仆，对了，家里没有红糖了，亲爱的，你今晚只好先勉强对付一下了。刚刚想起来，卡利的小女仆好像遇到了点麻烦事。"

"你是说，有人给她带来麻烦了？"

"是的，亚瑟·沃利斯，白鹿酒馆的侍应生。"

"什么，又是沃利斯那个家伙！"

"是的，那已经不单纯是个笑话了，对吧？我不知道那个男人为什么一直不结婚，可能那样比较便利吧！"

不过，接下来的话罗伯特并没有听进去，他的思绪飘到了法兰柴思的客厅。他一向不能忍受对法律进行简单概括的法律思维，他觉得这种做法对他来说是一种可笑的欺骗。他仿佛又回到了那个没有家具的、灰暗的房间，那里的东西被肆意摆放在椅子上，没有人想去收拾一下。

这时，他还在想，如果他坐在那里，有没有人会递给他烟灰缸。

第五章

一个多礼拜以后，赫塞尔廷先生探头探脑地将头伸进罗伯特办公室的大门，说哈姆勒警员正在办公室等他，准备和他谈一谈。

虽然罗伯特的办公室和后面的内维尔·本尼特使用的小房间都铺有地毯，而且都有桃花心木的桌椅，和其他地方明显不一样，可是很明显，这里是办公场所。当然，明眼人一看就知道，只有前厅门面的地方才被称为办公的场所，而这也正是赫塞尔廷先生在其他同事面前耀武扬威的地方。

"办公室"后面有一个和本尼特先生所使用的房间相连的会客区，布莱尔·海沃德·本尼特联合律师事务所的客户们一般都会在那里等候。大多数情况下，客户会到办公处告知自己前来的用意，在罗伯特接待他们之前，他们会在原地等候，和其他职员聊天。而那个小小的候客区，因为没什么访客和杂工的打扰，一直以来都被塔芙小姐用来帮罗伯特回复信件。

赫塞尔廷先生去请警探过来时，罗伯特吃惊地发现自己竟然有点忧虑。从年轻时那一次到通知栏前查看自己的考试成绩以后，他还从来没有过这种感觉。难道是因为生活过于安逸，所以当一个陌生人来访时，他会不由自主地产生这种情绪？又或者是因为过去一个礼拜以来，他会不停地想到夏普家的人，于是他理所当然地将她们看成了他所熟悉的人？

他在心里暗暗告诉自己，不管哈勒姆说什么事，他都要精神抖擞，可是哈勒姆只是十分小心地说道，苏格兰场告诉他们，就现在所掌握的证据来说，警方还没准备对这个案件采取什么措施。布莱尔注意到他所说的现在所掌握的证据这几个字，分析着这代表什么意思。他们没有将案子了结，警方可能会如此轻易地了结此案吗？他们只是现阶段暂时不采取措施而已。

苏格兰场现在不采取任何措施在如今并不算是一个好消息。

"我想那是因为他们还没有掌握到足够充分的证据吧。"他说。

"对于女孩所描述的那个曾经载过她的卡车司机，现在警方还没有找到。"哈勒姆说。

"他们应该早就考虑到这一点的。"

"是的，"哈勒姆点头称许，"没有司机会冒着被开除的危险承认自己搭载过别人的，尤其还是一个女孩。要知道，运输业老板对这一点要求相当严格。而且这个案件还关系到一个身陷困境的女孩，是警方在调查时了解到的，所以现在根本没有人会承认曾经搭载过她，甚至见过她。"他接过罗伯特递给他的烟，"他们现在就是需要找到那个卡车司机，或者相关的证人。"他接着说道。

"是的，"罗伯特暗暗思忖着，"哈勒姆，你对她是怎么看的？"

"你说那个女孩？我不知道，觉得她是个好孩子，看起来比较老实，就像我自己的孩子一样。"

布莱尔明显感觉到，这个案件一旦提交到法院，对于她们来说，将会非常麻烦。当那个女孩站到证人席位上时，所有人可能都会觉得她就像是自己的女儿一样。不是因为她孤苦无依，相反，正是因为她不是这样，人们才更容易觉得这就像是自己家的女儿。想想她得体的校服、灰棕色的头发、纯真的脸庞，还有浅浅的酒窝，两只大大的、分得很开的眼睛。在起诉官的眼中，她是一个典型的受害者的形象。

"她和同龄的女孩没什么分别。"哈勒姆说，心里还在想这个问题，"所有东西对于她来说都是有利的。"

"所以你不懂得靠眼睛的颜色来判断一个人。"罗伯特随意说道，脑子里还不停地出现那个女孩的形象。

"哦，我当然会！"哈勒姆诧异地说，"真的，请相信我，据我了解，如果有人有一双非常不一般的婴儿蓝的眼睛，就可以证明他有罪。尽管他不发一言，但只要他拥有那样的眼睛，他绝对就是一个巧舌如簧的说谎者。"他停下来抽了一口烟，"回想起来，杀人犯好像也有那样的一双眼睛，尽管我并没有见过多少杀人犯。"

"你提醒我了，"罗伯特说，"以后如果看到一个人有婴儿蓝眼睛，我要小心，离他远一点。"

哈勒姆开心地笑了，"其实只要你将钱包捂紧就好了。所有婴儿蓝眼睛的说谎者只关心你的钱袋。只有在他们的谎言被戳穿时，他们才会杀人灭口。真正的杀人犯的特征并不是眼睛的颜色，而是眼睛长在脸上什么地方。"

"地方？"

"是的，他们的眼睛所在的位置和常人不一样。我是说，那两只眼睛，好像根本不属于这张脸一样。"

"我想你刚才好像说过，你并没有见过多少杀人犯。"

约瑟芬·铁伊

推理经典

全3册

"是的，是不多，可是我对所有的案件都仔细研究总结过，我很诧异，为什么专门讲谋杀的书没有提到这一点，这个规律实在太普遍了，我是说不对称的位置。"

"所以，这根本就是你一个人的理论。"

"是的，是我自己总结出来的。有时间你也可以观察，很有趣的。现在我还将这种观察付诸实践了呢！"

"你是说在大街上？"

"当然，不至于像你说的那么糟糕。我是指在发生的每一件谋杀案中，只要照片来了，我就会再一次印证自己的结果。"

"如果照片上那个人的眼睛位置刚好在它应该在的位置呢？"

"那么，这肯定是一起意外杀人案，就是那种不管是谁，在何种特别的情境下都会有的行为。"

"内德·邓布尔顿牧师在教区很受大家欢迎，对于他在教区辛苦奉献15年，居民们都心存感激。可是当你看到他的照片时，你会发现他的眼睛和脸非常不协调，这时，你会怎么说？"

"他有一个好妻子，也有听话的好孩子，工资也完全可以满足一切生活所需。他既不过分追逐政治，和地方官员关系也很好，他还被特许进行他觉得需要的神职仪式。事实上，他从来没有谋杀的动机。"

"听起来就好像你在分享一块非常美味的蛋糕。"

"哼！"哈勒姆非常厌恶地发出了一声闷哼，"看来我的律师思维让一个好警察的观察结果泡了汤，我以为，"他说着，打算离开，"一个律师会非常愿意了解一些识人的方法。"

"可是你所做的，"罗伯特说，"让一个公平的大脑秩序被搅乱了。从此以后，如果我遇到一个新客户，我会首先去观察他眼睛的颜色，以及他的眼睛和脸的位置是否相称。"

"哦，那很好，这就表明你终于开始正视人生了。"

"谢谢你来告诉我有关法兰柴思事件的最新近况。"罗伯特又回到了从前的冷静和理智。

"在这个镇上，"哈勒姆说，"电话就和收单机一样，可以将秘密传得尽人皆知。"

"还是要再次感谢你，我必须马上通知夏普家。"

哈勒姆起身离开，罗伯特拿起手边的电话。

就如哈勒姆所说，他没办法在电话里畅所欲言，只是说马上会将好消息给她们带过去，这可以让她们心里的压力暂时缓解一会儿。他看了一眼手表，现在应该是夏普太太睡午觉的时间，或许他可以躲开那个怪异的老太太。当然，他也很希望自己能有机会和玛丽恩·夏普谈谈自己最新的想法，尽管那个想法还不是太成熟。

可是，电话接通了，却没有人接听。

对于接线员的烦躁，他没有给予回应，让电话足足响了五分钟之久，可是还是没有人接。很显然，夏普母女并不在家。

在他跟接线员僵持不下时，内维尔·本尼特缓缓走了进来。他和平常一样，穿着非常怪异的粉色绒布衬衫，打着一条紫色的领带。罗伯特越过话筒看向他，再一次不由自主地想到一个已经在脑海里盘旋了无数遍的问题：如果有一天自己不在了，事务所由这个姓本尼特的年轻人继承，会变成什么样子？他知道这个年轻人才华横溢，可是在米尔福德，那些东西根本派不上用场。这个镇上的人们普遍认为，成年人就应该有成年人的样子，可是内维尔似乎不在乎周围世界对他的看法，只是认真活在自己的世界中，他身上所穿的衣服就是一个有力的佐证。

当然，这并不是代表罗伯特希望那个年轻人穿上传统的黑色西服。他本人穿的就是灰色条纹的，而且他农村的委托人就对那种"城里衣服"一点好感都没有。（玛丽恩·夏普第一次给他打电话时，就在电话里无意识地斥责那个律师，称他是"穿着条纹西装的令人厌恶的小个子"）可是，这个小镇有这种斜纹软呢，还有那种斜纹软呢，内维尔·本尼特就属于后者，也就是非常怪异的那种。

"罗伯特，"内维尔开口说话了，这时罗伯特终于放下了自己的坚持，将电话听筒搁到一边，"我将卡尔索普转移案件的文件整理好了，如果你没有给我安排其他事情，我打算下午去一趟拉伯洛。"

"在电话里说不清楚吗？"罗伯特问。根据现如今的流行风尚，内维尔和拉伯洛主教的三女儿订婚了。

"哦，我并不是为了罗丝玛丽前去的，她出门了，去了伦敦，要在那里住上一个礼拜。"

"那么你是去阿尔伯特厅参加什么抗议活动的？"罗伯特说，因为他心中有个强烈的愿望，想要将这个好消息通知给夏普母女，可是电话一直没有人接听，他有些懊恼。

"不是，我要去的是市政厅。"内维尔回答道。

"这次是抗议什么事情呢？动物活体解剖？"

"你真的好像还活在上个世纪，罗伯特，"内维尔说，带着他独有的耐心和庄严，"现在除了很少几个独特的人以外，没有人再对动物活体解剖持反对意见了。这次活动的主题是抗议英国政府拒绝给予爱国者卡托维奇政治庇护。"

"听说这名表面上的爱国者在他自己所在的国家是一名正在被通缉的重大犯罪嫌疑人。"

"站在敌人的立场来说，肯定是这样。"

"哦，不是，是站在警察的立场上来说，因为他身上背负着两件谋杀案。"

"那是执行死刑。"

"内维尔，你是约翰·诺克斯①的忠实追随者吗？"

"天！当然不是，不过你这样问是什么意思？"

"因为对自封死刑执行者的做法深信不疑。据我所知，这种想法在这个国家已经不被认可，如果在罗丝玛丽对卡托维奇的看法和政治保安处对他的看法两者之间，必须做一个选择的话，我肯定会选择政治保安处。"

"现在大家都知道，政治保安处只听外交部的命令做事，可是如果我待在这里给你仔细阐述卡托维奇事件的话，我恐怕就要错过看电影了。"

"什么电影？"

"我要到拉伯洛去看一部法国电影。"

"我想你应该明白，很多英国知识分子热衷的法国电影，在他们自己所在的国家也不过尔尔。无论如何，你能否顺便帮我把这封短笺塞到法兰柴思的信箱里？"

"当然没问题，我一直就对墙内的景象非常好奇。对了，现在谁住在那里？"

"一个母亲和一个女儿。"

"女儿？"内维尔听到这个字眼，不禁张大耳朵，还不自觉地重复了一遍。

"这个女儿已经是中年妇女了。"

"哦，那好吧，我去拿外套。"

罗伯特在短笺上简单将事情经过描述了一下：苏格兰场没有将案件提交到法院，自己想要通知她们，可是却打不通电话。他现在必须外出一个小时和人谈事情，一会儿有空会再次打电话给她们。

内维尔冲了进来，手臂上搭着一件恐怖的外套。他拿过纸条，只简单交代了一句："告诉琳姨妈我可能会晚到一会儿，她请我过去吃晚餐。"然后就消失了。

罗伯特将那顶素净的灰色帽子戴上，到玫瑰王冠酒店见他的客户——一个老农夫，也是苏格兰最后一位被慢性痛风病所侵扰的人。老人还没有到，可是罗伯特这个一贯非常有耐心的绅士，此刻也显得焦躁不安起来。他的生活方式显然已经发生了很大的改变。在这之前，他办所有的案件都能秉公处理，持有同样的情绪，付出同等的时间和精力，办案的效率都是一致的。可是，现在，他的兴趣发生了转移，和这个案件相比，其他案件显得都微不足道了。

他坐在大厅里那把盖有印花棉布的椅子上，认真凝视着旁边咖啡桌上过期的杂志，只有一份《守卫者》周刊是刚刚发行的。他非常不乐意地拿在手里，又一次想到这种粗制的纸张会让人的手感多么不爽，锯齿状的边缘不禁让他咬紧了牙关。那是一份将抗议活动、诗集以及陈词滥调的评价文章集合在一起的杂志。抗议活动栏里刊载的有内维尔准岳父的文章，他用多达四分之三的篇幅，对英格兰不同意给一个逃亡爱国者给予政治庇护的行为进行严正批评。

这位拉伯洛的主教很久以前就坚持这个观点，他将基督教哲学扩充到只要是处于弱势地位的人，就一定是没有错误的。所以巴尔干半岛的革命分子、英国罢工委员会，还有地方监狱中的罪犯们，都举双手欢迎他。（当然也有一个例外，那就是屡次犯罪的班迪·布莱思，这个人极其轻视主教，可是对于和主教处于同等地位的郡长，他却非常尊重。对于他来说，眼泪和一滴水没有什么分别，主教所讲述的让人痛哭流涕的故事也只不过是个笑话。）一直被关在监狱里的罪犯还嘲讽地说道，主教这个天真的老男孩非常容易相信别人，你可以轻松取得他的信任。

如果换作是平时，罗伯特肯定还会觉得主教非常有意思，可是今天的他心情实在不爽。他尝试着读了两首诗，可是没有一首是他所喜欢的，他又将杂志重新放回到茶几上。

"英格兰又犯错误了？"本·卡利问，他刚好经过罗伯特的椅子房边，停下了脚步，对着刚被粗鲁地扔到茶几上的《守卫者》点了点头。

"哦，是你呀，卡利。"

"除了一个大理石拱门[2]，还可以代表曾经的繁华。"身材矮小的律师说道，很鄙视地用被尼古丁熏得发黄的手指轻弹着纸张，"要不要来一杯？"

"谢谢，不过我在等韦亚德老先生，现在他已经不怎么出门了。"

"哦，那真是一个令人同情的老人。让你干坐在这儿却不能喝酒真是上天在造孽。对了，前几天，我还看到你的车停在法兰柴思外面。"

"是的，"罗伯特回答道，心里却打起了问号。卡利不会反应这么慢，如果他看到了自己的车，那么他也肯定看到了警车。

"如果你认识她们，你不妨告诉我一些事情吧？我一直想知道里面到底隐藏着什么，流言属实吗？"

"流言？"

"她们确实是女巫吗？"

"你觉得她们应该是吗？"

"据我所了解到的情况，乡间既然有这种流言，肯定是有一定的事实依据的。"卡利说，明亮的黑色眼睛盯着罗伯特看了好一会儿，然后扫视整个大厅，脸上带着他惯有的疑惑表情。

罗伯特知道这个身材矮小的男人正在给他一些提示，他可以提供一些他觉得会对罗伯特有价值的信息。

"哦，是的，"罗伯特说，"既然娱乐和电影院一起延续到了整个乡村，那么，向上帝祈福，希望这种女巫事情早日终结吧。"

"难道你有不同意见？只要你给这些米尔福德镇上的笨蛋们一个合理的理由，他们就会全力以赴去抓那个女巫。如果有人问我，我会说那些人只是一群近亲衍生的还有待进化的物种。哦，你要等的老人来了，再见。"

罗伯特身上最有魅力的一点就是他诚心诚意地关心别人，就像他很认真地听完韦亚德老先生讲述的长篇故事，这让对方大受感动。这里要补充说明一点，他并不知道这位老人在立遗嘱时，赠予他一百英镑。不过谈话结束以后，他马不停蹄地走向了大厅的电话。

周围的人熙熙攘攘，于是他决定到辛恩街的修车厂去打电话。事务所这会儿估计已经关门了，而且离得太远了。他朝修车厂的方向走过去，可是脑子却还在飞速旋转着。如果从修车厂打电话，那么他的车就在这周围。如果她，或者她们，要他马上过去详谈，她们非常可能提出这样的要求，是的，一定会。不管警方是否将案件提交到法院，她们都会想面对面和他讨论，怎样才能让别人对女孩的故事提出质疑。他听到哈勒姆警探传递过来的消息后，压在心底的石头松动了不少，甚至没有想到如果——

"晚上好，布莱尔先生，"比尔·布拉夫将自己肥硕的身躯从狭窄的办公室门里探出来，满脸堆笑问道，"你要取车？"

"哦，不，如果方便的话，我想借用一下电话。"

"当然方便，请用！"

斯坦利从一辆车的底下伸出他那张淡褐色的脸，问道，"有什么最新消息吗？"

"哦，没有，斯坦利，我已经有很长时间没有赌马了。"

"我给一匹叫作'聪明的诺言'的母马身上投注了，最后输了两英镑。这就是一味相信赌马的结果。下次如果你得到了什么最新消息……"

"好的，下次如果我下注，一定不会忘了你的。不过还是赌马。"

"只要不给一头母马下注……"斯坦利说完又钻到了车子底下。罗伯特走进那间光线充足却令人烦闷的小办公室，拨通了电话。

这次是玛丽恩接的电话，她的声音听起来非常愉悦。

"你肯定难以想象你的纸条会让我们多么欣慰。我和母亲上礼拜一直在家里收拾麻絮。对了，顺便问一下，他们现在还会让罪犯收拾麻絮吗？"

"我想不会，现在做的都是一些更有意义的工作。"

"劳动改造？"

"我觉得大抵如此。"

"我没办法想象会有一些强迫性的缝制工作改变我的禀性。"

"他们很可能会结合你的实际情况，给你安排一些更适宜的事情。强迫犯人做他们厌恶的事和如今的时尚趋势是不相符的。"

"这是我第一次听到你说如此刻薄的话。"

"我刻薄？"

"就好像安哥斯图拉树③的树皮。"

然后，她提出喝点东西，罗伯特想，接下来，她可能会请自己过去喝杯美味的雪利酒了。

"对了，差点忘了跟你说，你的侄子长得非常帅气。"

"侄子？"

"就是给我们送来纸条的那位。"

"哦，你是说他啊，他不是我侄子，"罗伯特突然压低了声音，难道自己已经这么老了，可以给别人当叔叔了？"他是我一个远房表亲，不过听到你这样说，我还是很高兴。"这样下去不行，他必须抢占先机，"我想我们应该当面讨论一下，将问题化解掉，保险来说……"说到这里，他稍微停顿了一下，看对方会说什么。

"是的，当然，或许哪天上午我们买东西时可以顺便到你办公室去一下。你觉得我们现在应该做些什么好呢？"

"比方说一些私密的调查，当然这在电话里没办法说清楚。"

"啊，是的，肯定不行。这样，我们星期五上午到你办公室可以吗？那天是我们每周固定的购物时间，星期五吗？你会不会很忙？"

"不忙，星期五可以的。"罗伯特说，将失落感压抑住，"临近中午的时候吧？"

"好的，那可以，后天中午12点你的办公室见，再见，再次感谢你的热心帮助。"

她果断地挂断了电话，根本没有罗伯特想象中女人一般会有的犹豫。

罗伯特从小办公室走出来，走进修车厂暗淡的厂房里，比尔·布拉夫问道，"需要我帮你把车开出来吗？"

"什么，哦，不用了，谢谢，今晚用不着了。"

他沿着每天下班的路线往高街的方向走，尽量不让自己觉得坐了冷板凳。刚开始，他并不想去法兰柴思，而且这种拒绝相当明显，她当然也不会再让类似的事情发生。他已经将这个案子放在商业事务的范畴里面，应该不会再受到个人情绪的干扰。她们当然也不会在办公室以外的地方请他帮忙。

哦，那就好，他一边这样想着，一边陷进壁炉旁那把他最喜欢的椅子里面，打开今早刚印刷好的晚报。如果星期五她们去办公室拜访他，他可以多表现出一些私人的情绪，以此来改善他第一次接见她们时曾经屡次拒绝她们的不良印象。

老房子安静的气氛让他的心也跟着平静下来。克里斯蒂娜将自己整日关在房间里，不停地祈福和反省，已经足足两天了。琳姨妈在厨房准备晚餐。桌上有一封莱蒂斯来的信，这是他唯一的妹妹：战争时期她开了几年卡车，和一个身材健壮、内敛的加拿大人结了婚，现在住在加拿大的萨斯克温彻，已经生育了五个可爱的金发小孩。"亲爱的罗宾④，你速来一趟吧，"她在信的结尾写道，"在孩子们长大以前，在苔藓还没有完全长满以前，赶快来一趟吧。琳姨妈对你而言有多么恐怖，你肯定非常清楚。"她几乎可以听到她就在他耳朵旁说。莱蒂斯和琳姨妈的关系一直不太好。

他微微一笑，顷刻间心情轻松了不少，想想过去美好的回忆。可是内维尔的到来打破了此刻的和谐。

"你应该告诉我，她竟然是那样一个人！"内维尔一开口就是质问。

"你说谁？"

"就是那个姓夏普的女人！你怎么没有告诉我？"

"我想你根本不会遇到她，"罗伯特说，"你只需要将纸条放到她们家信箱就可以了。"

"可是她们家门上根本没有什么信箱，所以我才按了门铃。看起来她们好像刚从某个地方回来。不管怎么说，她给我开了门。"

"我以为她会午睡的。"

"我觉得她根本就不需要午睡，她简直就是人类的奇葩。她根本就是火和金属的结合体。"

"我知道她是一位脾气不好的老女人，可是你得理解一下，她的人生阅历相当曲折。"

"老？你说谁？"

"夏普太太啊！"

"我根本就没见过什么夏普太太，我说的是玛丽恩·夏普。"

"玛丽恩·夏普？你怎么知道她的名字的？"

"她自己说的呀！那名字跟她简直太搭调了，真的，她就应该叫这个名字。"

"好像只是在门口交谈了几句，你们就变得这么熟悉了？"

"哦，当然不是，她还请我喝了茶。"

"喝茶？你不是说你急着要去看法国电影吗？"

"如果可以和玛丽恩·夏普那样的女子喝茶，我当然可以将其他的事情先放下。你认真观察过她的眼睛吗？你肯定知道，你是她的律师嘛！她的眼珠会由灰色变成褐色，眼睛上面的眉毛简直就是天然去雕饰，就像天使的翅膀。回家的路上我还即兴为它们写了一首诗，要不要我念给你听听？"

"不用了，"罗伯特生硬地说，"电影好看吗？"

"哦，电影啊，我没去看！"

"你没看！"

"是啊，我刚跟你说了呀，玛丽恩请我喝茶了呀！"

"你的意思是说，你在法兰柴思逗留了整整一个下午？"

"嗯，应该是的！"内维尔像做梦似的呢喃着，"哦，天哪，感觉好像只过了短短的七分钟而已。"

"那你对法国电影不再有欲望了？"

"玛丽恩就是活脱脱的一部法国电影，换作是你，应该也发现了呀！"那句"换作是你"让罗伯特的心脏骤停了几秒，"当你可以无限靠近真实时，为什么还要抓住阴影不放呢？真实，是她身上最宝贵的东西，不是吗？我从来没有遇到过像玛丽恩这样无限靠近真实的人。"

"包括罗丝玛丽在内吗？"罗伯特有一种天都快要塌了的绝望感。

"哦，罗丝玛丽是我的妻子，我要和她结婚，可是这根本是两码事。"

"是吗？"罗伯特语气里有一种假意的服从。

"当然！像玛丽恩·夏普那样的女子，你们不会想到把她娶回家，就好像人们不会和风和云、圣女贞德结婚一样。将那样的女子和婚姻联系在一起，简直是侮辱了她们。对了，当她提到你时，一直夸你是个乐于助人的好人。"

"上天真是太眷顾我了！"

语气听起来似乎没有一点温度，就连内维尔都听出来了。

"你对她没有好感？"他说，用一种不可思议的表情看着他的这位表亲。

罗伯特好像忽然之间变了一个人，变得不再像平常那样温和、闲散，他看上去就像一个遭遇了重大打击的男人，也没有吃晚餐，因为受到冷落而正伤心泄气。

"我觉得，"他说，"玛丽恩·夏普只是一个四十多岁的身材瘦削的女人，和一个脾气很差的老母亲住在一所简陋的房子里。和其他人一样，她们现在需要咨询一些法律问题。"

可是他不想继续说这些违心的话，就好像它在欺骗朋友似的。

"哦，不是这样的，或许她只是不对你的胃口罢了。"内维尔显得非常大度地说，"你喜欢的是那种有点呆的金发美女，对不对？"他的语气中没有一点嘲讽的意思，就好像在平铺直叙一个事实而已。

"我不知道你为什么会有这样的想法。"

"那些差点要和你结婚的女人不都是这种类型的吗？"

"我从来没有差点和谁结婚。"罗伯特生硬地说。

"那是你自己觉得，莫利·曼德斯就差点嫁给你了。"

"莫利·曼德斯？"琳姨妈插话道，从厨房里端了一个盘子出来，上面还放着雪利酒。

"那个呆呆的姑娘，我想想看，就是那个用烤盘做薄饼，而且会时不时将小镜子拿出来照的姑娘。"

"那次多亏了，琳姨妈，对吧，琳姨妈？"

"亲爱的内维尔，我不知道你在说什么。可是请离壁炉远一点，顺便添点儿木柴。对了，你的法国电影好看吗？"

"我没去看，我去法兰柴思喝茶了。"他看了罗伯特一眼，这才发现罗伯特有点反常。

"和那些奇怪的人？你们都说了些什么？"

"山脉、莫泊桑、母鸡……"

"母鸡？"

"是的，就像电影中一些特效镜头中，母鸡脸上特别阴险的表情。"

琳姨妈表示不解，她将目光投向罗伯特，希望他可以帮自己解释一下。

"亲爱的，如果你想结识她们，我是不是应该帮你牵个线，打个电话什么的？或者请牧师太太帮你打个电话？"

"我不想让牧师太太知道这种难以弥补的事情。"罗伯特不带任何温度地说。

她迟疑了一下，不过家务抢占了她的头脑。"雪利酒不要喝得太多，要不然炉子上的美味就可惜了。感谢老天，克里斯蒂娜明天就到楼下来了，她的拯救时间从来没有超过两天。亲爱的，如果你觉得可以的话，我还是不要去法兰柴思走访了。不仅仅因为她们是陌生人，而且年纪比较大，更重要的原因是那里阴森森的，特别恐怖。"

是的，他早就想到，如果提到夏普母女，人们一贯的态度就是这样的。今天下午本·卡利已经让他深刻意识到，如果法兰柴思真的被官司缠身，那么陪审团绝对会有偏向。星期五会面时，他会建议她们请一家事务所做一些私底下的调查。警方的工作负荷一直过大，这种情况已经延续了十年之久，甚至还会一直延续下去；而且如果请私家侦探去完成这样的事情，要比官方的办事效率要高得多，也更容易取得成功。

①约翰·诺克斯：苏格兰牧师，新教改革的领导者。
②伦敦的众多景点之一，位于牛津街的西段。
③安哥斯图拉树：一种生长在南美的树，其树皮芳香、味苦，可用于制作滋补药、退热剂以及兴奋剂。
④罗宾：罗伯特的昵称。

第六章

可是，到了星期五早上，想要启动方案来保护法兰柴思已经晚了一步。

虽然罗伯特将警方的工作效率考虑进去了，也将流言蜚语的传播速度考虑进去了，可是唯独遗漏了《艾克—艾玛》。

《艾克—艾玛》是最近才从西方引入英国的通俗小报。这家小报的办报意图就是：如果可以赚得50万英镑的销售额，那么遭受2000英镑的损失也是没关系的。于是他一直使用英国报界最显眼的标题、最夸张的图片和最草率的文字。伦敦新闻界评论它的内容粗俗不宜发行，可是却没办法阻止。报界一直以来都是自主经营，自己审核，由自己的喜好来决定刊载什么，不刊载什么。可是如果有一些不入流的报纸不遵守这些行业准则，也没有相关的条款来约束它。过去10年以来，《艾克—艾玛》的日发行量已经达到了50多万份，可以说在国内的发行量已经首屈一指。每天早晨，从城郊赶往城市上班的人群中，70%都捧着《艾克—艾玛》在读。

《艾克—艾玛》的传播速度是惊人的，法兰柴思事件很快被传扬得尽人皆知。

星期五那天，罗伯特一早就去了郊外，那里有一位老太太觉得自己快要死了，要改立遗嘱。这位老太太差不多每隔三个月就会闹腾这么一下，而她的医生却再三跟她说，她完全可以活到一百岁。可是，对于这样一个一大早就发出紧急召唤的客户，律师无法严词拒绝她。于是罗伯特拿着一些最新的遗嘱表格，驱车赶往郊外。虽然和那个躺在床上的固执的人经过了一番激烈的争吵，因为对于将四份财产平分给三个人这样的事实，老太太无法理解。不过春天的美景还是非常美丽的，在回去的路上，他轻轻哼着歌，对马上要和玛丽恩·夏普的会面非常憧憬。

对于她喜欢内维尔这件事，他表示原谅她了。不管怎么说，内维尔从来没有想过要把她让给卡利。做人首要公平，不是吗？

他开着车越过一大早来租马车的人群，将车放到修车厂停好。之后，他想起来这个月的一号已经过去了，于是折回到办公室找负责办公室事务的布拉夫支付账单。不过只有斯坦利在办公室，他正在用拇指翻看着税单和发票。他的手掌很宽大，以至于显得他的手臂就瘦弱了很多。

"在通信兵团时，"斯坦利说，漫不经心地看了他一眼，"我曾经一直以为军中管理文字类档案的人都是一群笨蛋，不过现在看来好像并不是这样。"

"缺少了什么吗？"罗伯特说，"我来付账单，通常比尔会提前准备好。"

"我想应该就在这个桌子上。"斯坦利一边说，一边不停地翻弄着，"我找找看。"

对于这间办公室，罗伯特熟悉得不能再熟悉了。他捡起来一些被斯坦利扔到地上的纸张，这样才能看清下面放得整齐的文件，那是比尔放的。当他拿起一堆乱七八糟的纸张时，看到一张女孩的脸，那张脸就刊载在报纸上。他没有一眼就认出来，只是觉得非常眼熟，于是他停下来认真看着。

"找到了！"斯坦利兴奋地说，从一个夹子里取出一张纸，也将其他乱七八糟的纸张叠放到一起，这样罗伯特就可以更加明了地看到报纸上的头版头条。罗伯特觉得全身冒冷汗，盯着那张照片移不开眼睛。

斯坦利转过身去拿罗伯手里的纸，才发现他好像被什么东西迷住了。

"真是个可爱的家伙！"他说，"让我想起来我的那个埃及女人。双眼也是分得很开，虽然很可爱，可是却是谎话连篇。"

他继续整理他手里的纸张，罗伯特却一直盯着报纸不放。

就是这个女孩。

报纸的最上方用很显眼的字体写着这样几个字；其下三分之二的版面都被那个女孩的照片占据着。下面刊载的内容虽然字体不大，可是内容却丝毫没有顾忌什么：

就是这幢房子？

下面刊登的法兰柴思的照片。
版面的下面写着：

女孩说是如此，
警方是什么态度？
要知具体详情，请看内页。

他将报纸翻到内页。

是的，里面刊载的内容非常详细，除了夏普母女的名字以外。

他又翻到前面，再次看那个显眼的标题。昨天，法兰柴思还被高墙紧紧包裹着，完全吸引不了更多关注的目光，非常普通，就连住在米尔福德镇的居民都不知道它的里面是什么样子的。可是现在，它却像一个公共杂志一样被人随意翻看，从彭赞斯①到彭特兰湾②，那刻板而让人害怕的外表正好映衬了那张看起来天真无邪的脸。

女孩的照片是一张半身像，好像还是专门在照相馆拍的。头发被精心梳理过，身上的衣服非常正式，比身穿校服要显得稍微……怎么说呢，罗伯特似乎一时难以找到合适的形容词来形容它。应该说她看起来那么肆无忌惮，没有丝毫顾忌一样。是这样吗？那身校服让人觉得她不是一个女人，就好像修女服穿到身上的感觉一样。校服可以让人油然而生一种强烈的保护欲望。他想着或许可以就此写一个专题报道，那种保护欲无非体现在两个方面，掩饰和伪装。现在那校服不存在了，她看起来更具有女人味了，而不单是个普通的女性。

可是不管怎么样，那是一张可以让人心生同情的稚嫩的脸，单纯而明媚。那干净的前额，分得很开的眼睛，轻轻抿住的嘴唇让她的面容呈现出一种落寞的表情，也是她这个年龄段的孩子才会有的神情，这才是最致命的。这张脸所讲述的故事，除了拉伯洛的主教以外，很多人都会信以为真。

"我可以将这份报纸借走吗？"他问斯坦利。

"当然，"斯坦利说，"我们只是喝下午茶时随便翻翻，上面并没有什么有价值的东西。"

罗伯特听到他这样说很讶异，"你难道不觉得这件事很有趣吗？"他指向头版头条问道。

斯坦利向照片瞟了一眼，说，"我觉得没什么意思，除了这张脸会让我想起那个埃及女人以外，她是非常喜欢撒谎的。"

"所以对于她的故事，你并不相信？"

"你觉得呢？"斯坦利非常鄙视地说道。

"那么，你觉得这位姑娘那段时间会在哪儿呢？"

"如果一定要我说，她肯定是……嗯，或许，大概，可能，也不能百分百肯定，她肯定自己出去游玩了。"斯坦利说完，起身去招呼顾客去了。

罗伯特拿起报纸，阴沉着脸离开了。尽管有人不相信她的故事，可是从另外一个角度来说，这只是对过去的回忆和嘲讽而已。

虽然斯坦利将整篇报道都看完了，而对于文中所说的人名或地点却没有在意，可是这毕竟只是1/10读报人的习惯，（由"大众观察"[3]得出来的统计结果）其他9/10的人会仔细地阅读、细细地品味，或许现在已经在跟人饶有兴味地讨论了。

回到办公室，听说哈勒姆警员给他打过电话。

"进来，请把门关上。"他对赫塞尔廷先生说，他刚回来就知道赫塞尔廷来了，现在正等候在门口，"看看这个。"

他一手拿起电话，一手将报纸头版指给赫塞尔廷先生看。

老先生伸出他那瘦弱、干净的手，那样子就好像看到了什么稀奇古怪的东西一样。"这就是大家现在在热议的事。"他说着，凝神仔细看着，就好像他平时细看一份文件一样。

"我们是同一个阵营的人，不是吗？"电话打通以后，哈勒姆说道，他想要找出合适的词语来解释《艾克—艾玛》给他们带来的困扰，"好像警方的麻烦很少一样。"他最后说了这样一句，根本就是一副职业警察应该有的态度。

"苏格兰场那边有什么消息传来吗？"

"今天早上九点，格兰特探长几乎快把我们的电话打爆了。不过，他们对报纸的事也帮不上忙，只能微笑着接受它。警方总是喜欢所谓的公平对决，如果换作是你，你也会这样做。"

"确实如此，"罗伯特说，"我们是一个不限制出版自由的国家。"

哈勒姆又对报界评论了一番，"你的客户知道了吗？"他问。

"我想应该还不知道，我深信她们不会对《艾克—艾玛》这样的报纸有兴趣，而且报纸才刚出来，消息还没有来得及传播出去。不过，十分钟以后，她们就会赶到这里，一会儿我再通知她们。"

"如果说我为老太太感到伤心的话，"哈勒姆说，"那么就是现在了。"

"《艾克—艾玛》是如何知道这件事的？我以为那对父母，哦，我是说那个女孩的监护人，肯定是不想将这样的事情公之于众的。"

"格兰特说是女孩的哥哥看到警方无所作为，所以才自行去找了《艾克—艾玛》，那家报纸的宗旨就是，'《艾克—艾玛》将宣传正义！'据我所知，他们曾经整整三天都在跟踪这个故事。"

电话挂断以后，罗伯特想，如果说这起报道对双方而言都不是什么好消息的话，那么起码在这一点上，大家谁也没有受到偏袒。警方一定会抓紧时间寻找更加充分的证据。从另外一个方面来说，因为女孩照片的传播，也许会给夏普母女带来些微希望——或许某个地方有个人会一眼将照片上的女孩认出，说，'这女孩事发那天怎么可能在法兰柴思啊，她不是在那个地方吗？'"

"这个故事简直太让人意外了，罗伯特先生，"赫塞尔廷先生说，"如果要我来说，这是一桩耸人听闻的报道，有很大的凌辱性。"

"那幢房子，"罗伯特说，"就是法兰柴思，夏普母女住在那里。我那天去的也是那里，如果你还有印象的话，我就是去给她们提供法律援助的。"

"你是说，我们代理了这个案子？"

"是的。"

"可是，罗伯特先生，我们受理的案件，不包括这个类型的呀！"罗伯特因为对方的诧异而显得有些退缩，"这根本不符合我们的常理，真的是太不一般了，我们没办法成功完成……"

"我希望，我们可以凭借我们的实力代表我们的客户，和《艾克—艾玛》这样的出版物进行对抗。"罗伯特强装镇静地说。

赫塞尔廷先生看着放在桌上那份喧闹的报纸，显然在努力做出一个艰难的抉择：到底是客户确实犯了罪，还是媒体报道失真。

"看了这篇文章，你会相信那个女孩的话吗？"罗伯特问。

"我看不出来她可以怎样编造，"赫塞尔廷先生直截了当地说，"故事描述得非常细致，不是吗？"

"当然，不过上个礼拜，女孩被带到法兰柴思指认现场时，我见过她。就是我刚喝完下午茶就急忙赶出去的那天，她的话我根本不相信，信任度为零。"他再三强调着，他很开心自己终于可以勇敢表达出自己的观点，也终于知道了其实自己一直都是这么认为的。

"可是如果她从来没有去过法兰柴思，那她为什么会栽赃那里，还对里面的细节知道得那么清楚？"

"我也不知道，这也正是我头疼的地方。"

"很显然，那里是最容易被别人忽视的地方：地处偏远，不引人注意，坐落在一条偏僻的街道上，那里的人们之间很少互相拜访。"

"是的，我也不知道这里面到底隐藏了什么细节，可是我可以肯定，这事先肯定被详细规划过的。我们不是要抉择出哪一方的故事更加真实可信，而是要抉择出哪一方的人比较可信。我可以确定夏普母女绝对不会做那种不理智的事情。而且，我觉得那个女孩完全有能力编造出这样一个故事，这就是我全部的观点。"他稍微停顿了一下，"这次你必须相信我的眼光，蒂米。"他强调道，并用了这位老职员最亲切的称呼。

不知道是因为这句亲切的称呼，还是因为这个说法本身就比较可信，总之赫塞尔廷先生没有进一步提出质疑。

"你马上就会有机会目睹'罪犯'了，"罗伯特说，"我已经听到了她们的声音，谢谢你让她们进来，好吗？"

赫塞尔廷先生静静地走了出去，罗伯特将报纸翻过来放在桌上，将对于她们来说相对危害比较小的"女孩被偷运出境"的标题朝上放着。

夏普太太戴着在隆重场合才会戴上的黑缎平顶帽，优雅地走了进来，看上去就像是个正在给病人提供咨询的医生。赫塞尔廷先生很明显稍微放宽了心，看来这位客户和他想象的没什么太大差距，换句话说，和他们平时接待的客户几乎一样。

"先别走，"罗伯特对他说，然后看向来访者，"请允许我向你们介绍我们事务所资历最老的成员，赫塞尔廷先生。"

夏普太太可以在任何她需要表现的时候，进行非常得体地表现，当她这样做时，她就像一个君临天下的女王一样。赫塞尔廷先生心中的石头又稍微落下去一点，他已经被完全折服了。罗伯特的第一场战役宣告胜利。

赫塞尔廷走后，罗伯特观察到玛丽恩好像欲言又止。

"今天早上我们遇到了一件奇特的事情，"她说，"我们到经常去喝咖啡的地方，也就是安妮·博林咖啡馆，那里本来就两张空桌子，可是当特鲁洛夫小姐看到我们进去时，她却连忙将椅子靠在两张桌子旁，说这里已经有人提前订了。如果她表情再自然一点，我可能会相信她的。你不会觉得谣言已经满天飞了吧？她那样做是因为有什么不好的消息散播出去了吗？"

"不是，"罗伯特略显为难地说，"是因为她看了今天早上的《艾克—艾玛》报。"他将报纸那一面翻过来。"很对不起，可是我不得不告诉你们这个坏消息，而你们也只能将它作为孩童的戏言而默默咽下。我想你们肯定从来没有看过如此丑陋的报道，让别人用这种傲慢粗俗的态度来了解自己是一件让人觉得很痛心的事。"

"哦，不！"玛丽恩控制不住自己的情绪失声叫出来，眼睛紧盯着报纸上那显眼的法兰柴思的照片。

接下来大家都沉默了，母女俩显然都在认真看那份报纸。

"我觉得，"夏普太太最后说，"对于这样的报道，完全没有回旋的余地，对吗？"

"没有，"罗伯特说，"所有的描述都是千真万确的，而且都是用的陈述句的语气，没有添加一句主观意见。就算是评价，我相信之后马上会出现，也会因为这桩案子目前还没有进入到司法程序，所以他们可以任意刊载任何评论。"

"这件事情这样描述出来，本身就是一个隐性的评论，"玛丽恩说，"警方没有做好自己的本职工作，他们以为我们做了什么？讨好警方？"

"我觉得他们是想让警方看到，弱小的受害人和有钱的加害人相比，前者明显处于劣势。"

"有钱？"玛丽恩重复着，她的声音里明显带着难过。

"只要你住的房子有六个烟囱就可以称为有钱。现在，如果你们还没有因为过度害怕而停止思考的话，让我们仔细回想一下。我们明明知道那个女孩子不可能到过法兰柴思……"可是玛丽恩打断了他。

"你真的知道？"她问。

"是的。"罗伯特回答道。

她先前带有攻击性的眼光逐渐变得温和，不再双目圆睁，怒视着罗伯特。

"谢谢你。"她轻轻地说。

"如果那个女孩从来没有到过法兰柴思，那她是如何知道那幢房子，知道那个房子的一切的？她确实看到了，很难想象有个人在背后给她提供资料，让她全部记下来。她是怎么看到的呢？我是说，亲眼看到。"

"我想，如果坐在双层巴士车的上面，是可以看到里面的。可是问题又来了，双层巴士根本不走米尔福德镇那条线。也许，她是坐在装满麦草堆的车上，可是现在明显不是丰收的时节。"

"现在或许不是干草的丰收时节，"夏普太太用低沉的嗓音说道，"可是载货的卡车根本不和季节挂钩。我就见过一辆卡车，上面的货物堆得像山一样高。"

"是的，"玛丽恩说，"如果那个女孩乘坐的不是小轿车，而是一辆卡车。"

"这件事只有一个问题，如果那个女孩子乘坐的是一辆卡车，那么司机肯定会让她坐在副驾驶的位置上，或者有可能，还会让她坐在某人的膝盖上，肯定不会让她会到车厢的货物顶上。而且当时还在下雨，傍晚时分，你或许还记得，那天有没有人到法兰柴思来询问路怎么走，或者来修补东西，如果有这种可能，女孩也许会趁着混乱进来。"

可是没有，她们俩都非常肯定，在女孩失踪的那段时间根本没有人来过这里。

"那么，让我们先假设几种情况，可能一个偶然的机会，她站在高处从围墙上面看到了法兰柴思里面的情形。我们可能永远也无法得知那会是什么时间，还有她是怎么样做到的，而且就算我们知道，也可能没有证据来证明。所以，我们现在不应该将关注的焦点完全放在如何证明她那段时间不在法兰柴思，而是要用证据表明那段时间她在别的什么地方。"

"我们成功的几率有多少？"夏普太太问。

"比这个《艾克—艾玛》出现之前多了一点，"罗伯特说道，"实际上从这个坏消息中，我们也可以得到一点好处。为了查出女孩的轨迹，我们不能公开她的照片。可是他们做到了。我是说她那一边的人，我们也可以因此收获一些东西。他们将这个报道出来了，毫无疑问，这是我们的不幸，可同时他们又将照片刊载出来了，如果我们运气足够好，也许在某个地方的某个人会认出这个女孩，发现整个事件和女孩有不和谐的地方。因为在报道所宣称的那段时间，照片中的女孩出现在另外一个地方，而不是法兰柴思。"

玛丽恩脸上的愁云稍稍散开了一些，就连夏普太太的神情也放松了不少。再怎么说，本来看起来是一场灾难的事件，现在有了一线希望。

"对于请私家侦探，我们应该怎么做？"夏普太太问道，"我想你肯定知道，我们几乎一贫如洗，可是请私家侦探的费用太高了。"

"是的，请私家侦探往往很容易超出预算，不过，刚开始我打算自己私底下去拜访一些人，看能否发现一些端倪，了解一下她可能会干什么。"

"他们会愿意告诉你这些吗？"

"哦，他们肯定不会明说什么，因为他们自己也对她不甚了解，可是只要他们开口评论，我们就可以将他们的语言透露出来的信息衔接起来，形成一个完整的信息图。至少我是这样期望的。"

大家又安静了一会儿。

"布莱尔先生，你真是个好人。"

夏普太太的态度再次彰显出强烈的维多利亚女王的风度，而且这次比上次还多了些什么东西。这真是让人大吃一惊，好像对于她来说，在生活中很少表现出和蔼的一面，也不是她希望得到的。那略显生硬的客套似乎在告诉人们："你知道我们根本没有钱，甚至于你的费用都无法支付，我们和你平常接待的客户有很大区别，可是你却全心全意地帮助我们，对此，我们不胜感激。"

"你什么时候开始行动？"玛丽恩问。

"吃过午饭以后。"

"今天？"

"当然，越快越有利。"

"那既然这样的话，我们就不叨扰了。"夏普太太说完便起身准备离开，站在那里低头看桌上的报纸。"对于法兰柴思的隐秘性，我们一直特别注意。"她说道。

他看着她们走出门，开上车离去，之后便请内维尔到他办公室来，与此同时，他还拨通了琳姨妈的电话，请她帮忙给自己准备行李。

"我想你肯定还没有看到今天的《艾克—艾玛》报纸吧？"他问内维尔。

"我觉得你根本就不是在问我。"内维尔说。

"看看今天早上的吧，喂？琳姨妈。"

"有人想要控告她们吗？如果是的话，那将会有一笔非常可观的收入。这种类型的案子往往都会选择庭外和解。实际上，他们有个特殊的基金是专门为……"内维尔的音量越来越小，因为他看到了桌上的那份小报纸。

罗伯特抬起头，心满意足地看到他年轻的表亲脸上露出的诧异神情。据他所知，现如今年轻的一代经常自负地说天下还没有什么事可以让他们退缩。现在他明白了，在现实生活出现最简单的挫折时，这些年轻人的反应都是一样的。

"琳姨妈，我的天使，可不可以请你帮我一下整理一下行李？只需要一晚上的就够了。"

内维尔将报纸摊开，准备认真研读一下内页。

"只去一趟伦敦，不过我也不能肯定。反正，只需要一个小小的行李箱，装些必须要用的东西就够了。不要装那些我有可能会用到的东西，太感谢你了！上次的行李箱里有一瓶一磅重的消化粉，那东西根本用不上。恩，那好，就按你说的来，要不然我会得胃溃疡。是的，10分钟以后，我会回去吃午饭。"

"卑鄙无耻的猪！"年轻的诗人讲出经常会说的骂人用语。

"那么，你是什么意见？"

"什么意见？"

"就是那个女孩的故事。"

"这还用思考吗？太明显了，这只是一个正值青春期，心理极度不平衡的少女在博得他人的关注罢了。"

"如果我跟你说，那个少女非常镇静，是个在学校里品行特别好的女生，你还会这样看吗？"

"你见过她？"

"是的,上个星期我去法兰柴思,就是因为她的原因。当我到那里时,苏格兰场的人正带着女孩和她们当面对质。"年轻的内维尔,将你的烟斗收回去。或许她愿意和你谈母鸡和莫泊桑,可是当她遇到困难时,她会来找我。

"去代理她们这个案子?"

"是的。"

内维尔突然长出了一口气,"那就好,我还一直以为你不喜欢她……她们。现在看起来一切都是那么美好,我们可以共同去对抗这……"他对着报纸弹了一下,"这女孩儿。"听到这句罗伯特的口头禅时,罗伯特发自内心地笑了。"你打算怎么做,罗伯特?"

罗伯特说,"我出去这段时间,事务所就麻烦你打理了。"他看到内维尔又将目光投向那个"女孩儿"身上。他走上去,两人都觉得那张年轻的脸庞似乎一直在非常安静地凝神望着他们。

"总的来说,那张脸还是比较有吸引力的,对吧?"罗伯特问。

"我觉得,"这位崇尚美丽的观察者气愤不平地说,"接下来将会有一场混战。"

①彭赞诗:英格兰西南部度假城镇。
②彭特南湾:位于苏格兰北端和奥克尼群岛之间。
③大众观察:1937年创立于英国的一个社会研究组织。

第七章

韦恩的家位于埃尔斯伯里以外的郊区,乡村气息非常浓厚。一幢幢相互独立的房子倚傍着还没有开发出来的田野而建,风格迥异,有的静如处子,有的动若脱兔。韦恩家的房子就位于一排内向沉静的房屋中,红砖因为很久没有维护,已经呈现出本来的面目,一副怨妇的形象,罗伯特看了不由得咬了咬牙关。可是,当他继续朝前行驶,找到门牌号码时,这些外表不甚如意的房子却让他心生怜悯。对它们的主人来说,每幢建筑都有自己独树一帜的美。花园更是其中最典型的代表,每一朵花都是诉说着主人的心声。

罗伯特一边走,看到路边的美景不由得放慢了车速,一边想着,内维尔真应该来一趟。这里,12本内维尔喜欢的《看守人》杂志都要美上几分,这里有他看重的所有东西:诗歌、节奏、形态、颜色、震撼力……

也许从内维尔的角度看来,他只能看到一排郊区花园?就像埃尔斯伯里梅德塞街边生机勃勃的花园?

或许。

39号前院有座假山,周围绿草茵茵。房子看起来非常奇怪,因为窗户后面并没有像一般家庭一样挂上窗帘。窗户玻璃上没有格子,两边也没有可以被拉起来的幕布。窗户就这样裸露在空气中和人们的视线中,这让罗伯特感到甚是诡异,可能周围的邻居们也是百思不得其解。这大概也表明接下来他所要遇到的一切都会非比寻常。

他按响门铃,尽量让自己表现得不那么卑微。他的态度很谦和,这是罗伯特·布莱尔从来没有过的新体验。

看到韦恩太太的那一刹那,窗户带来他的震撼已经消失不见了。直到真正看到韦恩太太的时候,罗伯特曾经在脑海里描述过好多遍的收养贝蒂·肯恩的女人的形象轰然倒塌。她有着一头灰色的头发,体态丰盈、严肃、宽容、普通,或许还系着围裙,抑或穿着花布罩衫。可是眼前的韦恩太太却完全颠覆了之前他对她形象的设想,她纤瘦、端庄、年轻而且时尚,头发乌黑,面颊红润,是个标准的美人儿,尤其值得一提的是,她有一双棕色的眼睛,这是罗伯特阅人无数所见过的闪耀着最智慧光芒的眼睛。

看到门外站着个素不相识的人,她本能地警惕起来,而且还将刚刚打开的大门又稍微合上了一点。不过在认真审视过以后,又放心地将门打开了一点。罗伯特认真向她做了自我介绍,她安静地听着,并没有中途打断他,这让罗伯特对她生出了几分好感。要知道在他所接触的客户中,不管男女老少,几乎都会中途打断他的话。

"你没有义务一定要接待我。"他说完自己前来的目的以后,最后说道,"可是我非常希望你不要将我拒之门外,我已经将我此行告诉给了格兰特探长,我说今天下午我会代表我的客户来和你谈一谈。"

"哦,是这样啊,如果警方也知晓此次谈话的话,那我也不会介意……"她向后退了一下,让罗伯特进来,"我知道,身为律师,你有义务要全心服务于你的客户。我们不会欺瞒你什么,可是如果你想见贝蒂,我恐怕很难让你如愿。为了不干扰到她,我们已经将她送去了乡下朋友家。莱斯利虽然是出于好心,可是却办错了事。"

"莱斯利?"

"那是我儿子。你请坐。"她请他进入一间干净舒适的起居室,自己坐在安乐椅上。"对于警方的无所作为,他非常恼怒,甚至都气疯了。他一直都对贝蒂心疼有加,实际上,在他订婚以前,他们俩几乎无时无刻不在一起。"

罗伯特认真地听着,生怕漏掉一个字,这也正是他想问的事。

"订婚?"

"是的,新年刚过,他就和一个女孩订婚了,不过我们都为他感到高兴。"

"贝蒂呢?她高兴吗?"

"她并没表现过妒忌,如果你是想问这个的话,"她说道,而且用那双满是智慧的眼睛看着他,"我想对于过去他们两兄妹在一起的日子,她肯定是难以忘怀的,不过听到此事后,她并没有什么过激的行为。她是个乖巧的好女孩,布莱尔先生,请你相信我。我结婚前是一名学校老师,这并不是什么高端的职业,所以当有心仪的对象向我求婚时,我选择了结婚,对于学校的女生,我还是有一定的发言权的,贝蒂一直都非常温顺懂事。"

"是的,我了解,所有人都对她评价很高。你儿子订婚的对象是她学校的同学吗?"

"哦,不是的,以前我们从来没有见过她。她们一家人才搬到这儿不久。在一次舞会中,莱斯利和她认识了。"

"贝蒂也参加了舞会吗?"

"哦,没有,那是个成年人的舞会,她太小了。"

"那照这么说,她还没有和那个未婚妻见过面。"

"说实话,我们都没有见过她。他是突然告诉我们他要订婚的,不过我们对她印象都不错,所以对这件事也就释怀了。"

"他这个年龄就结婚是不是有点操之过急了?"

"哦,是的,这件事从一开始都很荒谬。他今年才20岁,对方还只有18岁,可是他们在一起非常开心。再加上我自己结婚也很早,而且婚后生活很甜蜜。唯一的缺憾就是没有女儿,不过贝蒂的到来,弥补了我这个遗憾。"

"离开学校之后,她有什么打算?"

"她也还在犹豫,不过我觉得,她又没有什么专长,还是早早嫁人比较合适。"

"为什么?因为她长得很美?"

"哦,不是,是因为……"她中断了自己的话,显然刚刚准备说出来的话被她咽了回去。"一般来说，如果一个女孩子没有什么专长，都会早早结婚。"

他则在想，她刚刚准备说的话，会不会和深蓝灰色的眼睛有关系。

"该上学了，贝蒂却没有出现，你觉得她只是单纯因为贪玩？虽然你说她一直是个好孩子。"

"是的，她不想上学，对学校生活感到厌烦，而且她老是说，这倒像是真实的，学校生活完全就是在浪费时间和生命，所以我们以为她就恰好抓住了这个机会。莱斯利听说她没有回家时，说她是在碰运气。"

"我知道，放假期间她穿的是学校的校服吗？"

韦恩太太头一次用狐疑的眼光看着他，不知道他问这句话有什么目的。

"不，不是，她穿着再平常不过的衣服……她回来时只着内衣和鞋子，你知道吧？"

罗伯特轻轻点了点头。

"我不知道为什么会有人如此虐待一个无辜的孩子。"

"韦恩太太，如果你见过那些人，你可能会觉得不可思议。"

"可是，所有罪犯都会装作一副很无辜的样子，看起来都是好人，对吗？"

罗伯特没有正面回答她，他想要进一步了解一下女孩身上的伤痕，是最近才有的吗？

"是的，是最近才有的，很多伤痕还没有转成乌青。"

这让罗伯特大吃一惊。

"可是，据我了解，她以前也有一些旧伤吧？"

"就算是有，也被新的伤痕覆盖了。"

"那些新的伤痕什么样？是抽打的痕迹吗？"

"哦，不是的，像是用双手打的。就连脸上也有这样的伤痕，她的下巴肿得很高，一边太阳穴上还有一大块伤痕。"

"警方说，他们请她对整个事件进行描述时，她变得狂躁不安起来。"

"当时她非常难受。等我们将事情的前因后果问清楚了，又让她好好休息了一段时间，之后再向警方说明情况就容易了许多。"

"韦恩太太，我想请你坦诚回答我一个问题：对于贝蒂所说的一切，你有没有过一丝一毫的怀疑？哪怕只是一瞬间的？"

"没有，我从来没有怀疑过她。我有什么理由要怀疑她呢？她一直都是一个老实本分的好孩子。就算有撒谎的嫌疑，她又怎么可能会虚构出这样一个完美的故事呢？警方问了她他们能想到的所有问题，而且没有看出其中的任何漏洞。"

"她第一次向你们讲事情的来龙去脉时，有没有表述清楚？"

"哦，没有。大约经过了一两天的时间，刚开始只是讲了个梗概，之后再根据她想起来的细节再补充进去，比如阁楼上的窗户是圆的。"

"昏迷不会影响她的记忆吗？她还能记得那么清楚吗？"

"我不觉得那会给她造成什么影响。我是说，贝蒂的记忆力一向惊人，就像一部录像机一样。"

果然如此。罗伯特想，包括她的耳朵在内，都是直挺挺向上的。

"她很小的时候，就可以将一本书中的随便哪一页，当然我是指儿童读物，靠自己的记忆讲出个大概。基姆游戏①，你肯定也知道吧？就是将东西放在盆子上的游戏。她一直赢，到最后我们不得不将她踢出局。哦，她真的是个记忆高手。"

罗伯特想，还有一种游戏，玩的时候如果突然号啕大哭，就表明你要赢了。

"你说她从来就是个老实本分的好孩子，实际上大家也都是这样认为的，可是她有没有像大多数孩子一样沉溺于自己所幻想的世界中？"

"从来没有，"韦恩太太毫不迟疑地说，这想法好像让她自己都觉得十分可笑。"绝对不可能，"她说，"贝蒂从来只对真实的东西感兴趣，就算是玩洋娃娃茶会的游戏，她也和大多数孩子不一样，她不愿意去传递假想中的糕点，一定要看到真实的东西，就算只是一块面包。当然一般情况下比这个要好，有时只是想要收获更多东西，这并不是一件坏事，可是她老是欲望过多。"

对于她提到亲爱的女儿时那种洒脱的态度，罗伯特很是欣赏，也许是当过老师的经历让她有如此表现吧？不管怎么样，这总比无原则宠爱孩子要好得多。不过，相对于她得到的回报来说，人们不禁为她的无私奉献和聪明才智扼腕叹息。

"我不想让你在一个痛苦的话题上纠缠太长时间。"罗伯特说，"不过或许你能告诉我一些关于她父母亲的事。"

"她的父母？"韦恩太太吃惊地问道。

"是的，你和他们熟悉吗？他们到底是什么样的人？"

"我们和他们从来就不认识，也从来没有碰过面。"

"可是，毕竟你们收养了贝蒂，她父母去世时，贝蒂已经有九个月了，难道不是吗？"

"是的，可是贝蒂才刚到我们家没多长时间，她母亲就给我们写来一封信，说如果她来探视，只会让孩子徒增烦恼，所以最好的办法就是她不再见孩子，让孩子和我们一起生活，直到她可以回到伦敦为止。她还说希望我在贝蒂面前每天要不止一次提到她。"

对于那个从未见过面的已经离开这个世界的女人，罗伯特不禁满怀怜悯之情。她始终将孩子放在第一位的想法是多么伟大啊！这个被送来收养的贝蒂·肯恩所享受到是多么厚重的一份爱啊！

"她刚来时习惯吗？会整天哭着喊着要妈妈吗？"

"她的确哭过，原因是她对这里的食物不习惯，并没有因为想妈妈而哭过。她来的第一个晚上，就对莱斯利有好感，虽然她还是个孩子，我想也许是因为对莱斯利的好感，让她暂时忘却了悲伤。莱斯利比她大四岁，正处于一个保护欲旺盛的年龄。他现在也是这样，这也正是今天会给我们带来困扰的原因。"

"《艾克—艾玛》所报道的内容是从哪里得来的？我知道你儿子去了报社，不过我想知道你是否让他……"

"怎么可能，"韦恩太太非常生气地说，"在我们想办法补救之前，事情已经到了不可收拾的地步。莱斯利和记者到家里来了，报社派了一个人和他一起回来，想要从贝蒂那里打探到最新消息，当时我和丈夫都不在家。"

"贝蒂是甘愿给记者提供这些讯息的吗？"

"我不知道当时是个什么情况，我不在家。直到今天早上莱斯利将《艾克—艾玛》报纸放到我们眼前时，我和我丈夫才了解到事情的经过。我不得不说，他现在处于叛逆期。对于事情发展到如今的局面，他心里一样不好过。我必须告诉你，布莱尔先生，我儿子是从来不看这种报纸的。如果不是太生气了……"

"我知道，对于事情发生的经过，我知道得一清二楚。那种'将你的问题告诉给我们，我们会为你洗刷冤屈'的宣传确实很误导人。"他站起来，"韦恩太太，你确实是个好人，我非常感谢你提供的帮助。"

他说话的语气非常诚恳，甚至让她觉得迷惑不解，那错愕的表情似乎在说，我说的话对你有什么帮助吗？

他问贝蒂的父母以前住在伦敦的什么地方，她告诉给了他。"那里现在是一片废墟。"她说，"现在正在实施一项新的建筑计划，不过到现在为止还没有什么动静。"

在门口的台阶上，他和莱斯利迎面撞上。

莱斯利是个非常潇洒的年轻人，不过他自己好像并没有意识到这一点。也正是因为这个特点，罗伯特对他的态度改观了不少。罗伯特本来以为他是个鲁莽冲动的年轻人，可是刚好相反，他是一个英俊潇洒、亲切友善的男孩，长着一双真诚的眼睛，还有一头柔软的头发。母亲给他做了介绍后，他的眼里明显包含着敌意。而且，就像他母亲所说，他的眼神中还带着一丝桀骜不驯。很显然，因为自己曾经的举动，他现在也很懊恼。

"没有人可以欺负了我妹妹，还可以当作什么事都没发生一样。"当罗伯特不认可他的行为时，他恶狠狠地说。

"我同意你的看法。"罗伯特说，"可是站在我个人立场上来说，我倒愿意被人打两个星期，也不愿意看到自己的照片出现在《艾克—艾玛》这种报纸上的头版上，更何况我还是个年轻的女孩儿。"

"如果你两个星期被人殴打，可是事后却没有人声援你，我想你也会乐意让你的照片出现在任何小报上，只要能够换得公平和正义。"莱斯利说完这句话，就噔噔噔跑回自己屋里去了。

韦恩太太看向罗伯特，脸上明显带着抱歉的微笑。趁着她现在心软，罗伯特趁机说，"韦恩太太，不管什么时候，只要你觉得贝蒂有什么不对劲的地方，请你一定要注意。"

"布莱尔先生，你最好放弃此类想法。"

"难道你愿意看着无辜的人蒙受冤屈？"

"哦，当然不是，我不是这个意思，我是说我会怀疑贝蒂这件事。如果我从一开始就选择相信她，那么我会选择继续相信下去。"

"这个可不好说，或许有一天你会猛然发现有一块拼图和整体拼图并不相吻合。你是个与生俱来的分析家，或许在你不经意的时候，你的潜意识会提供一些讯息给我们。或者某个时候，你会突然觉得有什么东西让你内心不安。"

她和他一起走向花园大门口，他和她告别后，就打算离开了。这时，他吃惊地发现，她的眼中好像闪动着某种东西。

这么说来，对于整个故事，其实她也有过疑虑。

这个故事，看起来完美无瑕，可是经过她理智的分析，隐约存在着一个问题。

那会是什么呢？

他在低身进入车子的那一刻，突然灵光一现，转身问道，"她回家时，口袋里是否装有什么东西？"

"她衣服上只有一个口袋。"

"那里面有东西吗？"

她嘴角的肌肉似乎不由自主地颤动了一下，"只有一支口红。"她若无其事地说。

"一支口红！她还这么小，就开始用口红了，似乎不太好吧？"

"亲爱的布莱尔先生，如今的女孩十岁就开始用口红了。下雨天，女孩子的娱乐早已不是偷偷穿妈妈的衣服，而是玩口红。"

"或许是的，伍尔沃思②是最大的慈善家。"

她笑着和他再见，看着他开车离开后，转身走回屋里。

为什么说到口红会让韦恩太太产生疑惑呢？罗伯特一边想，一边走过泥泞的米德赛街，转而走向平坦的埃尔斯伯里，也就是伦敦的主要公路。是因为法兰柴思将这个东西馈赠给了小女孩，还是这件事让她很讶异？

而且，她潜意识的忧虑，竟然也让罗伯特察觉到了，这让罗伯特感到非常惊讶。在自己说出口的那一刹那，他根本没有意识到自己会提有关口袋的问题。在这之前，他从来没有想过女孩的口袋里会有什么，他甚至没有想过女孩的衣服上还会有口袋。

这样说来，女孩的衣服口袋里有一支口红。

而且正是因为它的存在，让韦恩太太满腹疑虑。

好，又有了新发现。第一，女孩的记忆力惊人；第二，两个月前，她在没有任何心理准备的情况下，失去了一直深爱的人；第三，她欲望无限；第四，她非常讨厌学校生活，除此以外，她更看重现实。

最关键的一点是，在那个家里，没有人知道贝蒂·肯恩心里的想法，包括最智慧的韦恩太太在内。更让人觉得不可思议的是，一个15岁的女孩，原来的生活都是围绕一个男孩转，可是一夜之间失去了自己所爱的人后，却还表现得如此平静。贝蒂"对此事表现得很冷静"。

罗伯特因为自己的发现感到欣喜，这表明这张年轻真诚的脸上所展现的贝蒂·肯恩可能不是她的真实面目。

①基姆游戏：一种儿童游戏，目的是培养人的观察能力和记忆调节能力。其名来源于英国小说家德鲁亚德·吉卜林的小说《基姆》中男主角接受间谍训练时玩的一种游戏。
②伍尔沃思：美国商人，1879年他开设第一家廉价商品店，后来发展成大型国际连锁店。

第八章

罗伯特准备在伦敦住一晚上，他打算多完成几件事。

他首先要去拜访一下他的老朋友。在如今这种局面下，他最先想到的是他的老同学凯文·麦克德默。关于犯罪案件，似乎没有凯文·麦克德默不知道的事。身为最有名的辩护律师，他不仅对人性非常了解，而且看得很远，很广，看问题的角度也别具一格。

现在，麦克德默很可能因为高血压英年早逝了，也可能正精神矍铄地坐在上议院议长的席位上。罗伯特当然希望是后者，对于凯文，他还是非常崇敬的。

当年在学校一块上学时，他们俩就因为有着共同的目标（朝法律方面发展）而熟悉起来，可是真正成为朋友，还是因为他们性格上的互补。对那个爱尔兰人来说，罗伯特的冷静自持使他非常有意思而且很有挑战性。对于罗伯特来说，凯文身上所具有那种凯尔特人特有的勇气和精气神让他别具韵味。对于将来的安排，罗伯特想要回到乡村小镇，继续过着原来的生活。而凯文则抱负远大，他想要在法律的允许范围之内，改变一切可以改变的东西，让世人对自己刮目相看。

可是一直到现在为止，凯文似乎也没有多大变化，尽管他在自己法官的工作岗位上尽职尽责。不过他略带幽默、讽刺的说话办事风格，让他在法律界也占据了一席之地。只要有凯文·麦克德默出现的案子，通常刊登在报纸上的几率会比平常高一半，比金钱所起的作用还要大。

他结婚了，是利益让他们走到了一起，可是却很快乐。他们住在维桥周边一所居所里，共同抚育了三个儿子。他们个个结实、瘦削、黝黑，和他们的父亲一样机灵。为了进城工作，他在圣保罗教堂庭院区还有一处公寓。他常说，从那里一低头就可以看到安妮皇后。只要罗伯特在城里，当然没有罗伯特希望的频率那么高，他们会一起吃饭，不是在那间小公寓，就是在凯文可以找到的拥有上乘红葡萄酒的周边餐馆。工作之余，凯文对红葡萄酒情有独钟，喜欢看生机盎然的华纳电影公司所发行的电影。

凯文今晚要去参加一场法律界的盛会，于是当罗伯特在米尔福德镇给他打电话时，他的秘书这样告诉他。不过，他非常高兴终于找到个借口逃避那些演讲，于是请罗伯特吃过晚餐后直接到圣保罗教堂庭院区的公寓等他。

这是个好兆头，如果凯文是吃完一顿晚饭回到家的话，他肯定是相当放松的，而且准备好好享受美妙的夜晚，而不是像平常一样，从法院直接回到家时，他的头脑里还一直在回想各种案件，不能彻底地放松。

同时，他还要打电话给苏格兰场的格兰特探长，看他明天早上是否有时间和他见个面。他一定要知道苏格兰场对这件事是怎么看的，或许他们双方都力挺受害者，可是却站在不同的立场上。

在弗特思克区的哲曼街上，有一幢爱德华时代的老建筑物，从懂事时被允许独立到伦敦以来，罗伯特每次来这风景点都会住在此处。这时，他们会像欢迎归来的游子一样欢迎他，让他住上次来住的那间房。这是一间光线不太明亮可是却非常舒适的小房间，里面有一张高度到肩膀的床和长毛绒小沙发，之后还有特大号棕色普通茶壶的茶盘，上面有乔治时代样式的奶油银瓶、放在一个廉价玻璃碟子里的约莫一磅重的糖块、一个印有小城堡花样的杯子、一个红金两色相间的小盘，还有一把有印迹的棕色木柄餐刀。

看到茶和茶盘，罗伯特顿时活力十足，旅途的疲劳一扫而空。他带着几分自信，精神抖擞地进入城里的街道，开启自己的探险旅程。

为了了解到更多有关贝蒂·肯恩的信息，他在潜意识的指引下，来到了一个本来有建筑物的空地上，她的父母之前就是在这里被炸弹击中，和建筑一起炸得尸骨无存。这里现在就是一片空地，等待下一步的建筑修建计划。上面没有任何东西可以看出来，这里曾经有过一幢楼。周围那些在炸弹中免遭损害的房子幸运地耸立着，就像一个还不知道灾难所代表的实际意义的没有成熟的孩子。他们曾经差点遭遇灾难，这就是他们了解和在乎的事情。

宽阔街道的另外一边是一排小店，好像它们在这里已经存在了50年甚至于更久。罗伯特从这些商店门口路过，去一家烟草杂货店买香烟，一个兼营售卖烟草杂货和报纸杂志的地方，是打听人们茶余饭后谈论内容的一个好去处。

"事情发生的时候，你在现场吗？"罗伯特问门口的一个小个子男人。

"什么事情？"面色绯红的小个子男人问道，他好像已经对那片空地相当熟悉了，对于它以前的样子已经记不太清了。"哦，那次意外？没有，我因为公事出差了。我之前是做典狱长的。"

哦，是的，这家店那时就已经开业了，而且存在了很长时间了。他就是这里土生土长的人，之后继承了父亲手里的生意。

"那对于周边的人，你应该也非常了解了？对于当时那幢大厦的管理员夫妇，你还有印象吗？"

"你是说肯恩夫妇？当然，我怎么可能会忘记他们呢？当时他们每天都要来我店里买东西。先是他来买报纸，然后她会过来买烟，之后又是他来买晚报，她再过来买东西。再之后，我儿子回家就会帮我照看店，我就会和他一起到周边的酒馆喝酒。你也和他们很熟吗，先生？"

"哦，不熟，可是前段时间听人说起过他们。我想知道那个地方为什么被损毁了呢？"

两颊绯红的小个子男人很不屑地咂巴咂巴嘴。

"还不是质量不过关，总之就那么回事，材料、人工都不到位。炸弹落在那个地方，肯恩夫妇就那样死了，当时他们在地下室，以为躲在那里就不会有事了，可是整个建筑物轰然倒塌，根本没有藏身之处。"他边说边整理身边的一叠报纸，"她真是太不幸了，一个礼拜中，就只有那一个晚上，她和丈夫都待在里面，可是炸弹正好就在那个时间落下来。"他好像因为自己的发现而有点忘形。

"那大多数情况下，她都会在哪儿呢？"罗伯特问，"她晚上还要上班吗？"

"上班？"小个子男人嘲弄似的说，"就她？"之后便是片刻的安静，"哦，很对不起，我忘了也许你和他们是朋友……"

罗伯特闻言，马上说自己之所以对肯恩夫妇有兴趣，只是出于调查研究。有人知道他们是大厦的管理员，也只局限于此。如果肯恩太太晚上不是出去上班，那她干什么去了？

"肯定是去娱乐了。是啊，就算是那时，人们依然有办法寻找生活的乐趣，只要他们愿意这样去做的话。肯恩先生希望她能和他们的小女儿一起到乡下去，可是她会同意吗？那和她的性情一点都不相符。她说在乡下住上三天，她就会死的。他们被送到乡下的女儿，她甚至都没去看一眼。那是现实情况所迫，其他孩子都是如此。可是在我看来，不需要照看孩子，她高兴还来不及呢！这样她就可以每晚都出去和人跳舞了。"

"和谁跳舞?"

"军官,"小个子男人直接说,"跳舞总比无聊地砍草要有趣得多吧,我觉得那样做其实也无可厚非。"他连忙又说道,"她已经不在了,我不想在她死后说一些她自己不能为自己辩护的事。可是我不得不说一句公道话,她不是一个好母亲,也不是一个好妻子。"

"她长得好看吗?"罗伯特想,心中想的却是自己此前对贝蒂母亲的恻隐之心全都白费了。

"还不错,可是她不怎么理人,属于内心火热,外表冷漠型的。你没办法想象她活跃起来是什么样子。我是说,高兴得忘乎所以。她拘束的样子我也没见过,她从来就不是那样的人。"

"那她丈夫呢?是个什么样的人?"

"哦,你是说伯特·肯恩吧,他人挺不错的,应当比那个女人运气好一些才对。伯特是个不折不扣的好人,对小女孩非常疼爱,几乎把她宠上天了,要什么给什么。虽然这样,她还是个好孩子,温顺、诚实。是啊,伯特值得拥有更好的东西,而不只是那个安于享乐的妻子和一个以自我为中心的孩子。好人啊,伯特……"他的目光越过路面,看向那片空地,好像回到了过去的时光,"他们找了他将近一个星期。"他最后说。

罗伯特把香烟钱给他,然后离开店铺走到街上,既感到痛心,又觉得释怀。痛心是因为伯特·肯恩,一个本来可以生活得更好的人;可是他也因为听到贝蒂·肯恩的母亲和他想象中的一样而释怀。在到伦敦的这一路上,他一直为那个女人感到痛心,这是一个宁愿牺牲自己也要为女儿着想的人,对于她所想要保护的女儿是贝蒂·肯恩,他甚至觉得气愤。可是现在他心底的大石头被移走了。如果他可以安排一切,他也想将贝蒂·肯恩这样的女儿安排给她。而她,一看就是那种母亲才会有的女儿。

"真是一个极端自私的人。"哦,这一次,韦恩太太会发表什么样的观点呢?"她哭过,可并不是因为她的母亲,而只是因为这里的食物不合他胃口。"

很明显,她哭的原因也不是因为那个将她宠上天的爸爸。

回到旅馆,他拿出那份报纸——《艾克—艾玛》,在弗特思克的旅馆餐厅吃饭时,他还将报纸上第二版所介绍的内容认真研读了一遍。开头的标语是标准的海报形式:

一个四月的晚上,一个只穿着内衣和鞋子的女孩回到这里。离开家时,她还是一个乐观烂漫的好学生,根本没有……

整篇报道讲述夸张,纯粹是为了博人眼球,根本就是这类作品的范本。当初的宗旨已经完全达到了,那就是以一个故事吸引更多读者的眼光。对于喜欢看色情描写的作者,它提供的信息是女孩几乎是赤身裸体;对于那些怜悯女孩遭遇的人,文章着重夸大了她的年轻和漂亮;对于那些可怜她的人,文章中展现了她的伤心与失望;对有施虐倾向的人,她被殴打的细节也一一呈现;对于遭到等级歧视的人,文章对高墙大院里的房屋进行了仔细的描绘;对一般的英国民众,它所描述的警察虽然没有收红包,可是却工作散漫,正义的力量没有突显出来。

是的,这篇文章非常不错。

当然,对于报社而言,故事本身就是一个机会,这也是为什么他们会马上派人和莱斯利一起到家里做访问的原因。可是罗伯特认为,以《艾克—艾玛》的所宣传的口号,就算是只有一些零星的片段,他们也可以拼凑成一个完整的故事。

专门对人性的弱点进行揭露,这是一个残酷的行业。罗伯特翻开报纸的一页,将他们吸引读者的故事情节仔细研究了一遍。他马上发现,就算是一个"捐赠一百万"这样的标题,其下面的内容依然是有关一个可耻的老人偷逃税款,并不是讲一个男孩如何自强不息,凭借自己的努力赢得他人认可的故事。

他非常厌恶地将报纸放进公文包,之后走向圣保罗教堂庭院区。在那里,他看到一个女人正在等他，这个女人头上戴着一顶帽子。麦克德默先生的秘书打电话跟她说，他有一个朋友会来拜访他，请她帮他开门。她请他进到屋里，走之前告诉他壁炉旁的茶几上有威士忌，柜子里还有一瓶。不过，她还说，请你最好要提醒麦克德默先生，要不然他会喝很多，第二天早上就不能按时起床上班了。

罗伯特听完微笑着说："恐怕这不能怪威士忌，要怪要就怪他身上流淌的爱尔兰血液。爱尔兰人普遍都赖床。"

听到这话她明显愣了一下，很显然这句话让她有点吃惊。

"我并不觉得惊讶。"她说，"我父亲也是如此，他也是爱尔兰人。不过他不是因为威士忌，而是因为原罪。反正我是这样想的，可是这刚巧也是他的不幸。"

这是一间让人感到愉悦亲切而友好的小公寓。城市拥挤堵塞过去以后，这里难得地安静下来。他为自己倒上一杯酒，走到窗边凝视着下面的安妮皇后雕像，视线再次投射到那座大教堂上，整个建筑似乎都是飘浮在空中，非常均衡，好像可以放在掌上抚弄。之后他坐下来，从今天一大早出门去帮那位惹人厌的老女人修改遗嘱开始，一直到现在，他才彻底放松下来。

凯文回到家时，他已经朦朦胧胧睡着了，他还没来得及挪动位置，主人就回来了。

麦克德默径直走向茶几上的玻璃酒瓶，在经过罗伯特身后时，故意捏了他后颈一把。"开始了，老朋友。"他说。

"开始什么？什么开始了？"罗伯特问。

"你曾经引以为傲的脖颈开始变粗了。"

罗伯特慵懒地伸了伸腰，揉了揉刚被他捏痛的脖颈。"你提醒我了，我确实已经开始感觉到后颈有冷风飕飕地往里灌了。"他说。

"真的吗？罗伯特！难道没有什么事情可以让你烦恼吗？"凯文说，他的眼睛在深黑色眉毛的衬托下显然有些落寞、没有血色，"就算你马上就要失去你强健的体魄，你也不会因此郁闷吗？"

"实际上，我确实遇到麻烦事了，不过这和我的外表没有关系。"

"嗯，大名鼎鼎的布莱尔·海沃德·本尼特律师事务所到底出现了什么样的麻烦，不可能是资不抵债吧，那么，我想肯定是和一个女人有关。"

"是的，可是和你想象的不一样。"

"是准备结婚？你也确实应该结婚了，罗伯特。"

"你很早以前就说过这样的话。"

"难道你不希望布莱尔·海沃德·本尼特律师事务所后继有人吗？"布莱尔·海沃德·本尼特律师事务所的安稳一直被凯文讥笑，罗伯特这样想着。

"事务所和女老板又不冲突，无论怎样，现在是由内维尔在负责。"

"内维尔将来的妻子能够做的贡献就是留声机。我听说前段时间她又出席了一个公开场合，非常高贵得体。如果她必须为自己的生计发愁的话，她就没那么多精力到处游玩了。"他端着酒杯坐下来，"我不想问你这次来是因为什么，我觉得你确头应该抽时间好好看看这座城市。让我猜一下，明天早上十点钟你和某个律师见面以后，又要匆忙回去了，是吗？"

"不是，"罗伯特回答道，"是和苏格兰场。"

凯文闻言马上停止了往嘴里猛灌酒的动作，"罗伯特，你变了，你什么时候和苏格兰场扯上关系了？"

"事实就是如此。"罗伯特尽量语气和缓地说，特意将那句嘲讽米尔福德安全状况的话忽略了。"它就在我眼前，可是我却不知道应该如何妥当处置。我想听听深谙此种情况的人会怎么看。我不明白我找你是出于什么动机，你肯定对这样的问题厌恶之极，别忘记你过去连代数问题都是我帮你解决的。"

"但是你却对投资和股票很在行，如果我的记忆没出错的话，那时的我在股票方面简直就是个白痴。幸亏由于你的提醒，我才免于在一次投资中栽跟头，我还欠你一个人情呢。实际上，细细想来，有至少两次你都让我免于赔钱。"他接着说道。

"两次？"

"是啊，塔玛拉和托皮卡锡矿。"

"对于托皮卡锡矿，我确实有提醒过你，可是有关塔玛拉，我并没有暗示你别娶她啊。"

"哦，你敢肯定地说没有吗？罗伯特，我将她介绍给你认识时，你知不知道当时你脸上是什么表情。哦，不，不是现在的这种表情，刚好相反，你当时的表情就和可控诉的英国绅士一样谨小慎微、好素养的面具一样，你马上让自己呈现出一副微笑的脸庞。它已经代表了一切，我可以想象到，在未来漫长的一生中，我在给别人介绍塔玛拉时，都会从人们的脸上看到类似的表情。我一直都在设法感谢你。现在，将你公文包里的东西拿出来吧。"

真是什么也瞒不过凯文的眼睛，罗伯特一边想，一边无奈地将贝蒂·肯恩在接受警方调查时所做的笔录副本拿出来。

"这份笔录非常简单，我希望你看过以后，可以告诉我你内心真实的想法。"

他看着凯文的表情，没有提前表明自己的观点。

麦克德默拿过去，走马观花似的看了一遍，然后说，"我想这个女人是受《艾克—艾玛》庇护的。"

"原来你也读《艾克—艾玛》啊，我怎么不知道啊！"罗伯特吃惊地叫道。

"上帝眷顾你！实际上我一直是靠《艾克—艾玛》生存的。没有犯罪案件的发生，就不可能有诉讼案件，也就没有凯文·麦克德默，或者说只有一部分。"说完，四周安静无声，一共持续了四分钟。他是这么集中注意力，以至于让罗伯特觉得这个房间只剩下他一个人，主人已经不在这儿了。"嗯。"他说，将这片宁静打破了。

"如何？"

"我在想你的客户肯定是那两个女人，而不是那个小女孩。"

"当然。"

"现在谈谈你的想法吧。"凯文说着，正襟危坐，准备听他详谈。

罗伯特将整件事简单陈述了一遍，巨细靡遗。从一开始他不想接手这个案子，到后来在那两个女人和贝蒂·肯恩之间做一个抉择，自己更倾向于哪一方。再到苏格兰场在没有充分证据以前不敢随任意采取措施的决定，还有莱斯利·韦恩冲动之下找到《艾克—艾玛》报社办公室的事。

"因此，"麦克德默说，"苏格兰场今晚正想方设法地找到充分的证据来证实女孩故事的真实性。"

"我想是的，"罗伯特失望地说，"可是我想要清楚的是：对于那个女孩的故事，你相信吗？"

"对于别人的故事，我从来都是持怀疑态度。"凯文有点不高兴地说道，"你要明白的是：我觉得女孩的故事可信吗？我的回答当然是，是的。"

"是的？"

"当然，为什么不相信呢？"

"可是这个故事明显有很多虚假的成分。"罗伯特说，语气比他自己预想中的还要热切三分。

"没有什么虚假不虚假的。单身的女人本来就容易做一些出格的事，特别是穷困的女人。前几天还发生了这样一件事，一个年纪很大的女人被人撞见，她将自己的妹妹用铁链锁在床上，放在一间和壁橱大小差不多的房间里。这种情况一直持续了三年，她只给她吃一些面包屑、马铃薯以及一些她自己不想吃的零散食物。事情被揭发以后，她解释说那是因为她们已经不能维持正常生活，这样做是生存下去的唯一办法。实际上，她在银行有不少存款，可是因为缺乏安全感，她做出了如此令人发指的事情。和那个小女孩的故事相比，就像你所说的有虚假的成分来看，这个故事更加让人觉得不可思议。"

"是吗？我觉得那就是极具代表性的精神病患者的症状。"

"这只是因为你知道了事情的原委。我是说，有的人亲眼看到这一切的发生。相反，如果这只是空穴来风的话，那个不理智的姐姐听说后，一定会在调查开始之前将妹妹松开，调查人员能看到的，也不过就是两个老女人在一起过着安详宁静的生活，只不过其中一个会看起来虚弱些。你会作何感想？你还会相信那个用铁链锁人的说法吗？或许，对于这个故事，你才会觉得更加荒谬？"

罗伯特听完，陷入深深的难过中。

"这个故事中的主角是两个住在大房子里的孤单而穷困的女人，其中一个因为年纪大了，已经没有了能力来做家务，另外一个则讨厌做家务。她们如果只是稍微不理智一下，就会做出什么行为？当然是扣押一个女孩，让她做她们的女仆。"

凯文的说法让罗伯特一时百口莫辩！罗伯特本来以为自己来找凯文，只是要想听取他的意见，可是现在看来，他是来寻求凯文的支持。

"她们扣押的女孩正好是一个离家很远而且很纯良的在校女生。那是她们运气欠佳，碰到这种完美的女孩，甚至一直到现在，她在人们的印象中都一直是诚实的代表，人们丝毫不会怀疑她所说的任何话。如果我是警察，我也会矢志不渝地相信她。在我看来，是她们疯了才对。"

他饶有兴致地看了罗伯特一眼，后者正低着头，把身体深深地陷入座椅里，眉头紧锁，一直盯着自己伸到壁炉旁边的腿看。他安静地坐了一会儿，似乎很享受看他朋友落魄的样子。

"当然，"他再次开口了，"他们还回忆起曾经的一个与之相似的案件，大家对那个女孩伤心的故事深信不疑，而最后的结果却是他们全部上当了。"

"相似的案件！"罗伯特闻言马上坐了起来，"那是什么时候的事？"

"17世纪吧，好像是，具体时间我也不太记得了。"

"哦。"罗伯特重新泄气了。

"对于你这个'哦'的意思，我有点不理解。"麦克德默亲切地说，"借口的实际意义其实两百年以来都是如此。"

"借口？"

"如果可以参考那个案件的话，那么女孩的故事就只是一个借口而已。"

"那么你的意思是说，你相信，我的意思是说，你认为有可能，那个女孩的故事根本就是假的？"

"彻头彻尾的谎话！"

"哦，凯文，你真是太让人气愤了。刚才你还说那个故事是真实的。"

"我是这样说的，可与此同时，我也觉得那个故事是个编造的谎言。我不会偏袒任意一方，可以随时为其中一方辩护。从总体上来说，我更愿意为那个来自埃尔斯伯里的小女孩当辩护律师。如果她以证人的身份出现，会有强烈的冲击效果，而从你所描述的夏普母女的情形来看，她们对律师不能起到任何作用。"

他站起来为自己加了一些威士忌，并伸出另一只手去拿罗伯特的杯子。可是罗伯特这儿会全然没有了喝酒的兴致。他叹息着摇摇头，目光一直盯着火炉不放。他觉得很累，甚至有点恼火。他不应该来这里，一个人如果做辩护律师太长时间，像凯文这样，那么他思想中有的就只是一些总结性的观点，并不想去挖掘事情真相。他想等凯文将手中的酒喝掉一半，他就离开。这时，他最好的选择是当一个缩头乌龟，将他对别人的问题所要承担的责任暂时忘记。至少，忘记自己应该要为那些尚待解决的问题要负的责任。

"我在想，那一个月里，小女孩到底做了些什么。"凯文说着咽下一大口威士忌。

罗伯特差点脱口而出，"看来你确实相信那女孩就是一个说谎者。"可是他将到嘴边的话咽了回去。今天晚上，他不想再多说什么了。

"如果喝了葡萄酒之后，你又喝了这么多威士忌，我想接下来的这一个月，你就必须接受治疗了。"他说，而让他吃惊的是凯文竟然往后退，像个小男孩一样肆无忌惮地笑起来。

"哦，罗伯特，我爱你！"他高兴地说，"你就是英格兰精髓最有力的代表。你身上具备让我们羡慕忌妒的特征。你坐在那里，看上去那么谦逊和蔼，任由别人在你身上作威作福，大家都以为你是只温顺的老猫；而就在他们得意忘形的时候，猛然遭到强烈一击！伸到别人面前的是一只没有手套的专业手掌。"他取走罗伯特的杯子，也没说对不起之类的话就帮他去倒酒了。这次罗伯特没有表示反对，现在的他心里畅快多了。

第九章

在强烈的太阳光的照射下，伦敦和拉伯洛之间的路就像是一条黢黑笔直的绷带，阳光不停照在拥挤的车流间，反射着耀眼的光芒。没过多久，空气和马路都被堵得死死的，没有人可以再随意移动，于是大家不得不重新选坐火车，这样可以减少路途上的时间，这叫作前进。

昨天晚上凯文说，根据今天交通的便利程度，贝蒂·肯恩去澳大利亚的首都——悉尼的可能性比较大。这是个让人惊讶的想法。这说明她那个月极有可能待在堪察加半岛到秘鲁之间的某个地方，而他，布莱尔，现在要做的，无非就是找出她当时不在拉伯洛路上的那幢房子里的证据而已。要不是这个阳光明媚的早晨，要不是替苏格兰场感到不幸，要不是凯文对他动了恻隐之心，要不是到现在为止，他的调查已经取得初步进展，他很可能会非常失望。

自己会替苏格兰场感到不幸，这是他原来难以想象的。可事实就是这样，苏格兰场原来调查要达到的目的是找出夏普母女有罪的证据，还有找出证据证明贝蒂·肯恩所讲的话是对的，因为不管从哪个方面来说，他们都愿意相信夏普母女是罪魁祸首。而现在他们觉得棘手的事情是如果要让报道贝蒂·肯恩的《艾克—艾玛》吞下自己酿的苦果，那么他们就必须证明贝蒂·肯恩的故事是胡编乱造的。是的，这让一直强势的苏格兰场感到非常郁闷。

之后罗伯特回忆起来，格兰特探长和平常一样谦恭有加。自己就像在看医生一样，而且他觉得《艾克—艾玛》应该将因为报道所收到的信件内容都让罗伯特知晓。

"不过别对这些信希冀过大，"他好心提醒道，"如果我们收到一封有实际价值的信，就表明同时到你手上的还有五千封无用的信。写信是一种特别奇怪的发泄方式，比起那些多管闲事的、无所事事的、精神迷乱的、脾气暴躁的、时刻想着国家的……"

"为了集体的权益。"

"为了上帝和普遍存在的公德心，"格兰特苦涩地说，"还有那些图谋不轨的人，这些人都会写信来。你清楚，对于他们来说，这是一种最保险的发泄方式。那些信里写的都是一些无关紧要的东西，又臭又长、清高、自傲、卑鄙，还有他们从报纸上抄来的别人的观点，可是没有人可以阻止他们。于是他们不停地写，我的上帝啊，看看他们写的吧！"

"可是这终究有希望……"

"嗯，是的，是有希望。所有写来的信件，不管内容多么粗俗不堪，都必须经过仔细阅读。我可以向你保证，所有重要的信息我都会一字不漏地告诉给你，可是我还是必须提前告诉你一点，找出一封内容正常的来信的几率只有五千分之一。写这种信的人不想被人觉得是多管闲事的人，他们刻意保持沉默，对喜欢八卦别人私事的美国人非常反感，总之他工作非常繁忙，如果要他安安静静坐下来写封信给警察局，而且还是讨论和他自己没有关系的事情，这和他所恪守的原则是相违背的。"

罗伯特心满意足地离开了，他忽然对苏格兰场怜悯起来，至少他现在所遇到的问题是明确的，不必左右徘徊，害怕走错了方向。更何况还有凯文这样的人帮他指引前行的方向。

"真的是这样。"凯文昨天晚上说过，"如果我是警方，我也会不顾一切朝女孩无辜的方向调查。这才有相当的证据可以提起诉讼，而顺利破案的记录，就算只是一个很小的案件，对于一个想要晋升的人来说，也是极其有帮助的。遗憾的是，或者对普通公民来说幸运的是，决定是否提交到法院的是这些人的领导，而领导对下属想要升职的迫切心情往往并没有多大兴趣。我吃惊地发现这种智慧竟然是办公室钩心斗角产生的附属物。"

罗伯特喝了好几口威士忌，觉得轻松不少，于是由着凯文不停地抱怨。

"可是，如果他们掌握了一点证明材料，他们就会马不停蹄地拿着逮捕令出现在法兰柴思门前，速度之快，会让你连反应的时间都没有。"

"可是他们不会找到确切证明资料的。"罗伯特慢条斯理地说，"凭什么可以找到呢？怎么可能？我们只需要证明女孩是在骗人，那么夏普家就能继续正常生活下去。明天等找到了女孩的姑姑和姑父以后，我们就可以对她有个大概的了解了，这样我们就有足够的借口开始我们的调查研究工作了。"

现在，他正行驶在那条黢黑宽阔的拉伯洛路上，去拜访贝蒂在曼希尔的亲戚，她说自己从一开始就在那里度假。这家人姓蒂尔西特，住在曼希尔拉伯洛的切瑞尔街93号。丈夫在拉伯洛一家生产刷子的公司做销售，夫妻俩没有养育孩子。这就是罗伯特打探到的所有消息。

在车子转往曼希尔主干道时他停顿了一下。他想起来贝蒂曾经在这里等过大巴，如果的确像她所说，她就在这里等过。当时肯定是在马路的另一边，那是一条长长的人行道，直直延伸至远方，看不见任何曲折。往常的这个时间它是拥挤的，可是现在却非常安静。罗伯特想这可能是因为夏日的周末午后天气比较炎热的原因吧。

切瑞尔街两边是装有向外突出的窗户的红砖房，从外表看它是脏乱差的典型代表。窗户那突出的锯齿已经快要挨到分开人行道的红砖矮墙了。埃尔斯伯里米德赛街的土壤被重新翻过，窗户下面原来有块地，最初的打算是用来修建花园的，现在也已经没有了实际价值，上面长着乱七八糟的藤蔓和野生的勿忘我，代表着伦敦最后的一点尊严。当然，和埃尔斯伯里的平常主妇一样，切瑞尔街的房子里也悬挂着皱褶窗帘。不过，如果有诗人看到这样的场景，他们会以花园以外的东西来歌颂。

他按响门铃，可是没有得到回应，于是他伸出手在门上敲了几下，那扇门和路上所有房子的门都没有区别，除了有一点不一样，那就是上面写着93号。一个女人从旁边房子的卧室窗户探出头来问道："你找蒂尔西特太太吗？"

罗伯特点了点头。

"她去买东西了，喏，就是街转角那家店。"

"嗯，好，谢谢你，我在这儿等她。"

"如果你着急的话你还是去找她吧！"

"哦，她还会到别的地方去吗？"

"不会的，周边就这一家店。可是她有选择恐惧症，就算花半个早晨的时间，她也难以决定到底买哪种麦片。如果你去随便帮她挑选一个放进购物袋，她会很乐意的。"

罗伯特向她表示感谢，然后朝马路另一头走去，不过对方又叫住了他。

"将你的车开走，不能停在这里。"

"不是就在附近吗？"

"或许是，可是今天是星期六。"

"星期六？"

"今天孩子们都放假在家。"

"哦，我知道了。不过，我车里并没有什么可以……"他本来想说偷的，不过马上改了口，变成了没什么可以挪动的。

"可挪动的？哈！我们的窗台原来搁置过的花盆箱，邻居拉弗蒂太太安装过一道门，比多斯太太阳台上有两个木头做的晾衣竿和一根十八码长的晾衣绳。这些本来都是固定住的，可是现在就不一定了。如果你把车停在这里，回来时还可以见到底盘的话，那算你幸运了！"

罗伯特闻言就钻回车里，向那家商店驶去。路上他回想起了一些往事，脑海里被各种不同记忆的碎片充斥着。就是在这里,贝蒂·肯恩度过了快乐的时光,可是这条街道脏乱而且枯燥,她却很高兴来到这里,还写信说她准备在这里度过整个假期。

这里到底有什么东西吸引着她?

走进商店里,他还在思考这个问题,之后他便在顾客中寻找蒂尔西特太太的身影。其实根本不用寻找,店铺里仅有一名女顾客,再加上一名无可奈何的店主,两人手里各拿着一盒商品。

"你想要什么,先生?"店主问道,目光从那名犹豫不决的女顾客上移开,今天让她踟蹰不定的不是麦片,而是洗衣粉,向罗伯特走过来。

"不,谢谢,"罗伯特说,"我只是来找这位女士。"

"我?"那女人闻言转过身来,"如果是和瓦斯有关,那么……"

罗伯特急忙说和瓦斯无关。

"我已经有过一个很好用的吸尘器了。"她说着又回到自己的思绪上。

罗伯特说他的车就停在外面,他会在那里等她,说完便准备离去。可是那个女人说,"车,哦,那你可以顺带捎我回家了,对吗?这样我就可以不用拿这么多东西了。多少钱,卡尔先生?"

她兴味十足地看着罗伯特,卡尔先生将她手中的洗衣粉放进她的购物袋,给她找回零钱,又祝福了她一句,之后便用充满同情的眼光看着罗伯特和那个女人走向他的车。

罗伯特明白,想要再遇到一个像韦恩太太那样优雅得体的女人实在太难了,可是看到蒂尔西特太太,他还是压抑不住心底深深的失望。蒂尔西特太太好像一直在思考什么,这种女人可以和你亲切交谈,赞同你的意见,夸赞你的打扮,还会给你一些中肯的建议,可是她们心里想的却总是鱼怎么做,洗衣店的账单搁到哪里去了,抑或右边前齿的镶牙做得怎么样,反正可以是任何事情,就是不是正在热议的话题。

她好像对罗伯特的车颇有好感,还请他喝一杯茶,很显然这里请人喝茶好像和时间不相关。可是罗伯特觉得,在表明自己的辩护律师身份之前,他不能和她一起喝任何东西,就算只是一杯茶。他尽量给她阐释着,可是不知道她是否听进去了。她这时在想的已经是茶点要准备什么饼干,就算说到她的侄女,也不能吸引她的注意力。

"这件事真的是非同一般,对吗?"她说,"扣留她,再殴打她,这样做对她们而言有什么意义?请坐,布莱尔先生,我要……"

这时,房子里传来一阵让人浑身发抖的尖叫声,而且这种声音一直持续,让人不得不停止谈话,甚至连呼吸都暂停了。

蒂尔西特太太愤怒地将手里的袋子扔下,低身靠近罗伯特的耳边,"我的茶壶,"她说着,"请稍等,我马上回来。"

罗伯特坐了下来,安静地打量四周,再一次疑惑,为什么贝蒂·肯恩会喜欢这里。韦恩太太的前厅是一个会客厅,起居室也布置得非常温暖,可是这里就是房子里最好的一间了,是专门为一般的熟人准备的。这家人真正的生活空间是后面狭窄逼仄的空间。那里是厨房,甚至还肩负着起居室的重担,而这竟是贝蒂·肯恩选择留下来的地方。难道她在这里有了新朋友?是男朋友还是女朋友?

没过多久,蒂尔西特太太就返回来了,手里拿着茶壶。罗伯特本来还在疑惑她这次怎么反应这么快,不过看到茶壶里的东西后就明白了,她根本没时间来犹豫不决,她将两种饼干都拿出来了。罗伯特一边看她倒茶,一边想,这个女人至少给她提供了一个可靠的讯息,那就是当韦恩夫妇他们送贝蒂回家时,她没有马上发电报通知贝蒂已于前两个星期就离开了。在蒂尔西太太的脑子里,她后面阳台上所晾着的果冻远比半个月前就离开的贝蒂重要。"当时我一点都不信,"蒂尔西特就像看穿了罗伯特的想法似的,"他们从埃尔斯伯里给写信给我时,我就知道她肯定会回来的。不过我丈夫却对此事非常担心,你知道的,他每出一趟门,就有一个星期到十天左右的样子在外面。他在威克塞斯公司上班,工作起来不要命。不过我觉得应该再等等看,她肯定会安然回来的。看吧,结果确实如此。"

"她说在这里度假非常高兴。"

"我想是这样的。"她含混不清地说,好像并没有罗伯特想象中的兴奋。他看了她一眼,知道她又开始想别的了。从她视线所到达的地方来看,她应该是在想今天的茶味道怎样。"她在这儿的时候,每天都做些什么?交了新朋友吗?"

"哦,没有,她有一大部分时间都待在拉伯洛。"

"拉伯洛!"

"嗯,或许说一大部分时间好像对她不太公正。她早上会帮我做一点家务,可是这房子面积又不大,我又不太习惯别人插手,她事实也没什么事情做。再说她是过来玩的,对吧?可怜的小家伙,还要完成那么多功课。我真的觉得很费解,学校里为什么要给女孩子留那么多假期作业。对面哈洛普太太的女儿连自己的名字都写不好,照样嫁给一个贵族的后代,也许是其儿子的儿子。"她有些不确定地说,"我猛然间记不起来了,她……"

"她在拉伯洛都干些什么事情呢?贝蒂。"

"大部分时间都是在电影院度过。"

"看电影?"

"你知道的,在拉伯洛,你可以一直看的。很多大剧院十点半就开门营业,周三左右会上新片子。这样的剧院大概有四十多家,所以你可以转战不同的剧院,直到你该回家了。"

"贝蒂就是这样消磨时间的吗?"

"哦,不。她不会那么疯狂,一般都只看早场,因为中午之前的电影相对来说要便宜得多,然后,她会乘公交车到处跑。"

"乘公交车到处跑?那她一般都会去哪些地方?"

"嗯,只要她想去的,她就会去啊。布莱尔先生,吃点饼干吧,新鲜的,刚从盒子里拿出来。她去诺顿城堡玩了。诺顿是一个位于农村的小镇,你知道的。每个人都向住拉伯洛,毕竟地方大得多,可诺顿……"

"那她中午也不回来吃饭?"

"什么?哦,你是说贝蒂,她午饭在外面解决。我们的晚餐都是在家吃的,我丈夫白天在外面干活,只有到晚上才会回来,所以贝蒂每次回来时,晚餐已经准备好了。对此我一直很骄傲,会准备各色佳肴作为晚餐,做我的……"

"吃晚餐时间是几点?6点吗?"

"不是,我丈夫一般都7点半左右才会回来。"

"我想贝蒂会在这之前回来,对吗?"

"大部分情况下是这样,只有一次因为看下午场的电影回来有点迟,我丈夫还对此担心不已,可是我觉得根本没什么。看电影又不是什么坏事,可是自从那次以后,她总是回来得比他要早。当然这都是在他不出门的时候,如果他出了远门,她就不会那么谨慎了。"

由此说来,女孩有整整两个星期处于无人监护状态,为所欲为,没有人管,而口袋里也只有一些零用钱而已。听上去,这两个星期女孩过得无忧无虑,而且和她同龄的女孩都是过的这样的生活。早上看电影或逛街,再随便吃个午饭,下午再坐公交车到乡下游玩。这是一个少女完美假期的安排,第一次尝试自由生活而且没有人管制。

可是贝蒂·肯恩不是一个平常的女孩。她曾经向警方一字一句地讲述了一个长篇大论的故事。她的生活中有四个星期的时间没办法解释,她说自己被人殴打。那么,那段没有人约束的时间,贝蒂·肯恩到底是如何度过的呢?

"你知不知道她是否坐公交车到过米尔福德镇?"

"没有,他们也问过我,可是我没有回答。"

"他们？"

"是的，警察。"

哦，是的。他差点忘记一点，警方会行使他们的权力调查贝蒂·肯恩说过的每一句话。

"你不是警察，我记得你一开始就说过。"

"不是。"罗伯特再次强调，"我是一名律师，现在是那两个被怀疑扣留贝蒂的女人的辩护律师。"

"是的，你跟我说过。我想她们确实需要一个律师帮她们问问题。布莱尔先生，希望我的陈述会对你有利。"

实际上，他又喝了一杯茶，希望她可以讲出更多有用的信息。可是，她一直不停地重复之前已经讲过的情况。

"警方知道贝蒂曾经整天一个人在外面吗？"他问。

她仔细回想了一下，然后说，"我记不清了，"她说，"他们问她每天都在做什么事情，我说大多数时候是看电影或者坐公交车，他们又问我有没有人和她同行，我得坦白我欺骗了他们，我说有时间我会跟她一起出去，我不想让她们觉得贝蒂整天都一个人在外面玩。当然，一个人玩也没什么关系。"

天哪！这是多么可笑的想法。

"她在这里度假时，有没有收到什么奇怪的信件之类的？"在起身准备离开时他问道。

"只有家里会给她寄来信。因为信都是我收的，然后转交给她的。无论如何，他们也是不会给她写信的，对吧？"

"你说的他们是指谁？"

"那两个人扣留她的女人。"

罗伯特飞一般地回到车里开往拉伯洛路。对于蒂尔西特先生每次都要出门工作10天，他现在也开始持怀疑态度，也许他之所以会选择这样的工作，是因为想要逃离这个家庭或者害怕自己了结自己。

在拉伯洛，布莱尔找到了本地最大的汽车修理处。他来到入口处的门卫值班室，敲门进去了。有个穿着公交车售票员衣服的男人正在桌前整理文件，他看了罗伯特一眼，并没有问他要干什么，而依然忙个不停。

罗伯特主动开口了，他说他想找一位对米尔福德镇公交车事务熟悉的人员了解相关情况。

"时间表在外面的墙上。"那男人自顾自地说道。

"我不是来问时间表的，我对时间非常了解，我就住在米尔福德镇。我是想问那条线路上，有没有双层巴士跑那条路线？"

接下来是一段长时间的沉寂，罗伯特几乎想要重复一遍自己的问话。

"没有。"那个男人说道。

"一直都没有？"罗伯特再次确认道。

这次没有得到任何回音，检票员的态度非常明确地表示，谈话已经到此结束。

"听着，"罗伯特说，"这个答案非常关键，我是米尔福德镇一家律师事务所的合伙人，我……"

男人抬头看着他说，"至于你是波斯国王，还是别的什么，我统统没有兴趣。反正去米尔福德镇的路线上没有双层巴士跑，你想要打听什么？"他正说着，罗伯特身旁出现一个技师。

这个技师踌躇着，似乎不知道自己是否应该掺和进来。不过最后他还是打起精神来说了他想说的事："诺顿要的零件，我可否……"

罗伯特从他身边走过，衣角被攥了一下，是那个身材矮小的技师示意他等一会儿。罗伯特走到自己车跟前等着。没过多久，那个技师就来了。

"你刚在打听双层巴士的事？我不好直接和他唱反调。你知道的，以他现在的心情，他会开除我的。你是想用双层巴士，还是只想知道有没有双层巴士跑那条线路？因为那条线上根本用不上双层巴士，至少是不需要载客，因为那条线路上几乎都是……"

"我明白，这些我都明白，这条线路上跑的全部都是单层巴士。我是想弄清楚一个问题，往米尔福德镇的线上就从来没有用过双层巴士吗？"

"嗯，我想没有。不过我可以提醒你一点，今年旧的单层巴士曾经出现过一两次问题，所以我们暂时用双层巴士跑过一段时间。到最后肯定会全部换成双层巴士的，只是现在米尔福德镇的乘客不算多，用双层巴士划不来，所以暂时还是会用旧的单层巴士。所以……"

"真是太感谢你了，你给我提供了很大的帮助。能不能弄清楚使用双层巴士的准确日期？"

"嗯，当然可以。"技师说，摊开双手，似乎有点尴尬，"这家公司不管什么都会记录在案，可是文件都存放在那里，"他朝办公室的方向偏了一下头，"只要他在里面，我们就束手无策。"

罗伯特问："什么时候可以拿到？"

"他一般下班和我一起离开，6点钟。可是如果你一定要知道的话，我可以稍微晚走几分钟，等他离开后帮你查询那个文件。"

从现在开始到6点的这段时间，罗伯特不知道自己该如何熬过，可是他没有办法，他必须等。

"好的，那既然你一定要，我们就约在贝尔碰头，也就是这条街尽头的那间酒馆，时间大约是6点一刻左右，如何？"

罗伯特连声表示同意。

于是他离开车厂，向那家酒馆开去，希望酒保可以宽限一点营业时间。

第十章

"亲爱的，不用我提醒，你应该知道自己现在在做什么吧？"琳姨妈说，"可是有一个问题我一直搞不懂，你为什么要去支持那样的人呢？"

"我不是'支持'她们，"罗伯特苦口婆心地给琳姨妈解释道，"身为她们的代理律师，这是我应该做的，更何况还没有证据表明她们就是那样的人啊！"

"不是有那个女孩的证词吗？罗伯特，她怎么可能编造一个故事。"

"哦，是吗？"

"为什么她要说那么多谎呢？她能从中得到什么呢？"她就站在他前面的门廊里，用右手拿着祷告书以方便戴上白手套，"可是如果她没有在法兰柴思的话，她会在哪里呢？"

"会让你目瞪口呆的！"罗伯特点到为止，将准备说出口的话又咽了回去。琳姨妈坚持自己的观点，他最好不要尝试着反驳她。

她将戴好的手套抹平，"如果你只是一时动了恻隐之心而接手这个案子，亲爱的罗伯特，你真的是让人不知说什么好了。而且你必须去那幢房子吗？她们明天一定会去办公室找你的。这事还可以缓一缓，对吧，毕竟没有人马上就去拘捕她们。"

"实际上去法兰柴思是我自愿的。试想一下，如果有人指认你在商店偷了东西，而你又没办法洗刷自己的冤屈，你还会愿意大白天走在街上吗？"

"我想我肯定不会。不过我还是会努力尝试着这样做，然后去找亨塞尔先生倾诉。"

"亨塞尔先生是哪位？"

"理事。你可不可以先跟我一起到教堂去，然后再去法兰柴思？你很久都不去教堂了，亲爱的。"

"如果你还待在这里不走的话，可能就会发生十年以来的第一次迟到。你赶紧走吧，向主祷告我的判断是正确的。"

"当然,我天天都在为你祷告。可是这一次,我必须压抑住一些情绪,一些对于我来说难以忍受的事。"

"你?"

"你现在身为那些人的代理律师,可是我却不能跟人讨论。这真的是太让我受煎熬了,亲爱的,安静地坐在那里听别人讲,无异于你想呕吐却只能强忍住一样。哦,天啊!教堂的钟声不响了,是吗?我只有和别人挨着坐了。他们会同意的。你不会在那里吃午饭吧,亲爱的?"

"我想她们不会请我共进午餐的。"

可是罗伯特在法兰柴思受到了款待,他觉得她们可能会请他共进午餐,当然他会婉言谢绝,并不是因为琳姨妈在家里做好了鸡肉,而是因为如果他留下来共进午餐的话,玛丽恩·夏普必须要多洗一些餐具。如果没有客人来访,她们可以直接用托盘吃,甚至在厨房就可以解决。

"很对不起昨天晚上我们没接电话。"玛丽恩再次感到抱歉,"可是这样连续四五次以后就真的让人烦透了,而且我们也没想到,你的进展会这么快,毕竟你是从星期五下午才开始走访的。"

"打电话来的是男人还是女人?"

"一男四女。今天早上你打电话过来时,我以为新一轮攻击又开始了,很显然那些人属于晚起一族。也许他们热衷于在晚上开始骚扰活动。这里是那些乡下的年轻人消遣的场所。他们聚焦在车道铁门内,发出猫一样的怪叫声。幸好内维尔在外间杂物室找到一根木……"

"内维尔?"

"是的,就是你那个侄子,你的表亲。他专门跑过来安慰我们,他真的是个好人。他找到一根木棒,将铁门闩住,将那些骚动的家伙挡在门外。你看,我们没有铁门的钥匙。很可惜那样也坚持不了多长时间,那些人就在围墙上坐成一排继续乱叫,一直到应该回家睡觉才罢休。"

"真是没有素养。"夏普太太若有所思地说,"是人们在侵犯他人最容易展现出来的短处,他们没有起码的理智。"

"趁机起哄的人也没有过错,"罗伯特说,"可是他们更具有号召性。我们得和警方那边接触一下,看他们能否提供什么样的保护。除此以外,我这儿有个好消息,我明白那个女孩是如何看到墙里面的了。"

他给她们讲了去找蒂尔西特太太的事,而且还调查到女孩喜欢自己坐公交车到处玩,至少现在的说法是这样,以及自己在拉伯洛和地方汽车维修站所取得的调查成果。

"她在曼希尔的那两个星期中,米尔福德镇那条线路上的单层巴士曾经出过两次问题,后来是用双层巴士取代的。你知道,那条线上每天只跑三趟车。每次出现问题的都是中午那班车,因此在那两个星期时间里,她至少有不下两次的机会可以看到围墙后面的房子、庭院以及你们二人,还有车,以及房子里的陈设。"

"可是就只是一辆路过的车,谁可以看到那么多东西呢?"

"你坐过乡间双层巴士的上层吗?就算公交车以每小时35英里的速度前行,对于坐在上面的乘客来说,依然慢得像在举行葬礼一样。而且你如果站在高处,你可以看得更高更远更长时间。对坐在下面的乘客来说,因为树枝掠过窗户,会因为离得比较近而让人觉得是在加速度行驶。这是其中一个原因,另外一个原因是那个女孩的记忆力非常惊人。"他将韦恩太太说的话告诉给她们。

"这些我们要告诉警方吗?"夏普太太问道。

"不,这说明不了什么问题,只能解释清楚一个问题,那就是她是如何知道你们的。她需要理由时,她就想到了你们,估计你们没办法证明自己当时不在法兰柴思。对了,当你把车开到门前时,挨着门的车子是哪一边?"

"不管是从车库开出来还是从街上开回来,都是驾驶座这边挨着门,这样方便下车。"

"是的,对于乘客来说,前轮颜色比较深的那面正对着铁门,"罗伯特总结性地说,"那就是她所看到的情景。草坪和分开来的车道、轮子颜色不同的车、两个女人,这些都是与众不同的,还有屋顶下阁楼的圆形窗户,她只要稍微有点印象就可以描述出来。而且她所说的那一天,也就是她说自己被扣留的那一天,已经过去了一个月之久,所以你们很难记起来那天你们干了什么,去了什么地方,这个概率大概只有1‰。"

"可是,在那一个月的时间里,能说出她干了什么,去了什么地方的可能性更小。"夏普太太说。

"事实就是这样,就像我的朋友凯文·麦克德默昨晚跟我说的,她很可能去了新南威尔士的悉尼。也不知道是什么原因,我现在比星期五早上更加有把握了。现在我们对女孩的了解正在一步步深入。"他向她们陈述了他在埃尔斯伯里以及曼希尔所做的调查。

"可是如果连警方都查不出来在那一个月里,她到底做了什么……"

"警方调查的目的是想要印证她所说的话。他们没有从一开始就以这是谎言为基础展开调查,他们只是按照常规步骤来,没有什么更多的理由去辩驳她所说的话。那女孩子的口碑非常好,警方从她姑姑那里得到的讯息是,她在度假期间就和普通少女没有两样,每天除了看电影,就是坐公交车到乡下游玩。"

"你觉得这代表着什么呢?"夏普太太问道。

"我觉得她在拉伯洛见过什么人,总的来说,那是最可能的原因,而且我觉得这是我们展开调查的基础。"

"那请私家侦探怎么样?"夏普太太说,"你有什么熟悉的人吗?"

"哦,"罗伯特犹疑地说,"我认为,在请专业人士调查以前,最好先让我再深入调查一番。我知道……"

"布莱尔先生,"夏普太太打断了他的话,"你参与到这件令人厌烦的案子里面纯属偶然,肯定也是不乐意的,可是你却全心全意为我们做了这么多事,可是我们不能请你作为我们的私家侦探。我们没多少积蓄,可是只要我们还有一点钱,我们就会为别人给我们提供的服务支付相应的费用,而你因为我们的原因去做调查工作是不合适的。"

"请私家侦探也不一定能取得满意的效果。我只是个人对此非常有兴趣。相信我,夏普太太,我并不是想帮你节约钱。昨天晚上开车回家时,我还在为自己感到骄傲。如果这时要我中止调查,转交给别人的话,我会非常失望的。它已经变成了我个人的一项挑战,请不要让我失望……"

"如果布莱尔真心想再继续调查的话,"玛丽恩说,"我想我们除了感谢他以外,就是接受他的帮助,我知道他的心情,事实上我也想自己再做一些调查。"

"当调查工作进入到某个环节时,就必须请专业人士协助,比如当线索涉及到拉伯洛以外的地区时,我就没办法继续了。不过只要在我的职责范围内,我希望能由我个人进行。"

"你准备怎么做?"玛丽恩兴味十足地问道。

"嗯,我准备先去看看那些餐馆,在拉伯洛那里。第一,这样的地方肯定不多;第二,开始时她在哪些地方用过餐。"

"你所说的'开始时'是指?"玛丽恩问道。

"当她遇到我们假想的那个人后,或许就到别的地方吃饭了。可是在那之前,她肯定是自己掏钱吃饭的,而且吃的肯定是简餐。那个年龄的女孩就算有钱可以吃比较隆重的午餐,也会选择吃快餐。因此我会对这一类的餐厅进行集中调查,我会跟女服务员随便聊聊《艾克—艾玛》上面所报道的女孩的故事,用乡村律师特有的技巧打听她们是否见过那个女孩。你们觉得怎么样?"

"妙极了。"玛丽恩说。

罗伯特转向夏普太太,"可是如果你依然觉得专业侦探更加有用的话,这也不是没有可能,我也会选择退出。"

"我并不觉得这件案子交给别人会对我们更好。"夏普太太说,"对于你这样无私地帮助我们,我们已经非常感谢了,如果你愿意来调查这个……这个……"

"孩子。"罗伯特高兴地接了上去。

"小孩子，"夏普太太纠正道，"那么我们就只能衷心地向你表示感谢，可是，我觉得这个案子可能会拖很长时间。"

"为什么？"

"我觉得，从她遇到我们假想中的那个人开始，到她被殴打、只穿着内衣裤到埃尔斯伯里附近的家之间，这中间有太多的事情需要我们去调查。玛丽恩，我想我们家里应该还储存的有雪利酒吧。"

玛丽恩离开房间去取雪利酒时，这幢老房子显得更加安静了。庭院里没有树木，不会因为风的吹动而发出沙沙的响声，也没有喳喳的鸟鸣声。这种安静和城里的夜晚非常相似。罗伯特不禁想到，在嘈杂的公寓里生活过以后，再住到这样的地方，真是安静得过分了，是否会让人觉得孤单和恐惧呢？

她们很注重保护自己的隐私，夏普太太星期五早上到他办公室时提到了这一点。可是用高高墙和外界隔绝开来，让自己终日生活在安静的环境中，这真的好吗？

"对于我来说，"夏普太太说，"那女孩在对法兰柴思以及周边环境都缺乏了解的情况下就贸然选择这里，她其实也是赌了一把的。"

"当然，"罗伯特说，"她必须这样做，可是，我并不像你那样觉得她冒了很大的风险。"

"难道不是？"

"不，我明白你的意思，你是说，对于那个女孩来说，像法兰柴思这样的房子里应该住着很多年轻人，还应该有三个以上的女仆才对。"

"是的。"

"可是我觉得她非常清楚这里不是她想象的那样。"

"她怎么会知道这些？"

"她可以和公交司机聊天，抑或通过和乘客的聊天知道，后者的可能性更大一些。你知道的，像'那家人姓夏普。里面就只住着她们两个人，没有女仆愿意待在那样一个偏远的地方……'等等。从拉伯洛到米尔福德镇是一条乡村巴士线，这里沿路几乎没什么风景，也没有什么建筑物，除了汉姆·格林以外几乎连村庄都没有。法兰柴思是这几英里的路上唯一值得人关注的地方，人们理所当然会对这里的房子，以及住在里面的人，还有她们开的车感兴趣。"

"我懂了。"

"从某个角度来说，我倒希望她是通过和售票员聊天中听说你们的。这样一来，售票员可能会对她有印象。那女孩说她从未来到米尔福德镇，也不清楚它在什么地方。如果有售票员对她有印象，那我们就可以证明至少在这一点上，她撒了谎。"

"以我对她的了解，她肯定会眨巴着她那双无辜的眼睛说，'哦，那里就是米尔福德镇啊，我只是刚好上了一辆公交车从起点坐到了终点而已。'"

"是的，或许这对我们也没什么帮助。可是如果我们在这条线路上没取得什么调查成果，我会拿着她的照片沿途去问，希望有人会记得她。"

安静再一次席卷了他们，他们同时想到，贝蒂·肯恩好像不是一个有着明显特点的女孩。

大家安静地坐在起居室里，面对着窗户，看到外面庭院里的草坪以及明显变旧了的红色砖墙。就在此时，大门忽然被打开了，涌进来七八个人，就那样站在那里。他们就像回到自己家一样，谈笑自如，还不停比画着什么，显然他们关注的是楼顶上的那个小圆窗。如果说昨天的法兰柴思成为乡下的年轻人消遣的场所，那么如今看来，它更是为拉伯洛提供了星期天上午的娱乐。铁门外还停有几辆车，因为那群人中的女人们只穿着家居服和拖鞋。

罗伯特看向夏普太太，她除了将嘴巴闭紧以外，没有任何多余的动作。

"这就是我们的大众。"她终于开口说了这样一句话，显然是累极了。

"要不要我轰他们走？"罗伯特说，"这是我的大意，我进来时没有把门关好。"

"随他们去吧，"她说，"一会儿他们就会离开的，王室成员每天过的都是这种日子，这短暂的一时我们还是可以接受的。"

可是那群人好像一直没有走的意思。实际上，有几个人还绕过屋子去查看其附属建筑，其他人在玛丽恩拿着雪利酒回来时，还停留在原地。罗伯特再次为自己没有关好门向玛丽恩说对不起。他觉得自己真是糟糕透了，就那样让那群陌生人在这里驻足观看，好像这是属于他们的房子一样，这和他一贯的风格太不吻合了。可是如果他真的去让他们离开，而他们却摇摇头说不，他又能如何？如果他就这样退回来，让这些人胡作非为，他又有何面目面对夏普母女？

绕到屋子侧面去看的人又折了回来，开始给同伴报告他们的收获。他听到玛丽恩小声嘀咕了几句，心想她是不是在骂对方。她看起来是那种一发起脾气来就会不饶人的那种，她已经将装有雪利酒的托盘放了下来，倒酒的事现在也顾不上了。他很想做点什么勇敢的事来宽慰她，就好像他十五岁时从一幢发生火灾的建筑物中将自己心爱的女孩救出来一样。不过，要谢谢上帝的是，如今的他已经四十多岁了，不会再做那么冲动的事情了。

在他这样踟蹰不定，对自己还有外面那些残酷的人气愤不已时，正义之士来了，那是个瘦瘦的年轻人，身上穿着让人生厌的条纹西装。

"内维尔，"玛丽恩叫道，同时看向窗外。

内维尔用他那最自傲的神情看着那群人，而那些人好像往后退了一点，可是很快又稳定下来。而且，他们中间有一个穿着运动夹克和条纹裤的男人还站出来反抗了一下。

内维尔又安静地盯了他们一会儿，然后开始在上衣口袋里找着什么。那群人开始神情大变，站在外围的人开始偷偷溜出大门，离得较近的人的气势也慢慢弱了下去。最后那个反抗的男子也表示放弃，和其他人一起走了。

内维尔使劲关上了铁门，用木棒闩住，然后走过车道来到屋门前，拿出一块小手帕擦拭着手心。玛丽恩飞奔至门口迎接他。

"内维尔。"罗伯特听到她说，"你太厉害了！"

"怎么？"内维尔问。

"将那些人统统赶走了。"

"哦，我只是问他们的姓名和住的地方，"内维尔说，"你知道吗？当你拿出记事本准备记下他们的名字和地址时，他们开始害怕了。那就好像在说，'赶紧走吧，已经被人发现了。'他们不可能真的对你出示证件。你好，罗伯特，早上好，夏普太太。我正准备去拉伯洛，可是路过这里看到铁门被打开了，外面又停着两辆烦人的车，所以我就来看看是什么情况，我不知道罗伯特也在。"

言语中并没有隐讳地说罗伯特也会将这种情况处置得很妥当，可是罗伯特却气得牙痒痒。

"既然你已经来了，又帮我们赶走了那群人，就请留下来喝杯雪利酒吧。"夏普太太说。

"可以留到我傍晚返回时再喝吗？"内维尔说，"我和准岳父约好了一起吃午饭，每个星期天我们都是如此，大家都要提前到达才行。"

"当然，回来时请一定要记得过来喝一杯。"玛丽恩说，"我们会非常乐意接待你，可是现在太乱了，我们不知道你什么时候会来？我的意思是铁门那里。"她边说边将一杯雪利酒给罗伯特。

"你知道摩尔斯密码吗？"

"知道啊，但是不要告诉我你也会。"

"为什么？"

"看起来你不像是对摩尔斯密码感兴趣的人。"

"哦，我14岁就到海上航行过，做过很多糊涂事，摩尔斯密码就是那时学会的。过来时，我会用汽车喇叭大声按出你名字的缩写，两长，三短。我得走了，期待今晚和你们的聚会，午餐现在已经变得让人难以忍受了。"

"罗丝玛丽不会站到你这边吗？"罗伯特此刻已经变得相当自私了。

"我并不这样认为，一到星期天，罗丝玛丽就化身为父亲最温顺的女儿，和平常的她太不一样了。再见，夏普太太，不要让罗伯特将雪利酒喝完了。"

"那么，"罗伯特听到玛丽恩送他到大门口时说，"从什么时候开始，你决定不再去海上了？"

"15岁，我爱上热气球了。"

"我想只是爱而已吧？"

"是的，我负责充气。"

为什么他们的谈话那么自如，就像老朋友一样，罗伯特百思不得其解。她为什么会对幼稚的内维尔有兴趣呢？

"那么16岁呢？"

如果她知道内维尔干过多少虎头蛇尾的事，或许她就不会再喜欢他了。

"雪利酒是不是味道不够浓，布莱尔先生？"夏普太太问道。

"哦，很好。"他会不会有点太刻薄了，他马上将这种想法从脑海里清除掉。

他偷偷看了夏普太太一眼，觉得她好像有一点不高兴。不过这并不好。

"我想我最好等夏普小姐把门闩上以后再走，"他说，"要不然她得再送我一次。"

"你不留下来和我们一起共进午餐吗？法兰柴思的午餐其实很简单。"

罗伯特婉言拒绝了。他非常讨厌现在的自己，自私、幼稚、办事不力。他要回去和琳姨妈一起吃一顿最平常的午餐，重新做回布莱尔·海沃德·本尼特联合律师事务所里的那个罗伯特·布莱尔，冷静、理智、大度。

他到铁门前时内维尔已经离开了，只留下一阵旋风，打破了星期日本该有的安静，玛丽恩正在关铁门。

"我觉得地方主教对于他未来女婿所使用的交通工具应该不会满意。"她说着，目光注视着那辆车移动的方向。

"排气量真的很大。"罗伯特嘲讽地说。

她微微笑了一下，"这是我听到的最幽默的双关语。"她说，"我非常期待你可以留下来吃午餐，可是另一方面，因为你拒绝了我的请求，我感到如释重负。"

"哦？"

"我想做一道美味，可是却没有成功。我真的是个特别没用的厨师。尽管我是按照菜谱一步步做的，可是效果却不尽如人意，因此你的最佳选择还是回去吃琳姨妈做的苹果馅饼。"

罗伯特突然又很想留下来，那么他就可以吃上那道没有成功的菜，然后微微嘲讽一下她的厨艺。

"明晚我会告诉你我在拉伯洛的进展，"他回到正题上，如果不用那种文艺腔和她说话，就可以围绕事实的本来面目进行。"除此以外，我会和哈勒姆警探取得联系，看能否请他们的人每天都到法兰柴思巡视一两遍，只是穿着工装巡逻一下，赶走那些无所事事的人就好。"

"你考虑得太全面了，布莱尔先生，"她说，"如果不是你，我真不敢想象事情会变成什么样子。"

哦，如果不能回到年轻时代，又不能吟诗作对，那么他就只能做个扶手。一个单调无味的东西，只有关键时刻才会被人想起，可是却非常有用。是的，非常有价值。

第十一章

周一早上10点半，罗伯特·布莱尔安静地坐在卡林娜咖啡厅的大厅里，面前放着一杯热气腾腾的咖啡。他之所以选择从这里开始，是因为人们只要一想到喝咖啡，就会不自觉地来到这里。在这里，你可以选择坐在楼上的小雅间，享受着楼下店里飘过来的炭烤咖啡香。更何况，他今天可能要喝下大量的咖啡，所以他最好先享受一点好的，免得一会儿味蕾遭到无情的摧残。

他手上拿着《艾克—艾玛》，翻到有女孩照片的那个版面，让走来走去的女服务员都能看到，希望可以有一个女服务员过来跟他说，"那个女孩原来每天早上都会来。"这时他吃惊地发现有人将他手里的报纸抽走了，他猛地抬起头，看到女服务员正朝他微笑着，"那是上个星期五的报纸，我这里有最新的。"说完递上今天早上的《艾克—艾玛》。

他对她表示感谢，并说很开心有最新的报纸可以看，不过星期五的报纸他也想保留一份。他问道，"我想问一下，刊登在星期五报纸上的那个女孩，有没有到这家店里来过？"

"哦，没有，如果她来过，我们肯定会有印象。上星期五我们都在议论这件事，真的难以想象有人会将她打得不成样子。"

"这么说来，你们都相信那是事实了。"

她看起来非常迷惑，"报纸上不是那样说的吗？"

"不是，上面报道的只是女孩单方面的证词。"

她显然被弄糊涂了，这就是我们大众所信仰的民主。

"如果事实不是如此，他们应该不会报道。那是他们应该做的，对了，你是警员吗？"

"业余的。"罗伯特说。

"干这个活一小时可以挣多少钱？"

"不算多。"

"我想也是，应该是因为没有工会组织的原因吧。在如今这个社会，没有工会，你就很难为自己争取到合法的权利。"

"对的，"罗伯特说，"请让我看看账单好吗？"

"账单？好的。"

全城最大的电影院——皇冠，包厢后面的一层全都是餐厅。那里的地毯铺得相当厚，几乎有陷进去拔不出来的感觉，灯光不够亮，以至于人们身上的衣服看起来都旧旧的。一个金发女郎过来招呼他，她穿着下摆歪斜的短裙，右脸颊还因为含着一块口香糖而高高鼓了起来。她用一副憎恶的表情，拿走了他的账单。一刻钟以后，她将一杯调得很稀的液体放在他的面前，这次甚至都没有正眼瞧他一眼。在等待的这一刻钟里，他发现这种恶劣的服务态度在这儿相当正常，或许是因为她们觉得自己是明日之星吧，所以瞧不上这些当地顾客。罗伯特付了账单，碰都没碰放到面前的东西就起身离开了。

在城里的另一家大电影院，要到午饭过后才会开门营业。

到了紫罗兰，肉眼所及之处全是紫色，还有黄色的帷幕。罗伯特直接问这里的人，都说没有见过那个女孩。

在格里伦和沃尔顿商店的楼上，他去时正赶上高峰期，女服务员只对他说了一句，"别烦我！"而餐厅经理则心存疑虑地说，"我们对客人的信息是保密的。"

到了老橡树，这是一家狭小而温暖的地方，年纪大的女服务员和他攀谈起来，"真是个可怜的小家伙，"她们说，"这是多么恐怖的经历啊！她长得还不错呢，只是还是个小孩子。"

到了阿丽松，那里的墙壁被刷成奶油白色，墙角放着玫瑰色的沙发，说到《艾克—艾玛》，人们只是简单地说没有见过，也不相信会有顾客的照片出现在那种报纸上。

到了起锚，墙上挂着海景水彩画，女服务员则穿着喇叭裤来来往往，她们的回答是，现在所有搭便车的女孩都会选择走回家。

到了樱草花，那里的桌子虽然很旧，可是却泛着明亮的光泽，上面还铺着拉菲草做成的桌布，女服务员都穿着大朵的印花工作服，看起来像是度假的，她们和他讨论没有家庭服务会给社会带来什么影响，以及现在的少女都会脑洞大开的特点。

到了茶壶，这里人满为患，也没有人理他，看到这个瓮声瓮气的地方，他第一反应就是想逃。他相信但凡有别的选择，贝蒂·肯恩就不会选择这里。

到了中午12点半，他迈着沉重的步子来到米德兰的大厅，点了一杯烈酒。据他所知，他已经将拉伯洛中心所有的餐厅都调查完了，可是却一无所获。更难过的是，大家说如果她真的来过，人们就会对她有印象。罗伯特对此并不认可，他们这时就会说，店里大部分顾客都是熟客，如果有顾客第一次光临，就会特别显眼，人们就会对她印象尤其深刻。

矮胖的大厅服务员阿尔伯特将饮料给罗伯特端过来时，罗伯特又反射性地问了一句："阿尔伯特，我想你肯定没有见过这个女孩，对吗？"

阿尔伯特认真看了一下《艾克—艾玛》上面的照片，之后摇摇头，"确实没有，先生，我没有见过这个女孩。我说了你别放在心上，对于米德兰这个大厅来说，像她这个年纪的女孩，进入这里会觉得太年轻了，先生。"

"如果戴上帽子，是不是就会显得年纪大一点。"罗伯特从沉思中回过神来说道。

"帽子？"阿尔伯特惊讶地叫出声来，"对啊，帽子，你提醒我了！"阿尔伯特将手中的托盘放下，再次仔细看这份报纸上的照片，"是的，就是她，她就是那个戴着绿帽子的女孩。"

"你是说她来这里喝过咖啡？"

"哦，不是咖啡，是茶。"

"茶！"

"是的，我很确定，就是那个女孩。我当时怎么就没觉察到呢？上个礼拜五我们还在讨论这个报纸上的那个女孩，当然已经过去很久了，大概有一个多月了吧！恩，她一般来得比较早，大概下午3点我们刚刚开始对外提供茶点时。"

那么这就是她这一个多月来所做的事情了，他怎么就没想起来呢？她的行程应该是中午之前到电影院看电影，大概3点钟的样子到这儿来喝茶。可是她为什么会选择到这里来呢？这里的茶点不仅味道不佳，而且贵得离谱，她完全可以有更好的选择。

"我之所以对她有印象，是因为她每次都是一个人来。记得她第一次来的时候，我还在想她肯定是在等亲戚。这好像就是她本来应该有的状态。你知道的，她的衣服质量上乘，非常简洁，可是没有亮点。"

"你记得她当时穿的什么衣服吗？"

"嗯，记得。她的穿着几乎每天都是一样，一顶绿色的帽子，一件与之协调的外套，外面是一件浅灰色的大衣。有一天，她和旁边桌上的一位男士聊天，把我惊讶的跟什么似的，几乎要站不稳。"

"你的意思是他找她聊天。"

"你绝对会认为我在撒谎，他坐下来时根本没有注意到她。她也看起来不像那种人，你会觉得马上要出现这样一个场景，她的妈妈或姑姑会出现在她面前，然后说，'让你久等了！'对于任何男人来说，她都不像是可以搭讪的对象。哦，真的是太不像了，可是那个孩子确实那样做了。而且我还必须得说，先生，她根本不像是第一次做这种事，熟练得跟什么似的。天啊！她戴着帽子，害得我没认出来。"他再次犹疑地看着报纸上那张脸。

"那名男士长什么样？是你们这儿的老熟客吗？"

"我不认识那个男人，他不经常来。他皮肤黝黑，年纪不大，应该是个做生意的。我记得当时我对她的品位还觉得吃惊不已，现在觉得他应该不是这方面的老手。"

"再见到他时，你还能辨认出来吗？"

"也许还可以，先生，但是我不能打保票，你，是想让我保证吗？"

罗伯特和阿尔伯特已经相识快二十年了，他知道他一直以来都非常谨慎。"阿拉伯特，我必须告诉你，我现在是她们的代理律师。"他用了手指了一下法兰柴思的照片，阿尔伯特打了个口哨。

"你给自己找了个大麻烦，布莱尔先生。"

"是的,非常不简单。不过这主要是对于她们来说,她们遇到了一个大麻烦。有一天,在警察的陪伴下,那个女孩找到了她们,说了一个匪夷所思的故事,而那两个女人其实才第一次见她。警方非常小心,觉得证明材料不够,没有立案。后来,《艾克—艾玛》的人知道了,便用它们的报纸大幅报道,搞得全英国尽人皆知。现在法兰柴斯已经被人大肆攻击。警方人力不够,没办法给她们提供保护,你可以想象一下,那两个女人现在每天都生活在怎样的水深火热中。我的表亲昨天吃晚饭前还去看过她们,说从中午开始就不停地有车从拉伯洛开过来,不是站在车顶上,就是爬上墙头上看。内维尔之所以可以进去,是因为他和晚上维持治安的警察一起到的,可是他们刚走,那些车又围拢过来。电话更是响个不停,她们无奈之下,只好告诉交换台不要接进她们的电话。"

"现在警方已经对这个案子不闻不问了吗?"

"不是,可是他们没办法给我们提供帮助。他们主要是去印证女孩所说的话。"

"哦,那可能结果不太好,对吧,我是说,对于警方来说。"

"是的,不过你现在你大概明白了我们的处境。如果我们不查出女孩在那段时间到底去了哪里,那么夏普母女就要一直被冤枉,背上一个臭名声。"

"嗯,如果真的是那个戴着绿色帽子的女孩,我想应该没错,先生,我必须得说,她就是那种出来消遣的人。像她那个年纪的女孩来说,她超乎一般的理智,天真烂漫一看就是装出来的。"

"装出来的天真烂漫,"他去走访过伦敦烟草杂货铺的老板,对于小时候的贝蒂,他也是这样说的。

而"出来消遣",则是斯坦利看到报纸上刊登的照片,回忆起他的埃及女人时所说的话。

这个老练的男服务员现在也这样形容她。这个看起来温柔恬静的姑娘穿着质量上乘的衣服,每天一个人到咖啡厅喝茶。

"也许她只是想摆脱身上的孩子气,希望可以让别人觉得她长大了。"他心里纯真的一面这样想道,可是马上这种想法又被打消了。在阿丽松,她同样可以被人当大人看待,而且还可以吃得更好,也可以让人看到她身上所穿的好衣服。

他在那里吃过午餐,然后用了很长时间打电话给韦恩太太。他没有打电话给蒂尔西特太太,因为他实在不想再来一场蒂尔西特式的交谈。电话一直无法接通,他后来想到,根据苏格兰场的办事风格,肯定会对女孩失踪时身上所穿的衣服有记载。于是没过几分钟,资料就传过来了。警方的记录是:一顶绿色的毛毡帽、一件绿色外套、一件浅灰色的大衣,大衣上还有大颗纽扣,灰褐色的长丝袜,以及黑色中跟便鞋。

现在,他终于开始摸清整个事件的源头,可以从这里开始着手调查整个事件。他心里激动无比,离开大厅前,他还给伦敦的朋友凯文·麦克德默留了一张便条,他说那个从埃尔斯伯里来的年轻女孩并不像他们之前讨论的那样可以吸引到专业人士的眼光。而且他还说,布莱尔·海沃德·本尼特联合律师事务所在情况需要时,可以行使一些业务范围以外的事。

"她后来还来过吗?"他问正在做清洁的阿尔伯特,"我是说,在她和那个男人搭讪成功以后。"

"我后来好像没见过他们,先生。"

那个假想中的X先生现在已经出现了,他成了一个清晰的人物。他,罗伯特,今晚可以得胜回朝。他大胆提出一个假设,现在这个假设被证明是对的,而且还是由他本人验证的。当然,事情现在的发展态势并不乐观,现在苏格兰场已经收到了太多指责的信件,说警方对富人太过仁慈,可是没有一封信是说见过贝蒂·肯恩。令人失望的是,今天早上他去拜访的人,几乎所有人都说那个女孩讲的故事是真实的,而且当被问到有没有怀疑过这件事的真实性时,大家都觉得大惑不解。"报纸上的确是这样报道的。"当然,今天找到了调查的头绪,还有发现了现实中X先生的存在,这些东西都可以忽略不计了。他不相信贝蒂·肯恩和她新认识的朋友刚一走出米德兰旅馆大厅就会马上分道扬镳,之后就不再联系,他不相信他的运气会这么差。大厅里发生的故事肯定还有续集,接下来的几个星期,他都在凭着这条线索去走访。

可是，如何才能找到这样一个6星期前到这来喝茶的年轻人呢？到米德兰的客人中有很多类似这样的年轻人，对于罗伯特来说，这些人几乎没什么差别。他觉得现在应该到了他退场的时候，交给职业侦探了。和找女孩不一样，这次没有照片的指引，对于这个先生的习惯，他也一点不了解。这次可能要耗时很长时间，这是职业侦探的工作内容。现在他可以做的，也只能是弄到那段时间米德兰旅馆的住客记录。

说做就做，他找到了经理，这是一个法国人，听罗伯特说明来意以后，他表示积极的配合，对法兰柴思的女士深表同情，对于穿戴得体、有一副好皮囊却过分做作的女孩子有着一种天然的讽刺。他让下属将住客记录给他复印了一份，还从他的私人珍藏中拿出一瓶甜酒招待罗伯特。罗伯特之前从来不会在这个时间喝那种叫不上名字的法国甜酒，可是现在他却欣然啜饮着。拿到了住客的记录，他小心地装入口袋里。或许到最后它根本起不到什么作用，可是可以拿到这份记录，他还是打心眼儿里高兴。

更何况，如果将这份调查结果交给职业侦探，他们也可以以此为切入点。X先生也许从来没有在米德兰旅馆住过，他也许只是进来喝杯茶。不过，也许他的名字会出现在罗伯特口袋中的那份记录里，尽管那份名单超长。

在回家的路上，他决定今天不去法兰柴思了，为了这样一条可以在电话里说清楚的信息，他亲自登门造访，可能会有点夸张了。他可以告诉接线员自己的名字，而且说明是公事，她们应该不会拒绝的。或者到了明天，公众就会转移对法兰柴思的注意力，那么铁门就不用被闩住了，虽然他不十分确信。今天的《艾克—艾玛》并没有让民众不再议论此事。事实上，报纸的头版不再刊登这个标题，对法兰柴思的报道也被转移到了内页。可是《艾克—艾玛》上刊载的读者来信，大部分是关于法兰柴思事件的，这根本就是在助长气势。

在拉伯洛拥挤的走道路上，他在里面奔走着。报纸上那些荒谬的语言再次浮现在他的眼前，他再次被震撼到了。这两个曾经默默无闻的女性竟然会被读者这样谩骂。报纸上全部都是愤愤不平和恨意，肤浅的字句里充满着恶意。真的是一场让人感叹不已的展览。有一个非常古怪的提议是，最能宣泄他们愤怒的做法是将那两个女人抽打得奄奄一息。没有提到抽打的读者则要求改变警察体系。有一个写信者甚至建议给那位因为警方失职而受到牵连的年轻人成立一个基金会。有人还说，每一个内心纯良的公民都应该将这件事写在信上告诉给国会议员，而且还要让那两个女人的生活过不下去，直到社会正义得以实现。还有人问，大家有没有觉得贝蒂·肯恩和圣女贞德很像？

假如将今天《艾克—艾玛》的读者来信作为一种衡量标准的话，那么它就好像意味着贝蒂·肯恩有了一群疯狂的追随者。罗伯特期待它不要因此给法兰柴思带来多大的愤恨。

越接近那个令人不快的房子，罗伯特越是觉得内心不安，想着星期一是不是也会有一群人前来窥视。这是一个美妙的傍晚，夕阳照着田野，让米尔福德郊外地处内陆的拉伯洛的夜晚也变得多彩多姿起来。可是，在今天的《艾克—艾玛》读者来信刊登以后，法兰柴思如果不聚集一堆晚间朝圣者，那真的是太让人惊讶了。可是，当法兰柴思出现在他眼前时，却发现整条线路都空空如也，再靠近一点他就全都明白了，法兰柴思的大门旁站着警察，身穿深蓝银灰两色制服，岿然不动。罗伯特为哈勒姆警探这么大方地调动自己的警力甚感宽慰，他慢慢往前走，想要愉快地打个招呼，可是看到墙上的标语就愣住了。长长的砖墙上，上面喷着六英尺的字母，连起来就是"法西斯！"白色的大写字母似乎在吼叫着，铁门另一边的墙上也同样喷着："法西斯！"

"请继续往前走！"警察走近罗伯特，用警察特有的语气告诉他，"这里是不能停车的。"

罗伯特缓缓下了车。

"哦，布莱尔先生。很对不起，刚才没有认出你来。"

"那些是石灰吗？"

"不是，先生，那是上乘的油漆。"

"哦，我的天！"

"有些人就是会有这种坏习惯。"

"什么习惯？"

"在墙上乱涂乱写，只是他们可能会写出更加让人不堪入目的字眼。"

"他们会将他们所知道的那些辱骂性语言都写上去。"罗伯特嘲讽道，"我想你们肯定还没有抓到罪魁祸首吧？"

"没有，先生，我是黄昏才来的，将那些哄闹的人赶走了。嗯，确实有很多这样的人，我来的时候墙就已经变成这样了，如果信息属实的话，是两个人开车过来的。"

"夏普母女知道了吗？"

"知道了，我给她们打了电话。我们和法兰柴思的人现在是用特殊的方式取得联络的。我将手帕系在警棍的顶端，在铁门上方挥舞一下，她们就明白了。你是不是要进去，先生？"

"哦，不用了，我和她们电话联系吧。不用请她到铁门这儿来。如果这种状况一直是这样，她们就得配把铁门的钥匙了，我也是。"

"看这架势应该会一直这样下去。先生，你看了今天的《艾克—艾玛》吗？"

"看了。"

"哎，真是的！"警察失声叫出来，好像一想到《艾克—艾玛》他就无法冷静了，"他们的报道竟然说我们的警察是一群光吃饭不干活的人，我们当然不是。他们应该提高我们的报酬，而不是这样污蔑我们。"

"你是一个为人民服务的好警察，希望这可以让你得到些许安慰。"罗伯特说，"对于他们的污蔑，暂时还没有什么有针对性的措施。我会在今晚或明天派人来处理一下。你会一直待在这里吗？"

"我打电话请示过了，警探让我待到天黑。"

"晚上没有人巡逻吗？"

"没有，先生，我们现在人力不足。不过，天黑后应该会比较太平的。到时人们都会回家，特别是拉伯洛的居民，对于天黑后的乡下，是没有人喜欢的。"

罗伯特对这幢房子的安静太过了解了，所以对警察的话持怀疑态度。天黑之后两个女人单独住在这幢大房子里，墙外充斥着憎恨和暴力，想起来就让人揪心。尽管铁门闩住了，可是如果人们相互扶持着，爬到围墙上谩骂，那么在黑暗中就会很有可能会掉下去。

"别忧心，先生。"那个警察说，"她们会非常安全的，再怎么说这里是英国。"

"《艾克—艾玛》也是英国的报纸。"罗伯特提示道。不过他还是返回了自己的车里。再怎么说这里是英国，这里的乡下都只顾扫自家门前雪，墙上的"法西斯"一看就不是当地人写的。在这个地方，如果人们想要辱骂人，会用更加原始的撒克逊词汇。

警察明显是对的，天黑之后所有人都会回家睡觉。

第十二章

罗伯特将他的车开进辛恩街的修理厂，斯坦利正在换工作服，看到罗伯特脸色不好，不禁问道，"怎么了？又不走运了？"

"和赛马无关，"罗伯特说，"我是指人性。"

"如果你开始抱怨人性，那么你就无暇做其他事了。你在想要改变某人吗？"

"不是，我在找人处理墙上的油漆。"

"哦，工作，"斯坦利的语气似乎在说，在如今这个社会，想找到人工作实在是太难了。

"我想找人将法兰柴思围墙上的标语清除掉,可是大家好像都很忙,真是太奇怪了。"

斯坦利停止手上的动作,说,"标语?什么标语?"连听到对话的比尔也不禁从狭小的办公室望过来。

罗伯特说,"值班的警察告诉我说那是质量最好的白油漆。"

比尔揶揄了一声,斯坦利什么都没说,他的工作服正穿着一半。

"你找过谁?"比尔问。

罗伯特说,"今晚大家都没有时间,明天早上也是,好像所有的工人都出去了,他们还有更重要的工作要做一样。"

"这怎么可能,"比尔说,"不会是他们害怕被打击报复吧?"

"不,公正地说,我觉得情况并非如此。我在想,虽然他们没有明说,可是我感觉到,他们认为法兰柴思的两个女人就活该被这样。"大家一时安静无声。

"我在通信兵团时,"斯坦利说,慢慢穿好他的工作服,"曾经去了一趟意大利,在那里待了一年时间。我躲过了疟疾、游击队、意大利军和流浪者。可是我却非常害怕一件事,那就是涂在墙上的标语。"

"用什么东西可以将那些标语清除掉?"比尔问。

"如果连我们这里都没有,那我们这里还能称为米尔福德镇最完善、最好的修车厂吗?"斯坦利说着,将工作服穿着整整齐齐。

"你真的可以帮我这个忙?"罗伯特既兴奋又惊讶。

比尔的脸上也浮出了笑容,"一个是信号兵,一个曾经的皇家工兵,再有两把刷子,我们的装备就齐全了。"他说。

"上帝保佑你们!"罗伯特虔诚地说,"我今晚只有一个任务,那就是在明早之前让墙恢复干净整洁,我也会去给你们帮忙的。"

"你这身打扮可不能去。"斯坦利说,"更何况我们也没有多余的工作服……"

"没关系,那我回去换身旧衣服就来,很快的。"

"听好,"斯坦利耐心地说,"我们不需要请人帮忙去做如此简单的事情,就算是需要,我们也会要哈里去。"哈里是在修车厂上班的一个男孩,"你一看就还没有吃晚餐吧,我们已经吃过了。我听说本尼特小姐特别不希望她做的美味被浪费掉。我想你肯定不希望墙依然脏兮兮的吧?你知道我们只是修车的,不是搞室内装修的。"

他只好沿着高街走回位于10号的家,街边的商铺都已经关门歇业,他看着这个地方,觉得自己就像是一个孤魂野鬼。在拉伯洛工作一天后,回到米尔福德镇的他,恍然产生一种隔世感。10号是个安宁舒适的地方,和法兰柴思的死境截然不同,他觉得暖心而真实。厨房里飘来淡淡的烤苹果香味。从半敞开的大门可以看到,客厅壁炉的火光在闪烁着。整个房间弥漫着温馨、安静的氛围。

想想现在玛丽恩还在那种环境中挣扎,他就觉得自己充满了负罪感,他拿起电话打给她。

"哦,是你呀,你好!"她说,声音极其热烈。本来他脑海里还在回想白色油漆的标语,现在被这声亲切的声音唤了回来,他一时无法呼吸了。"接到你的电话我很高兴,我们正在想如何和你取得联系呢,不过我想你肯定会有办法的。只要自报家门,邮局就会给你接进来的。"

他想她就是这样一个人,她会十分坦诚地说,"我就知道你肯定会有办法的,"然后再说一些诙谐的话语。

"我想你肯定看到外面墙上的涂鸦了吧?"

罗伯特说是,不过在第二天早上来临之前它会消失的。

"明天!"

"我修车厂的老板打算今晚就给它全部清除掉。"

"可是,那得要7个女仆和7个拖把……"

"我不清楚，不过但凡斯坦利和比尔决心已下，他们就一定会做好的，他们所受的教育是不能容许破坏。"

"他们读的什么学校？"

"英国军队。不过我可以告诉你们一个好消息，X先生的确存在。她和他还一起喝茶来着，在米德兰旅馆大厅里和他搭讪。"

"搭讪？可她不是个孩子吗，而且……不过她既然可以胡编乱造故事，她做什么事都不奇怪了。你是怎么知道的？"

他给她们详细讲了事情经过。

"你今天在法兰柴思过得很不好吧？"他问道。他将他今天在咖啡厅的长篇大论原原本本告诉给她们。

"是的，我的心情也因此变得很差。除了观众和标语以外，最让人难过的是邮件，警察替邮差把信送进来，我想警察肯定不常干这种事情吧——帮别人投递污蔑信件。"

"是的，我想到了这一严重后果，这也是我能想到的唯一结局。"

"哦，反正我们也很少有信件，所以我们打算今后除了可以看出笔迹的，其他一概焚毁。所以下次如果你写信来，请务必手写。"

"不过对于我的笔迹，你们能认出来吗？"

"认得出，你曾经写过一张短笺给我们，你忘了？那天下午内维尔给我们送过来的，字迹很好看呢！"

"你今天有看到内维尔吗？"

"没有，可是今天收到的信中，有一封是他的，其实严格意义上来说，也不是一封信。"

"是公文？"

"不是，确切来说是一首诗。"

"哦，你看明白了吗？"

"没看明白，不过挺动听的。"

"自行车铃声也同样动听。"

他想她肯定暗自笑了一下。"有人如果给你写诗，你也会很开心的。"她说，"不过将墙上的污渍清除掉就考虑得更加周全了，太感谢你了，对了，还要感谢他们，比尔和斯坦利。对了，如果不是太麻烦的话，能不能请你明天给我们送些食物过来？"

"食物！"他说，怎么自己就没有想到这一点。可能是因为琳姨妈平时将他照顾得太好了，他从来没有为一日三餐操过心，于是便失去了基本的想象能力。"是的，当然没问题，我忘了你们现在不能去商店了。"

"不只是这样，原来每周一都会来的食品杂货车今天也没来。不过也许来了也说不定，是我们自己疏忽了。无论如何，我们现在非常需要一些东西，你手边有纸和笔吗？"

她列了一张清单给他，然后问，"今天的《艾克—艾玛》报纸我们没有看到，上面有关于我们的消息吗？"

"只是刊登了一些读者来信。"

"都是持反对态度的，我想。"

"明天我会给你们送食物过来，顺便捎一份过来，这样你就可以好好研读一下了。"

"真的很不好意思，霸占了你那么多时间。"

"这于我而言，已经变成了我自己的事情。"他说。

"自己的？"她听起来很疑惑。

"想办法证明贝蒂·肯恩是在撒谎是我的奋斗目标。"

"哦，我明白了。"她听起来像是长长舒了一口气，又像是有点失望，"那么，我们明天等你。"

可是她会在那之前见到他。

那天他睡得很早，可是却一直睡不着。脑子里重复演练着如何在电话里和凯文·麦克德默说，想到了好几种可以找到X先生的方式，还想着玛丽恩在那幢安静的房子里是不是已经睡着了，还是在凝神听着屋外的动静。

他的卧室靠着街边，半夜时分，他听到一辆车疾驰过来，之后便听到比尔小声说道："布莱尔先生！"叫第二声时，他已经站在了窗户外边。

"感谢上帝，"比尔依然小声说道，"刚我还在担心这个房间是本尼特小姐的。"

"她在后面，怎么了？"

"法兰柴思遇到问题了，我必须得去一趟警察局，因为电线话断掉了，我觉得你肯定想要知道，所以……"

"什么问题？"

"街上的小无赖。我去过警察局再过来找你，大约10分钟以后。"

"斯坦利和你在一起吗？"罗伯特问，比尔已经转身回到车里。

"是的，斯坦利受伤了，头上还包着纱布，我马上就回来。"说着，他的车疾速消失在寂静的高街。

罗伯特衣服还没有穿好，就听到了汽车驶过的声音，他知道警察已经出发了。因为是晚上，他们没有开警报器，也没有发出轰鸣声，车辆驶过，就像是轻风拂过树梢，可实际上警察已经出动了。他轻轻打开前门，以免吵醒琳姨妈（要吵醒克里斯蒂娜根本不可能），比尔已经在人行道上等他。

"告诉我到底发生了什么事。"罗伯特说，车子已经开动了。

"事情是这样的，我们将车前面的灯打开，将那些白色油漆清除掉了，虽然并不是很完美，可是已经比之前好多了。之后我们就把灯关了，收拾东西准备离开。我们慢悠悠收拾着，因为没什么十万火急的事，而且夜色很美。我们点了支烟抽着，正准备起身离开。就在这时，屋子里传来玻璃碎裂的声音。我们工作时没看到有人从屋子正门进去过，所以声音肯定是从屋子后面或侧面传过来的，斯坦利从车里我的座椅上拿出手电筒，之后对我说，'你从那边过去，我从这边过来，然后来个包抄。'"

"你过去了吗？"

"那很容易，两边的树篱都比围墙要高。如果我是和平常一样的装扮，我肯定不愿意过去，可是我现在穿的是工作服也就无所谓了，我只需要扒开树丛就可以了。斯坦利没问题，他比我瘦。我就难度大得多，我得从上面翻过去。不管怎么说我们穿过去了，然后从两边走，经过转角，然后在后墙的最中央处遇上了，可是一个人影都没看见。这时我们又听到玻璃碎裂的声音，知道那些人是故意来找碴儿的。斯坦利说，'你先扶我上去，然后我再拉你。'其实拉一下根本不顶用，幸好墙那边的地和墙一样高，我猜想是把土坡去掉一半修的墙，所以我们就轻松穿过去了。斯坦利问我除了手电筒以外还有什么具有攻击性的武器，我说有，有一个扳手。斯坦利说，'还不如用你的拳头，它更大。'"

"他用什么呢？"

"他说他用打橄榄球的技巧。斯坦利曾经是个非常不赖的球员。总的来说，我们摸索着进到墙内，朝发出声音的地方走过去。那些人可能只想恶作剧一番，我们在前门拐角处就逮住了他们，借着手电筒光，我们看清他们一伙人估计有七个，反正比我们想象的要多得多。不想让对方看到我们势单力孤，我们将手电筒关了，眼疾手快地抓住身边的那个人。斯坦利叫道，'长官，抓住他。'我还愣了一下，还在想他怎么现在叫我之前的官衔，后来才明白他是想让那群人觉得我们是警察。不过这丝毫没起到作用，他们还不止七个人。接下来，好像只是一刹那，一切都平静下来，我们弄出那么大的声音，我想他们应该被吓得四处逃窜了。我听到斯坦利在某个地方叫着，'比尔，抓住一个，别让他们跑光了。'于是我马上翻身追上去，牢牢抓住最后一个人的腿。可是他像一头发情的狮子一样乱踢，再加上我手里还拿着手电，随后他像一条鱼一样从我手里溜走了。我想再次抓时，他已经爬到墙头了。这下我只能干瞪眼了，因为后面的墙比前面的高，我根本够不着。我回到斯坦利旁边，他还伤痕累累地坐在地上。有人用瓶子将他的头打破了，那样子看起来狼狈极了。之后，夏普小姐出来了，问是不是有人挂彩了。靠着手电筒微弱的光,她看到了我们。我们将斯坦利扶进去,房间里已经亮起了灯,我准备打个电话,可是夏普小姐说,'没用了,已经被掐断了。他们刚来时我就准备打电话报警的。'我说我去请警察,回来顺便带上你。可夏普小姐说不用了,你已经工作一整天了,让我不要再麻烦你。不过我想你应该去一趟。"

"是的,比尔,我确实应该去。"

他们到法兰柴思时,铁门大开,警车就停在那里,挨着街边的房子灯全部亮了,窗户玻璃碎掉的房间里,窗帘随风摆着。夏普母女在会客厅里,玛丽恩正在给眉毛处受伤的斯坦利包扎。一位警官在录笔录,另一个警员在四处采集证物。证物中有一些碎砖块、几个瓶子以及字条。

"哦,比尔,我跟你说过不要惊动他的。"看到罗伯特时,玛丽恩说道。

罗伯特注意到她包扎伤口非常娴熟,要知道在厨艺方面她可是不精通的。他和警官打了个招呼,便蹲下来检查证物。大部分都是可以扔出去的东西,还有几张字条,上面写着"滚!""外国猪!""这次只是一个警告!""全部滚出去,要不然就别怪我们不手下留情!"等不堪入目的词语。

"我想我们已经将证物全部集中了。"警官说,"现在我们应该到院子里去看一下脚印,或者其他线索。"他请比尔和斯坦利抬起脚,很职业性地查看了鞋底,然后去院子里。这时夏普太太拿着暖壶和杯子进来了。

"啊,布莱尔先生!"她说,"对于我们的事情,你还想继续关注吗?"

她穿得整整齐齐,和玛丽恩完全不一样,她看上去非常轻松,就像一个穿着旧晨衣的圣女贞德,而且对当下发生的事情,她丝毫不在意。他心中暗忖,到底要什么样的场合才会让夏普太太失态。

比尔取来一些木头,重新将壁炉生起来。夏普太太倒着咖啡,罗伯特婉言谢绝了,他今天已经喝了数杯咖啡了,实在是不想再喝了。斯坦利也慢慢缓过来了。警察从院子中回来时,客厅里的气氛已经相当好了,当然,窗帘还在摆动,只剩下窗框孤零零地在那。罗伯特观察到,斯坦利和比尔在这里和夏普母女相处非常轻松、自如。或许因为夏普母女随和的态度,面对陌生人的突然闯入,她们已经相当淡定。总的来说,比尔就像是在这里住了好久一样,直接将空杯递上去,请主人添咖啡。罗伯特不由地想到琳姨妈,虽然她待人和蔼,可是他们穿着脏兮兮的工作服会觉得很不好意思,只坐着椅子的一角儿。

或许就是这种恬淡自然的态度吸引到了内维尔。

"夫人,你们还准备在这住下去吗?"警官问道。

"当然。"夏普太太边说边给他们倒咖啡。

"不能再住了,"罗伯特说,"你们不能再待在这儿了,我会帮你们在拉伯洛找一家旅馆安顿下来……"

"这是我听过的最荒诞可笑的事了。我们肯定要继续住在这里,只是损坏几个窗子,有什么要紧?"

"下次可能就不只是损坏窗子这么简单了,"警官说,"而且只要你们还待在这里,我们就有义务要保护你们周全,可现在我们真的人力不足。"

"很对不起给你们添麻烦了,警官,请相信我。如果我们有足够的实力,也绝对不会让窗户被打破。可这里是我们的家,我们只能住在这里。即便不是因为这个原因,假设房子真的不住人了,等我们返回的时候,这个房子还会留下什么呢?如果你们人力不足,不能保护我们的周全,那么我想,你们更没有能力来保护一幢空房子吧?"

警官被她呛得一时无语,绝大多数认识夏普太太的人都会有这个强烈的感觉。"嗯,我知道了,夫人。"警官似乎很无奈地说。

"那么,我想,我们不用再讨论我们是否要离开法兰柴思这个议题了,要加糖吗,警官?"

警官走以后,罗伯特继续提到暂时搬离这里的事,比尔拿来扫帚和撮箕打扫地上的碎玻璃。他再次说搬到拉伯洛旅馆才是理智的选择,可是不管是从常理上,还是从感情上来说,他当然不希望如此。如果换作是他，他也会和夏普太太的选择一样，所以也不能强行要她们走，更何况夏普太太有关房子闲置后所带来的后果的分析是相当正确的。

"你们只是需要一个房客而已。"斯坦利说，他现在是伤者，没被允许打扫玻璃，"而且是带手枪的，我来做这个房客如何？我不用在这吃饭，只是晚上在这守护。守夜人晚上不是也要睡觉么。"

对于他在这件事中所表现出来的赤诚，夏普太太虽然非常感谢，但是没有说破，以免斯坦利下不来台。

"你结婚了吗？"玛丽恩问。

"没有。"斯坦利回答道。

"假如你有妻子的话，或许她会同意你这样做。"夏普太太说，"可是我觉得如果你来这里，你的顾客们很可能会不再登门，彼得斯先生。"

"我的顾客？"

"不会的，"斯坦利非常自信地拍着胸口保证道，"他们也没有其他地方可去。林奇一周有五天都是找不着北的，而比金斯连自行车链条都搞不定。更何况，我下班后的工作安排不需要由我的顾客来决定。"

比尔打扫完回来后，也同意斯坦利的意见。比尔结婚了，不能不在家过夜。大伙儿好像都同意斯坦利在法兰柴思当房客。

罗伯特的心也稍稍安定下来。

"那么，"玛丽恩说，"如果你一定要来做这个房客，也许应该马上开始准备，你的头已经肿得像个大馒头了。我赶快将床铺收拾好。你喜欢面向南边的房间吗？"

"可以，"斯坦利严肃地说，"只要和厨房、收音机离远一点就好了。"

"我会按你的要求做的。"

比尔回去时顺带捎了个口信给斯坦利的房东，说他要在外面住宿。"她不会担心我的，"斯坦利说，"原来我也在外面过过夜。"说着他看到玛丽恩看过来的目光，赶紧解释道，"以前帮顾客搭船送车时，如果是晚上送过去可以节省一半的时间。"

他们将一楼所有房间的窗帘都用钉子固定下来，这样即便是晚上下雨也不会打湿房间，罗伯特允诺明天一大早就请玻璃工人过来维修。他想这次要到拉伯洛的公司找人帮忙，不再受米尔福德镇那些人的冷眼。

"除此以外，我会将铁门的钥匙配一下，我手里也拿一把。"玛丽恩带着门闩和他们一起走向铁门，"这样以后开门锁门，我就可以自己解决了。"

她将手递给比尔。"对于你们三位为我们所做的一切，我会一辈子难以忘怀。以后想到今晚发生的一切时，我不会记得那些无理取闹的人，只会记得你们三位。"

在这个宁静的春天的傍晚，他们开车回家。"那些都是本地人，我想你肯定也已经猜出来了。"比尔说。

"是的。"罗伯特认同地说道，"我注意到了，第一，他们是走路来的，第二，'外国猪'这句话正好印证了乡下人的保守意识，就好像法西斯是代表城里人的进步观念一样。"

比尔也对进步发表了一些自己的看法。

"昨天傍晚我真不应该轻信那些话，值班的警员十分肯定地跟我说，'天黑后，那些人就会回家，'我竟然信以为真。我应该相信自己的判断力才对。"

显然比尔没有听他在说什么，"真是太奇怪了，一幢房子如果没有了窗户就会觉得空落落的，可是如果没有后院，门也没关好，只要窗户还是完好的，你就可以放心地待在前厅。可是没有窗子，就算其他地方是完整的，你还是会觉得危险时刻会来临。"

这个发现并没有让罗伯特觉得些许欣慰。

第十三章

"亲爱的,你能不能顺道带点鱼回来。"星期二下午琳姨妈打电话给他,"内维尔要到我们这来吃晚餐。我们必须把明天早餐的一些东西拿出来准备晚餐。我实在搞不懂为什么内维尔来,我们就必须加一个菜。克里斯蒂娜说如果我们不这样做,他会把明天晚上的食物都全部吃掉。所以,亲爱的,希望你没意见。"

尽管他对今晚的聚餐并没有太大兴趣,可是他今天很有心情去应付这些事,所以他很满意今天自己所做的一切。他已经跟拉伯洛的一家玻璃公司联系好,他们会尽快去修补法兰柴思被打碎的窗户,还找到可以用在法兰柴思铁门上的钥匙,备用的两把明天也会一起准备到位。除此以外,他还亲自给她们送去了食物,还加上一束米尔福德镇最漂亮的鲜花。他在那里受到了最热烈的欢迎,完全可以抵消和内维尔交谈所带来的痛苦。不管怎么说,在前半个小时里,肯定还有其他事情要解决。

吃午饭前他给凯文·麦克德默打了个电话,是他的秘书接的,他请秘书转告凯文,请他晚上给罗伯特位于高街10号的公寓打个电话。事情的发展已经脱离了预先设置的轨道,他需要凯文的帮助。

有三个打高尔夫球的朋友约他,都被他拒绝了,原因是"现在没时间在高尔夫球场和一个白色橡胶球形玩意儿玩游戏。"这让他的朋友大跌眼镜。

有个很重要的客户从上星期五就一直要求和他见面,见罗伯特一直没动静,还打电话过来问"他是否还在布莱尔·海沃德·本尼特律师事务所工作"。

他还和赫塞尔廷先生对一直没有完成的工作进行了核实,赫塞尔廷先生虽然一直是站在夏普母女这边,可是对于罗伯特,他却一直是持批评的态度,因为他觉得法兰柴思案件已经超出了他们的业务范围。

塔芙小姐给他端来了茶,和往常一样,蓝色花纹瓷杯下面铺着白色方巾,漆盘里还有两块放在碟子里的消化饼干。

漆盘现在就放在他的办公桌上,和两个星期以前的情形一模一样,当时他在这间办公室头一回听到玛丽恩·夏普的声音。两个星期以前,他就是坐在这间办公室里,看夕阳西下,厌烦了这种安宁的生活,感叹时光的飞逝。可是现在,再看到消化饼干他也觉得很亲切了,因为他已经打破了常规。现在他和苏格兰场站在截然相反的立场,成了两位受公众舆论斥责的两位女士的法律代表。他现在还是个兼职侦探,还亲眼见到了暴徒的行径。他的整个世界都发生了改变。例如,原来他在高街遇到的那个身材瘦削、脸色黝黑的女人,现在是玛丽恩。

当然,打破惯例的结果之一,就是你不能再像往常一样,四点钟就悠闲地下班。他将茶盘放到一边,专心工作,再看时间时,已经6点半了,等他下班回到家时已经是晚上7点了。

客厅和平常一样,半敞开着,很多老房子都会有这样的问题。门如果不关好就会留条缝,他听到内维尔在说话。

"相反,我觉得你相当愚蠢。"内维尔说。

罗伯特听出了那种语气,内维尔四岁时就曾经用这种气愤、无情的口气和一个到访的客人说,"请你来参加我的聚会,我真是后悔莫及。"现在他肯定是因为什么事而大发雷霆。

罗伯特刚开始脱外套,忍不住停下来偷听。

"对于你完全不清楚的事情,你现在发表观点,这根本不是什么中肯的建议。"

屋子里没有其他人说话,看得出来他是在和人讲电话,这可能会使凯文的电话打不通,真是个笨蛋。

"我没有因为谁而神志不清,也没有喜欢上某个人。神志不清的是你,就像我刚才所说的,你真是相当愚蠢。在一件你根本就不熟悉内情的案子里，你毫无理由地支持少女，我觉得这充分说明神志不清的是你。你可以跟你的父亲说，这和基督精神没有任何关系，是无理取闹。我必须说那时对武装暴动行为的激励。是的，昨晚……不，她们的窗户被全部损坏了，墙上还被喷了字……如果他真的想要维护公平和正义，就应该在这方面付诸行动。可是你们这些人根本就不崇尚什么正义，对吧？只顾着让别人背黑锅……我说'你们这些人'是什么意思？就是我刚才所说的意思。你和你们那群人，一直宣扬的都是一些没有实际意义的东西。对于辛苦工作的默默无闻的人，你们从来不会大发慈悲，一根手指头都不会，可是为了牢里犯人少吃一顿饭，你们叫嚷得全世界都知道。你们真是太让我想吐了，简直就和一堆狗屎一样。"

之后"砰"的一声，电话被挂断了，看来诗人发泄完了。

罗伯特将外套放进柜子里，然后走进客厅。内维尔正为自己倒酒，脸上依然是一副气愤的样子。

"给我也来一杯，"罗伯特说，"我不是故意要偷听你讲话的，不过，电话那头不是罗丝玛丽吗？"

"除了她还会有谁？在不列颠还有谁会像她那样笨？"

"怎么笨了？"

"哦，你没听到吗？对于贝蒂·肯恩是受害人的观点，她也表示支持。"内维尔喝了一大口威士忌，然后对着罗伯特双眼圆睁，好像他应该对此负责任一样。

"我想就算她拥护《艾克—艾玛》这样的报纸对这件事本身也不会造成什么坏的影响。"

"《艾克—艾玛》，哦，不是，是《看守人》。那个智力不够发达的被她叫作父亲的人写了一篇文章，准备登在星期五那一期报纸上。是的，你好像觉得很突然，好像我们的麻烦很少似的，还要在这本低俗不堪的杂志上挥霍感伤的情绪。"

《看守人》是仅有的一家愿意发表内维尔诗歌作品的杂志，罗伯特觉得他这样说似乎有点以怨报德，不过同时，他也对内维尔的说法坚信不疑。

"或许他们不会登载。"他说，尽管这纯属自欺欺人。

"你很明白，对于他寄过去的文章，他们会毫不犹豫地刊登。是主教帮他们摆脱了第三次财务危机。"

"你是说他的妻子。"科安酸果沙司的继承人中，其中有一个就是主教的妻子。

"好吧，是他的妻子没错。可是主教却把《看守人》看作他的另一个发表演讲的地方。对于他来说，在这本杂志上，没有什么是因为太幼稚而不适合刊登的，或者他们不想登载的。你还记得吗？有个女孩为了7块还是11块钱，杀了很多出租车司机。那女孩正好和他的口味相一致，他为此激动得不能自已，还给《看守人》杂志写了一封信表达其内心的强烈悲痛，说这个女孩之前一直被人看不起，本来她可以获得中学奖学金的，可是因为家里很穷，承担不起书本和服装费，她不得不放弃奖学金而去做一份毫无价值的工作，所以交到了一些坏朋友，最后才会发生射杀出租车司机的事件，他在信中对这些罪行只字未提。当然，《看守人》杂志的读者就好这口。他们觉得，所有的罪犯都是断了翅膀的天使。接下来，那所中学的主席写信告诉主教，说全校200名学生中，那女孩排在第159位。而且，一个像主教这样注重教育的人都明白，没有学生会因为经济原因而得不到奖学金，而且书本和助学金会自动发给他们。听到这里，你会觉得主教也该醒悟了是吧，可是完全没有。学校主席的信被登载在杂志后面，用的很小很小的字体，而在下一期杂志上，那老男孩又因为另一件他完全不清楚的案件在掉眼泪。而这个星期五，他竟然要为贝蒂·肯恩掉眼泪。"

"我在想，如果我特意跑一趟……"

"明天就开始印刷了。"

"哦，是的，或许我可以先打个电话……"

"如果你觉得你可以做一些事，让主教放弃成名的机会，那你可就太幼稚了。"

电话铃这时响了。

"如果是罗丝玛丽来的电话，就说我去中国了。"内维尔说。

可是电话是凯文·麦克德默打过来的。

"哦，大侦探。"凯文说，"恭喜你，不过以后记住不要浪费那么多时间去询问埃尔斯伯里的平民，你直接打电话给苏格兰场就可以得到你想要的讯息。"

罗伯特说自己就是个平民，怎么可能会想到求助于苏格兰场，不过他正在学习中，而且已经初见成效。

他将昨晚发生的事情跟凯文大致描述了一下，然后说，"我不得不加紧步伐了，有些事情必须马上解决，不能再让她们被无端打扰。"

"你是想要我给你介绍私人侦探所吗？"

"是的，我想时机到了，不过我还在考虑……"

"考虑什么？"凯文问，因为罗伯特突然停了下来。

"哦，我在考虑我是否应该亲自去见一下格兰特探长，然后告诉他我的调查发现，以及她曾经在拉伯洛和一个男人见过面，我有那次会面的目击者。"

"然后他们会怎么办？"

"这样就可以由他们继续去调查女孩的行踪。"

"你觉得他们会照你说的这样做？"

"肯定啊，怎么可能不呢？"

"因为对他们来说不合算。如果发现那个女孩的话是谎言，他们只会将此案草草了结。那女孩并没有宣誓她所说的话都是真的，所以警方不能判定她犯了伪证罪。"

"但警方可以控告她误导。"

"是的，可是这也要看这对于他们来说是否合算。要弄清楚那一个月期间，她到底做了些什么，是一件很困难的事。对他们来说，这件事并不值得，不仅要进行一些无谓的调查研究，还要花大量的时间准备陈述、立案。对于每天工作量过大的机构来说，太多这样严重、紧急的案子，所以他们不可能在一件可以轻松结案的案件中花太多时间和精力。"

"可是这应该一个伸张正义的机构，这件事已经给夏普母女……"

"你的称呼有问题，他们是一个执法机构，正义我们只能在法院里看到，你也很明白这一点。除此以外，罗伯特，你并不能提供一些有力的证明。你不清楚她是否确实来过米尔福德镇，你所掌握的她在米德兰大厅和一名男子喝茶的事实，对于证明她没有被夏普母女扣留没有任何帮助。实际上，你现在唯一能指望的就是亚历克·拉姆斯登，他住在伦敦西南方向，富汉姆区的春日花园5号。"

"他是？"

"你要找的私家侦探，而且是最好的一个，请相信我的眼光。他有一群非常有能力的员工，随时可供差遣，所以就算他自己没有时间，他也可以给你派遣非常不错的人员。就说是我推荐你过来的，他肯定不会给你派遣没有能力的员工的。当然这种事情也是不可能发生的。他就像这地球上的盐一样。因为因公受伤，他从部队退出后就一直拿着国家的退休金。他一定会给你带来惊喜的。我必须得挂电话了，如果有什么需要我帮忙的话，请随时告诉我。我倒希望有时间去看看法兰柴思和它的主人们。我会对这件事情给予很大的关注，再见了。"

罗伯特放下电话，然后又打给查号台，找到了亚历克·拉姆斯登的号码。打过去一直没有人接听，无奈，他只好给对方发了封电报，说他——罗伯特·布莱尔有急事找他，凯文·麦克德默说拉姆斯登是最佳人选。

"罗伯特。"琳姨妈气得咬牙切齿，"你明不明白如果将鱼放在玄关的桌子上，红木家具就会弄坏的，更何况克里斯蒂娜还等着鱼下锅呢！"

"您的这项指控到底是因为红木家具湿透了，还是因为让克里斯蒂娜等的时间太长了？"

"确实，罗伯特，我真不知道该怎么说你。自从你担任法兰柴思的辩护人以后，你就跟变了一个人似的。两个星期以前,你是不可能会做这样的事情的。就算做了,你也会赶紧道歉的。"

"对不起,琳姨妈,我真的感到很不好意思。可你知道我并没有那么多机会接手这么重要的案子,请你原谅我有时的确是太辛苦了。"

"我并不觉得你是太辛苦了,相反,我从来没发现你这么激动过。我看你是一味痴迷于那件令人恶心的案子里面。今天早上,安妮·博林的特鲁洛夫小姐还对我投来怜悯的目光呢,就因为你掺和进了此事!"

"是吗?这样说来,我反而更加怜悯特鲁洛夫小姐的姐姐。"

"怜悯什么?"

"怜悯她有个像特鲁洛夫小姐那样的妹妹。你今天并不顺利,是吗,琳姨妈?"

"不要这样讽刺我,亲爱的。这小镇上的所有人都希望这个镇子永远安静、平和,不想看到一些不堪入目的事情。"

"我现在的态度和两星期前一样,我对米尔福德镇并没有好感,"罗伯特一边想一边说,"这样我就不会伤心了。"

"今天有不下四辆大型旅游巴士从拉伯洛开过来,只是为了一睹法兰柴思的情形。"

"他们吃的食物是谁给的?"罗伯特问,他知道大型巴士在米尔福德镇根本不被大家喜欢。

"没有人,他们很愤怒。"

"希望他们可以铭记这次教训,不要再去管一些和自己无关的事情。拉伯洛人始终将自己的胃放在最重要的位置。"

"牧师太太声称在这件事上应该弘扬基督精神,可是我觉得她这样说有误。"

"基督精神?"

"是的,就是'坚持你的判断',可是那是懦弱,不是基督精神。当然,我并不是要和你讨论那个案子,亲爱的罗伯特,就算和她一样,我是非常小心的。不过她肯定对我的想法了如指掌,而我也非常清楚她的观点,因此讨论就多此一举了。"

一声鼻子的闷哼从内维尔那里传过来,他正惬意地躺在一张安乐椅上。

"你说话了吗,亲爱的内维尔?"

那保姆般的口气吓到内维尔了,"没有,琳姨妈。"他温和地说。

可他肯定没那么轻松躲过去,刚从鼻子里发出来的声音想掩饰都掩饰不了。"我并不是不想给你酒喝,亲爱的,可是你已经喝了三杯威士忌了,晚餐还会有葡萄酒,可是喝那么浓烈的酒以后,你再喝其他酒,就会觉得兴味索然了。你不能养成这样的坏习惯,更何况你还要娶主教的女儿为妻。"

"我才不要和罗丝玛丽结婚呢!"

"不结婚!"琳姨妈惊呼!

"那就像和政府支援部门结婚一样。"

"可是,内维尔。"

"或者像和一个留声机结婚一样。"罗伯特记得凯文以前说过,罗丝玛丽可以给人留下的东西就是留声机唱片,"或者一条鳄鱼。"因为罗丝玛丽长得非常好看,所以罗伯特猜想"鳄鱼"之说其实是和眼泪有关的故事,"或者站上去演讲的肥皂箱。"大理石的弧形门,罗伯特心想,"抑或是娶《艾克—艾玛》。"这好像是最后一个比方了。

"可是,亲爱的内维尔,这到底是什么原因呢?"

"她是个相当蠢笨的女人,和《看守人》杂志如出一辙。"

罗伯特表现很大度,没有说在曾经的六年里《看守人》一直被内维尔奉为《圣经》一类的杂志。

"哦,好了,亲爱的,我相信你们只是闹了点小别扭,所有订了婚的人都是如此。事实上,婚前就做到各退一步是好事,那些订婚后从来不吵架的夫妻往往在结婚后终日拌嘴,所以不要把一点小别扭严重化。今天晚上回家之前给她打个电话……"

"我们不是闹了点小别扭，而是本质上有不同意见。"内维尔冷淡地说，"而且我绝不可能给她打电话。"

"可是，亲爱的内维尔，什么……"

三声单调的铜锣声传过来，让她的抗议被迫中止。需要马上处理的事情转移了她对一个戏剧性的婚约瓦解的关注。

"那是铜锣声，内维尔，你最好赶紧把你的酒带到餐厅去。克里斯蒂娜喜欢在汤里加了蛋就马上端上餐桌，而且她今晚似乎不太高兴，因为鱼到得晚了。虽然我并不知道鱼到得晚会有什么不好的后果，那鱼是烘烤出来的，根本不需要耗费多长时间，好像也不是为了红木家具弄湿的事，因为我早就处理好了呀。"

第十四章

第二天早上7点45分罗伯特就要吃早饭，然后早一点到办公室去，这让琳姨妈越发感到不安。这项生活质量的下降，也要将原因归到法兰柴思事件上。如果提前吃饭是为了赶早班火车，参加一个外地的会议，或者为了参加某个客户的丧礼这样的原因，那另当别论。可是如果提前吃早饭只是为了像个杂务工一样提前到办公室干活，这对于布莱尔来说不太寻常了，也不太恰当。

罗伯特脸上带着愉悦的笑容，走在阳光满地的高街上，两边房子的百叶窗还没有拉起来，街道上异常清净。他一直对清晨的时光情有独钟，这也是米尔福德镇最动人心魄的时候。阳光下，那粉红、奶油色、棕色就像一幅水彩画。逐渐逝去的春日里也有了夏天的影子，人行道上微凉的空气中也有了温暖的味道，刚被修整过的酸橙树的身姿也更加婀娜。他不禁兴奋地想到，对于独居的法兰柴思的女人们来说，这表明夜晚会越来越短。或者，当夏天来临时，调查已经结束，她们的房子不用再防备得那么严实。

办公室的门关得很紧，不过门边站着一个身材瘦高的灰发男子，全身上下好像只剩下一副皮包骨头，里面甚至仿佛没有器官。

"早上好。"罗伯特说，"你找我？"

"不是。"灰头发男人说，"是你找我。"

"我找你？"

"你发给我的电报上确实是这样说的，你应该是布莱尔先生吧？"

"哦，我是，可是你到得也太快了吧！"罗伯特说。

"还好，不算远。"那男子言简意赅地说。

"请进。"罗伯特说，尽力让自己适应拉姆斯登先生的节奏。

来到办公室，他将上了锁的办公桌打开，问道，"你用过早饭了吗？"

"吃过了，在白鹿酒馆吃的培根和蛋。"

"你可以亲自前来，我真是太高兴了。"

"我刚刚将一个案子调查结束，而且凯文·麦克德默先生曾经给过我很大的帮助。"

是的，凯文，尽管他看上去凶神恶煞，生活也非常忙碌，可是他依然愿意抽出时间和精力去帮助那些他觉得值得帮助的人。拉伯洛主教则不一样，对于那些不值得同情的人，他则倾注了太多的同情心。

"或许你可以先看一下这份笔录。"罗伯特边说边递给他一份贝蒂·肯恩在警方那里所做的笔录，"之后我们再开始讨论。"

拉姆斯登拿起那份打印文件，在会客椅子上坐下，更准确地说是陷进那张椅子里，好像周遭什么都不存在了一样，完全进入自我世界，就像上一次凯文在他自己的公寓里看罗伯特给他的文件一样。罗伯特也忙着自己的事，可是依然羡慕他们如此的专心。

"布莱尔先生。"过了一会儿，他说，罗伯特将后续记录也交给他，那是关于女孩指认房子及主人，罗伯特参与到这件事情的经过，还有警方因为证明材料不充分而决心暂时不提交到法院，莱斯利·韦恩因为不甘心警方的不执法而气愤交加，《艾克—艾玛》报纸报道此事后所产生的一系列后果，他自己对女孩亲属的走访调查结果。除此以外，他还发现她有坐公车的嗜好，而且在那段时间里，米尔福德镇公交线路因为单层巴士出了状况，曾拿双层巴士替代过，以及他所发现的X先生。

"你的任务就是去调查这个X先生，拉姆斯登先生。那个大厅服务员阿尔伯见过他，这是那期间旅馆的住客清单。尽管那个人会在米德兰旅馆住宿的几率非常小，不过我们还是应该去试一试。对了，你可以告诉阿尔伯特是我请你去的，我和他是多年的老朋友了。"

"很好，我现在就出发去拉伯洛，明天那女孩的照片就会到我的手上，不过今天你也许可以考虑将《艾克—艾玛》借我先用一下。"

"好的，那你要如何才能取得她的照片呢？"

"千方百计。"

罗伯特推测女孩失踪时苏格兰场会留有照片，拉姆斯登在那里的朋友会不介意给他留一张复印件，所以罗伯特闭口不再问。

"双层巴士的售票员或司机或许还对她有印象。"拉姆斯登正准备离开时，罗伯特提醒道，"他们供职于拉伯洛和地方汽车服务站，办公室就位于维多利亚街。"

九点半，事务所的员工都上班了，最早一个到的居然是内维尔，这个不同寻常的表现让罗伯特惊讶得合不拢嘴。内维尔原来都是最晚一个到，也是最后一个收拾妥当开始工作的人。平常他总是慢悠悠地走进事务所，然后到他的小办公室脱下外套，之后到办事处打个招呼，然后再去问候会客室的塔芙小姐，最后到罗伯特办公室，站在那里拨弄着一叠寄给他的神秘主义的杂志，进而絮叨着英国如今的惨状。对于内维尔每天早上的这一系列程序，罗伯特已经见怪不怪了。可是今天的内维尔第一个来上班，而且第一个静下心来开始投入工作。

塔芙小姐手拿记事本进来了，圆形衣领上的白色特别夺人眼球，这也意味着罗伯特一天的工作正式开始。塔芙小姐有在黑色连衣裙上佩戴上白色装饰的习惯，已经有20年之久。如果哪天她突然卸下了这个装备，会让人觉得特别怪异。每天早上她都戴上刚刚洗干净熨平的装饰，之前用过的则会马上洗干净收起来，以备隔日之需。只有到星期天，她才会换一副新的装扮。罗伯特曾经有一回在星期天遇到塔芙小姐，那天的她看起来特别不一样，领子是花边的，罗伯特竟然没认出她来。

罗伯特的工作进行到10点半，肚子已经开始咕咕叫了，可能因为今天早餐吃得比较早，所以老早就饿了。他想到玫瑰王冠酒店去充充饥，喝杯咖啡吃个三明治。米尔福德镇喝咖啡最好的去处是安妮·博林，可是那里总是拥满了上街采购的女人们，（"亲爱的，看到你我真是太兴奋了！在罗尼的宴会中我们怎么没看到你！对了，你听说了吗……"），在那种氛围中喝咖啡，的确会让人崩溃。他走到玫瑰王冠酒店去，然后再帮法兰柴思的女士们采购点东西，吃过午饭后他会去她家一趟，将《看守人》的坏消息带给她们。他没办法用电话通知她们，因为电话已经被掐断了。拉伯洛的公司已经派人将玻璃修补好了。当然，那是私人开办的公司，可是邮局是官办机构，他们的程序是将报来的事故先列入清单，然后经过一系列烦冗的程序才能有结论。所以罗伯特决定下午亲自去一趟，让夏普母女知道一些无法用电话告知的事情。

现在还是早上的工作时间，玫瑰王冠酒店里的桌子都还闲置着，只有一张用篱笆木条做成的桌脚的桌子旁坐着本·卡利，他正在看《艾克—艾玛》。罗伯特一辈子都不会想要和卡利有交集，估计卡利也是这样想的，可是他们的职业却是类似的（这大概就是人类最与众不同的地方了），于是在米尔福德这样的小镇里，他们成了特别亲密的朋友。罗伯特自然坐到了卡利的旁边，然后想到他还没感谢他呢，因为上次卡利好心告诉他要小心乡下人的心理状态。

卡利放下正在读的《艾克—艾玛》和他问了声好，那双特别机敏的黑眼睛对于一个英格兰中部的小镇来说，有着特别强烈的异国风情。"看来，风波已经要平息了。"他说，"今天的读者来信只有一封了，只是还能引起一点关注而已。"

"《艾克—艾玛》已经结束战斗，可是《看守人》星期五开始又要吹起战争的号角了。"

"《看守人》！它跟在《艾克—艾玛》屁股后面做什么？"

"这不是头一回了。"罗伯特说。

"不，我觉得不太可能。"卡利若有所思地说，"认真想一下吧，这真的是一个硬币的正反两面而已。嗯，是的，你不需要忧心，就算是这样，《看守人》的杂志的发行量也突破不了两千。"

"可能吧，可是你想过没有，那两千人中，每个人可能都有一个亲戚朋友之类的在政府机关任职。"

"那又如何？你有听过政府官员超越职权干涉他们职责范围以外的事情了吗？"

"目前为止还没有，不过他们会互通有无，终有一天消息会落到……"

"肥美的土地中。"卡利接过他的话，还特地加上了一个比方。

"是的，早晚会有一个无事可干的人，或是忧愁满怀的人，或者是以自我为中心的人，因为实在无事可干给自己找点事情做，于是便干涉此事，尽力达成自己的愿望。这对公职人员的影响就像西洋镜被打开一样。很多人都会被卷进来，不管是不是他们愿意的。杰拉德找托尼，雷吉找杰拉德，照这样循环下去，直到出现难以承担的后果。"

卡利安静了好一会儿，"真是太不幸了。"他说，"《艾克—艾玛》的报道已经不是那么紧锣密鼓了，再过两天，他们就会将注意力转移到别的事情上。实际上，他们一般也就两天的报道热度，我从来没有见过报道同一件事情超过三天时间。当然也有一个例外，如果读者有非常浓烈的兴趣，他们才会再继续刊载。"

"是的。"罗伯特失望地表示同意。

"当然，这是上帝给他们创造的机会。女孩被扣留殴打的事情已经越来越少，它的销路自然也堪忧。像《艾克—艾玛》这样的报纸，每天只能提供那样几种色彩，读者很快就会丧失兴趣的。而对于法兰柴思事件的报道，也只是让它在拉伯洛的销量增加了几千份而已。"

"发行量绝对会下降的，就像潮起潮落一样。可是潮落以后，我还得处理善后事宜。"

"要我说，那个沙滩气味太难闻了。"卡利说，"在安妮·博林旁边卖运动服饰的那个胖子，金色头发的那个，你认识吗？脸上惯常涂抹一种淡紫色的粉底，穿着提胸内衣。她是你需要善后处理的一样东西。"

"为什么呢？"

"她好像之前在伦敦和夏普母女住同一幢公寓，而且她还知道一个有关玛丽恩·夏普的有意思的故事，说她如何在盛怒之下，打死了一只狗。她的顾客们也听得津津有味，安妮·博林的客人也是，她每天早上都会到那里去喝咖啡。"他似乎略带讥讽地看了一眼罗伯特脸上转瞬即逝的气愤。"我想你应该清楚，她有一条被宠坏的狗，从来都是任意妄为，后来因为那个金发主人心情不佳时不停地喂它食物，那条狗因为过度肥胖而早早死去了。"

有那么一瞬间，罗伯特几乎想要紧紧抱住本·卡利和他的条纹西装。

"嗯，这事会很快被人遗忘的。"卡利说，好像在表达大丈夫能屈能伸的精神。

罗伯特好像很吃惊，好像世世代代传下来的反抗精神这时全部体现在他身上，"我不觉得就这样被人遗忘有什么好处，"他说，"至少对于我的客户来说，它一点意义都没有。"

"你可以做什么呢？"

"当然是反抗。"

"如何反抗？如果你真是这样想的话，你是不会被判定诽谤的。"

"不是，我没有考虑过要打诽谤官司。我觉得你可以去查那几个星期里，女孩都做了些什么。"

卡利好像觉得有点意思了，"就是这样，"他说，听起来好像很容易办到。

"这并不简单，而且可能会让她们身无分文，可是没有别的选择。"

"她们大可以搬家，将房子卖了，到别的地方安家落户。一年以后，米尔福德镇以外的人没有谁会对这件事念念不忘。"

"她们绝对不会那样做，就算她们愿意，我也不会同意这样的建议。你不能身上带着一些不清楚的光环过着一生。而且，这个女孩扯了这么大一个谎竟然可以安之若素，这真是让人气愤难平，这是原则问题。"

"为了你那所谓的准则，你可能要付出巨大的代价。不过，不管怎么样，我会为你祈祷。你想过请私家侦探吗？如果你需要，我可以提供……"

罗伯特说他已经找到一个，现在已经投入工作了。

卡利脸上的表情变得生动起来，意在恭喜一直固守成规的布莱尔·海沃德·本尼特联合事务所这次所展现出来的快速反应能力。

"苏格兰场最好谨慎保管好自己的名誉。"他说着，眼睛看向窗外的街道，脸上诙谐的表情慢慢褪去。他盯着一个地方看了一会儿，然后轻声说，"哦，真是胆大啊！"

他的语气里更多的是欣赏，而不是气愤，罗伯特也转过头去看，到底是什么让他这么目不转睛。夏普家那辆伤痕累累的旧汽车出现在街对面，它的前轮太特别了，吸引了太多人的眼光。夏普太太和往常一样坐在后座上，表情似乎在对这种交通工具表示抗议。汽车停在食品杂货店门外，玛丽恩可能在里面购物。车应该是刚停在这里，要不然本·卡利早就应该注意到了，可是这时已经有两个受人之托的男孩站下来观看，靠着他们的自行车一个劲地看着，好像在看一场好戏。就在罗伯特注意到这种场景之后的几分钟内，消息已经迅速蔓延出去，隔壁几家杂货铺的人都出来了，聚集在店铺门口。

"真是蠢到家了！"罗伯特气愤地说。

"我不觉得。"卡利说，眼睛依然一看着街对面，"我真希望我是她们的代理律师。"

他伸手到衣袋里找零钱付咖啡的时候，罗伯特已经飞快跑出去。他到达车前时，玛丽恩已经走到人行道上，站到车子另外一边。"夏普太太，"他严肃地说，"你知不知道这是个非常不理智的行为，这样做只会……"

"哦，早上好，布莱尔先生，"她和往常一样谦恭有加，"你早上喝咖啡了吗，可否和我们一起到安妮·博林喝一杯？"

"夏普小姐！"他转向玛丽恩，她正在放购物袋，"你应该明白这个行为是在玩儿火。"

"说实话我自己也不知道。"她说，"可是这好像是我们现在必须要做一件事，可能因为我们一直独居，导致我们越来越不成熟了，可是我们俩都没办法遗忘在安妮·博林所受到的冷遇，那种未经审讯的定罪。"

"我们精神上储存了太多的垃圾，布莱尔先生。现在可以铲除这些垃圾的就只有以牙还牙，我的意思是到特鲁洛夫小姐那里喝一杯咖啡。"

"可这根本没有必要，所以……"

"我们想，早上十点半安妮·博林应该还会有很多空位。"夏普太太威严地说。

"不要忧心，布莱尔先生，"玛丽恩说，"这只是一种形式而已。只要在安妮·博林喝完一杯咖啡，我们就绝对不会再进入那家店。"她以她特有的诙谐语气说道。

"可是这样做只会给米尔福德提供无偿的……"

他还在说，就被夏普太太打断了。"米尔福德必须适应我们的存在。"她冷淡地说，"因为我们不想一直生活在高墙环绕的房子里。"

"可是……"

"怪物只要出现了,并且频率逐渐增高,他们就能很快习以为常了。如果你一年只看到一次长颈鹿,你会觉得讶异,可是如果你每天都能看到它,你就会觉得它是你生活的一部分。我们打算成为米尔福德的常态。"

"很好,你们的想法非常好,可是现在请为我做一件事。"二楼上的窗帘在纷纷拉开,然后一张张脸出现在窗户前面,"不要去安妮·博林,至少今天不去,然后跟我一起到玫瑰王冠酒店去喝一杯咖啡。"

"布莱尔先生,能和你一起到玫瑰王冠酒店喝咖啡的确是一件非常令人高兴的事,可是它不会帮助我们清除我们的精神垃圾,这种垃圾会埋了我。"

"夏普小姐,我恳求你。你说过这种做法可能过于冲动,好吧,现在的我身为你们的代理律师,想请你们答应我个人的一个请求,不要去安妮·博林。"

"这是要挟!"夏普太太斥责道。

"可是让人没办法反对。"玛丽恩说,浅浅微笑着,"看来我们得去玫瑰王冠酒店喝咖啡了,"她轻声叹了口气,"就在我准备大干一场的时候。"

"哼,真是胆大!"一个声音传过来。尽管他说的话和卡利一样,可是少了卡利的尊敬,有的只是气愤。

"你不能把车停在这里,"罗伯特说,"这样不仅违反了交通法规,它还是一个重要证物。"

"嗯,我们没打算停在这里,"玛丽恩说,"我们打算将它开到修车厂,让斯坦利帮我们捯饬一下,他说我们的车很破呢!"

"既然这样,我和你们一起过去,你最好快点上车,以免引来更多的围观。"

"可怜的布莱尔先生,"玛丽恩发动了车子,"你一定很不想卷进这样的氛围里面,特别是经过多年打磨以后。"

她没有一丝一毫的恶意,实际上她的语气带着真诚的怜悯,这些话进入到罗伯特的脑海里,找到一个安静的地方落地生根。他们来到辛恩街,穿越了五辆出租马车和一匹在马厩外溜达的小马之后,来到灰暗的修车厂。

比尔一边用油布擦着手,一边出来迎接他们。"早上好,夏普太太,夏普小姐,你的包扎技术太到位了,斯坦利的伤口缝得非常好,你原来一定是个护士。"

"我没有,对于流行的东西,我一点也不感兴趣。不过我很可能是一名外科医生,手术台上就没有什么流言了。"

斯坦利从后面走出来,熟络得并没有互相打招呼问候,而是径直去看车子。

"你们想九点钟过来取吗?"他问。

"一个小时就可以修好?"玛丽恩问。

"给我一年的时间都不够,不过我会在一个小时之内尽量弄得好一些。"他用探询的眼光看向罗伯特,"金尼斯那边有什么消息传过来吗?"

"有关巴立·卜吉,我倒有好消息带给你们。"

"一派胡言!"夏普太太说,"带有葡萄牙血统的东西一点竞争力都没有,顶多也就是出来走走过场。"

三个男人不约而同地转向她,脸上惊诧的表情一览无遗。

"你也喜欢赛马?"罗伯特简直难以相信。

"不,我只是对马感兴趣而已,我有个兄弟曾经养成纯种马。"看到他们脸上的表情,她忽然放声大笑起来,就像母鸡咯咯响一样,"布莱尔先生,你以为我每天就只是看《圣经》吗?或者只看一种讲巫术的书?完全不是这样的,我还看赛马的新闻。我要跟斯坦利说,叫他不要再在巴立·卜吉身上浪费钱财了,更不用说它的名字那么让人难受。"

"那应该换哪一匹好呢？"斯坦利问道。

"有人说马最原始的反应，就是它们从不拿人类做赌注，可是如果你一定要这样做，你最好将赌注压在康明斯基身上。"

"康明斯基！"斯坦利惊呼，"它年纪很大了！"

"你自己的钱财你当然可以随便做主，我也不介意你浪费掉一些小钱。"她冷冷地说，"我们现在走吗，布莱尔先生？"

"那好。"斯坦利说，"我决定了，就康明斯基，如果押对了，我给你10%。"

他们走到玫瑰王冠酒店。当他们远离辛恩街那种比较偏僻的小地方来到宽阔的马路上时，他觉得自己就好像置身于战争刚刚结束后的战场上，感觉所有的关注点都在他残弱的身躯上。因此就算现在在初夏的阳光下走，走过街道时，他依然觉得自己就好像身上没有任何防护似的，浑身不自在。可是看到身边的玛丽恩，她是那样的满不在乎，相比之下，他觉得羞愧不已，尽量让自己收敛一点，别表现得过于明显。可是他想起来她总是能揣摩出别人的心思，便觉得自己表现差极了。

一个形单影只的服务员正在整理本·卡利放在桌上的钱，此外，整个店里空无一人。他们坐在一张放有紫罗兰的黑橡木桌子旁，玛丽恩问："你知道我们的窗户已经全部修整好了吧？"

"是的，纽斯曼昨天晚上回家时专门跑过来告诉我了。他们完成得非常漂亮。"

"你给他们红包了吗？"夏普太太问。

"没有，我只是说一群地痞干的。如果那是狂风暴雨的结局，你们现在肯定还要忍受没有窗户的日子。狂风暴雨是天灾，所以必须忍受，没得商量。可是地痞是人为的，必须要予以反抗，所以你们有了新窗户。我希望没给你们带来什么困扰。"

他没有感觉到自己的声调都发生了变化，可是玛丽恩看了看他的脸，然后说："有什么新情况吗？"

"可能是的，我本来准备今天下午去跟你们说的。看情况，《艾克—艾玛》不会再对这个消息继续报道了，今天的报纸上只刊登了一封读者来信，而且语气很柔和，很显然《艾克—艾玛》已经对这个故事丧失了兴趣，可是《看守人》又马上跟上来了。"

"真是完美无缺啊！"玛丽恩说，"《看守人》从《艾克—艾玛》手中接过接力棒，这个场景是有多诱人啊！"

"爬上了《艾克—艾玛》的床。"卡利是这样形容的，不过和玛丽恩所表达的意思一样。

"你到《看守人》杂志那里去过，布莱尔先生？"夏普太太问。

"没有，这个消息是内维尔跟我说的。他们要刊登他岳父，也就是拉伯洛主教的一封信。"

"哦。"夏普太太说，"托比·拜恩。"

"你了解他？"罗伯特问，觉得她的语气凌厉到可以杀死一头牛。

"他和我的侄子在同一所学校就读，他的父亲是养马的。托比·拜恩，是的，就是他，他还是老样子。"

"听口气，你对他没有好感。"

"我和他也不算认识。有一次他和我侄子一起来度假，可是从那以后，我就没见过他了。"

"噢？"

"他头一回发现在马厩工作的小伙子天还没亮就起床干活了，觉得异常惊讶，说那是仆役，之后就在小伙子间游说，激励他们勇敢地为自己赢得权利。他对他们说，如果他们协同一致，那么早上九点以前就不会有马离开马厩。他走以后，那些小伙子还效仿他的样子嬉笑了好几年，只是他再也没有来过。"

"是的，他还是老样子。"罗伯特表示认可，"很显然，从那时开始他就运用相同的手段，从非洲难民到孤儿院，不管遇到什么事情，他都是采取同样的措施。越是自己不熟悉的事，他就会发表更多的感慨。内维尔表示对于那封马上要刊登出来的信,他也没有办法阻止。因为主教已经把信写好了,而且主教写好的东西是一定要发表的。可是我不能就这样坐以待毙,所以晚餐后我给他打电话,尽可能用委婉的口气告诉他,他这是把自己卷进一个疑点重重的案子,而且在同时伤害两个很可能被冤枉的人,可是最后证明我是白费力气。他说《看守人》杂志一向崇尚言论自由,并提醒我是在阻碍言论自由。最后我问他是否同意私刑,因为他的行为才产生这样的后果。我是真的没办法了,所以才舍弃了委婉,开门见山地说了。"他端起夏普太太为他倒的咖啡,"他的前任将这五个郡治理得非常好,还是一位学者。相比之下,托比·拜恩真是糟糕透了。"

"他是怎么爬到现在这个位子上的?"夏普太太感到很纳闷。

"我想这和安酸果沙司企业脱不开干系。"

"哦,对呀,我怎么忘了这回事呢。要糖吗,布莱尔先生?"

"对了,这两把备用钥匙是用来开法兰柴思车道铁门的。我希望可以留一把,另一把给警方,这样他们随时都可以过来巡视。我还要跟你们说件事,我给你们找了私家侦探。"之后他给她们详细讲述了亚历克·拉姆斯登到访的故事。

"没有人给苏格兰场写信,说自己认识《艾克—艾玛》照片上的人吗?"玛丽恩说,"我在这上面寄予了厚望。"

"到现在还没有,不过不要放弃。"

"《艾克—艾玛》的照片刊载出来已经五天了,如果有人已经认出了照片上的人,应该早就有所行动了。"

"也许有的人还没有看到,事情往往大抵如此。有人某天突然打开包着薯条的报纸,然后大叫道:'哦,这张脸怎么那么熟悉?'或者有人用报纸铺到旅馆抽屉等。要抱有希望,夏普小姐。有上帝和亚历克·拉姆斯登,我们一定会取得最后的胜利的。"

她理智地看着他,"你相信,是吗?"她说,像是发现了新大陆一样。

"是的。"他说。

"你相信最终善一定能战胜恶。"

"是。"

"为什么?"

"我不知道该如何向你解释,我想是因为其他可能性都是令人匪夷所思的。世上没有比那更让人有自信,更值得肯定的了。"

"如果托比·拜恩没有当主教,我会对他抱以更大的期望。"夏普太太说,"对了,他的信什么时候发表?"

"星期五早上。"

"我有点迫不及待了。"夏普太太说。

第十五章

周五下午,罗伯特对善终究还是有信心的。

让他信心发生动摇的不是主教的信。实际上,周五发生的另外一件事让主教的力量显得微乎其微。如果周三早上有人告诉他说,他不会看到任何有关可以削弱主教影响力的事件,他是绝对不会认同的。

主教的那封信作风依旧。他写道,《看守人》一直都强烈抵抗暴力,现在也不会容忍它胡作非为，可是有时暴力行为代表着社会的不稳定、不安全。新近发生的纳拉巴德案件就是最有力的证明。（可是纳拉巴德案件中所宣称的社会不稳定、不安全的表现却是两个小偷因为找不到想据为己有的猫眼石手镯，一时怒气攻心将家里正在睡觉的7个人全部都杀死了。）无可否认，中下阶层人民有时会对一些显而易见的错误无力抗拒，于是一些热情澎湃的人就会发起示威游行。（罗伯特认为，比尔和斯坦利会觉得星期一那些乡下人不可能是激情澎湃的人，而且法兰柴思一楼所有窗户被打碎的行为被理解为示威游行未免太轻视此举了。）应该对这种不安全负责任的人（《看守人》杂志惯常用像不稳定、不和谐、很遗憾这种中性化的词汇来取代人们常说的暴力、智商低下、妓女等。而且罗伯特还发现，《艾克—艾玛》报和《看守人》有个共同的特点，那就是都觉得所有的妓女都只是一时鬼迷心窍，她们的心地都是善良的。）不是那些坦诚表达自己的不满而被带到沟里的人，而应该是那些因为懦弱、无知和没有激情而变得公正的警察部门。正义不仅需要时刻坚守，过程也不能忽视，这是英国一直以来遵循的传统，而这个平台就是在世人面前讨论。

"他这样一说，人们会觉得警察精心准备的，不过是一个结局已定的必输案子，这样做有什么意义呢？"罗伯特问正在读主教写的信的内维尔。

"对于我们来说是好事，"内维尔说，"他好像没有考虑到这一点。如果法官判决案件通不过，那就表明那个浑身青紫的小家伙在撒谎！你看到伤痕那部分没有？"

"没有。"

这部分在文章的最后，主教说，年轻的女孩"浑身青紫的身体"是对法治的有力申诉，它不仅没有保护好她，现在又不维护她。这桩案件的审理过程很明显要被监管起来。

"这会让警察今天早上兴奋异常。"罗伯特说。

"确切地说，是下午。"内维尔说。

"为什么？"

"苏格兰场不会去看这种不真实的杂志，当然有一个例外，有人主动将这份报纸送到他们眼前。"

可是他们恰恰看到了。格兰特探长是在火车上看到的，他从书报摊上买了《看守人》和其他三份杂志。其实也不是他个人多么想看，而是在和美女洗澡的封面杂志权衡之后做出了这样的选择。

罗伯特带着《看守人》杂志和今早的《艾克—艾玛》杂志去了法兰柴思。《艾克—艾玛》显然对法兰柴思事件不再有兴趣。星期三他们刊载过一封读者来信以后，就没有跟踪报道了。这是一个让人心情舒畅的好天气，法兰柴思庭院内绿草茵茵，灰白色的墙壁在阳光的照耀下特别温暖，玫瑰色的砖墙也将和煦的光线反射到老式的前厅，让它也蒙上温暖的色彩。有人坐在那里，会觉得欢欣愉悦。《艾克—艾玛》已经不在大庭广众面前斥责她们了，而主教的信也没有带来多么严重的负面影响。亚历克·拉姆斯登正在四处奔忙着，很快就会找到对她们有利的证据。夏天的阳光，让黑夜的时间大大地缩短了，斯坦利更是夜夜守卫在此。她们昨天又去米尔福德进行日常采购，决定要成为那里的常客，而除了想象之中的注意、冷眼以及几句非议外，也没有遇到其他麻烦。总的来说，她们觉得现状最好就是这样了。

"这会产生多大的危害？"夏普太太一边问，一边指着《看守人》杂志的读者来信。

"我觉得不会产生什么危害。据我所知，就算在《看守人》的党派中，主教也被认为是非主流的。他拥护马奥尼，对他来说一点意义都没有。"

"马奥尼是谁？"玛丽恩问。

"你忘了吗？他就是那个爱尔兰的爱国英雄，在英国的繁华街道上，他将一颗炸弹放进一个妇女的自行车篮子里，四个人当场被炸身亡，包括那名妇女，最后还是凭借其手上的结婚戒指才辨认出她的身份。主教说马奥尼不是杀人犯，只是误入歧途而已，他代表了被镇压的少数民族——爱尔兰人。不管你不信，我们都不能判他死刑。这种言论就算是《看守人》的读者，也会觉得出格了。我听说自从那件事以后，主教的威望就一落千丈了。"

"和自己无关的事情发生时，人们竟然会忘记得这么快，这太让人惊讶了。"玛丽恩说，"马奥尼后来被判了死刑吗？"

"是的，我必须得说对于他来说太意外了，而且是相当痛苦的经历。在他之前，很多人因为得到了有益的辩护，认为杀人不过是个和银行业务一样安全的交易。"

"提到银行。"夏普太太说，"我想你应该先对我们的财务状况有个准确的了解，你可以和处理我们事宜的老克洛尔先生在伦敦的律师取得联系。我会写信给他，让他们把所有的账目给你，这样你就可以准确知道我们的收支，合理安排我们的辩护费用。不过那真的和我们之前的支出计划无关。"

"很高兴我们还有这笔钱，"玛丽恩说，"难以想象，如果一个人穷困潦倒，遇到这种事情，应该怎么办？"

罗伯特坦诚地说不知道。

他将克洛尔律师的地址拿过来，然后回家和琳姨妈一起吃午餐，自从上星期五在比尔的桌上看到《艾克—艾玛》报的头版头条消息以后，今天是最轻松的一个日子。感觉就像是在一个电闪雷鸣般的日子里，头顶上终于不再雷声大作了。或许它还会再来，或许更恶劣的事情还在后面，可是现在已经能想象到拨开云雾见天日的时候。

琳姨妈此时也好像把法兰柴思忘记了，又和平常一样傻傻地让人喜欢了，她给萨斯喀彻温的雷蒂斯双胞胎买了很多东西作为生日礼物。她准备了罗伯特最爱的午餐——水煮土豆、冷火腿以及抹了香浓奶油的苹果布丁。渐渐地他发现，原本这个星期五让他觉得阴云蔽日的，因为《看守人》杂志要刊载对她们不利的消息。看来拉伯洛主教和雷蒂思丈夫所形容的一样，是转瞬即逝的浪花。罗伯特甚至还在愠怒，当时为什么要因为他而伤脑筋。

他怀着这样无比愉悦的心情回到办公室，也是在这种放松的心情下接到了地方警探哈勒姆的电话。

"是布莱尔先生吗？"哈勒姆说，"我到玫瑰王冠酒店来了，抱歉要通知你一个坏消息，格兰特探长也来了。"

"在玫瑰王冠酒店吗？"

"是的，而且他还带来了法院的许可证。"

罗伯特的脑子突然停了下来，"搜索证？"他停了一秒问道。

"不是，是逮捕令。"

"怎么可能？"

"事实可能就是这样。"

"可是他怎么可能有？"

"我知道这会让你非常惊讶，其实我也没想到。"

"你是说他找到了证人——有力的证人？"

"是的，而且有两个，这案子基本上可以了结了。"

"我不相信。"

"你过来，还是我们过去？我觉得你还是过来一趟比较好。"

"在哪儿？哦，好，我马上过去。你们在大厅吗？"

"不是，我们在格兰特的房间里，五号房间，往外看就是街道，酒吧楼上就是。"

"好，我马上就来，对了，还有另外一件事。"

"什么？"

"是同时逮捕两个人吗？"

"是的，两个人。"

"好吧，我马上就到。"

他坐下来做了个深呼吸，努力让自己平静下来。内维尔出去办事了，不过就算他在，能够提供的精神帮助也微乎其微。他站起来,戴上帽子,走向事务所的"办事处"。

"赫塞尔廷先生,请你帮个忙。"他说,在年轻职员面前,他总是谦恭有礼,老先生和他一起走到回廊上。

"蒂米。"罗伯特说,"我们遇到麻烦了。警察总部的格兰特探长来了,还带着拘捕令。"就算嘴里这样说,他依然还在怀疑它的真实性。

显然,赫塞尔廷先生也接受不了,他看着罗伯特,半晌说不出话来,眼里写满恐惧。

"让人很意外,是吧,蒂米?"他不该对这个老职员抱有希望的。

虽然赫塞尔廷先生很吃惊,而且年岁也大了,可是他再怎么说也是事务所一名老职员了,他一定会表示支持的。好像过去了漫长的一生,他才重新开口说话。

"一张逮捕令?怎么会是逮捕令呢?"

"因为没有这个,他们就没有权力抓人。"罗伯特耐下性子解释道。老蒂米的思想已经退化了吗?

"我不是指这个,我是说,她们被控诉的是轻罪,不是重罪。他们可以开传票,不是吗?罗伯特先生,只是轻罪,用不着逮捕的,不是吗?"

罗伯特恍然大悟,"开传票。"他说,"是呀,为什么不是呢?当然,如果他们一定要逮捕,我们好像也不能阻止。"

"可是他们这样做是出于什么动机呢?夏普母女那样的人是不会逃跑的,在调查期间,她们不太可能做出什么不好的事。这个逮捕令是谁开的,你问了没有?"

"没有,我没问,非常感谢,蒂米,你真是点醒我了。我得火速赶去玫瑰王冠酒店了,格兰特探长和哈勒姆都在那里等我。现在不能通知法兰柴思那边,电话线还没有修好,我只好自己跑一趟了。就在今天早上,我还以为阳光要洒向我们了呢。内维尔回来时请务必告诉他一声,而且不能让他做这些不理智的蠢事。"

"你明白的,罗伯特先生,内维尔想做任何事,我都是阻止不了的。不过我觉得他上个星期非常理智,呃,我只是打个比方。"

"希望他可以维持更长时间。"罗伯特一边说,一边走向洒满阳光的街道。

这个时候是玫瑰王酒店一天中最静谧的时候,穿过空荡荡的大厅,再经过空无一人的拐角楼梯,他径直到达5号房门口,按响门铃。格兰特和往常一样冷静、从容。哈勒姆站在窗边,似乎满腹怨言。

"我知道你听到这个消息肯定措手不及,布莱尔先生。"格兰特说。

"是的,的确有点儿。"

"请坐。"格兰特说,"我们慢慢说。"

"哈勒姆警探说你们找到了新的证明材料?"

"是的,而且对我们来说,起到了决定性作用。"

"我可以知道吗?"

"当然,我们有个现场目击者,他说他亲眼看到贝蒂·肯恩在公交车站被那辆轿车带走……"

"是一辆轿车。"罗伯特更正说。

"好,如果你一定要这样说,那就是一辆轿车,可是证人的描述和夏普家的车一模一样。"

"在不列颠这样的车有上万辆,还有什么新奇的吗?"

"有个来自农庄的女孩,她说自己以前每周都会到法兰柴思干一些粗活,而且她非常确定自己曾经听到阁楼的女子的尖叫声。"

"'以前'每周一次?现在呢?"

"肯恩在事件传播开后就没去了。"

"哦。"

"还有其他一些证据虽然意义不大,可是也可以证明女孩所说的故事属实。比方说,从拉伯洛到伦敦的公交车,她确实没有赶上。我们有证人看到公交车在半英里外路过,可是当他走到公交车站时,看到女孩才刚走到公交车站。从伦敦到曼希尔的路很漫长……"

"我知道。"

"在他离女孩还有一段路程时,他看到那辆轿车停在女孩身边,女孩上了车,然后车就开走了。"

"可是没有看到司机是谁?"

"太远了,看不清。"

"那么,那个来自农庄的女孩,是自愿来做证人的吗?"

"她没有跟我们说,是跟她的朋友说的。我们知道这个情况后辗转找到了她,她愿意做这个证人。"

"她跟她的朋友提起此事,是在贝蒂·肯恩的事情广泛传播以前?"

"是的。"

这是罗伯特意料之外的,他开始了长长的思索。如果这是真的,那个农庄来的女孩所听到的尖叫声是在夏普家陷入困境以前,那么这个证据就会非常有力。罗伯特起来,走到窗边,又走回来。现在他脑子里想的是本·卡利,如果是本·卡利,绝对不会像他现在这样六神无主,他会镇定下来,会因为事情出现转折而越发激动,他会想方设法来扭转局面。罗伯特发现他自己对权力机构那种本能的尊敬这时不仅不是有利条件,反而成为一种阻碍。现在他需要自己具备可以挑战权力机构的信念。

"那么,谢谢你如实告诉我。"他最后说道,"现在,我并不是要为我的客户开脱罪行,可是那终究只是轻罪,不是重罪,用得着逮捕吗?一张传票不是就够了吗?"

"传票自然也有。"格兰特冷静地说,"可是为了防止犯罪进一步往不好的方向发展,我的领导对现状堪忧,所以开出了逮捕令。"

罗伯特开始怀疑《艾克—艾玛》的报道对警方原有的理智决断产生了多大影响。他一直看着格兰特的眼睛,希望可以看出他心中所想。

"那女孩整整消失了一个月,不是一天。"格兰特说,"而且显然被粗鲁对待过,这不是一件可以小视的案子。"

"可是逮捕她们又有什么意义呢?"罗伯特想起了赫塞尔廷先生的看法,"这些人肯定会出庭的,在这之前她们也没有过前科。对了,你们准备要她们什么时候出庭?"

"我们打算让她们周一到初级法庭。"

"我觉得你们还是用传票比较好。"

"我的领导已经决定用逮捕令了。"格兰特不带任何感情色彩地说。

"可是你可以有你自己的想法,你的领导对地方上的情况可能不太了解。如果法兰柴思一直没人住,一星期之内它就会沦为残骸。这一点你的领导想到了吗?还有,如果你拘捕这两个女人,你也只能把她们关押到星期一,到时我会保释她们。所以,好像不必为了拘捕而让法兰柴思敞开在地痞流氓们面前。我知道哈勒姆警探没有足够的人力来保护这座宅子。"

这种全方位的考虑让双方都沉默了一会儿。在英国,人们对产业的尊敬程度是相当惊人的。说到那幢房子有可能变成残骸时,格兰特脸上的表情出现了微妙的变化。罗伯特突然发现自己居然对那些粗鲁的乡下人存有感激之情,是他们让这个论点有了更加充分的证明。对哈勒姆而言,除了对警力不足表示遗憾以外,他也不想在他管辖的片区内再出现这种丑恶的行径,更不愿意因此出现新的报案纪录需要他们去调查。

大家安静了好一会儿,然后哈勒姆尝试着说:"布莱尔先生提到了一个非常关键的问题。乡村人的反应太过热烈了,如果那幢房子被闲置,我觉得它肯定会被袭击。特别是当她们被拘捕的消息传播开去以后。"

可是,罗伯特还是苦口婆心劝了格兰特好久,将近半个小时吧。也不知道是为什么,格兰特在这个案件中带有强烈的个人因素，这让罗伯特百思不得其解。

"好吧。"格兰特探长终于松口说，"我想这件事我可以暂时罢手了。"罗伯特觉得他的腔调就像一个外科医生被强烈要求打开一锅煮开的水，虽然被戏弄可是又明显放轻松了，"那就交给哈勒姆了，再见。可是我周一会儿到初级法庭，我知道巡回法庭快开庭了，所以如果这个案子一直按程序走下去的话，就会到巡回裁判庭了。星期一之前你能准备好你的辩护稿吗？"

"警官，从我现在所掌握的辩护资料来看，今天下午茶时间就没问题了。"罗伯特摊开双手无可奈何地说。

让他备感讶异的是，格兰特嘴角绽开一个优美的弧度，"布莱尔先生，"他说，"你今天下午全力阻止我逮捕，可是我并没有据理力争。相反，我觉得有你这样的辩护律师，你的客户真是太幸运了。我会为她们祝福，希望她们在法庭上也有如此好运！要不然我可能会倒戈。"

于是，当罗伯特去法兰柴思时，并不是像想象中的"顶着巨大压力和格兰特和哈勒姆同去"，没有逮捕令。他坐上哈勒姆的车，看到一个袋子里装的传票，不禁想到她们本来可以远离这里，现在却要陷入麻烦的境地。

"格兰特探长在执行这个案件上似乎带有一定的个人因素。"路上他和哈姆勒聊起，"你觉得有没有可能是因为《艾克—艾玛》的原因？"

"哦，不是，"哈勒姆说，"和很多人一样，格兰特对于那种无稽之谈从来都不在意。"

"那是什么原因？"

"哦，我跟你说说我的想法，你可不要对外说啊。他觉得自己被夏普母女玩弄了。你知道吗？在苏格兰场，他可是有名的识人准。我再顺便跟你提一下，你可要保守秘密啊，对于肯恩以及那个女孩的故事，他其实根本不关心。在见到法兰柴思的人以后，更是如此。可是他现在觉得自己被忽悠了，他会铭记在心。我想，到她们的客厅出示逮捕令，会让他觉得心里痛快不少。"

他们抵达法兰柴思铁门前，罗伯特掏出备用钥匙，哈勒姆说，"如果你将两扇铁门都开开，我就不用下车了，直接开进去，打开一会儿就可以了。把车停到这里，别人就会都知道我们来了。"于是罗伯特将两扇门都打开，心里在想，演员们在舞台上说，"警察真是令人刮目相看"时，她们对警察的了解可能还停留在一知半解的程度。罗伯特坐回车上，哈姆勒沿着笔直的车道一直往前开，再穿过小路到达正门口。罗伯特刚下车，就看到玛丽恩从屋里出来。手上戴着园艺手套，穿着一条旧裙子，额前的刘海随风飘动，这让她原本阴暗的脸庞变得生动了一点。夏日炽烈的阳光将她的皮肤晒得黝黑，使她看起来更像一名吉卜赛女郎。罗伯特忽然造访，她还没调整好自己的面部表情，一副怡然自得的表情让罗伯特的心瞬间闪过一丝愧疚。

"见到你真是太兴奋了！"她说，"母亲还在午休，不过马上就下来了，我们可以一起喝茶。"接着她看到旁边的哈姆勒，恍了一下神，接着小声问候道，"你好，警官。"

"你好，夏普小姐。很对不起打扰到你母亲休息，可是还是得请夏普太太下楼来，我有很重要的事情要和你们说。"

她踟蹰了一会儿，便将他们让进屋，"是的，当然，是案件有什么新情况吗？"来到客厅，他对这里已经熟门熟路了，典雅的梳妆镜、巨大的壁炉、刺绣的椅子、精美的小饰品，本来粉红现在已变成灰色的地毯。她站在那里，观察着他们的神情，隐隐感到有什么不好的事情发生。

"怎么了？"她问罗伯特。

回答她话的是哈勒姆："你还是请夏普太太下来，我同时跟你们两人说比较合适。"

"是的，那好。"她回应着，转身就走。不过那边夏普太太已经下楼来了，就像哈勒姆和罗伯特第一次一起来时一样，她的出现没有任何征兆，头上的灰发有一丝翘了起来，明亮的眼睛熠熠发光，可这次明显写满了问号。

"只有两种人，"她说，"会坐安静的车子来，一种是百万富翁，另一种就是警察，可是我们所认识的人中，没有前一种人，而近段时间以来我们一直和警察互动频繁，所以我知道是我们认识的人来了。"

"我想我这次来更加不受人待见，夏普太太，我是来给你们送传票的。"

"传票？"玛丽恩大惑不解地说。

"星期一早上，你们就得以拐卖和伤害罪的名义参加审讯。"哈勒姆也显得有些不高兴。

"我不相信！"玛丽恩半天才悠悠地说，"真是太难以置信了，你是在说你们要为那件事控诉我们？"

"是的，夏普小姐。"

"可是拿什么指控呢？为什么是现在？"她探询似的眼光看向罗伯特。

"警方觉得他们找到了确实的证据。"罗伯特说。

"什么证据？"夏普太太问，这是她今天第一次发出疑问。

"我想可以请哈勒姆警探将传票先给你们，然后我们再认真商讨一番。"

"你的意思是我们没有别的选择？"玛丽恩说，"现身于公共法庭，我母亲也得去，去接受那样一个审判？"

"是的。"

他简略的回答让她心里有些慌乱，这种没有任何婉转的态度让她心底不由升起一阵愤怒。哈勒姆将文件递给她时，只清晰地感觉到了怒气，忍不住多说了几句。

"如果他自己不说，那么就由我来说吧。正是因为布莱尔先生，你才收到了传票，而不是逮捕令。否则你们今晚会睡在牢房里，而不是躺在自己家的床上。夏小姐，不用客气了，我会自己走。"

罗伯特看着他离开，想起第一次出现在这里时，夏普太太不尊敬的态度，这回大家终于两不相欠了。

"那是真的？"夏普太太问。

"是的。"罗伯特说，然后给她们详细讲了格兰特来拘捕她们的事，"不过你们不用谢我，要谢就谢办公室的赫塞尔廷老先生。"然后他给她们详细讲述了这位老职员巧妙回应此类法律事务的经过。

"他们有什么新证据吗？"

"是的，"罗伯特非常不悦地说，"我们对此束手无策。"他说有人看见女孩在从伦敦到曼希尔的街道上上了一辆轿车，"那证明了我们一直以来的一个设想，那就是当她离开姑家时，看起来是回家了，事实上是去找朋友去了。不过另一项证据则对我们更加不利，你们说曾经请过一个农场的女人，更准确来说是女孩，每周来帮你们干一次粗活。"

"是的，她叫罗丝·格林。"

"据我所知，流言传得满天飞时，她就没再来了。"

"流言，你是指贝蒂·肯恩的事？哦，其实在那之前，我们就已经没叫她来了。"

"没叫她来？"罗伯特大吃一惊。

"是的，你为什么要表现得如此吃惊？家里的仆人被解雇不是司空见惯的事吗？"

"确实很正常，可是在现在这种情形下，也许你可以给我一些理由。你们为什么不再请她？"

"偷盗。"夏普太太说。

"她总是会从我们的皮包中偷走一两个先令。"玛丽恩说，"可是我们真的缺少人手，所以一直伪装不知，只是自己注意将皮包放好，还有一些容易顺手牵羊的东西也收好，像丝袜之类。可是后来她将我保存了20年的手表拿走了，我洗东西时将它取下来放到一边，你知道肥皂会不小心弄到上面的。可是等我回过头再去找时，却找不到了。我问罗丝，她说，'没看到。'真是欺人太甚了。那块手表已经融入了我的身体里面，和我的头发、指甲一样重要。就算这样，我们也不能要回来，因为没有确凿的证据。那天她走以后，我们就讨论了一下，第二天早上就步行去农庄，告诉她，她被解雇了。我记得那天是星期二，因为之前她一直是每周一来，下午我母亲上楼睡觉，格兰特探长就和贝蒂·肯恩一起来了。"

"我明白了，你们去告诉她她不用再来时，旁边还有其他人吗？"

"这个我记不太清楚了，好像没有吧。她不是农庄的人，意思就是说她不是斯塔普家的人，斯塔普家的人都很善良。她的父亲是一个工人，我还清楚地记得我们在农舍外面看到她，就直接跟她说她被解雇了。"

"她当时是什么态度？"

"她的脸红得像猴子屁股一样，一言不发，转身就走了。"

"她气愤得像只发狂的火鸡。"夏普太太说，"你问这个有什么用？"

"因为她将会出庭当证人，说她在这儿干活时曾听到阁楼里传来尖叫声。"

"她这样做很符合她的性格。"夏普太太沉思着说。

"更恶劣的是，有证据表明贝蒂·肯恩事件广为传播以前，她就听到了尖叫声。"

一席话让大家都默不做声了。罗伯特再一次发现了这房子的寂静，连壁炉架上的法式座钟也没有发出一点响动。窗帘随风飘扬也没有什么声响，整个场景像是一部哑剧一样。

"那个。"玛丽恩终于开口了，"就是人们常说的意外伤害。"

"是的。"

"对你来说也是。"

"对我们事务所来说，确实是的。"

"我并不是指工作上的。"

"不是？那是什么？"

"你也面对着我们一直都在欺骗人的可能性。"

"是的，玛丽恩。"他极其不情愿地说，这是他第一次用名字称呼她，而不是用姓氏，而且显然他自己都没有察觉到。"如果说我要面临什么东西的话，也只是做个抉择，在你们和罗丝·格林的朋友之间。"

但她好像没听他说话，"我期望，"她言辞恳切地说，"哦，我多么希望现在我们眼前可以出现在一点点小小的证据，她居然就这样逍遥法外了。我们一直在说'那是假的，'可是我们却没有证据去反驳她。所有的东西都是消极的，没有任何正面作用，所有东西都不能被推翻。所有的事情都在支撑她的谎言，没有任何证据表明我们说的是真话。没有！"

"坐下，玛丽恩！"她母亲说，"生气是没用的。"

"我可以将那个女孩杀死，天啊！我可以无休止地折磨她。只要想到她对我们所做的……"

"不要这样想，"罗伯特打断她的话，"你应该想想在法庭上，她被当面戳穿的那天，我相信人类与生俱来的善良对肯恩小姐所造成的伤害，要大大超过她身体上所受到的伤害。"

"你依然相信那是可以实现的？"玛丽恩不置可否。

"当然，我只是还在寻找解决方法，可是我真的相信我们可以做到。"

"就算我们没有任何证据，而且所有的证据都像是为她提前准备好的一样。"

"是的，就算是这样。"

"那是你与生俱来的乐观，布莱尔先生，"夏普太太说，"或者你天生就认定善良最终一定会打倒邪恶，是吗？"

"我不知道，我相信任何东西都可以用真实去验证。"

"德莱福斯[①]没有收获到任何东西，斯雷特[②]也一样，历史上有记载的很多人都是如此。"她冷淡地说。

"他们最后都平反昭雪了。"

"坦诚地说，我一点也不希望在监狱里被平反。"

"我觉得事情不至于会那么糟，我的意思是坐牢。你们星期一一定要去，而且因为我们证明材料不充分，案子会被转交到法院。不过我会申请保释，这样你们就不用待在牢房，直到诺顿的巡回法院[③]开庭。我希望在那之前，亚历克·拉姆斯登可以调查出那女孩的诡计。你们要明白，我们不需要知道那个月里她到底做了些什么，只需要搞明白她所说的被你们接走的那一天都做了些什么。只要这个故事的开端有悖常理，那她的整个谎言都会被推翻。我现在想要做的事情就是将事情真相告诉大家。"

"像她在《艾克—艾玛》那样揭露我们一样，以其人之道还治其人之身，你觉得她会介怀吗？"玛丽恩说，"像我们一样介怀？"

"让她成为新闻的头版，特别是生活在一个被关爱的家庭中心，却在大众面前被揭穿其实是在骗人，而且个性还很不检点，你觉得她会不会介怀？我想肯定会的。除此以外还有一个相当有说明力的理由，她之所以这样做是为了再次得到莱斯利·韦恩对她的关注，他和别人订婚后就不再关注她了。只要她一直站在聚焦点，就会一直让他关注，而一旦我们将事实真相揭发出来，她就永远不会再拥有他了。"

"我从来没想过你血管中流淌的善良本性会停止流淌，布莱尔先生。"夏普太太说道。

"如果那男孩的订婚会让她痛苦难当，这非常有可能，那么我只能深表不幸。她正处在一个各方面都变化的年龄，他的订婚对于她来说肯定是不小的打击，可是我觉得这不是这件事的根本原因。她是由她母亲生的，只是比她母亲早一点迈上了同样一条路。她的本性本来就包括自私、诡辩，现在我必须走了。我已经告诉拉姆斯登，如果想和我联系，5点钟以后我会在家。除此以外，我还要给凯文·麦克德默打个电话，听听他有什么辩护的高见。"

"看来我们不得不说真是不识好人心。"玛丽恩说，"你为我们牺牲了这么多，而且还在继续为我们操劳，可是这个事让我们太难以接受了，根本不在我们的意料之中，而且一点办法都没有，请你一定要包涵……"

"没什么要包涵的，我觉得你们两个人都表现得非常好。你们找到人取代那个偷盗的罗丝没有？这么大一幢房子全靠你们自己是不可能的。"

"哦，本地人肯定不愿意，这是毫无疑问的。而斯坦利，我们真的要好好感谢斯坦利，他认识一个住在拉伯洛的女人，她可能会愿意每周坐公交车来一次，你知道吗？每当我对那个女孩的事耿耿于怀时，我就会想到斯坦利。"

"是的。"罗伯特面带笑容地说，"他确实是个善良的人。"

"他甚至还和我谈做菜，我现在已经明白煎蛋时如何完整地煎两面。'你做菜时一定要和指挥交响乐团相媲美吗？'他问，我向他请教怎么可以做得那么好，他说那是因为一直在两平方英尺的小帐篷里做饭的缘故。"

"你怎么回米尔福德？"夏普太太问。

"我坐下午从拉伯洛始发的公交车，你们修电话的事有进展了吗？"

她们两人将这句话当成了一个结语，而不是一个问话。夏普太太在客厅里和他说了再见，玛丽恩将他送到车道的铁门外。走上被车道环绕的草坪时，他说，"幸亏你们家人少，要不然这片草坪中间肯定会被走出一条直达房子门口的小路。"

"实际上已经被踩出来了。"她说，眼睛看向草坪上一条颜色略深的小道，"避免一些不需要走的弯路，这大概是人与生俱来的本能。"

聊天，他想，只是聊天，用没有意义的词汇来遮掩残酷的现实。说到事实的合法性时，他从来都是那样坚定，可是真正又有多少胜利的希望呢？拉姆斯登在星期一之前可以找出有力证据的几率有多大？可以赶上巡回法庭的开庭吗？这真的没办法预见，是吗？他应该多想想这些棘手的问题。

五点半，拉姆斯登按照约定打来电话，可是结果依然让人失望。米德兰的旅客清单中没有那名男子的记录，也没有得到有关他的一丁点消息。至于那个女孩，也是一无所获。他的人已经找到了女孩的照片，在机场、旅馆、火车站等地方都进行了走访调查。没有人认识她，他自己在拉伯洛也做了一番调查，可是只有一两个人表示见过这个女孩，所以能确定下来的也就只有那么几个地方。像两家戏院的卖票小姐说，她一直都是一个人，还有大巴站女士衣帽间的工作人说见过这个女孩。他还问过修车厂的工作人员,也没有打听到任何有价值的信息。

"是的。"罗伯特说,"她在从曼希尔到伦敦路上的大巴上被人接走了,她一般在那里乘公交车回家。"之后他告诉拉姆斯登此事现在的情形,"因此现在事情已经发展到火烧眉毛的地步,她们星期一就要出庭。如果我们可以证明那第一天傍晚她到底在做什么,那么整个故事也就不成立了。"

"那个车是什么样的?"拉姆斯登问。

罗伯特简单描述了一下,拉姆斯登在电话那头无奈地叹息。

"是的。"罗伯特表示同意,"像这样的车在卡索到伦敦之间有不下万辆。好吧,你继续你接下来的工作吧,我给凯文·麦克德默打个电话,让他也知道一下我们的处境。"

凯文没有在办公室,也没有在他位于圣保罗路教堂区的住所,最后罗伯特在维桥的家中找到他。他听起来很轻松自如,可当听到警方已经找到对他们有力的证据时,他开始变得精力集中起来。罗伯特讲述时,他只是静静地听着,没有插一句评语。

"因此你看,凯文。"罗伯特最后总结说,"我们的处境现在非常糟糕。"

"根本就是一篇小学生的叙事作文。"凯文说,"可是没有任何疑点。我认为在初级法庭中我们可以退一步,将更多注意力放在巡回法庭上。"

"凯文,你周末能否过来一趟,我们谈一谈?昨天琳姨妈还在说,你还是六年前来过一次,所以你应该过来一趟的,不是吗?"

"我已经同意星期天带西恩去纽伯利挑匹小马的。"

"下次再去吧!如果西恩知道你有更加重要的事情要做,他肯定会理解的。"

"西恩。"这个一向宠爱孩子的父亲说,"对于和自己利益不相关的事情,他从来都不在乎,根本就和他的父亲如出一辙。如果我来,有机会见到你的那些巫婆吗?"

"肯定。"

"克里斯蒂娜会给我做奶油糕点吗?"

"当然可以。"

"我可以在那间有羊毛织物的房间睡吗?"

"凯文,你一定会来的,对吧?"

"嗯,米尔福德镇是个枯燥无味的乡村,当然冬天还是可以的。"他说的是打猎,凯文对乡村的兴趣只停留在马背上,"我非常希望去马场骑马,可是,奶油糕点、巫婆、有羊毛织物的房间也很棒。"

他正要把电话挂掉时,凯文轻声说道:"罗伯特?"

"嗯,怎么了?"罗伯特问。

"你想过没,或许警察是对的?"

"你的意思是说那女孩的故事可能是真实的?"

"是的,你有没有想过?哪怕只有万分之一的可能。"

"如果我这样想过的话,那我不应当……"罗伯特有点气愤,不过马上又笑了出来,"等你见到她们,你就会明白。"

"我来,我一定来。"凯文保证,然后电话断了。

罗伯特打电话给修车厂,接听的人是比尔,他问斯坦利在吗?

"你竟然没有听到他的声音?"比尔惊讶地问道。

"发生什么事了?"

"我们才从检查场将马特·埃利斯的红色小马拯救出来。你是想找斯坦利吗?"

"哦,不是,麻烦你告诉他一下,请他下班去法兰柴思时帮我带张便条给夏普太太。"

"好的,一定。我说,布莱尔先生,法兰柴思的事情真的复杂吗?我想问一下,或许我不该问。"

米尔福德!罗伯特想着。他们有什么理由要这样?难道信息已经满天飞了吗?

"是的，大抵是这样。"他说，"我想她们今晚会跟斯坦利讲的，记得请他来一趟，好吗？"

"好！"

于是他写了张纸条，上面写着凯文·麦克德默周末会过来，还询问她们星期天下午他能不能带着凯文前去坐客。

①德莱福斯：法国犹太籍军官，1894年被冤枉向德国提供军事情报，他的审判在当时引起了轩然大波，直到1906年才平反昭雪。

②斯雷特：一起误判案的受害者。1896被控诉恶意伤人，次年被控诉攻击他人，可是在这两个案子中，他都是被冤枉的。

③巡回法庭：原来在英格兰和威尔士各郡会定期审理刑事和民事案件，1972年其民事审判权交给了高等法院，刑事审判权交给了刑事法庭。

第十六章

"凯文·麦克德默为什么不打扮得正式一点？"第二天傍晚，内维尔问罗伯特，他们正在等楼上的客人洗过澡后下来吃饭。

罗伯特觉得凯文的打扮就像个穿着随意的驯马师去参加小型会议，不过他只是在心里说。想想这几年内维尔那些怪异的装扮，他暗忖内维尔没有资格评价别人的穿衣品位。内维尔今天穿的是简约的深灰色西装，这身正式的打扮似乎让他忘记了自己之前千奇百怪的衣着实验。

"我想克里斯蒂娜和以前一样烦躁不安吧？"

"是的，她正在和一个蛋白较劲。"

克里斯蒂娜将凯文称作"撒旦化身"，不过却非常喜欢他。他之所以得到这一称号，并不是因为外貌神似，而是因为他会为了现实的东西帮丑恶的人伸张正义。她之所以对他爱慕有加是因为他长得很帅气，而且是有可能洗心革面的罪人，还因为他会表扬她蛋糕烤得好。

"我期待今天是蛋奶酥，而不是让我讨厌的糖霜。你认为麦克德默会同意到诺顿的巡回法庭帮她们申冤吗？"

"我觉得他太忙了，就算有意向也抽不出时间来。我倒是希望他可以派个得力的手下来辅助我们。"

"得到麦克德默亲传的？"

"当然。"

"我真搞不懂玛丽恩为什么要不辞辛劳地帮麦克德默准备午餐。他难道不明白所有的东西都得她一个人亲自准备吗？更别提还要在那个传统的厨房里来来回回搬运东西？"

"这个建议是玛丽恩提出来的，我想她肯定会觉得很值得。"

"嗯，你就知道拥护凯文，不懂得欣赏玛丽恩那样的女人。让那样一个女人将时间浪费在枯燥无味的家务活上，真是太让人看不下去了。她应该在丛林里修剪树枝、登高、管理未开化的部落，或者是丈量星球。世界上有那么多满头金发和身穿貂皮大衣的笨女人，她们对任何事务都一窍不通，只知道坐在那里谈论指甲油的颜色，可是玛丽恩却在搬煤。我想这个案子就算完结了，就算有人愿意，她们也没有钱支付女仆的费用了。"

"希望案子完结以后，她们不会去服苦役。"

"罗伯特，这根本不可能，对不对？"

"是的，简直让人难以想象。自己熟悉的人去坐牢，那场景是无法想象的。"

"让她站在被告席的位置上已经够恶劣了，玛丽恩，她不可能会去做那种残忍、龌龊的事情。这只是因为，你知道吗？我读了一本好书，是有关虐待的。我一直看到凌晨两点，只为了想知道哪种处罚方式适合施加在肯恩身上。"

　　"玛丽恩也一直对此很有兴趣，她一直都渴望做这件事。"

　　"你会选什么？"语气里似乎有一丝讥笑，好像问话人明知道一向和蔼的罗伯特不会做出选择，"也许你还要再想一下？"

　　"我不需要再想，"罗伯特缓缓地说，"我会在公开场合扒开她的衣服。"

　　"什么！"

　　"我是说我会在大众面前扒掉她虚伪的外衣，让所有人知道她的本来面目。"

　　内维尔惊讶地看了他一会儿，"阿门，"他静静地说，"我不知道在这件事上，你的感想是怎么样的，罗伯特。"他还想继续，门被打开了，麦克德默进来了，晚餐正式开始。

　　在琳姨妈的认真布置下，晚餐有条不紊地进行着，罗伯特真心祈祷，星期天带凯文到法兰柴思吃饭会是个正确的决定。他非常希望夏普母女能和凯文相处愉快，凯文很显然是个有真性情的人，可是夏普母女并不是对每个人都持赞赏的态度。法兰柴思的午餐会给她们带来好处吗？玛丽恩精心准备的午餐？对象是美食家凯文……今天早上看到斯坦利拿过来的邀请函时，他为她们的态度感到惊喜，可是担心也随之而来。随着琳姨妈闪闪发光的红木餐桌上一道道美食端上来，看着烛光后克里斯蒂娜微胖的、关切的脸，这种担心充满了他的脑海。"不太正规的菜式"可能会让他心里升起一种想要保护的感觉，可是他不奢望凯文也会有同样的感觉。

　　不管怎么说凯文现在很兴奋，他高声夸赞琳姨妈，也不会漏掉对克里斯蒂娜的赞美。让她觉得她是受关注的。哦，爱尔兰人，内维尔更是表现特别好，全程都聚精会神，还不时叫两句先生这样的尊称，用得非常到位，让凯文觉得自己是个尊贵的客人，又没觉得自己老了。那是一种英国式的阿谀奉承，非常委婉。琳姨妈像个小女孩，脸红扑扑的，神采奕奕，将所有溢美之词都装入了自己的脑海里，经过人体内的化学反应后再表达出来。听着她的谈话，罗伯特发现夏普母女在她心里的印象已经有了天大的改变，这让他觉得很过瘾。关于她们可能坐牢那件事，她也从原来的"那些人"变成了"可悲的人"。这和凯文的到来并没有多大关系，而是本性的善良以及思维逻辑不清晰所展现出来的结果。

　　真的是太滑稽了，罗伯特看着餐桌，心想，这个温馨、愉悦的家庭聚餐的目的，竟然是为了两个远在昏暗房子里的生活的可怜的女人。

　　当天晚上，他将晚餐的愉悦气氛一直持续到床上，可是心里却隐隐觉得难过。法兰柴思的人也睡下了吗？最近有多少个夜晚让她们难熬啊？

　　他很长时间都没办法睡着，第二天早晨很早就醒了，星期天早晨的安宁是很让人陶醉的。他希望今天天气可以好起来，下雨天会让法兰柴思的白墙变成难看的黑灰色。他还希望不管玛丽恩为午餐准备了什么，都希望可以拿得出手。到8点时，一辆车从乡间开过来，按响了喇叭，是公司的车，修车厂的。很有可能是斯坦利，他将头偏过去。

　　斯坦利坐在车里，有一种近乎难以容忍的表情看着他。他和平时一样光着头，至少罗伯特从来没见他头上戴过任何帽子。

　　"你这个星期天的懒虫。"斯坦利说。

　　"你把我叫醒就只是为了讥笑我吗？"

　　"不是，夏普小姐要我给你捎个口信。她请你去的时候带上贝蒂·肯恩的笔录，她说你不会忘记的，因为那件事情很重要。我得说那只是重要而已，而她却高兴得像中了彩票一样。"

　　"高兴！"罗伯特简直难以相信。

　　"就像个待嫁新娘一样，这么比方吧。上一次我看到这种表情，还是我表姐比尤拉和她的波尔结婚。那张脸跟甜饼似的，我是说比尤拉。不过我还是得说，那天的她看来是将像维纳斯、特洛伊城海伦和克里奥佩特拉都结合到了一起一样。"

"你知道这是为什么吗？"

"不清楚，我打探了一下，可她什么也不说。总的来说，你一定要记得带笔录，要不然她就会不高兴了，高兴密码就在那个笔录里面。"

斯坦利开动车子向辛恩街驶去，罗伯特则拿着毛巾满脸疑惑地走进洗浴室。早餐还在准备中，他便抽时间将笔录从头至尾看了一遍。玛丽恩到底是想到了什么如此兴奋？很明显贝蒂·肯恩遗漏了什么。玛丽恩神采奕奕，请他一定要把笔录带过去。只有一个可能，那就是这份笔录里有可以证明贝蒂·肯恩撒谎的证据。

他看了一遍，没发现什么，又从头至尾看了一遍。会是什么呢？他猜测着。在笔录中，她说那天下雨，难道那天天晴？可是那是可以将整个笔录推翻的重要一点。难道是米尔福德镇的公交车？她说她没有赶上那趟车，然后上了夏普母女的轿车。是时间有问题吗？可他们早就核对过时间表，没有发现问题啊。还是笔录中提到公交车上有"灯光标志"？是还没到时间，灯就亮了？可是那完全可以解释成记忆模糊了，不会对整个笔录产生不好的影响。

他希望玛丽恩不是因为迫切想要找到对自己有利的证据，而将一些细枝末节夸大成贝蒂·肯恩说谎的证据。希望被打入冷宫总比没有希望还让人难以接受。

这个担心几乎让他忘记了原本对午餐的担心，也没有再想凯文是否会中意法兰柴思的菜式。琳姨妈出发去教堂前，偷偷问他："法兰柴思会准备什么菜式呢，亲爱的？我想她们大概只有盒装玉米片之类的东西。"他马上回答道："她们对红酒很研究，这点凯文应该会感兴趣。"

"年轻的本尼特怎么了？"当他们驱车前往法兰柴思时，凯文问。

"没有邀请他。"罗伯特说。

"我不是指这个，原来的他穿着丑陋的衣服、看不起别人、像《看守人》杂志那样发表冒进的言论，现在怎么都没见了？"

"因为这件案子，他和《看守人》杂志闹掰了。"

"啊！"

"对《看守人》的武断评论，他头一次发表了自己的观点，我想那份杂志给他带来了不小的震撼。"

"这种变化会一直维持下去吗？"

"啊，你知道，如果一直维持下去的话，我也不会感到吃惊的。这不仅是因为他已经到了成熟、稳定的年纪，而且我觉得他也思考了很多，开始考虑把贝蒂·肯恩这样《看守人》支持的对象排除在外，还有没有更加值得他支持的人，打比方说卡托维奇。"

"哦，你是说那个爱国英雄！"凯文戏谑地说。

"是的，就在上个星期，他还一直对我们宣称要保护好卡托维奇，我觉得最有可能的结果是提供英国护照。不过我怀疑他现在已经摒弃了这种处事风格。最近几天他成长很快，他昨晚穿的那身西装我原来从来没有见过，应该是参加完学校的颁奖典礼后保留下来的，因为在我印象中，除了那次颁奖典礼以外，他还没有如此得体穿着过。"

"希望借你的光，他可以保持得久一些。这孩子很聪明，只要不再玩一些恶作剧，他会是你们事务所的可贵资源。"

"为了法兰柴思的事，他正和罗丝玛丽闹别扭，琳姨妈为此很忧心，她担心他最后不会娶主教的女儿。"

"这真是个好消息！他会更加才华横溢的。我开始对那个男孩有兴趣了。你想想，如果他娶一个善良却蠢笨的英国女孩，他们会共同生育五个孩子，周六下午不下雨时邀请邻居共同举办网球餐会。这尽管也不聪明，可是总比站在讲坛上对一些自己都不甚清楚的东西大发感慨要好得多。是这里吗？"

"对，这里就是法兰柴思。"

"真是一幢'带有神秘气息的房子'。"

"建造时它根本不带有所谓神秘的气息。看到那道铁门没有，上面雕刻的有螺旋状的花纹，工艺也相当精湛，这样从马路上透过镂花铁门就可以看到整栋建筑。现在在铁门后面多装了铁片，所以这个原本非常平常的建筑物就带有了神秘的色彩。"

"不过这和合贝蒂·肯恩所讲的故事场景非常吻合。她真幸运，竟然还对这个地方有印象。"

后来，罗伯特之前因为午餐和笔录的事，一直忧心玛丽恩，现在看来是多余的了，他也觉得很愧疚。他应该记得她冷静机智，为人处事非常亲切。她们没有像琳姨妈那样的热情好客，也没有特地去准备传统的午餐。她们就在起居室靠近窗户的地方放了一张四人餐桌，上面阳光满满。那是一张樱桃木餐桌，材质非常好，只是需要再打磨一下。不过玻璃酒杯擦得非常亮。（他想，这就是玛丽恩啊，只对重要的事情在意，其他表面上的东西可以忽略不计）

"餐厅光线太暗了。"夏普太太说，"请进来吧，麦克德默先生。"

这个行为非常有代表性。不需要坐下来喝雪利酒，说一些天气之类的无关紧要的小事。过来看看我们恶劣的餐厅。于是，拜访者就不知不觉成为其中的一分子了。

"跟我说。"屋子里只有他和玛丽恩两人时，罗伯特悄声问玛丽恩。

"不，午餐前我不想说，它会是你的餐后酒。我昨晚猛然间发现的，真是太幸运了，正好今天麦克德默先生过来吃午餐。整件事都会发生逆转。我想尽管还不能推翻之前的全部论断，至少对于我们来说是好消息。这就是我一直希望出现的小证据。你跟麦克德默先生说了吗？"

"你是说你的口信？没有，我一个字都没有说，而且我认为你也不要说了吧。"

"罗伯特！"她揶揄似的看着他，"你不相信我，你担心我会犯错误。"

"我只是忧心你会过分夸大一个微小的细节，超出了其实际意义。"

"别担心。"她信心十足地说，"我没有将一个小细节过分夸大，你可以到厨房里帮我把汤端出来吗？"

整个午餐进行得井然有序，没有一点无措和慌张。罗伯特端着托盘，上面有四个盛好汤的平底碗。玛丽恩紧随其后，端着一个盖着的大瓷盘，那好像就是今天准备的所有菜肴了。大家把汤喝完以后，玛丽恩将那个大瓷盘推到母亲面前，在凯文面前放了一瓶酒。瓷盘里是炖鸡配蔬菜，酒是蒙哈谢[①]。

"蒙哈谢！"凯文惊叫出声，"你真是太让人意外了。"

"罗伯特说你对红酒青睐有加。"玛丽恩说，"可是老克洛尔先生酒窖里的那些都过了保质期了。只有这瓶和一瓶味道非常浓烈的勃艮第红酒，后者更适合在冬天的晚上喝，夏天用来配鸡肉似乎不太合适。"

凯文说对于不含气泡的饮料，很少有女士会兴味十足。

"坦诚地说，"夏普太太开了口，"如果那些酒可以变卖的话，我们也许早就卖了，可惜它们不是整件的了。不过我们现在很庆幸没能将它们卖出去。我很小的时候就对酒有研究，我丈夫还有个酒窖，不过他还不如我会品酒。我兄弟对酒倒是很有研究，也很会品味不同的酒，在雷斯威他有个还说得出去的酒窖。"

"雷斯威？"凯文盯着她，似乎在找到某种共同点，"你不会是查理·梅雷狄斯的妹妹吧？"

"是啊，我就是啊！怎么，你认识查理？不可能啊，你这么年轻。"

"我的第一匹小马就是查理·梅雷狄斯帮我培育的。"凯文说，"那匹马一共跟了我七年，状态一直都非常好。"

接下来，他们两人就抛却了食物和其他人，进入到他们共同的话题中去了。

罗伯特注意到玛丽恩用愉悦而恭喜的眼神看着他，便说："你说自己对厨艺不在行，似乎说不过去。"

"如果你是一个女人，你就会明白我根本就没有下厨。汤是直接从罐头里倒出来的，只是经过了一道加热的工序，然后再加进去一点雪利酒和其他调料。鸡肉是从斯塔普家的农场买回来直接炖的，只是加入了我所知道的调料而已，放在炉子上炖以后我就开始祈祷。奶酪也是直接从农场买过来的。"

"配奶酪的好吃的面包呢？"

"斯坦利的房东太太帮我们准备的。"

他们两人同时笑起来。

明天，她就要站在被告席上，成为米尔福德镇谈论的热门话题。可是今天，她还是她，还在和他一起有说有笑，享受这一刻的兴奋。这一切可以明显地从她那熠熠发光的眼睛中看出来。

他们将装有奶酪的盘子从那二位的眼皮子底下挪走，而正在热烈交谈的两个人根本就没有在意。他们将用过的盘子拿到厨房，之后开始磨咖啡。厨房是个光线特别不明亮的地方，地上铺着厚重的石板，老式的石头做的水槽让他情绪高不起来。

玛丽恩见他颇为犹豫地盯着厨房，便解释道，"我们只在周一清洗过以后才用炉灶，平常我们只用小油炉做饭。"

想到今天早上自己一开水龙头，热水就源源不断地涌入浴缸，他不由得脸颊一阵阵发红。在对多年的优越生活习惯以后，他无法想象有人还要用小油炉烧水洗澡。

"你的朋友很可爱，对吧？"她边说她将热咖啡倒进大壶里，"有些冷漠，难以想象如果他是对方的律师，会让人退避三舍的。"

"这就是爱尔兰人。"罗伯特有些失望地说，"对于他们来说，这就像生活一样自在。我们这些可怜的撒尔逊人却还在坚持这种痛苦的方式，而且还不知道爱尔兰人是如何做到的。"

她将咖啡托盘交给他，面对面时两人的手差点挨到。"撒克逊人有两种最令人称赞的本质，一个是善良，一个是诚实，你称呼为大度和责任也可以。凯尔特人从来都不具备这两项物质，所以爱尔兰人只传承了争吵和诡辩。哦，真是大错特错，我忘了加奶油了。等一下，我去洗衣房拿，可以保持在一个比较低的温度。"她将奶油拿回来以后，学着乡下人的样子说，"我听说现在有的人家里用上了冰箱，幸好我们不需要。"

他端着咖啡回到阳光普照的起居室，想着到了冬天，厨房里那个角落因为没有炉灶生火而冷飕飕的。而这幢房子在非常繁华时，光是厨房就有六七个仆从帮忙，还会有人专门送煤炭过来。他希望玛丽恩可以离开这个鬼地方。可是他不知道他可以将她带到哪里去。他自己的家里到处都是琳姨妈的味道。还要让玛丽恩住在一个不需要常年打扫的地方，不需要将东西搬来搬去的地方，所有的事最好按一下开关就可以全部做好。他没办法想象，玛丽恩到了老年还要不停地忙着修红木家具。

他们喝咖啡时，他委婉地提到将来可否考虑将法兰柴思卖掉，在其他地方买个小房子生活。

"没有人会想要买这个地方的。"玛丽恩说，"它是个价值高昂却没有实际用处的东西。如果建成学校，面积又不够大；如果用作住所，又显得过于偏远，而且对于一个家庭来说，它的面积也太大了。或者当作疯人院是个不错的选择。"她沉吟了一会儿，眼睛看向外面粉色的高墙，罗伯特看到凯文看了她一眼，又马上转移了视线。"不管怎么说这里很寂静，没有树叶的沙沙作响，也没有爬藤植物爬满窗户，也没有让人抓狂的鸟鸣声。对于劳累的身心，这里的确是一个放松的好地方。或者有人会基于这方面考虑而选择住在这里。"

这么说来，在他看来是死一般的宁静，她却很喜欢。或者是见多了伦敦的纷繁复杂，过惯了忧虑过剩的日子，这个安静而丑陋的房子成为她心灵的栖息地。

如今这里已经不是栖息地了。

总有一天，对，总有一天，他会揭露贝蒂·肯恩的真实面目。

"现在。"玛丽恩说，"我要请你们去看看那个'恐怖的阁楼'。"

"是的。"凯文说，"对于那女孩声称可以看见的东西，我兴味十足。在我看来，她讲述的故事就是逻辑思维的一个过程而已。比如二楼楼梯平台上颇硬的地毯，木头制作的五斗柜，这些在任何一个普通的乡村农舍里都可以找到，当然还包括那个有平顶盖的箱子。"

"是的，当时真是太恐怖了，她可以一样样说出我们这里的东西，我一时都愣住了，忘记了思考。后来才发现其实她的讲述中可以被确定下来的东西很少，而且她还犯了一个非常严重的错误。不过昨晚之前都没有人发现。罗伯特，你带了那份笔录吗？"

"带了，"他从衣服口袋里拿出那份笔录。

玛丽恩、罗伯特和麦克德默顺次上到最后一层没有任何铺设的台阶，进到阁楼里面。"昨天晚上，我进行例行打扫时，如果你要问的话，我们一直都是如此。每个星期，我都会用清洁剂泡过的大拖把将每个楼层都拖一遍。这样拖完一个房间只需要5分钟。"

凯文围着房间转了几圈，不停看向窗外。"这就是她讲述的场景。"他说。

"是的，"玛丽恩说，"那就是她所讲述的场景，如果我记忆没出差错的话，她应该说过她不能……罗伯特，能否请你将她所陈述的窗户外的景致的那一段念一下？"

罗伯特找到那一段，然后开始大声念。凯文略微向前欠了欠身子，通过小小的圆形窗户向外看去，玛丽恩站在她身后，脸上带着变幻莫测的笑容。

"从阁楼的窗户，"罗伯特念道，"我看到一道高高的城墙，中间有一个很大的铁门。墙外有条马路，因为墙太高，我只能看到电线杆，看不到路上来回的车辆。货车的顶端有时也可以看到，从铁门那里看不到外面，因为里面被封住了。铁门里面是一条车道。先是直直的一段，然后岔开去形成两条道，各自绕着屋子形成半个圆。没有花园，只……"

"什么？"凯文大叫出声，同时站直了身子。

"什么什么？"罗伯特被吓得叫出来。

"把最后那几句话再念一遍，就是说车道的。"

"'铁门里面是一条车道，先是直直的一段，然后岔开去形成两条道，各自绕着屋子形成半个圆……'"

凯文突然大声笑起来，那笑带着讥讽和洋洋得意。

"看到了？"安静中，玛丽恩说了一句。

"是的。"凯文轻声应和道，他闪闪发亮的眼睛闪烁着动人的光芒。"那是她大意了。"

罗伯特走到窗边，玛丽恩退到了后面。屋顶边上有一圈矮墙，尽管不高，可是却可以挡住眼睛看向庭院的视线。从这里看过去，车道分岔的部分完全看不到。如果有人被关在阁楼里，是绝对不会知道车道分岔后还会形成一个整圆的。

"你看。"玛丽恩说，"格兰特探长读这段话时，我们都在室内。我们知道那描述得非常准确，庭院确实就是那样的，所以我们也就没有对她的说法提出疑议，甚至包括探长在内。我记得他站在窗前向外看了一眼，不过那只是无心的动作。没有人意识到她的描述有什么不对劲的地方，实际上，除了这个小细节被疏忽了以外，其他都很准确。"

"确实只是一个小细节。"凯文说，"她在黑暗中到达这里，在黑暗中逃跑，而且她还说自己一直都被关在这个房间里，所以她是无论如何没有办法知道那个车道是有分岔的。对于她到达这里，她是如何描述的，罗伯特，请你再念一下。"

罗伯特继续念道：

"'车子终于停下来了，那个黑头发的年轻的女人下了车，打开一扇连接车道的双扇铁门。然后她将车开到门前。天完全黑了，我看不清房子是什么样子，只记得要上几级台阶才能到门前，台阶大概有四五级吧，我记不清了。我想，是这样，然后有一个小平台。'然后她就说自己被带到厨房喝咖啡了。"

"嗯。"凯文说，"那和她逃跑相关的那部分呢？是晚上，具体什么时候？"

"如果我的记忆没出差错的话，应该是晚餐以后。"罗伯特说着去翻笔录，"反正是天黑以后，哦，找到了。"他念道：

"'我站在客厅上面的那个楼梯平台上，也就是第一个走上的平台，我可以清晰地听到她们在厨房对话。客厅里黑黢黢的，我跑下最后一级台阶，害怕她们会冲出来抓住我，我便拼命跑向屋门。门是开着的,我径直跑到外面,冲下屋外的几级台阶,跑到大街上。我就这样一直跑,脚下是坚硬的,我想我跑到公路上了。然后我就累倒了,躺在路边的草坪上休息,准备休息一会儿再跑。'"

"'脚下是坚硬的,我想我跑到公路上了。'"凯文强调道,"这意味着天当时很黑,她连脚下的路都看不清楚。"

死一般的沉寂。

"我母亲觉得这个可以充分说明她的故事是胡编乱造的。"她看向他们二人,之后又将目光落到罗伯特身上,并没有期望太高,"可是你们不是这么觉得的,是吗?"这几乎算是个陈述句。

"是的,我不这样觉得。"凯文说,"至少不能从这一点就说明。如果她有个睿智的律师,完全可以回避掉这个疏忽。她可以说是来的时候根据车子方向的改变推断出来的,她当然会用常见的车道轨迹来描述。没有人会直接想到那么特别的圆形车道。它的样式确实很美,这可能是她记得的原因所在吧。我觉得这个可以保留到巡回法庭时作为补充证据来说明。"

"是的,我觉得你肯定会这样。"玛丽恩说,"我并没有大失所望,相反,对于这个发现,我很高兴。并不是因为它可以让我们免除麻烦,而只是因为觉得它至少可以帮助我们减轻嫌疑吧,而这种嫌疑会让……"她突然口吃起来,还不敢看罗伯特的眼睛。

"你们纯洁的头脑会被污染。"凯文帮她说完了,还略带戏谑地看了罗伯特一眼,"你昨天晚上打扫时怎么会想到这一点?"

"我也不知道,我只是站在那里看窗外的景色,祈祷可以找到一个小小的证据,哪怕只有一星半点,对我们有利的证据。可是不知道为何,格兰特探长当时在客厅朗诵笔录的声音在耳边响起。你知道,很多细节都是他转述的,可是关于法兰柴思的部分却有很多原话。当时我只是觉得他的声音很悦耳,说到圆形车道时,我当时就站在那里,我猛然发现,这根本看不到她说的圆形啊。或者是我的祷告起作用了。"

"你依然觉得我们明天应该退一步,等到巡回法庭开庭时再说?"罗伯特问。

"是的,这对于夏普小姐和她的母亲没什么太大的区别。在一个地方出现和在另一个地方出现其实都是一个效果,区别仅仅在于诺顿的巡回法庭会比本地的警局调查庭少一些尴尬。所以她们明天出现在调查庭上的时间尽量缩短。明天的庭上你反正没什么证据,只需要简单过程序就好。主要是由他们出示证据,你宣布保留辩护权,再提交保释申请,就可以了。"

这种事情对于罗伯特来说特别合适,他不希望她们难堪的时间太久,而且他对米尔福德镇以外的审判更加充满信心。现在案子已经进入审判程序,他最不想看到的结局就是案件被发回重审,然后草草了结,那根本达不到他对贝蒂·肯恩结局的设想。他想要看到的结局是,在公开法庭上,当着贝蒂·肯恩的面将那个月发生的事情一五一十地道来。上帝保佑,希望在诺顿的巡回法庭开庭时,他可以将所有的证据准备充分。

"我们应该让谁去辩护比较好?"回来喝茶的路上,他问凯文。

凯文把手伸进衣服口袋,罗伯特想他是不是在找通讯录,之后出现在眼前的竟然是记事本。

"诺顿的巡回法庭什么时候开庭,你知道吗?"他问。

"当然知道,"随后罗伯特告诉给了凯文,然后静等下文。

"或许我可以亲自来,让我看看。"

罗伯特大气都不敢出,静静等着,生怕多说一个字,就让奇迹消失了。

"可以。"凯文说,"我觉得可以,尽管有些不在意料之中。我喜欢你的女巫们。替她们辩护,对抗那个讨人厌的家伙,这让我非常快乐。真的是太巧了,她竟然是老查理·梅雷狄斯的妹妹。那家伙是那行里鲜有的能干的人。大概是从古至今最诚实的一个马贩子。对于他给我的小马,我一直心存感激。一个男孩一生中的第一匹马太重要了,让他今后的生活都充满了色彩。不仅仅指对马,还对人,对事。小男孩和小马之间的信任和感情……"

罗伯特安静地听他陈述着，觉得自然而开心。更让人觉得嘲讽的是，他突然明白，凯文在看到那个阁楼窗外景色的证据之前，就已经断定夏普母女是被冤枉的。查理·梅雷狄斯的妹妹不可能将别人绑架。

①蒙哈谢：法国酒庄的名字，出产世界一流的葡萄酒。

第十七章

"我觉得好奇怪。"看到小法院的长条椅上坐满了喧闹的人群，本·卡利说，"为什么有这么多人星期一早上都闲得慌。不过，我必须得说，将这些各式各样的人聚集到一起也挺不容易的。你看到那个经营运动服饰店的女人了吗？就是坐在倒数第二排座位上的那个，化着紫色的妆，戴着一顶和头发颜色完全不搭的黄帽子。如果由那个叫戈芙雷的女孩帮忙看店，我敢保证她今晚一定会损失不少钱财。那女孩15岁时我就审过她的案子。她从刚会走路开始就偷别人的钱，现在依然如此。相信我没错的，不能让女人独自掌管钱财。还有那个是安妮·博林咖啡馆的女人，这可是我头一回在法庭上见到她。真搞不懂她怎么可以忍这么久。她姐姐整天花钱大手大脚，入不敷出，没有人知道钱都花到哪儿去了。或许有人敲诈她，但谁知道呢。我还想起白鹿酒馆的亚瑟·沃利斯，他每周都要付3张以上的账单，光靠这一份工资是远远不够的。"

卡利一刻不停地说着，罗伯特压根没听进去。他忧心忡忡地看着今天出现在法庭上的观众，他们并不是那些排遣无聊时光的人。很显然，消息已经广泛传播开去了，他们是专程来看夏普母女接受审讯的。一般情况下，法院里出现的枯燥无味是因为那些女人打扮的同性恋男人，而让人不停打呵欠的则是他们的嘀咕声。

他看到一张本应该满脸仇恨可是却格外温和的脸，那是韦恩太太。上次看到她是在埃尔斯伯里，当时她正站在米德赛街上的小花园房。他没办法视韦恩太太为仇人，他喜欢她、敬重她，现在为她感到痛心。他很想过去关心一下她，可是这时的局面不允许他这样做，他们分属于不同的团体。

格兰特还没有到，哈勒姆已经到了，正跟地痞无赖闹事那晚在法兰柴思处理公务的警察讲话。

"你的侦探调查得怎么样了？"卡利关心地问道。

"还可以，只是问题还很多。"罗伯特说，"还没有什么实质性的进展。"

"一个女孩和整个世界对抗。"卡利讥笑着说，"我真想亲眼看看这个不端庄的女孩。在被那么多人关心、求婚，甚至被比喻成圣女伯纳黛特①之后，我想她肯定觉得现在这个乡村警察调查庭可供表演的场地不够她发挥的。她曾经登上过舞台吗？"

"不清楚。"

"我想她妈妈肯定会介意的，那个穿棕色套装的就是，看上去很通情达理。我真不知道她怎么会有这样一个女儿，哦，我忘了，她是领养的。对吗？真是个令人恐怖的提醒。我一直在思考，对于一个住在一起的人，为什么会那么不了解。汉姆格林有个女人，她的女儿一直都在她的看管范围之内，有一天那个女儿生气离开了家，再也没有回去。几近癫狂的母亲慌忙到警察局报案，后来警察发现那个从来没有离开过母亲视线的女儿已经和人结婚了，连孩子都有了，那天她只是接了孩子去找丈夫了。如果你觉得本·卡利的话不可信，你可以去查查警察的记录。哦，还有，如果你的侦探不得力的话，告诉我一声，我可以给你介绍更好的，该我们上场了。"

他一边起身走上法庭，一边还在自顾自说着，讨论着法官的表情、感受，还有过去曾经是从事什么工作的。

庭上审判了三个常规的案子，被告席上的那些无赖显然对法庭的程序相当熟悉了，就好像提前演练过一样，而罗伯特则希望有人会突然叫一声，"可否等一下？"

接下来他看到格兰特进来了，坐到记者席后面的观众席上，他知道轮到他们了。

听到有人喊她们的名字，夏普母女一同走了进来，走到那排粗糙的椅子前面，给人的感觉就像在教堂里找座位一样。他不禁暗自拍手叫好，对的，就是这样的眼神，目光安静而锐利，好像在等待一场好戏的开演。可是，他突然设想了一个场景，如果此刻站在被告席上的是琳姨妈，自己会作何感想，这样也就明白了玛丽恩的心里正经受什么样的煎熬。就算巡回法庭最终判她们无罪，她们心灵的创伤又该如何弥补？贝蒂·肯恩的罪行应该受到什么样的处罚？

罗伯特是个思想保守的人，他觉得善有善报，恶有恶报。他或许不会像摩西那样以牙还牙，可是他却相信人在做，天在看。他当然也不相信，只是简单跟牧师交谈几句，就可以让一个十恶不赦的罪犯改过自新。"真正的罪犯，"记得有一晚，凯文发表过这样一篇长篇大论，"有两个东西是不可能改变的，也正是这两个东西让他们沦为罪犯，那就是超级爱慕虚荣以及极端利己主义。这两个东西和皮肤的组织一样紧密联系在一起，而且深深扎根于人们心中。要想洗心革面，重新做人，就相当于要改变一个人的眼睛颜色一样。"

"可是。"有人持不同意见了，"也有极端虚荣和利己主义的人不是罪犯。"

"那只是因为他们和前者舍弃的东西不同，前者舍弃的是金钱，后者舍弃的是妻子。"凯文说，"大量的历史文献都试图给罪犯一个明确的概念，可事实上这个概念非常简单。罪犯之所以做出某种行为，就是不断满足自己的欲望。他极端的自私你是永远无法满足的，可是你可以将陷入自私泥潭的后果变成非个人的意愿，他就会收手不干。"

罗伯特记得，凯文所畅想的刑罚改革是将罪犯流放到一个刑事处罚集中场所，譬如一个小岛上，住在那里的人都必须辛勤工作，这不是从罪犯的个人利益出发所做出的改变。凯文说，要给那里的管理员提供一个相当好的工作和生活条件，还要让这个人满为患的社区可以给一些善良的公民提供建房子和花园的场所。再加上罪犯最讨厌的就是辛勤工作，那么这样的处罚方式要比现行的处罚措施更能起到震慑作用。凯文觉得，如今的处罚措施和三流学校有一比。

看着站在被告席上的两个女人，罗伯特想起在那个极端混乱的时代，只有被确定犯罪的人才会被戴上锁链上街游行。而如今，还没有被定罪的人就这样公开在法庭上出现，可是有罪的人却笼罩在安全的光环下，这太不公平了。

夏普太太头上戴着一顶平整的黑色缎帽，也就是《艾克—艾玛》上面报道法兰柴思事件那天，她戴的那顶帽子，她给人的感觉像个学者，受人崇拜，只是有点怪异。玛丽恩也戴了帽子，这算是自己在大庭广众给自己的一点防护吧，并不是轻视法庭的意思。那是一顶短檐乡村呢帽，让她显得活跃了不少。她将黑发都塞进帽子里，眼睛藏在帽子的阴影下，相比经常出门的女人来说，她还要白一点。尽管罗伯特喜欢她露出头发和眼睛，可是如今他希望她打扮得越平常越好，这样或者可以让对方的仇视减轻一点。

之后，他看到贝蒂·肯恩出现了。

记者席上有一阵小小的波动，把罗伯特的注意力也吸引了过去。一般法院记者席上只有一两个百无聊赖的实习记者：一个是《米尔福德广告》（周刊，每周五出刊）的代表，还有一个是《诺顿快报》（每周二和五出刊）和《拉伯洛时报》的代表。可是今天的记者席上熙熙攘攘，那些脸看起来都是一脸郑重，他们好像是收到了宴会的邀请函一样，个个拭目以待。

有2/3的记者是奔着贝蒂·肯恩来的。

自从上次看到她穿着深蓝色的学生服出现在法兰柴思的起居室以后，这还是这么久以来罗伯特第一次看到她，同时对她所表现出来的年轻和天真感到吃惊。见过一次以后，她在罗伯特脑海中已经变成一个奇特的东西，自甘堕落的东西，是她让两个无端被冤枉的人站在被告席上。现在，当她再次出现在他面前时，他疑惑了，这和他心里认定的怪物根本不是同一人。如果像他这样一个了解她真实面目的人都会有这样的想法，那么到了法庭上，她这副天真烂漫的面孔又会骗得多少人性呢？

她穿着周末家居服，换掉了学生装。那清澈的浅蓝色外套让人不自觉地想到勿忘我、花园的青草香以及逐渐远去的夏天，那是提前排演过的，可以让人们严谨的思维产生错乱的打扮。她的脸上表现出来的是天真、良好的修养，展现的是迷人的眉毛和分得很开的眼睛。罗伯特没有仔细揣摩，就认定这身打扮没有经过细心雕琢，可是就算韦恩太太一整夜帮她设计装扮，也无法达到现在这样的效果。

听到法官叫她的名字以后，她慢慢走向证人席。罗伯特快速察看了一下可以看清楚她的人的表情。除了本·卡利正在颇有兴致地盯着她，就像在看一件展品一样，其他人的脸上则是同一种表情：仁慈的同情。他还观察到，妇女们非常容易受到影响，那些已经为人母的女人们显然把她想象成自己的女儿一样，而年轻的女人们则更加热情，所有人的脸上都写满了想一探究竟的热度。

"我——无——法——相——信！"当女孩宣誓时，卡利小声说道，"就是那个孩子消失了一个月？她圣洁得像只会和书本打交道的人！"

"我会给出十足的证据的。"罗伯特嘀咕着，像卡利这样精明、冷漠的人都被她打动了，这让他很是恼怒。

"你或许可以带来10个有力的证人，可是没有一个陪审员会相信你。朋友，只有陪审员的意见才能最终起到作用。"

是的，哪个陪审员会相信她会是错误的一方？

罗伯特看着她讲故事，想到阿尔伯特曾经对她的评价，修养良好的女孩，没有人会将她看作一个成熟的女人，可实际上她可以成熟得和陌生男人攀交情。

她的声音很动听，清新、靓丽，一点也不做作。她就像演讲一样讲述着自己的故事，没有多余的评论，很客观、准确。记者们一刻不停地写着，几乎没有抬头。法官显然也偏爱她。（希望上帝在巡回法庭时可以指派刚硬的法官！）警察们的脸上写满了同情。整个法院都屏气凝神。

没有一个演员可以取得如此好的表演效果。

大家都能看到她的冷静，她丝毫没有觉察到自己的表现所带来的强烈效果。她有条不紊地表明自己的观点，细节也描绘得恰如其分。罗伯特真心怀疑这样的讲述是特意训练过的，而且也很明白这样做会带来什么样的反应。

"那些床单确实是你缝的吗？"

"那晚我的双手被打得几乎不能动弹，不过后来我还是缝了。"

那语气就好像在说，"我在忙着玩桥牌。"这让她的故事的真实性又加了几分。

言辞里没有一丝一毫为自己辩解的兴奋。她说了很多被关押地方的种种，而且这些情况经过核实确实是真实的，可是她对此却没有流露出一丝高兴。当被问到被告席上的二人她是否认识，以及拘禁和殴打她的人是不是就是这两个人时，她认真地看了一会儿，然后点头说是。

"你有什么问题要问的，布莱尔先生？"

"我没有问题，法官大人。"

他的回答在法庭内引起了一阵骚乱，人们都用惊讶的眼神看着他，很显然，他们都是来看好戏的。不过这个要求法庭接受了，这就表明这个案子要移交到另一个法庭。

哈勒姆结束了自己的讲演，然后是证人出庭。

邮局的派普在拉伯洛和伦敦之间的邮车上工作，他看到她被一辆轿车接走。因为曼希尔火车站离他家比较近，他那天返回时正好在曼希尔火车站下车。他顺着那条曼希尔到伦敦的路朝前走，看到一个女孩在车站驻足观望，明显是在等开往伦敦的大巴。他离她有点距离，不过还是看到了她，因为开往伦敦的公交车半分钟前已经从这经过了，当时他还没有看到公交车站的站牌，可是当他看到她站在那儿等时，才意识到她肯定已经误了那班车。他继续朝公交站那车去，不过还有一段路程，这时一辆正常行驶的车经过她身旁，他没有仔细看那辆车的样子，因为他一直在关注那个女孩。只见女孩弯下腰和车里的人说了几句话，然后就上车走了。

这时他已经走得离女孩所在的位置很近了，虽然可以看到汽车的外观，可是看不清车牌号码，只是替女孩高兴，她那么快就坐上车了。

他不能百分百确认他当时所看到的就是那个女孩，可是他心里却是认定的。那天她穿着一件浅灰色外套，脚上是一双黑色的拖鞋。

拖鞋？

对，就是绑带的那一种。

哦，那是便鞋。

不过他叫这种鞋为拖鞋。（而且他的语气清晰地表明以后他还会继续这样叫）

"布莱尔先生，你有没有问题要问？"

"没有，谢谢你，法官大人。"

接下来出庭的证人是罗丝·格林。

罗伯特对她的第一印象就是那一口丑陋的牙齿，就像是后天镶上去的假牙。没有人，也不可能有人换牙后会长出像罗丝·格林那样怪异的牙齿。

法官好像对她的牙齿也很反感，于是罗丝马上不再微笑，可是她的证词却非常让人窒息。她原来每周一都会到法兰柴思打扫。4月的一个星期一，她像往常一样去了，黄昏时分收拾东西准备回家，这时楼上传来一阵尖叫声。她以为是夏普太太或小姐出了什么事，赶紧跑到楼上去看。正准备上楼时，夏普太太拦住了她，问她要做什么。她说楼上好像有尖叫声，夏普太太说，真是荒谬，那只是她听错了，还叫她赶紧走人。那时尖叫声没有了，夏普小姐下楼了。两人一起到起居室去了，夏普太太好像还说了一句"应该更小心"之类的话。她没来由地觉得害怕，于是赶快跑到厨房，从壁炉架上拿走自己的薪水，然后迅速离开了。她清楚地记得那天是四月十五日，也是从那一天开始，她决定下次来之后就告诉夏普家，她不干了。后来的事实也证明她确实那样做了，因此从4月29日那个星期一开始，她就没有再受雇于夏普家了。

因为她给别人留下的坏印象，罗伯特暗自高兴了一会儿。她喜欢对事情进行添油加醋，身上有一种很讨人厌的特质，衣着打扮也不讨喜，这些都跟站在前面的那个端庄、冷静的女孩形成鲜明的对比。从在场观众的表情可以看出来，她是个肮脏的女孩，她的话不会让人信服。

可是这丝毫不会影响到她的证词的说服力。

她一边讲，罗伯特却盯着她在想，能不能就偷表的事定她的罪。她只是个乡下女孩，对当铺不可能很了解，所以把表偷去不是想要卖钱，肯定是想据为己有。如果确实如此，能不能将她偷表的事在大庭广众面前揭露出来，进而让她的证词不那么可信？

随之上来的是她的朋友格拉迪斯·雷斯。格拉迪斯很瘦、矮小、面色苍白，非常慌张，不敢大声宣誓。她说话有很浓的地方口音，人们根本很难理解她说的是什么。检察官不得一次次将她的话翻译出来给大家听。可是她证词就是那几个关键点。她说4月15号星期一晚上，她和她的朋友罗丝·格林一起闲逛，顺着上高伍德街走，之后再折回来。罗丝·格林跟她说，法兰柴思很恐怖，楼上有尖叫声，而楼上是不住人的。格拉迪斯记得那天是4月15日星期一，罗丝说她下次再去的时候就提出辞职。后来她果然不干了，从29号星期一之后就没再去了。

"我想肯定是罗丝揪住了她的什么小辫子。"她离开证人席时，卡利说。

"何出此言？"

"人们不会单方面出于友情考虑来出庭作伪证的，就算是像格拉迪斯·雷斯这样的乡下女孩也不会这样做。那个可怜的小东西吓得全身发抖，她绝对是被逼迫来的。那块油画式的石板画应该还有一层，如果我实在无迹可寻，倒可以考虑查一下她。"

"你还记得你手表的编号是多少吗？"在回法兰柴思时，他问玛丽恩。"就是罗丝·格林偷走的那只。"

"手表还有编号？我不知道啊。"玛丽恩说。

"质量上乘的手表都有。"

"哦，我那块确实是个好表，可是我不知道编号。不过那手表很不一般，一眼就可以辨认出。面上是瓷质的，浅蓝色，上面镶嵌着金色的数字。"

"罗马数字？"

"是的，你为什么要打听这个？就算可以找回来，我也不会再戴了。"

"我不是想把它找回来，而是想拿它来指控她犯了偷盗罪。"

"那不错。"

"对了，本·卡利说她是'油画式的石版画'。"

"这个比方很耐人寻味，她确实是那个样子的。刚开始，你是想让这个人代理我的案子的，是吧？"

"是的，"

"很高兴我拒绝了。"

"我真希望案子了结以后，你还能有如此灿烂的心情。"罗伯特猛然严肃起来。

"对了，感谢你将我们保释出来。"夏普太太说。

"如果我们要感谢他，那就太多了。"玛丽恩说。

他在心里想，他除了将凯文·麦克德默请过来做她们的辩护人以外，那还只是看在友谊的份上，他实际上帮了她们多少呢？差一点她们就要赤膊上阵，出席两个星期以后诺顿法庭的审判。

①圣女伯纳黛特：法国南部的一名乡村少女。据说圣母同她一起显现，让她向人间传达美好的讯息。

第十八章

星期二是各色报纸出刊的日子。

现在，法兰柴思事件已经进入庭审阶段，《艾克—艾玛》和《看守人》都不能继续为了自己所谓的正义而战。虽然《艾克—艾玛》一再提示读者它曾经说过的话。报纸上刊登的简单的评语虽然表面上看上去非常完美，可事实上观点都是不合法的。罗伯特毫不怀疑星期五出刊的《看守人》杂志也会持相同的观点。那些之前觉得警方不会理会这类案件的媒体，现在也对这个案件有了强烈的兴趣，竞相报道有关这个案件的新闻，甚至连一向冷静自持的几家日报都用"非同一般的案件"来做标题，对夏普母女进行详细的报道。就连一向很少发表言论的几家媒体现在也对这起案件给予了高度的关注，对当天出庭的夏普太太戴的帽子和贝蒂·肯恩所穿的蓝色外套，还有种种和这个案子有一点点关联的事情进行详细报道。

罗伯特的心在一点点往下沉。《艾克—艾玛》和《看守人》杂志顶多用它们独特的方式来宣传自身。这种内容可以维持的时间很短，第二天就会被别人遗忘。可是这件事情现在已经扩散到了全国，英格兰和苏格兰的所有报纸都在报道这个新闻，很有希望将这桩案件变成一个举世闻名的诉讼案件。

他头一次感到绝望席卷全身。他身上背负着案件，只能全力以赴。以诺顿案件为起点，整个事件被掀到了顶点，而对于这个顶点的到来，他束手无策。这情景就好像是眼看着一堆重箱子向自己砸过来，可是自己却无处可逃，也没有任何东西可以作为遮挡物。

拉姆斯登每次打电话过来，都已经没什么话可说，也越来越灰心。他也没有更好的办法，就像少年侦探故事里的用语"无谓挣扎"。在这之前这个词和亚历克·拉姆斯登没有任何关系，可是现在的拉姆斯登很失望，话也不想多说，眉头整天都拧到一起。

米尔福德镇庭审完以后，斯坦利带来了这么长时间以来第一个令人兴奋的消息。星期四早上，他敲罗伯特的门进来，发现只有他一个人在，便将手伸到工作服口袋里找着什么。

"早上好。"他说，"我想我应该告诉你这些事。法兰柴思的那两个女人实在是太匪夷所思了。她们将钞票放进茶叶罐里、夹在书里，或是相似的东西里面。如果你找电话号码，你会发现一张10先令的钞票被当作书签一样随意夹在书里。"他从衣袋里搜索出一叠钞票，十分谨慎地交给他12张10英镑的钞票。

"120磅。"他说，"你看对吧？"

"什么意思？"罗伯特迷惑不解地问道。

"康明斯基。"

"康明斯基？"

"别跟我说你没有买这注！老太太都将消息告诉我们了。还是说你根本就忘记了？"

"斯坦利，我忙得连吉尼斯都忘记了。意思是你买了？"

"是的，当时我说如果成功了，给她10%的。毕竟是她告诉我们的消息。"

"但是……10%？这未免太多了吧？斯坦利。"

"20磅，我买了一般最高赌金的两倍。比尔也收获不少，他打算给他妻子买件皮大衣。"

"意思是康明斯基果然赢了？"

"是的，赢了一个半身位，太漂亮了。"

"这样。"罗伯特说着将那叠钱收好，又仔细折了一下，"如果最糟糕的情况已经发生了，她们没钱了，老太太至少还可以靠透露消息来挣钱。"

期坦利沉静地看着罗伯特，看到他的灰心和失望，"事情进展很不顺利，是吗？"他说。

"特别不顺利。"罗伯特借用了斯坦利的表达方式。

"比尔的妻子去过法院。"斯坦利停了一会儿继续说道，"她说那个女孩一点都不值得人相信，就算那女孩说1先令有12便士她都不愿意相信。"

"哦，是吗？"罗伯特吃惊地问，"那是为什么？"

"她说那女孩表现太完美了，所以让人感觉不真实。她说一个15岁的女孩不可能表现得如此出众。"

"那女孩现在已经16岁了。"

"好吧，就算16岁。毕竟她也同样是从15岁走过来的，她的朋友们也是如此，可是那双分得很开的眼睛泄露了一切。"

"我非常忧心那双眼睛可能会蒙蔽陪审员的眼睛。"

"如果陪审团是由全部女性组成的，就不会有这种情况发生。当然这个可能性不大。"

"确实如此，对了，你为什么不自己亲手交给夏普母女呢？"

"还是不要了。反正你今天要去的，就顺便交给她们吧。不过要记得帮她们存到银行里，要不然，若干年以后她们也许会在花瓶或哪个角落里找到钱，还不知道那是什么时候的事儿。"

罗伯特微笑着将钱收进口袋，斯坦利便走了。人生真是永远充满了美丽的意外。如果斯坦利兴奋地在老太太面前数钞票，他会觉得理应如此。可是，他却退缩了。到花瓶里找钱，只不过是他编的一个故事而已。

当天下午，罗伯特就兴致勃勃地去了法兰柴思，结果是他头一回看到玛丽恩流下了眼泪。他将斯坦利的话原原本本讲述给她们听，然后说，"所以他请我代劳。"这时玛丽恩已经忍不住哭出了声。

"他为什么一定要给我们呢？"她边说边拨弄着那叠钞票，"一般情况下，他不是这么……"

"我想他肯定是觉得你们现在比较需要这笔钱，而且这样做会好一点。当初你们提携他时，还是经济优越的夏普家，他会洋洋自得地把钱交给你们。可是你们现在是靠两百英磅保证金活着的人，而且担保人还要为你们支付相关的费用。此外，还有律师费，所以我想斯坦利是不知道用何种方式交给你们比较好。"

"好吧。"夏普太太说，"尽管我给他透露的消息不能让他每次都赢得这么漂亮，可是我还是很高兴我能有这笔收入。他真是个不错的孩子。"

"我们真的可以拿这10%吗？"玛丽恩困惑地问。

"当然。"夏普太太沉静地说，"如果不是我，他就输在巴立·卜吉那匹马上了。对了，那匹马现在怎么样？"

"非常高兴你可以过来，"玛丽恩故意岔开了话题，"有个意外情况告诉你，我的手表回来了。"

"你的意思说你找到了？"

"不是，它被人通过邮局送回来了，你看！"

她拿出一个小小的、破破的白色硬纸盒，里面就是她那只浅蓝色的手表，粉红色的包装纸也还在，上面还有个圆形的印章，中间是橘子花纹，边上写着"太阳谷，德兰士瓦"几个字。盒子里还有一张纸条，上面写着几个大字，"我不需要它。"大写字母I上面还有一点，一看就是把大小写弄混淆了，很显然写这张纸条的人受教育程度不高。

"你觉得她突然变得这么谨小慎微的原因是什么？"玛丽恩觉得很疑惑。

"我觉得根本不是她。"罗伯特说，"我没办法想象那女孩会舍弃掉什么她想要拥有的东西。"

"可事实是她确实送回来了。"

"不，不是她，是其他人送回来的。这个人怕了，她还有基本的良心。如果罗丝·格林不想要这个东西，她一定会毫不犹豫地将它扔进垃圾堆。可是现在这个人不仅没有留下它，还给送了回来，就代表这个人心里觉得很愧疚，又被恐吓了。你想想谁会觉得愧对于你们？格拉迪斯·雷斯？"

"是的，你对罗丝的评价应该是正确的，我本可以想到的。她不会将它送回来的，只会破坏它。你的意思是她将表给了格拉迪斯·雷斯？"

"很多事情因此有了合理的解释，比如罗丝为什么要到法庭上去为那个尖叫声作证。我是说，如果她拿了那个偷来的手表。你想，罗丝几乎什么机会戴那只手表，她工作的斯塔普农场的人肯定对那只手表很熟悉，会经常在你的手腕上看到，所以她极有可能将这块手表送给她想要讨得欢心的人。'我捡到一个好东西。'那个姓雷斯的女孩来自于哪里？"

"这我不知道，也许是这个郡的另外一个地方吧。不过她一直在斯塔普农场外面的那个独立农场干活。"

"很久了？"

"不清楚，应该不是太久。"

"因此她可以戴着那块手表，而且没有多少人关注她。是的，我觉得就是格拉迪斯·雷斯将你的表寄回来的。如果要说星期一的法庭上作证的人中有人不是自愿的，那绝对就是格拉迪斯。如果格拉迪斯害怕了，将你的表寄回来，那证明我们或者还有翻盘的可能。"

"可是她犯了伪证罪。"夏普太太说，"就算她浅薄，她也多少明白英国法庭不是儿戏。"

"她可以解释说自己是被胁迫的，如果有人告知她一下的话。"

夏普太太看着他："英国法律中对于收买证人的条款有没有明确的规定？"

"很多，可是我并不想收买。"

"那你有什么好的办法？"

"我得再慎重考虑一下，现在的局面很奇妙。"

"布莱尔先生，我难以理解法律的复杂性，我想将来我也难以理解，可是你不会因为被判轻视法庭或者别的原因而放弃我们的，对吗？我无法想象如果没有你的支持，事情会如何发展？"

罗伯特说不会让自己脱不开身，而且直到现在为止，作为一名律师，他的声誉和道德标杆都无可挑剔，所以夏普太太不要为自己和他担心。

"如果罗丝的故事缺少了格拉迪斯·雷斯的证词，那么整个案件都会缺少了根基。"他说，"罗丝说在你们被控诉前她就已经听到了尖叫声，这是他们最为关键的证据。我猜想当罗丝站上证人台时，你们根本没有注意到格兰特的表情。如果凡事太过完美就会被伦敦警察厅看作另类。整个案件如果都将希望都寄托在那个让人厌恶的人身上，未必不是件很痛苦的事。现在我必须得走了，那个小纸盒和那张写有字的纸条可否借我用一下？"

"你真是太聪明了，可以想到不是罗丝将表送回来的。"玛丽恩一边说一边将他要的东西递给他，"你可以改行去当侦探。"

"抑或是帮人推算前世今生的。反正是那种可以从马甲上沾染的鸡蛋污渍来判断有什么事发生的人。"

罗伯特开车回米尔福德镇，脑子里想的全部都是这个新情况。或许这不能让她们摆脱眼前的困境，可是至少提供了一根救命稻草。

回到办公室，他发现拉姆斯登正在等他，他依然和来时一样，瘦削、灰发，歪靠在那里，满脸愁容。

"我必须亲自来拜访你，因为这事电话里无法说清楚。"

"什么事？"

"布莱尔先生，我们纯粹是在消耗金钱。你知道这世界上有多少白人吗？"

"不知道啊！"

"我也不知道，可是你现在交给我的任务就是要从所有白人中揪出这个女孩。我派5000个人出去，找一年或许都一无所获。当然也许运气好一天就发现了。"

"这件事从一开始就是这个局面。"

"哦，不是，刚开始运气还可以。我们去了她最有可能出现的场所——旅游景点、机场、码头，而且我也确实没有将钱花在旅行上。我和大部分的城镇和乡村的联络人都取得了联系，可是依然没有结果。现在我没有找的地方叫全世界，我不想再无端浪费你的钱，布莱尔先生，我要说的就是这件事。"

"我可以理解成你想要放弃吗？"

"我不是这样说的。"

"那你是要我解雇你，因为你失败了。"

拉姆斯登先生听到失败这个词时明显愣了两秒。

"这是在浪费钱，这不是一个有意义的投资，布莱尔先生，甚至连一场好的赌注都不算。"

"实际上，我已经找到了新的线索，你绝对会有兴趣。"他将从法兰柴思带回来的小纸盒递给他，"星期一法庭上有个叫格拉迪斯·雷斯的证人，她说她的朋友罗丝·格林在警察开始介入前就已经听到法兰柴思楼上传来尖叫声。她提供了充分的证据，可显然是被强迫的。她非常慌张，不够坚定，而且表现得特别不愿意做这件事。她的朋友罗丝则表现截然不同，她很享受站在证人席上的感觉。我本地的一个朋友认为很可能是罗丝强迫她去作证的，当时我还心存疑惑。可是今天早上，夏普小姐曾经被罗丝偷走的手表又被人寄回来了，还写了一张纸条。罗丝自己肯定不会这样做，她根本就没有起码的良心。她不会写这样的纸条，也不会将到手的东西再寄回来。那么结果就是，格拉迪斯收下了那块手表，反正罗丝也没有太多机会戴，这也是罗丝强迫她作伪证的原因。"

他停下来等拉姆斯登发表意见，拉姆斯登点点头，表示认同。

"格拉迪斯现在是证人，我们如果贸然去找她，还会被安上一个骚扰证人的罪名。我的意思是说，让她在法庭上自己亲口说出事实几乎是不可能的。我们要做的就是在巡回法庭上推翻她的证词。凯文·麦克德默或许可以依靠其强硬的风格和一波三折的问话做到这一点，可是我依然担心，更何况法官很可能在他的目的还没有达成之前就不让他再说话了。对于辩护人过于强硬的风格，法官们一般都是反对的。"

"是吗？"

"我准备将这张纸条作为证据交给法庭，再用事实来证明那是格拉迪斯·雷斯所写。证明了那块被偷的手表曾经是在她手上，我们就可以据此说罗丝是用这个来胁迫她做伪证。麦克德默可以向她保证，如果她的确是因为被人胁迫而作伪证的话，她就会免于处罚，这样或许她会愿意说出真相。"

"这么说的话，你应该需要格拉迪斯·雷斯字迹的模板。"

"是的，我回来的路上就在想这件事。我记得她现在所做的工作是她离开学校后的第一份工作，那么她才刚刚离开学校，或许我们可以找她上学的学校，至少可以从那里着手。如果可以得到一份她字迹的模板，我们就会胜利在望，不是吗？"

"我会给你拿到的。"拉姆斯登说，那语气就像天底下没有他完成不了的事一样。"那个叫雷斯的女孩是曾经就读于这里吗？"

"不是，我听说她来自于这个郡的另一边。"

"好的，我会去调查，她现在在哪里上班？"

"布拉特农场。位于法兰柴思的后面，很偏远的一个地方。"

"还有你要找的那个肯恩女孩的事……"

"你在拉伯洛还有别的途径吗？我知道我不能对你的工作进行评论，可是她的确在拉伯洛待过。"

"是的，如果她在公开场合抛头露面的话就很容易找到，可是那个假想中的X先生很可能就住在拉伯洛。这样一来，她应该是进了某个场所。布莱尔先生，不管怎么说一个月了，不管什么案件，这个时间都有点太长了，一般都是一个周末到十天左右的样子。我觉得她很可能和那个X先生一起回家了。"

"你是这样认为的？"

"不。"拉姆斯登慢悠悠地说，"从我内心来说，布莱尔先生，我们可能在某个出口和她擦肩而过了。"

"出口？"

"她很有可能出国了，只是打扮不一样了，肯定跟我们手中所拿的照片大不一样。"

"怎么个不同法？"

"嗯，我想她护照上的照片应该是真的，不过她极有可能换个身份，比方说以某人妻子的身份到国外去。"

"是的，不排除这种可能性。"

"这样的话她就要显得成熟一点。她如果将头发全部梳上去，再化点妆，应该会大不一样。你知道吗？当女人把头发往上梳时，给人的感觉是完全不一样的。我太太第一次这样打扮时我都以为是两个人，还让我觉得很不好意思，尽管我们已经是结婚20年的夫妻了。"

"所以你觉得事情应该是这样的，希望如你所说。"罗伯特有些失望地说。

"正是因为情况如此，我才不想再继续挥霍你的钱财，布莱尔先生。如果拿着我们手中的照片找人，可能会一无所获，因为我们要找的人和照片上的根本就是两个人。如果她像照片上那样装扮，人们肯定可以认出她，比如电影院的人。她一个人在拉伯洛闲逛时，我们可以轻松找到她的行动轨迹，可是从那之后就完全没有线索了。她离开拉伯洛以后，就没有人通过照片认出她了。"

在塔芙小姐整洁的吸墨纸上，罗伯特画出了一道山形图案，"你明白那是什么意思，对吧？我们已经走到穷途末路了。"

"可是你还有这个。"拉姆斯登不死心，指着和手表一起被寄来的纸条。

"那也只能削弱警方立案的基础，并不能就此证明贝蒂·肯恩的故事就是编造的。要让夏普母女彻底摆脱这个泥潭，就必须证明那女孩在胡说。而现在我们只能走一条路，那就是找出那段时间她到底在哪里。"

"是的，我知道。"

"我想你已经调查过私人的了？"

"你是说飞机？是的，情况也是一样。我们没有那个男人的照片，所以他应该是在那期间和女伴一起飞往国外的人中的几百分之一。"

"是的，现在看来我们真的没办法了，这也不怪本·卡利一直等着看好戏。"

"你太辛苦了，布莱尔先生。你一直都在为这件事费心。"

"是的，对于一个乡村律师来说，这个案子承担的东西确实太多了。"罗伯特一脸沉郁地说。

拉姆斯登看着他，嘴角露出他那特有的笑容。"对于一个乡村律师来说，"他说，"你做得相当好，布莱尔先生，我为你竖起大拇指。"

"谢谢。"罗伯特的脸上出现了真诚的笑容。这句话出自亚历克·拉姆斯登之口确实代表着夸奖。

"我不应该让你灰心的，好在你现在已经有了有力的武器。或者说，将来，我会弄到她的笔迹模板。"

罗伯特扔下刚才涂写的笔说，"我对那种方案一点兴趣都没有。"他突然义愤填膺起来，"我要的是公平，是正义，现在我只有一个努力的方向，那就是当众拆穿贝蒂·肯恩的谎言。我要在她在场时，将所有她的行径公之于众，还要有完美的证人作证。你觉得我们胜算的几率有多大？除此以外，还有没有什么方案是对我们有利而我们没有试验的？"

"我不知道。"拉姆斯登庄严地说，"或许是祷告。"

第十九章

琳姨妈在这件事上的态度上太让人吃惊了。

随着法兰柴思事件从地区性案件发展到轰动全国的新闻，琳姨妈也对罗伯特和法兰柴思的关系释怀了。不管怎么说，和一件上了《泰晤士报》的案件有联系是一件光荣的事。当然，琳姨妈是个会看《泰晤士报》的，可是她的朋友们不会错过。像牧师、惠特克老将军、在博姿[①]商店上班的女孩，以及从威姆士来的沃伦老太太。她隐约觉得罗伯特可以在一件那么著名的案件里面担任辩护律师，是一件无上荣耀的事情，就算他是想要戳穿一个可怜的小女孩。而且，她从来没想过罗伯特会在这个案件中败下阵来。她觉得罗伯特获得胜利是情理之中的，第一，罗伯特本人非常聪明；第二，布莱尔·海沃德·本尼特联合律师事务所从来没打过败仗。她甚至为案件要在诺顿审判，而不是在本地有更多人出席的米尔福德镇审判而感到惋惜。

因此当她产生忧虑时，她觉得很惊讶。其实也不是惊讶，而是她从来没有想过失败这回事。

"可是，罗伯特。"她一边说，一边在桌子下面找着脚垫，"你从来没想过你会输吧？"

"恰好相反。"罗伯特说，"我时刻想着的都是我们会失败。"

"罗伯特！"

"有陪审团参与审理的案件，一贯的做法是要把证据递交给陪审团，可以一直到现在为止，我们没有找到任何证据，所以陪审团怎么可能怜悯我们。"

"你好像太任性了，亲爱的。我觉得你只是过分忧虑了，为什么不让自己轻松一下，去打打高尔夫球？你很久没打了，这对你的身体没有好处的。"

"我真是觉得难以置信。"罗伯特惊讶地说,"为什么我过去会对一个白色的球那么感兴趣,那好像不是我曾经的生活一样。"

"这正是我所要表达的意思,亲爱的。你的生活没有了重心,为这个案子你付出太多了,不管怎样,你还有凯文啊。"

"我还是非常担心。"

"为什么,亲爱的。"

"我没办法相信为了一个最终会输的案子,凯文会千里迢迢从伦敦赶到诺顿。虽然他有时会有点超脱现实,可是他的常识性判断还是有的。"

"可是凯文既然同意了就一定会来。"

"他同意的时候,我们的辩护机会还是很大的。可是过不了几天就要开庭了,我们却还没有掌握一丝一毫的证据,而且在未来也不可能会有。"

本尼特小姐的视线穿过她的汤勺定格在他的身上,"我想,亲爱的,"她说,"你只是信仰不够坚定。"

罗伯特本想说他根本就没有什么信仰,不过话到嘴边还是咽了回去。毕竟,法兰柴思事件和上天的奇迹没有关系。

"一定要坚信,亲爱的。"她高兴地说,"事情会变好的,你一定可以看到的。"接下来是长久的肃静,她开始担心,于是又说,"如果我知道这件案子让你如此忧心,我早就应该开始为你祈福的,我本来以为你和凯文完全没有问题的。""现在我知道了你的担心,一定会向上帝格外请求的。"

那么恳切的腔调,好像向上帝请求就可以化解一切难题,这让罗伯特又生出了诙谐感。

"谢谢你,亲爱的。"他用一直以来的亲切语气说道。

她将汤勺放到空盒子里,身子靠在椅背上,红扑扑的脸颊上满是调侃的笑。"我知道你那种腔调。"她说,"你是在拿我开玩笑,可你明明知道的,你可以不用这样。这次是你错,我对。听说只要有信心,具备坚定的信仰,就可以战胜一切困难。在移动山丘这件事情上,似乎是不太可能的。可是就这个案子而言,还是有可能的。因此,亲爱的,与其这样颓废,还不如给自己一点信心。而且,我今晚要去圣马太教堂为你祷告,希望明天早上你就可以得到一些证据,那样你就不会那么难受了。"

第二天一早,当亚历克·拉姆斯登带着好消息前来找他时,他马上意识到这一定会使琳姨妈的信仰更加坚定。他肯定会跟琳姨妈提到这件事,因为他回家吃午餐时,琳姨妈肯定会用欢呼雀跃、自信满满的口气问他:"亲爱的,怎么样,是不是已经拿到了我为你祈祷的证据?"

拉姆斯登看来今天也很高兴,洋溢在脸上的笑容说明了一切。

"我最好如实以告,布莱尔先生。当时你建议我去学校时,我其实没有寄予很大的希望。可是我还是去了,只是因为我想将学校作为调查的第一站,而且我觉得从学校职员的口中,或许可以找到接近雷斯的渠道。抑或让我下面的人去接近她。我甚至还想过要不要让我的手下和她打得火热以后,再合理合法地得到她的笔迹。不过,布莱尔先生,你真是太高明了,你的想法简直神了。"

"意思是你取得我们想要的东西了!"

"我找到她的年级主任,开门见山地说明了我们的来意。我说格拉迪斯很可能做了伪证,这是一桩刑事案件,可是我们觉得她是被胁迫的,而要证明这一点就必须拿到她的字迹模板。说真心话,你让我去试一试时,我觉得她应该从上幼儿园开始就没有留下过什么字迹。可是,那位年级主任,也就是巴格莉小姐说让她想一想。后来她说:'是的,她有绘画方面的天赋,如果我这里没有的话,她的美术老师那里肯定会有,我们会愿意保留一些好的学生的作品。'我想这是为了让学生得到些许安慰吧,真是太不容易了。后来我没去找美术老师,因为巴格莉小姐一下子就给我们找到了这个。"

他在罗伯特面前摊开一张纸，那是画的一张加拿大地图，上面有行政规划，有乡村和河流。虽然画得不是很标准，可是却非常素净。地图下方用大写印刷体写着"加拿大领地"。右下角还有作者签名：格拉迪斯·雷斯。

"好像每年夏天放假前，学校都会举办作品展览，一般展览的作品会被保留到次年夏天。我想那是因为如果作品刚展览完就被弃之一旁，似乎显得太没有人情味了。抑或是他们保留作品只是为了让来参观的重要人物看，总的来说，找到了这样一叠东西。"他用手指着桌上的地图，"那是一次比赛的画作，'在20分钟内通过记忆画出任何一个国家的地图'，获得前三名的作品可以被放到展览会上，这幅作品就是得的第三名。"

"真是太让人震惊了，"罗伯特说，眼睛一直盯着格拉迪斯·雷斯的手绘作品。

"巴格莉小姐说她手很灵活，现在看来确实是这样。可让人觉得怪异的是，她几乎是个文盲，你可以看到她所写的大写I，学校还帮她订正过。"

确实是这样，罗伯特的眉头不禁舒展了几分。

"这女孩虽然智商不高，可是眼力还行。"他仔细看着格拉迪斯凭记忆画的加拿大，"她可以清楚记得形状，可是却忘了名字。拼写完全是自我创造出来的，我想之所以得了第三名，完全是因为整体画面很干净。"

"也刚好是我们所需要的。"拉姆斯登说着，将和手表叠放在一起的那张字条拿出来，"让我们衷心感谢上帝，万幸她没有画阿拉斯加。"

"是的，"罗伯特说，"真是太奇妙了。"（琳姨妈创造的奇迹，他想）"对照笔迹方面，谁是能手？"

拉姆斯登告诉了他。

"我今天晚上就进城，明早之前将报告准备好。如果一切顺利，我会在早餐之前将它交给麦克德默。"

"可以吗？"罗伯特说，"那太好了！"

"我最好顺便将指纹带过去，还有小硬纸盒上的指纹。你知道的，有些法官对笔迹对照专家不感兴趣，可是如果将笔迹和指纹放到一起，说服力就更强了。"

"很好。"罗伯特说着将它们递过去，"不管怎么说，我的委托人不会再判服劳役了。"

"简直可以说是走上了光明大道。"拉姆斯登轻声说，罗伯特不禁笑出声来。

"你觉得我不感激现在取得的成果？确实如此，我心里的重担减轻了一点，可是真正的重担依然在。证明罗丝·格林是小偷、说谎的人，还胁迫证人，这可以让案子被推翻，可是还不足以推翻贝蒂·肯恩的故事。我最想要看到的是证明贝蒂·肯恩的故事根本就是假的。"

"还有机会。"拉姆斯登说，可是明显听着底气不足。

"你是指有可能会出现奇迹？"

"是啊，为什么不能呢？奇迹是一直都有的，为什么就不能在我们身上发生？我明天什么时候给你打电话？"

第二天凯文打来了电话，声音里满是惊喜，"罗伯特，你太让人惊讶了，我可以赢他们了。"

是的，对于凯文来说，这根本就是猫捉老鼠的原始游戏，而且夏普母女不会被拘禁。她们可以重回法兰柴思的家，继续过那种被他人漫骂的生活，她们仍然会被看成是两个曾经扣留和殴打过一个年轻女孩的巫婆。

"你好像兴致不高，罗伯特，怎么了？"

罗伯特将他的想法全部告诉给凯文了：不会让被拘禁的夏普母女一直活在贝蒂·肯恩编造的谎言中。

"也许不会的。"凯文说，"我会从车道分岔的错误出发，尽力去反驳她。实际上，如果对方的辩护律师不是迈尔斯·埃里森，那么我还可能打赢这场官司，可是迈尔斯很可能会将局面牢牢掌控住。高兴一点，不管怎么说，她的故事现在已经根基不稳了。"

可是让贝蒂·肯恩的故事根基不稳是达不到罗伯特心中所想的，在普通民众中，这根本产生不了作用。近段时间以来，他听到了太多街头妇女的非议，无比震惊地发现普通民众对于简单的事实都没有分析的能力。就算新闻报道了从阁楼窗户看出去的场景，其实他们也许只是忙于报道更加具有轰动效应的罗丝·格林作伪证的事，对一般读者根本起不到什么动摇作用。"他们会批评她，可最终还是会支持她。"最后的结局也大抵如此。

法庭上，或者凯文可以在警察、记者以及有评判心理的观众面前据理力争，驳斥贝蒂·肯恩，可是就他如今所掌握的证据而言，根本无法动摇贝蒂·肯恩在全国范围内所引起的巨大同情心，夏普母女依然占据不了主动。

可是贝蒂·肯恩还是会免除责罚。

这对于罗伯特来说，比夏普母女今后仍然遭人非议还要令人难以容忍。贝蒂·肯恩依然是一个充满爱的家庭的中心，被众人关心着。本性善良的罗伯特只要一想到这个就气愤难平。

他跟琳姨妈说，她祈祷之后事情确实在往好的方向发展，可是没有胆量告诉她这个证据可以将警察的立案基础推翻。她会简单地理解成赢了，而真正的胜利对于罗伯特来说有另外一层意义。

对内维尔也是如此。自从内维尔搬到事务所后面那间办公室以来，他和罗伯特就成了最亲密的伙伴，他们的信仰是一致的，他也不能忍受贝蒂·肯恩竟然可以免除责罚。一贯温和的人在气愤的时候也会这样怒气冲冲，这让罗伯特感到很惊讶。提到贝蒂·肯恩这个名字时，内维尔都是一脸厌恶，就好像吃了脏东西，要尽力吐出来一样。"有毒的。"这是内维尔最常用来形容贝蒂·肯恩的，罗伯特听了也甚觉宽慰。

可是现在的情形实在让人高兴不起来。夏普母女以一直以来的优雅姿态接受了她们会免除牢狱之灾的消息，就和她们原来接受事物一样，从贝蒂·肯恩头一次控诉，到接受传票，再到站到被告席上。不过她们也清楚这样做也只能让她们不再坐牢，并没有证明她们是被冤枉的。警方案子的基础被动摇了，她们也会得到裁决。结局之所以这样，是因为英国法律中没有中立的做法。在苏格兰法庭，这类案件会被纳入到"无法证明"一类。而实际上，下星期巡回法庭中就会做出裁决。这只是因为警方没有充分的证据来证实这个案子，并不表明这个案子本身就有问题。

巡回法庭开庭前四天，他才跟琳姨妈说，他们目前所掌握的证据可以让警方撤诉。琳姨妈那胖胖的脸庞上所显现出的担心让他不想再继续说下去，他本来只想让她宽宽心，不想说得过于详尽。可是他发现自己在向她倾诉，就像小时候一样。那时的琳姨妈几乎什么都知道，而不是现在这个虽然和蔼却什么都不知道的笨女人。她根本没想到会听到这样的诉说，和平时餐桌上的聊天完全不一样，她有些震惊地听着，宝石蓝的眼睛是满是慈爱和专心。

"你明白了吗？琳姨妈？那不是赢了，那是输了。"他最后说道，"那是扭曲正义，不是我们一直努力奋斗的目标，我们要的是公平。可是我们没办法得到，毫无希望。"

"可是你之前为什么没有告诉我？你觉得我不会懂，不认可，还是别的什么原因？"

"啊，你现在和以前的态度完全不同……"

"就因为我讨厌法兰柴思人的模样？我坦白，我一直到现在，依然觉得她们那种人不会是我想要交往的人，可是我讨厌她们并不代表我不关心正义，对吗？"

"对，可是你曾经坦诚地跟我说过你觉得贝蒂·肯恩的故事非常真实。"

"那个。"琳姨妈沉静地说，"是在警察庭审之前。"

"那次庭审？你不是没去吗？"

"我是没去，亲爱的，可是不代表我什么都不知道啊，惠特克老将军去了，可是他对那个女孩一点都不喜欢。"

"一点都不喜欢？"

"是的,而且他说得很直白。他说在军队里面,轻骑兵就是像贝蒂·肯恩那样的,他说她是那种给所有人带来麻烦,自己却还假装无辜的人,这种人比无赖可要麻烦多了。这个词真是太确切,无赖,不是吗?惠特克老将军说,那个人最后被关到绿房子里面去了。"

"你是说暖房?"

"基本就是那种地方,至于那个来自于斯塔普农场的女孩,格林,他说只要看她一眼,你就会在头脑里盘算她所说的话里面有多少真实的成分。对于那个叫格林的女孩,他也一点都不喜欢。所以你看,亲爱的,我和你一样,也爱好正义。从现在开始,我会不停地为你祈祷。本来今天下午我要去参加一个庭院聚会的,可是我现在决定去教堂做祷告。看起来像要下雨了,庭园餐会总是遇到下雨天,真是糟糕透了。"

"好吧,琳姨妈,我承认我们确实需要你的祷告,可是我现在已经不相信会有奇迹出现了。"

"我会祈祷出现奇迹。"

"当英雄的脖子上已经套上了绳索,暂停行刑的那种命令会在关键一刻出现的那种奇迹吗?那只会发生在侦探小说或西部片里面。"

"也不好说。这个世界上每个角落都有奇迹出现。如果我们可以找到方法,将那些时刻归集到一块,你肯定会惊喜连连的。当其他方法都不奏效时,你知道,还有上天的旨意。你的信仰不够坚定,亲爱的,我以前就跟你说过。"

"我不认为上帝会听到你的祷告,派一个天使到我的办公室,把贝蒂·肯恩那个月的行踪告诉我,如果你是指这个的话。"罗伯特说。

"亲爱的,你的毛病就在于,你总认为上帝派过来的天使都长有翅膀,可是他也可能是个不修边幅的矮小男人,戴着圆顶高帽。总的来说,今天下午我会不停地祷告,当然,今晚也是如此,或者明天就会出现奇迹。"

①博姿:英国美容及护肤品牌,现在在英国有1000多家连锁店。

第二十章

事情的发展出乎所有人的意料,上帝真的派过来一个天使,可是这个天使不是像琳姨妈所说的不修边幅的矮小男人,而是一个头戴大陆款呢帽、帽檐往上卷的男人。次日早上11点半左右,布莱尔·海沃德·本尼特联合律师事务所走进来这样一个人。

"罗伯特先生。"赫塞尔廷先生向罗伯特汇报说,"有一位兰格先生来拜访您,他……"

罗伯特当时正忙得不可开交,根本没想过上帝派来的天使会这么快莅临,而且经常有陌生人来找他,这也不足为奇,所以他头也不抬地说:"他有什么事情?我这会儿没空。"

"他没说什么事情,他只是说如果你有空,他想跟你谈一谈。"

"我现在比较忙,你先帮我打听一下到底什么事,如果不太重要,就让他去找内维尔吧。"

"好的,不过他英语不是很流利,而且显然不太愿意……"

"英语?你是说,他口语不太标准?"

"不是,我是怕他的英语发音不太标准,所以……"

"你的意思是他不是本国人?"

"是的,他是哥本哈根人。"

"哥本哈根!天啊!你怎么现在才说?"

"我还没找着机会说，布莱尔先生。"

"请他进来，蒂米。哦，感谢上帝，奇迹真的要出现了？"

兰格先生就像巴黎圣母院昂首屹立的诺曼底石柱一样非常强壮，身材高大，有一张和善可亲的脸，值得让人相信。

"你是布莱尔先生吗？"他说，"我叫兰格，很对不起来打扰你。"他的英语发音确实不太清晰，"不过这太重要了，我是觉得对您很重要，所以我冒昧来打扰你。"

"请坐，兰格先生。"

"谢谢，这天真是晴空万里啊，你们这儿应该是夏天了吧？"他对罗伯特微笑着，"那是英语中的一个通俗说法，有关一日之夏①的笑话。我非常喜欢英语成语，所以我才来找你。"

罗伯特的心瞬间像坠入了冰窖。奇迹真的只能是奇迹。

"嗯？"罗伯特示意他继续说下去。

"我在哥本哈根经营一家叫红鞋子的旅馆，布莱尔先生。当然了，之所以这么取名，并不是因为那里有人穿红鞋子，而是源于一个安徒生童话。或许你……"

"是的。"罗伯特打断他，"童话我们都知道。"

"哦，对，真是个伟大的人，安徒生。那么纯净的一个人，最后也走向了世界舞台。真是太神奇了。很抱歉，我打扰您时间了。布莱尔先生，我刚讲到哪儿了。"

"英语成语？"

"是的，学习英语是我的耐好。"

"爱好。"罗伯特纠正道。

"爱好，是的，谢谢你。为了生存，我开了一家旅馆。因为我父亲和爷爷之前都是开旅馆的，所以作为耐……爱好？是的，谢谢你，作为爱好，我开始对英语成语有所研究。所以每天他们都会给我送来报纸。"

"他们？"

"英国旅客。"

"哦。"

"晚上，客人们都睡觉以后，旅馆服务员就会把报纸集中到一起后给我送过来。我一般都很忙，很少有时间看，于是积了厚厚的一堆。只要有时间，我就拿过来读。我表达清楚了吗，布莱尔先生？"

"很清楚，兰格先生。"他的心中升起一丝希望，报纸？

"就是这样。一读英文报纸，我就可以学一两个英语成语，不是特别兴奋，应该怎么说？"

"安宁幸福的。"

"对的，有一天我从报纸里看到这个，可是这一次我将成语的事全部忘到脑后了。"他从宽大的衣服口袋里拿出一张叠得整整齐齐的《艾克—艾玛》，在罗伯特前面的桌子上展开。那是5月10日星期五的报纸，头版头条正是贝蒂·肯恩的大幅照片，"我看到这张照片，就把里面的故事认真读了一遍，然后我就觉得奇怪。报纸上说这是贝蒂·肯恩的照片？"

"是的。"

"贝蒂·肯恩，可这不明明是查德威克太太的照片吗？他们夫妇俩那时正住在我的旅馆里。"

"什么！"

兰格先生好像很兴奋："这么说来，你很感兴趣了？我一直还祈祷来着。"

"继续说，把你知道的全部告诉我。"

"他们在我的旅馆里住了半个月，这真是太奇怪了，布莱尔先生，当报上所说那个可怜的女孩在一个英国阁楼里被虐待时，查德威克太太正吃得满嘴流油。布莱尔先生，那女孩吃下的奶油，就算是我这样的丹麦人都会震惊，不过看起来她甘之如饴。"

"是吗？"

"之后我告诉自己，这只是一张照片，尽管那张照片看起来很像她将头发放下来的样子……"

"放下来！"

"是的，她的头发一直都是往上梳，直到有一天，我们有一个化妆舞会……"

"舞会？"

"是的，她的头发没有往上梳以后，就是照片上这个样子。"他用手指着报纸上的照片说。"于是我告诉自己，那只是一张照片，一个人不像自己照片的时候很多，而且照片上的女孩怎么可能会和住在我旅馆里的查德威克太太有关联。我试图打消自己的疑虑，可是这张报纸却一直被我保存着，时不时拿出来翻看。每次我看到这张照片时，我就会对自己说，这明明就是查德威克太太啊。因此这事一直盘旋在我的脑海里，甚至影响到我做生意。我自己宽慰自己，或者她们是双胞胎。不对，那个叫贝蒂的女孩是独生女。真的世界上有两个极为相像的人？这些我都想过了。晚上想通了睡觉，可第二天早上又觉得不对。你能了解我的迷茫吗？"

"是的，明白。"

"因此这次我到英国来办事，我将那份阿拉伯报纸……"

"阿拉伯？哦，我明白了，我并不是有意想打断你的。"

"我将它收好放进我的口袋里，晚上吃过饭后，我又拿给和我同住的朋友们看，他们是住在伦敦贝斯沃特的丹麦人。我的朋友表现得特别激动，他说，现在这个案件已经进入到审判程序了，可是那两个女人说她们和女孩素不相识。她们被女孩控诉，现在已被批捕，不久就要宣判了。然后他叫他的妻子，'丽塔，丽塔！把上上个星期二的报纸拿过来！'我朋友家一直保存着上上个星期二的报纸。他的妻子给我们拿来那份报纸，让我看那个庭审记录……"

"法庭审讯。"

"是的，有关那两个女人在法庭上应诉的事。我还看到两个星期以后正式审判的地方。呃，其实从现在开始算没有几天了。我的朋友说，艾纳，你可以确定她们是同一人吗？我说千真万确。于是他说，报纸上说到了这两个女人的律师，尽管没有写他在哪儿，可是米尔福德镇面积很小，很容易就可以找到他。明天我们提早把咖啡喝了，然后你去米尔福德镇找这个布莱尔先生。所以我就来了，布莱尔先生。对于我刚讲的事情，你感觉如何？"

罗伯特将身体往后靠，用手帕擦了擦前额，然后说道："你相信这个世界上会有奇迹发生吗？兰格先生？"

"当然，为什么不呢？我信仰基督。尽管我年纪尚轻，我已经看到过两次。"

"那么，现在是你正在加入第三个。"

"真的呀！"兰格先生喜形于色，"我真是太高兴了。"

"你拯救了我们的培根肉[②]。"

"培根肉？"

"这是一个英语成语。你不仅拯救了我们的培根肉，还将我也挽救出来了。"

"那你和我的想法一样，认为那个女孩和查德威克太太其实就是一个人？"

"当然，告诉我，她是什么时间段内住在你的旅馆的？"

"哦，她和她丈夫是3月29日坐飞机到达的，离开也是坐飞机，时间我有点模糊了，大概是4月25日星期一。"

"谢谢你！她的'丈夫'是什么模样的？"

"年轻、皮肤有点黑，比较帅气。可是有一点，应该怎么说，太过显摆？不对。"

"招摇过市？"

"对的，很招摇。我观察到来来往往这么多英国人中，他并不是很受待见。"

"他是去旅游？"

"哦，不是，他到哥本哈根有事情要办。"

"什么事情？"

"这个我就不知道了。"

"你可以假想一下，最有可能是做什么？"

"那得看情况了，得看他是对买感兴趣，还是对卖感兴趣。"

"他在英国住在什么地方？"

"伦敦。"

"很清楚，可否等我先打个电话？你抽烟吗？"他打开烟盒，递给兰格先生。

"米尔福德镇一九五号，兰格先生，可否请您和我一起共进午餐？……琳姨妈？我今天吃过午饭后要去一趟伦敦……是的，住一晚，你可以帮我整理一下行李吗？……太感谢了，亲爱的。除此以外，我可以邀请一位客人回去吃午饭吗？……太好了……我问一下他的意见。"他将话筒蒙住说，"我的姨妈，也就是我的表亲，想问您是否对糕饼有兴趣？"

"布莱尔先生！"兰格先生说，脸上笑得像朵花一样，同时指指他粗壮的腰身，"你确定你在问一个丹麦人？"

"他喜欢吃。"罗伯特对着话筒说，"还有，你今天下午如果没有什么重要的事情，就请到教堂去感谢一下上帝，你祷告的天使来了！"

"真的吗？罗伯特！"连兰格都能听到琳姨妈欢快的叫声。

"是的，不是不修边幅，而是风流倜傥，反正就是天使应该有的模样。你会为他将午餐准备很丰盛的，对吧？……是的，他就是我邀请共进午餐的人，那个上帝派来的天使！"

他搁下电话，微笑着看着满脸含笑的兰格先生。

"现在，兰格先生，我们一起去玫瑰王冠酒店喝杯啤酒吧。"

①英国晴天阴冷，因此太阳和煦、晴空万里会被英国人看作夏天，所以有这个笑话。
②培根肉：意为保住了名誉，让其不遭受损害。

第二十一章

3天以后，罗伯特早早来到法兰柴思，准备接夏普母女到诺顿去，为第二天的审判做准备。当他到达这里时，发现这里到处都充满了喜庆的气氛。两盒奇怪的黄色桂竹香放在正门两旁的台阶上，昏暗的前厅挂满了花朵，就好像教堂要举办婚礼一样。

"内维尔！"玛丽恩说，环视了一下整间屋子，"他说这房子要增添一点喜庆的气氛。"

"是的，我希望我也想到了。"罗伯特说。

"劳累了这么多天，很震惊你还能想到其他的事。幸亏有了你，今天我们才能这么开心。"

"你是说，如果一个叫贝尔的人没有出现的话？"

"贝尔？"

"亚历山大·贝尔。电话的发明者。如果不是这个发明的问世，我们可能还处于黑暗中，可是，要再过一段时间，我才能放下对电话的余悸。"

"电话，你们是交替着用吗？"

"哦，不是，我们有自己的专机。凯文和他的职员在他们的专属办公室；我在圣保罗教堂庭院区的公寓办公；亚历克·拉姆斯登和他的三个下属在他的办公区，还有很多不被限制可以自由使用电话而没有人侵扰的地方。"

"一共6个人。"

"7个人总共6部电话，它们是我们的好帮手。"

"真是令人同情的罗伯特！"

"刚开始还觉得蛮有意思。我们就像外出打猎一样激动，因为我们知道我们正在朝着胜利迈进。成功仿佛是天上掉下来的馅饼，可是从伦敦地区的电话簿中找到所有姓查德威克的人，经过调查，3月29日飞往哥本哈根的那个人并不是他们中间的一个。所有航空公司给我们传递过来的数据，也只是表明27号有人从拉伯订了两张机票。这时，我们没有了刚开始的激动，当然，拉伯洛带了我们一点好消息，除此以外就只有靠自己了。我们找出了英国和丹麦之间所有贸易往来的商品种类，大家齐心协力来找。"

"货物的资料？"

"不是，买卖双方的资料。丹麦旅游局太棒了，他们将所有消息都给了我们。凯文、他的职员还有我，共同找有关出口的资料，拉姆斯登和他的下属一起找进口的资料。然后的工作就是千篇一律的，给每家公司的经理打电话，问，'你们公司是否有一个叫伯纳德·查德威克的人？'很多家公司都没有这个人名，简直多到让你难以置信。不过对于英国和丹麦之间的贸易往来，我倒是比以前熟悉得多。"

"那是当然。"

"到后来，我看到电话就烦，都有了恐惧症。我也差点忘了电话是你来我往的。在我看来，电话就是一种可以连接到全国各地的工具。有时电话铃响起时，我愣了好一会儿才明白是有人打电话给我。"

"那是拉姆斯登。"

"是的，那是亚历克·拉姆斯登。他说，'功夫不负有心人，终于让我们找到这个人了，他是布雷恩·哈弗德公司的采购职员。'"

"我很高兴是拉姆斯登找到了他，这至少可以弥补他在找寻那个女孩时所遇到的挫折。"

"是的，他现在感觉很好。之后便是急切地和我们想要联系的人进行交谈、申请传票等事情。所有的一切都会在明天的诺顿法庭上见分晓。凯文已经迫不及待了，不停地说着。"

"如果要说我对那个女孩还存有一份恻隐之心的话，那是因为她明天站在证人席上，将要面对的是仇恨满满的凯文·麦克德默。"夏普太太说着走了进来，手上拿着一个出外旅行要用的袋子，随便放在一张挨着墙的桃花心木椅子上，那种随心所欲的态度琳姨妈肯定是受不了的。罗伯特观察了那个袋子，它本来应该是高贵的，应该和她早年优沃的家庭生活分不开，现在已经非常陈旧了。他决定在娶玛丽思为妻时，要送给新娘的母亲一个梳妆台作为聘礼——简洁、高雅，而且价值高昂。

"我绝对不会。"玛丽恩说，"绝不会对那个女孩升起一丝一毫的同情心。我会像飞蛾扑火一样义无反顾。"

"那女孩想干什么？"夏普太太问，"她还想不想回到家人身边？"

"我觉得不。"罗伯特说，"我想她心中充满了愤恨，因为曾经的她是米德赛街39号家庭的中心，现在不是了。就像凯文之前说的，一个人之所以犯罪，要归结于两个方面的因素，一个是极端自私，一个是极端虚荣。一个平凡的女孩，就算也有过青春悸动，在得知收养她的家庭的哥哥不再围绕她转以后，一般都会痛不欲生的，不过她们会用大声痛哭、生闷气、变得难缠等方式来发泄，也可能会因此了却人世情缘进入修道院，也许还会有其他的发泄方式。可是像贝蒂·肯恩这样极端自私的女孩是学不会改变的，她希望世界改变了去迎合她。罪犯都是如此，所有的罪犯都觉得所有人待自己不公。"

"真是个诱人的小东西。"夏普太太说。

"是的，即使拉伯洛主教也会醒悟她和案子几乎扯不上关系。他常提及的'环境'此次派不上用场了。贝蒂·肯恩身上，具有他所宣称的应该提供给罪犯的所有条件：爱、自由发挥的空间、教育、安全。站在主教的立场上，问题确实很难解决，因为他不苟同遗传。他觉得罪犯是受环境影响的，所以也应该使其消亡。'坏苗子'对主教而言是一种盲目。"

"托比·拜恩。"夏普太太从处鼻子里发出一声冷哼，"你应该好好听听查理马厩那些小伙子是怎么评价他的。"

"我听内维尔说起过。"罗伯特说，"我觉得也许有人会在这个问题上赞同他的看法。"

"那么婚约是要废除了？"玛丽恩问。

"很明显，琳姨妈现在希望惠特克将军的大女儿能够嫁给他。她是蒙特列文女士的外甥女，出身高贵。"

玛丽恩和他一起不由地笑了，"惠特克将军的大女儿一定非常美貌吧？"她问。

"是的，又美貌、身材又好、又可爱、又有素养、又精通音乐，只可惜不会唱歌。"

"我希望内维尔可以有个美满的婚姻。他需要的是一辈子的挚爱，是可以让他投入一辈子感情的人。"

"现在他只对法兰柴思有兴趣。"

"我知道，他一直对我们挺好。好了，我们该走了。如果上星期有人跟我说，我之所以离开法兰柴思，是要去诺顿赢取成功，我绝对不会相信。可怜的斯坦利以后再也不用在一幢偏远的老房子里陪伴着两个老女人了，可以回到自己的安乐窝了。"

"他今晚不在这儿睡吗？"罗伯特问。

"不啊，为什么还要如此呢？"

"我不知道。我只是觉得你们都没在这里，这房子空荡荡的，感觉不是很妥帖。"

"警察会在周边巡查的。更何况，自从那晚玻璃被砸碎以后，也没有什么极端行为了。反正就今天一个晚上，明天我们就返程了。"

"我明白，可是我还是觉得心里不安。斯坦利不能多待一个晚上吗？等案子了结后再走。"

"如果他们又来破坏我们的窗子。"夏普太太说，"我觉得就算斯坦利在，也没办法阻止。"

"嗯，那倒也是。总的来说我会专门跟哈勒姆交代一声，告诉他这幢房子今天晚上没有人住。"罗伯特说完就转身走了。

玛丽恩随即送他出来，关上屋门，然后一起走出去，罗伯特的车就停在铁门外。玛丽恩靠在铁门边，回头打量了一下房子，"它看起来真是又丑又破。"她说，"不过有个好处，就是常年如此。盛夏来临时草坪枯黄，就如同死去一样。除此以外，什么变化也没有。很多房子每年都有一个最美的季节——杜鹃花开、草木葱翠、杏花开放，各种不知名的野草到处都是。可是法兰柴思却不一样，它没有什么渲染。你笑什么？"

"我只是在想，这所孤寂的房子配上这些黄色的花，该是多么无厘头啊！"

他们在铁门前站了一会儿，讥讽这幢没有生气、被看不出白色的白墙围绕着的房子，还有那非常不合拍的欢乐气氛。在笑声中，他们关上了铁门。

不过罗伯特还记得，和凯文一起在诺顿费德兹旅馆的餐厅吃晚饭的时候，他还给米尔福德镇的警察局打了个电话，告诉他们夏普家今天晚上没有人居住。

"好的，布莱尔先生。"接电话的警官这样回答他，"我会叮嘱巡逻的警察的，让他们打开铁门看看里面的情形。是的，我们有钥匙，放心吧！"

虽然罗伯特觉得这样意义不大，可是他又想不到更好的办法。夏普太太说了，如果有人想要再次突袭他们，那么也没办法。他最后都觉得自己想多了，于是卸下包袱和凯文以及法律界的其他朋友一起吃饭。

餐桌上的气氛很融洽，罗伯特回房间睡觉时已经很晚了。他住在费德兹旅馆一间带有镶板的很著名的房间里。到英国来旅游的美国游客都一定会选择来这里，不仅仅因为这里闻名海内外，更因为这里具有时代的特征。房间里的水管被埋在橡木墙的后面，电缆嵌在天花板的横梁里，电话线则隐藏在橡木厚地板里面。从1408年以后，费德兹旅馆就对外营业，让旅客有个舒心的休息场所，而且还会一直开办下去。

刚一躺下，罗伯特就睡着了。他睡得很沉，电话铃响了好大一会儿，他才清醒过来。

"喂。"他迷迷糊糊的，不过马上清醒过来。

是斯坦利，询问他是否能回一趟米尔福德镇，法兰柴思着火了。

"情况很危急吗？"

"是的，不过他们觉得还可以挽救。"

"我马上回来。"

他追风逐电般地开了20英里路，这个速度对于一个多月前的罗伯特·布莱尔来说，几乎是不可能的。他高速开过位于米尔福德镇高街斜坡底端自己的家，出了镇子开往郊区。没过多久，就看到地平线上蹿起一团火球，像是喷薄欲出的太阳，可是这时太阳已经落山了。法兰柴思弥漫在火光中，罗伯特本来害怕的心更加揪成一团。

幸好现在房子里没住人，他在想是否来得及从房子里搬出一些贵重的东西，现场的人能否判定出哪些东西是贵重的。铁门开得很大，火光映照出的庭院里到处都是消防人员和设备。首先映入他眼帘的，就是极为突兀的、本来放在起居室的有珠帘装饰的椅子，罗伯特觉得很振奋，幸亏有人把这个及时抢救出来了。

已经面目全非的斯坦利拉住罗伯特的袖子说，"你来了，我猜这事肯定瞒不过你。"汗水从他的脸上晶莹地滑落，留下一条条纹路，年轻的脸庞像是一夜间老了好几岁。"水太少了，我们抢出来很多东西，都是她们平常要用到的。我想如果她们在这里的话，也会想要留下这些。我们还把楼上的一些东西扔下来了，可是一些体积过于庞大的东西没有了。"

床垫和床单都扔在草地上，家具也被扔于此，就好像在等待什么人一样，安静而迷茫。

"我们将家具挪远一些。"斯坦利说，"放在那里还是太危险了，火苗很可能会蹿到这里来，而且那些浑蛋还会拿它们当垫脚的。"这里的浑蛋是指那些消防队员，而此时他们正在忙不迭地奔跑着。

于是罗伯特开始在大火弥漫的晚上搬着家具，不无叹息地辨认着曾经他在屋里看到的东西。那是夏普太太觉得格兰特探长太重会压坏的椅子，那是请凯文吃午饭用到过的樱桃木餐桌，那张挨着墙放的桌子，不久前夏普太太还将旅行袋随意扔在上面。火焰的燃烧声，救火人员的呼叫声，月光、灯光还有火焰的光线全部汇聚到一起，还有那些被杂乱堆放在一起的家具，这所有的一切都让他觉得自己好像刚刚大梦初醒一样。

接下来，两件事一起发生了。一层楼全部塌陷下来。然后，照亮的火焰映照出所有人的脸。他看到两个年轻人的脸上满是一副自鸣得意的表情。而且，他也马上想到斯坦利肯定也注意到了，就算是在火势如此凶猛的声响中，也可以听到拳头落到身上那重重的一响。那张脸瞬间埋没在一片黑暗中。

自从离开学校以后，罗伯特就不再爱好拳击，也从来没有打过人，而且现在也没有这个打算。可是他的左臂似乎不在他的掌控之下，很快，另外一张脸也消失在黑暗中。

"畅快！"斯坦利一边说，一边将受伤的指关节放进嘴里吸着，然后他说，"看！"

屋顶像一个人正在皱眉头一样，正在一点点消融。那个臭名远扬的小圆窗户往前倾斜了一下，又慢慢向后面倒去。一道火光猛地蹿起来，又回落了下去，之后整个屋顶都从高空垂落，越过两层楼板，直直落到地上。人们纷纷往后退，离热气远一点。大火就这样肆无忌惮地升向天空。

等到火光终于不再跳跃的时候，天已经渐渐发白了。同样是一个安静、发白的清晨，同样充满了希望。四周很快安静下来，吵闹声渐渐消失，只余下水在冒着热烟的残骸上面发出吱嘎作响的声音。房子四周的高墙还矗立在一片破败的草地中间，上面满是灰尘和垃圾。楼梯和铁制扶手也还在，门两边内维尔送来的花盆也还好好地立在那，只是要像打蔫儿的茄子一样无精打采。花盆之间有很多空洞。

"唉。"斯坦利在旁边叹息着说，"也只能这样了。"

"为什么会这样？"比尔问，他来的时候，火已经被扑灭了。

"不知道，纽萨姆警员到这时已经是一片汪洋大火了。"罗伯特说，"对了，那两个家伙没什么事吧？"

"被我们用拳教训的那两个？"斯坦利说，"已经回家了。"

"可惜人的神情不能作为证据。"

"是的，"斯坦利说，"他们没找到放火的人，就像他们找不到谁是砸碎窗户的人一样，而我也还在找头上有伤口的始作俑者。"

"你今天晚上差点把那人打死了，这也算弥补了。"

"你要怎么跟她们说？"斯坦利说。

"我还不知道是现在，还是等案子结束以后？"

"还是等到案子结束以后吧。"斯坦利说，"让她们先享受一下胜利的喜悦吧，这个才是最重要的。"

"那好吧！斯坦利，希望我们做的是正确的选择。我最好帮她们在玫瑰王冠酒店订个房间。"

"她们不会想要住过去的。"斯坦利说。

"也是。"罗伯特沮丧地说，"可是她们别无选择，无论将来怎样，她们都要先在酒店落脚一两天，玫瑰王冠酒店再适合不过了。"

"嗯。"斯坦利说，"我在想，也许我的房东会愿意接纳她们。她一直就支持她们，而且她那里也有闲置下来的房间，她们还可以使用那间空置下来的起居室。那里挨着草地，非常幽静。我想她们也许更愿意住到那里，而不是住到旅店被他人评说。"

"也是，斯坦利，你想得很周到。你觉得你的房东太太会欢迎吗？"

"肯定会的，她现在可关心她们了，如果可以收留她们，她也会非常高兴的。"

"好吧，你确认一下，之后再打电话到诺顿告诉我一声，如果我不在，你也可以给诺顿的费德兹旅馆留言。"

第二十二章

在罗伯特看来，相当于有半数以上的米尔福德居民都想方设法拥进了诺顿的法庭里面。当然还有很多诺顿本地的居民在外面守候，迟迟不愿离去，失望地谈论着。他们很气愤，觉得一桩在全国范围内都引起轰动的案子在他们所在领地内被审判，他们理所应当在现场当见证人，而不是被闻讯赶来的米尔福德人阻拦在门外。这些智慧无穷、善于玩阴谋诡计的异乡人，费尽心机收买了诺顿的青年人帮他们站队。诺顿人可没有这么聪明。

这天天空万里无云，在准备过程中，人满为患的法庭一直都是吵闹个不停，一直到迈尔斯·埃里森检察官宣告犯罪事实时才停止。埃里森和凯文·麦克德默是截然不同的两类人，他的脸色苍白，可是不失优雅高贵，声音听起来沉闷而干燥，几乎没有任何情感流露，他采用的是一种平静而实际的态度。因为他所讲述的故事观众早已耳闻并反复讨论过，已经相当枯燥，于是人们不再关注他，转而开始对法庭里他们所认识的人进行讨论。

罗伯特坐在那里，手一直在口袋里摸索着，里面有昨天临走时克里斯蒂娜放进去的卡片，而且还在暗暗背诵一会儿要说的台词。卡片是浅蓝色的，上面写着"没有一只麻雀会跌落"。字体是金色的，右上角还有一张图，上面有一只特别显眼的红色胸脯的知更鸟。罗伯特将卡片在手里摩挲来摩挲去，心里不停地想，该如何跟一个人说他的家已经消失了？

忽然，上百个身体同时朝一个方向转过去，法庭里顿时鸦雀无声，他的精神也瞬间回归到法庭上，原来是贝蒂·肯恩在作证前进行宣誓。"从来没有亲吻过书本以外的东西。"这是本·卡利在调查庭上对她做出的评价，也是她今天带给人的总体印象。蓝色的外套让人想到浪漫和无邪，上面缀有乡间野草、蓝铃花、篝营的图案。边上翘起的帽子下檐露出的依然是孩子般独有的额头和诱人的发际线。尽管罗伯特已经对她失踪那几个星期的行踪了如指掌，可是看到她时还是感到很震惊。能说会道是罪犯的本能，可是到了现在，他要面对的这种能言善辩已经过时了，很容易就被拆穿，她的做法未免幼稚。他头一回认识到自己终于可以揭开埋藏已久的真相了。

她再一次讲述了自己的证词，那稚嫩的声音传到法庭每个人的耳朵中，再一次让所有人都全神贯注地倾听。和上次不同的是，这次的法官脸上没有宠爱的神情。是的，从脸上的神色来看，赛耶法官没有丝毫的疼爱之意。罗伯特暗自思忖那批判的眼神中，到底有多少是因为对这案子的冷漠，转瞬又想到，如果不是因为那出人意料的证据，凯文·麦克德默又有多大几率会坐到那里为两个女人当辩护律师。

女孩的陈述在法庭上引起了不小的骚动，比她的辩护人所引起的反响要大。他们不停地叹息，气愤地耳语着，尽管没有达到需要法庭公开制止的程度，可是足以表明他们的支持态度。就在这种公众都同仇敌忾的气氛中，凯文站起身来询问证人。

"肯恩小姐。"凯文故意拖长音调，用最和蔼的口气说，"你刚说当时你到达法兰柴思时，天已经暗了，是这样吗？"

那种温言细语的口气，让她觉得对方想要的答案是其实不暗，她的反应也正是在他的预料之中。

"是的，非常暗。"她说。

"暗到屋外的情况根本看不清？"

"是的，非常暗。"

他好像不再纠缠这个问题，进而开始问下一个问题。

"那么，你逃出去的那天，天没有那么暗吧？"

"不，我逃出去那天，天还暗一些。"

"所以屋外的情形你根本看不见？"

"是的，完全看不见。"

"那好，现在对这一点我们已经没有疑义了。现在请来想一下你被关押在阁楼里时可以看到的景色。你在对警方讲述事情经过时，对那个关押你而你却不太熟悉的地方进行了细致的描绘。其中你说到从铁门到屋子正门的车道是'先笔直向前走过一段，然后再分成两股岔道，围成一个半圆，一直绕到屋前'。"

"没错。"

"你从哪得知的那个车道的样子？"

"我看到的呀！"

"从哪里看到？"

"当然是从阁楼的窗户，可以看到房子外面的院子。"

"可是从阁楼的窗户向外看去，只能看到车道的直行路段。屋顶的边缘将其他地方挡住了。你怎么可能知道车道后来分岔形成一个半圆，再绕到屋前的呢？"

"我亲眼所见！"

"怎么看到的？"

"就从那个窗户。"

"你是想证明你看东西的方式和我们普通人不一样吗？难道和爱尔兰的子弹一样，会自己旋转？还是你从镜子里看到的？"

"车道就是我所描述的那样。"

"它确实是你所说的那样,可是你讲述的情景只有从围墙那边看过去才可以看到,从阁楼窗户看过去是根本看不到的,可是你一直说你只能从阁楼窗户看到外面的情形。"

"我想。"法官说,"你是不是有证人可以证明从那扇窗户可以看到什么?"

"是的,有两个,法官大人。"

"有一个正常人就够了。"法官大人冷冷地说。

"如果你的故事可信,那么你在对埃尔斯伯里的警方进行供述时,对于你根本看不见的东西你无从解释。你出过国吗,小姐?"

"出国?"对于话题的转变,她的神情表现出极大的惊讶。"没有。"

"从来没有?"

"没有。"

"你最近一段时间没有出去过?像丹麦?哥本哈根?"

"没有。"她的表情一如刚刚,可是罗伯特听出来她的声音有一丝含糊。

"有个叫伯纳德·查德威克的男人,你是否认识?"

她猛然间警惕起来,这让罗伯特想到动物在片刻放松以后,突然屏气凝神时那种细小的变化,身体形态上没有什么变化,只是让人觉得突然静止了,这就是警惕。

"不!"语气非常冷淡。

"这样说来你并不认识他。"

"是的。"

"那你有没有和他一起,住在哥本哈根的旅馆?"

"没有。"

"你没有跟任何一个人住在哥本哈根的旅馆吗?"

"没有,我从来没有出过国。"

"那么,如果我觉得在你不见的那段时间里,你住在哥本哈根的一个旅馆,而不是被关在法兰柴思的阁楼,我就全错了。"

"全错了?"

"谢谢你!"

就像凯文所预想的那样,迈尔斯·埃里森这时站起来表示反对。

"肯恩小姐!"他说,"你是坐汽车到法兰柴思的?"

"是的。"

"在叙述中,你说那车径直开到了铁门前。如果如你所说,天色那么暗,而且汽车还开了旁边的灯,那样不仅可以将整个车道都照亮,而且还可以看到大部分的庭院。"

"是的。"凯文的问话被她打断,"是的,我确定我就是那时看到圆形的车道的。我肯定看到过,要不然我不会知道它是什么形状的。"她看了凯文一会儿,那副表情让罗伯特想起第一次在法兰柴思见到她时的情形,她觉得自己可以准确猜出柜子里有箱子时那种得意的神情。罗伯特想,要是她知道凯文准备了什么后手的话,就不会过早宣称自己是赢家了。

接下来上庭的证人是那个被卡利形容成"油画式的石板画"的女孩,看得出来,为了这次出庭作证,她专门去买了新衣服和鞋子。帽子是番茄红的,配上一顶有深蓝缎带和粉红玫瑰渲染的紫褐色帽子,更添了一股风尘味,也更加让人厌恶。罗伯特再次注意到,因为她讲述时老是会刻意渲染,就算是在眼前这群情绪高涨的听众听来,她的故事也不是那么可信。他们讨厌她,尽管对她已经有了不好的第一印象,可是英国人所特有的对恶意诽谤的怀疑会让他们马上安静下来。凯文在问话中提到她实际上是被开除的,而不是她所声称的"自己请辞的"。法庭内在场的每个人都露出恍然大悟的神情。

凯文只需要让她的证词不再可靠就行了，不需要再了解更多，所以问完就让她下场了。接下来上来的，是被她俘虏的人。

这个好伙伴看起来好像比在米尔福德镇时还要闷闷不乐。那一排威严的法官让她吓得浑身发抖。警察制度已经让人心里怕了三分，可是和如此庄重的气氛相比，那还让人觉得和善一些。如果说在米尔福德她像要被淹死的话，那么现在她就已经溺水了。罗伯特看到凯文不停地观察她，好像在研究，以制定他的方案。虽然迈尔斯·埃里森很有耐心，可是她还是被吓破了胆。她觉得，与假发和法官袍有关系的东西都是仇恨和处罚的象征。所以凯文只好运用刻意讨好和爱护性的询问方式。

罗伯特一边听凯文询问证人，一边想，凯文语气中的那种爱护性简直让人作呕。那种亲切温和、波澜不惊的语气让她觉得放松，她原来紧紧抓住证人席前栏杆的手开始松开，回归到最舒服的样子。凯文正在问她一些学校方面的事情。她不再觉得害怕，只是安静地回答着问题。现在，她显然觉得面前站着的是一个朋友。

"格拉迪斯，我觉得你今天其实根本不想到这来，也不想来提供对这两个女人不利的证词。"

"是的，我不想来。"

"可是你还是来了。"他说，语气里没有半丝责备，只是平铺事实而已。

"是的。"她非常不好意思地说。

"为什么？你觉得这是你应该做的？"

"不，不是。"

"那就是有人胁迫你这样做？"

罗伯特看到法官马上有了不一样的表情，而从余光看到凯文问话的速度加快。"是有人让你觉得抱歉？"凯文一气呵成，于是法官便没有再做声，"是有人这样跟你说，'你只有按照我的指令来行事，你才能安全。'"

她看来满心欢喜，可是又一副不知道怎么办的样子。"我不知道。"她退到了无知的保护伞后面。

"如果真的有人强迫你过来作证，威胁你说如果不来就会对你不好，他们是会因此受到处罚的。"

这个说法对于她来说，应该是从来没有听闻过的。

"法官，还有今天在现场的所有人，今天之所以汇聚到这里，就是为了揭露事实的本来面目。对于那个强迫你来作伪证的人，法官大人会秉公执法。除此以外，对于那些在宣誓时表示会说真话，可实际上满口谎言的人，法律也不会放过他们。可是如果他们是受到威胁而被迫说谎的话，那么最终被惩处的就是那个威胁他的人。你听懂了吗？"

"我知道了。"她低下头小声说道。

"现在我要陈述一个事实，你只需要告诉我是不是真的就可以了。"他等待她认可，可是她一言不发，于是他继续往下说，"有人，或者说你的朋友，从法兰柴思拿了某样东西，譬如说手表。她自己并不太想要，于是便送给你了。刚开始你也拒绝接受，可是你的朋友一直以来都习惯于指挥别人，而你又不想拒绝朋友的好意。于是你就收下了。现在我要说的是，你的朋友要你在法庭上帮她作伪证，而你不想说谎，于是你便拒绝了。可是你的朋友对你说，'你如果不按照我说的去做，我就说那块表是你偷走的。'或者类似的威胁。"

他停顿了一会儿，她看上去不知所措。

"现在，我觉得就是那次威胁，让你站到了这里，并且替你朋友作伪证。可是回到家里以后，你又觉得良心不安，不愿再继续保存那块手表。于是你把那块手表包好，再附上一张字条，'我不要它。'之后再把它寄到法兰柴思。"他停了一下，然后说，"我必须告诉你，格拉迪斯，这才是事实。"

可是她又觉得恐惧了，"不。"她说，"事情不是这样的，我没有偷那块手表。"

他没有回应她的话，只是继续自己的话题，"我说错了吗？"

"是的，那块手表不是我寄回去的。"

他拿起那张字条，然后用无比亲切的语气说道，"你曾经在我们刚提到的那所学校里就读，你的特长是画画。你画得很好，有一幅作品还被陈列在学校展览室中。"

"是的。"

"我这里有一幅加拿大地图，整个画面非常素净，这是你亲手画的，而且还得了三等奖。右下角处有你的签名，在如此优秀的作品下面签上你的大名，你的心里一定很激动。我想你不会忘记的。"

那幅画被拿给她看，同时凯文还对陪审团说，"陪审员，这是格拉迪斯·雷斯在上学的最后一年画的一幅加拿大地图。法官大人看过后，会给你们传看。"之后，他看向格拉迪斯，"那是你亲笔画的吗？"

"是的。"

"右下角处还有你的签名？"

"是的。"

"底部'加拿大领地'是用大写印刷体写的？"

"是的。"

"'加拿大领地。'几个字是你用大写印刷写的。现在，我手上拿的是曾经随同手表一起寄到法兰柴思的字条，上面写着'我不要它。'那块手表是罗丝·格林在那里工作的时候丢失的，我觉得大写印刷字体的'我不要它'和大写印刷字体写的'加拿大领地'是由同一个人写的，而那个人就是你。"

"不是。"她说，同时接过那张纸条，又惊慌地扔到地上，就好像被马蜂蜇了一样，"我没有，我从来没有送过那块表。"

"'我不要它'这几个字是不是你写的？"

"不是。"

"可是'加拿大领地'那几个字是你写的吧？"

"是的。"

"那么，我一会儿会出示证据表明这两张字条是由一个人写的。而且，陪审员也可以对字迹进行对比，得出他们的结果。谢谢。"

"我那位学识渊博的朋友认为。"迈尔斯·埃里森检察官说，"你是被别人胁迫到这里来作证的，是这样吗？"

"不是。"

"你不是因为担心如果你不出庭，他人会对你不利来作证的，对吗？"

她想了一会儿这个问题，内心显然在纠结，"不是。"最后她大胆说道。

"你在调查庭和今天所说的话，都属实吗？"

"是的。"

"没有人强迫你这样说？"

"没有。"

可是陪审团得出的结果是，她并不想来给别人的假故事作证。

检察官结束了取证环节，凯文则继续验证和格拉迪斯·雷斯相关的事，就像一般家庭主妇在开始一天的忙碌工作之前，一定会先做好充分的准备。

经一位笔迹鉴定专家鉴定，那两张字条确实是由一个人写的。他万分确信，并表示从来没有遇到如此容易的事情。这两张纸条上的字迹，不仅写法一样，而且字母的组合方式都是几乎相同的。像DO、AN、ON等。很显然，陪审团在这个问题上没有疑义了。实际上，任何看过这两份笔迹的人，都会非常肯定它们是由同一个人写的。埃里森只是下意识地抗辩，称专家也有可能会出错，不过显然自己都没有多大热情。接下来凯文对这一抗辩进行了有力的反驳，他将指纹专家请上来，证明这两份证物上采集到的指纹属于同一个人。埃里森则狡辩说那指纹有可能不是格拉迪斯·雷斯的,不过这也是做的无谓的挣扎,他自己都没有再次请求法院予以确定。

目前,这样一个事实已经被证实了,那就是第一次出庭作证时,格拉迪斯·雷斯还将那块手表保存着。出庭以后,她马上将其物归原主,并且因为觉得愧疚还寄上了一张纸条。凯文现在可以心无旁骛地对付贝蒂·肯恩的故事了。罗丝·格林的证词完全可以不用顾忌了,因为警察已经在商讨如何处理她了。

当听到叫伯纳德·威廉·查德威克的名字时,听从席上响起一阵躁动,人人都翘首以待。这是一个报纸上从来没有披露过的名字,他和这个案子会有什么关联?他有什么话要对法庭说吗?

证人席上的查德威克解释说自己是伦敦一家批发公司的采购人员,负责帮公司购买陶器之类的器物。已婚,定居在伊林①。

"因为公司的业务需要,你要去不同的地方是吗?"凯文说。

"是的。"

"今天三月份你去过拉伯洛?"

"是的。"

"你在拉伯洛时,见到过贝蒂·肯恩?"

"是的。"

"你们是怎么认识的?"

"她主动来找我搭讪的。"

法官马上对此提出了反对。不管罗丝·格林和她的伙伴有多么大的疑点,贝蒂·肯恩还是神圣的代表。贝蒂·肯恩这个曾被喻为圣女伯纳黛特的女孩,是不能被这种语言亵渎的。

法官对这样的陈述进行了批评,不过听起来好像不太乐意。他同时也对证人予以了提醒,说他本人并不太理解搭讪的意思,希望证人在回答问题时可以运用规范化的英语。

"请详细讲述一下你们认识的过程。"凯文说。

"有一天,我在米德兰旅馆大厅喝茶,刚好她也在那儿,于是她过来跟我搭腔。"

"她一个人?"

"是的,一个人。"

"不是你先跟她说话的?"

"没有,我根本都没有看到她。"

"那她是怎么让你开始关注她的?"

"她先是对我微笑,我也朝她微笑,之后我继续埋头看我的文件。一会儿她又接着跟我说话,问我在看什么文件等。"

"你们就从这开始熟悉了?"

"是的,她说她正准备去看电影,问我是否愿意同去。当时我一天的工作也在收尾了,而她看起来是个不错的孩子,我便答应了。第二天我们又见面了,她还坐我的车子到了农村。"

"你是说她和你一起同行?"

"是的,她和我一起去了乡下,还一起用餐、喝茶,然后她回到她姑姑家。"

"她和你说过她的家里人吗?"

"说起过,她说她在家里非常不开心,没有人关心她。她对她的家人满腹抱怨,不过我并没有放在心上,我只当她是一个好看的花瓶。"

"什么?"法官说。

"一个受到周到保护的姑娘,法官大人。"

"是吗?"凯文说,"在拉伯洛时,这种状态一共维持了多久?"

"后来，我们发现我们离开拉伯洛的时间是一样的。她要回家准备开学，不过她后来将假期延长了，为的是和我一起到国外。那时我正准备去哥本哈根出差，然后她问我是否愿意带她一起去。我拒绝了，我觉得她不再是那个我在米德兰旅馆大厅里遇到的纯真的孩子。到那时，我已经对她有所了解了。不过我依然觉得她还小，再怎么说她才16岁。"

"她跟你说她16岁？"

"她在拉伯洛度过了16岁生日。"查德威克黑色小胡子下的嘴唇嘲讽似地弯了一下，"她让我给她买了一支金色的口红。"

罗伯特看向韦恩太太，发现她用双手蒙住了脸。莱斯利·韦恩坐在她旁边，脸上写满了迷惑。

"对于她实际上只有15岁，你不清楚？"

"不清楚，后来才知道。"

"那么她要你带她一同出去时，你觉得她就是个天真烂漫的孩子？"

"是的。"

"后来怎么又不这样看了？"

"她的种种言行改变了我的观点。"

"那是什么？"

"没有经验的。"

"因此对于带她出国，你有没有觉得慌乱和担心？"

"我非常担心，可是那时我已经明白，她会是一个非常可爱的同行者，就算以前不愿意，现在我也会带她一同前去。"

"所以你们就一道出国了？"

"是的。"

"以你太太的名义？"

"是的，以我太太的名义。"

"你有没有想过她的家人会焦虑？"

"没有想过。她说她离假期结束还有两个星期，她的家人会以为她还在拉伯洛的姑姑家度假。她对她的姑姑说自己回家了，而对她的家人则宣称自己会留在拉伯洛。因为他们之间不会互通消息，所以没有人会知道她的行程。"

"你们什么时候离开拉伯洛的？"

"3月28日，那天下午她在曼希尔的大巴站牌下等我，她一般在那里坐车回家，然后我带上她走了。"

凯文在得知这个消息以后稍微暂停了一会儿，以便让大家注意到它的重要性。罗伯特听着这个沉默，觉得此刻比空无一人的法庭还要沉静。

"之后你们就去了哥本哈根，你们住在哪里？"

"红鞋子旅馆。"

"住了多长时间？"

"两个礼拜。"

观众席上的窃窃私语声不绝于耳。

"之后呢？"

"我们4月15日返回英国。原来她说过她应该在16号回家，可是在返回的途中，她说自己应该11号就回家的，所以从当时算起，她已经消失四天了。"

"她是有意这样引导你的？"

"是的。"

"她有没有说为什么要这样做？"

"她说这样她就没办法再回家了，她会写信给家里人，说自己已经在外面找好了工作，而且很开心，叫他们不用担心她，也不用找她。"

"这样做的话，疼爱她的父母肯定会非常着急，她对此都不觉得羞愧吗？"

"是的，她说那个家太枯燥无味了，快把她逼疯了。"

罗伯特又不自觉地看向韦恩太太，但是马上又转移了视线，这对于她来说，不啻一种苦刑。

"你对此有什么感想？"

"刚开始我很生气，这让我左右为难。"

"你会为她担心吗？"

"不，不是特别担心。"

"为什么？"

"因为我知道她独立生活的能力很强。"

"你的意思是？"

"我是说，在她所创设的情景中，遇到不幸的人可能是所有人，但绝对不会是贝蒂·肯恩自己。"

这个名字说出来，观众们才意识到刚说的是谁，都是有关这个贝蒂·肯恩的，那个被他们圣化的姑娘。大家焦躁不安地在座位上发出长吁短叹声。

"之后呢？"

"经过一段嚼舌根以后……"

"一段什么？"法官追问。

"很久的争论。法官大人。"

"继续。"法官说，"不过请尽量使用标准的英语发音。"

"很久的争论以后，我决定带她到我位于河边的一幢小别墅。我们只会在夏天周末或度假时才会去，其他时间几乎不怎么用。"

"你所说的'我们'，是指你和你的妻子。"

"是的。她非常开心这样，于是我就带她去了。"

"那晚你和她是在那里休息的吗？"

"是的。"

"第二天晚上呢？"

"在我家。"

"回伊林的家？"

"是的。"

"再然后呢？"

"然后的一个星期我基本上都在别墅休息。"

"你妻子没有觉得困惑？"

"也没有觉得不能忍受。"

"那么别墅那边的情况最后怎么终结的呢？"

"有一天晚上我过去时，她已经走了。"

"发生了什么事？"

"呃，最后一两天她开始觉得厌恶。前两三天，她觉得打理家务很有意思，不过后来就觉得太无趣，后来又觉得无所事事，而且那边的确也没什么事情可做，所以看到她走了，我也只是想到她肯定是对我不再有兴趣了，又去找让她更有兴趣的人或事去了。"

"你后来才清楚她的行程，还有原因，是吧？"

"是的。"

"你知道贝蒂·肯恩今天要来出庭为自己作证的事？"

"是的。"

"知道她要给自己作证，说自己被强行扣留在米尔福德镇附近一幢房子里。"

"是的。"

"你现在仔细看看，这就是那个和你一起去哥本哈根，然后又同回英国住在别墅的那个女孩吗？"

"是的。"

"你确定？"

"确定。"

"谢谢你。"

凯文问完坐了下来，伯纳德·查德威克继续等待回答迈尔斯·埃里森的问题。观众席上又是一阵长吁短叹声。罗伯特想，除了惊恐和洋洋自得外，贝蒂·肯恩的脸上还会出现第三种表情吗？他一共在她的脸上看到过一次惊恐和两次洋洋自得，那是她第一次出现在法兰柴思，夏普太太越过居室向她走近时。可是她现在的表情就像是刚刚念完一份食谱一样，非常平静。他想，这肯定是生理机能的原因，那双分得很开的眼睛、柔和的眉毛，还有那张总是微微噘起的小嘴，总是给人一副不谙世事的感觉。就是这种生理机能上的原因，多年来本真的贝蒂·肯恩一直隐藏在它之下，甚至连她的亲人都没有发现。那曾是个多么契合的伪装啊，在那样一个虚幻的外表之下，她可以任意妄为。就是这张假皮，让她看起来跟那个头一回出现在法兰柴思的女孩一样天真无邪，尽管她内心暗流汹涌。

"查德威克先生，"迈尔斯·埃里森说，"这个故事明显已经过去很久了，不是吗？"

"很久？"

"是的，过去三个星期以来，媒体一直在关注这个案子。我想你肯定也已经知道了两个女人被冤枉的故事，当然是假设你的故事是真实的。假如，就如同你所说的那样，贝蒂·肯恩那两个星期一直和你待在一起，而不是像她自己所声称的那样被关在法兰柴思的阁楼里，你为什么没有直接告诉警察？"

"因为我压根儿不清楚这个情况。"

"不清楚什么？"

"我不清楚两个女人被冤枉，也不清楚贝蒂·肯恩编了这样一个故事。"

"为什么？"

"后来我又因为公事出国了，前两天才刚刚知道这个案子。"

"我知道了，你知道了这个女孩出庭作证，也知道在她刚回家时，医生给出的伤情报告，对于这些情况，你能解释一下吗？"

"不。"

"不是你打她？"

"不是。"

"你说你有天晚上过去时，她已经走了。"

"是的。"

"她打包好行李走了？"

"是的，当时的情况看来确实如此。"

"那就是说，她随身携带的行李物品都一起不见了？"

"是的。"

"可是她回到家时，身上没有任何物品，而且只穿着贴身的衬裙和鞋子。"

"这我是后来才知道的。"

"你是说，你那天晚上过来时，发现那里非常整洁，没有人，也没有匆忙离开的情形。"

"是的，就是如此。"

当玛丽·弗兰西兹·查德威克被要求出庭时，人还没进来，就已经给法庭带来了很大的躁动。很明显她就是刚提到的那个人的妻子，这是法院外的那些想看好戏的人想破脑袋也不会预料到的。

弗兰西丝·查德威克是位个子很高、长相很美的女人，自然的金发和那身打扮让她看起来就像个模特，不过已经有些微微的发福。从外表来看，她应该不是个细致入微的人。

她说她和刚出庭的那个证人是夫妻，而且住在伊林，他们没有孩子。她现在依然做些服装方面的工作，不是因为生活所迫，而只是想多赚点零花钱，再者说自己的爱好也在于此。是的，她记得很清楚她丈夫去了拉伯洛，之后去了哥本哈根。他比原定的时间晚了一天回来。接下来的一个星期，她怀疑她丈夫在外面有情况。后来有个朋友跟她说，她丈夫和一个女人在河边别墅同居，这个消息后来被证实是真的。"就这件事情，你和丈夫深入交谈过吗？"凯文问。

"没有，那样根本无济于事。她们就像苍蝇一样紧紧粘着他。"

"那么，你采取了什么行动？或者你打算怎么做？"

"就像对待苍蝇一样。"

"意思是？"

"拍死它们。"

"之后你去了别墅，准备拍死苍蝇？"

"是的。"

"你在别墅看到了什么？"

"我半夜赶过去，希望同时抓住巴尼……"

"巴尼是你丈夫？"

"是的。"她看到法官的眼光，连忙说。

"然后呢？"

"门是开的，我直接到了起居室。这时一个女人的声音从卧室传过来，'是你吗，巴尼？我一个人在这里太孤单了。'我循声走过去，看到她躺在床上，身上穿着前10年电影里淫荡的妇人才会穿的睡裙。她看上去非常脏，头发乱成一团，我很奇怪巴尼这次竟然选择了这样的对象。她正在吃巧克力，那个场面，活像回到了恐怖的30年代。"

"请挑重要的说，查德威克太太。"

"是的，很对不起。我们就像往常那样争吵了几句……"

"往常？"

"是的，就是比如'你在这里干吗'之类的话。憋屈的妻子和快活的情人，你明白的。不知道为什么，看到她我就生气，之前遇到这种事，我是从来不会在意的，可是这次我气得和她大吵起来。不过这个淫荡的女人真的让我觉得难以忍受。因此……"

"查德威克太太！"

"好了，很抱歉，可是你还是允许我用自己的方式表达吧。后来我气得要死，于是将她拖下床，并用力扇她的脸。荒谬的是，她竟然像很惊讶似的，显然从小到大没被人打过。她竟然说'你打我！'这样的话。我说，'从今以后会有很多人打你，小东西。'之后我又打了她一下。然后就是一场混战了。坦诚地说我是占据优势的，我比她长得高大、结实，而且当时我正在气头上。我将那件可笑的睡衣从她的身上剥下来，我们厮打着，结果她因为自己的一只拖鞋，哐啷一声倒在地上，四肢直挺挺地张开。我等她自己起来，可是她一动不动，我想她是晕过去了，于是我找来一条冷毛巾给她敷，还给她擦了下脸，之后就跑到厨房煮咖啡去了。那时我已经平静下来，我想她镇静下来以后肯定不会放过我的。

我煮好咖啡回到卧室，才发现她已经不见了，她之前晕倒完全是故意的。她完全有时间穿上衣服，我想她肯定是穿戴整齐离开了。"

"后来你也离开了吗？"

"我又待了一个多小时，想巴尼应该会来，也就是我的丈夫。那女孩的东西随地都是，我把它们全部塞进她的衣箱里面，然后放到阁楼下楼梯旁的储物柜里，之后将窗户全部打开，因为屋里全是她的味道。巴尼一直没有回来，后来我也就走了。我可能刚好跟他错过了，因为他那晚上确实过去了。不过几天后我告诉他了。"

"他是如何回应的？"

"他说她妈妈10年前就应该好好打她一顿。"

"他不担心那女孩后来如何吗？"

"没有，我倒是有点担心。不过他说她家就住在埃尔斯伯里附近，她回家很方便的。"

"所以他就认为她一定是回家了。"

"是的，我说，要不要再确定一下，毕竟还是个孩子。"

"他怎么说？"

"他说，'弗兰西丝，亲爱的，那个'孩子'比任何人都会保护自己。'"

"因此你就将这件事情遗忘了。"

"是的。"

"可是你读到有关法兰柴思事件的报道时应该会记起来的。"

"没有。"

"为什么？"

"第一，我不知道那女孩叫什么名字，巴尼称呼她为丽兹；第二，报纸上所宣称的被扣留、被殴打的15岁女学生，和曾经被我打的那个小女人，很难联系到一起。我是说，那个在我床上吃巧克力的女人。"

"如果你知道她们就是一个人，你会通知警方吗？"

"我会的。"

"就算是你打了那个女孩，你也不会迟疑吗？"

"不会，如果有可能，我还想再打她一顿。"

"我想帮检察官问个问题，你和你的丈夫有离婚的打算吗？"

"没有。"

"那你和他的证人证言是不是提前就设定好了呢？"

"不是，根本不需要。可是我从来没有想过和巴尼离婚。他幽默、顾家，对一个丈夫的要求也不过如此吧？"

"我不知道。"罗伯特听到凯文在小声嘀咕着说。之后凯文用他一贯的腔调请查德威克太太确认她所说的女孩是不是就是刚刚出庭作证的那个女孩。也就是现在在法庭上坐着的女孩。谢谢她以后，凯文坐了下来。

这次迈尔斯·埃里森没有进一步询问。凯文正打算请他的下一位证人出庭，不过陪审团主席首先开口说话了。

主席说，陪审团想跟法官说，他们已经取得了所需要的全部证据。

"麦克德默先生，你下一位要请上来的证人是谁？"法官问。

"法官大人，他是哥本哈根那家旅馆的老板，他可以证明在那段时间内，他们确实住在那里。"

法官问询陪审团主席的意见。

主席和所有陪审员进行了讨论。

"不，法官大人，我们觉得不需要再请那位证人出庭了，如果您觉得可行的话。"

"如果你们认为现在所出示的证据已经足够做出公正的审判，而我本人也觉得不需要再拿出相关证据来解释疑点，那么取证就到这里结束。你们要听辩方律师的总结陈词吗？"

"不用了，法官大人，谢谢，我们已经做出审判了。"

"既然这样，我也不需要再总结了。你们需要离席商定吗？"

"不需要了，法官大人，我们全票通过。"

①伊林：英格兰东南部的一个城市。

第二十三章

"我们最好等人群散开一些再走。"罗伯特说，"他们会允许我们从后门走的。"

他很奇怪玛丽恩的脸上为什么看不到笑容，反而一副忧心忡忡的样子。她好像还处于恐惧中没有回过神来。难道是这些日子以来残酷的局面让她不堪重负吗？

玛丽恩好像感觉到了他的忧虑，开口说道："那个可怜的女人，真不知道她接下来的日子要怎么过。"

"你说谁？"罗伯特大惑不解地问。

"那个女孩的母亲，你能想象吗？没有了安身立命的地方是很恶劣，是的，罗伯特，你不用告诉我们……"她拿出最新的一份《拉伯洛时报》，上面的消息显示：

法兰柴思，那幢因为米尔福德绑架案而闻名的房子，在昨天的大火中被烧毁。

"如果发生在昨天，对于我来说会是一场恐怖的灾难，可是现在与那个女人的处境相比，我这顶多算一场意外而已。多年来和你住在一起的人，你用心呵护的人突然不见了，或者压根就没有存在过，还有什么比这更让人痛苦的？那个你一直用心疼爱着的人不仅不爱你，而且一点都不在乎你的感受，或许从来都没有在乎过你，还有什么比这更让人惊讶的？这样的惨痛经历会让人心里留下什么？她再也无法放松地走上那块绿草茵茵的草地，而不去想下面会不会是泥潭。"

"是的。"凯文说，"我真的是不忍心看她的表情，这对她来说太残忍了。"

"至少她还有个人见人爱的儿子呢。"夏普太太说，"希望他能带给她些许的安慰。"

"可是你没发现吗？"玛丽恩说，"她儿子也没有那么关心她。现在她一无所有了。她本来想自己还有贝蒂，她那么爱她，就像爱自己亲生的儿子一样。现在她生活的支撑没有了。既然外表都可以骗人，那么她今后凭借什么来判断人呢？没有了，她所有的一切都化为了零。只留下孤独和荒凉，我真为她感到痛心。"

凯文挽住她一只胳膊，说："你自己最近受到了不少折磨，就不要再操心别人的事了。来，我想他们现在应该放我们出去了。警察带着他们的职业素养走向作伪证的人时，你有没有觉得很解气？"

"没有，我现在脑子里全是那个女人所遭受的痛苦，完全没心思想别的。"

看来她今天打算这样固执到底了。

凯文没有做出回答，只是说道："法官一离场，所有的媒体记者都拥上来，去抢那仅有的一部电话，你当时感想如何？我可以确定，每一份英国报纸都会大肆报道，洗刷你们的冤屈。这将是德莱福斯案以来最震惊全国的翻案的案例。在这里等我一下，我去把律师袍换下来，一会儿就好了。"

"我想我们当务之急是先找一个旅馆住一两天，是吧？"夏普太太说，"我们还有什么东西被保存下来了吗？"

"是的，我得非常兴奋地告诉你，还有很多。"罗伯特说了他们挽救出来的东西。"不过除了旅馆以外，你们还可以有个选择。"然后他跟她们说了斯坦利的提议。

于是玛丽恩和她母亲就暂时住在了小镇外的一幢小房子里，希姆小姐家的前厅，晚上他们聚集在一起庆祝。出席的人员有玛丽恩和她母亲，还有罗伯特和斯坦利，凯文因为有其他事情回城了。桌子上有一束漂亮的鲜花，琳姨妈还在上面夹了一张温暖的字条。那张字条就好像和蔼可亲的琳姨妈在问罗伯特"亲爱的，你今天忙吗？"那样没什么实际意义，可是却让生活更加温馨。斯坦利带来一份《拉伯洛时报》，第一版就是有关审判的新闻，标题是：

撒谎者败诉。

"明天下午一起去打高尔夫怎么样？"罗伯特问玛丽恩，"你被压抑得太久了，我们早点去，在其他人午餐前开始，这样我们就可以霸占整个场地了。"

"好啊。"她说，"我想从明天开始，生活也许会重新来过。过上正常生活，有快乐也有悲伤。不过今天晚上依然会是悲剧。"

第二天他去接她时，好像一切都和想象的一样好。"你没办法想象这是一种多么幸福的日子。"她说，"我是说住在这幢房子里，只要扭一下水龙头，热水就自己冒出来了。"

"这还很有教育意义的。"夏普太太说。

"教育意义？"

"隔壁谈话的每一字每一句，我们都听得清清楚楚。"

"哦，妈妈，不是每个字！"

"每三个字。"夏普太太纠正道。

他们高高兴兴地开车去高尔夫球场，罗伯特打算一会儿在俱乐部喝茶时，向玛丽恩表白，希望她嫁给他。不过转念一想，那里可能会有很多闲杂人等，关心审判结果，或者回来的路上再说比较恰当？

他想好了，打算将现在住的老房子留给琳姨妈，那里充斥着太多琳姨妈的气息，如果她没办法在那里住到死，将会是一件非常恐怖的事情。他自己和玛丽恩就要在米尔福德镇重新找幢小房子住下。不过这事现在操作起来并不是那么简单，最坏的结果可能就是要暂时蜗居在布莱尔·海沃德·本尼特律师事务所楼上的小公寓里。那就必须把两百年以来的文件全部焚毁掉。不过那些文件已经太旧了，也该要处理了。

是的，他主意已定，他要在回家的路上问她的意见。

不过这个主意马上又遭到了否决，因为他发现自己脑子里一直盘旋着这件事，根本无心打球。于是在打到第九洞时，他放下了球杆，说："玛丽恩，我希望我们能结婚。"

"你是说真的，罗伯特。"她从球包里拿出球杆，然后将包放到草地边上。

"你是乐意的，对吗？"

"不，亲爱的罗伯特，我不乐意。"

"为什么，为什么不乐意？"

"哦，就像孩子们所说，'因为'。"

"因为什么？"

"有很多条理由，每一条都无可辩驳。其中有一条就是，如果一个男人四十岁还没有结婚，那就表明正常地结婚并不是他所追求的生活方式，只是偶然发生的一场意外，就像感冒、风湿、税收单据一样。我不想成为你生活中的偶然。"

"可是那是……"

"还有，我不觉我是为了布莱尔·海沃德·本尼特律师事务所的资产。就算……"

"我并没说要你和布莱尔·海沃德·本尼特律师事务所结婚。"

"就算有足够的证据表明我没有对贝蒂·肯恩施以暴行，也不能就此让我甩掉'肯恩案件里的那个女人'的坏名声，这样的女人怎么有资格做律师事务所高级合伙人的妻子。那对你不好，相信我，罗伯特。"

"玛丽恩，给上帝一个面子！不要再……"

"除此以外，你还有琳姨妈，我有我的母亲。我们不能放任她们，不管她们。我爱我的母亲，喜欢她，崇拜她，很想和她住在一起；而你，也过惯了被琳姨妈宠爱着的生活，对，就是这样，你会时常想起她对你的放纵和那种温暖的生活，而我完全不知道要怎么处理好这些事，就算我知道，我也不会这样做。"她说完，向他微微一笑。

"玛丽恩，我就是因为你不放纵我才要娶你为妻的，因为你有成熟的思维和……"

"每周和一个成熟的思维共进晚餐还是很美妙的，可是和琳姨妈生活了这么久以后，你会发现因此而吃不到可口而温暖的晚餐是很不合算的。"

"还有一个你刚没有说出来的原因。"罗伯特说。

"是什么？"

"你对我一点都不关心吗？"

"当然，我很关心你，比任何人都甚。我想，这也是我不想和你结婚的原因之一吧，另一个则和我自己相关。"

"你自己？"

"是的，我并不太适合婚姻生活。我不想违背自己的心意去迎合他人去关注别人的身心痛苦、别人的要求。我和母亲关系很好，很大一部分原因是因为我们从来不对对方提要求。我们中如果谁不舒服，那个人就会静静回到自己房间休息，直到可以回归到正常生活轨道再出来。可是没有一个丈夫会愿意这样做。他会期待怜悯、关心和照顾，就算他之所以感冒完全是出于他个人的原因。不，罗伯特，世上有千千万万的女人想要照顾男人，你为什么要选我呢？"

"因为你就是那千千万万中女人的一个，还有一个更重要的原因是，我爱你。"

她好像有点后悔："不好意思，我太不尊重你了，可是我的话真的很有道理。"

"可是，玛丽恩，那是一种很孤单的生活。"

"我觉得，圆满的生活往往都是别人的要求。"

"可是你母亲不能一直陪着你。"

"我知道我母亲，她肯定活得比我久。其实你身边就有很好的选择，像惠特克老将军就有四个女儿。"

他无意识地将球推到洞里，"可是你怎么办？"他问。

"如果我不和你结婚的话？"

他一时无话可说，她是对的：或许她这种老是阳奉阴违的性格时间长了真的会受不了。

"现在你和你母亲没有了法兰柴思，你们接下来有什么打算？"

她半天没说话，好像很难启齿的样子。她一直背着他，不停抖动着球袋。

"我们要去加拿大。"她最后说。

"走？"

她依然背朝着他："是的。"

他愕然了："可是玛丽恩，你不能去，你为什么要去那里？"

"我有个表哥在麦吉尔大学当教授，他妈妈和我妈妈是亲姐妹。他之前就写信给我母亲，问我们是否愿意过去帮他看着点房子，可是那时我们有了法兰柴思，而且过得很开心，所以我们没有答应。可是现在他依然在邀请我们，而我们现在没有理由再拒绝了。"

"我懂了。"

"不要这么灰心丧气的，你不知道你躲过了多大的一场劫难，亲爱的。"

接下来他们都沉默了，全神贯注打完了那场球。

将玛丽恩送到希姆小姐家后，罗伯特独自一人开车回到辛恩街，他无奈地想，和夏普母女的认识给他的生活增添了新的色彩，他竟然被人拒绝了。这是他从来没有想过的。

三天以后，她们将火灾中挽救下来的家具处理给当地的商人，将车送给对它牢骚满腹的斯坦利，之后就乘坐一辆奇怪的火车离开米尔福德镇，前往诺顿的中转站，然后从那里坐快车去往加拿大。

"我一直都青睐简装旅行，"玛丽恩看着他们少得可怜的行李说，"可是从来没有想过去加拿大，也只带了这么简单的东西。"

可是罗伯特心里却郁闷，满心的落寞。这种心情就像小时候结束假期要回到学校时一样。铁轨两边的鲜花怒放，田野上满是大片的金凤花，可是罗伯特的世界满是阴暗。

看着她们坐在开往伦敦的火车上离开，罗伯特不停在脑子里想，如果明天看不到玛丽恩那棕色的脸庞，他的日子该怎么继续。

不过总的来说情况也没有那么糟糕，他又重新开始过上了正常的日子，上午工作，下午打高尔夫球。尽管于他而言，那个球现在只是一个橡胶球，可是他打球的姿势一直都那么优雅。他对工作投入的满满的热情让赫塞尔廷先生相当欣慰。他向内维尔建议将楼上的文件开始整理归类，也许还可以归结成册子。三个星期以后，他才接到玛丽恩从伦敦寄过来的离别信。他又重新被米尔福德镇的平静生活所包裹。

我亲爱的罗伯特：

　　简单给你写了一封离别信，只是想让你知道我们都很挂念你。我们准备后天早上坐飞机去往蒙特利尔。这时，我们发现保留在记忆中的都是那些美好的回忆，所有的不快都已经烟消云散，也许是因为我们开始想家了吧。我不清楚。我只知道想起你时，心里总是高兴的。还有斯坦利、比尔以及英国。

　　寄上我们对你的爱和感谢。

玛丽恩·夏普

他把信平摊在自己桃花心木的办公桌上，午后温暖的阳光映照在上面。

明天的这个时候，玛丽恩就出国了。

想到这个，就让人觉得无比悲戚。可是除了平静接受以外，他什么也做不了。他到底能做什么呢？

接下来，有三件事情同时发生了。

赫塞尔廷先生说马克斯太太又要重新立遗嘱了，问他可否马上到她的农庄去。

琳姨妈打电话过来叫他下班顺便带条鱼回去。

塔芙小姐端来了茶。

他一直盯着盘子里的两块消化饼干，最后，他终于像下了很大决心似的移开茶盘，拿起了电话。

第二十四章

夏天的雨沉闷地敲打着机场，冷风一阵阵袭来，将雨点洒向控制塔台。飞机两端的通道开启了，飞往蒙特利尔的旅客们正在排队上飞机。站在队伍最后面的罗伯特可以清楚看到前面夏普太太的黑色平顶锻帽，还有被风吹起的丝丝白发。

他登上飞机时，她们已经坐好，夏普太太正在旅行袋里寻找着什么。他从通道走过去，玛丽恩一仰头看到了他。她的脸上顿时开始放光，满是惊喜。

"罗伯特！"她叫，"你是专程赶来送我们的吗？"

"不是。"罗伯特说，"我是要出去旅行。"

"旅行！"她觉得好不可思议，"你要旅行？"

"别忘了这可是个公共交通工具。"

"我知道，只是……你要去加拿大？"

"是的。"

"有什么事情吗？"

"我去萨斯喀切温省看望我妹妹。"罗伯特一脸严肃地说，"这个理由好像比去麦吉尔表兄家更加名正言顺吧。"

她笑了起来，笑容温暖又和煦。

"哦，亲爱的罗伯特。"她说，"你知不知道你这副怡然自得的样子多么令人讨厌。"

一张俊美的脸

第一章

　　此时的格兰特正站在台阶的最下层，台阶的尽头有一阵阵尖叫声传来。不仅如此，那略显低沉的大笑声和犹如火灾洪水般的巨响也接踵而至。格兰特缓慢地往上走，心中并不很情愿。他暗自想道：这是一次成功的聚会。

　　他的本意并不是来参加聚会。以他的个性，就算是那些著名的文学聚会也并不能吸引他，更何况这只是一次普通的文学聚会。格兰特之所以出现在这里，是为了接玛尔塔·哈拉德小姐去共进晚餐。没错，作为警察是没有太多机会可以同海马基特和老维克剧院的著名女星共进晚餐的，即便那个人是苏格兰场的探长。但是，格兰特却是个例外，他之所以有这个令人羡慕的机会，是因为三个原因：第一，他是一个各方面都令人满意的护花使者；第二，他有能力带她去劳伦特这种高档餐厅；第三，高处不胜寒的哈拉德小姐发现一个合格的护花使者可遇而不可求。大多数的男人都因为对她的身份和容貌心生畏惧而不敢接近。所以，当她遇到格兰特时，这个因一起珠宝失窃案而引起她注意的警探便不那么容易在她记忆中消失了。格兰特深谙其中的原因，也乐于配合她。与其说格兰特是玛尔塔后备的护花使者，倒不如说玛尔塔是帮助格兰特探究这个社会的窗口。对于警察来说，这种窗口是多多益善的，作为文艺圈中的一员，玛尔塔确实能为格兰特提供不少有价值的线索。

　　透过敞开的门可以清楚地听到聚会的欢笑声。格兰特站在门厅中一动不动，默默地看着热闹欢腾的宾客们，正在思考如何才能直接找到玛尔塔，要知道这些人已经让这个有着乔治王风格的长条屋子显得拥挤不堪。

　　这个时候，门口站着一个神态略显迷茫的年轻人，显然，眼前这一副举杯畅谈、把酒言欢的场面着实让他不知所措。从他手里还未来得及放下的帽子不难推断出来，他也是刚到这里没多久。

　　"遇到什么问题了吗？"格兰特来到年轻人身边，问道。

　　"我忘记把扩音器带来。"年轻人回道。

　　这个年轻人说话慢条斯理，也没有故意提高声音去压过杂乱的周边环境。这种明显的音调上的差别，不仅没有让他的声音消散，反而比大声吵嚷显得更加清晰可辨。格兰特对这个小伙子更加赞赏，不由得多看了一眼。要说到惹人注意，相比声音，他的相貌更加引人注目。英俊的脸庞，惹眼的金发，看起来并不像地地道道的英国人，难道是挪威人，又或许是美国人。这个年轻人在说起"忘记"这个词语的时候，有点像美国人的习惯。

　　时间流逝很快，夜幕渐渐降临，窗外的灯火星星点点地多了起来。穿过房间中缭绕的烟雾，格兰特看到了在房间深处的玛尔塔。此时，她正无聊地听剧作家塔利斯讲述关于版税收入的话题。隔着这么远，格兰特就算不用听也知道他们在谈论这个话题，因为对于塔利斯而言就没有其他的话题能引起他的兴趣。塔利斯会在不经意间向你讲述在1938年的复活节上，他的作品《三人晚餐》在黑泽上演，这次上演给第二公司带来了多么巨大的效应。玛尔塔对这些并不感兴趣，甚至连装装样子也不肯，她嘴角耷拉，没精打采。此时格兰特想，女爵士是时候该出现了，要不然玛尔塔再这样沮丧下去，估计就该发愁自己脸上的皱纹了。他决定还是不动声色的好，等待对方发现自己，要知道他们在这群人中都是身高很出众的，完全可以穿过人群互相发现。

　　多年当警察养成的习惯使格兰特本能地观察周围的人，可是，这里似乎没有什么事情能引起他的兴趣。这个聚会对于文学界而言是再普通不过的，拉维尼亚·菲奇出版了她的第二十一部作品，由罗斯与克罗默蒂出版社联合举办了这个庆贺会。拉维尼亚是出版社成功的最大功臣，也是这个原因，聚会上的酒水和菜品很充足，来参加的宾客也都是有身份地位的，不论是知名度还是衣着打扮都是不同凡响的。但是，这些宾客来这里并不是为了庆祝《莫琳的情人》问世，也不是冲着罗斯先生和克罗默蒂的雪利酒而来。就算是玛尔塔这种身份的人，也是作为拉维尼亚乡间的邻居来参加这次聚会。玛尔塔那身时尚的黑白套装和一脸不悦的表情，让她在这间屋子里显得最具超凡脱俗的气质。

当然，如果这个陌生的年轻人在这个聚会上引人注目的不仅仅是他出众的相貌，那就另当别论了。格兰特在想，这个年轻人究竟是做什么工作的呢？演员？如果是演员，他应该不会在这么热闹的环境中那么茫然。此外，他刚才提到"扩音器"的时候，语气含蓄，表情游离，眼神打量着周遭的环境，这些都让格兰特觉得他和周边的环境格格不入，看起来有些奇怪。格兰特想他也许是个股票经纪人吧，只是可惜了他这么英俊的相貌，也许在白天的阳光下他就没有现在看起来这么好看了，出版社的柔美灯光确实能让他的鼻梁和金发更加好看。

"或许你知道……"年轻人不紧不慢地说，"拉维尼亚·菲奇小姐是哪位？"

那位站在中间的窗户旁边、身材略显娇小的女士就是拉维尼亚·菲奇。为了参加今天这个聚会，她特意买了一顶时髦的帽子，但是，她的装扮并不精心，帽子也是随意地戴在凌乱的头发上，好像那个帽子是从窗户上掉下来，正好落在她头上一样。她脸上并没有化妆，还是和平常一样，欣悦的眼神中透露出些许的迷茫。

格兰特指着窗边的拉维尼亚·菲奇告诉年轻人。

"刚来这里？"他用了一句在西部片中经常听到的问话。美国人更常用"拉维尼亚小姐"这种礼貌用语。

"其实，我来这里是想找拉维尼亚小姐的外甥。但是，我查了好久，并没有找到他，希望能在这里碰到他。不知道你是否认识他，对了，你是……"

"我叫格兰特。"

"哦，格兰特先生？"

"我认识他，但是，我在这里没看到他。你说的应该是沃尔特·惠特莫尔吧？"

"没错，是他！虽然我根本不认识他，但是我很想见他，那是因为……因为，我们有一个共同的朋友，这个朋友应该是在这里的。你确定没有看到沃尔特·惠特莫尔？毕竟，这个聚会是很热闹的。"

"我确定他不在这个屋子里。因为他跟我一样，都很高，所以，我很确定他不在。但是，他有可能就在这附近。你最好先去问问拉维尼亚小姐。不过，你需要鼓起勇气穿过这一道道人墙。"

"好吧，那你在前面走，我在后面跟着。"年轻人看着两个人的体型说。他们两个人被人群挤来挤去，在众人的胳膊和肩膀中间穿过。"真是太感谢你了，格兰特先生。"年轻人在中途缓口气的间歇说道。此时的格兰特已经被人群挤得动弹不得，面对年轻人的揶揄哭笑不得。他赶忙加快了前进的脚步，奋力挤开周围的人墙，朝拉维尼亚小姐所在的窗口处艰难地走去。

"菲奇小姐，有个年轻人想见你，他想让你帮忙找到你的外甥。"格兰特说道。

"你要找沃尔特？"拉维尼亚看着年轻人说，脸上透出一种好奇，原先脸上的迷茫马上消失不见。

"对的，菲奇小姐，我叫瑟尔，是从美国来这里度假的。我跟沃尔特有一个共同的朋友叫库尼·威金，我也是因为那个朋友才想来找沃尔特的。"

"你是库尼的朋友？哦，要是沃尔特知道一定会很开心，他一定会喜出望外的。哈哈，这可真是个好消息，简直太出乎意料了。你刚才说你叫瑟尔？"

"是的，我的名字叫莱斯利·瑟尔，我刚到这里的时候，在这里的地址簿中并没有找到他的名字。"

"是这样的，他只是偶尔在这里住。他跟我们一样，是住在萨尔科特圣玛丽镇的。要知道，那里有他的一个农场，也就是他经常宣传的那个。其实，我才是那个农场的主人，我教给他帮我经营和宣传。因为今天下午电视台有事情，他就没有来参加这个聚会。所以，你一定要去那里住一段时间。要不，就这个周末吧。我们今天下午就会回去，你跟我们一起吧。"

"可是，你知不知道沃尔特他……"

"你周末有时间吧？"

"是，是，有时间，可是……"

"那就太好了。沃尔特在电视台的事情结束后就会直接回家，你坐我跟莉兹①的车一起回去吧，他一定会很惊喜的。莉兹，莉兹，我亲爱的莉兹，你去哪儿了？瑟尔先生，你现在住在这附近吗？"

"我住在威斯特摩兰。"

"那里不远，莉兹，你在哪儿呢？"

"拉维尼亚姨妈，我在这儿呢。"

"我亲爱的莉兹，我给你介绍一位朋友认识，这位就是莱斯利·瑟尔先生，他一会儿和我们一起回家，他和沃尔特都是库尼的朋友。正好，今天是星期五，我们也要回到萨尔科特镇过一个轻松的周末，现在想想，一切真的很让人期待呢。莉兹，一会儿你开车带沃尔特先生先回去收拾一下行李，然后再来接我，怎么样？等你们回来，估计这里的聚会也该结束了，我们正好可以一起回家，真期待看到沃尔特惊喜的表情。"

格兰特看到，年轻人的目光饶有兴趣地停留在莉兹·盖洛比身上，不禁觉得有些奇怪。要知道莉兹并不是一个相貌十分出众的女孩儿，脸色有些微微发黄，身材像她姨母一样娇小。但是，她的眼睛确实是很迷人的，清澈的目光中泛出婆婆纳草的蓝色，让人不禁赞叹。这种面容的女孩是会让人越相处越喜欢的。莉兹确实是个好女孩，可是，她却不是那种可以让年轻人一眼就喜欢的类型。也许，瑟尔是听闻了她订婚的消息，以为她就是沃尔特的未婚妻。

格兰特发现玛尔塔已经看到自己了，便不再继续关心菲奇的私事了。他给玛尔塔递了个眼神，示意在门口等她。格兰特看了看眼前拥挤的人群，再次鼓起勇气挤了进去。玛尔塔可比他更善于应付这种局面，虽然她比他距门口远一倍的距离，可是，她却早早地等在门口了。

"那个英俊潇洒的小伙子是谁？"玛尔塔边走边问格兰特。

"他自称是库尼·威金的朋友，是来找沃尔特·惠特莫尔的。"

"他自己说的？"玛尔塔似乎很不屑，反复地强调这一点，可是语气中似乎不是对年轻人的不满，反而像是对格兰特的讥讽。

"职业习惯。"格兰特似乎有点不好意思。

"就这样吧，那库尼·威金究竟是谁呢？"

"说起库尼，他是一个很有名的美国新闻摄影家，大概是一年或者两年前因为在巴尔干半岛的一次拍摄而遇难。"

"你看起来什么都知道的样子。"

格兰特好不容易忍住到嘴边的话。"这件事可能只有你这个女演员不知道吧！"但是，因为他对她还是心存好感的，所以岔开话题，"他这个周末可能会去萨尔科特镇度假。"

"你说的是那个英俊的小伙子？哦，希望拉维尼亚没有被兴奋冲昏头。"

"把他带回去有什么不妥吗？"

"具体我也不清楚，但是，感觉他们这个举动像是在碰运气。"

"碰运气？"

"他们的生活好不容易才步入正轨，不是吗？要知道沃尔特多不容易才走出玛格丽特·梅里亚姆的阴影，想要安心和莉兹结婚，这一家子终于可以在他的老农场过日子了。可是，在我看来，在这个敏感的时候把这样帅气的一个年轻小伙子带回家着实不合时宜。"

"不合时宜？"格兰特反复玩味这句话，又开始回想刚才瑟尔让自己感觉到不舒服的场景，并不仅仅是因为那美貌。警察的职业敏感不会让他只对美貌感兴趣。

"我敢笃定，埃玛在看到他第一眼就会让他在周末后赶紧离开。"玛尔塔说，"要知道莉兹可是她的宝贝女儿,她一定不会让任何事影响到莉兹和沃尔特的婚姻。"

"可是,我觉得莉兹·盖洛比并不是那种水性杨花的人,盖洛比太太这样未免大惊小怪了。"

"你是男人当然会这样认为。可是,我离这个年轻人足足有20码,却在半分钟不到的时间内就被他吸引了,我在公众眼中也是那种很难以动感情的人。而且,我并没有觉得莉兹对沃尔特是真爱,她只不过是想帮助他走出困境。"

"那件事让他很伤心吗?"

"准确来讲,应该是伤透了心,这是理所应当的。"

"你以前和玛格丽特·梅里亚姆合作过吗?"

"当然,我们合作过不止一次。我们在《漫步黑暗中》合作过多次。哦,出租车来了。"

"出租车!你对玛格丽特·梅里亚姆这个人有什么印象吗?"

"她简直就是个疯子。"

"到什么程度?"

"疯得很彻底。"

"你为什么这么说?"

"你是想知道她有什么问题吗?她为了得到她想到的东西,可以抛弃一切。"

"那不是发疯,是一种具有犯罪倾向的心理。"

"也许吧,那你应该能明白我指的是什么,亲爱的。这样想她真有犯罪倾向。我能很清晰地确定一点,她可以像一个制帽工一样疯狂,就算是我不喜欢沃尔特,我也不希望他们结婚,我不想看到沃尔特陷入噩梦中。"

"你就这么厌恶这个英国公众心中出色的年轻人。"

"我并不是厌恶他,亲爱的,我只是很看不惯他表达感情的方式。他很喜欢那种闻着爱琴海小山丘上的百里香,听着子弹从耳边呼啸而过的场景。可是,这种感觉对我们来说简直糟透了。他不断地让我们体验这种感觉,我甚至怀疑这些声音是他不停挥舞鞭子制造出来的。"

"玛尔塔,你说的太可怕了。"

"这是事实,亲爱的。我们都很明白。当我们面临中弹的危险时,他却可以优先待在50英尺的地下办公室中。直到有下一次类似的机会时,他便从那闷热的小办公室中冲出来,坐在爱琴海小山丘,拿着麦克风,挥舞手中的鞭子,模仿子弹的声音。"

"我想我以后会有把你从监狱中保释出来的机会。"

"怀疑我谋杀吗?"

"错了,是恶意诽谤罪。"

"你没有弄错吗?是保释吗?在我心目中,你只会去法庭做一些体面的事。"

格兰特默默地想,他真是对玛尔塔的冒失感到无奈了。

"也许,还是因为谋杀罪吧。"玛尔塔似乎想到了什么,用她在舞台上标志性的嗓音幽幽地说道。"就算我能勉强忍受子弹和百里香,但是,我却很难忍受他总是霸占着广播台去聊春玉米、啄木鸟的话题,这简直是对公众的不负责任。"

"那你可以不听他的广播……"

"你说的没错。可是,就有这样一种可怕的魔力。有时候你会想这么糟糕的广播,不可能比这个再糟糕了。可是,到了下个星期,你真的很想确认一下是不是更糟糕。这是一个可怕的陷阱,根本没法走出来。你会很执着地等待着下次、下下次更糟糕的广播。直到有一天,听不到他的声音了,你反而会觉得不自在。"

"天啊!怎么会有这样一种心态,是因为同行之间的互相贬低吗,玛尔塔?"

"你觉得那个家伙配当我的同行吗?"玛尔塔骄傲地问道,声音很自然地降低了5度,又很合时宜地带点颤音，将怀旧的感觉表现得淋漓尽致。

"不是这个意思，我只是觉得他应该算是演员，一个有着真性情、很自然的演员。这么多年来，他也没有特意做过什么，却是很出名。你对他没有好感没关系，可是，玛格丽特到底喜欢他什么呢？"

"我可以很明确地告诉你，玛格丽特是因为他的忠诚而喜欢他。如果说玛格丽特是那个喜欢折断飞虫翅膀的人，那沃尔特就是那个心甘情愿让他折断翅膀的飞虫，不仅如此，他还会再回来祈求她多折断几片。"

"可是，现在他再也不可能回来了。"

"是的。"

"你知道他们最后是因为什么起的矛盾吗？"

"在我看来没什么矛盾。他只是表明他的态度，他不想再继续这样了，他在接受问询的时候也是这样说的。对了，她的讣告你看过了吗？"

"好像当时看过，但是，印象不是很深。"

"我想，如果她的生命能多延10年，就能够在报纸的广告栏中得到一块相匹配的版面，足以证明她的受关注度比杜丝高。'天才陨落，世界损失'、'轻盈如起舞的叶片，优雅如摇曳的垂柳'，像这样的赞美之词也能出现。当时，大家都很吃惊，为什么报纸上连黑边都没有，这种国家级的悼念怎么会如此草率。"

"在发生了这么多事情之后，他再和莉兹·盖洛比在一起，这种差异并不小。"

"嗯，莉兹是个好女孩。如果说玛格丽特·梅里亚姆配不上沃尔特·惠特莫尔。那么莉兹配沃尔特·惠特莫尔则绰绰有余。要是这样看来，如果那么俊俏的年轻人能让莉兹和沃尔特·惠特莫尔分开，也算是件好事。"

"怎么能这么说呢？我并没有觉得你眼中的那个俊俏的男人会成为一个好丈夫。相反，我觉得沃尔特·惠特莫尔会比他更适合当一个丈夫。"

"我说，亲爱的，要知道沃尔特会把家中的一切都说出去，包括他们未来的孩子、餐厅的架子、妻子怀孕后隆起的腹部，甚至是育婴室窗上的霜花。而莉兹却是个安静的人，如果跟他在一起……对了，刚才你说那个年轻人叫什么？"

"瑟尔，他叫莱斯利·瑟尔。"他无聊地望着外面，劳伦特餐厅醒目的霓虹灯越来越近了，他好像想到了什么，说道："我并没有觉得瑟尔能跟安静这个词扯上什么关系。"可是，很快，他的注意力就从莱斯利·瑟尔的身上转移开了。甚至在他接到命令去圣玛丽镇搜寻这个年轻人的尸体之前，他都不会再想起来这个名字。

①莉兹："伊丽莎白"的昵称。

第二章

"看看这天气。"莉兹边走边说,"看起来好晴朗啊!"她感觉很舒适,深深地吸了一口傍晚的空气,"我们一会儿会停在广场拐角的地方,瑟尔先生,伦敦你熟悉吗?"

"度假的时候我没少来英国,应该算比较熟。但是,这个季节并没有怎么来过。"

"没有在英国度过春天,不能算是真正在英国待过。"

"是有这个说法。"

"你是坐飞机来的吗?"

"没错,我是从巴黎坐飞机过来的,这是美国人的习惯。要知道,春天的时候巴黎的风景也很漂亮。"

"是有这个说法。"她说了一句一模一样的话,也用一模一样的语气。她抬头,看见他的眼神中透露出一种慑人的气息,正在直直地看着自己。她又说:"你是记者吗?是工作的时候认识库尼·威金的吗?"

"我不是记者,库尼是我的同行。"

"新闻摄影师?"

"也不算,我只是个摄影师,并不是专门做新闻的。我冬天的时候喜欢待在西海岸,主要拍摄人物。"

"西海岸?"

"没错,是加利福尼亚州,我的固定经济来源主要就是这期间的拍摄。除此之外,剩下的半年,我就在旅行中进行拍摄,比较随性。"

"感觉这是一种很惬意的生活方式。"莉兹边说边打开车门,坐进了车里。

"是的,的确非常不错。"

这虽然是劳斯莱斯比较过时的一款车,里面是双人座,但是,这款车却是非常经久耐用的。莉兹在傍晚的车流中边开车边介绍了一番。

"拉维尼亚姨妈很喜欢貂皮披肩,她觉得这是最美的服饰,她决定赚钱后的第一件事就是给自己置办一条可心的貂皮披肩。而排在第二位的就是买一台劳斯莱斯轿车,而这个愿望也在她出版了第二本书时实现了。但是,那条披肩却并没有时刻陪在她身边,她并不喜欢身上整天吊着这样的一个东西。不过,买这台劳斯莱斯轿车却是一个很明智的决定,现在它还天天陪在我们身边。"

"那貂皮披肩最后怎么处理了?"

"她用披肩换来了一台割草机和一套安妮王后时代的椅子。"

车停在了旅馆门口,莉兹说:"车子不能在这里长时间停留,我到停车场那里等你。"

"难道你不来帮我收拾行李吗?"

"哈哈,当然了,我为什么要帮你收拾?"

"可是,你姨妈是这样说的啊。"

"她只是跟你客气一下而已。"

"我并没有这样认为,我觉得你应该上去看看,简单帮帮我就好。顺便可以给我点建议,就当作是心理安慰好了,不过,是一次很舒心的心理安慰。"

实际上,莉兹最后还是上去帮他收拾了两个箱子,而他所做的就是把衣服递给她。她看到这些衣服都价值不菲,应该都是用上等的布料量身定做的。

"你很富有,或者准确来说是很奢侈?"她边收拾边问。

"准确来说,应该是很讲究。"

这个时候街灯已经明亮，暮色与之融合在一起。他们趁着暮色离开了旅馆。

"我最喜欢这个时候的灯光。"莉兹说，"在傍晚的天色下，灯光显得有些昏黄，非常让人沉醉。到了天黑的时候，灯光就渐渐明亮，显得有些惨白，便索然无味了。"

当他们开车回到聚会地点的时候，菲奇小姐却已经不在这里了。出版社的罗斯先生显得非常疲惫，瘫坐在椅子上，慢慢思考着聚会究竟给他带来了什么。他勉强地站起身，摆出一种非常职业的友好态度，他说菲奇小姐已经去演播室找沃尔特了，因为她想等演播结束后顺便一起和沃尔特回去。而盖洛比小姐可以和瑟尔先生一起开车回萨尔科特圣玛丽镇。

瑟尔在离开伦敦市区的路上并没有说过什么话。莉兹想，他可能是怕打扰自己开车吧，不由对他心生一丝赞许。车慢慢开到了一片绿野里，这个时候瑟尔才活跃起来，开始聊有关沃尔特的话题。看样子，库尼似乎讲了很多关于沃尔特的事情。

"你没有和库尼一起去过巴尔干吧？"

"没有，我认识库尼的时候他还在美国，但是后来他经常来信说起你表哥的事情。"

"他可真是个好人，但是，我想你可能理解错了，我不是沃尔特的表妹。"

"理解错了？可是，菲奇小姐不是你的姨妈吗？"

"她不是我姨妈，他们跟我没有血缘关系。我小的时候，拉维尼亚的姐姐，也就是埃玛，跟我的父亲结婚了。事情就是这样的。我的母亲，其实就是埃玛，牢牢地把我的父亲控制住。他没有其他的选择。而拉维尼亚是埃玛一手带大的。后来，拉维尼亚长大后成为了知名作家，开始离开她去独立生活，这对她是一个巨大的打击。于是，埃玛变得很孤独，便开始观察身边其他可以掌控的事情，这个时候她遇到了我父亲。而我父亲正苦于幼女的牵绊，只好任其摆布。后来她就变成了我的继母，也就是埃玛·盖洛比太太。可是，在我心中她并不是继母，因为我从小对我的亲生母亲没有什么印象。在父亲去世后，她就和我一起生活在崔明斯庄园，当然，一起生活的还有拉维尼亚姨母。毕业后，我变成为了拉维尼亚姨母的秘书，也就是因为这样，我现在才回来帮你收拾行李。"

"沃尔特又是谁呢？"

"沃尔特的母亲是她们的姐姐，可是，他的父母在印度去世了，从那以后拉维尼亚姨母就开始照顾他，那个时候他15岁。"

他不说话了，似乎是在回味这些话。

莉兹感到有些奇怪，为什么她会把这些告诉他呢？为什么会告诉他她的母亲占有欲很强烈呢？就算是她很明确地表明她母亲是因为爱才会这样做的。是因为她紧张吗？可是，她从来不会因为任何事紧张，也不会像现在这样慌乱。况且，紧张的源头是什么呢？要知道，她是从来不会因为见到俊俏的异性心生紧张情绪的。对她而言，不论是作为女生莉兹还是作为秘书，身边都不乏长相俊俏的年轻人，她也没有对谁产生过很深刻的印象（在她的印象中是这样的）。

很快车子便远离了城区的喧嚣，从一条柏油主干道驶向了一条小岔路。旁边的小路曲曲折折，蜿蜒向前，看不到路标也分不清楚方向，现在他们完全置身于乡间，但莉兹看起来却胸有成竹。

"你怎么知道哪条路是对的？"瑟尔问，"要知道这些土路根本区分不出来。"

"这些路是有些相像，但是，这些路我都走过无数遍了，就算闭着眼睛我也知道怎么走，就像手碰到键盘就会打字一样。要知道，打字前我们根本不需要想每个按键的位置，我们的手指就会很自然地找到相应的按键。你认识这是哪儿吗？"

"不认识，看起来很新鲜。"

"这是很无趣的乡村，没有什么特殊的地方。用沃尔特的话说，这里就是七根柱子排列组合，也就是六棵树和一个草垛。他说，部队经过这里的时候还会应景地唱：六棵树和一个干草堆。"她边说边唱给他听，"你看到远处路上隆起的那个地方了吗？那是奥福德郡，是不是看起来悦目多了？"

没错，奥福德郡为这片枯燥的乡间点缀了一丝生气。天色渐渐黑了下来，它起伏的轮廓与暮色交相辉映，如梦似幻。这个时候，他们在一个小山谷旁边停了下来，望着远处村子里零星的灯光和黑暗的屋顶。

"萨尔科特圣玛丽镇。"莉兹介绍道，"这里以前是一个非常美丽的英国小镇，但是，现在却变成了占领区。"

"占领区？"

"它的占领者被当地人称作'那群艺术人'。说起来真是一件悲哀的事情，他们也是一群可怜人。在他们眼中，拉维尼亚姨母是他们的自己人，因为她是那栋大房子的'占领者'，而且他们的生活也跟这里没关系。拉维尼亚姨母已经在这里住了很长时间了，也算是本地人了。在最近这百年期间，这个房子并不被看作是村庄的一部分。所以，谁住在里面并不重要。磨坊屋的不景气是这里衰败的开始，后来，有家公司想要收购它，用来改造成工厂。可是，玛尔塔·哈拉德知道了这件事，就费了不少功夫把这栋房子买了下来，这件事颇得大家欢心。虽然让一个演员进驻磨坊屋并不是他们喜欢的事情，但是，相比被改造成工厂，也算是拯救了这个地方。可是，这些悲哀的人，要是能够早些想到未来的事情就好了。"

她的车沿着村庄的外沿行驶，慢慢地驶下一个斜坡。

"我想，他们当时没想到的事应该是，不出六个月，这里就会出现一条从伦敦通往这里的路。"

"你怎么想到的？"

"见的多了而已。以前在西海岸的时候，一旦有一个清净的地方进入人们的视野，就会很快面临市长选举的事情。有的时候甚至连水管等基础设施都来不及安装。"

"没错，在这里有1/3的人是外地人。什么经济水平、什么职业的人都有，就像托比·塔利斯，他是个剧作家，要知道，村子最中央的街道上有一栋非常迷人的别墅，那是詹姆斯一世时期建造的。可是，身为舞蹈家的瑟奇·莱托夫却只能住在一个简单翻修过的马厩里。除了他们，还有很多不明身份的人，就像迪尼·帕丁顿每个周末都会邀请很多新面孔来家里做客，而巴特霍普特和老亚特兰大·霍普一直相依为命地生活在一起，希望他们能得到上帝的眷顾。当然，这里也不乏有才的人，像恐怖小说塞拉斯·威克利，他的恐怖小说以乡间生活为主，狂风暴雨，冒着热气的粪肥，都是他喜欢营造的场景。再比如，以写童话故事为生的伊斯顿·迪克森小姐，她每年都会以圣诞为主题进行创作。"

"听你讲这些感觉很有意思。"

"没觉得恶心吗？"莉兹也被自己激动的语气给吓到了，她很奇怪这个傍晚她好像不太能够控制自己的情绪。"说起这些让人反胃的事情。"她努力控制自己的语气，继续说，"现在天已经不早了，你也不能仔细观赏崔明斯了，等到明天你可以在白天的时候再好好欣赏它。"

年轻人的目光集中在远处朦胧夜色中的尖塔雕饰和垛口上，莉兹默默地等在旁边。"这里最有价值的可能是那座哥特式艺术学校，只是，它并不适合在黑夜里观赏。"

"菲奇小姐为什么会留在这里？"瑟尔很迷惑。

"吸引她的是这里的气派。"莉兹的声音恢复了柔和，流露出丝丝爱意。"从小她生活在教士住宅区，要知道，那种住宅区最常见的就是十九世纪五十年代盖的老房子，所以，她对那个时代的哥特式建筑有一种独特的情结。即便是到现在，她也没有觉得这种偏爱有什么问题。就算别人对她的喜好嗤之以鼻，也并不能动摇她分毫。因为，在她心里根本不知道他们为什么会取笑她。出版商马克·罗斯第一次来这里的时候，就说房子的名字很贴切。可是她并没有明白他的意思。"

"我不是想表达这个意思，而我对维多利亚时期的哥特式建筑也没有什么褒贬之意。"年轻人解释道，"菲奇小姐真是个热心的人，我们初次相识，对我并不了解，就能邀请我来这里。可是，美国人却对英国人存在一种误解，觉得英国人比较谨慎。"

"这种做法跟英国人的整体习惯没有什么关系，只是因为家庭开支的关系。家务事这种琐事并不在拉维尼亚姨母关心的范畴内。她只知道你的到来不会对家庭生活产生什么影响，家中的人也有足够的能力能够照顾你,所以,她便不会想那么多。我们一会儿把车停在车库,你把行李从边门拿进去,可以吗?因为要是走正门的话,可能要穿过一个很大的大厅,这样你需要拿着行李走好久。"

"这个建筑最初的主人是谁?为什么要建呢?"车子从房子旁边绕行,瑟尔看着这个巨大的建筑物疑惑地问道。

"据说是一个来自布拉德福德的家伙。这栋建筑的前身是一个非常漂亮的乔治时代的房子,有一张老照片还存在枪械室里,可是,这个家伙觉得它不好看,就把它拆了。"

最后,瑟尔拎着行李走进一个阴暗狭窄的过道,用莉兹的话说,这个过道像极了寄宿学校的过道。

"东西可以放在这里。"她指了指旁边的小楼梯。"过一会儿有人替你拿上去,现在我们终于可以摆脱原始乡村的状态了,喝杯饮料暖和一下吧,再跟沃尔特见个面。"

她带着他穿过了一个绒面门,走进了房子的前部。

"你滑冰吗?"当他们从空荡荡的大厅走过的时候,瑟尔突然问了这样一句。

莉兹坦言她从不觉得这里是适合滑冰的地方,相比滑冰她更喜欢在这里跳舞。"这里的猎人每年都会借用这个场地一次。但是可能很出乎你意料的是,这里并不通风,连威克姆的谷物交易所都不如。"

她们到了一个门口,出了这个门她们就从那个黑暗空旷的过道中走出来了,迎面而来的是客厅里温暖柔和的灯光。屋内的陈设比较精致,房间中的家具很耐用,整个房间被水仙花的淡香和原木燃烧的气味充斥着。拉维尼亚很舒服地蜷在椅子里,小巧的双脚自然地搭在铁炉架子上,松散的头发随意地别着一个卡子,散落的发丝凌乱地搭在椅子背上。沃尔特·惠特莫尔坐在她的对面,他把胳膊撑在壁炉台上,脚随意地搭在壁炉架子上,一副悠然自得的样子。莉兹看见她,顿时觉得很开心,刚才还悬着的心也慢慢放了下来。

为什么会有这样的感觉呢?她听他们谈论着,彼此介绍,不由得对自己刚才的情绪产生了疑问。她一直都很确定沃尔特应该会在这里出现的,为什么感觉刚才一直悬着心呢?

难道是因为自己终于可以摆脱这个负担了吗?

可是,接待不同的客人,应对不同的人是她的本职工作之一,对她来说这不过是小菜一碟。况且瑟尔应该也不能被称作是负担吧,因为她还很少遇到这样相处融洽又体贴的客人呢。可是,刚才见到沃尔特的高兴究竟是从何而来呢?而那种突然的轻松感和安心感又是从何而来呢?这种感觉就像是漂泊在外的孩子骤然回到自己熟识的家。

她望了望沃尔特,这个时候他正一脸开心地和瑟尔寒暄。她确实很爱他。他的确不是一个很特别的人,没有那么完美,普通得不能再普通,脸上的皱纹也一点点地变多,发际线也随着年龄的增长而后移。可是,就是因为他是沃尔特,一个真实存在的沃尔特,不是那种虽然美丽但是却随时可能消失的虚幻事物。

她还饶有趣味地把两个人进行了对比,高大的沃尔特把新来的这位客人衬得更加娇小。还有就是,他脚上穿着的价值不菲的鞋子,在这些英国人眼中简直是不入流的审美。

"不过,他仅仅是个摄影师而已。"她自顾自地想着,觉得刚才自己的比较似乎有些荒谬。

难道她被瑟尔的美貌和谈吐所吸引,所以才在自己心中如此设防?这是不可能的事情。

在北方的民族中偶尔出现一两个美艳不可方物的人也不是什么稀罕事。通过这想到关于海豹人[①]的传说和他们奇怪的言谈举止,也并不令人惊奇。这个年轻人充其量算是一个长得俊俏的美国人,会摄像,但是对鞋子的审美却实在不敢恭维。她完全没有必要过于紧张,对他有着这么强的防备心理。

就算是这样,当她母亲吃饭时询问起他是否有亲人在英国的时候,她的心还是不由自主地微微一颤,她似乎从一开始就觉得他是那种不应该被亲戚这种世俗的关系所束缚的人。

他回答说他在英国有一个表姐,这也是他在英国唯一的一个亲戚。

"我们彼此之间并不亲近,她是个画家。"

"画家岂不是很好吗?"沃尔特说。

"其实，我对她的作品印象还是很不错的，我指的是我看过的。但是，我们脾气不和，总是跟对方吵架，所以互相并不亲近。"

拉维尼亚问他："你表姐是画什么的？是画人物肖像吗？"

莉兹一边听他们说话，一边在思考别的事情。她是不是画过她的表弟呢？想象着她拿着画笔，画笔随着心中所想而挥动，将自己心中的美好人物一一画下来，这一定是一种很美好的感觉。如果能将所有的作品都保留下来，想看的时候便拿出来，就这样一直到生命的终止，也是一种不错的体验。

"伊丽莎白·盖洛比。"她猛然提醒一下自己，"再这样下去是不是要把男明星的照片挂上了。"

不对，不应该这样的。这种想法就像欣赏普拉克西特列斯优秀的作品是同一种心态，并不是一种错误。假如说在普拉克西特列斯[2]的脑海中曾经勾勒出一个经典的跨栏选手的形象，那么，这个人一定是像莱斯利·瑟尔这样的外貌。她以后抓住机会一定要问问他上学期间有没有参加过跨栏比赛。

她能明显地感觉到瑟尔并不能讨得母亲的欢心，感觉心中有一种莫名的失落。这一点是大家心知肚明的。她对母亲的心思很了解，不论任何情况下，她都能基本上猜到母亲心中的想法。她这个时候就知道母亲那看似温和的表情下，其实内心充满疑惑和不安，仿佛维苏威山表面的宁静下蕴藏着汹涌的岩浆。

对于这一点，她确实没有猜错。实际上，当沃尔特陪着客人去房间，莉兹去洗手为晚餐做准备的空隙，盖洛比太太把她妹妹叫来询问，为什么家里会多了这样一个不速之客。

"你就能那么肯定他是库尼·威金的朋友吗？"她问道。

"要是他说谎，沃尔特应该不会被他骗太久的。"拉维尼亚似乎很有自信，"埃玛，你就不要再因为这种事情打扰我了，聚会已经让我很累了，这种闹腾的场面真让我心烦。"

"万一他是个小偷呢？到了早上沃尔特才发现他是个骗子，那个时候就什么都晚了。任何一个人都能自称是库尼的朋友。要是这样说的话，每一个骗子都能打着库尼的旗号来干一票，然后溜走，要知道库尼的事情本就是公开的。"

"我真的不能明白你为什么总是疑心重重的，我们以前不是也经常会请一些陌生人来家中做客吗？"

"没错，事情是这样的。"埃玛表情冷淡。

"我们从来没有被谁欺骗过啊，为什么你就对瑟尔产生如此大的疑心呢？"

"他的气质跟别人不一样，让人有种不安的感觉。"

这是埃玛的一个习惯，从她的嘴里很难听到"漂亮"这个词，所以她用了另外一种表达方式。

拉维尼亚说瑟尔先生只会在这里度过一个周末，所以，不会产生太大的影响。

"如果你担心的是被盗的问题，我想如果他是个窃贼，他把这里搜索过一遍就会放弃作案的动机的。相比于威克姆，我并不觉得这里有什么东西值得费这么大的工夫来偷。"

"不要忘了还有银器。"

"不论怎么说，我都不觉得，有人会用这种方式来偷东西。费尽心机地跑到聚会上和我搭讪，然后谎称是库尼的朋友来接近沃尔特，目的就是为了我们家那些银器。你要是不放心，就把它们都锁起来吧。"

盖洛比太太并没有因此而安心。

"你不觉得拿一个死人来当借口，是进入别人家再好不过的借口了吗？"

"够了，埃玛。"听到姐姐的话，拉维尼亚不禁大笑起来。可是就算是这句话可笑，也足以表达这句话背后的含义。

果然，盖洛比太太虽然表面上看起来很平静，但是，她的内心并没有因为她坐在那里而有丝毫的安宁。她的顾虑当然不是庄园里那些可有可无的银器，而是她嘴里描述的年轻人的非凡气度。她对他没有太多的信任，这种非凡的气度对这个家是一种潜在的危险。

①海豹人：传说中的一个族类，生活在英国附近海域，原本是精灵或者人类，会慢慢褪去海豹皮，变成人形。

②普拉克西特列斯：古希腊雕刻家。

第三章

事情并没有像玛尔塔·哈拉德猜想的那样发展，周一的早上那个年轻人依然待在埃玛的家中。这一天的早上，崔明斯庄园的家人们，当然，不包括埃玛。他们谁都没有想到，周五前他们从没有听说过莱斯利·瑟尔这个人。来崔明斯做客的客人没有一个人能像他一样这么自然地融入到这个家庭中，也没有谁能像他这样，如此和谐而亲密地出现在他们的生活里。

他和沃尔特在农场周围散步，对新修的红砖道、隔板、猪舍大加赞赏。他曾经在上学的时候在乡间度过他的假期，所以，他很熟悉这种环境，也有一种久违的亲切感。沃尔特边走边在自己的小本子上写写画画，鸟儿、树木、篱墙这些都被他一一记下，这些都会成为下周五广播的素材。瑟尔则耐心地在旁边的乡间小路上等着他。这里是他拍摄的绝佳场地，17世纪的小农舍，超现实风格的崔明斯庄园，都是让摄影师激动的风景。的确，崔明斯庄园在年轻人的镜头下显现出一种独特的风味。沃尔特对他的作品也赞叹不已。但是对沃尔特而言，这种赞许背后还隐藏着些许其他的意味，他总觉得这个年轻人除了对乡间有一种特殊的情感之外，似乎还隐藏着许多他并不知道的事情。潜意识里他把这个年轻人当成自己的学徒，可是，当他看到这些照片的时候，仿佛找到了自己的影子，这种不安是无法言表的。

不过，他的心思并没有那么细密，这种不安很快就被他抛诸脑后。

相反，莉兹却是个天生敏感的人，瑟尔的出现仿佛把她的生活变得像游乐园一样精彩，又好像生活变成了一个万花筒，旋转间再没有哪里是平静的。她的生活仿佛陷入了一种虚幻的危险场景，被周围绚烂的灯光所迷惑。莉兹从七岁开始经历过多次的恋爱和失恋，可是在遇到沃尔特之前，她并没有想过结婚。沃尔特确实和别人不一样。但是，那么长时间以来，不论是谁，就算是沃尔特，也没有让她产生过对瑟尔这样的感觉。就算是以前和提诺·特雷斯卡在一起，他迷人而火热的眼神，足以融化她的动听嗓音，也没有让她产生过这样的感觉。即便是跟特雷斯卡在一起的时候，他足以让她疯狂，可是，她也会在几分钟后忘记过自己是和他在一起的。（跟沃尔特在一起的时候，他们两人在一起是一件再普通不过的事情，好像他在身边，她就会有一种踏实的感觉）但是，说到瑟尔，她根本做不到忽略他在这个屋子的事实。

怎么会这样呢？她不断地这样问自己，准确地说，为什么不能这样呢？

这种在意，这种高兴，跟爱情没有关系。如果，在周日的晚上，也就是他们共度两日后，他突然跟她说："莉兹，你能跟我走吗？"她一定会觉得他脑了坏了，对这种做法回以不屑的态度。在她心里从来没有出现过一丝想要跟他离开的想法。

她的心思很容易被他牵动。他进入房间，她会觉得房间的灯光都变得明亮了。他离开房间后，整个房间都会因为他而变得昏暗。甚至他的一举一动都逃不过她的眼睛。他用食指调节收音机频道的轻微动作，抬脚踢动壁炉柴火的大动作，都被她时刻注意着。

怎么回事？

她和他一起到树林中散步，她带着他去参观教堂和村子，这种使她兴奋的感觉一直没有消失。这种兴奋感隐藏在他温婉而儒雅的神态中，弥散在他那仿佛能看穿她心思的眼神里。莉兹的观点中，美国人无非是两种，一种人是喜欢把你当作娇弱的老小姐，另外一种就是觉得你只是脆弱而已。瑟尔很明显属于第一类。他无时无刻不在照顾着她，他会扶她走过台阶，护着她走过拥挤的街道，防止她受到撞击。他很在乎她的想法，总是想办法去讨她欢心。在这一点上他和沃尔特有很大的不同，他比沃尔特更能让她开心。因为，在沃尔特的眼里，她是一个成年人，完全能够照顾好自己。可是，相比著名的沃尔特·惠特莫尔，她并不是一个完全成熟的人。可是，瑟尔却是另外一种类型，这种感觉让她很着迷。

她默默地注视着他在教堂内部走来走去，心中暗想："要不是那种让人不安的兴奋和莫名的负罪感，他的确能算得上一位好伴侣。"

莉兹发现，就算是一心沉迷创作、很少被周围事物所打动的拉维尼亚，也陶醉于他身上散发的那种气质。周六晚饭后，她和瑟尔一起在阳台上坐着，沃尔特和莉兹在花园中散步，埃玛则被家务缠住。莉兹经过阳台的时候，总是能听到一阵阵犹如小孩子般的欢快的笑声，这种笑声就像是小溪流淌过幽暗的夜色，映出天上初升的月亮。周日的早上，她悄悄地告诉莉兹，她从来没有这样在一个人面前"放纵"过。"我感觉他有点像某种古希腊才有的邪恶的东西。"她边说边欢快地笑了起来，"这些话可不要告诉你的母亲。"

盖洛比太太发现，想要让这个年轻人离开庄园已经很困难了，因为这个决定会被妹妹、外甥和女儿反对。可是，最后让她打消这个念头的是伊斯顿·迪克森小姐。

伊斯顿·迪克森小姐的住处在村子大街后面的那栋山坡小屋。房子的窗户是由三扇不对称的玻璃组成，彼此交相辉映。茅草房屋的顶上竖起一根烟囱，感觉好像打一个大一点的喷嚏都会把房子给震倒。虽然房子看起来很单薄，但是里面却很整洁。墙面是由奶黄色的灰泥涂成，门窗也被漆成了田园的绿色，窗上挂着鲜亮清爽的棉布窗帘，从窗口可以看到一尘不染的红砖小路，这些细节勾画成一副恬静的田园美景，仿佛是她为圣诞节特制的童话圣地。

童话创作的空闲时间里，伊斯顿·迪克森小姐对手工艺制作也很感兴趣。她经常在她的工作室里用红彤彤的火钳折腾木块。后来，钢笔画成为了时尚，她又醉心于钢笔画创作，后来她的兴趣又转向了剪贴画。她也折腾过一段时间的火漆，后来又玩起拉菲草，再后来是手工编织。虽然她现在也会做手工编织，但是仅限于对作品的改造，不再有新的创作。她似乎对表面平滑的东西情有独钟，就连家中造型规整的冷霜瓶也被她改变成了造型奇特的仿瓷瓶。后来，她的阁楼和储藏间都被她折腾得惨不忍睹，这段时间，她的朋友都把她视为噩梦，可是这并不影响她在朋友们心中的地位。

她的社交活动非常广泛，她为义卖市场提供大量的义卖品，虔诚地参与教堂活动，对好莱坞的作品及著名人士都非常熟识，她也是妇女联合会的核心人物。她每周四下午都会搭乘下午一点的巴士去威克姆，然后在那个改造过的摩斯信徒大楼里面观看电影。要是恰好有一个星期的电影不是她喜欢的，比如讲述无辜女仆悲惨的人生或者有关弦琴的主题等。这个时候她便会把省下的巴士费和电影票钱一起存在壁炉旁边的存钱罐里，直到克罗姆市有更精彩的电影上映的时候，她会把这些钱取出，前去观看。

到了周五的时候，她喜欢在村子的报商那里购买《银幕快报》，仔细地阅读这周将要上映的电影，将自己喜欢的电影标注出来，然后把报纸存好，方便以后有需要的时候查找。她好像对全世界的演员都很熟悉，每一个演员她都能讲述出与之相关的故事。她能解释为什么威尔汉会出现那个叫"大洲"的造型师，玛德琳·赖斯的左脸到底变成了什么样子。

所以，当埃玛拎着一篮鸡蛋走过那条干净的红砖小路去教堂的时候，丝毫没有认识到她已经开始走向自己人生的低谷。

伊斯顿·迪克森小姐跟她说起了拉维尼亚出版的新书。她很热情地向埃玛打听为新书召开的聚会是不是很成功。

"听说聚会后，你们家有新的客人到来，而且据说非常漂亮。"她本身并不是个喜欢八卦的人，只是觉得这是一个打破尴尬局面的好话题。

"对啊，他是拉维尼亚从聚会上认识的，叫瑟尔。"

"哦。"伊斯顿·迪克森显得有些漫不经心，一边把埃玛带来的鸡蛋放进一个白色描花的大碗里，一边跟埃玛聊天。

"据他说，自己是个美国的摄影师。可是，我觉得只要会拍照片的人都能自称摄影师，让别人完全无法否认。就好像以前登记和注册的制度不完善的时候，到处都是'护士'。"

"他叫瑟尔？是莱斯利·瑟尔？天下有这么凑巧的事情吗？"伊斯顿·迪克森小姐拿鸡蛋的手突然停在半空中，转身问她。

"没错，他是叫莱斯利。他自己是那么说的，有什么问题吗？"埃玛有些疑惑。

"你刚才说莱斯利·瑟尔在这里？在我们这里？太让人吃惊了。"

"这有什么让人吃惊的呢？"埃玛更加不解。

"他可是很出名的。"

"我们镇上的村民有一半以上也都是很出名的人。"埃玛似乎并不认同她的观点。

"你说的没错，可是他们并不是那些世界名人的摄影师啊。你知道有多少好莱坞的明星费好大劲才能得到莱斯利·瑟尔给他们拍照的机会呢。这并不仅仅是能用金钱来衡量的，这其中代表的是一份荣耀和特权。"

"我懂了，这就是宣传产生的效果。"埃玛说，"你确定我们家这位跟你说的是同一个人吗？"

"肯定是同一个。这个世界上怎么可能有两个莱斯利·瑟尔呢，而且又恰巧都是美国摄影师。"

"这有什么不可能的？"埃玛似乎并不想认同这个事实。

"我敢肯定他是我说的那个莱斯利·瑟尔，如果你不担心晚祷迟到，我们现在就可以去确认这一切。"

"怎么确认？"

"我这里有一张他的照片。"

"莱斯利·瑟尔的照片？"

"是的。我在《银幕快报》上看到过他的照片。你等一会儿，我找一下。这个消息真的很让人激动。我真的觉得这是世上最让人惊奇的事情，真没想到这么神奇的事情还能在萨尔科特镇发生。"她将一个黄色的柜子打开（柜子上面用一团团巴伐利亚风格的花形图案装饰着），柜子里面整齐地摆放着一堆堆的《银幕快报》。"我得好好想想，好像是一年半或者两年前看到过他的照片。"她很熟练地翻动着旧报纸，从里面找出了两三份。"每一份报纸上我都把日期标注在了边角的位置，封面上也都有目录。"她把报纸摊放在桌子上，"这样，如果我想要找到什么信息不会费太大劲，很便捷。"可是，她们并没有很快找到想要找的那一份。"你快要耽误晚祷了，要不就先走吧，等你回家后有时间再过来，你现在安心去教堂，我先自己找着。"

可是，在没有看到那张照片前，埃玛说什么都不会走的。

"啊，在这里。"伊斯顿·迪克森很开心地说，"就是这篇《佳人与镜头》。每个星期花费三个便士，你不能期待标题和信息同时出现。但是，我相信我的记忆力，应该是这一篇，相比于标题而言，好像文字对他的赞美之情更浓重。看这里，这些作品都是他的，洛塔·马洛，你看多可爱，翻过来，看看这边，这就是他的自拍照，你辨认一下，是你们家的那位客人吗？"

这张照片的拍摄角度很新奇，整个照片允满一种奇怪的暗影，与其说这是一张照片，不如说是 张"肖像"更贴切，可是，这也不是能用传统意义上的肖像画诠释的。但是，不论怎样，也能清晰地辨认出来这就是莱斯利·瑟尔，也就是周末到埃玛家做客的那位莱斯利·瑟尔。除非他有孪生兄弟，而且恰好同名，还都是美国的摄影师。但是，这种假设就算埃玛也是不敢相信的。

她飞快地阅读了文章，果然像伊斯顿·迪克森描述的那样，这篇文章中对这个年轻人和他的作品赞赏有加，给了他很高的评价，就好像是发表在《电影艺术月刊》上的鉴赏文章。文章中写道，他们很希望他能每年都到西海岸拍摄，并且对他其余时间的逍遥自在也表示出了极大的羡慕，而且，还希望他能为新明星进行拍摄，尤其是扮演哈姆雷特的丹尼·明斯基。文章中原话说道："丹尼能让我们笑出眼泪，我们似乎都已经忘了福布斯·罗伯逊创造的原始形象了。这一切当然要归功于瑟尔。"

"没错，是那个……"埃玛强忍住想要说出"家伙"两个字的冲动，赶忙改口。"是同一个人。"

她突然意识到自己可能闯祸了,她不知道这个年轻人什么时候才会离开,因为他是拉维尼亚请来的,要是他没那么快走的话,那么伊斯顿·迪克森小姐一定会想办法去找他。

"太好了,真的是他。"伊斯顿·迪克森小姐很兴奋,"你一定要代为转告,我对他的作品非常欣赏。"

可是,埃玛怎么会做这种事情呢?她自始至终都没有想过会把今天发生的这一切告诉家里人。从伊斯顿·迪克森家里离开后她就直接去了教堂,她坐在长凳上,表情宁静而祥和,一副让人怜惜的样子。那个家伙不仅相貌气质出众,而且还那么有名,这样他对这个家的威胁就更大了。照报纸上的描述,他的名气并不比沃尔特小,而且不容置疑的是,他一定是一个很有钱的人。她刚开始的时候只是因为他的外表而担忧,现在看来他不仅仅是外表让人不放心,他简直是一个完美的情人。

要是她有本事能让黑暗的力量来帮助她打败他,那她肯定会义无反顾地选择这样去做。可是,她现在是在教堂里,只能选择这样去表达她心中的赞美,同时也只能默默地祈祷莉兹能够抵抗住诱惑,不要被邪恶吸引。其实,保佑莉兹就是保佑她能够在未来的某天能够顺利拿到拉维尼亚遗产的继承权。"上天保佑莉兹不会背叛沃尔特。"她默默地祷告,"一旦心愿达成,我将……"她正在想能说点什么去表达一下自己的决心或者是发下一个宏愿,可是,这个时候她却想不起来能说什么,只好不断重复那句话"保佑莉兹不会背叛沃尔特。"她没有再说其他的,只是将自己的愿望如实地表达给了上帝。

但是,即便是她这样做了,也没有安心多少,因为她看到瑟尔正跟她的女儿一起在崔明斯的花园边上散步,两个人似乎相处得很融洽,一路上欢声笑语。她跟着两个人走过教堂外面的小路,那种充满生气,洋溢着爱情的氛围让她觉得很不自在。要知道,这种和谐的气氛很难在沃尔特和莉兹身上看到。

"伯德城堡前有一两个文艺复兴风格的院子,那是我最喜欢的。"莉兹说。很显然,他们在嘲笑富豪的蠢笨,这是他们很喜欢的一个话题。

"他们怎么没有挖一条护城河呢?"瑟尔问。

"或许在他们经商的生涯中挖了太多条水沟了,已经厌倦再挖一条护城河了。"

"可是,在我看来,他们好像根本就没有想过挖一条只为了放水的水沟,要知道他们可是北方人,不是吗?"

莉兹对瑟尔的说法很认可,要知道,英国人和美国人在对北方人的看法上还是很一致的。很快,跟在后面的埃玛就被瑟尔发现了,他热情地跟她打招呼。他们俩和她一起走进房间,丝毫没有觉得有什么尴尬,他们没有因为埃玛的出现而停止他们的话题,反而想叫她一起聊天,让她也享受一下这种欢悦的气氛。

她看到莉兹的脸上洋溢着欢快的神情,这是一种生命蓬勃的气息,她努力地回想上次见到莉兹这种表情是什么时候。她想了一会儿,终于在记忆的深处挖掘了出来,那是许多年前,莉兹第一次看到下雪,而且拥有了属于自己的圣诞树,可是这种欢悦也只是持续了一个小时而已。

如果说埃玛以前只是对莱斯利·瑟尔的相貌有些不满,那么现在,她已经开始彻底讨厌这个人了。

第四章

埃玛多么想瑟尔能够赶紧离开，至少在他有更多的优点出现在她的家人面前之前。可是，她的这种愿望却始终没有实现。瑟尔来英国是为了度假的，在这个城市里他没有什么亲人，而且，他是一个摄影师，崔明斯庄园的景色无疑是他的好素材，他有什么理由离开呢？他本来的想法是去克罗姆找一个条件好点的旅馆当作拍摄休息的地方，这样他可以多拍摄一些奥福德郡天然、淳朴的农舍和乡宅。可是，拉维尼亚对这个想法极其不赞同。他应该继续待在崔明斯庄园，要知道，这里不仅有朋友，还有很多乡间美景，拍摄效果丝毫不会逊色于克罗姆。现在，明明可以住在这种舒适宽敞的环境中，而且有属于自己的卧室，为什么一定要去旅馆的房间里，跟一群素不相识的人住在一起呢？

事实上，就算是瑟尔也想不出拒绝邀请的理由，但是，能让这件事最终得以实现的原因却是一条建议：他和沃尔特可以共同进行一本书的创作。后来没有谁再想起这件事究竟是谁先提出的，但是大家都心知肚明。这本书是从新闻报道的角度出发，宣传点就是英国知名人士和美国人气摄影师联合创作。虽然现在沃尔特是电台的翘楚，可是这才是沃尔特的本行。相信这次合作能给他们带来不小的收益。

这个建议一出来，那么瑟尔离开的日期就不再纠结于周一、周二的问题了，可能很长的一段时间他都会住在这里。看样子，崔明斯庄园里除了埃玛，大家都对这个安排很满意。拉维尼亚还把她的双人座轿车借给他用，因为她说自己写作的时候，车子也是没有什么用处的。可是，瑟尔还是拒绝了她的好意，自己从村里修车厂的比尔·马多克斯那里租了一辆小车，价格也相对便宜一些。"我要经常去一些道路不平整的地方，要是在开车的时候还要担心是否会损坏车辆，这样可不是件好事。"瑟尔这样回答拉维尼亚。但是，在莉兹心里，这是他委婉拒绝拉维尼亚好意的一种方式，由此对这个年轻人更加赞赏。

比尔·马多克斯早就先一步把他的故事讲给了村里的人听："他很认真地掀开引擎盖子查看，样子不卑不亢，动作十分熟练，感觉他好像干过这行一样。"所以，当他晚上和沃尔特一起去天鹅酒吧喝酒的时候，整个镇上的人对他的名字已经不陌生了，已经有了充分的心理准备，所以，当他令人惊艳的相貌展现在人们面前的时候也并没有引起太多惊叹。从镇子外来的人对他的相貌并没有太大的兴趣，只是很渴望能有机会认识他。托比·塔利斯在见到他后也不再满口都是他的版税，刚出版或者要写的喜剧甚至是克里斯托弗·哈顿①的不忠。他觉得自己以前真的太傻了，现在自己也能算得上是一个变态的自大狂了。他看到瑟尔后便向他走了过去，这个时候沃尔特给瑟尔选好位置后便去拿啤酒了。

"我们应该在拉维尼亚的聚会上见过面。"他的语气非常有礼貌，"我叫塔利斯，是写剧本的。"这种表述方式可能更谦虚一些，就像是所有的铁路所有者都会谦虚地称自己是"开火车的"。

"你好，塔利斯先生。"瑟尔说，"你平时都进行哪方面的剧本创作呢？"

塔利斯愣了一下，似乎不知道该怎么回答这个问题。就在这个时候，沃尔特拿完啤酒回来了，而塔利斯还沉浸在思考中。

"行了。"沃尔特说，"我想你们应该已经互相认识过了。"

"沃尔特！"塔利斯回过神来，靠近沃尔特，严肃地说，"我见过他！"

"你见过谁？"这是沃尔特习惯的反问句。

"我虽然没有听说过他，但是我见过他！"

"你觉得怎么样？"沃尔特边问边用余光看了看旁边的瑟尔，越发觉得这个人似乎并没有看起来那么简单。

"感觉非常好,我对他有着很好的印象。"

"你要是想认识他,他叫莱斯利·瑟尔,是库尼·威金的朋友。"

沃尔特感觉塔利斯灰蒙蒙的眼神中透露出些许疑惑的表情,心里便猜到了他的想法。如果说眼前的这个年轻人真的是驰名国际的库尼的朋友,那他会对名声更加显赫的托比·塔利斯一无所知吗?这个年轻人真的没有在说谎吗?

沃尔特将酒杯放下,回到瑟尔的座位旁边,打算好好享受一下这个夜晚。

他注意到了房间的另外一头,这个时候瑟奇·莱托夫正目不转睛地盯着他们这里发生的一切。莱托夫曾经被预定做塔利斯即将问世的新作品《午后》的主角,扮演农牧神。可是,在剧作筹备的过程中出现了一些意外,这部作品不但名字被改为了《目光》,故事情节也被改成了讲述树林里的小侍者,主角也因此发生了变化,变成了一个有着希腊气质的新人。莱托夫对这次变故一直难以释怀。刚开始的时候,他沉迷于酒吧是因为情绪低落,意志消沉。后来,每当酒精的作用退去的时候,他便极其厌恶这种自怨自艾的状态,便继续将自己灌醉。后来,他便不能胜任彩排和表演的工作,失业了。最后,他不得已自甘堕落,走上了芭蕾舞演员这条路,最后连练习都不肯了。慢慢地,他那曾经结实而棱角分明的身体渐渐发福,只剩下那充满暴怒的眼神中还能看到他曾经的辉煌。

莱托夫不再是塔利斯家里的客人了,他后来为了栖身,只得在村子的商店旁边买了一间小破房子。那间房子简陋得简直就是趴在商店的墙壁上。可是,谁也没想到,就是这里让他重新找到了生活的信心,他借助商店这个优势,从一个被抛弃的演员变成了村子里的八卦大王,因此他的生活也充满了乐趣。很快,他便成了村子里唯一可以融入到两派中的人。村里的人都不知道他靠什么维持生计,也不知道他除了喝酒是否还吃别的东西。每天白天,你都能看到他悠然自得地倚在商店的柜台边上;晚上,就会看到他出入天鹅酒吧。

在最近的几个月内,他和托比的矛盾好像缓和了很多。有的人甚至传说他已经开始练习了。这个时候,他的眼睛直勾勾地看着这位来萨尔科特镇做客的新面孔。这位客人的品行和相貌都是百里挑一的,还得到了托比的重视。虽然他和托比之间有过背叛,他也经历过堕落的痛苦,可是,在他心目中托比仍然是他的偶像,仍然是他心中的指望。沃尔特心中暗自嘲笑道,要是他看到自己一心仰慕的托比刚才被轻视的样子不知道会有多么愤怒。这个时候,托比已经了解到瑟尔是一个专门给世界上著名人士拍照的摄影师,这也印证了他之前的猜想:瑟尔早就猜到了他是谁。他其实倒没有觉得很委屈,反而觉得很奇怪。最起码在这十年来,还没有人敢对他这么不客气。但是,他是一个想要把众人的目光集中在自己身上的人,所以,这个时候他正在想尽办法,让眼前这个不速之客对自己刮目相看。

沃尔特这个时候正在一旁饶有趣味地观赏着两人之间的斗争,心中默想,原来在一个人心中根深蒂固的"粗俗"观念竟然真的是存在的。小的时候,同学们把系错领带的人称作"粗俗"的人。实际上,这种说法是多么地荒谬。一个人是否粗俗,无关于外表,只跟他的心性有关。粗俗是指那种愚钝、不敏感又极度神经散光的人。拿托比·塔利斯来打比方,经过了这么多年,他还是没有摆脱粗俗的本性,这也是很让人吃惊的一件事。这个世界上,可能除了圣詹姆斯宫,还没有哪个地方是不欢迎他的。他周游各国,享受着跟王公贵族一样的待遇,受到外交上的尊重。为他制作衣服的都是世界各地的顶级大师,他周旋在各界名流之间游刃有余。如果抛开他粗俗的本性来说,他还是一个各方面条件都很有修养的人。但是,这种粗俗是透进骨子里的。用玛尔塔·哈拉德的话说:"总感觉托比做事情让人感觉别扭。"现在想想,这话似乎很恰当。

沃尔特看了看旁边,正满怀期待地看着瑟尔将如何化解这场尴尬的闹剧。可是,让他感到开心的是,瑟尔正在漫不经心地喝着酒,对这一切并不在意。他发现,这种漫不经心的度把握得刚刚好,多一分少一分都不合适,会让人觉得粗鲁或者不够明显,难以产生想要的效果。这个时候,托比已经把自己逼到了一种非常尴尬的境地,虽然拼尽全力可是却状况百出。沃尔特强忍着想要把啤酒喷出的笑声,而旁边的瑟尔却一如既往地漫不经心、温文尔雅。

沃尔特心中默默地想，要是再喝下去，估计这里就会上演一场热闹的争斗了。于是，他决定喝完就赶紧走，以防止冲动的瑟奇一会儿冲过来。正当他脑海中浮现出来这种想法的时候，有一个人冲他们走了过来，这个人不是瑟奇，而是塞拉斯·威克利。

威克利已经从吧台那里观察他们有一段时间了，这个时候，他便端着酒杯过来跟他们打招呼。沃尔特心里特别明白他过来的原因：第一，他的好奇心很重，就像女人一样；第二，他对美好事物的好奇心跟对丑恶事物的厌恶感一样强烈。他对一切漂亮的东西都很憎恨，没错，他的这种憎恨感让他赚了不少钱，当然，这也不能完全归结到这个原因上面，他的这种憎恨感是天生的。他喜欢的那个世界就是莉兹嘴里描述的"热气腾腾的粪肥"和"狂风暴雨"。有的人因为讨厌他的写作风格而故意模仿借此讥讽他，可是，就算是文笔再有灵气也不能把他怎么样。他在美国关于文学的演讲还是取得了很大的成功，并不是因为他那些另类的文字，而是因为他的形象。他有着高大的身材，黝黑的皮肤，面色憔悴，说起话来慢条斯理，声音沙哑，有气无力。在美国，很多女性读者看到他这个样子都想把他领回家好好调养，让他不至于看起来那么孱弱，至少也要让他看起来积极乐观一些。在这方面，英国人可远远不如美国人慷慨。因为在这里，人们都把他看作是一个奇怪而讨厌的家伙，甚至觉得他是个傻瓜。拉维尼亚每次提起他的时候都会说他是个讨人厌的家伙，整天摆出一副在寄宿学校受欺负的样子，在她心目中他就是个神经不太正常的家伙。（可是，他也没有对拉维尼亚有什么好评，总是称作"菲奇那个女人"，就像是在说一个犯过罪的人。）

威克利走到了他们面前，因为莱斯利·瑟尔的俊俏是他不能装作没看见的。沃尔特心里也感觉奇怪，可能瑟尔已经能感觉到了吧。瑟尔刚刚用漫不经心的态度把那个热情的托比打发走，现在却又不得不面对心怀怨怼的塞拉斯。沃尔特觉得这些有点像女人间争斗的把戏，他心中料定不会超过15分钟，塞拉斯就会被瑟尔给打败。他的眼睛停留在后面那个时钟上，开始计时。

瑟尔却超水平发挥，仅仅10分钟就让这个满怀恨意，铆足了劲儿的家伙败下阵来。威克利两眼凹陷，眼神中充满着窘迫，比刚才那灰蒙蒙犹如死鱼般的眼神更为可怕。沃尔特这时候差点就要笑出声。

很快，瑟尔就戏剧化地结束了这场表演，不给塞拉斯和托比任何可以扭转乾坤的机会。这个时候，他温文尔雅地说："不好意思，失陪，我在那边看到一个朋友。"然后不紧不慢地站起来，径直向吧台走过去。那个朋友就是修车厂的老板比尔·马多克斯。

沃尔特喝了口啤酒，他觉得看着这些人的表情会让他很开心。

只是，后来他再想起这些事情的时候，总是有一丝丝的不安。这种玩笑看起来很轻描淡写，背后却隐藏着一种残忍，只是当时没有彰显出这种痕迹。

这个时候，他还没有意识到这些，只是看着这两个可怜虫的表情很可笑。塞拉斯·威克利狠狠地把自己杯子里剩余的酒灌进肚子里，厌恶地把自己眼前的杯子推到一边，然后闷不做声地离开了酒吧。他好像要把自己在某个密室中痛苦的记忆删除掉一样，对自己的失败感觉到万分愤怒。沃尔特心中出现了点疑惑，拉维尼亚的话还是有点道理的，威克利确实像个神经病。

托比·塔利斯却是另外的一种样子，他现在完全不知道什么是退缩和厌恶是什么，这个时候他正准备重整旗鼓再战。

"你的那个朋友，也就是那个年轻人，看起来不太聪明。"他的眼睛看着正在和比尔·马多克斯聊天的瑟说。

"不聪明？"沃尔特并没有觉得用这个词形容瑟尔是对的，但是他也没有多说什么，因为他心里明白，这不过是托比为自己刚才的失败找一个台阶下而已。

"你记得带他来看看胡屋。"

所谓胡屋是一栋很精致的房子，在萨尔科特镇是非常有名的，因为它有着粉红、乳白和艳黄色的成排尖屋顶。以前，这是一家旅馆。据说，建造胡屋的石材是从离这里很远的修道院运来的。现在它已经不仅仅是一个建筑了，而是一种品质的象征，价值不菲。后来无论买家出多么高的价格，托比也不肯出售。现在他已经在这里住了好多年了，可是，他对家的概念很淡漠，经常每隔两年就会换个居住的地方。

"他会在你家住很久吗？"

沃尔特说他会跟瑟尔一起创作一本书，但是现在还没有思路。

"是像《浪游奥福德》这样的作品吗？"

"有点像那种感觉。我们分别负责文字和图片的部分，但是现在主题还没有确定下来。"

"这个时候确实不太适合浪游。"

"但是这个季节适合拍照，在这里还没有被草木占据之前。"

"也许是你那一位摄影师朋友对胡屋感兴趣呢？"托比边说边拿起酒杯，若无其事地向吧台那边走去。

沃尔特并没有跟着他走过去，想着刚才瑟奇·莱托夫出现后一共喝了多少杯酒。他估计再有一两杯的工夫他就该开始闹事了，现在这个时间应该是到一个临界点了。

托比把酒杯放在了吧台上，一会儿和酒吧老板聊天，一会儿又跟比尔·马多克斯扯两句，最后话题的重点当然落在了瑟尔身上，这种过渡自然而娴熟。

"你有机会一定要到胡屋参观。"过了没多久沃尔特就听到了他的声音，"那里确实很漂亮的，你应该会对那些房子感兴趣。"

"以前没有人拍过那里吗？"瑟尔有些奇怪。这种惊讶没有厌恶的情感，只是单纯的很奇怪，吃惊于为什么没有人发现并记录下来这种美丽的事物。可是这句话在托比听来更像是质疑：这怎么可能呢？有什么关于托比·塔利斯的事情没有被宣传过呢？

这句话让久久没有爆发的瑟奇彻底被点燃了。

"当然拍过！"他的声音像爆炸的鞭炮声，猛然从酒吧的角落里窜出来。那张因为暴怒而扭曲的小脸好像马上就要贴到瑟尔的脸上。"很多人拍过！胡屋被全世界很多著名的摄影师拍摄过无数次，所以，那么珍贵的建筑根本没有必要降低自己的身价让你这种从印第安人手里抢夺地盘的外行人来侮辱。就算你长得俊俏，染着头发，也不过是个道德缺失的……"

"瑟奇！"托比怒喝，"不要说了。"

可是，这对这个已经喝醉的人来说并没有什么大作用，那些不堪入耳的话还是一连串地蹦了出来。

"瑟奇，你难道没听到吗？我让你闭嘴。"托比边说边把瑟奇从瑟尔身边挤开。

这个动作更加激怒了瑟奇，他提高了声音，辱骂的话语更是不断涌出，不过，好在他吐字不清晰，人们只能听到一连串模糊不清的英语中间夹杂着些许西班牙语和法语。要知道，在这种混乱的英语语句中夹杂上几句另类语言还是让人有耳目一新的感觉。"你真是个来自中西部的魔王路西法[②]。"这是这些句子中比较好听的一句了。

托比抓着他的衣领，想用力把他拖离这里，可是他却把胳膊往外一伸，直接伸向了托比刚才放在吧台上的酒杯。他一把夺过了杯子，把一整杯酒都泼到了瑟尔的脸上。瑟尔出于本能躲闪，酒正好散落在他的肩膀和脖子上。瑟奇像一头发疯的狮子，将酒杯举起，就要砸向瑟尔，这个时候酒吧老板雷夫的大手已经把他的手腕牢牢地扣住，他因为疼痛而松开了拿杯子的手。雷夫高喝一声："亚瑟！"

这个酒吧里不像其他酒吧一样有保镖，因为它不需要。这里一旦发生什么事情，亚瑟·特贝茨就能解决。他是村庄的牧民，长得高大威猛，动作比较缓慢，是解决这种问题最合适的人选。

"好了，莱托夫先生。"亚瑟说，他高大勇猛的身躯在这几个娇小身形的人面前显得更加魁梧。"这种小事情根本不值得这样争吵。要怪就怪那些松子酒，莱托夫先生，我以前跟你说过了，你不能再喝这种酒了。莱托夫先生，我现在带你出去吧，咱们出去呼吸一点新鲜空气，这样估计你会好受一些了。"

瑟奇并不想出去，也不想跟任何人走。他现在唯一的想法就是把这个萨尔科特镇的不速之客杀了。可是面对高大的亚瑟，他却也没有其他的办法。亚瑟友好地伸出胳膊，把他的肩膀揽住，轻轻地把身体倾斜。亚瑟的胳膊力量大得可怕，粗壮的胳膊就像山毛榉的树干一样粗壮，瑟奇被动地跟着他乖乖地出了酒吧，两个人一起消失在傍晚的雾霭里，瑟奇的嘴里还在不停地咒骂着。大家都明白，这些话就像他的口头禅一样，不知道被反反复复说了多少遍。

很快那铺天盖地的咒骂声便消失在了酒吧外，客人们都感觉轻松了好多，继续享受休闲的时光。

"先生们。"托比·塔利斯开始张口，"我代表戏剧界向大家说一声对不起。"

可是这句话的表达并不是很巧妙，一点也不像是一个演员在自然地缓和场面的尴尬，反而像是托比·塔利斯在强调他在戏剧界具有的地位。托比总是在做一些让大家觉得别扭的事情。如果说他的这句话对目前尴尬的场景起到什么帮助的话，那可能就是引起了大家一阵阵的嘲笑。

老板正在帮瑟尔擦拭被酒弄脏的肩膀，他请他到吧台的后面，他太太会有办法帮他弄干净外套，这样酒干后就不会留下气味。瑟尔委婉地拒绝了，语气一如既往地温和。看起来他急于离开这里。沃尔特心想，这个环境可能真的让他不自在。

他们跟托比道别，很快便消失在黄昏的美景中，可是，托比仍然以戏剧界代表的身份为刚才的事情道歉。

"他说话总是那么粗鲁吗？"瑟尔问。

"你是说莱托夫吗？他以前也总是闹事，只不过这次最严重，我没有想过他会动手。"

在路上他们碰到了正在返回酒吧的亚瑟。沃尔特询问刚才那个捣乱的家伙现在怎么样了。

"他回家了，"亚瑟说，脸上泛出一丝笑容，"他跑得飞快，简直就是离弦的箭。就他那身板还想打人，我看看揍野兔还差不多。"说完他继续朝酒吧走去。

"现在距离晚饭还有一段时间。"沃尔特说，"要不我们沿着河边回去，走小路。刚才的吵闹让人感觉心情不爽，希望你的工作已经让你对这些事情习以为常。"

"嗯，以前倒是被骂过，可是却从来没有挨过打。"

"我敢打赌以前绝对没有人用'来自中西部的魔王路西法'这样的话来骂你，瑟奇也真是可怜。"沃尔特停在了磨坊屋下面，靠在桥上，观赏着远处拉什米尔河上的夕阳。"有句老话说得很对：'爱情会让人不理智'，当真正爱上一个人的时候，就像瑟奇忠于托比那样，我估计你也很难会如此理智的。"

"理智。"瑟尔说。

"是的，所谓不理智，在我看来就是让事情变成另外一番样子。"

瑟尔沉默了许久，安静地看着眼前静默的河水慢慢地向桥这边涌来，在桥下遇到障碍后，便激荡出层层水花。

"理智。"他又默默地念了一遍，眼神停留在桥下水流最汹涌的地方。

"我没有觉得他是个疯子。"沃尔特说，"他仅仅是不理智而已。"

"理智很重要吗？"

"没错，很重要。"

"可是，我并不那么认为。"瑟尔说。

"正好相反。生活中所有混乱的事情，小到拥挤的巴士，大到挑起的战争，大多都是因为理智的缺失造成的。看，磨坊的灯是亮着的，玛尔塔一定是回来了。"

他们抬头看着，模模糊糊的大房子在微暗的夜色中闪现出些许光亮，就像一朵缓缓盛开的苍白花朵。房间里面只有一盏亮着的灯，在昏黄的夜幕中照向靠近河的这边。

"莉兹应该对这种灯光情有独钟。"瑟尔说。

"莉兹？"

"对啊,她喜欢这种明亮中带点黄色的灯光,特别是黄昏的时候,因为这个时候的灯光不会让人有那种惨白感。"

这是沃尔特第一次被迫把瑟尔和莉兹联想到一起。他以前从来没有怀疑过他们的关系,因为莉兹在他心里并不是他的所有品。这种看似无私的心态,如果不是基于他把他们之间的关系看得那么自然而然,就可以看作是他大度。可是,如果用催眠术把沃尔特的思想进行深入挖掘,可能,在他的潜意识里,莉兹可以很好地照料他的生活起居,就算是现在这种感觉上出现了一层阴影,让他出现了清醒的感觉。他并不是一个擅长分析自己感情的人,他非常率真(就是这种率真,让他可以在广播中任意妄为,虽然让玛尔塔产生厌烦的感觉,却博得广大英国听众的喜爱),在他的脑海中,可能更在意怎么才能让别人快乐,行事得当,因为这样就会得到莉兹的喜欢。

他跟莉兹之间已经相识许久,他理所当然地认为自己了解她的一切,对她任何事情都不会觉得意外。可是,这个细节却深深地触动了他,这是他并不熟知的,他不知道这个时候的灯光竟然是她喜欢的。

可是,这个新来的客人,瑟尔,却知道这些。

更不能接受的是,他居然还能记得。

沃尔特一直满怀的自信仿佛瞬间被挑战了一下。

"你见过玛尔塔·哈拉德吗?"他问。

"没有。"

"那你一定要跟她见一面。"

"但是,我看过她演出的戏。"

"哪一部?"

"《漫步黑暗中》。"

"哦,这是她演出很成功的一部戏,在我眼里这是她最成功的一部。"沃尔特说,并很快把这个话题结束了,他对《漫步黑暗中》并不感兴趣。也许这部戏是哈拉德的代表作之一,可是,这里面也有玛格丽特·梅里亚姆。

"现在去拜访她不可以吗?"瑟尔看着眼前的灯光说。

"因为现在快到进晚餐的时间了,玛尔塔不喜欢别人随便打扰她的生活。我想,她之所以选择居住在这么偏远的磨坊,也是这个原因吧。"

"那么我明天可以让莉兹带着我来拜访她。"

沃尔特强忍住想要质问"为什么是莉兹"的冲动,突然想到明天是周五,他全天都会在城里录节目,因为每周五都是他固定广播的日子。他自己都差点没有想起来,可是,瑟尔却记得,这又在他心里留下了一丝阴影。

"是的,或者她还会跟我们一起共进晚餐,她对美食还是很偏爱的。现在,我们应该往回走了。"

可是,瑟尔丝毫没有要动弹的意思,眼神一直停留在那逐渐变暗但是仍然闪着粼粼白光的河水边的垂柳小路上。

"我有思路了。"他说。

"什么思路?"

"主题,思路,框架。"

"你是说书?"

"没错。就是这条河,我们以前怎么没有注意到呢?"

"对,河流,以前怎么没想到呢?这条河不仅仅流过奥福德。这确实是个不错的主意。泰晤士河、塞汶河都被别人用了无数次,为什么拉什米尔河就不行呢?"

"仅仅一条河流能够我们写成一本书吗？"

"没问题。"沃尔特说，"我想这是一个最好的选择了。它的发源地是那片坡地，那里有成群的羊、石墙，还有山野。再往下可以看到田园美景、精巧的农舍，宏伟的谷仓、美丽的树木和乡村教堂。紧接着便是那个传统的英国小镇威克姆，在以前，这里经常有佃农从镇子里长途跋涉去伦敦拜见查理国王，就像现在村民们把小牛羊赶上火车运往阿根廷没什么区别……"沃尔特从口袋里把记事本拿出来，可是很快又放下了手。"对了，还有湿地，要知道，黄昏的时候，会有成群的野鸭飞过天空，云朵从天空大片大片地飘过，草丛也随风舞动。还有那个荷兰风格的港口，密尔港，这也是另外一种有特色的风貌，小镇的好多地方都有各色建筑物，渔船往来于港口之间。海鸥、海景、山形墙，这些都是好的素材，太好了，瑟尔。"

"那我们从什么时候开始？"

"现在我们要思考的是怎么开始。"

"需要准备条船吗？"

"其实，只需要一条平底船就够了，一条小艇也行，但是宽度要小，能穿过桥洞。"

"平底船。"瑟尔似乎不太明白，"是用来捕获野鸭的那种吗？"

"有些类似。"

"那个好像不太好用，似乎独木舟更好。"

"独木舟？"

"对，你能划吗？"

"我只是小时候在水塘里划过。"

"至少你会划，慢慢就能熟练掌握的。我们应该从上游的哪个地点开始呢？划独木舟？听起来很刺激，这个主意真不错，现在连书名都可以起好了，就叫拉什米尔河上的独木舟。这个书名很有诗意，就像《铁血金戈》和《中国油灯》③，是不错的书名。"

"刚开始，我们得步行才可以，从牧区那边出发，步行到奥地利。到了奥地利估计我们就能划船前往了，但愿老天能保佑我们，我并不觉得我们在独木舟里会有多么舒适的感觉。我们身上可以带一个小包，河流的源头听说是野地的泉水，我们可以从那里开始。然后步行到奥特丽或者卡佩尔，然后划着独木舟到海边。在拉什米尔河上划着独木舟想起来感觉就很好。我明天正好进城，到时候我跟科马克·罗斯商量一下，看看他对出版有什么兴趣。如果他对我们的主题不感兴趣，我还有很多出版社可以联系，我估计他们都会抢着出版。毕竟罗斯要看着拉维尼亚的脸色办事，我们的首选当然还是他。"

"他一定会感兴趣的，"瑟尔说，"你现在应该能算作是这里面响当当的人物了，我说的没错吧！"

这句话似乎听不出有什么嘲讽的意思。

"其实，我应该跟德汉姆出版社先探讨一下。"沃尔特说，"他们曾经帮助我出版过一本有关农场主题的书，但是，效果很糟糕，而且，我们在图片的问题上也出现过不同的意见，最后书的销量也并不理想。"

"我想那书应该是你当主持节目之前出版的吧。"

"是的，"沃尔特沿着桥往回走，经过小路，准备回家吃饭，"在出版了那本书之后，他们拒绝了我想出版诗集的请求，所以现在我有充分的理由不找他们出版。"

"你写过诗？"

"有谁不写吗？"

"我啊。"

"哈哈，傻瓜。"沃尔特有些亲昵地说。

这一路上他们的话题都集中在如何才能实现泛舟河上的计划。

①克里斯托弗·哈顿：英国伊丽莎白一世的宠臣。
②路西法：按照《圣经》记载，是最美丽的天使，后来因为反对基督而成为魔王。
③《铁血金戈》和《中国油灯》：均为电影名。

第五章

到了第二天早饭的时候，沃尔特说："跟我进城去见罗斯吧。"

可是，瑟尔似乎并不感兴趣，他还是留恋乡间。他说这个时候的乡村春意乍现，是最适合拍摄的，又何必再去别的地方呢？更何况，他连罗斯是谁都不知道，第一次见面，似乎还是沃尔特自己过去比较合适，等到下一次的时候，他们再一起去详谈。

沃尔特似乎有些失望，可是，就连他自己也不清楚这股莫名其妙的失望从何而来。

但是，当他开车前往城里的时候，心里并不是像以前那样想着广播的事，他的思绪仿佛被崔明斯庄园的事情牵绊着。

他来到罗斯这里，跟他说了他们关于《拉什米尔河上的独木舟》这本书的想法。罗斯说他对这个想法很感兴趣，而且，他为了能争取到这本书的出版权，还忍痛让了2.5%的版税。可是，这并不是他们之间最终签订的协议。他又说，这个事情需要最终和克罗默蒂商量后才能确定。

大家可能会觉得罗斯和克罗默蒂合作是因为好玩儿。因为，所有人都觉得科马克·罗斯自己经营一家出版社绰绰有余，在表面上看来，根本没有必要拉一个人入伙，特别是像克罗默蒂这样并没有什么才华的人。可是，科马身上却有着所有苏格兰高地人的脾气，那就是很难拒绝别人。他希望别人能看到他的好，于是，他便把克罗默蒂拉来当作他的挡箭牌，如果这本书成功地被签下，那功劳就是他的。如果签一本书失败，那这个责任正好可以推卸到克罗默蒂的身上，理由就是，克罗默蒂不同意合作。当然，这种做法也遭到了克罗默蒂的反对，有一次他说："就算你想要以我的名义来退稿，那至少也应该把书稿拿给我看一眼吧。"当然，这种说法有点夸张，其实，大部分被退稿的书他都是看过的。

现在，罗斯面对着这个英国的公众人物提出的出版计划，习惯性地又把克罗默蒂拿出来当挡箭牌。可是，他的脸上已经不由自主地透露出满意的神色。最后，他满怀喜悦地把沃尔特留下来共进晚餐，还特意上了那瓶价格不菲的罗曼尼—康帝的葡萄酒。可是，沃尔特似乎并不是很感兴趣，因为对沃尔特而言，啤酒更有吸引力。

就这样，沃尔特在享用完勃艮第美酒后，怀着对客观版税的憧憬回到了演播室。可是，这个时候的他却很难安心地待在演播室里。他的心思早就飞走了，飞回了萨尔科特镇。

在他每周播出的节目中，都会有一个嘉宾来到演播室，这个嘉宾的身份多是和《野外》相关的。他最近对这个节目很上心，因为，他想让这个节目中更多的出现惠特莫尔的信息。受邀嘉宾有的是曾经的偷猎者，有的是住在澳大利亚边区的牧民，观察野鸟的人，住在萨瑟兰郡的饲养员，到处去找橡子来并把它们摁在水里的妇女，还有靠着饲养的猎鹰打猎的业余狩猎人，总之，一切愿意和他们合作的人都会被邀请。到了节目后半部分，沃尔特讲话的机会就很少了。

这期节目中的嘉宾是一个名叫哈罗德·迪布斯的小男孩儿，他饲养了一只非常温顺的小狐狸。可是，这个顽皮的孩子却并不讨沃尔特的欢心，这让沃尔特也感到很郁闷。要知道，他对他的嘉宾一向是很喜欢的，他把他们看作是他的兄弟，对他们充满热情。也就只有在演播室里，他能感受到他是这么地热爱别人。可是，这期节目里，他却对嘉宾并不感兴趣，不仅如此，他甚至对这个男孩儿还有眼前那只看起来有些蠢笨的狐狸感到厌烦。他看着眼前的哈罗德，觉得他的下巴长得很奇怪，看起来也觉得像狐狸。或许，这只狐狸之所以能跟他产生这么深厚的感情，是因为在这个男孩儿身上能找到同类的感觉。沃尔特有些后悔自己为什么会产生这种感觉，所以，为了减轻自己的愧疚感，他主持的时候声音非常热情，可是，在别人看来却有些做作。于是，这次的节目成为了沃尔特演播生涯的败笔。

  播音的不成功，让他的脑海里始终存留着关于哈罗德的记忆。因为，这次的主题是"蚯蚓在英格兰起什么作用"，而节目中则特意强调了英格兰的惠特莫尔风格。要是换作别的主持人，话题的切入点可能是在蚯蚓与大自然的关系上，可是，这样的引入却没有什么吸引力，要知道，很少有人对蚯蚓或者是大自然产生浓厚的兴趣。沃尔特却另辟蹊径，用莎士比亚的一个话题把蚯蚓这个主题巧妙地引出，于是，传达到观众耳中的信息就是，大批量的蚯蚓竟然成功把西海岸的灰白岩石变成了现在富饶美丽的英格兰。明天早上最早一班的邮递员就会带来57封来自北部边境的读者来信，信件的内容就是讲述苏格兰也曾经历过同样的改变。但是，这些反应对于久负盛名的沃尔特来说并不稀奇。

  沃尔特在主持节目的时候有一个比较独特的习惯，就是，他喜欢对着某一个特定的人讲话。因为这个习惯的存在，让他在节目中显得很亲切自然，这也成为了他标志性的特点。但是，这个人并不是一个真实存在的人，他甚至都不会费力去想这位一直陪伴他的虚拟观众的样貌。有的时候他会把他想象成因为来自里兹的老小姐，有的时候在他的脑海里会出现一个从布里奇沃特医院里走出来的小女孩儿，有的时候他又会默认为是一个守护苏格兰灯塔的守护工。可是，今天的节目，他的话更想说给莉兹听。莉兹是他节目的忠实粉丝，每一期节目她都会按时收听。这种习惯的感觉甚至让他这么久以来从来没有想过把莉兹当作倾诉的对象。可是今天，他心中却出现了一种奇怪的感觉，这种感觉像是一种占有欲，想让莉兹永远守护在自己身边，他非常确信莉兹就在收音机前，于是，这一次，他的虚拟听众变成了真实的，他想跟莉兹说点什么。

  可是，播音的效果远远没有达到他的预期，每当他想到莉兹的时候，他的思绪便脱离的原本的主题，脑海中不由自主地浮现出一种场景，黄昏下粼粼的河水、暮霭下渐渐模糊的垂柳，还有磨坊里那盏昏黄的灯。他耳边仿佛飘过一句话："这种灯光是莉兹的最爱。"他的注意力已经不能集中在蚯蚓和英格兰上了，而且说话也开始变得有些混乱，脑海中原本存在的那种自然的景象也不复存在了。

  他很讨厌这种感觉，虽然他也想不通为什么会出现这种感觉。不过，作为一个资深的主持人，他并没有因此而方寸大乱，还是很平静地继续主持，他默默地在听众送来的签名册上签名，并且熟练地应对下面的场景：（一）有听众想邀请他参加洗礼仪式。（二）有听众想让他赠送一个领结。（三）有19个听众想来节目现场做客。（四）有七个听众想让他帮忙获得贷款。在解决完这些事情之后，他便准备回家。可是在回家的路上，他脑海里突然闪过一个念头，便开车回去给莉兹买了一盒巧克力糖。要知道，他已经很长时间没有送礼物给莉兹了。他特意把礼物放在仪表盘上面的格匣里，他想以后要保持这个好习惯。

  当在拥挤的车流中行驶过有些狭小的马路，来到那条宽敞的主干公路上的时候，他的思绪才慢慢地从莉兹身上转移开，开始注意到她背后的那个人，瑟尔。瑟尔，为什么那个可怜的瑟奇会把他叫作"中西部来的路西法魔王"。路西法，也就是晨光王子的代称。要知道，在他的心中，路西法一直是一个高大、华贵、热情的形象，这好像和身材娇小的瑟尔根本不符合。那么，他的身上究竟有什么特质让瑟奇联想到路西法呢？并且会想起这样的一句话来骂他。

  路西法，代表着堕落的荣耀，是从光辉变向邪恶的过程。

  他的心中不由得浮现出这样一幅画面。他和瑟尔漫步在农场中，瑟尔的金发在风中凌乱，他把双手深深地插进那英格兰风情的法兰绒裤兜中。想到用路西法形容他，沃尔特忍不住笑出声。

  但是，他不得不承认，瑟尔确实太美了，这种美让人有些奇怪，虽然说不出奇怪之处在哪儿，可是，这种感觉并不像一个男人应该有的。

也许就是这种奇怪的感觉，才让瑟奇脑洞大开，联想到堕落天使的代表路西法。

可是尽管如此，瑟尔还是个不错的年轻人，况且他们还要进行合作。更重要的是，沃尔特和莉兹的婚姻已经是确定了的，所以，不可能出现……

他暂时不愿去想更多了，他不会担心一个有着魔鬼天使般面容的年轻人会有能力夺走一个已经跟知名主持人订婚的女人。

他开车回家的速度比往常更快，把车停好之后，他便把放在格匣的巧克力拿了出来，准备一进屋就把这个惊喜呈现给莉兹，最好还能适时地献上一个甜蜜的吻。而且，他还有一个好消息要宣布，那就是科马克·罗斯对他们的书很感兴趣，并且开出了很有诱惑力的条件。他现在真的很期望自己赶紧来到客厅。

他走过空旷宽敞的客厅，厅内透出用嫩树枝炖煮大黄的味道，虽然客厅和厨房之间隔着一层有些过时的绒面门。客厅里只有拉维尼亚一个人在，还是像往常一样给人一种舒适的感觉。她以一种舒服的姿势坐在那里，脚搭在壁炉板上，把当天的精英周刊随意地摊放在膝盖上。

"真是有些奇怪。"拉维尼亚的目光从《守望者》上离开，"当作家真不容易。"

"姨母，怎么就你自己在？"

"这本破书以前明明是对塞拉斯·威克利很赞赏的，怎么现在他出名以后就完全不同了呢。埃玛就在楼上，其他的人出去了。"

"出去了？他们去哪儿了？"

"我也不知道，吃完午饭后他们就一起开着那辆从比尔·马多克斯那里弄来的那辆小破车出门了。"

"午饭过后？"

"'这种重复的描写不够细致，就像海报一样。'对，没错，因为我下午没什么事让莉兹帮我干，所以就让她出去玩了。这么好的天气，不出去岂不是可惜吗？"

"可是还有10分钟就要吃晚饭了。"

"对啊，看来她们来不及吃晚饭了。"拉维尼亚边说边继续低头看那则抨击塞拉斯的新闻。

要是这样的话，莉兹今天根本没有收听广播。沃尔特在广播里说的那些话她根本没有听到。这个时候，他感觉脑袋有些蒙。可是，实际上，他幻想出来的那些里兹的老小姐，住在布里奇沃特医院的女孩儿，守护苏格兰灯塔的人不也都不是现实中存在的人吗，他们也不会收听广播的。但是，莉兹一直都会收听广播的，这是她应该做的事情。因为，沃尔特是他的未婚夫，这个广播是他对着全世界播出的节目，她理应坐在收音机旁。可是现在，她却抛下他独自对着空气诉说，而她却满心欢喜地跟瑟尔出去游玩了。这天可是星期五的下午，她甚至都没有考虑到有什么特别之处，就直接出去了，谁知道她会跟瑟尔去哪里，他不过是一个刚刚认识七天的人。况且，她一直到现在都没回来，枉费了他的热情，他费尽心机地买礼物来讨好她，她却跟别人出去了，这真是件令人感觉不爽的事情。

这个时候牧师来了。大家似乎根本没想起来他要来吃晚饭这件事，他一直都是这样的。沃尔特却不得不耐着性子跟他继续讨论关于蚯蚓的话题，但是，这个话题沃尔特下午的时候已经讨论过很多次了。牧师在听完广播后对这个话题兴趣盎然，他现在所有的心思都集中在这上面。

盖洛比太太这个时候来到了客厅，非常礼貌地跟牧师打了个招呼，然后走出了客厅，她准备在已经做好的菜上添点豌豆，在已经炖好的大黄上盖上糕点。

时间好不容易爬过了20分钟，可是，那一对已经出去一下午的男女却还是没有回来。盖洛比太太已经决定开饭了。沃尔特这个时候也不再像刚才那样烦躁，他想莉兹没准儿已经死了，要知道她可从来没有耽误过晚饭。也许她死在了一个陌生的水沟里，或者被车轧死。瑟尔可是个开车莽撞的美国人，他可不习惯在英国崎岖的小路上行驶。没准儿他们在某个拐弯处撞车了。

他的心情很低落，无聊地摆弄着碗里的汤。旁边的牧师还在喋喋不休地谈论神鬼学，这让他心情更沮丧。不论何时何地牧师都喜欢把神鬼学挂在嘴边上，可是，这不是沃尔特的兴趣点，但是值得庆幸的是，至少不用再讨论蚯蚓了。

一阵欢笑的声音打破了沉静，沃尔特萎缩成干蘑菇的心瞬间被什么东西揪住，那是莉兹的声音。他们两个人满脸欢喜气喘吁吁地走了进来，虽然满嘴都是迟到的歉意，但是看得出来，他们很庆幸家人们没有因为等他们而耽误晚饭。莉兹来到牧师面前，把瑟尔介绍给了他，然后便坐下大口喝汤，好像饥渴了一下午的难民，从进门到现在，莉兹似乎并没有想起来要对沃尔特说点什么。他们下午的时候游览了周围所有的景点，先去了图尔斯的修道院并在附近的村庄逛了逛，后来，他们在路上碰到了养马的彼得·马西，便跟随他去了马场，然后带着他一起去了克罗姆那里。他们一起陪克罗姆喝茶，从克罗姆家里离开后他们恰巧碰到《火车大劫案》在剧院上映，这可是有很强的吸引力的，他们便在耐心看完展览后，兴致勃勃地去观看了电影，这也就是他们会耽误晚饭的原因，但是，这的确是一部值得花费时间的电影。

饭桌上的大部分时间他们都在兴致勃勃地谈论《火车大劫案》。

"沃尔特，下午广播顺利吗？"莉兹一边伸手拿面包一边问。

她并没有提起错过广播的事情，真是很糟糕。可这个时候她居然还吃得这么香，在吃饭的空档才想起来询问有关广播的事情。

"你可以问问牧师。"沃尔特说，"他收听了。"

牧师很高兴能讲解有关广播的事，沃尔特却发现莉兹和瑟尔都心不在焉。这中间，莉兹把东西递给瑟尔的时候，他明显地看到莉兹脸上透出一种亲昵的感觉。他们两个都很高兴，不仅仅是因为自己，也因为对方，更为了这一起度过的愉快的一天。

"罗斯怎么说你们的书？"在听完有关蚯蚓的话题后，瑟尔问沃尔特。

"他对这个想法很感兴趣。"沃尔特说，可是，他心里却巴不得写书这件事不存在。

"你对他们的计划有所耳闻吗？"盖洛比太太问牧师，"他们计划写一本讲述拉什米尔河的书，从起源地写到入海的地方，瑟尔先生负责拍摄的部分。"

牧师听完后很兴奋，又开始了滔滔不绝的讲述，还问他们是打算徒步旅行还是骑驴子去。

"我们先徒步一段，到达奥特利后再换成船。"

"从水上走？可是，拉什米尔河上暗礁很多。"牧师有点担忧。

"他们跟他说起打算坐独木舟的想法。牧师对这个想法还是赞同的，比较适合拉什米尔的水况，但是，不知道独木舟从哪里买。"

"我今天碰到科马克·罗斯，跟他说起过这件事。"沃尔特说，"他告诉我在基尔纳应该能买到，也就是那个专门在密尔港给世界各地买家提供小船的那个。上次乔·基尔纳在曼赛尔的奥里诺科河之行的时候用的那个折叠式小艇就是出自这里。后来他还后悔设计得太简单，要不然能把它做成滑翔机。我计划明天和瑟尔一起去一趟基尔纳那里。瑟尔，你有空吗？"

"没问题。"瑟尔说。

牧师后来把话题转移到钓鱼上，他问瑟尔对钓鱼有没有兴趣，瑟尔说他不喜欢钓鱼，可是，牧师对钓鱼的兴致很高，大谈特谈有关假钓饵的话题，这可是牧师仅次于神学第二大兴趣爱好。在之后的饭桌上，大家就一直在听他谈论有关假虫饵的话题。他们对有关如何把黏合粉跟果胶混合在一起这类纯研究性的话题一定都不感兴趣。这个时候，他们的脑海里都各自在思索自己的事情。

沃尔特最后还是决定把那个装着巧克力糖的白色包裹放在过道的桌子上，他想看看莉兹会不会主动问起。他刚才进餐厅的时候就把它放在那里了。到那个时候他就装作若无其事的样子告诉她里面是什么，他想她一定会为今天的所作所为心怀歉意的。他那么在乎她，她却把他抛诸脑后。

晚餐结束从餐厅离开的时候，他瞥了一眼，那个包装精美的包裹还完好无损地放在那里。可是，能看出来，莉兹在进门的时候也放了个东西在那个桌子上。那是一盒包装精美的糖果，这盒糖果最少也要有四磅重，而且是出自克罗姆最高档的糖果店。包装盒是奶黄色的，上面隐隐约约能看到"油封"①两个字，外面用宽缎带打了一个很显眼的蝴蝶结。在沃尔特眼里，那两个字显得特别矫情，而且缎带也很夸张。整个东西看起来没什么品位，一看就是低俗的美国人买的，招摇过市。总之，他就是越看越不顺眼。

当然，这盒糖果并不是他不开心的源头，这种不舒服的感觉早在他发现那盒糖果之前就已经出现了。

大家在晚饭后一起坐下喝咖啡，他把白兰地酒倒进自己杯里，也倒进了瑟尔还有牧师的酒杯中，并且快速地寻找着一种心理安慰。

终于，他找到这种平衡了，那就是瑟尔可以送给她昂贵的糖果，可是并不一定是莉兹最喜欢的，只有他才知道什么是莉兹的最爱。

难道瑟尔也知道？也许，那个高档的糖果店里恰好没有他需要的那种果仁巧克力。

他又在自己杯子里面多倒了一些，他今天晚上要多喝一些。

①油封：这是起源于法国的一种保存食物的方式，起初是将肉类烹煮后让自身油脂渗出后包裹食物表面延长保质期，后来这种方法广泛用于其他食品。

第六章

埃玛·盖洛比对莱斯利·瑟尔的到来并没什么好感，唯一让她觉得舒心一点的可能就是她对他们将要合作的那本书比较感兴趣。因为，这样他们就会在接下来的一段时间里离开崔明斯庄园，而且，等到他们旅行结束后，他便再也没有理由继续留在这里了。况且，就目前而言，还没有什么特别的事情发生。莉兹之所以喜欢跟那个家伙一起，应该是因为他们都是年轻人，有着相同的兴趣爱好，当然也不排除他那让人忌妒的容貌。现在看来，她并没有被这个家伙迷住。因为她的眼神并不是一直在瑟尔身上，除非有什么事情要跟瑟尔说的时候，这种眼神不是恋爱期间出现的那种依赖的感觉，就算他们共处一室也不会坐得很靠近。

可是，埃玛的第六感并不是十分敏锐的。

反而是对这件事情不太上心的拉维尼亚首先发现了异常，这也是挺奇怪的。大概一个星期以后，因为这种异样而引发的不安逐渐表露了出来，她几乎已经不能控制自己了。有一天，她像平常一样跟莉兹口述小说的内容，但是交流却并不像往常一样顺畅。这种情况以前是很少发生的，为此莉兹感到很奇怪。对拉维尼亚而言，创作是一件非常容易的事情，她在创作的时候能完全融入到女主角的生活中。到了创作的尾声，她有时候会忘了，那个在清晨出现在卡普里采集紫罗兰时邂逅爱人的女主角名字是叫达芙妮还是瓦莱丽，可是，就算这样，在描述偶遇过程的时候，拉维尼亚会用母一般的状态跟她交流，但是现在完全不是，她的心思不在这里，甚至她都想不起西尔维娅的模样。

"刚才到哪儿了？莉兹，写到哪儿了？"她一边在房间里面来回踱步，一边把铅笔插进自己蓬乱如鸡窝的头发上，她嘴里咬着另外一支铅笔，牙齿用力，好像要把铅笔咬断。

"西尔维娅跨过落地窗，从花园里走进来。"

"对，是到这里了，'西尔维娅走到窗边停了下来，光影下她的身影显得有些纤瘦，蓝色的大眼睛里面透露出警惕和怀疑的目光。'"

"眼睛应该是棕色的。"莉兹纠正。

"是吗？"

"对，没错。"莉兹把前面的稿子翻了翻，"在第五十九页的时候提到过，她棕色的眼睛像秋叶上的雨珠般透彻……"

"好了，棕色的大眼睛里面透露出警惕和怀疑的目光。她定了定神，优雅地走进房间，细细的鞋跟在镶木地板上踏出阵阵声响。"

"她的鞋没有鞋跟。"

"是吗？"

"是的，的确没有鞋跟。"

"为什么这么说？"

"因为她刚才在打网球。"

"那她不能换鞋吗？"拉维尼亚显得有些蛮横。

"可是，我觉得这样不太好。"莉兹继续说，"因为她的手里还有球拍。她在台阶上来回踱步，轻轻地摇晃手中的球拍。"

"哦，这样啊。"拉维尼亚有些暴躁，"那我敢说她从来没有打过网球！刚才写到哪儿了？'她进了房间……她进了房间，白色的衣裙在空中飞扬'……不对，不对，等等'她走进房间'，哦，真该死。"她突然急了起来，嘴里咬着的铅笔猛地被扔到了桌子上，"西尔维娅那个蠢女人，她愿意干什么就干什么吧，让她在那可恶的窗户边饿死吧。"

"姨妈，你怎么了？"

"我的精力无法集中。"

"你遇到什么不开心的事情了吗？"

"没什么，不对，算了，没什么。或许可能算是吧，在某种意义上说。"

"那我能做点什么吗？"

拉维尼亚把手伸进自己蓬乱的头发中，猛然摸到了铅笔，显出很开心的样子。"原来我的黄铅笔被我放在了这里。"她又把铅笔插回了头发里。"莉兹，我亲爱的莉兹，你不要觉得我是多事或者别有所图行吗？我想，你是不是有那么一点点，一点点的喜欢莱斯利·瑟尔，或者说被他征服了？"

莉兹心中暗想，"征服"这个只有爱德华时代才常常被人们提到的词也就只有她的姨母会用。她一直以来都需要把拉维尼亚的通俗语言换成现代人容易接受的词汇。

"要是你所谓的'征服'是爱上他的话，我可以肯定地告诉你，没有。"

"莉兹，你没有明白我的意思，我指的是，你不会跟一块磁铁相爱的。"

"什么？你说的是什么意思？"

"准确来说，不能算是爱情，因为只是一种吸引，他让你着迷。"她的语气很肯定，不带有丝毫犹豫。

莉兹抬头看到一双充满迷惑的眼睛，有些孩子气，瞬间就产生了一种戒备心理。"你怎么会这样想？"她问。

"因为这种感觉我之前有过，所以才会这样想。"拉维尼亚说。

这个回答让莉兹一时间不知该如何回答。

"我多么希望我从来没有邀请他来过崔明斯庄园。"拉维尼亚神色消沉，"虽然我知道他并没有做错什么，准确来说，他什么都没做，可是，不能否认的是，他的确让人很不安。因为他，瑟奇和托比·塔利斯闹翻了。"

"这件事并不稀奇。"

"不是，他们后来已经和好了，并且瑟奇也不像以前那么不务正业了，可是，现在……"

"这件事并不能完全归咎于莱斯利·瑟尔,这种事情就算没有他出现早晚也会发生的。"

"还有一件事,就是那天吃完饭后,玛尔塔请他送她回家,而且让他在家里待到很晚才回来。你不觉得她的做法有些奇怪吗?我的意思是指,她对他也是有着占有欲的,只是想让他来保护她,并不在乎别人怎么看。"

"可是,伊斯顿·迪克森小姐是牧师送回家的,玛尔塔不是不知道。而且,牧师是一定会送迪克森回家的,因为她们顺路。"

"我并没有想说明她做了什么,我指的是她的态度,也就是她紧紧抓住不放手的态度。"

"这也没什么奇怪,因为玛尔塔一直都是比较傲慢的。"

"根本不是,因为她也感觉到了那种吸引力、一种魅力。"

"没错,他确实很有魅力。"莉兹说道。心中想着其实这种低俗的描述方式根本不能将他的气质表现出来。

"他……很不一般。"拉维尼亚有些郁闷地说,"我想,没有更好的词汇来说明这种感觉了。你会很期待看到他接下来会做什么,就好像他提前释放了一种信号,或者说是前兆、启示一类的东西。"她在说起"你"的时候,表面上语气很平静,可是,眼睛却一直看着莉兹,用一种略带敌意的语气问:"你难道不那么认为吗?"

"是的。"莉兹回答,"没错,应该是这样的,就好像,好像他每一个细小的动作都那么意味深长。"

拉维尼亚把桌子上那一支被她咬过的铅笔重新拿起来,又开始在记事本上写写画画。莉兹看到她不停地在写一个"8",拉维尼亚现在心情肯定不好,因为她要是开心的话,会在纸上画一些小人。

"看起来很怪异,你知道的。"拉维尼亚慢慢地说,"我和他在一个房间的时候会觉得很开心,就像是跟一个很有名的犯人在一起一样。当然,事情并没有那么可怕,但是那种荒谬的感觉是一样的。"她边说边在纸上继续用力地画着"8","要是他今天晚上就莫名其妙地不见了,如果有人说他其实不是个人,而是一个坠落人间的魔鬼天使,我也会不加怀疑的。真的,我会相信的。"

她画着画着,突然把笔扔回了桌上,笑着说:"你不觉得一切都很奇怪吗?你看看他,如果想从他身上找到具体是什么让他显得这么与众不同,根本就不会有什么收获,他身上有的别人也都有,就比方说他那一头迷人的金发,婴儿般细嫩的肌肤,这些特质在以前沃尔特带回来的《号角》杂志社的记者身上就能看到。还有,那种男士应该有的优雅态度,在瑟奇·莱托夫那里也是常见的。再者,他温和的声音、迷人的拖音,大部分的得克萨斯人和爱尔兰人都会这样说话。你看,这些迷人的地方——相加,我不能想象会是什么,但是,我感觉并不是莱斯利·瑟尔。"

"是的。"莉兹很冷静地说,"确实不是简单地相加。"

"那就是……那就是我们忽略了一个最重要的事情,就是,他为什么能让人感觉那么特别,要知道,埃玛已经察觉到了这种不同。"

"我母亲?"

"对,就是这种不同让她跟我们有不同的看法,她对瑟尔很厌恶。要知道,她平时也不喜欢我带客人回来,可是她对瑟尔已经达到了恨的程度。"

"她这样告诉你的?"

"不是,都不用她说。"

确实是这样的,莉兹想,她根本不需要说。拉维尼亚·菲奇,表面上看起来温柔、和善,甚至有些心不在焉的拉维尼亚,毕竟是一个有着丰富想象力的小说家,她的直觉是相当准确的。

"我之前还觉得他有点不正常呢。"拉维尼亚说。

"不正常！"

"对，但是，只有一点点，他只是在某些方面有些偏执，其他的地方就跟其他人没有什么不同了，但是这一点点不正常会散发一种邪恶的感觉。"

"除非你对他们这种人的疯狂有所了解。"莉兹说，"不然的话你就会对这种奇怪的感觉很好奇，然后慢慢地被吸引。"

拉维尼亚思考了一下说："没错，我觉得你的想法是对的，但是，没事的，这种疯狂的想法现在看来并不太正确。因为，我还从来没有见过谁比瑟尔更冷静，你觉得呢？"

莉兹点头表示肯定。

"你难道没有察觉出来吗？"拉维尼亚又开始在纸上乱画，刻意地躲避莉兹的目光，说道，"沃尔特似乎已经开始厌烦瑟尔了。"

"沃尔特？"莉兹对姨母的话感到有些难以置信，"这怎么可能，他们可是最好的朋友。"

拉维尼亚用最简单的笔法勾画出了一个房子，并且给它添了一个门。

"你怎么会这样看待沃尔特呢？"莉兹似乎有些不悦。

拉维尼亚又在房子上面添了一个烟囱和四个窗户，正在思考怎么才能更好看。

"因为他对瑟尔似乎过于关心。"

"过于关心？这一直都是沃尔特的习惯。"

"沃尔特如果真心地喜欢一个人，他会把他的存在甚至他的一切都看得很自然。"拉维尼亚一边画炊烟一边说，"准确来讲，他对谁越喜欢，他就会在谁面前表现得越随意。你看看他对你的态度也是这样，认为一切都是理所当然，这之前你肯定知道的。他以前对瑟尔一直比较随意，可是最近却变了，他的态度已经不像以前那么随便了。"

莉兹一言不发，默默地在思考着什么。

"可是，如果他不喜欢瑟尔。"思索良久后她终于说话了，"那他为什么还要邀请瑟尔一起泛舟拉什米尔河，并且要一起写书？你觉得这是他的风格吗？"她特意强调了这句话，拉维尼亚并没有抬头看她，心思都在那个正在画着的门把手上。

"要知道这本书可是有利可图的。"拉维尼亚缓缓地说。

"沃尔特并不是那种会违背自己本心跟别人合作的人。"莉兹很肯定地说。

"也有可能是他现在后悔了，但是苦于没有理由拒绝这本书的合作。"拉维尼亚淡淡地说，好像这件事根本跟她一点关系都没有。

"你为什么要把这些告诉我？"莉兹有些火大。

拉维尼亚终于把注意力从画上移开了，温柔地对莉兹说："亲爱的莉兹，其实我自己也不知道为什么会说这些，但是，我希望你能有办法让沃尔特消除对瑟尔的厌恶。你想想办法，最好是自然而然地办到这件事。"她看着莉兹说，"你要比沃尔特聪明多了，你是那么聪明，沃尔特可是个不聪明的人，而且很可怜，他到现在为止最幸运的事情就是你对他的爱情，而且他坚信这一点。"她把眼前画得已经面目全非的记事本推到旁边，然后露出一个灿烂的笑容，说道，"其实，在我看来，一个情敌的出现对他来说也不是件坏事，只要这个情敌不是那么强大，事情没有到不可挽回的地步。"

"事情当然没有那么糟糕。"莉兹说。

"好了，好了不说了，我们继续写吧，现在开始回到那个笨女人站的窗口，我们一定要在午饭前把这一章完成。"说完之后，拉维尼亚又把铅笔放在嘴里开始咬。

就在莉兹为拉维尼亚记录着那个笨女人一举一动的时候——其实就是为了收取版税而工作——她的心里仍然被刚才的话震惊得缓不过神来。因为，她从来没有想到除了她自己以外，还有别人会知道她对瑟尔的在意。按照刚才的话来说，不仅仅拉维尼亚察觉到了这一切，她还暗示她沃尔特可能已经有所怀疑了。这当然是不可能的事情，他怎么能察觉到？拉维尼亚之所以知道，是因为，就像她自己坦言的，也曾经被瑟尔的气质所吸引，也是同样的一个受害者。可是，这种感觉不会出现在沃尔特身上，他又怎么能走进她的内心世界呢？

可是，拉维尼亚的话还是有几分道理，沃尔特刚开始对瑟尔的态度确实是很随便的，现在俨然一副主人招待客人的态度，而这种变化像是突然发生的。是从什么时候开始的呢？为什么会变化如此之大？难道是桌子上那两盒看起来差距明显的糖果吗？可是，这应该不足以让成年人之间产生误会吧。况且，对于美国人而言，送给女士一盒糖果是再正常不过的事情了，就像是在门口的时候谦让女士一个道理。沃尔特应该不会因为这种小事就埋怨他吧。可是，那这个只有有着相同经历的拉维尼亚才该知道的秘密，沃尔特又是怎么察觉的呢？

她现在脑子里还是不停地在想拉维尼亚和她的第六感。她正在思索着刚才拉维尼亚提起的，又在不经意间漏掉的一个信息，也就是托比·塔利斯遭到怠慢的事情。她不知道拉维尼亚没有继续说是不是因为不知情，或者她对托比出丑的事情根本不太在意。大家都知道，托比曾经遭受过自从坦塔罗斯①以来从没受过的耻辱和难堪。瑟尔却凭借着他那固有的冷静和那种冷漠的态度拒绝了去胡屋参观的邀请，而且拒绝了一切特意为他安排的活动，甚至对托比提出的想要引荐他去斯坦沃茨参观也并不感兴趣。这种事情可是从来没有发生在托比身上过。要知道能够在斯坦沃茨自由进出可是他的撒手锏，并没有一次失败过，而且这一招对美国人尤其适用。可是，瑟尔这个美国人，根本没想过跟托比扯上任何关系，并且用一种温文尔雅的态度将这种态度表现了出来。他很温婉地拒绝了，可是其中的冷漠却足以让任何人看到。萨尔科特镇的这些名人们很乐于观赏这样的一场节目。

也就是这一点让托比的自尊心大受伤害。

在莱斯利·瑟尔那里遭到拒绝已经让他够难受的了，现在又成为了众人的笑柄。

没错，莉兹想，瑟尔的出现对于萨尔科特镇来讲并不是一件好事。因为，在所有他遇到的人中间，可能只有伊斯顿·迪克森小姐是发自内心地喜欢他。他对迪克森小姐也表现得很友好。他像女人般充满耐心，陪她一起探讨电影的事情，回答她所有的问题。他有的时候还会跟她说起电影厂中的新鲜事情，这让她很开心。他们有时候会探讨哪些电影拍得好哪些拍得不好，用拉维尼亚的话说，他们在一起更像是两个在探讨厨房心得的家庭主妇。

这种状态出现在玛尔塔来家里做客的那一次，也就那么短短的一小段时间里，莉兹心中闪过一丝奇怪的念头，她可能正在慢慢地爱上他。直到现在，她仍然对玛尔塔怀着感激的心，因为是她让自己安静下来。那天晚上玛尔塔缠着瑟尔送她回家的时候，她默默地注视着两个人的离开，心中并没有出现不悦，她知道，自己并没有完全沦陷，尽管她之前确实被他的魅力所吸引。

现在，她一边飞快地记录着西尔维娅那个蠢女人的一举一动，一边下定决心要按照拉维尼亚说的去做，她要想一个好办法彻底打消沃尔特对瑟尔的厌恶，让他能够安心地去旅行。等他们从密尔港把独木舟的事情办完之后，并且把旅行所需要的事情都办好之后，她会跟沃尔特去做一些特别的事情，一件属于他们两个人的事情，要知道，最近一直都是三个人一起，的确有很多不方便。

更准确来说，做得不对的是过于频繁的两人行。

①坦塔罗斯：宙斯的儿子，刚开始深受宠爱，后来因为对众神不敬被打入地狱，受尽侮辱和折磨，后来代指侮辱的意思。

第七章

沃尔特之所以不反对乘坐独木舟去旅行,并不代表他对那种狭窄拥挤的小船情有独钟,而是他觉得这会是一种不错的体验,能够有更多的素材。要是想让这本书取得成功,那就一定要承担一定的风险,有一定的经历,采用比较特别的交通工具到达目的地。要是想舒舒服服地待在常规的交通工具中,那又如何能获得比较特别的体验呢?自从远足这项体育运动兴起后,再想依靠徒步旅行引起人们的注意已经不容易了。沃尔特自己以前也有过背着书包只携带牙刷和换洗的衬衣走遍大半个欧洲的经历。就他个人而言,他是很愿意自己徒步走完拉什米尔河的,但是,这样就不要期望那些居住在城市中的时尚读者能够认同这本书了。那种只携带牙刷和衬衣的徒步旅行,能吸引的读者可能是那种喜欢背着沉重的行囊,穿着钉子鞋,迈着沉重的步伐,两眼只关注脚下地面的人。他们这类人有点像是阿特拉斯[1]而不是奥德修斯[2]的受虐狂。这次的拉什米尔之旅要是就像木偶一般进行,比方说潘趣和朱迪以前的率性而为,写成一本书并不难,但是这对于一个英国著名节目《野外》的主持人来说未免有点不符合身份。

所以,沃尔特对于乘坐独木舟旅行的提议非常感兴趣。但是,近一个星期,他心中出现了另外一个一定要乘坐独木舟旅行的原因。

要是坐车或者徒步旅行,他每天都要面对莱斯利·瑟尔。可是乘坐独木舟就不一样了,他就有机会甩开他。沃尔特对他的厌恶已经非常强烈了,以至于每当听到瑟尔那温文尔雅、平静冷漠的说话声的时候就会莫名其妙地烦躁,就需要克制自己想要气恼的情绪。他自己也能明显地感受到自己的这种状态,但是,这对于他的烦躁一点帮助都没有。最让他不能忍耐的,就是他看到莉兹对自己热情的时候。他以前从来没有关注过莉兹是怎么对待自己的,只知道那是一种非常得体的感觉,换句话说,就是他从来没有从莉兹那里感受到那种热烈的爱慕,可是,这种感觉正是他在经历过和玛格丽特·梅里亚姆八个月的恋爱之后最渴望从女人身上获得的一种感觉。现在,莉兹对自己的热情,看在沃尔特眼里是一种委屈。就平时沃尔特那种高傲的心态,他是从来不会注意到莉兹的改变的,但是,现在莉兹在他的眼中已经不一样了,是他心里最重要的一部分,她每一个表情、每一句不经意的话语都会引起他的思索。所以,现在莉兹对他亲热,没错,是对自己,也就是沃尔特·惠特莫尔。

这一切的改变都是因为莱斯利·瑟尔的出现,这种扭曲的、突然的变化都是由他引起的。沃尔特强忍着自己要爆发的脾气。

要是今天晚上天气还不错的话,他们可能会选择住在外面,沃尔特很喜欢这种感觉,他就可以借机讲述大熊怎么才能爬上树枝,也可以跟大家分享以前在野外露宿的体验,并且能有机会跟瑟尔分开住。因为,在外面的时候可以无拘无束地四处闲逛,但是在酒吧的时候却不能不辞而别。

独木舟的名字分别被命名为"皮普"和"埃玛"。用瑟尔的话说,拉什米尔河给人一种午后阳光的感觉。自从听说独木舟被命名为"埃玛"号,盖洛比太太就有一股无名怒火压在心头。但是,最让她郁闷的并不是这个,而是她有一种预感,瑟尔好像不会这么轻易地就离开。因为这次的旅行中还存在一些事情是意料之外的,那就是,这两艘独木舟在装载了基本的用品,如睡袋和防潮布等必需品之后,根本再也没有空间装载那些拍摄大范围场景所需要的摄影器材了。换句话说,瑟尔在旅行结束后还是要回到这里,利用空闲的时间去拍摄那些照片。

崔明斯庄园的气氛虽然看似平静,但是暗潮汹涌,这里面充斥着拉维尼亚的担心、沃尔特的不满、莉兹的愧疚还有埃玛的愤恨。这个时候还不能看到漫山遍野的翠绿,可是,阳光已经灿烂夺目,这种景色在英格兰并不少见。晚上没有什么风,有点像夏天的感觉。这一天吃完晚饭,瑟尔站在用石头堆砌成的露台上说:"这种感觉有点像在法国。"

"你是想起了维勒夫朗什的夏夜。"他继续想象,"到现在为止我依然觉得那里是最有魅力的地方。灯光泄在水上,空气中弥漫着温热的感觉,不时飘来天竺葵的香味,到了凌晨的一两点,最后一艘小艇才慢慢靠向大船。"

"大船?"一个声音从旁边传出。

"什么样子的大船都可以,"瑟尔慵懒地说道,"我并没有觉得'不讲信义的阿尔比恩'[3]有多大的魅力。"

"魅力!"拉维尼亚说,"哦,我们这里可是源头。"

他们互相都笑了起来,气氛显得很和谐。

这种感觉一直维持到周五的晚上,也就是沃尔特和瑟尔准备出发之前。沃尔特还是像往常一样去录制了节目,然后回到家吃晚饭(每周五的时候,晚饭都会因为广播而推后一个到一个半小时的时间),大家一起预祝《拉什米尔河上的独木舟》能够获得成功。吃完饭以后,莉兹开车带他们出去散心,他们一起穿过春夜舒适的丛林,在拉什米尔河岸上兜风,一直到达20英里以外的旅行起点。他们打算在格里姆[4]屋里面度过一个晚上。这个地方十分简陋,准确来说不能算是一个房子,是一个山洞,从这里可以俯瞰到拉什米尔河发源的那个高地。按照沃尔特的思路,他们应该从史前的英国开始讲述,可是,瑟尔似乎觉得这种有点居家的安排不比那种现有的体验更吸引人。他说,英国的很多地方都不是经过艰苦的过程从格里姆开始的,又有谁在乎格里姆究竟是什么。

虽然他们出现了一点分歧,但是他们却一致赞同露宿在山洞中。瑟尔曾经有过住在大卡车车板上的经历,也在很多艰苦的地方住过,比方说,荒凉的沙漠、浴缸、台球桌、吊床,甚至是摩天轮的舱室。但是,住在山洞的经历还是第一次,所以,他很赞同这个提议。

莉兹把车停在马路的最尽头,跟他们一起下车在荒草丛生的小路上走了大约一百码,想跟他们一起去看看晚上的栖身之处。这个时候他们都酒足饭饱,走在这样的野外小路上感觉非常美妙,他们很享受这样的夜色。他们把睡袋和食物放下之后,又把莉兹送回了车上。途中他们有一小段时间三个人都在沉默,气氛有点过于安静,他们便停了下来,想在周围的环境中寻找出一点声响。

"现在我突然觉得住在房间里面很没意思。"莉兹首先把这种安静打破了,"这可是史前的夜晚。"

她开着车从压满车轮印的土路上驶过,然后转头驶向公路,车灯把前面黑暗中的草丛照出斑斑驳驳的光影。就这样,她远离了史前寂静的山洞。

这次分别以后,这两个探险家的消息就只能从电话里得知。

当每一个傍晚来临的时候,他们就会从酒吧或者电话亭打来电话,向崔明斯庄园的人们报告他们一天的行程。他们非常顺利地走到了奥特利,已经在那里乘坐上了早已准备好的独木舟,开始了他们泛舟河上的生活,他们对独木舟非常满意。沃尔特已经把他的第一本记事本记满了,瑟尔也被那河边初春的英格兰风情所吸引。到了卡佩尔的时候,他还给拉维尼亚特意打电话说明,她以前对于魅力的理解是多么的正确,那是一种英格兰最原始的魅力。

"听他们的描述似乎很愉快。"拉维尼亚在挂了电话后,带着些许怀疑的语气说道。她其实很想参与到他们的旅行中,但是,他们之前有约定,他们要进入一个完全陌生的环境中,从河流的源头开始穿过萨尔科特圣玛丽镇,就好像他们从来没有到过这里。

"你要是把崔明斯庄园的事情跟我们的旅行联系在一起,就会影响我们的创作灵感。"沃尔特说,"我一定要像一个陌生人一样来发现它的美,用一种完全陌生的眼光来重新审视它。"

正因为如此,崔明斯庄园里的人只能每天等在电话旁边听他们的汇报,慢慢地她们也觉得这种距离感有点意思。

到了星期三,也就是他们旅行的第五天,他们在傍晚来到了天鹅酒吧,受到了众人的欢迎。酒吧里的人把他们称呼成拉什米尔河上的斯坦利[5],都很希望能有机会请他们喝酒,他们说在佩特河段的时候耽误了一些时间,要在那里过夜,可是,他们实在很难控制住想要穿过野地来到萨尔科特镇的欲望。如果要是从水路走，需要走两英里才能到达萨尔科特镇，但是，因为拉什米尔河特有的弯折，从陆地上步行只需要一英里就能到达这里。佩特镇没有适合居住的地方，所以，他们便步行来到了这个熟悉的酒吧。

刚开始的时候，大家和以前一样在一起闲聊，人们大多问他们在旅行中的见闻。可是没多久，沃尔特便端着酒杯来到了以前他经常坐的酒吧角落的那个位置，很快，瑟尔也跟着他坐到了那里。从那个时候开始，很多人想从吧台那里走过去跟他们聊天，但是半路就返回来了，好像他们两个人的举动让人感觉有些奇怪，让人们感觉很惊讶，他们没有起争执，只是他们之间有一种隐秘的、神奇的感觉，让人们不得不远离。

过了一会儿，沃尔特突然站起身，转身走了。

他走的时候一言不发，没有跟任何人道别。只是砰的一声把门关上了，这个时候人们才回过神来。那声响动足以让所有人的目光集中到门口，那种关门声带着一种狂怒后的决绝，仿佛再也不想回来了。

大家很疑惑地看向门口，当沃尔特消失在人们的视线中时，他们又把目光移向了角落里，看到桌子上还放着一杯没有饮尽的啤酒，好像在告诉人们他还会回来的。这个时候瑟尔好像什么事情都没有发生一样，默默地靠着墙坐着。他依旧像往常一样微笑着，神态看不出有什么异样。原本像乌云笼罩般阴郁的那个角落好像又恢复了平静，刚才那种紧张而怪异的气氛已经消失不见了。这个时候，比尔·马克多斯端着酒杯来到了瑟尔身边。他们俩聊到了尾挂发动机的问题，讨论起关于塔接法船只和平接法船只哪个更好，一直聊到酒杯里的酒喝完。马多克斯站起来去换一杯酒，正好瞥见旁边沃尔特所剩下的那半杯酒，说："我正好把惠特莫尔先生这杯酒也换了吧，他现在的这杯已经没有味道了。"

"哦，不用了，沃尔特这个时候应该已经睡下了。"

"可是，他刚才……"马多克斯的话说到一半，突然意识到自己可能说错话了。

"没错，我知道，可能他更喜欢这样吧。"

"他是生病了吗？"

"没有，他只是不想在这里继续待下去了，因为那样他可能会抑制不住想掐死我的冲动。"瑟尔用他一贯温文尔雅的语气描述。"以前上学的时候，大家就对他喜欢掐人脖子的做法很不满。准确来说，他现在应该在努力地控制自己的情绪。"

"你居然把可怜的惠特莫尔先生给惹成这样？"比尔问。他觉得他现在好像跟眼前的这个年轻人比跟沃尔特更熟悉。

"我把他气够呛。"瑟尔语气还是很淡漠，对比尔微微一笑。

马多克斯吐了吐舌头，有一些无奈，便站起身去倒啤酒了。

之后的谈话跟以前一样都是在闲聊。瑟尔一直待到酒吧打烊，而且很礼貌地跟正在锁门的酒吧老板雷夫道别，跟众人一起消失在夜色里。他走进了两排房子中间的一条小路中，这个时候大家还在议论他晚上要是被扫地出门该有多悲惨，他笑着回应总比他们老死在家中要好很多。

"晚安！"从小路的远处传来他的声音。

这是这个镇上的人最后一次见到莱斯利·瑟尔。

两天后，阿伦·格兰特便开始在崔明斯庄园进行调查了。

①阿特拉斯（Atlas）：是古希腊神话中描绘的大力神，因为不拥护宙斯而遭到贬斥成为苦力，负责撑起天。

②奥德修斯（Odysseus）：是出现在荷马史诗中的一个人物，因为跟海神波塞冬不和所以不能回到家乡，后来被迫游历世界，经历重重磨难后最终与妻子重聚。

③不讲信义的阿尔比恩（PerfidiousAlbion）：是英格兰的代称，一般常出自法国人之口。

④格里姆（Grim）：严酷的意思。

⑤斯坦利（SirHenryM.Stanley1841-1904）美国著名探险家，有着多次非洲探险的经历。

第八章

　　接到命令的时候,格兰特刚刚从一个自杀案件中摆脱出来。他正在反省自己,如果换一种办案方式处理这件事,也许会有更好的结局。所以,当上司跟他说起这件事的时候,他显得有些心不在焉,直到一个熟悉的名字出现在他的耳边,他才回过神来。

　　"你刚才说的是萨尔科特圣玛丽镇?"格兰特说。

　　"对。"布赖斯说,停下了讲述,"你听说过那个地方?"

　　"是的,我虽然没有去过那里,但是,我当然听说过那个地方。"

　　"为什么是当然?"

　　"因为那个地方被称为艺术家的聚集地,很多知识分子都住在那里。塞拉斯·威克利在那住,玛尔塔·哈拉德也住在那,还有拉维尼亚·菲奇也在那。塔利斯好像在那里也买过一套房子。刚才你说什么?是托比·塔利斯失踪了吗?"这个话题好像引发了他的兴趣。

　　"很抱歉地告诉你,不是他,是一个名叫瑟尔的家伙,全名莱斯利·瑟尔,据说是一个美国的年轻人。"

　　听到这里,格兰特的脑海中回想出来一个场景,就是他们在科马克·罗斯的聚会上相遇的场面,有一个声音出现,"我好像忘了把扩音器带来了。"失踪的就是那个年轻的小伙子啊。

　　"奥福德那边的人希望我们能帮助他们进行一些调查,不是因为他们无法解决这件事,只是因为这个案子有点奇怪。他们觉得在这些名人之间查案,我们可能更擅长一些。就算是需要逮捕谁,他们也希望我们能帮助他们开展。"

　　"逮捕?他们觉得这是一起谋杀?"

　　"我听到的消息好像是这样,他们比较认同这个想法。根据当地的警官描述,他们怀疑的那个人会让所有人都大跌眼镜,他们甚至连那个人的名字都不敢直接提起。"

　　"他叫什么?"

　　"沃尔特·惠特莫尔。"

　　"沃尔特·惠特莫尔!"格兰特对这个名字很吃惊,呼一口气说,"怪不得他们不敢提起,根据他们的猜想,沃尔特·惠特莫尔把瑟尔怎么样了?"

　　"其实他们也没有确切的证据。只是得到一条线索,那就是在瑟尔失踪前,两个人曾经在酒吧出现过争执。事情好像是关于沃尔特·惠特莫尔和瑟尔在拉什米尔河上进行独木舟旅行……"

　　"独木舟旅行?"

　　"是的,可能是某种作秀吧。沃尔特·惠特莫尔想以此为素材进行一本书的创作,瑟尔负责摄像的部分。"

　　"照这样说的话,他也是个艺术家?"

　　"不算吧,他是个摄影师。他们晚上的时候会住在野外。周三晚上的时候是住在距离萨尔科特镇一英里的河边。那天晚上他们两个一起去了天鹅酒吧喝酒。惠特莫尔喝到一半就离开了酒吧,据目击者描述好像很不开心。瑟尔一直在酒吧待到打烊,最后跟他见面的人说他沿着小路向河边走去了,从那以后就没有人再见过他。"

　　"失踪是谁报的?"

　　"是惠特莫尔,第二天的早上他说他起床后看到旁边的睡袋里没有人,就报案了。"

　　"他从星期三晚上离开酒吧后就没有跟瑟尔再见过面吗?"

　　"没见过,据他描述,他从酒吧回去后就直接睡觉了,到了半夜的时候他很自然地以为瑟尔已经回来睡着了,而且那个时候天色已经很黑了,根本看不清。直到早上醒来,他才发现瑟尔根本没有回来。"

"我想,大家最多的猜测可能是瑟尔已经落水了吧。"

"是的,威克姆的人下河去找过,可是他们说那个河段,也就是从卡佩尔到萨尔科特镇的那一段,河况非常不好,泥泞不堪,就算什么都找不到也一点都不奇怪。"

"怪不得他们想把这个案子推给我们。"格兰特淡漠地说。

"是的,这是一件很奇怪的事情。大家对这件事除了比较吃惊以外,没有得到任何线索,这是这个案件最大的疑问。"

"可是,以我对沃尔特·惠特莫尔的了解,"格兰特说,"你知道吗?他可是一个非常喜欢小动物的人,要知道,一个对动物都爱护有加的人怎么会去杀人呢?"

"你在这一行也待了不短的时间了,你应该明白,越是那些对小动物很喜爱的人越有可能是杀人凶手。"他的上司很果断地打断了他的话,"不论怎么说,你的任务就是到那个艺术家聚集的地方把这件事情查个水落石出。我建议你开车过去,因为就算是你从威克姆那里搭车走的话,也要到克罗姆换车,然后还要徒步走四英里才到。"

"好的,我能和威廉姆斯警官一起去那里吗?"

"你是需要他开车还是想让他干点别的?"

"不是开车。"格兰特耐心地说,"我只是想让他多了解一下案情。因为万一我有其他的案子需要查办,他就可以接替我继续调查。"

"你这个理由听起来很冠冕堂皇,其实是想给自己在车上睡觉找个借口。"

上司这样的回答,在格兰特的心里就是默许了,他便立刻去找威廉姆斯了。他对威廉姆斯的印象非常好,也很喜欢和他一起工作。威廉姆斯和格兰特是完全不一样的,两个人的性格正好可以互补。他的个子很高,面色红嫩,动作也非常缓慢,他没有什么爱好,只喜欢读晚报。但是,他在办案的时候却心思缜密,跟小猎狗一样,办案嗅觉十分敏锐。要是说到顽强和耐性,就算是那些守在地鼠窝边上的小猎狗也不过如此,威廉姆斯面对猎物的时候,有过之而无不及。"我真对你这样总是跟在我后面感到很厌烦。"在这么多年的配合中,格兰特多次这样说。

相反,在威廉姆斯的心目中,格兰特是一切美好形象的化身。他是那么疯狂地崇拜着他,没有一丝忌妒之心,单纯地崇拜着。威廉姆斯的志向并没有那么远大,对其他人的东西并不是那么渴望。"你知道你自己是有多么走运吗?长官。"威廉姆斯曾经这样夸赞过,"你看起来没有一点像警察,可是,我只要一走进酒吧,他们看到我的第一眼就会说,'那是个警察。'你就不一样了,他们最多会把你看作是一个便装军人,不会产生防备心。要知道,这是对于我们这个行业而言是多么好的优势。"

"但是,你也有我没有的优势啊,威廉姆斯。"格兰特也曾经这样对他说。

"打个比方?有什么例子呢?"威廉姆斯并不相信这话。

"你只要说一句'滚开',他们就都会被吓跑。但是,这句话换作我说的话,大家肯定会回我一句:'你觉得你刚才说什么呢?'"

"天啊!上帝保佑,长官。"威廉姆斯说,"要知道你其实根本不需要开口,你的眼神就能让他们都滚开的。"

格兰特笑了起来,说道:"有机会的话,我一定要这样试试。"他对于威廉姆斯这种近乎疯狂的崇拜非常受用,但是,最令他欣赏的是他身上那种坚韧和踏实。

"你对沃尔特·惠特莫尔了解吗?听过他的广播节目吗,威廉姆斯?"他问。这个时候,威廉姆斯正开着车和他一起沿着那条两千年古罗马军团开辟的道路前行。

"怎么可能没听过呢?我其实对乡野生活并不太感兴趣,要知道在那种地方成长真是不幸的事。"

"不幸?"

"对啊，你要知道，那里可是很无聊的。"

"那种风格更符合塞拉斯·威克利，并不适合沃尔特·惠特莫尔。"

"我对那个叫塞拉斯的家伙一点都不了解，但是我却知道这种风格不适合沃尔特·惠特莫尔。"他想了一会儿又说，"他是个正派人士。"他说，"考虑一下那个所谓的拉什米尔河之旅。"

"我也在想这件事。"

"我想的是，他完全没必要这样，他可以在家里跟姨妈一起，开着车去拉什米尔河边旅行，要知道，拉什米尔河可不长。但是，他偏偏选择一种复杂的方式，用什么独木舟开始旅行。"

说到沃尔特的姨妈，格兰特脑海里出现了另外一个疑问。

"我想你平时应该不看拉维尼亚·菲奇的小说吧。"

"我不看，但是诺拉看。"

诺拉是威廉姆斯的夫人，他们生育了两个孩子，分别叫安吉拉和伦纳德。

"她对这些小说感兴趣吗？"

"何止感兴趣，简直是迷恋，在她心目中，只有三样东西让她感到温暖舒适，是一个热水袋，四分之一磅巧克力，还有就是拉维尼亚的小说。"

"照这样说，就算是拉维尼亚消失了，我们也得想办法再弄一个一样的人出来。"

"那我们可就赚了。"威廉姆斯说，"惠特莫尔是她的继承者吗？"

"她假设的继承者，但是，问题是现在失踪的不是拉维尼亚。"

"对啊，沃尔特对那个叫瑟尔的家伙有什么不满意呢？"

"也许他对这种神话一般的人物没什么好感。"

"你说的是什么？"

"我跟瑟尔有一面之缘。"

"你见过他？"

"对，一个月以前的时候，我在聚会上跟他说过话。"

"他看起来怎么样？"

"他真的长得很好看。"

"哦。"威廉姆斯好像在想什么。

"不是。"格兰特说。

"不是？"

"他是个美国人。"他突然这样说，然后他仔细回想了一下那个聚会。他又说，"那天的聚会上，我感觉他好像对莉兹·盖洛比比较感兴趣。"

"莉兹·盖洛比是谁？"

"她是沃尔特的未婚妻。"

"他——哦！"

"现在我们手里还没有证据，不能随便下结论。但是我始终不能相信沃尔特·惠特莫尔有本事把别人杀了再抛尸河中。"

"是的。"威廉姆斯想了一会儿说，"我的印象中他好像是一个胆小鬼。"

就是因为这句话，格兰特在以后的车程中心情很愉悦。

他们到达威克姆后，受到了当地的罗杰斯巡逻官的盛情款待。他是一个很瘦弱但是脾气很暴躁的人，而且据说经常失眠。但是他却是一个百事通，对各种消息的掌握很及时，在待人接物上也很得体。他在萨尔科特镇的天鹅酒吧和白鹿旅馆分别订好了两个房间以供格兰特选择。他们到白鹿旅馆吃完中午饭后，格兰特就决定晚上在这里住下，他便把天鹅酒吧的房间取消了。他们之所以选择这里，就是因为他们并不想大家都知道他们介入了调查，如果把住处选在天鹅酒吧，那么势必会引起一场不小的骚动。

"我想如果有机会我还是想跟惠特莫尔见一面。"格兰特说,"我觉得这个时候他应该在——你们之前描述的那个地方——也就是菲奇小姐的住处。"

"你指的是崔明斯庄园?但是今天是他直播的日子。"

"你说他去伦敦了?"格兰特听到后有点惊讶。

"这应该是提前就有安排的,按照他们旅行前的约定,惠特莫尔先生八月份一个月的广播时间都会被停止,因为这个时候也是广播的淡季,他这个周五本来因为拉什米尔河之旅把广播暂停了,原计划是在威克姆过夜。他们已经把房间订好了,就在天使旅馆,那个威克姆最有传统韵味的地方,拍摄效果也很好。但是因为意外的发生,惠特莫尔先生也没有什么心思继续旅行了,他闲来无事就去电台广播了,其实,要是按照之前的计划,他们能够准时到达这里,也会去广播的。"

"好,我知道了,那他晚上的时候会回来吗?"

"不出意外会的,除非他也想消失。"

"说到这次的失踪案件,惠特莫尔对他们之前产生的争执怎么解释?"

"我还没有像他求证过这件事,这也是……"巡查官突然停住了。

"这就是为什么让我来这里的原因。"格兰特继续把他的话说完。

"没错,就是这样的,长官。"

"这个'起争执'的说法是从哪里传出来的?"

"就是天鹅酒吧,星期三晚上在这里喝酒的人都有这样的感觉,据他们描述,两人之间有一种非常奇怪而且紧张的关系。"

"并没有公开的争吵发生?"

"没有,没有公开的争吵,要是有公开的争吵我便有理由去指控他了。但是,能够确定的是,惠特莫尔很早就从酒吧离开了,没有对任何人道别,瑟尔对大家的解释是他正因为某件事不悦。"

"瑟尔说的?他告诉谁了?"

"一个当地的修车老板,那个人叫马多克斯,全名比尔·马多克斯。"

"你跟他确认过吗?"

"是的,我们谈到过这件事。我昨天晚上就一直在天鹅酒吧调查。昨天白天我们就一直在河里打捞,怕他是失足落水。而且我们对当地的居民也展开了询问,想第一时间了解最真实的情况。附近的地方我们也搜查过,并没有找到尸体,也没有找到任何有关他的线索。所以,晚上的时候我们就去了天鹅酒吧,那里有很多人是星期三当天在场的。那家酒吧是附近唯一的一所酒吧,房子是一栋很不错的建筑,酒吧的主人是一个叫作乔伊的退役海军军官。这个酒吧是整个村子的人社交的主要场所,在那里没有人会想到惠特莫尔会跟这个案件有关系。"

"大家都很喜欢他,对吗?"

"是的,他非常受欢迎。也许是跟别人比较之后,他的优秀就被别人发现了,要知道,那里的人都比较奇怪。"

"没错,我也有所耳闻。"

"他们从心里并不想沃尔特·惠特莫尔跟这个案件扯上什么关系。但是,他们有义务对那两个人没有一起回营地的事情进行解释。他们最后承认,两个人之间似乎出现过争执。"

"这个说法是从马多克斯那里传出来的吗?"

"不是,这是一个肉店老板说的。因为,马多克斯星期三晚上回家的时候路过他那里跟他说起了这件事,也就是他们目送瑟尔从小路离开之后。事后我们也向马多克斯确认过这件事。"

"好吧,等晚上惠特莫尔从电视台回来后,我去问问他,听听他对这件事情的看法。还有,我们想去他们星期三一起露营的地方查看一下。"

第九章

"我现在还不想出现在萨尔科特镇。"格兰特开车从威克姆出来的时候说,"除了这条路还有其他的路能到达河边吗?"

"准确地说,没有能直接通到河边的路,从萨尔科特镇到他们露营的地点只有一条长度约为一英里的田间小路。要是想要更方便,我们可以选择走威克姆—克罗姆公路,步行从野地穿过去。或者把车开到另外一条小路上,到了佩特河口之后沿着河岸徒步前往,大概走四分之一英里就能到达他们之前过夜的地方。"

"我们大概的行进方式应该是先选择公路,然后再步行过田野,体验一下徒步穿过田野的感觉是怎样的,这种感觉应该是很不错的。佩特河口是一个什么样的村子呢?"

"准确来讲,那里根本不能算是一个村子,那里仅有的建筑就是一个废弃的磨坊和几个工人们居住的小房子。所以,到了晚上的时候惠特莫尔和瑟尔才会步行到萨尔科特镇去喝酒。"

"我懂了。"

罗杰斯非常有经验,他从车里拿出一张一英寸比对一英里的比对地图,认真地查看起来。在格兰特这个在城市中居住惯了的人眼中,眼前的这一片野地跟刚才从威克姆出来时经过的野地没什么区别。但是,这个熟悉环境的巡查官说:"我觉得应该就在这对面,没错的,我们已经到了,这里就是他们待过的地方。"

他拿着地图指给格兰特看。这条从威克姆南部到克罗姆的公路纵贯南北,两侧有拉什米尔河流过,穿过山谷,从西北部经过向威克姆公路的方向流淌着。他们一行人来到了河流大拐弯的河床平坦地带,也就是惠特莫尔和瑟尔所选定的露营地带。在山谷的远处,河道转弯会去的地方围绕就是萨尔科特镇。他们选好的露营地点和镇子都是处于河流的右侧,所以,这个露营地和镇子之间的距离只有短短的那一英里的河流冲击地带。

他们三个人来到第三处平坦的田地上,这个时候,乡村秀丽的景色展现在眼前,拉什米尔河流域也清晰可见,跟罗杰斯手里的地图描述的是一样的,河流曲折蜿蜒,像给翠绿的田野围上了一条深绿色的围巾。远处能看到若隐若现的屋顶和一片片园圃,萨尔科特圣玛丽镇所在的位置恰好在那片郁郁葱葱的树林中。沿着拉什米尔两岸向南行进,孤单地坐落在绿野中的村镇就是佩特河口。

"离这里最近的铁路在哪儿?"格兰特问。

"应该是在威克姆那里有条铁路,但是这附近没有火车站。火车线路就在刚才路过的那条威克姆—克罗姆铁路的旁边,不从山谷穿过。"

"从公路经过的巴士多吗?"

"有很多的,你该不会产生一种想法,就是那个家伙不辞而别了吧?"

"应该不排除这种可能吧。因为我们对他并不了解,我不得不承认现在任何一种情况都有可能发生。"

罗杰斯陪同他们一起从长长的斜坡上走到河边。河流曲折蜿蜒经过的地方,两棵大树有些突兀地出现在整齐的路边柳树林中。一棵是非常高大的柳树,另一棵是枯木,枯木下面停泊着两条独木舟,在草地上仍然留存着被踩踏过的痕迹。

"这个地方就是。"罗杰斯说,"惠特莫尔的睡袋应该就在那棵树的下面,瑟尔的睡袋在靠近枯木的这一边,在枯木的根部有一个很大的窟窿,可以起到遮风挡雨的作用。所以,从这个角度看来,惠特莫尔先生晚上应该很难发现瑟尔并没有回来。"

格兰特来到瑟尔的睡袋旁边,眼睛注视着河水。

"这边的水流状况如何？要是他在黑暗中不小心被树根绊倒跌落河中会怎么样？"

"这是拉什米尔河，这条河流比较恐怖，处处是暗流和旋涡，而且，河底的状况非常复杂，用局长的话说就是'太古烂泥'。但是，我记得惠特莫尔好像提到过瑟尔是会游泳的。"

"他那个时候神志清醒吗？"

"很清醒。"

"如果，假设他在神智不清醒的情况下跌落河里，你觉得尸体最有可能漂到哪里呢？"

"我想应该会在这里和萨尔科特镇之间的地方，不过这要根据当地的降雨情况，最近这几天没下什么雨，这里的水位不高。但是，星期二的时候在滕斯托尔那边有一场暴雨出现，那个时候的拉什米尔河就像决堤的洪水一般奔涌。"

"原来是这样，那他们露营用的工具在哪里？"

"沃尔特·惠特莫尔派人把它们都带回崔明斯庄园了。"

"那照这样说的话，瑟尔的行李和装备应该还留在崔明斯庄园。"

"我想是这样的。"

"晚上的时候我想能够有机会去看看这些东西。我想里面可能会有一些我们感兴趣的东西，但是，现在估计也找不到什么了，不过也不一定，没准儿能找到一点线索。你知道瑟尔跟萨尔科特镇的村民们相处还算融洽吗？"

"我之前听说他们有过一两次争执，有一个人还把酒泼到了他的身上。"

"是什么原因呢？"格兰特有些疑惑。但是他的脑海里很快就对那个"跳舞的家伙"有了印象，要知道玛尔塔曾经跟他说过这些。

"据描述，是因为他对托比·塔利斯热情地跟瑟尔献殷勤非常不满。"

"那瑟尔是怎么回应的呢？"

"他很不热情，要是他们的情报准确的话。"罗杰斯说，他的表情慢慢地从焦虑的状态放松了下来，神情也表现出开心的样子。

"我想他并不是十分讨塔利斯欢心吧。"

"应该是的。"

"我想你应该还没有机会去收集到更多的资料。"

"没错。从案发的时候到昨天晚上，我们才隐约感觉到这可能不是一件简单的失踪案，在那之前我们的工作大多是在搜索和打捞。等到我们发现情况不对的时候，我们第一时间就想到了寻求上级的帮助，所以便把你们请来了。"

"我们也非常荣幸能来这里查案，因为在案件刚开始的时候就能第一时间介入对于破案有很大的好处。好了，现在我们也没有什么事情能在这里做了，可以回去了，现在我们正式接手这个案件。"

罗杰斯开车把他们二人送回了住处，临走的时候一再表示不论需要什么帮助，他们都将全力以赴。

"他人不错。"格兰特说，他边往楼上爬边说，"他其实很适合去苏格兰场工作。"他们居住的房间地上铺着一层羊毛地毯，墙上贴着带有花卉图案的壁纸。

"这个案子很奇怪，对吧？"威廉姆斯说，他把大房间留给了格兰特。"你听说过英格兰草地上的'魔绳术'吗？你感觉他发生了什么事情呢？"

"我对什么'魔绳术'并不了解，但是，我有一种强烈的预感，就是这件事情不像表面上看起来那么简单。有一种魔术就是一会儿让你看到，一会儿又让你看不到，这是一种老魔术师常用的把戏。你以前看没看过把女人锯成两瓣的魔术，威廉姆斯？"

"这种魔术比较常见。"

"这个案件就有强烈的这种感觉，你有没有感受到？"

"我没有你那么灵敏的办案嗅觉,但是,我却知道这个案子中间透露着一种奇怪的感觉。在英格兰的一个春夜里,一个来自美国的远方客人莫名其妙地消失在只有短短一英里的路程中。你真的怀疑是他悄悄地离开了吗,长官?"

"但是我想不出来他这样做的理由,也许这个答案只有惠特莫尔知道。"

"我想他应该很希望是这样一个结果。"威廉姆斯鄙夷地说道。

但是,令他们吃惊的是,惠特莫尔对这个假设并不很感兴趣,反而很不屑。他觉得这是一个荒唐的想法,简直不可思议,瑟尔根本不是那种会不辞而别的人。这种解释根本不符合现实情况,要知道,他在这里居住得很愉快,而且他们还将要做一件有利可图的大事。他们对即将出版的书抱有很高的期望值,他现在突然离开简直是不可思议的。

格兰特吃完晚饭后就来到了崔明斯庄园,而且他思虑周全,特意晚些时候出现,因为他知道因为广播节目的关系晚饭会推迟。他提前已经派人将他要拜访的事情告知了沃尔特,但是并没有说明为什么要拜访他,他希望能当面告知他这件事。

他见到沃尔特·惠特莫尔之后的第一感觉就是他似乎要比想象中的样子更加苍老,他甚至怀疑是不是周三的事情让他瞬间衰老了。他的表现有些迷茫,看起来很无助。这是格兰特的单方面感受。这件事看样子是他从没有遇到过的,也是不能理解的。

当格兰特把真实身份告知的时候,他并没有很吃惊。

"我也在等你的到来。"他很礼貌地把香烟递上来,"你代表的不是你自己,而是调查机构的高层。"

格兰特跟他聊起有关拉什米尔河之旅的详细情况,希望他能尽可能多地把信息透露给他。因为,一个人说的话越多他的警惕心就会越低。惠特莫尔一边平静地讲述着,一边狠狠地抽着香烟。当他正要讲述星期三在天鹅酒吧的情况时,格兰特打断了他。因为,现在这个时候并不太适合谈论当天的事情。

"你对瑟尔其实了解并不多,对吗?"他说,"在他出现在那个聚会上之前,你听说过他的事情吗?"

"没有,但是这也不是什么奇怪的事情。摄影师是一个很普遍的行业,就像记者一样,我对他不了解也不足为奇。"

"那你有没有怀疑过,他其实并不是他自称的那个人。"

"没有,从没有怀疑过,可能我对他不了解,也没听说过,但是,伊斯顿·迪克森小姐对他很了解。"

"伊斯顿·迪克森小姐?"

"是的,她是我们当地的一个作家,很擅长进行童话故事的创作,也是一个电影明星的忠实粉丝。她不仅仅听说过他,还留着他的照片。"

"照片?"格兰特对这个消息感到很吃惊,又浮现出一丝兴奋感。

"是从电影杂志上找到的照片。我虽然没有看到过,但是她有一次来我家吃饭的时候说到了这件事。"

"她晚饭的时候认出瑟尔了?"

"是的,他们很有共同语言。因为瑟尔曾经拍摄过她非常欣赏的好几个明星,而且,她也把那些照片收藏了。"

"也就是因为这件事,你从来没有对瑟尔的身份产生过怀疑。"

"我对你的表述方式很欣赏,探长先生,你用的是现在时。"虽然他这么说,但是语气中讥讽的意味多于开心。

"到底发生了什么事情呢,你对这些事情都是怎么看待的,惠特莫尔先生?"

"现实生活中哪有什么火焰战车和女巫的扫帚。我对这件事没什么想法,因为这件事本来就是很让人难以置信的。"

格兰特感觉惠特莫尔的想法似乎也偏向于"故弄玄虚"了。

"我觉得，对这件事解释最合理的是，"沃尔特说，"他在夜色中找不到回住处的路，然后失足落水，没有人发现他呼救。"

"但是，你为什么对这个说法又不赞同了呢？"格兰特毫不客气地反问他。

"是的，首先，瑟尔的眼睛很好，我跟他在外面一起住过四个晚上，他的视力是相当灵敏的，特别是在黑暗中。其次，他的适应能力很强，这里的环境也并不陌生。再有，他从天鹅酒吧离开的时候并没有醉，甚至很清醒。还有，那条从萨尔科特镇通往我们露营地方的路很直，也没有拐弯的地方，况且旁边有护栏，也不可能误入庄稼地。最后就是，即使他失足落水了，他也是会游泳的。"

"惠特莫尔先生，有人提到你星期三晚上的时候曾经跟瑟尔在天鹅酒吧出现过争执，这件事属实吗？"

"我觉得那件事是不可避免的。"沃尔特说，他把抽到一半的香烟灭了，按在烟灰缸中使劲地按压，烟头都已经完全变形了。

"是吗？"格兰特似乎有点着急，因为沃尔特没有对当晚的事情说更多。

"我们是有过所谓的争吵，当时我很不高兴，事情就是这样的。"

"他让你不高兴了，所以你就提前离开了酒吧，把他一个人留下了。"

"因为我比较习惯独来独往。"

"你也没有等他回到露营地就先睡觉了。"

"对，那天晚上我不想再跟他说任何一句话了。我跟你说，他真的很让我生气。我当时还想，也许到了早上我就不那么讨厌他了，他也会变得没那么讨人厌了。"

"惹你生气？"

"没错，就是这样。"

"是因为什么事情呢？"

"我想我没有必要解释这件事吧。"

"你有权利什么都不跟我说，惠特莫尔先生。"

"的确，是没什么必要。我也想能够尽我所能地提供给您帮助，我也很期望这件事情能尽快水落石出。但是，我们争吵的话题涉及到个人的隐私，跟这个案件也没什么关系，而且跟那天晚上瑟尔究竟发生了什么也没什么关系。我真的没有做对他不利的事情，像传言中所说的，躲在他回来的路上把他推进河里，或者对他动手。"

"那你觉得这件事有别人会做吗？"

惠特莫尔语气迟疑了一下，他的脑海里面闪现过瑟奇·莱托夫。

"应该不会是那种动手。"他强调。

"你说的是哪种？"

"就是半夜潜伏起来害人。"

"我明白了，你指的应该是白天直接就上去动粗了。我听说过他和瑟奇·莱托夫之间的事情。"

"这辈子只要遇到过瑟奇·莱托夫的人，没有被打的经历才是让人觉得奇怪的呢。"

"你能不能想起来有谁跟瑟尔有仇？"

"在萨尔科特镇应该没有，至于其他地方我就不清楚了。"

"我想查看一下瑟尔的随身物品，你介意吗？"

"我当然不介意了，只是不知道瑟尔会不会介意。探长，你希望从这里发现什么呢？"

"也没有什么特别的东西，我想一个人随身携带的东西可能透露出很多信息。我想多寻找到一些线索，最好是能帮忙理清现在这迷局的线索。"

"那好，我把你带上去，你还有什么其他的问题要问我吗？"

"没有了，你提供的信息能帮我很大的忙。我希望你能尽可能多地给我提供线索，信任我，让我多了解一下瑟尔，我并不针对你，希望你能理解。"

惠特莫尔反复思索着这句话的意思。"不，"他慢条斯理地说，"不，我并不是不理解你的意思。但是，如果我告诉你的话会影响到——不行，我不能说。"

"我知道这让你很为难，现在我们先上楼吧。"

他们聊完后便走出了书房，到了客厅。这个时候莉兹正从客厅往楼梯处走来。她看到格兰特很高兴，便停了下来。

"哦。"她说，"你有关于他的消息吗？"

格兰特说并没有什么消息，她似乎有点疑惑。

"可是那个时候你是介绍他认识我们的人。"她似乎很坚定地这么认为，"就是那个聚会。"

沃尔特听到这个消息，着实吃惊不小。在他旁边的格兰特已经能清楚地感受到这种惊讶了，还有一种奇怪的感觉就是，他似乎对莉兹表现出来的异常兴奋很愤怒。

"我亲爱的莉兹，这位警官是……"他的语气很淡漠，而且带着一丝愤恨，"他是苏格兰场的格兰特探长。"

"是苏格兰场的探长？但是，那个聚会你也出现了。"

"有谁规定警察不能对艺术感兴趣呢？"格兰特想缓解一下尴尬的场景，"但是……"

"好了，好了，我没有什么别的意思。"

"我之所以去那个聚会是想接一个朋友。在门口等候的时候碰到了瑟尔，他看起来很无所适从，因为他不知道菲奇小姐在哪里。所以，我就把他领到了你们身边，事情的经过就是这样。"

"那你这次之所以出现在这儿，是因为，想调查……"

"对他失踪的事情进行调查，盖洛比小姐，你对这件事情有什么看法吗？"

"我？我可没什么想法，只是觉得这件事很奇怪，想起来也令人匪夷所思。"

"要是不太晚的话，我看完瑟尔的东西之后能跟你聊聊吗？"

"应该不会太晚的，现在还不到十点钟。"她的声音显得有点疲惫，"自从那件事情发生后，时间就感觉过得很慢，好像每天都像是吃了麻药，对了，探长先生，你有什么特殊的东西需要找吗？"

"对。"格兰特说，"我只是相信我的第六感，但是，不知道我能不能找到。"

"你一会儿要是下来可以去书房找我，我很期望你能找到一些有价值的线索。这种像是被蜘蛛网悬着一般的感觉再持续下去也是件很吓人的事情。"

格兰特在翻看瑟尔东西的时候，脑子里在思索着莉兹·盖洛比的事情，沃尔特把她称作"亲爱的莉兹"。一直以来，没有什么名言警句能明确地定义出女人应该喜欢什么样的男人。但是沃尔特不仅仅是个有名的人物，也会是一个很好的丈夫。那天在聚会上，玛尔塔就这样描述过沃尔特。但是，玛尔塔也指出了一件事，那就是瑟尔身上特有的那种气质的确让人很不安。但是这种说法到底有几分可靠呢？莉兹·盖洛比究竟又对瑟尔产生了多少好感呢？她刚才在大厅的时候表现出来的那种喜悦有几分是因为觉得瑟尔并没有什么危险而出现的呢？又有多少是因为那种怀疑和担忧已释然之后的轻松呢？

他很熟练地翻看瑟尔的东西，但是心里却一直在琢磨一会儿见到莉兹的时候怎么才能把握好交流的分寸。

瑟尔的房间在这座城堡的塔楼第二层。塔楼的左边有一处探出来的前门，所以，房间的三个面都能有窗户。房间很宽敞，装饰的也很豪华，整个房间的装饰跟维多利亚风格的整体装潢相比略显造作。房间里面没有什么个人的色彩，说明瑟尔并没有留下太多线索。这件事使格兰特感到很奇怪。他从来没有见过一个住过这么久的房间里面没有什么主人的痕迹，这个房间干净得简直就像是一个样板房。

很明显，自从六天前这里还有人住的时候开始，这里应该也被打扫过很多次，但是，还是跟以前一样，没有什么变化。

这种感觉很明显。格兰特看了看房间的四周，又思考了一会儿。他的脑海里飞快地闪过之前搜索过的房间的样子。不论什么房间、旅馆，都有着一种很强烈的近期有人居住的痕迹。但是，这里却什么痕迹都没留下，一点气息都没有，只是感觉到一种空旷的感觉。瑟尔没有在这个房间中留下任何一点关于自己的信息。

房间里面有两个皮箱，还有一个镀锡的箱子，看起来有点像颜料盒，上面有"L·瑟尔"的白色字样。箱子上面的锁并没有锁上，格兰特很好奇地把箱子打开，里面只是瑟尔的摄影器材。箱子的内部格局跟颜料盒子的格局是一样的，上面有一个托层，是可以支撑起来的。他把这个托层用食指勾出来，仔细地看了看下面的隔匣。箱子里面的东西看起来很满，只在边上的位置有一个长条形的空闲位置，仿佛从这里拿走了什么东西。格兰特把托层放了下去，然后去查看那些从河边带回来的行头。他很想知道那个箱子里面的空闲地方能放什么东西。

但是，他也没有什么收获。

在背包里面，他发现了两台小型的相机还有胶卷，不论是分着还是合在一起，都不能恰好放进那个位置，其他的东西也是这样的。

格兰特站在箱子的旁边想着什么。那个东西的长度应该有10英寸长，3英寸半宽，4英寸高。那个东西从箱子里面拿出去之后，箱子里的东西就再也没有人动过，因为如果箱子被挪动过位置，箱子里面的东西就会占满那个空闲位置。

他想一会儿下楼询问一下有没有人知道。

这个时候，他把房间的各个角落扫视了一遍，然后开始认真地检查。就算是这样，一个重要的线索也差点被他忽略。他把那个存放领带和手帕的杂乱抽屉检查完之后，刚准备关上的时候，突然发现领带的中间好像有东西，又重新把它取了出来。

这是一只女人用的手套，而且这只手套主人的手很小。

这个尺码好像只有莉兹·盖洛比合适。

格兰特想在房间中找到另外一只，但是一直没有收获。这应该是一个常见的爱情信物。

看样子，这个俊美的年轻人应该已经被吸引了，所以便留下了心上人的手套。格兰特觉得这种爱慕的方式看起来有点老套，有点像维利亚时期的表达方式。到现在这个时候，恋爱的信物已经多种多样了。

就算这手套不能说明什么，但是至少能证明瑟尔并不是想溜掉。因为，没有谁会把偷来的爱情信物随便地扔在放领带的抽屉中，任由别人来翻看。

但是，这只手套的主人是谁呢？它又代表了什么呢？或者根本没什么意思。

格兰特把手套收起来就下楼了。莉兹早已经等在书房了，但是，她似乎刚接待完别人。因为烟灰缸里的烟头很多，而且从那些被按压的惨不忍睹的烟头来推断，应该是沃尔特·惠特莫尔刚刚在这里跟她一起探讨警察查案的问题。

莉兹对她的身份很明确，她不仅仅是崔明斯庄园的秘书，也是他们这里的接待员，所以，她早早便准备好了酒水。格兰特很礼貌地拒绝了她的盛情，因为是在执行公务期间，但是，他依然对她这种精心周到的安排心存感激。

"我觉得这只是开始。"她指了指桌子上那本《威克姆时报》（每个星期五会出版），在一个不太明显的位置上，有一个不大的标题写着：年轻人失踪。文章中对沃尔特也进行了描述，萨尔科特镇非常有名的广播主持人，沃尔特·惠特莫尔居住在崔明斯庄园。

"没错。"格兰特说，"明天报纸上就会把这件事情刊登出来。"

惠特莫尔的朋友突然失踪溺水，这有可能就是明天报纸报道的内容，也可以称作是惠特莫尔之谜，关于他朋友的神秘失踪案。

"这种报道对惠特莫尔很不利。"

"我当然知道,媒体的报道有时候是捕风捉影的,要是仔细衡量其价值的话,他们不应该影响力那么大。"

"那么你觉得什么事情发生了呢?为什么会这样呢?莱斯利到底怎么了?"

"哦,刚开始的时候,我觉得他是主动失踪的。"

"主动?什么原因呢?"

"我对莱斯利还不太了解,所以我不能很准确地判断,换句话说吧,他平时是否很喜欢恶作剧?"

"没有,他从来不会这样,他不是那种喜欢开玩笑的人。他非常温婉,而且很有涵养,绝对不会贪图新鲜刺激去玩这种游戏。而且,他的行李还完好无损地留在家里,他怎么可能消失呢?又能去哪里呢?他没有带任何东西。"

"提到行李,你有没有注意过那个镀锡的箱子里面的东西。"

"你说的是那个摄影箱?我之前看见过一次,里面的东西摆放得非常整齐。"

"但是,箱子里面的底层里面好像有什么东西被拿走了,但是我却找不到被拿走的东西,你还有印象吗?"

"我肯定不知道,因为我早就忘记了里面放的是什么了,只是印象中很整齐,好像是药水、胶卷一类的东西。"

"他平时箱子上锁吗?"

"是锁着的,这一点我很确定,因为有的药水有毒性。但是,他不是所有的时间都锁着。现在没锁着吗?"

"没锁,要不然我也不会知道里面少东西了。"

"我以为没有什么锁能够困住警察的。"

"是能打开,但是一般情况下不会这样做。"

她笑了下说:"因为以前上学的时候就经历过好多次。"

"对了。"他突然想起来了什么,"你对这个手套有印象吗?"他把手套从口袋里拿出来。

"当然见过。"她很惊讶,"这个手套好像是我的,你从哪里找到它的?"

"就在瑟尔放领带的那个抽屉里面。"

格兰特好像看到一条受惊回缩的蛇。上一秒她还神态自若,下一秒她脸上的表情瞬间就凝固了,然后整个人变得非常警觉。

"这真是难以置信。"她的声音有点紧张,"那肯定是他在某个地方捡到了,还没有来得及还给我。因为我平时会在车上放置一双比较精致的手套。开车的时候会戴旧的,有可能那双不常用的好手套什么时候掉了一只而我没有察觉。"

"我知道了。"

"这只手套应该是我平时放在车上,以备有正式场合的时候戴的。"

"你介意我把这只手套拿走吗?"

"当然不介意,这也能算是证物吗?"她尽力让自己保持平静。

"没准儿,因为它是在瑟尔的房间里面找到的,所以很有可能是件重要的东西。"

"但是,我觉得这个手套有可能把你的思路引导偏,对你并没有什么帮助,但是,你仍然可以带走它。"

他对这次的谈话很满意,也对她能这么快就恢复了平静比较满意,要知道他并不是一个喜欢捉弄别人的人。

"沃尔特·惠特莫尔先生会知道那个箱子里面缺少了什么吗?"

"不一定,但是,你可以询问一下。"她说完便走向门口喊沃尔特。

"家里面的其他人有可能知道吗?"

"拉维尼亚姨母应该不可能知道，因为她自己的东西都稀里糊涂的。我的母亲也不可能知道，因为她都没有进过房间，最多是在门口查看一下房间打扫的情况，床铺是否折叠整齐。除此之外，可能女佣们会知道吧。"

格兰特和他们一起进了塔楼的房间，指着箱子问他们记不记得那里曾经放过什么。"可能是他快要用尽的药水。"沃尔特试图猜测。

"这个猜想我也想到过，但是，所有拍摄后需要用的药水都完好无损地放在这里，没有用过太多。你有没有印象，他还有什么其他的东西能够恰好放在哪个长条形的空当中？"

他们都没有什么头绪，包括女佣也是如此。

女佣艾丽斯是唯一一个打扫过瑟尔房间的人。村子里面还有一位名叫克兰普的太太有时候会来帮忙，但是她也没有进过这个卧室，只是帮忙打扫楼梯、过道、工作室。

格兰特仔细地看着他们的脸，脑子里思考着每一个细节。惠特莫尔的脸上看不出什么波澜，莉兹看起来很吃惊，但是又充满疑惑和担心。艾丽斯的表情更多地像是担心这件事会连累自己，不论箱子里面少了什么东西。

这次的查看他没收获什么有价值的东西。

惠特莫尔把他从前门送出了庄园，对着空旷的黑夜说："你的车停在哪里？"

"在大路上。"格兰特说，"谢谢你今晚的配合，晚安。"

他慢慢地走向夜色中，听到沃尔特在他身后把门关上，然后从房子的一侧想向车子走去。车库没有关，里面有三辆车。他把车上的置物箱都查看了一遍，并没有找到另外一只手套。

第十章

威廉姆斯这个时候正在白鹿旅馆的咖啡厅中享用着迟来的晚餐。老板见格兰特回来后，问候了一声便也去为他准备宵夜。威廉姆斯根据格兰特的猜想跟当地警方一起展开调查，瑟尔可能是自己主动消失的。他忙碌了一整天，刚刚能稍微休息一下，现在已经筋疲力尽，仍然没有任何收获。到了晚上10点的时候，他已经询问过23个公交车售票员，查访了在火车上遇到的所有搬运工。到现在，他终于能暂时休息一下，享受啤酒晚餐了。

"没收获吗？"他跟格兰特汇报他一天的行程，"不仅没有他本人的踪迹，就连一个跟他相近的人都没有，你有什么发现吗，长官？"

"没有一点头绪。"

"他的行李箱中没有信件吗？"

"没有，就算有也应该在他的皮夹中，只是发现了几沓照片。"

"照片？"威廉姆斯好像对这个消息很激动。

"照片都是拍摄的这里的风景。"

"那有关于沃尔特那个未婚妻的吗？"

"有不少照片是。"

"是吗？都是摆好姿势特意照的吗？"

"不是，威廉姆斯，并不是这样的，都是很浪漫很有意境的照片，背景多是灿烂的阳光或者是盛开的鲜花。"

"你觉得她是那种上镜的金发美女吗？"

"应该不能这样描述，她个子不高，皮肤也不算白，很普通的一个女孩儿，除了可爱一点，没什么不同。"

"那他为什么总是拍她，一定是对她动心了。"

"我也有过这样的猜想。"格兰特说，之后便专心吃晚餐。

"这个腌菜很不错，你应该尝尝，就这一次，长官。"威廉姆斯锲而不舍地坚持，"真的很不错的。"

"我想我已经强调过507次我不吃腌菜了，威廉姆斯，我的嗅觉是很敏锐的，这对于警察来说是一笔宝贵的财富，我可不想因为腌菜把它毁了。瑟尔的行李箱里面发现了比照片更有价值的东西。"

"什么东西？"

"那是一只女士的手套。"格兰特说，而且跟他讲述了发现的过程。

"哦，是这样。"威廉姆斯思考了一会儿，"应该还没有走太远。"

"什么意思？"

"这种爱情啊，按照他只是拿了一只手套来看，他们应该还没有发展太深，因为现在这个年代，我并不觉得一个人的感情可以发展到只偷一只手套就满足了。"

格兰特听完大笑起来。"我得提前声明，她是个不错的女孩儿，跟我说，威廉姆斯，你觉得一个10英寸长、3英寸半宽、4英寸高的空闲地方能放进什么东西？"

"可能放一块香皂比较合适。"威廉姆斯脱口而出。

"这个可能性不大，还有呢？"

"要不然一盒烟？"

"也不是，他从来不抽烟。"

"要不然就是吃的，有的奶酪就会被加工成这种形状。"

"也不对。"

"难不成是左轮手枪？我指的是那种能装进盒子里的那种。"

"我刚开始也有过这种怀疑，但是他没有什么理由带枪啊。"

"你指的空间是什么样子的呢？"格兰特把他看到的一切详细描述了一番，把房间箱子的整齐也说了。

"照你的描述肯定是一个非常坚硬的东西，要不然不会出现周围的棱角。在他的物品中没有其他的东西能恰好放进去，说明他应该是拿出来带走了，还有一种可能就是他失踪以后，有人为了掩饰什么特意拿走了。"

"如果是你假设的那样，那就很有可能是崔明斯庄园的人想隐瞒什么。你现在仍然没有怀疑到惠特莫尔身上吗，长官？"

"你觉得惠特莫尔是什么样的人？"

"他有可能是个杀人犯。"

"但是，我仍然觉得惠特莫尔比较适合研究小动物，对于动武的事情他还是很不擅长的。"

"把瑟尔淹死根本不用见血，也不用动粗，他只是需要在气头上的时候把他往河里一推就可以了。而且，他当时就算是想救他上来，天色那么黑，在那么差的环境下救人也是不可能的。他就顺势逃走了，然后当作什么事情都没发生，要知道，这种事情再常见不过了。"

"你认为这件事有可能是惠特莫尔所为，但是不排除意外的可能性？"

"我没有觉得这件事可能是谁做的，但是又预感就是瑟尔可能是落水了，长官。"

"但是，罗杰斯长官对这里已经详细搜索过了。"

"我记得威克姆警官说过，拉什米尔河的淤泥很多，多到足够铺满去澳大利亚的路。"

"对，我也听他说过，局长也强调过这件事。但是，没有那么夸张。"

"说白了。"威廉姆斯继续自己的话题，"就算他没有在河中淹死，按照大家对他的描述，他并不是那种很容易被人忽略的人。"

没错，这种说法的确是对的。格兰特的脑海中回想出来曾经在科马克·罗斯的聚会上跟瑟尔相遇的场景。他突然感觉警方对于瑟尔失踪这个事情的描述有些太过简单，没有把特征明显地标注出来。

男性，20多岁，身高5英尺8英寸半到9英寸之间。身材瘦小，皮肤白皙，眼睛灰色，高翘鼻梁，颧骨凸起，嘴巴较大，未戴帽子。穿着灰色的粗呢外套，外面有束腰雨衣，内着灰色毛衣和蓝色运动衫，下身穿着法兰绒的灰色长裤。穿着棕色的美国皮鞋是系扣的而不是系带的，说话有美国腔调，嗓音低沉。

看完这段描述的人恐怕没有人会想到是莱斯利·瑟尔。还有就是，用威廉姆斯的话说，瑟尔确实有让人过目不忘的本事。很少有人在看到他后不会多看两眼，更不会有人看到他后还会忘记。

"还有，他有什么理由消失呢？"威廉姆斯很想证明自己的观点。

"我对他的背景并不了解，所以也没法解释。等到明天早上，苏格兰场的人就会帮忙调查。据说他在英国有个表姐，但是，我更感兴趣的是他以前在美国的生活。我总有种预感这件事情和加利福尼亚有脱不了的关系，跟英国的广播没有太大联系。"

"没有哪个加州人能像这个案子这样令人捉摸不透。"威廉姆斯说。

"对啊。"格兰特边说边思考着，他正在仔细地思索着崔明斯庄园里每个人的情况。到了明天，他们要做的就是收集所有人不在场的证据了。威廉姆斯的话有一定的道理，事情应该不会那么奇怪，瑟尔会自己消失。因为他已经向莉兹求证过了，瑟尔并不是那种喜欢通过恶作剧来让别人出丑的人。但是，就算莉兹的感觉是错误的，那么瑟尔又是怎么做到一声不响地消失的呢？

"对了，还要查看有没有路过的车辆。"他突然嚷了起来。

"长官，你说的是什么？"

"我们已经把乘坐交通工具的人都调查过了，但是却忽略了那些从这里路过的私人驾驶者，他有可能乘坐这些人的车离开。"

威廉姆斯的肚子已经被香肠和啤酒装满了，他面带微笑地看着格兰特说："长官，你知道你已经让57号公路看起来像女子学校了。"

"57号公路？"

"对啊，你太顽固了，你始终坚信他就是悄悄溜走的吗？"

"我的潜意识里感觉他很有可能是沿着河边走到威克姆—克罗姆公路上去，然后乘坐路过的便车离开了这里。明天早上的时候我会询问布赖斯，希望能从广播里面发布寻人启事。"

"就算是他搭乘便车离开，那之后呢，长官？他的行李还没有拿走。"

"我们也不知道，毕竟在那个聚会之前，我们对他没有任何了解。现在唯一能确认的就是他是个摄影师，还有一个在英国的表姐，但是，谁又能保证他没有五六个家，又或者有着十多个妻子呢？"

"也许吧。但是，他为什么不能光明正大地离开呢？要知道，他们之间是有合作的，就是要进行那本书的创作，何必要用这种方式呢？"

"没准儿是为了给沃尔特一个教训。"

"这是你的想法？为什么？"

"周围一切都是我的猜想，我对让沃尔特难堪这件事一点也不介意。"格兰特微笑着说，"我的内心甚至希望事情就是这样的。"

"如果这样做的话的确会让沃尔特难堪。"威廉姆斯似乎对这件事也不以为意。

"这应该不是一般的难堪，搞不好就会是一场骚动。"

"骚动？"

"忠实于惠特莫尔的人对抗反对声音。"

"他对这件事情重视吗？"

"他好像还没有觉得这件事很严重，我觉得，他可能在见到明天的报道后会有所反应。"

"难道报社还没去采访他吗？"

"我想记者应该还没来得及。我听说下午五点的时候有《号角》的记者去崔明斯庄园采访，但是没有任何收获，然后便直接去了天鹅酒吧。"

"《号角》一般是这些人里面动作最快的。其实惠特莫尔应该见见他们，为什么不见呢？"

"他的解释是想等他的律师从城里回来。"

"你知道《号角》的那个人是谁吗？"

"吉米·霍普金斯。"

"吉米！要是被他盯上，就等于是被一个火焰喷射器给瞄准了。他可是个没有什么同情心的家伙，不仅仅采访，还会把事情添油加醋地描述。我现在有点同情惠特莫尔了。他当然不能让吉米有任何可乘之机，要不然他就不会那么果断地把瑟尔推到河里。"

"我想，我们两个谁更顽固呢？"格兰特说。

第十一章

格兰特一早给上司打电话汇报情况，话还没说完就被布赖斯抢了过去。

"格兰特，接到你的电话真是太高兴了！让你那个能干的助手赶紧回来吧。波佩·普伦特里卧室里的保险箱昨天晚上失窃了，凶手就是班尼·斯克尔。"

"波佩所有有价值的东西不是都放在他'叔叔'那里吗？"

"自从她给自己找了个新爸爸以后就没有这样做了。"

"你敢肯定就是班尼干的？"

"绝对是，到处都是他留下的痕迹。他打电话让大厅的门卫离开，没有留下任何指纹。将果酱面包和牛奶消灭掉，然后从侧门偷偷逃走。就差最后在来客登记簿上写下他的大名了，当然，就算是写，他也会写得很模糊。"

"哦，那好吧。如果罪犯已经学会了反侦查手段，那我们的工作就难以继续下去了。"

"我的想法是，让威廉姆斯将班尼缉拿归案，威廉姆斯对他的情况非常熟悉，让他回来协助我们怎么样？对了，你们那边进展如何？"

"事情进展不是很顺利。"

"不顺利？怎么搞的？"

"尸体到现在还不见踪影，所以现在只有两个可能，一种可能性是瑟尔已经不在这个世界上了，也许是有什么意外发生，或是有人故意要谋害他。第二种可能性是瑟尔自己玩失踪。"

"那是为什么呢？"

"也许是想捉弄一下我们吧？"

"他最好别在我们面前耍这样的把戏。"

"当然，也不排除他失忆了。"

"希望是如此。"

"我当务之急是完成两件事情，长官。第一件就是通过广播来找人，第二件就是联络旧金山警方，希望他们可以给我们提供更多有关瑟尔的消息。我们现在像无头苍蝇一样乱撞，一无所获。他在英国的亲人只有一个表姐，那是一位女艺术家，可是两人并没有什么交集，抑或是说和他没有联系。假如她有幸看到了今早发行的报纸，她也许会和我们取得联系，当然就算是联络上了，她也对他知之甚少。"

"你认为旧金山警方比我们掌握的情况要多？"

"是的，他长住旧金山，听说漫长的冬天他都会待在西海岸，那边的警方必定能摸清楚一些情况。我们需要知道他在那边有没有和别人有过过节，以至于有人想要杀死他。"

"在我看来，摄影师的仇敌应该很多。好吧，就这样做吧。"

"谢谢你，长官。那广播找人呢？"

"英国国家广播公司肯定不愿意广播里整天播放的都是有关警方的消息，你意向如何？"

"假如有人星期三晚上开车带过一名年轻男子，地点位于威克姆—克罗姆公路，请和我们取得联系。"

"可以，我这就去办。我想对于所有的公共交通工具，你们肯定都已经调查过了吧？"

"所有的都调查过了，长官，没有找到他的任何踪影。他并不是那种埋没在人群中找不到的人，除非他提前跟人说好，会有专机在等着他，可是在我的印象中，这样的事情只会出现在童话故事中。他如果想要离开这里，只有一个途径，那就是越过田野到公路上搭顺风车。"

"有关谋杀的证明材料，一点也没有找到？"

"截止到现在还没有，今天上午我准备去采集一些当地人不在场的证据。"

"你先把其他事放一放，让威廉姆斯先回来吧。旧金山那边只要一有调查结果，我就会立即通知威克姆警局。"

"那真是太好了，长官，太感谢你了。"

格兰特把电话挂断以后就马上去给威廉姆斯联系。

"可恶的班尼。"威廉姆斯说，"在我刚对这个乡村有好感的时候！无论如何，现在不是和这个家伙理论的好时机。"

"为什么？他很难缠？"

"班尼？哦，不是，他相当令人厌烦，他会骂骂咧咧说我们是有意诬陷他。说他刚从一桩大麻烦中脱离出来，打算洗心革面重新做人。'重新做人'！班尼！我们就来审问他，说他是如何卷进那桩案子里去的。对于他来说，就算做一天老实人，都不可能。如果真是那样，他会逃之夭夭的。不过对于扮可怜，他倒是很有一套。还记得有一次，他在议会上问了一个问题，你会露出满面的惊疑之色，会感叹下议院议员当中，怎么还会有人提出这种问题，询问自己家乡火车票的问题。我想请问，大家必须坐火车回城里吗？"

"我认为罗杰斯会先给你派一辆专车将你送到克罗姆，然后你再坐特快火车离开。"格兰特说完笑了一下，对方一想到坐火车旅行就一脸厌恶的表情。他坐回到电话机旁，给玛尔塔·哈拉德打电话，对方住在萨尔科特圣玛丽镇磨坊屋。

"阿伦！"她说，"接到你的电话真是太高兴了，你现在在哪儿呢？"

"我在威克姆的白鹿旅馆。"

"真是个令人同情的家伙。"

"哦，还好吧，没有你想象的那么严重。"

"别再敷衍我了，你知道，那个地方条件很差，只适合修身养性。对了，我们这里轰动一时的新闻，你听说了吗？"

"听说了，我就是因为这件事来的。"

玛尔塔好一会儿没有说话。

然后她说："你是说对于莱斯利·瑟尔被淹死的事，苏格兰场正在调查？"

"确切地说，是调查瑟尔的消失。"

"你的意思是，他和沃尔特起纠纷的谣言，有可能是真的？"

"我不方便在电话里和你说这个，我是想问你今晚会不会待在这里，我要过来一趟。"

"嗯，我在的，你务必要过来，而且还要在这里待一晚上。你不能再停留在那个恐怖的地方了，我会嘱咐……"

"非常感谢你，可是我不能待一个晚上，我必须在威克姆对这起案件进行调查。如果你愿意给我提供晚饭……"

"肯定要在我这里吃晚饭，吃一顿像样的晚饭，亲爱的。我亲自做的煎蛋卷，还有思拉普太太做的鸡肉、酒窖里储藏的美酒，这些都会让你全然忘记白鹿旅馆啤酒的味道。"

挂断电话以后，想到今晚的晚餐如此让人垂涎三尺，格兰特就精神抖擞地开始工作了。如果要采集不在现场的证明，就必须先让崔明斯庄园里的人先站出来说话。

天气晴好，早晨的霜降过去以后，天气逐渐转暖，就如威廉姆斯所说，这么美好的光阴为什么要浪费在班尼这样的人身上。格兰特一眼望见崔明斯庄园赫然耸立在灿烂的阳光中，使得格兰特趣味十足的幽默感又重新焕发出来。昨晚这里还是黑暗中仅有的一点光亮，今天却灯火辉煌，气势磅礴，细微之处都显露无遗。他非常高兴，情不自禁地走到车道的拐角处，在那静静看着周遭的一切。

"我明白你现在心里在想什么，"旁边有个声音响起，是莉兹。格兰特观察到她眼睛里写满劳累，却不失安宁、善良。

"早安，"他说，"今天早上我有点兴奋过度了，我没办法对这一切无动于衷，不过现在情况好多了。"

"这里很漂亮吧？"她表示认可。"难以想象它居然会矗立在那里。你会觉得它本来就在那里，而不是有人特意设计出来放在这儿的。"

她的注意力从建筑房转移到他的身上，他明白可以询问了。

"很不好意思，我又要讨人厌了。今天一早上我都在做一件事情，那就是将这个案子的妨碍因素排除出去。"

"妨碍因素？"

"我要将那些完全不可能卷入此类案件中的人剔除出去。"

"我懂了，你是在采集不在现场的证据。"

"是的。"他将车门打开，好搭载她一程。

"既然如此，我希望我们都可以有更加妥帖的说法。可惜的是，我没办法提供我不在现场的证据。我知道你是做什么的以后，我脑海里浮现出来的第一件事情就是这个。觉得很惊讶，对吧，一个清白的人没办法证明自己是被冤枉的，该是有多么内疚啊。你需要所有人不在现场的证据？不排除拉维尼亚姨妈，还有我母亲，以及所有的人？"

"是的，包括那些仆人。总的一句话，就是和莱斯利·瑟尔打过交道的每一个人。"

"嗯，那我建议你先去问拉维尼亚姨妈，她上午的写作马上就要开始了。每天上午她都会陈述两个小时的小说内容，而且她不喜欢延迟。"

"盖洛比小姐，当时你身在何处？"当他们走到门口时，他问她。

"你是指当时那个重要时刻？"他感觉得出，她是故意显得很淡漠，"重要时刻"，就是指莱斯利·瑟尔可能会毙命的那个时刻，他觉得她绝对不会忘记。

"是的，周三晚上。"

"当时我已经上床睡觉了，就和侦探小说里的情节一样。我不想听到你说睡这么早。我明白是有点早，可是我习惯晚上早早睡，我愿意一个人静静地待着。"

"你读书吗？"

"也不能算是，探长，可是我会自己写点东西。"

"你也对写作感兴趣？"

"是的，你觉得很沮丧，是吗？"

"我很感兴趣,你一般都写些什么,哦,这个,我能问吗?"

"我就根据自己的意愿来写些女性故事,就是如此。"

"长着兔唇的女仆蒂尔达,有错杀他人的嫌疑,和莫林形成强烈对比。"

她抬起头盯着他看了好一会儿,然后说:"你这个警察,真是太奇怪了。"

"我觉得你对警察的理解有点奇怪。"格兰特爽朗地说,"可否请你帮我告知一下你姨妈?"

不过用不着了,莉兹刚走到台阶上,菲奇小姐就出现在大厅里了,她张口时的惊讶多过可惜:

"莉兹,你整整晚了五分钟!"之后,她看到探长,"哦,他们说的果然是对的,没人会把你看作警察。进来吧,探长,我一直都想和你谈一谈。上次的见面太仓促了。对吧,请到晨室里,那里是我的工作间。"

格兰特不停地说对不起,说耽搁了她上午的口述小说工作,不过她却表态她非常愿意延迟10分钟以上和那个"讨人厌的女孩"扯不清。格兰特想,那个"讨人厌的女孩"和现在"女主人公菲奇"应该是同一个人。

菲奇小姐周三晚上好像也早早睡觉了,更确切地说,是晚上9点半。

"家人从早到晚都待在一起的家庭,像我们。"她说,"晚上经常都会早早回到自己的房间。"她听完一个广播剧,又独自在床上躺了一会儿,之后迷迷糊糊听到姐姐进来,反正她很早就睡了。

"进来?"格兰特说,"这样说来,盖洛比太太是从外面回来的?"

"是的,她出席了乡村妇女联谊会的聚会。"

紧接着,他向她打听有关瑟尔的事。她怎么评价瑟尔,觉得这人是否靠谱。他想,她老是说话留三分,这太让人惊讶了。她说话特别小心,他不知道这其中的缘由是什么。

当他问她:"你觉得,瑟尔有没有对你外甥女流露过好感?"她惊讶得合不拢嘴,说:"没有,这是不可能的事。"她答话迅速,而且干脆果断。

"他对她一点都没有兴趣?"

"先生,所有的美国男士都会对女孩投以感兴趣的一瞥,这是人之常情,就和呼吸一样司空见惯。"

"你觉得他对她并没有真正的好感?"

"我可以肯定没有。"

"你外甥昨天晚上跟我说,他和瑟尔沿河游玩时,每天晚上都会给你打电话。"

"的确如此。"

"家里的所有人对于周三晚上的消息都知道吗?我的意思是说,都知道他们在哪里过夜?"

"我想应该是的。家人肯定知道,佣人们也非常想要知道他们的进程,所以我想所有人都清楚。"

"万分感激你,菲奇小姐,你真是个好人。"

她叫莉兹进来,莉兹将他引荐给自己的母亲,之后再回到起居室继续记录最新一位莫琳的故事。

盖洛比太太也没办法提供不在现场的证据。当天晚上,她出席了乡村妇女联谊会的舞会,九点半散场时离开。她和伊斯顿·迪克森小姐一起回家,两人在经过分叉路口时各回各家。她回到自己家约莫是晚上十点,也许还要晚一些。她一路欣赏着夜景,一路回家。她锁上了前门,后门一般是由厨子兼任管家的布雷特太太来锁。

埃玛·盖洛比一直都是坦诚相告,格兰特可以觉察出来,因为像她这样的人,他见过太多。看起来和善的外表,其实内心掩盖的是残酷的母爱,瑟尔的出现,有没有可能会阻碍她给自己女儿设计好的规划?

他向她打听有关瑟尔的事,可是没有取得什么实质性的进展。他是个很让人有好感的年轻人,她说,非常让人动心。她们非常喜欢他,对于他所发生的意外,她们都非常悲痛。

格兰特的回复只是嗯啊之类的。

盖洛比太太让他觉得有点烦躁不安，所以当她站起来去请艾丽丝过来时，他长长舒了一口气。

周三的晚上，艾丽丝和园丁一起出去了，回来的时候是十点一刻。等到她进屋以后，布雷特太太锁好了门，两人还一起到楼上喝了杯热咖啡，之后才各自回到自己的房间里休息。说到莱斯利·瑟尔的悲惨遭遇，艾丽丝真诚地为她感到悲伤。她说他是她服侍过的最好的年轻人。她见到太多年轻男人、所谓的绅士以及形形色色的人，他们所关注的都只是女孩的脚踝，而只有瑟尔关心女孩的脚。

"脚？"

对布雷特太太，对伊迪丝，对客厅女佣，他都这样说过，他说，"我觉得你最好那样做吧，这样可以少跑一趟，不是吗？"她只能猜想这可能就是美国人的特点吧，因为没有哪个英国人会对这样的细节耿耿于怀。

伊迪丝好像也为瑟尔真心感到悲伤，可原因不是他的关心，而只是因为他的英俊。伊迪丝看起来相当自傲，是完全不会和园丁一起出去的人。当天晚上，她回到房间后也收听了广播剧。她听到布雷特太太和艾丽丝到楼上休息，可是因为离得太远，她听不到主屋那边的声音，所以她不知道盖洛比太太是什么时候回家的。

布雷特太太也是如此。她说，吃过晚饭以后，主人们就会让佣人们休息。伊迪丝将睡前饮料准备好以后，走廊上的绒面门到第二天早晨都会一直关着。布雷特太太已经跟在菲奇小姐身边长达九年，对于她来管理佣人以及佣人的生活起居，菲奇小姐是特别放心的。

格兰特走向前门，准备开车离开，这时不经意看见沃尔特·惠特莫尔正靠在露台的墙壁望着自己。他和格兰特打招呼，问他是否满意那些不在现场的证据。

格兰特觉察出，沃尔特·惠特莫尔很是落寞。从昨天晚上到现在，只不过分开这几个小时的时间，怎么变化就如此之大。他暗自猜想，今天早上的报纸他看过以后，对于他如今近张萎靡不振的脸，到底起到了多大的作用。

"报社的人还在纠缠你？"他问。

"早饭刚吃完，他们就来了。"

"你和他们认真交谈过了？"

"我和他们见了面，如果你是想打听这个。我无可奉告。他们在天鹅酒吧收获更多。"

"你的律师到了吗？"

"到了，不过现在还在休息。"

"休息？"

"他五点半从伦敦到这里来，和我一起见了记者。他时间很紧张，很多事情都还没理出头绪，昨天晚上直到凌晨两点，他才上床睡觉。我这样说，你明白了吧？"

格兰特和沃尔特分手时，感到没来由的放松，之后他直接去了天鹅酒吧。他将车子停放在酒吧后面的砖地院子里，然后敲响了侧门。

门闩被打开的时候满是怨气，之后从门缝里探出雷夫的脸。"这样叫门一点意义都没有。"雷夫说，"等我们明天开门了再说。"

"身为一名警察，对于你这种直率的拒绝，我非常赞同。"格兰特说，"可是我还是想和你好好谈一下。"

"在我看来，你根本不像警察，更像是一名军人。"这位原军人诙谐地说道，一边说话一边把他引入大厅，"一个叫范德勒尔的少校，你认识吗？你跟他很像。"

格兰特表示他从来都不认识什么范德勒尔少校。

"好吧，那就算了，我想请问你找我有什么事情，长官？我想和瑟尔有关？"

"是的，我的确有事情找你。我需要你认真思考以后回答我，就是有关星期三晚上惠特莫尔和瑟尔之间发生的事情。除此以外，我还想请你提供给我一份那晚的住客清单，还有他们离开的确切时间。"

雷夫无愧于自己曾经是个军人这个称号，他会不带任何主观意见地审视这个意外事件。他不会大力渲染，不会像艺术家一样把个人想法全部加进去。格兰特觉得自己心里的石头落了地，就好像在安静地听着下属汇报工作。雷夫说，那两人之间看起来并没有特别的仇恨。对于他们的存在，他本来是不以为意的，可是他发现没有人走上前去和他们聊天，他们好像与世隔绝一样。通常情况下，如果有人提到一个什么有意思的话题，就会有不同的人参与进去。可是星期三晚上，他们之间的气场让人感觉和外界隔离开来一样。

"他们就像是两只不停打哑谜的狗。"雷夫说，"并没有发生纷争，而是一种气场。你明白吧，纷争是随时可以发生的，而气场不是。"

"惠特莫尔从这里走，你看到了吗？"

"没有人看到他离开，这些家伙正在激烈讨论哪一年代表澳大利亚出征板球比赛的是谁。门发出巨响时，大家都惊呆了。就是这样，之后比尔·马多克斯看到只有瑟尔一个人了，于是过去和他说话。比尔是村头那家修车厂的老板。"

"好的，非常感谢，现在请帮我写出客人清单吧。"

格兰特将清单收起来，土郡的绝大多数名字一直还是原来的名字，他准备起身离开的时候，顺便问了一句，"现在有报社的人等着采访你吗？"

"是的，有三家。"雷夫说，"分别是《邮报》《晨报》《号角》，他们现在都没在这儿了，准备把这个村子挖空。"

"苏格兰场地也是如此。"格兰特无奈地说，之后开车去找比尔·马多克斯。

村子尽头，有一处高耸的板房，房子上面的字迹经过风吹雨打，已经不复从前的鲜艳。威廉·马多克斯父子，既是木匠又是造船的工人。房子的一个顶角处有一块醒目的招牌，箭头指向侧院，颜色是黄黑两色，特别打眼，上面只是简单写着三个字"修车厂"。

"很明显，这两个生意你都做得很好。"格兰特在介绍自己之后这样阿谀道，对着那块招牌说道。

"哦，'马多克斯父子'中的父亲并不是我。"

"我还觉得你应该是那位儿子呢。"

比尔忍俊不禁，止住笑说："哦，不是，那位儿子是我祖父，这个生意是我曾祖父传下来的。一直到现在，我们依然是这片地区手艺最好的木匠，尽管这话是由我本人来说的。你是来采集证据的吧，探长？"

马多克斯毫无保留地将所有情况都告诉给了格兰特，格兰特打算离开时又多问了一句："对了，有个叫霍普金斯的记者，你认识吗？"

"是在《号角》任职的那位记者吗？我们碰过面。"

"今早他还在这里停留了好长时间，他的想法太奇怪了，他觉得整件事情都只是为了造势，为了让他们正在筹划的书取得比较好的销量。"

最具代表性的霍普金斯式反应，再加上比尔的一脸茫然，格兰特实在忍不住了，停在车子旁边狂笑不止。

"可耻的生活，记者的生活。"格兰特说，"就如同我一个朋友所说，吉米·霍普金斯真是一个天赋异禀的无耻家。"

"哦，"比尔还是一副茫然的表情，"真可笑，我是这么说的吧，真是太可笑了。"

"对了，瑟奇·莱托夫现在在哪儿？"

"这会我估计他还在睡觉，不过他如果起来了，肯定会在邮局柜台那里。邮局和商店在一块，你只要穿过半条街就可以走到。在商店旁边的棚屋里，你就可以找到瑟奇。"

格兰特没有在他经常出现在的地方——邮局柜台前找到他，瑟奇刚从报商那里赶过来，胳膊底下夹着一张报纸在大街上晃。格兰特虽然从前和他没有见过面，可是通过职业的敏感，舞者的特殊形态，他一眼就认出了他。瘦瘦的身材，宽松的衣服，一副孱弱的体态。这些人在舞台上表演时活力十足，可以将芭蕾舞女演员轻松地抛来抛去，根本不费多大力气。可是一旦下了舞台，他们却像个穷困潦倒的人，这种强烈的反差一直让格兰特迷惑不解。

他将车开到瑟奇的身边，停在人行道边上，向他致意。

"你好，莱托夫先生？"

"是的，是我。"

"我是格兰特探长，我可以打扰你一下，和你交谈一会儿吗？"

"大家都愿意和我聊天。"瑟奇自鸣得意地说，"为什么不可以呢？"

"我们说说莱斯利·瑟尔吧？"

"哦，你说他啊，他好像溺水死亡了，真是让人太兴奋了。"

格兰特简单嘱咐了他几句，大意就是让他说话要小心。

"哦，小心。"瑟尔奇一字一顿地说，"真是中产阶级的风格。"

"我听说你和瑟尔曾经有过争吵。"

"完全不是像传闻所说。"

"可是……"

"真相是，我将啤酒泼到他脸上了。"

"你觉得这还不算争吵？"

"肯定不是，争吵是处于同一层级的，相同的层级。怎么说呢？就是地位一致。谁会愿意和一名流氓发生争吵啊。如果我在俄国的祖父在这里，肯定会狠狠拿鞭子抽打他。但这是在英国，腐化的英国，因此我只能拿啤酒泼一下他，不管怎么说，表示了一下。"

格兰特后来将这段话说给玛尔塔听，她评论道："如果瑟奇没有那位俄国祖父，我不知道他会采取别的什么行动。他三岁时，他父亲就不在俄国了，他连一句俄语都不会讲，而且不管怎么说，他也是半个那不勒斯人。可是，他脑海里出现的各种奇怪的念头，他都觉得要怪那位俄国祖父。"

"你会体会到的。"格兰特认真地说，"警方的任务就是，对所有认识瑟尔的人展开调查，了解他们周三晚上都在干什么。"

"是吗？那就太无趣了，警察的生活真是令人同情。轨迹，多么低级、局限。"瑟奇开始效仿交通信号装置，两手伸手像机械一样打着手势，"无趣，真是太无趣了。当然，很清楚，却一点也不灵活。"

"周三晚上9点钟以后，你在哪里？在做什么？"格兰特决定单刀直入。

"我在跳舞啊。"瑟奇回答道。

"是在乡村礼堂吗？"

瑟奇听到这句话做出一副快要晕厥的样子。

"你是说，我，我，瑟奇·莱托夫，还需要表演如此烂俗的节目？"

"那你在哪里跳？"

"我在河边。"

"什么？"

"我才编了一支芭蕾舞，春天的晚上，我在河边就会生出很多灵感。它们像泉水一样不停流出。那里的景色真是太让人沉醉了，我可以想做什么就做什么。我想到了一个美妙绝伦的好主意，那就是让舞蹈和马沙科的河流音乐配合到一起表演，开始时……"

"你在河边哪个位置？"

"什么？"

"具体哪个地方？"

"我不知道，河边不管哪个地方都很迷人。"

"好吧，我再具体一点，你是从萨尔科特镇往上游走的，还是相反的方向？"

"应该是往上游走的吧。"

"为什么是'应该'？"

"我跳舞需要一大块平坦的地方，只有上游才具备这个条件。从村子往下游走，随处可见的只有狭窄的河岸、令人厌恶的杂草，是的，那让我唯恐避之不及的杂草……"

"周三晚上你跳舞的地方，你还能指给我看看吗？"

"指给你看？"

"是的，告诉我是哪里？"

"那怎么可能，我根本不知道自己当时是在哪里跳的。"

"那天晚上，你还记得你见过什么人吗？"

"没有一个人值得我铭记在心的。"

"值得铭记？"

"我一不小心就会将草地里的情侣绊倒，可他们坐在观众席的位置上，根本不值得我多看一眼。"

"那么，周三晚上，你是什么时候离开的，你还记得吗？"

"这个我记得，非常清楚。"

"什么时候？"

"流星划过天际的那一刻。"

"具体是什么时候？"

"那我怎么知道？我讨厌流星，看见它们我的心里就七上八下的，不过我必须坦承，正是因为流星，给了舞蹈一个漂亮的结局。你知道，《蔷薇花魂》会让镇上所有的人都狂欢不已，会让大家证明我依然……"

"莱托夫先生，在你看来，莱斯利·瑟尔是怎么样被淹死的？"

"怎么淹死的？掉下去的吧，应该是，真是太令人遗憾了。污染，河流这么美，应该只为美好的事物存在于此，像奥菲莉亚①、夏洛特②。你觉得夏洛特的故事能够用芭蕾舞的形式表现出来吗？她在镜中所观察到的外面的世界？这个主意真是太棒了，是吧？"

格兰特终于决定结束此次谈话。

他将车子放在原地，顺着街道走向胡屋。从整个村子都被刷成粉色、橙色或黄色的石灰山形墙中，它格外突显。胡屋像其他屋舍一样，安静地立在人行道旁，和别处不同的是，这里的前门处有三级台阶，将整体地面提升了。它和一般的建筑物相隔离开来，显出自身的高贵。格兰特将亮闪闪的铜环内的维多利亚门铃拉响，心中开始为那个（无论他是谁）负责修缮这个房子的人祈祷。他让这幢建筑保留下来，可是并没有一味地让它回到曾经的样子，让它变成一个供世人瞻仰的老古董。从陈旧的上马石刻，到黄铜色的门铃，所有的东西都在倾诉着好几个世纪的岁月沧桑。很明显，将房子修整成现在这个样子花了很多钱，格兰特心想，从胡屋的保存情况来看，是否可以看出托比·塔利斯是个怎样的人。

应门的是一位男仆，给人的感觉就像是从托比的剧中走出来的人物。他站在门口，毕恭毕敬却又不可侵犯，就像个活的路面障碍物。

听到格兰特询问，他说："吃午餐之前塔利斯先生是不接待客人的。上午他一直忙于工作，和记者的碰面准备在下午两点进行。"说完，他就要关上门离开。

"我给你的感觉就是一名记者吗？"格兰特刻薄地说。

"呃，不，你是不怎么像，先生。"

"你是不是应该拿个装名片的盘子过来？"格兰特突然温柔地对他说。

男仆应声进入室内，打开门厅的黑色樟木柜，从里面拿出一个银色的名片盘。

格兰特将自己的名片放进去，然后说："请给塔利斯先生带好，并请转告他，假如他愿意赏我三分钟的时间，我将非常荣幸。"

"那是自然，先生。"男仆说，目光非常坚定，连名片都没有看一眼，"可否请您到门厅等候？"

他很快就进入屋子后面的一间房子里，没有了踪影。门内的说话声也随之被屏蔽掉了，不过他很快又返回来了，"格兰特探长，请随我这边来，塔利斯先生非常乐意和你会面。"

格兰特注意到，后面这个房间面朝花园，花园蜿蜒至河岸，那是一个截然不同的世界，和他刚刚待过的村庄街道风格大不同。这是一个起居室，屋里的摆设非常精致，格兰特只有在博物馆才有幸见过这些物品。托比穿着价值不菲的晨服，坐在一排银制咖啡器后面，身后站着一个衣着更为华贵的青年人，脸上的表情单纯而急切，手上拿着一个笔记本走来走去。从那个笔记本的样式来看，那更像一个摆设而不是一个实用品。

"你太客气了，探长。"托比亲切地和他打起招呼。

"客气？从何说起？"

"三分钟啊！就是记者，也要求我给他十分钟呢！"

这句话表面上听来是在奉承格兰特，而实质上却是在暗示别人，托比是整个英语王国最受欢迎的访问者，他的时间又是何其珍贵。托比给人的感觉一直如此，他的一言一行都让人反感。

他向格兰特介绍了他身后的年轻人，那是他的助手贾尔斯·韦尔莱纳，还给探长泡了一杯咖啡。格兰特表示非常抱歉，来的时机不对，请塔利斯先生将早餐用完再说。托比没有丝毫推辞，继续吃早餐。

"我正在走访一起有关莱斯利·瑟尔失踪的案件。"格兰特开口说道，"就算是和瑟尔走和不太近的人，恐怕我们也得叨扰了，我们必须弄清楚萨尔科特镇上所有和他打过交道的人，周五晚上，也就是13号晚上都在做什么，可是我从来没有真的想过这种事情会发生在我们身边。"

"现在就成了事实，我非常希望你可以提供更为确凿的不在场证据。"

"至少，很简单，那天晚上，我和贾尔斯一起连续好几个小时都在探讨《健行者》第一场第二幕应该怎么进行。探长，这个讨论非常重要，要知道，我是个商人。"

格兰特看向贾尔斯，非常肯定，如果可以赢得托比欢心的话，这位身为学徒的青年人是甘愿自己背上黑锅的。提供不在现场的证据这样的小问题，肯定不在话下。

"是的，韦尔莱纳先生可以作为证人。"格兰特说。

"是的，哦，是这样的，我当然没问题。"贾尔斯说，为了讨好托比，他结结巴巴地说道。

"这真是个惨剧，这次淹死人的事件。"托比边说边端起咖啡喝了一口，"世界上让人赞叹的事物本来就不多，不能无谓消耗。当然，那是指雪莱式的消亡。从那个层面来说，探长，牛津的雪莱纪念馆你听说过吧？"

格兰特明白，而且脑海里还浮现出一只煮得过烂的鸡的影像，可是他强忍着没说出口。反正托比也无意知道什么答案。

"一件令人赞叹的事情，在河里淹死真的是死亡的一种好方法。"

"和水里的尸体曾经有过多次接触的人，对你的这种说法很难认可。"

托比抬头望了他一眼，说："探长，别打击我的想象，和塞拉斯·威克利相比，你好不了多少。塞拉斯总是乐此不疲地展现生命不堪的一面，对了，有关塞拉斯不在现场的证据，你找到了吗？"

"目前还没有，我听说他压根儿不认识瑟尔先生。"

"可是这根本不会阻碍塞拉斯，我或许应该将他看成犯罪嫌疑人，他觉得这是当地的风格。"

"当地风格？"

"是的，塞拉斯觉得，乡村生活简直就是一团糟，到处都是强奸、凶杀、他杀、流产，所以可能他觉得现在到了萨尔科特圣玛丽镇达成他所愿的时候了，塞拉斯的作品，你看过吗？"

"好像没有。"

"不用觉得羞愧，这种品位还得慢慢培养。如果谣言是真的的话，就连他的妻子都还没有这种品位呢，可是这个令人同情的女人，整天在孩子、家务上打转，根本没有时间去研究这样虚幻的问题。好像没有人跟她说过避孕这回事，当然，塞拉斯肯定在生育后代方面有什么绝妙的好主意。他觉得，女人最能体现自己价值的地方就是不断地生育孩子。这让女人多么没有成就感啊，你也觉得这样对不对，你就像个兔子一样一窝一窝地产崽，可是到最后，你却被人埋怨什么都做得不好。生命，诞生于丑陋，这就是塞拉斯的看法。他对美厌恶至极，他觉得美就是罪行的代名词，他一定得消灭它，然后再让它繁衍生息。当然，他只是有点癫狂，既讨人厌又让人觉得可爱，可是这种癫狂却是有物质回报的，因此不用为了这个伤心。成功人生的必备条件之一，就是要晓得怎样掺杂一点有意义的癫狂在里面。"

对于托比这样的聊天形式，格兰特不清楚这是不是常态，抑或他是在有心谋划，意在让塞拉斯·威克利成为问题的中心？一个人尽力对外展现自己的个性。就好像托比·塔利斯这样，你不知道这张脸下面，包含了多少自我防护，多少自我夸耀。

"周三晚上，你和瑟尔根本没有碰过面，对吧？"他问。

是的，托比根本没有和他见过面。他是在晚饭前去的酒吧，而不是吃过晚饭后。

"探长，我并不是想要多嘴多舌，可是我真的觉得为了这样一件简单的溺水案件，犯得着这样大动干戈吗？"

"为什么称之为溺水？"

"为什么不叫溺水呢？"

"一直到现在，我们都没有确凿的证据表明瑟尔是死于溺水，相反，却有一些十足的证据表明他不是死于溺水。"

"不是因为溺水？证据是什么？"

"我们在河里将他的尸体打捞上来了。"

"哦，你是说这个？"

"塔利斯先生，我们现在正在调查的是一件失踪案件，案子的主人公是一名男子，时间是周三晚上，地点是萨尔科特圣玛丽镇。"

"我觉得你应该去拜访一下教区牧师，探长，他会给你指一条明路的。"

"什么明路？"

"亲爱的牧师觉得瑟尔根本没有到这里来过，他觉得瑟尔只不过是个有着人形的魔鬼。等到闹大了或是什么汁液耗尽了，他就会不见了。"

"真是太有意思了。"

"我想你肯定没有见过瑟尔吧，探长？"

"哦，我和他见过面的。"

托比表现得很讶异，格兰特都忍不住笑了起来。

"你刚才所说的这个魔鬼在到达萨尔科特镇以前，还出席过布鲁姆斯伯里区的一个聚会。"他说。

"哦，如果是这样的话，探长，我建议你一定要和牧师见个面，这对于魔鬼学的研究意义重大。"

"你说我没有见过瑟尔是什么意思？"

"因为我们幻想中的魔鬼的实体形象，就是他。"

"意思是他外形俱佳？"

"这难道仅仅是因为外表美丽的问题吗？"托比半是疑惑半是倔强地说道。

"不是。"格兰特说，"当然不是。"

"你觉得瑟尔不是好人？"托比说，有那么一瞬间他露出了本来面目，忘记了掩饰自己。

"没有这种可能。"

"啊。"托比又开始装腔作势,特意叹息了一声,"还是那种小心翼翼的官腔。探长,我对生活已经丧失了信心,可是有一点我想知道,莱斯利·瑟尔做事的态度到底是怎么样的?"

"如果我可以查出来,官僚腔就会烟消云散,让你明白这一点。"格兰说着就打算走。

他站在那里,驻足观望了这繁盛的花园还有远处波光粼粼的河面好长时间。

"原来这应该是一幢乡间别墅,和那里只有短短数英里之远。"他说。

托比说这恰巧是胡屋的风采所在,当然,河边挨着街边的房子几乎都有到达河岸的花园,当然很多都被分裂成一小块菜园或是商贸菜园。胡屋的花园里则有大面积的草地和树林,让人心旷神怡。

"河流将花园分隔开来,可是一点也没有破坏原有的景致。这河,不知道是幸还是不幸。"

"有蚊子闯入?"

"哦,不是。有时,河水泛滥,大约每过六年,河水就要逞一次强。去年冬天的一个早上,我的看门人一早醒来发现船只都挨着他卧室的窗户上了。"

"你还有船?"

"只是一些小孩玩具而已,夏天逍遥地躺在平底船里,随意漂流是件非常惬意的事。"

格兰特感谢了他的帮助,并再次说对不起,说打扰到了他的早餐,之后就起身走了。托比想要带他领略一下这座房子的美景,格兰特婉言谢绝了,一是因为他的确很忙,还有很多事情要做;二是因为在画报上,对于这幢房子的大部分景致,他已经看过了;三是因为他心里有一种强烈的厌恶,不想在这个老练的家伙的带领下,去欣赏这座世界上最精致的艺术作品。

①奥菲莉亚:莎士比亚剧作《哈姆雷特》中的女主角。
②夏洛特:英国诗人丁尼生的诗作《夏洛特女郎》中的人物角色,被关在一个城堡里,了解外面的世界只能通过墙上的一面镜子。

第十二章

塞拉斯·威克利住的地方就在河边的必经之路上,或者准确来说,就是那条小路的旁边。小路拐弯的地方就是他的家,随后路的前进防线便从村子后面向前伸展,之后便绕行着回到村子里。这里俨然被包裹成了一个独立的小世界。塞拉斯·威克利的房子在这个田野的最后面,格兰特这个时候摆开警察应有的架势正往那里行驶,但是,到了这里之后却发现寒酸异常。并不是因为威克利这个知名的作家理应住在好的房子里,而是因为这个房子基本上没有要收拾得好看的感觉,跟其他的房子不一样,这里的墙面上没有粉刷上漆,在萨尔科特镇外面看上去似乎不那么美观。窗台上也没有植物点缀,更没有很精致的窗帘。这里到处有一种贫民窟的感觉,跟周围格格不入。

房屋的门是打开的,小孩儿和婴儿的啼哭声从房间里冲出来,映衬着明亮的晨光。门廊上有一个装着脏水的瓷盆,里面的肥皂泡沫一个又一个地连续破灭。地上扔着一个脏兮兮的破毛绒玩具,已经不能看清楚是个什么样的动物。房间的前面没有看到一个人,格兰特有些好奇地站在这里到处打量。房间里面的装修十分简陋,而且环境非常脏乱。

哭声连续不断地从后面的房间中传出来。格兰特一边敲门一边大喊,当第二声敲门声结束的时候,从里面传出了一个女人的声音:"把东西放在那儿就可以了,谢谢。"他接着敲,这个时候那个女人从房间的阴暗处走了出来,上下打量。

"你是威克利太太吗?"格兰特有些疑惑地说。

"没错，我是。"

她年轻的时候肯定是个美女，而且漂亮、独立。格兰特的脑海中似乎回想起有人曾经跟他描述过威克利的太太是个小学老师。这个女人身上穿着一身印花的便装，外面裹着一个帆布的围裙，鞋子是那种非常居家舒适的旧鞋子。她应该是懒得穿袜子，鞋子把光着的脚背上蹭出了一层污痕。她的头发没有烫，随意地扎在脑后，但是由于前面的头发有些短，所以扎起来后便不是那么地服帖，现在已经散落在两边，她的脸上透露出一种疲惫而烦躁的感觉。

格兰特表明了来意。

"哦。"她有些迟缓地回答道，但是心思仍然停留在房间里哭闹的孩子身上，"非常抱歉，家里面很乱。"她自言自语道，"今天村里的女佣没有过来收拾，她经常过来，但是时间不固定，再加上这些孩子实在不听话，我总是觉得上午的时候不应该给我丈夫添麻烦。"格兰特有些不解，难道孩子的哭声不会打扰他吗？"你知道的，他一般喜欢在上午创作。"

"我能理解，但是，我希望你能把我的名片拿给他看看，我觉得他应该会抽出来时间见我。"

"你是出版社的？"

"不是，我是……"

"我感觉你最好还是稍等一会儿，尽量不要打断他。你们经常有机会在天鹅酒吧见面的，是吧？或者在午饭前也是可以的。"

"不，我想现在就能见到他，因为，这事情……"

"现在不能打断他，这是非常重要的。要是把他的思路打断，他就不容易再连续上。他的创作进度很慢的，我的意思是他非常用心，有时候一天只能写出一小段，所以，你看……"

"威克利太太。"格兰特不想再拐弯抹角了，"你务必把这个名片拿给威克利先生看，而且跟他说我现在就必须见到他，不论他在干什么。"

她的手里紧紧地攥着名片，并没有想看一眼，能感觉得出来她的脑海中正在酝酿用什么样的理由能合理地拒绝他。即便是在这个时候，她还是没有勇气把名片拿到她丈夫面前，不敢去打断他。

为了增加她的信心，他说现在孩子们吵闹声非常大，如果这个时候把名片递过去不算打扰，因为这个时候她的丈夫应该不容易集中精力。

"哦，他不在这里创作。"她说，"我的意思是他现在不在这个房间里，他在花园尽头的那个小房子里。"

格兰特强忍住怒火，把名片从她手上拿了回来，淡淡地说，"那现在请你带我去见他。"

她有点僵硬地领着他从昏暗的厨房里穿过去，旁边一个刚刚会走路的小孩儿哭成了小泪人，婴儿车里的小婴儿也哭个不停。远远的地方可以看到一个三岁左右的小男孩儿正在花园里面玩石子，这种很没意思的游戏让他弄出了很大的噪音。

"不要再扔了，弗雷迪。"她很自然地呵斥他，弗雷迪却毫不理会，继续手中的扔石子游戏。

房子后面的花园沿着村子后面的小路一直往前，形成一个长条的形状，在远远的尽头能看到一间小木屋，威克利太太指着这间木屋说：

"你可以自己进去跟他说吗？因为孩子们放学回来后就要吃午饭，我现在要去给他们准备。"

"孩子们？"格兰特有些吃惊。

"对，还有三个大点的孩子，有什么问题吗？"

"没有，当然没什么问题。"格兰特说。其实到现在为止，已经不可能有什么事情比现在来打扰上午创作的伟大的威克利更让他兴奋，但是他在威克利太太面前却要强烈的压制这种感觉，不能表现出来。

他敲了两次木屋的门，那是一间很漂亮的房子，但是始终没有回应，他便自己把门推开了。

这个时候塞拉斯·威克利从桌子上抬起头，转过身嚷道："谁给你的胆子进来……"但是他的话在看到格兰特的时候便停住了，很明显，他误以为闯进来的人是他妻子。

"你是谁？"他的语气有些生硬，"要是记者的话，这种硬闯对我不起什么作用。这是私宅，你现在应该算是非法入侵。"

"我是苏格兰场的格兰特探长。"格兰特说，然后开始观察这句话在他脸上带来的反应。

时间停滞了好久，塞拉斯才从惊愕的状态中回过神来，把长大的下巴合了起来，说："我想问问，你找我有什么事？"这话中带着一种强悍的语气，但是底气不足。

格兰特按照平时工作的常态把他此行的目的介绍了一下，也就是关于莱斯利·瑟尔失踪的案子。他们要搜集所有认识瑟尔的人的行踪，在讲述这些的时候，他的注意力一半集中在威克利创作的稿件上，油墨都已经干得有些灰暗了。前一天的拖延，威克利到现在为止一上午没有任何进展。

当听到瑟尔的名字的时候，威克利开始对那些见钱眼开的业余作家进行冷嘲热讽。但是，根绝威克利的工作效率和收入来讲，这种评价似乎也不怎么合理。他不想再继续听威克利说了，便直截了当地问他周三的晚上他干了什么。

"要是我不想说呢？"

"那么我会把你拒绝提供证词的事情记录下来，然后不再打扰。"

威克利听到这话似乎有点不高兴，嘟嘟囔囔地说什么被警察盯上真是糟透了。

格兰特说："我只是想你能按照一个合格公民的要求配合警察调查案件，像我曾经说过的那样，你也是有权利拒绝的。"

塞拉斯有些生气地说，周三的晚上他吃完晚饭后就一直在创作。

"你有证人证明吗？"格兰特问，他并没有耐心跟他啰唆。

"证人就是我太太。"

"她一直在这里陪着你吗？"

"当然不是，她在房子里面。"

"那你就是一个人在这里？"

"对。"

"那非常感谢你的配合，再见。"格兰特说完便离开了木屋，然后顺手把门关上了。

这个上午阳光明媚，空气清新。跟塞拉斯·威克利写作的小屋中弥散的那种尖酸刻薄感相比，现在看来，那些小孩的吵闹啼哭声、外面晾晒着的抹布的馊味似乎已经不那么让人讨厌了。他离开房子，开始往回走，突然联想到现在的文学界充斥着这种扭曲的心灵创作的文字，心里顿时不那么舒服。他从这个有些阴郁的房子外面绕过去，里面不时地传来锅碗碰撞的声音，像是一首有些美妙的音乐，他只能这样来安慰自己的耳朵。房间的女主人正在忙碌，他沿着房子的边缘向大门的方向走，弗雷迪一直在旁边跟着。

"哦，弗雷迪。"格兰特说，这个调皮捣蛋的家伙看起来也挺可怜的。

"嗨。"弗雷迪有些没力气的地回应了一声。

"难道你觉得扔石子是最好玩的游戏吗？"

"是。"弗雷迪说。

"那你在周围多看看，也许有更好玩的。"

"没有。"弗雷迪回答得很干脆。

格兰特在那里看了他好一会儿。

"你真的跟你爸爸太像了。"他边说边向小路走去，走向他停在路边的车子。

莱斯利·瑟尔星期三晚上走的路就是这一条，而且他还在这条路上跟其他人道别。然后，他路过威克利家，经过一个栅门，到了村子和河湾之间的一片空旷野地。

这种说法应该是大家广泛认可的。

他很可能是经过小路返回了街道，但是这种做法似乎意义不大，村子里面也没有谁见过他，他走上那条黑暗的小路之后就消失在了夜色里。

在塔利斯的描述里，塞拉斯·威克利是一个疯狂的家伙，但是，这种疯狂的形象却没有出现在格兰特的感觉中。他也许是一个有暴力倾向的人，但是狂妄自大好像是能确定的，也应该是有点扭曲的虚妄，但是说他已经疯狂似乎有点夸张。

但是，这种说法在精神科医生那里可能并不被认可。

曾经有一个著名的精神科医生说过，进行写作的过程其实是把自己进行剖析的过程（好像有一个人对这件事的描述更加刻薄，但是，这个时候他记不起来了）这个医生的说法是，每一句话在写下的时候都有其隐藏的秘密。格兰特想，不知道他在阅读了塞拉斯·威克利那通篇邪恶的文字之后会产生一种什么样的感觉，那是一种极端自私的人性流露，还是一个疯狂的人自我的讲述。

他原来的计划是回到天鹅酒吧之后给威克姆警局打一个电话，但是，这个时候天鹅酒吧似乎太热闹了一些，打电话不太方便。他现在决定先回威克姆吃午饭，也可以利用午饭的时间跟罗杰斯巡官聊一聊总部的情况。

到了威克姆之后，他看到警局上层的人员已经准备要休息，去享受一个很安静的周末。基层的工作人员正在计划着周末的休闲活动，罗杰斯好像也没说什么，他本来也不是那种很爱说的人，况且可以汇报的东西也不多，他说瑟尔失踪这件事已经在威克姆接头巷尾引起了热议，因为早上的报纸已经把这件事广泛宣传了，但是，到现在仍然没有人说见过他。

"也没有哪个疯子承认自己杀人了。"他的语气有点讽刺。

"嗯，这个转变方式也不错。"格兰特说。

"他一定会出来的，肯定的。"罗杰斯摆出了一副顺其自然的表情，而且邀请格兰特跟他一起回家吃午饭。

但是格兰特更倾向于去白鹿旅馆吃午饭。

他回到白鹿旅馆，吃着餐厅里面提供的物美价廉的午饭，这个时候厨房里面原本的音乐戛然而止，过了几分钟，夹杂着餐具碰撞的声音传出了广播员温柔的声音，显得很不协调。

"在播报新闻之前的时候我们插播一则来自警方的消息。要是有人在星期三的晚上于威克姆到克罗姆的公路上或者附近搭载过一名年轻的男子请及时跟苏格兰场警方联系。"

"联系电话为，白厅街一二——"厨工们的声音叫嚣着。

过了一会儿，厨工们谈论的话题就集中在了刚才播出的这则消息上，大家讨论很热烈。

格兰特把盘子里面那一卷不带酱汁的布丁吃完之后，就出门了。他刚刚进旅馆准备就餐的时候外面还人来人往的，现在再出去街上已经人烟稀少了，商店也已经关门了。他把车开出了城，这个时候他多么希望自己是去河边钓鱼的。他以前也不知道怎么想的，会选择警察这个职业，根本不要想着有什么假期，就算是大半个世界的人都休假了，都在商量着怎么度过这个悠闲的周末，他却只能漫无目的地到处去走访查案，而且没有任何进展。

他心烦意乱，漫无目的地开车往萨尔科特镇驶去，唯一能让他心情好一点的就是多拉·西金斯。他走到城外面的那条很长的笔直小路上的时候遇到了多拉，这条小路的长度多少说也有一英里，跟河流平行前进。他从远处看到一个非常沉重的身影，以为是一个背着沉重器具的小伙子，等到靠近的时候才看到那个人做出了一个搭车的手势，再细看是一个身穿工作服，手里拎着购物袋的女孩儿。她的笑容很灿烂，说：

"谢谢你，简直救了我，是你，我今天一直沉浸在购物中，错过了公交车。"

"哦。"格兰特说，眼睛却停留在了那个感觉都要溢出来的袋子上面，"这里面是玻璃舞鞋？"

"不是的。"她一边说一边把门关上，然后很舒服地坐在了车座上，"我对那种只有灰姑娘才会遇到的奇遇不感兴趣。况且那个鞋子也不是玻璃做的，要知道，那是皮革做的，产地是法国还是什么地方，我们以前上学的时候学到过。"

格兰特有些纳闷，并不能理解现在的年轻人生活中是不是还存在一点美好的幻想，要是一个人连幻想都不会了，那会变成什么样呢？又或者说，对他来说，最重要的就是那种看起来很迷人的幻想，是不是应该占据现在孩子那早熟又默然的心灵呢？这种想法好像让他有一点心安。

最少，这个孩子看起来还是很机敏的，他觉得可能是因为电影的影响力，一般来讲，最先理解电影本质的应该是那些坐在普通座位上观众，更准确来说是那些常客，而那些在楼座里的人却迟迟不能领悟，这位坐在他身边的乘客在听到他的话之后很快就反应过来了。

她的性格很活泼，即使是在这样一种环境下，她在辛辛苦苦结束一周的工作之后又不幸的错过了公交也没有影响她的心情，她一直不停地讲述着自己的故事，她的名字叫多拉·西金斯，在洗衣店上班，她的男朋友是萨尔科特镇上的一名修车工，他们准备在他男朋友加薪的时候就结婚，要是很顺利的话应该能在圣诞节前实现。

很长一段时间之后，格兰特以陌生人的身份给多拉·西金斯寄过一盒巧克力，为了表达一下他对她带给自己的那段愉快的时光的谢意。他发自内心地希望这个行为不要引起那个准备在圣诞节前结婚的男朋友的误会。

"你是个生意人吗？"过了一会儿，她讲述完自己的故事之后这样问。

"不是的。"格兰特回答，"我是警察。"

"你不要开玩笑。"她说，突然间她好像又意识到了什么，感觉这也不是完全没有可能的，她环顾了一下车的内饰，"哇。"她突然说，"你真的是警察。"

"你现在怎么确定了？"格兰特有些好奇。

"车子里面太整洁了。"她说，"这种感觉应该只有消防员和警察才会有，因为他们可以有时间做这件事，我刚开始一直觉得警察是不会搭载别人的。"

"我觉得你说的应该是邮局吧，前面就到萨尔科特镇了，你要去哪里？"

"我要去的那个房子的旁边长着一棵很大的樱桃树，天啊！你不知道我现在有多开心，可以不用拎着这么多东西走四英里路，你是开着车出来玩的吗？"

"不是。"格兰特有些好奇她为什么会这样说。

"因为你穿着便衣啊，我还以为你是趁着休息的时间出来玩会儿，其实，你应该准备一个美国警察用的那种东西。"

"什么？"格兰特一边问一边把车停到了她描述的那栋有樱桃树的房子旁边。

"就是警笛啊，可以一路上都鸣叫的。"

"才不要。"格兰特说。

"我以前一直期望着自己有机会能跟在警笛的后面开车，看着旁边的车辆和人群四散离开的样子。"

"不要忘了拿你的鞋子。"格兰特的表情很严肃，用手指着她留在座位上的袋子。

"哦，该死，我差点忘了，谢谢你，放心，我以后不会再说警察的坏话。"

她小跑着进了屋子里面，然后回头向他打了个招呼，紧接着便跑走了。

格兰特开车到了村子里面，继续他的工作。

第十三章

格兰特在晚上6点45分的时候进到了磨坊屋里,这个时候,他感觉自己已经像拿着一把细密的筛子把萨尔科特镇里里外外地筛过了一遍,但是,筛子上却是空荡荡的。他在英国的时候,在社会各个阶层来去自如,熟悉他们的所有环境,但是,在这个案子中,他却没有任何收获。

玛尔塔那特有的女低音歌手的声音传了出来,这个声音让他感到心情舒爽,精神振奋。磨坊屋的客厅能看到河流,白天的时候厅里面会投进波光粼粼的水纹,宛若漂在湖面上,透出一种水中的绿色光亮。到了晚上的时候,玛尔塔把窗帘拉上了,落日的余晖被挡在了外面,河流上的灯光也被关住了,她为他营造了一个很温暖、宁静的氛围,这让疲惫了一天的格兰特心存感激。

"我很高兴不是沃尔特失踪了。"她边说边用一种她惯常用的手势招呼着他,开始倒雪利酒。

"为什么高兴?"格兰特有些疑惑,这个时候他突然想起来玛尔塔曾经对沃尔特的评价。

"因为要是失踪的是沃尔特,我就成了有嫌疑的人了,而不能以秘密搭档的身份出现了。"

在格兰特的眼里,玛尔塔作为秘密搭档其实跟熟睡的狗也没什么区别。

"就像是我能够待在警察这边,能体会他们平时的忙碌,你怎么样,亲爱的?"

"我现在很郁闷。"格兰特回答得很生硬,但是玛尔塔却很自然地把这句话给接了下来。

"你心里是这样想的,那是因为你现在很累而且又饿了,很有可能还消化不良,毕竟你已经在白鹿旅馆吃了两天了。这样吧,你先喝一点雪利酒,我下楼去找摩泽尔葡萄酒,那瓶冷藏在地窖里的,等到取出来的时候葡萄酒就跟流水一样清凉。哦,亲爱的,我本来都跟自己约定好了,今天一天都不再想流水的事情了。我特意放下了窗帘挡住河水,要知道以前我看到这条河的时候不会像现在这么心惊。也许喝完葡萄酒之后我们的感觉会变好。我一会儿把酒拿上来,然后给你煎一个蛋卷,要知道这可是我的拿手菜,我们可以好好地享受一下。先放松一下,开开胃。要是雪利酒味道不够浓,柜子里面的TioPepe可能能满足你,但是我觉得那个酒也就那么回事。"

她说完便离开了,对于这一点格兰特很欣慰,这个时候他实在不想被人问一堆问题,因为她的心里肯定很疑惑。她不仅仅对于美食美酒很有研究,而且天生很敏锐善良。她给了他一种他从没有感受过的美好,在这个充满意外的乡村之家里。

时光流泻,他向后面依靠,把脚靠近了噼里啪啦燃烧的原木,让自己放松。屋子里面很温暖而且安静,拉什米尔河也安安静静的,周围的一切仿佛都安静了下来,只能听到壁炉里面噼里啪啦的火焰燃烧声。正对面的沙发上放着一份旧报纸,在沙发的后面放着一个书架,但是他已经懒得挪动身体去拿书或者报纸了。他的手边放着一个盛放工具书的书架,他慵懒地看着书名,一直到目光停留在了伦敦市的电话簿上。卷册有些熟悉,瞬间让他想起来什么。傍晚的时候他打电话给苏格兰场,他们说起瑟尔的表姐还没有联系他们。当然了,这也没有让他们很吃惊,因为早上的时候新闻才报道,而且他的那个干艺术的表姐居住的地方有可能在任何一个从锡利群岛到坎伯兰茨的角落。而且很有可能她没有看报纸的习惯,或者她根本不关心瑟尔的事情。因为,瑟尔也曾经表示过,他们之间没有什么好感。

然而,格兰特仍然想跟对瑟尔比较熟悉的佣人多聊一会儿。两天的时间里面,他只有现在的时候是放松的状态,能够有一点空闲时间去翻看这本通讯录,想从里面找到一些有关"瑟尔"的信息,就当碰碰运气,她也许就住在伦敦的某个地方,正好是瑟尔的堂亲。他了解到在霍利道上住着一位瑟尔小姐,霍利道地处汉普斯特德,那里居住着许多著名的艺术家。他突然感觉是个机会,便拿起电话拨了出去。

"线路会有一个小时的等待时间,我回头再跟您联系。"电话里面传出一个高傲的声音。

"我是拥有优先权的。"格兰特把身份亮明。

"哦。"电话那头的声音明显低沉了许多，但是强硬的态度没有丝毫减弱。"哦，好的，我看看怎么做。"

"不是这样的。"格兰特，"应该说我应该看看你怎么做。"说完他便挂断了电话。

他把电话簿放了回去，从书架上拿了一本《电影名人录》，一边翻看一边听着电话的声音，这里面的好多内容都已经过时了，有一些男女演员都是他从来没有听说过的，但是那些演员的成就却都能列举一大堆，但是他知道的那些，能往后追溯的成绩也都成了过往。他开始在里面找寻自己知道的那些人物，好像从一本自传中查找一些信息一样。托比·塔利斯是西德尼·塔利斯和玛莎·斯皮克的儿子，这样介绍一个在全国名声响亮的人似乎给人一种平凡感，他也不过是经过十月怀胎生育下来的。格兰特在这里并没有找寻到托比年轻时候的经历，而是被一句"他是个演员"巧妙地遮掩过去了，但是他却知道托比以前的同事应该不会认可这种说法，因为他从来没有做过演员。还有就是，他回想起早上起来的事情，托比的人生一直都像在演戏，他活在自己设计好的那个角色里面。

格兰特在里面看到了玛格丽特·梅里亚姆的介绍，她是杰弗里·梅里亚姆和布伦达·马特森的女儿。这个介绍好像让这个原本印象中柔弱无比的少女形象有些高大了起来，但是也是很让人吃惊的，要是她的寿命能再长一点的话，身上那种少女的气质慢慢减退，她动人的魅力可能也会削减不少。这也是玛尔塔曾经提到的："她要是能多活十年，她的讣告很有可能被缩减成报纸上的一小块。"

玛尔塔的出身很正统，她的父亲是皇家内、外科医师协会执业医师杰维斯·温·斯特拉特，母亲是安妮·哈拉德。她在名校读书，跟她之前的大部分前辈的经历一样，是凭借着自己的表演艺术一步步地走到了舞台中央。格兰特希望在看到下一本名人录的时候，玛尔塔享有的女爵士称号能让她的父母稍感安慰，被他的女儿欺骗25年的感觉毕竟不好受。

电话的声响叫醒了沉浸在名人录里的格兰特。

"刚才你往伦敦的电话已经接通了，现在可以通话了。"那边传来声音。

"好的。"格兰特说，"我想问一下瑟尔小姐在吗？"

"就是我。"电话那边的声音听起来很温柔，有种意外的收获。

"瑟尔小姐，非常抱歉打扰你，我想问一下你认识一个叫莱斯利·瑟尔的人吗？"

"认识，他是欠你钱吗，这样的话不要期望我能替他还钱。"

"不是的，并不是钱的事情。瑟尔来乡下度假的时候意外失踪了，我们希望你能帮助我们找找他，我是格兰特，是一名警察。"

"哦。"那边的声音好像在思考什么，没有丝毫吃惊的表情，"好的，但是我不知道我能帮上什么，我们平时并没有什么往来，他不讨我喜欢，自然他也不喜欢我。"

"我想跟你谈一下有关他的事，可以吗，明天方便吗？下午的时候。"

"哦。明天下午的时候我想要去艾伯特音乐厅听一场音乐会。"

"那你要是方便的话，我也可以在午饭前过去找你，可以吗？"

"你真是一个善良的警察。"她赞叹道。

"但是罪犯不会这样认为。"他说。

"我还以为苏格兰场的终极目标就是给犯人提供吃住的地方。好吧，探长，下午的音乐会我不去了，反正也没有什么吸引人的地方。"

"要是我去拜访你的话，你在家对吗？"

"是的，我是在家的。"

"太感谢你了。"

"那个跟自己名声根本不符的摄影师在离开的时候没有把人家的东西顺便带走吧？"

"没有，他只是突然失踪了。"

她的表情里面透出不屑，很明显，不论这个瑟尔小姐怎么谈论她的这位堂弟，应该都不会去隐瞒什么。

格兰特把电话挂断之后，玛尔塔回来了，还有一个拿着柴火的小男孩儿跟在后面。小男孩儿把柴火整齐地放进壁炉里面，然后很恭敬地看着格兰特。

"汤米想跟你聊聊。"玛尔塔说，"他听说你是个警察。"

"什么事情呢，汤米？"

"先生，我想看看你的左轮手枪，可以吗？"

"我要是能把它带出来就好了，我从苏格兰场离开的时候把它放在了办公室的抽屉里。"

汤米很失望，"我以为你会随时把它带在身上呢，一般美国的警察都会这样做的，先生，射击你会吧？"

"当然会了。"格兰特说，他为了安抚这个孩子眼神里面透出的那种恐惧感，说："等到下次你来伦敦的时候可以到苏格兰场找我，我可以把左轮手枪拿给你看。"

他很礼貌地道完晚安之后开心地离开了。

"父母还以为不给男孩儿们玩具兵器就能让他们治愈喜欢致命武器的毛病。"玛尔塔说完之后把蛋卷放在了桌子上，"吃吧。"

"让你破费了，我刚才用你的电话给伦敦打了个电话。"

"我以为你会休息一会儿。"

"我本来是计划这样的，但是突然间产生了别的想法，这也让我在接手这个案子之后终于有了新的线索。"

"这样太好了。"她说，"现在你就可以有心情调动你的肠胃了吧。"

壁炉的旁边有一个小圆桌，上面点着几根蜡烛烘托气氛，他们就在这样一种安静祥和的环境下共进晚餐。思拉普太太把鸡肉端了上来。玛尔塔把她介绍给格兰特，她不停地表达自己的谢意，非常感谢格兰特能邀请汤米去伦敦。这种安静的气氛一直在她们之间存在着。到了喝咖啡的时候，他们谈论起有关塞拉斯·威克利的事情，还有他在小路旁边的那个有些奇怪的家庭。

"塞拉斯其实并不知道'工人阶级'这个词的具体含义，但是却深深引以为傲。他的孩子在这样的环境下成长也不会是个好的开始。说到他受的中小学教育，他也是很让人厌烦的，就好像他是在牛津大学第一个毕业的人一样。而且他非常愤世嫉俗。"

"他挣的钱都用来干什么了？"

"谁知道啊，也许把它们都埋在了他创作用的小木屋下面。那个地方可是个禁地。"

"早上的时候我就在那里跟他聊了一会儿。"

"天啊，你真了不起，阿伦。你在里面看到了什么？"

"里面就一个知名作家，还是一个没写出多少字的作家。"

"我感觉他在写作的时候真的很费脑子，他的想象力是很欠缺的。我的意思是他根本不了解别人的内心世界，所以他在创作的时候，对情节的把握还有对角色的反应都是有些过时的。他的书之所以能有现在的销量，就是因为他的'质朴'还有那种'粗俗的力量'，让上帝来拯救我们吧，我们应该把桌子往炉火那边挪一下。"

她打开柜子，开始模仿车站月台上叫卖的男孩儿："这里有各种各样的酒，有威士忌、修士酒、巫婆酒、波士酒，还有多种白兰地各式各样的糖浆，包括思拉普太太特制的姜汁酒。"

"你难道想通过这种方式诱惑警察吐露出调查秘密吗？"

"不是的，亲爱的，我只是敬佩你的鉴赏能力，你可是我认识的人中间少有的几个品位如此独特的人。"

她把一瓶查特酒和酒杯放进了托盘里面，修长的双腿悠闲地搭在沙发上。

"好了，你可以说了。"她说。

"我没什么想说的啊。"他有些抗拒。

"我不是那个意思。我的意思是你可以跟我聊聊啦，就把我当成是你妻子的角色，哦，那是上帝不愿意看到的情况，把我当成是一个倾听者吧。打个比方就是，你感觉沃尔特不是那种特别有血性的人对吧，他不可能有勇气去杀害瑟尔。"

"没错，我觉得这是很不可思议的，威廉姆斯警官觉得沃尔特是一个胆小的家伙，我也深有同感。"

"说他什么？"

格兰特又重新说了一遍，玛尔塔说："那威廉姆斯真的说得太对了，要是这样的话，沃尔特早就该辞职了。"

"如果这件事一直不能有一个结果的话，他真的可能辞职。"

"对啊，我觉得他这段时间一定过得不好，真是个可怜的家伙，乡下这个地方传言就能把人杀死。对了，你没有跟上级汇报工作吗？现在已经不早了。"

"不用了，我在差一刻到七点的时候已经跟苏格兰场通过话了，而且我把你的电话给他们了，要是在这段时间里面有什么新的情况他们会通知我的，希望你不要介意。"

"你觉得他有可能搭便车走？为什么呢？"

"他要是没掉进河里就一定向相反的方向走了。"

"你觉得是他主动消失的？这件事说不通啊。"

"也有可能是因为失忆，我一共做了五种假设。"

"五种！"

"星期三晚上的时候瑟尔沿着小路往下走，应该是很清醒的，而且没什么健康问题，随后他就失踪了，有可能的情况就是：（一）他一不小心掉到了河里面淹死了。（二）他被人杀害以后扔进了河里。（三）他因为自身的原因离开了。（四）他在溜达的过程中忘记了自己是谁，要去哪儿。（五）他被绑架了。"

"绑架！"

"我们并不了解瑟尔，所以，我们不得不考虑到这一点，而且有理由考虑，他这次到英国来的目的也许就是为了摆脱美国的一些事情。对于这一点，我们需要等到美国那边的调查报告反馈回来之后才能确定。要是他们能传回来什么有用的信息的话。你跟我说一下，你觉得瑟尔这个人怎么样？"

"你说的哪一方面？"

"简单来说，你觉得他是一个爱恶作剧的人吗？"

"肯定不是。"

"的确，莉兹也是这么肯定地回答的。她说他肯定不会做恶作剧。你怎么看待莉兹和瑟尔的关系？你不是跟他们一起吃过晚餐吗？"

"这种关系肯定会引起沃尔特的忌妒。"

"是吗？"

"他们在一起的感觉非常美好。莉兹和瑟尔看起来就像天生的一对，沃尔特和莉兹在一起的时候就没有那种感觉了。我感觉沃尔特对莉兹的了解很不深入，反而是莱斯利·瑟尔更了解她。"

"你见到他的时候对他产生好感了吗？那天晚上的时候他和你一起回家，晚饭后的时候。"

"是的，那是肯定的，但是我对他的喜欢是能自控的。"

"自控？"

"准确来说，我的眼睛一直停留在他的身上，但是他却不能打动我的心，就像一个真实存在的人那样打动我，这样说好像有点疯狂，对吗？"

"你觉得他虚假？"

"并不是一般意义上的虚假。他的身份本身就没什么问题，不论怎么讲，我们的伊斯顿·迪克森小姐也有这方面的证据，这应该是你知道的事情。"

"没错，早上的时候我跟她谈起过这件事，她手里面有证明这些的照片。那天晚上的时候你把他带回家都聊了些什么？"

"哦，聊些天南地北的话题，有他拍摄过的人物，还有一些我们可能都认识的人，包括他很想见的人。我们对丹尼·明斯基都有不错的印象，谈论了很长时间。我们对玛格丽特·梅里亚姆有着不同的看法，也因此产生了争论。他和别人是一样的，觉得玛格丽特是个天才，只要有人批评她就受不了，我也真是觉得很生气，所以就把我知道的所有的事情都告诉了他，当然，这些事情可能是对她不利的。后来的时候我甚至都觉得自己可耻了，因为就像是弄坏小孩子玩具一样让人觉得别扭。"

"我感觉这样对他来说也许是件好事，人总是要有面对真相的勇气。"

"我听说你今天一直在搜集不在场证据。"

"你听谁说的？"

"我的消息渠道就是思拉普太太。有谁那么不幸，恰好没有不在场证明？"

"全村的人几乎都没有，也包括伊斯顿·迪克森小姐。"

"那她完了，还有谁？"

"拉维尼亚·菲奇小姐。"

"可怜的拉维尼亚。"玛尔塔每当想起菲奇小姐那谋杀的嗜好就想大笑。

"莉兹·盖洛比有吗？"

"可怜的莉兹现在肯定很伤心，因为她对那个家伙真的动心了。"

"盖洛比太太呢？"

玛尔塔沉思了一会儿说，"你知道吗？这个女人是我首先要怀疑的对象。她很有作案动机，而且有能力不动声色地完成这件事，因为她会安慰自己说这件事做得非常正确的，然后她还会跑到教堂去继续接受上帝的保佑。"

"那托比·塔利斯呢？"

"他应该是没有可能的。托比报复人的方法多种多样，根本没有必要冒险去做这件事。他很擅长用一些小的办法来对付别人，所以，我觉得他根本不可能杀人。"

"塞拉斯·威克利呢？"

"他是很有可能的。没错，我觉得塞拉斯也有犯案的可能，因为他最近的写作进展得不太顺利。作品对于他来说就是一种发泄的途径，你要知道，要是人们用来发泄的渠道被堵住了，就很有可能产生杀人的冲动，去杀死那些在他心中觉得美好、富有、并且不应该像现在这么运气好的人。"

"你感觉威克利是个疯狂的人吗？"

"没错，他是的，他的精神状况是不正常的。对了，有人传言沃尔特和瑟尔发生过争吵？"

"惠特莫尔并不认为这是争吵，觉得只是小'口角'。"

"他们之间有厌恶感吗？"

"我也不清楚我们能不能这么说，要是把一时的闹别扭就归结为憎恨好像也不太合理，一个人晚上的时候在酒吧里不同意别人的说法，但是彼此之间可能并没有憎恨。"

"哦，你真的很让人着急，他们之间当然是有矛盾的了，我们都非常清楚是因为什么，就是因为莉兹。"

"按照第四度空间的思维方式来讲，这件事情没有任何的联系，我不能认同这种观点。"格兰特对玛尔塔这么轻易做出的结论有些不屑，"惠特莫尔觉得瑟尔很让人生气，按你的看法来讲，他为什么会气人呢？"

"他很有可能跟沃尔特说他对莉兹一点都不了解，要是沃尔特再不尝试着改变自己的话，他就会想办法把莉兹带走，也可能说沃尔特认为他没这个能力，那他就想错了，因为只要不到一周的时间，他就能让莉兹跟他离开，他有可能还拿出了五英镑作为赌注。沃尔特呢，对这种说法很生气，而且很生硬地说，在这个国家里不会有男人为了女人而打赌，至少这不是绅士的做法，况且拿五英镑作为赌注押在莉兹身上是一种羞辱她的行为。（沃尔特是一个没有幽默感的人，但是这一点让他能在广播里面独占鳌头，因为老太太们喜欢他这样，她们其实对乡下的逃避程度就像躲避瘟疫一样，她们到了乡下连一只鹅都不会认识。）然后，莱斯利可能会说，你觉得五英镑少吗，那加到十英镑吧。莉兹和沃尔特订婚已经一年了，是时候改变自己的选择了，那十英镑就算是给的小费。这个时候沃尔特估计已经气疯了，他就起身走了，然后把门摔上。"

"你也知道摔门的事情？"

"天啊！这件事情想不知道都难，整个奥福德镇都已经传遍了，这就是为什么沃尔特有很大嫌疑的原因，对了，就只有这些人没有不在场证明？"

"不是的，还有瑟奇·莱托夫。"

"那瑟奇那个时候在干什么？"

"正在黑乎乎的河边自己跳舞。"

"这件事很像他做的。"

"怎么呢？你看到了？"

"没有。但是他平时喜欢这样做。他的脑子已经被重回舞台的事情占满了，你知道，在跟莱斯利·瑟尔起争执之前，他一直计划着回归舞台并想讨好托比，可是现在，他只是想在托比面前表现。"

"这些内幕你怎么知道得这么清楚？"

"最近这二十五年来，我什么角色没有演过，除了制片人。"她说。

他看着火光映衬下的优雅的身影，想到自己以前看过的她扮演的角色，从高级妓女到落魄的老太婆，从野心家到卑屈者。的确，演员有着比一般人更敏锐的洞察力。这种洞察力跟智商没有关系，也不是受教育背景的影响。大家都明白，玛尔塔在十一岁的时候还是一副呆呆的样子，遇到自己不感兴趣的事情都会走神，所以，她就像个孩子一样物质。他在医院的护士身上看到过这种感觉。但是，只要她的手里有了剧本，就会变成另外一种样子，感觉像是从一个神秘的地方调动了能量，塑造出了剧作家心中的形象。

"假设这是一件谋杀案。"他说，"凭借现在的线索，你会怎么判断，简单地说，你觉得谁最可能是凶手？"

她思考了一会儿，手中的酒杯在晃动。

"我觉得应该是埃玛·盖洛比，"她说，"但是这件事埃玛能办到吗？我说的是体力。"

"没错，那天晚上的时候她跟伊斯顿·迪克森小姐从岔路口的地方分别开，然后她就自己一个人走了。没有人知道她是什么时候回到崔明斯庄园的，那个时候大家都已经睡了，更准确一点的说法是，那个时候大家都各自回房间了。不论怎么说，盖洛比太太是最后一个出现在前门的人。"

"的确，时间上是有可能的。崔明斯庄园离河边并不太远。我很想知道星期四早上的时候埃玛的鞋子是什么样子的，也许她早就已经处理干净了？"

"绝对的，要是她的鞋子罕见地沾上灰尘，她也会自己弄干净。在我的记忆里，她应该是一个很规矩的人。你怎么会想到她？"

"我觉得一个人会犯罪是因为她的心思太纯粹了，或者正在变纯粹的路上。要是你的心里想法特别多，就不可能把所有的注意力集中在一个点上，当把所有的鸡蛋放在同一个篮子里的时候，或者篮子里面只有一个鸡蛋，就会失去平衡的感觉，我表达得清楚吗，格兰特探长？"

"这种表述方式很好。"

"很好，你再喝一点查特酒吧。在我的印象里埃玛应该是嫌疑人里面最执着的一个。没有人会觉得瑟奇执着，就算是比较犟也只是那一小会儿。他这一辈子跟无数的人吵过架，但是没见他想要杀谁。他最多是把东西泼在别人身上。"

"不是用鞭子吗？"格兰特说，跟她讲起了跟瑟奇谈话的过程，"那威克利呢？"

"用你常用的那个词,凭印象的话,他跟埃玛的嫌疑差不多,但是塞拉斯作案的动机没有埃玛大。塞拉斯是个相对成功的人,他有很多感情的寄托点,家庭、写作,虽然他写的都是些过时的东西,但是这种生活状态毕竟跟埃玛差别比较大啊。他没什么心眼,不会莫名其妙地讨厌什么,所以应该不会急于把瑟尔除掉。托比也是这样的,他有着丰富多彩的生活,他肯定不会想着去杀害谁。他跟别人算账的机会多的是。但是埃玛就不一样了,她的生活里只有莉兹。"

她思考了一会儿,格兰特没有把这种沉默打破。

"你要是看到埃玛在沃尔特和莉兹订婚典礼上的表情就好了。"她过了一会儿说,"她给人的感觉就是欢喜到了极点,就像一棵光彩夺目的圣诞树。她实现了一个自己长久以来的愿望,就算是以后有很多变化的可能,但是现在是实现了。沃尔特在经历过那么多女人以后终于还是爱上了莉兹,而且要结婚。沃尔特以后会得到整个崔明斯庄园,也就是现在属于拉维尼亚的这份财产。所以,就算有一天他不再是知名主持人,他也能得到比正常人更多的财富。童话故事成为了现实。她很高兴,可是,这个时候,莱斯利·瑟尔出现了。"

玛尔塔这位女演员又不说话了。她也是一位艺术家,这个时候她只想沉默。

壁炉里面的柴火滑动着,噼里啪啦直响,重新燃烧起来。格兰特静静地在椅子上躺着,在想关于埃玛·盖洛比的事情。

还有两件事玛尔塔不知道。

现在所欠缺的就是,玛尔塔选中的这个嫌疑人有令人两个疑惑的地方,一个是瑟尔抽屉里面的手套,还有一个就是摄影箱里面的空当。

埃玛,埃玛·盖洛比,这个女人把她的妹妹养大,在妹妹成名离开她以后,嫁给了一个带着孩子的光棍。她跟托比·塔利斯一样去拓展自己的生活范围,难道不是吗?她因为女儿订婚的事情而高兴,"高兴得像一棵圣诞树",订婚后的日子里面——他意外的知道订婚是在五个月前而不是十二个月前——她的那种欢喜的感觉的确很让人吃惊,那是一种认定感、成就感、安全感。这份婚约到现在已经有五个月了,虽然中间出现过小插曲,但是埃玛觉得这已经是能肯定的事情了。

然后,就像玛尔塔说的,这个时候莱斯利·瑟尔出现了。

他极其有魅力,而且来历不明,就像是根本不是来自这个世界的。埃玛对这个现实版的黄金雨[①]产生了极大的戒心,没有人比她更强烈。

"在一个10英寸长、3英寸半宽、4英寸高的地方能放什么东西?"格兰特问。

"梳子?"玛尔塔说。

格兰特想起来在心理学里面有这样一种说法,就是让受试者在听到一个指令后说出自己的第一反应。总体上来说,这个方法的效果是很不错的,他试探过比尔·马多克斯,他的第一反应是"一把扳手",而且很肯定,就像玛尔塔说"一把梳子"一样自然。他还记得威廉姆斯的回答是一块香皂。

"还有什么可能?"

"一副骨牌?一盒信件?不对,应该小点,几幅扑克?牌多到都能拿去销售了。餐具?要不就是偷着藏起来的银器。"

"应该不是,我随便问问。"

"要是崔明斯庄园上的银器,应该没有这个可能,亲爱的。那些东西在就算拿去拍卖也不值三十先令。"她向身后的餐桌上的乔治王风格的简约器具看去,眼神中流露出欣慰的感觉,"阿伦,能告诉我你最喜欢我演过的哪个角色,说出来不会对你的职业生涯产生什么影响吧?"

"角色?"

"凶手。"

"既不会违反职业道德也不算泄密。但是我觉得,要是我告诉你我觉得根本没有什么凶手,这种结论应该也不是轻率的。"

"什么。你真的是这样认为的，瑟尔没死？为什么呢？"

对啊，他也想问自己为什么，这中间有什么东西让他觉得好像处在了一种演出之中，让他自己隔在了想象和真实的世界之间，局长的秘书曾经有一次很难得地跟他提起过，他有一项很适合警察工作的特质，那就是敏锐的直觉。"但是，格兰特，你一定不要让这种直觉驾驭着你，"他说，"要讲求证据。"那现在是不是直觉在驾驭他？瑟尔很有可能已经跌进了河里，因为现在所有的证据都证明了这一点。要不是因为惠特莫尔曾经和瑟尔发生过争吵，格兰特根本不会被派到这里来调查这个案子。这个案子就会被以简单的溺亡案件结案。

可是，可是，你一会儿能看见，一会儿又看不见，魔术师的这句行话反反复复地出现在他的耳边，总是在他的脑海里回响。

迷迷糊糊的时候他把这句话喊了出来。

玛尔塔睁大眼睛看着他："魔术戏法？你在说什么？"

"我也不知道，只是有一种特别强烈的感觉，我好像被戏弄了。"

"你感觉莱斯利只是消失了。"

"也许是一种人为制造的幻觉，也许是有什么事情让我产生了这种强烈的看戏法的感觉。"

"你是因为太疲惫了。"玛尔塔说，"你觉得莱斯利可能会消失去哪儿呢？除非他已经回到了村子里面，躲到了什么地方。"

格兰特已经恢复了清醒，用一种赞赏的目光看着她。"的确很奇怪。"他笑着说，"这一点是我没有想过的。你觉得托比会把他藏在哪里，为了难为沃尔特？"

"不是的，这不是一种合理的猜想。但是，他离开这种假设也是不成立的。大半夜的他身上只穿了一件雨衣和长裤，他能去哪儿？"

"等明天我跟他的亲戚见面以后，也许就能知道更多了。"

"他还有亲戚？这个消息就像听到墨丘利还有姻亲一样让人吃惊。他是什么人？"

"是个女的，好像还是一位画家。给人的感觉很和善，为了跟我见面，她把下午的音乐会都取消了，我刚才就是用你的电话跟她定的见面时间。"

"你想从她那里得到线索，莱斯利为什么能在半夜的时候穿着长裤和雨衣离开？"

"我很希望她能给我一个线索，莱斯利可能的去向。"

"用催场员常用的一句话：我希望你能顺利。"玛尔塔说。

①黄金雨：来自古希腊神话，阿尔戈斯国王克瑞斯因为害怕自己以后被自己的外孙杀害的预言变成现实，所以把他的女儿囚禁了起来，不让她与男子接触，但是宙斯对她产生了爱慕之情，便化身为黄金雨（showerofgold）让她怀孕。

第十四章

  格兰特开着车在春天的夜晚里行驶，驶向威克姆，他现在很兴奋。
  在这一路上，他的脑海里想的都是埃玛·盖洛比的事情。
  与生俱来的直觉正在一点点地诱惑着他，但是，众多证据把埃玛推向了整个事件最中心的位置。她是一个真实存在的人，根本不能用魔术法让她消失。她的状况确实能解释得通。埃玛是一个典型的例子，就是那种可以为了家人付出一切的人，就像那个莉齐·博登①一样。要是她真的是那样的人的话，埃玛的目的也算是相对简单的了，她只是想保护自己的女儿。要是想要说服自己相信莱斯利是主动消失的，的确是很费脑筋，但是，说起埃玛·盖洛比有什么理由去杀他，却是一件相对容易的事情。
  实际上，绕回到莱斯利·瑟尔可能是主动消失的这件事上，也算是一种执拗的表现吧。要是他把这种想法告诉局长助理的话，肯定会被提醒。证据，格兰特对一切都要讲证据。不要被你的直觉所控制，格兰特，一定不要受直觉控制。主动消失？你是想说这个能消费得起威斯特摩兰，穿得起高档衣服，也能用昂贵的糖果讨好女孩子，还能花别人的钱来周游世界的人会主动消失？你说的是那个把相貌平平的小莉兹的手套藏起来的家伙？是那个事业有成并且即将进行一个名利双收的计划的年轻人？
  这是常识，格兰特，证据，不要被自己的直觉所控制。
  想想埃玛·盖洛比，格兰特。她不仅仅有着机会，还有动机，她身上也能感受到那种狠劲。她也知道那天晚上他们的露营地点。
  但是她不知道他们在酒吧里面出现了争执。
  他根本没有喝醉。
  她更不可能知道他会一个人回去，他们分开回去的可能性不大。
  有人确实能知道他是一个人的，但是为什么不能是埃玛呢？
  这种事情怎么发生的呢？
  也许是她故意设计的。
  埃玛！怎么做到这些的呢？
  你有没有细想过，是瑟尔故意让沃尔特走的？
  没有。可是怎么做的呢？
  瑟尔是爱挑事的人吗？他故意把沃尔特惹恼，沃尔特在万般无奈之下除了离开就只剩下跟他吵这一种选择。瑟尔那天晚上的时候的确把沃尔特甩掉了。
  他这样做的目的是什么？
  因为他要去赴约。
  跟谁？
  莉兹·盖洛比。
  真是一个荒谬的想法。现在没有什么证据能说明这个叫盖洛比的女孩喜欢上了他。
  哦，也许不是莉兹传信给他的。
  不是？那是谁？
  埃玛。
  你说的是瑟尔觉得自己要见的人是莉兹？
  是的。你再好好想想，他离开的时候确实很像是要去赴约。

怎么这样说？

你还记得他离别的时候跟同伴说什么吗？他打趣他们说这个夜晚这么美妙怎么能浪费在睡觉上？那种兴奋的感觉，那是一种极其幸福的感觉。

他没有喝太多酒。

他的同伴也没有喝醉，虽然其中确实有人多喝了几杯。春天的夜晚能够美到让他们唱赞歌赞美吗？当然没有。他们就想用最快的方法回家，就算其中最年轻的一个人也是这样。

嗯，这也是一种猜测。

不仅仅是这样，还是一种比较合理的猜测。

证据，格兰特，讲究证据。

不要让直觉控制了你的思维。

从萨尔科特镇到威克姆这一路上道路异常黑暗，埃玛·盖洛比就这样一直在他的脑海里面回荡。临睡觉前，她在格兰特脑中仍然挥之不去。

他很累，肚子也填饱了，现在终于出现了一点线索，所以他今天晚上睡得很好。早晨他睁开眼睛，看到紫色的羊毛毡上绣着几个字"时候到了"，于是便把这句话当成了好兆头而不是警示的话语。他很急切地想进城去看看，想让自己已经被萨尔科特镇充满的脑子清醒清醒。然后，他便能重新来思考整件事情。你要想品尝到食物的美味，就要首先把你的味觉给准备好。他经常觉得奇怪，已婚的男人是怎么能把忙碌的工作和繁重的警察工作协调统一好的？现在看来，婚姻生活就像一个味觉清洗器，教小孩子做数学题肯定比任何事情都管用，这样便能以一种清醒的头脑投入到工作中了。

现在可以换上干净的衬衫了，他心里这样想。他把东西放进了包里，下楼去吃早餐。虽然现在是星期天，时间也不晚，旅馆还是会把早餐准备好。他刚把房门打开，电话铃声就响了起来。

"是格兰特探长吗？"旅馆老板说，"请稍等一会儿，一个找你的电话。"一会儿他说，"好了，现在可以说话了，讲吧。"

"喂。"

"是阿伦吗？"声音是玛尔塔的，"是你吗？阿伦。"

"没错，是我，你怎么这么早就起床了。"

"听我说，阿伦，有点事情，你要马上过来一趟。"

"过去？去萨尔科特镇吗？"

"到磨坊屋。有很重要的事情，要不然我不会这么早打电话给你的。"

"到底发生了什么事情？你能……"

"你用旅馆的电话接的？"

"没错。"

"那我现在不能跟你说得太详细。阿伦，事情有了新的发展，能够改变一切的进展，准确地说，所有的事情都会发生改变。"

"好吧，那我现在就过去。"

"你吃早餐了吗？"

"没有。"

"那我给你准备好。"

这个女人真了不起，他把电话挂断之后心里这样想。他一直觉得做妻子最重要的一点就是要聪明。现在更加明确这一点了。他的生活里面没有位置给予玛尔塔，同样，他也不属于她的生活，真是一件让人非常遗憾的事情。一个女人在电话里面如此冷静地通报一件案件的最新情况，已经很让人刮目相看了，但是，她还能想到问他有没有吃早餐，而且还会给他准备好，真是更加难得。

他去开车，脑子里面充满了疑惑。玛尔塔到底发现了什么？瑟尔难道在她那里留下了什么东西？还是有谁提醒她什么了？

但是有一点能够肯定，一定不是发现了尸体，要不然，玛尔塔肯定会提醒他带着人过去的，会在电话里面稍微透露一点信息。

这天的风很大，太阳高高地悬挂在天上。春天的尘土比较多，路面上覆盖了一层，苏格兰的阳光朗照，这个时候温暖静谧的时光差不多算是到头了。春天很快就会变成一副凶狠彪悍的样子。白花花的阵雨会把这里折磨得面目全非，云团成片地在地平线上升起，伴随着狂风的呼啸在天空上方席卷。树木也开始凋零，树叶随风狂舞，很快便会一片萧瑟。

乡间的气氛比较安静，不仅仅是天气的缘故，多半与星期天有关系。他看到很多房舍的门窗都是紧闭的。平时起早贪黑忙碌的人们，周末要是没有小猫小狗早早地吵醒他们，一般会选择多睡一会儿。这种抱怨好像有点奢侈，他在多年前继承了姨母的遗产变成了富翁，完全可以选择退休了，可是他却觉得把生命浪费在宠物身上是一件很可悲的事情。

他开着车来到磨坊屋的门口，玛尔塔已经站在门口了。她从来不跟别人一样入乡随俗。她觉得在乡下的感觉就要像乡里人，不应该把来乡下当作一种度假休闲，应该在这里生活一段时间。她要是觉得冷的话就会把手套戴上，她不会把自己装扮得像个吉普赛人，仅仅是因为她住在海边的磨坊屋里面。所以，她早上的时候打扮得很优雅，而且特意站在斯坦沃茨的台阶上等待格兰特的到来。

但是，他感觉得出她表情里面透出的惊慌。实际上，她好像刚刚生完一场大病一样。

"阿伦。你根本想象不到我在电话里面听到你的声音感觉有多好，我真的很怕你早上的时候就进城了。"

"发生什么事了？"他一边走一边问。她把他领到了旁边的厨房里面。

"这是崇拜你的汤米发现的。汤米是一个非常喜欢钓鱼的人，他经常在吃早饭前去钓鱼，因为那个时候时机好像比较合适。""好像"这个词是玛尔塔的口头禅，他想。玛尔塔是常住在河边的人，她对钓鱼的时机再熟悉不过了。"星期天的时候他出去钓鱼往往会多带点吃的出去，一天不回来，可是，他今天出去不到一个小时就回来了，因为，他在河里面钓到了奇怪的东西。"

她把那扇鲜绿色的大门打开了，带他进了厨房。汤米和他的母亲在厨房里面。思拉普太太正蜷着身子坐在炉火旁边，她好像生病了，但是汤米却很兴奋地跑上来跟他们打招呼，并没有看出来什么不一样。

"长官，你看，我找到了什么？"玛尔塔还没来得及说什么，他就先把话说了，而且领着格兰特到了案桌前面。桌子上面很仔细地铺着好几层报纸，好像怕把桌面弄脏，报纸上面有男人的鞋子。

"我以后不可能再在桌子上烤东西了。"思拉普太太低着头不满地说。

格兰特看了看鞋子，脑子里飞速地想着警方对失踪男人的衣着描述。

"那是瑟尔的，我想。"他说。

"是的。"玛尔塔说。

那是一双棕色的鞋子，是系扣的不是系带的，系扣横跨过鞋背，由于长时间在水里浸泡，所以满是污泥。"你从哪里找到的这个，汤米？"

"大概在大河湾下游一百码的地方。"

"我想你没把它标注出来。"

"当然标记了。"汤米说，满脸委屈。

"这就太好了，过一会儿你领我去那里吧。不过现在你要等在这里，而且不许告诉别人，可以吗？"

"当然没问题，我肯定不会告诉别人，除了你们，谁都不会知道。"

现在这样看来的话，案情好像更加清晰了一些，格兰特上楼到了客厅里，给罗杰斯打了个电话。他需要等一会儿才能接通电话，因为警察局需要把电话转接到罗杰斯家里。格兰特想请他在河里面再一次打捞，并且说明了原因。

"天啊！"罗杰斯很吃惊，"那个小家伙有没有说在什么地方钓的？"

"应该是在大河湾下游100码的地方，不知道你知不知道那里。"

"我知道，距离他们那天露营的地方有200码。我们已经打捞过一次了。你不会觉得，这个鞋子从周三就一直浸泡在水里吧，是那个样子吗？"

"没错。"

"好吧，那我现在安排一下，正好是星期天，对吧？"

"让尽可能少的人知道，可以吗？我并不想打捞的时候围观的人太多。"

他把电话挂断后，玛尔塔的早餐也端了上来，放了在桌子上。

"思拉普太太还是一直在说反胃，所以，我只能亲自下厨了，你喜欢吃什么做法的鸡蛋？单面煎的吗？"

"你真的很想知道？就是把鸡蛋煎到半熟，然后用叉子弄出纹路。"

"真是太讲究了。"玛尔塔看起来很高兴，"我没有听说过这样的做法，我想我应该是除了你的管家唯一知道你喜欢这种鸡蛋的女人了吧。对吗？"

"嗯，是的，我之前告诉过一个附近村子里的女人，但是估计她早就忘了。"

"也许她用这种方法赚了不少钱呢，英格兰的鸡蛋如今有了新的做法。你要吃黑面包还是白面包？"

"黑的，谢谢。我可能又要打长途电话了。"他把电话拿了起来，给威廉姆斯家里拨通了电话。在等待电话的时候他把电话拨给崔明斯庄园，他跟那里的管家通话，问他通常是谁洗鞋子，对方回答是厨房的女仆波利。

"你能问一下波利，瑟尔先生是习惯不解鞋扣脱鞋吗？"

"好的。"管家布雷特太太说，"可是，探长，你要不要亲自问问她？"

"不用了，谢谢，我会调查她是不是说得正确，但是，我想你能像问日常琐事一样简单地提起这件事，这样她不会抵触，她要是被叫到电话前面询问会紧张，我不想得到的是她思考很久之后的答案，我希望看到她最本能的反应。她清洗鞋子的时候扣子是不是系上的？"

布雷特太太明白了他的话，问他是不是需要保持通话。

"不用了，我现在需要接通一个很重要的电话，我一会儿打给你。"

伦敦那边的电话接通了，威廉姆斯的声音听起来不太高兴，"好的，我五分钟都在等待。"

"是威廉姆斯吗？我是格兰特。你听我说，我今天本来想去城里见莱斯利·瑟尔的表姐。对，我知道她住在哪里了，她是瑟尔小姐，她就住在霍利道九号，那里是艺术家聚集的地方。昨天晚上的时候我跟她在电话里面约好下午三点左右见面。但是现在我这里有个新情况，无法脱身，有个男孩儿找到了瑟尔的一只鞋子。是的，现在我们要再打捞一遍。所以，我要留在这里。你有时间的话替我去跟瑟尔小姐见一面，要是没有时间我就找别人？"

"不用，我可以过去，我需要问什么？"

"关于莱斯利的一切，只要是她能说的。她们什么时候见过面，他有哪些朋友。"

"好的，我什么时候打电话给你？"

"你应该不到三点到那里，一个小时以后打给我吧。"

"打给威克姆警局吗？"

"不是，打给磨坊屋吧，那个时候打捞工作应该还没有完成。"

他把电话挂断之后才想起来忘了问有关班尼的事情了。

玛尔塔这个时候开始给他倒咖啡，他开始给崔明斯庄园打电话。

这个时候布雷特太太已经问完了，波莉很肯定地说瑟尔先生皮鞋在送去清洗的时候扣子都是解开的，她在清洗前都会系上，避免它们来回甩，清洗后再解开。

就是这样的。

格兰特开始吃早餐，玛尔塔给自己倒好咖啡，坐在一边。她的脸色有些苍白，但是他还是问了：

"你看到鞋子有什么不对吗？"

"鞋扣是系上的。"

真的很厉害，她的优点真的很多，按说也应该有缺点，但是他好像想象不出来。

①莉齐·博登(LizzieBorden)，美国新英格兰的一个女人，据传说在1892年的时候用斧头把她的父亲和继母杀害了。

第十五章

河边的气温很低，垂柳萧瑟，河水也显示出一片青灰的颜色，风在水面上吹起一层层的涟漪，雨点落在河面上激起点点的水花。时间显得有些漫长，罗杰斯惯有的表情中露出了点点的愁苦感，他的鼻尖探出了防水雨衣，被冻得通红。到现在为止，还没有人过来和他们一起忍受这种坚守的感觉。磨坊屋的人们答应好了保守秘密，并且没有觉得这是一件为难的事情，思拉普太太已经睡着了，还是因为"恶心"，汤米是警察的痴迷者，这个时候也跟着一起打捞。靠近冲击区的河面显得开阔延绵，离大小道路都很远，旁边也没有什么住户，所以，并没有路过的人停留下来看热闹，然后把消息传播出去。

这个时候他们守护在河边，仿佛这个世界只有他们自己。但是，这是一个艰苦的、没有尽头的苦难世界。

格兰特和罗杰斯很早就对法医工作的流程很熟悉，所以没有上前。在这个有些寒冷的春天，草地上只有他们两个人，他们这个时候正坐在已经倒了的那棵柳树的树干上，格兰特看着打捞警察挥动着打捞工具，罗杰斯的目光停留在远处平坦的谷地上。

"到了冬天，这里面就会有很多水。"他说，"景色还是很不错的，要是你不去破坏它的话。"

一种急湍的美冲刷过即将湮灭的草叶。

——格兰特默默地念道

"你念的什么？"

"这是我一位战友描写的洪水。"

曾经也是能够唤醒、鼓舞
细弱热闹的绿草，
一种急湍的美冲刷过即将湮灭的草叶

"写得不错。"罗杰斯说。

"这只是很老套过时的句子而已，"格兰特说，"听着像是一首诗，但是我觉得，有一种致命的缺陷。"

"是因为太长吗？"

"仅仅有两段，最好再有一个有寓意的结尾。"

"什么寓意？"

哦，极端的美丽
展现在很多阴暗的地方，
他们并不会因为不够完美的美而消失
去少爱你的脸。

罗杰斯以为这就到结尾了。"真好。"他说，"你的那位战友对自己描写的内容了解吗？我一般很少去看书上的诗句，我指的是诗集上的。但是，杂志上有的时候会登一些诗，就在故事结尾没有把版面占满的时候，你知道吧？"

"我知道。"

"我以前在杂志上见过，会有时候碰到一首让人们有感而发。更准确地说那不应该算是一首诗，因为它一点都不押韵，但是，我却记得，那是这样写的：

我的命运已经交付给了大陆，
离咆哮的海滩很远，
鸥鸟鸣叫着。
而我，
从婴儿的时候就对海的声音很熟悉，
一定要聆听河流潺潺的流淌声。
穿过绿野，
小鸟咕咕地闲语，
栖息在树林上。

"哦，你是知道的。我从小在海边长大，就是密尔港那里，我从来都不喜欢离开它的感觉。因为会觉得特别束缚，不能喘气了。我从来不知道要怎么去形容那种感觉，一直到这首诗出现在我的面前。我完全能理解那个家伙所描述的感受——小鸟在咕咕地闲语。"

他的语气里面透出一种轻蔑和恼怒的感觉，这种感觉让格兰特忍俊不禁，但是格兰特却想起来一件更可笑的事情，所以笑得很开心。

"这件事很可笑吗？"罗杰斯有点怀疑地问。

"我只是想起来，那些世故的侦探小说家要是能有机会见到两个警察这个时候闲坐在树桩上背诵诗句，不知道会多么吃惊。"

"哦，你说他们。"罗杰斯吃惊不小，吐了口唾沫说，"还不知道有没有机会去读这些呢。"

"哦，读的，偶尔。"

"我的长官有一个奇怪的喜好，他很喜欢收集写作中错误的地方。最多有一本书中被他找到92处错误，就是那本《得救者的上帝》，作者是一个女性。"他听了一下，然后想了一会儿说，"好像有一个女的过来了，还推着一辆自行车。"

格兰特看了一眼，说："那不是一个普通的女人，是救赎人的女神。"

这个女人就是玛尔塔，她这次来是带给大家用暖瓶装好的咖啡和三明治。

"我想可能只有自行车能把这些东西运送到这里来。"她这样解释，"但是，还是不太容易，因为所有的栅栏门都是关着的。"

"那你怎么过来的。"

"我把东西从自行车上卸下来，然后把自行车通过栅栏上面举过来，最后再把东西装回原样。"

"这种不屈服的精神才是大英帝国的品质。"

"也许吧，但是回去的时候一定要让汤米帮我的忙。"

"这是肯定的，哈拉德小姐。"汤米边吃三明治边说。

打捞的人员上岸后——跟玛尔塔打招呼，就连那些对她并不熟悉的人也很热情地跟她相处，那些对她的名气有所耳闻的人表现出一种敬慕之情，格兰特看着这种情景觉得很好笑。

"我觉得消息可能已经传出去了。"玛尔塔说，"托比刚才打电话问起我这件事，想确认是不是真的。"

"你没跟他说什么吧？"

"当然没有。"她说，她想到那只鞋子的时候，脸上有些失落的表情。

到了下午两点的时候，外面有一堆记者。三点多的时候，这个地方已经像集市一样热闹了，当地的警察费了好大的劲才能勉强维持好秩序。

到了三点半，打捞工作已经进行到萨尔科特镇河段了，但是仍然没有什么收获，于是，格兰特便返回了磨坊屋，在那里他遇到了沃尔特·惠特莫尔。

"谢谢你能把这个消息告诉我们，探长。"他说，"我本来应该在河边待着的，但是我去不了。"

"你其实不需要去的。"

"玛尔塔说到了下午茶的时间你就会回来，所以，我就一直没去，这里有水果吗？"

"现在还没有。"

"早上的时候，你怎么想了解有关鞋子的事情呢？"

"因为打捞上来的鞋子扣子是系着的。我想知道瑟尔平时脱鞋的时候有没有解扣子的习惯。很显然，答案是肯定的。"

"那这只鞋子为什么会是扣紧的？"

"有可能是被水冲走的，也有可能是他游泳的时候觉得碍事就脱了。"

"我懂了。"沃尔特的表情有些郁闷。

他没有喝下午茶，走的时候脸上的表情更加无所适从。

"我真的很希望自己能体会他的痛苦。"玛尔塔说，"中国茶还是印度茶？"

格兰特一连喝了三大杯滚烫的茶，觉得身体舒服了许多。玛尔塔提醒他，"这样对身体不好。"这个时候威廉姆斯的电话打了进来，汇报会面的情况。

尽管威廉姆斯已经想尽办法，但是还是没有获得太多信息。瑟尔小姐对她的弟弟莱斯利·瑟尔似乎很不满意，所以也并不避讳什么。她也是美国人，但是他们两个出生的地点并不相同，一个在东面，一个在西面，后来成年以后才见面，而且争吵不断。他到英国有时候还给她打过电话，但是，这次她却一点都不知道，她对他来英国的事情一无所知。

威廉姆斯想知道她是不是经常外出，也许瑟尔打电话的时候她恰好不在家。她说她去苏格兰高地进行创作，也许瑟尔来过不少次电话，一直没能接通，她出门的时候画室是空无一人的。

"你见过那些画吗？"格兰特问，"画的都是苏格兰？"

"看到了，全都是。"

"怎么样？"

"确实很像。"

"哦，画风很正。"

"我也不懂，但是大部分都是萨瑟兰郡西部和斯凯岛。"

"他在英国没有朋友吗？"

"她对他有朋友这件事好像很吃惊。"

"她有没有提到瑟尔有哪里不对劲？"

"没有，长官，什么都没说。"

"她也不知道他为什么会突然消失，或者能去什么地方？"

"对啊，她也提供不出来什么线索，他没有什么亲人，这一点是她明确表示的。父母都去世了，没有兄弟姐妹。但是他的朋友，她什么都不知道。他说在英国有一个亲戚这应该是真的。"

"那太感谢你了，威廉姆斯。我早上忘了问问班尼的事情了。"

"班尼？我已经找到他了，一点也不难。"

"他说什么了？"

格兰特听到电话那边传出笑声。

"没有，他这次用了假装晕倒这个新花样。"

"这次他得到什么了？"

"他获得了三杯免费的白兰地还有一大堆同情者的目光。我们那个时候在酒吧，不用解释你也知道。到了第二杯的时候他就进入状态了，开始讲述他受陷害的经历，他们便给了他一杯免费的白兰地，我在那里并不讨人喜欢。"

格兰特觉得当时的情景应该不会像他描述的这么简单。

"还好，酒吧的位置在西区。"威廉姆斯说。对这句话的理解应该是他在执行公务的时候没有受到阻挠。

"他答应去接受审讯了吗？"

"他只是说要先打个电话。我跟他说，不论白天还是晚上，他都是有权利跟任何人通话的，这是邮政行业的规矩，但是，我跟他说要是他的通话内容不需要保密的话，我应该在旁边旁听。"

"他同意吗？"

"他几乎是拽着我进了电话亭，真是个混蛋，你猜他把电话打给了谁？"

"他的下议院议员？"

"不是，我觉得现在没有下议院议员想理他，他已经引起公愤了。他打电话给了《守望者》的一个供稿人，把整件事情跟他讲了一遍，还说有个警察一直跟着他，想带他去苏格兰场询问。他很快就要遭殃了，说他只是想跟几个知心的朋友一起喝几杯酒，能惹什么事？然后就被便衣警察给抓了起来，等等。之后他跟我一起走了，看样子心情不错。"

"他能帮到苏格兰场吗？"

"没有，但是他的女朋友就不一样了。"

"她把秘密说出来了？"

"没有，她戴着一对耳环，是波佩·普伦特里的。"

"不至于吧。"

"要是我们没有让班尼暂时退出社交活动，估计她的女朋友也会让他永远退出。她很生气。他们交往的时间很短，她正想用什么方式把他甩掉呢，所以班尼就声称给她'买'了一对钻石耳环。班尼的脑子真是笨到家了。"

"波佩的其他东西有找到的吗？"

"是的，班尼全都招认了，他还没有时间都处理掉。"

"干得漂亮。《守望者》那边什么情况。"

"我确实很想让《守望者》的笨蛋自食苦果，但是上面的意思并不想这样，觉得没有必要惹事，就算是这样，看着《守望者》闹笑话也是很开心的。所以，我只能打电话去通知那个家伙。"

"最起码你也得到了点什么。"

"没错,我承认,这件事让我获得了不少的快感。我说:'利特先生,我是威廉姆斯警官。在几个小时之前班尼打电话给你的时候我就在旁边。''你在旁边?'他说,'他在电话里指控了你。''对,是的,'我说,'我们国家是崇尚自由的。''但是我觉得这对某些人来说不是什么好事。'他说,'你当时要带他去苏格兰场问话。'我解释我是想邀请他去,他要是不同意可以不用去。"

"然后,他就跟我啰啰唆唆说了一堆侵犯人权一系列的话,还说班尼·斯克尔已经接受过惩罚,他现在是自由的,我们打扰他是不对的,等等。'你在他朋友的面前让他颜面无存,'里特先生说,'这是再一次把他逼到绝境,下午的时候可怜的班尼还被苏格兰场折磨,这样对你们有什么好处?'"

"'值好多钱',我说。"

"'什么?'他说,'你说的是什么?'"

"'那是星期五晚上波佩·普伦特里公寓里面失窃的珠宝。'"

"'你怎么那么肯定这些是班尼干的?'他说。"

"我告诉他是班尼自己主动把赃物交出来的,当然除了那对巨大的钻石耳环还戴在他现任女友耳朵上。然后我说:'晚安,朋友。'语气非常亲切,而且很温柔。好像儿童节的时候主持人一样。然后我便把电话挂断了。你知道,他很有可能已经把证明班尼无辜的文章写好了。他这次遭受的打击可不小,作家们写好的东西没有地方发表可是一件很难受的事情。"

"要是他家失窃的话。"格兰特说,"他就会跑来要求我们严惩这些罪犯了。"

"没错,长官,这件事很可笑吧,事情发生在自己身上的时候就会觉得很重要。对了,旧金山那边有什么消息吗?"

"没有,但是,随时都可能会有,现在也不太重要了。"

"对啊,我想起来在威克姆查访售票员的事情了,现在记录那些的东西好像可以扔了。"

"先不要丢掉,威廉姆斯。"

"至少要保存七年,你就会发现很有用的。"

"用作自传资料吗,你要是想这样,就可以保存一下。真的想让你来我这里,但是你来了也没什么用,只是在外面跟我一起挨冻。"

"我希望在太阳落山前能够有收获,长官。"

"真的很希望。"

格兰特把电话挂断之后来到了河边。周围的人少了很多,因为有的人已经回家去喝热茶了,但是有些执着的人还在这里等着,就算挨饿受冻也在所不惜,直到尸体被打捞上来。格兰特看到他们的脸上有一种阴沉又痴迷的表情。

还是想不通是什么能让他们产生这么浓厚的兴趣,就算是这个问题已经困扰他多时了。

罗杰斯已经回威克姆了,媒体好像已经到了,这里有好多报社的记者还有各大通讯社的通讯员,他们都很想知道为什么又一次地开始打捞。村子里面年纪最大的居民也来到了这里,他的鼻子和下巴因为年龄的关系已经快挤到一起了,格兰特很好奇他平时怎么刮胡子。他的样子看起来老态龙钟的,但是他的出现在这群围观者中代表着一种权威,他是整个种族的回忆,因为他的身份而受人尊敬。

"你们就算再继续打捞下去也没什么用。"他跟格兰特说,好像在讲述一种经验。

"为什么?"

"对,没用的,因为她会把一切都沉进河底,到淤泥里面。"

大家都能听出来,"她"指的就是这条河。

"怎么回事?"

"因为这里的流速非常慢,就像一个疲倦的女子一样,可以让任何东西落下来。然后经过一个弯道,来到威克姆之后她便恢复了精神,这就是她的习性,让一切东西都沉进淤泥里面,然后安安静静地待一会儿,没有人发现她干了什么,然后便奔涌到威克姆。"他抬头看着威克姆,蓝色的眼球中透出一种清澈的感觉,"她就是这么狡黠。"

他以前把这个提议摆在罗杰斯面前的时候,罗杰斯就觉得这是一件没有什么意义的事情。罗杰斯也是在听取了当地人的意见之后得出的结论,但是详细的原因没有询问,现在,这位耄耋老人把原因告诉了他。

"再捞下去也没什么意义。"他一边说一边带着一种不屑的表情。

"为什么呢?你觉得河里没有遗体?"

"哦,不是,尸体就在那儿,但是河里的淤泥很厚,什么时候能把埋藏的尸体吐出来得看她自己了。"

"那大概要多久呢?你知道吗?"

"这个不好说,有可能就是明天,也有可能一千年都出不来,因为淤泥有很强的黏性,而且又一直在流动。我曾祖父小的时候曾经有一艘小艇不小心滑落了河里,当时水不深,他看到了小艇,但是不敢下水,跑回家把他的父亲叫来,就在这短短的时间里面,淤泥就把小艇吞没了。你一转身,淤泥就会把它吞下去。小艇根本找不到,后来我们用耙子打捞了半天也找不到,淤泥把它吃了进去。你看,淤泥是会吃人的,我跟你们说,这就是会吃人的。"

"但是,你说过,她会把吃进去的吐出来。"

"对,有的时候会。"

"什么时候么?洪水的时候?"

"不是,发洪水的时候是她蔓延的时机,更多的淤泥会沉降下来。不是的,只是有的时候她会受到惊吓,把吃掉的东西意外吐出来。"

"受到惊吓?"

"对,就像上个星期那样,云团聚集,飘到了奥特利的林地上,下了一场瓢泼大雨,好像天上有人把洗澡水泼了下来。她还没有机会蔓延开来,雨水就已经把河道冲刷了一遍,把她的河底搅动了一番。这种时候,她也许会把一些东西吐出来。"

要是等到下雨的时候才有可能找到瑟尔的尸体,那这种希望太小了。天色已经很昏暗了,他的心情也是一样地低落。再过几个小时,他们就得结束打捞了。况且到了那个时候,萨尔科特镇河段应该已经打捞完了,要是还是一点收获都没有,好像就没有什么希望了。一整天的感觉都很不好,他们只是在这厚厚的积累了千万年的淤泥上面"挠痒痒"。要是第二次打捞还是一无所获,那要怎么样?没有审讯,连立案都没有办法,什么收获都没有。

到了傍晚的时候,周围已经都黑了,他们正准备失望地收工回去,这个时候罗杰斯出现了,他从口袋里面拿出一封信。

"这是给你的,警察局寄来的,来自美国。"

虽然现在看着这个好像没什么必要,但是他还是打开了。

旧金山的警察没有查到有关莱斯利·瑟尔的任何记录,对他的来历一无所知。他喜欢在西海岸过冬,然后就会游历各地,进行拍摄。他的生活很富足,但是却很低调,并不会举办聚会,也不会进行奢侈的活动。他没有结婚,也没有跟谁谈过恋爱。旧金山警方没有任何他的背景资料,但是他们去过他曾经拍摄过的广告部,找到了他拍摄过的明星洛塔·马洛和丹尼·明基斯。根据他们的描述,瑟尔出生的地方在康涅狄格州的乔伯灵市,是德菲·瑟尔和克里斯蒂娜·马特森的独生子。经康涅狄格州乔伯灵市警察局调查,他们早就已经搬到了南部的地方。瑟尔是一位药剂师,也很热爱摄影,大家对他的印象就只有这些。

这个报告简直简单到了一定的程度,这些信息很无聊也没什么价值。没有他想知道的线索,比如说瑟尔在美国的亲友，或者是他本人的资料，但是报告里面有点东西引起了他的注意。

他又重新读了一遍，等着心里出现那种灵光一现的感觉，但是始终没有出现。

他有点奇怪，是什么让他产生了一种警惕的感觉呢，他又仔细读了一遍，但是还没有找到，他把报告折起来放进了口袋里。

"打捞完了。"罗杰斯说，"我们没有找到任何东西，在这段河里是找不到任何东西的。他们这里有句俗语：丢到萨尔科特镇的河里吧。代表的意思就是放手，或者也是'再也不要想了'的意思。"

"他们怎么不想把河道疏通一下，任由它这样。"格兰特有些生气，"要不然也不会每年到了冬天的时候，河水都会把他们的房子淹没。"

罗杰斯的心情突然转阴为晴，"你要是闻到这条河里淤泥的味道，就不会再想着把它们都挖出来了，我让他们结束吧？"

"不，"格兰特有些素质，"只要天还没有全黑，就要继续打捞。谁也不知道在下一秒的时候会不会有新的发现，我们能第一次从萨尔科特镇的河里找到东西，我不相信这种迷信。"

但是，事实上，一直到天黑也没有任何收获。

第十六章

"我带你回威克姆吧？"罗杰斯问格兰特。格兰特说不用了，他想先回磨坊屋，然后自己开车回去。

玛尔塔正在黄昏中等着他，然后挽起他的胳膊。

"没有吗？"她问。

"没有。"

"进来暖和一下吧。"

她陪着他一声不响地走进了房间，然后倒了一大杯威士忌给他。房屋的墙壁很厚，把风声挡在了外面，屋子里面跟昨天晚上一样安静舒适。厨房里面有阵阵的咖喱香味飘出。

"你能闻出来我做的是什么饭吗？"

"咖喱吧。但是你根本没必要给警察做吃的。"

"你在春天的苏格兰户外待了一整天了，需要吃点咖喱，当然，你也能回到白鹿旅馆吃点普通的旅馆餐，那种冰凉的牛肉罐头还有番茄，配上几片甜菜根和莴苣。"

格兰特听完的时候感觉浑身发冷，想到周日晚上白鹿旅馆的状况就让人觉得不舒服。

"而且，我明天就不能给你准备吃的了，因为我要回到城里了。这种状况下我不能再在磨坊屋待着了，我要一直在那里待到《脆弱的心灵》上演。"

"要知道你在这里简直是我的救星。"格兰特说，然后把口袋里那份从美国寄来的报告拿了出来，"你看看这个，有什么可疑的地方跟我说说。"

"没有。"她看完之后说，"没什么线索，对吧？"

"我也不知道为什么，从第一次看的时候就觉得哪里有点不对劲。"他又开始奇怪了，然后把它收了起来。

"等到你回城的时候。"玛尔塔说，"我希望你能介绍威廉姆斯警官让我认识，然后带他到我家里去吃一顿晚饭。"

"没问题的。"格兰特很高兴，开始打趣道，"你怎么对一个连面都没见过的警察这么感兴趣呢？"

"有两个原因，第一，能看出来惠特莫尔是个胆小鬼的人值得认识。第二，今天我观察了，你只有在跟威廉姆斯通话的时候才表现得很高兴。"

"哦，你说的是那件事。"格兰特把威廉姆斯讲述的班尼和《守望者》的事情讲给她听。这样聊了一会儿，气氛变得很轻松，他们愉快地共进晚餐，吃饭的时候玛尔塔又提起了《守望者》剧评人写过的诽谤文章。一直到他起身准备告别的时候，玛尔塔才想起来问他没有搜寻到瑟尔，接下来要做什么。

"明天一早我会去萨尔科特镇把资料整理一下，"他说，"然后跟伦敦汇报这里的情况。"

"那下一步呢？"

"那就开一个会商量一下该怎么办，要是还有下一步行动的话。"

"我懂了，等你把这些事情处理完之后再给我打电话吧，可以吗？然后等到威廉姆斯警官有时间的时候我们定一下，在晚上聚一下。"

真是一个很了不起的人，他一边开车一边想，既不追根究底也不暗示什么。她在看待现实问题的时候真的很像一个男子汉，或者就是这种独立的感觉让男人产生一种畏惧感吧。

他回到白鹿旅馆之后，给警察局打了一个电话问是不是有什么新的消息，然后便拿起来桌上的菜单想看看玛尔塔的猜测是不是正确的。她没有提到炖大黄和蛋奶糊，这件事一定要找机会跟她说。然后，他回到了床上，这应该是最后一晚上在这里睡觉了，那些文字"时间到了"应该不能算是预兆了。没错，以前的女人们有大把的时间，可以做很多事情，现在哪里还有那种空闲。

不对，应该不是这样的。他们闲下来的时候只是不再做用彩色羊毛线绣文字这件事了，但是她们还是会花大把的时间去看丹尼·明斯基的表演，笑得不亦乐乎。哪种工作比绣无聊的十字绣更能让人驱赶一天的疲惫呢？他看了看那些文字，把灯光转到侧面，一直到灯光的阴影把文字的图案照得模糊不清，然后才把记事本放在了床上。

早上的时候他去结算房费，就装作没有看到老板吃惊的表情，因为所有的人都知道打捞是以失败告终了，所有人都知道这次打捞的起因是因为找到一件衣服，或者是什么的，众说纷纭。所以老板根本不会想到苏格兰场的警官会在这么紧要的关头离开。难道有什么大家都不知道的线索被找到了？

"你还回来吗，先生？"

"可能需要离开一段时间，"格兰特边说边观察他的表情，他不想在这个时候被贴上失败者的标签。

他离开旅馆后去了崔明斯庄园。

早晨的天气很晴朗，气温温和，风也没有那么大了，阳光下，树叶闪着亮光，路面上腾起一阵阵水汽，英国的春天仿佛在跟人们开着一个玩笑，空气中都散发着一种戏谑的味道，仿佛在说"这是我喜欢的玩法"。

汽车从长坡上行驶下来开向了崔明斯庄园，他的目光透过车窗看着眼前的萨尔科特镇。就在三天前，这里对他而言只不过是玛尔塔提到的一个地名，现在却能让他不眠不休到这种地步。

上天好像在警示他，它不会永远占据他的心灵的。

到了崔明斯庄园的时候，伊迪丝恰好在门口，她好像有点吃惊他的出现，但是没有失礼。格兰特说他想跟沃尔特见一面，她没有直接把他领到壁炉旁边，还是沃尔特解救了他。

"到客厅来吧。"他说，"那里是我们平时最常待的地方，因为炉火比较温暖。"格兰特有点郁闷地想，不知道沃尔特究竟是在考虑到自己的舒服还是为了让客人产生舒适感。沃尔特的确是那么待人接物的，他想。

"今天上午我就要回伦敦了。"格兰特说，"在回伦敦汇报工作前我想先跟你确认一个疑点。"

"哦？"沃尔特的表情有些紧张，感觉好像整夜没睡。

"上次的时候我问起过你们的拉什米尔河之旅，你说到你们会在固定的邮局领取信件。"

"对的。"

"星期一的时候收取信件，应该是星期二或者星期三取走，你还记得这两天有没有信是瑟尔的？"

"瑟尔从来没有收到过信件。"

"从来没有吗？你的意思是他到达崔明斯庄园之后就没有信件？"

"我知道的是这样，莉兹平时负责处理信件，你可以问她。"

他很奇怪自己怎么会忽略这个问题。

"就连旅馆或者银行的来信都没有吗？"

"是的，据我所知是没有的，他也有可能从来不理会这些信件，有的人就是这样处理的。"

这也是有可能的，格兰特便不再追问了。

"还有电话。"他说，"星期天的时候从滕斯托尔打电话过来，星期一的时候是在卡佩尔街，星期二晚上是星期五街，那星期三呢？"

"佩特河口的公用电话亭。我们本来想要住在那里，但是那个旧磨坊实在是太破败了，我觉得在河边拐角的地方有个地方比较隐蔽，所以选择了那里。"

"所以你就打电话回崔明斯庄园告诉了他们露营的地点。"

"是的，我已经说过了，我们就在那里住下的。"

"我知道这件事，我并没有纠缠这件事。现在我想知道的事情是，你打电话回来的时候都告诉谁了。"

沃尔特想了一下说，"我先跟菲奇小姐通话，因为她一直会等我们打电话回来，然后瑟尔跟她说了一会儿，后来是埃玛姨母来拿走了电话跟瑟尔说了一会儿，最后是我跟盖洛比太太通话。莉兹这个时候不在家里，所以没有接电话。"

"我了解了，谢谢你。"格兰特停了一会儿说，"你现在是不是还是不想跟我说星期三晚上你们发生'口角'的原因？"正当沃尔特在思考怎么开口的时候，格兰特继续说，"是因为这件事情牵扯到盖洛比小姐，所以你不想说？"

"我不想她跟这件事有关系，"沃尔特说。

格兰特突然觉得他在讲这句话的时候并不是出于感情，而是一个英国人在面对这件事情的时候本能的反应。

"我以前也提到过，我想知道莱斯利·瑟尔的事情，并不是你的隐私，除去牵扯到盖洛比小姐的事情，你们交谈的过程中是不是还有一些其他的事情？"

"没有了，肯定没有。只是跟盖洛比小姐有关，那段谈话很荒谬。"

格兰特冷冷地说："惠特莫尔先生，要知道没有什么荒谬的事情是警察没有见过的。要是你不想让荒谬的事情被当作笔录记录下来，这一点你是无须考虑的。对我来说，那很可能还是学识。"

"根本不是长见识，那一晚瑟尔的表情都很奇怪。"

"怎么奇怪？消沉吗？"的确，格兰特心里想，即便是到现在我们都没有想过他自杀这种可能性。

"不是的，他跟平时不太一样，语言很轻浮。一直在挖苦我，说我跟莉兹一点都不般配，我不配做莉兹的未婚夫。我不想继续这个话题了，可是他并没有一点要停下来的意思，所以，我就生气了，他就开始细数他对莉兹有多了解，可是那些事情我都不清楚。他每当说到一件事的时候还会说'我敢打赌这件事你不知道'。"

"是好事吗？"

"是的。"沃尔特很快就说，"是很有意思的事情，但是都是些生活中的琐事，他真的很让人生气。"

"他有表现出来想要取代你的位置吗？"

"他还说了更过分的话。他说只要他稍微用点心思，莉兹一定就会在两周之内甩了我。"

"他没说要打赌吗？"格兰特有些没忍住。

"没有。"沃尔特很吃惊他为什么要这样问。

格兰特一定要找机会告诉玛尔塔她猜出了什么。

"那天晚上的时候他说那个……"沃尔特说，"让莉兹抛弃我的时候，我就不想再听他说了，我并不是因为觉得自己不是他的对手，这一点我希望你能明白，我只是很讨厌他这样说莉兹，也就是盖洛比小姐。他话中的意思就是莉兹是那种禁不住诱惑的人。"

"我明白。"格兰特很认真地回答，"非常感谢你能跟我说这些，那么，你觉得瑟尔有故意跟你吵架的嫌疑吗？"

"我没有往这方面想，我只是觉得他太自负了，好像是故意激怒我。"

"我知道了，谢谢，我想跟菲奇小姐再聊一聊，不会占用太多的时间。"

沃尔特领他来到了菲奇小姐的晨室，她那乱如鸟窝的头上插着一支黄色的铅笔，还有一支红色的笔被她叼在嘴里。她正在来回地溜达，就像一只受惊的小猫，她抬头看到格兰特，脸上的表情又累又沮丧。

"有消息吗，探长？"她问，格兰特看到她的身后莉兹的眼神里面透露出一种恐慌的感觉。

"没有消息，菲奇小姐，我这次来是想问一个问题，以后应该不会再来了。非常抱歉，我想知道星期三晚上的时候，你是一直在等他们打电话回来汇报旅行的进程吗？"

"没错。"

"那么是你先跟他们通话的，我想说是这个庄园里第一个接通电话的人，你能从这里开始讲述一下吗？"

"你想让我告诉你通话内容？"

"不是的，是想知道都是谁和谁通话的。"

"哦，他们从佩特河口打电话回来，先是我和沃尔特通话，然后和莱斯利通话，他们都很开心。"她的声音起伏不定，"后来我的姐姐过来了，跟他们两个都通话了。"

"她接电话的时候你在旁边吗？"

"没有，那个时候我上楼去听苏西·斯克兰德斯的模仿秀了，她每周三晚上都会有十分钟的表演，真的很好看，我要是陪埃玛打电话就看不了节目了。"

"我知道了，那盖洛比小姐呢？"

"莉兹回来的时候已经很晚了，他们已经挂断电话了。"

"大概几点，你记得吗？"

"不记得是什么时候了，大概是晚饭前二十分钟的时候。那天晚上我们吃饭比较早，因为姐姐晚上的时候要去参加乡村妇女联谊会的聚会，崔明斯庄园的晚饭经常会推迟或者提前，因为要不是这个人有事就是那个人没回来。"

"非常感谢，菲奇小姐，我想再去瑟尔的房间看看，然后，就不再打扰了。"

"没问题。"

"我带你上去。"莉兹说，并没有在乎还在一旁等着的沃尔特，按理说应该由沃尔特带路。

她还没有等菲奇小姐开口，就起身离开了打字机，然后领着探长出去了。

"探长，你这次回伦敦是因为有什么线索吗？恕我冒昧。"上楼的时候她问道。

"只是按程序进行，警察的工作程序就是这样，要向上级汇报工作，对资料进行一下汇总，方便下一步的工作安排。"

"我想你之前肯定汇总过了。"

"有时候也会删减一些。"他的表情很冷漠。

他的冷漠好像并没有引起她的注意。"这个案子真的是有些奇怪，对吧？"她自己感叹道，"沃尔特说瑟尔是不可能失足落水的，但是，他一定是掉进去了。"

她停在了塔楼房间外面的平台上，回过头，透过天窗的光可以清晰地看到她的脸。"这一团凌乱里面有一件事情是能够确定的，就是沃尔特和莱斯利的死没有一点关系。我想请你相信，探长。我并不是作为沃尔特的未婚妻为他在说话。我跟他认识的时间很久了，很了解他的性格，所以很清楚他会做什么，不会做什么，他不是个会伤害别人的人。我想请你一定要相信我的话，他胆子没有那么大。"

就算是在他未婚妻的心目中他也是个胆小鬼，格兰特的心里这样想。

"不要让那个手套影响你的判断，探长，请你相信莱斯利很有可能是碰巧捡到了它，然后放在抽屉里面准备找时间还给我。车里面应该有另一只手套，但是我却没找到，所以，很有可能它们一起丢了，莱斯利恰巧找到一只。"

"那他怎么不直接放回车里？"

"我也不知道他为什么不那样做，可能人都有把东西塞进口袋的本能吧，但是问题的重点在于他没有把它收藏起来，莱斯利是不会对我产生那种情感的。"

格兰特的心里想的重点不是莱斯利有没有爱上莉兹，而是沃尔特有没有认为莉兹爱上了瑟尔。

格兰特很想问问莉兹，作为一个跟胆小鬼订婚的女孩儿，碰巧遇到一个美貌的男子会产生一种什么样的感觉。那可是一个跌落人间的恶魔，来自亚特兰蒂斯的逃亡者。这个问题虽然表述得很贴切，但是问了也没有什么效果。他真正想知道的是，瑟尔在崔明斯庄园有没有收到过信件，但是莉兹说没有，然后她就下楼了。格兰特走进房间，房间里面很整洁，瑟尔所有的东西还在那里，但是丝毫没有个人色彩。

他之前没有在白天的时候来过这个房间，他通过这三扇巨大的窗户能看到山谷和花园，这种已经建好的房子最大的优点就是你已经不需要去费心安排它的建筑问题，因为窗子打开后就是最好的风景。然后他便开始在房屋里面找寻线索，他非常细心地一件件地查找，每一样东西都不放过，他好像对发现什么线索也已经不抱什么希望了。他搬了一把椅子坐下，在想摄影师一定会使用的东西都有什么，打开摄影箱，里面的东西一目了然。他想不到有什么东西能恰好放进去，应该也不是一个很小的工具。箱子还是在他上次见过的地方，那个空当还是存在，仍然能看出来东西被拿走的痕迹。

一个并不起眼的空当，所有整理好的箱子里面每天都会有东西被拿进拿出，轮廓留在箱子里。也不必去费劲脑汁地想拿走了什么，意义好像并不大。但是，上天作证，难道就没有谁能说出什么东西被拿走了吗？

他再一次的想尝试把小相机放进去，虽然他知道这是一种明知的失败，他甚至尝试着把瑟尔的鞋合并在一起放进去，但是长度却不合适，况且鞋底的位置也是鼓起来的，托脱层没法回到原来位置，箱子盖合不上。再有，要是有其他的行李箱，谁会把衣物跟摄影器材放在一起呢？不论什么东西能占据那个空当，应该不是那种随随便便塞进去的东西，它的摆放应该是非常合适的。

这也说明，那个东西放在这里，除了瑟尔，别人是不会动的。

嗯，简单来说，他应该是从这里失踪的。

格兰特把东西全都放回了原位，从窗户上看了一眼远处的拉什米尔河，他好像已经忍受不下去了，他关上门。门里面有瑟尔所有的个人物品，但是却独独没有他住过的痕迹。

第十七章

伦敦的天空有点灰蒙蒙的感觉，但是要是经历过在拉什米尔河上淋雨的经历，你可能觉得这种灰蒙蒙的感觉也很亲切和舒适。威斯敏斯特被新绿的树木覆盖，就像是黑暗中的一团火焰一般醒目。这种感觉很不错，好像又回到了属于自己的生活，开始用一种轻松的心态面对同事，然后参与到办公室里面那种你猜我猜又彼此心领神会的谈话中。

但是，每当想到要去见布赖斯，这种美好的感觉就消失了。今天到底是个好日子还是坏日子呢？按理说，警察的日子应该是一天好三天坏的，所以有三分之一的概率是好日子，但是今天的天气很不好，这种天气下警长很有可能会生病不在警局。

布赖斯这个时候正在悠闲地抽烟斗，看样子今天日子不错。要是坏日子的话，他一般是在吸香烟，而且香烟刚刚点燃没多久就会被狠狠地摁熄灭在烟灰缸里面。

格兰特正在想怎么打开话题。他总不能说你四天前交给我的任务，到现在为止仍然跟四天前一样毫无进展，要是更简单一点就是毫无进展。

但是布赖斯好像没有怪他，他用那双犀利的小眼睛看着他，说："要是曾经看到过有谁的脸上摆出一副'长官，真的不是我'的表情，那这个人一定是你。"

"没错，长官，确实很混乱。"他把记事本放在桌子上，然后坐在了对面的椅子上，这个位置在全局人的心目中是嫌疑人的位置。

"照这样说的话，你觉得不是那个叫惠特莫尔的家伙干的？"

"对，我觉得事情没有想象中的那么难以置信。"

"意外吗？"

"觉得惠特莫尔不是。"格兰特笑着说。

"没错，他也不是个傻子。"

"从某种意义上讲，他不是一个心思特别多的人。他不相信那是意外，他也明确表示了。但是实际上，要是能证明那是意外的话，就能摆脱他的嫌疑，但是他的话里话外没有这个意思。他对这个案子感到很迷惑而且沮丧，我很确定他和案子没有什么关系。"

"还有其他人有嫌疑吗？"

"是的，有一个人，这个人时机、动机、手段都具备。"

"但是少了点什么。"

"对，证据。"

"没有任何证据证明。"

"是谁？"

"沃尔特·惠特莫尔未婚妻的母亲，其实是她的继母，是她把莉兹·盖洛比带大的，她是一个控制欲很强的人，我指的是……"

"她做所有的事情都是为莉兹考虑。"

"的确是这样的，她的继女要跟惠特莫尔结婚，这样有利于稳固一家人的关系，是她最愿意看到的事情，我感觉瑟尔的出现可能会把这种平衡打破，这可能是作案动机。她晚上的时候没有不在场的证明，而且她也知道他们晚上住在哪里。她对周围很熟悉，晚上的时候他们打电话回崔明斯庄园，把旅行的进展告诉他们。"

"但是，她却不可能知道两个人会吵架，然后分开回去，这一点我没有想通。"

"要是说起吵架的事情，也很奇怪。很多人都说瑟尔性情很温和，但是，按照惠特莫尔的表述，那天晚上确实是他先挑事的，我也相信惠特莫尔的说法。他讥讽惠特莫尔和莉兹并不般配，而且还说自己可以轻而易举地拆散他们，把莉兹带走。那个时候他并没有喝多，这个举动确实很反常，所以很有可能是另有目的。"

"你觉得他说那些话是为了让惠特莫尔生气地离开？为什么要这样做？"

"很有可能是因为他想晚上的时候单独跟莉兹见面，因为晚上打电话的时候莉兹并不在家。所以有可能盖洛比太太接电话的时候说了什么。"

"比方说'莉兹让你去旧磨坊后面第三棵橡树下面等她'。"

"有可能。"

"然后这个愤怒到极致的母亲带着工具去等他，把他打晕推到河里。多希望老天能让我们找到尸体。"

"这是我更希望看到的事情，现在没有尸体，我们该怎么办？"

"就算是尸体出现了，也没有什么证据。"

"对啊，但是这样就能安心了，虽然对案子的进展不一定有什么帮助。"

"瑟尔表现出了很喜欢那个女孩儿吗？"

"在他的衣柜里面找到一只这个女孩儿的手套。"

布赖斯自言自语地说，"我觉得这种剧情有点俗套。"他这种本能的反应跟威廉姆斯是一样的。

"我把手套拿给她看的时候，她一眼就认出来了，说有可能是他捡到的，准备还给她。"

"这种话谁都会说。"警长说。

"她是个不错的女孩儿。"格兰特说。

"玛德琳·史密斯也不错。那现在还有别人有嫌疑吗？"

"没有了，都是可能的作案的人，那些对瑟尔有敌意的人，有的有机会，因为没有不在场的证明。"

"有很多吗？"布赖斯说，对"那些"这个表述方式他显然有点吃惊。

"托比·塔利斯现在对瑟尔还是很不满，因为他对他一点也不领情，很怠慢。塔利斯的住处在河边，家里有一艘小船，他的不在场证明是一个疯狂的崇拜者为他做的。瑟奇·莱托夫是一个舞蹈演员，他对瑟尔非常厌恶，他非常想得到托比的关注。据他自己描述，星期三晚上的时候他正在河边草地上跳舞。塞拉斯·威克利是一个知名小说家，就住在瑟尔星期三失踪的那条小路边上。塞拉斯的思想比较古怪，他仇视一切美好的东西，并且想要毁灭它们。那天晚上的时候他自己一个人在小木屋写作，他自己这样说的。"

"没有证据说明是这些人所为？"

"是，我觉得是，也许威克利有那种动机，他随时有可能变成一个疯狂的人，然后能在精神病院里面很快乐地生活和写作。但是塔利斯应该不会这样做，他不会那么傻地去犯罪，让自己的大好前程毁于一旦，他可是个精明的人。说到莱托夫，他有杀人的冲动，但是走到半路的时候就会被别的事情吸引，忘记了自己的初衷。"

"这个村子的人都那么不正常吗？"

"十分不幸地说事实就是这样的，本地的居民没什么反常。"

"看来我们也没什么办法了，只能等尸体自己出现了。"

"要是能出现的话。"

"一般都是这样的，早晚的事。"

"根据当地警方的描述，在过去的好多年里面，拉什米尔河曾经淹死过五个人，还不包括发生在密尔港和泊船区的。其中两个是在萨尔科特镇的上游淹死的，三个是在下游，在下游淹死的这三个人的尸体很快就被发现了，但是上游的却始终没有发现。"

"沃尔特·惠特莫尔可惨了。"布赖斯说。

"没错。"格兰特想了一下说,"早上的时候他们就对他很不客气。"

"报纸吗?应该不算吧,他们已经很注意措辞了,但是也不可能用什么好的语言来描述这个整天跟兔子打交道的家伙。这个案子确实不好报道,没有控告方,所以,也不可能有抗辩的机会,他什么都做不了。"他继续说。

他沉默了一会儿,烟斗在牙齿上敲出了声响。这证明他在思考,这是他多年的一个习惯。

"我们现在也没什么办法可以用了。你已经很清楚地把事情说清楚了,看看局长下一步如何处理吧,现在也只能这样了,是个溺亡事件,也没有证据证明谋杀或者其他,这是你现在的结论,对吗?"

格兰特没有立刻表明态度,他用一种犀利的语气谁,"对吧?"

你一会儿能看见,一会儿看不见。

案子里面总有什么地方是不对劲的。

不要让直觉支配你,格兰特。

在什么地方出现了骗局。

你一会儿能看见,一会儿看不见。

这句魔术师的行话。

这明明就是一种欺骗别人的小把戏。

把别人的注意力转移之后,就能做任何想做的事情了。

到底在什么地方出现了骗局。

"格兰特。"

他的思绪被拉了回来,突然发现他的上司脸上一脸的惊讶,他怎么回答他呢,说这是魔法,还是就这样放手了?还是坚持证据来让自己安稳?

他心里有些后悔自己说出这样的话:"你见过有一种魔术是把女人变成两半。"

"见过。"布赖斯对这样的问话有些不屑,但还是回答了。

"我在这个案子里面感觉到了这种把戏。"格兰特说,然后他说自己也曾经把这个比喻跟威廉姆斯警官提起过。

但是布赖斯的反应跟威廉姆斯截然不同。

"天啊!"他有些抱怨,"你是想把这件事情变成拉蒙特[①]事件吗?"

很多年以前,格兰特就在很远的苏格兰高地抓回来一个人,目的就是了解一个严重错办的案子,这个案子就差最后的判决了。他把他送过去的时候跟他们说可能抓错人了,他们抓错了。这件事一直在苏格兰场人的记忆里,而且用"制造拉蒙特事件"来形容跟证据有严重冲突的猜测。

杰里·拉蒙特这个名字突然被提起的时候,格兰特的精神猛然兴奋。当初他面对那件证据确凿的案子的时候总觉得杰里·拉蒙特是无罪的,那种感觉比在这个溺亡案件中感受到魔术气息还要荒唐。

"格兰特!"

"这个案子里面真的有很奇怪的地方?"格兰特说。

"不对的地方在哪儿?"

"要是我知道的话就一定会汇报的,不是某一个点,而是整件事,这个案子的氛围就是奇怪的。"

"你能不能把这件事解释给我这个资质平庸却很有上进心的人听听,不对的地方在哪里?"

格兰特并没有关注警长的语气已经开始变重了,继续说:"一开始的时候,你没感觉到吗?瑟尔的出现就是很奇怪的,他出现在聚会上,这一点是肯定的,大家也对他不陌生,他也肯定是他自称的那个人。我们也知道他不是英国本土人,也像他说的那样是从经过巴黎从美国来的,住处也是由玛德琳的办事处帮他安排好。但是这也改变不了一个事实,那就是这件事的古怪。难道因为他们有一个共同的朋友库尼·威金,他就迫不及待地想要见到沃尔特?"

"这种事不要问我，这可能吗？"

"他为什么这么想跟沃尔特见面？"

"也许是听过他的广播之后迫不及待。"

"他没有任何信件。"

"谁？"

"瑟尔，他在崔明斯庄园的时候没有收到一封信。"

"也许他是对信封上的胶水过敏？或者跟我一样没有领取信件的习惯。"

"但是，这是不一样的，没有一家美国银行或者代理公司有他的信息。还有一件意义不大的事情，但是引起了我的注意。他有一个镀锡的箱子，感觉像是用来存放摄影用品的，有点像超大的颜料盒，里面少了一件东西，长度大概10英寸，宽度大概3英寸半，高度是4英寸。应该是放在箱子的最底下，上面是有托层的。现在没有什么东西能恰好放进那个空档里面，也没有人能给出合理的猜测。"

"这件事很奇怪吗？能放进去的东西并不少。"

"打个比方？长官。"

"我暂时想不出来，但是肯定不少。"

"他的其他箱子里面还是有很多空余地方的，所以应该不是放衣物或者日常用品的，不论箱子里面是什么，他一定把那件东西收起来了，让自己能够很好拿。"

布赖斯开始变得聚精会神。

"但是，现在这个东西却找不到了，表面看起来好像跟案子没什么关系，但是我感觉很奇怪。"

"你觉得他来崔明斯庄园的目的是什么？敲诈吗？"布赖斯终于开始进入状态，他问。

"我也不清楚。我没往这方面想过。"

"箱子里面有没有什么可以用来卖的东西？看起来不像信件的，文件一类的，一卷文件？"

"我不清楚，也许吧，但是不能解释的是，他要是想敲诈，方法很多。"

"敲诈的手段确实很多。"

"的确，但是瑟尔自己的摄影技术已经能让他过得很富裕，除非他是个贪得无厌的人，但是在我的印象里他不是。"

"不要太天真，格兰特，你想一下你以前遇到的敲诈案。"他看这句话没起到什么作用，就冷冷地说，"肯定是这样的，"然后又问，"你感觉崔明斯庄园有可能被敲诈吗？盖洛比太太可是非常有经历的，你觉得呢？"

"可能吧。"格兰特说，但是他现在换一个角度思考埃玛·盖洛比，"的确是很有可能的。"

"人选不多，我觉得拉维尼亚·菲奇应该没做过什么事吧？"

格兰特想到那个和善而焦躁的面容，一脑袋鸟窝一样头发的人就不禁笑了起来。

"是的，合适的人选不多。我觉得要是一件敲诈案件的话，被敲诈的人应该是盖洛比太太。按照你的推论，瑟尔因为和莉兹·盖洛比一点关系都没有的事情被谋杀。"格兰特停了一会儿说，"你肯定是谋杀？"

"不是。"

"不是！"

"我并不认为他死了。"

经过一阵沉默之后，布赖斯从桌子上把身体探过去，他正在尽力地保持自己情绪的稳定，说："现在你听我说，格兰特，直觉不是证据，你应该利用它，被直觉控制可不是一件好事，请你节制一点。昨天你在河里面进行了一天的打捞工作，不也是想找到尸体吗？现在怎么能在我面前说你觉得他根本没死。那你觉得他怎么了？是光着脚跑掉了吗？还是装成瘸子，拄着自己从路上掰下来的树枝走掉了？你觉得他会去哪？他要怎么维持生计？说实话，格兰特，你真的应该好好休息一下了，你怎么能产生这样的念头，你可是一个训练有素的探长，怎么会把一个再简单不过的溺亡事件联想到一个根本子虚乌有的事情上去。"

格兰特沉默不语。

"好了,格兰特,我并没有在挖苦你,我真的很想知道这个人的鞋子都在河里面找到了,你怎么还能想象他没死,那鞋子是怎么回事?"

"要是我知道什么原因的话,案子就解决了,长官。"

"瑟尔带了能替换着穿的鞋子了吗?"

"没有,只有他自己脚上穿的那双。"

"就是那只在河里找到的?"

"是的,长官。"

"你还是觉得他是活着的?"

"是的。"

接下来就是沉默。

"格兰特,我真的不知道是不是该夸你哪一部分,你的勇气还是你的直觉。"

格兰特什么都没说,好像也没什么可以说的。他很清楚自己已经把所有的事情都说清楚了。

"你能不能给我一个理由,就算是很离谱,但是只要是能证明你的猜想的理由?"

"我现在能想到的就是他被绑架了,鞋子是被故意扔进河里,造成溺水的假象。"

布赖斯装作很佩服的样子说:"你从事的行业不对,格兰特。你是个很优秀的警察,但是我觉得写侦探小说更适合你。"

"我只是很想解释你的质疑,能给出一个比较符合实际的想法,长官。"格兰特平静地说,"我也没有强调我相信。"

这句话好像暂时安慰了布赖斯的心灵。"赶紧说,就像是把兔子从帽子里面变出来一样,可以吗?要合情合理的,不论出现什么样的猜测。能让人相信的,赶紧说。"他停了下来,紧紧地盯着格兰特看似平静的脸,然后便回到了椅子上,微笑着让自己放松下来。"你知道你那张扑克脸真的很可恶。"他说的很温和,然后把手伸进了口袋寻找火柴,"你知道我最羡慕你的是什么吗,格兰特?你的自制力很强,但是,我却很难控制自己的脾气,这样对自己还有别人都不是件好事。我太太说过,那是因为我缺乏自信,很担心失去对事情的把握能力。她在莫利学院学过六次心理学的课程,所以能看懂人的心思。我只能判断,你好脾气的背面肯定是那该死的自信在作祟。"

"我不知道,长官。"格兰特打趣他,"我来这里汇报工作没有什么可以说的,只能跟你讲一些跟案情有关系的事情,好像跟四天前没有什么区别,这使我的心情并不好。"

"所以你的心里就在纳闷:'不知道今天这个老家伙风湿病犯了没有?他是不是好说话,或者他会不会找我麻烦。'"他那精明的小眼睛一眨一眨地,过了好久,他才说"好吧,我们就把现有的情况跟局长汇报工作吧,至于你那超凡的想象力就暂时不要让他知道了。"

"好的,长官。我现在也不能跟他解释我心里的感觉。"

"没错,你要是能听我的意见,就不会被你心里的这种想法控制。警察工作中有句名言:要讲究证据。你每天把这句话像祷告一样在心里多念几遍就会忠于现实了,不会再幻想自己是什么刺猬或者是腓特烈大帝了。"

①拉蒙特(Lamont):苏格兰人,是一个北爱尔兰的姓氏。

第十八章

格兰特在上学的时候就已经知道了，遇到难题的时候，不妨把它暂时先放下。前一天晚上的时候要是还不能把问题解决，到了第二天早上的时候也许问题就很容易解决了，这个规律被总结出来之后他就一直记在心上，不论是在生活上还是工作上都会遵守。每当他遇到解决不了的问题的时候，他就会暂时把自己的注意力转移。所以现在他虽然没有按照布赖斯的建议每天祷告，但是他决定按照他的劝告去忽视心里面的感觉。他在瑟尔这个案子上遇到了难以解决的困境，所以就把注意力转移到了大拇指汤姆①。现在这个大拇指汤姆已经是一位"阿拉伯"权贵，他也神秘消失了，在斯屈朗的一家饭店里面居住了两个星期，就在没有办理退房手续的情况下就消失了。

平时的工作总也完成不了，就像是一个旋涡一样把他卷了进去，萨尔科特镇已经慢慢地在他的脑海里面淡去了。

接下来几天，直到六天后他才想起这个案子。

那天，他刚要沿着斯屈朗的南段人行道步行前往梅登路吃午饭，心里面正在很高兴地想着一会儿要回到苏格兰场跟布赖斯做汇报。他看着旁边陈列着的多得像斯屈朗女人一样的落伍的女鞋，不自觉地想到多拉·西金斯还有她买的那双舞鞋，想到她是那么的活泼、开朗还有直率。当他走过街道的时候越想越开心，他想到她差点把辛辛苦苦买的舞鞋落在车上，要知道因为这双舞鞋她错过了公交车。鞋子当时被放在座位上，是因为她包好的购物袋里面塞不进她的舞鞋，他后来不得不提醒她把舞鞋拿下去。用褐色的包装纸包裹着，鞋跟……

他突然停了下来。

这时候一个出租车司机满脸愤怒地冲他大吵大嚷，表情扭曲。一辆大卡车急刹车停在他的旁边。警察听到了这强烈的抗议声，向他径直走了过来。但是格兰特没有等他走到这里，便飞身跳进了旁边最近的一辆出租车里，猛然跟司机说，"去苏格兰场，要快。"

"真是个爱出风头的家伙。"那位司机嘟囔着发动车子向苏格兰场开去。

格兰特根本没有听到他的话，他的脑子已经被一个没什么营养的老问题占满了，但是现在他重新想到的时候又觉得有了新鲜的兴奋感。到达警局后他到处找威廉姆斯，找到后第一句话便说："威廉姆斯你有没有记得，你那个时候跟我说你在威克姆做的笔录都没用了？我还说那些东西要保持七年呢。"

"记得啊。"威廉姆斯说，"我那个时候正在追查班尼·斯克尔的事情，你在萨尔科特镇的河里打捞。"

"你有没有按照我说的去做？"

"我当然按你说的去做了，长官。我一直都是这样的。"

"你收起来了？"

"就在办公桌里。"

"能给我看看吗？"

"当然可以了，长官，我就是不知道你能不能看懂我写的。"

确实不容易看懂，威廉姆斯的报告记录就跟小学生写的一样认真工整，但是谈话笔录却潦草得让人看不懂。

格兰特翻阅着，想从里面找到有用的线索。

"'9点半的时候从威克姆到克罗姆'，他默默地念道，'10点05分的时候从克罗姆到威克姆，10

点15分的时候从威克姆到克罗姆'，'M.M.农场路，这是老什么和孩子？'"

"老农工。我没有把刚开始发车的时候车上都有什么人记下来，只是记下了沿途的车辆。"

"好的，我知道。'长渠十字路口'这是哪里？"

"这是一片公共的绿地，那个地方很普通，没什么特点，在威克姆的郊区，很多像旋转木马一样的游乐设施。"

"我记起来了，'两个换车的男人，已知'，这是'已知'对吧？"

"没错，售票员知道他们是从别的公交车上换到这辆车上的。"

"'前往沃尔农场的女人，已知，'这个是什么意思，威廉姆斯？"

威廉姆斯跟他解释了一番。

格兰特心里在想，要是他这个时候拥抱一下威廉姆斯，就跟足球射手成功进球后拥抱队友的时候是一样的，不知道他会想些什么。"笔记能暂时放在我这里吗？"他说。

威廉姆斯说他可以一直拿着，反正现在它没用。除非，当然……

格兰特能感觉得出来，威廉姆斯已经能感觉到他突然对这个笔记产生的兴趣并不是因为简单的好奇心，但是他还没来得及问格兰特，就见他已经转身去找布赖斯了。

"我觉得。"布赖斯的眼睛紧紧地看着他说，"局里面下级警察故意把这桩饭店的案件往后推，还好能在后堂和经理一起喝免费的酒水。"

格兰特对他这种有点诽谤的奉承没有任何兴趣。

"本来计划好的从容又完整的下午餐报告可以开始了吧，还是你有什么其他的事情想说？"

"我有一件特别高兴的事情要说，长官。"

"我今天需要有人一起分享我的快乐，你应该也注意到这一点了。"

"我发现他对樱桃白兰地特别偏爱。"

"我要说，这件事很有意思，你感觉出来什么了吗？"他突然冒出来的一个想法让他的小眼睛闪出明亮的光芒。他看着格兰特说，就像是同事之间心有灵犀的默契一样，"不是吧！"他说，"不是汉保·威利吧。"

"应该是的，长官，而且有很明显的特征，他就是凭借着那个喝酒的特征把阿拉伯人扮演得惟妙惟肖。"

"汉保！好吧，他这么冒险能得到什么好处？"

"两个星期逍遥快活的日子，还有捉弄人的乐趣。"

"这个乐趣有些昂贵。你现在还不知道他去哪儿了吧？"

"嗯，我记得他以前一直跟马伯斯·汉基在一起居住，但是马伯斯今年春天的时候在尼斯的阿卡西亚斯待着。所以早上的时候我一直在打电话，然后发现我们认为的这个威利，正用着古荣先生这个化名在那里居住。现在我想问的是，案子已经进入了正常的程序，能不能让别人接手这个案子，给我一到两天的空闲时间做别的事情？"

"你想做什么？"

"我对瑟尔的案子有了不同的想法。"

"说说看，格兰特！"布赖斯带着警告的语气说。

"现在还不能说。"他心里默默地说，说了肯定觉得离谱，"但是我想等调查清楚后看看是不是能行得通，长官。"

"你觉得你找到了樱桃白兰地这个线索我就没有理由拒绝你？"

"太感谢了，长官。"

"要是情况有什么不对的话，我希望你能停止调查。这里等着你做的事情还有很多，都等着你去发现关键点。"

格兰特从警长办公室走出来，就开始他发现关键点的工作。他第一步就是先把自己办公室里放着的那份来自旧金山的有关瑟尔的报告研究了好久，然后便给在康涅狄格州的乔伯灵警局发送了一个礼貌的请求。

　　然后他想起来自己一直到现在都没有吃午饭，要找一个安静的地方思考问题，所以，他把那份报告书放进了皮夹里面，然后去了他一直很喜欢的那个酒吧。现在不是酒吧营业的高峰期，但是应该还是能有一些好吃的提供给他。他还是不知道，第一次看到那份报告的时候是什么扯动了他的神经，但是他能隐约感受到那种东西的存在，一定存在在瑟尔在美国的生活中。

　　他吃完午饭以后便从酒吧里面走了出来，就已经知道是什么原因了。

　　他回到警局之后查询一本参考书。

　　是的，就是这样。

　　他把旧金山报告上的东西跟参考书上的东西仔细比对。

　　他很开心。

　　他终于找到了一条线索，能够站住脚的线索。他找到了瑟尔和沃尔特·惠特莫尔之间的某种联系。

　　他给玛尔塔·哈拉德打电话，但是却被告知她正在排演《脆弱的心灵》。那她下午的时候应该在标准影院。

　　他这个时候感觉自己很不真实，像一个气泡一样，他想，就当帮帮忙吧，像拍皮球一样拍我。我这种感觉就像是上个星期的大拇指汤姆一样，他想，整个人突然膨胀了一倍的感觉，脑子里面昏昏沉沉的。

　　到了下午的时候，在标准剧院的那种排练让他很快就回到了原来的样子，回到了现实中。

　　他走过门厅，穿过那象征性的垂绳拦阻线，走下台阶回到了现实中，没有让任何人发现。他想也许他们把我当成了剧作家了，而且猜测着《脆弱的心灵》是谁创作的。要是没人知道剧本是谁创作的话，肯定会伤透了剧作家的心。准确地推测，每五十部剧作中只有一部作品能有幸上演三个星期以上，况且剧作家的名字也不会出现在节目单的醒目位置。

　　剧本能被挑中去排演，也是千里挑一的。他心里想，不知道《脆弱的心灵》的作者是不是能够知道自己有幸成为那千分之一，或者他本身对自己的作品就有十分的自信。

　　他来到剧场的内部，到达了观众席上一个非常精致的小包厢里面。灯光从赤裸着的照明灯里发射出来，透出阴森恐怖的感觉，但是很安静。几个模糊的身影正在前厅座椅上，没有人来问他发生了什么。

　　玛尔塔正在台上和一个表情惊恐的小伙子商讨，台上还有一张马鬃做的沙发。他说："我要躺下来，我亲爱的巴比，要是仅仅坐着真是对不起我的腿，要知道仅仅是膝盖以下的话，是看不出什么区别的。"

　　"没错，玛尔塔说的没错，当然了。"巴比说，他的身影很模糊在乐池前面若隐若现，来回走动。

　　"我不是想要改变你的想法，巴比，但是我真的觉得……"

　　"是的，我亲爱的玛尔塔，你说的没错，太多了，当然没关系的。我跟你保证，这样效果肯定更好。"

　　"但是这样的话奈杰尔可能会为难……"

　　"不会，奈杰尔可以走到你后面的时候把台词念出来。奈杰尔，试一下。"

　　玛尔塔躺到了沙发上，那个表情惊恐的小伙子离开之后没多久又回来了，他把入场的情节排练了九遍。"好的，就这样吧。"巴比说，终于在第九次的时候通过了。

　　有人离开了观众席，回来的时候手里拿着茶水。

　　奈杰尔在沙发的左边、后边、右边念着台词，并不在意沙发的位置。

　　有人把空茶杯从观众席上取走。

　　格兰特靠近一个闲晃的人，问他："我想跟哈拉德小姐说几句话，请问什么时候方便？"

"她今天一天都排练的话,就没有人能跟她说话。"

"我有很重要的事情找她。"

"你是负责服装配合的吗?"

格兰特说哈拉德是他的朋友,一定要跟她说几句,不会占用她太久。

"哦。"那个身影慢慢地离开了,跟另一个人商量着,一副很严肃的表情。

另外的那个人离开了人群,向格兰特走来。他自我介绍他是舞台的监督员,向格兰特询问究竟有什么事情发生。格兰特说想请人立刻请哈拉德小姐跟他见面,就说是阿伦来找她,想跟她说几句话。

这一招很管用。在后面排练的空闲时间里面,舞台监督员爬到舞台上,用一种恭维的态度跟玛尔塔说话,声音就像斑鸠在咕哝。

玛尔塔离开了舞台,抬手把眼睛遮住,来到了下面的观众席。

"阿伦,你来了。"她说,"你是从侧门进来的吗?"

她来到侧门跟他见面,她很高兴他能来。"过来一起喝一杯奶茶吧,反正他们还要练一会儿。真的很感谢上天那种角色不用我再来演了,要知道那是剧场里面最没劲的角色。你以前从来没有来过这里,今天怎么会过来呢?"

"我想说是因为求知欲,但是却是公事,我想你能帮助我的。"

她的确帮了很大的忙,但是,这一次他没有知道他想要知道的问题的答案。

"我们还没有跟威廉姆斯警官一起吃饭呢。"她说着便回到了舞台上,反衬得那对年轻的情人像是稚嫩的演员,恨不得能够去当农夫。

"你可能还要等一个星期左右,到时候我会和威廉姆斯警官给你讲述我们的故事。"

"那就太好了,我觉得我是赚的,我这个人很细心而且又是好人。"

"你真的很厉害。"他说,然后回到了街道上,很快就恢复了刚才走进旅馆的时候那种飘飘然的感觉。

他根据玛尔塔提供的消息,来到了卡多根公园,走访了一个女管家。

"对了,我想起来了。"她说,"我记得他们经常在一起,不是,他住在一个单身公寓里面,我说的是单独居住的房子,他也经常回来。"

这个时候伦敦的店铺已经都关门了,他没有什么事情可以做,只能等到乔柏林警局那边有消息了,这个时候他回到家中,吃了一顿简单的晚餐,然后便睡了。他躺在床上仔细回想细节,考虑原因。

托比·塔利斯想知道莱斯利·瑟尔为什么要这样做,而格兰特一动不动地躺在床上足足盯着天花板一个小时,一直在思考莱斯利·瑟尔的心理动机。

①大拇指汤姆(Tom Thumb),英国民间故事里的人物,只有他的父亲大拇指那么大,但是却很聪明而且有胆识。

第十九章

  两天以后，康涅狄格州乔伯林警察局才把答复送过来。在这两天的时间里，格兰特有六七次的冲动想要去汉普斯德那个女人家里面去，强行让她把事情的真相交代出来，但是他忍耐住了。因为他需要再坚持一段时间才能去跟她斗争，等到时机成熟的时候，谎言就再也隐藏不住了，就会直接摆在她的面前。
  他要等着报告的回复。
  果然，报告书送到这里之后，一切忍耐都变成了有意义的事情。
  格兰特以最快的速度读完，然后靠在了椅子上，很开心地笑了起来。
  "要是今天有人想见我，让他来萨姆赛特宫。"他跟威廉姆斯警官说。
  "好的，长官。"威廉姆斯答应道。
  格兰特看了一眼威廉姆斯那异常平静的面孔——他看起来好像有点委屈，因为格兰特是自己去解决这件案子的——想起来一件事。
  "对了，威廉姆斯，哈拉德小姐很想跟你见面，她问我什么时候能带你一起吃晚饭。"
  "我吗？"威廉姆斯说，脸上有一点害羞，"为什么呢？"
  "她感觉你是个非常有魅力的人，对你很感兴趣。她想找个你空闲的时间，晚上安排一起吃饭。我有种预感，到了星期六的时候我们就能庆功了，那个时候可以叫玛尔塔一起庆祝，这个提议应该不错，你有时间吗？"
  "嗯，星期六的时候我一般会和诺拉去看电影，但是我要是有事的话她就会叫她的妹妹一起去，这个星期让她和她的妹妹珍一起去吧。"
  "她要是知道你是和玛尔塔·哈拉德共进晚餐，也许会跟你闹离婚的。"
  "这不是她平时喜欢干的事情。她会非常期盼我回家，然后兴高采烈地问我玛尔塔·哈拉德的装扮。"刚刚结婚不久的威廉姆斯说。
  格兰特给玛尔塔打电话商量他们星期六晚上跟威廉姆斯一起吃晚饭的事情，然后便赶到萨姆赛特宫去工作了。
  这天晚上他睡得很好，再也没有像以前一样辗转反侧，因为这样的话，明天就会到来得很快。到了明天，那缺失的最后一块拼图的出现就能把整个拼图完整地呈现了。
  要是那一小块拼图有问题的话，也就意味着全都错了，但是他非常有自信，拼图一定会很完美。
  灯关上以后，他在沉睡之前的那一小会儿时间里面迷迷糊糊地把整个图案仔细回想了一下。等到最后一块拼图到位的时候，很多人都会如释重负的。沃尔特肯定也会开心的，他终于能够摆脱嫌疑了。而埃玛·盖洛比，还有莉兹也都安全了。那莉兹呢？会有一种解脱的感觉吗？菲奇小姐也许会放松吧。可能她的心里也许会有一点伤感，但是她可以把这件事写到书里面，这种事情本来就应该在书里面出现。
  托比会找特殊的理由为自己庆祝，格兰特想起来就想笑。瑟奇·莱托夫应该也放心。
  对于塞拉斯·威克利而言，这种事情本来就是无关紧要的。
  他想到玛尔塔说的话，莱斯利和莉兹在一起的时候感觉太"美好"了。就像"天生一对"，但是她就算想破脑袋也不会想到什么是"天生"。等明天那块拼图到位以后，莉兹会有一种受伤的感觉吗？他希望不会有这种感觉。他喜欢莉兹，也觉得瑟尔在她心里的地位并没有那么重要，沃尔特没有了嫌疑，应该会让她开心吧。
  玛尔塔说什么来着？"我觉得沃尔特根本不了解莉兹，但是莱斯利·瑟尔却很了解她。"这种说法是很让人吃惊的，玛尔塔并不了解瑟尔的身世，却对他如此了如指掌，真的是很难得。但是也没有什么关系，格兰特想，沃尔特不了解莉兹，但是莉兹却很了解沃尔特，而这就是婚姻能够幸福的基础。

他在梦里还在想着，要是谁能有幸娶到像莉兹一样温柔聪明又可爱的妻子，就算是失去自由也在所不惜吧？

他想到自己所有的恋爱经历，都是非常热烈地罗曼蒂克，想着想着思绪就开始模糊了，然后便睡着了。

就算是在青春期的时候，他也没有像今天早上这样急切地想去见到这个女人。他从公交车上走下来，向霍利道路口走去的时候，感觉心脏都要跳出来了，这种感觉让他很吃惊，没错，很长时间以来格兰特只有在运动之后才出现过这种强烈的心跳感。

这个女人真该死，该死，他想。

霍利道的位置比较偏僻，阳光很明媚，但是却很安静，就算是旁若无人的鸽子的叫声也显得很吵闹。九号是一栋两层的楼房，二楼的位置一看就是工作室。门牌上有两个门铃的按钮，旁边有两个木牌分别对应上下两个门铃标示"莉·瑟尔"和"纳特·甘萨奇：饰品"。

格兰特摁了一下楼上的门铃，他心里很奇怪为什么写着"饰品"，过了一会儿他就听到了下楼的声音。门打开以后，她出现在了他面前。

"瑟尔小姐吗？"他说。

"是的。"她站在阳光下，表情很平静，但是眼神里面透出疑问。

"我是苏格兰场的格兰特。"他感觉她困惑的表情更浓重了，"因为我之前的时候有事情要办，所以让我的同事代替我来跟你见面，不知道现在方便不方便我亲自跟你聊聊。"

答案最好是方便，你真是个笨蛋，他在心里这样想，而且很生气自己的心还在跳得很厉害。

"当然方便。"她说话的声音很温和，"请进吧，我在楼上住。"

她等他进了房间之后在后面把门关上了，然后带着他上楼走进了工作室。一种香浓的咖啡味道飘了出来，她一边带路一边说："我刚才正在吃餐，我已经跟送报纸的孩子说好了，他每天在送报纸过来的时候带一个面包给我，这是我的早餐。但是我已经煮好了咖啡，你要不要喝一点？"

在苏格兰场的时候大家都是知道格兰特有两大软肋，第一是咖啡，第二还是咖啡。尤其是那种味道诱人的咖啡，但是他现在没有跟莉·瑟尔一起喝咖啡的欲望。

"谢谢你，我已经喝过了。"

她给自己倒了一杯咖啡，他感觉到她倒咖啡的手很平稳，这个女人，他在心里有点赞赏她了，她应该会是一个不错的搭档。

她的身材高挑而且匀称，相貌也非常骨感漂亮，而且看起来很年轻，头发编成辫子，家居服很舒适，是那种暗绿色的布料，玛尔塔好像也有一件一样的，她的腿跟玛尔塔的一样修长、优雅。

"你跟莱斯利·瑟尔的相貌有点相像。"他说。

"很多人这样说过。"她回答得很快。

他把房间里的陈设看了一圈，仔细地欣赏着那些现在还放在外面的苏格兰画作。画面上面是对传统景色的最经典画法，但是却充满了自信和狂暴的气息。而且从画布上能够感觉到景物仿佛在跟观画者呐喊。它们并不是仅仅把自己展现出来，而是向外面攻击。"听着，我是休尔文山。"仿佛休尔文山在呐喊，比平时还要古怪。反衬着清晨的时候苍白的天空和蓝紫色的库林城墙，根本就是一个非常傲慢的屏障，就算是水流都显得狂荡不羁。

"你在那里过得好吗？"格兰特问，很快又觉得这样问有些唐突，便说，"苏格兰的西部是潮湿的。"

"这个季节不太潮湿，现在的时机恰好合适。"

"住在旅馆舒服吗？我听说条件是非常简陋的。"

"我没住旅馆，一直在车上睡。"

回答干净利索。

"你此行的目的是想跟我说什么呢？"

他并不着急，这个女人带了这么多麻烦给他，他要一点一点地来。

他的目光从画架移到了书架前面，看着书名。

"能感觉出来，你对新鲜事情比较感兴趣。"

"猎奇吗？"

"是喜欢搞恶作剧。"

"我觉得艺术家一般都很容易被奇怪的东西吸引，不论他干的是哪一种艺术，对吧？"

"你这里好像没有什么装扮成异性的东西吧。"

"你怎么想起来这个？"

"你也知道？"

"当然知道了。"

"你对这个不感兴趣吗？"

"我只是对这类东西不感兴趣，要不就是深奥的学术东西，要不然就是肤浅的介绍。"

"你应该写一本书的。"

"我吗？"

"你对古怪的事情比较感兴趣。"他慢慢地说。

"探长，我只是一个画家，并不喜欢写作。而且，没有谁会对女海盗有兴趣。"

"女海盗？"

"她们的角色大多是海盗、士兵、水手，对吗？"

"你是说这种东西在菲比·赫赛尔①之后就不再流行了啊？不会的，这种事情一直都是屡见不鲜的。就在不久以前，格洛斯特郡的一个女人死了，她作为木材搬运工已经工作了20年了，一直到她死的时候医生都不知道她是女人。之前我也遇到过一个案子，在伦敦的郊区有一个看着非常像男人的人被指控为小偷，他台球打得非常好，也是男性俱乐部的会员，有一个正在交往的女朋友，但是体检的时候他却变成了一个再正常不过的女人。这种事情每年都会发生几件，格拉斯哥、芝加哥、敦提都发生过。在敦提一个年轻的女人跟10个男人住在一个宿舍里面，没有人怀疑过，我刚才的话有没有引起你的不满？"

"没事的，我不明白你为什么觉得这件事古怪。"

"不是的，她们中间有的人确实很想变成男人，但是也有的人想要追求刺激的感觉，也有的是出于经济原因，还有就是为了某种计划的实施。"

她喝着咖啡，很有礼貌地听着，温和地对待这个不速之客，正在等他说出真正的来意。

没错，他想，她是一个好搭档。

他的心跳已经不再那么强烈了，这是他惯用的游戏招数，一种人脑之间的对抗。现在他也很想知道她会怎么接招，她好像根本不理会他的旁敲侧击，那么面对直接攻击会怎么样呢？

他离开书架说，"瑟尔小姐，你对你的堂亲好像很喜欢。"

"你说莱斯利？我已经……"

"不是的，我说的是玛格丽特·梅里亚姆。"

"我不明白你的话。"

她这次做错了，要是她思考一会儿再说的话，也许会知道自己否认跟玛格丽特之间的关系是没必要的，但是他冷不丁地把这个名字说出来的时候，还是吓到她了，一时有些慌乱。

"那么爱她，甚至没有办法直接去想她？"

"我跟你说……"

"不需要了，你没必要跟我解释什么，让我来告诉你就可以了，跟你说一些比较容易让我们信任彼此的事情吧，瑟尔小姐。我是在一次聚会上跟瑟尔见面的，而且是我引荐他跟拉维尼亚见面的。我们一起从人群里面挤来挤去，警察是训练有素的人，很善于观察，但是我相信就算是普通人也能很轻易地察觉到不同之处。他的相貌非常迷人，眼睛是灰色的，左眼的虹膜上有一个棕色的小斑纹。最近我花费了大量的时间研究瑟尔的案子，凭借我强大的直觉和观察力现在调查到了这个地步，但是只有一点小的线索就能破案了，也就是那个小小的棕色斑纹，但是我刚才找到了。"

两个人都不说话了，她把咖啡杯子放在腿上，低着头看杯子。墙上的时钟滴滴答答地响，在这个安静的环境中显得尤其刺耳。

"性别其实挺有意思的。"格兰特说，"那天在人群中挤来挤去的时候，你的笑容让我产生一种不安窘迫的感觉，好像一条狗被嘲笑了的感觉，我知道那种感觉跟你的笑容关系不大，但是我也说不清楚这种不安的感觉到底是因为什么。星期一早上的时候，我终于想明白了，而且还差点被出租车撞到。"

她听完这些以后把头抬起来，缓缓地说，"你是苏格兰场的王牌警察？"

"不是的。"格兰特很肯定地告诉他，"像我这样的人很多。"

"你并不是那种随处可见的警察，我以前没有遇到过。那种普通的人是不可能查清楚瑟尔的案子的。"

"其实不是我查出来的。"

"不是？那是谁？"

"多拉·西金斯。"

"她买的舞鞋落在了我的车上，鞋子被包成了一个包裹，那个时候只是单纯地觉得是一双鞋。当星期一的中午我再次想起来的时候，那个鞋子就变成了一个尺寸恰好的东西。"

"什么尺寸？"

"就是在你摄影箱里面的那个空当，我曾经想着把瑟尔的鞋子放进去，但是失败了，但是，我们身边那么多经验丰富的警察都没有想到在那个空当里面会放一个女鞋的包裹和彩色丝质头巾这种东西。还有，根据我们当地警察的记录，有一个女性在游乐场旁边的十字路口上车，身上穿着宽松的华达呢雨衣。"

"是的，我的防水衣是两面穿的。"

"这衣服也是提前做好准备的吗？"

"不是的，这件衣服已经跟了我好多年了，方便旅行的时候穿，我也能在露营的时候穿，还能换成另一面去喝下午茶。"

"我在大门口帮忙陌生人的举动竟然成了你恶作剧的开始，这让我觉得很难堪，看来以后不能随便对陌生人发善心了。"

"你现在心里这样想？"她不紧不慢地说，"是个恶作剧？"

"我们没有必要玩这种语言上的游戏，我不知道在你心里算什么。实际上，这真的是一个影响不好的恶作剧。我觉得你应该计划着愚弄惠特莫尔，要不就是让他颜面尽失。"

"不是的。"她坦言，"我刚开始的目的是杀了他。"

她的话很直接，让格兰特也吓了一跳。

"杀了他？"他认真地听她说，不敢再走神。

"你讨厌他，是因为他跟玛格丽特·梅里亚姆的事情吗？"他说。她点头承认，她的双手紧紧地扣在双腿上，但是无论怎样掩饰不住颤抖。

他一时不知道说什么，他的脑海里正在思考这件事：他觉得她计划好的在失踪案件里面脱身的方法原来是想用在谋杀案里的。

"你怎么改变了想法？"

"确实很奇怪，第一是因为沃尔特的话，就是那天晚上瑟奇在酒吧大闹以后。"

"说什么了？"

"沃尔特说，要是一个人能够做到像瑟奇那样去爱别人，就会没有理智。这句话让我想了很多。"她停了一下，"还有就是，我对莉兹有不错的印象，她和我想象中的不一样。你知道，我本来觉得是她抢走了沃尔特，从玛格丽特的手里，但是，实际上莉兹并不会做这种事情。这让我很犹豫，但是，最后我收手的原因是……"

"你发现你喜欢的人是不存在的。"

"你怎么知道？"她愣住了。

"这是事实，对吗？"

"是的，我发现，根本没有人知道我们之间的关系。他们能很自然地跟我谈论她，特别是玛尔塔，玛尔塔·哈拉德。我们那天晚饭后，我送她回家，我们聊了很多之后，我觉得很吃惊。我一直知道她是一个狂妄的人，而且很任性，我指的是玛格丽特。但是大家对天才的感觉都是这样的，况且她一直给人一种脆弱、让人心疼的感觉。"

"是的，我懂。"

"但是，玛尔塔和其他人认识的玛格丽特跟我心中的她是完全不一样的，我不会喜欢这样的她。要是我记得，我说她至少是活过的。但是玛尔塔说：'问题在于她不给别人活的机会，她有着强大的吸引力，让周围的人都像在真空里生活，他们的命运都是被窒息而死就是甩出去撞死。'现在你可能明白我为什么不想杀沃尔特了。但是，我对他抛弃她的事情还是恨之入骨，不能原谅他。就是因为他的抛弃，才引发了她自杀。"她知道格兰特想说话，便补充道，"并不是说明她很爱他，现在我懂了。要是他继续在她身边，她还不会死，而且会健康、聪明、快乐地活着。他完全可以等到……"

"等她讨厌了他……"格兰特说，语气非常冷漠，她好像无言以对。

"可能不需要太久。"她的表情有些悲伤，但是很诚恳。

"我的主意改变了，特别是听完这一切后，能喝一杯咖啡吗？"格兰特说。

她的手正在颤抖，说："你可以自己动手吗？"

她看着他自己倒咖啡，说："你这个警察很奇怪。"

"莉兹·盖洛比也说过这样的话，我回答她：也许你对警察的看法比较奇怪。"

"要是我有一个像莉兹·盖洛比这样的妹妹，我的生活就会很不一样的。我的亲人只有玛格丽特一个人。我听说她自杀后的一段时间差点疯掉，你怎么知道我和玛格丽特的关系？"

"旧金山的警方发过来一份你的资料，上面有你母亲的姓马特森。很长时间以后，我才想起来我在等你电话的时候翻看过的一份《电影名人录》，上面有标明玛格丽特的母亲也姓马特森。我一直在调查沃尔特和你之间的关系，所以就发现了你跟玛格丽特是表姐妹。"

"没错，我们的关系不是像你说的那么简单。我们都是独生女，母亲是挪威人，一个嫁到英国，一个嫁到美国，我十五岁的时候，母亲带我来到英国，我见到了玛格丽特。她大我一岁，但是感觉比我还小。那个时候她已经很优秀了，她每做一件事都是光彩照人。后来我们每个星期都通信，然后每年都会在英国见面，一直到我父母离开人世。"

"你父母去世的时候你多大？"

"他们是因为性病去世的，我那个时候17岁，我把药店卖掉，但是把摄影房留了下来，我对摄影很喜欢，而且小有成就。但是我很喜欢旅行，去世界各地拍摄美景，所以我开车去了西部。那个时候我喜欢穿裤子，因为那种装扮很舒适而且便宜，而且我身高有5英尺10英寸，穿女生的衣服并不好看。我并没有刻意想伪装什么，一直到有一天我在引擎上坐着，有人过来跟我说：'老兄，借个火？'我把火柴给他，他看着我说，'谢了，老兄。'然后头也不回地走了。这时候我才有了这种想法，一个自己在外面闯荡的女孩儿麻烦事比较多，在美国是这样的，就算身高比较高也不例外。而且，女性在社交场合的'通行证'并不容易拿到。所以我便开始尝试乔装，效果很让人满意，就像做梦。我开始在西海岸工作生活，刚开始是给一些想成为明星的人拍照，后来给明星拍照，但是我每年都会去英国生活一段时间，那个时候便恢复自己的身份。我真正的名字是叫莱斯利的，但是英国的人喜欢叫我莉。她也是这样叫。"

"你护照上是女性吗？"

"没错的，我只有在美国的时候才是莱斯利·瑟尔，而且不是一直都这样。"

"你到这里之前去巴黎就是为了把莱斯利·瑟尔的行踪留下，防止有人查证。"

"是得，我已经在英国待了好久，但是，我并没有觉得需要留下那个踪迹。我本来也很想让莱斯利·瑟尔'消失'的，也就是让他和沃尔特同时消失，这样也不会有谋杀的痕迹。"

"不论谋杀案是不是发生，你已经让沃尔特产生困扰了，这个玩笑代价很高，不是吗？"

"代价？"

"有着丰厚报酬的摄影工作，昂贵的男士服装，各种知名品牌的物品。还有，你没有去偷莉兹·盖洛比的手套吧？"

"不是的，我确实拿了一双，从车子里面的置物柜里拿的，我本来没有想到手套这件事，但是突然发现要是有女人的手套，说服力应该更明显，我的意思是要是有人想怀疑你的性别的话，手套的作用和口红是一样的。对了，你有没有注意到我的口红，就放在小包裹里面，于是我就拿了莉兹的手套。它们作用并不大，我刚开始是想带走的。我匆忙地把手套抓起来的时候沃尔特正好经过过道，问我是不是可以出发了，我直到后来才知道自己拿了一只，那一只还留在抽屉里？"

"是的，是个误导的线索。"

"哦。"她的脸上露出了笑容，有种人情味的感觉。她想了一会儿说："沃尔特以后再也不会觉得莉兹为他做的一切都是应该的了，这也算是我做的一件好事吧。用女人来惩罚他，他也得到报应了。你真是太聪明了，单单凭借一个小空当就能想到我是一个女人。"

"谬赞了，我从没有这样想过，我只是猜测瑟尔化妆成女性逃走了。但是，能把瑟尔所有的东西都放弃，也是让我很疑惑。要不然就是他能以另外一种身份生活，不然他不会做这种事情的。到现在为止，我才真正怀疑瑟尔是乔装的，不是一个男人。这种猜测也不是很荒谬，因为最近我就办理过这样的案子，最终调查的结果也让我很吃惊，我发现乔装这件事并不难，所以我就想到了你。这样说吧，你好像就站在我面前一样。当瑟尔这个案子让所有的有识之士烦扰的时候，你却能安心地在这里画画。"他看着她摆出来的画，"这些画是你租来的吗，还是自己画的？"

"是我画的，我夏天的时候都在欧洲画画。"

"去苏格兰了？"

"没有。"

"你有机会要去看看，那里很漂亮。你怎么知道休尔文山有着那种'瞪着看'的神态。"

"明信片上都会有这种画的，你是苏格兰人吗？格兰特应该是苏格兰的姓氏？"

"是个苏格兰叛徒的姓氏，我的祖父就是苏格兰的人。"他看着那一幅幅像物证一样的画，微笑着说："这是我到现在为止见过的，最好的，最完美的，不在场证明。"

"我并不清楚。"她有些怀疑地看着画作，"我觉得要是对别的画家来说，这些作品应该更像供词。它们都充满着毁灭的感觉，况且，有些激进，对吗？我现在要是再创作的话应该不是这样的风格了，因为我已经了解莉兹是什么人了，而且玛格丽特已经从我心里消失了，就像现实生活中一样，要是你爱的人本来就是虚幻的，就会让他长大，你结婚了吗，探长？"

"没有，怎么会这样问？"

"我也不知道。"她有些茫然，"我出于好奇心，你怎么能这么快就了解到我和玛格丽特的事情。我一直觉得这种事情可能已婚人士更能体会。其实，也比较奇怪，他们对自己的感情问题都已经自顾不暇了，又怎么能有时间去想别人呢。反而是未婚人士比较有这种心思，还需要咖啡吗？"

"你煮咖啡的手艺比画画还要好。"

"你不是来逮捕我的,要不然不会喝咖啡的。"

"没错,我本来就没想抓你,也没想喝一个恶作剧制作者的咖啡。"

"但是你不介意跟一个计划谋杀案很久的女人一起喝咖啡。"

"但是,她没有实施,我也曾经有无数次的冲动想要杀掉别人,因为在监狱里面接受惩罚跟在普通的公立小学上学没什么区别,现在死刑也已经要废除了。我觉得我应该把谋杀案的清单列出来,就像职业杀手吉尔伯特那样,等到我年纪大一点时候,就把他们全都杀了,用一条命换十条命,这样我就可以在监狱里面度过余生了。"

"你人真的不错。"她说话的语气有点心不在焉,"我没有犯过什么罪。"她过了一会儿说,"你们没有权力控告我,对吧?"

"亲爱的瑟尔小姐,法律里面有明确规定的条款你都犯了,而且,最糟糕的事情就是,你还让这个国家本来就高负荷运转的警力资源浪费了大把的时间。"

"但是,这些都不能构成犯罪,对吧?这是警察应该做的事情。我并不是说的浪费时间,而是,这件事本来就是这样的。没有哪一条法律规定可以用来惩罚恶作剧者,对吧?"

"当然有,'扰乱社会治安'这一条,但是,更奇妙的事情是,很多事情都能归结到'扰乱社会治安'这条罪下面。"

"要是违反了这一条怎么办?"

"接受教育,缴纳罚金。"

"罚金。"

"金额并不少,一般情况是这样的。"

"也就是说我不用进监狱?"

"除非你还有其他我不知道的罪行,要是那样的话我就不能保证了。"

"哦,当然没有。"她说,"没有,你对我了解的已经足够清楚了,要说起这个,你怎么能够调查得这么清楚?"

"警察是无所不能的人,你没有听说过吗?"

"你是在确认我眼睛上棕色的斑纹之前,就已经了解这些了?"

"没错,美国的警察也很厉害的,他们调查了康涅狄格州乔伯灵市的婴儿出生情况。他们在报告里面说,德菲·瑟尔夫妇在从乔伯灵走的时候带走了一个女孩儿,在了解了这个情况之后,你要是没有棕色的斑纹,我就会觉得奇怪。"

"你们是合伙跟我斗争。"他感觉她的手已经不颤抖了,对她表现出来的轻松感觉也非常兴奋,"你现在要带我走吗?"

"没有,我现在要自己走了。"

"要走?谁会在走的时候跟一个素不相识的人告别。"

"要说起我们相识的过程,就像大家说的,我有你没有的优势。也就是说,我对你来说很陌生,几乎是完全陌生的,但是之前的两个星期里面,你却一直占据我的脑海,我很高兴现在终于不用再考虑你的事情了。"

"那你不用带我去警察局或者什么地方吗?"

"不用,除非你现在想离开这个国家,要是那样的话,警察局就会发布紧急追捕令的。"

"我不会离开的,我也为自己做的事情感到很抱歉,我指的是我造成的困扰还有伤害。"

"是的,我觉得说伤害更合适。"

"我现在最后悔的是带给莉兹的伤害。"

"你确实没有必要那么残忍,还有在天鹅酒吧上演那场争吵,不是吗?"

"对，我是不可原谅的。但是他也很让我生气，那么自负，丝毫没有反省，所有的一切在他的眼里都是那么理所应当。"她看到格兰特的脸上有一种不满的感觉，便说道，"对，甚至对于玛格丽特死的事情。他很快就接受了莉兹，没有那种被抛弃的感觉，还有绝望、害怕的感觉。我非常相信，他的生活里面不会再有什么不能挽回的事情，要是他上一个女人死了，他很快就会有下一个女人，所以，我想折磨他，让他陷入一种不能脱身的境地，让他遭受到打击，我不能说我错了。他以后应该不会那么自负了，对吧？这是能确定的。"

"是的，我觉得也不会了。"

"我很抱歉伤害了莉兹，要是能弥补的话，我情愿自己进监狱。但是我帮她把沃尔特改造好了，至少比她之前要嫁的那个人强。要知道，她真的很爱那个自负的家伙，所以我帮助她改变他，要是他经过这件事还没有幡然醒悟，我也无法理解了。"

"我要是再不走的话，你就想说明你其实是在为民造福吗，并不是扰乱社会治安。"

"我现在应该做什么？在这里等着吗？"

"会有警察把传票送来的，请你出庭，还有，你有律师吗？"

"有，不过他已经上年纪了，办公的地方在一个很小很有趣的地方，平时是他替我保管信件，他的名字叫宾·帕里或者帕里·宾，但是我并不觉得这是他的真名。"

"我想你应该先去见见他，把你的事情告诉他。"

"你说的是所有的事情吗？"

"有关的吧，在天鹅酒吧吵架的事情，或者其他难为沃尔特的事情可以不提。"他感觉她好像比较抵触这件事，"但是隐瞒的事情不要太多，律师一般很喜欢知道真相，他们也是阅历丰富的人，是不会被吓到的。"

"我吓到你了吗，探长？"

"还好，你给我的感觉比其他的犯人轻松多了。"

"我被控告的时候能见到你吗？"

"不会，我想应该是级别比较低的警察来陈列证据。"

他把帽子拿起来准备走的时候，又回头看了一眼那个只为一个人展出的苏格兰高地的画作。

"我真的想把这些画拿走一幅当作纪念。"他说。

"你随便挑一幅吧，它们最终也都会被擦去的，你喜欢哪一幅？"看样子她不知道他是不是只是一句玩笑话。

"我不知道，我喜欢基斯霍恩，但是在我的印象里面基斯霍恩好像没有这么激动，要是我想选库林这一幅，我在家里就待不下去了。"

"但是这一幅只不过30英寸……"她刚说完就明白了，"我知道了，侵犯了空间。"

"我没有时间留下来选择了，我需要走了，非常感谢你的好意。"

"有空的时候再来选吧。"她说。

"感谢你，我会的。"

"法庭会判断我是不是诚实的。"她陪着他来到楼梯口，"这个结局很让人失望对吗？我的计划中是要杀人的，但是却只是扰乱了社会治安。"

她的话里面的意味让他的脚步停了下来，他站在那里看着她，然后向宣判的时候一样说："你的伤已经好了。"

"没错，已经好了。"她有些伤感，"我想我以后应该不会做这种愚蠢的事情了，以前的日子很让人怀念。"

"但是，成长的过程也是快乐的，"格兰特安慰她说，然后从楼梯走了下去。他打开门的时候往回看了一眼，发现她还在那里看着他。"对了。"他说，"什么饰品呢？"

"什么？哦。"她笑了起来，"腰带、围裙、蝴蝶结、头饰。"

"再见。"格兰特说。

"再见了，格兰特探长，非常谢谢。"

他迎着阳光走了出去，心情很宁静，跟周围的世界是一样的。走到公交车站的时候，他的心里面产生了一种很有趣而且很疯狂的想法。他要是给玛尔塔打电话，问她是不是介意让另外一个女士参加星期六晚上的聚会，她肯定会说你要是喜欢就可以，而他本来就想带莉·瑟尔去。

当然了，他这样做是不对的。那种事情在刑事警察身上发生是不太合适的，现在这种情况下只能被认作是举止轻浮的表现，这样可是不好的。这个世界对于莉·瑟尔来说没什么了不起的，不成熟的人本来就可以任性妄为，但是成年人，一个成年人，就应该循规蹈矩，控制自己的行为。

当然了，也有补偿的办法，所有的生活都是补偿连接而成的。

幻想存在于年轻的人，成年人的乐趣是不一样的。

他想起来今天上本来应该要做的汇报还有长官布赖斯，心里面充满着期待的感觉，可是他年轻时候的冲动快乐，没有什么能和这一刻相比。

那种情景一定能带给他极大的满足和荣耀。

他有点无法忍耐了。

①菲比·赫赛尔（phoebeHessel1731-1821），英国历史上化装成男人从军的一名女人。

时间的女儿

第一章

格兰特摔断了腿。

所以他现在只能无可奈何地躺在医院的病床上，双眼所及之处只有上面那充满裂纹的一小块天花板，只觉得慢慢流淌的时间里，仿佛写满了枯燥和无聊。

每一天，格兰特都这样百无聊赖地躺在病床上，厌烦地看着天花板，表面上看似安静，但是脑子里已经开了锅，因为他在对天花板进行想象，思维正如流水般奔流不息。

他将天花板想象成地图，那些裂纹、污渍，还有明暗不同的区域，在他的眼里构成了河流、岛屿、大陆……

他对着天花板玩猜谜游戏，寻找着里面隐藏的各种图形，有不同表情的人脸，有花鸟鱼虫，有怪诞的形象……

他还对着天花板进行数学运算、背诵公式定理、测量角度、进行三角几何计算……

那一小块面积不大的天花板，似乎都被格兰特的目光和思维给煨热了。

而现在，格兰特早已经把头顶这一小块天花板看透了，已经无事可做很久了，他开始感到厌烦了。

格兰特曾跟"矮冬瓜"说过，把病床挪一挪，好开发一块新的天花板区域供他想象研究，但"矮冬瓜"却不同意。

她说这会破坏医院的协调感，而协调感可是医院里重要性仅次于清洁的方面，绝对不能破坏。

"矮冬瓜"的本名叫英格翰，是白班护士，她确实很矮，只有五英尺两英寸高，但身材还是很匀称的。

而且"矮冬瓜"身体强壮有力，她可以轻松地扶起格兰特那六尺之躯，就连她丢床垫时都好像是在耍转盘一样漫不经心，且非常优雅。

如果格兰特没断腿，对付这样的女人颇为容易，但现在却只能被迫受她呼来喝去，所以格兰特才管她叫"矮冬瓜"，也算是达到一种心理平衡了。

另有一位叫亚马逊的护士上夜班，她身材高挑，双手大而软，手臂如同毛榉树枝，双眼大如牛眼，总是温柔地用一种充满同情的眼神看着患者。

亚马逊护士虽然长得高，但体格很弱，稍一活动就呼呼直喘，她搬动格兰特的身体时常显得特别费力，似乎格兰特重如大山。

被人认为自己重得要死，让格兰特觉得是一种极大的耻辱，还不如认为他轻得像根羽毛好一些呢。

格兰特是在跟他当时正热烈追求的一位小姐散步时摔倒的，他不幸地绊在了门槛上，于是他摔断了腿，脊背也伤得不轻。

对格兰特来说，作为一名苏格兰场的著名警探，却以这种方式受伤，这不但是一种耻辱，还非常可笑、荒唐、滑稽，并且不可思议。

但无奈的是，这是事实。

于是他只好窝在医院里，任由"矮冬瓜"和亚马逊这两个护士摆弄来摆弄去。

格兰特非常不喜欢被女人摆布，这不合他的性格，可是没有办法。

看见格兰特天天苦恼无聊，"矮冬瓜"有时会建议他看看新女友送给他的那些书，说不定可以打发时间。

格兰特却摇头叹道："每天有那么多人出生，每天都有那么多字被写出来，每天都有不计其数的文字在发出吱嗡嗡噪音的机器上印刷，这些事加在一起，让我一想起来就觉得可怕。"

"你这样未免过于偏激了吧？"对此，"矮冬瓜"总表示不以为然。

枯燥又无聊，时间像一把折磨人的刀。

那一小块天花板实在已经没什么可看的了，格兰特觉得或许可以听一听"矮冬瓜"的那个建议，于是他终于把目光从天花板上移开，转向一旁床头柜上面那一摞价格不菲的书。

这些书都是格兰特新认识的女朋友玛尔塔送来的，就为了让他打发时间。

玛尔塔长得非常漂亮，她是个话剧演员。不过她很忙，没有时间常来看望格兰特。

格兰特的目光在这些书上扫来扫去，眼珠也动，但是却不想伸手去拿。这些书也不知在床头柜上放了几天了，格兰特从来都没想过要看它们。

最上面的一本应该是女作者拉薇妮亚的书吧，也不知书名是什么，只看得到封面是偏粉色系的风景照。但猜也猜得出来，书中主角一定又是什么海军的妻子，因为拉薇妮亚就会写这些东西。

下面那本则是希拉斯写的《汗水与犁》，但不用看也知道，这书一定又臭又长，而且跟作者的上一本书内容相差无几，写的东西满是乡土气息。唉！作者就不会写点新鲜东西了？

再往下是《她脚趾上的铃铛》，写的虽是爱情故事，又不乏讽刺之笔，但其实和笑话集没什么区别，而且作者还有效仿乔治·萧伯纳之嫌。

其余的那些书格兰特更是没有兴趣了。不是欧克里写的垃圾小说，就是那本叫《遗失的开罐器案例》的充满错误的侦探小说，或者是跟统计有关的枯燥的书，对这种书格兰特都能轻易地猜到下一页的内容，还有……

格兰特总是想，人们为什么就不知道创新呢？作家为什么只知道一味迎合读者呢？

格兰特真是烦死了，皱着眉头把目光又从这些乱七八糟的书本上移开了。

真希望全世界都能停止印刷，停止出书，真希望能有高人发明个时间停止光线之类的东西，这样就不会有人总送些无趣的书给你，而像"矮冬瓜"这样的护士也就不会总催你看这些破书了。

忽然，门声响了，有人走了进来。

格兰特以为是护士，便立刻把脸扭了过去对着墙，同时闭上眼睛以示态度坚决。

他很烦，现在不想和人说话，也不想见人，不管是面对两个护士中的哪一个。

那人轻轻走近床边，似乎正俯身观察格兰特是不是真的睡了。于是，格兰特的鼻子中便忽然闻到了一丝具有乡土青草气息的若有若无的气味，挑逗着他的神经，甚至让他微微眩晕。

格兰特不动声色，悄悄地分辨着、判断着这气味。这绝不是"矮冬瓜"，也不是亚马逊，和她们两个的气味完全不同。

这时，格兰特又闻到了兰卡洛斯牌子的香水味，他脑中灵光一闪，在自己熟识的人当中，只有一个人用这种牌子的香水，那就是玛尔塔——他的现任女友。

格兰特把眼睛悄悄睁开一条细缝，偷偷地观察她。

她刚刚已经察看过格兰特是否是睡着的，不过显然还不确定，不知道是不是要叫醒他。

而她此时的目光，则投向了床头柜上那几本根本就没被动过的书。

格兰特见她今天穿着一身黑白裙装，头戴一项新帽，脖子上戴的是格兰特送她的一条珍珠项链。

而她两边腋下则都夹着东西，一边是两本书，一边则是一束白色丁香。

这美丽的玛尔塔小姐就这样站在床边，娇容如玉，体态多姿，颇有巴黎淑女的风范。

而最主要的是，她跟那些讨厌的护士气质完全不同，这让格兰特在心里不住地感谢上苍。

见格兰特睁开了眼睛，玛尔塔笑道："我把你吵醒了吧，警探大人？"

"没有，我根本就没睡！"

玛尔塔把腋下的两本书也扔在了床头柜上，跟她以前送的那些书放在了一起，微嗔道："看来我真是多此一举！这些书你一本也没看过！不过希望这次的两本书能让你满意。"她微微一顿，又说道："我说，你难道连拉薇妮亚的书都一点也看不下去吗？"

格兰特不顾这女人情绪如何，只是懒懒地摇头说道："我一本书也看不下去。"

"你是不是还很疼？"玛尔塔关心地问道。

"疼！当然疼！不过既不是腿疼，也不是背疼。"

"那是哪疼？"

"嘿，有个词儿叫'无聊的芒刺'，就是这玩意儿让我疼得要死。"

"我看你也是太无聊了！"玛尔塔的语气中微带调笑，又饱含关心，但总算是放了心，毕竟在女人眼里，无聊可要比情人身上的疼痛强多了。

她笑着把大花瓶里原有的一束水仙抽出来扔在洗脸盆里，然后把自己带来的丁香花插了进去，细心地摆弄着，同时说道："有些人哪，认为无聊是很严重的病态，其实没什么了不得的。"

"你说得对，是微不足道，就像是……被荨麻疹这种小毛病击倒在病床上一样。"

"我说你就不能找点事打发时间？"

"有什么用？"

"当然有用，手头有事做就可以改变你的性格、脾气。比如……研究研究哲学什么的，瑜伽可以吗？唉，我看还是算了吧，说了也是白说，像你这种分析型的头脑，真的不适合去体会抽象的事。"

格兰特微微一笑，说道："其实我也想过重新开始学代数的，以前上学时就没学好。不过这一阵子我对着天花板做了太多的几何题目，跟数学实在是离得有点远了。"

"那……填字游戏你玩不玩？我有这方面的书。"

"千万别拿过来！我可不玩！"格兰特闻言脑袋不住地摆动着，一脸厌恶的表情。

"那你干脆自己设计填字游戏吧，这更好玩。"

"也许吧。但设计这种游戏还得查字典，可一本字典就能有砖头那么重，你知道我最烦查工具书的。"

"那下棋呢？你这么有头脑，下棋或许适合你。"

"我对游戏规则不感兴趣，顶多把棋盘和棋子当成漂亮的图案。"

"那这样吧！"玛尔塔双掌一击，似乎想出了一个好主意，语带兴奋地说道："历史上有很多悬而未决的公案，你来把它们都破解了吧！你本身不就是警探嘛！这应该正对你的胃口！"

"你是说犯罪案吗？拉倒吧！我对历史上所有的悬案都心里有数，可这些案子啊，根本不可能有答案。再说我一个整天躺在病床上不能动的家伙，又能做出什么贡献啊！"

格兰特说得飞快，就像胸中积了无数的牢骚一样，每个字都如同子弹一样弹射出来，语气中充满了不屑于破解这些公案的态度以及因伤病造成的烦躁情绪。

玛尔塔连忙不住地摆手，说道："不不，我不是说这些，我是说更为古老的案子，比如……首饰盒信件①？"

"首饰盒信件？你是不是想说那个苏格兰女王玛丽·斯图亚特②？我说，咱们能不聊这个笨女人吗？"格兰特脸上毫不掩饰地露出了嫌恶的表情。

"女王怎么了！你怎么能这么说她！她笨吗？"玛尔塔的表情、声音和运作都很夸张，就像她在舞台上表演时一样。

"她何止是笨，简直笨得要死！像这种没水准、没层次的女人，全靠她那些服装发饰来提升形象。"

玛尔塔的脸沉得像水，就像有人在她脸上重重打了一拳。苏格兰玛丽一世女王可是她心中的偶像，她不允许自己男友如此地轻视女王陛下。

"我亲爱的格兰特，我看在你眼里，玛丽一世女王恐怕一无是处吧？"

"那当然，在别人的眼里，这个女人的一生是个悲剧，值得同情，也赚到了不少心慈面软之辈的眼泪。可是在我眼里，那大都是她自己的问题。"

这一下格兰特像是来了劲头，开始数落起苏格兰女王玛丽一世的不是来。

"她18岁守寡，倒真是不幸。但她后来未经教皇同意，又不顾众人的反对，居然一意孤行地用新教徒的仪式跟达恩利结婚③了，结果不但国内有人公然反对她，还惹得她表姑英格兰女王伊丽莎白一世大大地不高兴，这都是她后来被表姑痛恨的根源④！而她在苏格兰失势之后居然傻乎乎地跑去投奔她表姑伊丽莎白一世，结果被软禁了二十年！不过软禁期间她花的是她表姑的钱，待遇还一直不错。而等到待遇下降了，她就开始抱怨个没完，而在此期间她居然还天真地想要复位，这女人……"

格兰特还想说下去，却无意中看到了玛尔塔脸上那充满调皮味道的笑意，于是立即住嘴收声。

玛丽嘴角一挑，笑道："现在感觉好些了吧？"

"什么？好什么？"

"你身上那根'无聊的芒刺'啊？"

"你呀，你这个女人！"格兰特恍然大悟，不禁笑出声来，"原来你是在逗我！转移我的注意力。嗯，还不错，现在不无聊了。看来女王陛下也并非一无是处，至于还能让我数落她的时候暂时忘记了无聊对我的折磨。"

"我看你挺了解她的，可是为什么不喜欢她？她的一生不是个悲剧吗？"

"是，她的人生是个悲剧。但这全是源于她低劣的境界和高贵身份之间的强烈反差。你看她身为女王却满脑子都是乡下人那没见过世面的庸俗想法，导致其所作所为惹得英格兰的表姑大动肝火。你说你一个人折腾也就罢了，毕竟影响不大。但你身为一个国家的女王却非要嫁这个嫁那个，不就是想增加自己的政治资本嘛！可这不正是典型的农村妇女的想法嘛！为什么就不能老老实实本本份份地当她的苏格兰女王呢？结果导致本国贵族也反对她，邻国女王也怀疑她，最后就只能以失败而告终。"

玛尔塔的脸色很不好看，"你这人真是的！挖苦人的时候，说的话也太刻薄了！"

"我说的都是实话！"

"好了好了，那咱们不说女王大人了，咱们说说……说说铁面人吧？这可是非常有名的公案。"

"不感兴趣。"格兰特刚才的兴奋劲儿一下子又没了，"你知道我只对别人的脸感兴趣，这家伙却像个害羞的姑娘一样躲在铁皮后在面，我哪里还有兴致研究他啊？"

"唉，我倒忘了这一点了，你只对人脸感兴趣。关于人脸都有什么好玩的事呢？让我想想。"

玛尔塔随后便提了一大堆建议，却都得不到格兰特的响应，弄得玛尔塔不禁也有些神情低落了。

就在这时，"吱"的一声，门又开了，汀可太太从门外走了进来，头上仍然戴着那顶老旧的蓝帽子，那帽子比她的脸还平凡，据她自己说，这蓝色可以衬托出一种忧郁气息。

汀可太太是格兰特的家政服务员，负责洗衣、饮食之类的事，格兰特对她的服务倒还满意。

"果然是玛尔塔小姐在这儿！"汀可太太一看到玛尔塔，脸上就浮现出热情的笑容，"我刚才在门外就听见病房里有客人，我听着就像玛尔塔小姐，进来一看，果然没猜错。"

这两个女人便开始客套起来，东一句西一句地聊着，都是些女人们常用的谈话套路，无非就是你夸夸我的衣服漂亮，我夸夸你的花好看之类的。

这些女人之间的交际手腕，在格兰特眼里显得既无趣又啰唆。

他只担心一点，就是他看到汀可太太手里除了几个纸袋子之外，最醒目的是还有一束秋牡丹，可是玛尔塔却已经先一步把她那束丁香花插在花瓶里了，这让汀可太太的花往哪里插？

女人穿了同样的衣服时会觉得尴尬，那么看望同一个病人时手里都拿了鲜花，而花瓶却只有一个，这会不会也让汀可尴尬甚至是生气？

好在玛尔塔是个八面玲珑的女人，她故意把汀可太太的秋牡丹说成是百合花，然后不住地夸百合花漂亮高贵，都把丁香花给比得一钱不值了。

不过汀可太太似乎对花有一定了解，听玛尔塔浮夸地抬高这束秋牡丹的身价，却也不点破，只是故作糊涂，随声附和。

不过玛尔塔的这种社交手腕却确实让汀可太太从心里到脸上都显出高兴的神情来，于是潜在的尴尬气氛一扫而光。这让格兰特不得不佩服女人们的智慧和手段。

这两个女人正在闲聊着，"矮冬瓜"推门进来了，手里还捧着一个花瓶，看样子是为了玛尔塔的那束丁香花准备的。

"这或许是为了讨好病人的女友吧？这些女人哪！"格兰特心里不禁这样想着。

不过玛尔塔是个现实的女人，她不会对一个护士投入过多的热情，所以对这个用来讨好她花瓶并没怎么在意。

"矮冬瓜"便自顾自地把玛尔塔之前丢在脸盆里的水仙重新捡起来，温柔地、用心地又插回自己带来的花瓶里。

玛尔塔见时间不早，便准备向格兰特告别，说道："我该走了，汀可太太也该喂你吃些东西了。哦，这香气，我都闻到了，汀可太太，你袋子里装的是不是可爱的圆形蛋糕？"

见到玛尔塔那刻意装出来的猴急神情，汀可太太更加高兴了，便请玛尔塔拿上两个慢慢吃。

玛尔塔小心地挑了两个，像是小孩子得到了心爱的玩具一样地兴奋，她把点心放在袋子里，这才跟格兰特飞吻告别。"矮冬瓜"则恭敬地送她出去。

①当时的苏格兰女王玛丽一世的合法丈夫是达恩利，但夫妻关系不和，达恩利曾殴打甚至意图刺杀玛丽一世。

后来玛丽一世与博思维尔伯爵通奸有染，而达恩利则在一次事故中神秘死亡，于是有人怀疑是玛丽一世幕后操纵情人博思维尔暗杀了丈夫。

玛丽一世因遭到国内一些贵族的反对而失势，逃亡到英格兰，投奔其表姑英格兰女王伊丽莎白一世，但一直被软禁。

伊丽莎白一世不想表侄女被审判，但当时苏格兰暂时掌权的莫里伯爵（玛丽一世同父异母的兄弟）对玛丽一世提出公诉，显然是不想让她回国重新掌权。

在审判中，有苏格兰贵族拿出一样重要的证据，即玛丽一世的一个首饰盒，里面有一些信件和诗歌，内容全是用法文和拉丁文所书写的关于她和博思维尔伯爵的私情以及合谋刺杀达恩利的计划。

此即"首饰盒信件"。

在法庭上，玛丽一世对这份证据并没有正面回应，甚至没有看到这些证据，不过从她的一系列反应和举动来看，这份证据应该是真实的。她因此最后被判以死刑。

有些史学家对于这些信件的真实性提出质疑，认为是玛丽一世的政敌伪造的，不过因为资料缺乏，这个问题目前已经无法考证。

但无论真相如何，玛丽一世的死从根本上看仍旧是基于政治因素。

②那时苏格兰和英格兰两个国家尚未合并，苏格兰当时执政的女王是玛丽·斯图亚特，即苏格兰的玛丽一世。而同一时代，英格兰的女王玛丽·都铎也是英格兰的玛丽一世，即所谓的"血腥玛丽"，是下一任英格兰女王伊丽莎白一世的姐姐。故此两个玛丽一世也是姑表亲关系，不能混淆。

③欧洲各国王室之间通婚现象十分常见，而王位的继承权又和血统关系密切，因此同一个人如果有双重血统，就可能会担当不同国家的国王。

苏格兰女王玛丽一世因为嫁给了具有苏英双重血统的达恩利，其子女便也同时具备了苏格兰与英格兰两国王位的继承权。所以这次婚姻的本质其实是玛丽一世为了给自己增加政治资本。

④达恩利是英格兰都铎家族的一员，是伊丽莎白一世的表侄。玛丽一世与达恩利的婚姻并未经过伊丽莎白的允许，这让伊丽莎白非常生气。

而最重要的是，玛丽一世和达恩利的婚姻具有明显的政治意图，其本身潜藏着染指英格兰王位的嫌疑。

伊丽莎白一世当时虽然在位，但按天主教会的规定，她被认定为私生女，和表侄女玛丽一世相比，后者在继承权上更有优势。

此外，玛丽一世是天主教徒，虽然她和达恩利是以新教仪式结婚的。而伊丽莎白一世信奉新教，这种信仰对于伊丽莎白后来的婚姻甚至都产生了一定的影响,所以在宗教问题这一点上,伊丽莎白一世也无法接受玛丽一世。

基于以上三种主要原因,玛丽一世逃往英格兰之后,伊丽莎白必然会从政治角度考虑,觉得这个表侄女是她政治上的威胁。

因此,玛丽一世之前自认为非常聪明的举措,辨证地看也是引火烧身的行为,尤其是在她失势的时候。后来苏格兰的莫里伯爵坚持对玛丽一世进行审判,又拿出首饰盒信件这份有力的证据,这些应该都符合伊丽莎白一世的政治意图。

虽然伊丽莎白一世表面上只是对表侄女进行长期软禁,又不愿她被审判,但玛丽一世其他敌对势力所坚持的做法,应该说是替伊丽莎白一世进一步地完成了她不方便做的那些事情。

小说中格兰特的思路就是如此。

第二章

过了两天,玛尔塔又来了,看得出来,她今天打扮得很仔细,是那么地美丽迷人,不过她却一进病房就开始发牢骚。

"亲爱的,我不能多待,一会儿就得走了。剧场演出太多,忙得要死!你知道吗?亲爱的,我现在天天演得都是同一出戏,台词都背得烂透了,没有新鲜感,没有变化,这得多么折磨人!演出的剧目这么多年来一丁点变化都没有!我都有舞台恐惧症了!就拿我一个同事来说吧,他现在居然能一边说台词,一边却想着心事!"

"他在想什么心事?"格兰特心里清楚,对于女友的牢骚必须得敷衍两句才行,就算是一种变相的安慰吧,否则女人一定会认为你不重视她。

玛尔塔夸张地叹了口气,说道:"他事后跟我说他当时走了神,满脑子想的都是房子和装修的事。一会儿想着浴室,一会儿想着装修,一会儿想着下水道,一会儿想着瓷砖和厨具。天哪!等他回过神来才发现自己正在台上演出,面前站着我,而下面还有好几百名观众呢!"

玛尔塔说到这却话锋一转,把目光投向了她之前带过来的几本书上,稍微有些阴阳怪气地说道:"喂,我说格兰特先生,我想你应该读过我送你的书了吧?就算读了一本也行啊。我得检查一番,如果书皮皱了,才证明你看过了。你这个家伙!"

"呃……我看过了,比如……那本跟山有关的,就……就挺好。上面有好多漂亮的图片,我看得挺过瘾的。"格兰特听她语气不善,忙应和道。

玛尔塔不禁抿嘴一笑,"关于星星那本不好吗?"

"哦,不不不,星星会击倒一个人的尊严,在星星面前,我们都渺小得如同细菌。但是大山就不错,尺寸刚刚好,跟那些冒着风险辛苦爬山的朋友们相比,我发现能躺在病床上舒舒服服地养伤可真是像天堂一样的享受了。那两个护士都挺会照顾人的。"

玛尔塔忍不住笑了,她不再理会那些书,而是像变魔术一样不知从哪儿拿出一个大纸袋子,然后从里面抖出一堆大纸片,全调皮地倒在了格兰特的胸口上。

"喏,全是给你的!这下够你看的了吧?"

"这是什么呀?"格兰特吓了一跳,有些吃惊。

"脸哪!你不是喜欢研究人的脸吗?我就专门给你带了一堆脸谱过来。有男有女,有老有少,有古有今。合不合你意?"

玛尔塔显然对于自己的聪明劲儿非常满意,脸上显出得意的笑容。

格兰特随手捡起几张纸来看了看，确实都是脸谱，有的是雕塑，有的是画像，形式不一。

里面也确实什么人都有，有意大利传奇的邪恶女人露克西亚，有法国国王路易十七，有伊丽莎白一世的神秘情人莱斯特伯爵，等等。

"你都从哪儿弄来的？"

"找人帮忙呗！我有一个懂画像的公务员朋友，他是这方面的权威，我叫他帮我找来的。"

格兰特笑着摇摇头，暗道："漂亮女人办事就是容易，随声打个招呼，勾勾手指，就会有男人大献殷勤，鼎力相助。"

玛尔塔似乎有事，一副很着急的样子，说道："亲爱的，不行了，我得走了，以后再聊吧，我还有饭局呢，有人说要给我写剧本，我得请人家吃饭。你就安心地在这儿看图片吧。"

这女人风风火火的，去如一阵旋风，她一离开，病房里便又恢复了平静，就像从未起过浪花的井水。

格兰特一张又一张地看起这些脸来，这比看那些无聊的书可强多了，至少打发了一个下午的时间。

说起看脸识人的本事，格兰特在很早的时候就非常擅长这一手了。而等到他在苏格兰场当警察的时候，他还利用自己的这个特长破了不少案子呢。

记得有一次，格兰特在局里遇到了督察长，两人没事闲聊，正巧旁边正在进行罪犯指认的工作。

供指认的对象一共有12个，长得都挺普通的，没什么特征。有两个目击证人要在这12个人里把真正的罪犯挑出来。

督察长有点考格兰特的意思，向12个对象一指，说道："你看看，能不能凭你的本事把真正的罪犯直接挑出来？"

格兰特不当回事，说道："我试试，或许能猜得出来。"

对着12个人相看了一番，最后指向其中一个，说道："就是他，左边数第三个。"

督察长笑吟吟的，却似乎不大相信，又问："你说他犯了什么罪？"

"那我就不知道了，这又不是我接手的案子。不过我肯定是那个人。"

督察长有心等待结果，好看看格兰特是不是吹牛。

过不多时，指认结束了，不过那两个目击证人却没有指出来，一脸不甘心的样子。

于是那12个人便恢复了正常的活动状态，三五成群地说笑着，收拾着衣服和随身物品，准备回家。

但是左数第三个人却在那待着没动，后来被警察领走，送回了牢房。

督察长又惊又喜，挑起大拇指，夸道："了不起！十二分之一的小概率都叫你给蒙着了！漂亮！"

说完兴冲冲地把这事告诉了负责这个案子的警察。

那警察也很吃惊，饶有兴趣地看着格兰特，问道："你该不会是认识他吧？他以前可没犯过事儿！"

"我不认识他，我都不知道他是谁。"格兰特平静地回答道。

"老天，那你是怎么猜出来的？"

这一下格兰特可不知道说什么好了。因为对他来说，这种技能主要是一种本能和直觉，并非条理清晰的理性分析。

最后格兰特只好回答说："12个人里面，只有这个人脸上没有皱纹。"

听到这个有些无厘头的答案，人们不禁笑出声来。

不过格兰特把这话一说出口，却忽然发觉，原来自己是可以分析这种直觉能力后面所隐藏的原理的。

他对众人说道："我知道这个理由听起来似乎不是正确答案，但事实如此，因为只有白痴才会在成年之后脸上不长一丝皱纹。"

那警察立即抢白道："这家伙可不是什么白痴，他比猴还精，是个狡猾机灵的坏东西。"

"不不不，我说的白痴不是指脑子有病那种人，我是说……对人生缺乏责任感的意思。12个人都三十多岁了，可是只有这个家伙脸上显出那种责任匮乏的样子，所以我就选他喽！"

众人被格兰特的理论逗得前仰后合，于是这件事很快就传遍了警局，人人都说格兰特有"一眼识贼"的超凡本领，不过语气中却透着些许揶揄之意。

曾经有个助理律师笑着问格兰特："朋友，你该不会认为有一种脸型叫'罪犯脸'吧？"

格兰特却认真地回答道："当然没有。犯罪的人有各种不同的动机，样式太多了。如果警察想把这些内容分门别类地整理一下，我看工作量会大得惊人。再说每一种情况又都会有特例。比如你守在红灯区观察一段时间，就能总结出妓女的面相共性来。可是有些极为淫荡的女人，她的面相看起来反而纯洁得很。"

格兰特解释得很认真，那助理律师对这套理论却根本没往心里去。

是啊，有些超出平常人的技能，常常是难以被平常人接受的。

格兰特爱上了分析人脸，他开始着意地进行研究，并着重个案，深入地总结每个独立案件中的面相。

他研究越来越深入，技能也不断地变得纯熟，其中有不少自己的心得体会。

比如他在研究一份某著名大案的卷宗时，看到了原告、被告、辩护律师、法官等人的照片。

即使没有资料文字的提示，他也能仅从照片上就明显地看出每个人的身份，谁是被告，谁是法官，一目了然。

当然，有些时候辩护律师的神情看着倒像是罪犯（毕竟辩护律师也是人，也有七情六欲，他和他的被告当事人是同一立场，难免神情上相似），但法官却是绝对不会跟其他人弄混的，即使不戴假发也不会，因为法官脸上的神情透着一种明显不同于他人的强烈的正义感。

就这样，格兰特靠这些照片快乐地度过了一个下午，觉得充实而安逸，直到"矮冬瓜"过来给他送下午茶时，他才伸了个懒腰，略事休息。

格兰特把乱七八糟的照片收拾了一下，哪知无意中手一按，居然在身边床上又摸到一张，估计是之前从胸口上滑下去的。

纸上是一个男人的画像，看起来有三十五六岁，面容清瘦却显得很干净，下巴上胡子刮得很干净。

这男子头戴天鹅绒小帽，身穿紧身衣，领口上满是宝石，一看就是十五世纪的服饰。

画中人正在把一枚戒指往右手小指上戴，不过眼神却有些发飘，并没有盯着戒指，而是呆呆地望向前方，好像要看透一片虚无似的。

格兰特本来已经打算用下午茶了，可是一看到这张与众不同的照片却立刻被吸引住了，他本能地觉得这个男子一定有些故事，而且颇不寻常。

从画像上可以看出，那画师的水平一般，不能够把他心里想要表现出来的东西展现在画布上，让人感觉这画师似乎有些力不从心。

比如最能体现人的内心和灵魂的部位——眼睛——那画师就没画好，这是个极大的败笔。

嘴也一样，不管是薄厚、开合还是曲线什么的，都画得不好，从而使模特的嘴显得非常生硬。

不过也有可取之处，比如骨骼就表现得不错。颧骨高突、颧骨下凹陷明显，下颌骨过大而显得无力。这些地方都可圈可点。

这画中人是谁？干什么的？什么职业？什么身份？

格兰特没有去看文字提示，只是靠自己的分析去猜测。

最后觉得这人一定是个有权势的人，身负重任，有责任感，平素过度操心而常感焦虑，追求完美，大事处理得轻松得当，小事却让他揪心。

此外，这人或许有胃溃疡，而且似乎从小就不那么幸福，愁苦满怀，意志消沉。

这些信息那画师显然都知道，而且也能够很好地在画像上表现出来，比如大眼袋让这个男人看着就像是个贪睡的孩子，而面孔虽然年轻，但皮肤的质地却像个老人。

格兰特对这张脸看了半晌，这才把纸翻过来，想看看这人的名字，可是看到之后却不禁倒吸一口冷气，失声道："原来是他！"

只见画像的背后赫然写着几个字：理查三世。

格兰特虽然对历史并不如何了解,却也知道理查三世的名头,那是英国历代王朝中,约克王朝[①]的最后一代君主,在位仅有两年。

他在玫瑰战争[②]中最著名的、具有决定性的那场包斯渥战役中,因为一个叫斯坦利[③]的部下突然倒戈,结果败给了死对头亨利·都铎——都铎王朝的创始者和首任君主,后世称为亨利七世。

据说,理查在战斗的最后,几乎已经杀到了亨利·都铎的身边,可是因为战马的马掌缺了一根铁钉,导致马掌跌落,马匹摔倒,他这才被叛军围住,最后力敌不过,被杀身亡。

一颗铁钉,导致一位君主丧命;战争最后的胜负,也只是一线之差。

命运是多么地会投骰子啊!

莎士比亚的戏剧曾描述了这经典的一幕,在理查三世被杀死之前,他挥剑高喊:"给我一匹战马!我愿用一个国家来换!"

莎士比亚是想通过这一幕来讽刺理查三世在战场上贪生怕死,只不过一个贪生怕死的国王为何之前会英勇地冲锋陷阵,这一点恐怕是莎士比亚自己也没仔细想过的。

在英国人的心目中,理查三世的形象是一个驼子、一个暴君、一个弑侄篡位夺权的人,甚至是用来吓唬哭闹小孩的吃人的妖怪或魔鬼,一句话:邪恶的代名词。

可是……

格兰特心中却觉得奇怪,刚才盯着画像看了半天,可根本没从理查三世的眼睛里看出一丁点邪恶的意思。

格兰特又把画像翻了过来,仔细地看着理查三世的双眼,暗道:"这双眼睛哪像是一个疯狂男子的眼睛?"

格兰特注意到,理查双眼之间离得很近,眼形细长如柳,双眉紧皱,似乎是因为烦恼,或是过于操心劳碌,思虑过多。

而他的双眼乍一看像是在看着什么,仔细一看却会发觉他的目光其实表现得像是在闪躲和回避,他当时应该是溜号失神了。

格兰特看得非常入迷,兴致勃勃,他已经很久没有这么像今天这么用心费力了,在他眼里,《蒙娜丽莎》这种名画都不算什么艺术,顶多就是张海报罢了,远没有手里这张画像吸引人。

不知什么时候,"矮冬瓜"又回来了,可是却发现茶点一点也没动,不禁心里有气。

"格兰特先生,我好心地给你端茶送水,你却一点也不领情。我看我是有点闲得没事干了!真是多余!"

格兰特敷衍地送上一个歉意的微笑,却立刻把画像转向"矮冬瓜",问道:"如果他也是你的病人,你能从中看出点什么来?"

"矮冬瓜"扫了画像一眼,没好气地说道:"他肝有病!"

说完端着茶盘出了病房。

格兰特的主治医生这时正巧进来查房,和"矮冬瓜"擦肩而过。这个外科医生非常温和,认真负责,不过格兰特此刻只是不想放过这个机会,他现在只想知道别人对这张画像都会有什么样的第一印象,于是也向主治医生提出了同样的问题。

医生仔细看了看,说道:"我看他有脊髓灰质炎,也就是俗称的小儿麻痹症。"

这句话倒立刻提醒了格兰特,他记得在历史上理查三世确实有一条胳膊是萎缩的。

医生没看到画像后面的名字,随口问道:"这人是谁啊?"

"理查三世。"

"哦!"医生也有些意外,"原来是他啊!"

"他确实有条胳膊萎缩不能用,你知道这个?"

"胳膊这事这我可不知道,我就知道这人驼背,长得很难看,据说一出生就满嘴牙,还活吞青蛙,啧啧啧,一想起来就叫人觉得恶心。他胳膊萎缩?哈哈,那看来我的隔空诊断还蛮准的嘛!"

"那你是怎么看出他是小儿麻痹的啊？"格兰特对医学不大懂，不免要问个明白。

医生却摇摇头，脸上颇有难色，说道："这个嘛，我也说不清楚，可能是面相有关吧。因为我见到的小儿麻痹症的孩子太多了，所以一看理查三世的面相，就觉得他们是同一类病人。不过你发现没？画师没画出理查三世的驼背。"

"当然。"格兰特笑道，"给王室成员画像的御用画师可不能太实在，得有点心眼儿才成。画师在那个年代画像时得适当地把王族成员的缺点进行模糊处理才行。直到后来很长时间这个规矩才有所变化，要求一丝一毫都不差地进行画像。"

"可如果叫我说的话，哼，这种变化未必就哪儿都好。从一个极端导向了另一个极端。这就导致人们不再重视传统、礼仪、规矩。你得亲民才行，要是稍微严肃一点就会被认为是虚伪。"

医生一边发牢骚一边给格兰特检查断腿的地方，看看局部有没有感染，看看脚趾有没有变黑或是发凉，从而判断末梢神经循环的情况。

一番检查之后，医生见格兰特的伤处恢复得不错，注意力便又回到了理查三世身上，饶有兴趣地问道："哎，你说，理查三世的脸到底像不像是个凶手？"

格兰特知道医生所谓的"凶手"是指理查三世杀了他两个侄子，以利于自己篡位夺权的那桩历史公案。

当下淡淡地答道："根本就不存在什么凶手的脸，或者谋杀者的面相之类的说法。因为谋杀者杀人的动机多种多样，难以统一。反正以我个人的经验和阅历，理查三世的脸跟我所见过的谋杀犯的脸都不大一样。"

"那倒是，不过也许是因为这位理查三世不同于常人呗！政治人物嘛，手段毒辣，办事果决，哪还有什么良心哪？所以当然跟你见过的草根杀人犯的脸不一样喽！"

格兰特不喜欢这些不够理性的逻辑，便打断医生的话，问道："刚才你第一眼看到这张脸的时候，你还不知道他是什么人，那时你觉得他是坏人吗？"

"那倒没有。"医生摇了摇头，"我以前看过别人扮演这个角色，演得不错，非常地邪恶，让我印象深刻。不过……那感觉跟这张画像给我的感觉可不一样。我光想着这人有什么病了。"

"我也是。"格兰特似乎开始陷入深思，喃喃地说道，"可为什么我看到他名字之后，就开始觉得这人的脸那么邪恶呢？"

医生以稍显做作的口吻说道："嗨！什么善哪恶呀，好啊坏的，不都是人心的作用嘛！"仿佛自己看透了世事一样。

医生不再多说，嘱咐格兰特好好养伤之后便离开了。

病房里又剩下格兰特一个人了，他凝视这张画像许久，对于自己先前错误地把一个早被历史确定为恶人的家伙看成了无辜者感到很有意思。

可凭自己的眼力和经验怎么可能看错了呢？

忽然，格兰特想到玛尔塔最初拿这些画像过来，主要是让自己破解千古谜题的，所以说这张画像其实是破案的线索，用来破解理查三世身上的历史谜团。

理查三世的身上都有什么谜团呢？

格兰特立刻就想到了那桩有名的历史公案——塔中王子。

理查三世的大哥爱德华四世是英格兰国王，是约克王朝的首位君主。

爱德华四世英俊潇洒，高大风流，可理查三世却天生有残疾，是个驼子，或许内心便因此而变得阴暗起来了。

历史上说爱德华四世临终前向他这位弟弟理查托孤，让他辅佐自己年幼的儿子爱德华五世做一个好国王。

但理查背信弃义，竟在他哥哥病死后便将两个侄子关在了伦敦塔[④]，后来还秘密派人把两个侄子杀掉了，对外宣称失踪，而其中一个可是当时名正言顺的英王——爱德华五世。

杀了自己的侄子，理查就可以继位为英格兰国王了。弑侄、篡位、夺权，这就是人们一直认为的理查三世身上那些永远也洗不去的污点，尤其以杀害两个小王子最让人无法接受。

据说，后世还在伦敦塔里发现了两具尸骨，有人怀疑就是两位小王子的遗骸。

不过书到用时方恨少，格兰特这时才发觉自己的历史知识实在是少得可怜，脑子里只知道这些内容，这可怎么破解谜团？

于是，在"矮冬瓜"再次回来的时候，格兰特便问她有没有历史书。

"矮冬瓜"没好气地答道："没有！我是个护士，要历史书干嘛！"

见格兰特没吱声，"矮冬瓜"便说道："一会儿等亚马逊来接我班的时候，你问问她好了。她这人，所有上学时用过的书本都整整齐齐地收藏在书架上。"

对啊！这很符合亚马逊的风格啊，她一定会有的！

所以，亚马逊接班后来给他送晚饭的时候，格兰特便带着几近谄媚的笑容望向她。

此刻在格兰特眼里，亚马逊不再是个高大虚弱的女人，而是快乐的源泉。

格兰特向亚马逊问起了历史书的事，亚马逊果然说自己保存着所有的教科书，历史书还很可能有两本呢！

而且这个话题引得亚马逊很兴奋，"我最爱历史了，那些英明的君主是我的偶像，比如狮心王[5]，他简直是我心目中最伟大的英雄！"

"那就是个粗鲁之辈！"格兰特终于忍不住贬损了一句。

高大的亚马逊原本沉浸在对历史人物的崇拜中，一听这话，脆弱的内心不禁备受打击，"天哪！你怎么能这么说呢！那可是狮心王大英雄啊！"

"他算什么英雄！不过是个闲不下来的甲亢患者罢了！跑来跳去，像个不安的猴子！对了，你什么时候下班？可以去取历史书了吧？"

亚马逊冷着脸低声说道："一会儿！不过你别看什么书了，你得休息才行！作为病人不宜操劳，看书是很累的。"

"我睡不着，你总不能让我再盯着天花板看个没完吧？我可受不了。你去帮我拿书吧。"格兰特急道。

"哼！我大晚上的还得跑回宿舍，然后还得折回来，我闲得吗？再说我也不想给一个不尊敬狮心王的家伙服务！"

亚马逊的脸色明显地不好看，语气也十分冷漠，因为格兰特伤害了她心中的偶像。

格兰特就知道不能惹女人，于是他立刻改变策略，大声道："我真是该死！其实呢，在我内心深处，伟大的狮心王，英明的狮心王，那可是真正的骑士。他勇往直前，能征善战，从不知什么叫恐惧，他还是一个优秀的军事领袖。狮心王其实深深地印在我的脑海，我每天顶礼膜拜，只恨没能跟他共处一世，好瞻仰圣容并追随他南征北战。"

说到这语气一转，笑道："这回可以帮我去拿书了吧？"

格兰特虽然对狮心王没什么太好的评价，但是借书要紧，这才改变对狮心王的看法，说些亚马逊爱听的话，希望可以借此来抚平亚马逊那有些发皱的受伤的心灵。

亚马逊脸上这才露出满意的笑容，帮他把床单用心铺好，说道："这才像句人话，另外我看你是得补补历史知识了。等着吧，我过后拿来给你。"

亚马逊走了，格兰特焦急地等着，好像时间停止了似的。

过了大约有一小时，病房的大灯都熄了，亚马逊护士才在昏暗中回来，同时带了两本历史书，交给了格兰特。

格兰特总算是等到了自己想要的东西，昏暗光线中的亚马逊显得那么善良可爱。

"时间都这么晚了，你不应该再看书了，这样对身体和眼睛都不好。你得睡了。"亚马逊低声说道。

格兰特打开读书灯，看着这两本历史书心里非常满意，笑道："看这种书最能治失眠了，所以我看一会儿就能睡着。你可以放心了。英国史就是最好的安眠药了！"

"唉，你这个家伙没救了，我可没心思再管你了。"亚马逊显出很累的样子，退了出去。

格兰特立刻翻开第一本书，可这本书竟然是小学历史读本，在格兰特眼里这简直就是哄小孩子的玩意儿，跟真实的历史差得实在是太远了。

书里每一个历史故事都只用一两句话来概括，还配有一些插图，这简直就是儿童文学！

书的各个地方都有亚马逊当时做的花边，写的艺术字，贴的彩纸，充满了一股孩子气。

不过书虽然幼稚，格兰特却也从中找到了一种童年时才有的乐趣，他饶有兴趣地读着其中一个个的小故事，这些故事勾起了格兰特头脑中尚且残存的那些记忆，童年时期的印象一点点地恢复了过来。

终于，格兰特翻到了理查三世这一章，标题就是"塔中王子"。

一幅插画映入眼帘，画上是一扇铁窗，阳光从外面透进来，铁窗下是两个小王子，正在快乐地玩耍。

而文字的内容则纯是写给小孩子看的传统风格的警世故事。故事里得有个坏叔叔，就像大灰狼，还得有两位无辜的小王子，其实就是小读者自己，以便于读故事的孩子们将自己代入故事。

于是，故事的最后，大灰狼要吃人，便害死了小王子；于是，人民不答应了，不想让理查三世继续当他们的国王，便请来亨利·都铎推翻他；于是，双方开战；于是，战斗中理查三世马失前蹄，部下又向正义的一方投诚，最终理查三世便死在战场上；于是，亨利·都铎结束了约克王朝，开创了都铎王朝，成为了新王朝的首任君主——亨利七世；于是，正义战胜了邪恶，美好的新时代开始了！

这故事告诉小读者们要警惕坏人，也不要做坏人；告诉小读者们正义终将战胜邪恶。

而最后，理查三世的恶魔形象自然便深深地印在了小孩子们的脑海里，成为童年阴影的印记。

文字清新，行文如流水，教育意义深刻，这是多好的故事啊！

不过这跟历史的真相有什么关系？

格兰特不满意，便又翻开第二本书。

这本书可是正规的历史书，书中顺序以英国历代王朝为序，同时每个朝代都有几个名君、名人、名事，好作为朝代的填补内容或是标记。

不过，这种秩序井然的编排方式却容易让人丢失一些观察历史的角度，比如说排在后面的某个人物，其实完全可能和排在前面的某个人物在生活中曾经非常密切地接触过，他们是有过交集的。

但这种编排方式却也简单，最起码便于查找定位。格兰特也不禁自嘲："我都伤成这样了，躺在床上没法动弹，哪还能提更高的要求呢？有这些东西看就不错了。"

格兰特看着书中对理查三世的介绍，书中说理查三世在位时间很短，前后只有两年。

他很有本事，但是行事张狂，手段狠辣。他公开宣称自己应该继承王位，很多人怕他，便认同了他的合法性。

然而就在理查三世上位之后准备大干一场时，关在伦敦塔里的两个小侄子居然神奇地失踪了。

不错，是失踪，因为没有发现尸体。

人民不答应，都怀疑他是个刽子手，于是前后一共主要掀起了两波反叛浪潮。

第一次被他残暴地镇压住了，还杀了领头的白金汉公爵，后来为了稳固政权和民心，他通过一些法律条文，取消了一些杂税。

但随后却又起了一波叛乱，这一次带兵的领袖仍是亨利·都铎——他命中的克星。

这一次叛乱对理查三世而言，是他命运的终结。

亨利·都铎带来了法国军队，两军相遇在包斯渥，没想到理查三世的部下斯坦利突然临阵倒戈，这一下亨利·都铎可算是受到了神的庇佑，战争形势逆转，最终他将理查三世杀掉，还把他扒光了游街，以泄民愤。

玫瑰战争啊，玫瑰战争，这场说来颇有历史感的战事，不过是贵族之间的争斗而已，和英格兰的人民哪有一星半点的关系？

格兰特渐渐困了，眼睛再也睁不开了，但临睡之前脑子里却还在想着这些事情。

英国人自己的事，怎么去找法国军队了呢？

哦，当时英国人和法国人关系密切，比跟爱尔兰的关系还近。

而理查三世取消的那些税又是什么名堂？

到底是谁杀了塔中两个可怜的王子呢？

……

格兰特终于睡着了。

①英国历史上有很多王朝，但其改朝换代的性质与中国有所不同，朝代的不同主要是因为执政者的姓氏不同。

本小说的情节主要涉及的历史背景按王朝更迭的先后顺序主要是兰开斯特王朝，约克王朝，都铎王朝。

其中约克王朝的首任君主是爱德华四世，是本小说核心人物理查三世的大哥。该王朝主要的君主只有这两位。

②发生在兰开斯特家族和约克家族之间为争夺英格兰王位而进行的一场战争，断断续续持续了很长时间。

因兰开斯特家族的标志是红玫瑰，而约克家族则是白玫瑰，故此次战争被称为玫瑰战争，但该名称却是100多年后莎士比亚在话剧中首次提出的。

而玫瑰战争最后具有决定性的一次战役就是包斯渥战役，在这次战役中，理查三世阵亡，亨利·都铎得以改朝换代。

③即威廉·斯坦利爵士，原为理查三世的部下，在包斯渥战役中带领数千人公开倒戈，导致理查三世兵败战死沙场。

④位于伦敦泰姆士河边的一座宫殿式建筑，专供英国王室及贵族成员使用。

但这座宫殿除了居住的作用外，还是堡垒要塞、兵工厂、造币厂、天文台，后来也成为关押英国高层政治人物的监狱。

而所谓塔中王子，就是指理查三世把自己两个侄子软禁在伦敦塔，其后两位王子又离奇失踪的历史疑案。

关于两位小王子的失踪，主流历史学者认为是理查三世为了夺权而把两个侄子暗中杀害了。

后世曾有人在伦敦塔里发现了装有两具小型骸骨的盒子，被认为是两位小王子的遗骸，但因为骸骨不完整，检验查证都有困难，目前还无法确认其骸骨的真正身份。

⑤即理查一世，金雀花王朝的第二任君主，他孔武有力，骁勇善战，曾发动过第三次十字军东征，武功卓著，号称战神。

传说他被人囚禁时，对方曾把他跟一头狮子关在一起，想把他吃掉。但理查一世却把手伸进了狮子嘴里，硬生生掏出了狮心，然后将血淋淋的心当着敌人的面吃掉，面不改色，故称为狮心王。

这本是传说，为了增加理查一世的传奇色彩，可信度不是很大。但从理论上说，如果能提前将拳头深深塞入哺乳动物的咽喉，哺乳动物确实无法合嘴咬断人的手臂。

另，现实中有资料记载过，曾有人活掏过豹子的心。

第三章

　　第二天一早，"矮冬瓜"过来收拾房间，看到了理查三世那张画像，她不知道这就是理查三世，但是看着却叫她害怕，不禁嗔道："你总看他干嘛？就不能换一张让人看起来舒服的脸吗？"

　　格兰特笑道："这张脸多好玩啊。"

　　"好玩什么！一张阴险恶毒而且非常可怕的脸！看着都让人心里发颤！"

　　"你不知道，这人在历史上可非常有才干。"

　　"蓝胡子[①]还有本事呢！"

　　"喜欢他的人其实也不少。"

　　"蓝胡子也有很多人喜欢！"

　　格兰特眼珠微转，冒出了坏水，故意说道："他是个真正的军人！"

　　"矮冬瓜"这下没词了，因为蓝胡子可不是军人，于是她只好转移话题，说道："这人到底是何方神圣啊？"

　　"理查三世。"格兰特正式地回答道，同时观察着"矮冬瓜"脸上表情的变化。

　　"原来是他呀！那你就慢慢看吧。"

　　看"矮冬瓜"的表情，似乎并没有什么意外的，格兰特不禁问道："看你这意思，似乎你觉得理查三世就应该长这种模样？"

　　"那还用说？这张脸跟他的为人非常相配，阴险、狠辣，就是个不择手段的凶手！"

　　"照这么说，你知道塔中王子的事？"

　　"这种事家喻户晓，还能有谁不知道？他派人活活闷死了两个可怜的小孩儿！"

　　"怎么是闷死的？我还真是头一次听说。为什么不下毒啊？"

　　"就是用枕头闷死的，下不下毒的事我就不知道了，我又不是凶手！"

　　"有什么可靠的资料来源吗？"

　　"我们的历史书上这么写的，下手的人是个叫泰瑞的家伙，不知道是哪冒出来的，可能是理查三世的心腹吧。他最后认了罪，说用枕头闷死了两个孩子，然后便被处以绞刑。真是活该！这个天杀的！"

　　看来"矮冬瓜"对理查三世的认识显然是根深蒂固，不可改变，她似乎对于理查三世的脸非常反感，说道："你可别把这种人的画像再摆在这儿了，换张可爱点的不好吗？"

　　"可爱的脸没什么研究的劲头，我就喜欢这种阴险深沉的脸。"格兰特笑着故意说道。

　　"还好，我是不用整天对着这张破脸！不过依我看，你看这张脸看多了的话，恐怕骨头长不上！"

　　"骨头愈合也跟理查三世有关？我的天！那我看什么事都可以怪到他头上了！"

　　格兰特觉得跟"矮冬瓜"斗嘴非常有趣，可以缓解病中的郁闷。

　　格兰特现在开始对这个叫泰瑞的杀手感兴趣了，下次自己的女友玛尔塔再来看望自己时，一定要向她问清楚，毕竟玛尔塔可是在名校读过书的女人。

　　不过玛尔塔没等来，来的是自己的同事威廉姆斯警官，他是代表局里的同事和领导过来看望格兰特的。

　　威廉姆斯警官相貌粗犷，为人有些刻板，坐在那一动不动的。不过因为是同行，所以聊起天来也快活得很，有很多共同语言，比跟护士聊天强得多了。

聊了一阵，威廉姆斯警官便要告别，临走的时候无意中看到了理查三世的画像，好奇地问道："这是谁？"

格兰特心念一动，心说威廉姆斯警官也是警察，应该也对人脸有一种职业上的直觉。

于是格兰特反问道："你觉得这人是个什么样的人？简单地说吧，是好人还是坏人？"

"是好人。"威廉姆斯的回答简短干脆。

"为什么是好人？"

"这是很明显的事啊！你没有这种感觉吗？"威廉姆斯反问道。

"当然有，我一开始也觉得这人不坏，可是咱俩都猜错了，这是坏人，而且是历史上有名的坏人——理查三世。"

"啊！是他！"威廉姆斯显然也颇为意外，"原来是理查三世啊！我知道，塔中王子嘛！这人阴险毒辣，对自己侄子也下得去手。"

"那你知道王子是怎么被人杀死的？又是谁杀的？"

威廉姆斯这下却摇头了，说道："抱歉，我对理查三世的事就知道这么多了，都是从历史课本上学来的。据说他妈怀他的时间挺长，好像足有两年吧，谁知道呢。不过两个小王子是怎么死的，我没听说过。"

"那你知道泰瑞是谁吗？我是说历史上的人物。"

"不知道。"威廉姆斯这次回答得也很干脆。

"听我说，泰瑞应该就是杀两个小孩的凶手。他……"

格兰特还想接着说，威廉姆斯却急着要走了，而且他确实对这段历史知之有限。

格兰特只好求他帮自己找一本英格兰史，如果能有理查三世专门的历史描述就更好了。

威廉姆斯痛快地答应了，随后转身出门，却撞见了正要进门的亚马逊，他对亚马逊那高大的个子微感意外，没想到居然还有这么"伟岸"的女人。

亚马逊见到格兰特便问："历史书看得怎么样？你终于知道狮心王的伟大了吧？服了吗？"

"狮心王？我还没看到那段呢。我现在正在研究理查三世。"格兰特便顺势问起了亚马逊对理查三世的看法。

这个女人却立刻换上一副伤感心痛的神情，一张嘴便直接提及了塔中的两个小王子。

"这两个小可怜儿真叫人心疼！我小时候听完这个故事就坐下病了，总害怕睡到一半会有人来把我活活闷死！"亚马逊那牛一样的双眼睛里充满了怜悯和同情。

格兰特不想听女人发表无谓的感慨，只想知道更多的真相细节，便追问道："真是被闷死的吗？"

"当然，一个叫泰瑞的家伙雇了两个凶徒，杀了小孩之后就埋在了台阶下面，上面再压上石头。"

"亚马逊小姐，你借我的历史书里可没说这些，你是怎么知道这些轶事的？"

"这都是史实，可不是什么野史！再说，我借你的书不过是给学生们看的，里面哪有真正宏大细腻的历史情节啊！你得看看摩尔写的历史书才行，关于泰瑞的事情，他的书里都有。摩尔就是那个时代的人，跟英国王室的很多重要人物都有交往，所以他写的历史书就非常可信。摩尔可是个圣人！"

"摩尔跟那些人有交往？都跟谁？"

"跟理查三世，跟他的王后，跟……总之就是那些人吧。理查三世这个魔鬼给自己的王后下毒，又想娶自己的侄女，就因为自己侄女是王位继承人，娶了她之后，理查三世自己上位时就少了一个阻碍。"

"你是说理查三世杀了自己的两个侄子，还想娶这两个男孩的姐姐[②]？"

"是啊，这不是很清楚吗？难道他会娶自己侄子？理查三世再可怕也不会娶一个小男孩啊！不过，哈哈，不过他侄女后来却嫁给了理查三世的克星——亨利·都铎。这很戏剧化吧？"

亚马逊还要去收拾别的房间，便不再跟格兰特多聊，转身出了病房。

格兰特便又拿起了书本，想把玫瑰战争的历史弄明白，可是他发现这太难了，玫瑰战争的过程乱得一塌糊涂。

代表兰开斯特势力的红玫瑰和代表约克势力的白玫瑰，双方你来我往，不断拉锯，进进退退，简直就像是一场游戏！

之所以会有这场战争，格兰特认为完全是兰开斯特这一拨儿人的势力篡了之前金雀花王朝[3]的正统王位所致！

兰开斯特王朝一共三代君王，从亨利四世一直到亨利六世，在格兰特眼里，这三个人都不正统，为人也都偏执得很，根本不适合治理国家。

之前英格兰那种自由与进步在兰开斯特王朝里几乎是看不到的，他们就知道残暴地打击异教徒，他们是历史的倒退，也难怪会引得公众的怒火燃烧不熄！

这时约克公爵出现了，这是个英明公正且有才干的王族成员，而且从血统上看，约克公爵的身份还非常正统，所以人们希望他能推翻兰开斯特王朝，虽然人们未必想让他杀掉经常犯精神病的兰开斯特的末代君主——亨利六世[4]。

不过约克公爵只是迈出了第一步，他大业未竟就死了，但是他的儿子爱德华四世却继承父亲的遗志又向前迈进了一大步，他最终成功了，于是开创了约克王朝。

爱德华四世就是理查三世的哥哥，也就是那两个塔中王子的父亲。

对于玫瑰战争，对于约克王朝，对于那段历史，格兰特目前就知道这么多了。

当格兰特因为过于投入而显得有些茫然的眼神投向别处时，才看见病房里又多了一个女人。

那是玛顿女士，医院的护士长，她身材瘦高，神情清冷，往那里一站显得气派凛然，让人不敢冒犯。

"我刚才敲了半天门，你都没听见，或许你看书太入迷了。"玛顿淡淡地问道。

"抱歉，我最近一直看历史书，看得太晚了。"

"哦？历史？那真是不错，因为历史可以使人明智。"她忽然看到了理查三世的画像，双眼不禁一亮，连忙又问道："你在看玫瑰战争那一段？你是支持红玫瑰还是支持白玫瑰？"

格兰特有些意外，看来玛顿认出了理查三世，这可真是难得，之前问的几个人没一个能认出画像里的人的，当下问道："你见过这画？"

"当然！不过那是很久以前的事了，那时我还年轻，还是个实习生。"

玛顿护士长一回想起过去的青春时光，脸上不禁露出笑容，似乎又变回了少女一样，接着说道："我当时常去国家艺廊找地方休息，顺便就看看里面的画，就像是在历史的回廊里漫步，感觉好极了。不过画像上那些历史名人却让我感慨，这些伟大的人物当年一个个叱咤风云，可死后也不过是一抔黄土，和普通人又有什么区别？能留下来的也就是几张画布、一堆颜料罢了。"

护士长说着轻轻拿起理查三世的画像，接着说道："这画像我以前看见过很多次，我总感觉这人似乎有一肚子的不快乐。"

"你觉得这画像是在他杀了两个小孩之后画的吗？"

"当然，我认为他是个心里装不住事的人，相由心生，他做了那么可怕的事，难道还能谈笑自如，心里毫不愧疚？不！肯定会全都写在脸上的！"

"也就是说，在你眼里，他还不算是个彻头彻尾的恶人，他无法面对自己犯过的罪行。"

"他当然不是彻底的坏人。"护士长肯定地说，"因为纯粹的坏人是不会痛苦的。他得到了他一直想要的东西，但却发现他做过的那些无法逆转的事让他后悔痛苦。唉，此后不久，理查三世的老婆孩子就都先后死了，他成了孤家寡人，内心一定孤独得很。唉，这就是上帝对他的惩罚啊！"

"理查三世和他的王后感情如何？"

"两人从小一起长大，感情如何不大清楚，恐怕只有当事人本人才知道了。不过两人成为夫妻是必然的。你要知道，一个当国王的人，想找个合适的枕边人该有多难。"

玛顿不再说理查三世的事，也不再感慨，他问了问格兰特的病情变化，见格兰特恢复得不错，便转身出了病房。

①法国贝洛写的一则童话，男主人公长有蓝色胡子，是个有钱的贵族。他不断地娶妻杀妻，还将众妻子的尸体藏在一个神秘的房间里。是邪恶、恐怖的形象。《格林童话》也收录过蓝胡子这则童话。

②即伊丽莎白·约克，或约克的伊丽莎白，她是爱德华四世和王后伊丽莎白·伍德维尔的长女，跟她母亲同名（英王室里同名的情况很多，容易弄混，同时代爱德华四世还有一个叫伊丽莎白·约克的妹妹，跟他的长女同名同姓），后来嫁给了亨利·都铎，即后来的亨利七世，于是她成为了都铎王朝第一位王后。

③金雀花王朝在兰开斯特王朝之前，名君辈出，前文所提及的狮心王便是该王朝的一位君主，但其末代君主理查二世被兰开斯特家族废黜，从而改朝换代。

小说中格兰特认为兰开斯特家族是篡位称王的，其实兰开斯特和约克两个家族都是金雀花家族的分支，只是从血统上看，约克家族的血统离金雀花更近。

所以约克家族的成员也姓"金雀花"（严格地说，"金雀花"本身并非真正意义上的姓氏，只是绰号，从血统根源上看，应该姓安茹。此外，金雀花的拉丁文音译又叫作"布兰塔吉聂特"），而"约克"只是这个家族的封地名。

因此，关于金雀花王朝真正的结束时间，一般都以约克王朝理查三世战败，亨利·都铎建立都铎王朝为标志，而并非是以理查二世被废黜为分界。

④亨利六世是兰开斯特王朝的最后一任君主，他政绩较为平庸，为人软弱，不喜征战，毫无政治才能，在他执政期间英格兰失去了大片土地。

亨利六世在政治方略上犯了很多低级错误。可以说，后来的玫瑰战争跟他的政治失误有很直接的关系。

亨利六世患有间歇性的精神类疾病，政权常由其王后安茹的玛格丽特把持。

安茹的玛格丽特是个非常有政治手段的女强人，是玫瑰战争中兰开斯特一方的首脑。

亨利六世后来被爱德华四世废黜，但为防止其独子称王起事，爱德华四世便没有杀他，而是将其囚禁在伦敦塔里，以免二王并立。

此自，兰开斯特王朝结束，约克王朝建立。

亨利六世后来在爱德华四世当政期间，还曾被造王者渥威克扶植复辟，成为傀儡，但时间短暂。

渥威克败给爱德华四世之后，亨利六世的独子也死于战场，此时亨利六世在政治上已经再无用处，同时为防止其他贵族借拥戴亨利六世之名起事，爱德华四世便在伦敦塔里将亨利六世处死了。

亨利六世虽然在政治上昏庸无能，但其私德却没有什么瑕疵。他为人非常勤俭节约，笃信教义，甚至可以说是品德高尚，温和宽厚，善良仁义。看来他只是不适合做个君主。

第四章

威廉姆斯警官又来了,他带来了格兰特上次要他帮忙捎的历史书。

书一共有两本,厚得吓人。威廉姆斯说他是去了最大的书店,才找到了最好的《英格兰史》。

不过,他没有找到专门为理查三世写的书,店员向他推荐了一本《瑞比的玫瑰》。

格兰特不知道这本书,可是威廉姆斯也不知道,只说这本书可能是写理查三世的母亲的。

他显得很着急,说道:"我没有时间了,我得先走了,上头催得厉害,要是不按时回去,我得挨收拾。这两本书你要是不满意,等下次有时间我再帮你弄几本好的。再见!"

说完,他急匆匆地离开了病房。

格兰特耳中还在回响着威廉姆斯那喘着粗气的呼吸声,眼前似乎还能看到威廉姆斯那高大匆忙的身影。

格兰特心里暖暖的,他非常感激威廉姆斯能对自己的事这么上心。

翻开那本所谓的《英格兰史》,格兰特才发现原来是本"宪法史",书里并没有详细论述和王室成员有关的事迹,主要讨论的是社会的进展变化,比如详细介绍了黑死病、印刷术和火药什么的。

没有鲜活的历史人物的书,让格兰特觉得无法忍受。那些干巴巴的信息或许很准确,但却不能带给人心动的感觉。

所说的事实虽然是血淋淋的,但是到了书上,却只化成了一些枯燥无味的数字,抽离了原有的血肉,这让人对本该害怕或伤感的事实无动于衷。

不过书中也描述了理查三世[1]跟他大哥爱德华四世在小时候落难的事迹,还写了两兄弟曾得到过贵人帮助的经历,以及他们过的平民生活的一些细节。

不过,格兰特觉得这些细节没什么太大的意义,因为这两兄弟当时还没有什么前途,还看不出什么征兆,所以两人虽是王室成员,但在当时却并非什么重要人物。

书中还说这两兄弟之间的感情非常好,爱德华四世年长,他在外面办公事时,还能天天抽空去看望理查和其他几个弟弟;而理查对他大哥爱德华四世也非常忠诚,一直陪伴着哥哥,只是后来在面对王位时才经受了重大的考验。

但是格兰特把亚马逊的历史书拿过来一对比,却发现有矛盾。

那时,玫瑰战争早已经开始,群众讨厌兰开斯特家族这朵红玫瑰,所以都投向了挺身而出的约克家族这朵白玫瑰的阵营。

当时爱德华四世的父亲约克公爵已经战死,整个家族势力和声望全由这个18岁的英俊潇洒的年轻人来担当,所以投奔来参军的人都是冲着爱德华四世来的。

也就是说,他那时正在四处招募军队,军务繁忙,正在和红玫瑰打仗,他忙得要死,哪有时间天天去看望自己的弟弟们呢?

此外,理查既然对自己哥哥一直那么忠心,就连历史书里从始至终都没有否认这一点,难道他真的会为了个王位就不惜杀掉自己的亲侄子?

也许对于权力的欲望会让一个人做出丧心病狂的事,但是理查当时已经是一人之下万人之上了,他是国王的弟弟、幼王的亲叔叔,财产无数,还真的会为了那一点点地位上的差别就去夺权?

格兰特不禁大摇其头，他觉得这些事情说不通。

直到汀可太太进来的时候，格兰特还在那想着这些事。

汀可太太把换洗的衣服放好，然后便自顾自地说起了家长里短的事，也不管格兰特是否在听她唠叨。

格兰特不想听那些无聊的事，便问汀可对于理查三世和塔中王子的看法，其实是为了变相地打断她的唠叨。

不过汀可太太的看法跟其他人没有什么两样，照旧是坏叔叔、谋杀、用枕头闷死，以及那个丧心病狂的魔鬼之类的观念和判断。

格兰特便再次打断她，说道："能不能麻烦你去找一下我女朋友玛尔塔，我想让她帮我弄一本书，叫《理查三世史》，作者是摩尔。"

汀可太太痛快地答应了，这一点倒是让格兰特非常满意。

格兰特给玛尔塔写了个便条，让她捎一本《理查三世史》，把便条交给了汀可太太。

汀可太太走了以后，格兰特便继续想着理查三世的事情。

那本厚厚的"宪法史"上关于理查三世的内容只有一小部分，说理查三世时期，政治最为开明、进步。

但格兰特不知道这本书的作者会不会因为理查三世在政治上的正确和功绩而故意忽略不写他私德上的恶劣，因为从书中的文字可以看出，这作者的观念可是政治立场至上的。

格兰特只对人物感兴趣，可是整本书里就没有几个形象鲜明的人物，也没有关于那个时代的生动有趣的生活场景的描述，没有人们的言行举动，找来找去只有干涩的统计数字。

不过书里倒是写出了英格兰理查三世当政时期社会生活各方面的进步、政治上的开明，这和人们对于理查三世的一般印象有着很大的反差。

除此之外，这本书实在是没什么有价值的内容可挖掘的了，这本破书！

格兰特松手任书本跌落，顺手便拿起了那本不知道写的是什么内容的书——《瑞比的玫瑰》。

①严格意义上说，理查·约克在登基之前，只该称其名字理查，称王之后才能称为理查三世。本书尽量按这种模式翻译，但因为英国历史上叫理查的人物众多，所以有时为了分清这些人之间的区别，在理查·约克没登基的时候，也将其称为理查三世，以便于读者明确其身份。

第五章

格兰特看了几页《瑞比的玫瑰》，发现这是本小说，不过虽然故事是虚假的，却比刚才那本书好看得多了。

而且这本小说所引用的故事背景，从历史的角度来看是非常严谨的，并非纯粹胡编乱造。

因此，这本书就相当于以小说的体裁形式来重述历史，想象的部分也较为合理，所以并非是完全架空历史的作品。

而且小说文笔清新流畅，内容情节也颇为清晰，还提供了王室族谱和不少精美的插图。总的来说，这是一本非常优秀的小说。

在格兰特的理论中，如果你没有渠道获得更多关于某个人的信息，从而不能深入地了解他，那你可以暂时先从这个人母亲的角度切入间接地去了解他，这也不失为一个好的途径。

而理查三世和爱德华四世的母亲，也就是约克王朝的先驱者约克公爵的夫人，就成为了格兰特目前要重点去研究的对象，而这本小说正是写约克公爵夫人的。

欧洲各国王室之间的通婚非常平常，所以英格兰的王室成员，其血统多半不太纯正。

而从小说提供的族谱上可以分析得出来，理查三世和爱德华四世这兄弟俩作为英格兰王室，其血统则是非常纯正的。

不只如此，这本小说的主角，也即这两兄弟的母亲约克公爵夫人的家族血统也非常高贵。

而且她的家族还非常优秀，按小说作者的总结，这个家族有三大特点，一是富贵有权势，二是人都长得漂亮，三是气质非凡，与众不同。

而在这个大家族当中，只有约克公爵夫人才集这三大优点于一身，堪称一位伟大的女性。

作者在书中认为，约克公爵夫人和跟他丈夫约克公爵之间的婚姻是建立在坚贞不渝的爱情的基础上的。这让格兰特不禁撇嘴冷笑，十分不以为然。

"一场政治婚姻，一帮王室贵族，哼，这些人之间哪有什么伟大的爱情，都是假面具，都是说给别人听的漂亮话罢了。"

不过，当格兰特看到约克公爵夫人为她丈夫生了一大堆孩子的时候，格兰特的观念才有所转变。

原本女人能生孩子说明不了什么爱情，只能说明这女人非常能生育罢了，顶多就能证明两口子之间有正常的夫妻生活罢了。

但是这一对夫妇的情况却和别的人家大为不同。在那个年月，女人都是大门不出二门不迈的，只能守在家里等着丈夫在外面忙完了回家，这才算一家团聚。

可约克公爵夫人却并非如此，她是经常跟他丈夫一起出游的，这一点可以从她在不同的地点生出不同的孩子这一事实来证明。

以当时的社会背景来看，夫妻俩的这一不同寻常的举动似乎完全可以说明两人之间的感情是很深厚的，你再怎么挑剔也不能否认这一点。

而这也似乎可以解释为什么在玫瑰战争战事正忙时，爱德华四世却仍然会天天抽时间去看他那些亲爱的弟弟们（其中就包括理查三世），因为这可能是约克家族内部历来传承的一种对亲情极为重视的家族传统。

格兰特专门挑书中对自己有用的内容，于是加快了翻阅的速度，翻到后面时，忽然眼前一花，一封信出现在他的视野里。

那是爱德华四世和他弟弟埃蒙德（理查三世的二哥）写给父亲约克公爵的信的影印件。

信中写的主要是两个孩子向父亲诉苦告状，说自己老师如何不好之类的内容。用语恭敬，格式也颇为正规。

作者还给出了这封信的出处，说是一位大收藏家所收藏的资料信件。

格兰特立刻提起了兴趣，觉得这本小说里说不定还有一些像这封信一样重要且真实的信息可以给自己提供线索，阅读的速度便不禁放得慢了下来。

可是仔细查找一番，格兰特却大失所望，什么有价值的内容也没有找到。但他却意外地发现了一段情节，情节中的一处信息让格兰特陷入了沉思。

那处情节大致说的是，约克公爵夫人在大清早带着沉重的心情目送自己的丈夫约克公爵，自己的哥哥，还有二儿子爱德蒙三人上战场[1]。

当时玫瑰战争战事吃紧，大儿子爱德华四世已经成年，正在外面指挥战斗，此时送另外三个亲人去赴战，也不知是不是从此就生死两别离，再也不能相见。

而约克公爵夫人身后还跟着自己另外三个未成年的孩子[2]，其中一个就是她的小儿子，也就是后来的理查三世。

在作者的这段情节中，对于理查三世的情态描写非常传神，说他长得难看，不像兄弟姐妹们那么漂亮，是个"丑小鸭"；性격似乎内向拘谨且自卑，所以离家人较远，退后一步站着。

总之，他仿佛是这个家里的客人，而不是家族成员里的一分子似的。

这一幕当然是作者想象的，作者又不可能亲临现场，但对于理查三世的描写却让格兰特心里一动。

"家里的客人？那是什么意思？"

格兰特把约克公爵夫人放在了一边，拼命在书里找对于理查三世的描写，但是内容却少得可怜。

作者对爱德华四世的描写非常丰富生动，对他这个四弟理查却只是将其置于被忽视的角落。

好不容易在小说的后面才出现了一段对于理查三世的描写，说的是爱德华四世一意孤行，不顾众人反对，不顾自己的身份，竟娶了一个所有人都不中意的漂亮女人——伊丽莎白·葛瑞[3]。

当有人把这件事告诉给理查三世时，他的反应却是不敢相信，因为他大哥在他的眼里是英雄，是偶像，是完美无缺的圣人。

到后来虽然事实明确，理查三世不得不接受，却也不认为是他大哥本人的错误，而是他，哥被迷惑蒙蔽了，是被诅咒了，是中邪失心疯了。

从而可见，至少在当时，理查三世对他这位大哥是万分佩服崇拜的，是万分忠诚的。而且书中旁白也明确指出，这份忠诚在以后的日子里也没有减少。

小说再往后就是描写约克公爵夫人如何艰难地解决这段婚姻所带来的麻烦，以及协调家族成员之间关系的内容了。

对于儿子的这段婚姻，公爵夫人心情复杂，有好有坏，但他侄子渥威克[4]的气愤与不满却是非常明显的，也预示着后来的大问题。

随后便是对于这位新王后的描写，写出了她的不俗与成就，还写出了在婚礼仪式上所蕴藏的渥威克对她伍德维尔家族一方的强烈敌视。

而再往后关于理查三世的描写则仅剩他和大哥爱德华等人，在渥威克联合老三乔治发动政变[5]之后落败，被迫落荒逃难的那段艰苦生活。

但是在这一大段的情节中，作者却并没有否定两个事实：一是理查年纪轻轻就用他三姐约克的玛格丽特所筹来的钱，独力帮他大哥租船，忙前忙后，不辞辛苦，而且能力也很强；二是前往敌营，策反了他三哥乔治。

当然，格兰特知道，在历史上，乔治这家伙是个软耳朵，随风倒，最容易受外界的牵引，最拿不准主意，心里没有定见，所以谁都能说服他。

更何况在此之前，理查的姐姐已经说得他耳软心活了，理查所做的也不过是在这把火上再加一根柴而已，所以不是什么了不起的事。

①后来这三人都死在了战场上，人头还被敌人割下钉在高处示众，头上戴着纸质王冠以示羞辱。

②约克公爵夫人西西莉·纳维尔一生共有子女13人，其中有6名子女早夭。

剩下的子女中，大儿子便是后来的爱德华四世；二儿子爱德蒙早年战死；三儿子乔治，亦即克雷伦斯公爵，后来曾多次起兵反对他王兄爱德华四世；而最小的儿子则是本书的核心人物理查三世。

另有三个女儿，约克的安妮，约克的伊丽莎白以及约克的玛格丽特，在历史上无甚作为。

但其中三女儿玛格丽特嫁给了勃艮地公爵"大胆的查理"，这层姻亲关系在后来爱德华四世和造王者渥威克之间的战争中起到了重要的作用。

③就是伊丽莎白·伍德维尔，爱德华四世的王后。她是个寡妇，原来的丈夫是约翰·葛瑞爵士，所以她当时随丈夫的姓，而伍德维尔是她父亲的姓氏。

她跟前夫有两个儿子，大儿子托马斯·葛瑞，即本书中提到的朵塞特侯爵，他是后来反对理查三世的政治斗争中的重要角色。

因为伊丽莎白这边的伍德维尔家族一开始在玫瑰战争中其实是兰开斯特一边的，与约克家族为敌。同时伊丽莎白的出身又不是特别高贵，所以爱德华四世娶这位王后才受到很大的阻力。

不过爱德华坚持这段婚姻其实更主要的应该还是出于政治目的，而并非完全因为伊丽莎白的美貌。

因为伊丽莎白·伍德维尔的家族里，母系一支有卢森堡血统，在欧洲的各大贵族中地位颇高；但父系一支在欧洲的地位却并不高，不过却和勃艮地家族有一定的关联。

而勃艮地家族可以用来牵制兰开斯特家族和支持红玫瑰的法国势力。

在后来和渥威克之间的对抗中，爱德华四世就是在勃艮地公爵大胆查理的帮助之下才取得了最后的胜利。

虽然这主要是因为"大胆的查理"当时已经成为了爱德华四世的妹夫，但是和王后一系的血统也不无关系。

所以，这些内容才应该是爱德华四世对于这段婚姻更深层面的政治考量。

另一方面，他也是想通过伍德维尔家族的势力来制约他表兄造王者渥威克的野心和跋扈。

④渥威克伯爵叫理查·纳维尔，是约克公爵夫人的侄子，是爱德华四世的表兄，和伍德维尔家族矛盾很深，所以反对爱德华迎娶伊丽莎白·伍德维尔。

渥威克颇有军事才能，在玫瑰战争之初曾帮爱德华四世登上王位；但后来双方矛盾加深，渥威克便又拥立了原来的亨利六世为王，故被人称为"造王者"。

渥威克最后在一次和爱德华四世的战斗中，误伤在自己人手下而阵亡。

⑤渥威克也是乔治的表兄，但后来又成为他的岳父。渥威克是野心勃勃的人，和伍德维尔家族的矛盾也越来越深。

而乔治其人生性反复无常，耳软心活，虚浮急躁，所以渥威克便联合乔治一起反对爱德华四世，其实乔治有被人利用之嫌。

在这场战争中，渥威克一度打赢了爱德华四世，但并没有废掉他，只是杀了王后的父兄作为报复、惩戒和警告。

第六章

　　小说还没看完，玛尔塔便邮来了一份包裹。

　　之前格兰特让人给女友玛尔塔带话，叫她捎一本摩尔的《理查三世史》来，看来她没有时间，只好把书给寄来了。

　　玛尔塔还附了一张便条，上面大致说的是：很抱歉，没能亲自送来。这本书很难找，最后是在公共图书馆才找到的。书只能借两个星期，但希望能拔掉你身上那根芒刺。

　　最后落款是：爱你的玛尔塔。

　　格兰特拿起书来看看，虽然旧了一些，不过还挺干净的，也没什么破损。

　　翻开书本，上面便是叫格兰特心烦意乱的文字，不过出于内心的需要，格兰特还是沉浸在了文字中，一直看了一个小时才长长地吁出一口气，但心里却并不觉得释然，他感觉理查三世身上的疑点反而更多了。

　　摩尔在书中对于理查三世事迹的记述与格兰特想象的差不多，只是那种叙述方式让格兰特觉得吃惊。

　　书中说，理查三世做了那些亏心事之后，受到了良心的谴责，导致寝食不安，形销骨立，而且这种内心的痛苦，只有他身边的侍从知道。

　　这种写法会让人觉得摩尔是在偷窥，而且还嚼舌根，于是导致读者开始从心理上同情理查三世。

　　这种感觉让格兰特非常不舒服，就像心里有一个怎么也解不开的结。

　　格兰特记得在以前办案的时候，有些情况下，心里就会产生出类似的感觉。

　　比如，某个证人的证词表面上听起来毫无破绽，但格兰特心里清楚，这家伙一定是在某个细节处撒了谎，只是一时尚且找不到而已，那时心中便会油然生出这种不安感。

　　可是作者摩尔是圣人，他忠实可靠，受万人尊敬，他说的话难道会有问题？

　　摩尔所描绘出来的理查三世，是那种能做大恶，做完之后又因后悔而痛苦不安的形象，这样的人总是处于焦虑当中，总是怕会有人突然跳出来伤害他，于是暗藏匕首，准备御敌。

　　这和之前护士长的看法相类似。

　　诚然，理查三世的很多其他行为也都侧面体现了这一点。比如他登基前，带兵突袭伦敦塔，把反对自己的人都抓来杀掉[1]，而其中有一个还是他以前的好朋友——海斯汀勋爵，两人之前感情非常好，他却也下得去手。

　　而且听说杀人还杀得非常匆忙，听说是随便找了个树桩就把好朋友海斯汀的脑袋剁掉了。充分体现了那种急于要登上王位而不择手段到近乎疯狂的状态。

　　再比如他诬陷自己的工嫂，也就是王后伊丽莎白·伍德维尔，说是她和王兄的一个情妇两人合谋用巫术把自己一条手臂弄得萎缩了。

　　天底下就是有那么一种人，先因愤怒、恐惧或是报复心理而不加考虑就行大恶、为大奸，欲除他人而后快，疯狂杀戮，毫不留情；但是随后稍一冷静下来便后悔万分，痛苦不已，坐立不安。

　　而我们的主角理查三世正是这种类型的人格，一切的一切都太符合了！

　　但在历史上，理查三世却又显得很有谋略，比如他让手下替他进行舆论宣传，说自己大哥爱德华四世还有三哥乔治都是私生子，是野种，根本没资格荣登大统，而只有他才血统纯正[2]。

　　格兰特觉得这事不大靠谱，理查三世怎么能为了自己的王位而污蔑自己母亲呢？但书中的文字写得确凿无疑，可不是自己眼花，看错了。

而且摩尔对自己的资格和权威性大为肯定,他说如果只有一个人知道王室真实的历史,那就只能是他自己了。

书中说约克公爵夫人听到自己小儿子如此地污蔑自己时当然非常愤怒痛苦。但格兰特想,大势如此,这位夫人无能力为,最终应该也只能够谅解吧?

而关于塔中王子一事,摩尔的说法则跟格兰特之前看到的那些史料没什么两样,只是细节更多而已。

书里说理查三世将两个侄子关起来之后,曾经暗示过警卫要他杀掉这两个孩子,但警卫拒绝了。

后来,理查便只好暗中派那个叫泰瑞的家伙去干这事,让他暂时代为保管伦敦塔的钥匙好便于行动,于是当晚泰瑞便另派了两个流氓把小孩子给杀掉了。

看到这里时,"矮冬瓜"进来送饭。

格兰特一边吃饭,心里一边想着理查三世的事:这个原本忠诚于大哥的小兄弟,在王位的面前已经转变成了一个出卖自己灵魂的凶手和魔鬼了。

"矮冬瓜"见格兰特还在看理查三世的画像,便插嘴道:"这人登基之前,其实老百姓还都挺喜欢他的。"

但是"矮冬瓜"的语意一转,却又说道:"不过他当时只是在假装而已,是在演戏,装成个大好人。而实际上他大奸若忠,一肚子坏水,他只是在等待时机好夺得王位罢了。"

甩下这句狠话,"矮冬瓜"转身出了病房。

"等待时机?夺得王位?"格兰特心里觉得这个理由不成立。

因为理查三世又不是先知,他哪能知道自己大哥会在四十多岁的时候,年纪轻轻的就死掉?

他也不可能知道自己三哥乔治后来会失势,其子女也因此失去继承权,从而为他的取得王位打开通道。

在理查登基之路的前面,他大哥的子女、三哥乔治及其子女都可以算作是理查的障碍,如果不是后来发生一系列突变的话,理查心里明知自己根本没什么机会,又何来等待一说?

更何况理查当时正在北英格兰管事,还在跟苏格兰打仗,他恐怕没心思也没工夫去演戏装假。

一个人的性格在短时间之内一般来说是不会有什么重大的改变的,可是我们的理查三世为什么前后的面目会如此大相径庭呢?

格兰特有心去《瑞比的玫瑰》里找找答案,想看看约克公爵夫人对于自己小儿子如此重大的转变会作何感想,可是作者竟然对这些内容避而不谈。

真是狡猾得可以!这个作者也太会取巧了!

小说的最后是王宫里的盛宴,一派欢乐的大团圆气氛,约克公爵夫人安逸地坐在一边,看着自己这一大家子人,这些优秀的子女以及孙辈们,她心满意足,脸露微笑,心中或许充满了成就感。

或许小说的作者就没想过要写出后来的悲剧情节,只想以这种欢乐喜悦的氛围和基调作为小说的结束。

格兰特注意到,小说此处对于理查三世的三哥乔治并没有提及。

说起这个家族的老三乔治来,就不得不详细地说一说。

乔治是个内心暴躁又意志不定的家伙,所以常表现得反复无常,弄出些事来,让家里人十分头疼。

他第一次闹事,就是联合岳父渥威克反对他大哥爱德华四世,虽然后来被四弟理查策反了,但这并不算完,后面乔治还会鼓捣出更多的花样来。

果然,后来乔治的夫人和孩子离奇死亡[3],乔治认定是两个贴身女仆所为。

于是,他不顾王兄爱德华四世要求公开审判的命令,竟在愤怒之下私自将两人吊死。这导致兄弟二人之间的矛盾加深。

后来乔治因为死了夫人，便又想娶全欧洲最富有的女人④，以便于他能够获得政治资本，这个计划却也被他王兄设计阻止。

可是乔治却并未因此而停止折腾，他又去娶了苏格兰王的妹妹。后来又再次去跟红玫瑰的兰开斯特家族达成密约，让红玫瑰封自己为亨利六世的合法继承人。

把事情做到这种程度，已经是跟自己王兄爱德华四世公开为敌了。真不知道该说乔治愚蠢合适，还是说他非常愚蠢才合适。

冲突激化到了极点，兄弟俩之间的尖锐矛盾已经无法调和。最后乔治被抓，死在了葡萄酒桶里⑤。

虽然乔治该被教训，但是似乎不该死，于是他的死反倒让他名垂千古。在公众的心目中，乔治此时的形象是个壮志难酬的家中老三。

所以，在小说大结局处的皇家宴会上，乔治之所以没有出现，就是因为他那时已经不光彩地死掉了。

小说里，此时的约克公爵夫人志得意满，看着自己孕育出的这些优良后代，觉得他们将成为约克王朝的支柱，而约克王朝也会千秋万载地传承下去。

不过与此时，这个老太太却看到了一个让她隐隐不安的现象，那就是随着自己大儿媳妇伊丽莎白·伍德维尔的渐渐得势，她开始将自己家的各路亲戚都安插到了约克家族里来。

于是，这些伍德维尔家族的成员们，这些随着伊丽莎白地位上升而产生的"暴发户"，这些别有用心的野心家们，有不少都和贵族成员结成了姻亲，来壮大自己家族的势力，有时甚至不惜跟与他们不相匹配的对象成亲。

这些颇富于心机的伍德维尔家族的家伙们，他们到底想干什么？借着伊丽莎白一个女人的势力就想平步青云，登入王室，从麻雀变为凤凰？

老太太想到了这些，感到了那种隐患，可是她却已经没有多余的精力去思考和处理这些问题了，她觉得王室家族里多一些新鲜的血液未尝不是一件好事，只要能够慢慢地同化他们。她对自己大儿子爱德华的政治能力有信心。

一切，一切的一切，都会好起来的！

而最让这老太太没能预料到的却是，没过多久，她那设想中的千秋万载的约克王朝的大厦就崩溃破散了：大儿子四十多岁就死掉；小儿子又涉嫌杀侄篡位，同时还污蔑他母亲贞洁的名声；小儿子最后又输给了亨利·都铎，尸骨都无人加以收敛；而自己的长孙女约克的伊丽莎白，最终竟又嫁给亨利·都铎，这个杀死了自己小儿子的人，这个取代了约克王朝的人，这个建立了都铎王朝的首任君主——亨利七世。

世事真是难以预料啊！

历史、人生、命运，其实都在相当大的程度上把握在我们自己手里，可是聪明的我们却总会把它们给弄糟，从而让上帝发出轻微的冷笑和叹息。

---

①在理查正式登基之前，他得到消息，说一些人联合起来要反对他，正在伦敦塔里密谋，于是便突然带人去伦敦塔控制了局面。

理查当时抓捕了三个主要头目，分别是海斯汀、斯坦利、莫顿，这三个人在王后伊丽莎白的指使下要反对理查。

但理查最后只杀了海斯汀，另两人得到了释放，但这两人却都成为理查三世后来的灾难。本小说后文对此有详述。

②根据本小说的分析推理，理查三世应该没有进行过这种宣传，那是对他母亲的大不敬，更何况当时母子二人还共同生活在城堡里。

不久前有新闻称在英国发现了理查三世的骸骨，经DNA比对确认就是理查三世本人，尸骨其他方面的特征也颇符合，比如死亡年龄、驼背、创作等方面，还进行了人脸复原。

但仍然有一些疑点，比如并没有发现此人有一只胳膊肌肉萎缩的证据。

而最重要的是DNA的比对结果，结果竟然显示该骸骨的母系遗传特征虽完全相符，但父系一边却不同，显然在此之前王室之中有人有过私密的外遇。

不过，目前尚无法精准地确定其父系一边的不明外来基因是从哪一代开始传入的。

因此，如果理查三世当初确实曾经命令手下宣扬过关于血统的论调的话，那几百年之后的现代科技结论，对这种宣传也不失为一种讽刺。

③乔治的妻子伊莎贝尔·纳维尔是渥威克的女儿，论辈分原是他表侄女。

伊莎贝尔应该是产后感染致死的，离她生产的时间约有2个月，下毒一说证据不足，或许是乔治的误判甚至是某种借口。

他不经过审判就将两个女仆处死，其实是他自认为凌驾于司法之上的一种嚣张举动，但这都给他后来的灭亡埋下了伏笔。

④是勃艮地公爵的女儿玛丽（其实按辈分是乔治的侄女，因为玛丽是乔治的三姐约克的玛格丽特和勃艮地公爵生的女儿），勃艮地公爵当时已经去世，这位玛丽继承了巨大的遗产。

乔治的第一位妻子伊莎贝尔是渥威克公爵（理查·纳维尔）的大女儿，因此他原本可以继承相当多的财产和封地。

但乔治的四弟理查三世却又娶了伊莎贝尔的妹妹，兄弟两人自此成为连襟。

两人在继承遗产问题上一直争吵不休，后来乔治便没能得到纳维尔家族的全部财产。

因此，乔治此举是想增加自己的政治资本，但恰恰让爱德华四世感到了一种威胁。

乔治其人反复无常，让人捉摸不透，渥威克公爵战死之后，乔治气焰又十分嚣张，以功臣自居，这些都是让爱德华四世感到不安和厌烦的因素，故此爱德华四世没有同意这桩婚事。

⑤根据莎士比亚的说法，乔治最终被溺死在葡萄酒桶里，但此说应该有戏说的成分，应该是用酒桶运走了乔治的尸体而不是用酒将其溺死，不过后世所找到的乔治遗骸上也确实未发现他被砍头的痕迹。

第七章

格兰特困了，关了灯，任由书本滑落在一旁，闭上眼睛便准备睡去。但是就在半睡半醒之间，格兰特的脑子里忽然浮现出一句话来："摩尔是亨利八世①！"

格兰特立刻就醒了，他来了精神，把灯点重新点亮，在昏暗的灯光中思考着这个问题。

他脑子里闪出来的这句话倒并不是说摩尔是亨利八世本人——那当然不是，而是说两人生活在同一个朝代。

那么，以摩尔的年龄来看，他应该和亨利七世、理查三世两个人的年代都有过交集。

格兰特再次拿起摩尔的书，书的前面有作者的生平简介——格兰特一开始都没动过看这个简介的念头，简介上说摩尔是亨利八世的大法官，而理查三世称王的时候，摩尔才五岁。

而理查三世在位不过两年，后来死在战场上时，摩尔的年龄也不过8岁而已！

8岁！小毛孩子！

所以格兰特认为摩尔所说的这部分内容和观点全是听来的罢了，并不一定是史实！

作为警察，格兰特最不屑的就是这一点！

格兰特登时视这本书为垃圾，手一挥，把书扒拉到了地上。

摩尔是很智慧，是很正直，是很有学识，但他是在都铎王朝下长大的，他根本不认识理查三世，两人之间根本没有过真正意义上的交集，所以他的书未必就是有力的证据。

可是他的书却成为了很多人心目当中的"圣经"，所有人都引用他的结论，其实摩尔自己也未必完全相信所写的内容。

格兰特对摩尔的书已经不再感兴趣了，他想找到最真实可靠的资料！

这个念头让格兰特的心情激动不已，这个夜晚也就在激动不已中度过了。

第二天一早，格兰特冲亚马逊护士发了火，他把摩尔说成了骗子和没有价值的家伙。

这让亚马逊很受伤，眼泪在眼眶里乱转，同时看到格兰特头上青筋都凸起来了，又不免有些害怕，勉强为自己辩护道："可摩尔跟理查三世是同时代的人啊！"

"什么同时代！理查三世死的时候，摩尔这老家伙不过才8岁！8岁！所以他写的东西也是听来的，跟你我没什么分别！"

亚马逊吓坏了，忙问道："你是不是病情加重了？发烧了吗？"

"烧倒没发，但是我血压高得都要爆血管了！"

"天哪！大家都以为你恢复得很不错呢，这一下所有人可都要伤心死了！"

格兰气得不再理会亚马逊，亚马逊很受伤地离开了。

等到玛尔塔来看望他的时候，格兰特又对她发起了质疑。

"你说说看，你给我拿来理查三世的画像干什么？一丁点价值和意义都没有的东西，为什么要拿给我？"

玛尔塔对格兰特的气愤有些意外，回答道："之前帮我去找画像的那位朋友，他说如果你对人脸感兴趣，就给你看看理查三世的画像，因为他觉得理查三世不但不是坏人，相反还非常地圣洁。"

玛尔塔的说法让格兰特一下子想到了自己当初看到这张画像时的印象和感觉。

格兰特问玛尔塔是不是也觉得理查三世的脸像个圣人。玛尔塔把画像拿起来仔细地看着，好半晌没有结论。

之前，格兰特问过很多人对这张画像的看法，大家的说法各不相同。不过玛尔塔是个演员，她懂表演，她对人脸应该有自己独到的见解。

格兰特正想着，便听玛尔塔说道："这人的脸挺有意思的，一开始看的时候觉得他很阴险暴躁，但是看得久了，却觉得这人很温柔随和，这种感觉应该就是所谓的圣人的脸吧？"

"我觉得他应该是很有良心的人，做事坚持自己的原则。"格兰特说出了自己的评价。

玛尔塔把画像放下了，笑道："去他的画像吧！哈哈，我觉得都无所谓，不就是一张脸嘛！画出来的东西只要改动几笔就成了另一个人了。"

"你说会不会把画像弄错了？这种事可常有。我觉得画像和历史中对他的评价差得太多了，简直就不是同一个人。"

"不会的，你别乱想。这画像的原版是属于都铎王朝的首任君主亨利七世的，有四百年的历史，现在到处都是这张画像的复制品。放心吧，是不会弄错的。"

格兰特点点头，追问道："你在大英博物馆有认识人吗？"

"你想干吗？"

"我想要理查三世同一个时代的第一手历史资料。"

"怎么？摩尔的那本书不行？他可是权威，圣人，伟大的人！他写的东西被所有人认为是真理呢！"

格兰特脸上毫不掩饰地露出厌恶之情，说道："别再跟我提摩尔了，这老家伙现在在我眼里一毛钱都不值，他写的东西我看全是胡编乱造！"

玛尔塔看到格兰特生气的样子不禁好笑，说道："你这么激动干嘛？摩尔的书可是别人引经据典的源头和范本，是人们研究历史的可靠依据。"

不过玛尔塔心里却同时涌起一阵暖意，因为这时的格兰特看起来就像是一个可爱的大男孩。

"我跟你说，摩尔是在都铎王朝的政治环境下写的史书，你想他会把理查三世写成明君吗？再说，他写的内容也都是听来的、看来的，根本不是第一手资料！因为理查三世当政的时候，这老家伙才5岁！你知道吗？5岁啊！所以他的东西怎么能成为可靠的依据呢？"

"那你想知道点什么？我是说关于理查三世的？"

"我想知道他为什么性情会在短时间之内变化如此之大。爱德华四世死之前，理查三世的表现还忠诚无比呢！"

玛尔塔抿嘴笑道："权力呗！王位呗！谁不想要更大的权力啊！你以为都像你这么淡泊名利？面对着王权的诱惑，理查内心的魔鬼被召唤出来，所以做出了丧心病狂的事，我想这也不奇怪。"

"我不这么想！"格兰特用力地摆了摆手，接着说道，"你看，爱德华四世死了之后，他儿子爱德华五世登基，但小孩子还没成年。理查被他大哥托孤辅佐爱侄治理国家，是护国公。虽然理查没被封为摄政王，但他实际上就是在摄政，权力非常大，所以，他没必要那么急就杀侄夺权！"

"看你的样子！又何必太认真呢？也许是因为爱德华五世这臭小子不听话呗！他虽然年纪小，但是心急，所以不甘心让他叔叔摄政。这就有可能导致小孩子不自量力，甚至可能先对他叔叔下了手。而他叔叔理查一看小毛孩子不听话，目中无人，不尊重长上，不服管教，还敢先下手为强，所以就给他点颜色瞧瞧喽！嗨，管他呢！"

格兰特补充道："杀了两个呢。"

玛尔塔叹道："是啊，理查三世一不做二不休，一口气杀了两个？这俩小孩呀，真惨，待宰的羔羊啊！"

不过，玛尔塔对于理查三世为什么要杀两个侄子似乎并不如何关心，这一番感慨多少有点敷衍的意思。

可是刚说到这里，玛尔塔却忽然"喔"了一声，很明显像是想到了什么似的。

格兰特心里装不下疑问，立刻问道："你怎么了？想到什么了？"

"没什么，没什么，是'羔羊'这个词叫我想到了一个人，他或许能帮你。亲爱的，我得走了，不过我很快就会再来看你的。"

玛尔塔说完如一阵风般地走了，格兰特对自己女友的风格有点接受不了，一惊一乍的，话也说不全，最可恶的是还留了个悬念，真是叫人头疼！

"羔羊？羔羊是谁？她有个朋友外号叫羔羊吗？我怎么不知道？"格兰特想不通。

不过答案很快就揭晓了，因为第二天晚上，一个陌生男子来到了病房，要见格兰特。

那是个年轻人，戴一副古板的牛角框眼镜，一头卷发，他有些害羞，一副书卷气，进来之后跟格兰特打了招呼，说道："你好，请问是格兰特先生吗？我叫卡拉丁，是玛尔塔小姐叫我来看你的，她说我或许能帮助你。"

格兰特心里暗笑，知道这文弱的年轻人就是玛尔塔口中的那只小"羔羊"了，难怪被她称为羔羊，这孩子的头发都是卷。

真不知道玛尔塔这女人又用了什么高明的手段让这个可爱秀气的小伙子能抽出时间来帮自己。

两人寒暄了一阵，格兰特让卡拉丁坐下谈话。

卡拉丁看起来像个美国人，而谈话中他也承认他确实就是美国人。尤其是他那件宽大松散的外套，非常有美国人的风格。

卡拉丁坐下后说道："我是做历史研究工作的，经常在大英博物馆里做事，玛尔塔小姐说我的工作性质能帮得上你。"

"太好了，你确实能帮得了我。你专门研究什么的？"

"农民起义。"

就这样，两人聊了起来，不过一开始聊的都是卡拉丁那些无聊的琐事。

卡拉丁说，他家里是做家具生意的，他父亲希望他能子承父业，不过他不喜欢。

为了躲避家里人的喋喋不休，卡拉丁又实在是无处可去，最后就只好从美国来到了英国。

因为卡拉丁比较喜欢历史，最后就到了大英博物馆，做些和历史有关的工作，希望能做出些成绩来，对家里也好有个交代。

不过，他是跟着玛尔塔的一个女同事一起来的，而且看来两人之间的关系不一般，但是卡拉丁的家人却非常看不起这位籍籍无名的女孩，或许认为她只是个没出息的女演员而配不上卡拉丁的出身吧。

说了一通闲话，卡拉丁也放松下来，不再拘谨了。他伸长了腿，好让自己舒服一点，却不小心碰掉了理查三世的画像。他把画像捡起来一看，不禁失声道："理查三世！"

"你觉得这人的脸怎么样？"格兰特顺势问道。

"嗯……长得不漂亮，我有一个大学教授跟他长得一样，显得身体不好，一副病容。不过，我的教授性格非常好，人很善良的。"

说到这，卡拉丁抬起头看向格兰特，语速有些加快地说道："看来，你就是想知道知道理查三世的事吗？"

"不错，我想知道一下同一时代大众对他的看法，权威一点的。"

"嗯，这跟我的研究方向在年代上相近。我知道有一位史学家叫奥利芬特，他对理查三世研究得很深。"

"对了，你觉得摩尔的书怎样？"格兰特想知道这位年轻人对摩尔的看法。

"摩尔？我觉得他不行。"卡拉丁摇了摇头，接着说道："在我眼里，摩尔的历史政治意味太浓了，就像是在为亨利七世进行政治宣传。对了，你为什么会忽然对理查三世这么感兴趣？"

"唉，说来话长。我住进了医院，闲着没事，正好我喜欢研究人脸，所以玛尔塔就给带来了一大堆人脸相片让我研究，用来打发时间。理查三世的画像就在其中，我无意中发现了。就这么着，我开始对理查三世感兴趣了，因为我觉得在他身上有个很大的谜团。"

"哦，原来如此。那理查三世在你眼里怎样？"

"如果按历史的说法，他是个臭名昭著的刽子手、杀人犯，可是以我对于人脸的研究，我却认为他是个好人。而且他虽然只在位两年，但是政绩斐然，还是个不错的军人。他私德也不错，不像他王兄那样乱搞女人。"

"呵呵，我知道，爱德华四世嘛，他是个风流俊男，高大威猛。不过……也许正因为理查三世长得难看又驼背，所以忌恨他哥哥，于是才杀了他侄子。"

"哦？"格兰特之前可并没有想到这一点，问道，"你是说理查三世从小就积压着对于爱德华四世的恨意？长大之后伺机报复？"

"积压？为什么要这么说？"卡拉丁有些不明白。

"那是因为大家虽然对于理查三世评价不高，但是在杀侄篡位这件事以前，人们可都认为他对他哥哥非常忠诚尊敬。而他们家老三乔治却不是个省油的灯，总是爱折腾闹事。所以我才用了'积压'这个词，来说明理查三世城府很深。"

"是吧。"卡拉丁抬头望着天花板，想了想，随后说道："反正……如果是我的话，我要是从小驼背，长得又难看，然后我大哥却出尽了风头，所有人都喜欢他，女人、权力、鲜花、掌声都被他给抢走了，我则非常痛苦地生活在他的光环之下，那我想我一定会恨他。对，一定恨他！"卡拉丁用力地点了点头，肯定了这一点。

"嗯，这个倒合情合理，是人之常情。"格兰特表示认同。

卡拉丁似乎想到了更多的内容，便继续说道："而且这种忌恨压抑在心里，可能只是一种潜意识，他自己平时都没察觉。可一旦王位就在眼前，哥哥病重身死，那种压抑了许久的东西才终于爆发了出来，就连骨头里都在发出一种声音：'这正是大好的时机啊！这么多年来我一点存在感都没有，一直活在他的阴影里，现在终于有机会显示一下我自己了，这王位就是对我多年来积在心里的痛苦的一种平衡回报！赶紧动手吧，不要再等了！'"

看着卡拉丁略有些夸张的表情和动作，格兰特心里一动，觉得卡拉丁的想法跟《瑞比的玫瑰》里描写的感觉大有相似之处。

理查三世在那本小说里，也是一直站在家人的身后，还隔了一两步的距离，像个客人似的。

这体现了一种疏离感，一种不合群的感觉，也许正是内心不平衡的一种外在表现。

卡拉丁这时又说道："你说理查三世杀侄之前一直都很忠诚，表现良好？嗯，这种表现倒像是个有血有肉的人。你看莎士比亚对理查三世的描写，简直就成了一个小丑，显得很假。嗯，这样说来，我也开始对理查三世感兴趣了，看来研究这个比研究农民起义什么的要好玩得多。好吧，格兰特先生，那就让我来为您服务吧，咱们开始研究这个人历史人物。"

"好！你这小伙子真不错！如果你能帮我找一些重要的资料来，那可真是太好了！"

随后格兰特强调道："不过我需要的是理查三世同一时代的说法，我想在那个年代，发生了那么多大事，同时代的人不可能没有感受。"

"没问题，我回去找找看，看看哪位历史学家更适合你。我现在头脑中已经浮现出几个历史大家的名字了，比如我之前提到的那位奥利芬特。咱们明天见吧，我会把书带过来。那我就不打扰了，告辞。"

卡拉丁向格兰特道声晚安，退出了病房。

格兰特满怀希望地等着卡拉丁明天能把好书带来，同时也想到，这是个非常优秀的小伙子，看来玛尔塔的那位女同事找到了一个不错的男朋友。

①亨利八世是亨利七世的二儿子，都铎王朝的第二任君主。曾因废后问题和罗马教皇闹翻，后推行宗教改革，建立了英国国教圣公会，并自任宗教领袖，君主集权达到了顶峰。他曾有过六次婚姻。

托马斯·摩尔是"空想社会主义"的创始人，著有《乌托邦》，在欧洲的地位和名望极高。他曾是亨利八世的大法官，深受重用，但最后因为反对亨利八世兼任宗教领袖而被处以死刑。

而按本书的观点，摩尔对于理查三世的相关描述都充满了政治意味和倾向，故此对于理查三世的形象进行了有意或无意的负面评价。

但在历史上，摩尔为人正直，品格高尚，一直受人尊重，受刑前从容自若，所以他在私德方面应该没有什么太大的问题。

故此，本书作者借格兰特之口对摩尔进行的评价多少还是有一些个人情绪在里面。

第八章

　　第二天，卡拉丁果然把书给格兰特带了过来，那是一本厚得吓人的史书，作者是当代史学家奥利芬特。

　　格兰特看了两天，这使得他有了不少新的认识。

　　这一天玛尔塔抽空来看他，一进屋脸上就带着笑意，看那表情，她一定觉得自己给格兰特找来一只"小羔羊"这件事是个大功劳。

　　果然，她见面就问："小羔羊怎么样？还让你满意吧？"

　　"小羔羊？噢，你是说卡拉丁啊！确实是只小羔羊，又老实害羞，又是卷头发，这小伙子确实不错，这次你干得漂亮！"格兰特忍不住夸了她几句，又客气道："真是叫你费心啦！"

　　"嗨！我根本不费吹灰之力。这小家伙几乎天天住在我们剧院，他跟我那个女同事甜蜜得很呢！我想找他帮这点小忙还算是大事？"

　　玛尔塔随手翻了翻小羔羊带来的那本史书，问道："这么厚一本，你看起来挺费事的吧？"

　　"确实，但是你仔细读过之后会发现，写得非常细致，所以也并不怎么难读，而且我终于知道了摩尔对于理查三世的看法是从哪里听来的了？"

　　"哪儿？"

　　"一个叫莫顿的人。他是都铎王朝第一任君主亨利七世，也就是打败理查三世的那个亨利·都铎时期的大主教，他可是理查三世的死敌。"

　　"哦！"玛尔塔恍然大悟，拉了个长音，"原来是这回事啊！"

　　格兰特又道："而且后世凡是和理查三世有关的内容，其实都源自于这个莫顿，包括莎士比亚之流在内。可能是摩尔以前在莫顿家里住过，听莫顿说起过当年的事，所以就记了下来，他心里可能还以为这些事是真的呢。"

　　"那小羔羊拿来的这本书的作者怎么看？作者叫什么来着？哦，叫奥利芬特。"

　　"他其实也对这件事有所怀疑，心里并不顺畅，但是没有明说。只是一方面说理查三世十分英明且有才干，另一方面却又说他狠辣凶残。可这非常矛盾啊！所以他就在后面加了一句，说理查三世做了大恶之后，内心一直非常痛苦懊悔。这算是一种勉强的解释吧。"

　　"那你觉得这本史书的作者是哪头的？他是什么立场？"

　　"我觉得这个作者挺中立的，但他对亨利·都铎登基并没有表示过质疑。"

　　"那这个亨利·都铎是怎么登上王位的？谁在支持他？"

　　"我想有两股势力吧，一是红玫瑰兰开斯特家族的余党，而亨利·都铎其实就是兰开斯特家族的一个分支。二是伍德维尔家族。这个家族当时树敌太多，王后和理查三世之间又早有矛盾[①]，她怕理查三世掌权之后对她不利，所以这股势力也在支持亨利·都铎。战争结束后，王后伊丽莎白还让她的大女儿嫁给了亨利·都铎。不过亨利·都铎这个人非常精明，他在反对理查三世时，对外的口号是除暴君，他可没提他兰开斯特家族的血统[②]，尽管他的血统有点偏。"

　　"噢，这个亨利七世也算是个政治家了。不过我对他了解得不多，只知道他非常有钱，而且为人刻薄。好了，不说亨利了，你对理查三世的研究有什么进展没有？"

　　"还没有，对理查三世身上的这种矛盾我还是很困惑，但好在我清楚地知道这一点。"格兰特似乎对自己有些失望，不禁摇了摇头。

　　"那小羔羊卡拉丁是不是常来跟你一起聊理查三世啊？"

"没，他只把书给我带来了，这两天都没看见他，我猜这小伙子可能烦了吧？"

"不会！"玛尔塔非常自信地说道，"这孩子就一个优点，那就是讲信用，非常地忠诚。"

"呵呵，那跟理查三世是一样的喽！因为理查三世的座右铭是'忠诚不贰'。"

两人相对而笑，正在这时，外面有人敲门，格兰特喊声"请进"，只见小羔羊卡拉丁推门走了进来，身上还是披着他那些松垮垮的外套。

他看见玛尔塔也在场不禁有些意外，脸上一红，说道："真抱歉，我不知道玛尔塔小姐也在。"

玛尔塔似乎很喜欢逗这种害羞的小男孩，笑道："没关系，现在我们的格兰特先生喜欢你比喜欢我多一些。好啦，你们聊吧，我还有事，得先走了。"

卡拉丁送走了玛尔塔，一直恭敬地把她送到门口。

格兰特看着卡拉丁的样子，暗自笑道："真是个容易害羞的大男孩，虽然喜欢漂亮女人，但是心里却拘束得很，看来还是单独跟我这种大男人待在一起才会彻底地放松下来。年轻人的纯真还真是让人怀念啊！"

卡拉丁再次回来的时候，状态便放松多了，跟格兰特闲聊了几句，最后又说到了理查三世的身上。

格兰特说道："上次咱们说到理查三世因为难看而自卑，所以忌恨他那高大帅气的大哥。不过你带给我的那本书上说他驼背和手臂萎缩的事其实并没有确凿的证据，就算是真有点毛病也不严重。对了，你找到跟理查三世同时代的史学家了吗？"

"没有。因为按你的标准，虽然有的史学家跟理查三世是同一个时代的人，但他们都是理查三世死了之后才写的书，那也是为都铎王朝而写，所以不算数。但是我却发现了一件事。"

格兰特追问道："什么事？"

卡拉丁说道："我发现，摩尔关于理查三世的内容并非他自己写的，只不过人们在他的手抄稿中发现了这一段内容，才把这事算在他头上。他那份手抄稿其实还没抄完，而人们却在另一个地方发现了完整的稿件。这说明……"

格兰特抢着说道："说明第一手资料是另一个人写的！"

卡拉丁笑着点了点头，两人这时都很兴奋，卡拉丁的脸甚至都有些发红。

卡拉丁继续说道："在那个年月手抄稿非常平常，因为印刷术还没有普及嘛！摩尔抄这份资料的时候应该是35岁左右。"

"不错，不错。"格兰特兴奋地搓着手掌，"咱俩都清楚，摩尔曾经在莫顿那儿听到过不少东西，那也就是说，这份完整的手稿最初的作者应该是莫顿喽！"

卡拉丁用力地点点头。

"我说的嘛！难怪这些说法听起来那么假。原来是莫顿写的，那就不奇怪了。对了，你了解莫顿吗？"

"知道有这个人，但不大清楚具体情况。"

格兰特调整了一下姿势，清了清嗓子，说道："莫顿原来是个律师，后来是个牧师，他可是史上最会见风使舵的家伙，见哪边势大就投靠哪边。玫瑰战争的时候，他先站队到红玫瑰的兰开斯特一边，后来白玫瑰的爱德华四世势大了，他便又靠了过来。等理查三世登基后，他又投向了伍德维尔家族，后来又投向亨利·都铎。最后等都铎王朝正式建立之后，他就成为了大主教。"

格兰特非常鄙视这种人格，所以说得又快又脆，恨不能一股脑地把关于莫顿的丑事全说出来。

卡拉丁忽然眼睛一亮，说道："我想起来了！莫顿这个人我知道！他可是亨利七世的忠实仆人！替他收税，非常严酷！总想把人们的钱榨干！而且我还想到一件事，能够证明莫顿在塔中王子事件之前就已经恨上理查三世了！"

"好好好，你说，你说！"格兰特急得恨不能跳下地来抱住这小羔羊卡拉丁，只是身上的伤不允许。

卡拉丁见格兰特急得要命，便立刻笑着说道："那是在爱德华四世还在位的时候，当时法国国王因为跟英格兰之间的战事甘拜于下风，就想给英王送一大笔钱以求和平。但是理查三世非常气愤，认为这种事很龌龊，便给拒绝了。于是莫顿就不高兴了，因为他本来可以从中获利的，这一下可断了他的财路。"

"所以说以莫顿的为人，他一定不会喜欢理查三世，就算塔中王子的公案不存在，莫顿也一定会反对理查三世。"格兰特总结道。

格兰特所说的结论跟卡拉丁心里所想的一样，两人想到一起去了，不由得相视会心而笑，互相击了一掌。

卡拉丁说道："不过关于塔中王子的事，我却没有从资料中查到，好像没人提这事似的。"

"哦？"格兰特不禁有些奇怪，"这么著名的公案，家喻户晓，怎么会没有人提呢？"

"确实没有人提。这几天我没干别的，一直在查理查三世那个年代的相关历史资料，但是没有一星半点相关的记载。"

"是不是当时没人敢说实话呀！怕惹祸上身。"

"也许吧，但有另一件事更能说明问题。那就是理查三世战死沙场之后，亨利·都铎这个胜利者给理查三世罗列了很多罪名，但是在诸多罪名中却没有谋杀亲侄这一条！"

"真的吗？！"格兰特吃惊非常，两只眼睛睁得大大的。

卡拉丁却很平静，只郑重地点了点头，表示千真万确。

"这……不可能啊！"格兰特不自觉地看向天花板，双眼其实看的是虚空，"战争结束了之后，亨利·都铎很快就回到了伦敦，伦敦塔自然也在他掌控之中。那么，不管是以他的为人，还是从政治角度出发，他都应该对王子失踪一事大加宣传呀？这可是非常有力的舆论武器啊！上天扔给他的好机会，难道他都不利用吗？"

两人的目光又对在了一处，卡拉丁心中自然早有定论，他胸有成竹地伸了伸双腿，换了个舒服的姿势，沉稳地说了出来："答案只有一个，那就是，在理查三世死的时候，其实两个小王子还没失踪，而理查都已经死了，他当然就没法再制造枕头闷死亲侄子的丑恶事件了。"

沉默，长时间的沉默。

两人都不说话了，心里都在分析着这件离奇的事，两人的心思飞快地运转着，仿佛像钟表一样发出了嘀嗒声。

最后还是格兰特先开了口，不过语气中带着一种犹豫："这……不对劲啊！咱们会不会忽略了什么重要的问题？"

"我想不会，我想了三天了，只有一个结论，就是亨利·都铎在撒谎！他是出于政治目的才给理查三世栽赃的。王子根本没有失踪！你看，亨利·都铎那时候一直在对理查三世进行恶毒的指控，说他残暴专权；还把理查三世原来那些御侮卫国、忠诚英勇的部下都定了叛国罪。亨利所做的这些事，都是在给理查三世泼脏水，同时洗清自己的罪恶，但他做了这么多事，却只字未提塔中王子！"

"不对！"格兰特把手一摆，"咱们忘了一个，那个凶手泰瑞，他后来不是认罪了吗？还被吊死了！"

格兰特把那本奥利芬特的史书找了过来，迅速地翻找着，终于找到了那一页，指着文字说道："你看，在这里写着呢，泰瑞承认了杀……不对，不对。"

格兰特读着读着语气便发生了变化，"不对，泰瑞认罪这件事发生在……1502年，对，是1502年，可那都是……"

格兰特抬起眼，双眼看天，手指掐算了几下好便于计算年数，而卡拉丁此时也在心算着，最后两人同时算了出来，一齐脱口而出道："20年之后！"

"天哪！那都是20年之后的事了！"两人又齐声感慨着。

卡拉丁很兴奋，习惯性地想要抽根烟，却又怕格兰特反感。

格兰特手一挥，说道："抽吧，没关系。连我自己也想喝杯酒呢！我现在头脑已经蒙了，转不动了！"

卡拉丁点着了烟，吐出个烟圈，说道："我也头脑眩晕，眼前一片漆黑。"

"你说，那么多本正规教科书上写的内容难道全错了？"

"不能有这种情况吗？"卡拉丁反问道。

"当然会有！当然会错！"格兰特这次语气变得肯定了。

"其实，我之前也不相信书上的东西会错，但是后来我查资料时发现一件事，这事让我心有触动，打那以后我对教科书上写的内容就不抱全然相信的态度了。"

"什么事，说来听听？"格兰特现在就像个好奇的孩子。

"是这样一件事，有一个历史事件叫波士顿大屠杀。你知道，大屠杀嘛，当然是死了很多人才行。可是我查到了一份资料，发现其实所谓的大屠杀总共才死了四个人。我从小就接受的教育啊，让我一直以为是真正的大屠杀，我一想到平民被士兵打杀，血流成河，死伤无数，我心里就气愤得发抖。哪知事实并非如此，只是一场极小规模的冲突而已。"

格兰特一语不发，在那里出神。他向卡拉丁伸出一只手，卡拉丁会意，递给他一支烟。

两人相对吐着烟圈，格兰特说道："其实我也有过跟你同样的经历和感受，你知道汤尼潘帝吗？"

"什么东西？一种药吗？"

"不，是南威尔士的一个地名，在那里发生过一次政府屠杀矿工的惨案。但事实并非如此。"

"说来听听。"卡拉丁也急于要知道这件事。

"事实是这样的，当时有一部分民众暴动打劫，当地警察局长一看局势不妙，就请求调兵支援。但丘吉尔认为派军队过去会把事情搞大，于是就派了训练有素的警察前去控制局面，军队留在外围待命。而警察们跟对方谈判的时候其实都没带武器。而且最后也没死人，所谓流血事件不过是流了些鼻血罢了。但在外界却被传成了军队开枪射杀无辜抗议的矿工。这和真相差得太远了。打那以后，汤尼潘帝就是虚假历史虚假新闻的代名词。"

"嗯，跟我说的波士顿大屠杀是一个性质的。都是汤尼潘帝。"

"关键并不在此，关键在于很多人是知道真相的，可是却都不说出来，等到了后来事件拍板定案，就再也难以翻案了。"

两人齐声感叹："这就是历史！"

"那咱们就从细节入手吧，重新建构历史，而不是人云亦云。我负责去查资料。"卡拉丁像是一个发现了神秘地图的孩子，打算开始一个新的计划。

"说实话，你现在的样子看起来倒有些像个警察了。"格兰特看到卡拉丁这个神情，不禁笑着说道。

"是啊，我也学着用警察办案时的思路看问题，比如问问自己谁是受益者。这一问我才发现理查三世杀掉两个侄子是不合理的。因为横在理查三世前面的有资格继位的人选实在是太多了，可不止两个小侄子。比如爱德华四世的另外几个女儿，再比如乔治的一对子女。就算是乔治死后，他子女的继承权受到了影响，那也并非一成不变的，都是人为的嘛！"

"这些继承者们都活着吗？"

"不清楚，但是我可以查出来。反正至少爱德华四世的大女儿活着，因为后来嫁给了亨利·都铎了嘛！格兰特先生，我看咱们就开始着手做这件工作吧，先不管什么史书和史学家了，就从细节入手。有一句俗谚说得好，事实不在于人们说什么，而在于账簿。"

"哦？那是什么意思？"格兰特大感兴趣。

"意思是说，像账簿、信件、清单记录之类的琐碎资料，反而最能说明真实的历史。比如历史认为某位女士从未生过孩子，可是账簿里却写着，'为了表达对我爱子的感情，特购入蓝缎带五码，花费五便士半'，这就说明该女士生过孩子，这听来才更为合理。"

"我明白了，咱们这就开始？"

"好的，那你负责设计计划，指点大方向，我就负责查资料。说吧，咱们先从哪里开始？"

"那就先从……好，先从爱德四世死的时候，其余众人的反应开始吧。国王的死是大事，那时人心浮动，各有各的想法，了解一下大家的想法，或许会有助于咱们的进展。"

"好，就先查查大家的反应，当然是他们的行为，因为心里的想法外人是不知道的。对了，摩尔的书里对于理查三世的反应是怎么描述的？"

"书里说理查三世劝他的王嫂伊丽莎白·伍德维尔不要派那么多人去接远在异地的小王子，而心里却在计划如何派人去绑架两个孩子。"

"也就是说，摩尔认为理查三世早就有心对付两个小侄子了？好，那我就去查一查，当时都有谁有过特殊的举动，从而推断他们的动机。"

卡拉丁显得十分兴奋，忽然眼中泛出调皮的神色，故意用审犯人的方式笑着问道："那，格兰特先生，你先说说15号下午5点的时候你在哪儿？"

"哈哈哈！"格兰特开始喜欢这个大男孩的聪明劲了，"不错，就是这个意思！就是这种方式和思路！"

"那我就要去战斗了！"卡拉丁满腔斗志地站起身来，"我有了结果就第一时间来通知你，说实话，这可比之前我研究的农民起义有趣多了！"

小羔羊卡拉丁踌躇满志地走了，他那披着宽大外套的高瘦身影连同他那满身的书卷气，都慢慢地融化在了外面那冬日黄昏的雾里，一切都显得那么美好。

格兰特的心也久久不能平静，他又看向了天花板，只觉得那上面早已被他看到腻烦的"风景"好像已经完全不同于以往了。

格兰特在想，为什么当时理查三世没有被亨利·都铎定下杀侄之罪呢？只要亨利·都铎没能在伦敦塔里找到两个小孩，那就已经是非常有分量有力度的证据了，根本不需要进一步细致地证明这事就是理查干的！失踪就足以说明问题了！

格兰特想得入了迷，甚至连自己吃晚餐都成了下意识的动作，对于整个吃饭的过程竟然一点印象都没有！

但是他却一直想不通，最后便决定暂时先不想，这是格兰特一贯的风格。因为他发现，只要把想不通的问题留给第二天，就常会在二次思考时想到一些之前漏掉的细节。

为了转移注意力，格兰特决定干点别的，于是他看到了一堆信件。

那是格兰特住院之后关心他的人寄来的，格兰特一直都没拆开来看，这里面甚至还有一些以前的罪犯写来的信。

那都是些老式罪犯了，他们传统，看起来和普通人没什么两样，所以虽然是黑道上的人或流氓，却也有可爱的一面，并非彻底地让人讨厌。他们写信来向格兰特问候，还表示已经金盆洗手，不再干坏事了。

这可完全不同于新式的罪犯，新罪犯都彻底地麻木和无情，血液里根本就没有人性的成分，根本不知道什么叫浪子回头，不知道什么叫悔改！

格兰特躺在病床上，不方便给大家写回信，所以一直没动给人回信的念头。

不过，格兰特却一眼就看到了表妹的来信，心里不禁有些不安。他表妹萝拉跟他青梅竹马，两人常在一起过夏天，而且彼此间还有些小暧昧。

之前，格兰特跟女友玛尔塔所说的"无聊的芒刺"就出自他这个表妹之口。

所以格兰特觉得应该给表妹回一封信，免得叫她担心。

格兰特看着表妹的信，脑中不禁回想起当年两人在一起时的快乐时光，脸上露出甜蜜的微笑。

格兰特开始给表妹回信，不过只写了很少的内容，他问表妹，如果理查三世并没有杀害塔中王子，她会不会很吃惊。同时告诉表妹自己就快好了。

"是啊，我的伤就快好了，不过真希望这个历史谜团的答案也能很快地浮出水面。"格兰特心中这样想着。

①爱德华四世要杀死三弟乔治的时候，理查曾公开表示反对，但最后乔治还是被处死了。

当然，爱德华四世杀乔治这决定有可能不是完全地发自本心。

因为乔治和渥威克联手发动叛乱之时，曾杀了王后伊丽莎白的父兄。

所以爱德华四世之所以决意处死自己弟弟，除了因为两人之间原本的矛盾之外，王后伊丽莎白的枕边风应该也起到了不小的作用。

基于这一点，理查三世对他王嫂伊丽莎白应该是心存不满的，这也是伊丽莎白心里非常顾忌的一点。

另一方面，伍德维尔家族本就一直在朝中培植势力，这种典型的政治势力对抗恐怕是双方之间更加难以调和的矛盾。

但本书在后文对于理查三世的宽容大度和胸襟进行了充分的肯定，并认为理查三世一直给予王后很好的待遇。

②亨利·都铎的母亲是兰开斯特公爵约翰·冈特私生子的女儿，名叫玛格丽特·博福特，所以他也有兰开斯特的血统。

他母亲玛格丽特·博福特前后一共有过四次婚姻，第二次婚姻时，她为丈夫是埃德蒙·都铎生下了亨利·都铎，此外别无所出。

而玛格丽特·博福特后来在遗嘱中也只承认埃德蒙·都铎才是她的首任丈夫，这或许和亨利·都铎这个唯一的儿子有关。

当然，和她的政治意识或许也有一定关系，毕竟亨利·都铎是开创都铎王朝的首任君主，以他的亲生父亲作为第一任丈夫在政治声誉方面似乎更有正统性。

而她第四次婚姻则嫁给了本书中的反面角色倒戈将军斯坦利，这也是出于当时的政治考虑，属于权宜之计。两人之间并没有真正的感情，甚至在后期事态稳定之后都没有住在一起。

因为当时寡居的玛格丽特正在和王后伊丽莎白联手对抗理查三世，两人还为各自的孩子亨利·都铎和约克的伊丽莎白订了婚。

当时斯坦利也是反对理查三世的重要人物之一，可能就是为了加强力量一起对付理查三世，同时也是考虑到更长远的政治利益，玛格丽特才顺应形势嫁给了斯坦利。

第九章

因为有了新的疑问，所以第二天一早，格兰特见人就问，想听听别人对这个问题的看法。

主治医生来查房的时候，格兰特便问道："医生，你知不知道，理查三世战死之后，亨利·都铎对他的审判书上虽然罗列了不少的罪名，可是却没有塔中王子这件事！"

医生一怔，不禁"咦"了一声，说道："真的吗？有这事？"

格兰特重重地点了点头。

医生俯身给格兰特进行检查，同时说道："可能是因为嫌丢人吧？对吧，你看，都是王室成员嘛，这种丑闻怎么能让老百姓知道呢？所以能瞒就瞒呗！"

"不对，不对！"格兰特急忙否定，"你别忘了，审判理查三世的可是亨利·都铎，理查三世就是死在他的手里，他们可是政敌，可是死对头啊！那你说亨利·都铎怎么会给理查三世遮丑呢？这于情于理都说不通啊！"

"好好好，说不通，我知道了，你先别激动。"医生似乎对于历史上的这些事并不往心里去，他只关心自己病人的伤势恢复得如何。

不过医生也觉得有点不好意思，便支支吾吾道："这个嘛，唉，我当学生的时候对历史根本不感兴趣，这全怪我们学校，把历史课弄得那么枯燥无聊，连插画什么都没有，小孩子哪能爱学呢？我一般都是在历史课上作代数题的。"

医生敷衍地做了一番解释，见格兰特恢复得不错，便急忙溜出了病房。

等到严肃的护士长玛顿女士被问及这个问题的时候，她虽然表面上很耐心地听着，不过看那股神情就知道，她心里一定厌烦极了。

护士长可是医院的大忙人，也算是"日理万机"了吧，哪有闲工夫听一个断了腿的警察给一个几个世纪以前的臭名昭著的末代国王翻案？

看到这女人那副样子，以格兰特的脾气很想给她两句话听，不过一想到自己确实是耽误了这位护士长大人不少宝贵的时间，格兰特心里便也颇为不安，那两句不好听的话也就没吐出口来。

至于"矮冬瓜"，她还是那副老样子，她根本就不在乎理查三世到底是个什么样的人，反正她心里已经给理查三世定了案。

就算把最有力的翻案证据摆在她面前，她顶多也就是"哦"一声，用来表示"事情原来如此"的意思，然后就该干什么干什么。

甚至是自己女友玛尔塔小姐来的时候，格兰特也没能跟她热烈地讨论起来，因为有人惹玛尔塔生气了，她的火已经烧到了极限。

这女人现在脑子里只有一个念头，就是大吐苦水、发牢骚，臭骂那个惹她生气的混蛋，然后等你在一旁随声附和。她哪还有心思管你理查三世是不是有千古冤屈？

格兰特深知，女人生气的时候，尤其是漂亮女人生气的时候，尤其是作为自己女友的漂亮女人生气的时候，一定要谨记，别再去招惹她们！

玛尔塔终于骂完了人，心里也痛快了许多，对于理查三世的问题她只是说一定会水落石出的，然后就潇洒地离开了，只留下格兰特一个人在病床上生闷气。

"'一定会水落石出的'，哈哈，这算什么狗屁安慰的话！根本就是敷衍嘛！"

理查三世当时已死，自己的势力也风流云散，所以都铎家族的人完全可以在他头上随意地泼脏水，想怎么搞臭他的名声都行，可是为什么在那么多的罪状里，就偏偏没提塔中王子这件最有分量的罪行呢？

亨利·都铎刚刚登基，王位未稳，他原本是需要巩固自己的政治根基的，他连理查三世一丁点小尾巴都不会放过，可为什么就没涉及这件大丑闻呢？

理查三世之前一直有很高的声望，得到人民的爱戴，功劳也颇为显著，有良好的政治基础。所以要想抹黑他，塔中王子这件事可是最有力的筹码，为什么亨利·都铎不利用呢？

这些问题格兰特不住地在想，可是身边那些人没一个感兴趣的，只有亚马逊护士还算是比较关心这个问题。

因为亚马逊对于历史学上的错误会油然而生一种不安感，好像那些已经死去了几百年的人跟她自己的生活密切相关似的。

不过相比之下，她倒是更会安慰人。

她对格兰特说道："你不用过多地操心忧虑，问题会有一个很好的解释的，只是你一时之间想不到那个死角罢了，这是人人都会遇到的情况。你看我就是，我就经常忘掉一些事，怎么也想不起来，可是在做其他事的时候，却常常会'叮'地一声突然想起来，然后就高兴得不得了。你这个情况也是一样的。"

格兰特本事跟老同事威廉姆斯警官讨论一番，但他此刻可能正在办理一件谋杀案，忙得要死，根本没时间过来跟自己聊天。

没人能跟格兰特深入地探讨这个问题，他只好自己苦恼地思考了三天。终于卡拉丁回来了，脸上还带着轻松得意的表情，看来有所收获。

小羊羔卡拉丁跟格兰特客气了一番，问了问他的病情，然后坐了下来，拿出一叠资料，双眼看向格兰特。

"你猜，格兰特先生，我给你带什么礼物来了？"

"只要不是摩尔那老家伙就行，快说吧，爱德华四世驾崩那天，别的细节方面都有什么迹象？"

卡拉丁把手里的资料理了一下，开始念了起来："爱德华四世，约克王朝的第一任君主，于1483年4月9日病故，葬于伦敦西敏寺[①]。当时，王后、公主们以及两个小王子中最小的那个，他们都在场。而被立为王储的大儿子，也就是爱德华五世并不在场，他在别的地方被王后的哥哥安东尼照料。嘿，王后的哥哥，又是一个伍德维尔家族的人，他们的势力可到处都是啊！"

"嗯，我知道了，那理查三世在哪儿？"

"他当时可不在场，他正在北边与苏格兰交界的地方，离南边的伦敦可远得很呢！"

"他当时在做些什么？"

"说起来就有意思了，他接到报丧后便把一些贵族都召集了起来，要大家发誓效忠于被立为王储的小王子——他的大侄子爱德华五世。"

"好！真是叫人大吃一惊！跟主流历史的说法一对比，可真是讽刺！那王后的哥哥安东尼当时在干什么？"

"这个更有意思。安东尼在4月24日带着爱德华五世，还带着全副武装的2000多人的军队出发，直奔伦敦。"

"武器？他有什么意图？"

"他心里的想法我就不能猜测了。不过有一点要注意，当时王后和前夫生的大儿子朵塞特已经接管了伦敦塔，还控制了海军，而国会的很多命令也都是这个朵塞特和他舅舅安东尼签署的。"

"这不对劲啊！"格兰特明显地察觉出这里有问题。

"当然！"卡拉丁肯定道，"因为在爱德华的遗嘱里，明确地说只让他四弟理查辅佐他大儿子爱德华五世，封理查为护国公。而且被施以这项重任的只有理查一个人，根本没有任何其他官员。所以安东尼和朵塞特，又是控制海军，又是接管伦敦塔，又是签国会命令，等等这一切，从理论上说，都是不合法的。"

"不错，爱德华四世素来非常相信他四弟理查的能力和忠诚，所以遗嘱里一定会这么写。而王后家人的那些行为也不奇怪。历史上这位王后伊丽莎白·伍德维尔可不是个省油的灯，她向来重视提拔自己家的亲戚，好让伍德维尔家族的势力渗入到王族势力里来。所以这一切现象，倒也符合她的个性和一贯作风。"

一说起这位英格兰历史上颇为有名的伊丽莎白王后，格兰特不禁发出阵阵冷笑，显然对这个女人的作派颇为反感。

冷笑过后，格兰特又问道："对了，当时理查三世有没有招募士兵组建队伍，然后回伦敦控制局面，进行武装威慑？"

"没有，他只带着一些贵族绅士，大概有600人，大家都很悲痛。4月29日，他们到达了北汉普顿。理查之前可能跟安东尼之间互相通过信，似乎原本说好要在北汉普顿会合，但安东尼竟然没去，而是去了附近的一个城镇。理查在北汉普顿只等到了白金汉公爵——爱德华四世生前的好友，他专程带着300多人从伦敦北上赶过来跟理查三世见面。"

"那我猜……白金汉是想把最新的消息告诉给理查三世。"

"你分析得很合理！"卡拉丁赞同地打了个响指，接着说道，"白金汉可带了300多人，难道是专门去给理查三世报丧，然后两个大男人抱头痛哭一场？肯定不是！他们的人聚在一起，人数够了，所以开了一个合法的议会。随后便出兵兜过去把安东尼等人抓住了，送到北边暂时关押，而2000多人的军队则就地解散。就这样，理查三世终于见到了他的大侄子爱德华五世，大家聚在一起直奔伦敦而去，5月4日才到。"

"脉络说得太清楚了！漂亮！而且根据时间和距离也能推算出来，理查根本没法给王后伊丽莎白写信，信里还说什么劝王后不必派太多的人护送小王子回伦敦，真是荒谬！"

"不错！而且理查三世当时所做的事，全是按他王兄的遗嘱去办的。他痛失王兄，照顾幼侄，这些都符合大众的意愿，符合传统的习俗，一点也没有出格的行为。当他带着队伍到达伦敦的时候，王后则带着她的那拨儿人躲到了西敏寺，应该是怕理查对他们不利吧。"

"那理查有没有把侄子软禁在伦敦塔里呢？"

"我没有找到相关的资料。"卡拉丁翻了翻他的资料，又道，"喔，有了，找到了。他把侄子安排在主教宫里居住，自己则另住在附近的一栋城堡里，那是他母亲约克公爵夫人的家。就这么住了一个月，等6月5日理查的妻子也赶来之后，夫妻俩便搬到了另一栋房子里去住。这栋房子叫……对了，叫克罗斯比之屋。"

"这栋房子我知道。"格兰特肯定地说，他对这些建筑倒是颇有了解的，接着说道，"这房子是议会长老的家，理查应该是租来住的。所以从种种迹象上来看，理查到达伦敦之后，并没有做出出格的事。他是护国公，他就做护国公该做的事。"

"不错，而且还有一点。"卡拉丁故意顿了一下。

"什么？"格兰特问道。

"那就是，在理查到达伦敦之前，伦敦的人民已经知道遗嘱上将理查任命为护国公的事了。从记载上看有两次，一是4月21日，那是国王殡天之后的半个月；一是5月2日，那是理查抵达伦敦之前的两天。这两次的相关资料上理查都被称为护国公。"

"当时民间有什么不安的情绪吗？有没有反对的声音？有没有动乱之类的？"

"没有，至少根据我手里的资料来看，当时民间一切都正常。后来在6月5日理查还宣布了给爱德华五世举行加冕仪式的诸多细节，并定于22日正式举行仪式。"

"嗯。让我想想。5号准备，半个多月之后就准备举行典礼，那理查中间也没剩多少时间啊！如果他想暗中作手脚好篡位夺权，从时间上看好像也不够。"

格兰特看着天花板想了半晌，最后问道："还有什么其他的资料吗？"

"没了。"卡拉丁摇头说道，"不过，议会在6月8号的时候发生了一些事，好像在会上有一个很有威望的叫作巴斯的宗教人士宣布了些什么事情。巴斯你知道吗？他是好几个宗教组织的主教，身份显赫，当时地位很高。他有学问，人品又好，被人们认为是个圣人。不过我对他所属的那些宗教组织的名字可记不住。"

"嗯，我也记不住那些乱七八糟的教派名字，呵呵。反正巴斯这人很有名望就是了。"格兰特笑着表示认同。

卡拉丁一笑，接着说道："有关巴斯在议会上发言的详细资料我手头没有，我还得回去找找。同时代有一位史学家叫菲利普，他写过回忆录，上面应该有详细的资料。这菲利普是个法国人，不过他毕竟不是都铎王朝的人，所以从政治和情感两个角度来看，他的话要比那些都铎的历史学家们可靠多了。"

忽然卡拉丁像是想起来了什么似的，脸上露出调皮的笑意，说道："我才想起一件有趣的事来，这件事可以说明历史这小姑娘是如何被人任意打扮的，什么叫无中生有。你听我慢慢跟你说啊！"

卡拉丁翻了一通手里的资料，终于找到了那个故事，清了清嗓子，慢慢讲了起来。

"这件事说的是玫瑰战争中的一次战役，当时白玫瑰约克家族这边打赢了，并且活捉了红玫瑰兰开斯特家族末代君主亨利六世的儿子。"

"哦，活捉了敌人的王子。你接着说。"

"那么关于这个历史事件，不同的史学家就有不同的版本了。先听听这个版本，这是后来都铎王朝君主的御用史学家写的。你可以想象这个史学家的政治立场。他说，亨利六世的王子当时刚刚成年，被人带到了爱德华四世的面前，爱德华四世狠狠地用铁手套打了他一巴掌，然后叫人把他给杀了。"

"嗯，爱德华四世杀了一个小孩。你接着说另一个版本。"

"另一个版本则说这王子是被乔治、理查和海斯汀等人一起杀的。"

"哟！这次老三乔治和老四理查又成为杀小孩的凶手了。嘿，这算是讽刺还是好笑？不过乔治这人我不喜欢。你接着说。"

"又有一个版本，说朵塞特也参与了杀害这位王子的行为。"

"哈哈哈，你再说说看，历史越来越有意思了。"

"这都不算完，等到了摩尔那里，他又说最一开始用铁手套打这位王子的居然是理查三世！"

两人终于忍不住同时大笑起来，仿佛听到了最好笑的笑话。

"这就是历史！这就是典型的汤尼潘帝！"两人同时说道。

笑了一阵，卡拉丁渐渐止住笑声，说道："摩尔还编造了其他的故事，我知道你烦他，不过我也说来听听吧。"

"你说，你说，我烦这个人，不过事情也许会很好笑。"

卡拉丁换了个姿势，正式说道："摩尔说，有些聪明人哪，认为理查三世前后为人的突兀转变是不合情理的。这些聪明人会说，理查当初曾公开反对他大哥爱德华四世同室操戈，对亲兄弟下毒手。不错，事实如此。可是世人的眼睛是雪亮的，大家都觉得这是理查在演戏，他是为了一己私利而不是真的关心他三哥的死活。"

"哦？演戏？好，你接着说。"格兰特听得非常认真，催促卡拉丁往下说。

卡拉丁继续说道："大家认为，理查是个非常有心机的人，早在爱德华四世还活着的时候，理查就在暗中算计。他知道他大哥沉迷于酒色，命不久矣，而王子还小，所以自己非常有机会登上王位。按这种心理，理查一定会非常愿意他三哥乔治命丧黄泉的。所以乔治必须死，否则会成为他的大碍。当然，这种推测也不一定正确，毕竟人心难知，真相如何，还是见仁见智吧。"

卡拉丁终于读完了这一段，不禁笑骂道："这个奸猾、无耻、逢迎主子的老混蛋！"

格兰特也笑道："是啊，他最后说这种推测不确定，但是之前却把理查三世的心理分析得一清二楚，条理分明，分明就是想让读者易于取信。却又说这些道理是世人的眼睛看出来的，其实就是他自己的想法。这样就既达到了目的，又把自己给撇清了。"

"可不！这段话里哪有一句是对理查三世的正面评价啊！除了公开反对他大哥杀他三哥乔治那件事。"

"你太聪明了，就连这句话我一时半会都挑不出来，得读个三四遍才成。在我眼里几乎全是负面的评价。摩尔这老家伙也不想想其中的矛盾，如果理查真的想乔治死，为什么还要公开反对呢？如果这是在演戏，那演得也未免太过火了吧？就不怕最后真的把他大哥给劝住，然后让乔治留下一条命，成为自己登基的障碍？"

"分析得不错。不过这些话也不是摩尔老家伙写的，是他抄莫顿的。当然，他肯定也是喜欢莫顿的话才会去抄，所以两人的观点应该是一致的。"

分析到这里，格兰特便开始想另一件事情。

他做警察之前是军人出身，此时不禁会想到理查三世在北汉普顿跟白金汉公爵会面之后，手下虽有900多人，但一大半是贵族乡绅，都不会打仗，却要面对就驻扎在附近的安东尼所率领的那2000人的大军。

这仗可真难打！

不过，最后理查三世还是兵不血刃地就把王后的哥哥给收拾了，这事干得漂亮！

格兰特把自己的想法说了，卡拉丁不懂军事，笑道："或许是因为士兵们更愿意跟着先王的弟弟，而不愿跟着王后家亲戚的缘故吧？"

"这也是一部分原因。不过更重要的是理查三世是行伍出身，是战火里摸爬滚历练出来的，而王后哥哥安东尼只是个文人。"

"文人？"

"对啊，安东尼这哥们儿写过文章，出过书，挺有文化的，所以说，他哪会打仗啊！"

"哈哈，原来如此。看来王后这位兄长遇到了久经战事的理查殿下，他就直接成为败军之将了！"

"对了，我想起一件事来。理查在北汉普顿接管了王子之后，有没有把王子身边的人杀掉？王子身边当时可都是伍德维尔家族的人，理查有没有对这些所谓的异己势力下手？"

"没有！"卡拉丁肯定地说道，"他只是抓了四个人，其中一个当然是安东尼了，另三个是他的心腹。其余的人则一起跟着去了伦敦，比如小王子的皇家御用教师，就是一起跟着去的。"

"那也就是说，按常理伍德维尔家族的人不应该担心害怕啊！又没死人，只是给控制住了！"

"嗯，对的，我也这么想。"

"这次行动果然干净利索，没有一丁点拖泥带水。我开始喜欢上理查三世了。"

"我也是！"卡拉丁小脸通红，起身道，"我得走了，这就回去找找资料。咱们下一步的计划是什么来着？哦，对了，找菲利普那个史学家的书稿，看看那个叫巴斯的主教在议会上都说过些什么。"

卡拉丁收拾好衣服，起身告辞，临出门前回头笑道："祝我找资料成功吧！我也祝你早日康复。再见！"

"真是个好小伙子！"格兰特看着卡拉丁的背影和笑容，心中暗自想道。

①也叫威斯敏斯特大教堂，意思是西部大教堂，位于伦敦泰晤士河北岸。

西敏寺原是天主教一个叫本笃会的教派的修道院，亨利八世重立国教圣公会之后，西敏寺就成为了圣公会教堂。

但西敏寺和其他的教堂在用途上有所区别，它是英王室成员专用的场所，诸如国王加冕、婚礼等仪式都在这里举行。

此外，王室成员和很多伟人名人死后也大都葬在这里，比如牛顿、狄更斯、达尔文、丘吉尔等。

西敏寺里还有大量的馆藏文献，包括科学、艺术、历史等方面的作品和资料。

另一方面，按当时英国宗教的规定，凡是逃难避入西敏寺的人，都不应该受到外界势力的侵犯，王后伊丽莎白·伍德维尔就曾在这里避难。因此西敏寺在某种程度也是政治避难所。

第十章

卡拉丁给格兰特带来了史学家菲利普的书，格兰特终于知道了那个叫巴斯的主教在当时的议会上到底说了些什么。

原来，他是揭露了一个秘密。

爱德华四世英俊潇洒，风流好色，在外面有很多情人，但这都是次要的，重要的是，他在跟王后伊丽莎白·伍德维尔结婚之前，就曾经秘密地跟另一个女人结过婚，那个女人叫作伊莲娜。巴斯主教知道这件事，所以在议会上说了出来。

"这都是多久以前的事啦！他以前怎么不说？"格兰特听后不禁发出疑问。

"巴斯主教是爱德华四世的人，国王叫他保守秘密，他就只能装哑巴喽！唉，爱德华四世其实哪儿都挺好，就在这方面有瑕疵。"

"那巴斯的话可信吗？"

"巴斯这个人当时的地位很高，还身负着很多官职，要么就是爱德华四世赏识他提拔他，要么就是爱德华四世欠他人情什么的。总之，算是可信吧，他似乎没有必要编造个事实去污蔑先王。"

"嗯，看来是可信的。"

"而且，这事可信不可信都不重要了，因为已经叫国会知道了。"

"事情搞得这么大？"

"可不！都是公开的！6月9日，在西敏寺，很多有头有脑的人都聚在那里讨论这件事。巴斯主教后来还带来了证据和证人。第二天，也就是10号，理查就向外邮了一封信，是写给自己手下军队的，要求军队去伦敦保护他。11号那天他还给他一个表哥写了差不多同样的信，寻求保护。看来他真是感到有危险。"

"是啊。"格兰特拖着长音缓缓点头，"一个身经百战，久经大敌的人，他要是写信对外求助，那就一定是真的嗅到了致命的危险。"

"国会预定在25号举行，而21号那天，理查突然带人冲进伦敦塔，因为在那里有一些人正在聚会要搞一场大阴谋。"

"不错，这事我知道一些。当时那些人想谋反，而且里面有些人物非常重要，对后来产生很多影响。你详细说来听听。"

"理查三世当时带人进去，立刻就抓了几个首脑人物，而其中有一个人你一定熟悉，那就是莫顿。"

"莫顿！果然！我就知道一定有他！"格兰特眼睛瞪得老大。

"是啊，梁子就是这么结下来的。莫顿对理查三世能不记恨吗？他后来写史书能不带有个人情绪吗？而摩尔又抄了他的稿子。哈哈，这就是错误传递的链条！"

"好，你接着说，当时除了抓人，还有什么情况？"

"据说当时发现了这些阴谋者们写的一份公告，上面详细地写着如何除掉理查。可惜，这份珍贵的资料现在已经没有了。理查抓了这些阴谋者们之后，只杀了一个人，别人都没动。而被杀的这个人的身份却很奇怪，他原本是爱德华四世和理查的好朋友，海斯汀勋爵。"

"对对对，咱们之前提过这件事，据传闻说，理查三世急杀掉反对者，于是匆忙之间就把海斯汀给砍头了。还说是随便就近找了个破树桩，然后，利斧一挥，海斯汀的脑袋一下子就掉了。"

"嗨！哪有啊！根本没这么匆忙，海斯汀是一周之后才掉脑袋的。我查到的资料里就有一封信，上面还有日期，足可以证明这一点。而且理查三世杀了海斯汀之后还把他的遗产全还了他家人，还恢复了海斯汀子女的遗产继承权。他真要是想报复就不会这么做了。"

"嗯，不错。我想海斯汀一定是犯了重罪①，不能让他再活下去。"格兰特随手翻开摩尔的那本书，接着说道，"你看，这里有写，就连摩尔这老家伙都认为理查三世跟海斯汀的友谊很深。对了，还有两个非常重要的人物，一个是后来临阵倒戈的叛徒斯坦利，一个就是那个莫顿。理查是怎么处理这两个人的？"

"斯坦利没死，理查赦免了他。"

格兰特眉头皱了起来，不禁呻吟了一声，道："这下完了，理查的妇人之仁给自己以后战死沙场埋下了伏笔，他把自己给害死了！"

"是啊。如果最后那场跟亨利·都铎的决定性战斗中，斯坦利这个小人没有倒戈，理查三世就不会死。那都铎王朝就不存在了，驼背杀人狂魔理查三世的形象也不存在了。以理查三世的能力和才干，无论是他治理国家，还是他辅佐幼王治理国家，都会把国家治理得好好的，创造英格兰的辉煌。"

卡拉丁不住地感慨着，不住地摇头，不住地叹息，觉得命运真的是难以捉摸。

格兰特稳定了一下情绪，又问道："那莫顿那个小人下场如何？"

"没什么特殊的，反正没杀他。"

"理查三世这次又错了！"格兰特不禁拍了一下床板，"放过斯坦利，等于把性命交出去了；放了莫顿，等于把名声交出去了。理查三世怎么能犯这两个错误？"

卡拉丁等格兰特情绪稍事平复之后，才说道："当时，死的人除了海斯汀，还有王后的哥哥安东尼那一伙人，此外就没有别人了，流血很少的。对了，原来爱德华四世有一个情妇，被判游街示众。"

"情妇？就是传闻中，理查三世所说的跟王后合谋用巫术弄坏他手臂的那个女人？"

"就是她！这女人放荡得很，跟好几个男人有关系，左右摇摆不定，还傻乎乎地参与政治阴谋，反正理查最后没有杀她。或许这女人长得很漂亮吧，据说后来有一个副检察长居然还想娶她！有一封理查三世的信件当中就提及了这件事，他居然还同意了两人的婚事。而且信的语气中并没有过多的气愤，还有几分玩笑的意味，看来理查三世根本没把这放荡的女人当回事，更不会跟这种低俗的人去计较。"

卡拉丁说到这忽然叹了口气，格兰特惊奇地问道："你怎么了？"

卡拉丁微微摇头，说道："我忽然有些感慨，像理查三世这种了不起的人物，却并没有那么多的雄心壮志。"

"这一点何以见得？"

"从他的加冕仪式上看出来的。理查三世登基的时候，几乎所有人都出席了，就连那些之前跟他过节的人也都出席了。可见理查三世是个心地善良且非常有宽容心的人。"

"都有谁出席了？"

"我当然背不下来，不过我看过出席人员名单，真的很全。有约克家族这边的人，也有兰开斯特家族那边的人。"

"嚯！红白两大堆玫瑰都出场了！"

"可不！理查三世应该是想消弭双方的恩怨，不想再有流血牺牲，不想再有战争，他想要的是和平，是发展，是最美好的事！"

"那个小人斯坦利呢?他不是捡回一条小命吗?他参加了吗?"

"我不大清楚,人名单那么长,我没背下来,不过我想应该参加了吧。"

"是啊,连兰开斯特那边的人都参加了,斯坦利八成儿也在场。既然理查三世志在消除两大家族之间的恩怨,对斯坦利这种人自然也会宽容一些。"

"等等!听你的意思,斯坦利和兰开斯特家族难道还有什么特殊的关系吗?"

格兰特神秘地一笑,缓缓说道:"当然有,斯坦利娶了一个跟兰开斯特家族沾点边的女人,而这个女人和她前夫生了个儿子,那就是……"

格兰特故意顿了一顿,这才接着说道:"那就是后来的亨利·都铎,打败了理查三世之后成为了都铎王朝的创始人——亨利七世。"

"啊!天哪!原来是这种关系!"卡拉丁张大了嘴,下巴都快掉到脚面上了。

"可,可是……"卡拉丁回过神来,结结巴巴地说道,"可是我的资料上显示,斯坦利的这个夫人在加冕仪式上可是给理查三世的王后拖裙摆的呀!在英国传统的礼仪中,这是非常光荣的啊!"

"是啊,所以说理查三世这么宽容,这么有心胸,最后却一点用也没有,反而害了他。"

对于这一段令人感叹不已的历史,两人都沉默了下来,各自想着心事。

过了好半晌,格兰特才回过神来,问道:"当时,国会就这么接受了巴斯主教提供的证据?"

卡拉丁翻了一下手里的资料,答道:"对,而且国会还制订了一个'王权法案',法案中规定,由理查登基为王。"

"巴斯主教说出这个秘密时间有点晚,这似乎跟他的身份不相符,一个相信神的人,居然隐瞒这么重要的事实。不过也是的,他要是说得太早,他有可能死定了。"格兰特似乎对巴斯当年的突兀举动有些疑问。

"别苛求古人嘛。再说他没必要说得太早,反正也不影响谁的利益,一直闭嘴不说又怕什么的。"

"那爱德华四世原来那个夫人呢?那个叫伊莲娜的女人呢?她可没福气成为正式的王后啊!"

"那女人当时早已经死了,死在了修道院。我知道她埋在哪儿,你有兴趣的话,等你伤好了我带你去看看。所以说爱德华四世死之前,这秘密不说也罢,但等他死了,涉及国王继承人的人选这么重要的事情时,这个秘密就不能不说了。"

格兰特频频点头,说道:"不错,你说得对。因此,理查三世的两个小侄子就成了私生子,不合法,而乔治又死了,子女又被剥夺了继承权,所以只能让理查登基。加冕仪式中,所有的大贵族都前去观礼了,那王后伊丽莎白和伍德维尔家族那些人呢?一路逃亡了吗?"

"可不!她不走还等什么?难道一辈子躲在西敏寺里?不过,她逃亡之前,派人把另一个小王子送到了理查三世那里②,好让两个小王子能在一起。在大主教的要求下,两个孩子住进了伦敦塔。时间是……别急,我看一下,哦,找到了,是6月16日。既然都是16号了,虽然还没正式开国会,但是全国应该都已经知道这俩孩子是私生子了。"

格兰特挺起身子,说道:"咱们把时间和事件的顺序整理一下。"说着竖起几根手指用来计算事件的顺序,然后接着说道:"先是理查占上风回到了伦敦;5号时进行给爱德华五世加冕的准备工作;9号时巴斯忽然说出大秘密,于是人们想到理查三世极可能成为下一任英王;10号和11号理查三世预感到不妙,可能有人要对他动手,所以向外求救;16号王后把另一位小王子送了过来,同时自己带人逃跑;21号理查突袭伦敦塔的阴谋会议,抓了几个人。"

"不错,这就是当时的整个过程。看起来转折是在巴斯说出秘密之后才开始的。"

"不错,秘密说出来之后,爱德华五世就失去了继承权,王后和伍德维尔家族也就失势了,所以这些人才要先下手为强,起来反对理查。"

两人得出了这个答案,心情都非常愉快。

卡拉丁把资料收好,优雅地拢了一下外套的下摆,说道:"手头的资料就这么多了,我再回去查查。不过还有一件事。"

"什么？"

"刚才咱们说的那个王权法案，其实在亨利七世称王之后就下令给毁了，甚至都没宣读过。正版和副本全毁了，谁敢收藏副本就把他抓起来关到地老天荒。"

"亨利七世这么做是什么意思？"格兰特非常吃惊。

"这个我就不知道了，不过我会坚持查下去，直到老死。好啦，我得走啦，不过有一样东西给你看看，可以帮你打发一些时间。"

说着把一张纸递给了格兰特。

"这是什么东西？"格兰特把纸拿起来看，却还是自然而然地先问了一句。

"就是那封跟爱德华四世的情妇有关的信。是理查三世写给当时的大主教的。当然，这个大主教可不是那个巴斯主教。"

卡拉丁出了病房，格兰特仔细地看起了那封信。

那信显然是卡拉丁手抄的，字迹非常潦草，但是理查三世的语法却非常地正规，而且字里行间散发出一股浓郁的气息，看得出来，写信人当时心情非常地好。

信中内容大致是说理查三世已经知道了这个浪荡的女人想和副检察长结婚的事，所以写信给大主教，求大主教去看看那位副检察长，让他脑袋清醒一点，别为美色所迷惑。如果大主教也没办法，那就同意这门婚事，但要等到他回伦敦再说。

格兰特从信中只看到了一位宽宏大量的君主，对一个参与谋反行动的女人，却并不严加惩罚，信中透出了他温和善良的品格。

理查三世想要调和约克和兰开斯特这两朵玫瑰之间的仇怨，这或许也有为了自己考虑的成分，比如为了便于他以后的统治。

但是这封信里所提到的这件小事对理查三世却没有任何好处，只对那个副检察长有意义。

理查三世那种复仇的欲望似乎天生就很平淡，他或许更希望大家都过得好。

像这样的一个人，和传说中那个恶魔一样的形象实在是相差得太远了。

①海斯汀在此之前和爱德华四世、理查三世的关系都很好，他也是有功之臣。

但同是联手反对理查三世的几位重要人物里，理查三世放过了莫顿和斯坦利，却偏偏没有放过海斯汀。

本书中对这个现象只约略含糊地说海斯汀可能犯了不可饶恕的重罪，但对于具体情由却没有详加解释，多少有些不足以服人。

因为仅从所谓谋反罪角度来看，斯坦利和莫顿所承担的罪名跟海斯汀是一样的，最终却得以保命。

②这个最小的王子叫约克的理查，是爱德华五世的弟弟，跟他叔叔理查三世同名同姓。当时他正跟王后伊丽莎白一起躲在西敏寺。

理查三世抓了王后的哥哥安东尼，并以此为威胁，让王嫂伊丽莎白将约克的理查也交出去，好陪伴他小哥哥爱德华五世，并参加加冕仪式。

伊丽莎白虽然不情愿，最终却还是交出了孩子，希望可以保住安东尼的性命，但安东尼后来还是被处死。

本书中作者对于理查三世迫使王嫂伊丽莎白交出小侄子约克的理查一事并未进行深入分析，未明确其意图和动机，这可能是一种刻意的回避。

第十一章

格兰特反复把这封信看了好几遍,耳边听着窗外麻雀吱吱喳喳的叫声,心里却体会着那种奇妙的感觉。

一封400年前的传奇国王写的信,由一位400年后的卧床警探来解读,这感觉又怎能不奇妙?

亚马逊来给格兰特送早餐,同时捎来一封信,原来是表妹萝拉的复信。

格兰特把信拆开,见上面写道:

我不会因为任何历史的事而感到吃惊。举个例子,苏格兰有一座纪念碑,是用来纪念两个殉教的虔诚女教徒的,她们是投河死的。可事实并非如此,这两个女人不是什么教徒,也不是淹死的,他们其实背叛了国家,为荷兰侵略者效劳,但这两人被定的罪行却并不重。有关这件事的纪录现在还保存着。

不过,总会有人愿意将这件事设计成一个能令人感动的事件,然后写成书出售骗人眼泪,尽管不同版本书里的内容都不一样。

其中一个女人的纪念碑上还刻着一些夸大的话,说什么为了基督受难,始终不肯背叛自己的信仰,又是被人陷害之类的。

这些话甚至还常被人引经据典地拿来用,那些慕名而来的旅游的客人,则在碑文下留下了叹息和眼泪,当然,还有旅费。

其实,早就有人调查过这件事,当时事情也只是才过去40来年而已。当时调查此事的研究人员最后却说根本没有人亲眼看见过这件事,了解真相的人都说没发生过这种事。

好了,就说到这吧。听到你正在恢复,大家都很高兴。等你出院了,咱们再一起去看潮吧。

爱你的表妹,萝拉

附:人们都是先入为主的,当你跟他们说出真相时,他们会对你产生反感,而不是去反感历史上那些说谎造谣的人。看来人们都是习惯于既定形成的想法和观念的,一旦听到与之不同的说法,他们就会产生强烈的抵触心理。如果这些人对历史事件并不在乎倒也罢了,反倒容易接受新说法;如果已经有了成见,那他们的反感就强烈得很了。

"都是编造的历史!都是汤尼潘帝!"格兰特这样想着。

经过和卡拉丁的共同努力,格兰特知道了一些事实,等他再去看摩尔写的历史书时,已经开始用一种批判的眼光看问题了。在这种心态之下再读那些文字时,格兰特只能产生恶心的感觉。

摩尔书里的说法来源于莫顿,莫顿是当时事件的亲身参与者,但是他却没有提爱德华四世之前真正的第一任妻子伊莲娜,更没有提王权法案。

莫顿这家伙只提到爱德华四世和另一个叫露西的情妇之前秘密结过婚,但那个叫露西的情妇却否认了这一点。

为什么莫顿要换成另一个不相干的叫露西的女人?为什么不提正主伊莲娜?

原因或许是,这个露西可以轻松地被读者们判断出她和爱德华四世之间没有任何婚姻关系;如果提及伊莲娜,这事情就难以否定了,因为那是事实。

等读者们判定所谓爱德华四世之前另有一段隐秘婚姻这件事只是谣言时,那么,理查三世宣称爱德华五世是私生子这个说法就自然站不住脚了,而理查三世这么宣称自然也就是别有用心的了,其心思当然是在王位上。

真是妙计！

爱德华四世生性风流，或许他有过很多女人，但是在他娶王后伊丽莎白之前有证可查的第一任妻子可能只有一个，而且是真实存在的，是有巴斯可以提供证据证明的，一个活生生的女人，难以被轻易否定。

所以，莫顿，他刻意安排了另一个易于被否定的情妇，就相当于立起了一根非常容易被击倒的柱子，然后让读者们随意去击倒它。

击倒了之后，读者们就自然掉进了莫顿给他们提前设计好的陷阱里，再也出不来了。

因为读者们很容易被误导而得出这样一个结论：爱德华四世根本没有什么秘密婚姻，没有前一任妻子，所以是理查三世在撒谎、在造谣，所以理查三世就是想夺权。

人们却没想到，这个容易被击倒的假情妇固然是假的，但却完全可能存在另一个真的啊！可是这一点却不再有人愿意去进行深入思考了。

因为人都是先主为主的！人都是不愿意轻易否定自己推导出来的既定结论的！

先避实就虚，再通过对虚假对象的否定而将注意力转到另一方向，最后将这一方向上的结论坐实，然后就不再考虑其他的可能性了。

莫顿这套招数真是太巧妙了！真是摸清了大众的心理！不过，却也同时显出了设计这种招数的人内心的阴暗和卑鄙！

最重要的是，莫顿这么写虽然可能是出于他本人那狭隘的报复心，但从政治角度来看，谁才是最大的获益者呢？

亨利七世！

莫顿是亨利七世的忠狗，他在为主子进行变相的舆论宣传。

格兰特又想到另一方面，亨利七世曾下令毁掉王权法案，甚至不让宣读这份法案，那是为什么？

但从相关性上看，亨利七世是兰开斯特红玫瑰那股势力中的一员，他继承王位的理由再薄弱，也跟王权法案无关呀！王权法案毕竟是针对理查三世的，是约克家族这边的，跟他亨利七世又有什么关系？

伊莲娜和王权法案这两个问题，让格兰特感觉有些兴奋，他觉得找到了解决问题的关键。

晚餐时，门房给格兰特送来一张便条，说是一个美国小伙子送来的，格兰特知道那一定是卡拉丁。

好不容易逮到一个人，格兰特不想放过机会，便问那门房："你对理查三世怎么看？"

"凶手、谋杀犯、恶人！"那门房不假思索地说道，显然理查三世的形象在他心目当中已有定论。

"我最近做了一些研究，如果我跟你说理查三世是被误会被冤枉的，你会作何感想？"格兰特尝试着问道，同时盯着门房的脸，想看看他会有什么样的表情。

那门房脸上却是一副淡然的微笑，看来似乎还夹有一丝嘲讽，说道："我尊敬任何人的任何新奇想法，那是最起码的礼貌。你看，这世上就偏有一些人认为地球是平的；有些人认为世界末日就要来了；有些人认为地球的历史只有几千年。你能把这些人怎么样？"

格兰特听出了门房话里的意思，他是把自己当成一个胡思乱想又没有水准的神经病了，心里一定不乏轻视，便问道："你不觉得这个说法很新鲜吗？"

"新鲜，太新鲜了！但恕我直言，我觉得不合理。当然，每个人有每个人的想法。不过我劝你可以去公园里演讲你的新鲜历史观，那有一群闲得难受的人，没准儿他们会支持你，然后你们形成一个社团什么的，那也不错啊！"

门房举止轻浮地向格兰特行了个礼，吹着口哨转身出了病房，动作是那么地优雅。

格兰特早料到对方会是这种态度，心想自己是不是真的有点走火入魔了？如果能把这件事研究得再深入一些，恐怕自己真的会拄着拐去公园里进行宣讲。

格兰特打开卡拉丁的便条，上面写道：如果你想知道阻碍理查三世继位的人到底有多少，是不是都被理查用不同的方式害死了，那你得把这些人列一张清单，好便于我查找。

格兰特见卡拉丁如此地认真且执着，心里不禁一暖，心想就算全世界的人都像那个门房一样对真相不屑一顾，言行举止轻佻浮滑，至少也有一个人是站在自己一边的。

格兰特开始疯狂地查书，想把阻碍理查三世继位的人都挑出来。这些人包括有继承权的，还有理查三世的对头势力。

就在要查找之前，格兰特心念一闪，忽然想到一幕场景。

摩尔曾经描述过，理查带人突袭伦敦塔里海斯汀那些人的阴谋会议时，曾大喊大叫地宣称王后伊丽莎白和王兄的一个情妇用巫术弄坏了他的胳膊。

这一幕场景对理查三世的形象描绘得多么地卑劣，跟理查三世写的那封信中所彰显出来的形象天差地别。

如果非要在两者间选择一个可信可靠的对象，格兰特宁可选择那封信，他认为那封信所反映出来的信息真实度更高。

格兰特紧跟着又想到了莫顿这个小人，他正是阻碍理查三世的人物之一。

从史料上看，莫顿一直在暗中勾结两股反对理查的势力，一是兰开斯特红玫瑰，一是王后的伍德维尔家族势力。

红玫瑰那边的亨利·都铎因为跟法国有渊源，所以从法国带着军队过来。

而伍德维尔家族这边，由朵塞特等人牵头，联合国内的各股反理查三世的势力不断闹事。

后来莫顿逃到欧洲大陆去避难，直到亨利·都铎打败了理查三世，这伙计才回来投奔到亨利身边成为了大主教，开始侍奉他的主子。

想完了莫顿的事，格兰特才开始正式地整理能够阻碍理查三世的人。这一整理下来不得了，足足有十几个人！

格兰特把人名逐一写下来，同时心里在想，哪个傻子会认为把两个小王子给杀掉，理查就能顺利登基呢？理查自己更不会有这种愚蠢的想法了。光是杀掉那两个塔中的王子有什么用？

如果说理查三世真要扫清阻碍的话，那么这十几个人全是钉在理查三世眼中的钉子，一颗都不能留，全要拔掉！

之前，卡拉丁给自己带来的那本当代史学家奥利芬特的史书里，提到过这样一句话："奇怪的是，理查三世对于两个王子的失踪没发表任何官方的言论。"

用"奇怪"这个词都是轻的了，应该说不可想象！

真的要是失踪了，怎么可能没有任何言论？哪怕是敷衍，哪怕是撒谎，但是却没有只言片语。显然在理查三世生前，两位小子并没有失踪。

如果理查真的要杀人，完全可以做得不露痕迹，让两个孩子看起来像是病死的，保留尸体供人凭吊瞻仰，这就可以让人们无话可说。

可他为什么非要让两人失踪呢？这不是反而惹人怀疑吗？他又该如何解释？

杀人这种事只要条件适合，谁都干得出来，但犯傻这种事又有谁会去做呢？从理查三世以前的表现来看，他可没有那么愚蠢！

但是史书里对于理查三世杀了塔中王子这件事却都没有质疑，显然是受了摩尔这些所谓圣人的观念的影响。

书中又写道，理查三世登基后在全国各处巡礼，整个过程中气氛非常和谐，民众的情绪也很高昂。

因为理查三世的继位毕竟并没有引来战乱，而他本人也是个有作为的成年人，比让一个小孩子来管理国家好多了。

可就在这种举国欢庆的情况下，理查三世居然傻乎乎地派了一个叫泰瑞的家伙暗中回到伦敦，然后杀了伦敦塔里的两个小王子！

那是两个民众心里其实并不支持的小毛孩子，毫无威信地位可言，而他当时可是王位平稳，一切顺利。

这太不可思议了！这根本就不合乎常理！

格兰特对于所谓的历史学家们开始鄙夷。

按奥利芬特的说法（其实也是援引自摩尔的材料），那是在1485年的7月7日到7月15日之间，泰瑞领了理查三世的密令去杀了塔中王子。可是要在20年之后，才有正式的说法出现。

那么，在这20之前，这个泰瑞在哪儿？在做什么？格兰特面对的资料只有一片空白。

回头再看看理查三世，他登基之后，烦心事就不断。那个夏天过得就如同严寒笼罩的冬季一般。

首先是兰开斯特和伍德维尔两股势力的侵犯，这是莫顿离开之前撺掇的事。

兰开斯特引来了一支法国军队，伍德维尔则在国内小规模地分散战斗。

但这两股势力的入侵其实都没收到什么好战果。

这里有两个原因：一是天气，一是英格兰人民对亨利·都铎的不良印象。

那段时间天气非常差，这帮了理查三世的忙。

比如朵塞特想把同母异父的妹妹约克的伊丽莎白送到亨利·都铎身边为妻①，好拉近双方的关系，但是当时却发了一场洪水，阻隔了交通。

而亨利·都铎带着法国军队想从西部登陆，但英格兰人知道这家伙是什么货色，了解他的为人，所以登陆地点附近的民众都不让他的队伍通过，他只好又带着队伍回去。

后来朵塞特便忙于奔命，和那些失败的伍德维尔家族的人聚在一起，等着亨利带兵回来支援。

所以说莫顿撺掇的这些事没一件真正地成功的，这让理查三世争取到了一些时间。

但是随之而来的事却让理查三世痛苦不堪，因为他的儿子死了。不长时间之后，他的妻子也死了。

随后，叛乱再次来袭，这一次叛乱让理查三世焦虑愁苦，忙于战事。

所以对于理查三世来说，这段痛苦的时间一直是他生命里的寒冬。

理查三世执政期间，一直做得不错，比如国会成员都精明能干，比如通过和亲的方式跟苏格兰和好。

虽然他也一直想跟法国讲和，但是因为法国支持亨利·都铎，是不会同意议和的，所以战争不可避免。

格兰特看着这些历史，忽然想到了一个女人，就是亨利·都铎的母亲，斯坦利的夫人——玛格丽特·博福特，她这时是什么情况？

格兰特找了一通，终于找到了，这女人被理查三世定为叛国罪，因为她和儿子勾结反对理查三世。

不过我们的理查三世再次地心慈面软了，他虽然没收了这女人的财产，后来却又交给了她丈夫斯坦利，这个女人也被送回了她丈夫身边。

而斯坦利这棵墙头草，其实他当时对于亨利·都铎谋反之事也早已经知道得清清楚楚，只是一直没让旁人知道罢了。

从这一点看来，理查三世真的不像是个魔鬼啊！

格兰特看这些书，又思考这些问题，此时已经困得睁不开眼睛，半睡半醒之间，他在想一个问题。

塔中王子的事据说是在1485年7月份发生的，而那两股联军的入侵是在10月份，那亨利·都铎当时为什么不以这么大的事件作为舆论宣传的武器呢？这可以大大地搞臭理查三世的名声啊！

亨利·都铎带兵入侵自然事前是经过一番细致的准备的，但为什么偏偏就对于敌人这么重要的一份"罪状"没有借机大肆宣传呢？这可是获取民心的有力工具啊！

带着这个问题，格兰特终于再也支持不住了，他沉沉睡去。

---

①王后伊丽莎白·伍德维尔从西敏寺逃亡以后，曾求助于亨利·都铎的母亲玛格丽特·博福特。

出于政治目的，玛格丽特便提出想和伊丽莎白联姻，让自己的儿子亨利·都铎娶伊丽莎白的大女儿约克的伊丽莎白。

但当时亨利·都铎正在流亡之中，以当时的交通情况来看，双方见面并不是很容易。朵塞特想送妹妹去见她未婚夫，由于受到了洪水的阻碍而没能成功。

这桩婚姻后来成真，但正式结婚是在亨利七世登基之后。

第十二章

格兰特这一觉睡得非常不踏实，梦中全是英格兰王朝更迭之际的人、事、物。

那些脸谱，那些举动，那些言语，那些情绪，那些气氛，纷至沓来，最后却全都模糊了，成为一片分不出形状的混乱色彩，就像是被水泅湿了的光怪陆离的画。

早上醒来的时候，格兰特还没睁眼就提醒自己道："作为一个保持中立，没有立场偏向的研究者，格兰特，你现在可有点偏离初衷了。你没发觉你自己已经开始向着理查三世说话了吗？"

格兰特坚守着原来的信念，经过此番的自我提醒，便立刻纠正了正逐渐偏离正轨的倾向。

他开始想，如果前任妻子伊莲娜的事情是那个巴斯主教瞎编的，同时，议会和那些王公贵族们为了树立一个稳定的新政权而故意装糊涂。那么，这种情况下那两个小王子是不是必须得死呢？

不，一定不会！

格兰特用力地睁开眼睛，看向前方，其实他什么也没有看，只是看向虚空而已。

他继续思考着，如果真的是这种情况，那第一个会被灭口的应该是那个巴斯主教啊！

而那个伊莲娜早已经死了，这事跟她也没什么利害关系。

可那个巴斯主教却是关键人物啊，但理查三世并没有杀他灭口，他可一直活着呢！

而且理查三世的加冕仪式虽然来观礼的人不少，但是整个过程却非常简单，可见之前并没有进行过精心的设计，那么就应该不是早有准备，其中自然就没有什么预谋了。

而巴斯当然也没有在加冕仪式上，在大庭广众之下，突然反口说出实话，承认自己为理查三世撒了一个弥天大谎。

这些都似乎倾向于说明，理查三世心里没有鬼，和巴斯之间也并没有什么密约，没有狼狈为奸，一切都很突然。

因此，巴斯之所以突然爆出这个秘密，其背后应该也没有什么政治色彩和倾向，不像是背后被人控制着，而只是一种纯粹且独立的个人行为。

更何况爱德华四世当初秘密结婚时，理查三世才不过十一二岁，按理说应该不知道这件事的内情[1]。

如果巴斯真的为理查三世撒了谎，那理查三世要么就事后杀他灭口，要么就对他许以重赏或提拔，从而堵住他的嘴。但是巴斯既没有死，也没有升职，更没有成为大主教。

关于伊莲娜的事，我们则恰恰可以从亨利七世一直想方设法地急于要隐瞒、扭曲此事的这个相反的角度，来推测出这件事的某种真实性。

也就是说，亨利七世那种惶急的情态，恰恰是伊莲娜事件真实性的一种反向证明。

如果这事是假的，亨利七世在掌权之后，只要抓住巴斯，并逼他说出真相即可，又何必要隐瞒？

格兰特刚分析到这里，忽然又出了一身冷汗，因为他发现他的情感和主观又不自觉地偏向于理查三世了，这可不是一个客观的态度！

格兰特连忙矫正过来，暗道："不行，不行，这么下去就会有失客观！"

于是格兰特决定换换脑子，找些别的东西看看，转移一下注意力，暂时把理查三世的事先放一放，直到卡拉丁拿了新的资料过来再说。

格兰特便把昨晚整理好的妨碍理查三世登上王位的人员名单交给"矮冬瓜"，让她帮忙给卡拉丁邮去。然后又把理查三世的画像收起来，避免一看到这画像就止不住地要思考。

这些都做好之后，格兰特这才拿起了之前一直没有动过的那些书翻看。这都是玛尔塔带给他的书，可基本上就没动过。

不过，这些文字让格兰特看得头晕脑胀，他实在是受不了书里的那些内容，直到卡拉丁再次出现在病房，格兰特的心情才为之一振。

卡拉丁盯着格兰特的脸看了半晌，关心地问道："格兰特先生，你是不是不舒服？我看你气色可不是很好？没睡好吗？"

"别提了。"格兰特挥了挥手，"我满脑子都是关于理查三世的疑问，所以心里不舒服。对了，我表妹给我回了一封信，她也提到了一段被人为改造的历史，汤尼潘帝，你看看吧。"

说着把表妹的信递了过去。

卡拉丁认真地看着，脸上愉快的表情越来越浓，等到看完的时候，卡拉丁的笑容已经如同出云之红日般灿烂了。

"太棒了！这两个传闻中是殉教而死的苏格兰长老会女信徒的原型竟然是叛国者！又是一段汤尼潘帝！对了，格兰特先生，我记得你好像就是苏格兰人，那在苏格兰你见过真实殉教这回事吗？"

"没有，而且我也算不上真正的苏格兰人。反正我是从来没见过有哪个信徒是为了所谓的高尚信仰而死的，就算是长老会里那些德高望重的长老们也从未做过这么壮烈和值得让人感动的事。甚至长老会这些人所谓的'殉道'行为本质上其实都极为褊狭和疯狂，其所体现出来的道德水准可能还不如一个杀人凶犯高。"

卡拉丁年轻的脸上多少有些疑惑，问道："不能下这种结论吧！这些有信仰的人应该都很圣洁啊！总不能所有的事都是假的吧？"

"年轻人，你一定是被一些虚假宣传的信息所迷惑了。我能想象得到你脑子里浮现出来的影像：一个面目慈祥、神情庄重的年迈长老，下面则是一群年轻的虔诚的面孔，长老在给年轻人传道，宣扬爱和上帝。哈哈！可是你会发现，苏格兰长老会这些看似善良仁义的教徒们完全能够做出极为丑恶的事来。他们其实就是嗜血的暴徒，是基督其他教派的耻辱。比如你不去参加他们的秘密集会，他们就会烧你的谷仓、杀你的马作为报复和警告。如果你对教会的一些说法持否定意见，他们就会毫不犹豫地给你一枪。有好几个案例，说的就是这些疯狂的教徒明火执仗地射杀其他教派领袖的事。可这些杀人凶手竟然还被尊为英雄，受万人追捧，出入无碍。"

"天啊！竟然这么疯狂残暴！"卡拉丁呼吸有些紧促。

格兰特也来了情绪，接着说道："而且这些狭隘的所谓护教者们其实更像是叛军，他们跟政府对着干，有机会就可能打倒政府，自己上台控制苏格兰，所以他们就四处传播反动谣言，四处暴力行凶。而政府却那样地宽容这些人，并不追究其责任。"

"或许……他们是因为信仰上帝的方式与其他教派不同吧？"

"爱怎样信上帝就怎样信上帝，又没人管他们。但他们其实是想扩大势力范围，不但在苏格兰，还要推广到英格兰。他们的信条当中有一条，就是只能用他们自己的方式信上帝，别的都不允许。所以他们是想清除所有教派方面的异己势力，唯我独尊。"

"那也就是说，那些用来纪念殉教者的纪念碑和墓碑之类的……"

"全是一片谎言！你就看吧，如果哪个墓碑上写着某人因忠于自己的信仰而被暴政夺去生命，这个家伙肯定是犯了重罪，然后被法庭判定为死刑的，跟信仰跟圣经没有任何关系。"

格兰特说着说着不由得冷笑连连，接着说道："这些家伙，对于其他教会来说，根本就是背叛者、是毒瘤，在他们自己的圈子里却被提升了形象，被美化为了英雄和圣人，成为了先驱和榜样！"

"这……真是意想不到……"卡拉丁喃喃地自语着。

格兰特接着说道:"这些狂热反动的所谓护教者们做了很多疯狂的事。他们活动的区域非常广阔,而政府人手又不够,所以只能派少数的警察去维持治安。这些骑着马执行任务的警察们都谨守着规矩,比如倘若不得主人家同意,警察都不能随便把马牵进人家的马厩;要是没有拘捕令,就更不能随便抓人了。可那些护教者们却自由得多了,不用顾及任何原则,他们就舒舒服服地躲在暗处,看到了警察,随手就是一枪,就这样结果了一个马背上警察的性命。就是这样一群魔鬼,后世却仍然有那么优美的文字去描绘他们的形象。这些魔鬼成了英雄,而尽职尽责的警察却反倒成了魔鬼。"

"对呀,就像……就像我们的理查三世。"卡拉丁不禁心有所感。

"不错,就像理查三世。对了,咱们有点跑题儿。你找到新的资料了吗?"

"抱歉,还没有找到亨利七世急于毁掉王权法案的真实目的,因为过后有相当长的一段时间都没有人提及此事,但是这份法案却是真实存在的,因为后来在伦敦塔的一份记录里发现了法案的草稿,这可算是漏网之鱼。这份草稿的内容已经被印在了《大英帝国史》里。"

"所以说王权法案是确有其事的,而理查三世依法案而继位也是毋庸置疑的,是合乎规矩的。相反,我们的大圣人摩尔这个老家伙的话就成为谎言了。"

"是这样的,看来你已经极端地鄙视摩尔圣人了,哈哈。"

"没办法,忍着恶心也得撑下去,这老家伙是暂时回避不了的。"格兰特笑着挥了挥手,继续说道,"关于爱德华四世之前曾秘密结婚这件事,摩尔,或者说莫顿,并没有提及真正的前任妻子伊莲娜,而是写了一个叫露西的不相关的女人。"

"为什么要把真正的前任妻子隐藏起来不提?为什么要安排一个不相干的女人?她叫什么?哦对了,叫露西。"

"很简单,因为伊莲娜的身份是真实的,秘密结婚这事是真实的,所以顺理成章,两个小王子就成了私生子了。这样一来,谁还能为了两个没有继承者身份的人起兵反对理查三世呢?同时,两个小王子对理查三世也就不成为阻碍了。"

"不错,如果是假的,亨利七世早就把真相直接宣扬出来了,就没必要隐瞒事实了,那反而对他没有什么好处。"

"你说得对。此外,你发现没有,兰开斯特和伍德维尔两股势力起兵造反,他们扶持的可都是那个亨利·都铎,而并非两个小王子?像朵塞特这家伙,他还是小王子同母异父的大哥呢!可他不也是支持亨利·都铎吗?况且当时两个小王子还没失踪呢,为什么不支持他们?显然,这些起兵的人根本不在乎小王子,只在乎亨利·都铎。如果亨利·都铎继承了王位,那个朵塞特就是英国国王的妹夫了,因为他同母异父的妹妹嫁给了亨利·都铎,成为了亨利七世的王后。以朵塞特的为人,他一定能想到只有支持亨利·都铎,才可能有重享荣华富贵的机会。"

"你说得对。朵塞特没去支持他同母异父的弟弟,而是去支持他未来的妹夫,这说明当时在英国国内小王子是没有威信的,不受支持的,所以朵塞特这家伙也就没法支持自己弟弟了。另外还有一件事,王后伊丽莎白一开始从西敏寺逃了出来,可是很快就不用逃难了,而且生活还很安定,甚至她还让那她几个女儿还可以回理查三世那里参加王室宴会。你知道这事最为奇怪的地方在哪儿吗?"

"我不知道,你说说看。"

"那就是,王后不再逃亡的时间已经是主流说法中两位小子失踪之后的事了!她不但停止逃亡,让女儿回去参加宴会,同时还给大儿子朵塞特写了封信,叫他回去跟理查三世讲和,说他这位叔叔不会害他,叫他放心,不要再打仗了。"

格兰特沉默了下来,陷入了思考,这难以索解的现象让格兰特感到好不头痛。

窗外下着雨,雨点落在窗台上,如同落在了湿软的泥地里,只能听到温柔如绵的沙沙声。

"好吧,我投降,我想不通是什么原因。王后的举动太反常了。从目前的证据和迹象来看,如果我是个法官，我都没法给理查三世立案。"格兰特摇头说道。

"我跟你有同样的想法，而且我再跟你说一件事，你的思路就会更加清晰。上次你不是给了我一张名单吗？我回去查了，在理查三世死了之后，名单上的这些人都活得好好的，快乐自由得不得了。爱德华四世的那些女儿们都得到了很好的待遇，而理查三世自己的儿子死了之后，他还把他三哥乔治的一个孩子定为自己的继承人。"

"哦？"格兰特来了精神，"看这意思，理查三世对于那份有助于他的王权法案并没有充分地加以借助利用，相反还有反对其中内容的意思。这法案可是剥夺了他那些侄子的继承权的啊！那对他大大地有利，如果他有险恶用心的话。"

"不错，他公开反对过他王兄爱德华四世杀害他三哥乔治。这事你还有印象吧？"

"有印象，我在摩尔的书里都看到过相关的内容。嘿，理查三世、驼背凶手、妖怪魔鬼，可就是在这样一个大恶徒的统治时代，所有的人却都活得好好的。"

"不只如此。我查了一份资料，资料里显示这些人当中有的还成为了议会的议员，有的还被封为骑士，也就是说，他们本身是有一定权力的，是国家和家族的重要成员。"

卡拉丁看着格兰特，忽道："格兰特先生，你想不想把这些事情整理成一本书？"

"为什么这么问？写书干什么？"

"因为……我想写。我觉得这比农民起义的事情有意思多了。"

"哦，那我支持你，好好地写吧。"

卡拉丁有点不好意思，说道："你也知道我的情况，我家里希望我能继承父业，但我不喜欢，所以我得在别的方面做出点成绩来给我父亲看，也算是个交代吧。我爸那人我了解，我一旦有了成绩，他就会开始跟街坊吹牛，说他儿子是个伟大的历史学者什么的。"

格兰特笑眯眯地看着卡拉丁，觉得他可爱极了，问道："你想给这本书起个什么名字？"

"就叫……我想想，就叫'历史都是谎言'，这是一位名人的话，我借用一下而已。不过我想没那么容易，我还得做很多的研究，要不然没法说服人。"

"不错，而且我想，你还没有接触到问题真正的关键。"

"哦？"卡拉丁张大了嘴，"什么是真正的关键？"

格兰特笑道："杀死两个小男孩的真凶啊？还有，如果亨利七世接管伦敦塔的时候，两个小孩还活着，那么当时发生了什么事呢？还有，亨利七世为什么这么急于销毁那份表面上看起来对他并没有什么影响的王权法案？"

"是的，我忽略了这些，我得走了，好好查一查相关的资料。"

卡拉丁刚才那踌躇满志的神情消失了，换上了一副着急的神态，看来他对于这件事是非常认真的。

他刚要离开，却发现理查三世的画像被扣着放在桌上，便把画像摆正，立在一堆书的旁边。

卡拉丁像着了魔似的对着理查三世的画像说道："你等着我，我一定会还原你的本来面貌给世人看的。"

就在卡拉丁一脚门里一脚门外的时候，格兰特忽然想到一件事，便道："稍等，我想到一件并非虚构伪造的历史，一段并非汤尼潘帝的历史。"

"什么事？"

"格林科大屠杀。"

"那是真事？"

"我确定是真事。而且……发起这场屠杀的，正是一位纯洁的、伟大的、光荣的……哼，长老会护教者。"

①爱德华四世素来风流多情，情妇众多，而他跟伊莲娜之间的这段秘密婚姻，应该也不只是巴斯主教

才知道，他的家里人应该也都有一定的耳闻。

因为早在巴斯主教将此事诏示于众人之前，乔治就曾经在一次叛乱造反时对外提及过这件事，可见这对于约克家族内部而言应该并非什么绝对的秘密隐私，所以理查三世未必在此之前就不了解内情。

本段情节中，作者借格兰特的思路认为理查三世当时年纪幼小，可能不知情。但这种逻辑并不很严谨，也不能说明理查三世到后来也一直都不知道。

第十三章

小羔羊卡拉丁刚走，玛尔塔就来了。她给格兰特带来了很多礼物，尤其是一大束漂亮的鲜花。

玛尔塔见病中的男友沉迷于历史书，眉头微皱，连招呼都没跟他打。

格兰特把目光移向玛尔塔，问道："我问你个问题，如果，我是说如果，你的小叔子杀了你的两个儿子，然后又要给你一笔年金，跟你讲和，你会不会要啊？"

"这叫什么混账问题啊！问你自己好了！"玛尔塔撇了撇嘴，只顾着摆弄手里的花，心里想着怎么摆比较好看。

格兰特长吁了一口气，说道："这些历史学家简直就要把我弄成疯子了，他们对这件事所给出的理由和解释，让我觉得愚蠢之极。你听着啊，有一段是这么说的，说王后伊丽莎白携众女逃亡，但后来又跟理查三世妥协，而不顾及自己二子被杀的仇恨，其行为不可理解。不知她是害怕被赶出圣殿①避难所，还是只因为过不惯孤独冷清的生活，又或是因为冷漠无情，不想再为二子报仇。"

"天啊！真凄惨！"玛尔塔看着格兰特说道，不过，她手里却只是顾着插花。

"你说，天底下会有跟杀子仇人握手言欢的女人吗？"

"有吧……比如古希腊。"

"不可能，我都没听说过。"

"要不然，王后伊丽莎白就是脑子有点问题，不是传说这女人脑袋有问题吗？"

"胡扯，她傻什么？人家可当了二十多年的王后，有很多作为，也很有心机，要不然伍德维尔家族的人怎么能渗入到王室中来呢？"

"我跟你说，这种王室成员之间发生的事就是一场闹剧，你来我往，争夺权力而已，对这种女人的心态，哈哈，你用常理是不好分析的！"

玛尔塔作为女人，此时挖苦起女人来，便更加来了劲头，说着说着便以夸张的表演方式装成王后伊丽莎白，模拟王后的语气扭捏作态地说道："哎呀呀，我小叔子确实是杀了我两个儿子！不过他还挺招人喜欢，给我的待遇也不错。唉，借此机会给他点面子跟他和好吧！再说我一路逃亡这么辛苦，风湿病都犯了呢！是该回王宫享福的时候了。哎哟哟，该死的风湿病，好痛好痛！"

玛尔塔演到这终于忍不住笑出声来，笑得前仰后合的。

格兰特看着玛尔塔可爱调皮的样子，也不禁微笑，心情好了很多。不过格兰特始终想不明白，为什么女人之间互相贬损挖苦起来竟然这么夸张狠辣而不留余地。

格兰特说道："你说得不错，这确实是一场荒唐的闹剧，我想它不是历史的真相。所以说我就怀疑这些搞历史的家伙们是不是没有脑子，好像对于世态人情一点分析能力都没有似的。在他们眼里，历史不是有血肉的，而只像是一场戏。"

忽然，格兰特想到玛尔塔是个演员，她以前好像演过王后伊丽莎白，便问道："我记得你以前扮演过王后来着，你对王后的心理是怎么分析的？"

"哦，是演过，不过在那出戏里王后是个小角色。"

"小角色也有内心，说说你当时的体验。王后先是带着女儿们从圣殿避难所里跑出来逃亡，然后接到了理查三世的消息，说会给他一年七百马克的年金，还让她携女回来参加王宫宴会。于是王后就跟理查三世这个杀子大仇人讲和了？你演的时候是怎么分析这个角色的内心的？"

"我也没有别的深入分析，就一点：讽刺！这是个应该被讽刺的女人。说不定哪天我会再把这个角色编进一出新戏里，然后在下午场试演一番，没准儿会有些效果。对了，你说的这个故事是哪家伙胡编乱造出来的？一个女人竟会跟杀子仇人和好如初？"

"不，不是编的。是历史中的事实。王后伊丽莎白当时的确逃走了，而后来又的确接受了理查三世所给的年金。真的给了钱呢！她还让女儿们参加宫廷盛宴，还给自己跟前任丈夫生的大儿子朵塞特写信，让他回来跟理查三世讲和。史学家们对其行为的解释是，她怕被理查三世强行赶出西敏寺。真是荒唐，理查三世一直是虔诚的信徒，他怎么会把一堆女人从圣殿里死拉硬拽出来呢？"

"嗯，当然，这事你之前跟我提过，说亨利七世对理查三世的审判书里没提塔中王子的事。那你觉得理查三世跟两个小王子的死根本无关？以你警察的思维说说看。"

"我确定，在亨利七世接管伦敦塔的时候，两个小王子还在。因为亨利七世并没有用小王子失踪的事大肆宣传理查三世的凶恶无情。"

"确实，这些矛盾没法解释得通。我以往一直以为这是件非常明确的事，已经是盖棺论定了。我当初建议你做点事打发时间，真没想到你会对历史进行颠覆。"

忽然玛尔塔轻呼一声，叫道："对了！卡拉丁的女友，我那个女同事今天跟我发火了，她说要把你杀了！"

格兰特吓了一跳，嗔道："你总是一惊一乍的，你那个女同事我都不认识，她发什么疯要来杀我？"

"还不是因为小羔羊卡拉丁？现在卡拉丁天天待在大英博物馆，就知道查资料，都不会谈恋爱了，就像中了毒一样。他满脑子都是理查三世的事，对女朋友已经不关心了。你是不是把年轻人给带坏了？他不是常来跟你在一起说历史吗？"

"他刚走，你跟他前脚后脚。但是我想这小伙子可能得好几天之后才会再回来找我。"

不过格兰特预计错了，就在晚餐之前，小羔羊卡拉丁就给格兰特发来一封电报，电报是先前那个门房送来的。

这电报整整写了两页——这孩子真有钱。

电报内容充满了愤怒、痛苦、遗憾和激动之情。

只见卡拉丁写道：

这下完了
彻底完了
发生了一件非常可怕的事情
我找到一份理查三世同时代的史学家用拉丁文写的史料
作者是克罗兰地区一位有名的修士
可是在书里却记载着王子失踪的事在理查三世活着的时候就已经传开了
所以咱们这下坏了
我也写不成书了
我真想死在你们英国的河里
如果你们的河允许淹死一位美国人的话

卡拉丁

"克罗兰地区？这个地名听起来很耳熟啊，我应该知道的，它在……"格兰特脑子里不断地想着这个地名，却一时想不起来在什么地方。

那门房正候在一旁，提醒道："格兰特先生，这电报你要回吗？我可以帮你。"

"哦，我，我，我还没想到怎么回。过后想好了我再找你，谢谢。"

"没什么，不用客气，我先出去了。"

那门房客客气气地退了出去，临离开前还特意又看了看那两张电报纸。

电报那么贵，居然满满地写了两页，真是有钱！

这回那门房便不像上次那么举止轻佻了，或许他是被这种有钱人的气势给镇住了，连带着对格兰特也充满了"敬意"。

格兰特闭上眼睛思考这个问题，不过这个突如其来的所谓打击其实并没有打倒格兰特，因为他是警察出身，经常都能碰到这种情况。

本来已经对一个案件分析得非常透彻，而且答案也几乎确定了，可是偏偏会突然出现一个新的证据，将你之前的论断全部推翻。

这次的情况也类似，但格兰特并没有慌乱，他开始像个警察一样冷静地思考新出现的情况，可不像卡拉丁那个年轻小伙子一样惊慌失措。

格兰特陷入了沉思，以致"矮冬瓜"给他送饭来的时候他都没看见。

"矮冬瓜"见格兰特那副痴呆呆的样子，非常关心，怕他病情有变，叫了几声却不见他有什么反应。

忽然格兰特大叫一声："我想起来了！克罗兰在伊利附近！"

这一叫吓了"矮冬瓜"一跳，忙问道："你没事吧？"

格兰特这才回过神来，说道："哦，抱歉，我没事，只是想问题入了神。对了，麻烦你帮我个忙，我给一个朋友回封电报，你帮我发一下。"

格兰特拿起纸笔写了封电报：你帮我在法国同一时间段的历史资料里找些相同的内容。

这就是格兰特所想到的解决问题的方法，随后他便胃口大开，舒舒服服地吃光了晚餐。

到了晚上睡觉的时候，格兰特正渐渐进入梦乡，忽然感觉有人正在病床旁看着他。

格兰特不由得睁开眼睛，见床边的人正是亚马逊护士。她眼睛瞪得大大的，像两只牛眼，正关心地看着格兰特，而她的手里则拿着一个信封。

"真抱歉，格兰特先生，主要是我拿不定主意。这里有封电报，是给你的，我想事情或许会很急，不过又怕打扰你睡觉。我应该没吵着你吧？"亚马逊的话稍有些语无伦次。

格兰特对着亚马逊露出一个安慰性质的微笑，说道："你做得很好，没有吵到我，谢谢你了。"

亚马逊长吁了一口气，把电报交给了格兰特。

电报是卡拉丁发来的，上面写着："你的意思是再找一份资料，上面也写着理查三世战死之前塔中王子就失踪了？"

格兰特立即在回函中写道："不错，最好是法国那方面的。"

格兰特把回函交给亚马逊，嘱咐她把灯关了，美美地睡了一觉，心里却在想，也不知什么时候卡拉丁才能找到同样的一份史料。

不过这次格兰特又预料错了，因为卡拉丁很快便又来了，看他脸上的表情就知道他心情极其不佳。

卡拉丁两只大眼睛死盯着格兰特，"格兰特先生，你是什么材料做成的呢？你真是跟谁都不一样！"

"怎么了？你可别说你真的找到了同样的说法，而且还是法国的。"

"是你让我找的啊！你还说！"

"是我让你找的，但是我觉得没那么容易找到吧？法国方面的史料是怎么说的？"

"我查到的资料更让人难过，更让人难以理解，更让人不知所措。在法国，他们的总理在一次国会上演讲时提及过此事，而且还说了一大通，说得精彩着呢！不过这家伙的气质看起来就像是个政客，满嘴谎言的东西。"

"小伙子，你现在也有警察的洞察力了。那个法国总理都说了些什么不好听的话？"

"我把内容都抄下来了，不过都是法文的，我这人法文不大好，所以你自己读来看看吧。"

卡拉丁递给格兰特一张纸，上面又是他那潦草的字迹。

格兰特见上面大致的意思是，英格兰王爱德华四世的王子已被人害死，国家已经混乱不堪。小王子才干不亚于他父王，却被某位意欲夺权之辈假借民意将之杀害，自此英格兰王权就落在了凶手的手里。

格兰特品味着这些话里的含义，说道："这个法国总理似乎想和全英格兰人民为敌呀，把整个英格兰从君到民都变成法国的大敌，话里还透露出小王子的死也是英格兰人民想要的结果。"

"是啊，我的感觉也是这样的。这纯粹就是政客们模式化的手段，狡猾、诡诈、别有用心。其实，就在这次演讲的同一年，大概也就是六个月之后，法国还遣使去英格兰和理查三世会面。所以，法国使臣到了英格兰之后应该发现这就是个谣言。理查三世跟法国使臣签了一份有关两国和平政策的文件，如果法国人这时还敢造谣说理查三世杀侄夺位，按常理，理查三世是不会跟他们签约的。"

"你分析得有道理。对了，这两件事的时间你都有吗？"

"全都有。克罗兰地区的那位修士记载该事件的时间是1483年夏末，他原文写的是有传闻说两位王子被人谋杀，但内情不详。而法国总理演讲的时间是1484年1月份年初。"

"这就对了。"格兰特脸上露出微笑。

卡拉丁其实对格兰特让他从法国再找一份相同的污蔑理查三世的谣言的目的并不是很清楚，便问道："你之前干什么叫我再找一份同样的谣言？我想不太明白。"

格兰特笑道："两件事放在一起交叉核对一下，有些隐藏的问题说不定就会呈现出来。你知道克罗兰地区在哪儿吗？你想想它的位置。"

"就在……天啊！莫顿那家伙逃亡的时候，就躲在克罗兰地区的附近！那地方叫伊利！我怎么把莫顿这茬儿给忘了！"

路子找对了！

两人相视一笑，笑容里都带有一丝神秘和得意的成分。

格兰特笑眯眯地说道："如果一直是莫顿这家伙在暗中制造谣言，那以他的为人，他后来逃离英格兰岛到了欧洲大陆上也会再次传播这种谣言好破坏理查三世的名声。来，咱们把时间线捋一捋。1483年夏末，克罗兰的一位修士把谣言写在了书里；1483年秋天，莫顿逃到了法国；1484年年初，法国总理演讲时就说了这个谣言。而克罗兰是一个较为偏远荒僻的地方，消息闭塞，当时莫顿正在逃亡，就隐匿在这里。"

"果然又是莫顿这个坏东西！他真是个制造谣言和骗局的机器！"卡拉丁激动地拍了一下大腿。

格兰特看这孩子如此激动地表达对一位几百年前古人的恨意，还真是可爱又单纯，不过倒也说明他是个善良的好小伙子。

卡拉丁把有关莫顿的事件顺序整理了一遍，说道："莫顿在理查登基之前，就伙同一帮人谋反；理查坐稳王位之后，他又挑唆不同的势力发起反对理查三世的军事行动；离开英格兰之前，又在穷乡僻壤暗中散布谣言；等到了法国还要把谣言事业进一步发扬光大。"

格兰特点点头，却道："莫顿到了法国之后的事咱们还只是推测，并没有十足的证据。不过……哈哈，还真别说，莫顿在欧洲做的那些事还真像是在搞颠覆，造黑谣。他手下有几条忠实的狗，帮着他造谣，帮着他发传单，写黑信，就是想要英格兰人民都起来反对理查三世。"

"从这些情况来看，莫顿这家伙应该是在离开英格兰之前就已经起坏心要暗中做手脚了。"

"那是自然，莫顿这个有心机的人心里清楚，理查三世跟他不共戴天。他没有别的选择，只能扳倒理查三世。如果理查三世不失势，莫顿不只是这辈子都无法发达，他恐怕连正常的生活都困难，顶多只能当一个普通的潦倒的修士。而莫顿之前可是将要成为大主教的人，这份荣誉和富贵就这么从手里溜掉了,以他的为人能够甘心?而他如果帮着亨利·都铎,他就有机会翻身。后来他果然成为了亨利七世的大主教。所以摆在莫顿面前的只有一条路,就是除掉理查三世。而要想除掉理查三世,以莫顿的手段,唯一能做的,也是他最擅长做的,就是制造并散布谣言!"

"所以说莫顿是亨利·都铎的重要手下啊,他是最好用的舆论制造工具,编造杀侄夺权这种谣言我看只是小儿科而已。"

"不过……"格兰特并没有顺着卡拉丁急于下结论,想了想,又道:"不过也许莫顿也以为这事是真的。"

"你是说并非凭空捏造谣言,而是别人说的,然后他就相信了?"

"不错,不排除这种可能。毕竟想诽谤理查三世的人太多了,兰开斯特红玫瑰那边搞不好就有人编造过故事,而恰好莫顿听到了其中的一个版本,正符合他的心意,于是就相信了也说不定。对了,你从克罗兰的修士的那本拉丁文史书里还看到了什么?"

"看到了……算是对我的一种安慰吧。因为我给你发了那封电报之后,我又冷静地多看了些内容,我才发现,这位修士的话其实也并没有太大的权威性,很多人都不是特别信奉他的话,只当这个谣言是道听途说的内容,并非真实的,我这才放心。不过这位修士确实知道有王权法案的存在,他还把王权法案的大概内容记在了书里,同时他也知道伊莲娜女士的存在。"

"太有意思了,连克罗兰这么个闭塞的小地方的修士都听说过爱德华之前秘密结婚的事。"

"所以说啊,关于这段秘密婚姻,摩尔得花多少心思去编造另一个完全不相干的叫露西的女人啊!"

"不只如此,他还编了另一件事,说理查三世竟然污蔑他母亲约克公爵夫人,说她大哥和三哥都是他母亲跟野男人生的私生子,只有他自己才血统纯正。这太离谱了!"

卡拉丁也被吓到了,冷冷地说道:"真是不遗余力地造谣!看来摩尔这老家伙是想编一个更有力度更为震撼的谎言。"

"可是这老东西却忘了,理查三世当时可是跟他母亲一起住在城堡里的呀。如果理查三世曾经说过令母亲那么伤心的混账话,母子俩怎么还能和平地生活在一起?"

"不错,这一点我就没想到,还得说你这个警探有专业头脑。你说莫顿四处散布谣言,那谣言应该各地都有,对吧?"

"当然肯定不会只有克罗兰这个地方,别的地方也会有。但是我敢说,无论怎样,都只是有限的几个地方,绝不会是全国性的。"

"有什么理由?"

"我的理由很充分,也难以辩驳。那就是,如果是全国性的,就一定会造成举国不安,民众骚乱,贵族借口起事之类。那理查三世一定会镇压,或是采取其他的手段。有一个例子可以作为对比。那就是另有一个谣言,说理查三世竟然要娶自己的侄女[②]。这个谣言传得可是非常广,全国上下都知道。而理查三世就非常及时地采取了措施。他向各乡镇通信,言辞激烈地否认这个说法,表现得特别愤怒,因为他特别重视名声;他还把贵族乡绅都聚集起来,向大家发表他对这个谣言的观点。"

"你说的没错,如果塔中王子这件事是全国性的谣言,理查三世一定会大张旗鼓地辟谣,因为这事的性质可比娶自己侄女严重得多了。"

"在那个年代,娶自己侄女这种事虽然不好,但是可以得到原谅。而且好像现在有些地方的民俗还允许这么做吧?我不大清楚这些。不过可以明确的是,通过对比就能看出,如果塔中王子这事是全国性的谣言,那理查三世一定会用更多的方法,花更多的时间来辟谣。所以结论就是,根本不是全国性的。"

"看来只局限于克罗兰附近以及法国。"

"我看也是。我们警察的习惯是观察别人的异常行动,有异常行动就说明他可能心里有鬼,或是有特殊情况。但理查三世从继位到战死沙场之间的这两年,所有人都挺正常的。王后离开了西敏寺,后来又跟小叔子和好,公主们正常活动,王子们继续学习,诸如此类,等等。这就叫没有特殊的迹象,所以塔中王子被谋杀这件事应该是不存在的。"

格兰特说到这里，卡拉丁心中的疙瘩完全解开了，脸上又恢复了原有的光彩，说道："看来我写书的大事业还是可以继续进行下去的。"

"我支持你，你要为理查三世洗清冤屈，还有那个王后伊丽莎白·伍德维尔，她可不是一个为了700马克的年金就能跟杀子仇人和平相处的女人。"

"我会的，而且我还要努力查出两位小王子后来到底如何了。"

"这个问题嘛，我想一定会有一个确定的答案。"

"哦？"卡拉丁听格兰特语气十分肯定，一副胸有成竹的模样，不禁好奇心大起，问道："你就这么肯定？"

"对啊，因为我采用的是警察的思维。"

"警察惯用的推理方式？"

"不错，有很多方式，比如寻找事件结果的获益者这种思路。我发现两位小王子的死对于理查三世来说根本没什么价值。所以要找到其他的可能获益者，于是王权法案就出现在咱们的视野里了。"

"王权法案？这跟塔中王子的事有什么关系？"

"咱们一步一步地推理。首先，亨利七世娶了约克的伊丽莎白，这事咱们之前提到过。对吧？"

"嗯，对。然后呢？"

"这样一来，亨利·都铎就跟约克家族的人有了亲戚关系了。亨利·都铎便想借助这层关系，迫使约克家族的人在政治上妥协，支持他称王。"

"呃……对！你说的不错。然后呢？"

"然后就是问题的关键了，亨利·都铎虽然跟约克家族联了姻，可是在法理上他终究不能直接登上王位啊。因为王权法案原来规定是理查三世，现在虽然理查三世死了，但再怎么样，却也轮不着他亨利·都铎啊。"

"啊？对啊！"

"所以，要先废除王权法案，然后亨利·都铎的王后约克的伊丽莎白就重新获得了继承权，而不再是私生子了。"

"你接着说。"卡拉丁脸上开始容光焕发。

"而在约克的伊丽莎白成为继承人的同时，塔中的两个小王子便也恢复了继承权，而且在继承顺序上还优先于他们的姐姐，最优先的就是那个爱德华五世。"

听到这儿，卡拉丁脸上像是要乐开花了，眼睛里闪烁着激动的光芒，颤声说道："太好了，脉络越来越清晰了，亨利七世的嫌疑不小啊！"

格兰特对自己的分析也非常满意，说道："所以我觉得咱们应该顺着这条线往下接着进行。"

"好，你来制订计划，下一步要做些什么？"

"下一步就是那个凶手泰瑞了。而在此之前，还得先知道牵连到此事的那些人后来的情况。比如约克家族所有的继承人，这些人在理查三世在位期间都还不错，但他们后来的下场如何？"

"好，这都是最起码的。我这就开动！"

卡拉丁嚯地一声站了起来，浑身像是充满了力量一样，年轻人的朝气在此刻暴发到最高值。

格兰特以为卡拉丁要走了，这小伙子却没有走，而是向格兰特道谢："格兰特先生，我跟你真有些相见恨晚，能跟你合作真是太好了。我真得好好地谢谢你！等你的腿好了，我就，我就，我看看啊，我就带你去伦敦塔玩一圈吧！"

格兰特被年轻人的力量所感染，深吸了一口气，笑道："好！我等你回来！我想你再次来见我的时候，我应该可以走了！"

①即是指前文提及的西敏寺，按当时的规矩，凡是躲到西敏寺里的人都应该受到护佑，不能派兵硬将避难的人抓走。

②即指约克的伊丽莎白，王后伊丽莎白的长女，理查三世的侄女，后来嫁给了亨利·都铎。

关于理查三世要娶自己侄女这件事如果成立的话，其目的就是为了巩固王位，因为这个侄女也是继承人之一。

第十四章

格兰特伤好得很快，卡拉丁再次回来的时候，他虽然还不能走，但至少可以坐起来了。

虽然只是刚刚能坐，但也让格兰特觉得开心极了，他坐起来之后就能很好地观察对面的墙壁，他觉得比看天花板的内容要丰富精彩多了。

卡拉丁见格兰特恢复得这么快，也为他高兴，不由得说了不少闲话。

格兰特忙打断他，直奔主题，问道："快说，约克那边的继承人们，后来在亨利七世的统治时期都如何了？"

卡拉丁拿出笔记，坐了下来，翻看了一下笔记，自言自语道："先从哪里开始呢？别急，我先看看。"

格兰特催促道："先说亨利·都铎娶的那个王后，约克的伊丽莎白吧。"

"不错，这个约克的伊丽莎白是在……1486年春天跟亨利·都铎结的婚，估计是1月份左右吧。然后……在1503年春，应该是2月份，这女人就死了。"

格兰特冷笑道："前后虽然长达17年，但这个王后当得恐怕也没什么趣味，我看是度日如年吧。因为亨利七世这人可不是那种会对老婆呵护有加的丈夫。好，往下来，塔中两个王子先不说了，说说爱德华四世的另几个女儿吧。"

"这些姑娘都过得是平凡的生活，没有什么特殊的变动。"卡拉丁把爱德华四世另几个女儿的情况说了一遍。

格兰特认真地听着，最后说道："嗯，确实都很平庸。那老三乔治的一子一女呢？"

"儿子被关在了伦敦塔，后来被判了死刑。女儿后来嫁人了，不过到了亨利八世的时代，她被亨利八世故意冤枉，头上顶了一个编造的罪名，然后给处死了。"

"爱德华四世有一个妹妹①，生有一子，也是继承人之一，他下场怎样？"

"他后来战死了。此外，你给我的名单上还少了几个人，我都查了一下，这些继承者们后来无一例外地被亨利八世给杀掉了。"

"那理查三世的私生子呢？"

"唉，这可怜的小伙子是这一批人当中第一个死的，亨利七世时期就死掉了。而罪名是爱尔兰人可能给他写过一封邀请信之类的。因为爱尔兰地区是都铎王朝时期，那些约克残余势力的聚集处，这就相当于涉嫌反叛。其实这孩子很不错，可亨利七世这么着急就把他给杀掉了。"

格兰特冷笑道："因为这孩子的继承权要比亨利七世优先。哼！加在这些被处死的继承者身上的罪名，我看全都是借口，这就是公开的谋杀，但只有塔中的两个王子没法被判成死刑。"

"不错！所以他要换另一种更为隐匿的方式，这两个孩子的身上集中的可是全英格兰民众的目光，亨利七世再也不方便使用对付别人的那种卑劣招数了。"

两人沉默了一阵，卡拉丁问道："下一步我们怎么办？"

"我是这么计划的，找出这些人在亨利七世登上王位之初都在做些什么，人在哪里。这些人之前必定有其固有的生活规律，而发生了巨大变动之后，其原有的规律必定改变，从这一点就可以看出很多问题。关于那个泰瑞，你查到了什么？"

"查到了一些，而且跟我预想的不大一样。我一直以为这个人物就是个收钱就给人家办事的家伙，但实际情况却大有不同。他不但不是个痞子，还是个来头不小的人物呢。"

"哦？说来听听。"格兰特兴趣大增。

"这人是泰瑞爵士，爱德华四世的时候，他在很多调查委员会里都任过职，后来还被封为骑士。理查三世当政的两年里，他没什么异样的举动，但是理查三世和亨利·都铎的最后一战，泰瑞却没有出现。当然，那一战理查三世的很多部下都迟到了，斯坦利那家伙后来不是还倒戈了吗？所以泰瑞没有出现也就没什么太大的分析价值了。反正，综合种种迹象来看，泰瑞并不是个痞子。"

格兰特眯起眼睛来，微微点头，又问道："那亨利七世时期，泰瑞都做过些什么？"

卡拉丁脸上显出笑容来，说道："这可就有趣了，你听我慢慢说来。泰瑞在约克王朝时期表现得那么良好和忠诚，在亨利七世时期却反而大受重用！升了官，发了财，分了地。"

说着把泰瑞受封的官职、地区，还有从政的一些情况展示给格兰特看，同时感慨道："我真是猜不出来这是为什么？"

格兰特向那些内容看了一眼，立即干脆地说道："我知道这是为什么。"

卡拉丁眼中透出询问之意。

格兰特接着说道："你看，他的那些官职、封地，以及执政时的一些出使任务，都是在英格兰境外，发现了吗？"

"哎？还真是，我怎么没发现？那这意味着什么？"

格兰特却缓缓摇头，说道："也许是我敏感了吧？这可能都只是巧合而已，人总是倾向于把一些历史资料背后的东西无限地加以放大，其实就是想多了。这事暂时先放下，目前我还没想到什么特殊的，等有了新想法再说。泰瑞在亨利七世手下一直这么受重用吗？"

"是的，很久。不过后来在1502年闹翻了。那一年，亨利七世听说泰瑞意图放走一名关押在伦敦塔里的约克家族的人物外逃，于是就派兵去抓他。为了稳住他，还下了道圣旨，说如果他能老老实实地回来，就封他做大官。后来把泰瑞给抓住了，不长时间就杀了他，都没正式审判过。"

"啊！没审判？！"格兰特十分吃惊，说道："不是说泰瑞承认了罪行吗？"

卡拉丁双手一摊，做了个鬼脸，说道："什么认罪的话都没有，大家都说泰瑞杀了塔中王子，其实都是道听途说。亨利七世杀了泰瑞之后，就让手下人编了一份泰瑞的口供，说他承认杀死王子。"

格兰特用力地甩甩脑袋，皱眉说道："如果泰瑞实际上承认了，那亨利七世本可以直接利用这一点对他进行公开审判啊！这不正可以把理查三世的所谓罪行公诸天下吗？这是败坏敌人名声的大好机会啊！"

卡拉丁调皮地笑道："是啊，所以说我也想不通。"

"真的没有人听到泰瑞认罪？"

"没有。"

"我还记得一些细节，主流的说法是泰瑞从伦敦塔警卫官的手里接管了钥匙，替他保管。然后当晚就指使两个流氓把孩子给杀了。这种供认坐实了千古疑案，将理查三世弑侄夺权之罪给盖棺论定了。"

"可实际情况是没人听到泰瑞说过这些话。"

"那个伦敦塔里的警卫官呢，跟他当面对质了吗？"

"那人在理查三世的最后一战中也战死了。"

"哼，这倒让亨利七世省了不少心，不用再费事杀一个人灭口了。"

格兰特慢慢躺了下来，缓缓说道："我想到一点，这个警卫官死在了战场上，这件事其实给咱们的观点添了一根柴，有利于我们的推测。"

"我想不通，说来听听。"

"你看，如果主流的说法是真的，即那个警卫官在理查三世的命令之下把钥匙交给了泰瑞保管，那其他的守卫一定有不少人会知道这件事，因为长官更换了。亨利七世接管伦敦塔时，这些警卫们可没全死，从理论上来说，就一定会有人把事实告诉亨利七世，但却没有人说这种话。尤其两个王子失踪了，这么大的事怎么可能不上报？亨利当时一定会把伦敦塔里的重要人物逐个接见一番，这两个小孩子必然在列。这时警卫们交不出人来，他们会怎么说？一定会把泰瑞接管钥匙，随后两王子失踪这件事说出来的。而这件事在当时就可以成为给败坏理查三世名声的重要依据，又何必要等到20年之后？"

"你说的对极了！而且，泰瑞可不是个一般人，他要是去过伦敦塔，一定会有人认出来的。"

"所以说，如果暗杀王子的事情是真的，以当时的局面来看，泰瑞一定会被判死刑，同时亨利七世会在这件事上大作文章，大张旗鼓地搞一通。"

格兰特说到这里心情畅快，抽了支烟，继续说道："所以结论很明确，亨利七世杀了泰瑞之后，让御用史家编了一通谎言，然后通告全国，载入历史。"

"不错，而亨利七世却没有对泰瑞进行公开的审判，直接就给杀了。"

"嘿嘿，亨利七世，这个人我看并不聪明，心眼却多得很，总想拐弯抹角地遮掩一些事情，手法却又特别笨拙。一直等了20年，才拙劣地编造了塔中王子的谎话。亨利七世这个人我比较了解，他登上王位之前，你知道都做过些什么吗？"

"不清楚。"

"这哥儿们居然以叛乱罪把帮理查三世打仗的那些部下都给杀了！叛乱罪！哈哈，真是笑话！想杀掉死对头的帮手部下这都可以理解，但这种逻辑却十分荒唐！而他想把自己的逻辑变得合理一些，居然想出一个笨方法，他说自己王朝开始的第一天，就是他跟理查三世决一死战的前一天，所以凡是帮理查三世打仗的，就相当于叛乱！这不是精神病嘛！什么脑子啊！所以说，他能搞出塔中王子这种闹剧来，我是一点也不稀奇。"

格兰特给卡拉丁递了支烟，卡拉丁抽了一口，说道："不过亨利七世也没能做得太过火，你们英国人给他制定了一条界线，让他不能乱来。"

"哦？具体点？"

"英国国会制定了一份法案，客客气气地交给了他，法案里说亨利七世不得以任何名义杀掉英格兰的任何人。看看你们英国人吧，又绅士，又可怕，面带笑容地挤对人。国会没跟亨利七世硬来，而是给他一份合理的法案，看着他强装笑容地接受。亨利七世心里肯定恨得要吃人，却又无法发作。"

卡拉丁夸完了英国人，起身道："我得走了，你恢复得这么好，我很高兴，等你完全好了，我跟你一起去游玩散心。"

卡拉丁走了，格兰特则一支一支地抽着烟。

他想的是那些约克家族的继承人，这些人在理查三世时期活得好好的，到了亨利七世时期就一个接一个地死掉。

或许吧，这些人里有的就该死，毕竟资料有限，也不知道是谁该死。但前后反差如此之大，这个可太说明问题了，任谁都能想到，凡是阻碍亨利·都铎称王的绊脚石，最后全都被清除了。

之前卡拉丁给格兰特带过来一本书，是关于理查三世的，他让格兰特好好读一读，说这本书挺搞笑的。

格兰特随手翻了翻，觉得这书没什么太大的意思，但是聊胜于无，手头上关于理查三世的资料都看遍了，能有本书看看总比没有强。

格兰特认真地看了几段之后，才明白卡拉丁为什么说这本书好笑。

原来作者认为理查三世是个不折不扣的刽子手，但作者又觉得自己非常诚实，不想隐瞒历史，所以他采取的做法是硬生生将史实挤进他的理论和观点中，强行让双方统一结合。这就形成了无数的矛盾和反差，看了叫人笑得脸直疼。

作者一方面把理查三世的个人才能和品格夸到了天上，却又说理查三世污蔑自己生母，又杀侄夺权。

作者对于塔中王子的传闻坚信不疑，他认为就是理查三世下的手，可是却又觉得理查三世人品中没有污点。

格兰特心想，作者对自己这种写法就不觉得矛盾重重吗？这作者还真是个高人！

格兰特现在对于史学家有种成见，他所了解的史学家们似乎脑筋都不大灵光，对于明晃晃的矛盾就是视而不见，不加分析和思考。

这时，格兰特不由得想起了表妹萝拉，这小丫头的回信中有些观点让格兰特觉得很深刻。

她说人的特点是容易产生成见，一旦产生了就像石头一样坚硬，别的观点难以攻破，人不想否定自己已经认定的事实。

格兰特是警察，他知道在现实中有些脾气和人品都很好的人，是在什么情况下才会做出过激行为的，比如杀人。

像这本书的作者所描述的理查三世的为人，如果他要是能杀人的话，一般会是特别极端的情况，比如将妻子捉奸在床之类的。总之都是一时情急冲动的时候，并不会设计好杀人的计划。

虽然不能说理查三世为人如此，就一定不会杀人，但却可以说，正因为理查三世为人如此，他才不会去"谋杀"！

以当时的情况而言，杀了塔中王子的做法非常愚蠢，而理查三世如此精明能干，怎么会犯傻？善良、热情、宽容和正直是他的标签，这些素质都和一个谋杀者的形象完全相反。

所以格兰特得出结论，综合来看理查三世的一切，他不会是谋杀者，不会是凶手。目前所搜集到了资料，到最后其实都成为了一种反证，这些反证交叠在一起，构成了保护理查三世的坚固城堡，高耸直入天际！

①即约克的伊丽莎白，是爱德华四世的大妹妹，跟他的长女同名同姓。她嫁给了萨福克公爵，其实一共生有三子，格兰特找得不全。

她的长子起名约翰·德·拉·波尔（与其父萨福克公爵同名同姓），封为林肯伯爵。

另有二子，埃德蒙·德·拉·波尔，和理查·德·拉·波尔，也各有封爵。

这三人在都铎王朝其间不断要求王位，先后起兵叛乱，最后约翰死在亨利七世手里，两个弟弟死在亨利八世手里。

第十五章

如此过了几天，卡拉丁又来了，这一次他显得非常兴奋，像是带进了一股旋风。

他一进门就高声道："上次你问漏了一个人！"

"啊？是谁呀？"

"巴斯主教！那个秘密婚姻的证人！"

"不错。巴斯主教的意外揭秘直接导致了王权法案的出现，按说，亨利七世最恨的人就应该是这个多事多嘴的家伙，那就一定会杀了他，他最后死了吗？"

"他可没有！因为他没跟亨利七世走得太近。都铎王朝建立之后，很多人都投向了亨利七世，但巴斯主教却没往前凑。我觉得呀，这人可能太有心计，怕惹来杀身之祸，也可能太淡泊名利了。所以亨利七世也没什么机会对付他。不过亨利七世还是随便找了个罪名把他给抓了，关了一辈子也没放。"

格兰特听卡拉丁一口气说完，不禁笑道："你今天的状态跟那回大不相同，兴奋得很啊！是不是……"

"别乱猜，事情的最终真相还没揭晓呢！我这么兴奋确实是因为有了更大的进展，所以非常有成就感，但是离最终的答案还有些距离。"

格兰特笑着用手指对着卡拉丁虚点了几下，说道："你呀你，你一定是找到了些什么重要的信息。"

卡拉丁脸上露出笑容，说道："不错，确实找到。上次你让我查一下那些继承人们在亨利七世登上王位之初都在做什么。我找了不少相关的资料。一开始，这些人做的事都和之前没什么太大的区别。亨利七世接管伦敦塔之后，就正式封那个约克的伊丽莎白为王后。后来，由服从他的人所组成的国会恢复了他的合法继承权，同时又剥夺了那些继承人们的继承权。他又通过将王朝开始的时间提前了一天，从而以叛乱罪杀了那些曾帮助理查三世打仗的人——这件事你之前提及过。但是直到这里，也没人提及塔中王子的事。在这个地方我还得插一句，那个克罗兰的修士之前虽然把莫顿的谣言写在了书里，但他对于亨利七世以叛乱罪杀人的做法却非常反感。他说，那些曾经忠心护主的人们，在战败之后还要被杀掉，财产不保，日后一旦战事兴起，我们国王的安全哪里还能得到保障？"

"亨利七世根本就不顾他的子民。"

"他心里怎么想的就不清楚了。不过亨利七世初期，很多事情的发展变化都跟你预料的方向一致。亨利七世先是在1486年1月份娶了约克的伊丽莎白，同年9月，这女人在温彻斯特生下第一个儿子，她母亲伊丽莎白·伍德维尔便参加了外孙的洗礼，还在那儿待了两个月左右才回伦敦。可是这个前朝的王后，亨利七世的岳母，就在回伦敦不久之后便被亨利七世关进了修道院，自此洗去浮华，清苦长伴，了此残生。"

格兰特非常吃惊，失声道："你是说伊丽莎白·伍德维尔，她被软禁了？！"

"就是她。"

格兰特冷静了下来，说道："她该不会是自愿去的吧？有些贵族妇女有时会看破红尘，主动去修道院里清修，而且其实那地方的生活条件好得很，这些人又不缺钱。"

"我想不是。亨利把她能享受的一切都夺走了，这事当时还特别轰动呢，很多人都颇有微词。"

"那理由和原因是什么呢？"

"说是因为她之前跟理查三世走得太近。后来亨利手下的史学家们说，基于各种原因，她一定要闭嘴收声，然后住进修道院去。"

格兰特愣了好一阵，想着这些问题，最后说道："这个亨利七世，哈，这家伙，他真是连借口都不会找啊！'基于各种原因'，这么暧昧不清的理由！"

"谁知道呢，或许他不想费事，或许在他眼里，别人都是傻子，容易骗，所以就弄了这么个不伦不类的借口来糊弄人。而且，伊丽莎白·伍德维尔之前接受理查三世年金，双方又和好这件事，亨利七世又不是不知道，可他最初对自己岳母的待遇其实一直不错。而在他登基18个月之后，却好像才忽然想起了这件事似的[①]。"

"嗯，看来这显然是个拙劣的借口，那你觉得真正的原因是什么呢？"

"我跟你说另一件事，这事曾给我不少灵感，或许也能让你一下子想到亨利七世为何如此对待他岳母。"

"少卖关子，别吊我胃口，快把答案说出来吧。"

"首先，约克的伊丽莎白在1486年1月份跟亨利七世结婚，9月生了孩子，她母亲还出席了洗礼。对吧？"

"对，当然对，你快点说有用的！"

"而同年的6月16日，泰瑞被亨利七世特赦。"

"这很正常啊，王朝更迭时，新的君主为了稳定人心，就会特赦一些人，以示自己宽容大度，其实就是收买人心。"

"不错，但这只是第一次特赦，后来还有第二次。"

"怎么？泰瑞还有第二次特赦？"

"不错，不过这一次的本质可是一笔生意。时间恰在1个月后，7月16日。"

"隔得这么短？这里一定有猫腻儿。"

"确实不正常。我这几天在大英博物馆里找资料，有一个老人帮了我很多忙，他对历史非常了解。他说间隔这么短的特赦是从来没有先例的。"

格兰特双眼又看向天花板，边思考边说道："6月中旬泰瑞首次被特赦，7月中旬，二次被特赦，同年11月，伊丽莎白·伍德维尔返回伦敦，次年2月就被软禁。时间挨得很紧密啊。"

"作何感想？是不是在怀疑泰瑞这家伙？"卡拉丁向后靠去，一副悠然自得的神情，一边摇晃着身子一边问道，显然他心里已经有了一定的结论。

"不错，泰瑞，应该就是泰瑞，他非常可疑。咱们之前说过，谁的生活状态与以前大不相同，谁的身上就可能有问题。这个泰瑞就非常典型了，他的变化太不寻常了。对了，王子失踪这件事是什么时候开始在民间传开的。"

"亨利七世在位初期。"

"这一下时间就对上了，同时也解决了我心中一直以来的一个困惑。"

"什么困惑？"

"就是为什么王子失踪了，却没有引起社会上的剧烈反应。就算很多人认为是理查三世干的，可却也没有广泛而强烈的反应啊。这非常不合理。你想，理查三世还在位的时候，也就是1485年8月22日他战死之前，他有很多的敌人反对他，像伍德维尔家族，像兰开斯特家族。不过理查三世并没有对这些人疯狂地进行杀戮，这些反对者们便得以散布全国四处时不时地搞些小规模的颠覆活动。所以，如果那个时候两个王子真的失踪了，并且在全国宣扬开来，那这些反对者们借此事由起来大举闹事，这就够理查三世喝一壶的了。但事实却并非如此。像这种情况，亨利七世就不会遇到，因为反对他的人不是被他杀了就是被他抓了。亨利七世只顾忌一个人。"

"他岳母，前朝王后伊丽莎白！"卡拉丁顺着格兰特的思路思考，立刻便想到了这一点，不禁脱口而出。

"不错。"格兰特缓缓点了点头，但神情中那份肯定的态度却非常明显，接着说道："7月份泰瑞二次被特赦，于是就在亨利七世的收买和威胁之下，立即赶奔伦敦塔，暗中杀掉了两位王子。此时伦敦塔里已经全是亨利七世的心腹了，所以事情才没有宣扬开来。而这个时候，他岳母应该陪在女儿约克的伊丽莎白的身边，等待她生产，因为离预产期只有两个月了。也就是说他岳母在7月份时，可能待在温彻斯特而不在伦敦，这就更便于泰瑞行事。而等到她11月份看完外孙子从温彻斯特回到伦敦之后，却发现长时间没能见到自己的两个小儿子，于是便不住地向亨利七世询问，或者派手下人去打探两个儿子的下落。时间长了，不但惹得亨利七世心烦，还怕夜长梦多，出现意外，更怕这女人搞出什么事端来，所以很快就在来年2月份便将她强行送进了修道院，了此残生。"

"不错。那前朝王后伊丽莎白为了打探两个儿子的情况，她都会做些什么呢？难道就没有一点效果？"

格兰特摇了摇头，叹道："她又能做什么？亨利七世的手下敷衍她太容易了，比如跟她说，她是个不合格的母亲，居然跟恶徒理查三世和好，还让女儿参加理查三世的宣告宴会，所以没资格见两位王子，可别教坏了小孩子，就让两位王子的灵魂得以保持纯洁吧。甚至这女人可能根本不知道自己儿子已经出事了，因为当时这件事在外界并没有传开，她无从获得消息，她顶多就是怀疑罢了。"

"对，而且亨利七世当时制造白色恐怖，心狠手辣地杀了曾经支持理查三世的人，夺了他们的财产，在这种情况下，就算有人怀疑王子的下落，也没人敢站出来质疑询问，不怕掉脑袋吗？所以亨利七世声称两位王子还住在伦敦塔里，别人就算不相信，那也只能在心里表示怀疑了。而伦敦塔里的守卫们，正如你先前所说，一定已经更换成了亨利七世的心腹，他们更不会也不敢把事情传出去。而且，你知道吗？据我所查到的资料显示，在英国的历史上，亨利七世可是第一个有私人保镖[2]的国王，在此之前，别的国王可没有什么心腹。对了，你说这事他会告诉他的枕边人吗？"

"你说亨利七世的王后？他老婆约克的伊丽莎白？我觉得……会吧？"

"不不不，格兰特先生，我可不这么想！咱们之前说过了，亨利七世是个做任何事都拐弯抹角的人，他总想隐瞒事实，大力地加以掩饰，他可不会直来直去。他怎么能跟自己老婆说他派人杀了两个小舅子呢？"

"哈哈，如果他是个虐待狂呢？反正他心里清楚，自己老婆虽然是所谓的王后，但其实这女人什么也做不了，所以就得意地说了出来，发泄一下积在心里的得意和不安，同时折磨一下枕边这位约克王朝的前公主。你想，约克的伊丽莎白又不傻，她好好地当她的王后，生她的王子就好了。就算明知道弟弟叫丈夫给杀掉了，她也会装糊涂闭嘴，难道还会引火烧身？她可不会那么愚蠢的[3]！"

"天！格兰特先生，我觉得亨利七世这东西还不如虐待狂呢吧？他是个虚伪阴险的小人，凡事都要隐藏在心底深处，不向任何人透露，所以他才不会跟老婆夜里说这种悄悄话，然后叫老婆一脚从床上踢下去。这事我想你分析错了。"

两人数落起亨利七世来，都热情似火，说到这里不禁相对大笑。

格兰特笑了一阵，说道："亨利七世实在是小家子气！"

"不错，太没气度了！"卡拉丁表示强烈地认同。

"咱们细数一下亨利七世的所作所为。他提拔重用莫顿，让莫顿帮他去收税。结果莫顿这个无情的家伙搞得民间怨声载道，天怒人怨。据传，莫顿说过一句，他说富人有钱交税，但穷人未必没钱。后来便有了一个词，叫'莫顿之叉'，用来形容莫顿这狗贼收税时的决绝无情。"

"真是什么君主用什么大臣。亨利七世身为国王，却一点也没有国王的风范。对了，你觉得亨利七世身边的那些御用史学家怎么样？"

"哈！有些人简直笨得要命，或者更讽刺地说，诚实得要命。比如你之前要我看的那本很搞笑的历史，它的作者脑筋就不太灵光。根本无法调和笔下人物身上出现在明显矛盾，却蛮有热情地在那硬往下写，真是有毅力！以我警察的眼光来看，这种人适合去当罪犯。"

"哦？这话怎么说？罪犯不是都很狡猾吗？"

"不不不，你没当过警察你不知道，以我的经验来看，大部分的罪犯都笨得很。打个比方，比如从A推理到B，这么简单的事情可能是小孩子都会的。而如果从B推理到C，那么难度便大了一些，但一般的成年人也能做到。可偏偏就是那些看似狡猾聪明的罪犯们却常做不到，真是傻得可以啊！我见过太多这样的人了！他们只能分析到B的步骤就停止了，C对他们来说太遥远了。所以我才说有些历史学家们跟罪犯没什么两样，明知道对理查三世的描写大有问题，却没有能力去解决，甚至都没动过要去解决的念头，只是闷头硬往下写，把冲突矛盾的信息硬生生拼接在一起给世人看。"

"哦，天！我都不知道这些，你说的有意思极了！看来我得对世上的某些人重新观察了。"

"对了，你的书开始得怎样了？"

"嗯，已经开始了。我这次的写作形式，打算是按那种自然发生法去写。"

"详细说说。"

"就是事情的经过是什么样的，我就如实地去写。你看，咱们一开始见面的时候，都不确定下一步要做什么。后来我们才有了计划。然后又找到了症结所在。最后我们拨开云雾，找到问题的关键和根本。我就打算按这个顺序去写。"

"挺好，我觉得不错。"

"好，那我就继续写了。另外，我还得研究一下亨利七世，把他作为理查三世的对比，让读者们一目了然两人之间的差别。像亨利七世这种君主，他还私设秘密法庭呢！"

"这事我倒不大清楚。他又是任用莫顿这种人强收苛捐杂税,又是私设秘密法庭,这就是独裁的暴君,太典型了!你要是能把这些东西都写出来,我想一定会说服读者。谁都无从反驳。"

"看来我还有很多工作要做啊,还有很多资料要读啊!完了,我女朋友已经跟我闹别扭了,说我不理她。她可恨死你了!不过,格兰特先生,说心里话,能跟你有这样一次共同的研究经历,是我人生中最为兴奋,最为……有……最有……你知道,我想说,这和我女朋友带给我的兴奋不一样,我是说……我们那种兴奋……不是的……而是……"

卡拉丁似乎有些兴奋过度,说话都渐渐开始有些语无伦次了。

格兰特以长者的态度笑着安慰道:"我明白,我明白,你是想说,你做了一件非常非常有价值有意义的事。"

"对了!"卡拉丁像是吐出了喉中之鲠,痛快地喊了一声,接着说道:"我就想,像我,卡拉丁家族的继承人,跟着我女朋友来到了英国。我闲着没事,又想应付我父亲,所以就到大英博物馆找份事做,省得听我爸唠叨。结果,咱们见面了,我就有了一份重要的任务,我也充实了。而现在,我又将做出成果了。你说,这个过程多么美妙,多么意想不到,结果是多么叫人感到震撼啊!"

卡拉丁忽然有些迟疑,看着格兰特问道:"格兰特先生,你……你真的不想写这本书吗?这事多伟大啊!"

"哦不不不,我肯定不会写什么书的!"格兰特立即挥了挥手,"我连我在警界工作的情况都不会去写。"

"为什么?自传都不写了吗?"

"嗨!主要是我觉得市场上的书太多了,我还写什么书!"

格兰特见卡拉丁表情似乎有些受伤,忙笑着解释道:"你别误会,我不是说你这本书,你这本书还是非常有价值的,必须得写出来。对了,我忘了一件事,泰瑞在任期间,不是曾经出使过法国吗?那是什么时候?而他受领封地又是在什么时候?是在1486年那个诡秘的7月吗?"

卡拉丁脸上立刻浮现出刻意打造的邪魅神情,其中却充满了年轻人善良的顽皮,说道:"我等的就是你这句话,我就寻思,你要是忘了问我,我就在临走前跟你说。我告诉你,泰瑞出使法国以及获得封地的时间,都在他受亨利七世指使,去伦敦塔中做掉两位小王子之后,时间上几乎是紧挨着,都在7月份里。所以虽然泰瑞在7到11月份之间应该都有时间下手,但因为7月份就受赏了,那一定是事成之后的事。所以动手的时间就在二次特赦之后和受赏之前,也就只能是在7月16日受二次特赦之后的几天里。"

"这下全畅通了!咱们对这桩公案的拼图工作也完成了最后一块。只是不知道泰瑞受领那块封地是不是因为刚好有空缺的一种巧合,也不知道他出使法国的事,是不是亨利七世想借这个机会把泰瑞支开,让他离开英格兰好回避一下。"

"这方面我没查到资料,不过我分析,是泰瑞自己要离开英国才跟亨利七世请命的。我想是因为亨利七世这人阴狠毒辣,泰瑞觉得伴君如伴虎,所以借机请命,然后躲远一点。你看他个光是出国,最后还长时间滞留在国外,从这一点就能看出端倪来。只是最后还是没能逃过亨利七世的魔爪,亨利七世心中不安又多疑,非把他灭了口才能安心。最后杀塔中王子这个帽子还是戴在了泰瑞自己的脑袋上,不过他也不冤,毕竟人应该就是他杀的。只不过不是受理查三世的命令,而是受亨利七世的命令;不是在理查当政期间,而是在亨利七世当政初期,在那个神秘的时间段——1486年7月。"

"嗯,事情非常明朗化了。泰瑞出国又留在国外,从常理上分析,应该是怕被灭口。"

"其实不只是泰瑞,还有些人也滞留在国外了。比如主流的说法中,泰瑞杀害王子的当晚,他是派了另两个流氓去下手的。其中一个叫约翰,另一个叫佛瑞斯特。后者的信息不明确,但前者那个叫约翰的人,他确实留在了国外,而且据说一生穷苦,受尽白眼。不过我也没法把所有相关的人物情况都找出来。因为在都铎王朝,相关的说法版本不一,说什么的都有,而且内容互相矛盾冲突。所以想完全理清这些东西，难度很大。"

"那个约翰很穷苦？后半生过得不好？他为什么没从亨利七世那里得到些好处呢？"

"有资料表明，这个约翰其实是个修士，本来生活就清苦。不过亨利七世给他的职务倒清闲得很，以修士的身份而言，也算是舒舒服服吧。嘿，他其实是个修士，但之前却还把他说成是个痞子流氓呢，我想那是出于对亲手杀害王子的人的一种愤恨和鄙视吧？"

"有没有历史学家怀疑过，既然泰瑞'认了罪'，说是指派约翰和佛瑞斯特两个人亲自下的手，那个佛瑞斯特无证可考，倒也罢了，那为什么这个身份明确又遭万人唾骂的约翰却一直没能在泰瑞认罪招供之后回去接受审判呢？"

"哈哈，没有。我想都铎王朝时期的历史学家们脑子都笨得要命，就像是你说的那些罪犯一样，根本不会从B推理到C。"

格兰特笑着看看卡拉丁，说道："我看你现在也有当警察的潜质了。"

卡拉丁有些不好意思，便起身告辞，临走前说道："格兰特先生，等我写完了书，就把它献给你当礼物。"

"你献你父亲吧，好作为一个交代。"

"我才不呢！如果不是你，我根本就不会开展这项工作，所以我决定，就要把书献给你！来表达对你的感激和尊敬！"

这年轻人挺起了胸，一副激昂的姿态，显得特别郑重，周身上下似乎充满了激情。

格兰特也有些感动，喃喃地答道："我会非常荣幸的，谢谢你，孩子！"

卡拉丁迈着轻快的步伐，像是脚不沾地一样地飞走了。

格兰特再次把理查三世的画像拿起来，郑重地挂在墙上，仔细地端详着，心中感慨万千。

①后世有史学家认为，亨利七世软禁他岳母伊丽莎白的举动可能和他生母玛格丽特的意见有一定的关系。

亨利七世的生母玛格丽特·博福特虽然当初跟伊丽莎白·伍德维尔联姻，但在亨利七世坐稳江山之后，这两个都很强势的女人之间必然存在着政治权力方面的暗中竞争。

而亨利七世和玛格丽特之间的母子关系又一直都很好，所以这种说法并非没有道理。当然，最根本的原因还是出于政治方面的考量。

②伦敦塔里虽然关押了一些重要人物，有监狱的作用，但这个建筑主要是英王室成员居住的地方。

亨利七世接管伦敦之后也住了进去。但他觉得有危险，于是便雇佣了保镖人员保护自己，这些人被称为伦敦塔卫士。

小说中卡拉丁强调这一点，可能是暗指亨利七世利用这些心腹人员暗中做了一些见不得人的事。

不过这种思路的逻辑稍显薄弱。

第十六章

格兰特脑中勾勒着伊丽莎白·伍德维尔的形象。

一头金色秀发，俏丽的容颜，魅力四射，却被关在修道院里，凄凄惨惨，悲悲切切，孤冷清幽，让人长叹不已。

亨利七世终究不能杀她，便把她关起来令她与世隔绝，以免给自己添麻烦，她便因此远离了原有的富裕生活和尊贵身份。

这个女人并不是一个简单的人物，她出身不高，携子寡居，父亲又支持兰开斯特家族，但却能跟爱德华四世结成连理，令整个英格兰都为之震惊。

她任用外戚，提拔伍德维尔家族的成员，成为一股庞大的势力。

这一方面成为了对抗造王者渥威克势力的重要力量，而渥威克最终的下场也和她有直接关系。

另一方面，她们伍德维尔家族的势力也是理查三世登基继位的极大阻碍。

或许，在她和爱德华四世结婚的那天开始，很多人的命运和结局就已经隐隐地显露出来了。

不过人们原谅了她，甚至理查也原谅了她。所以说她是幸运的女人，直到由亨利七世，她这位阴险的女婿出手，她那幸运的时钟才戛然而止，定格在一个令人感慨的时刻。

伊丽莎白·伍德维尔，约克王朝第一代君主的王后，塔中两位王子的母亲，亨利七世的岳母，一个充满传奇色彩的女人，最终却被修道院那两扇古板老旧的大门将她的一切光芒都悄然且无情地永远掩在了冷清清的院落里，再也没有一丝光亮透射出来。

而赞赏和怀念她的人也只能对大门后的一切进行想象了。

这就是历史的残酷，不是吗？

格兰特长叹一声，又回复了他警察的那种思维。他想把整桩公案的过程整理一遍，列出一个有序的过程。这说不定会帮上卡拉丁的忙，其实主要也是为了理清一下自己的思路。用笔写下来，看着就明白多了。

格兰特开始写道：

1485年左右，塔中王子失踪。

理查三世：生前表现良好，政绩斐然，品性良善，私德无损。特点：行事果决，处事英明。

在这桩公案中：

1.理查三世并没有不择手段地维护自己的利益。约克王朝这边挡在他前面的继承人一共九人，其中有三个男孩。

2.在理查三世同时代的史料中，没有提及塔中王子一事。

3.理查三世和他的王嫂伊丽莎白·伍德维尔关系一直良好，还允许几个侄女参加宫廷盛宴。

4.理查三世并没有防着其他几个继承人，还照顾他们，封地，颁发年金。

5.按当时的情况，理查三世绝对有资格继位，国会批准并对外宣布，还有一份王权法案来标示其继承权的合法性；塔中两个王子则因为是私生子而没有继承权，故此，两位王子对他们的叔叔并没有政治上的威胁。

6.如果理查三世要扫清政治敌人，他最先要对付的并非塔中两位王子，而是他三哥乔治的儿子。但理查三世却在自己的亲儿子死后，将他三哥的儿子立为自己的继承人。

亨利七世：外国人，生性喜欢冒险，其母野心勃勃。私德尚可，没有污点。没担任过重大职务。特点：心机深。

在这桩公案中：

1.塔中王子是他绝对的绊脚石。因为他废止了王权法案，这就使得两位王子成为了合法的继承人。

2.他在早期递交给国会的对于理查三世罪状的文件中，并没有提及最有分量的塔中王子一事，只是说理查三世是个暴君而已。这从侧面说明两位王子当时尚且活着且活在公众的眼皮底下。

3.塔中王子的生母在仅一年半之后就被以牵强的理由强行剥夺了一切原有的待遇，被关进了修道院，直到老死。

4.他要把妨碍他的继承者们统统控制起来，最后找借口一一处理掉。

5.他无论从哪个方面看，都不具备王位继承权。就算杀了理查三世，下一任有资格继位的也是乔治的儿子。

等格兰特写到这的时候，才发觉理查三世完全可以把自己的一个私生子立为王储。而亨利七世的双亲却都不是正宗王室血统。

并且，在当时，把私生子列入门墙，成为王储，也并非稀罕之事。更何况理查三世的那个私生子已经跟大家生活在一起，获得了家族的承认。

但理查三世并没有这么做，而是在亲子死后立了他三哥乔治的儿子做继承人。可见此人就算是在伤痛之中，也保持着清醒的头脑和决断力。

他重视亲情和传统的家庭观念，对于自己的私生子，就算再可爱，再被家族的人接受，也不能立为王储。

格兰特理清这份清单时才感受到，约克家族各成员彼此之间的亲情是如此地浓厚，那种叫人感动的亲情似乎要飞离文字和纸面，径直扑到你的面前一样。

从早年约克公爵夫人一直陪着丈夫四处旅行开始，一直到她的小儿子在政治考量中仍然立他三哥之子为王位继承人，这一件一件的事情无不体现了这个大家族内部浓浓的亲情。

对于格兰特而言，这种感受也能作为证明理查三世蒙冤受屈的佐证。出身于这样家庭氛围中的善良的人，怎么能忍心杀了自己的侄子，那两个管他叫叔叔的可怜的孩子？

但相较而言，在亨利七世眼里，这两个小孩跟他可一点关系和感情都没有，他们只是绊脚石，只是王位的阻碍，杀了就杀了，就像折断两根树枝一样。

别的不论，仅从这一点来看，关于两个人谁才是真凶，答应就已经非常明显了。

格兰特用列举条文的方式将这些内容整齐地写出来，这可以让人看后条理更加清晰。格兰特之前没意识到亨利七世为什么会对王权法案如此地敏感，反应如此地强烈。

如果像亨利七世之前所宣称的，说这份王权法案荒谬绝伦，那他应该把法案当众念出来，叫世人知道怎么个荒谬法。但他却不敢宣读，还急于把法案毁掉。

这些都说明一点，王权法案的内容，一定明确了理查三世对于王位的继承权是不容置疑的！

亨利七世看来为了保住王位还真是动尽了脑筋，他先让莫顿这条忠狗想出假情妇这个好主意去否定王权法案的合理性，后来又制造了塔中王子的谣言，来污蔑理查三世的名声。

而亨利七世本人又干脆直接销毁了王权法案这份最有分量的历史资料，同时除掉了一切妨碍自己的人，尽管这一计划一直到了亨利八世执政期间才算是彻底完成。

前者莫顿施之以巧，后者亨利七世施之以力。

这一君一臣，还真是无耻的最佳组合啊！

第十七章

格兰特终于可以下床走路了，他卧床那么久，除了看天花板，就是整理理查三世的公案，一直不能走动的情况早就让他心里憋得受不了了。

他在窗户边来回地踱步，兴奋得不得了，这让"矮冬瓜"哭笑不得，不住地跟他说："别那么幼稚，像个小孩子似的。"

他却故意在"矮冬瓜"面前来回走了几步，笑道："你看我，走得多好。你是不是以为我得在医院里躺上三五个月？哈哈，我可要出院啦！"

"当然，看到你能走路了，大家都替你高兴，再说你的床位还空出来了呢！"

"矮冬瓜"说完，退出了病房。

格兰特现在就盼着玛尔塔能来看他，好在她面前显示一下自己行走的成果，还有那段历史谜案的谜底。

格兰特走得累了，躺回床上想心事，心想这间病房之前就像监狱一样把自己强行关了里面，而此刻自己终于能行走了，很快就可以接受汀可太太的家政服务了。

就算是那些征服高山的人，也无法体会格兰特此时这种快乐的心情。

虽然格兰特现在只能拄拐，还无法健步如飞，但至少腿是自己的了，再也不必艰难地做什么事情，再也不必忍受护士们对自己的摆弄，再也不必接受别人对自己同情的眼光，这种眼光真叫人受不了！

在格兰特眼中，以后的日子都提前充满了阳光。

女友玛尔塔没有盼来，老同事威廉姆斯警官先来看他了，见他恢复到这种程度，也替他高兴。

威廉姆斯问起格兰特对历史进行研究的进展程度，格兰特得意地说道："我终于能够证明，史书上说的内容全是荒谬至极的。"

威廉姆斯笑道："法律可不允许你这么做，情报机构更不喜欢这一点。历史是有定数的，已经成为什么样子就是什么样子，不接受随便乱改。你要是敢乱说话，人家会说你意图叛乱，或是有辱女王声誉。所以我看你还是勿谈历史为妙，小心叫人家把你给抓起来，让你神秘失踪。"

"反正我是不相信史书里写的那些鬼话了，这辈子都不会信了。"

威廉姆斯仍旧坚持自己的观点，说道："也不完全是你说的那样，真实的历史事件仍然有很多。维多利亚女王就是真的，可不是虚幻的小说人物，恺撒应该也入侵过英国吧；还有诸如……"

格兰特不想听这些，打断他的话头，问道："你最近忙什么案子呢？"

"嗨！一个凶杀案，凶手是个小痞子，没救的那种。杀了一个老头，把尸体藏在杂物堆里，还抢了一些钱。这种小流氓，如果小时候家里人好好管教他，估计就不会出这种事了。他被判了死刑，没几天活头了。哎，这一阵子可累死我了，得好好休息休息才行。你现在能走了，又能呼吸新鲜空气了，心里挺得意的吧？"

说完，他笑着在格兰特胸口轻轻拍了一下，这才向格兰特道别，转身离开。

格兰特现在特别想见到朋友来看他，他就快能走路了，可以跟朋友们一起健步如飞了。

如果能跟玛尔塔一起散步，去看她演戏，当真是再美妙不过的事了。

而如果能跟着表妹萝拉一起去看潮，则更是别有一番滋味。

忽然，他听到外面有脚步声，这熟悉的脚步声让他一下子想到了那只小羔羊卡拉丁。

"是卡拉丁吗？快进来！"

卡拉丁又回来了！

格兰特非常兴奋，他想听到这孩子带来的好消息，同时对于自己的康复也非常得意，急于要跟这个小伙子显摆一番。

卡拉丁走了进来，不过脸上却没带着格兰特预期的兴奋和笑容，而是一脸的丧气，灰头土脸的，像是吃了败仗。

卡拉丁垂着头站在那，一点生气都没有，像是没有浇水的蔬菜，缺乏朝气和活力，像是受到了极大的打击，准备轻生似的。

这副样子叫格兰特也有些吃惊，不知道发生了什么事。他看卡拉丁外套的兜里什么都没装，在此之前，他可一直把历史笔记和资料放在兜里的。

格兰特心想，看来研究的过程中应该又出现了不可逾越的大问题，让这份研究不可避免地走向失败。不过往宽了想其实也不错，至少研究这件事的过程还是非常有意思的，也值得我们怀念。

终究我是业余的，做这件事也是凭着一股冲劲，更多的是为了乐趣。若非要以专业学术人员的标准来要求自己，未免有些难度过大。

我们谁会觉得一个业余的家伙会一鸣惊人，只身打败一群专业的老鸟呢？我为什么要觉得比专业的史学家更有学问更有头脑呢？

我想证明理查三世是被冤枉的，想把这个被告转移到审判者的位置上去，可也许这个念头本身从一开始就错了。

可能我心里想的其实是得到别人赞赏的眼光，并从中获得得意骄傲的感受，满足自己的虚荣心，而并非揭露公案的真相。

对于眼前这个男孩，格兰特心中更是充满一种同情和怜爱。这男孩终究年轻，受到的心理打击可能更大。

年轻人有热情，企盼着会创造奇迹，想凭一己之力揭露一个大秘密，成为受人瞩目的人，就像发现了一个大宝藏一样。

但事实或许只能给他打击，直到把他打击得慢慢变老，变得跟其他人一样，没有丝毫的棱角和特点，变得面目平庸，心里不再轻易地被激起半点波澜。

"格兰特先生，你好啊。"卡拉丁没精打采地向格兰特问好。

"你好，卡拉丁。看你的气色很差啊，发生什么事了？对历史的研究不顺利？还又发现了新的能够给我们施以沉重打击的不可否定的史料？到底什么事叫你不开心呢？"

"没一件事能让我开心的。"卡拉丁瘫坐在椅子上，双手支颐，呆呆地看着窗外的麻雀，不着边际地问道："这些鸟叫得真烦心，你不感到心烦吗？叫得人脑袋疼死了！"

格兰特一笑，不说这些麻雀的事，直接问道："是不是发现了什么史实？比如早在理查三世战死之前，也就是1485年8月22日以前，就早有塔中王子失踪的消息了，是吗？"

"不是，但比这个更能打击人。"

"这么严重？是你发现了可靠的史料，还是保存下来的一封珍贵的历史信件，又或是别的什么？"

"哎呀，我的天，都不是！比这个还让人难以接受，而且直接触及到咱们问题的根本，我都不知道该怎么说给你听才好了！"

卡拉丁揉着自己的头发，一脸的苦相，恨恨地看着窗外的麻雀，像是要把它们一只只活吞了一样。

"格兰特先生，我想我可能永远也写不了这本书了！"

"为什么啊？"

"因为，因为，唉，因为这件事早就不是什么新闻了，很多人都知道这件事！早就知道了！"

"你是说理查三世并没有杀害塔中王子这件事，并不新鲜？很多人都知道？"

"可不是嘛！而且好几百年前就有人知道了！"

"行啦，年轻人，别这么丧气，案子离现在也就四百年吧，哪有那么长时间？"

"我知道只有四百年，不过也没什么差别。唉，大家早就知道理查三世是被冤枉的了。"

"你先别顾着叹气，清醒点儿，说说看，最早是什么时候有人替理查三世翻案的？"

"都铎王朝一结束，政治束缚就没了，于是从这个时候开始，不少人就开始质疑。大家安全地讨论这事，想说什么就说什么，从那时开始就有人认为理查三世没有杀侄夺权了！"

"都铎王朝之后？那就是斯图亚特王朝。"

"对啊，有好几个史学家都分析过这件事，质疑过这件事，我也记不清都有谁了，反正好几个人，从17世纪开始一直到19世纪都有。他们那些名字就像是抢走我斗志和热情的黑手，我可不想记住它们。"

格兰特笑着拍了拍他的肩膀，说道："现在是20世纪，有人写这些吗？"

"没有啊！反正我不知道当代有谁写过。"

"那你就去写啊！填补这个空白。"

"没用的，已经不是新鲜事了，不再新鲜了！"卡拉丁几乎是扯着脖子把"不新鲜"三个字喊出来的。

格兰特却说道："你呀，真是心比天高。你想想，真正首次历史大翻案的机会哪能轻易地就让你给抓住啊！你虽然不能成为开辟道路的第一人，但仍然可以大有作为，跟一些东西对抗。"

"跟什么对抗？"

"汤——尼——潘——帝！"格半特盯着年轻人的双眼，一字一顿地说道。

卡拉丁的脸上开始焕发出容光，就像是一个棵将要枯死的小苗重新迅速地展示出生机一样。

"汤尼潘帝是最可恶的东西，是吧？"卡拉丁笑着问道。

"不错，你想想看，三百多年前就开始有人怀疑这件事，并给出了考证和分析，那为什么直到今天，我们的历史书里还这么明晃晃地把错误的历史写下来给孩子们看？这是不是汤尼潘帝在起作用呢？所以我才说，你得把这本书写完。"

"可是，那些前辈们也这么做了，可是三百多年来并没有得到别人的重视，也就是说，他们其实都失败了。我又能有多少成果呢？"

"有志者事竟成，只要坚持，我想你一定会成功。"

"可我弱小得很哪，我甚至都不是专业的历史学人员。"

"你呀，就是没有自信。你这种状态怎么能引起人们对你的关注呢？你有个优势没看到吗？"

"我哪有优势？"

"你有啊，只是你自己没有发现。你看，有这样一个规律，那些非历史学专业的人们，其实是一拨最想对历史问题指手画脚的人。你一旦发表了独特的言论，这些人就会第一时间站出来，疯狂地指责你，说你想洗白理查三世的脏历史，想搞逆流，甚至说你是哗众取宠。他们会查资料，恶补以前不知道的知识，然后就对你指手画脚，这是人的天性。这帮人激动起来，甚至会把自己幻想成维护正义和真相的大英雄，杀了你的心都有；那些真正有学问的专业历史学家，可能不会看一个业余小子写的书。所以对你而言，你的做法可以引来一大片关注，增加知名度。你的这些对手，却大多是半吊子。"

"看来我这么做真的可以引人关注啊！而且关注的人还不少呢！"卡拉丁听完格兰特的话不禁再次兴奋起来。

"是啊！"格兰特大笑，接着说道："你现在的气势就像一个拥有帝国军队的将军了。对了，你现在写了多少了？"

"两章。"

"你不会把它们给扔了吧？"

"好悬呢！我差点把这些纸扔进炉子烧了。"

"啊！那为什么后来又没烧呢？"

"嘻嘻，因为是个电炉子。"卡拉丁调皮地说道。他舒展了一下身体，脸上洋溢着灿烂的笑容。

"格兰特先生，你的一番话让我心情好了很多，看来我家族的热血已经在我体内燃烧起来了，我都有些迫不及待了，我要把这个历史大谜案完整地彻底地讲给英国人听。"

"我永候你的大作！"格兰特鼓励着这年轻人，同时把自己之前总结的列表递给了卡拉丁，说道，"这是我对整个公案做的总结，你看看吧，一定会对你有帮助的。"

卡拉丁双手接过来认真地看着，他双手微颤，显然有些激动。

格兰特说道："你都拿走吧，我已经写完了。"

卡拉丁郑重地把这张纸叠好塞在衣服里，不过脸上却显得一种失落的神情有，叹道："你的伤快好了，等再过一段时间，你可能就会去忙你苏格兰场的案子，唉，你就会把理查三世的事给忘了的。"

"不，年轻人。我敢说，没有任何一件案子比理查三世的案子让我着迷的。"

格兰特看了一眼理查三世的画像，接着说道："你刚才带着一脸丧气相进来时，我的心吓得都快要停跳了，我比你还紧张这件事，我当时就感觉世界末日来了。"

说着格兰特拿起了这张画像，缓缓说道："你知道吗，有人觉得这画像里的人很伟大，有人觉得这是个圣人，有人却只看出他身有疾病，有人却认为这人正直无私。大家的说法都不一样，我想还是我的玛尔塔说的最接近。"

"玛尔塔小姐？她怎么说的？"

格兰特语气低沉，似乎回到几百年前的理查三世身边，体验着他内心的痛苦，缓缓说道："玛尔塔说，这是一张充满痛苦和忧愁的脸。"

"是啊，他受到了不少的打击。"

"不错，在位仅仅两年，本来国情稳定，战争平息，人民生活富足。但随之而来的却是灾难，一个接一个的灾难。先是儿子死了，后来妻子死了，最后又有小人和野心家带来了战争祸乱。"

气氛变得深沉了，两人长久不语。

最后卡拉丁说道："不过，至少有一件痛苦没有在他生前折磨他。"

"哦？"

"就是被泼脏水，成为人们心目中的恶魔和谋杀者、一个罪人、一个凶徒、一个无情冷酷的妖怪，最终被钉在历史的耻辱柱上。这是在他死后的事了。"

"是啊，这才是最沉重的打击，叫人呼吸不得的那种压抑。你猜，证明理查三世没有夺权的最有力的证据是什么？"

"不知道。"

"就是巴斯主教突然站出来揭露爱德华四世之前的秘密婚姻时，理查三世便立刻向外先后两次求援。如果他早知道巴斯会说什么，或者根本就是他跟巴斯合谋串通好的，那他之前就应该带兵进入伦敦才是，至少也会在伦敦附近驻兵，以备出现情况好及时出兵弹压。但他从北方听到王兄驾崩而南下的时候，却只带了600贵族绅士，归他调动的军队一直在原处驻扎未动。后来还是白金汉公爵带了300士兵去支援他才抓了王后的哥哥。所以这一切都说明他对巴斯要说的话之前并不知晓。"

"不错。理查三世心里所想的，只是安安稳稳的辅助新君登上王位，朝野上下别出乱子。没想到一行人刚走到北汉普顿，就遇到了王后哥哥的2000人队伍，还是全副武装的。不过好在理查三世英明神武，未动一刀一枪就抓了王后的哥哥，遣散了2000人的队伍。在他的眼里，接下来就只剩下辅佐王侄登基了。可是却没想到半路杀出个巴斯，搅乱了局面，他迫于伦敦局面不稳，这才去调动自己的军队，还向表兄求助。这全是出于自保和控制局面才做出来的行为。因此这一切的变动全是来源于巴斯的突然揭秘，他真是让所有人都感到意外啊！"

卡拉丁说到这扶了扶眼镜，接着说道："其实我还发现了一条证据，可以证明亨利是有罪的。"

"说来听听。"

"就是神秘事件？"

"怎么讲？"

"亨利七世行事总是神秘兮兮的，不肯以真面目示人，向来是暗中行事，背地里做手脚。"

"嗯，因为这符合他一贯的风格为人？所以就成为了你所说的又一条证据？"

"不，不是单纯地因为这个，光是风格相符还不足以作为证据钉死亨利七世，而是别的方面。你对比一下看看，理查三世做事向来光明磊落，亨利却一定要让塔中王子的失踪成谜。理查三世完全没有必要把这种事搞得那么神秘，因为从当时的情况看来，他还要统治很长时间，如果把王子弄成失踪，他就一定要跟臣民们进行解释，这是早晚的事。可哪么容易解释得完美呢？所以如果理查三世把王子搞失踪了，就等于犯傻，那太不明智了！那不是相当于给自己以后的统治找麻烦吗？他完全可以把两个侄子闷死，然后对外说是病死的，还把尸体展示出来让人们看，这样就安稳。如果理查三世想夺王位，他杀两位王子也无非是为了防止别人以拥立王子为借口造反。而如果人都死了，那别人也就出师无名了。因此他应该把这件事尽快地让国人知道，而不是隐瞒，更不应该玩失踪，设谜团。"

"不错，接着说说亨利。"

"而亨利就不能这么光明正大，他必须让王子失踪，这样一来他就不用——去解释了。只有大家不知道到底发生了什么，亨利才相对最为安稳，麻烦最少。"

格兰特笑着看看眼前这位年轻人，说道："你说得太好了，你的思路已经可以当一名合格的警探了！"

卡拉丁脸一红，羞涩地笑了。

"我当不了警探，还是研究研究这些汤尼潘帝吧，我敢说，历史书上的错误还多的是。"

格兰特把卡拉丁之前捎给他的那本奥利芬特的史书还给他，说道："真应该让那些历史学家们学点心理学的知识，再去搞历史研究。"

"我看没有用。懂心理学的人不会进行历史研究。或许……会写小说什么的，或者当个心理咨询师，或者成为法官。"

"或者成为一个大骗子。哈哈哈。"

"是啊，能当个骗人的家伙，或是算命大师之类的。"卡拉丁也笑了，随后说道："但我想一个对人心有深刻了解的人可能不会去写什么历史，因为历史人物在他们眼里可能只是皮影戏。"

"不用这么刻薄吧！历史学可是一门深奥的学科。"

"不，你别误会我的意思。我是说那些历史人物都无血无肉，枯燥苍白，就像是……数学什么的。"

"如果真那么枯燥倒也罢了，但那样的话，也就不应该在里面掺杂那些不可靠的谣言了。"格兰特说到这不禁想到了摩尔这个虚伪的假圣人，语气不自觉地变得有些恶劣。

格兰特用手指捻着奥利芬特的那本厚重的书，像是在告别。

忽然他心念一动，说道："卡拉丁你发现没有？我看这些书里总是把战争中理查三世的行为称为英勇，向来是这么写的。如果理查三世在这些史学家的心目中是恶鬼，为什么会用这样一个正面的词呢？"

"这种称呼是源于敌人一方的称赞，在民歌里体现出来的，是一种传统，也算是套话了吧，所以一直被史学们所直接援引。"

"不错，是大叛徒斯坦利那边的人这么称呼理查三世的，这种对敌人的赞赏还真是有点演讲家般的虚伪。"格兰特翻着书，找到了其中一段，说道："找到了，这里就有一段，说的是打仗时理查三世身边的一位骑士所说的话。骑士跟理查三世说：'斯坦利一方攻势强劲，我方难以抵挡，还请王上保存实力，再图东山。战马已然备好，请王上暂离此地，臣下若得保命，日后必将继续追随您于鞍前马后，再为王上效力。'这时理查三世却说：'朕绝不临阵退缩，与我利斧，与我王冠，以神之名义，奋力杀敌，但教一口气在，必将热血洒地，以染国土。'后来他果然战死了。"

卡拉丁听格兰特读完，不禁皱眉沉思，"王冠？是不是传说中后来从树林子里找到的王冠？可以戴在头盔外面？"

"就是那顶，应该是个环状的王冠，所以可以戴在头盔外面。看来亨利七世一方应该是把它当成战利品了。"

"亨利七世，哼，这家伙，他真的好意思戴这顶王冠吗？如果是我，我就没脸戴！"

卡拉丁沉默片刻，又说道："理查三世自己的军队驻扎在约克镇，而约克镇的地方志上就有一些记载，关于最后这场大战的记载。"

"约克镇那地方的人是怎么评价理查三世的？"

"地方志上写着，这一天英明伟大的国王理查三世被奸佞和叛徒联合谋杀，人们陷入沉痛之中。"

卡拉丁的声音低涩深沉，格兰特也备受感染，说道："如果大家痛恨理查三世，是不会这么说的。"

"确实，唉！"卡拉丁叹道："当时正值改朝换代，亨利七世又手段狠辣，如果不是因为对理查三世心怀万分敬意，这些人根本不敢冒着这么大的风险写下这样的话。"

"理查三世死了之后，还被剥光衣服，拉去游街。"

"是啊，真是太惨了！得是什么样的人才能做得这么绝啊！"

"亨利七世那种人，还有莫顿那种人，他们身上可没有多少人性和羞耻感。"

格兰特再次不小心提到了莫顿，脸上不禁泛出一阵嫌恶的表情，"又是莫顿！这个名字真叫我恶心反胃！我想他死的时候，可没有人会哀悼。你知道伦敦写史的人是怎么评价莫顿的吗？书上说当时没有人想把自己的名字跟莫顿的名字一并提起，所有人都厌恶他，鄙视他，痛恨他！"

格兰特又转头看向理查三世的画像，说道："不过我觉得，虽然莫顿败坏了理查三世的名声，又荣升为大主教，成为亨利七世的忠狗，但他在某些方面还是输给了理查三世。因为理查三世虽然蒙冤，但至少他在世时深受爱戴。"

"对，没有人能比他做得好了。"

卡拉丁走了，格兰特收拾着自己的东西，他打算明天就出院，他得出去到外面的世界透透气了，这一段时间如同坐牢，但好在有理查三世陪着他，这一点足以让格兰特觉得欣慰。

玛尔塔送的那些小说，格兰特想留给医院，好让别的人去看。亚马逊的两本书也得还给她。

格兰特把亚马逊的书挑出来，又翻看了一下，再次读到了上面的文字。这些文字的语气是那么地肯定，描绘的就是一个恶魔、一个凶手。没有怀疑，没有猜测，没有分析，有的只是指责、嫌恶和鄙视。

格兰特叹了口气，要把书合上，却无意中看到了这样一段文字："都铎王朝初建，为了安定平稳，都铎家族便陆续将能够对王朝产生威胁、阻碍的约克的继承人们全都先后除掉了。这些人在亨利七世时大都还生活尚可，但后来等到亨利八世时，便彻底地被抹掉了，完全销声匿迹。"

这段文字平淡枯燥，干巴巴的内容向你讲述了一个大家族的成员被陆续杀掉的血腥事实，没有一点情绪上的动荡。一个家族就在平静的字里行间消失了。

理查三世死后还不得安生，被冠以弑侄夺权的罪名，成为了魔鬼和谋杀者的代名词。

那个卑鄙的亨利七世，却以极深的心机，将一个家族完整地加以消灭，而这一举动却被视为英明。

不过，虽然手段说出来不好听，但重要的是他成功了。于是亨利七世这个阴谋家反倒成了英明的君主。

这可能就是成王败寇的意思吧！

当然，作为都铎王朝的开创者，亨利七世政绩显著，从这一点来看，也算是个明君了，尽管这个人的私德实在是叫格兰特感到恶心。

格兰特觉得历史是一道难题，就算把答案摆在那里，还是一道无解的题，格兰特半点也想不明白。

史学家们脑子里所想的东西跟格兰特的观念相差得是如此遥远，所以两种不同的情感和观念之间看来永远也无法交融合一。

格兰特宁可回苏格兰场警局去，因为在那个地方好人和坏人是截然分开的，罪犯虽然是坏人，但至少他是面目清晰的。

而且不管是谁犯了罪都是一样的罪名，没有钩心斗角，没有阴谋，没有险恶。

格兰特不再想这些了，他把亚马逊的书整理好，在亚马逊给他送晚餐的时候还给了她，还发自内心地表达了自己的谢意。

如果不是亚马逊借给他这两本书，他可能都不会着手开始研究理查三世的千古疑案，也不会重新审视这位君王，更不会最终全然了解了这个人的本来面目——理查·布兰塔吉聂特。

亚马逊见格兰特今天情绪不大对，不禁万分疑惑，甚至怀疑自己是不是在照顾这位断腿病人的时候态度有过分了。

我亚马逊可不是这样的人啊！

亚马逊那双大眼睛里面满是泪水，似乎动一动就会流下来，她动情地说道："我们会万分想念您的，格兰特先生，真的！我们的生活轨迹里已经有你的存在了，如果你离开了，我会非常地不安，会手足无措，心里会空荡荡的。而且，我们也都已经习惯于这张画像了。"

亚马逊说着向理查三世的画像一指，表情似乎很委屈的样子。

格兰特见亚马逊这么敏感，不禁也感动得笑了出来，忽然他心念一动，产生了一个想法，说道："亚马逊小姐，我能不能求您一件事？"

"好的，好的，你尽管说。"亚马逊不住地点着头。

"你能不能拿着理查三世的画像去窗户那边光线强的地方，好好地看上一阵，看看心里会产生什么想法？我给你掐时间。45秒怎样？"

"好的，这没问题，我可以试试。只是不知道为什么要这么做。"亚马逊嘴里叨咕着，拿起画像走到窗边，把画像举起来对着光线，仔细地看了一阵。

格兰特一边计算着时间，一边盯着亚马逊的脸。

光线透过画像照在亚马逊的脸上，不知为何，在这一刻格兰特觉得亚马逊的大眼睛美极了。

时间到了，格兰特笑道："怎样？有什么感觉？"

"哎？挺有意思啊！"亚马逊脸上露出笑容，笑容里夹有一丝不解和疑惑，接着说道："看时间长了我才发现，这张脸还挺招人喜欢的，对吗？"

[全3册]

约瑟芬·铁伊 推理经典

(英)约瑟芬·铁伊　原著
沈旷　译

中国华侨出版社

目 录
CONTENTS

◆ 唱歌的沙

第一章	633
第二章	640
第三章	650
第四章	658
第五章	668
第六章	673
第七章	680
第八章	684
第九章	691
第十章	705
第十一章	713
第十二章	725
第十三章	733
第十四章	747
第十五章	752

◆ 博来·法拉先生

第一章	757
第二章	761
第三章	766
第四章	770
第五章	774
第六章	776
第七章	783
第八章	791
第九章	795
第十章	799
第十一章	802
第十二章	807
第十三章	812
第十四章	817
第十五章	822

第十六章	827	第二十五章	864
第十七章	833	第二十六章	870
第十八章	838	第二十七章	873
第十九章	841	第二十八章	879
第二十章	847	第二十九章	885
第二十一章	850	第三十章	889
第二十二章	853	第三十一章	893
第二十三章	856		
第二十四章	862		

唱歌的沙

第一章

　　3月的清晨，6点时，天色依然灰蒙蒙的。一列长长的火车慢慢驶入火车轨道，随着有节奏的咔嚓声，一节节车厢变换了车道，鱼贯而出，走出那间铁路信号房，走过满是红灯点缀的那唯一——盏绿色信号灯，它继续向前开去，向着空旷而灰暗的无人月台驶去。

　　伦敦邮车快要来到终点站了，快要结束这次旅程了。

　　一路走来，它穿越了500英里，在炉火的相伴下，它走过了绵绵五百英里的田野，走过了睡梦中的村庄，走过了漆黑的城镇，走过了大雨、大雪、雾气、白霜的恶劣天气，走过了那长长的隧道和陆桥，它终于在3月的清晨停下了脚步。此时此刻，它就卧在群山的怀抱中，如此放松、安静。意识到列车即将靠站，拥挤在车厢里的人们无不长长地呼了一口气，只有一个人依然警觉地望着窗外。

　　在一片呼气声中，有两个人格外雀跃，其中一个是铁路乘务员默多·加拉赫，还有一个是旅客阿伦·格兰特。

　　在瑟索①至托基②的这辆列车上，默多·加拉赫无疑是最遭人恨的家伙。20多年来，默多无数次恶意地威胁旅客，还会敲诈、勒索他们。他非常冷酷无情，根本不会在乎旅客的苦苦哀求，在他看来，夺得钱财才是最重要的。因此，旅客们都恨透了他，尤其是头等车厢里的乘客更是讨厌他。背地里，他们给他取了一个外号叫"酸奶酪"。（透过火车喷出的雾气，他们看到他那张长脸出现在尤斯顿火车站时，人们便会纷纷抱怨："天啊！那个该死的'酸奶酪'又出现了！"）当然，三等车厢里的乘客的怨气更大，他们给默多·加拉赫取了更多的外号，真是花样层出，以至于他们忘记了他真实的名字。也有乘客反抗过他，有一个来自田纳西州的牛仔，有一个是女王麾下的将士，还有一个小个子的女人，她操着一口伦敦音，曾扬言要用柠檬汁瓶子敲烂他的秃头。默多·加拉赫并不在意对方是什么官职，这个固执的家伙根本不买账。他唯一的弱点是身子骨软，特别怕挨揍。

　　默多·加拉赫做了20多年的列车员，却一直碌碌无为。其实，他入职一个星期后就已经厌烦了眼前的工作。他本打算一走了之，但他发现这个工作有不少油水可捞，他决定留下来好好"打捞"一番。乘坐此次列车，当你从默多·加拉赫那里拿到早餐茶，你会发现整个托盘里都是水，你压根儿看不到汤匙，饼干软塌塌的，茶淡而无味，方糖脏兮兮的。有些乘客们有所不满，本想争执几句，但看到默多·加拉赫面带怒气，一脸不耐烦，他们只好息事宁人地摇摇头。在那些乘客中，偶尔会冒出来几个类似海军元帅这样的人，会抗议这早餐茶实在太糟糕了，但大多数人并不想惹事，他们只是苦笑几声，付钱了事。

　　一晃20年过去了，乘客们早已习惯了默多·加拉赫的服务，人在旅程，谁都会怕被威胁勒索吧？默多·加拉赫就是凭借这种方式，真是捞了不少钱。他除了在银行存了大笔存款外，还在丹努买了一栋漂亮的别墅，除此之外，据说他还在格拉斯哥开了一家烤鱼连锁店。其实，几年前他就可以退休了，可是，退休就意味着要失去全额养老金，一想到这里，他不免打算熬上几年再退休。在他工作的时候，如果客人不要求早餐茶，他根本就不会送。如果他困了，管他呢，他躺下来就呼呼大睡，根本不会在意乘客的要求。只有火车停靠在终点时，他才会立刻兴奋起来，就像已经服完刑，要出狱的犯人一样雀跃不已。

阿伦·格兰特透过车窗前那一层雾气，看向月台，车轮驶过交叉点发出了阵阵咔嚓声，让他兴奋极了。这段旅行终于快要结束了，旅程中，他一直睡不着。他直挺挺地躺在一个简陋的床铺上，浑身冒着虚汗，他克制着自己不去打开那扇门，不让空气进入这个"封闭空间"。他就这样一个小时、一个小时地熬了过来。其实，车厢里的空调并没有坏，温度也合适。在人们眼中，这个小空间干净、整洁、完美，这里有干净的床铺，白色的洗漱盆，一面雕花的镜子，还有行李架，一个隐蔽而方便的壁橱，一个可以放置贵重物品的抽屉，还有一个挂手表的钩子。阿伦·格兰特流汗并不是因为车厢热，他一直被疾病困扰，看上去难免忧伤。

"其实你是劳累过度。"温伯·史崔特医生说。

温伯·史崔特医生翘着二郎腿，一边看着那条不断摇晃的腿，一边优雅地劝解道："你要学会放松，多看看报纸杂志。"

格兰特自然无法想象自己应该如何放松，在他看来，"看书看杂志"的消遣方式并不适合自己，他讨厌"看"这个动词。

"去看看，去看看吧！"听听这个词语，多么轻蔑！这是医生在侮辱自己吧！格兰特看着眼前自以为是的医生，他从内心已经把他设定为一个愚蠢而无知的人。

"你平日里有什么爱好吗？"显然，医生并没有留意到眼前这位病人的神色，他把目光从自己的腿游离到脚上。

"没有。"格兰特短促地答了句。

"放假时你会干什么呢？"

"钓鱼。"

"钓鱼？"格兰特的回答，终于让这位心理医生收回了自恋的目光，他看向格兰特，"难道这不是一种爱好吗？"

"不是。"

"你认为爱好是什么？"

"爱好是介于运动和宗教之间的某样事物吧！"

温伯·史崔特医生同情地看了格兰特一眼，对他保证道，其实治愈他需要的是时间，他所需要的不过是好好去休息，让身心彻底放松下来。

昨晚，格兰特没有把门打开，为了赢得这场胜利，他觉得自己耗尽了所有的力气，宛如一头被掏空的困兽。

医生曾说过："不要勉强自己，你想出去的话就出去走走。"一时间，格兰特觉得自己的理性和非理性在打架，他认为如果打开了那扇门，就代表他无法控制自己非理性的那一面，所以，他情愿汗流浃背地躺在那里，也不愿开门。

此时此刻，虽然他依然躺在这片无边、阴冷、冰凉的漆黑中，他却觉得自己胜利了，同时，他浑身无力，冒着虚汗。他悲观地想："女人分娩也不过如此吧！经过这个漫长而绝望的过程，然后终于释然！但是，她们会因这场痛苦而得到一个孩子，我却依然一无所有！"

但是，他依然庆幸，自己并没有去打开那扇门。

"我成功了！上帝，我做到了！"转而，他无比开心，为自己的自控力自豪起来。

此时，他终于放松下来，提起本应该是"酸奶酪"帮他提的两只大皮箱，把那本没有读完的期刊夹在了腋下，走出了卧铺车厢，走到了走廊的尽头。在那里，付了小费的旅客的行李险些堵死了过道，眼看就要堆到车顶棚上。格兰特转转头，继续往第二节头等车厢走去，这节车厢的门口，也堆满了行李和物品，这些"特权阶层"乘客真是让人无奈啊！

这时，他看到"酸奶酪"从远处的房间走来，他正在一一确认7B卧铺车厢的乘客们是否都知道火车已经到站了，他们要下车了。当然，无论是7B卧铺车厢的乘客，还是其他车厢的乘客，都得提前通知他们火车到站了，以让他们有准备时间，好从容地下车。"酸奶酪"平生最讨厌的，就是那些乘客到站了依然昏睡不醒，他们这样做，就是在浪费他的时间。于是，他用力地敲着7B车厢的卧铺门，之后，他走了进去。

格兰特站在门口，看到"酸奶酪"正在拽着一个7B车厢卧铺上的乘客的袖子，他用力地摇晃着他，气急败坏地喊道："快点起来吧！都什么时候了，我们要到站了！"

这时，"酸奶酪"看到了门边格兰特的身影，不由得更大声地喊道："你看看，他睡得跟头死猪似的，怎么叫也叫不醒！"

格兰特闻到了这个房间里弥漫着浓烈的威士忌的味道，这股浓郁简直能让人晕过去，就算放上去一根拐杖，都能立住。格兰特捡起那位乘客落在地上的报纸，用手摸了一下他的外套。

"难道你没有发现他已经死了吗？"格兰特的语气是那么疲倦，他继续有气无力地说，"难道你连死人和活人都分不清楚吗？"他是那么冷静，好像在描述一件无关紧要的事情，那语气好似在说，你难道认不出这是樱花草，这是鲁本斯的画，这是艾伯特纪念堂吗？

"什么？他死了！？""酸奶酪"简直要气爆了，"可是我马上就要下班了！"

格兰特这才明白过来，眼前一个生命消失了，他从一个温暖的人变成了一具毫无生气的冰冷尸体，但这一切在冷漠无情的加拉赫看来，远远没有他准时下班更为重要。这是一个多么无情的人啊！

"你说说，我应该怎么办才好？这个人竟然在我的车厢里酗酒而死！""酸奶酪"气急败坏地说。

"赶紧报警吧！"格兰特突然觉得自己有些幸灾乐祸的开心，他的生活原来也可以发生有趣的事情。"酸奶酪"遇见大麻烦了，二十年来，冷漠无情的"酸奶酪"终于被惩罚了，这一切让格兰特的内心产生了一种近乎扭曲的快感，这次，"酸奶酪"应该不用在意格兰特会给多少小费吧！

那张年轻的脸顶着一头黑乱的头发，格兰特看了一眼，直直地走向走廊深处。毕竟死人和他并没有什么关系，他之前见过的死人太多了，最初内心会很震惊，如今只是有点惋惜，他对死亡早已见惯不怪。

火车的嘎啦声终于消失了，然后又响起了开进车站的轰隆声。格兰特打开了车窗，看见那灰色的月台从眼前缓缓走过，一股寒气一下子沁入他的胸膛中，他突然觉得世界是那么寒冷，身体不由自主地哆嗦起来。

他放下了手中的皮箱，心中暗暗地骂自己真没出息，他真希望暂时消失在这个世界上。但他明白自己是幸运的，至少他还活着，还可以呼吸，还可以因这冰凉的月台而颤抖。活着，是多么幸运的事情啊！

但他内心是多么盼望可以短暂地死去一会儿，当然只是一小会儿，然后，他再快乐地活过来。如此想来，真是美妙啊！

正当他陷入想象时，一旁的车夫打断了这美梦："先生，我用车送你去旅馆吧？"

他拖着疲惫的身体走上了台阶，他的双脚踩在木桥上，发出"咚咚"的回声，如此空荡而寂寥，四周弥漫着水雾，那鞋底与木头摩擦的回音从黑暗的地下传来，也许，这才是地狱吧！

地狱应该是一个寒冷的洞穴吧！那是一处荒芜之地，那里伸手不见五指，没有温暖，没有过去，也没有未来。它每天都睁着混沌的双眼，像此时这冬日的早晨般无趣、寂寥。

他一直往前走去，直到一片安静的空旷之地，他才不再胡思乱想了。这里虽然依然黑暗，但清晨的空气却很清新，隐约中还可以嗅到雪的清冽。他期待天亮时，汤米会开车来这里的旅馆接他，他们一起前往那片苏格兰高地的农田，他是多么盼望走进那干净、广袤的高地世界。那绝对是世界的一片净土，生活在那里的人们，谁都不会防备，休息时也不会关门。

餐厅的灯光只亮了一半，在另一半幽暗处，一排排桌子光秃秃地站在那里，却没有铺上桌布。他从未见过如此寂寥的场景，内心一直在咒骂。

此时，一位穿着黑色制服裙装、衣着绿色毛衣的小女孩，正在用头顶着纱门自娱自乐。她突然看到格兰特，似乎吓了一跳。

格兰特问："这里有早餐可吃吗？"

小女孩从餐具架子上取下一瓶调味品，递给了他。她转身消失在纱门后面，匆匆留下一句话："等我去喊玛丽来为你服务！"

"服务"这个词也许早已丧失了它真正的含义，它正在被一切从简而替代。但这句"等我去喊玛丽为你服务！"却如此正式，让格兰特不由得多看了她一眼。

玛丽是个胖胖的慵懒女人，格兰特觉得她挺适合做奶妈的。看着她在旁边喘着粗气围着自己转，格兰特觉得自己就像个孩子一样被照顾着。在他孤独而无助的时候，他从未预料过，这个充满母爱的胖女人居然安慰了自己。

他吃掉了她端上来的食物，心里舒服了一些。不一会儿，她端上来了一盘可爱的圆面包，把桌子上的吐司面包移到了一旁。

"吃这些吧！"她亲切地说，"还新鲜着呢！虽然感觉没有之前那么美味了，但总比吐司有味道吧！"

她随手把果酱推了过去，又贴心地问他，是不是要加奶。看到格兰特不耐烦的样子，她只好离开了。其实，格兰特已经饱了，他把小面包涂满奶油，拿起昨晚的报纸看了起来。这居然是伦敦的晚报，格兰特疑惑地想："难道这是我买的报纸吗？昨天下午的报纸我不是已经读过了吗？怎么又买了一份呢？太可怕了，就像睡觉刷牙一样，买报纸也成为了我的习惯，只要看到城市一角的书报摊，我就会走不动吗？"

这份《信号报》是《号角日报》的下午版。格兰特用眼睛的余光看到了那份报纸的标题，不由得埋怨道，这个世界每天发生的事情是不是一样的呢？昨天这份报纸和去年某个下午的报纸，标题似乎都一样：永远在争斗的内阁、梅谷达意外丧命的死尸、关税的缴纳、可怕的交通、闪耀的明星，以及街头的不堪意外。

他拿开食物，在报纸的角落，那个最新消息那里看到一处铅笔的涂鸦。他翻到了报纸的另一面，想弄清楚是谁在这里涂画的。从字迹来看，这更像一首诗，而并非送报童匆忙所留。这首诗写得断断续续，应该是一首原创的诗，而并非是他一时兴起想到了某首名诗。诗中故意漏掉了两行，并标上了特别的音调，格兰特在学校里所写的十四行诗，曾名噪一时，对这种诗歌的技巧，他了如指掌。

当然，这首诗歌不是他写的。

一瞬间，他突然明白报纸来自哪里了，他拿到这份报纸更为自然而然。原来，当他路过7B卧铺时，他看到地板上躺着一张报纸，于是，他顺其自然地将它与其他杂志一起夹在腋下带走了。昨晚的那场经历，他满心关注在酸奶酪看到死人时所引起的骚动，并没有认真去看那个无辜的死人。他只是用手抚平了那人的外套，用腾出的另一只手夹走了报纸和杂志。

难道那个满头黑发、眉毛竖起的年轻男人是诗人？不会吧？格兰特饶有兴致地看着铅笔字迹，这个诗人想告诉我们什么呢？除了空余的第五行、第六行，整首诗应该是这样读的：

会说话的野兽
静止不动的河流
不断行走的石头
一直唱歌的沙
……
守护着这条
通往天堂的路
……

说实话，这首诗歌写得有些凌乱，但写这首诗歌的人一定是精神错乱的神经病吧？在一个喝醉酒的年轻诗人的世界里，或许每一样东西都是具有生命力的吧？这个眉毛黑浓的年轻人心里，世界早已面目全非，他想象的天堂原来是被这些古怪而恐怖的大学所看守着。那该是怎样的天堂？多么可怕，多么恐怖，他为何要有这样的幻想？格兰特吃着新鲜的面包，想走进这个年轻诗人的内心世界。他突然觉得这位年轻的诗人，不过是一个没有长大的小男孩，因为他并没有深刻地理解这个世界，所以他才会把这首诗写得断断续续。格兰特之所以得出这样的结论，是因为他的笔迹一看就是总在临摹字帖的感觉。这真是一个奇怪的年轻人，这么有个性，却没有形成自己独特的字迹。毕竟人在学校临摹字帖时，总会无意识地把字帖自动调成自己的字体。

这是格兰特的兴趣，他喜欢研究别人的字迹。

由于他一直坚持观察字迹，这让他在工作上也颇为受益。

有时他也会弄错，但他坚持认为，笔迹反映了一个人的性格和作案动机。一个人以杀人为乐，残暴无情的人，绝对不会写一首好字。当然，一个人如果出了学校，还在使用临摹字体的话，多半是不够聪明，或者他很少写信。所以，他根本无法让字体闪烁着自己的个性。

这位年轻人使用字帖字体，描述了他想象中的天堂之路。格兰特认为，这绝对不是一个缺乏个性的人，这应该是一个充满活力、热爱自然的人。在他书写这首诗歌时，他的活力与热情究竟都去了哪里？或许都去了更为遥远的地方吧？在他自己的日志中，在他给朋友留的便签中，比如"托尼，六点四十五分坎伯兰酒吧见吧！"

这个年轻人在死亡之前一定有过痛苦的挣扎，才写出了如此奇幻的感受。格兰特敬佩他能够跳出现实世界，写出他对世界的理解。

格兰特不停地嚼着小面包，他为自己的发现兴奋不已。他看到所有以ns和ms结尾的单词，尾部都紧密地连在一起，这是在暗示着什么吗？还是一种习惯。那个眉毛浓黑的年轻人，心思果然令人难以猜透。想想真是奇怪，眉毛几乎会决定一个人的容貌，稍微改变一下眉形，就会改变一个人的长相。想想电影节的那些人吧，他们从巴郎或马尔麦山[3]的山村里找来几个漂亮女孩，然后会剃掉她们的眉毛，换个眉形，这些女孩就会变成鄂木斯克和托木斯克[4]神秘而诱人的尤物。一次，卡通画家崔柏曾神秘地说，就是因为眉毛的关系，厄尼·普莱思才没有竞选上首相。崔柏醉醺醺地，一本正经地说："你知道吗？人们都不喜欢他的眉毛。只看他的眉形，就知道那是一个脾气很坏的男人。没有人会喜欢坏脾气的人，什么？你居然不相信我的话，但这真的是厄尼·普莱思没有竞选成功的真实原因。"如果真是这样，那个年轻人粗黑、焦虑的眉毛，就为那张脸写下了坏脾气的基调。就是那倾斜的黑色眉毛，使得那张苍白的脸，显得如此鲁莽而率性。

但是，那个年轻人在写下这些诗句时，应该是清醒的吧！他在绘制这张通向天堂之路时，人肯定是清醒的。虽然7B卧铺是一个凌乱的空间，那令人窒息的空气，皱巴巴的毛毯，散落在地上的空酒瓶，还有那四处翻滚的玻璃杯……

唱歌的沙
危险的气息中透露着无限魅力

唱歌的沙，这个世界上真的存在它吗？格兰特心中似乎响起了那熟悉的旋律——唱歌的沙，当你走过，唯有它会为你的离去而哭泣，当风吹过时……

此时，一个穿着斜纹格子的男人来到了他的面前，他从盘子中拿出了一个小小的面包，坐了下来："你是不是正陶醉在自我的世界中！"

这个男人叫汤米。

汤米把奶油涂在了面包上，抱怨道："这些东西真让人没胃口，真怀念小时候，我的牙齿会陷入这种面包中，看看牙齿和面包到底谁更厉害，可有嚼头了！当牙齿征服面包时，你的口中弥漫着面粉与酵母的味道，真是美味啊！现在，就算把面包叠加起来，你也不会享受到那种嚼头了。"

格兰特认同地点点头，汤米是他最亲密无间的朋友。他们是穿着开裆裤一起长大的好朋友，而后，他们上了同一所公立学校。每次看到汤米，他都会想到自己的童年时光。汤米还是那张棕色的圆脸，闪烁着一双无邪的眼睛，那栗色的上衣，扣着歪七扭八的扣子。汤米根本不会注意这些小细节。

如往常一样，汤米根本不会过问格兰特在路上遇见了什么。劳拉也是一样沉默。每次重逢，他们都会觉得他好像并没有离开过，这才是老朋友应该有的姿态吧！这种轻松、自然的氛围正是格兰特所享受的。

"劳拉还好吗？"

"最近她总说自己胖了，我可不喜欢骨感女人。"

那时，他们都是20岁的模样，格兰特曾爱恋过他的表妹劳拉，当然，劳拉也想嫁给他。但格兰特还没来得及表白，他们之间那种微妙的爱情就消失不见了。也许，命中注定他们只能做普通朋友吧！在格兰特的心中，他们的爱情是夏日美妙的幻觉，是清晨松海那抹清爽，是无数甜蜜的薄暮。在他心中，劳拉是快乐的时光，是夏日的假期，他们在一起快乐的钓鱼，学会了划桨，他们徒步旅行去拉瑞格，攀登上了布雷瑞克的山顶。直到那个夏天结束时，他们的青春似乎也结束了。那个夏日，他的心中一直想着劳拉，直至今日，每当回想起那段时光，他还是觉得很兴奋。那段记忆如同幻化出的泡沫般绚丽多彩，轻盈完美，当时他们并没有许诺什么，所以那些光影依然存在，它还是那么无瑕光亮。之后，他们遇见了其他人，也发生了许多事情，但劳拉一直像一个小女孩般，不停地在玩跳格子，她从一个人身边跳到了另一个人身边。后来，格兰特带着她前往一场校友舞会，她认识了汤米·兰金。事情就发展到了今天这样。

"车站去了好多救护车，如此兴师动众，是不是发生了什么事情呢？"汤米漫不经心地问。

"一个年轻人死在了火车上，是这件事吧。"

汤米无比庆幸："幸好，这次死掉的不是你。"

"我太幸运了，谢天谢地。"

"如果是你，苏格兰场的人们会怀念你的。"

"我却没有这个自信。"

"玛丽，我想来壶浓茶！"汤米用手指弹打着装小圆面包的碟子，"再给我来点这些东西吧！"

然后，他用孩子般纯真的眼神盯着格兰特说："少了你，他们会觉得少了一个人手，对吧？"

格兰特长长地呼吸了一口气，几乎大声笑出来，其实，他好几个月都没有开怀大笑了。汤米刚刚说的对，令总管惋惜的是，他们缺少的只是一个帮手而已。汤米这种家人的态度和上司的反映完全不同。他突然想到自己请假时，上司布赖斯曾瞪着双眼，轻蔑地扫过格兰特那健壮的身躯，鄙视地盯着格兰特的脸说："我年轻的时候，工作不累到救护车把自己抬走，我都不好意思说自己累。我们那个时候才是真正的为工作鞠躬尽瘁啊！"格兰特明白，假如对布赖斯转述医生的话，根本没有任何意义。布赖斯根本不会同情任何人，他活着靠的就是自己的小聪明吧！当他得知格兰特的病况，居然没有一丝安慰与同情，他的眼神中满是讽刺与不屑。他一定在想，假如真是得了重疾，他的外表看来怎么还是如此健康？格兰特一定是想去高地河流吧，可能他在去找温伯·史崔特看病之前，就已经列好了去苏格兰高地那边钓鱼的计划了。

"他们会找人来替代你吧？"汤米问道。

"应该会提威廉姆斯警官接任我的职位，其实，他也一直在觊觎这个职位吧！"

怎么给威廉姆斯警官来解释自己生病这件事情呢？作为格兰特的部下，多年来，威廉姆斯一直把他当英雄，但当他知道格兰特居然会得了自我折磨的病，并因此成为一个疯子，这岂不是一件非常糟糕的事情吗？除此之外，威廉姆斯不过是一个逆来顺受的人。格兰特实在无法忍受把整件事情告诉威廉姆斯，看到他那张脸从尊敬转化为怜悯的关心。如果这样，还不如不让他知道。

"请你把那瓶果酱递给我吧！"汤米说。

①瑟索（Thurso），英国的小城，位于苏格兰高地，著名的冲浪度假胜地。
②托基（Torquay），英国的城市，位于英格兰西南海岸，是著名的海滨度假胜地。
③巴郎或马尔麦山，英国的地名。
④鄂木斯克和托木斯克，俄罗斯的地名。

第二章

格兰特没有想过，汤米如此自然地接纳了自己，当车开进山区里，汤米看上去很平静的态度，让格兰特内心也舒服了许多。汤米和周围的高山都接纳了他，都以一颗慈悲心温柔地看着他，如此沉默，却让人心安。

这个阴沉而静谧的早晨，沿途的风景如此空旷，一眼望去，那一排灰墙围绕着整个不毛之地，整齐的沟渠旁边竖立着光秃秃的篱笆。周围的村庄还处于冬的笼罩中，仔细看沟渠的两边，偶尔会看到一棵柳树闪烁出一丝新绿，还有些鲜活的感觉。

一切都会好起来的，周围的一切都让他觉得宛如新生，这片安静、广阔的空地正合他意。周围的山坡绵延到很远，舒缓地转着圈，远处是一片片碧蓝的湖泊。苏格兰高地那处防护堤在天空下，如此洁白，与远处的天连成一线。

"那里的河水很浅吧？"当他们的车开往特利山谷时，格兰特忽然紧张地问道。

这段时间他经常会如此反应，上一秒钟他还非常理智、自由、冷静，下一秒就会变成一个无助而困惑的人。他握紧双手，强迫自己不去猛地推开车门，他屏息静气，想努力听清楚汤米在说什么。

汤米在感慨好几周都没有下雨了，他听清了，原来这里好几周都没有下雨了。如果这样的话，他的钓鱼计划就要落空了。没有雨水的输入，湖泊会干涸，那些鱼自然会死掉。可是这几周没有下雨，是不是也该下了呢？你怎么可以突然要求朋友停下车来，让他看到你这种憔悴而懦弱的样子。可你这么难受，为何不愿对最好的朋友提出这个小小的要求呢？如此一来，你就可以从这个密闭的空间跑到外面去透透气，去看看那条河流，想想那些与河流相关的有趣的事情。还记得去年吗，你在这里逮到了一条鱼，帕特坐在旁边的岩石上，不留神滑了下去，只有裤子还吊在那里。

"这条鱼和你之前在清水中看到的一样吗？"汤米问。

在河边灰绿色的荒地上，榛树点缀其间，如同淡淡的紫色斑点。夏天到了，每当风吹过，它们嘎答的声音就像是在为河流伴唱，而此时，它们正驻足在淡红色的灌木丛中，一动不动。

汤米看着平静的水流，看着榛树，但作为父亲，他根本没有注意到夏日午后的美景。

"帕特发现自己是一个预言家。"

来聊聊帕特吧，说说他的故事，挺适合此时的情境。

"这房屋里生长着大大小小、形状不一的嫩枝。"

"他究竟发现了什么？"格兰特想把所有的注意力都集中在帕特身上。

汤米说："他在客厅的壁炉下面发现了金子，还在浴室里发现了两口井，对了，他还发现了一具尸体。"

"那两口井在哪里呢？"此时此刻，他们距离苏格兰峡谷和克卢恩地界还不到五英里远。

"餐厅的地板下有一口井，另一个在厨房的通道下面。"汤米说。

"你应该还没有挖开客厅的壁炉吧！"格兰特告诉自己，此时车窗是开着的，也许并没有好担心的，这里根本就不算是密闭的空间啊！

"我们还没有挖呢！帕特并不支持我们去做这件事情，他居然说我是个不懂变通的老古板。"

"老古板？"

"最近他总爱这样说，意思是比讨厌鬼还要令人讨厌的东西。"

"他从哪里学到了这个新词？"格兰特故意围绕着这个话题聊天，他想到转角的桦树林那里，再让汤米停下来。

"不知道，应该是去年秋天时，从一个宣传通神论的神秘女人那里听来的吧！"

格兰特为什么如此害怕汤米知道自己的病呢？其实这并不是一件令人羞愧的事情。即使此时他是一个瘫痪的梅毒病者，汤米也会义无反顾地帮助他。可是，他为什么依然不愿让汤米知道真实状况？此时，他可以掩饰内心的恐惧，但他也可以让汤米停下来，说自己想要欣赏一下风景。

想到这里的时候，他们已经来到了一片桦树林。

继续撑住，然后就可以来到河流拐弯的地方。他可以借故说去看看那边的河水，这个说辞似乎很完美。如果说去看风景，汤米肯定不乐意，但说去看河，就大不相同了。

再撑一下吧！

撑50秒钟！1、2、3、4……

就这样数下去。

汤姆滑过弯道时，突然说："冬天时，我们在那个池塘边丢了两只羊。"

格兰特有点撑不住了。

他还能用什么说辞来当借口？他们快到克卢恩了，此时找理由真是太难了。

他的手不停地颤抖，连一只烟头都无法握住。

或许可以转移注意力，做点什么吧……

他从座位上拿起报纸，叠了起来，毫无目的地翻着。他没有发现《信号报》，但当时他就是在上面看到了那首诗，一定是被他遗忘在宾馆里了。算了，只能这样了，毕竟他在吃早餐的时候，已经看完了这份报纸。更何况，这份报纸的主人更是不再需要它，他去了自己想象中的天堂，他注定被这个世界遗忘，或许那才是他所需要的吧！那份报纸的主人至少不用像我这样颤抖着双手，浑身出汗，也不用跟一个不存在的恶魔做斗争，格兰特自嘲地想。在这个清新的早晨，这片土地上，这里的美景无法吸引悲观的格兰特。

他突然很好奇，究竟是什么原因，让这个年轻的诗人来到了北方？难道他就是为了睡在头等车厢，让自己酗酒致死吗？肯定不是，那他的目的究竟是什么？

在这样一个寒冷的季节，他来到北方，只是为了钓鱼或爬山吗？在格兰特的记忆中，火车上的卧铺冷冷清清，几乎没人。那个年轻人的大行李箱在卧铺下面，还是在货物车厢里呢？他来到这里的原因是出差路过吗？不像！难道他是一个驴友吗？也不像。

难不成，他是一个演员，是一个艺术家？

格兰特眼前一亮。

或许他只是一个水手，要来这里乘船，前往因弗内斯以北的一个海军基地。这还是很有可能的。想着他那张脸，格兰特觉得他很像一位操舵手。可以操纵一艘小船，在海面上呼啸而过，那速度简直快极了！

不然呢？还有什么原因，会为一个顶着满头黑发，消瘦，酷爱酒精，眉毛竖起的、率性的年轻人在这个时候来到这里？不会是最近威士忌短缺，他想做点非法买卖？

格兰特似乎找到了完美的说辞，可有那么容易吗？这里毕竟不是爱尔兰，因为这里没人愿意去做违法的买卖。但是一旦做成了这笔生意，你或许会大赚一笔。他后悔自己没有把这个主意提前告诉那个年轻人，他多么希望那个晚上吃晚餐的时候，他就坐在那个年轻人的对面，他想与他交流一下，去了解那个年轻人的真实意图，弄清楚情况。他甚至觉得如果那个夜晚，他遇见了他，或许会拯救他，这个明媚的早晨他一定还活着，仍然活在这个美好的世界中，会为它带来希望与智慧的光芒，而不是绝望。

此时，汤米刚刚结束他的故事："他就在那座过街天桥的下面，那个池塘里叉鱼呢！"

格兰特盯着自己的双手，居然发现它们没有颤抖。

死亡的诗人远离了世界，却拯救了格兰特。

他抬起头来，望着眼前的克卢恩那栋白房子，它坐落在绿色的山脉中，除了一旁耸立的木板，在那片空旷的景色中，它犹如一个水墨绿色的工艺织品。一缕淡淡的蓝色炊烟袅袅升起，汇入静谧的空中，那么安静而悠然。

当他们的车子开进砂石铺就的路上时，他一眼就看到了劳拉，她就站在门口，对着他们轻轻地挥手，将散落在脸庞的头发塞到了耳朵的后面。格兰特看到这个动作，备感温暖。当劳拉年纪还小的时候，她总是站在巴顿诺赫月台上等待自己，那时，她就是如此挥手，将头发塞到耳朵后面。

汤米说："糟糕，我忘记帮她邮寄信物了，如果她不问，千万别主动说。"

劳拉走了上来，亲吻了格兰特，认真地看着他的脸："午餐是一只美味的鸟，我亲自下厨做的。但我看你好像更需要痛快地睡一会儿。跟我来吧，你先去好好睡上一觉，等你彻底休息好了，我们再来聊天，别担心，我们有几个星期可以尽情地聊天，不用急于一时。"

格兰特感激地想，也只有劳拉这样的女人才能做好女主人，她将一切打点得妥妥当当，也了解客人的心。和她在一起，你无需刻意赞美她准备的午餐，不用试图去回报她，她也不会强迫他去喝不想喝的茶，不会建议他去洗热水澡，也不会拉着他寒暄，根本不注意他的感受。她一眼就看懂了自己，他只需要一个枕头，好好地睡一觉。

他很想知道，自己是不是非常憔悴，还是劳拉太了解他。其实，他并不介意劳拉知道自己的秘密——他正害怕莫名的恐惧。但他在汤米面前还是会掩饰自己的情绪，害怕汤米看出破绽。劳拉带着他走上了楼，对他说："我想来想去，还是把你安排在这个房间吧！原来的那间刚刚装修好，味道挺刺鼻的。"

此时，他才发现劳拉是比之前胖了一些，但她的脚踝还是那么性感。格兰特明白，他心中依然对劳拉有感情，但他并不想去掩饰自己幼稚的恐慌，这足以说明，他和劳拉的关系不再是男女之爱的情感，所以，他也不需要像一个男人一样，时刻想着在爱人心中留下完美的印象。

"东边的房屋，每天清晨会在第一时间迎接来阳光。"劳拉站在房间中，用温柔的眼神环顾四周，就好像她从未来过这里。

"听起来好像是这样的。但我更喜欢站在这里，去欣赏阳光普照的景色，这样才不会刺伤你的双眼。"她把拇指插进了腰带中，松了一下裙子上逐渐变紧的裙带。

"再过两天，西边的房间估计也可以住了。如果你还是想住在那边，就换回去。威廉姆斯警官最近怎么样呢？"

"身体很棒，工作很棒。"

格兰特的眼前立刻浮现出威廉姆斯警官的模样，他腼腆地坐在西摩兰旅馆的大厅中。一次，威廉姆斯和旅馆经理聊天结束后，正巧遇见了劳拉与格兰特坐在旅馆里喝茶，他们邀请威廉姆斯一起聊天，劳拉和他就这样认识了，他们相处得也不错。

"每次听闻这个国家又骚动起来，我都不害怕，因为我知道威廉姆斯警官一定会解决所有的问题。"

"我却不能带给你这样的安全感吧！"格兰特解开了行李。

"倒不是那样，在我心中，你和威廉姆斯是个一样的。每当遇见伤心的事情，唯有你可以安慰我。"说完这句神秘莫测的话，劳拉走出了房间，"你想下来就下来，不想下来，醒来之后摇摇铃，我就知道了。"

劳拉离开了房间，脚步声越来越远。格兰特还想着她那句耐人寻味的话，只觉得一股困意随之涌来。

他脱掉衣服，倒头就睡，没来得及拉下窗帘。

躺下之后，他又后悔了，不如还是拉上窗帘吧，不然清晨的阳光会刺到我的眼睛。他无奈地睁开双眼，估测了一下光线的强度。他才发现光线好像并没有照进窗户里，只是淡淡地洒在了外面。他抬起头来，才意识到此时已是午后了。

他心情愉悦地躺了下来，聆听着此时久违的平静，他享受着被病痛长期折磨后难得的平静。这里和彭特兰峡湾都不是封闭的，其实，这里与北极之间也并不是封闭的空间。透过窗户，他看到黄昏的天空阴沉沉的，透着一股朦胧的光芒，天空中有几朵飘荡的云。天空没有下雨，只有无限的宁静弥漫在世界中。他想，虽然不能去钓鱼，但至少可以去外面散散步吧！对了，还可以去外面打野兔。

他看着云朵逐渐暗淡下来，便胡思乱想起来，这次，劳拉会给自己介绍什么样的结婚对象呢？真奇怪啊，几乎所有的已婚妇女都会联合起来，围攻一个未婚男人。婚姻幸福的女人们，比如劳拉，她们不能理解为何男人会不愿意结婚。婚姻不幸的女人，会觉得这些男人其实是在逃避婚姻的责任。每次他来到克卢恩，劳拉总会认真地为他挑选几个她认为合适的女人。当然呐，善解人意的劳拉从不会说她们会具备什么样的品质，她只是要求她们在他前面走上几回，让他来欣赏。

如此一来，即使他对候选者没有感觉的话，她们也不会太尴尬地离开。下一次，劳拉又如出一辙。

他隐约地听到远处传来了一阵声音，是母鸡下蛋的咕咕叫声，还是茶具被碰撞的声音呢？他仔细地聆听，满心希望那是母鸡的叫声，过了一会儿，他还是遗憾地觉得那不过是下午茶的声音。他要起来了，因为帕特快要放学了。布丽吉特也应该要醒过来了吧。劳拉其实很低调，她从不希望格兰特来赞美自己的女儿，也从不要求他说她的女儿一下长大了许多，变得越来越漂亮了，等等恭维的话。她很少提起布丽吉特，布丽吉特就像这农场的动物一样，似乎被隐藏在了某个小角落里。

格兰特起来，洗了澡，20分钟他就收拾好了这一切，忽然觉得自己很饿，他有些惊喜，这是几个月来，他第一次感觉到饥饿。

格兰特看着他们的全家照，这可是纯正的佐法尼①的风格。克卢恩客厅的大门敞开着，曾经，仅仅这个客厅就几乎占据了整个农舍，如今，它不过是主楼的一个小厢房。曾经，它拥有好几个房间，而且它会有很多窗户，墙壁也很厚实，所以房屋显得很暖和，很有安全感。房子是西南朝向，所以比其他房子都要敞亮。这里也是家族大事小事都要聚起来商量的要地，这里很像中世纪庄园的大厅。只有午餐或晚餐时，家族的人才会到其他房间里。客厅的火炉边，有一张大圆桌，坐在这里享用早餐和午餐，真的很舒适。其他的房间，自然而然地被安排成了工作室、画室、书房和花房等功能空间。格兰特仰起头，看了一会儿，他觉得这个空间太完美了，感觉也很舒适，就连一旁的小猎犬也在慵懒地吃着食物。

布丽吉特三岁了，她一头金发，特别安静，她一直在玩一个游戏，将模样相同的东西排成不同的形式。劳拉微笑着说："这个孩子是天才，还是傻瓜？"布丽吉特看格兰特的眼神中满是友善，虽然劳拉问她是不是精神缺陷，格兰特依然觉得她是如此偏爱这个孩子。当然，这个小丫头的智力肯定是没有问题的。帕特喜欢称呼布丽吉特为"这个小丫头"，他只是想强调自己已经是个大人了，毕竟他比她大了六岁，他觉得自己有这个资格。

帕特有一头热情红发，他那双灰色的眼睛闪烁着阴郁的光芒。他穿着一件绿格子短裙，蓝色的长袜，灰色的上衣上满是破旧的补丁。他看似自然而随意地跟格兰特打了一声招呼，但那强装的自然下面却显得有些笨拙。劳拉觉得帕特说话的声音，有一股浓郁的佩思郡口音的味道。在这乡村里，帕特在学校里最好的朋友是牧羊人的儿子，他们来自奇林，可以说一口纯正的英文，但他们只有和你商议重要的事情时才会说。

在一起喝茶时，格兰特饶有兴致地问他，将来想做什么？从四岁开始，帕特就已经有了回答这个问题的绝招，他每次都会故作深沉地说："我得思考思考。"这个回答是他从父亲那里学来的。

帕特一边涂着果酱，一边认真地说："我差不多已经拿定主意了。"

"是吗？那你打算要做什么呢？"

"从事革命，做一个革命者。"

"我希望那时逮捕你的人，不是我。"

"你不会那么做的。"帕特直接回答道。

"你为什么这样想？"

"老兄，我的意思，我是个很棒的革命者。"帕特放下了汤匙，拿起了果酱。

"维多利亚女王也常常这样说。"劳拉把果酱从帕特手中拿了过来。

格兰特就喜欢劳拉这一点，她一个小小的动作中，满含着她细腻的母爱。

"来条鱼吧！"帕特一边说，一边往面包上又涂了厚厚的果酱，几乎厚到超过了面包的厚度。（他说话时有浓重的波士郡口音，显然没有他的外表讨喜，却可以给人们留下想象空间）"在卡迪池塘的礁石中，如果你想去钓鱼的话，我会把'我的虫子'送给你。"

帕特拥有一个铁盒子，里面装满了各种鱼的诱饵，他为自己拥有这样多的诱饵而骄傲，他总在自豪地说"我的虫子"。

待帕特走了，格兰特问："帕特的那些虫子是什么呢？"

"我只能说，简直可怕至极。"劳拉说。

"他可以用那些钓到鱼吗？"

"奇怪吧，他还真钓到鱼了。鱼和人都差不多，都是愚蠢至极的家伙。"汤米说。

"那些可怜的鱼看到他的诱饵就会张开下巴吧！"劳拉说，"此时，它们还没来得及闭上嘴巴，就会被水流冲到鱼钩上。就明天吧，你可以亲自去看看。但是，以卡迪池塘的水流来看，即使靠着帕特那可怕的诱饵，也很难将六磅重的鱼给钓上来吧！"

劳拉的预测准了。星期六的早晨，天空万里无云，卡迪池塘里的那条六磅重的家伙似乎被囚禁太久了，它着急地向着河流上端游去，对水面上漂荡着什么丝毫没有兴趣。这让格兰特想到，还不如让帕特做随从，他们一起去伍德湖钓鱼。

伍德湖在山坡两英里的外面，那是一块荒凉的土地。伍德湖起风时，钓线就会被强风吹起，在半空中悬着，像电话线那么直挺挺地立着。湖面平静的时候，蚊子又会飞过来，像看到了心动的猎物一样，猛地来叮咬你。此时此刻，湖泊里的鳍鱼就会游到水面上，看你的笑话。钓鳍鱼并不是格兰特热衷的事情，但对帕特而言，此时正是一个大显身手的时刻。

帕特什么都敢做，他曾骑着达尔摩的黑色公牛，用半便士威胁邮局的梅尔太太，从而换取了三便士的甜点。当然，湖上的小船是锁着的，所以有些遗憾，但他已经迫不及待地想驾着小船在湖里四处游荡。

格兰特穿过干枯的石楠丛，一步步踩在沙地上，向前走去。帕特乖乖地跟在后面，像一只忠实的猎犬，和他保持了几步的距离。格兰特突然觉得自己兴致低落，没有任何理由，他甚至不想往前走去了。

今天早晨他不是很快乐吗？他一直以来不都是很喜欢钓鱼吗？去钓那只棕色的鳝鱼，并非他最喜欢的娱乐活动。但是，拿着钓鱼竿快乐地走上一天，即使钓不到鱼，也是一件开心的事情吧？其实，他很开心，自己可以悠然地走在户外，他的脚下是令他觉得很舒服的泥煤，他的眼前就是连绵不绝的山坡。可是，他的潜意识里为何会抗拒这种快乐呢？他情愿在农场缩上一天，居然也不愿来到伍德湖上快乐地转一圈。

当他正在为潜意识里不想去钓鱼的事情而内疚时，他才发现他们已经走出一英里的路程了。他本打算今天就待在克卢恩，他想第一时间读到当天的报纸。

他明白，他还牵挂着7B卧铺的那件事情。

其实，他想忘记7B的事、旅途的劳累和令他觉得羞耻的记忆，他想统统忘记这一切。但从他睡在克卢恩的床上开始，到现在已经过了一天的时间，他很想忘记7B卧铺的一切以及那个年轻人，但是，7B卧铺的事还是挥之不去。

于是，他转过头来，问身后一步之遥的小跟班帕特："《克卢恩日报》大概什么时候会来到？"

"假如是强尼来送，差不多得12点。假如是肯尼来送，却要拖延到一点左右吧！"帕特很高兴格兰特会和他说话，这场探险之路终于不再沉默，他们开始有了交流。于是，帕特继续兴奋地说："肯尼会在达尔摩那边停下来，然后跑到麦克菲岩的克斯蒂来喝茶。"

格兰特不禁埋怨，这个肯尼太不负责了，令整个国家沸腾的新闻就这样被放在一边，他居然还有心思慢悠悠地喝茶，这个世界真是疯狂啊！在收音机还没有被发明之前，这里的世界就是天堂啊！

"守护着通往天堂的路。"

唱歌的沙
会说话的野兽
静止不动的河流
不断行走的石头
还有会唱歌的沙

这首诗在倾诉什么呢？难道这只是一个被幻想的地方吗？

就在这空旷的大地上，这原始的土地上，说不定会有一个地方真的存在这些幻想，只是我们再难以遇见而已。格兰特突然觉得，这个早晨，眼前的一切，突然让他相信，这个星球某一个地方，真的存在那些会走路的石头。

难道就没有一个地方，包括眼前的高地，当一个人走着走着，忽然觉得自己被他人监视，然后，他开始惊慌失措，想赶紧逃离这里？一定有的。在一些古老的地方，总会发生神秘的事情，在那里，野兽都会开口说话。

那么，7B卧铺的那个年轻人是从哪里得到了这样的灵感呢？

他们从河边弄到了一条轻便的小船，格兰特试着把船开到湖中，他们顶风而行。天空似乎特别明亮，空气中藏着一股强大的力量，似乎随时都可以让他们翻船。他看着帕特整理好了钓鱼竿，把那些可怕的虫子绑在了钓线上，格兰特内心顿时柔软下来，他想自己这辈子若没有儿子，这个红头发的小男孩倒是一个不错的替代品。

帕特一边忙着绑鱼饵，一边问道："你给人献过花素吗？"帕特特意把"花束"说成了"花素"。

"应该没有，你很想知道这件事情吗？"格兰小心翼翼地问。

"他们说让我给子爵夫人献花，据说，她快要来达尔摩会堂，来进行剪彩仪式啦！"

"会堂！？"

帕特解释道："就是十字路口那栋房子啊！"

说完，他倒吸了口气，似乎显然了沉思："有点可怕，献花是不是应该由女孩来做？"

格兰特明白，劳拉不在他们身边，他理应扮演她的角色。他认真地思考了一会儿，便回答道："对孩子来说，这可是莫大的荣耀！"

"不如让那个小丫头来做这件事吧，她比我适合得到这荣耀。"

"她？那可不行，她还太小，还不能承担这样大的责任。"

"布丽吉特太小，我又太大了，不太适合玩孩子玩的游戏。我只能让他们去找别人了。哎，真是难以启齿啊，这个会堂已经开放好几个月了。"

看到帕特对成人的决定显得那么失望，格兰特一时间居然无言以对。

他们背对背地坐着来钓鱼，像两个男人一样相处，气氛还算融洽。格兰特漫不经心地摆弄着鱼线，帕特看上去还是那么乐观。中午时，他们的小船来到了堤岸，他们赶紧划船，想快速地到达岸边。他们打算在农舍里用普里默斯炉[2]泡茶。格兰特快要把船只划到岸边时，才发现帕特正在用嫌弃的眼神盯着岸边的东西。格兰特也赶紧转身，想看看究竟是什么让帕特的眼神如此厌恶。格兰特看到了一个身影正在摇摇晃晃地向着他们赶来，他赶紧问帕特，那个人是谁啊？

帕特回答："是就是小个子阿奇！"

小个子阿奇手中拿着牧羊人的拐杖，身着苏格兰短裙，但那模样却滑稽极了。汤米说过，一个死了的牧羊人都不会拿这样寒酸的拐杖，任何一个高地人都不会穿这样的苏格兰短裙。那只拐杖太奇葩了，它比小个子阿奇的头足足高了两英尺，还有那男士短裙，就盖在他的屁股上面，像一件湿透的女士衬衣裙。阿奇自己是不会意识到这种尴尬的，他裙子上的格子色彩明亮，如同孔雀开屏般光彩夺目，在这片荒凉的土地上，他格外显眼。还有他小小的脑袋，像鳗鱼一样黝黑黝黑的，他戴着一顶淡蓝色的苏格兰无边平顶帽，那帽带是鲜艳的方格花纹，帽带上还有一团奇特的植物，让这顶帽子有一种滑稽的神气感。他的裤腿是颜色鲜艳的亮蓝色，袜子上的毛球让人有一种恶性肿瘤的恶心感，他皮鞋带子交叉地绑在如骨头般的脚踝上，看上去充满生机和活力。

格兰特饶有兴致地问："这个人在那里干嘛呢？"

"他就是一位革命者。"

"是吗？像你一样的革命者。"

"哼，怎么可能？"帕特轻蔑地说，"应该没有人会接受他吧，但我觉得，他可能会影响到我。对了，他还写诗呢！"

"也就是说，这个人是一个'老古板'。"

"老兄，我觉得他此时，不过，只是一个卵。"

格兰特觉得帕特想表达的这个字，其实是"阿米巴原虫"，但他的知识还没有学到这么深奥。

这个"卵"沿着海滩向他们蹒跚地走来，他大摇大摆地晃动着尾巴一样的衬衣裙。他一瘸一拐地走在石头上，看上去笨拙而可怜。格兰特忽然意识到了，或许这个人长了鸡眼，容易出汗的脚就容易长鸡眼，报纸上的医学专栏，每天都在谈论脚疾。（要想让脚不得疾病，那请每天晚上把脚彻底洗干净，那就是在脚趾之间涂上滑石粉，每天换不同的袜子。）

"CiaMarthesi[3]?"当他们走近他的时候，阿奇打了一声招呼。

格兰特不禁暗自吃惊，这难道是巧合吗？是不是所有怪异的人，声音都会如此奇怪，听上去那么有气无声？还有就是遭受过失败的人声音也会如此细弱无力，难道失败会让人产生想远离人群的期待吗？

格兰特很小的时候，听过盖尔语[4]，但从那以后，他再也没有听过了。没想到，眼前的这个家伙居然敢卖弄，这让格兰特很反感，所以，他也只是简简单单地给道了一声早安。

"帕特是不是告诉你了，今天钓不到鱼，天晴得太好了。"

他蹒跚着向他们走来。

格兰特并不知道自己在反感什么，是他那粗俗的格拉斯哥语吗？还是阿奇并不讨人喜欢的示好方式呢？帕特的脸通红通红的，上面的雀斑似乎也在颤抖，居然一句话也说不出来。

"他不会是故意来这样做的吧！"格兰特不想惹事，他看着帕特脸上的红潮逐渐褪去，好像释然了。帕特发现，对付小个子阿奇其实还有另一种有效的方式，比直接进攻好多了。他立刻闪现了一个好主意，但他有些纠结要不要说。

对面的阿奇愉快地说："你们上岸是来喝下午茶的吧？不然，我们一起来享受美茶吧！"

他们显然不愿阿奇加入其中，但还是礼貌地给他泡了一杯茶。阿奇拿出三明治，开始滔滔不绝地大讲苏格兰的曾经的荣耀、辉煌的过去，以及美好的未来。显然，阿奇把格兰特当成了英格兰人，他甚至没有问格兰特的名字。格兰特听到英格兰曾对苏格兰人们进行了种种残暴的进攻，他自然很吃惊。（在他心中，苏格兰是一个自由却无助的地方）英格兰多么像一个残暴无情的吸血鬼，榨干了苏格兰的血液，让她苍白无力，痛苦挣扎。苏个人在入侵者的暴行下呻吟，在征服者凯旋的队伍后面，无助地蹒跚而行。她只能不断地拿出自己的聪明才智，卑躬屈膝地唱歌，才能满足英格兰那个暴君。但是，苏格兰已经做好了准备，她随时会爆发，准备发起激烈的交战，以此来摆脱束缚。不久以后，石楠花会像干柴一样被点燃……阿奇谈得很投入。

格兰特兴趣盎然地看着他，他几乎可以确定阿奇比自己想象中还要老，难道已经45岁了，还是快要50岁了呢？这个老人似乎已经不可救药了。尽管他想得到很多成就，但岁月不饶人，除了这身奇葩的服饰，还有早已过时的言论，岁月并没有留给他什么特别的礼物。

他看了看帕特，想知道，这种言论会对年轻的苏格兰人有什么启发。在那一瞬间，他终于得到了安慰。此时，帕特正坐在湖的对面，甚至不愿意多看阿奇一眼。年轻的小伙子正用这样的方式来反抗他对阿奇的不满，他那坚毅的眼神让格兰特想到了弗拉里·诺克斯的一句话："他的目光灼灼逼人，好像厚厚的石墙上镶嵌着的破旧窗户。"革命哪里会是阿奇这些陈词滥调，它需要更猛烈的精神之火，才能燎原。

格兰特更好奇，这个家伙靠什么维持生计呢？毕竟每天写诗是无法生存的。去报社当评论员，阿奇可以写的文章类型，真的很难混到饭吃，也许他是靠写评论为生吧！有些媒体就喜欢采用一些二流的评论家的文章，阿奇会拿到一些津贴。阿奇应该更容易吸引对现实不满的当地人，或者是喜欢制造麻烦的外国媒体。他是那些"特殊分支"机构所喜欢的人，一个失败者，一个带着挫败感的病态来生活的失败者。

格兰特依然惦记着强尼或者肯尼的到来，他期待看到克卢恩的报纸。他很想提前结束与帕特的钓鱼行动，尤其是在今天，这个难以钓到鱼的日子。如果他们现在起身离开，也就意味着必须和阿奇一起走，他们可不愿这样做，于是，他们只好悠然自得地坐在湖边耗时间。

显然，阿奇特别想加入他们的钓鱼行动中，他表示自己很乐意加入他们，而且船上还可以坐下第三个人。

帕特听到阿奇的话，气得颤抖起来。

格兰特却说："好吧，既然你想帮忙，就来这里舀水吧！"

"舀水？"阿奇的脸色苍白，后退几步。

"是的！这条船的缝隙之间，总是冒上来水。你可以来帮忙吗？"

阿奇想了想，决定还是走着回莫伊摩尔。毕竟，他还有许多的邮件需要处理呢！为了避免他们以为自己不会摆弄船，他自信地说，自己可是很会修船的。去年夏天，他和四个人前往赫布里底群岛，多亏了他高超的撑船技术，他们才活着到达了那里。他热情地讲着，添油加醋地说着这个故事，但他们依然觉得他在说谎。因为他一讲完，就担心别人会提出疑问。

他问格兰特知道赫布里底群岛在哪里吗？

格兰特锁上了船只，把钥匙装进了口袋里，摇摇头表示自己不知道。

阿奇似乎放下心来，开始以岛屿土人的身份，向他们介绍了赫布里底群岛的风景：那里有莱维斯捕鱼的船队，明哥里悬崖，巴拉民歌，哈利斯山，班比琼拉的野花，还有班尼瑞漫天的飞沙，在那里，雪白的沙滩是那么美丽，好像看不到它的边缘。

格兰特不得不打断他的话："那些白沙会唱歌吗？"说完，他踏上了船舱准备起航了。

阿奇说："当然不会，会唱歌的沙，是在克拉达。"

格兰特瞬间被震撼到了："你说的是什么？克拉达？"

"会唱歌的沙，我要走了，祝你们钓鱼快乐。但我还是要强调一下，今天不是一个钓鱼的好日子，光线太强了。"

阿奇拍了拍自己的脑袋，举起那支奇怪的曲形拐杖，蹒跚地沿着岸边，走向了莫伊摩尔。格兰特盯着他离去的背影，直到他听不到他们的对话时，他突然大喊一声："克拉达的石头，会走路吗？"

阿奇的声音从远处传来，底气不足地问："什么？"

"克拉达的石头，会走路吗？"

"会走路的石头啊，它在路易斯呢！"

此时此刻，他的背影如同蜻蜓般大小，他的声音如同蚊子飞翔，一起渐渐消失在茫茫远方。

①约翰·佐法尼（JohnZoffany，1733-1810），英国皇家美术学院创建人之一，尤其擅长人物风俗画，偶尔会画肖像。
②普里默斯炉(Primus)，一种轻便的炉子。
③CiaMarthesi，盖尔语，语意不详。
④盖尔语，是苏格兰或爱尔兰部分地区使用的方言。

第三章

下午茶时，他们捕获了五条瘦巴巴的鳍鱼后便饥肠辘辘地往家里赶去。帕特一直在他们的行为寻找借口，说这种天气只能抓到这种笨鱼，聪明的鱼是不会上钩的。距离克卢恩半英里远时，他们加快了步伐，一路狂奔。

帕特像匹脱缰的小马，与去时他的沉默相反，回家的路上，他变得很健谈。

格兰特觉得自己像风一样自由，心情格外舒畅，仿佛整个世界包括伦敦，都远在千里之外的星空。

到了克卢恩门口，他们开始清理鞋子。格兰特突然迫切地想看到那份报纸，他知道自己这样做有些不理智，但他不明白自己为何会这样，于是他把鞋又仔细地擦拭了一遍。

帕特草草地抹了几下："老兄，你对这双鞋未免太认真了吧！"

"穿着脏鞋子进屋多邋遢。"

"邋遢？"帕特说。他一向认为"干净"都是女人该做的事。

"是啊，那显得很粗野，不成熟的感觉。"

帕特不以为然地哼了一声，却偷偷地重新擦了一遍鞋子。

"什么破房子啊，连泥巴都不能进！"他边嘟囔着边冲进了客厅。

客厅里，汤米正在准备蜂蜜松饼，劳拉正在倒茶，布丽吉特趴在地板上排列玩具。小猎犬则四处穿梭寻找吃的。除了满屋的日光之外，房间和昨晚基本是一样的，除了那份不知放在哪里的日报。

劳拉问格兰特在找什么。

"啊，没什么，我想看日报。"

"贝拉拿走看了，等会儿喝完茶我去拿来给你。"贝拉是家里的女厨。

一瞬间，格兰特闪现出一丝不耐烦。劳拉太满足于现状了，她守着摆满丰盛食物的城堡，微微发福的身材，健康懂事的儿女和疼爱自己的丈夫，满满都是安全感。如果让她偶尔去对抗一下生活的不幸呢，偶尔体验下人间疾苦，是不是会更好？但是他很快就摆脱了这个荒谬的想法，因为克卢恩也不是世外桃源，门口的黑白牧羊犬改名叫汤格和赞格了，它们不再叫摩西、格伦活崔姆等名字。清澈的河水流进了特利河，很多东西随之而来，这里再也没有象牙塔了。

"这里有昨天的《泰晤士报》，可能你看过了。"劳拉说。

"小个子阿奇是什么人？"格兰特坐下来问。

"你见过阿奇·布朗了？"汤米舔着热气腾腾的松饼上流下来的蜂蜜。

"阿奇·布朗是他的名字吗？"

"过去是的，但是，在他自称盖尔国王以后，他给自己改名为吉里斯别格·麦克布鲁斯恩，这可不是个受欢迎的名字。"

"你知道他改名的原因吗？"

"谁愿意和一个叫吉里斯别格·麦克布鲁斯恩的人打交道呢？"

"我觉得至少我不会喜欢，他在这里主要负责什么呢？"

"他说在用盖尔语写史诗，但是他才学了两年盖尔语，这诗肯定长不到哪里去。在这之前，他应该属于东游西逛、高谈阔论的人。他是苏格兰高地的一个男孩，但他在其中混了很多年，却一无所获。他一直认为苏格兰低地所讲的英语都是被贬低的英语，应该受到谴责。所以，在他看来，没有什么比回归'古老的语言'更为重要的事情了。于是，他心甘情愿地来到格拉斯哥，去听取了一个银行职员的讲座，并拼命地学习盖尔语。他经常一个人跑到后门去找厨娘贝拉，渴望用盖尔语与她交流，可贝拉并不喜欢这个疯疯癫癫的阿奇，他说的话，她也听不懂。"

"阿奇·布朗倒不是脑子有问题，如果他不自以为是地给自己想这么古怪的行头和角色，他现在应该会在一个偏僻的地方，当一个教书的老师，我相信学校的校长都不会记得他的名字。"劳拉刻薄地说。

"但我看着他好像挺引人注目的。"格兰特说。

"他站在讲台上讲课更为古怪，他的模样就像是旅行者买来做纪念品的玩具娃娃。就像一个苏格兰人。"

"难道他不是苏格兰人？"

"他身上绝对不会有苏格兰的血统。他的父亲是利物浦人，母亲是爱尔兰人。"

"是不是世界上所有的激进分子都是混血儿？"格兰特感慨道，"当然，我认为他和那些怨恨外国人，整天说着盖尔语的本地人如出一辙，也不是什么好人。"

"其实，他还有个弱点。"

"什么意思？"

"他说话有口音，浓厚的格拉斯哥口音。"

"真是让人无法接受，无法喜欢。"

"我的意思是，他只要一张口说话，大家就会觉得自己会被格拉斯哥所统治，那样的话，还不如死掉呢！"

"当他说到苏格兰群岛时，他总爱说那些会唱歌的沙，真是让人难以理解。"

汤米没有回答，显然，他对这些并没有什么兴趣，他说："我也听说过会唱歌的沙，好像是在巴拉、班尼瑞等地方，还真的存在这种沙。"

"阿奇说克拉达也有这种沙。"

"或许是吧，克拉达应该也有。你觉得伍德湖的船能持续两个季节吗？"

"贝拉看完《号角》报了吗？"帕特问，他像个恶鬼一样，一口气吃掉了四个松饼，还有一块大蛋糕，那狼吞虎咽的速度之快，就像一阵风一样。

"她应该看完了吧！"劳拉说。

"肯定看完了，都这么久了，贝拉只关心星星的内容。"帕特用塞满食物的嘴巴说。

"什么星星的内容？"当帕特走出去的时候，格兰特问道，"星星是电影明星的意思吗？"

"当然不是，它主要记录熊星座和其他同类星座的故事。"

"你知道吗？其实，我们每个人的命运都是天狼星、织女星早已安排好的。我们的生命轨迹就是按照它们设定的路线在走。"

"她说，在莱维斯岛①上，人们每天都在等待一个预言的发生。所以，她每天都看报纸，去预知未来。"

"帕特要《号角》报做什么呢？"

"看故事，看连环画吧！他最喜欢两个角色，托利和史尼比，这两个动物是兔子还是鸭子，我一直搞不清楚。"

看来，格兰特得等到帕特看完这期连环画的故事，他才有机会看到那份报纸。

此时，劳拉和汤米起身离开了，汤米去外面了，劳拉走进了厨房。宽敞的客厅里，只剩下格兰特和那个总在地板上重组她那些宝贝的小女孩，她是那么沉默，那么安静，看上去让人怜爱。

格兰特终于从帕特手中拿到了那份报纸，等帕特一走开，格兰特迫不及待地打开了报纸。在这份苏格兰的新闻报纸上，大部分内容都是当地的教育新闻。他仔细地搜索着，却没有发现昨天晚上发生的那件事。他重新看了一遍，像一只在丛林里搜索目标的猎狗那般，仔细地搜了一个遍。最终，他在报纸的角落里看到了一个专栏，里面写着一段话，就是他要寻找的讯息。真是可笑，这件事情居然和百岁纪念、自行车事故等无聊的新闻放在了一起，它用毫不起眼的标题写道："一个年轻人死在了火车上。"

标题下面的阐述也没有一点感情色彩：

昨天清晨，当"高地飞行"火车到达目的地的时候，一个年轻的法国人查尔斯·马丁，在火车上不幸身亡。据悉，他的死因定为自然死亡，但是他死在苏格兰，所以，这具尸体将会被运往伦敦，以助于下一步的调查工作。

"啊！居然是法国人！"格兰特不可思议地大叫起来，显然，这惊慌的声音打扰到了身边一直在重组玩具的沉默女孩，布丽吉特抬头看了看他。

法国人？不是，绝对不是的！

虽然这张脸很像法国人的长相，但是他写的字体不是法国人的字迹，那倒很像是英国小学生所写。

或许，那份报纸根本不属于7B那年轻人所有。

那只是那个年轻人捡来的一份报纸，他在上火车的时候，在车站餐厅吃完饭，顺手把报纸给带了出来。车站餐厅上的餐饮桌上，到处都是用餐者看过的报纸，凌乱不堪地散落在地上。或者这份报纸是他从家里拿来的，是他在自己的房间或者住过的地方，顺手取来的。总之，这只是他不经意间拿到手里的一份报纸。

还有一种可能，他是在英国读书的法国人，所以，他不会用优雅、细长、稍稍倾斜的法文来写字，他只会英文，所以，他写出的字体就是那么不平整。想到这里，格兰特似乎找到了合适的说辞。

但这其中，依然有令人怀疑的地方。

一个人突然猝死了，这其实不奇怪，奇怪的是这件事情本身。他第一次看到7B这件事的时候，他的状况最为糟糕，因为他一直被恐惧所控制，专业素质根本发挥不出来。那时，他与整个世界都是隔离的，当时，他觉得那只是一个酗酒而亡的路人，7B卧铺正好是他选择的一个地方。

现在，与之前大不相同，他此时是死者的见证人，是别人断案可以询问的对象。这是被法律所承认的，也是被法律所认可的事情。格兰特忽然想到一件事，被他无意间带走报纸的做法，其实是不妥当的。尽管他不是故意的，只是偶然间拿走了报纸，但仔细来分析这件事，他们会觉得他拿走了证物。

正当格兰特为这件事情耿耿于怀时，劳拉恰好从厨房走出："阿伦，帮我一个忙吧！"

她拿着针线盒，坐在了他的旁边。

"我很乐意为你服务。"

"帕特正执着地想去做一件事，请去和他聊聊。你在心中就是个超级英雄，他肯定会听你劝的。"

"你是说让他献花的事情吧？"

"啊，他已经告诉你了吗？"

"早晨的时候，他跟我说了这件事情。"

"这么说你也是赞成他的吧？"

"那倒不会，我已经告诉他了，我说献花对他来说，是令他备感荣耀的事情。"

"他怎么回答？"

"他觉得自己不太适合去献花，这很无聊。"

"或许他是对的，这个会堂是峡谷里的人们花了好几个礼拜建成的。它非正式地被使用了好几个星期了，人们都觉得只有大张旗鼓地办一个仪式才可以。"

"所以，就一定要由帕特来献花吗？"

"可是，他不献花的话，就只能由麦克法迪恩去做这件事情了。"

"劳拉，我不明白你的意思。"

"可是，当你看过麦克法迪恩·威利的样子，你就不会那么震惊了。真的，他看起来就像是一只生病的青蛙，他的袜子从没有提上过。其实，本应该由小女孩来献花，但我们这附近并没有合适的小女孩，所以，这件事情只好由帕特和麦克法迪恩来做了。当然，帕特看上去更为合适，这件事其实最好由克卢恩的人来做。不要再问我问题，也别觉得震惊，你现在应该做的事情，就是去说服帕特。"

格兰特微笑着说："我来试试，子爵夫人是谁呢？"

"肯特伦夫人就是子爵夫人。"

"子爵的那个遗孀？"

"她现在就是一个寡妇，她一直单身到现在，她的孩子还没有到结婚的年龄呢！"

"你是如何找到她的？"

"以前在圣·路易沙的时候，她和我在一所学校里读书。"

"看来是你强迫她的，你利用朋友的交情来强迫她，是吧？"

劳拉说："我没有强迫她，一切都是她自愿而为的。她很可爱，也很热心。"

"想说服帕特，其实就是让帕特意识到，子爵夫人是一个与众不同的人。"

"是的，子爵夫人本身就非常有魅力。"

"我说的不是这个，我说，要找到帕特崇拜她的地方，吸引帕特心甘情愿地去做这件事情。"

劳拉想了一下："对了，她是个昆虫专家，特别喜欢研究昆虫，帕特会被吸引吗？我只知道，他觉得每一个不钓鱼的人都不正常。"

"她不会有革命者的倾向吧？"

"革命者！？"劳拉立刻激动起来，"这真是一个好主意，一直以来，她都有点左倾主义。之前，她只是为了气自己的父母——迈尔斯和乔治娜。当然，她对这件事从来没有认真过，只是觉得有趣罢了。她很漂亮，或者根本不用为这件事情劳心费神。我可以在这件事上做点手脚，让她暂时扮演成一个革命者。"

女人真是什么古怪点子都能想出来，格兰特看到她缝补毛线袜子的针在来回闪动，这样一来，他的思绪终于回到了自己的疾病上。上床之前，他还在想着这件事，他明天早晨想写一封信告诉布赖斯，他现在的状况很好，他已经来到了一个很健康的环境中，他应该会提前康复的。在康复的过程中，他要去做一件事，就是把自己不小心拿走报纸的事情告诉相关部门。

这里的空气清新，他睡得很香很沉，本来总爱失眠的他，中间也没有醒来。等他再次醒来的时候，突然觉得周围安静极了。在他看来，这座房屋就是一个梦幻之旅，这个世界只属于他，不会有任何人来打扰他。格兰特想起来，今天是星期天，他得走出这峡谷，自己前往斯库恩去拿报纸。

吃早餐的时候，他曾问汤米是不是可以借车子给他用一下，他得前往斯库恩，去寄送一封重要的信。劳拉一听，立刻提出自己愿意开车去送他。所以，吃完早饭，他便回到自己的房间里去写信了，他仔细地写着每一个词，直到他完全满意这封信。在信中，他把车上遇见7B卧铺这件事情，从头到尾地讲了一遍。他说自己无法立刻将工作抛之脑后，他在结束旅行时遇见了一个死去的年轻人。当时,那个暴躁的列车员以为他在装睡,想摇醒他。这件事和自己没有关系。他想要强调的是,他无意间从7B卧铺拿走了一份《号角》报纸。他在吃早饭的时候,无意间发现这张报纸被夹在了他其他的报纸中。如果他没有看到报纸上那铅笔所书写的字迹,他理所当然地会认为这是他的报纸。那首诗是用英文所写,或许根本不是出于死者本人之手。此外,他还知道,这具尸体被运到了伦敦,如果布赖斯觉得这份报纸的线索很重要,他会将它转交给有关当局。

当他走下楼去的时候,才发现安息日的气氛不对劲,家里处处是浓浓的火药味,好像谁都能被点燃,从而大吵大闹起来。

原来,帕特发现有人要去斯库恩,在他眼中,斯库恩的星期天就是一个热闹非凡的大聚会,所以他一定要去。但他的妈妈却要求他像以往的每个周日一样,去主日学校读书。

劳拉开导他:"有便车可搭,你应该开心才对,别给我嚷嚷!"

格兰特却觉得"嚷嚷"这个词,不足以来形容帕特的满腔怒火,他此时发火的模样,和一辆即将发动的车子没有什么不同。

"今天,假如我们不去斯库恩的话,你还得步行去教堂呢,是不是?"劳拉继续安慰他。

"哼!我根本不介意走路前去!达吉和我在前去的路上,会聊得很开心。这一次,我明明可以去斯库恩玩,却要去上主日学校,我不愿去浪费时间,这对我来说,不公平。"

"帕特,我可不同意你说的,上主日学校怎么会是浪费时间呢!"

"既然你不关心我,就当我不存在好了,让我慢慢地枯萎,慢慢地死掉吧!"

"你这孩子,为何要这样说?"

"因为我根本感受不到你在关心我,这里缺少新鲜的空气啊!"

劳拉笑了:"帕特,你可真逗!"

在这个时候取笑帕特,是不是有些太唐突,毕竟怒火冲天的帕特还绷着脸呢!

他气呼呼地说:"请你尽情地取笑我吧!麻烦你以后星期天去了教堂,把花圈放在我的坟墓上。以后每个周日请别去斯库恩,请来看看我。"

"我可没钱买花圈,太奢侈,我偶尔路过你的坟墓时,会在那里放上一朵雏菊花。你放心,我会去看你的。好了,戴上围巾,一起走吧!"

"已经三月份了,还戴这该死的围巾。"

"外面还是很冷,围巾可以让你抵御严寒。"

"你有那些雏菊,还在乎我的死活啊!格兰特家的人向来这样恶毒。我很开心,我是兰金家的人,不用穿着那可怕的红格子裙。"帕特那身破烂的绿格子裙是麦新泰尔式的,配上他那头红发,似乎比绿裙子好看多了。这一切主张都是汤米妈妈所为,她是一个典型的麦新泰尔人,看到孙子穿上她所谓的"文明服饰",她就会很开心。

他不甘愿地爬到了车子后面,一屁股坐下来,生着闷气,可怜的围巾被他丢到了一旁的杂物堆里。

他笔直地坐在后面的座椅上,情绪激动,难以平静。他用失望的眼神无奈地看着前面,有些愤愤不平,也有些心不在焉。格兰特想,假如遇见这样的事情,他可能会蹲在某个角落里不说话。他为这个小外甥有这样的火爆脾气而开心,他觉得男孩子就应该这样,而不是一只消沉的小可怜。

帕特依然是一副愤愤不平的样子。他走下车子,头也不回地走了,一直走向教堂侧门的那群孩子中间。

当劳拉再次开动车子时,格兰特问道:"他会老老实实地待在这里吗?"

"放心吧,他会的。当然,道格拉斯也在这里,那是他的约拿单②。一旦他不能向达吉③发号施令,他才会真的觉得这一天无趣极了。他早已经预料,我不会让他前往斯库恩的,所以,他只是在试探我的底线。"

"看来,他这个试探也未免太认真了。"

"帕特天生是个好演员!"

他们开车走了两英里的路,帕特的事情才被格兰特忘记了。帕特从他的心中离开时,他的潜意识告诉他,他被关在了车里。一瞬间,他从一个欣赏风景的成年人、一个风趣幽默的成年人,变成了一个古怪的孩子,他甚至丧失了理性,惊慌失措地看着逐渐向自己步步逼来的巨人,虽然这个巨人并不存在。

他把车窗摇到了最下面,对劳拉说:"你若觉得风太大,就说。"

"你在伦敦的时间太久了。"

"为何这样说?"

"只有城里人才会如此贪婪地想呼吸新鲜空气,乡下人不会反而眷恋有些闷的空气,可以适当调节一下总是在户外奔跑的生活。"

"如果你喜欢闷一些,我就把窗户摇上来。"他语气有些不自然。

"那倒不用。对我来说都一样。"说完,他们开始谈论起要订购的车。

他脑海中的论战又开始了,还是那熟悉的争论方式。他一面提醒自己不过是在一辆车里,这是一辆随时可以停下来的车子,他一面又希望自己不要去想眼前的事物,他不断说服自己,能够活到现在已经是一个奇迹。但他依然无法控制自己内心的恐慌,那恐慌威胁着他,如潮水般慢慢涌上来,不停地泛起,然后落下,就这样循环往复,让他一刻也不得安宁。此时此刻,这股暗流再次聚集在他的胸口,压迫着他,使他几乎喘不出气来,于是,这股暗流又顺着嗓子在他的气管里翻滚,好像一把钳子,卡在了他的脖子上,马上就要涌上他的嘴巴里了。

"拉拉,快点停车。"

她不解地问:"要停车?"

"是!"

她立刻熄了火,格兰特跳出车外,双腿颤抖,他用手撑在石沟的旁边,大口大口地呼吸着新鲜的空气。

劳拉担忧地问:"阿伦,你是不是不舒服呢?"

"我只是想下车,呼吸一下新鲜空气。"

她这才放下心来:"原来是这样,刚刚你吓到我了。"

"什么叫原来是这样?"

"刚刚你的反应好像幽闭恐惧症的患者,我还以为你生病了。"

"我这还不算病吗?"他苦笑着说。

"不算。一次,有人带我前往塞德山洞,我差点死在里面,我之前从没有去过岩洞。"她关掉了引擎,与格兰特背对背地坐在路边的石头上。"以前,我只见过那种被我们称为兔子窝的岩洞。"她递给了他一盒香烟,"但我从来没有去过真正的地下,我倒很想去那里看看。当时,我是那么兴奋,很期待,但在前往岩洞,不到半英里远的时候,我还是被吓跑了。我惊慌失措,一直冒汗。你经常有这样的反应吗?"

"经常如此。"

"其实,也只有你偶尔还亲切地叫我拉拉,我们越来越老了。"

他看了看周围的风景,又看看她,此时,他的心情稍微平静了一些。

"我真的不知道你还会害怕其他的东西,我一直以为你只怕老鼠。"

"我害怕很多东西,我相信每个人都是相同的,只要不是傻瓜,都会害怕很多事物。我努力地希望自己保持平静,过平凡人的生活,吃穿不愁,所以我慢慢长胖了。如果我一直像你一样,我早就成为一个胡言乱语的疯子了,我会患上幽闭恐惧症,还会患上广场恐惧症,然后创造医学病史。一个人如果关注某件事,就可以得到安慰。"

他从墙边走到她身边,坐了下来:"快看!"

他摊开了那双不停颤抖的手。

"令我心疼的阿伦。"

"我就是可怜的阿伦。这可不是距离地面半英尺,在这美丽的地方,晴朗的星期天,我坐在敞开窗户的小汽车中,我行走在开阔的乡村中,居然会害怕,害怕到自己无法控制自己。"

"你想的太严重了。"

"可这是事实。"

"毕竟你超负荷地工作了四年,你每天都累得半死,又尽职尽责,所以才会如此。你一直是一个专心致志地去工作、尽职尽守的人,所以才备感疲惫。你呀,就是非得把自己逼到中风,或身陷幽闭恐惧症才会罢休的那种人。"

"我会中风吗?"

"你如果让自己超负荷工作,累到一定程度,必然要为之付出代价。难道你愿意选择身体上的代价,比如让你患有高血压或心肌梗塞之类的疾病?一些人只能坐着轮椅,让别人推着他四处走。所以,那些人很羡慕你,至少你可以自己行走。你只有被关在车子里的时候,才会害怕,其他时间都是自由的。如果你不想回到车上,可以先待在这里,我把信件送到斯库恩那里,然后再来接你回家。"

"没关系,我可以继续坐一段路程的。"

"别硬撑,更不要强迫自己。"

"你在赛德峡的时候,还有半英里就要到达的时候,你可曾恐惧到尖叫?"

"那倒没有,我不是那种把自己逼迫到病态的人。"

格兰特终于放松地笑了:"被你称为病态的,你刚刚的那种口气,让我觉得很轻松。"

"你还记得吗？我们去瓦里兹那天，下着雨，我们去了博物馆，在那里看到了瓶子里的许多标本。"

"当然记得，那时你在外面的人行道上，吐得一塌糊涂，让人看了就恶心！"

"你还说我？我们中午吃的羊心，你也呕吐了，你看到他们填料的过程，的确令人很恶心。"她笑着说。

"拉拉，我亲爱的小女孩，你一直都没有长大。"他笑着说。

"看看，你还是可以笑出来的，虽然是在嘲笑我。"劳拉笑着说，她突然找到了他们童年时斗嘴的感觉，"等你可以出发的时候，告诉我。"

"我们现在就出发吧！"

"你确定可以吗？"

"我发现，当你被人称为病理标本时，本身就已经治愈了。"

"那你答应我，不要等到快窒息的时候，才告诉我。"她真诚地恳求他。

此时此刻，他实在不知道自己为什么这样快就恢复了平静，是她知道了这是一种窒息的病症，还是她可以坦然地接受他这种不理智，甚至有些疯狂的行为。

①莱维斯岛，外赫布里底群岛最北部的一个岛屿。
②在《圣经》中，约拿单的意思是大卫的朋友。
③达吉，道格拉斯的昵称。

第四章

此刻，如果格兰特认为，他的上司会因为他提早康复，或者是因为他随手取回报纸的谨慎而感到欣慰的话，那他就真的要失望了。在回信里，布赖斯保持一贯冷漠的作风，依旧与他针锋相对，把他批得一无是处。格兰特一边读信，一边思考，也许只有像布赖斯这样的人，才能真正做到两全其美吧。在信的第一段，他先是责备格兰特居然在一个突然发生且不明就里的死亡现场拿走东西，显得非常不专业。接着，在第二段他又表示出很惊讶的样子，看似无意地谈到格兰特因为窃占报纸这种小事来给忙碌的警方添乱，还煞有介事地说道，格兰特现在没有工作，居然一同失去了判断力和辨别事情轻重缓急的能力。

这张薄薄的、熟悉的办公室信纸传递给格兰特一个讯息——他已成为局外人。或者这封信真正要表达的是："你，阿伦·格兰特，我无法想象，你居然会给我们添乱，不管是关于你的健康状况，还是我们的工作。不管怎样，我们对你没有兴趣，你也别来打扰我们工作。"不管怎样，他成了一个局外人。

这封冷嘲热讽的信，似乎让他听到了"砰"地一下摔门声，他清楚地意识到，他之所以把不小心拿了报纸这件事向警署坦白，除了因为良心的指引，他还期望因此得知一些关于7B事件的消息。原本以为，他的歉意和信，是一条通往信息的路，但实际上，7B事件已不再是人们关心的新闻，所以想从报纸上得到消息无疑是一种奢望。

火车上几乎每天都有人在死亡，谁会记得这件事呢？对于新闻界来说，7B可以算是死了两次，一次是他真正的死亡，另一次则是为了新闻价值而死。也许连格兰特自己都不清楚，他内心里是多么希望他的同事可以多透露一些关于7B的消息给他。

他心里一边盘算着，一边把撕碎的信纸扔进了垃圾桶，对啊，布赖斯虽然不友好，但还有威廉姆斯警官啊。天啦，太感谢啦，幸好还有一个可靠的威廉姆斯警官呢。他可能会非常奇怪，像他这样拥有丰富办案经历的人，怎么会对一个仅有"一面之缘"的无名死尸产生了兴趣！当然，他也有可能觉得这很无聊。不管结果如何，格兰特决定一试。他写了一封信，内容大概是问威廉姆斯是否记得一个礼拜前的星期二晚上，在去高地的火车上死亡的查尔斯·马丁的验尸结果，以及一些有关于他的消息。然后，他还亲切地问候了威廉姆斯太太及他们的孩子安琪拉和伦纳德。

接下来的两天，他都处于极度兴奋的等待状态中。他着手检查不能钓鱼的特利湖，一个池塘接着一个池塘；并把那些停泊在伍德湖的小船缝隙也补好了。随后，又跟着牧羊人格尔木，以及他身后的赞格、汤格一起走上山坡，去聆听汤米叙述他的宏伟计划——他想在自家与山丘侧面之间建立一个九洞高尔夫球场。送邮件的时间终于来了，他急匆匆赶回家，那心情就好像是当年他将诗作投到杂志社时一般，只不过那感觉在19岁之后就无影无踪了。

残酷的结果是，这里根本没有他的信件，那种失落甚至比当年被退稿还要令他失望。

他想，也许是自己太不理智了。毕竟验尸根本不是警察的事，他甚至不知道是哪个部门在做这个工作，威廉姆斯还得去查。威廉姆斯还要工作，一天到晚根本没有空闲时间。威廉姆斯必须放下工作，去帮助某个正在度假的同事做他无意想起来的一些无关紧要的事情，听起来是不是有些荒唐。

他焦急地等了两天，信终于来了。

信的内容是，威廉姆斯希望格兰别那么着急地想着工作，好好调整身体，同时还表达了所有同事都盼望他能够充分休息，好尽快康复(不是所有人，至少不包括布赖斯，格兰特心里想)，大家都很想他。至于查尔斯·马丁，不管是他这个人还是他的死亡，都平淡无奇。事情的经过就是他喝多了纯威士忌，加上火车转向的作用，后仰摔倒，致使他后脑勺撞到了瓷制洗尸台边缘，经过不断地挣扎及努力，他凭双手和膝盖爬回了床上，但还是没能逃脱因为内出血而死亡的结局。另外，他的随身行李中有法文报纸，他的亲友都住在靠近马赛的地方，只是这些年，他一直查无音信。当年，他因为忌妒，捅了女友一刀而离家出走。现在，他的亲人已经寄来了丧葬费，他至少不用被埋葬在贫民墓园了。

格兰特看完信，心情丝毫没有放松，反而更想知道真相。

他心里盘算着，应该给威廉姆斯打一个私人电话。此刻，威廉姆斯应该正在开心地准备烟斗和报纸吧，威廉姆斯太太则坐在一旁缝缝补补，安琪拉和伦纳德在做作业。当然，威廉姆斯也有可能还在外边办案呢，同样可能在家。

是的，他真的在家！

格兰特礼貌性地感谢了威廉姆斯的回信后，然后切入主题："你信里说他的家人已经寄了丧葬费，他们已经来认尸了吗？"

"没，他们只是通过照片确认的。"

"他活着的照片？"

"不不，是尸体。"

"难道就没人亲自过来伦敦确认？"

"好像是的。"

"好奇怪。"

"可能他是一个坏孩子，那就没什么稀奇了。省事。"

"有证据表明他是家庭中的坏孩子吗？"

"没有，这个真没有。"

"他的工作是什么？"

"一名技术工人。"

"他带护照了吗？"

"没。行李里只有报纸和信件。"

"噢，还有信件？"

"一般都会带两三封信吧。对了，其中有一封是一个女孩写的，她在信里说要等他。"

"是法文写的吗？"

"是的。"

"他有多少钱呢？"

"稍等一下，我看看笔记。嗯，有22镑、10镑纸币，还有18便士和2便士硬币。"

"英镑？"

"对。"

"他没有随身携带护照，用的是英镑，如此说来，他在英国应该待了一些时日了，但为什么没有人来认他呢？这件事难道不蹊跷吗？"

"可能，没有人知道他已经死了。毕竟，这件事并不算很公开。"

"有他英国的住址吗？"

"没。信是放在他的皮夹里的，没有信封。也许他的朋友还没出现。"

"有人知道他去哪儿吗？或者是为什么要去那儿？"

"应该没人知道。"

"他的行李有哪些呢？"

"只有一个足以过夜的皮箱，里面有衬衫、袜子、睡衣和拖鞋，这些上面都没有干洗店的标识。"

"为什么？难道都是新的？"

"当然不是，这些衣服都很旧了。"格兰特的怀疑让威廉姆斯觉得很有趣。

"拖鞋上有厂家的名字吗？"

"没有。那拖鞋是手工制的，厚厚的，在北非的广场或地中海海滨可以看到。"

"还有别的吗？"

"你说皮箱里？让我想想，还有两本很旧的书，一本是法文版的新约圣经，另一本是黄封皮的平装本小说。"

"你只有三分钟的时间，现在结束了！"接线生说道。

格兰特又延长了三分钟，不过依然一无所获。不过，可以确定不管在法国（传说中捅女友一刀应该只是家务事）还是英国，他都没有前科，其他的事就无从得知了。

这是一个例外，关于他，唯一知道的就是：什么都不知道。

"对了，回信时，我忘了回答你附注的事。"威廉姆斯有些歉意地说道。

"什么附注？"话音刚落，他就想起了自己写完信，又补充了几句话：

如果你有空，是否可以问一下特工部门对阿奇贝尔·布朗有没有兴趣，他是苏格兰爱国主义者。去找泰德·汉娜问问，就说是我让你去的。

"呃，我可以帮你问问，他们对这个爱国者有没有兴趣。但这件事情对你来说真的有那么重要吗？"

"哦，对了，大前天，在白厅班车上，我非常巧合地遇到了你说的那个人，他告诉我说，他对你的那只鸟不发表意见，但他很想知道大乌鸦是什么。你能听明白吗？"

"当然，请帮我转告他，我会尽力查明真相的，就当作是暑假作业吧。"格兰特心情有些愉悦。

"你还是不要想工作了，先好好养病。然后赶在这个单位因为没有你而关门之前回来就行了。"

"对了，他穿的鞋，是哪里做的？"

"谁？呃，是卡拉奇做的。"

"哪儿？"

"巴基斯坦的卡拉奇。"

"对了，你刚刚说过了，他好像常常东奔西跑。圣经的扉页上有名字吗？"

"应该没有。我记得我在记证物时，没有写这一点。呃，有，有，我记着呢，还真的没有名字。"

"失踪人口里，有和他类似特征的人吗？"

"完全没有。甚至和他相近特征的都没有，可以确定他不是失踪人口。"

"辛苦你了，问了这么多，你还没有拒绝回答我，不耐烦地打发我去钓鱼。总有一天，我会报答你的。"

"那里的河流有鱼可钓吗？"

"这里几乎没有河流，鱼都藏到池塘最深处了。所以，忙碌的西南分局根本不会关心的小案子，反而吸引了我。"

他心里知道这不是实话。他对7B事件这么有兴趣，可以说是一种不生的感觉。7B让他心里莫名其妙地产生了一种认同感，不是说他和7B有什么相似之处，而仅仅是一种兴趣上的认同。事实上，格兰特仅见过他一次，且对他一无所知，这好像听起来十分不理性。难道他认为7B和他一样，在与恶魔战斗？这场戏会不会因为他个人的兴趣，而正式上演？他一直觉得，7B的天堂就是一种遗忘。当时现场弥漫着浓重的威士忌气味，这个年轻人只是微醉，并不是不省人事，他撞到坚硬厚实的洗手台，所有人都可能碰到。也许，他护卫的天堂根本不是遗忘。

他拉回注意力到威廉姆斯的话头上。

"什么？"

"对了，还有一件事我忘了告诉你，那个卧铺服务员认为在尤斯顿上车时，马丁是有人送行的。"

"刚刚为什么没有说呢？"

"呃，我觉得这不重要，可能只是服务员随口抱怨而已。当时在场的警官反馈说，他觉得这件事对他来说是种侮辱。"

酸奶酪处事风格似乎偏向形式化。

"他说了些什么？"

"在尤斯顿，他正穿过走廊时，正好看见马丁的车厢里还有另一个人。当时门半开着，马丁面对着他，所以他只注意到了马丁和一个人在讲话，没有看清那个人的脸。他们似乎聊得很开心且友善，他们在讨论如何抢旅馆。"

"啊，这不会是真的吧？"

"你知道吗？那个验尸官反应和你一样。那个铁路服务员说他们谈论的是'抢凯利'，没有人会去抢凯利足球了，那他们说的是一定是一个叫'凯利'的饭店。但放眼整个苏格兰，所有的饭店不是叫瓦佛利，就是叫凯利多尼亚，大部分都简称为'凯利'。不过，他说他们仅仅是在开玩笑。"

"这就是他说的送行者吗？"

"是的。"

"也有可能不是来送行的，只是偶遇，或者是看到卧铺外的名字，经过他时才认出来的。"

"都有可能。但那样的话，隔天清晨，这个朋友应该再出现才是。"

"也不完全是这样。可能他的车厢比较远，移动尸体是非常隐秘的。可能根本没有乘客知道有人死了，因为整个车站的乘客都离开后，救护车才姗姗而来，那时，我都快吃完早餐了。"

"也许是吧。不过，据卧铺的服务员回忆，当时，那个人衣帽非常整齐。要知道，一般来说，乘客一到卧铺，就会立即把帽子挂起来，而去火车上的咖啡座大部分人都是不戴帽的。所以，他才认为那个人是来送行的。"

"哦，你刚刚提到卧铺外的名字，你知道他是怎么订的这票吗？"

"他是一个礼拜前用电话预订的，不过，他是自己来拿的票，或者说，来拿票的人是一个瘦削的、黑发的人。"

"好的。继续说说那个酸奶酪吧。"

"你指的是谁？"

"就是那个卧铺服务员。"

"据他描述，在火车启动大约20分钟后，他开始进入车厢收票。当时，马丁正好在洗手间，不过，他事先把票和另一张通往斯库恩的去程票一起放在镜子下的小柜子上。他便直接把票收了，并在旅客单上划掉了他的名字。经过洗手间时，他还敲了敲门：'请问你是7B的客人吗？'马丁说是。他又说：'我已经收了你的票了，谢谢你的配合。请问你明早喝茶吗？''谢谢你！不用了，晚安！'马丁回答道。"

"意思是说他有回程票？"

"是的，不过他把回程票放在皮夹里了。"

"那么此事就一清二楚了。没有人来问他的事甚至认尸，因为大家都以为他去旅行了，没有谁知道他会这么快回来。"

"也许是这样的，加上消息传播范围有限。我想，就算他的家人也只会在有人认识他的地方报纸上发布一下他的讣闻意思意思吧，根本不会大费周章去联系英文报纸。"

"验尸官怎么说的呢？"

"内容差不多，就是死前吃了一些东西，胃里残留了大量的威士忌，连血管里也有一些，足够折腾他了。"

"有没有说他是一个酒鬼呢？"

"这倒没有，完全没有人这样说过。他不是个强壮的人，但也算健康，除了他的头和肩膀曾受过伤以外。"

"他以前受过伤？"

"是的，他曾经头骨破裂，锁骨也断残影，不过这已经是很久前的事了。我的意思是不可能和这次死亡有关系。"

"不好意思，如果我问你，为什么会对这么简单的案件有兴趣，是不是冒昧了？"

"请帮帮我吧！警官，我也不知道为什么，可能是我越来越像个孩子了。如果有一天我知道原因，一定会告诉你的。"

"我觉得可能只是你太无所事事了。就好像我吧，在乡下长大，从来不会去关心草的生长。我觉得，乡下一直是个被人们美化了的地方。事实上，那里很遥远且不方便。一旦你忙碌起来，你就会立即忘了马丁先生这件事了。就像此刻，我这里下起了倾盆大雨，我想你那边也要开始下了。"

当晚，特利山谷其实根本没有下雨，倒是发生了一些其他的事情。持续的寒冷空气里，刮起了柔软且温暖的风；阵风与阵风之间，空气变得湿润且厚重；山顶上融化的雪水流下来填满了河床；地面也湿滑了；那些竞相奔腾的黄泥水带来的鱼儿跳过暗礁，在一块块石头间，迎着倾注的水顺源而下，阳光下闪着一亮一亮的光。

帕特小心翼翼地从装虫子的盒子里，拿出了他最珍贵的发明，正式且和善地交给了格兰特，那庄严的神情就像是校长给学生颁发证书。他说："这是我精心研制的。你会好好照顾它，对吗？"这东西正如他妈妈所说，是某种很可怕的东西，看上去像极了女人的帽子。格兰特心里明白，他是经过遴选，唯一能配上这荣誉的人。因此，他心怀感激，小心谨慎地把这个怪鱼饵放进了自己的盒子里，他期望帕特不会监督他使用。往后的日子，每当他选新虫子时，都会看到这个可怕的东西，心里总是暖暖的，因为这是小外甥对他的肯定。

他又在特利河谷度过了几天，看着黄褐色的旋涡，心里变得轻松惬意。清澈的河水像啤酒一般，上面还有白色泡沫，当水流动起来，更像是一曲音乐。潮湿柔软的空气形成一粒粒露珠，时不时滴在他斜纹软呢的衣服上；那榛树枝上的水则滴入他的颈背。

差不多整整一个礼拜，他想的、说的、吃的都是鱼。

然而，一天傍晚，一切的平静、安心被打破了，就在吊桥下他最喜欢的池塘里。

他看到了一个人的脸。

他的心脏差点从他的嘴里跳出来，不过在这之前，他意识到这张脸存在于他的眼睛里，而不是水里。那张脸有着浓黑的眉毛，却白得吓人。

他嘀咕着说了句脏话后，他便对着池塘狠狠地抛出了钓鱼竿。之前，因为他对7B事件的误解，才对他产生了兴趣。他以为，7B和他一样深陷恶魔网里，他给7B勾勒了一幅荒谬而完美的画。事实上，在他的卧铺隔间，那倾倒的威士忌酒瓶才是酒徒的天堂。他再也没有任何兴趣了：马丁只是一个普通的年轻人，他身体强壮，只不过在一次夜车旅行中，以一种没有尊严的方式失去了自己的生命。在他摔倒后，还拼尽全力用手和膝盖挣扎、攀爬，直到他断气。

"可是他写了几句诗，关于天堂的。"他的心底响起一个声音。

"谁知道呢，哪儿有证据表明那几句诗是他写的。"他反驳内心的声音。

"可是他的脸，在你思索他的天堂之前，就征服了你，那可不是一张平凡的脸。"

"没有，我没有被征服。我对人感兴趣，是因为职业关系，顺理成章的事。"他说。

"是吗？你的意思是如果卧铺里倒下的是一张像煮得太熟的布丁一样的脸，身材肥胖，且胡子像没修好的篱笆，你依然会有兴趣？"

"非常有可能！"

"你这个骗子！从你看到他的脸，并发现酸奶酪对他很粗暴后，你就是拥护他的。你不但从酸奶酪手里拯救了他，还帮他把外套抚平，像极了母亲帮助孩子在整理披肩。"

"你给我住嘴！"

"其实，你想知道他的事，不是因为你觉得他的死有什么疑点，而仅仅是你想了解他。他那么年轻，就死去了。他来过，还活得那么轻率，你想知道那时的他是什么样！"

"好吧！我承认。可我想知道的事还很多：林肯郡的新宠会是谁，今天我的股票开盘价是多少，琼·凯伊的下一部电影是什么。不过，这些都不会让我失眠。"

"是的，就像在河水之间，你也绝对不会看到琼·凯伊的脸。"

"谁的面孔我也不想看到，也没有任何东西出现在我与河水之间。我来这里，只是为了钓鱼，没有任何事可以妨碍到我。"

"你猜猜，7B是因为什么事而发生的？"

"这怎么能猜出来？"

"无论如何，绝对不是为了钓鱼。"

"何出此言？"

"谁会不带钓具，还跑五六百公里来钓鱼！"

"就算他打算租钓竿，至少要带着自己喜欢的鱼饵吧。如果他脑袋还能思考的话。"

"是这样的。"

"也许他的天堂就是盖尔人的那个泰南欧，非常有可能。"

"为什么是那里？"

"传说远在西边的泰南欧岛①，离最外围的岛屿也有段距离。它是一座永恒的青春之岛，盖尔人的天堂，那里沙子会歌唱，石头会像人一样走路。但没有人知道，是谁在护卫这通往天堂的路？"

"你还发现外岛有会说话的野兽？"

"是的，我发现了。"

"它们是什么？"

"海豹。"

"呃！请离我远点，别烦我，我正钓鱼呢。"

"或许是吧，可是你钓到什么了。"

"请把你的钓竿收起来，好好听我说。"

"我不要。好吧，就算那个岛上有会唱歌的沙子，会走路的石头，会说话的海豹，那又怎样！跟我有什么关系！跟7B有什么关系！"

"他来北方做什么？你怎么知道和他没关系？"

"可能是来埋葬一位亲人，或者和一个女人约会，也有可能是来攀岩！我怎么会知道！我为什么要知道！"

"他会在一个叫凯利多尼亚的旅馆过夜。"

"他没有。"

"你怎么知道他会在那个旅馆过夜？"

"我猜的。"

"不是有人说他要去'抢凯利'吗？"

"如果他要去的地方是克拉达，一定会经过格拉斯哥和奥本。在克拉达那样的地方，是绝对不会有旅馆叫凯利多尼亚这么难听的名字。"

"也不完全如此。很多人都不喜欢格拉斯哥。他路经斯库恩，行程又短又舒服。不然，今晚你就给斯库恩的凯利多尼亚饭店打个电话，问一问是不是曾有一个叫查尔斯·马丁的人打算在那儿住店？"

"我才不要！"

"你别拍打河水了，那会把鱼都吓跑的。"

到了晚餐时，他不但一条鱼都没抓到，还失去了内心的平静。他只好心情郁闷地回家了。

此时此刻，孩子上床睡觉了，活也做完了，客厅里变得寂静无声。他的眼光从手中的书上开始游走，直到停在了房间另一端的电话上。电话放在汤米的桌子上，静静地，却好像有一种魔力，在向格兰特招手。他只要拿起话筒，不但可以和太平洋彼岸的美国人讲话，还可以与大西洋中荒无人烟的小岛上的人讲话；又或者是和地表上空两英里的人讲话。

当然，他更可以和斯库恩的凯利多尼亚饭店的人讲话。

这个念头一旦升起，似乎就很难打消，他变得有些愤怒。就这样，大概过了一个小时，劳拉拿来睡前酒，汤米把狗放了出去，格兰特再也不想压抑自己，他甚至无法像正常人一般走到电话旁，而是像橄榄球球员一样冲了过去。

他拿起电话，却突然想起自己根本不知道号码，这下，他似乎觉得自己获救了。放下话筒后他准备回去看书，拿起的却是电话簿。他确定，如果今晚不跟斯库恩的凯利多尼亚饭店的人通话，他一定安静不下来。这看起来很愚蠢，但如果是为了让心平静下来，这代价却是相当便宜。

"请问是斯库恩的凯利多尼亚饭店吗？我想查询一下，在两个礼拜前，是否有一位叫查尔斯·马丁的人预订过你们的房间？呃，好的，谢谢，我等。没有？没有订过？呃，非常感谢。抱歉打扰你了。"

他想，这也许是最好的结果。随着话筒"砰"的一声放下，7B的事也到此结束了。

他喝了舒适的睡前酒后，开始上床睡觉，意识清醒地盯着天花板。他关了灯，开始使用自己的独门秘诀对付失眠：逆向思维，假装自己今晚必须熬夜。在很久以前，他就发现：人类都想去做那些被禁止的事。所以只要他假装不能睡觉，很快眼皮就会开始下垂，这样就可以对付睡眠障碍了：人们总是越害怕睡不着，却越难入睡。他的这个方法截止到目前，还是很有效的。

像往常一样，他的眼皮开始下垂，但脑海里却有个铃铛不断地响，像笼子里的老鼠一般：

会说话的野兽
静止不动的河流
会走路的石头
会唱歌的沙子
……

什么样的河流是静止不动的呢？它跟岛屿上的什么东西有关吗？岛上没什么雪或者是霜，也不是冰冻的河水，那是什么呢？难道是河水流进了沙子里，停止在那儿？不不，还是发散一下思维吧！静止的河？静止的河？也许图书馆会给我答案。在斯库恩，一定有大型的图书馆。

"你不是说你已经没有兴趣了。"那个声音又响起来了。

"你走开！"

他是一个技术工人，这意味着什么呢？技术工人这个词包含着无限的可能。

无论他是做什么的，他都已经成功到可以做坐头等卧铺了。

要知道，在过去，这可是百万富翁才可能享受到的呢！而他，却愿意花这么多钱，从他携带的行李来看，他应该只是为了一次短暂的拜访。

拜访？是为了女人吗？难道是那个说要等他的女人？可是，她是法国人。

并且没有一个英国男人会为了一个女人而跑500英里的。除非他是法国男人，特别是一个为了自己女友眼睛乱瞄就捅她一刀的人。

会说话的野兽
静止不动的河流
……

噢，天啊！别想了。必须停止下来，不然难保你不会想起来去写下些什么。莫非小姐坐在岩石上吃奶酪、山核桃。天真的西蒙遇见了一个卖馅饼的人，西蒙想尝尝他的馅饼，更想骑上木马去城里转转②——

如果想象力太丰富，难免会进入一种被某种想法占据到无法离开的境地，你会被自己勾勒的美好场景所吸引，然后下定决心，拼命工作几年，挣够钱后就利用假期，真的去那里。

要是更强烈一点，那就变得更疯狂了，抛下身边一切事，去寻找那个魂牵梦绕的东西：可能是一座山，博物馆里的绿石头像，一条地图上没有标明的河，或者是一点点帆布。

7B自己勾勒出的图像，到底诱惑他到什么程度？是否足够让他开始一段寻找的旅程？还是仅仅让他写下来？因为他已经写下了这些铅笔字。

这无疑是他写的。

这些文句一定是7B写的，如他眉毛般的轻率。还有那一手男学生般的字体，都是他的风格。

"字体？"那个声音挑衅地问道。

"是的，就是那些字体。"

"可是，你别忘记他是马赛人。"

"难道就不能在英国受教育吗？"

"我想你再过几分钟，就会告诉我他不是法国人。"

"是啊，也许再过几分钟，我就会那样做。"

很明显，这只是进入了一个幻想的境地里。事实上，7B身份明确，有家人，还有一个等他的女孩，根本没有什么神秘可言。

他是一个真真正正的法国人，这段用英文写下的诗句，不过是一个偶然。

"也许他在克拉伯罕上过学。"他厌恶地对那个声音说，然后随即进入了梦乡。

①泰南欧岛（TirNanOg），盖尔语，在美丽的传说中，爱尔兰有一个叫作泰南欧的地方，那里的树叶永不败落，鲜花永不凋谢。人们从很远就可以闻到它的花香。在爱尔兰人心中，泰南欧是一片永远年轻的土地。

②这几句充满幻想的话是英国的童谣。

第五章

　　早上,他一醒来,右边肩膀就开始风湿痛了。他躺在床上,心情愉悦地想着这件事。当你的潜意识和身体联合起来,那威力可真巨大无比啊!它可以给你任何想要的借口,不但高明,还很诚实。他知道一些男人,一旦他们的老婆要出门走亲访友,他们就会患突发性的高烧、感冒。还有一些女人在剃刀面前,面不改色,非常强悍,但在一些平凡的小事上,却显得呆头呆脑。是啊,人的潜意识和身体的合作总是亲密无间的,经常捏造一些事实,而今天,它们就成功让他对河流望而却步。此刻,他的潜意识告诉他该去斯库恩,去找那儿的图书管理员聊聊,而正好今天还是市场开放日,汤米要开车去那儿。

　　他的潜意识开始游说他的身体,由于两者的亲密合作,先前肩膀的肌肉疲劳已成功增强到关节无法动弹了。

　　整个过程干净利落。

　　他起身,开始穿衣服,他感觉到自己每举一次手臂就抽痛一下,他满意地下楼去找汤米,请求搭便车。汤米听说他身体不适后,非常担忧,但知道他要同路去斯库恩后,又兴高采烈起来。他们俩在一起总是很快乐。这个春天,这个温暖的早晨,格兰特心里充满了寻找线索的喜悦。因此,当他意识到自己正置身于车内,还被关在车子里时,他甚至还有些得意,那时,他们已经到了斯库恩的郊区。

　　他跟汤米约定好中午在凯利多尼亚饭店用餐后,便出发去找公共图书馆了。可没走多远,他心里又蹦出了一个想法。高地飞行列车全年无休,每天都是夜晚启程,隔天早上到达斯库恩。另外,火车服务员一般固定服务于同一班次,隔天换班。也就是说,高地飞行列车应该在数小时前到达斯库恩,而且车上正好有摩多·格雷切。

　　他果断改变目标,前往火车站。

　　"请问今早伦敦邮件到达时,是你在这值班吗?"他问一位服务人员。

　　"不是,今早是拉奇值班。"服务员答道。随后他便吹起了口哨,声音的响亮程度可与火车的引擎相提并论了。接着,他头往后倾,呼叫远处的同事,之后就继续读他的《号角日报》赛马版了。

　　拉奇慢悠悠地走了过来,格兰特问了同样的问题。

　　是的,今早正是拉奇当班。

　　"摩多·格雷切在今天的这班火车上服务吗?"

　　拉奇肯定地回答是的,那个老家伙正是服务于这班火车。

　　现在那个老家伙在哪里?

　　拉奇看了看车站上的时钟,已经过了11点了。

　　是的,拉奇当然知道格雷切现在何处。他此刻一定在老鹰酒吧,等待别人请他喝一杯呢。

老鹰酒吧在火车站的后面，格兰特到酒吧后，发现拉奇所言不差，酸奶酪正在慢吞吞地喝着半品脱的啤酒呢。格兰特点了杯威士忌，他发现，酸奶酪的耳朵都竖了起来。

"早安！自从上次分别后，我钓鱼钓得很开心！"他愉快地跟酸奶酪打招呼，注意到他脸上亮出了希望之光。

"真为你开心，先生。我们是在泰谷见过？"酸奶酪假装记得格兰特。

"不是，是在特利谷。对了，你还记得那个死去的年轻人吗？他是因为什么死的？当时我正下车，你正在摇晃他！"原本亲切的酸奶酪脸上升起了明显的敌意。

"喝吗？威士忌？"格兰特见状，赶紧转移话题。

酸奶酪这才松了一口气。

接下来，一切就水到渠成了。酸奶酪开始抱怨那个死人带给他的不方便，而且他还必须利用自己的休息时间去警察局接受讯问。格兰特心里想，这样的情景和应付幼儿学走路一般简单，你只需要稍作引导，他就会乖乖地走向你希望的方向。

酸奶酪讨厌接受审讯，包括整个过程及每个和审讯相关的人。不过，不知道是因为之前的极度厌恶，还是两杯双份威士忌的作用，他给格兰特提供了最详细的7B事件情节，连里面的每个人和每件事都描述得一清二楚。格兰特觉得，这是他人生第一次把钱花得这样物超所值。

整件案子，酸奶酪都参与其中，从7B第一次在尤斯顿出现，到最后验尸官裁决。他掌握了所有原始资料，并且提供资料时的情况，就好像酒吧里打开的啤酒桶。

"以前，你服务过他吗？"

"从来没有。"酸奶酪从没见过他，而且他很高兴以后也不会再见到。

就在那一瞬间，格兰特之前的满意全变成了憎恶，如果再继续听下去，可能要不了半分钟，他就会吐。他起身离开老鹰酒吧，去寻找公共图书馆。

公共图书馆找到了，一大栋猪肝红色的石头建筑看起来实在恐怖；但比起刚刚与酸奶酪的见面，这里倒显现出了浓郁的文明气息。助理人员散发出迷人的味道，管理员则透着有些褪色的优雅，他的领带可不比眼镜边的黑色丝带宽呢。现在，要想忘掉恶心的摩多·格雷切，这里无疑是首选。

从奥克尼来的苏格兰人托里斯科先生看起来有些矮小，他说奥克尼不算苏格兰的地盘，但他对苏格兰岛屿的了解可不仅仅只是兴趣，简直就是了如指掌。就连克拉达的"会唱歌的沙子"也一清二楚。虽然，他也听说过其他岛屿有会唱歌的沙子，但克拉达这个可是最原始的版本。格兰特心里也许知道，这些沙和大多数岛屿一样，位于大西洋边，面对着无边无际的大海，远眺提泰南欧岛，这便是"盖尔族的天堂"。这个岛永远青春。多么有趣啊，不是吗？其实，在每个人的心里，都有自己想象的天堂：有人觉得被美女环绕就是天堂；有人觉得能不问世事就是天堂；有人觉得每天就只听听音乐，不用工作就是天堂；还有人觉得能天天狩猎就是天堂。而托里斯科先生认为，这个青春之岛就是盖尔人最可爱的天堂。

"你说什么在唱歌？"托里斯科先生的分析，被格兰特的问话无情地打断了。

"这个很难断定。"托里斯科先生说。事实上，众说纷纭。他自己也曾踩在那一望无际的纯白沙滩上。当人们踩上去时，沙子确实会唱歌，但就他个人而言，他觉得沙子发出的是"吱嘎吱嘎"的声音,更为贴切。

另外还有一种岛上也不罕见的情况,那就是遇到风势持续平稳的天气时,沿着沙滩,地表那些微细到几乎看不见的沙子会被风吹起,那感觉真的像是它们在"歌唱"。

从沙子到海豹,再到行走的石头,所有这些,托里斯克都为格兰特提供了有趣的信息。但一提到静止的河流这个话题,他就被难到了。克拉达岛的河流除了常流入小湖或者迷失在沼泽以外,它其实普通得不能再普通了,也只是水寻找水的一种过程而已,这也是克拉达岛唯一与其他岛相同的地方。

格兰特心想,还是去找汤米吃午餐吧,这何尝不是另一种"静止"呢,就像水流入静止的河流里,流进沼泽。7B,听起来多押韵,想想,有没有什么正好可以和沙子押韵?汤米从农场带过来一起吃饭的两个家伙聊得热火朝天,他却心不在焉。他看到他们没有烦恼的眼神、悠闲的气氛,也许他们的牲口也会偶尔因为天灾受害,比如暴风雪、瘟疫什么的,但他们依然能保持冷静和理智去解决困难,就像那片哺育他们的群山。他真的好羡慕这些行动迟缓的大个子。在他们心里,总有那么多小笑话,一些很简单的小事情就可以让他们捧腹大笑。而格兰特心里却一直在重复地想着7B,还有他的非理性表现。他想,一定是因为他生病了,才会如此胡思乱想。如果他头脑清醒,一定不会再想起7B事件。他对于自己的沉迷恨得牙痒痒,却又不忍割舍。这种魂牵梦绕,既让他觉得危险,又让他的心有所牵挂。

和汤米回程的路上,似乎比早上出发更为开心。因为,现在关于法国技工查尔斯·马丁整个案件过程都一清二楚,并且,他的身体也明显好转,真是值得高兴的事。

用过晚餐后,他把那本欧洲政治的书扔到了一边,昨晚,就是在它和电话之前游移不定。现在,他走到书架旁,开始寻找有关于岛屿的书籍。

"阿伦,你想找哪类书呢?"正低头看《泰晤士报》的劳拉,抬起头问道。

"和岛屿相关的。"

"是赫布里地群岛①吗?"

"我想,应该有一本关于这些群岛的书吧?"

"哈!有一本?我们简直有一整堆。要知道,在苏格兰,如果没有一本关于岛屿的书,那才是天下奇闻呢!"

"你有这种书?"

"准确地说,我们几乎全部都有。以前,每一个来这儿过夜的人,都会带一本过来,然后就放在这儿了。"

"为什么不带走?"

"你看看就知道原因了。在书架的最低层,那一整排全都是你要找的。"

他以专业的目光快速扫过那一整排书。

"怎么突然对赫布里地群岛有兴趣了?"劳拉随意问道。

"阿奇曾说的'唱歌的沙'一直在我心里。"

"哈!阿奇说的话会在你心里,这可是新鲜事啊!"

"也许他妈妈记得他开口说的第一个字!"《号角日报》后面的汤米丢出来一句话。

"在这些会唱歌的沙子向西不远的地方,好像就是泰南欧岛。"

"美国呢!似乎比泰南欧岛更接近岛民心中的天堂模样呢!"劳拉说。

格兰特重复了托里斯克的天堂比较论,只有盖尔人将天堂描绘成了一个青春国度的模样,他们真的非常特别。

"在他们的字典里,永远没有'不'这个字。这一点可比他们对永恒的想法更有启示。"劳拉讽刺道。

格兰特回到火炉旁,开始翻阅自己抱回的一大堆书。

"有一个文化始终没有发展出'不'这个字,真是难以想象,对么?"说完后,劳拉继续看她的《泰晤士报》。

这些书可真是丰富多彩,涵盖了各种题材、各种角度,有纯科学,也有纯想象。从焚烧海草灰到圣人与英雄,再从赏鸟到灵魂的朝圣。另外,就文字功底来说,也是参差不齐的,有人好比笔底生花,有人却无聊至极,还有人那就是惨不忍睹啦。似乎每一个去过岛上的人,都忍不住想去写本书。其中有几本比较严肃的书,书后所列出的书目简直就是一应俱全,或与古罗马帝国的研究媲美了。有一件事,是所有作者都认同的:这些岛屿都有一种奇怪的魔力。也许是这个疯狂现实的世界里,岛屿是文明的最后避风港。它们的美无与伦比,像地毯般盛开的野花,踏浪而来的宝蓝色海水,银色沙滩,亮丽的阳光,心灵纯洁的子民以及迷人的音乐。在那最古老的年代,众神都很年轻的时候,那狂野的音乐就一直流传下来。如果你也想要去一睹风采,请参考附录第三页的轮渡时刻表。

一直到上床时间,格兰特都在快乐地翻着那些书。等喝完睡前酒后,他说:"我想去那些岛屿看看。"

"听说在路易斯钓鱼非常不错,不如计划明年去吧。"汤米表示赞同。

"不不,我说的是现在。"

"现在?这太疯狂了!"劳拉说。

"为什么?现在我的肩膀没有好,根本钓不了鱼。既然如此,我为什么不去那里探险呢?"

"按照我的治疗,用不了两天,你的肩膀就好了。"

"知道怎么去克拉达吗?"

"我想,应该是从奥本夫吧!"汤米回答说。

"够了,阿伦·格兰特,别闹了!即使有那么两天不能钓鱼,那也还有成百上千件事可以去做,用不着在这三月天去搭渡轮,折腾自己!"

"他们说,岛上的春天来得早一些。"

"春天哪有渡轮,相信我。"

"你还可以搭飞机,只要你喜欢,你甚至可以今天出发,明天回来。他的服务很好!"汤米考虑事情总是很理智。

格兰特和劳拉眼神交会的那一刹那,出现了短暂的沉默。格兰特是不能搭飞机的,而劳拉知道缘由。

"要不算了吧!阿伦,现在是三月天,天气已经比较暖和了,西边也开始渐渐变绿了。如果你想离开克卢恩一阵子，斯库恩有很好的租车中心，你可以在那里租上一辆好车，去陆地上探险一个星期不是更好？这总比你在渡轮上摔得四脚朝天听起来美很多吧？"

"不，我不是想离开克卢恩，事实上，如果可行，我甚至想和克卢恩形影不离。我只是，只是心里一直想着那些沙。"

劳拉开始从一个新角度来考虑这件事，他了解劳拉以及她的思路，也许这只是他病态的表现，现在尝试阻止他，显然是不明智的。瞧！当他对一个从未去过的地方产生浓厚兴趣时，他就不会沉溺于那些深思中，这无疑是一种完美的中和呢！

"呃，我想，你应该需要一张火车时刻表，这个我们有，但是有可能已经被拿来当门挡，或者是用来拿较高的书时垫脚了。所以，可能会有些陈旧。"

"如果是外岛渡轮表，其实什么时候出的都不重要。"汤米说道，"要知道，就连米堤亚人和波斯人的律法，都比上渡轮的时刻表固定呢！曾经有人说过，就算它们达不到'永恒'，也相差无几。"

格兰特找到火车时刻表后，便带着它一起上床了。

格兰特一直都很喜欢轻装旅行，也喜欢独自行动，即使是面对心爱的人也是如此。第二天清晨，他早早地收拾了一星期所需的用品，然后跟汤米借了一只小行李箱。当他把东西一件件往箱子里放时，竟不经意地吹起了口哨。天啦！自从那个不理性的阴影缠上他以后，他的生活仿佛失去了阳光，便再也没有吹过口哨。

他又无拘无束了。"无拘无束"，真好的词，真好的想法。

劳拉答应把他载到斯库恩，让他搭火车去奥本，可是格拉罕姆从摩伊莫村回来实在太晚了，当他们争分夺秒赶到火车站时，离开车时间仅剩下三十秒。劳拉上气不接下气地将一叠报纸塞进了车窗，并嘱咐他："好好玩，亲爱的。"谢天谢地，幸好没有误了火车。

他心满意足地独自坐在车厢里，丝毫没有注意到邻座的杂志。窗外飞速掠过的风景光秃秃的，一直向西，才慢慢浮现出了绿意。他来克拉达到底为了什么，肯定不是以一个警察的身份来找资料，那么他就是来找7B的，这应该是比较合适的理由。他是来看那首诗所描述的景物的。他开始昏昏欲睡，心里还在想关于天堂的事，7B有没有告诉过别人呢？他又想起了7B的字体，看起来他不是个多言的人。

那些紧紧相连的ms和ns那么具有防卫性，那就是最好的证据。事实上，他跟多少人说过都无所谓，反正他和他们也联系不上。他总不能为了这事去登报，内容则是：快读读这首诗，谁如果有印象，请联系我。

对了，为什么不能呢？这个新角度把他的瞌睡虫全赶跑了。

在去奥本的路上，他一直在思索这件事的可行性。

到了奥本后，他便立即找了家饭店，洋洋得意地为自己点了一杯酒，以示庆祝。他一边喝酒，一边给伦敦的每家报纸写了一则同样的告示并附上支票：

会说话的野兽，静止不动的河流，不断行走的石头，一直唱歌的沙……如果有谁知道这首诗，请联系康瑞塞尔摩伊尔邮局转阿伦·格兰特。

他不想让所有克卢恩的人都觉得他已经疯了,所以,他并没有发函给《号角日报》和《泰晤士报》。

沿着海边小道,他一直走到了小船停泊的地方,心想,会不会有人来信告诉他这首诗来自英国诗人柯尔律治的名作,如此脍炙人口,他居然不知道,那是不是会显得他太不学无术呢?

即使如此,他也无所谓了。

①赫布里地群岛:位于苏格兰西北的群岛。

第六章

壁纸上的花架子纤细到无法支撑,悬挂的玫瑰花又显得过于笨重,当微风拂过的时候,可以看到壁纸已经有部分脱落了,待在其中,心中隐约有种不安感。这风究竟是从何处而来的?小窗紧紧锁着,好像从本世纪初,它便被安置在这里,却从未曾被人打开过。环顾四周,仿佛就剩下带有抽屉柜子上面的摇晃的镜子是好的,可是事实却不是如此。不管如何转动镜子,照出来的东西都是模糊不清的。一张折成四折的厚纸板旧日历卡卡在镜子上,只能固定镜子,也无法提高镜子的清晰度。

那四个柜子上的抽屉,只有两个可以打开,另外两个,一个因为没有把手而无法打开,一个似乎永远不想被人打扰。壁炉是用黑铁制成的,上面垂下来的红皱纸因历史悠久而褪为了淡淡的咖啡色。挂在墙上的版画上,半裸的维纳斯正在安慰几乎全裸的丘比特。这时,格兰特心里的念头是,就算这样寒冷的天气没有侵入骨髓,这张版画也会让他从心里升起一股寒意。

从小窗户向外面看去,他看到一排停靠在小港口边的渔船正随着灰茫茫的大海波浪撞击着防波堤。阴沉的天空下,雨滴砸落在路上的鹅卵石上,让他不禁想起克卢恩客厅壁炉里熊熊燃烧的木头。此时此刻,能让自己温暖的办法就是马上上床睡觉,但当他转头看床,这个念头就烟消云散了。那张床与其说是床,不如说是一个大盘子,棉质床罩像白色蜂窝盖在床上,看上去单薄极了。火鸡红的棉被被叠得方正地放在角落,像是婴儿床上的小被子。格兰特在棉被上看到了一个铜门把,它精致的程度,让他有些意外。

这里就是克拉达饭店,通往泰南欧岛的必经之路。

他走下楼后,在房间里拨弄着火炉里冒烟的火苗,它似乎快要熄灭了。不管他怎么努力,都会走来一些人,把午餐土豆皮等垃圾丢在里面,所以,他根本无法成功。这不禁令他怒火朝天,大力地拉扯着铃铛,然后,从墙上某处传来电线噼啪吵闹的声音,却没有如愿地响起铃声,格兰特只好无奈地走进大厅里。前门底下,不断有"咻咻"的风呼啸而进,格兰特大声地叫喊起来,即使在苏格兰场最失意的时候,他也没有像现在这般疯狂,他好像非常需要有人回应。这时,从柜台冒出一个年轻而漂亮的女孩,她的模样像极了圣母玛利亚,腿居然和上半身一样长,正用眼狠狠地瞪着他。

她问："你在胡乱地叫什么呢？"

"我并没有乱叫，你听，我的牙齿冷得打战。在我们那里，炉火每天都烧得很旺，让人觉得温暖惬意，但是在咱们这里，炉火难道只是用来燃烧垃圾的吗？"

她盯着他，似乎要试着自己去理解他的话，过了一会儿，她走到他的身边，去查看火的情况。

"哎呀，这个该死的炉子向来如此半死不活，你先别发火！在这里坐着等我一下，我去弄点炭火来。"

当她再出现的时候，手里拿着一个装满大部分火星的铲子，这个女孩太心急了，还没等格兰特将火炉里的残余物品清理好，她就已经倒下了炭火。

"我现在去烧点热茶来，让你暖和暖和。托德先生在码头处理一些船上的物品，马上就回来了。"女孩这样安慰着格兰特。

难道饭店的店主出现，整座房屋才会温暖起来吗？格兰特只好把女孩的这句安慰，当成她的道歉，毕竟刚刚是她怠慢了他。

格兰特就这样坐着，看那团火燃烧得正旺，直到那火苗烧到了那堆土豆皮，火星渐渐失去亮光，好像又要熄灭了。格兰特不禁有些着急，他努力地想要扒出这团又湿又黑的东西，让火有足够的氧气再燃烧，可这堆东西却不领情，依旧黏在上面，直到那火光越来越弱，几乎熄灭了。偶尔，有几缕空气顺着流动的风吹过，黑色木炭上才会闪现几丝火光。

此时此刻，格兰特很想裹上雨衣，出去散散步，来消解内心的郁闷，似乎那样才可以让心情愉快一些。但想到会有热茶暖身，他决定还是安静地等待女孩的到来。

格兰特盯着炉火快一个小时了，热茶还是没有踪影，店主托德却从码头回来了，同行的还有一个穿水蓝色毛衣的男孩，他在后面费力地推着一个很大很大的纸箱子。店主走进房间，对着格兰特热情地挥了挥手，他表示真没想到此时还会有客人前来。店主说当时看到格兰特下车时，以为他是专程来这里采集民歌的路人，他会住到这岛屿上的某户人家家里。

店主说"采集民歌"的语气是那么冷漠，无动于衷的音调格外疏离，格兰特便判断这位店主应该不是当地人。

格兰特问起店主，他果然豪爽地承认了自己不是本地人，他在苏格兰低地开了一家非常不错的商务旅馆，但他觉得这家店更适合自己的品位。看到格兰特一脸惊讶，他解释道："先生，我坦白跟您说，我不喜欢那些好像等一分钟就会受不了的人，他们会野蛮地敲着柜台，一刻也无法安静。但在这座岛屿上，却不会发生那样糟糕的事情。今天、明天或者以后的任何一天，我这里都一样安静。你知道的，我急于完成一件事的时候，也会急得跳墙，但大多时候，我都能保持心平气和，这对我来说，实属难得。慢慢地，我的血压也没有之前那么高了。"此时，他看到了炉火即将熄灭了，他喊道，"快到我办公室取暖吧，凯蒂·安给你生的火真是太糟糕了。"

这时，凯蒂·安从门后伸头来说，厨房的火灭了，所以她才会这样慢。这壶茶从格兰特刚刚来的时候她就在烧，终于烧好了。她一脸歉意地问格兰特，可以把这顿茶和下午茶一起享用吗？格兰特点点头，表示自己无所谓。凯蒂·安离开后，格兰特问老板想不想和他聚一下，喝一杯酒，聊聊天。

"之前经营这家旅馆的人大概是违反了法律，被地方官取消了营业执照，至今还没有拿回来，我打算以后再去申请营业执照。所以，我没办法卖给你酒喝，其实整个岛上也没有半张营业执照。如果你愿意跟我上办公室来，我倒是很乐意请你一喝杯威士忌。"

虽然办公室很小，但是热气足够多，甚至让人透不过气。格兰特心存感激，他喜欢这种被热气环绕的感觉，他一边喝着店主赠送的廉价威士忌，一边拿椅子坐在炉火旁伸展四肢。

格兰特问："这样说来，你不算是这座岛的权威人士吧？"

托德先生笑了："某种意义上我是，但应该不是你说的那种权威人士。"说完，他狡黠地笑了起来。

"假如我很想深入了解这个地方，我应该向谁请教呢？"

"嗯，岛上有两个比较权威的公众人物——赫斯洛普神父，以及令人尊敬的麦克凯牧师。当然，我认为赫斯洛普神父可能会更好。"

"他比较博学吗？"

"不，博学方面，他们不分伯仲。但是，这个岛上有三分之二的居民是天主教徒，如果你找神父，得罪的只是岛上三分之一人，反之，你得罪的就是三分之二的人。不过长老教会那三分之一的人也不好对付。但就人数而言，你还是找赫斯洛普神父吧。我认为还是比较好的。就我个人而言，我是异教徒，大家都视我为异类。不过，赫斯洛普神父相对开明，他赞成我的执照申请，麦克凯牧师就极力反对。"说完，他哈哈大笑，又给格兰特斟满了酒。

"神父有他的想法，他觉得与其让人私底下偷偷摸摸地买酒，喝到烂醉回不了家，还不如光明正大地去买酒喝，至少在公开场合醉了，还有人能送他们回去吧？"

"正是如此。"

"在这之前，这里住过一个叫查尔斯·马丁的人吗？"

"在我经营这间饭店的时候，倒是没有遇见过这个人，不过你如果想要证实的话，我建议你可以去大厅桌上的住宿登记本上去查一下。"

"来这里旅行的人，如果不住在饭店，他们一般会住在哪里呢？难道是出租的房间吗？"

"岛上的房间都很小，怎么会有多余的空房间呢？不过，有些人会很向往和赫斯洛普神父住在一起，也有人会愿意住在牧师那里。"

当凯蒂·安告知格兰特房间里已经放好泡好的茶时，他那冻僵的身体早已恢复了过来，血液似乎也流畅了，此时，他只觉得饥肠辘辘。在过去的一个星期，他的主食几乎都是鲑鱼或鳟鱼等，此刻，他期盼在这片"野蛮国土上的文明小绿洲"上，他可以吃到其他的食物，哪怕是一片烤鲫鱼，再配上当地的奶油，只是想想，他就觉得味道美极了。当然，他更盼望可以吃到龙虾，这座岛屿以生产龙虾而闻名，倘若这些都没有，用刚刚钓上来的鲜鱼滚一下燕麦粉，用油来煎一下也是不错的。

出乎他的意料之外，他来到这个快乐小岛的第一餐，竟然只是几片被亚伯丁草泡过的橙色熏鲑鱼，格拉斯哥出品的面包，某家来自爱丁堡工厂的烘焙燕麦饼，均是冷的，另外还有敦提某工厂的果酱，还有加拿大的奶油，唯一当地自产的是，是一块没有香气的，白白脆脆的，类似苏格兰布丁的东西，吃起来却没有什么味道。

在没有灯罩的客厅里吃东西，甚至比在阴天的午后，那灰蒙蒙的天空下吃东西，更让人觉得索然无趣。格兰特匆匆吃了几口，便回到了自己冰冷的小房间里。他跟凯蒂·安要了两瓶热水，他说自己是这家旅馆唯一的客人，不妨把所有的棉被都给他用吧！凯蒂·安不愧为热情的凯尔特人，她果然愉快地答应了他的要求，并把其他房间的棉被通通拿了过来，满满地堆在了格兰特的床上，做完这一切以后，她觉得有趣极了，忍不住咯咯笑了。

就这样，格兰特身上盖了五条薄棉被，又盖上风衣和巴巴利防水外套，躺在床上的时候，他假装身上盖着上好的英国鸭绒被子。当他的身体慢慢暖和起来，他才清醒地意识到房间依然是那么冰冷，好像会把人冻住。想到这里，他突然开心地大笑起来，他躺在床上一直大笑，好像一年都没有笑过一样了，一直笑到他流下了眼泪。最后，他终于笑不动了，才筋疲力尽地躺下，在那么多棉被的温暖中，他觉得舒服极了，内心升起一股从未有过的快乐和安静。

格兰特忽然觉得，笑声会对一个人的内分泌产生着不可言喻的影响，此时，一种幸福的感觉在他身上如浪潮般奔涌，好像生机勃勃的力量。特别是自我嘲笑时，效果更明显。他居然孤身一人来到这里追查一个人的踪迹，这是不是很荒唐？身处其中，他却觉得开心极了，这是不是更加不可思议？

然后，格兰特更是嘲笑自己明明要去泰南欧的天堂之域，却先一步来到了克拉达饭店，整个过程都看似荒谬。如果这座岛屿上可以让他歇脚的地方只有这里，他也认为此行不虚。

房间没有生机，被盖也不温暖，他都不在乎了。他躺在床上，映入眼帘的大朵玫瑰壁纸让他觉得特别美，他真希望劳拉也可以看见这壁纸。对了，直到现在，他都没有住进劳拉一直在装修的卧室呢！每次，劳拉还是安排他住在之前的卧室里。难道劳拉是要用新房间来招待其他的客人吗？是那个她为自己介绍的新女友吗？他们会一起住在劳拉家里吗？直至今日，虽然他一直离女人远远的，但至少他是快乐的。在克卢恩的每个夜晚，他都感受到了家庭聚会的温馨，他的心情很愉悦。劳拉之所以没有这么快地给他介绍新女友，是想等他感受到家庭的温暖还有，才开始行动吗？劳拉一直在责怪他，错过了莫伊摩尔新会堂的开幕典礼。通常情况下，劳拉是不会期待格兰特参加的。莫非，参加典礼的一个客人很特殊，是劳拉期待格兰特认识的？肯特伦夫人从安加斯过来，当天下午就离开了，所以房间不可能是留给她的。那么，劳拉空出来它是为了什么？

一直到入睡前，他还在想这个问题。第二天一早他突然意识到，他讨厌这扇窗户并不是因为紧闭的原因，而是紧闭的窗户令房间密不透风。

格兰特用凯蒂·安为他准备的两壶温水迅速地梳洗了一下，他顿时觉得神清气爽，浑身涌动着力量，仿佛可以拥抱全世界。对于昨天的格拉斯哥面包、爱丁堡燕麦饼、敦提果酱、加拿大奶油以及苏格兰本地的特产哈吉斯①，他不再期待可以拥有优雅而体面的用餐，只要有食物吃就可以了。

外面的风很大，空气很潮湿，被子又单薄，床板还很硬，可是格兰特却惊喜地发现自己的风湿症不治而愈了。或许他不用再说服自己不去钓鱼了。窗外的风呼啸着，防波堤不时涌动海水，不过雨已经停了。他穿上雨衣，侧着身体顶着风，沿着海岸线朝商店走去。港湾那边虽然有一排房子，却只有两家店，一家是邮局，另一家是食品杂货店，这两家简陋的店面，为这里的岛民提供了生活所有的必需品。当然，这两家店身兼数职，邮局也是书报店，食品杂货店也是铁器商、药局、布行、鞋店、烟草店、瓷器店以及船具店等。架子上的饼干罐子旁边有成捆的窗帘盒棉布，屋顶悬挂着一件件针织内衣，旁边居然挂着一串串火腿。格兰特发现一大盘面包只要两便士，如果标签没有弄错，这应该是从奥本运来的。面包上粘着软塌塌的面包屑，松松垮垮的样子，面包散发着一股淡淡的煤油味，不过总算可以不再选择格拉斯哥面包了，格兰特还可以换种口味。

此时，格兰特看到店里来了几个海港渔船上的人，一个穿黑色雨衣的圆滚滚的小个子男人格外显眼，他可能就是神父吧。他觉得自己太幸运了，居然会在公共场合遇见神父。长老教会1/3的人也没法反感他了吧？想到这里，他赶紧挤到了神父的旁边，一起等前面的渔夫买单，趁着这个空隙，他们聊了起来。赫斯洛普神父居然主动和他说话，真的，现场至少有五个人可以作证。

此外，赫斯洛普神父自然而然地让店主邓肯·塔维斯加入了他们的聊天中，赫斯洛普神父称呼店主为塔维斯先生，格兰特认为店主并不是神父这一边的教徒，他们不是一伙的。所以，格兰特认为，他也可以很愉快地混在岛民中间，自由地选择带煤油味道的面包或人造黄油面包，没人会在意这些，他也不必担心自己站错了位置，而引起一场不必要的冲突。

他和赫斯洛普神父一起走出小店，巨大的寒风迎面吹来，格兰特陪赫斯洛普神父走回家，他们一起在狂风中对抗，一次只能勉强走几步路，说话必须要大吼，否则压不过强风拍打衣服发出的声音。比赫斯洛普神父幸运的是，格兰特没有戴帽子，不用总拿手捂住帽子。赫斯洛普神父个子比较矮小，他的身体圆滚滚的，没有一点棱角，反而很适合抵御强烈的风。

从寒冷的强风来到有温暖炉火的安静房子里，内心会觉得幸福极了。

赫斯洛普神父对着屋子的另一端，高声喊道："莫拉格，给我和我的朋友上点茶来，顺便再带上点圆饼。请你像个乖乖的姑娘一样，要迅速哈！"

和凯蒂·安一样，莫拉格也没有把饼重新烘焙一下。受到岛上潮湿天气的影响，她端来的饼干已经发软了，但是茶却很好。

几乎岛屿上所有的人都对他很好奇，赫斯洛普神父也不例外。于是，格兰特主动谈起自己以前待在苏格兰亲戚家钓鱼，直到肩膀不舒服，他才决定出来转转。他酷爱海岛的一切，觉得海岛神秘而伟大，尤其迷恋克拉达岛屿上那"唱歌的沙"，便趁着这一次机会过来看看，真是难得。他想，赫斯洛普神父一定会对"唱歌的沙"很熟悉吧？

是的，赫斯洛普神父当然知道这些沙，他在这里生活了十五年之久，这种沙就在岛的西边，正对着大西洋。如果格兰特有兴趣的话，他下午就可以走过去了，并不远。

"我更愿意等个好天气再过去，或许，在阳光下欣赏那些沙会更舒服，是吗？"

"可是，每年的这个时候，你要等待好几个星期，或许才会遇见一个艳阳天吧！"

"难道这个岛上的春天不会早点到来吗？"

"其实，那不过是作者一厢情愿的假想罢了。这是我在克拉达的第十六个春天了，我还没遇见春天提前到来的时候，春天就像这里的居民一样，总是姗姗来迟。"赫斯洛普神父笑眯眯地说道。

他们聊天气，聊冬天的狂风（根据赫斯洛普神父所说，今天的风还不算太冷，与往年相比，只能算是微风）。除此之外，他们还谈到潮湿的天气，以及如田园般美好的仲夏景色。

格兰特很好奇，这里明明没有什么引人注意的地方，却可以给那么多人灵感，原因何在呢？

或许，原因是来过这里的人，都是在夏季到来的吧，还有一部分原因是，有些人来后虽然很失望，却不愿意对自己和从未来过的朋友承认这一点，因而，他们会夸大其词来形容这里的种种美好。赫斯洛普神父说出了自己的想法，大多数人来这里，可能是下意识地想逃离原有的压抑生活，到这里之后，他们所看到的风景，不过是自己脑海里想象的景色。所以，透过那样的心情看到的自然是美丽的岛屿。

格兰特认真地沉思了一会儿，便询问神父是否认识查尔斯·马丁，他对唱歌的沙充满了好奇心。

赫斯洛普神父说他从不认识一个叫查尔斯·马丁的人，在他记忆里，也未曾有这样的人出现在克拉达。难道他来过克拉达岛吗？

格兰特摇摇头。

离开神父以后，他走在寒风中，疾驰的风让他步履不稳，如同一个冒失的酒鬼，跌跌撞撞地回到了饭店里。一股不知名的热食味道，弥漫着整个空荡荡的大厅。风呼呼从门下灌进来，如合唱团般演唱着风之歌。房间里的炉火烧得正合适，让人觉得暖洋洋的。伴随着呼啸而入的风声，格兰特慢慢地品尝着南美的牛肉、林肯郡的罐装红萝卜、毛利的土豆、北伦敦的牛奶布丁和伊威塞姆河谷的罐装水果。现在，格兰特觉得病魔似乎远离了他，他心存感激地吃着眼前的美食。即使克拉达没有让他感受到精神上的愉悦，却让他颇有食欲。

格兰特告诉凯蒂·安自己什么时候喝下午茶的时候，顺便问她是否从不烤圆饼。

她讶异地询问："你想吃小圆饼吗？如果你想吃，我可以烤给你吃。可是，我们已经为你准备了面包店的蛋糕、饼干和姜饼，为你当下午茶的点心。你想吃这些点心，还是小圆饼呢？"

格兰特听到"面包店里的蛋糕"，便立即表示，自己还是很期待吃上小圆饼。

她很有耐心地说："我会给你烤小圆饼的，放心好了。"

在萧条的灰色小路上，他一个人默默地穿行了一个小时，即使他的右边被一片雾气笼罩着，他依然能辨析出它的高度，周围的一切就像无比潮湿的一月。他的左侧不时地会吹来狂暴的大风，令他步履不稳，无法控制方向，所以，他只得挣扎着踉踉跄跄地走了回来。他虽然有些恼火，却觉得整个过程还是蛮有趣的。在不远处，有零星几家农舍散落在萧条的土地上，像那片土地的帽子一样，却没有窗户，就好像从未有人居住过。为了抵御这强劲的风，一些农舍屋顶纷纷用绳子系上石头，并让它垂下来。这里所有的房屋都没有篱笆，没有车库，也没有花园，没有树丛，这应该就是最原始的生活吧，四面的墙壁上都被钉上了木板，所有的东西都被漫不经心地装在里面。

格兰特感觉到风中夹杂着咸味，迎面吹来。

他内心一阵惊喜，原来，不到半个小时，他就横穿大片湿绿草地到达了目的地。他想，如果是夏天，这里一定会是繁花似锦，一片美好。他原想沿着地平线的尽头一直走下去，但走着走着，他却发现这蔓延天地的大草地不过是灰色沼泽世界的一部分，平坦却永无止境。

又走了十英里，他面前就是浩瀚无边的大西洋了，虽然这里并不算特别美丽，但令人难忘的却是它的广阔与朴实无华。污秽、破碎的绿色海水怒奔海滩,卷起白色的海浪。环顾四周,他的目光所及之处是那长长的海岸线、波涛汹涌的海水以及白色的沙。

眼前的世界,好像只有白色的沙和绿色的海水。

他站在那里,看着大海,想到最近的陆地便是美洲。那时,他曾站在北非沙漠感慨天地辽阔,人类渺小,那种奇妙的感受再度涌上心头:这个世界是那么辽阔,人却是那么卑微、渺小。眼前的大海让他觉得无比震撼,他纹丝不动地站着,静静地感受着大海带给他的独特感受。过了好久,他才猛地意识到,就是眼前这片白沙,在寒冷的三月,把他从远方吸引而来。

而这,就是唱歌的沙。

不过,此时好像并没有什么在唱歌,唯有那风呼啸而过,浩瀚的大西洋的海水在咆哮,强风与巨浪打着节拍,奏起了一首瓦格纳式的音乐,它异常喧闹,却又震人心魄。

灰绿色和白色的世界,交织在一起,形成了一个疯狂的、狂野的世界。

他踏着细腻的白沙一直走到海边,享受着海浪的怒吼声。当他渐渐走进大海中,他的内心涌动着一种特殊的感觉,他觉得自己不再渺小,心不再不安,于是,他转过身来,用轻蔑的态度背对着大海,就像教训一个不懂礼貌、一直想挑战自己的孩子。他内心突然升起一种优越感,他感到浑身充满了温暖的力量,那是久违的活力。他终于可以控制自己了,终于可以主宰自己了,他还是他,拥有人人羡慕的智慧,以及令人难忘的感知力。他走回到海滩,为重新寻找到自己而感动不已。充满咸味的海风从他的背后吹来,他觉得地面上冒出来的空气是那么温暖、那么柔和,就像被打开的一扇窗户。

他头也不回地穿行过草地,顺着平坦的沼泽,风在追着他的步伐,却不能打到他的脸,他的鼻子里不再只有咸味,还有潮湿泥土的芳香,他感受到了万物生长的力量。

他开心极了。

当他顺着山坡走回海港的时候,他看着山间烟雾缭绕,心里暗暗下定决心:明天,他要爬过这座山。

回到饭店,他已经饿得不行了。看到下午茶有两样当地自制的美食,他很满足。其中一样是凯蒂·安烘烤的小圆饼,还有一样是思利斯雪克薄饼。据说,这是一种传统美味,它的做法是将土豆捣碎,再煎成饼,搭配中午的冷牛肉一起来吃,真是开胃极了。

当他在吃第一道菜,一股味道让他想起早年在苏格兰所吃的一样美食,这唤起了他的思乡之情。直到他用刀子切开了凯蒂·安烘烤的小圆饼,他才明白了其中的原因。原来,这个小圆饼里放了许多苏打,颜色发黄,却不能吃。虽然不能食用,但它却勾起了他的记忆,他依然感谢凯蒂·安。(充满苏打气味的黄色圆饼,被放在农舍厨房的桌子上,让农场工人可以就茶食用。哦!泰南欧!)于是,他把两个圆饼埋入炉架下面的炭火里,吃了一些格拉斯哥的面包。

这一晚,他没有盯着壁纸看得入神,也没有想起紧闭的窗户,他甚至还没有躺下就昏昏欲睡了。

①哈吉斯,苏格兰本地的特产小吃,做法是将羊胃掏空,塞进燕麦、羊肝、心、肺、肾,再加上牛肉、洋葱、香料等,然后将这一袋子羊杂封闭起来,煮到羊胃膨胀起来。

第七章

　　清晨的时候，格兰特在去往邮局的路上，偶然遇见了麦克凯牧师。麦克凯牧师正准备前去港湾，港湾里刚好来了艘荷兰的渔船，麦克凯牧师推测船员是长老教会的信徒，为了宣传教义，他愿意无偿地准备一份英文的布道，送给这些船员。

　　他们两个人抱怨了这糟糕透顶的坏天气，麦克凯牧师说，岛屿的初春，天气就是如此糟糕。但是既然来度假，那就尽情地享受这里的一切吧！

　　"请问你是学校的老师吗？格兰特先生。"麦克凯牧师问。

　　"不是，我是一个公务员！"

　　每当有人询问格兰特这个问题时，他都是这样来回答。因为在大众的眼中，公务员比警察更有亲和力，警察是刻板的，是严肃的，他们穿着笔挺的制服，衣服上有着银色的纽扣，带着一个笔记本。

　　"格兰特先生，你可以试试在六月份的时候来这里度假，你会爱上这里的，天空中碧空如洗，没有一片云，就是湛蓝的天空，空气静静地流淌过去，你甚至可以看见和沙漠一样的海市蜃楼。"

　　"你去过北非么？"格兰特问道。

　　"是的！"麦克凯先生曾经追随军队在北非待过一段时间，"格兰特先生，这里是一个更为神奇的地方。请你相信我吧！我在自家窗户外看到的风景，比我在阿拉摩到黎波里看到的还要神奇呢！我看到灯塔是悬空的，它真的悬挂在空中，我还看到了会变形的山坡，它到最后会变成一个无比巨大的蘑菇。还有海边的岩石，巨大的石柱，它们最后会发光、透明，还会四处移动，像骑兵方阵一样令人震撼呢！"

　　格兰特颇有兴致地看着他，根本没注意麦克凯先生后面说了什么。他们两个在柯特伯格的安·罗夫基斯特告别，麦克凯先生极力邀请格兰特先生去参加"同乐会"，因为那是特利岛民的聚会和狂欢，那里有曼妙的舞姿和优美的歌声。

　　当格兰特问饭店的店主，"同乐会"举行的地点具体在哪里，托德先生告诉他，这是当地一个主要以唱歌和演讲为主的娱乐活动。通常情况，在结束的时候，大家会跳上一支舞蹈。它会在岛上最宽敞的地方来举行，那里可以容纳上千人，人们称这个地方为隼厅。

　　"为什么称它为隼厅？"

　　"这个名字源自一位夫人。以前，每当夏天的时候，她就会来到这里度假。她倾其全力想要发展岛屿上的经济贸易，让岛屿上的人们可以自给自足，她在岛上建了一座拥有天窗和大窗户的长木屋，以聚集岛屿上的人来这里纺线织布。毕竟，他们待在家里纺织，实在过于黑暗，会伤到眼睛。她号召人们团结一致，把克拉达的斜纹软呢布做到最好，让它像哈里岛的东西一样，成为人人争相购买的商品。不过，这位夫人真是白费苦心了，她完全没有必要建造这个房子，哪个岛民会在交通不便的情况下，还要多走一码的路去那座大房子里工作，他们情愿在家里纺织纺到瞎。不过，这幢房子依然是岛上居民聚会的地方。今天晚上有聚会，你可以亲自来看看的。"

格兰特欣然接受了店主的建议，就与他匆匆告别了。格兰特打算去爬克拉达那座略显寂寥的山，今天天气不是很好，却没有雾气。往山上走时，他的脚下就是大海，四周是零星几个岛屿以及奔涌的海浪。大海上不时走过一艘船，像直线那样划过。湿润的风扑面而来，他开始慢慢开始爬着，他爬到最高处，眺望着大海，将整个赫布里地群岛尽收眼底，他静静地坐在那里，思索着一切，这个孤单冷清的世界，对他而言并不是全部。站在山顶上看着海面，分不清哪里是陆地哪里是海洋，这样的美景并不适宜留给庸碌的游人，应该是留给那些自由的灰雁和海豹。

格兰特兴奋地望着眼前不断交织变幻的色彩，一会儿是紫色，一会儿是灰色，然后又变成了绿色，他看着海鸟在空中盘旋，不时地看他两眼，好像在审视他，然后又翩然飞回地面的巢。他思考着麦克凯先生提到的美景以及会走路的石头，忽然想到了7B，最近他一直不停地在想着那个人，这里就是他所描述的世界吧？这里有会唱歌的沙、会说话的野兽、可以行走的石以及静止的河流。7B为何要来到这个奇妙的世界？7B打算在这里做什么呢？难道和他一样是来度假的么？

他只带了几件换洗的衣服和一个皮箱，就匆匆赶来这里，无非有两种可能，第一种可能是他只是来拜见一个人，第二种可能他是来考察的。他失踪的事情能够并没有引起人的注意，第一种推测显然不成立，那么，他的目的就是来考察的。一个人可以考察很多东西，比如房屋，比如一处景观或一幅画。或者是这个人在路上伸手写下的一首诗，这其中的诗句也应该是他考察的对象吧！

这个荒凉的世界给了7B怎样的牵绊？难不成是因为读了不少派契·马克斯韦写的书吗？还是他已经忘记银色的沙滩、花开花谢以及蓝色的大海都是有季节性的。

格兰特站在山顶上，看着眼前的一切，他突然很感谢7B，是他让自己看到眼前的一切，就像一个国王一样审视着自己的国度，经历了重生。此时，他觉得自己不仅是追随者和崇拜者，还是他的仆人，欠了他债。

格兰特打算起身离开山顶，海风呼啸着朝着他的胸膛扑来，下山的时候，他不得不让身体前倾，让风支撑着他行走，这让他想起小时候，他几乎是以最惊人的姿态冲下了山，看着危险万分，却是有惊无险。

吃完晚饭，格兰特陪同饭店主任一起朝同乐会走去，他问："真不知道这股强风什么时候会停止呢？"

托德先生说："最少也得二天，以前很少出现这样的情况。去年冬天，这股强风起码持续了一个月。假如你习惯了这呼啸的狂风，一旦风突然停止了，你会怀疑自己是不是耳聋了。所以，人们一般会选择飞机出行，而不会选择轮渡。那些老人从未见过火车，因为在他们心中，去远方就是要乘坐飞机。"

格兰特也想过，自己是不是应该乘坐飞机回去。他想，再过几日，如果他发现自己适应了这里，摆脱了病魔，或许他会坐飞机回去。但对他而言，那是多么可怕的考验，他这个幽闭恐惧症患者可以承受这样的压力吗？一想到自己要被关在一个狭小的空间里，被悬在半空中，他就不敢往下想了。如果他可以突破目前的困境，顺利地完成这趟旅程，或许他就可以自豪地宣布，他终于成功了，他已经痊愈了，他终于恢复自由了，因为从此以后，他就是一个正常人了。

他还得给自己一个缓冲的时间，去想这些，未免太心急了。

待格兰特到达同乐会的时候，聚会已经进行了20分钟。大厅的椅子上坐着女人和年迈的老人，男人们分别坐在最前边和最后边。最前面的那排座位坐着岛屿上的重要人物，比如邓肯·塔维斯，他可以称得上是克拉达岛的灵魂人物，还有两个教会的主持人以及随从。男人们站在墙角，聚在入口处。格兰特这才明白，这次聚会非同寻常，外面的人们有秩序地为他们让出了一条路来，涌入其中的有瑞典人、荷兰人，还有一些人操着阿伯丁郡独特的口音。

一个女孩正扯着又尖又细的嗓子唱歌，她的嗓音甜美圆润，面部却无比僵硬，她的声音就像有人在为笛子试音。下一个节目是一个颇受人们喜爱的年轻人，他一上台就博得了大家热烈的掌声，看得出来他很自信，以至于演唱的表情显得很滑稽，他就像一只鸟儿不停地梳理美丽的羽毛，渴望众人的掌声响起来。格兰特心想，这个年轻人为表演一定煞费苦心，几乎把所有的时间都用在了上面。即使他用沙哑的男高音演唱了一首很短的曲目，人们还是不停地鼓掌，这样热烈的场景震惊了格兰特。他觉得眼前的年轻人之前一定并未学过演唱的基本功，或许他在四处漂泊的旅程中，也曾遇见过成功的歌手，但他未必愿意跟别人学。

最后一个女低音歌手唱了一首更为冷漠的歌曲，之后，一个男人讲述了一个曲折的故事。在格兰特很小的时候，他曾跟几个老人学过几句盖尔语，但他并不能真正地听懂或理解它们。此时，他就像听意大利语和泰米尔族语的节目那般无聊，真的，除非你喜欢这样的场合，不然你真的待不下去。这些歌手的嗓音本身就缺乏一定的艺术美感，如果有人来赫布里底群岛[①]来参加这次"聚会"，只是为了倾听这些音乐，那实在太没有价值了。即使其中有几首荡漾人心的好歌，也早已传遍世界各个角落，真的没必要来这里听这些拙笨的音乐。

在整场的表演过程中，站在后面的人进进出出，格兰特专心致志地看着这无聊的表演，并没有有所察觉，直到有人在他的肩膀上轻轻地拍了一下："先生，要不要来一杯？"他才知道，这或许是当地人独特的待客方式，他拒绝或许并不合适。于是，他点头表示同意，他随着那个陌生人走进黑暗的角落里。在会议厅外墙的下面，倚着几位克拉达的男士，他们统一地保持缄默。在黑暗中，那个陌生人把大约两吉尔[①]容量的小瓶子塞进他手里面，说了一句："干了它！"然后，他一仰而尽。在格兰特的眼睛还没有完全适应黑暗之前，那个人就已经伸手把他的瓶子拿回去了，并祝他健康。之后，他跟随这个不知名的朋友回到灯火通明的大厅。在明亮的大厅里，他看见有人神秘地在托德先生的肩膀上拍了一下，随后，托德先生也和他一样地跟着那个人走入黑暗中，喝了那杯神秘兮兮的酒。

除了美国禁酒期间，这种事简直匪夷所思，难怪苏格兰人对威士忌如此着迷，行为也如此愚蠢。（在生产威士忌的史翠斯贝岛，或者是在英国，他们会把一整瓶威士忌放在餐桌中央，然后自豪地看着它。）因为法律和教会的原因，他们认为喝一杯威士忌其实是一件胆大妄为或值得骄傲的事情。

格兰特喝了酒，浑身暖意十足，他听着邓肯·塔维斯正在得意扬扬地用盖尔语进行演讲，他似乎正在向人们介绍一位远道而来的客人，或者这位客人并无须塔维斯先生做任何多余的介绍，他早已众人皆知。不管怎样，塔维斯先生还是按照自己的安排，详细地介绍了他。格兰特没有听清楚这个人的名字，却发现塔维斯先生的演讲刚刚结束，躲在外面的人们就蜂拥而上，挤了进来。或许是这里的人们相当崇拜这位客人，或许人们只是为了一杯威士忌。

格兰特好奇地看着一个小个子在钢琴的伴奏下走上讲台，站在了讲台的中间。

那个人就是阿奇·布朗。

这次阿奇的打扮更为滑稽，那模样比格兰特在克卢恩沼泽地看到的那次还要奇怪：他简直矮极了，服饰无比鲜亮。他穿着苏格兰裙子，与岛屿上的任何人都不相同。在一群衣着暗淡、朴实、简单的男人中间，阿奇就像一个旅行纪念品。对了，他没有戴苏格兰帽，就像没有穿衣服，他的头发稀少，细丝般的头发往后齐齐地梳着，遮住他秃顶的地方，他整个人看起来就像是从圣诞袜里掏出来的小礼品。

然而，他窘困的外表并不影响大家对他的热爱。格兰特觉得，大概除了英国皇室，无论是集体还是个人，大概都不如阿奇受欢迎吧！甚至那些靠着墙角偷偷喝酒的人也被吸引过来了，这简直是太不可思议了。阿奇开始说话了，全场都沉默下来，他们用崇拜的眼神看着他，认真地聆听着他的演讲。那一刻，格兰特真期待可以看见这些人的脸。

他想起贝拉对阿奇的评价，他认为他私自离经叛道是没有任何价值的，帕特认为阿奇根本就是一个可耻的革命者。但是，眼前的岛民们长期与世隔绝，他们不能靠自己的能力来判断眼前这个人真实的面孔。他们会怎么评价阿奇呢？这里的人们真的很容易被改变吗？他们是那么贪得无厌，活在自己小小的世界里，要让他们推翻现在的一切，去服从另一种精神的统治，简直难比登天。在这里，或许根本没有人真正地统治过这些岛民。在这些岛民心中，所谓的政府不过是从他们这里获得利益和玩弄征税的机构罢了。但他们毕竟与世隔绝，倒是很容易被人利用。

在克拉达，小个子阿奇不再是那个让人非议的小人物，他不再是那个卑微的革命者，在这里，他似乎凝聚着一股强大的力量，就最终价值来看，克拉达及周围的岛屿代表了潜水艇基地、偷渡地点、瞭望台、飞机场以及巡逻基地。格兰特想，导语上的人们会怎么看待吉利斯毕格和他的教义呢？他很想看清岛民脸上的真实表情。

阿奇用他独特的语调，以单薄、愤怒的声音讲了半小时，他的情绪一直是积极热情的，台下的观众也目不转睛地看着他。此时，格兰特扫了一眼前面的人群，他发现场子里的人似乎要比开场要少了一点。他看到第五排、第六排中间正有人正鬼鬼祟祟地移动，他的眼光一直跟着那个人的身影走到了那排的尽头。在那里，有个黑影立起身来，他一看便知那是凯蒂·安。她却没有注意到格兰特，她的目光紧紧地盯着演讲者，慢慢地后退着走了出去，穿过站着的几排男人，瞬间便消失不见了踪影。

格兰特观察了一会儿，发现人们陆陆续续地走了不少，那些靠在墙角的男人也默默地退出了这里。于是，人们在阿奇的眼皮底下就这样慢慢消失了。在阿奇的演讲中，这种情况其实很少出现，大多数人还是会坚持到最后。

格兰特转身问一旁的扎德先生："他们怎么都走了呢？"

"与演讲相比，他们更愿意去看芭蕾舞。"

"芭蕾舞？"

"他们更喜欢去看电视，戏剧啊、歌曲啊，他们都不稀罕了，但是他们从未看过芭蕾舞。所以，他们不会为任何事情，错过这次机会。在他们心中，芭蕾舞才是最有吸引力的。"

格兰特自然不会对芭蕾舞有任何兴趣，他看着眼前滑稽的阿奇，非常期待他溃不成军，陷入窘境。可怜的小个子阿奇，可笑的小个子阿奇，你知道吗，打败你的居然是芭蕾舞，那种双腿交叉、挺背屈膝的舞蹈。格兰特想到这里，不由地笑了。

"他们还会回来吗？"

"当然，他们还要回来跳结束舞。"

而后，岛民真的成批结队地回来了，岛上的每一个人都在现场，老人们静静地坐在四周，舞者狂野的声音几乎要把屋顶掀翻了。这种舞蹈没有英格兰高地舞蹈轻快，也没有它的优雅。在英格兰高地，舞者需穿着格子短裙，踩着柔软的鞋子，跳舞的时候不要发出任何声音。男人起舞时，要像火焰那般轻盈。岛上的舞蹈，有着爱尔兰舞蹈的庄重和忧伤，他们挺着上身，只靠脚的力量来跳，他们似乎永远也体验不到举起双手跳舞所带来的畅快感。虽然这种笨重而简单的舞蹈并没有什么美感，它却可以让聚会上的人们无比放松，投入其中。三个八人一组的舞者让这个空间显得有些小，跳了没有多一会儿，瑞典人和荷兰人也都被拉进去一起狂欢了。小提琴和钢琴奏出美妙流畅的旋律，那些没有跳舞的人就在旁边随着节奏打拍子。屋顶上天窗外的风怒号着，而屋里的舞者吼叫着跳跃着，小提琴手拉着琴弦，钢琴家重重地敲击着琴键，每个人都很尽兴。

格兰特也玩得很开心。

直到舞蹈结束后，他顶着刺骨的西南强风，跌跌撞撞地往旅馆走去。经过这次狂欢，又被冷空气刺激了一下，他浑身疲惫，倒头便睡。今天真是令人兴奋的一天啊！

当然，这一天他收获颇丰，回到城里，他想自己第一件事情就是赶紧告诉泰德·汉纳，他终于明白阿奇·布朗这个"大乌鸦"究竟指的是什么了。

这个夜晚，他没有用担忧的眼神去看窗户，他只是看了它一眼，内心很坦然。岛民说得挺多的，这个窗户就是为了抵御严寒而存在的，没有它，多冷啊！

他赶钻进了温暖的被窝里，一切都和他无关了，他已经睡着了，睡得那么香甜。

①吉尔，容积液体单位，1吉尔=0.142升。

第八章

第二天早晨，船只启航了，阿奇离开了克拉达，踏上了前往其他群岛的征程，他渴望用自己的力量去照亮别人的世界。这几天，阿奇一直跟着麦克凯牧师。格兰特心想，假如麦克凯牧师知道他一直庇护的阿奇的真实的面目，他又会作何感想呢？或许，麦克凯牧师和阿奇一样有问题？

格兰特赶紧摇摇头，不会的，不会的。

麦克凯先生渴望拥有绝对的权威，每个星期天的早晨，给人们传道这份神圣的工作，让他觉得很满足，很得意。他了解这个世界，见过人世间所有的生的希望与死的痛苦，他了解人类灵魂的需求。其实，他并不渴求神秘的宗教为他带来更多荣耀，他觉得自己不过是在招待一个苏格兰的名人，毕竟在苏格兰这样偏僻的地方，阿奇算是小有名气。招待他，在麦克凯看来是一份至高无上的荣耀。

格兰特很喜欢这座岛屿的生活，这五天，荒凉的岛屿一直有风呼啸而过，那狂风让他觉得自己就像带了一只淘气的小狗在这里散步。当你走向狭窄的小路，它会硬生生地挤到你身边，向你猛扑过来，几乎把你吹倒。你想要到达一个地方，它偏偏不让你如愿，会把你吹往另一个方向。每天晚上，格兰特都会来到托德的办公室里，把腿伸向炉火，听托德讲低地酒馆的故事。格兰特觉得自己变了，他变得很能吃，好像吃胖了一些。每天晚上，他只要一趟下来，就立刻酣睡，醒来时，不觉已经是天亮。一直到第五天时，他忽然觉得自己已经摆脱了疾病的困扰，即使坐上一百趟飞机，他也不会有任何排斥。他不愿继续待在这里了。

第六天的早晨，他站在柔软的白沙上，等待从斯托诺韦[①]而来的飞机接他。此时此刻，他彻底放下了内心的忧虑。因为他真的没有任何挣扎与恐惧了。托德先生就站在他的身边，陪着他一起等待飞机，白沙地上就是他的小皮箱。在路的尽头，放着克拉达饭店的车子，那是这座岛屿上唯一的车辆，恐怕也是这个世界上最后一辆如此奇特的车子了吧！他们站在这片空旷而荒凉的原野上，像是四个黑色的点。格兰特抬起头来，看见空中有一个鸟一样的东西正在朝他们这个方向降落。

格兰特觉得，这应该是人们对飞行最初的幻想吧！

有人曾说过，在最初的时候，人们不过希望自己可以煽动着银色的翅膀，自由地飞在天空中。可是后来的发展却不是这样，原来，人们要来到一个广场，被关进盒子里，人们会恐惧、晕机、挣扎，之后才能到达巴黎。你本来只是在一个海岛上，然后突然被这只降落的大鸟带走了，带到一个繁华之地，那一瞬间，是不是最接近人们对飞翔最原始的想象。

当这只大鸟慢慢靠近他们时，格兰特忽然之间无比紧张。在他看来，这只大鸟也是一个封闭的箱子，只要坐在里面，就会知道这个密不透风的空间其实很难逃出来。格兰特下意识地看看四周，原来周围一切依然是自然而随意，他瞬间紧绷起来的肌肉好像又松弛了下来。如果是在平常的机场，飞机肯定会按照程序来行走，有引导和监控，人们暂时陷入恐慌也在所难免，可这是在广阔的沙滩上。飞行员轻松地走下来，他和托德悠然自得地聊起天来。周围有海鸥在鸣叫，那清新的海水味道迎面扑来，此时，不管你是走还是留，都不会有人强迫你。所以，你自然也不必恐慌。

当格兰特走上飞机，他的脚踩在了最低的阶梯上，他的心并没有跳动到不能控制。他甚至还没有去想自己能不能应对那紧闭的门时，有另一件更重要的事情吸引了他的注意力——原来，在他前面，飞机入口的地方，坐着阿奇。

矮小的阿奇似乎是刚刚起床，就快步走出了门的感觉。他那身花里胡哨的衣服，依然被他杂乱地披在了身上，看上去更像是他捡来的一件衣服。他的头顶上摇晃着一些小道具，像是一具废弃的电路板。看到格兰特，他热情地打着招呼，那感觉像是许久未见的老朋友。他们闲聊起来，他非常谦虚地说，他几乎对这个岛屿一无所知。他向格兰特推荐盖尔族语言。他说这是很值得学习的语言，说着说着，他就睡着了。格拉特坐在那里，无奈地看着他。

阿奇张着嘴呼吸，头上的黑发早已无法遮掩他日益秃顶的头部。那双艳丽的袜子露出了两个膝盖，这两个膝盖真的不像是人的器官，它倒很像是一个标本。或者，它只能被称为膝关节。除此之外，格兰特觉得他的腓骨关节长得也很特别。

这一定是个邪恶的家伙，他原来可以从事一份安稳的工作，一份让他拥有身份地位的职业，一份可以安抚他精神世界的职业。但这一切，却依然无法满足他自私且利己的灵魂。他特别渴望众人的关注，他需要世界给予他一个聚光灯，他需要在舞台上昂首前行。他根本不会在乎谁来支付这背后的一切。

格兰特想，虚荣心一旦占据了一个人的灵魂，这个人或许就会因此犯罪。此时，他注意到一个几何图形正在飞机下方——展开，像一朵日本花在水中缓缓绽放。他不再去想那些心理学的问题，转而把心思放在自然界几何学现象上。他认出了，飞机下面正是苏格兰的机场，真是幸运啊！他几乎还没有什么意识，就已经从克拉达回来了。

他轻松地走下了飞机，踩在了柏油路上。他在想象，若自己回到原始部落时，他打了一场胜仗，凯旋归来时，他真想在这里跳上一支舞。他真想像第一次乘坐木马的孩子那般，在机场四周狂奔一圈，尽情地呼喊。他控制住内心的喜悦，走到电话亭，给汤米打了一个电话，问他能否来到苏格兰酒店来接他。汤米立刻答应了他的要求。

机场餐厅的食物真是难以下咽，他们喜欢把几种东西搅和在一起。旁边那一桌的男人因此抱怨不已。格兰特同情地看了看他，心想这个男人没有经历过自己那五个月的地狱生活，没有七天之内只吃凯蒂·安的饭，所以，他并不知道什么是苦日子。

汤米面带微笑地出现在了苏格兰的酒店大堂里，他看上去是那么开心、乐观、和善。

这里没有风。

所以这个世界不会有任何涟漪。

这个世界也因此而美丽。

格兰特想，一会儿他乘坐汤米的车时，那股之前的恐惧会不会又来压倒他呢？那样的话，他会更沮丧，之前的努力就会白费了。也许，那股恐惧感也在一个角落里等待他退缩，它会随时出来吞噬掉他好不容易找到的自信。

上车了，格兰特担心的事情并没有发生，他和汤米愉快地聊着天，一切轻松而自然。他们的车顺利地来到了乡里，与十几天之前相比，这里更加油绿。夕阳透过云层照耀在田野上，为外面的世界蒙上一层金色的光芒。

"莫伊摩尔的庆典举办得顺利吗？"格兰特问，"就是帕特的送花仪式。"

"天呢！别提了！"汤米遗憾地拍了拍自己的额头。

"难道他没有去献花吗？"

"当然去了，他只是简单地让她拿到了自己送的话，他把花送给佐伊夫人的时候，说了一段自己事先编好的话，才把花递给了她。"

"他说了什么有趣的话呢？"

"我想，大概是我们以'佐伊·肯特伦可能是某个反叛的革命者'为说辞，去说服他献花时，他就在排练这段话了。那是劳拉的主意，我可想不了那么多。反正当高高的肯特伦夫人弯下腰，从帕特手中接过康乃馨的时候，他停顿了一会儿，才把花送给了她，他目光坚定，无比勇敢地说：'夫人，我今天来为你献花，是出于对你是一位革命者的尊重。'夫人接下了花说：'谢谢你，我的小伙子。'当然，我相信她一定没有听清楚帕特在说什么。不过，她以自己独特的魅力征服了帕特。"

"何以见得呢？"

"她身上流淌着一股优雅的女人味，帕特真是第一次对一个女人如此着迷，哈哈。"

格兰特有些后悔，自己错过了那一幕精彩的片段。

克卢恩镇安静地徜徉在绿色的山谷中，格兰特望着眼前优美的景色，犹如凯旋归来的战士那般快乐。就在上次，他穿过这段沙石路的时候，觉得自己是被囚禁的"困兽"，如今，他却觉得自己终于恢复了自由身，最初，他出去只是为了寻找7B的线索，未曾想，他在其中找回了那个最初的自己。

劳拉早已站在门口等待他们多时，她说："阿伦，你不会是在做收集情报的事情吧？"

"怎么了，你怎么这样问呢？"

"或者是你开了一个专栏，叫什么'寂寞芳心'之类的话题？"

"不可能啊！"

"梅尔夫人说在邮局有一整袋子信，都是你的。"

"梅尔夫人怎么确定，这些信是我的呢？"

"因为这个区里唯有你是阿伦·格兰特，我还在想，是不是你发布了征婚广告呢？"

"没有。我只是收集了一些对自己比较重要的资料。"他跟在劳拉的后面，一起走进了客厅里。

此时已是黄昏，昏暗的客厅里闪烁着光影，壁炉的火光也是如此明亮。他最初没有注意到，到了客厅里，他才发现壁炉旁边的椅子上，坐着一个高个子女人，她的身材和影子一样摇曳婀娜。他又看了几眼，才来确定她是真实的人，而并非一个幻影。

"肯特伦夫人！"劳拉从后面走来，介绍道，"佐伊来到克卢恩钓鱼，已经来了好几天了。"

那个女人赶紧起身和格兰特握手，她终于看清这是一个年轻的女孩。

她对他说："格兰特先生，劳拉说你喜欢被称为'先生'。"

"是的，我喜欢这样的称呼。毕竟私底下，你们还叫我探长的话，多么奇怪啊！"

"还有就是不太真实，你又不是从侦探故事里跑出来的。"她温柔地说。

"哈哈，不然人们会以为，我只会说：'上个月的那个时候，你究竟在哪里？'"格兰特说到这里，心想眼前的这个清秀少女如此年轻貌美，却已经是三个孩子的母亲了，而且其中一个孩子小学都要毕业了。

他问："你都钓到了什么鱼呢？"

"我今天早晨钓到了一条很棒的幼鲑，晚餐的时候，你就可以吃到了。"

她真是漂亮极了，即使她只是把头发随意地从中分开，然后随便一盘，却依然如此美丽。在那个乌黑的头发下面，是那洁白而优雅的粉颈。

他想到了劳拉重新装修的那间卧室，原来，她是为了佐伊·肯特伦，格兰特误以为劳拉又要给自己介绍对象，从而大费周折地装修了它。他轻松地呼了一口气。毕竟去见劳拉介绍的女孩已经够让他烦了，再和她们住在一个屋檐下，真的会让他崩溃。

"奥本的火车这一次总算是准点到达了。"劳拉的意思是他回来得挺早。

"那是因为他是搭乘飞机来的。"汤米往壁橱里添加了一些木头，他根本没有察觉到这件事情有什么不同。

格兰特转身去看劳拉，他看到她的脸流露出备感欣喜的神色。她转过头来，用目光寻找着格兰特，她发现，此时他也在看着她，于是，她会心地笑了。这件事，亲爱的拉拉你一直记在心里，对吧？亲爱的拉拉，善解人意而又可爱的拉拉。

然后，格兰特和汤米说起苏格兰群岛，汤米说了一个有趣的故事：一个人在巴拉港上岸时，很不幸，他的帽子被吹走了，当他乘船来到马来格港湾时，他发现迎接自己的居然是被风丢掉的帽子。

劳拉想，如果这个世界上再也没有语言可以形容少于两百年历史的东西，那会是怎么样的情形呢？她因此想象了一件交通意外的描述。（什么什么自行车转个什么什么弯后刹车，又来了什么什么拖车、救火车、担架等等，还有什么麻醉药、私人病房、温度计。什么什么菊花、水仙花或康乃馨……）佐伊说，她就出生在苏格兰岛屿上，因此她知道如何钓到鲑鱼，从很小的时候，她就从当地的捕鱼能手那里学到了一门绝招，那就是如何从水塘看管员的眼皮底下偷偷地捕鱼。

格兰特很愉快，他发现，佐伊的到来，反而使得克卢恩的家庭氛围更为温暖了。佐伊显然没有意识到自己的美丽，她并不希望别人会注意到自己。怪不得我们的帕特从第一次见到了佐伊，就迷恋上了她。

当格兰特关上了卧室的门之后，他终于可以安静地来处理莫伊摩尔邮局的那一袋子邮件了！哇，居然有整整一袋子邮件。或者这也不值得他大惊小怪，在刑事调查部门工作了那么久，他对这种爱写信的人早已见惯不怪。一些人最爱写信来表达自己、倾诉自己，他们不停地给报社、作者、陌生人、警察或市政厅的人写信，写给谁并不重要，最重要的是，他们很享受写信的过程，以及写信带给他们的满足感。这一袋子信件中，恐怕得有八分之七的信件，都是爱写信的人写给他的吧！

那还剩下的1/8的人呢？

这八分之一的人会写信告诉他什么呢？

第二天早晨，他看到客人们正拿着所有装备去钓鱼，他很希望和他们一起去，但他觉得自己首先还是先去一趟莫伊摩尔邮局。客人起身前去，格兰特用目光送别他们，他看到她沿着路往下走去，觉得她不是一个可怜的寡妇，而是一个生机勃勃的男孩。她穿了一件古典而优雅的长裤，还有一件破旧的外套。格兰特俯身告诉汤米，女孩很难把长裤穿出独特的韵味来，她却显得如此优雅。

汤米说："她也是全世界穿防水衣的女人中最漂亮的那一个。"

格兰特前往莫伊摩尔邮局去见梅尔夫人。梅尔夫人送给他一把裁纸刀，还说最好是有个人可以来帮助他。那把裁纸刀是银色的，却生了很多的锈，上面镶嵌着紫水晶做成的柄头。格兰特对梅尔夫人说，这把裁纸刀是有质量保证的，现在市场价值很高的，所以，他不能接受如此贵重的礼物。梅尔夫人却说："格兰特先生，这把裁纸刀在我这里25年了，当时人们常常看书，常常使用它，我做这把裁纸刀的初衷就是为了留作纪念。"

格兰特很感动，他把纸袋丢进了车里，打算开车返回克卢恩。

她在格兰特的身后特意叮嘱道："那个袋子是邮局的，一定要把它归还回来。"

待他回到家中，他把这袋子信件拿回到自己的房间里，然后开始用力地打磨这把刀。直到把它打磨得无比光亮，熠熠生辉。然后，他把整袋子信件都倒在了地上，拿出第一封信，拆开来。这封信是在质问他，为何要把她一九一一年春天所写的这么痛苦的诗歌公之于众。那时，她正处于崩溃的边缘，在导师安苏尔的指引下，她写成了这首诗，如今看见这首诗歌被赤裸裸地暴露在众人面前，她真的无言以对。

除此之外，还有13封信也自称是这首诗歌的原创者，幸好他们没有说什么灵魂的指引。他们写信问格兰特，他们可以得到什么好处。还有五封信件寄来的是五首诗歌，他们都说自己才是这首诗的作者。

另外三个人谴责他亵渎了他们的诗歌，还有七封信说这一定是格兰特从《启示录》中剽窃的诗歌。有一封信特意写道："非常感谢你，我们的老男孩，今年你在特利湖钓鱼钓得怎么样呢？"一个人建议他可以去查查《伪经书》；一个人建议他去查《天方夜谭》；一个人则建议他去查《通神论》；还有人说他为何不去大峡谷看看，或者是去中美洲和南美洲的几个地方去实际感受一下；还有九个人贴心地为他送来了治疗酗酒的秘方；有22个人给他寄来了神秘宗教的宣传单，两个人说他一定要订阅诗刊；还有一个人说自己可以教给他如何写畅销诗。甚至有一个人说："如果你是在贝森巴思的旅店和我一起度过了一个美好夜晚的阿伦·格兰特的话，请记下我的地址，我在此向你问好，希望你还记得我。"一个人给他寄了格兰特氏族协会的资料，真是无比详细；有九封信的言辞之间满是猥亵，还有三封信他根本看不懂他们在写什么。

一共有117封信件。

其中有一封信最有趣，写道："我终于破解了你的密码，你是个无恶不赦的叛徒，我会到侦探组揭发你。"

很遗憾，没有一封信是有用的。

也罢，他本来也没有抱什么希望。他只是想借此投石，未曾想要得到什么结果。至少，他从阅读这些信件中得到了某些快乐，现在，他很平静，只想在这里专心致志地钓鱼，直到自己的假期结束。除此之外，他也想知道佐伊夫人可以在这里待多久。他们是带着三明治出去钓鱼的，所以中午并没有回来吃饭。下午的时候，格兰特带着钓鱼竿前去湖边寻找她。他想，她会不会把克卢恩的湖泊都钓了一个遍呢？可是，她一定需要有人给予她一些友善的建议吧？

他来到河边寻找她，不仅仅是为了和她聊天，他也想钓钓鱼。不过，他得先弄清楚她现在在哪片水域钓鱼吧！他很期待见到她，所以得先弄清楚她会在哪里钓鱼，不至于等见到她的时候，就只能挥挥手，便灰溜溜地离开吧！

当然，他是不会那么轻易地离开的。

他坐在岸边，看着她在用一种叫高地绿的鱼饵试着去钓一条大鱼，可是，她费力地和这条鱼周旋了一个小时，它还是没有上钩。她有些失望地说："它就是不理睬我，现在，我和它之间早已不再是娱乐活动，我们之间有了积怨。"她得心应手地使用着钓鱼竿，这一看就是打小就学钓鱼的人，她那悠然自得的模样，多么像劳拉，只是远远地看着她，就觉得是一种享受。

一个小时后，格兰特用鱼叉帮她逮到了那条鱼，然后，他们一起坐在草地上，吃中午剩下的三明治。之间，她漫不经心地问起他的工作，她好像并不在意这些问题，而只是像问他是建筑师还是货车司机那么平常。她告诉格兰特，关于她三个孩子的事情，关于他们的梦想。她的身上始终闪现着孩子的纯真无邪，最可贵的是，她对自己的美丽从不自满骄傲。

"如果奈杰尔知道我一直在特利湖钓鱼，一定会很沮丧的。"她这样说话的时候，就像个小女孩在描述自己的小弟弟，格兰特觉得这倒是可以看出她与儿子之间的关系很亲密。

离天黑还需要几个小时，他们却无意再回到河边。他们坐在河边，看着棕色的水流缓缓而过。格兰特仔细地想了想自己所认识的女人，居然没有找出一个可以与她相媲美的。他认识的女人，没有一个会拥有这种纯真的公主气质，这种永远新鲜的甜蜜感。佐伊是来自泰南欧那位迷路的公主吧！真是难以想象，这个女人居然和劳拉的年纪相仿。

"你读书的时候，和劳拉很熟吗？"

"其实我们不算是好朋友或闺密，但我很崇拜她。"

"崇拜劳拉？"

"是的，因为她很聪明，每件事情都会被她处理得井井有条，而我太愚笨了，我甚至算不清楚最普通的加减法。"

此时，格兰特觉得他喜欢她的原因之一是，她拥有童话中公主的情怀，但另一方面她很现实。这两方面本来是矛盾的，却在她身上完美地融合在了一起。格兰特觉得她说话有时很夸张，但她的心却很纯真，她应该是这样的女孩，不随波逐流，但会随遇而安，她对事物没有判断能力，所以她的谈吐也不像劳拉那般风趣幽默。

当她说到自己早年前钓鱼的经历时，开心地感慨道："你、我还有劳拉，我们多么幸运啊，就生长在这片高地上。我希望在未来的某一天，我的孩子可以在这里拥有一个美丽的牧场。我的丈夫大卫去世的时候，身边的人一直希望我可以卖掉肯伦特庄园。我们并不是非常有钱的人，我丈夫的遗产税很高，但我竭尽全力来保住肯伦特庄园。至少要等到我的三个孩子，奈杰尔、提米、查尔斯长大之后，我再做决定。不过，他们对庄园也有感情，也一定不愿失去它，毕竟，他们生命中很美好的一段岁月是在这里度过的。"

他看到她把所有的渔具小心翼翼地装在了盒子里，就像个规规矩矩的小女孩那般细致，他知道，要想让她未来无忧，最好的办法就是再婚。可是，在他所熟悉的伦敦西区，身边的男人无不衣着讲究、开着名车。对他们来说，维持一个肯特伦庄园也不费吹灰之力，这要比他们在休息厅保养日式花园简单得多。可是，在佐伊的心中，维护肯特伦庄园不能依靠金钱，也不能依靠婚姻，她需要的是一种真诚的感情。

晚霞渐渐褪去了，天色逐渐暗淡下来。"山野渐远，万籁俱寂"，劳拉小时候特别喜欢用这八个字来形容这种春天傍晚的美好与安静。这也说明，明天又会是一个艳阳天。

"我们回家吧！"佐伊说。

他把渔具一一收起来的时候，心想，在特利湖度过的这个下午，比广告上热捧的西部群岛还要美好。这个湖泊,这个下午,对他来说,有些特别。

当他们沿着山坡往上走,一直向克卢恩走过去的时候,佐伊问:"你是不是很喜欢自己的工作,并不舍得离开。劳拉告诉我,其实你几年之前就可以退休了。"

他惊讶地说:"是的,我的确是可以退休了。我的姨妈曾给了我一笔遗产,她嫁给了一个澳大利亚的有钱人,遗憾的是,他们没有孩子。"

"退休了,你想做什么呢?"

"说实话,我没有想过这个问题。"

①斯托诺韦(Stornoway),苏格兰西北部的一个港口城市。

第九章

睡觉之前,他真的开始用一种期望的、推测的心情来考虑这个问题——退休之后是什么样子呢?他不会在年轻能做事的时候退休吧?退休后他可能像汤米那样开个牧场吧?可那种纯粹的乡村日子他过得下去吗?真值得怀疑!要不,他还能干什么呢……

想着这个问题,他慢慢地进入了梦乡,以至于第二天来到河边,他还在思考这个问题。玩味这个游戏最让他觉得有趣的是,布赖斯看到辞呈时脸上的表情。他觉得布赖斯面对的最大问题,绝对不是一两个星期内缺少助手,而是他失去了一个得力干将。

这个想法,令他感到非常愉快。

在吊桥下,他一边思考应该如何和布赖斯交谈,一边在他最喜欢的池塘边钓着鱼。因为,他们之间肯定会有一次谈话。一想到可以将写好的辞呈亲自放在布赖斯面前,他就兴奋不已。是的,他要亲自去做这件事情,和布赖斯进行一次关系对等的聊天,然后他将走出办公室,走入人群中,成为一个自由人。

自由之后做什么呢?肯定是做想做的事情吧!再也不用听从别人的指令了。

那些从前想做又没有时间去做的事情,现在完全可以去做了。比如,可以划着小船四处漫游,捕捉大自然的美丽瞬间。

也可以去结婚!

真是一个好主意。现在他终于有时间了,可以忘情地享受生活,可以和别人分享爱和被爱的美妙感受。

他快乐地想着这一切,时间不知不觉地过了一个小时。

中午时,他突然感觉到这里不仅仅是他一个人,他抬头发现有个人站在吊桥上看着他。他猜想那个人站在那里应该有一段时间了,因为吊桥不会移动,而他站的地方离桥头就几步距离。木板铺在普通缆线上搭成的吊桥架构本身不重,遇到风就会来回晃动。眼前这个陌生人居然没有走到吊桥中间摇晃,那样肯定会把鱼吓走,为此,他很感激。

于是，他感激地向那个人点了点头。

那个人问："请问您是格兰特吗？"

听到这样简单的问题，他觉得很有快感。因为之前，他一直和拐弯抹角的人在一起，那些人说话几乎没有否定词。

"对，我就是。"他回答，他好奇地看着那个人，难道他是美国人？他说话有点美国人的腔调。

"那在报纸上刊登广告的人就是您了？"

好吧，这个人一定是个美国人。

"是的。"

这个人好像长吁了一口气，用手推了推帽子，回答道："好吧，我承认自己是一个疯子。不然，我怎么会追到这里来？"

格兰特开始收钓线。

"难道你不能下来坐会儿吗？"

陌生人下了吊桥，转过岸边向格兰特走来。

他穿着制服，看起来很年轻，很和气。

"我叫泰德·科伦，"那个陌生人说，"我是一名飞行员，在奥科尔航空公司开货运飞机，就是您所了解的东方商业航空公司。"

据说，只要没有麻风病，拥有飞行执照，你就可以在奥科尔航空公司当飞行员，那绝对是瞎说，太夸张了。想在奥科尔航空公司当飞行员，必须技术过硬。假如在普通的大型客机犯了错，充其量就是受审挨批。可是在奥科尔航空公司当飞行员，犯了错就会被解雇。因为奥科尔航空公司并不愁没有飞行员，这里也不在意你的语言能力、相貌、肤色、经历、风俗习惯甚至国籍，只要你能开好飞机，这里就收留你。

格兰特上下打量着科伦先生，觉得他应该是一个挺有趣的人。

"格兰特先生，你在报纸刊登的内容吸引了我。你想了解这些诗句的出处，我也不知道。因为读书方面我是外行。或许你觉得我来这里帮不了你什么忙，那样的话，你可真错了。我有一个好朋友比尔，他曾经说过你刊登的那些诗句，一天晚上，他情绪高昂地多喝了一点酒，曾经说过类似的诗句。诗中描述的是一个地方，或许是引用了其他人的诗句，我说的，你能明白吗？"

格兰特微笑着说："我们为什么不坐下来把这件事说清楚呢？我可以理解，你是特意来找我说这件事情的吧？"

"对，昨晚我就到了，可邮局关门了，我只能到旅馆歇息了一夜，就是那家'莫伊摩尔'的旅馆。今天早晨，我赶紧来到邮局，打听在什么地方能够找到格兰特先生。此前我认为，你刊登广告之后肯定收到过很多信件。邮局的人告诉我，格兰特先生应该在湖边。于是，我就走了过来，这里除了一位小姐，就只有你。所以，我猜你才是我要找的那个人。我觉得写信给你，你也不见得会回信。所以，我就直接来找你了。"

他停顿了一会儿，用试探性的口气问："诗中描写的地方不会是一家夜总会吧？"

格兰特有点吃惊："您说哪里不是夜总会？"

"就是听起来像娱乐场所，门口站着会说话的野兽，景象虽然有趣却很吓人，像不像一个游乐园呢？或者去那个地方，得乘坐一艘小船穿过无比黑暗的隧道，然后，你的眼前会出现一些稀奇古怪的东西。但以我对比尔的了解，他向来不喜欢那种地方。所以，我猜测那里可能是个夜总会。夜总会有时候会装饰一个奇怪的景象来招揽顾客。比尔喜欢这种口味，尤其是在巴黎。本来，我们约好在巴黎碰头。"

这绝对是这件事情的第一缕曙光。

"你是不是和比尔约好了要碰头，可他失约了？"

"是啊，我根本就没有看到他，这根本就不像比尔的做事方式。如果比尔准备去做一件事，要去某个地方，他肯定会如约而至，即使因特殊原因没来，他也会捎信给我。我现在很担心，因为比尔一句话不说地就消失了，他甚至也没有在酒店或其他地方留下什么信息。当然，酒店疏忽大意也是常事，服务员本来就爱敷衍。可是，即便是酒店忽略了，比尔也应该有其他的行动吧！我说的是，假如我没有一点反应，比尔会给我打电话，问我在忙什么。如今什么也没有发生，这太诡异了，不是吗？比尔预定了房间但没见到人，也没有一点消息。"

"你这个朋友是个很靠谱的人的话，这件事情就有些奇怪了。可是，你怎么会对我的广告感兴趣呢？我的意思是，这跟比尔有什么关系呢？忘了问你，比尔姓什么？"

"他全名叫比尔·肯瑞克。我们都是飞行员，也是同事。我们成为朋友已经有一两年了，他应该算是我最好的朋友。格兰特先生，事情就是这样，比尔没有出现，也没听说有人得到了有关他的什么消息——比尔在英国也没有亲人和朋友可以打听——因此，我考虑除了电话、电报和写信，另外还有没有别的什么联系方式，因此我想到了巴黎版《号角日报》。我来到他们的办公地点，从头到尾地翻阅合订本，上面没有一点消息。后来，我又查看了《泰晤士报》，也同样没有什么消息。我本来想放弃，因为我已经查找了所有正规巴黎版的英国报纸，这时，有人给我推荐《早报》，我就找到了《早报》编辑部，虽然依然没有比尔的任何消息，我却发现了你的那则广告。假如比尔没有失踪，我也不会想其他的，可我听比尔念过这几句诗，因此我注意到了你的广告。你理解我说的话吗？"

"完全理解。请继续说下去，比尔是在什么时候谈及这些奇特的景象的？"

"其实他从未说过。不过，有一天晚上我们都喝醉了，他无意中随口说了一下。格兰特先生，比尔平时不爱喝酒。爱喝酒的飞行员都不会在奥科尔航空公司待太久，因为飞机太值钱了，他们只在乎飞机的安全，才不会在乎员工的私生活。但我们这些飞行员会常常出去放松，那一晚，我们也出来喝酒了，我和他都喝醉了，我现在根本记不清细节了。但有一点我记得很清楚，那就是我不停地敬酒，以至于到后来实在找不到敬酒的理由了。我们就想点事情来庆贺，诸如'大家为巴格达市长的三女儿干杯'，要不就是'为珍·肯斯的小脚趾喝一杯'等，比尔却说'他要为去天堂干杯'，接下来就说了一些关于能说话的野兽啊、会唱歌的沙啊，等等。"

"难道没有人询问他天堂是怎么回事吗？"

"还真没有，大家不会留意这句话的意思。当时，我们只是感觉比尔的祝酒词有点压抑。后来，我在报纸上看到比尔曾说过的那几行诗句，我才想到了那天晚上他喃喃自语的事情。"

"比尔后来提起过这件事吗？他醒酒后也没有说一些跟天堂有关的事情吗？"

"没有。即使心情很好，比尔也是一个不爱说话的人。"

"如果比尔对某件事感兴趣的话，他会不会憋在心里？"

"比尔就是这样的人，不过，他没有自闭症，充其量就是谨慎一点。比尔很大方，从不吝惜钱，不在乎自己东西，乐于助人。可是，比尔在涉及隐私时，心灵就会关上大门，你明白吗？"

"他有女朋友吗？"

"其实我们每个人都拥有过不止一个女朋友，但他不是。当大家出去参加晚会时，我们向来放松，来者不拒，怎么尽兴怎么玩。比尔却很谨慎，他会一个人走开，去城里其他地方挑一些自己感兴趣的事情去做。"

"在哪座城市？"

"正好都是我们去过的地方，比如科威特、马斯科特、木卡拉等，包括亚丁湾到卡拉奇之间的所有城市。我们到了什么城市，比尔就去那里的市镇。我们的飞行都是固定的航线，不过中间也有不定期班机，能够装载东西到任何地方。"

"比尔常常飞哪条航线呢？"

"他什么航线都飞过。最近一段时间，他经常去海湾地区和南部沿海。"

"你是指阿拉伯地区吗？"

"对啊，那条航线太无聊了，比尔却非常喜欢。感觉他飞这条航线时间太长了，那样的话，人会厌烦的。"

"你觉得比尔飞这条线路时间太久的原因是什么？他为什么不改变？"

科伦先生踌躇了一下继续说："他没改变，还是原来的样子。性情随和，为人友善，但我感觉他总放不下那条线路。"

"你的意思是说他放不下工作吗？"

"对啊！我们中有很多人，其实也是所有的人，跟地勤交接之后就会将工作抛到脑后，一直到第三天早上和地勤技术员交接时才会再进入工作状态。可比尔跟我们不一样，他会认真地查看地图熟悉线路，好像他之前从来没有飞过那里一样。"

"你觉得比尔对这条线路感兴趣的原因是什么？"

"这，我之前一直认为，比尔是在寻找一条线路，来躲避不良的天气。他一直有这样的习惯，好像是在一次飞行中形成的。那次，他遇见了一股可怕的飓风，让他的飞机偏离了航线。那天我们都以为他回不来了，可他还是在很晚很晚的时候回来了。"

"你们飞行的高度应该是在天气影响的范围之外吧？"

"不全是，我们只有飞长途才能达到那种高度。可是，飞货机的时候，时常要在非常奇怪的方位起降，那样总会或多或少地受到天气的影响。"

"我明白了。你是说比尔经历了那次航线后，他变了。"

"嗯——那次经历在比尔心里的印象一定很深刻。当时，他回来的时候，我正在机场等他。我看到他时，感觉他好像有点晕。"

"受到了惊吓，所以出现了短暂的眩晕现象。"

"对，我当时感觉比尔好像还留在现场。你理解我的意思吗？当时比尔好像不明白别人对他说什么。"

"从此以后，比尔就开始研究地图。"

"他真的是在规划自己的飞行线路吗？"

"对啊。从此以后，比尔心中最重要的事情就是研究地图，即使脱掉工作服，他满心想的还是这件事。他甚至常常迟到，好像就是为了避开他之前的线路，去寻找一条更容易的路线。"他停顿了一会儿，继续说道，"格兰特先生，我不是说比尔先生已经精神失常了。"

"啊，不，我不这么认为。"

"如果一个飞行员真的被一件事情吓坏了，就会从此逃避这件事情，会根本不愿意再起飞。就会为一点小事而大动肝火，早起就玩命喝酒，然后毫无原因地呕吐，试图逃避飞行任务。格兰特先生，精神失常就会变成这个样子，这没有什么大惊小怪的。比尔根本没有这样的反应，他只是无法放下自己的工作。"

"他已经深陷其中了，是不是？"

"应该是。"

"他有其他的兴趣爱好吗？"

"比尔喜欢读书。"科伦先生好像有点抱歉地说，感觉像是忘掉了朋友的爱好一样，"即便是读书，他也在看那条线路上的故事。"

"什么故事？"

"那些书不是平常的故事小说类的书，几乎都和阿拉伯半岛有关。"

"是吗？"格兰特好像了解到了什么。当第一次听到科伦说起阿拉伯半岛时，格兰特就已经意识到，阿拉伯在世界上代表了一样东西，那就是沙子。另外，他想起，那天早晨自己在斯库恩饭店就已经感觉到了，"唱歌的沙"确实存在。当时，他就想到了阿拉伯，据说那里真的存在会唱歌沙子。

"后来，我听说他提前休假，内心非常高兴。"科伦先生说，"我们计划前往巴黎度假。但比尔突然改变了主意，说要在伦敦逗留两周。你知道的，他是英国人。因此，我们约好3月4日，在巴黎圣雅克酒店碰头。"

"哪一天？"格兰特问这句话时，身体和思维都静止不动了，仿佛一只猎犬看见了小鸟，就像猎人看到了目标。他觉得事情越来越清晰了。

"3月4日，怎么了？"

说到唱歌的沙，或许很多人都会感兴趣。在奥科尔航空公司，会开飞机的人大有人在，但对阿拉伯南部如此着迷的人却很少。比尔和朋友约好了在巴黎会面，他却没有准时赴约，在格兰特心中，几件事情好像都叠加在了这一天。所有的事情都集中在了这一天。

3月4日，比尔·肯瑞克应该出现在巴黎，一列伦敦的邮政火车却载着一个年轻人的尸体，驶进了斯库恩车站。那个年轻人对唱歌的沙非常感兴趣，他长着率真的浓黑眉毛，看上去就是活脱脱的一个飞行员。格兰特曾想象过，这个年轻人站在一艘快艇上，轻松自如地驾驶着。如此看来，他驾驶飞机也会轻松应对吧！

"比尔为什么选择在巴黎和你见面呢？"

"所有人都会选择巴黎啊。"

"难道因为他的法国人吗？"

"不！比尔是英国人，地道的英国人。"

"他的护照，你看过吗？"

"我记不清了。你怎么会问这个？"

"或许，比尔是在法国出生的。"

这么说，逻辑好像也说不过去。法国人不会喜欢叫马丁什么的，如果他没有在英国出生，为何会选一个英国名字呢？

"你会随身携带比尔的照片吗？"

可是，科伦先生的注意力显然已经转移了，格兰特跟着他的视线向后面望去，才发现佐伊正沿河岸走向这里，他抬手看了一下时间。

"天啊，"格兰特说，"我忘记了答应她的事情，这炉子还是灭的呢！"他拿过包来，从里面拿出了汽油炉子。

"她是你太太吗？"科伦直截了当地问。在苏格兰岛，人们通常不会这样直接，他们会聊上五分钟，才会说到正题。

"不，她是肯特伦夫人。"

"夫人？听起来很有派头。"

"对！"格兰特一边忙着点炉子，一边回答道，"这位是肯特伦子爵夫人。"

科伦先生安静地考虑了一下。

"我猜，她应该是那种地位比较低的子爵夫人吧？"

"你错了。她的身份很高贵，或者可以称之为侯爵夫人了。要不这样吧，科伦先生，我们暂时先放下你朋友的事。虽然我对这件事情很感兴趣，不过……"

"好吧，我先离开吧！我什么时候再来找你说这件事情呢？"

"请你别走啊！留下来，我们一起吃点东西吧。"

"你的意思是准备让我见一下这位夫人。你方才怎么称呼她，子爵夫人？"

"为什么不能？这位夫人是我所认识的最有涵养的女人。"

科伦先生看着渐渐走近的佐伊，眼神中满是欣赏："她看起来真漂亮。以前，我以为所有的贵族都长着鹰钩鼻子，一副高高在上的模样。像她这样平易近人的贵族，我还是第一次见到。"

"贵族们的鼻子就是用来蔑视别人的吧！"

"我是这么认为的。"

"其实，鹰钩鼻子的英国贵族向来平易近人，我怀疑你根本找不到一个瞧不起人的人。大概只有在郊区，你随处可见那些鹰钩鼻子又高高在上的家伙，不过他们大多混在中下阶级的圈子里。"

科伦先生更是茫然："那些贵族只待在自己的贵族圈里，很少与外界的人打交道，是吧？"

"在英国，任何人都不可能只与自己圈子里的人打交道，各个阶层的人通婚都有两千多年的历史了吧！这个世界上就不存在你所说的那种贵族——与外界隔离，还独善其身。"

"或许是现在变得平等了,情况好转了。"科伦先生这么说,可话里依然带有一丝怀疑。

"各个阶层之间一直是有交流的,即便皇家也一样。伊丽莎白一世的祖父家的贵族头衔是买来的。那些被邀请到白金汉宫做客的朋友们,他们或许真的只是普通人。在那个高档酒店里,或许你身边坐着的那位狂妄自大的男爵以前只是一个铁路铺轨工。在英国,各个阶层之间肯定是有来往的,但他们也存在这样的现象,比如琼斯太太会因为自己的丈夫比邻居多赚两英镑而看不起那个邻居。"

他的目光穿过眼前迷茫的美国人,转向佐伊,跟她打了一个招呼。

"非常抱歉,我还没有把炉子修好。这位是科伦先生,我们刚刚讨论了一个非常有趣的话题,他是东方商务航空公司的货机飞行员。"

佐伊上前和他握手,并询问他驾驶飞机的类型。

格兰特看着佐伊用好奇的语气和科伦愉快地交流着,他觉得她之所以有这样的态度,多半是出于礼貌,贵族阶层都爱这样表现。

"那种机型驾驶起来很重,是吧?"佐伊同情地说,"我哥哥在飞澳大利亚航空公司时驾驶的也是这种机型,当时他总在抱怨。"她一边说一边打开了一包食物,"不过,他现在为悉尼的一家公司上班,他拥有一架小型飞机,是那种喷气式8号,它很小巧也很可爱,我们都叫它'光束8'。刚刚买来的时候,我还开过它,后来,哥哥把它带到了澳大利亚,我和我的丈夫大卫一直盼望拥有一架那样的飞机,可我们一直没能力购买。"

"喷气式8号的价格不过是四百英镑而已。"科伦先生不加掩饰地说。

佐伊舔了舔手指上苹果派漏出的黏黏的汁液,然后说:"对啊,我知道,可惜我们从来没有过400英镑。"

科伦先生感觉自己被冲到了海里,真不知道如何回答她才好。

"那我还是别吃你这些美味的食物了,"他说,"酒店里有好多东西吃,我还是回去吧!"

"留下来一起吃吧!这些食物足够一排人吃,也吃不完。"佐伊真诚的挽留打动了科伦先生,也打破了他那层心理防线。

格兰特觉得很感动,是因为纯真的佐伊不仅成功地挽留下了科伦,她还改变了一个美国人对英国人的印象。此时,她正像一个饿坏的孩子一样狼吞虎咽,用温柔的语气和科伦交流,好像他们早已成为好朋友。吃苹果派的时候,科伦先生已经彻底放下了防备心理。等他们彼此交换劳拉为他们准备的巧克力时,他已经完全被征服了。

在春天的阳光下,他们酒足饭饱,坐在了地上,安静地享受着一切。佐伊背靠在岸边的草地上,两只脚交叉在一起,双手垫在脑后,在刺眼的阳光下闭上了眼;格兰特满心都是7B卧铺和泰德·科伦送给他的资料;科伦先生坐在石头上,看河水流向远处平坦的河谷下面,那里的沼泽地早已变成了农田。

"这个乡村太美了,我很喜欢这里。"他感慨道,"假如你们准备为争取自由而奋斗,那我也参加。"

"自由?"佐伊睁开眼睛问,"向谁去争取啊?"

"当然是英国了。"

佐伊一头雾水，格兰特笑了起来："我猜，你已经和一个身穿苏格兰裙的小黑人聊过这件事情了。"

"是穿着苏格兰裙，可他不是黑人啊！"科伦先生说。

"我说的是他一头黑发，你肯定和阿奇·布朗交谈过了吧？"

"阿奇·布朗是谁？"佐伊问。

"他自封是盖尔人的救世主，并宣誓，当苏格兰人们从英国残酷的统治中解放时，他就是我们未来的元首、统帅和总统。"

"啊，对，就是那个人。"佐伊脑海中呈现阿奇的印象，温柔地说，"这个人好像有点发疯，对不对？他就在附近居住吗？"

"据我了解，此人现在住在莫伊摩尔酒店，他好像一直在给科伦先生传教布道。"

"呃，的确如此。"科伦先生不好意思地笑了一下，"其实我一直怀疑此人是不是言过其实，他喜欢把一些事情说得很玄乎。之前，我曾和一些苏格兰人打过交道，我觉得他们也是不能吃亏的人。无论进行什么贸易，他们好像总是能够成为获得最大利益的那一方。"

"你有听过人们对《联合法案》①更好的解释吗？"

"我对《联合法案》一点也不了解。"佐伊不在乎地说，"我就知道它发生在1707年。"

"是不是发生了一场战争？"科伦先生问。

"没有，"格兰特回答，"苏格兰满怀感恩地上了英格兰的战车，他们一起分享了所有利益，比如殖民地、莎士比亚、香皂，还有资金等。"

佐伊打着呵欠说："真心希望布朗先生不会去美国巡回演讲。"

"他肯定会去。"格兰特说，"去美国巡回演讲的都是那些吵吵嚷嚷的少数派团体。"

"就会把错误的想法传达给美国人，不是吗？"佐伊温和地说。

格兰特心想，假如眼前站着的人是劳拉，她一定会用刻薄的言辞表达自己的想法。

佐伊继续说着："美国人的想法很古怪。大卫去世前一年，我们曾一起去过那里，他们问我们为什么要征收加拿大的税款，可我们从来没那么干过。那些人居然瞪着眼睛，一副不相信的样子，好像我们撒谎也不高明一样。"

从科伦先生的反应上，格兰特明白他对加拿大征税这件事也一定有着奇怪的认识。佐伊正在闭目养神。

格兰特突然很想知道佐伊是不是知道科伦是个美国人呢？单纯的她应该不会去考虑到他的口音、国籍、服装，她只是把他当作一个普通人，像他哥哥一样的飞行员，一个恰好与他们一起野餐的朋友。她觉得他风趣幽默，从未想过把他归为什么特别的人。如果她可以留意到他"as"的发音，她应该会把他当成北方来的乡下人吧！

他看到佐伊在阳光下闭目养神的模样，心想她真是太美了。他看看科伦先生，发现他居然也在看佐伊，可能他也在欣赏她的美丽吧。他们二人的眼光碰了一下，随后便迅速分开了。

格兰特昨晚还在想，假如自己能安静下来欣赏佐伊，该有多幸福啊！可今天，他却不这样想了，他很吃惊自己为什么会这样。他开始自我分析来"拷问"自己——这位女神有什么缺点呢？这位童话中的公主有什么不完美的地方？

"问题在什么地方,你知道吗?"一个声音不屑地出现在他心里,"你想让她离开这里,那样你就能搞清楚7B的事情了。"

他不想反驳内心的这个回答,因为残酷的现实就是他想让她早点离开这里。

昨天,他还盼望佐伊一直在他身边,今天,她居然又变成了妨碍。他的脊背上,无聊的刺痛感在相互追逐。单纯如圣女一般的佐伊,赶紧离开这里吧!我的公主,可爱的女孩,马上走开吧!

想到这里,他觉得还是自己选择离开这里吧!此时,佐伊居然像一个孩子般叹了口气:"在卡迪池塘有一条七磅重的鱼,如果我不在,它肯定会无聊的。"

她站起身收拾好东西后,就离开了。

科伦先生用赞许的目光看着她一步步离开,格兰特正看着科伦,想听听他的意见。无奈,科伦先生的目光一直无法从佐伊的背影上离开,直到她走了很远很远,听不到他们的对话时,他才说:"格兰特先生,你刚刚问我是否有比尔照片的原因是什么?难道你认识他?"

"不,不是,我感觉那样能排除一个不是比尔的人。"

"我没有随身携带他的照片,可饭店里有一张。尽管照片不很清楚,但肯定能让你看出大概的模样。是不是需要我改天带过来给你看?"

"用不着,现在我就跟你去莫伊摩尔酒店。"

"是吗?你真是一个大好人,格兰特先生。你是否感觉这件事已经有眉目了?你还没有告诉我那些诗歌的意思,我真的很想知道,它们的出处。会说话的野兽究竟是什么?假如比尔对那些地方感兴趣,他一定去过那里,我也循着他的足迹去寻找那里。"

"你是不是很喜欢比尔?"

"我们是好朋友,尽管我们在爱好、性格方面各不相同,但我们相处得很好,我不希望失去比尔这个朋友。"

格兰特岔开话题,询问起泰德·科伦的生活状况。当他们沿着峡谷走向莫伊摩尔酒店时,科伦先生说他出生在美国一个干净的小镇上,如今当上了飞行员才发现那里没劲透了。还有遥远的东方,他去之前觉得那里很神秘,一旦靠近了才发现不过如此。

"那里的大街臭气熏天。"科伦说。

"你在巴黎等待比尔的这段时间,都做了什么呢?"

"我也就随便走走。比尔不在我身边,做什么都很无聊。对了,我曾遇见了几个在印度认识的朋友,我跟着他们四处走了走。比尔不在身边,我也没什么心情玩。没多久,我就让他们先走了,然后我自己去了旅行册上的几个地方,欣赏了一些古老建筑。令我记忆深刻的是那个水上城堡,它居然在拱桥上,河水从下面哗哗流过,真是美极了。那栋古老建筑保存得很好,特别适合子爵夫人居住。她居住的地方是不是和那栋城堡很像呢?"

"不一样。"格兰特摇摇头,他的脑海中闪现出切侬梭克斯城堡和肯特伦之间的不同,"她居住在一所破旧的灰色建筑物中,那里的窗户很小,房间也很小,还有那狭窄的楼梯,那里的前门就像洗衣槽的出口那么大。在四楼有两个小塔楼,紧紧地靠在屋顶上,这就是苏格兰的城堡。"

"听起来有点像监狱,她为什么要住在这里呢?"

"监狱?我相信监狱委员会也不会使用那样的房子来当监狱。真要拿来当监狱的话,议会肯定会提出很多问题,它没有灯,也无法供暖,卫生设施也很差,缺少一定的美感,空间太狭小。子爵夫人之所以会居住在那里,是因为她很爱那个地方。但是,遗产税的压力很沉重,我想她大概也住不了多久了吧?"

"这样的房子会有人来买吗?"

"一般不会有人买来居住,可是有些投机商人可能会买。他们可以把树砍掉,楼顶上的铝板也可以卖钱。他们必须拆掉房顶,这样可以免除房产税。"

"呃,这很像黄沙地带的建筑物,岂不是还得建一条护城河?"

"那倒没有,你怎么会问这样的问题?"

"回奥科尔航空公司上班之前,我倒是很想去看看护城河。"他停了一下,继续担忧地说,"我还是很担心比尔,格兰特先生。"

"我也是,因为这件事情太蹊跷了。"

"所以,我要谢谢你。"科伦先生忽然冒出来一句客气话。

"为什么谢谢我?"

"因为你没有安慰我,说他平安无事。要是有人这样来安慰我,我倒是很想狠狠地揍他们一顿。"

莫伊摩尔酒店就是肯特伦城堡的浓缩型版本吧,只不过这里没有阁楼,整座酒店被刷成了白色,外面看起来生机勃勃。房屋后面的树长出了嫩芽,在走进挂着旗子的小前厅时,科伦先生忽然犹豫了。

"我忽然想起来,在英国,人们是不会邀请朋友们到酒店房间里去的,你还是在大厅里等我一会儿吧?"

"我们还是一起上去吧,我想,旅馆的人不会阻拦我去的。"

科伦先生的房间正对着下面的马路,顺着马路可以看到远处的田野、河流和山坡。格兰特用眼神扫了一下整个房间,他看到,壁炉上已经架好了生火的圆木,窗台上摆放着水仙花。莫伊摩尔酒店果然很有审美品位。不过,他内心无暇欣赏这些摆设,他很为科伦先生担忧,他居然放弃了自己的休假时间,来这里寻找他最好的朋友。他在来酒店的途中就觉得十分不安,此时,这种不安的感觉逼迫着他,让他有些想呕吐。

科伦从自己的旅行包中取出一个装着信件的盒子,并把它放在了梳妆台上。里面一应俱全,偏偏差了一支可以写信的笔。在一堆纸张、地图、旅行资料类的物件中,居然有两样具备皮套的东西:电话簿和笔记本。他从记事本里拿出一些照片,腼腆地笑着,不一会儿,就找出了他想找的照片。

"就是这张,虽然有些模糊,这不过是一张快照,是我们全体人员在海滩的合照。"格兰特有点不情愿地拿起了这张照片。

"那个就是——"泰德·科伦伸手正要指出谁是比尔。

"别,等等。"格兰特按下了他的手指,"看看我是否能认出来。"

那张照片上面约有12个年轻人,是在一个海滩房的阳台上拍的合影。他们身穿便装,挤在台阶上,手臂撑在了木栏杆上。格兰特用目光飞快地看了一遍这群人的笑容,随后放松地呼了口气。这里面好像没有——

此刻,他发现了最底下的那个台阶上的年轻人。

他双脚向前伸到了沙地上,那双眼睛在阳光下好像喝醉了一样,下巴向后倾斜,俨然一副想转身和后面的人说话的表情。3月4日清晨,他在7B的卧铺里,头也是倾斜着靠在枕头上的,也是这个表情。

"怎么了?"

"这就是你的朋友吧?"格兰特指着最底一层台阶的那个男子。

"这就是比尔,你怎么认识他?你是不是在什么地方见过他?"

"嗯……我曾经见过他。当然,我不能仅凭照片就发誓确认是他。"

"你不用发誓,只要将大致经过给我讲一遍就可以了。简单地说一下,你是什么时候,在什么地方见到了他,然后我就去找他,你还能记起来吗?"

"我当然能记起来。当时,我是在伦敦邮车的卧铺里见到的他,时间在3月4日凌晨,火车将要进入斯库恩车站,我恰好乘坐这列火车北上。"

"比尔正往这里来?来苏格兰吗?他来这里做什么?"

"不知道。"

"他没有跟你说吗?难道你们没有说话?"

"没有。我没有和他说话的可能。"

"为什么?"

格兰特伸出手来,向后轻轻地推了一下他,让他坐在了后面的椅子上。

"我没有和他说话的可能,那时,他已经死了。"

他们陷入了一阵短暂的沉默。

"科伦先生,我也很遗憾。我特别希望那个人不是比尔,可是我只差没有到证人席上去发誓了,那个人真的是比尔。"

两个人又陷入了沉默。

科伦问:"他为什么死了?究竟发生了什么事?"

"他喝了不少威士忌,然后仰倒碰到了陶瓷洗手台上,头骨破裂了。"

"这些是你听谁说的?"

"是伦敦检察官的验尸结果。"

"伦敦?为什么会是伦敦?"

"按照检察官的提议,他在火车驶出尤斯顿后不久就去世了。根据英国法律的规定,这类案件应该让一个法官和一个验尸陪审员来调查取证。"

"可是,这些都是猜测。"科伦缓过神来,他开始有些愤怒,"假如当时只有他一个人,别人怎么知道他究竟发生了什么事?"

"请相信英国警察的认真,他们很敬业。"

"警方已经开始着手调查这件事情了吗？"

"当然。警察需要调查事情的经过，然后向法医和陪审员报告他们的检查。他们对这个案子进行了彻底的调查和检验，关于比尔喝了多少威士忌，他们都可以精确到一毫不差，并且知道他是在跌倒多久后死亡的。"

"可他们怎么知道他是向后摔倒的呢？"

"他们使用了显微镜，检查到油脂和断裂的毛发还留在洗手台的边上，他们检查了他头骨的破裂情况，正好与他向后倾斜碰到洗手台这类东西非常吻合。"

科伦先生总算平静下来了，可他依然一头雾水。

"你怎么知道这些事情呢？"他心中又有了新的猜疑，"你怎么看到他的呢？"

"当时，我正准备下车，发现卧铺的列车员正打算晃醒他，列车员以为他睡着了，原因是地上有滚来滚去的威士忌瓶子，整个房间弥漫着一股浓郁的酒味。"

科伦对这个说辞并不满意："这就是你唯一见比尔的时刻吗？你们见面仅有一会儿，而且那时他已经死掉了，躺在那里。几个星期以后，你却凭一张不太清晰的快照就认出了他吗？"

"是啊，他的脸令我记忆深刻，其实这也是我的工作，也是我的爱好。他的眉毛倾斜着，看上去很直率，虽然当时他没有任何表情，他却在偶然间激起了我的兴趣。"

"什么情况呢？"科伦穷追不舍地问道。

"离开卧铺车厢以后，我来到斯库恩车站的一个饭店吃早饭时，我发现自己居然不经意地拿走了7B卧铺遗落的报纸。那份报纸的空白处，有人用铅笔写了几句诗：'会说话的兽，静止不动的河流，会行走的石头，一直唱歌的沙'，接下来是两行空白，最后一句话是'请小心这条通向天堂的路'。"

"你刊登的广告就是这首诗歌啊！"科伦脸色阴沉下来，"你大费周折地将这首诗登载在报纸上的动机是什么？"

"假如这首诗是从书上引用的，我想了解它具体的出处。假如这几句诗节选于一首诗，我很想知道它的主题是在说什么。"

"为什么呢？你的目的是什么？"

"在这件事上，我没有任何选择，这首诗在我心中，一直挥之不去。你是不是认识一个叫查尔斯·马丁的人？"

"不，不认识，请你不要转移话题。"

"我不是想转移话题。请你想一下，你究竟有没有在某个时间听说过一个叫查尔斯·马丁的人？"

"我已经说了，我不认识，我甚至不需要去想就知道，我并不认识这个人。你为何要改变话题，或者，查尔斯·马丁和整件事情究竟有什么关系？"

"根据警方的调查，他们认为这个死在7B卧铺的人叫查尔斯·马丁，他是一名法国人。"

科伦沉思了一会儿，抬起头说："格兰特先生，可能是我太愚笨了。我觉得这件事情实在太离谱了。刚刚你还说，自己看见比尔·肯瑞克死在了火车车厢里，但他不是比尔·肯瑞克，而是一个叫马丁的人？"

"我的意思是，警察认为他是那个叫作马丁的人。"

"我会认为，他们有足够的理由来支撑他们的想法。"

"是的，非常充分的根据，他们有信件，有身份证明，还有家人的指认。"

"既然他们已经确定了，你为什么还要绕一个圈来跟我解释这些呢？已经没有任何证据来证明那个人就是比尔，如果警方认为这个法国人叫马丁，那么，你为何还要执着于自己的想法，认为他根本不是马丁，而是比尔·肯瑞克？"

"因为我是唯一一个人，既看到了7B卧铺车厢的那个年轻人，又看到了照片上这个人。"格兰特看着梳妆台上的那张照片。

科伦一时无言以对，他思考了一会儿说："这张照片不太清楚，从未见过比尔的人，根本无法辨认他。"

"这张照片或许并不清晰，也不是一张好照片，但里面的比尔却可以让人一眼认出来。"

科伦也不得不承认："是的，比尔的确很容易被认出来。"

"我们不妨来思考三件事情，三个真相。第一，查尔斯·马丁的家人已经好多年未曾见过他，他们只看到了一张死亡后的脸。如果有人来通知你，你的儿子死于非命，却没有人说清楚他的身份，你会不会痛苦到撕心裂肺，根本不会管那张脸是谁的，因为你已经认为这张脸就是你儿子的；第二件事情，这个查尔斯·马丁死在火车上的那一天，恰好是你和比尔约好，要来巴黎见面的那一天；第三个事情，他死亡的那节车厢，有铅笔所写的诗句，诗中提到了会说话的野兽，会唱歌的沙，这些也肯定是比尔·肯瑞克最关注的话题。"

"你是不是已经告诉了警察这份报纸的事情？"

"我是很想告诉他们，但警察们并没有兴趣听。他们认为整个案件并没有特别神秘或难以理解的地方。他们只关心这个人是谁，他是怎么死亡的。"

"他们不觉得不可思议吗？毕竟这首诗是用英文所写的。"

"可是，我并没有证据来说他写了什么，或者这份报纸是他的，但也有一种可能是，他从其他地方拿来了这份报纸！"

"这件事情很疯狂。"科伦陷入了前所未有的迷茫中。

"这的确是一件扑朔迷离的事情，但至少有一点是可以被肯定的。"

"是什么呢？"

"你的朋友比尔·肯瑞克从此消失了。但是，我从一群陌生人中，一下子就认出了比尔·肯瑞克，他就是3月4日，我在斯库恩的7B卧铺看见的那个死者。"

科伦认真地想了一下，有些不耐烦地说："是的，我觉得你说的都对，那个人一定是比尔。我想自己一直都知道发生了什么可怕的事情，不然，他不会一声不吭地就离开了。即使他不能准时赴约，但他可以写信或打电话来告诉我。我不明白的是，他为什么要坐上前往苏格兰的火车？我想不明白，他究竟想去干什么呢？"

"你所谓的'想不明白'是指什么？"

"比尔前往一个地方，根本不会坐火车，他会搭乘飞机。"

"其实很多人都喜欢搭乘夜间的火车，既能节约时间，还可以睡觉。可是，他为什么要使用查尔斯·马丁这个名字呢？"

"希望苏格兰场能给予我们一个很好的答案。"

"我想苏格兰场不会因此感谢我们的。"

"我并不需要他们的感谢，"科伦说，"我只是想让他们弄清楚，在我的朋友身上究竟发生了什么事情。"

"他们对此不会有研究兴趣的。"

"这大概由不得他们了！"

"你也没有办法证明比尔·肯瑞克是不是躲起来了。也许此时，他正躲在一个地方玩得很开心呢，等到假期结束的时候，他就会回到奥尔卡公司继续上班。"

"他不是已经死在了火车上吗？"科伦说话的样子显得有些暴怒。

"那可不是查尔斯·马丁，不管怎样，死者的身份是个疑点。"

"你不是说自己有足够的证据来证明，马丁就是肯瑞克吗？"

"我是这样认为的，毕竟我在3月4日早晨7B车厢看到的那张脸，就是他。苏格兰场的人们会说，我有权坚持自己的看法，但有些遗憾，我被他们的相像程度误导了。在7B卧铺死亡的是一个法国人，他是一个机械师，他是马赛人，父母如今身居郊区。"

"你好像很熟悉苏格兰场？还是说……"

"我算是比较熟悉的，毕竟，我在那里工作了很多年，久到我都不记得是多少年了。下个星期，我的假期结束后，我就要去上班了。"

"你是苏格兰场的警察吗？"

"是的，但我只是一个很普通的角色。可惜，我现在穿的钓鱼服里并没有名片，如果你愿意和我一起前往我现在所住的那家人那里，他们可以为我证实身份。"

"那倒不必，警官，我当然是相信你所说的一切。"

"你还是称我为先生吧，毕竟我此时不是在执行公务。"

"请你原谅我，我真没有想到，在现实生活中，可以看到苏格兰场的警官，我以为只有在书中才会看到此场景。真是意外啊，他们也会前来……"

"去钓鱼吗？"

"不是那个意思，我根本想不到会遇见这种事情，毕竟这是书中才会发生的情节。"

"现在，你已经接受了我的真实身份。你也认可，我对苏格兰场这次案件的分析，我这是从可靠的权威部门获得的信息。我们来想想，接下来应该做点什么吧？"

①《联合法案》指的是1706年和1707年，英格兰国会与苏格兰国会共同通过的法案，此法案将英格兰王国与苏格兰王国合并成了大不列颠王国。

第十章

格兰特计划隔天去斯库恩，从而取消了原来去河边钓鱼的计划，劳拉知道了这个消息的时候，顿时觉得很不高兴。

劳拉说："可是我刚刚给你和佐伊准备了丰盛而且美味的午餐啊！"

格兰特知道劳拉并不是因为准备了午餐，但却无人享用而不高兴的，这个理由似乎说不过去，应该另有其他原因，但是格兰特现在的全部心思明显都放在了更重要的事上，他懒得去深究关于这件午餐的琐碎的细节。

"有个美国的年轻人曾经来这里寻求过我的帮助，就住在摩伊摩尔饭店，他可以和我们一起去河边钓鱼，因为我记得他曾经和我说过，他可是钓鱼的常客，帕特，估计你可以在他面前炫耀一下你钓鱼的诀窍。"格兰特建议道。

当帕特听到格兰特的建议后，整个人都容光焕发起来，坐在他周围的人似乎都可以感觉到他的迫不及待和期待，帕特炫耀自己的长处给别人看，是他为数不多的爱好之一，他很期待那天的到来。

"那个人的尊姓大名是？"帕特激动地问。

"泰德·科伦。"格兰特答道。

"嗯？泰德是什么意思？"

"我不清楚，可能是西奥多[①]的昵称吧！"

"嗯？"帕特疑惑地回道，显然他并没有很明白。

"他是飞行员。"格兰特进一步解释说。

"原来如此，"帕特一下舒展了眉毛，"听起来真像是个教授的名字。"

"不不，他经常开着飞机往返阿拉伯。"格兰特解释道。

"噢，阿拉伯！这可真是个好地方啊！"帕特夸张地说，他把r音尽可能地卷得很卷，来表示他的兴奋，这顿早餐与以往格外不同。帕特眼中闪烁着期待的光芒。泰德·科伦拥有令人羡慕的一切，帕特很满意这个人选。到时候他会很乐意教给他一些钓鱼的技巧。

"钓鱼的地点还是让佐伊选吧！"帕特说。

格兰特以为帕特对佐伊那么着迷，一定会默默地崇拜着她，害羞得说不出话来。没想到，他居然全错了。帕特就像一个侵占领地的将士，带着自信和骄傲，他在说话期间不断地提起"我和佐伊"，他还喜欢把"我"放在前面，来表示自己对佐伊的喜欢。

大家在吃完早餐后，格兰特要开车前往莫伊摩尔，临走前，格兰特嘱咐泰德·科伦，过会儿有个穿着绿色苏格兰裙的红发男孩，在特利湖对面的吊桥上等着他，这个小男孩带着他们所有的钓鱼用具。格兰特在斯库恩办完事情后，会去河边找他们。

"我想跟你去，格兰特先生，我想对于这件事你应该有了线索吧？不然不会这么着急前去斯库恩。"科伦迫不及待地说。

"没有线索，我正要去找线索，你和大家去河边玩吧，我一个人可以的。"格兰特说。

"好的，格兰特先生，希望你可以有所收获，那么前来会和的小朋友叫什么呢？"科伦问。

"帕特·兰金。"

昨晚格兰特一夜未眠，他的双眼一直盯着天花板，脑海里的画面犹如电影般一幕幕滑过，交替不断，然后消失，然后再回来，却没有两个画面是相同的。他安静地躺在那里，看着这些画面一点点交错，他试图跟着他们一起旋转，感觉自己就像在欣赏北极光。

此时，格兰特的大脑处于最佳的工作状态。当然，它也有另一种工作方式，而且运转得很好。比如在思考有关世界和地点的问题上，像是A君下午五点出现在x地等等，格兰特的脑子会飞快地运转。而在追究有些问题的相关动机的时候，格兰特只需要安静地坐着，把思绪放在这件事情上，心中自然会浮现他想要的答案。

格兰特依然很困惑，比尔·肯瑞克本来是去巴黎见他的朋友，为何会乘着火车到了苏格兰北部，最大的疑点是，他为何会带着别人的证件前去。值得庆幸的是，他慢慢地开始理解为何比尔·肯瑞克会突然对阿拉伯感兴趣的原因了。身为飞行员，科伦用他的方式理解着这个世界，他认为比尔的兴趣是随着飞行路线而改变的。格兰特却觉得比尔的兴趣另有原因。科伦说，比尔从未有不正常的表现，所以他沉迷这条线路和天气也必然没有关系。

格兰特推断，在肯瑞克的飞行中，当他路过某个惊险的飞行路线时，他发现了让自己改变计划的东西，也许是一场横扫阿拉伯内陆的风暴，肯瑞克在这场风暴里晕眩。从那次之后，他的脑子突然受了"刺激"，别人的世界好像和他再也没有关系，他的心好像还在那场风暴里。这就是今天早上格兰特特意赶去斯库恩的原因，肯瑞克到底在阿拉伯沙漠中发现了什么？到底是什么导致了他改变行程，在那地图上最神秘的一角，荒凉的寸草不生的广袤草原上，隐藏着无限的可能。所以，格兰特打算去找托里斯科先生，他知晓那片地域里的一切。

斯库恩的早上，公共图书馆里空无一人，和煦的阳光下，托里斯科先生在其中享受着他的早餐，一个甜甜圈和一杯咖啡。托里斯科先生对格兰特的到来很是意外，他询问了格兰特对岛屿研究的相关进展，并饶有兴致地听格兰特讲述那些异教徒所谓的邪说。当得知格兰特是来寻求阿拉伯的资料时，托里斯科先生将他带到一列书架前，这片神奇的大地的确吸引了很多的作者。托里斯科先生说，如今，研究阿拉伯的人几乎和研究赫布里底群岛的人一样多。

"所以，你得出的结论就是就是因为这两个地方都是沙漠，而且是多风的沙漠。"格兰特总结道。

托里斯科先生并没有同意这种说辞，他从研究岛屿中得到了很多的快乐，也领略了它独特的美。但是，在研究的过程中，人们可能都会把原始部落理想化，这一个书架都是关于这个主题的书，他想让格兰特自己在这里寻找答案，慢慢体会。

在图书馆中，这列书架静静地立在参考室中，并没有其他人打扰。门被关上了，里面只剩格兰特先生。他就像在克卢恩的客厅快速扫过一整排赫布里地群岛的书一样，也飞快地在这排书中寻找自己想要的东西。这些书包括情感小说家到科学家的书，更为特别的是，这些书架上还有一些经典书籍，很适合古典课题的研究。

如果格兰特在此之前对7B卧铺内的人是否是比尔·肯瑞克还存有怀疑的话，在读完这架书之后，那点怀疑也就完全消失了。他在书籍中发现，当地语言的发音为"强凯利"，是特指阿拉伯东南部的沙漠"空漠之域"。

原来，这就是人们口中的"抢劫凯利"！

格兰特将目标转移到这个空漠之域上，他将每本内容与之相关的书都抽了下来，并仔细地看了这个区域的那几页。然后，他又把它们放回去，接着再去看下一本。很快，一个短语吸引了他的注意力——"猴子栖息地"，猴子不就是会说话的野兽吗？于是，他赶紧翻到了前一页的内容。

这段内容在讲瓦巴。

瓦巴就是阿拉伯的亚特兰蒂斯[②]。那是一个古老而神秘的城市，据说，在刚刚有历史记载的时候，这座城市有着远近闻名的华丽宫殿，有全世界最漂亮的妃嫔，以及世界上最完美的宝马良驹。乡村的土地肥沃，物产丰饶，人们一伸手就可以触摸到最美味的水果。大概这里太美好、太安逸了，自然也滋生了新的罪孽，神一怒之下烧了这座城市，它很快就被烧成了一座废墟。后来，这里仅有移动的流沙，以及永远在变幻形状的岩石峭壁在守护着它；还有一群猴子和恶神也寄居于此，恶神会用沙尘暴来惩罚那些试图靠近这里的人……

这，就是书籍里的瓦巴。

这片废墟依然是一个秘密花园，无人能到达，尽管很多阿拉伯的探险家，都在暗自寻找着这片废墟。可实际上，到现在为止，都没有任何两位探险家对这个神奇而又诡异的地方持有相同的意见。格兰特只好再根据瓦巴这个关键字，重新翻阅有关的书籍，他发现每个权威人士也都有自己的看法，却相差甚远，有人推断那片废墟在也门，有人推断在阿曼。格兰特也留意到无人否定它的真实性，这个故事在阿拉伯四处流传且形式一致。不管是作家，还是科学家，他们都坚信瓦巴是真实存在的。

瓦巴，这个神秘的地方，是每个探险家心中的神秘缪斯，他们渴望发现它，可它依然归属于肆虐的风沙、凶狠的恶神以及泡沫般的幻影。

一个权威人士曾无奈地发表言论说："如果我们可以找到瓦巴，可能并非来自于人为的努力，而只是一次偶然事件罢了。"

只是偶然。

它会被一个偶然间吹离航线的飞行员发现吗？

当比尔迷失在路上，备受折磨，在漫天黄沙的世界中挣扎时，他到底发现了什么？是那神秘的城堡揭开了它的面纱？在砂砾中沉睡的城堡么？难道这就是他改变计划转而去阿拉伯的原因吗？

经历这次意外后，他却守口如瓶，一个字也没有说。如果他看到的就是沙漠之城，不说也罢，因为他说了也不会有人信。人们会嘲笑他，还海市蜃楼呢，一定是喝多了。即使奥科尔航空公司飞行员中真的有人听过这个传闻，他们也不会相信比尔，反而会讥笑他的异想天开。所以，谨慎的比尔对此只字不提，他一再地回到那里，也许他只是去看看自己是否能找到那里。

比尔开始研究地图，阅读相关的文献，最后，他决定到英国来探寻。

他的计划本来是和泰德·科伦去巴黎，他突然改变了主意，他决定要去英国。他的父母死后，他只有一个姑妈，后来姑妈也死了，他便再也没有回来过。据科伦所说，他是一个对故乡没什么感情的人，他不会很怀念某个地方，他也不会和一些人保持固定的通信联系。

格兰特静静地坐着，他似乎能听到静谧的空气中时间流动的声音，这些声音就好像流沙一样，慢慢地散落，最后归于寂静，就好像那座被寂寞环绕的城市，瓦巴。

比尔·肯瑞克如约来到了英国，三个星期后，他应该要去巴黎和朋友会和，然而，他在苏格兰以查尔斯·马丁的身份出现了。

格兰特可以理解他为何来英国，可是他为何要冒用其他人的身份呢？又为何非要前往北部？

他想以查尔斯·马丁的身份去见谁呢？

他本来可以乘坐飞机去那里，如果没有发生意外，他本可以在苏格兰高地见了某一个人之后，从斯库恩乘坐飞机前往巴黎的圣雅克斯酒店，与朋友见面，共享晚餐。

可是，他为何一定要使用查尔斯·马丁这个人的身份呢？

格兰特将书籍慢慢地放回书架上，他轻松地拍了一下书架。他之前看赫布瑞德群岛选集时从未这样轻松过。他来到了托里斯科的办公室内去拜访他，如今他已经有了眉目，知道如何追踪下去。

"当今英国最权威的阿拉伯专家是谁，托里斯科先生？"格兰特问道。

托里斯科先生轻轻地晃动着那饰有缎带的夹鼻眼镜，不以为然地说：继托马斯跟菲尔等权威研究之后，他甚至还可以列出一大批研究这个项目的人。但他依然认为，赫伦·劳埃德才是真正的权威人物。他更加偏好这个人，因为赫伦·劳埃德是这些人中唯一一个用英语写文学作品的人。除了是一个作家，他还是一位真诚、有才华、有声誉的学者。他曾做过各种各样的探险，完成过特别的惊人之旅，被阿拉伯人广为关注。

格兰特谢过他之后，便折回到阅览室去查阅《名人录》，他需要赫伦·劳埃德的地址。

完成这一切，格兰特前去享用他的午餐，他没有前往加利多尼亚饭店，他像是被什么牵引一样，朝着小镇的另一个方向走去。他想回到几个星期前的那个清晨他待过的那个餐厅，那时他的心还笼罩在7B死亡的阴影下。

今天的餐厅并没有像那天早晨那么幽暗，反而焕然一新，看上去庄严而典雅。银器、玻璃和桌布在明亮的灯光下闪闪发光，台布更是雪白。一个衣着正式的领班在那里来回走动。格兰特看到了玛丽，她像之前一样令人无比心暖。当时，格兰特先生是那么需要鼓励和安慰，此时此刻，再去回忆，他甚至觉得那时的情境都是不真实的。

他依然坐在了之前的位置上，旁边就是一扇屏风。玛丽走上前来，问他最近在特利湖钓到鱼了吗？想吃点什么呢？

"你怎么知道我在特利湖钓鱼？"格兰特问道。

"你上次来吃早餐时是跟兰金先生一起啊！"玛丽答道。

对，那个时候他刚刚下火车，那个夜晚简直就是噩梦，那个时候他下了火车，他只是看了一眼那个年轻人，心中闪现了一丝遗憾，就匆忙离开了。从此之后，他的心中一直装着7B这件事，但最终，却是7B救了他，让他摆脱了病魔的纠缠，也是7B让他走向了那些岛屿。在那里，他疯狂地去追寻着那些或许并不存在的东西,他做了之前从未做过的疯狂举动,他一直大笑到流下眼泪,他像一片叶子从广阔的原野来到了另一边。他尽情地歌唱,安静地坐着,欣赏这个美丽的世界。然后,他终于恢复了正常,所以,他很感谢7B,是它拯救了自己。

格兰特吃午饭的时候,又想到了比尔·肯瑞克,这个无根的年轻人,过着孤独的生活。他是在寻找一种自由吧?他想要的是像燕雀那样的自由,还是想要雄鹰般的自由呢?他愿意像候鸟那般迁徙,还是像一个飞行员那般没有归属感呢?

至少他拥有自己,他是一个天生的诗人,也是一个雷厉风行的人。这就是他与奥科尔航空公司的那些飞行员的特点吧!那些人随遇而安,不假思索地按照固定的航线匆匆飞行。比尔也不像伦敦火车站那些神色匆匆的赶路者,他们拒绝任何冒险的生活。

正因为这样,格兰特才欣赏他。

格兰特给了玛丽很多小费,就匆忙离开了。他已经订好了机票,隔天早上便要动身前往伦敦,他还有一个多星期的休假时间。特利湖还有很多鱼,他真舍不得那些清澈的湖水,那些银白色的漂亮鱼儿。但是他要离开了,他有重要的事情要去处理。自从昨天下午开始,他脑子里就被比尔·肯瑞克所占据。

格兰特对于即将飞往伦敦这件事情有点不安,但仅仅是不安。回想起一个月之前的自己,他是那么恐惧,曾被一个不存在的恶魔困扰着,他失魂落魄地从伦敦邮政列车上走了下来,走向斯库恩车站。如今,他真的痊愈了。

那可怕的恐惧感已经消失了。

格兰特开车回到山坡,在这之前他给帕特买了很多的甜点,足够他吃三个月了。格兰特害怕帕特并不领他的情,因为帕特说过自己喜欢的是贴着"欧哥波哥之眼"的糖果,劳拉每次只给他吃一点点,格兰特买的甜点似乎对于帕特来说有一点的"娘娘腔"。

格兰特在驶往摩伊摩尔和斯库恩的路途中停了下来,他走过荒地去寻找泰德·科伦。现在是中午,大家应该还没开始钓鱼吧。

格兰特站在河流边的高处,朝下看去,远处有三个人轻松、悠闲地坐在岸边,佐伊背靠着岩石坐着,她的脚的正前方,两个追随者正在痴迷地注视着她。格兰特满心愉悦地看着他们,他突然认识到比尔·肯瑞克帮助了他,只是他还没有意识到。若不是因为比尔·肯瑞克,他或许早已爱上了佐伊。

或许再过不久,仅需几个小时,格兰特真的会爱上这个女人。如果她继续陪伴着他多一些时间,他很可能会无法自拔。幸好有比尔·肯瑞克及时地挽救了他的理智。

第一个看到格兰特的是帕特,他高兴地跑了过来,像小狗看见了消失多日的主人。佐伊看着格兰特,高兴地说:"你什么都没有错过,这一天我们都没有钓上一条鱼,你来帮我撑一会儿钓鱼竿吧,帮我捉一条大鱼吧!"

格兰特求之不得,因为他享受这样的时间的时日不多了。

"你还有一个礼拜可以钓鱼呢!"佐伊说。

格兰特纳闷她怎么知道。

他说:"我明天早晨就要回伦敦了!"佐伊脸上闪过一丝失落,和帕特脸上的神情一样生动,那丝遗憾转瞬即逝,她又恢复了平静,她那张美丽的脸依然流露着像安徒生童话故事里的公主般的天真。

此时,泰德·科伦提出来要和他一起回去。

"我订了两张早上的机票。"格兰特说。

格兰特接过泰德·科伦正在用的钓鱼竿,他们打算一起沿着河流向下走。

"我有点累了,我应该回克卢恩写信了。"佐伊收起了钓鱼竿。

帕特一直想讨好两个人,他纠结了一番,决定和佐伊一起回去。帕特说这话的样子好像是在变相支持她,仿佛他们对佐伊做了什么不公平的事情一样。

格兰特跟泰德·科伦坐在河岸边的大石头上,聊着他上午找到的线索,他静静地看着前面两个人影走过荒地,影子越变越小。佐伊为什么突然退缩,一下子变得萎靡不振,像个沮丧的战士,带着失望而归。或许是她想起了自己的老公大卫吧,内心不免有些忧伤。这就是忧伤,它无处不在,在你开心时突然袭来,让你措手不及。

"找到了什么令你激动的事情呢?"泰德·科伦问道。

"什么意思?"格兰特问。

"你刚刚说的神秘的瓦巴,真的会有人好奇并痴迷于此吗?那不过是一片废墟。"泰德·科伦说。

"发现瓦巴的人会创造历史,瓦巴和废墟不一样。"格兰特说道,他的注意力已经从佐伊身上转移了。

"我还以为你说他在沙漠里发现了军需品工厂呢!"泰德·科伦说。

"如今,在沙漠里发现军工厂才不稀罕。"格兰特说道。

"为什么?"泰德·科伦问道。

"因为并不会对历史有任何影响,不可能名留青史。"格兰特说。

泰德立刻振奋了:"你的意思是,发现瓦巴会出名吗?"

"是的。"格兰特说道。

"不不,你说会名留青史?"泰德·科伦说。

"是的,发现的话就会名垂青史,成为名人,你知道吗?图坦卡蒙[3]陵墓的发现者也比不上他。"格兰特说道。

"所以你觉得比尔会去见劳埃德?"泰德·科伦说。

"即使他没有去见劳埃德,也应该去见了这个领域的权威人士。他会去找一个相信瓦巴存在并且渴望发现它的人,他可能会和我一样查找相关的资料,他会去博物馆、图书馆,查找谁才是英国最著名的阿拉伯探险家。他不会选择那些迂腐的图书馆官员和馆长,也不会选择信息部那些总以遵守反诽谤法为依据的人。劳埃德在所有的探险家里最有名,而且他的文笔超众,所以,比尔应该去找他了。"

"我们需要找到他见劳埃德的时间和地点,然后慢慢追查,对吗?"泰德·科伦问。

"正确,不过我们要确认他是以自己的名字还是以查尔斯·马丁的身份去见劳埃德的。"格兰特说道。

"他为什么要用别人的身份呢？"泰德·科伦问道。

"或许只是谨慎吧，或许是不想让人知道他和奥科尔航空公司有关联。你们公司对飞行员飞行的路线跟行程要求保密吗？或许事实就是这么简单！"格兰特说。

科伦用钓鱼竿的头轻轻地在草地上划来划去："格兰特先生，我说的话也许有点夸张，你会不会觉得，比尔也许是被人谋杀的呢？"

"很有可能是被人谋杀的，凶手太狡猾，凶杀案也时常发生。不过，他没有被谋杀的可能性也很大。"

"为什么？"

"因为有警方介入调查，虽然很多推理小说和文章总对警方持有怀疑的态度，我依然觉得警方是一个高效率的机构，我甚至觉得它是很多国家办事最有效率的机构。"

"可是警方在调查的第一件事情上就搞错了。"

"你的意思是警方没有调查他的身份？你不能怪他们。"

"难道这样草草定案无可挑剔吗？还有什么方式会比用查尔斯·马丁的身份结案更完美的呢？"

"当然没有。我已经说过了，有些凶手真是很聪明，但是伪装身份简单，想逃过凶手嫌疑却很难。你认为他是如何做到这次谋杀的呢？一个人在离开尤斯顿以后，潜入车厢里，突袭了他，之后把现场弄得像是他不慎跌倒所致死？"

"是的。"

"火车离开尤斯顿之后，再也没有人去过7B车厢啊！8B车厢的乘客说，她听到列车员巡视不久后，7B车厢的乘客就回来了，然后就关上了门。之后，她就再也没有听到任何谈话的声音了。"

"可是从脑部后方重重地撞击一个人并不需要什么声音呀！"

"正确，但他需要契机。首先就是要打开门，找准这个人的位置，再给予他致命一击，这样的概率是微乎其微的。就算不受时间的限制，要在火车卧铺袭击一个人也是极其困难的，攻击者在走廊上实施犯罪活动是不可能的，他必须得走进卧铺。如果卧铺里有人，你根本无法下手，如果你要下手的那个人看到你，你也无法成功。所以，他只能再和他交谈一会儿之后才可以下手。然而，8B车厢里的女人却说，根本没有听到有人说话，也没人去他的车厢。8B车厢的女乘客有些失眠症，车厢里发出的任何声音都会让她无法入睡。等她折腾了一番，大约半夜两点睡熟打呼噜时，比尔已经死了很长一段时间了。"

"她说有跌倒的声音了吗？"

"她听到'砰'的一声，以为是7B车厢的人取下行李箱的声音，可是他并没有那种大行李箱。比尔会说法文么？"

"会一点简单点的日常用语吧。"

"像Avecmoi。[④]"

"基本如此，你为什么这样问呢？"

"好奇罢了，因为他看起来好像打算在某个地方过夜。"

"苏格兰吗?"

"对啊,因为他带着法文小说和圣经,可是他却不会说法文。"

"或许他在苏格兰的朋友也不会啊!"

"通常情况下,苏格兰人是不会讲法文的。如果他在别的地方过夜,那天就不可能和你在巴黎碰面了。"

"差一天并不重要,他可以在3月4日拍个电报给我。"

"我真的没办法理解他为什么要伪装自己。"

"伪装?"

"是的。他为什么要让别人以为他是法国人?"

"伪装成法国人对他有什么好处呢?"科伦说道,"劳埃德可以为你提供什么线索呢?"

"在尤斯顿车站,我期待是劳埃德为他送行。他们一直在说'强凯利',这个发音就像'抢凯利',酸奶酪似乎也听到了这个词。"

"劳埃德居住在伦敦吗?"

"是的,就在切尔西区。"

"我真希望,此时他就在家里待着。"

"我也这样希望。现在我要好好度过我在特利湖的最后一小时。既然你无所事事地坐在这里想问题,不如跟着我一起回克卢恩吃晚饭,去见见兰金一家人。"

"听起来不错,我还没有好好和子爵夫人道别呢!现在我对她的印象发生了翻天覆地的变化,你觉得子爵夫人是典型的英国贵族吗?格兰特先生。"

"她具有贵族所有的优秀品质,所以她算是典型的吧。"格拉特沿着河岸向对面走去。

他静静地钓着鱼,直到太阳西下,夜幕降临,但是他最终还是一无所获,他并不难过也不会埋怨,因为他的心早就不在这里了,在那静静的湖面上,他看到的不是反射的夕阳,而是比尔·肯瑞克那张死去的脸。

格兰特慢慢地收起钓线,他心里有点不舍,不是因为没有战利品,也不是即将要和特利湖说再见了,而是他依然琢磨不透比尔·肯瑞克伪装身份的真实原因。

回去的路上,泰德说:"我很高兴来到这个岛屿,她并不是我想象中的样子。"

格兰特明白,估计泰德已经把这个小岛想象成了瓦巴,上面聚居着猴子和神灵。

"假如我现在没有心事,该有多幸福啊!希望有一天,我可以来这里安安静静地钓鱼,什么也不用想。"

"希望你是以度假的心情来这里钓鱼的。"

泰德惭愧地笑了,他抚摸着凌乱的头发说:"巴黎和维也纳才是我更想去的地方。当你在偏僻的小镇待上几天后,就会莫名开始怀念灯火辉煌的大都市。"

"伦敦的霓虹灯的确光彩夺目。"

"伦敦属于另一种风景,那里还不错。"

当他们到家时,劳拉正站在门口迎接他们,她喊道:"阿伦,据说——"

然后,她注意到格兰特带着朋友前来,她打着招呼:"你一定是泰德,帕特说起过你,他说你不相信特利湖会有鱼。很高兴认识你。请进来，让帕特带着你去洗洗手，然后我们一起去喝杯餐前酒吧！"

劳拉让一直跟在她屁股后面的帕特去招呼客人，自己来到了格兰特的身边，她问道："阿伦，你明天就要回城里吗？"

"拉拉，我要回去了，我已经痊愈了。"他觉得这才是困扰劳拉的事情。

"假如你再次犯病，谁来照顾你呢？你不还有一个星期的假期吗？在特利湖好好休养吧。别为了那个自找麻烦的年轻人再奔波了，放弃他，好吗？"

"我明天走是因为我想去做这件事情，别担心，我和泰德都没有陷入困境，我们只是想帮这个年轻人。"他刚刚要说，自己真的很想离开这里。但又怕劳拉会误解，只好咽了回去。

"你看看我们相处得那么开心。"劳拉忽然停了下来，"算了，你就是倔强，什么都不会让你改变主意的。谁也无法说服你，一旦下定决心，九头牛也拉不走。"

"这个比喻真的适合我吗？"他说，"难道你不会使用'子弹''直线距离'这样的词语来形容我？干嘛把我想得那么有毁灭性？"

劳拉挽起他的胳膊，温柔地撒娇："但是，你本身就是一个具有毁灭性的人啊！"

他正要抗议，却瞬间温柔了起来："好吧，让我们为你这个友善而恰当的比喻干一杯吧！你能喝完这杯酒吗？"

①泰德在原文为Tad，西奥多Theodore。
②亚特兰蒂斯，因触怒神灵而受到惩罚，被沉入海底世界，它是直布罗陀海峡西面的神秘岛屿。
③图坦卡蒙（Tutankhamen），古埃及十八王朝的国王，1922年，他的陵墓被英国探险家霍华德·卡特发现，里面藏有大量珍宝奇石，从而震惊西方。
④Avecmoi，法语，跟我一起。

第十一章

当然，坚定不移的格兰特，也有自己犹豫不决的片刻。

"你就是一个傻瓜！"他在斯库恩登上飞机前往伦敦的时候，突然自嘲地骂自己，"你为什么要放弃自己宝贵的假期时间，去寻找那些子虚乌有的事情。"

他心中响起了另一个声音："可是，我并不是在追寻子虚乌有的事情，我就是想知道，在比尔·肯瑞克的身上到底发生了什么事情！"

"比尔·肯瑞克对你来说，又有什么重要的呢？他值得你放弃自己休息的时间吗？哪怕只是一个小时。"

"或许是我对他的事情比较感兴趣吧,如果想要归结得更详细,我想自己是喜欢他吧!"

"他就是一个陌生人,你不过按照自己的想象,创造了一个盲目的崇拜对象。"

"我觉得自己相当了解他了,毕竟我听泰德·科伦说过他。"

"或许那只是一个带偏见的证人,他的话你也信?"

"科伦在奥科尔这样的机构里工作,他认识那么多人,可是他唯独选择了比尔·肯瑞克做朋友,这足以说明这个男孩是个很好的人。"

"你知道的,很多好人也是罪犯的朋友。"

"是吧,其实我也认识了一些为人不错的罪犯。"

"请说说有几个?你会为一个普通的罪犯放弃休息的时间吗?"

"哪怕是30秒,我也不会的。但我认为肯瑞克并不是一个罪犯。"

"但是他带了别人的证件整天到处走,这也算遵纪守法的男人吗?"

"所以,我要找出他这样做的真相。闭嘴吧,我要去做这件事情!"

"看来你被我说动了。"

"滚!"

"你都这把年纪了,还在为一个素不相识的人,在这里自寻烦恼。"

"谁在自寻烦恼呢?"

"其实这次旅行你没必要乘坐飞机,你可以搭乘火车或巴士,但你还是选择把自己关进了一个密不透风的盒子里,你明明知道,这是一个无法与世界交流的盒子。这就是你的命运,你无法逃脱这个盒子带给你的束缚感,这里安静、封闭,无法与世界交流……"

"求你别说了!"

"你的呼吸急促,再过10分钟,你就只能待在自己恐惧的世界里了。你应该好好检查一下自己的脑袋,格兰特,你不觉得自己的脑子有问题吗?"

"我的头部至少有一样东西运转正常!"

"哪部分呢?"

"我亲爱的牙齿!"

"你想用牙齿咬什么东西?放弃吧,别挣扎了。"

"我打算咬紧牙关,继续挺住!"

或许是他开始轻视这个恶魔了,或许是比尔·肯瑞克一路相随地跟着他,格兰特居然平静地走完了这次旅程。泰德·科伦上了飞机,屁股一挨上座椅,就睡着了。格兰特也闭上了双眼,让脑海中的那些图形在他的内心组合、分解,然后再进行组合。

比尔·肯瑞克为何要这样来伪装自己呢?

他想骗谁呢?

他为何要欺骗别人?

当他们的飞机即将降落,准备着陆时,泰德终于清醒过来了。他睡意蒙眬地开始整理领带,理理头发。显然,飞行员都是训练有素的人,他们的第六感很强,即使是在无意识的时候,他们依然可以敏锐地感受到飞机的速度、距离与角度。

泰德说："真好，又回到了灯光闪耀的伦敦，还有这古老的西摩尔饭店。"

格兰特说："不然别回那个酒店了，你还是跟我去住吧！"

"你太客气了，格兰特先生。不过，你的好意我心领了，我不想让你的太太，或者其他人……"

"是管家吗？"

"对，我不想给他添麻烦，我带了足够的钱住酒店。"他拍拍口袋。

"可是，你敢保证自己在巴黎待上两个星期以后，还能这样拍着口袋说有钱吗？这里的花费可是很大的。"

"谢谢你，巴黎应该不像之前那样昂贵了吧！我很想念比尔。无论如何，我不想麻烦别人为我铺床。但我依然很感激你。若你有什么事情要忙，应该也不想我站在一旁打扰到你的思路吧！假如你忙碌的是关于比尔的事，那请你一定要带上我，好吗？我们要时刻保持联系，一旦有了消息，请立刻告诉我。"

"泰德，请放心吧！我一定会联系你的。我在奥班的一家宾馆安插了便衣，会妥善地把你和白人分开，以免让你觉得浑身不自在。我肯定不会让你置身事外的。"

泰德笑着说："我相信你，可是，你什么时候要带我去见那个叫劳埃德的男人呢？"

"他今天在家的话，我晚上就过去看他。身为探险家，不是在探险的路上，就是在演讲。所以，他或许现在就在中国和秘鲁之间的某个地方。什么事情让你大吃一惊呢？"

"你怎么知道我很吃惊。"

"泰德，你那真切单纯的表情，早已出卖了你的心。或许，你既不能做刺探情报的警官，也做不好外交官。"

"刚刚你说的从中国到秘鲁之间，其实比尔经常提到这两个地方。所以，这让我觉得很吃惊。"

"看来，他似乎很了解约翰逊①嘛！"

"约翰逊是谁？"

"就是塞缪尔·约翰逊，刚刚，我就是在引用他的话。"

"这下，我总算明白了。"泰德不由得脸色通红。

"泰德·科伦，我想说，假如你还是有些怀疑我，你最好现在跟着我一起前往苏格兰场，让我的同事来证明我的身份。"

科伦的脸似乎变得更红了，他连忙说："对不起，真是抱歉，因为有那么一刻，听起来你好像是认识他的。格兰特先生，请一定要原谅我的多疑。在这个国家，我没有一个熟人，我只能根据外表来判断，其实，我没有怀疑你。我倒是挺感激你的，真是无以言表啊，我的朋友，请你一定要相信我。"

"不要有那么大的压力，我自然是相信你的。我也有令人怀疑的地方，不是吗？如果你真的对我没有怀疑，那也不现实。泰德，这是我的地址和电话。我要去见劳埃德时，会立刻打电话给你。"

"我认为这次你应该带我一起去。"

"这个不太好吧，这种见面就要两个人一起去，未免太大费周折了吧？今天晚上，我几点可以给你打电话？"

"我会一直在西摩尔等你的电话。"

"好的，你先去吃饭吧！我大概8点半的时候会联系你。"

"好的，八点半！"

此时此刻，雾气茫茫的伦敦，天空也是阴沉沉的，格兰特看着眼前的那一抹猩红色，大步流星地朝前走去。他忽然想到了军中的护士，他们也喜欢穿这种猩红色和灰色相间的衣服。某些时候，伦敦和修道院的护士服很像，它们会给人一种优雅、威严的感觉。它的外表看似冷漠，在它令人敬畏的外表下，却隐藏着一种独特的善良。伦敦灰色的天空下，一辆辆深红色的巴士驶来驶去，它们更为这个城市增添了美感。格兰特内心涌动着一丝丝感动，他觉得深红色的巴士和灰色的天空绝对是绝配。在苏格兰，巴士的颜色是蓝色，他不喜欢蓝色，因为那是令人沮丧的颜色。苏格兰人却不会这么想，他们好像喜欢那种忧郁的蓝。

回到公寓后，他看到廷克尔夫人正在收拾客房。这些客房是空着的，根本没人住，但廷克尔夫人还是喜欢整理房间，她能从中获得快乐。这快乐一点也不亚于与其他人合写交响曲、赢得高尔夫球或畅游英吉利海峡的畅快淋漓。劳拉每次都这样总结她："这种女人真是罕见呢！她属于每天都会整理房间，每六个星期才会洗一次头的女人！"

廷克尔夫人听到了开锁的声音，赶紧来到客房的门口："上帝啊！你从外面匆匆忙忙地赶过来，为什么不早点告诉我，现在家里没有吃的东西。"

"廷克[②]，不要管我了，我一点也不饿，我只想把行李放在这里。今天晚上，你再给我准备一些吃的吧！"

廷克尔夫人每天晚上会回家，她要为先生去准备晚餐，还有一部分原因是，格兰特先生喜欢一个人待在公寓里。格兰特从未见过廷克尔先生，可是，他一直觉得廷克尔先生和廷克尔夫人的关系，仅仅是靠一顿晚餐和一个婚姻名分所维系着。令她真正感兴趣的生活却在这西南一区，坦比街十九号。

"有谁给我打过电话吗？"格兰特一边翻看电话簿，一边问道。

"哈拉德小姐曾打来过电话，说你回来请记得联系她，她想和你聚一聚。"

"她的新剧怎么样？人们是怎么评价这部戏的呢？"

"简直不能再糟了！"

"几乎每个人都是这样认为的吗？"

"反正依我看来事实就是如此。"

在廷克尔夫人嫁给廷克尔先生之前，廷克尔夫人曾是剧院的服装设计师。如果不是为了回家做一顿晚饭，格兰特觉得，她的生活应该是在西一区或西二区，为人打点服装。反正不会在西南一区打扫客房，在戏剧服饰上，她也算是行家。

"你是不是看过这部戏了？"

"我没有看完整部戏，但其中一幕却令人难以忘怀。女主角在壁炉架上放了一只瓷器狗，但那其实是他的前夫，根本不是什么狗。她的新男友来了，打碎了瓷器狗，她被气疯了。总之，我觉得这部戏张力不够。还有如果她打算做贵妇的话,就得去演高贵的角色,为何自毁形象呢?对了,你今天晚上想吃点什么呢?"

"随便吃点吧!"

"我为你准备一些白水煮鱼吧!"

"天呢!千万别再给我提鱼了。上个月,我足足吃了够一辈子吃的鱼肉。只要不是鱼肉或羊肉,我吃什么都无所谓的。"

"我现在跑去布瑞吉先生的店里去购买腰花之类的东西,是不是太晚了?好吧,我自己看着做点食物吧!你这个假期过得还好吗?"

"挺不错的,至少我享受其中。"

"我看你的精神也很好,而且似乎是胖了一些,这样的胖真是恰到好处,不用拍着肥胖的肚子,担心自己会更胖。我真为你高兴,胖一点点没有关系,男人太瘦了,也不好看。"

格兰特换了一身他最好的西装,准备外出时,廷克尔夫人一直在周围晃来晃去,唠叨一些她身边发生的事情。他只好打发廷克尔夫人回去继续整理房间,自己则开始整理这个假期积累下来的琐事。待他处理好一切,走到外面时,忽然觉得这个四月的夜晚是如此美好、如此安静。然后,他跑到了修车厂待了一会儿。路上,有人问他钓鱼的事情,他只好耐着性子听他们讲了三个有关钓鱼的故事。其实,这些故事他在去苏格兰高地之前都已听过一遍了。之后,他来到了修车场,取回了那辆双人座的小型汽车,处理私人事务时,他一般会乘坐这辆车。

他找了好久才终于看到布瑞特街五号的招牌。那一些老房子已经被翻修过多次,条件也比原来好多了。之前的马厩被重新规划成房舍,厨房旁边的建筑已经被改成了住房,之前暂时修建的小阁楼已经改造成了小屋。布瑞街五号的招牌现在看来也只是一个代表号码而已。大门被安插在砖墙里面,格兰特觉得,镶有铁门钉的橡木门和这个朴素的伦敦砖墙相比,明显地不协调。这道门尽管看上去非常坚固,可是开关门却一点也不费事。门直直地通向厨房所在的院子。当时这座房子还只是附属在另一条街上的一个房子后面,可是如今这里已经变成有甬道经过的小院子。中央部分还有一个大型的喷泉水池。原来这里只有 幢抹满墙灰的三层小楼,外墙被刷成乳白色,和绿色的窗框相映成趣。当格兰特经过小院走向门口时,观察到虽然这条路上的瓷砖明显已经褪色了,可是依然很美观。喷泉的出现,也让小院别有一番趣味。他在心里默默为赫伦·劳埃德鼓掌,因为他没有采用更加具有视觉冲击力的玩意儿,取代这古朴的伦敦电铃按钮。这表明劳埃德的审美眼光还不错,这让那扇不伦不类的门所带给他的迷惑减轻了不少。

房子内部的装修也充满了阿拉伯风格,面积很大,可是似乎连一件东方的摆件都没有。穿过男仆的身影向后望去,可以看到素净的墙壁和颜色绚丽的地毯。俗话说得好,所有的装饰都没有改变。这让他对劳埃德的钦佩感又多了几分。这个男仆似乎来自于阿拉伯,而且是来自于阿拉伯城市。他身材很魁梧,眼神灵动,一言一行都非常优雅。在听完格兰特的来意后,他用地道的英语轻声问道,是否和劳埃德先生提前说好了。格兰特回答道没有,可是他只借用劳埃德先生一点点时间就够了。他希望劳埃德先生可以跟他说一些关于阿拉伯方面的消息。

"如果你不介意,请进来稍等一会儿,我先去给劳埃德先生说一声。"

他让格兰特在前门的一个小房间等候,从这个狭窄的空间和空无一物的陈设来看,这里应该是专门为来访的客人准备的。他不禁想到，像赫伦这样的人，一定常有陌生人来拜访，向他了解一些有意思的事情，或者被他人请求帮助，甚至有些人只是慕名而来找他要个签名而已。这样一想，他觉得自己冒昧地来打扰就不是那么无礼了。

似乎对于是否接见他这个问题，劳埃德先生很快就做了决定，因为男仆没过多久就回来了。

"请进，先生，劳埃德先生很愿意和您见面。"

尽管只是一句客气话，可是这句客气话让人听了很畅快。当格兰特在男仆的带领下，走上逼仄的楼梯，来到一个整整占了一层楼的空旷无比的大房间时，他想，礼仪可以在缓解生活冲击力中起到多大作用啊。

"格兰特先生，哈吉[③]。"

男仆和里面的人打过招呼以后，就退到一边请格兰特进去。格兰特听到这种称呼以后心里默默地想，这真是一件很怪异的事情，英国人是绝对不会去麦加朝圣的。

当劳埃德对他的到访表示热烈欢迎时，格兰特一边看着他，一边在心里猜想，到底是因为他的长相酷似沙漠地区的阿拉伯人，才会突发奇想要去阿拉伯半岛沙漠呢，还是因为他在阿拉伯半岛住了很久以后，和当地的阿拉伯人越来越像？劳埃德是不会人为地将那片沙漠想得太好的阿拉伯人。格兰特不禁自我安慰道，他是移动图书馆里的阿拉伯人。如果像赫伦·劳埃德这样的阿拉伯人骑着高头大马，穿着制服，穿梭在新月形广场和大街小巷做执勤女负责人的话，这里将会哀鸿遍野。深不见底的眼睛、古铜色的皮肤、亮晶晶的牙齿、纤瘦的身材、瘦得可见骨的手、得体的举止，这一切似乎都和蒂利·塔里小姐刚刚发行的小说的第17页中对某个人物角色的描绘特别像，（这本书大概有25.4万字，定于下周发行）格兰特必须一再提醒自己，一定不要根据外表来评价一个人。

这个人曾经在世界范围内航行过，而且具有历史上的里程碑式的意义，还用英语写过小说，虽然这个说法略微有点夸张，不过也不能否认他曾经创作过文学作品。可是无论怎么说，赫伦·劳埃德都和那种会客厅里的美男子丝毫沾不上边。

劳埃德身穿最正式的伦敦衣服，一言一行都谨遵英式礼仪。如果一个人对他不了解，会以为他是一个生活在上流社会、掌握特殊技能的伦敦人，或者把他当作一个有些喜欢夸耀的阶层，像演员，或是哈雷街的问询员，或是交际场所的摄影师之类的人。可大体上，他还是会被当成伦敦最传统的专业人才。

"格兰特先生，"他友好地和格兰特握手打招呼，"马哈茂德经常说，我会尽我所能为你提供服务。"

他说话的声音让格兰特张大了嘴巴。这声音听起来像天外来客，又带有一种和话语本身不搭调的埋怨腔调。小咖啡桌上放着一盒香烟，他顺手拿起，然后给他介绍道：他自己没有抽烟的习惯，可是因为在东方生活惯了，已经延续了伊斯兰教的风俗习惯。可是，如果格兰特想要尝试一下不同以往的东西，他会大力向他引荐这种香烟。

格兰特饶有兴味地接过对方递过来的香烟，对于一切新东西和新体验，他从来不会拒绝。他再次为自己的贸然打扰表示抱歉，然后便问劳埃德，有没有一个叫作查尔斯·马丁的年轻人曾经请求和他见面，并向他打听有关阿拉伯半岛的资讯。

"查尔斯·马丁？哦，没有这个人，我印象中我没有见过这个人。当然，一般都会有很多人来向我打听各种事情，所有人的名字我不可能——记住。可是如此简单的名字按道理说我是可以记住的啊。这种烟你喜欢吗？据我了解，全世界只有半英亩地用来种植这种烟。那是个非常漂亮的地方，自从马其顿的亚历山大大帝从那里经过以后，一直到现在那里都还是老样子。"他微微笑了一下，接着说，"当然，还是有些微改变的。他们知道了如何来种这种烟草。据说，如果这种烟草和一种不是甜得发腻的雪利酒混合到一起，效果会非常好。这又是一种会让我沉沦的东西，可是我会喝点水果酒，以便不让你那么孤单。"

格兰特想，在伦敦这样的地方，将热情招待陌生人的沙漠传统风俗带过来，而且你还是个名人，会有形形色色的人来造访你，这花费可不是一笔小数目。他注意瞅了一眼劳埃德拿起的酒瓶上面所贴的标签，看上去，劳埃德不仅相当富有，而且还非常慷慨。

"据我了解，查尔斯·马丁还有一个名字叫作比尔·肯瑞克。"他开口说道。

劳埃德正准备往酒杯里倒酒，听到这句话顿时停了下来，"你是说肯瑞克！前两天他还来过这里。这里的前两天是指一两周前。无论如何，是前不久才发生的事，他为什么不用本名？"

"我也不清楚，我是替他的朋友来询问这件事的。他之前和我朋友说好三月初在巴黎碰面，准确地说是三月四号。可是到了约定时间，他却没有出现。我们经过调查发现，他应该那天就在巴黎出现的。"

劳埃德将杯子缓缓放到桌子上。

"因此那就是他没回来的缘故。"他继续用那种像埋怨又不是埋怨的腔调说，"唉，真是令人同情的孩子。"

"你们说好重新会面了吗？"

"是的，我觉得他是一个很有人格修养的人，而且也很睿智，对于这片沙漠，他非常沉迷。可是也许你明白，他是想去冒险。如今有几个年轻人也想出去冒险，在如今这个荆棘遍地、到处都是诱惑的大千世界上依然有喜欢探险的人，人们应该由衷地感到兴奋才对。肯瑞克到底怎么了？出交通意外了吗？"

"没有，他在火车上摔了一跤，将头骨摔裂了。"

"这个令人同情的孩子真是太惨了，太让人惋惜了。是不是连上苍都妒忌他的才华，我宁愿用更多人的生命，去换取他的生命，用一个冷酷的词语来说就是：取代品。几年前，用这样的词汇来发表一种看法似乎都是无法想象的。现在我们离终极野蛮又近了一步。这个叫肯瑞克的孩子是不是来见过我，你为什么想要知道答案呢？"

"我们想要摸清楚他的行动轨迹。临死之前，他用的是查尔斯·马丁这个化名，我们搜查了他身上的证件，都是叫查尔斯·马丁。我们想弄清楚一个事实，他是从什么时候开始使用查尔斯·马丁这个身份的。我们差不多可以断定，他非常喜欢这片沙漠，所以肯定会来拜访这方面的专业人士。先生，你是这方面的泰斗，所以我们第一个找到了你。"

"我知道，好吧，我可以向你打包票，这个肯瑞克，也就是比尔·肯瑞克，的确来找过我。他是个皮肤颜色非常深的年轻人，特别让人沉醉，身体也很强壮，可是一点也不粗俗。我是指，得体的言行将他的才能隐藏得非常好。我觉得他很吸引人。"

"他来找你，是不是有什么已经想好的计划？我是指，有没有向你提出很独特的意见？"

"他向我提出的意见其实非常普通，可以说是我听到的意见中最普通的一个。他提议长途跋涉去找寻瓦巴遗址。你听说过瓦巴吗？有传闻说它位于阿拉伯半岛，是个很平坦的地方。这个城市曾经多次出现在传闻中，当人们正徜徉在幸福的港湾时也会觉得有一种负罪感，甚至我们在祈盼自己身体康健时，也会不由自主地摸一下石头，或者将手指叉开，或者用别的什么方式表达我们的抱歉，以免神因为人的极致享受而气愤不已。因此阿拉伯半岛有自己的瓦巴，这个城市因为他过分的富裕和负罪过多而毁于一场大火。"

"肯瑞克觉得他找到了这个遗址。"

"他非常相信这一点，令人同情的孩子，我真心祈祷我当时对他还算耐心。"

"那么你觉得他的说法不对吗？"

"格兰特先生，对于瓦巴的传闻，从红海开始，经过阿拉伯半岛，到波斯湾整个区域内，差不多每英里范围内都会有人们所说的瓦巴古城遗址。"

"那么，如果有人意外发现了它，你是不是会相信呢？"

"意外？"

"肯瑞克是个开飞机的，也许某一天他驾驶的飞机在沙尘暴的影响下离本身的航线越来越远，然后无意中发现了这个地方，有这种可能性吗？"

"那他是否和他的朋友提及过这件事？"

"没有，据说，他一直都守口如瓶，这只是我的猜想。试问在这种情况下，恐怕任何力量都无法阻止吧？"

"肯定不能，没有什么可以阻止得了。如果这个地方的确有，我可以说，它会是全球领域内最传奇的地方。截止到现在，说找到瓦巴城遗址的传闻很多，可是最终都被证实是别的东西。比如说，自然岩石构造，甚至根本就是虚幻的存在。我想肯瑞克看到的很有可能只是一个流星坠落到地面砸出来的一个陨石坑。

"我也曾亲眼见过这样的陨石坑。我的一个先辈在寻觅瓦巴古城遗址时曾经见过。它和人工制成的非常像，让人不敢相信。有些突起的土堆就像尖塔，那些高矮不一致的土石堆和古城遗址非常像。我当时还拍了一张照呢。你也许会想要一睹真容，那真是大自然创作的珍品。"他站起来，将裸露的橡木墙上的一块嵌板慢慢拉开，一个巨型书架出现在我们眼前，足足从地面一直延伸到天花板。

"多亏陨石不是每天都往地球上落。"

他从书架下面拿出来一本影集，回到房间，在影集里翻找他刚才所说的那张照片。格兰特猛然生出一种特别亲切的感觉，好像从前和劳埃德见过面。

他认真审视着劳埃德放在他面前的照片，这当然是一件难以置信的事情，差不多可以说是一件讥讽人类智商的高仿作品，可是脑子里还是不停地回想刚刚脑子里闪过的熟悉的怪异感觉。

他难道在哪个地方见过赫伦·劳埃德的照片？或者在某份书刊杂志上看到过他的照片？可是这种熟悉感为什么刚进门时没有呢？他觉得自己应该不是在其他地方认识他的，而是在某种特定的情境下。

"你了解吗？"劳埃德继续说，"甚至在陆地上，人也一定要走得无限近，才能知道这是不是人类的住所，如果从空中往下望，产生幻觉的可能性就更大。"

"是的，"格兰特嘴上虽然应和着，可是心里却是相反的态度。因为有个非常充分的理由。从空中往下望，这个陨石坑可以看得一清二楚，从上面往下看和从陆地上看过去的是一个效果。四面升高的土堆，中间是一个圆形的坑，可是他现在不想和劳埃德就这个问题讨论下去，就没有打断他的话。对于劳埃德，他的兴趣越发浓厚了。

"我们现在所在的地方和青年肯瑞克穿越沙漠的航线相当接近了，就如同他自己所说的那样。我想他声称看到的东西，可能就是这儿了。"

"他能明确将这个地方认出来吗？"

"我不知道，我也没向他打听过。可是我想他应该可以认出来，他给我的印象是：他能力非凡，而且天赋异禀。"

"对于他的详细情况，你没有打听过吗？"

"格兰特先生，如果有人跟你说，皮卡迪利广场④'INANDOUT'店的对面长出来一棵冬青树，你会兴致勃勃，还是会觉得你应该耐心倾听他的话？我对这座'空城'的熟悉程度，就如同你了解皮卡迪利广场一样，是一个道理。"

"是的，那是没错，这样说来，那天在车站给他送行的另有其人了？"

"格兰特先生，我一向不属于给他人送行。这是一种虐待和被虐待的行为，我从来都是持否定态度的。对了，他要去哪里？"

"到斯库恩去。"

"到苏格兰高地去？我知道他一直都想要做点有意思的事情，可是为什么目的地是苏格兰高地呢？"

"我们也不清楚，这是我们迫切想要明白的事情。他从来没有跟你提过，那里可能会有线索昭示吗？"

"没有。他确实说过要赢得其他人的帮助。我是说，当我跟他说这消息有待考证时，他是这样跟我说的。也许他已经有了他人的帮助，或者他希望就在当地寻找一个。我短时间内想不出他找到的支持者会是谁。当然，金西·赫维特肯定是一个，他有亲戚在苏格兰，可是我觉得他当时应该在阿拉伯半岛。"

幸好，为什么比尔带着住宿用的东西急忙去北方，劳埃德至少给了一个充足的理由。他是准备去和一个有意向的支持者洽谈。就在他打算离开这里，去巴黎和一个叫泰德·科伦的人见面的最后一分钟，他寻找到了一个支持者，之后就急忙到北方去找他。这很合乎逻辑，他们会接着合作下去，可是比尔为什么要用一个叫查尔斯·马丁的名字呢？

劳埃德似乎已经想到了格兰特心中所想，他说："我想问一下，如果这个真名叫肯瑞克的人出去用的身份是查尔斯·马丁，那么如何才能证明他就是查尔斯·马丁呢？"

"刚好我也坐那趟火车去斯库恩，他死时的样子，我一清二楚。后来对他在报纸上随意发表的诗句，我觉得非常有意思。"

"随意发表？刊登在哪里？"

"就刊登在一张晚报的空白处，"格兰特说，心里不禁感到很困惑，为什么劳埃德会那么关心肯瑞克将诗发表在什么报纸上面。

"哦。"

"我正在休息，也很无聊，于是想着做点事情，也有份寄托嘛。"

"你做了一个侦探应该做的事情。"

"是的。"

"格兰特先生，你的职业是什么？"

"我是国家公务员。"

"哦，我还以为你是个军人呢。"他笑了一下，将格兰特的酒杯倒满酒，"你的头衔肯定让人望而却步。"

"军参谋部的？"

"哦，不是，我猜是使馆的工作人员，或者谍报人员。"

"在军队服役时，我确实从事过和情报相关的工作。"

"因此你肯定在那时就积攒了很多这方面成功的经验，可以这么说，你的眼光很犀利。"

"谢谢。"

"也可以说肯瑞克随身所携带的东西很容易让人猜出他是做什么的。"

"不是，他下葬的时候是用的查尔斯·马丁的身份。"

劳埃德稍微想了一会儿，将杯子里的酒倒满，然后放下，停顿了一会儿接着说道："苏格兰警方处理这类突然死亡的案件一直以来都是这么马马虎虎。他们没有经过仔细调查，还以此为荣。我个人一直认为凶手犯案以后，要想不被绳之以法，苏格兰是他们躲避的绝佳场所。如果我来设计一场谋杀的话，我肯定会将人带到苏格兰北部边境地区，然后再伺机动手。"

"和以前一样，这案子是被审问过一次的，这起案件发生在火车刚驶出尤斯顿以后。"

"哦，"劳埃德仔细一下，接着说，"难道你不觉得这件事情应该让警方知道吗？我是说，他们埋葬的人的名字是错的。"

格兰特刚准备说可以证明这个死者查尔斯·马丁就是肯瑞克的仅有证物就只是一张模糊的照片，可这个念头马上被打消了，换了句话说："我们首先要搞清楚的就是，查尔斯·马丁的身份证件为什么会在他身上？"

"嗯，是啊，我清楚，这肯定是件让人觉得很迷惑的事情。一个人假如没有提前安排好，他怎么可能弄到别人的身份证件。现在，或者曾经，有人知道查尔斯·马丁这个人吗？"

"有啊，警方一百个放心这一点，一点独特之处都没有。"

"只有一个很让人疑惑的事情，那就是查尔斯的身份证件是如何到肯瑞克手上的。我知道你之所以不想请警方去搜索这个证件是从哪来的，是否在想给他饯行的那个人？那个人有没有可能就是查尔斯·马丁？"

"我觉得有可能。"

"这些证件最大的可能性就是找人借来的，无论怎么样，我觉得肯瑞克不可能是那种歹毒的人。"

"是的，通过我所看到的证据，也没有迹象表明他就是那样的人。"

"这件事真的挺奇怪的，你说他遭遇的这起意外，我觉得一定是意外，没有发现任何争执的痕迹吧？"

"没有，这只是一场再平常不过的意外，不管换作是谁都会摔跤。"

"真是让人太难过了，就如同我所说，如今像他这样有勇又有谋的年轻人真是少之又少。很多人来找我，他们都是经过长途跋涉才赶到这里来的……"

他接连不断地说着，格兰特就静静地看着他，任由他说。

实际上，的确有那么多人慕名来找他吗？劳埃德好像很乐意和陌生人打交道。晚上似乎也没有什么聚餐或约会，在交谈的过程中，这个主人也没有给客人提出离开的机会。劳埃德就那样坐在那里，用怡然自得、高调的嗓音连续不断地说着，还不时地饶有兴味地观赏自己的双手，还不停地变换手的位置和姿势。这不像是来加重某句说话语气的手势，更像是在从不同角度观赏某样装饰物。格兰特注意到他似乎沉醉在这种自恋的情绪中。他在这间远离城镇，没有车水马龙的小房子里听他讲话。在《名人录》中对劳埃德的记载里，没有说到过他的妻子和孩子。对这两点，人们往往都是觉得很自豪的，会经常提起来的。因此，在这个家里，只有劳埃德和他的男仆两个人。这样说来他肯定爱好很多，这样可以减少因为没有和家人生活在一起而带来的缺失。

格兰特也很祈盼家人的陪伴，可是他在工作中要和形形色色的人打交道，以至于他回到空旷的家里，安静地待着倒变成一种难得的精神愉悦。赫伦·劳埃德的生活很圆满吗？

他这种清高自傲的态度除了独自欣赏以外，还会需要他人欣赏吗？

他很想知道这个人到底多大了，他的实际年龄肯定要比给人的感觉要老。他是阿拉伯探险方面的专业人士，应该有五十五岁不止了，也许六十岁了也说不定。可是在他的个人传记里没有清楚提到他的出生年月日，因此他应该有六十岁了。就算身体素质再好，生活质量再高，他剩下来的日子应该也不多了。他的余生他会怎么过呢？难道将所有的时间都用来观赏他那双手？

"如今世界上仅有的真正意义上的民主，"劳埃德还在滔滔不绝，"正被我们所声称的现代文明慢慢地毁灭掉。"

格兰特又产生了那种非常熟悉的感觉，他之前是不是见过劳埃德？或者劳埃德的出现，让他忆起了某个人？

如果像他所想的那样，这个人会是谁呢？

他必须马上起身告辞了，他得认真考虑一下这件事情。

"肯瑞克跟你说过，他住在伦敦哪里吗？"他离开时随口问道。

"他没跟我说过。下一次见面的时间和地点，我们还没有说好。你知道的，我要他在准备离开伦敦时来找一下我，可是他失约了，我以为他是因为我缺少应有的同情而不快，又或许是生气了，我不知道该怎么说。"

"的确，他肯定受到了不小的打击。好了，我也占用了你不少时间，感谢你愿意这么耐心地听我说这些。"

"很遗憾我帮不上你什么忙，不过如果在这件事上你有需要我帮忙的地方的话，你尽管开口。"

"嗯，好吧，其实还有一件与这事没有什么关联的事情，只是我不好意思再开口麻烦你。"

"是什么事？"

"我能不能借用一下你的那张照片？"

"哪张？"

"就是插在你相册里的那张陨石坑的照片，我想把照片拿给肯瑞克的朋友看看，我保证只是看看，看完就会送回来，不会弄丢的。"

"哦，没事的，照片你就尽管拿去用吧，这是我自己拍的照片，所以我这里还存有底片可以再冲洗。"

他从相册夹中拿出照片递给格兰特，两人就一同下了楼，走到门口时又聊了几句，等到格兰特离开之后他才关上门。

上车后，格兰特就拿起车坐垫上的报纸，小心地将照片夹了进去，接着他就往苏格兰场的方向开去了。

眼前这栋兀立在夕阳里的建筑看上去还是和往日一样可怕，指纹鉴定部也依旧没什么变化，格兰特心里想着。他刚到，卡特赖特就捻熄了手里的香烟，然后十分得意地看着他的最新成果——一套完整的左手的指纹。

"很棒吧？"感觉到格兰特走到了他身旁，卡特赖特转过头对他说，"这个东西就足够把平吉·梅森送上断头台了。"

"他难道没戴手套？"

"哈！他当然可以买一堆手套，但只有那些无能的三流抢劫犯才会戴手套作案，平吉那么聪明当然不会用，只是他肯定没有想到警方最后会判定那不是自杀。对了，你最近出门了？"

"嗯，我在苏格兰高地钓鱼，要是你这会儿有时间，能不能帮我做件事？"

"现在吗？"

"明天也可以。"

卡特赖特看了看时间，"现在我没什么事要忙，但是晚上我要和我太太一起去看玛尔塔·哈拉德主演的新戏。所以如果你需要的话，我可以现在就帮你。不过，这件事棘手吗？"

"不，挺容易的。你看这张照片的右下角，有一个大拇指的指纹，而在照片的背面还有一套清晰的指尖纹，我想查阅下档案，看下这些指纹是否有记录过。"

"好的，你可以在这里等会儿吗？"

"那我先去图书馆吧，一会儿再过来。"

格兰特在图书馆里找到《名人录》后就立即开始查找金西·林伊特的资料，结果有关于他的介绍只有一小段，与用了半卷篇幅介绍丰功伟绩的赫伦·劳埃德的资料相比，确实少得可怜。金西·林伊特年纪好像比赫伦·劳埃德要小，他已经结婚了，家里有两个孩子，住在伦敦。而赫伦·劳埃德好像说过，他和住在弗福的一个金西·林伊特家族的小儿子是亲戚。

这样看来，他最近或者是现在很有可能都待在苏格兰。格兰特找到一个电话，给伦敦的这个地址打了过去。接电话的是一个声音动听的女人，她说她的丈夫不在家，11月份的时候就离家去了阿拉伯，最早也要等到五月份的时候才会回来。格兰特向她道了谢就挂了电话，这么看来比尔·肯瑞克没有去找过金西·林伊特，等明天他再去问一问那些在伦敦的阿拉伯半岛问题的权威专家们。

然后格兰特在咖啡屋碰巧遇上了几个朋友，闲聊了一会儿后他就回到了指纹鉴定部。

"照片上的指纹弄好了吗？我是不是回来得有些早了？"

"我不仅把指纹弄出来了，还帮你查了一下，确定指纹没有什么问题。"

"我早就预料到没有什么问题，不过还是很感谢你帮我这个忙，照片我就先拿走了。我还以为对哈拉德的新戏评价很差呢。"

"是吗？我们两人都从来不看戏剧评论的，我太太就只喜欢玛尔塔·哈拉德，当然我也喜欢她，尤其是她那修长而美丽的腿。晚安。"

"再次感谢你的帮忙，晚安。"

①塞缪尔·约翰逊，18世纪英国文学家，词典的编纂者。
②廷克，廷克尔夫人的昵称。
③哈吉：到麦加朝圣过的回教徒的头衔。
④皮卡迪利广场：伦敦的繁华中心。

第十二章

"你似乎不太喜欢这个家伙。"当格兰特在电话里说完他去拜访劳埃德的经过后，泰德·科伦发表了这样的评论。

"是吗？好吧，可能他刚好就不是我喜欢的那一类人。我说，泰德，难道你真的不知道，或者在你的记忆深处，你真的想不出来比尔会去哪里吗？"

"我没什么记忆的深处，我只会在我狭小的空间里储存像是电话号码、祈祷词这样一些对我有用的东西。"

"好吧，我想让你明天去找找比尔可能会去的地方，如果你愿意的话。"

"噢，我当然愿意，我愿意听从你的差遣去做任何事情。"

"好的，你有笔吗？我列出来给你。"

格兰特写了约20家比尔可能会去的旅店的名字递给他。他推测，一个已经习惯了空间广阔的小城镇生活的年轻人应该会喜欢找那些宽敞、热闹，并且价格便宜的旅店。他又琢磨了一会儿，或许年轻人有几个月的薪水，想奢侈地挥霍一下，于是他将几个最有名、价格高昂的大酒店的名字加了进去。

"我想这几家就够了。"他说。

"还有其他的吗？"

"要是他不在我列出的这些旅店里住，那就麻烦了。因为如果找不到他，我们就要找遍伦敦的每一家旅店了，更不用说那些寄宿公寓了。"

"好的，那我明天一早就开始做这事。格兰特先生，我想告诉你，我非常感激你为我做的一切。你牺牲了自己的假期时间去做别人都不愿意做的事情，我是说，就连警察都不愿意做的，要不是你……"

"你听我说，泰德，我并不是为了做好事，我只是爱管闲事，我在做我喜欢做的事情，并且乐在其中。如果不是因为这个，我也不会来到伦敦，今晚我就歇在克卢恩了，就这样吧，有什么事以后再说，祝你好梦，晚安。"

他挂了电话就去炉子上看看廷克尔夫人给他留了什么吃的，那应该是一种牧羊人的馅饼，他端着馅饼走到客厅毫无心绪地吃着，脑子里却还想着劳埃德的事情。

究竟劳埃德是哪里让他觉得熟悉呢？

他仔细地回想着第一次有这种感觉的时候，劳埃德当时在干什么？他用他那故作优雅且有些夸张的手势拉开了书柜的木板门，那些动作为什么能唤起这种熟悉感？

还有更加古怪的事情。

当他提到肯瑞克在报纸上胡乱写诗的时候，为什么劳埃德的第一反应是问他"写在哪儿了"？

这个反应当然不正常。

他当时是怎么和劳埃德说的？他说他是因为肯瑞克写的那几句诗而开始对他感兴趣了，这句话里最重要的是"诗"，所以正常来说劳埃德应该问"什么诗"，而他却问"写在哪儿了"，这真令人费解。

不过，不管人们作出什么反应都是能理解的。

根据格兰特多年的经验来看，在陈述一件事的时候，那些看上去不相干、不受注意的字眼才是最重要的，那些能令人既惊讶又满意的启示，往往就在这些话语间的漏洞中。

为什么劳埃德会问"写在哪儿了"呢？

他带着这个问题上了床，也带着这个问题睡着了。

第二天一早他就四处去拜访那些阿拉伯的权威专家们，但毫无收获，对此他并不觉得意外。那些喜欢去阿拉伯半岛探险的人几乎没钱赞助别人，就算有钱也会用来做这些方面的研究，除非是他们对你的一些研究感兴趣，才会赞助你，帮你一起完成这项研究。但这些人也没有听说过查尔斯·马丁或者比尔·肯瑞克的名字。

格兰特的寻访行动直到过了午饭时间才结束，他站在窗前等泰德的电话，心想是让廷克尔夫人给他做个鸡蛋卷还是出去吃午饭。外面天气阴沉沉的，空气中弥漫着一股土腥味，时不时吹来一阵微风，这种天气要是去钓鱼想必很不错。这一刻，他忽然希望自己已经走在了河边，而不是在伦敦和这里的电话较劲，或者就算不是去钓鱼，和帕特两个人去伍德湖划会儿船，轻松地度过一下午也挺好。

他走到桌边，开始整理早上拆开的邮件，并将废弃的信纸、信封扔进纸篓里，就在这时他忽然停止了动作。

他忽然想起来了。

他终于知道赫伦·劳埃德令他想到什么了。

就是那个小个子阿奇。

这个想法简直荒谬到让人感到意外，他坐在椅子上忍不住笑了起来。

到底阿奇跟赫伦·劳埃德这个优雅又有教养的人有什么相同点呢？

挫折感吗？当然不是。难道是因为他对于他所热爱的国家而言只是个外来的人？不，这很牵强，应该是更接近本质问题的某种东西。

他现在能确定赫伦·劳埃德让他想起的就是小个子阿奇，这让他感到一阵轻松，就像是终于记起了一个总是想不起来的名字。

对，就是阿奇。

但为何是他呢？

这样完全不相同的两个人有什么相同之处吗？

姿势？体态？声音？不，都不是，那到底是什么呢？

他的内心忽然说道："你这个笨蛋！是他们的虚荣心啊！"

没错！就是他们那种近乎病态的虚荣心！

他静静地坐在那儿思考，也没那么高兴了。

产生犯罪的第一要素就是虚荣心，它是罪犯心里共同的因素。

如果说——

他手边的电话突然响了起来。

泰德在电话里说："我已经拜访到第18个人了，尽管这个人年纪很大，但他的血管里流淌的都是开拓者的血，所以他仍在坚持这方面的研究。"

"先休息一下，找个地方我们一起吃个饭吧。"

"我已经吃过了，我在莱斯特广场吃了几根香蕉，又喝了一杯奶昔。"

"上帝！"格兰特说。

"怎么了？"

"都是淀粉！问题就出在这儿！"

"疲乏的时候吃点这类食物能补充体力。你那边没有什么进展吗？"

"是啊，如果比尔是为了去见那个愿意赞助他的人才北上的，那么这个人一定只是个有钱的业余爱好者，因为所有热爱阿拉伯探险的人都不愿拿钱出来资助别人。"

"好吧，我该离开了，下次什么时候再打电话给你？"

"你把单子上的人都见完了就立即打电话给我，我会在这里等你。"

格兰特决定吃煎蛋卷，当廷克尔夫人在厨房准备时，他在客厅里来回走着，放飞自己的思绪，一会儿又马上拉回来。

如果他们能找到一个切入点就好了。但要是泰德把名单上的旅店都查完了还是没有收获的话，该怎么办？再过几天他就要回去上班了。他停止猜想那两人的虚荣心会引发的各种可能性，开始估计泰德查完剩下的旅馆所需要的时间。

煎蛋卷还没有做好，泰德就激动地赶回来了，就像是凯旋一般。

"我实在是不知道你为什么会把那样脏乱的小旅馆和比尔联系到一起的,不过你猜对了,他确实住在那里。"

"哪里?"

"就是潘特兰旅店,你怎么会想到那里?"

"那可是国际知名的酒店。"

"就它还国际知名?"

"是的,而且一代又一代的英国人都去那里住过。"

"就它那个模样?"

"所以比尔·肯瑞克就住在那儿了,我越来越喜欢他了。"

"是的,你如果早一点认识他就好了,没有人能比得上他。"泰德已经恢复了平静,脸上激动的红潮也已经褪去了。

"坐下来喝杯咖啡消化一下你的奶昔吧,或者来杯酒?"

"不用了,我就喝咖啡吧,闻起来挺不错的样子。"他又忽然说道,"比尔是3月3号那天退的房间。"

"你有没有问他们关于行李的事?"

"我问了,开始他们对这件事并不上心,后来他们拿出了一本账本,说储物间和保险柜里都没有肯瑞克先生遗留下来的物品。"

"也就是说他把行李放到行李寄存处了,这样一来,当他从苏格兰回来的时候可以直接提走行李。如果他是乘坐飞机回来的话,为了方便在去机场的路上取走行李,我猜想他会把行李放在尤斯顿。如果他打算坐船走海路,他可能会在去尤斯顿之前就把行李放到维多利亚。他喜欢海么?"

"还好吧,他对大海不算痴迷,但他特别喜欢轮渡。"

"轮渡?"

"对,好像是在他小时候,有一个叫庞贝的地方,你知道那里么?"格兰特点了点头。"他把时间都花在只需要一便士就能乘坐的轮渡上了。"

"以前只要半便士。"

"好吧,不管多少钱。"

"所以你才会觉得他可能会坐火车轮渡?我们可以试试看。但万一他时间不够,来见你的时候应该会乘坐飞机,你能认出他的箱子吗?"

"当然能。以前在公司的时候我和他住一间宿舍,这次他的行李还是我帮忙收拾的。噢,对了,有个箱子还是我的,他只带了两个箱子。他说要是我们买很多东西的话可以再买一个箱子——"他突然不说了,低下头喝着咖啡。咖啡杯是玛尔塔·哈拉德从雅典带回来给格兰特的,杯子很大,上面画有粉色的柳叶图案。他一直喜欢用大杯子喝咖啡,因为能用来掩饰情绪。

"你应该明白,我们没有可以取行李的票,也不能动用其他权力,不过我认识许多在终点站执勤的人,可以请他们帮帮忙,但还是需要你找出箱子。你说,比尔是那种喜欢在箱子上贴标签的人吗?"

"如果他把箱子留那儿，他会做标记。但是他为什么不把行李票放到钱包里呢？"

"我想有可能是别人帮他存的行李箱，比如说那个在尤斯顿送他上车的人。"

"你是说那个叫马丁的？"

"有可能，如果比尔是借了马丁的身份证明来进行伪装，那他一定会还回去。马丁可能会带着他的箱子在机场或是维多利亚和他碰面，也有可能会是在一个离开英国的地点，把箱子给他，并拿回自己的身份证明。"

"是的，听上去很有道理，或许我们可以登个寻人启事找这个叫马丁的人？"

"我挺想这么做，但是他是不会出面的，你看，他把自己的身份证件借出去了，手里没有证件，又惹出这么大的事，怎么解释得清？"

"嗯，或许你是对的，不管怎样他都不会住在那样的旅馆里的。"

格兰特惊讶地问："你怎么知道？"

"我查过那个登记簿，我认出了比尔的签名。"

"好吧，泰德，你应该加入我们刑侦部门，留在奥卡尔公司实在是大材小用。"

泰德并没有听到他的话，"你一定无法想象这种感觉，在那么多的陌生签名里，我突然就看到了比尔的签名，我都快喘不过气了。"

格兰特从书桌上拿起劳埃德那张陨石坑"废墟"的照片，递给泰德，"劳埃德认为比尔看到的就是这个吗？"

泰德颇感兴趣地看着照片，"这真的很奇特，对吧？它就像是废弃的摩天大楼，每当我看到阿拉伯半岛，我就会想起美国的那种摩天大楼，一些老阿拉伯城镇就跟小型的帝国大厦一样，但你却觉得这不是比尔看到的东西。"

"是的，因为从天空看应该更显眼。"

"你告诉劳埃德了吗？"

"没，我都是在听他说。"

"那你为什么不喜欢那家伙？"

"我没有说不喜欢他。"

"你不说我也看得出来。"

格兰特迟疑着，像从前那样分析自己对劳埃德真正的感觉。

"我发现虚荣是一个令人反感的东西，身为一个人，我非常讨厌虚荣，而身为一个警察，我并不相信虚荣。"

"但它只是一个没有什么害处的弱点。"泰德耸了耸肩。

"这样想是不对的，虚荣绝对是一种恶劣的品质。你所想到的虚荣只是那些整天对着镜子孤芳自赏的人，他们或许会买许多漂亮衣服来装饰自己，但那只是个人的自恋，真正的虚荣是完全不一样的，那是人格的问题。一个极度虚荣的人会说：'我要得到这个，因为它是我的。'这样的人格实在太可怕了，根本无可救药。你也绝对没有办法让一个虚荣心极强的人相信其他人有丝毫的重要性，因为他完全不知道你在说什么。他会为了逃避六个月的刑期而杀死一个人。"

"这真是太疯狂了！"

"但虚荣的人不会这么觉得，这只是他们的思维逻辑，而不是医学上指的疯癫。正如我说的，这就是一种可怕的品性，是所有罪犯共同的基本人格。我指的罪犯，是那种无论是长相、品位、才智还是作案手法都是多种多样、千差万别的那种真正的罪犯，而不是那些因为一些小事，比如捉奸在床，气愤之下杀了自己的妻子的那种小角色。但他们都有一个共同特点——病态的虚荣心。"

泰德看上去似乎只有一只耳朵在听，此时他正在用这个信息来印证自己的私事。"噢，你的意思是劳埃德不可信？"

格兰特认真地思考了一会儿。

"要是我知道就好了。"他说，"真希望我能知道。"

"要是这样，情况肯定就完全不一样了，对吗？"泰德说。

"今早我一直在想，我是不是就是因为看过太多罪犯的虚荣心，因而特别厌恶虚荣的人，并且毫不信任他们。表面上看来，劳埃德没什么瑕疵，他记录良好，生活简朴，有很好的艺术品位和卓越的成就，甚至可以说令人钦佩、令人仰慕。这些足够满足他自负的虚荣心了。"

"但是你不觉得有什么地方不对劲吗？"

"你记不记得在莫伊摩尔的饭店里那个向你传道的小个子？"

"就是那个穿着苏格兰裙子，说苏格兰受到迫害的小个子！"

"苏格兰裙。"格兰特喃喃说道，"也不知道为什么，劳埃德给我的感觉就和阿奇一样，并且这种感觉很强烈，虽然听上去很荒谬。他们俩人有一样的——"

"品性。"

"没错！就是一样的品性！"

他们两人都不说话了，半晌，泰德说："那么，在你看来，你还是觉得比尔的死只是意外？"

"是的，因为没有证据证明那不是意外，但如果能找到证据的话，我已经做好相信那不是意外的准备了。你会不会擦窗户？"

"擦什么？"

"擦窗户。"

"噢，必要的话，我可以试试看。"泰德看着格兰特，又问，"你为什么要问这个问题？"

"在这件事情结束之前，你可能要一直擦窗户。我们现在就去拿箱子，真希望我们想要的所有东西都在那两个箱子里面。哦，对了，比尔是在一个礼拜前预订的去斯库恩的火车票的。"

"也许他要等到四号才能和那个苏格兰的资助者见面。"

"或许吧，但不管怎样，那两个箱子中必然有一个装了他所有的证件和其他物品，要是里面有一本日记就好了。"

"比尔没有写日记的习惯。"

"不是那种，我说的是记事的那种，比如说一点一刻和杰克见面，七点半给某酒店打电话。"

"噢，这样。好吧，我想如果他要在伦敦四处找资助人，他应该会记日记，那也正是我们需要的！"

"是的，但愿箱子里面有。"

但是箱子里面根本没有东西。

什么都没有。

他们放下心来，从尤斯顿火车站、飞机场、维多利亚这种比尔最可能去的地方查起。这个办法还不错，一切都很顺利。

"警官，你好啊，有什么需要我们效劳的吗？"

"哦，或许你能帮一下我这个从美国来的朋友。"

"好的，有什么事吗？"

"他想知道他的朋友是不是留了几个箱子在这里，如果你不介意的话，能让他四处找找看吗？我们不会动其他的东西，就只是看看。"

"好的，现在英国做这种事都是不要钱的，信不信由你。跟着我来后面好吗，警官？"

然后他们一起到了后面。每到一个地方他们就会查看架子上那些行李，态度很轻蔑、傲慢。所以说，只有别人的行李看上去才会那么疏远。

从可能的地方到或许有可能的地方，他们认真地查看着，心情也逐渐变得沉重。原本他们只希望能找到日记本或是身份证明，但现在他们只希望能找到箱子就行了。

然而架子上的箱子都很陌生。

这令泰德很失望，他一遍又一遍地查看那些塞满行李的架子，一脸难以置信的样子，直到格兰特用了好大的力气才把他从失物招领处拉了出来。

"箱子肯定在这儿，肯定在这儿！"他不停地念叨着。

但箱子确实不在这里。

最后一线希望也破灭了，他们走在街上，内心无比失望。泰德说："警官——我是说格兰特先生，除了这些地方，如果你从酒店退房，你会把行李放在哪里呢？有没有其他能存放个人物品的地方？"

"再就是限时的那种了，如果临时有事要离开一两个小时，可以暂时把行李放到那里。"

"哦，比尔会把东西放在哪里呢？为什么不放在显眼的地方呢？"

"我也不知道，或许放他女朋友那儿了。"

"女朋友？"

"我猜的，他年轻又帅气，还是单身，可以有很多选择。"

"哦，这也有可能，你倒提醒了我。"他脸上沉重的神色一扫而空，他看了一下表，也快到晚饭时间了。"我约了一个女孩在咖啡吧碰面。"他看着格兰特，神情略有些不自然，"不过你要是还有什么事需要我做的话，我就不去了。"

格兰特让他赶紧去见他的小情人，这样他反倒轻松了许多。他决定先去看看那些大都会的朋友，晚一些再吃饭。

很快他就到了阿斯维克街警察局，大家都用相同的话与他打招呼："你好，警官！有什么需要我们效劳的吗？"

格兰特说他想知道现在负责布瑞特街的警察是谁。

他们说正在值班的好像是毕舍尔警官，这会儿他正在餐厅吃饭，号码是三十号。

　　然后格兰特在餐厅的尽头找到了正一个人吃饭的毕舍尔警官，他正专心地看一本法语语法书，似乎没有察觉到格兰特的到来。格兰特望着他，心想：在这短短的不到的25年的时间里，伦敦警察的模样变化可真大，他知道自己是什么类型的警察，但在各种场合中，这种特质恰恰极为有用。毕舍尔警官来自县城，体格瘦弱，黑色的头发下面脸色微黄，不过人很和善，动作从容而不紧迫。从这些来看，他觉得毕舍尔警官将来一定能做成大事。

　　格兰特自我介绍了一番后，毕舍尔警官才站起来，挨着格兰特直接坐了下来，说："我需要你帮我一个小忙，你能帮我查问一下谁负责擦洗布瑞特巷五号的窗子吗？"

　　"是劳埃德先生所在的那个位置吗？是理查德负责的。"他说。

　　看吧，他将来一定很有前途，他得对他多加留意。

　　"你怎么知道的？"

　　"我每天巡逻都会在他那里来回经过很多次，他把手推车和其他东西都放在布里特巷稍远处的马厩里。"

　　虽然毕舍尔才刚来这里不久，但对他管辖区的一切都十分清楚。格兰特向毕舍尔警官道了谢，然后就去找理查德。理查德是个单身的退役军人，两腿长短不一，他喜欢收集瓷罐这些东西，也喜欢投掷飞镖。他好像就住在他的流动售货车里，车里养着一只猫。

　　格兰特去了布瑞特巷拐角处的阳光俱乐部，理查德经常会去那里掷飞镖。这并不是正式的拜访，所以也用不着提前预约。他没来过这家店，也不认识店里的店主，所以他只需要安静地坐在一旁，等着有人过来邀请他一起玩飞镖，然后他就能和理查德搭上话，聊一会儿了。

　　但他等了好几个小时都没等到，只好邀请理查德到一处角落里一起喝一杯一品脱酒。他正犹豫着是拿出自己的名片，表明自己的真实身份，还是先套套近乎，说都是做过军人的，就请他帮点忙，事后会给他报酬的。这时理查德先开了口。

　　"先生，都这么多年了，你似乎都没长胖啊。"

　　"我们以前见过吗？"格兰特问，他心里有些懊恼，为什么自己对这张脸完全没印象？

　　"那是很久以前了，我也不记得是哪一年了，就在坎伯利，你也不必为这事感到懊恼。"他说，"那时候我只是个厨师，也不确定你是不是真的看到我了。现在你还在军队里面吗？"

　　"不，我现在是一名警察。"

　　"不是吧！好吧，我想你肯定是情报局的，我总算知道你为什么这么着急地把我带到角落来了，我还以为你是欣赏我投掷镖的方式呢！"

　　格兰特笑了笑，说："是啊，我想请你帮我做点事，不是官方的那种，你愿意明天收个学徒赚点钱吗？"

　　理查德考虑了一会儿，问道："是要擦哪个特殊的窗户吗？"

　　"布瑞特巷五号。"

　　"哈！我宁愿付钱让他去做。"理查德兴致勃勃地说。

　　"为什么？"

　　"因为那个混蛋永远都不会满意。这里面不会有什么圈套吧？"

"绝对不会，我可以担保，我们不会拿走房子里的任何东西，也不会弄乱房子，要是你还是不放心，我们可以签个书面协议。"

"我相信你，先生，你的人可以去给那个混蛋擦窗户，但不用支付酬劳。"他举着酒杯说，"那人明天什么时候来？"

"10点如何？"

"那就10点吧，你那个'相好的'一般都是早上11点出门。"

"你考虑得真周到。"

"我会早一点做完手里的事，10点钟在布瑞特巷三号车库，也就是我住的地方和他碰面。"

格兰特知道，今晚再给泰德打电话也没什么用处，所以他给西莫兰酒店留了消息，让泰德明天早上吃完早餐就来他这里。

然后他才吃完晚饭，开心地去睡觉了。

他刚睡下去，就听见脑海里有个声音在说："因为他知道根本没有什么东西可以在上面写字。"

"什么？"他突然醒过来，"谁知道？"

"劳埃德啊，他问'写在哪里'。"

"然后呢？"

"他会这么问是因为他很吃惊。"

"听起来确实是这样。"

"他很惊讶，因为他认为没有可以写字的东西。"

他躺着想这件事，直到又睡着了。

第十三章

格兰特的早餐还没吃完，已经梳洗得非常爽利的泰德就赶来了。他心神不宁，必须得安慰他、劝导他从这种悲观的情绪中脱离，不然就糟糕了。（"格兰特先生，我想放弃了，我对你的调查已经不抱期望了。"）幸好，当他得知今天有行动时又再次精神抖擞起来。

"你是说你上次提到的擦窗户的事情是认真的？我还以为只是随便说说的，就像我们会说'如果这种情绪还继续下去，我就要去卖火柴了'一样。但是，我为什么要去擦劳埃德的窗户呢？"

"因为那是你能光明正大地进到那间房子里的唯一的办法。我同事告诉我，你不能进去抄煤气表，也不能检查电气、电话线，但你能以一个专业的玻璃清洁工的身份进去。从今天开始，理查德就是你的老板，他说劳埃德每天会在11点钟离开，等他一走你就去理查德那里，他会带着你一起工作，这样他就能跟别人说你是他的学徒，正跟着他学习技术，即使你一个人待在那里也不会显得可疑了。"

"这样我就能独自待在那儿了。"

"房子的二楼有一个非常大的房间，里面有一张书桌，它摆在窗户中间，桌上有一本很大的、红色封皮的记事簿。"

"然后呢？"

"你看看劳埃德3月3号和3月4号两天的安排。"

"你认为他有可能也在那班火车上，对吗？"

"我想确定他没有乘坐那趟火车，如果我知道他有哪些约会的话，我很容易就能查清楚他到底赴约了没有。"

"好吧，那挺简单的。我对擦窗户的工作还是很期待的，有时候我经常想等我老了之后能做什么，现在我觉得我可以多了解一下擦窗户这个行业，以后说不定能开几家店。"

然后他开心地走了，完全忘记了就在半个小时之前他还情绪低落呢！格兰特在内心搜索着，看看自己有没有和劳埃德共同的朋友。他想起还没有打电话给玛尔塔·哈拉德，告诉她自己已经回到城里了，虽然现在打电话或许会吵醒她，不过他还是打了。

"噢，你没有吵醒我，我早餐都快吃完了，现在正在看报纸。"马塔说，"我每天都会发誓说以后再也不看了，但它每天都躺在那里等我打开，所以我早上又看了。看报纸弄得我消化不良，动脉变硬，脸上的肉也有些下塌，五分钟的时间就毁了我价值五几尼①的脸部护理！它明明就是毒药，可是我每天都要来一点。你怎么样？亲爱的，身体好些了吗？"

她专心地听着，一言不发。玛尔塔有很多优点，其中之一就是善于倾听。而对于他的大部分女性朋友来说，她们短暂的保持沉默，只是为了准备合适的措辞，一有时机就会继续她们的话题。

知道了他在克卢恩是怎么度假的，以及他已经恢复了健康，她说："今天我们共进晚餐吧，就我自己。"

"能不能定在下星期？最近那部戏的进展如何？"

"还不错，亲爱的，要是罗尼能够抽出时间到舞台后面跟我对话，而不是只面对观众，想要独自吸引观众的目光，那就更好了。他说，他是为了体现出人物的超然态度，才会站在流动踏板上，连眉毛都展现给观众。但是在我看来，他在音乐厅演戏时就有这个毛病了，到现在还是这样。"

对于罗尼和这部剧，他们又聊了几句，然后格兰特问："顺便问问，你认识赫伦·劳埃德吗？"

"算不上认识，但是他的卑鄙程度和罗尼不相上下。"

"怎么会这么说？"

"罗里是我哥哥的儿子，他心心念念着想去阿拉伯半岛探险，虽然我无法理解，为什么会有人想花费大量时间去满地沙尘的阿拉伯半岛探险。可是不管怎样，罗里都想和劳埃德前去，但是劳埃德好像不愿意和阿拉伯人之外的人一起旅行。罗里是个善良的人，他说，因为劳埃德很像阿拉伯人，比阿拉伯人本身更愿意去维护阿拉伯人的利益。但是在我看来，他就是个卑鄙小人、流氓无赖，他和罗尼一样，都想将整个舞台据为己有。"

"那罗里现在在做什么呢？"格兰特把话题从赫伦·劳埃德身上转移开。

"哦，一个叫金西·赫维特的探险家带他去了阿拉伯半岛。虽然遭到了冷落，但是罗里并不会因为这种小事而耽误自己的行程。那我们就在下周星期二一起吃晚饭吧，可以吗？"

是的，她把时间定在星期二是可以的。他会在星期二之前回去上班。而比尔·肯瑞克，这个满心欢喜地到英国来，准备去阿拉伯探险的年轻人，却死在了前往苏格兰高地的火车上，还是以查尔斯·马丁的身份。对于这个年轻人的事情，他只能先搁置一旁。他只有一两天的时间了。

他想去理理头发，那里的环境很轻松，让人萌生睡意，正好可以让他好好思考一下，有什么遗漏之处。现在，泰德正在和他的老板共进午餐。他对泰德说："对于这件事，理查德并不会收取报酬，所以你带他出去吃顿大餐，我出钱。"

"我可以也很愿意带他出去吃饭，"泰德说，"但是要是让你出钱，那我就该死了。毕竟比尔·肯瑞克不是你的朋友，是我的。"

于是，他坐在温暖的、香气馥郁的理发店里，一边理发，一边思考，该怎么样才能找到比尔·肯瑞克的箱子。但是，还是泰德回来后想出了一个办法。

泰德说："为什么不登个寻人启事来找这个女孩？"

"哪个女孩？"

"就是把比尔的行李拿走的那个女孩。如果她不想霸占里面的东西，那她完全不必羞愧。她应该会知道箱子里有什么。但是比尔的眼光还算不错，应该不会选到一个那样的女孩。我们可以在报上用黑体大字写上：'比尔·肯瑞克'，这样更能引起注意，然后写上：'认识他的人请打XXX电话与XX联系。'这样可行吗？"

格兰特没觉得有什么不足之处。但是他正在看泰德从口袋掏出的纸条。

"有没有找到笔记本？"

"那个啊，当然。我就朝那边靠过去，伸手就找到了。可是笔记本里好像什么都没有。差不多能说是牢狱之外最最无聊的行程笔记。整本笔记里就没有一点能够勾起人们兴趣的事，对我们来说，这本笔记毫无用处。"

"没有吗？"

"似乎他平时很难闲下来。那我马上写广告发给报社，让他们刊登？"

"行，在我桌子上有许多纸，你可以使用。"

"那我们联系哪些报社呢？"

"六张一样的广告，写完了就给他们寄过去。"

他看了一下泰德，泰德正在抄劳埃德的笔记本上面的内容，字写得十分幼稚。已经抄下来的部分是3月3号、4号的行程笔记。看到这些，他的脑子又忍不住翻腾出原先的那些怀疑。此时，他就会怀疑自己是不是想太多了，自己好像过于敏感，于是，他开始怀疑自己的精神状况仍处于病态。自己怎么能够怀疑赫伦·劳埃德有杀人的意图呢？是因为自己一直在这样怀疑吗？其实无论如何，似乎他们都不应将劳埃德和比尔·肯瑞克的死亡扯上关系。

当他在看着手上的那些纸张记录的文字时，他还在想就算劳埃德没有去那些约会被证实了，但是只要用一些突发情况作为理由来解释都能成立。在这些文字里，可以确定的是劳埃德出席了一场晚宴。笔记本里有这样的字句："3月3日晚上的七点一刻，在诺曼底'先锋会'。"4号的时候上午九点半，柏泰杂志的记者和摄影团队都去了布瑞特街的五号围绕他做一个节目中的专题，叫作"国内名人"的电视节目。这样来说，赫伦·劳埃德应该是以此为中心，应该无暇顾及那个宣传自己在阿拉伯沙漠发现了古老遗址的不出名的小飞行员。

"不过，他有问过这样一句话：'写在什么东西上面？'"他的心底隐约传来这样的一句话。

"的确，他问的就是：'写在什么东西上面？'假设在不经意间，一个人说的任何只言片语都需要被质疑、被仔细调查的话，那么这个世界该多么地不可思议啊。"

他的上司曾经说过："你具有这个行业最需要、最宝贵的特质——敏锐。可是格兰特，过犹不及，千万不要因为敏锐而迷失自己的判断，使自己的想象控制住自己，而应该学会控制敏锐，好好利用它。"

现在他正好就是被敏锐的眼光牵制，在快要迷失之际，他必须把自己拉回来。

他需要调整好心理和思想，使自己的思想判断恢复理智，也就是恢复到见到劳埃德以前、恢复到比尔·肯瑞克之前的那种精神情况。要让自己脱缰的思想能够平复下来，回到赤裸现实、真实确切的现实生活中。

格兰特跳回现实，看到眼前的泰德正誊写笔记，奋笔疾书地写个不停，甚至专注得自己都快钻进本子里去了。泰德的鼻子紧紧地蹭着纸张，就像狗用灵敏的鼻子在地上仔细地嗅着追寻刚刚爬过地面的昆虫踪迹。

"你和那个在咖啡厅认识的女孩相得如何啊？"

"啊？挺好的，嗯，很好。"泰德随声说道，但是注意力仍集中在笔记本上，似乎压根儿都没有思考过格兰特问的到底是什么。

"那你还会约她吗？一起出去约会？"

"嗯，没错，今晚就约。"

"你觉得你们会一直顺利地发展下去吗？"

"可能吧，"泰德继续随声回答着，而直到这个时候他才意识到格兰特似乎对于他的私人问题尤为感兴趣，所以开始将视线转移到他的脸上，盯着他说："你问这个干嘛？"

"没什么，我只是想独处一两天，所以我先得确定一下，你如果一个人生活一两天的话，会不会过于无聊。"

"这样啊，那不会的，我不会觉得很无聊，你的确应该好好集中精力来整理一下自身的问题了。这个事并不是你自己的事，你现在已经帮了我够多的了。"

"我不是因为个人问题而离开的，我只是想去法国探望一下查尔斯·马丁的家属。"

"家属吗？"

"他的亲人都住在马赛郊外。"

泰德从刚开始对格兰特的问题一直感到疑惑，到现在才想到什么，就变得特别生气。

"所以，你期待能够从那些亲人那里知道什么？"

"我现在脑子里都是一片空白，我并没有刻意地去推理。我仅仅只想从相反的一个切入点来寻找线索。因为此时我们按照从查比尔·肯瑞克为切入点去寻找线索,可如今已经无迹可寻,陷入进退两难之地。可是如果说,假设那个是他的女友的话,没有回应广告,或者回应,也是最快在两天之后再有所回应的话,那我们不如在这个时间段内从查尔斯·马丁那边入手了解一下情况,也许能够有意外的发现呢?"

"这样说来挺有道理的,那我跟你一起吧?"

"嗯,你最好还是留在这里吧。我希望你能在这里,因为我们还需要有人了解报社那边的进度,你需要及时地了解这些广告的信息反馈,并在其中筛选出对我们有效的内容。"

"好吧,老板,谨遵你的指挥。"泰德低声说,"虽然我很渴望能去马赛看一下的。"

"马赛并不如你心里所想。"格兰特感到十分有趣,于是笑着跟他开玩笑。

"可是你并不知道我到底是怎么想的啊?"

"这个你不说我也能想象得到。"

"哎,那我还是找个小板凳欣赏达芙妮吧。本土的姑娘取的名字很有意思。这儿的空气也挺清新的,我还能有心情去看看哪些人会对别人的服务抱有感谢之情。"

"假若你期望能够看到哪些人的行为粗鲁无礼的话,那么你去莱斯特广场大道看看,你会发现哪里有很多。"

"也许,不过我想在这些行为中找到比较特殊、新颖的原因。"

"达芙妮对你来说就这么没有吸引力吗?她没有吸引人的地方吗?"

"嗯,达芙妮挺虚荣的,喜欢假装自己是上流社会的人,而我却觉得她的内衣材质都是羊毛的。"

"现在才四月,在莱斯特广场的咖啡厅里,她穿羊毛内衣再正常不过了。听你的描述,其实她应该是个很好的女孩。"

"是还不错。不过这并不意味着我希望你离开很久,不然我会难以克制自己的行为,你如果回来得晚的话没准我就会坐飞机去马赛了。你什么时候出发呢?"

"假若明早有票被我买到了,那我明早就去。你往那边坐一下,我在这里用一下电话。如果一切顺利,那我明早就赶最早的飞机离开,然后后天就回来了。假若没法坐明早的飞机,那我可能得延后到周五再回来了。你和理查德一起相处得还融洽吗?"

"我和他现在是哥们儿,不过我想明白了点儿事。"

"什么事?"

"擦玻璃这个活。"

"你是担心工资很低吗?"

"我的意思是我做擦玻璃这个工作只能得到金钱,却学不到其他任何的技术和知识之类的,我说的是真的。你去试试,在擦玻璃的时候,你在玻璃上只能看到倒影,仅此而已。这些广告准备送给哪些报社呢?"

格兰特将最大的六家报社的名字写给他,然后告诉他可以休息了,并表示期望他能够在接下来的一两天里生活得顺利愉快。

"我还是很希望能够和你一块儿去马赛。"泰德再次强调。格兰特却感到有些崩溃,法国南部在泰德的心里居然就如一个巨大的低档次酒吧，这简直是比说法国南部渺小如小草更令人感到不可思议的了。但是，只怕在泰德的心里法国南部就是一个低档次酒吧。

"去法国！"廷克尔夫人皱皱眉说，"可是你才去过了其他国家。"

"的确，苏格兰高地可以算是国外，但是法国南部却是英国的附属。"

"据我所知，这个附属非常昂贵。你回来的时间定了吗？我已经准备了一只鸡打算做给你吃，从卡尔开的店里买来的。"

"我想后天就回来，不过也许有其他情况，谁知道呢？最晚周五也就回来了。"

"好吧，那就等你回来再吃鸡。明早你怎么安排的？我需要提醒你起床吗？"

"我估计等你回家我已经走了，你明天还是好好休息吧，多睡一会儿。"

"睡懒觉这个习惯可不适合我。不过我可以在买完菜之后，再来这里。在外要好好注意作息，不要太拼命，我可不希望下次见到的你就像现在这般疲劳的样子。你好好保重！"

次日清晨，格兰特在飞机上向地面看去，他看到眼下的风景秀美，不禁感叹起来。此时天气晴爽，在万丈高空之上投下自己的视线，满眼看到的不是绿色的庄稼、肥沃的土地、奔流不息的河流，而是在辽阔碧色汪洋中一颗散发着温润光芒的珍珠，这是法贝格[2]的杰作。此时，他也理解了为什么飞行员心里的世界与常人不同。世界上的文学、音乐、哲学和历史等，和习惯以事物本来面目看待它的人有着紧密联系：法贝格的作品也许有些莫名其妙。

进入马赛市区之后，马赛就失去了那种美感。满耳的嘈杂和眼前拥挤的人群们充斥着这座城市，使它与所有繁杂的城市一模一样，街道上飘来各种各样似乎是法国专有的、奇怪的咖啡味，在每座房屋之间萦绕，马路上的出租车喇叭摁得震耳欲聋。不过不得不承认的是马赛的天气非常好，晴空万里，海边吹来的略带咸腥的微风将朝着街道的条纹防晒布篷吹得起起伏伏，园圃里的含羞草萌发的嫩黄色花骨朵正绽放着美好。格兰特思索着，这样的美景就算和灰色基调的伦敦和英伦派的深红色摆在一起，也会有奇妙的美吧。他甚至想，假如自己有钱，那就请一个最好的画家将想象中的画面都画出来，颜色深沉的伦敦和艳阳高照、明朗的马赛。最好是两个画家来画，毕竟能够将暗沉沉的伦敦画出腔调的画家并不一定擅长画明丽景色的马赛。

结果当他了解到马丁的家人已经在一周前就搬走了，却无人知晓他们去哪儿了，他再也没心情去想画了，也没觉得马赛的天空是多么的晴朗了。马丁家附近的邻居都不知道他们搬去何方，格兰特只有咨询政府，在当地政府的支持下他耗费了很多不需要花费的时间才知道他们去的地方是土伦。他还得花时间赶去土伦，在人口密度极大的地方去找到马丁一家。

所幸的是，他找到了他们，只是家人说家里已经很久没人知道马丁在干什么、过得如何了。查尔斯是"问题少年"，他们都用斥责的语言来说他，因为他背离了法国传统中最重视的核心——家。他们说了很多查尔斯的缺点，如任性、固执、懒惰（法国传统文化中，懒惰是一种非常难以宽恕的罪责）等等。在五年前，查尔斯因为一个女孩而惹事，并因此离开了家，其实是他捅了那个女孩，然后就离家出走再也没回来，也没有任何音讯。家人都不知道他去哪儿了、做了什么，只是有个熟人在三年前和查尔斯有一次偶遇。那个熟人回来告诉他们，查尔斯正在卖二手车。具体的是将破损的二手车买回来，好好地整修一顿，然后再以稍微高一点的价格卖出去。查尔斯的修车技术挺不错的，可是太懒了，假若他可以勤快点，再请几个人一起做，以此开一个修车店的话，那么他现在的生活一定会好很多。可是他太懒了，懒得让人吃惊，懒得已经无法挽救了。除此之外他们对于查尔斯的一切一无所知，一直到警察们叫他们去辨认查尔斯的尸体。

他们告诉格兰特他们有马丁的照片，其实是很多年以前的照片，并拿给他看。格兰特此时就明白了为什么大家会将比尔·肯瑞克和查尔斯·马丁混淆，的确他们非常相似。照片上面的查尔斯皮肤黑黑的，体型十分干瘦，眉毛与比尔·肯瑞克非常相似，脸颊因为瘦削而凹陷，头发短粗浓密，他看起来就像是个性被压抑得非常严重的人。家里的人甚至没有质疑为什么尸体的眼睛的颜色不同于马丁。通常来说，当父母在听到去辨认自己的孩子在意外中死亡，并想办法安葬的时候，父母会因为主观思想的指导来辨认孩子的证件物品，如果主观上已经断定是自己的孩子，那就不会再质疑什么了。他眼前所见的是他主观上已经断定的结果。所以他不会问为什么这个人眼睛的颜色是蓝色的而不是棕色的。

他的家人对于格兰特关心马丁表示好奇，问他为何关心查尔斯？查尔斯死后是不是有遗产？是来找能够继承他遗产的人吗？

格兰特表示他也是受其他的人的委托，那个人和查尔斯在波斯湾海岸卫队服役的时候是战友，正在寻找查尔斯。其实是想知道查尔斯过得如何，有机会的话希望可以一起做点事业。

马丁的家人对此表示，没有和查尔斯合作算是一种好运。

他们将家里的阿马尼克酒和咖啡拿出来给他喝，并准备了一点带糖果的饼干，欢迎格兰特有空再来土伦做客。

快要离开的时候，格兰特问他们有没有查尔斯的身份证。家人说只有几个他的个人物品、信件什么的，对于那些政府发的证件并没有考虑过要去检查。那些东西应该还在马赛的警方那，因为事故发生的时候是警方核实身份并告诉他们情况的。

因此，对于格兰特来说，他还需要和警方周旋，不过格兰特此时却不想那么费劲了，他准备通过其他方式来调查。他直接拿出自己的证件跟警方说明要调出查尔斯的档案。然后他签了借条，用了点茶水点心，就乘坐周五下午的飞机回去了。

对格兰特来说，他还有两天的时间，其实更精确的话是一天加上一个星期天。

当格兰特再次坐上飞机的时候，他依旧在法国的万丈高空上，他可以看到法国依旧如湛蓝汪洋中宝贵的珍珠，可是英国却难以用肉眼辨识。在穿过西欧海线之后，只能看到灰色的一片迷蒙，除此之外，看不到任何东西。这样的画面让格兰特感到别扭极了，因为他的脑海中的版图上的英国是那么清晰。那么，如果英国从来就不存在的话，世界的历史是否会有所不同？这样的猜想既大胆又新奇。如果说有一个都是充满着西班牙人的美洲、一个印度却满是法国人，在那里没有任何种族之间的区分，大家都可以自由婚配。假设南非被那些信仰狂热的荷兰人来管辖，那么历史上会出现什么样的人去发现澳大利亚？又是哪个国家会将它变成殖民地？这些国家会是南非的荷兰人还是美洲的西班牙人呢？不过到底历史会怎么演变，格兰特却并不真心好奇，因为无论是和哪个种族，都可以通过一代婚配就产生许许多多高大、瘦削、满腹疑心、固执己见、坚强不屈的人们。

当飞机下降到云层之下的时候，英国就清晰可见了。这是一片湿润、泥泞、无趣的地方，但是却有着曾经撼动世界的历史。雨水还在不断地落向地面，滋润着土地、人民。抬头望去，可以看到伦敦像一片灰色的水彩画，红艳的巴士在街区快速地行驶，给灰色的画面增添了一抹艳色。

虽然现在是白天，但是天色暗沉，指纹鉴定部门依旧开着灯。卡特赖特还是上一次的模样，端正地坐着，身边有半杯失去热气的茶水，茶杯旁的碟子里满是烟蒂。

"如此美妙的下午，你需要我帮你做什么吗？"卡特赖特问道。

"嗯，其实我很好奇你是否会将剩下的茶水喝完？有喝完的时候吗？"

卡特赖特思索了一下，就回答道："其实我也不知道。因为常常在我还没喝完的时候，贝里尔就给我换上新的茶水了。你到底有事没有？还是只是象征性地来探望一下我？"

"我找你有事。不过你现在可以不做，周一做就行了，所以你不用因为善心没处发挥而烦恼了。"他把马丁的证件拿出来，放置在桌面，接着询问道，"能告诉我，你什么时候可以做这件事吗？"

"这是法国人的身份证，你是想秘密地调查吗？"

"我只是想下一次赌注，这是我最后一次对这匹'天才'马下注了。如果我赢了会跟你讲的。这样吧，我明早来取指纹结果。"

他又抬头看了看时间，想泰德·科伦是否会在晚上的时候和达芙妮或其他女孩约会。或者说，现在他是不是在旅馆里整理梳洗。所以，在离开卡特赖特的办公室之后，他到一个安静的角落给泰德打了电话。

"是你！"泰德兴奋的声音通过话筒传递到格兰特的耳朵里，"你现在在哪儿给我打电话？你回伦敦了吗？"

"嗯，我回来了，在伦敦。泰德，你既然说你从来不认识查尔斯·马丁，那么你有没有想过他可能是用其他的名字和你做朋友的。你认识的人中有没有特别会修汽车的法国人，外貌像比尔的。"

泰德思索了一下。

"我认识的技工里可没有人是法国国籍的。我认识的分别是瑞典、希腊的，他俩和比尔没有半点相似之处。怎么了？怎么这样问我？"

"因为马丁在中东待过。比尔也许是从马丁那里拿来的证件，也可能是马丁卖给他的，在比尔来英国之前。因为马丁一直以来都非常懒散，而且喜欢游手好闲，他可能现在依旧如此。也许是他当初缺钱花，在中东也没什么人关心他的具体身份是什么，所以他就将他的身份证卖了。"

"啊，这样的确有可能。如果是用别人的身份证会比用自己的更方便。我的意思就是到处往用他人的证件会更方便。不过比尔为什么会买呢？他以前可不是这样的。"

"可能是他觉得他和马丁长得挺像的，具体的我也不明白。你原来在中东的时候有没有碰到过像马丁那样的人？"

"在我的印象中是没有的。你在马丁家人那里知道什么没有？有什么有用的消息吗？"

"没什么，只是看了一些老照片。他是和比尔有些像。不过可以确定的是他的确去中东待过。寻人启事的广告有人关心吗？"

"有五个。"

"五个？"

"都是比尔·肯瑞克写的。"

"他们是不是问可以拿到什么？"

"你说得对极了。"

"没人打电话说认识他的吗？"

"并没有。查尔斯·马丁那边也没什么进展。我们现在是不是停滞不前了？"

"准确地说我们应该是面临瓶颈了。我们还有一个机会。"

"有吗？是什么？"

"48小时啊，我们还有时间呢。"

"格兰特先生，不得不说你的心态非常好。"

"像我们这种职业，必须心态好。"格兰特继续说着，实际上他的心里却并不是这样想的。他的内心有点丧气，觉得很累却没什么收获。他甚至期望自己从来不知道关于比尔·肯瑞克的事情。他希望斯库恩火车能够在那个时候开得稍微慢一点，就10秒就够了。再稍微晚10秒，"酸乳酪"就会知道他已经死了，就会关门寻求帮助。这样自己就可以直接从空旷的过道走过，不知道关于比尔·肯瑞克的一星半点的故事。那么，后来他就会和汤米一起悠闲地开着车离开，也不会让唱歌的沙将自己的假期弄得一团糟。也许他的假期会是安静地钓着鱼，享受宁静的生活。

这样听起来似乎是太平静了。但是在这段时间他还可以用来思考问题，可以受自己莫名其妙的敏锐神经影响，然后自己再慢慢诊断、治疗自己的精神状态。

不过，他并没有因为知道比尔·肯瑞克而感到沮丧。因为只要他现在活着，他都对比尔·肯瑞克有所亏欠。所以，就算是穷极一生，直到自己快死了，也应该想办法去弄明白为什么比尔·肯瑞克会变成查尔斯·马丁。不过，他不想花费那么多的时间，他只想在周一前快点解决掉这件事。因为周一后他会开始上班，上班的事务繁多，自己将会忙得焦头烂额，可能无暇顾及这件事了。

格兰特问泰德达芙妮和他进展得如何。泰德说，仅从女伴的角度来说的话，那么达芙妮比其他所有的女孩都好，因为她很容易满足。假若你只是送了一束简单的紫罗兰，她都会像收到珍贵的兰花一样兴高采烈的。不过按照泰德的说法，达芙妮并不知道兰花是什么，他也不想让她知道。

"这么说，达芙妮是适合居家的咯。那你可得注意了，她也许愿意和你一起回中东呢。"

"我知道，但是这不可能。"泰德说，"没有女人会想和我一起回中东的。找个会让任何人来破坏我们现在和谐的宿舍。我想表达的是，我们温馨的房间，额，其实我想说的是……"他不知道到底该如何表达了。

就这样，他们之间的交流就停止了。格兰特许诺只要知道什么或者想到什么就会马上告诉他，然后就把电话挂了。

格兰特走到街区，看着雾蒙蒙的空气。他走到报摊买了一张晚报，然后打了的士就回家了。买的这张报纸叫作《信号报》，报纸上相似的内容让他的脑子里回忆起在斯库恩火车站吃早餐的情景。他觉得现在报纸上出现相似的内容太多了，什么内阁大臣之间出现争执、梅达谷有一名死亡的女性、抢劫案件时有发生、美国明星来了，等等。甚至在阿尔卑斯山飞机出事了都变得稀疏平常，再也不新奇、惊人了。

"昨晚在查莫尼克斯山上居住的居民们，看到远处芒布朗克山的冰封之地居然起火了。"

《信号报》的消息真是一如既往的无聊。

坦比街十九号，信箱里只躺着一封帕特写给他的信，信的内容是这样的：

亲爱的阿伦：
　　他们都造谣说你吸毒了，这简直是一派胡言。别理会这些无中生有的话。我专门给你做了鱼饵。如果等到你要离开时再做恐怕就晚了，这种鱼饵在英国的河流里可能不太适用，可是无论如何，聊胜于无吧。

你亲爱的外甥：
帕特·里克

看完这封信，格兰特的心情瞬间明朗起来。吃晚餐时，他脑子里思绪不断，经济方面的利益差价、资金的问题在他脑海里回转，一会儿又想到帕特随信寄来的鱼饵。比起帕特在克鲁克借给他的夺人眼球的诱饵，这次鱼饵的想法有过之而无不及。如果一大片红色橡胶热水瓶都可以被一条大鱼儿咽下时，他就打定主意要在赛温河用这种鱼饵来进行试验，这样他就可以告诉帕特实情，兰金家的鱼饵钓到了一条多么大的鱼啊。

帕特在说到英国的河流时，带着明显的苏格兰岛民腔调，这让他期待劳拉早点将他送到英国学校去学习，这种观念是非常典型的苏格兰观念，应该逐渐被消除。无可否认，作为其中一个部分，它让人肃然起敬，可是如果只有这一种成分，就会让人避之不及。

他将鱼饵放在桌子上的日历的上面，这样他随时都会感受到，因为它的大度而给他带来的愉悦感，感受这个小东西的热爱给他带来的热度，之后怀着一颗感恩的心穿上睡衣和睡袍。尽管本来可以待在乡下，可是现在却身处城市，不管怎么说还有一个值得欣慰的地方：他可以穿着宽松的睡袍，将脚随意地放在壁炉架上，任何东西，包括苏格兰场的电话都不会打过来打扰此刻的宁静。

可事实是，他刚将脚放在壁炉架上享受了十几分钟，电话就响起来，是苏格兰场打来的，确切地说是卡特赖特打来的。

"对于你所说的，在称之为'天才'的那匹马上下了最后的筹码，我终于体会到了。"卡特赖特说道。

"对，你问这个干什么？"

"对于这样的事，我一点儿也不明白，可是我唯一知道的一点是，你的马胜了。"卡特赖特说。他将腔调故意装成女主播一样的温柔，声音带笑地说道，"先生，祝您好梦！"之后把电话挂断了。

"嘿！"格兰特一边挂断电话，一边兴奋地叫道："嘿！"

可是卡特赖特已经挂断了，看来今天晚上不要再妄想把他叫回来了。这轻微的戏弄是卡特赖特想明白以后，为免费帮格兰特做了几件事情以后而要回去的酬劳。

格兰特重新开始读他的小说,可是他的注意力却分散开去了,那个格外正经的人物——亨利·格·布雷克法官,无法再吸引他的注意力了。这个卡特赖特和他的小幽默真是该打入地狱,明天早上他要做的第一件事情就是去警察局。

　　可是到了第二天早上,卡特赖特就被他抛到九霄云外去了。

　　早上8点,无数意外发生的事件将卡特赖特成功埋葬了。这些乱七八糟的事务日复一日地重复下去,对于这种如潮水般涌来的事物,他早已见怪不怪了。

　　这天早上,和往常一样,开始于廷克尔夫人准备早茶的吵闹声中。这是格兰特每天觉得心情最舒畅的四分钟,他迷迷糊糊地躺在床上,听凭廷克尔夫人准备好早餐后,不停地叫唤他。早茶渐渐凉了下去,阳光铺满整间房子,可是这都阻止不了他赖床,他一贯的习惯就是再躺几分钟,再躺几分钟。

　　过了一会儿,廷克尔夫人大声说道:"你听!"明显是说外面噼哩啪啦的雨声。"下大雨了,水库都装满了。尼亚加拉河水水位也上升了。他们似乎发现香格里拉了,刚巧我今早也需要一个香格里拉。"

　　在他混沌的意识里,香格里拉就好像一棵水草一般静静地卧在他的脑海里。香格里拉,那是一个追梦的地方,理想中的境界。只有在电视情节或小说里才会出现,那里圣洁的伊甸园,远离尘嚣和世俗的天堂。

　　"今天早上的报纸说,他们那里常年天晴。"

　　"哪里呀?"他回答道,这表明他已经从沉睡中苏醒过来了。

　　"叫什么阿拉伯半岛的。"

　　关门的声音渐渐消失,远处什么东西掉落到地上发出的声响也渐渐远去,他安静地度过这四分钟。阿拉伯,另外一个美妙的地方,他们在阿拉伯半岛找到了香格里拉,他们……

　　阿拉伯!

　　忽然,他将毯子一下子踢开,从被窝里钻出来,将报纸抓过来,旁边有两份报纸,他现在拿在手上的是《号角日报》,因为这份报纸的标题是廷克尔夫人每会都会看的。

　　他不用费尽心思去找,它就赫然出现在第一版,这是发生过克里平[3]案件以后,所有报纸都会毫无疑义地将其作为头版刊登的劲爆新闻。

　　香格里拉并不是虚无的,而是举世瞩目的发现,阿拉伯半岛被发现有历史遗址。

　　他快速地将那些刻意渲染的文字忽略掉,将报纸粗暴地丢掉,拿起更能够博得他人信任的《早间新闻》,可是《早间新闻》的内容和《号角日报》的新闻几乎别无二致。金西·林伊特的惊人发现。《早间新闻》用醒目的大标题这样写着:从阿拉伯传过来的重大消息。

　　《早报》这样刊载道:"非常高兴,我们可以刊载保罗·金西·林伊特本人发来的消息。就像我们的读者所知道的,金西·林伊特先生到达马卡拉后,三架英皇家空军飞机在上级部门的指挥下到达发现地,一起看到了这一举世瞩目的发现。《早报》和金西·林伊特已经签署了合约,待他这次旅行结束以后,本报会连载他有关这次旅行的报道。现在,因为这个重大的发现,人们正兴奋难耐。"

　　他快速扫过《早报》有关歌功颂德的部分,仔细搜索那位成功的探险者自己所撰写的更加实际的东西。

"此刻，我们正在空城进行实地调查，我们从来没有想过要考证这段历史的真实性，只是把它看作是一个引人深入的国度。也没有人想过要去征服那座荒山，跨越两口井要花费不少时间。这个地方有丰富的水源，这就表明这块土地孕育了不少生命，没有人会抛开这块有水的地方转而去逾越那座陡峭的山峰……这个地方被一架飞机关注到了，短短五天时间内，他们就到这考察了两次，还在很低的高度徘徊了好久。我们想到某架飞机曾经在这里坠落……给其提供及时的救援……罗里·哈罗德和我到处都找遍了，道尔德沿扎鲁巴继续找井，之后捧回来很多水来找我们。这里没有一个显著的入口，墙也是一片凌乱不堪的局面，最后我们打了退堂鼓……有一条很狭窄的小路，甚至连羊肠小道都不如，经过两个小时的艰难跋涉，我们终于到达了山脊，这里是一个让人赞叹不已的山谷，满眼的葱翠之色，我们被深深地震撼了。一种奇怪的生物，让人想到崩塌的希腊建筑而不是阿拉伯，柱子高耸入云，卵石遍地的广场和街道，风格怪异的大城市，在一片沙漠中孤立存在的一个小岛竟然还有这么神奇的一个地方，蜿蜒的种植地带，还有石猴的神像，瓦巴，哦，火山的震动，瓦巴……瓦巴……"

《早间新闻》上面还刊载了一张非常显眼的阿拉伯地图，还特地在这次发现遗址的地方做了清晰的附注。

格兰特卧在那里，凝神注视着它。

这肯定就是比尔·肯瑞克曾经看到的地方。

他逃离了那片疾风骤雨的中心地带，从肆无忌惮的风沙中走出来，从茫茫黑暗中逃离出来，从飞机上俯视，无意间注意到了那片岩石中葱绿的山谷，难怪比尔回来的时候像是得了"脑膜炎"一样，看起来心思还在那里呢。他难以相信自己所发现的，于是再次回去找，不停地找，终于那片地图上不曾标注过的地方又出现在他的眼前。这，就是他曾经所描绘的世外桃源。

这就是他曾经写在晚报空白处的东西。

这也是他为什么来英国的原因，他的目的是——找赫伦·劳埃德！

他将报纸随意丢在一边，猛地跳下床。

"廷克！"他一边放洗澡水，一边叫道，"廷克，不用准备什么早餐了，给我倒杯咖啡过来。"

"可是你早上光喝咖啡是不行的呀！"

"别废话了，赶紧给我倒杯咖啡来！"

洗澡水清脆的响声在他的耳旁响起，他不禁在心里咒骂道，这个骗子，表面上装得比谁都绅士，自私冷酷，还想着一飞冲天。这个可耻又自满的罪犯。他是如何做到的呢？

他在心里默默发狠，一定要让这个骗子得到应有的惩罚。

"你现在掌握了什么证据呢？"他内心里有个声音严肃而清醒地说。

"你给我住嘴，就算是要翻遍整个新大陆，我也在所不惜！真是个令人同情的孩子！"他一边说还一边为这个命运凄惨的孩子觉得惋惜，"善良的耶稣，如果其他方法对他都不适用，我会亲自手刃了他。"

"淡定，淡定。以这种心情去见一个嫌疑犯不太好。"

"我马上要见的不是一个嫌疑犯,你的职业意识滚远一点。我要向赫伦·劳埃德真实地表达我对他的评价。要是连劳埃德都应付不来,那我这个警察就太不称职了。"

"你不能对一个60岁的老人动手。"

"我才不会对他动手,我差点要取了他的性命,这件事根本和动手扯不上关系。"

"他可能会被判处绞刑,可是你如果因为这件事而被强制开除,却太不值得了。"

"'我觉得他很有趣。'当提到比尔时,劳埃德还假模假样地夸赞他。真是个混蛋,这个表面上是个绅士,其实背后却是个骄傲自满、冷酷无比的浑蛋。这个……"

他还在不停地搜索词汇,发泄他的愤慨,可是他的愤怒就如同滔滔江水一样连绵不绝,让他一时难以镇定下来。

他快速消灭完两个面包,匆忙喝了几口咖啡,就快速地跑了出去。天还太早,出租车都没有,他现在最明智的选择就是自己开车去。

劳埃德有没有看到那些报纸?

如果是往常,他一般都会11点左右才出门,那么吃早餐的时间就会是九点半。他迫切想要在劳埃德翻开报纸前,抢先到达他位于布瑞特路五号的家。如果可以在现场看到劳埃德读到这个消息时的样子,那真是太让人兴奋了。他为了不让这个秘密泄露出去,以保证他个人独享这份荣誉,竟然将对方杀了。现在这个秘密已经被刊登在各大报纸上,这份荣誉已经被他的对手独享了。哦,善良的耶稣,千万不要让他现在就看到那则新闻。

到了布瑞特五号,他按响门铃,一连按了两遍,才有人过来给他开门,可是开门的人并不是友好的马哈茂德,而是一个穿着毛毡拖鞋的大个子女人。

"请问劳埃德先生在吗?"他问道。

"哦,你是问劳埃德先生啊,他去坎伯兰了,已经走了一两天了。"

"去坎伯兰了?他什么时候出发的?"

"星期四下午走的。"

"大概什么时候会回来?"

"他们去一两天就回来了。"

"他们?你是指还有马哈茂德?"

"当然,劳埃德先生不管去哪里,他都会同行。"

"我知道了,可否将他的地址给我?"

"如果我知道的话,我肯定不会保留。可是他们只出去一两天,所以并没有留下地址。你方便留个口信吗?要不等他们回来后你再来?他们应该今天下午就到了。"

他才不会留什么口信呢,他会重新再来,他的名字根本无关紧要。

他觉得自己此刻就像一个突然刹车又被制动回来的人,被反复撞击得有点头晕。他回到车上,心里在琢磨,就算泰德·科伦现在没有看到,马上他也会看到的。他回到公寓,刚走到大厅,就看到了慌张的廷克尔太太。她看到他,长出了一口气。

"上帝保佑,你总算回来了。有个美国男孩不停地打电话来找你,据说是发生了什么恐怖的事情。我听得云里雾里,根本不知道他想要表达什么,他一直不停地吼叫着。我告诉他,'格兰特先生回来后会马上给你回电话的。'我说，'会第一时间给你回电话。'可是他还是乐此不疲地打，总是刚挂断，又打了过来。我必须在水池和电话间来回穿梭，就像那个……"这时电话又响，"电话又来了，你快接！"

格兰特将电话接起来，果然对方是泰德，他就像廷克尔夫人所形容的那样，因为气愤，话都说不清楚。

"可是他欺骗了我们。"他反复地说，"那个家伙嘴里全是谎话，肯定是比尔跟他说的这所有的东西。"

"是的，他肯定是在说谎话。泰德，请冷静一下，你不能去将他大卸八块。是的，你找到他的家当然很容易，不管时间多早。我还在你前面看到了这则新闻，我没有将他好好地教训一顿。我不能，不，不是因为我恐惧，而是因为他去了坎伯兰。周四就出发了，我不清楚，我得认真思考一下这件事。到吃午餐的这段时间，让我静一会儿好好想想。对于一般情况，你相信我还是有判断力的，是吧，那你就再相信我一次。我得好好想一想，想方设法收集到证据，这是最司空见惯的做法。当然我会将所有我知道的情况都跟苏格兰场汇报。他们肯定会相信我所说的话。我是指，我要跟他们说比尔曾经去找过劳埃德。还有，劳埃德是如何欺骗我的。可是要想证明查尔斯·马丁和比尔·肯瑞克是同一个人比较困难。从现在开始到吃午饭，我会给苏格兰场详细地讲述此次事件。你大概一点钟左右过来，我们一起用餐，下午我会向相关部门详细地陈述此事。"

他非常不喜欢这个想法，从头至尾都是自己一个人在用功。从他从开着的卧铺车厢门看到一个素不相识的男孩的死亡面孔开始，从他见到劳埃德那刻起，这场战争就变成了他一个人的战争。

他开始坐下来认真地写调查报告。猛然想起来，他还有证件遗留在卡特赖特那里了。他打通了总部的电话，请他们将电话转给卡特赖特。他询问卡特赖特可否请人将他的证件送过来，因为他现在确实抽不开身。今天又是周末，他必须要在周一工作日之前将这些事处理完毕。假如卡特赖特愿意给他帮这个忙，他将不胜感激。

之后，他开始接着写，非常认真，以至于他朦胧间好像注意到廷克尔夫人送来了中午的邮件，也就是第二份邮件。他将头仰起，搜肠刮肚想要找到一个恰当的词汇，这时他的目光停留在旁边书桌上的信封上面。这个信封尺寸是比较大的，非常坚挺，看起来价值高昂。里面塞得很满，信封上的字迹非常秀气，一看就是手写的，紧密排列而且棱角分明，看得出来是特意而为之，旨为了显露自己。

格兰特从前并没有见过赫伦·劳埃德的字迹，可是这封信上的字迹一看就是劳埃德的。

他异常小心地将钢笔放下，似乎这封信就像一颗随时会爆的炸弹一样，任何幅度过大的响动都会让它爆炸。

他将手掌用大腿处的衣服用力擦了一下，这是小时候经常会做出的动作。这是小孩在遇到茫然未可知的情况时才会做出的反应，他将这封信拿在手里，信的地址显示的是伦敦。

①几尼：英国旧货币，1几尼相当于一镑一先令。

②卡尔·法贝格：沙皇俄国时期知名的珠宝设计师。

③克里平：1910年，住在伦敦的美国籍医生克里平害死了自己妻子，并将其肢解，他因此被判绞刑。这个案件当时在英国引起了巨大反响，克里平也被冠以杀人狂魔的称号。

第十四章

信上表明的日期显示的是星期四早上。

亲爱的格兰特先生：

也许我称呼你为"警官"更合适？没错。我知道你是什么身份。我没有用太多的时间就调查清楚了。我最好的帮手马哈茂德的能力可比你们那些极具正义感的警察的侦查技术要强多了。但是，我并不会用这种方式来判断你的级别，因为这封信只是一封普通的信。我是以一个非凡的人的身份给一个值得他关注的人写信。是的，因为你是第一个也是最后一个能让我产生一丝崇拜的感觉的英国人，所以我希望能把我知道的事实告诉你，并不想提供给报社。

当然，我非常肯定这些事情一定能引起你的关注。

早上的时候我收到了一封来自我的弟子保罗·金西·林伊特的信，他告诉我他在阿拉伯半岛发现了很重要的事情。这封信是通过《早报》办公室转给我的，估计明天早上的时候就能在报纸上看到这个消息了。我真的应该礼貌性地感谢他一下。

说起来也是一件很讽刺的事情，这个山谷被发现的消息是年轻的肯瑞克告诉他的。这个年轻人在伦敦的时候我们见过好多次面。我觉得这种好运气根本不可能降临在这个年轻人身上，他是一个再普通不过的年轻人了。他一直都是很机械地开着飞机，漫无目的地在沙漠上方飞行，可是，那些对沙漠怀着强烈征服欲望、抱着极大信心的人却始终没有什么收获。这种事实也真是荒谬可笑的，我一直以来在这个沙漠上奋斗着，却始终不能有所建树，现在却让一个来自朴次茅茨后街，只会开飞机、看仪表的人领着我去探究这个重大的发现，可是，我却变成了提供交通工具，雇佣骆驼，提供后勤保障的人。这也真让人觉得意外，一个年轻人在这么恶劣的环境下，因为地理上的意外事故居然歪打正着地有了这么惊人的发现，这种功绩本来应该属于那些不惜牺牲生命进行探索的人。

根据我的判断，这个年轻人身上最大的优点就是他强大的自制力，（你怎么会想到把时间浪费在这种平凡的人身上呢？）当然了，我说的是讲话方面。请你不要理解错了。按照我的想法，让他继续保持谨言慎行的性格还是很重要的。

因为他在3月4号的时候准备去巴黎跟他的另外一个同伴见面（那可怜的巴黎，总是充斥着一些野蛮的人），我还有大概两周的时间去计划这次旅行，但实际上我根本用不了这么久。要是有必要的话，我想大概两天的时间我就能达到目的。

有一次，我坐夜车到苏格兰，一晚上没有睡，写了几封信，到了克鲁火车站的时候我下车寄信。寄完信以后，我就在那里看着站台，心里面想，要是这个时候悄悄地离开火车真的是一件很容易的事情。火车站的乘务员下车迎接准备上车的乘客，然后就去忙自己的事情了。把行李装在行李车上之后，等待的时间会很长。这个时候站台上也没有人。要是有人想悄悄地乘车出去旅行，也能趁机溜下车，不会有人知道他坐过这趟车。

这个经历让我突然产生了第一个灵感。

第二个灵感的来源是我看到查尔斯·马丁的身份证的时候。

查尔斯·马丁是我的一个技工。我只雇佣过这一个欧洲人，也是唯一的一个技工。（这个字眼听起来有点可悲）我雇佣他的时候正在进行一次最不成功的远征，那次远征采用的是半机械化的形式。随行的阿拉伯人在机械方面实在不擅长，虽然他们对新东西的掌握能力很强。查尔斯·马丁也是个讨厌的家伙，他疯狂地痴迷内燃机，其他的东西都不能引起他的兴趣，营地生活的事情他从来不关心。所以，他在沙漠里面死去的时候，我也没有特别惋惜的感觉。那个时候我们发现汽车不能行动了，反而拖累我们，于是便把它们丢弃了，这样马丁的工作也没用了，（不过我要说明一点，这跟他的死亡没有什么关系，准确来讲是老天在进行优胜劣汰的选择）不会有人想知道他的身份证明，因为这次旅行是从一个海岸到另一个海岸，再也不会回去他之前的那个城镇。他的证件一直在我的包里，我们所有的人都没有在意这件事，就这样带着它们回到了英国。

年轻的肯瑞克必须要对这件事情保密，就想到了这些证明，因为他跟查尔斯·马丁看起来很像。

肯瑞克原本的想法是先回到东方公司工作，等到我一切就绪后，就去那里跟他会合，然后一起去远征。他常常去位于布瑞特街的家里跟我商量有关远征路线的问题，而且对未来充满了期待。我就坐在那里看着他絮絮叨叨地说着不着边际的话，想起来自己已经准备好了一套完美的方案，就觉得很有趣。

他计划的是在三号晚上坐夜里的船去巴黎。他对坐船这件事情有独钟。有的时候他在的地方只要经过几码远就能找到过河的桥，可是，他却宁愿多走几英里去找到平底船过河。我想这次去多佛的轮渡之旅应该是他第二百次坐船的经历了吧。他跟我说他已经订好了火车轮渡的卧铺票，他离开后，我第一时间用查尔斯·马丁的身份定了一张同天晚上去斯库思的火车卧铺票。

我再见到他的时候，我就提议，既然我们同一天出发，我的目的地是苏格兰，他去巴黎，要不就把行李寄存在维多利亚的寄存处，他的行李不多，只有两个箱子，然后可以一起来我家里共进晚餐，再一起去尤斯顿。

他每次都会很开心地接受我提出的建议，这次他也跟往常一样立刻就答应了。我们一起吃过晚餐，晚餐上有米饭、烤肉片还有杏子做的菜，这道菜出自卢卡斯夫人之手。（这道菜需要炖很久，为的就是让杏子充分入味）吃过饭之后，马哈茂德开车把我们送到了尤斯顿。到了尤斯顿之后，我让肯瑞克代替我去领卧铺票，而我就接着往前走。当肯瑞克来到我面前的时候，我已经到了我的车厢，就在站台上等着他。我觉得，他要是有什么奇怪的感觉的话，问我为什么借用查尔斯·马丁的名字订票，我就可以解释说我的名气太大了，假名字比较方便，但是他什么都没说。

上车后，我发现乘务员是"酸奶酪"的时候，我心中暗喜，觉得这是上帝在帮助我。你不知道这个人的特点，他从来不会对哪个客人产生兴趣。每次上班的时候，他唯一的心愿就是能尽快地回到他那个充满难闻气味的休息室里面睡觉。

距离火车发车只有不到五分钟了。卧铺车厢上的门开着一半，肯瑞克面对着过道，我们就在那里站着说了一会儿话，然后肯瑞克说他到了下车的时间了，要不然就该被送去苏格兰高地了。我指着他身边放着的那个盛放过夜用品的小箱子说："要是你打开箱子，就能在里面看到我送给你的礼物。就当作是纪念吧，有缘再见。"

他把身子弯了下去，就像个孩子一样迫切地想把上面的锁打开。这个位置真的刚刚好。我从口袋里面掏出那个极其隐秘的武器，当初人类设计出来的时候就是想用来偷袭敌人的。在沙漠的地方，原始人没有刀和枪一类的工具，只能把沙子当作工具。一块破布、一摊沙子，就能把人的脑袋敲碎，而且很干净利索，既不会出现血迹，也不会惹上麻烦。他发出了很小的声音，就倒下了。我赶紧把门关上，然后锁好，认真查看了有没有血从他的鼻孔里流出。确认没有血流出以后，我就把他拖了下来，随便地塞在了卧铺下面。这是我最失策的地方。卧铺的下面有一半的空间被一个无法移动的东西占据着。虽然他不是特别胖的人，但是，膝盖的位置却一直露在外面，我把大衣脱了下来搭在卧铺上，这样就能垂下来盖住他的腿。我很慌乱地把这一切弄好，让它呈现出一种自然的状态，这个时候火车汽笛响了起来。我把去斯库恩的车票露了一半出去，还有我的卧铺车票放在镜子下面的架子上，这样"酸奶酪"就能看见。然后，我去了走廊尽头的厕所，这个时候人们没什么心思关心别的事情，只想赶紧下车，我把自己藏进厕所等待时机。

大概二十分钟以后，我就听到了紧凑的敲门声，"酸奶酪"开始检票了。听到他去了隔壁的车厢，我就把洗漱的声响弄到最大。过了一会儿，他敲卫生间的门，问我是不是睡在7B上的人，我说是，他说他已经看过我的票了，而且拿走了它们。我听到他去了下一个车厢，继续查票工作，这个时候，我就回到了自己的车厢，把自己反锁进去。

在后面的三个小时里面我应该不会被打扰，这样就能把一切都处理妥当。

要是想要享受平静的感觉，不被任何事情打扰的话，亲爱的格兰特先生，你可以选择给自己买一张火车票坐着去苏格兰的北部。这个世界上，估计没有什么地方比坐在卧铺车厢里面更安静的了。服务员巡视完之后，就不会再打扰你了。就算是在沙漠里面，也没有这样的感觉。

我把肯瑞克从卧铺下面拽出来，然后把他的头在洗手盆边上摩擦，伪造出被撞击过的痕迹，然后放躺在卧铺上面。我还认真检查了一下他的服饰，他的衣服是那种极具世界主义色彩的类型，内衣好像是用印度水洗布做的，西装来自香港，鞋子是卡拉奇的，手表是普通的不能再普通的金属表，没有名字也没有什么字母标识。

我还把他口袋里的东西掏出来，用查尔斯·马丁的东西替换上去。

这个时候他还没死，但是火车到了拉格比车站的时候他就已经断气了。

从那个时候开始，我就像剧院里所表现的那样，进行现场布置工作。我想我没有忽略什么细节，对吗，格兰特先生？细节想得很周全，也做得很完美，就算手盆上面的断发还有他手上灰尘都没有漏掉。在我留下的那个箱子里面，有我自己的，清洗得很干净的旧衣服，样式跟他平时穿的一样。然后还把我自己仅有的那点带有法兰西风情的东西一起留在了箱子里面。一本法语的小说，一本《圣经》。当然，这个箱子里面还有一个很重要的东西，就是酒瓶。

肯瑞克的脑袋可是很坚固的，我说的是他对酒精的抵抗力特别强，当然不是沙袋。那天晚上吃饭的时候，我劝他喝了很多的威士忌，最后还让他喝了践行酒，换作别人，这种情形早就撑不住了。他刚看到威士忌的时候也犹豫了一下，正如我之前说的那样，他一直很想讨好我，所以，他什么都没说就把酒全喝了。这个时候他还是没醉，准确来说看上去是这样的。但是他在死的时候，血液里面的酒精含量应该已经非常高了。

当我把卧铺间里面的东西都弄好之后，整个房间也像是被威士忌浸泡过一样。当库鲁特的灯光出现在窗外的时候，就差最后一步了，那就是把剩下的半瓶威士忌酒瓶扔在地上，让它随意地在地毯上滚来滚去。火车的行进速度已经减慢了，我把车厢门打开，出来后就关上了，沿着过道走到了后面几个车厢，我在那里站着，装作很悠闲的样子，在站台上看着人来人往，我走下车，到了站台上，不慌不忙地沿着站台走向前面，因为我穿着大衣，戴着帽子，并不像准备上车的乘客，所以，没有人在意我。

我坐半夜的车回到伦敦，到达尤斯顿的时候是3点半，因为心里面很兴奋，所以，路上乐颠颠的，到家之后，我很快就沉睡了过去。到了七点半的时候，马哈茂德过来叫我，提醒我七点半要去见巴黎来的代表。

一直到你打电话来说要跟我见面，我才知道他口袋里面有一张写着几句诗的报纸这回事。我承认我曾经因为自己忽略了这个细节而产生过一丝惶恐的感觉，但是，我很快想到，这个错误可能并不难弥补，所以也就不在乎了。这个失误应该不会危及成就非凡的我。我把那件破大衣留在现场，当作一件道具。就算是那上面有肯瑞克的笔迹，也不会引起警方的注意，他们已经坚定地认为这个年轻人就是查尔斯·马丁。

到了第二天晚上交通最拥堵的时候，我开着车来到了维多利亚车站，在这里把肯瑞克寄存的两个箱子取了回去。我把它们带回了家，把衣服上面所有的商标都撕掉了，能辨认清楚身份的东西也都毁掉了，然后用帆布包好寄到了一个难民组织。亲爱的格兰特警官，要是有什么东西你不想要了，千万不要扔掉，就当作善事，寄给难民组织就可以了。

想到这个平时谨言慎行、很让人敬佩的年轻人再也不会说话了，我就更加期待自己能独享劳动果实了。真的，我昨天还在为了远行做资金的储备，而且计划在下个星期的时候出发。当然了，今天早上的时候，金西·林伊特的这封信把一切都改变了。我所有的成就和劳动果实都将不复存在，但是，谁也不能夺走它。就算是我不能以发现瓦巴而闻名于世，也能因为这件近乎完美的谋杀案被大家所熟识。

我不甘心庆祝金西·林伊特的胜利。但是我的年纪已经不小了，不可能再有什么大的发现了。但是，我能用一把火让金西·林斯特的神坛再也没有以前的光辉，黯然无光。我的火葬柴堆将会变成照亮全欧洲的光芒，我在谋杀方面的成就应该能把金西·尤斯顿还有瓦巴城都变成一个垃圾堆。

  今天傍晚的时候，我就会在欧洲最高点把那燃烧自己的圣火点燃。对于这件事，马哈茂德什么也不知道，他以为我们要坐飞机去雅典。但是，他这么多年来一直跟着我，只有他在我身边，我才会开心，所以，他会变成我的殉葬品。

  再见了，我亲爱的格兰特先生。你是个这么聪明的人，却想把自己的聪明才智浪费在这么愚蠢的一个机构里面，真是让我觉得惋惜。你很聪明，竟然能察觉到他不是真正的查尔斯·马丁，而是一个叫肯瑞克的人。我对你表示最真挚的敬意。但是你不聪明的地方在于，你没有发现他是被谋杀的，没有人能足够聪明地发现我就是凶手。

  这封信是我对你表示的敬意，也算是诀别的纪念，卢卡斯太太应该会在星期五的时候寄出去。

赫伦·劳埃德

  格兰特感觉到廷克尔夫人已经把泰德·科伦带进了房里，她肯定来过这里。只是他一直没有察觉，因为来自苏格兰场的信封在桌子上放着。

  "还好吗？"泰德问，脸上残留着怒火，"接下来我们要怎么做？"

  格兰特把劳埃德的信递给他看。

  "这是什么？"

  "你看完就会知道。"

  泰德很疑惑地看了看信的签名，然后认真地读了起来。格兰特用拇指把来自卡特赖特的信拆开。

  泰德看完信之后满脸惊愕地看着格兰特，过了好久才说："我觉得这就是一件肮脏的事情。"

  "没错，这件事充满罪恶。"

  "虚荣。"

  "没错。"

  "这就是昨天报纸上介绍的那起坠机事故的原因，就是在布朗峰上燃烧的那架飞机。"

  "的确。"

  "他就这样子把这件事处理了。"

  "不是。"

  "不是？他已经把一切都安排好了，不是吗？"

  "他们不可能一点漏洞都没有。"

  "他们？"

  "凶手啊。劳埃德把最重要的一件事忘记了，指纹。"

  "你是说他做这件事的时候没有戴手套？这也真让人吃惊。"

  "他当然是戴着手套的。车厢里面所有的东西上都没有指纹。但是他忘了车厢里面有他之前摸过的东西。"

"什么？"

"查尔斯·马丁的证件，那本《圣经》，还有法国小说。"格兰特的手指轻轻地弹着放在桌子上的这几样东西。"这些东西上面布满了他的指纹，要想人不知，除非己莫为。"

第十五章

"你现在的感觉像个新郎。"星期一早上见面的时候，威廉姆斯警官很满意地紧紧握着格兰特的手说。

"哦，我觉得，我还是赶紧离开吧，要不然我就该被撒米①了，早上的时候，那个老头的风湿病好点了没？"

"哦，我觉得，还可以。"

"他平时抽什么？烟斗还是香烟？"

"烟斗。"

"那我趁着他现在心情还不错的时候，赶紧过去。"他在走廊上碰到了泰德·汉娜。

"你那么凑巧地碰到阿奇·布朗啦？"她问。

"他那个时候在我住的旅馆那里创作一部盖尔族史诗。顺便说一句，他说的'大乌鸦'是一种外国渔船。"

"是吗？"这好像勾起了汉娜的兴趣，"你怎么知道？"

"他们在一起聚会。那是一种传统的以香烟交换为乐的游戏。"

"那一定不是香烟吧？"

"肯定了的，我在第一圈舞蹈的时候从他的口袋里面拿出来的，等到下一圈的时候就放回去了。"

"你是想跟我说你去跳乡村舞了？"

"你很吃惊我跳这种舞吧，我自己也觉得很吃惊。"

"这次度假好像给你带来了不少好处，"汉娜说，"我从来没见过你有这么高兴的时候，你现在有非常好的状态。"

"按照北部人的话说，就算现在让我当国王都没有我现在这种感觉开心。"格兰特嘴里这么说，心里也是这样想的。

他高兴的原因并不是他即将要把这些报告给布赖斯，甚至也不是庆祝他恢复自我。他真正高兴的是那天在机场，年轻的科伦说的那一番话。

"格兰特先生，"泰勒很笔直地站着，脸上有一种庄重的表情，就像一个教养很好的孩子一样，认真地做一番告别演讲，"我很想让你知道，我绝对不会忘记你为比尔和我做的这所有的事情，你不能把比尔带回给我，但是，你却做了更有意义的事情，让他可以声名远播。"

没错，这是他做的事情。只要还有人看历史，还有人记录历史，比尔·肯瑞克就不会被遗忘。就是他，格兰特做的这一切让比尔被大家记住。他们把比尔·肯瑞克埋藏之后很快就会遗忘。但是，他做的事情，就是让瓦巴城真正的发现者留存在人们心中。

他还清了7B那个无辜的死难者的债务。

布赖斯很友好地跟他打招呼，而且说他的身体看上去很舒适（这句话并没有什么特殊的含义，只是常用的问候语），还建议他去汉普郡把那里的警察刚刚送来的案子处理一下。

"好的，警官，要是你不介意，我先把肯瑞克谋杀案处理完。"

"什么？"

"这份报告是我关于全部案子的介绍。"格兰特一边说一边把整整四开大的纸放到了桌子上，这份报告是星期天他在家里一口气完成的。

他把这份报告放下后，他突然想到，自己之前准备放在布赖斯面前的原本是辞呈。

度假确实让人产生了比较惊奇的念头。

他将来的某个时候会选择辞职，去做一个悠闲的牧羊人或者去结婚。

这个想法有点特别，也有点奇怪。

①这是欧美的一种风俗习惯，就是把米粒洒在即将去度蜜月的新婚夫妇身上。

博来·法拉先生

第一章

"碧翠姑姑,你觉得诺亚和尤里西斯这两个人,谁更厉害一点?"珍妮一边大声喝着汤,一边问。

"珍妮,别用汤匙尖儿挑东西吃。"

"我不会用汤匙横着挑面条吃。"

"为什么人家露丝就能。"

珍妮皱着眉头,看了一眼坐在自己对面的孪生姐妹,此时的她,正装模作样地摆弄着汤匙里的细面条。

"她的那张嘴巴,比我的会吸。"

"我觉得碧翠姑姑的脸看起来很像一只很名贵的猫。"露丝小声地在珍妮的耳边说,还用眼角的余光瞥了碧翠姑姑一眼。

虽然碧翠心里觉得这个形容倒是挺贴切的,但又希望露丝在说出这句话的时候,脑袋里没有想到什么稀奇古怪的想法。

"好了,你说,他们两个比到底谁最厉害?"珍妮又将问题拉回到原来的问题,她就是这样,一有问题不弄明白绝对不行。

"你应该说,他们两个相比,谁比较厉害。"露丝纠正珍妮的措词。

"西蒙,你说究竟是诺亚厉害还是尤里西斯更厉害?"

"我觉得还是尤里西斯比较厉害。"西蒙一边看着报纸,一边随口回答妹妹。

碧翠心里嘀咕着,西蒙这孩子还挺厉害,可以一心三用。他经常能一边看着报上赛马的名单,一边一只手往汤里撒胡椒粉,耳朵里还能将周围人所说的话都听到。

"西蒙,你为什么认为是尤里西斯?"

"尤利西斯不像诺亚那样,能够预报天气,还能提供消息啊。"

"你这扯得人远了。"碧翠忍不住插嘴说道。

露丝看着这几个人说话,也忍不住插言问道。"西蒙,成年礼和婚礼是不是一样的?"

"我觉得还是成年礼更好一些。在成年礼上,你可以跳舞跳到午夜,婚礼就不行了。"

"哼,那我就偏要在我结婚的时候,跳舞跳到半夜。"

"这我可管不着。"

听着几个孩子的聊天,碧翠的心里不禁感叹起来,虽然别人家在吃饭时也会聊天,但那些家长又是如何调解这些拌嘴的呢?这几个孩子为什么总是这样?难道真的是她对他们管教不严吗?

她望着三个低着头在用餐的孩子,以及空着的爱莲的座位,不知道当初她是怎么对付这几个小家伙的。哥哥比尔和嫂嫂诺拉会满意她对孩子们的管教方式吗?如果他们还活在这个世上,和普通人一样,能够走进这个家,还是像以前那样年轻、好看和快乐,他们会不会说:"啊,对了，这就是我们心目中所描绘的样子，连珍妮这副乱糟糟的德性也不错。"

碧翠看了珍妮一眼，忍不住会心地笑了。

这对孪生姐妹如今已经快10岁了，两个孩子的外表长得一模一样，但事实上，除了长相一样外，姐妹俩的个性完全不同。她们俩都长着亚麻色的直头发，肤色白皙，脸蛋儿十分光滑，就连平时望着你时，眼睛带着的一丝儿挑衅的样子都一模一样。然而，除了这些外表上的相同点之外，她们之间，竟没有一点儿是你一样的。

珍妮总是穿着一条脏兮兮的裤子，上身穿一件松垮的长毛衣。头发随意地挽在头上，用一个已经有些褪色的发夹夹住。珍妮的视力不太好，有点散光，所以每次在外出见人的时候，总会戴上一副镶着角质边的眼镜。平时，她会将眼镜塞在她裤子后面屁股的口袋里。平日里也想不起来那里放着东西，经常在躺下、坐下时，将眼镜压碎。几年下来，被她压坏的眼镜已经数不清有多少了。为了修补和购买眼镜，珍妮几乎已经要破产了。每次珍妮去牧师家上课时，总会骑着一匹名叫"四柱子"的白色老马往返。

露丝和她的孪生姐妹恰恰相反，她总是穿着裙子，那是一套粉红色的棉布连身裙，她每天早上都骑着一辆小的脚踏车去牧师家上课，然后一天下来，衣服还是那般整洁、干净。她的两手干干净净，指甲也整整齐齐，还不知从哪儿找到一段粉红色的丝带，把两边的头发拢上去，束在头顶上，并且还打了个蝴蝶结。

八年了，碧翠在心中想着，过去的八年时间里，她一心一意地计划、筹算、经营着这个家。再过六个星期，她在这儿的监管任务就要结束了。再有一个月的时间，西蒙就年满21岁了，他将会继承他母亲的遗产，而那段艰辛的日子，也终于要成为过去。

阿什比家从来不是什么大富之家，但哥哥在世的时候，这个包含着房屋以及周围三座农场的、被叫作"莱切特"的家业打理得井井有条，日子也蒸蒸日上；他的突然死亡无疑是让这个家在八年来变得拮据的原因。

从碧翠一开始下定决心，要好好地守住哥哥的这份产业，直到今天，她终于可以在下个月将这份家业毫发无损地转交给西蒙了。在八年的时间里，他们没有欠下什么债，虽然他们的律师柯瑟诺律师楼的桑杜先生曾表示，如果他们有需要，他就会提供必要的帮助，但好在这八年时间里，他们没有欠下什么债务，生活一直能够自给自足。

越过她侄儿的头，碧翠的目光落到南边跑马场的一长排白栏杆上，她看到了老马"列吉娜"在阳光下闪亮的尾毛。是这些马挽救了他们的生活。养马原本是她哥哥的业余爱好，想不到在他死后反成了他们维持生计的手段。这些年来，虽然马儿们也会生病、受伤，它们却也在一定程度上，给他们带来了收入。进账总比支出多一点。哥哥的一批小马成长为种马，碧翠又买进了一批给孩子骑的小马，冷清的草原热闹了不少。爱莲把一些原本不怎么出色的马训练成所谓的"贵妇安全坐骑"，卖掉之后赚了不少钱。如今，隔壁的庄园改成了寄宿学校，爱莲就帮那所学校教学生骑术，每个小时收费还不少呢。

"今天爱莲下课是不是比平时要晚一些？"

"今天她是不是教帕斯洛府上的千金？"西蒙的口气里带着轻蔑。

"没错，是帕斯洛家的女孩们。"

"那匹可怜的老马，今天恐怕要被她折磨死了。"

西蒙站起来撤去汤盘，并且帮忙把餐台上的肉品端上桌，碧翠用严格却又欣赏的眼光观察着他——还好，没有把西蒙给宠坏了，这事说起来可不是件容易事。西蒙这孩子颇有手段，很小的时候，他就能利用自身那无法让人抵挡的诱惑力让不少人都上了他的当，从而占尽便宜。每次碧翠看到他对别人使这套小伎俩时，都会觉得既有趣，又有些佩服。她想，如果自己也有西蒙这样的小聪明，她一定也会去耍弄别人。但遗憾的是她并没有，所以她只能小心提防，避免被西蒙耍弄。

"真希望成年礼也能和婚礼一样有伴娘，那该多好。"露丝一边用汤匙挑着盘子里的食物，一边感慨。

换来的却是周围的一片静默，根本没有人搭理她。

"牧师说，尤里西斯在家的时候，恐怕会被家里人厌烦。"珍妮还在继续自己的话题。

"是吗？牧师为什么会这样说？"碧翠倒是对这件事情很感兴趣。

"牧师说，尤里西斯在家的时候，一定总想着能够发明一些小东西，所以，他太太肯定希望能摆脱他，独自待几天。"珍妮一边说，一边尝了尝盘中的牛肝，皱着眉头说道，"这道牛肝煮得太软了。"

恰好在这时，爱莲从门外走了进来，和平常一样在餐台上取了些菜肴，走到桌边坐下。

"啊！"露丝皱着眉头叫了声，"马厩的味道，好浓烈。"

"爱莲，你今天回来得好像比平时晚一些。"碧翠询问她。

"我看那位千金小姐是根本就学不会骑马，"爱莲嘀咕道，"这么久了，她甚至连如何上马鞍都不会。"

"像她那样白痴的人，是根本没法儿骑马的。"露丝附和着说道。

"露丝！不许胡说！"碧翠姑姑加重语气呵斥了一声，对她说道，"住在隔壁庄园的那些孩子，不是白痴，他们的智力也不低下，只是在学习上有些障碍罢了，不许嘲笑人家。"

"但是他们的动作确实很像白痴，正常人是不会那样做的。如果你也像他们那样，别人又怎么分辨你究竟是不是白痴？"

房间里瞬间安静了下来，谁都没有回答露丝的话，坐在桌边的几个人，都在忙着自己的事情。爱莲只顾着吃自己面前的美食，西蒙则拿着铅笔在面前的报纸空白上写着什么，露丝坐在桌边有些发呆，看着桌上的美食，却一点都没有胃口。因为早在从牧师那里回来之前，她就已经将从牧师家的饼干筒里偷来的三块饼干吃掉了，所以此时她一点都不饿。而碧翠正看着窗外的景色，至于珍妮，也许她是房间里唯一一位能够安心享受美食的人了。

窗外的风景神秘而宁静。远处，山脊另一边的地势朝着海岸的方向倾斜下去，朝着远方绵延数里；近处，由于山的地势比较高，挡住了从海上吹来的大风，再加上山坡这边正好对着太阳，所以这里的树木长得分外高大。

"这里的一切都是那样的美好，这份能够自给自足的家业，真的希望西蒙能够好好地经营下去。"碧翠看了一眼西蒙，心中想到。

在过去的一段时间里，她经常会为即将到来的事情而感到担忧。因为西蒙的性格不定，就好像是水银一般，有着千变万化的特性。而这样的性格，并不适合经营农场。她不知道，当这份被称为"莱切特"的产业,被西蒙接管之后,会变成什么样子。但她的心里一直希望,"莱切特"能够永远属于阿什比,可以永远不更换拥有者的姓氏。就像之前一样,成为附近众多产业中,唯一没有更换过主人的产业。

"珍妮,你不要再弄了,盘子里的东西都已经被你弄得到处都是了!"

"碧翠姑姑,我比较喜欢软软的土豆,这样一块块的,我不喜欢。"珍妮一边说着,一边继续用汤匙戳着盘子里的土豆。

"你可以将它们捣成泥状再吃。"

碧翠像珍妮这样的年纪时,也只喜欢吃土豆泥。那时候,她也是坐在这张餐桌上,将土豆捣成泥来吃。这张餐桌,不知道已经陪伴了多少代阿什比家族的人。他们这一代又一代的人中,有的因为得了热病,死在了印度,有的因为参加战争,而死在克里米亚,有的在海上生病死了,还有一些因为患上肝硬化而死在了殖民地……但无论如何,一直都有阿什比的家人在莱切特的这份产业上生活居住着。每一代阿什比家族的人,都在尽着自己所能,好好经营着这份产业。当然,也难免会出现几个不孝子,就比如她的堂弟沃尔特。也许是上帝保佑,让这些不孝子的排行靠后,使得他们没有继承权,否则她真不敢想象,如果让他们来继承这份产业,如今的"莱切特"会是什么样子。

这片土地很普通,这里甚至从没有身份特别的人出现。但在过去的三百年间,这片土地,却是附近这群农民最好的住处,也是阿什比家族的家。

这片"莱切特"庄园没有一点伪装,也从不去主动追求虚荣。它就那样单纯地坐落在这里。也许就是因为它的单纯,它的脚踏实地,所以它才在历史洪流中保留了下来。与之相比,坐落在山谷另一侧的"克莱尔"庄园,虽然她始终都像一个贵夫人一样傲然耸立在那里,但是她最初的主人列丁罕家人却早就已经不知去了哪里。列丁罕家人一直在肆意挥霍着他们自己的才智和财富,他们从没有将克莱尔产业当成自己的家,而是只把它当成了经济来源,当成他们口袋里的金钱。几百年了,这个家族走出来的人,一直都高高在上,他们有的成了总督,有的成了冒险家,有的踏入了官场,有的成了革命分子……列丁罕家人就是这样恣意与傲慢。

现如今,那片土地已经变成了一所住宿学校,里面住着一大群思想进步、拥有财富的骄纵子女。而原来的克莱尔庄园,却再也找不到它原来的样子了。而"莱切特"却仍然住着坚守在这里的阿什比家族。

第二章

　　碧翠吃过饭,准备喝咖啡的时候,两个双胞胎姐妹已经跑得远远的了,可能到哪儿玩耍去了。因为今天下午休息,是她们的"半假日"。爱莲快速吃过饭,又赶回马厩忙去了。

　　"您下午准备用车吗?"西蒙一面问着碧翠,一面自顾自地说道:"老盖茨先生的车出故障了,我已经同意帮忙,用拖车将他在镇上的牛给拉回来。"

　　"我不需要车子。"碧翠回答了一声,心里想着西蒙为什么会答应这样无聊的事情呢?盖茨先生只是他们家三座农场中规模最小的维塞农场的承租户而已,况且,西蒙往日对他奸猾的手段很是看不惯。

　　希望不是盖茨先生的女儿在其中发挥了作用!虽然她样子长得不错,可是性格太平庸了。说到底,只是一个普普通通的女孩子罢了。

　　"如果您感兴趣,我可以满足您的好奇心。"西蒙直起身说道,"我想去帝国剧院看一看琼·凯伊主演的新电影。"

　　西蒙的态度可以说是不打自招,不过他骗得过别人,却骗不了碧翠。通常他愿意说出来的理由都是个障眼法,只是为了掩饰真正的目的。

　　关于自己的这个侄子,碧翠实在是太了解了。

　　"需要我顺路给您带一些东西回家吗?"

　　"假如你的时间充裕,就去西镇的公所里带一张最新的公共汽车时刻表。我听爱莲说,他们又开设了新线路,能够直接开到克莱尔。"

　　"碧翠,"有人在前廊喊了一声,"你在家吗?"

　　西蒙急忙循声上前:"派克夫人。"

　　碧翠应声:"快进来吧,南希。进来喝杯咖啡,他们已经喝过了。"

　　南希是牧师先生的夫人,她走进来随手将手中的空篮子放在餐桌上,发出了一声开心的叹息。她的坐姿十分优雅,并轻声说道:"我确实应该喝一杯。"

　　只要谈起派克夫人,这里的居民都会多说一句话:"您应该听说过,她就是南希·列丁罕呀!"虽然事情已经过去了十几年,但是人们依然能够记得,当年的南希·列丁罕下嫁给一个平凡的乡村牧师引起的巨大风波。那时候的她是一位世间罕见的大美人,所有认识她的人都引以为荣。只要她从某地经过,所有的路人都争先恐后地踩在椅子上一睹她的风采,致使交通堵塞;她为别人做伴娘的时候,迷人的魅力不知让多少人为之倾倒;就连当地的媒体也把她当作大明星,捧得高高在上。

　　谁也想不到,她这样耀眼的一个人,竟然决定闪婚嫁给乔治·派克。公众和她的仰慕者在惊讶之余,曾经试图阻止这件事情,也有人趁此良机想尽办法向她示爱。但是最终,还是乔治·派克抱得美人归。尽管他只是一个身材瘦高,脸长得比黑猩猩稍微漂亮那么一点的男人。

对此，《克莱恩日报》社会版的编辑曾经评论："一个假惺惺的传道士！恐怕建筑工地的泥水匠人都比他懂得浪漫。"

虽然公众尊重了她本人的选择，可是她的姑姑，身为她的法定监护人，毫不留情地取消了她的继承权。

从前，她的父亲因为无法承受巨大的债务以及失败的人生，忧郁地离开了人世。

美丽富饶的克莱尔大庄园，曾经是她的家。最后，变成了一所学校。

虽然南希·派克经过了13年的牧师家庭生涯，可是她还像从前那么美丽优雅。直到现在，大家还是这样说："您应该听说过，她就是南希·列丁罕呀！"

她对碧翠说："我过来问一下有没有鸡蛋，不过这也不算是多着急的事情。对吗？可以不做任何事情，就这样歇着，真是太妙了！"

碧翠斜睨着眼睛看她。

派克夫人微微有些惊讶："碧翠，你的脸可真美！"

"承蒙夸奖，可是露丝认为我的脸长得像一只非常名贵的猫呢。"

"这孩子真能胡说八道！起码……看上去不是毛茸茸的。"南希的表情也是不得其解，忽然间又恍然大悟："天啊！我明白了。她说的是那种脖子较长、毛有点短、下巴抬得很高的传令猫。不错，碧翠，你脸部的神情确实像一只传令猫！尤其是你的头部保持静止、斜眼看人的时候。"她放下了喝完的咖啡杯，又是一声开心的轻叹，"我觉得那些清教徒真是不可思议，他们为什么不愿意接受咖啡呢？"

"是吗？"碧翠觉得难以置信。

"不错。清教徒认为喝咖啡让人上瘾，它对人的诱惑甚至比酗酒还要厉害，从来没有人能戒掉它。只要喝上几口，世界都变得多姿多彩了。"

"难道，你在喝咖啡之前的生活非常黯淡吗？"

"除了这个星期，我的生活乱糟糟的，就像掉进了泥浆一样。从这个星期开始，我总算是不用伺候客厅里的那堆炉火了，也不需要清洗壁炉了。可是，我没有办法阻止乔治，他总是把用过的火柴棒扔进壁炉。况且他点个烟斗起码要用十五根火柴。我在房间里准备了不少的废纸篓和烟灰缸，可是他偏偏不那样做，非要扔进炉子里！而且他的手法一点都不准，有的丢在炉口边，有的丢在最里面。我必须想办法一根根地捡出来。

"他还要和我说：'别管它，就让它们在里面好了。'不错，我的确可以不管它。特别是喝了莱切特的咖啡之后，我也没心情计较那些琐事了。"

"哦！这些基督徒也真是不可思议。我可怜的南希！"碧翠感叹着。

派克夫人问道："成年礼准备得如何？"

"邀请函拟好了，准备送去打印。成年礼当天，先是招呼前来参加典礼的亲朋好友在这儿聚餐，然后到农场的谷仓举办舞会。还有，请告诉我你的弟弟亚力克的联系地址。"

"他现在的地址我不太清楚，回去查查看：他每封信的地址都不一样。我猜他也许是无法按时缴纳房租，总是让房东撵出去。而且，他觉得我没嫁给有钱人是件无法原谅的事情，也不怎么给我写信。"

"他现在还是表演一些舞台剧吗？"碧翠问道。

"这个不太清楚。好像是沙维戏院上演了一出荒诞剧，他在里面扮演了一个角色，可是只有短短的几个星期。亚力克的戏路非常窄。"派克夫人神情有些黯然。

"我也是这样认为的。"

"亚力克总是这样本色出演一些小角色，无法取得突破。真让人发愁！碧翠，你真幸福。阿什比家的孩子们从来不会让你这样忧心，家里的事情也好打理。"

"也不是那样，你知道的，沃尔特可惹了不少麻烦。"

"只是他一个人而已。沃尔特现在生活得好吗？"

"他已经离开人世了。"

"上帝呀！他是生病死的吗？"

"不。他是中毒死的，应该是死在了感化院。"

"沃尔特的本质并不坏，他毁在了贪杯上。说起来，列丁罕家也是一群讨厌透顶的东西！"

于是，她们就这样默默地对坐着，各自怀想着自己的家人。碧翠比南希大十几岁，可是在她们的记忆中，好像从来都没有分开过，她们共同经历了生活中的每一个片段。列丁罕家的孩子喜欢来到莱切特家跑来跑去，莱切特家的孩子到了列丁罕的克莱尔庄园也和在自己家里一样随意。

"这些天我总是想起比尔和诺拉，"南希说，"假如他们两个还活着，该有多好。"

"是这样啊。"碧翠的思绪好像已经飞远了，眼睛不由自主地转向了窗外。

当年，也是这样的景色，也是这样的季节，差不多也是这样的时间。当时，她正站在窗前欣赏外面的景色，心想：远在欧洲旅游的比尔和诺拉，可能会认为那儿的景色没有家乡美，甚至抵不过这里的一半呢！她还认为：诺拉的身体经过这段时间的调养，气色也许会转好一些。诺拉生下这对双胞胎姐妹后，身体可不如从前了。碧翠希望这段时间自己代理的管家工作能够得到大家的认可，也许明天自己就可以离开这里，回到伦敦自己的家中了。

那时，双胞胎姐妹因为年龄最小，睡得正香。年龄大的正在楼上洗漱，等待着爸爸和妈妈回家，而且要和他们共进晚餐。碧翠甚至同意他们那天晚上可以迟点上床睡觉，估计再过半个小时，他们的爸爸妈妈就会开着车，沿着两边都是菩提树的乡间马路回家了。那时，大家喜相逢，笑逐颜开地说话、拥抱、赠送礼物，该有多开心！

不知为何，她拧开了收音机，就听到了播音员没有任何感情色彩的声音："一架从巴黎到伦敦的飞机，今天下午两点，离开肯特海岸后发生了坠毁事故，机上的九名旅客和三名机组成员全部遇难，无一人生还。"

无一人生还！

南希说："我特别想他们，眼看着西蒙就21岁了。比尔和诺拉生前是多么爱孩子们呀！"

碧翠说："其实我更想帕特。"

南希好像一下子没有转过弯："帕特？哦，是了，帕特真让人伤心。"

碧翠纳罕地看着她："你想不起这个孩子了吗？"

"这件事情过去那么久了。而且，大家潜意识里都会故意把无法面对的事情遗忘。虽然比尔和诺拉的事情让人伤心，总是大家能够勉强接受的。我的意思是，每个人的生命中都可能遇到意料不到的危险。但是，帕特就不是这么一回事。"她沉默了良久又继续说道："我强迫自己的大脑，永远不要回忆起帕特。所以，我都记不清他的模样。他和西蒙在一起比较，会和露丝和珍妮一样，面貌相似吗？"

"他们不是同卵双胞胎，不是很像，就好像我们见到过的最普通的兄弟。但是我很惊讶，他们两个的关系要比露丝和珍妮好，谁也离不开谁。"

"西蒙也好像忘记了，你认为他会想起帕特吗？"

"这段时间，他会常常想到的。"

"从常理讲，应该是这样。可是，13岁到21岁，毕竟过了相当长的时间了。即便是双胞胎，有些事情也会慢慢地忘记。"

碧翠不知道该说些什么，她会忘记帕特吗？这样一个善良、带点小大人性格的侄子。假如他还活着，下个月就该接管家产了。她努力想要回忆他的样子，可是她的脑海里只是模模糊糊的影子，一团混沌。不过，这孩子尽管发育得不是很健壮，毕竟是真正的阿什比家后裔。肯定长得和这家人是一样的，就是性格太普通了。

现在，她回忆起帕特的时候，能够确定的是：这是一个非常善良、性格早熟的小男孩子。

西蒙，假如没有人伤害他的利益，性格也是非常爽朗的，还算是大方；可是帕特就不一样了，他太纯真了，甚至愿意献出自己的所有。

碧翠的神情幽怨："到现在我都不能确定，我们在卡斯尔顿海边发现的那具小孩的尸体到底是不是帕特。我们将他就地掩埋了，对吗？就像掩埋一个小乞丐一样草率。"

"碧翠，那个小孩已经在水里浸泡了几个月，面目全非，大家甚至无法分辨他的性别。卡斯尔顿距离咱们这里有好几英里。而且，他们是打捞漂浮在大西洋尸体的专业人士。其实我想说，距离陆地这么近，他们怎么可能费心分辨尸体……"南希越说越沮丧，声音越来越小，再也无法说下去了。

"好像是这样。我今天的心情是怎么了？南希，我们再喝一杯咖啡吧？"

碧翠往杯子里倒着咖啡，暗下决心：等南希离开之后，一定要把自己书桌抽屉里那张帕特死前留下的纸条烧毁。这么多年过去了，始终留着这张纸条，徒然伤心！尽管有很多年她都没勇气再看那张纸条上的内容，可是一想到真要销毁它，她却不忍心。

她总认为这是帕特的一部分……但，似乎也不是那么回事。当她看到帕特留在纸条上的字："我知道很对不起大家，但是我不能再忍受下去了，请不要生我的气。"那彻底的绝望，比这张纸条更让她震撼。相比起来，更像是帕特的一部分。

碧翠终于下定决心，将它拿出来烧毁。不过，她知道，即便自己烧掉纸条，也没有忘了这个可怜的孩子。她有点茫然，善良的帕特，即便是决定结束自己的生命，也没有忘记向大家道歉。纸条就放在她的抽屉里，字体偏圆，看起来非常整齐，那是帕特用自己最喜欢的自来水笔写下来的。

看着朋友沉思中透着悲伤的神情，南希斟酌着措辞，想要安慰她："听说，一个人从高空坠落的瞬间，很快就会失去知觉。"

"我觉得他不是跳崖自杀的。"

"是吗？"南希有点不知所措，"可是那张纸条为什么会出现在那里？他们为什么在断崖上发现了那件装着纸条的外套？"

"话是不错。不过我觉得他没有从断崖上跳下去，而是沿着从山上通往海边的小路走下去的，一直走到了海里。"

"那么，你认为呢？"

"我认为他是顺水游过去的。"

"你的意思是，他一直顺水游下去，再也不回头吗？"

"你知道吗？南希，有一次，比尔和诺拉到外面休假，我特地过来家里照看孩子们。我们曾经到海边玩过几次，一起到那里游玩、野炊。有一天，我们又去那里玩的时候，帕特和我说：他认为告别人世最好的方法就是，一直游泳，直到游不动为止。

"当时，他说得挺像那么回事。于是我和他说：'无论如何，让水淹死是一件非常可怕的事情。'他的回答是：'可是，到时候已经没有力气了，你不会管那么多的，只想尽快让那片水接纳你。'这孩子非常喜欢水。"

碧翠顿了顿，终于说出这些年一直缠绕在她心头的噩梦："我总是在想，也许他后悔了，可是他已经累得再也无法游回来了。"

"哦，天啊！碧翠，你可千万不要这么想。"

碧翠又斜看了一眼南希那张美丽的、惊讶的面容："我今天是怎么了？这么不对劲……南希，请你原谅我谈起这些不愉快的话题。"

"现在，我不知道该怎样忘记这些事情。"南希的神情困惑，"将可怕的事情封存到记忆深处，最大的弊端是：当它有一天忽然出现的时候，一切都是那么鲜活，好像是刚刚才发生的事情。你没有办法将它淡忘。"

碧翠以了然于心的口气说道："我认为大家已经淡忘了西蒙曾经有过双胞胎哥哥的事情。否则他就不应当成为莱切特家产的继承人。从筹备西蒙的成人礼开始，从来没有人和我谈起帕特。"

"当时，帕特为什么会对爸爸妈妈的意外离世这样想不开呢？"

"我也不太明白。只记得事情刚发生时，孩子们都非常伤心。但是帕特的表现更倾向于极度困惑，有一次他问我：'姑姑，你的意思是莱切特的家业都属于我了？'孩子的神情非常沉重，似乎他一下子无法接受这件事情。我清楚地记得，西蒙对于帕特的表现有点不以为然。

"西蒙的确比帕特看起来聪明一些。可是我依然觉得，这件事情对帕特来说，的确是太意外、太突然了。毫无防备之下，一下子失去了自己的父母，还要挑起莱切特家业的重担，已经超出了孩子的承受能力。他一下子无法接受这突如其来的事实，于是走了这条他认为是解脱的道路。"

"哦！可怜的孩子。我真该死，居然将他忘记了。"

"走吧，南希。我们一起拾鸡蛋去。一定记得帮我查找亚力克的地址呀，列丁罕家的每一个成员都应该收到邀请函。"

"我不会忘的。回到家就去办这件事情，随后给你打电话，家里有人接电话吧？"

"有人接电话。"

"我得和你说实话，你应该知道亚力克现在有个艺名叫作亚力克·洛丁吧？"南希拿起餐桌上的篮子，"我不能确定他是否会来，他已经有很长时间没有回克莱尔了。我想他现在已经不太适应乡村生活。不过，对于阿什比家的成年礼，他可能会感兴趣。"

第三章

亚力克·洛丁对阿什比家即将举办的成年礼，哪里只是感兴趣，他甚至打算做一篇大文章。而且，他已经开始实施自己那绝妙的计划了。不过，刚开始时，事情并不是很顺利。

现在，他就坐在绿人餐厅后的一个包间内，尚未用完的午餐还放在他的面前。他的身边还有一个小伙子，也许称之为少年更为合适，可是又和他脸上超乎年龄的冷静不匹配。洛丁为自己倒上一杯咖啡，慢慢地搅拌着，不时看上同伴一眼。

少年集中精力转动着餐桌上一个快空了的啤酒瓶。很明显，他是故意这么做的。他已经转了很长时间，没有一丁点厌烦的意思。

"你考虑得如何？"洛丁忍不住问道。

"不！"

洛丁努力咽下了咖啡。

"你害怕什么？"

"要知道，我并不是专职的演员。"

洛丁的脸色发红，瞬间即逝。他说："我并没有期望你的感情伪装得多么真实。假如你确实做不到这一点，你也不需要刻意表现出手足情深，或者孝顺这类的感情。你只要恰当地表达出对一个十几年没见的姑姑的思念之情就可以了，不需过度的热情。"

"不！"

"不要犯傻了，要知道，我可以为你提供丰厚的报酬。"

"不过是那个农庄的一半家产罢了，况且也不是你给我的。"

"如果不是我，"亚力克奇怪地问道，"请问我现在正在做什么？"

"你只是在教唆我犯罪！"年轻人回答，他的眼睛还是盯着那个转动的啤酒瓶。

"好！即便如你所说，我确实在教唆你，难道这件事情错了吗？"

"真是荒谬透顶！"

"这有什么？你有这么绝妙的先天条件。"

"这个世界不会有人伪装别人可以做到天衣无缝。"

"你真是孤陋寡闻！前段时间，有一个演员甚至在众目睽睽之下扮演一个大家都熟悉的将军，竟然没有人能够分辨出真假！"

"这是两码事。"

"我承认。可是我也没要求你去假冒什么人，你只要做好自己就可以，这岂不是容易得多？"

"我不同意。"年轻人依然坚持自己的意见。

洛丁努力控制自己不要发火。他那张粉红色的脸松垮垮的，让人不由自主地想起刚采摘下的香菇的背面。他那来自于列丁罕家族的骨骼看起来很好，可是那些挂在他身上的赘肉的确让人无法入目，还有那新增的眼袋也扼杀了他脸上的聪明劲儿。剧团经理认为他适合扮演一些年轻的混混儿，可是目前也只能让他出演一些为老不尊的人物形象罢了。

"哦！"他不由得叫了起来，"你的牙齿怎么这样？"

他的失态并没有让这位年轻人感到惊讶，只是抬起头淡淡地问了一句："我的牙齿有什么值得你大惊小怪的？"

"目前大家都依靠牙齿鉴定的方式来分辨身份。你应该明白，每个病人在牙医那里都有一份完整的就医档案。天晓得莱切特家的孩子们在哪里看牙医，我得尽快确定这件事情。请问前面露出来的牙齿是你原来的吗？"

"前面两颗牙齿被踢断了，所以装了牙套。"

"让我想想……不错，他们家就在这里看的牙医。他们通常每年来伦敦看两次牙齿：一次是夏季，一次是圣诞节以前。他们一般是上午看医生，下午去观看表演。夏天，他们观看的是奥林匹亚的赛马，冬天到剧院看哑剧表演。你一定要记住这些事情。"

"唔。"

年轻人漫不经心的样子差点让洛丁发火，他激动得有点语无伦次："我不知道法拉先生究竟在害怕什么！你怀疑他有胎记吗？我发誓，他连一颗痣都没有！我和那个小孩从小起在一个澡缸里不知洗过多少次澡了。他只是一个最平常的小孩，英国的任何一所预科中学都可以找到一大群和他一样的男孩。而且，看你现在的样子，甚至比那个小男孩更像是他的哥哥。虽然他们两个是货真价实的双胞胎兄弟。我实话和你讲，自从我第一次看见你，还真以为你就是帕特。我说这么多还不能打消你的疑虑吗？你只需要和我待上两个星期，我保证你会对什么莱切特、阿什比家、克莱尔等等事情都了如指掌。我问你，你游泳怎么样？"

年轻人点点头，又去转动他那个啤酒瓶了。

"技术怎么样？"

"还行吧。"

"你参加过专业的等级鉴定吗？"

"没有，也不需要。"

"帕特游起来简直比鳗鱼还要灵敏。也许，你的耳朵也得仔细比较一下。倒是看起来非常普通，不过我觉得他的耳朵也没什么特别之处。我还得回家仔细看一下他的照片，每一个核查身份的人都会特别注意耳朵……好像前面看没有什么问题，也许仔细观察会有纰漏……我得亲自回克莱尔去落实一下。"

"我劝你不要在我这儿下功夫了。"

洛丁没有吭气，想了一会儿，忽然严肃地问年轻人："你相信我说的话吗？"

"相信你讲的这些故事？"

"你是否相信，我出生于一个名字叫作克莱尔的农场，那里曾经有一个小男孩长得和你一模一样。或者，你只是以为，这是我骗你和我一起回家的手段？"

"我相信你讲的故事是真的。"

"上帝呀！至少你还愿意相信。"洛丁长长吁了一口气，同时挑起眉毛，"我很清楚自己现在的样子不能和从前相比，可不至于是一副落魄样儿吧？现在，你相信自己长得和那个小阿什比很像了吗？"

年轻人又无声无息地将手中的啤酒瓶转了一圈，终于开口："不，我还是无法相信。"

"啊？"

"即便如你所说，实际上你也很长时间没有见到他了。"

"事实上，你根本不必假扮小阿什比，只要让大家看起来非常相似就可以了。法拉，你得相信你们两个看起来就像是一个模子里磕出来的。假如不是我这双眼睛亲自看见了你，我根本不相信世界上还有长得一模一样的两个人！像这样的事情，我只在书里看到过，它一定会为你带来丰厚的财产，现在，你要做的事情就是伸出自己的双手！"

"不，我并没有伸出自己的手！"

"只是一个比喻而已。对于你，只需要隐瞒第一年的历史，其他那些年的经历完全可以和他们敞开了谈。这些真实的过往完全能经得起他们反复思量和调查。"洛丁忽然将自己的语气转变成表演腔，"你过去告诉我的那些事情都是真实的吧？"

"当然。"

"非常好！你只需要告诉他们，那一年你悄悄地跑上了艾拉·琼斯号轮船离开了西镇，根本不是去迪耶普游玩，记住了吗？"

"你如何确定那时候西镇确实有一艘名字叫作艾拉·琼斯号的船？"

"我如何确定？亲爱的小老弟，拜托你长点心好不好！就在小阿什比失踪的当天，西镇确实有那样一艘船存在。我之所以知道得这么清楚，是因为我用了大半天的时间在那儿画这艘船。我的意思是画在了帆布上面，而不是蹲在船的甲板上面画。甚至我还来不及画好，那艘老掉牙的船就开走了。哦！每次都是这样。没等到我画好，船就急匆匆地开走了。"

他们两人都沉默了，默默地想着心事。

"金子就在我们的眼前闪光。"

"我面前只是一些餐巾纸。"

"你知道我指的是那笔飞来之财。还有一大片田产，优渥、有保障的生活，还有……"

"等等，你的意思是，生活有保障吗？"

"这是肯定的，只要我们赌的第一把翻盘了。"洛丁的态度平静了，看着年轻人的眼睛透出一丝淡淡的笑意。

"你不认为，赌一把的是你吗？"

"为什么？"

"想想看，你为我提供了一个从未有过的好机会。假如我同意了你的建议，也通过了那些考验，以后，你不怕我蹬掉你吗？到了那个时候，你又能将我怎么样呢？"

"坦白地说，我从来没有考虑过这个问题。不过我认为，像你这样的人，一般都不会做出那样的事情。据我所知，阿什比家都是一些老实人。"

年轻人将酒瓶猛地往前一推："这就是我不愿意做的原因。非常感谢你请我吃了一顿丰盛午餐。我若是事先知道你怀了这样的心思，肯定是不会来的。"

"好吧。但是也请你别着急走，我们结伴步行到地铁站总可以吧？我知道你不喜欢我的提议，它确实不够磊落。可是你这个人确实让我感到好奇，我甚至没办法不去注意你，你让我相信世间存在奇迹。"

洛丁结了账，和年轻人结伴走出了饭店，他说："我不会打听你的住址，以免引起误会，以为我打算过去纠缠你。可是我想将自己的联系方式告诉你，也许你偶尔愿意到家里找我。我指的并不是刚才的事情。有些事情，不是你想要就能得到它；也不是你不想要，它就和你无缘。我说的是自己家中的某件事情。也许你愿意听我说。"

当他们在十字路口的时候，洛丁用一种标准的英国绅士风度等待着。

"克莱尔庄园，那是我出生的地方。可是我爸爸去世以后就被卖掉了，南希将我以前的东西给我邮寄过来了。那样一大箱子的散碎物品，我可实在没有精力去整理它。有很大一部分是我和从前的朋友们拍的相片，各种各样的可爱造型，真是什么都有，或许，你也想看一看它们。"

年轻人默不作声。洛丁悄悄地看了他一眼，然后问道："你喜欢打牌吗？"

"我从来不和陌生人一起玩牌。"

"哦，我只是想测试下今天的运气怎么样！法拉，你拥有一张完美的扑克脸。可是对于一个清教徒来说，真是可惜！好吧，这是我的联系地址。假如我不在家，你可以随时到剧院找我。真让人遗憾，尤其是一个阿什比家族的人，真是太让人遗憾了！我总是以为你将是莱切特家族最理想的继承人。你会喜欢马，喜欢户外生活的。"

年轻人本来已经准备握手告别，听到这句话顿住了，他问道："你是说马？"

"对呀！"洛丁有些惊讶，"他们家里有一大群马。也许，你需要冷静一下。"

"哦。"年轻人想了一下，还是转身离开了。

"我一定错过了一个很好的机会。"洛丁注视着年轻人的身影走远，琢磨着，"好像这里有一个可以打动他的理由，可是我没把握住。他为什么对马这么敏感呢？难道他不喜欢马？"

好吧，不想那么多了。或者，他会对那个和他长得一模一样的人感兴趣。

第四章

房里的灯关着,一个年轻的男子和衣躺在床上,睁大了眼睛朝天花板看着。这个人就是博来·法拉。

并没有明亮的光线照进这间阴暗的小房间,只有一些本就属于伦敦这座大城市的灯光交杂相错,经过折射后漏了一星点微亮射进这里,照亮了因为污渍和龟裂而显得像世界地图的天花板。

博来那双瞪大的眼睛的确在看天花板,但不是看天花板上的世界地图。此刻,他正回忆他过往的经历,像电影画面般一幕一幕地回放。由于今天一个陌生人所讲的事,带给了他一个不小的冲击。也许在世界的某个角落,的确有一个长得跟自己一样,甚至不分彼此的兄弟。这对于长期独居的他而言,应当算是一件惊喜的事。

总之,他活了21年,这是出生以来让他觉得最不寻常的事情。或许这些年饱经沧桑的流浪汉生活为的就是等碰到那个无意中瞥见他的演员,然后等他说一句:"嗨,西蒙。""哦,抱歉。"那个演员意识到自己认错人后立即解释道,"我误以为你是我的一个朋友。"

话说了一半,那演员突然停下,开始若有所思地打量他。

"你需要我做什么吗?"那个演员没有一点走开的意思,博来不禁问道。

"当然,我能邀请你共享午餐吗?"

"邀请我的原因是什么?"

"现在正是午餐时间,而我最喜欢的餐厅就在你身后。"

"我还是不明白你为什么邀请我。"

"你不但有趣,而且我的一个朋友和你长得很像。认识一下,我的名字叫亚力克·洛丁。你听过那个破烂的戏院吗?我在其中一出喜剧里演一个小角色。"他指着街对面,扬了扬下巴,"万幸,也感谢老天开眼,虽然我角色小,但我的薪水却不低。对了,能告诉我你的名字吗?"

"法拉。"

"法拉尔吗?"

"不是,是法拉。"

"哦,"那个人脸上一直是若有所思又逗趣的表情,"你回伦敦很久了吧?"

"你怎么看出我以前离开过伦敦?"

"伙计,就凭你的穿着打扮。我最在行的就是服装的穿着打扮了。

我演过很多角色,穿过的戏服种类很多,一看你的穿着,你这身装扮,就知道是从美国来的。"

"你又怎么知道我不是美国人?"

听到博来这么问,那演员笑了:"这是英国的一个特点。你在意大利看到一队走得不慌不忙的修士,你不费吹灰之力就能指出其中一个说:'他是英国人。'你在美国街头看到一群乞丐,可以指着其中一个说：'天啊，那个家伙是英国人。'你甚至能从一群裸身等医生检查的病人中，指出一个来……哈哈，其实没什么，陪我去吃午饭吧，我们坐下来边吃边说。"

于是，博来答应演员去陪他吃午饭。尽管那人的话很多，但不至于让博来反感。不过，演员那微微浮肿的眼神里充满了疑问和不解，显然他对此事持怀疑的态度。比起他口若悬河的说辞，他的眼神更具说服力。博来不由得暗想：他提到的人一定和我博来·法拉长得像极了，否则他不会见到我就这么惊讶。

博来·法拉躺在床上，把这次相遇回忆了很多遍。

有机会，他可真想见一见那个和他长得极像的男子，好像是叫阿什比来着。这个姓氏听着还可以：阿什比，典型的英国姓氏嘛。此外，博来还想去那个名叫莱切特的地方看看。那是他的"孪生兄弟"住的地方，那时自己离开了孤儿院在到处流浪。

尽管孤儿院很好，而且也比他后来遇到的很多家庭都要好，但他待不住。

孤儿院的孩子都喜欢那儿。每次有孩子离开，他们都会难过得流泪。他们之后还是经常回去，很多人寄钱回去资助孤儿院，甚至有人在结婚时邀请孤儿院的工作人员参加婚礼，等生下孩子，还会带着孩子来认识孤儿院的院长。

在那座孤儿院，从来没人溜走，可他就做不到吗？或者说他是天生流浪的性格吗？还是因为别的原因，比如从没人来看过他，从没人给他寄包裹、明信片和邀请信。

孤儿院里的人对他非常好，就连他的自尊心，工作人员也小心地维护着，不让他受一点委屈。他在这里受到的照顾比其他人都要多，因为他是真正意义上的孤儿。博来记得院长每年圣诞节都会送他一份礼物。院里那些只能收到叔叔阿姨礼物的孩子们总是向他投去羡慕的目光。据说，他是院长在孤儿院门口捡到的，从捡回的第一天起，院长就吩咐大家一定要把他照顾得无微不至。

他的姓"法拉"是院长用一根别针和一本电话簿决定的。听说当院长看到别针指向"法拉"时，高兴地笑了。因为此前的一次，别针指向了"棺材"这个词，于是，院长趁没人注意就作了弊，又选了一次。

他名字的来历倒是很清楚。他被放到孤儿院门口的那天，正好是圣博特日，所以大家叫他博特，不过很多人更喜欢叫他"博来"，大家叫习惯了，院里的工作人员也随着孩子们这么叫。

他用这个名字上小学时也觉得自己与众不同，这是为什么呢？难道是因为他服装的问题？并不是。难道他在学校的功课太好了吗？也不是。很多和他一样的孩子，在学校功课都是很好的，可为什么他辍学了呢？像这样重大的决定，他小小的年纪是不可能想到的。奇怪的是连院长都劝不动他。最后的结果是他如愿以偿地出去工作了。

不出意料，对于自己的工作他并不上心。因为工作的地点在50英里之外，而他工作的报酬根本不够付房租，他只能住到"少年之家"去。此时，他才想起孤儿院的好处，因为少年之家和孤儿院没法比。

如果只是工作的痛苦，他还能忍受，或者只是忍受少年之家的无奈，他也能坚持。可是这两个同时出现，他实在是无法忍受。两者相比，他的工作更让他头疼。换句话说，这工作对他来说很轻松，如果他坚持下去，时间够长的话前途也算不错。但这件事对他而言，像是一道束缚他的枷锁，让他没了自由。他觉得时间不停地从身边溜走，他想要的生活可不是这样的。

他突然辞掉了工作，十分让人意外。不过他做出这样的选择也考虑了很久。"迪耶普一日游"是一张贴在报社玻璃窗上的旅游的广告，正是这张广告改变了他的命运。广告上用红色的大字标着价格，那价格正是他当时的全部身家。当时，他只剩那两个半先令了。

话虽如此，但如果没有亨德瑞先生的葬礼，也不会有后面的事了。亨德瑞先生是他们办公室退休的同事。办公室在葬礼那天放假一天，以表对亨德瑞先生的尊敬。

事情的经过是：他带着一周的工资在放假时看到了那张旅游广告。他毫不迟疑地带着所有积蓄出国旅游了。他在迪耶普玩得很高兴。尽管他只在学校学了一点结巴的法语，但这并不影响他游玩的兴致。他自己也没想到，他会留下来，要知道在回程的路上他都丝毫没有想法呢。等到了港口，一个大胆的留下来的念头就冒了出来，他甚至把自己都吓了一跳。

博来住在皮姆里克区的小房间里，他正看着天花板回忆往事：除了留下来的念头，他脑海还有一个念头——他在英国欠了很大一笔洗衣服的债务。他心里不踏实，或许是他本性善良，也或许是在孤儿院里受到了良好的影响。一般而言，一个连床都没有，身无分文的穷光蛋，不可能因为这样的债务而良心不安的吧。

解救他的是一辆从海港边驶来、路过这里的四轮马车。他冲着那辆车竖起了大拇指，这个国际通用的手势被那位破皮肤黝黑、满身大汗的司机读懂了。马车路过他身边时，司机冲他笑了笑，并减慢了车速。他跟着那辆车跑了一段路，后来爬了上去。这一刻，过去的一切都被他甩到了脑后。

其实，他很想留在法国。坐在去往哈佛港的车上，因为他听不明白司机带有浓重口音的法语，他就用手语和司机交谈，这时，他开始思考用什么方法养活自己，并赚钱改善生活。

不过，他的烦恼在一家哈佛港的小酒吧里得到了答案。一个坐在他身边的客人一语惊人地告诉他："我的伙计，"那个人的眼神看上去很像一条流浪狗，"除非你有身份证，否则只凭你这个人是无法在法国得到工作的。"

"去哪个国家工作可以不用身份证？"他有些天真地问，"我去什么地方都无所谓。"他突然觉得：好像整个世界都在他面前，他想去哪儿都行。

"我也不确定，"那个人说，"或许可以去港边搭一艘船。"

"什么船？"

"这重要吗？你们英国不是有一种游戏吗？"说着，那个人模仿着向四下里指了指，并念念叨叨。

"哦，你是说数数儿的游戏？"

"对啊，你到港口后，随便数数儿选一艘船就好了。"

博来到了港边，选了巴夫勒尔号，这艘船上有一个好处是不用身份证也能工作。他刚上船就被船上的厨师聘用了，因为这个厨师想找助手很久了却没找到，所以厨师见到他后就直接雇佣了他。

老巴夫勒尔号的船舱里有一股陈年的油腥味，它一年到头都和山一般高的海浪打交道，躲过了一次又一次危难的时刻，船上的那位老厨师也总是喝得不省人事。老厨师总是做他免费的厨师，他在船上还学会了口琴……哎，巴夫勒尔号。

博来离开这艘船时，收获可不少。值得一提的是，他拥有了一个新名字。当老船长问他名字时，老巴特船长不小心把他名字的最后两个字母写错了。于是，他就去掉了名字里的字母，舍弃了"法尔拉"这个姓氏，把姓改成了"法拉"。他在墨西哥坦比下船后，迎上来很多人问他找不找工作："伙计，看样子你是英国人，想找份工作吗？"

他原以为这是一份刷盘子洗碗的工作，没想到却是给一位老人读英文报纸。他不知道那位老先生来自哪个国家，反正他很有钱，他住的房子很大、很漂亮。地上铺满了光滑的瓷砖，家具也非常不错，可他就是不懂英文。

"他不会英文，听我读英文报纸有什么用呢？"博来问那个找他来这里工作的人，那人说："也不是完全不懂，他看字典学会了很多词，也懂了不少英文单词的含义，可不知道怎么读，不知如何发音。所以想找个人来替他读出那些词的发音。"

博来起初很喜欢这样的日子，每天给老先生念两次报纸。老先生一边听，一边用手在报纸上指着。博来很讨老先生的喜欢，老先生甚至说想收养他之类的话。他越来越觉得这个工作不适合自己，他也过惯不这样的生活，最后他告别了老先生。

离开老先生后，他又做了几份帮别人做饭的活。边干边旅游，接着来到了美国墨西哥州的边界。从这儿不渡大河也能到美国。又换了几次工作，他偶尔帮人照看马，才发现自己真正感兴趣的事情原来是驯马。因为无论碰到多么野的马，他都能将它们收拾得服服帖帖的。

他为一个马蹄铁匠在威尔森农场里工作了一段时间。也是在那里，他遇到了喜欢的女孩，开始了他的第一次恋爱。但比这个更让他兴奋的是把那一群无精打采的马儿们训练得神采奕奕。马场的主人知道后很高兴，从那群马中挑了一匹马给他。他给它起了个名字叫"烟儿"。

他后来仍旧当马师，是在另一家懒人马场。可以说那两年是他人生中最快乐的日子，像神仙一样逍遥快乐。

后来发生的一件事拖慢了他的生活。可能天太热了，或者太阳太毒了。总之他头晕呼呼的，然后摔下马来，在昏过去之前他记得他的大腿断了。

他被送到那家叫埃奇蒙特的医院，这和电影里的美国医院根本一点都不像。这个医院没有好看的护士和帅气的实习医生。墙壁被粉刷成灰绿色，闻着还有一股霉味。几个护士对他根本不上心，甚至有些纵容他。

刚休养了没几天，他就想重新站起来走路了。那家医院的医生不负责任，竟然把他的骨头接坏了，于是他的一条腿长，一条腿短，看来他要当一辈子的瘸子了。

马场的老板带来了最坏的消息，勘探队在马场下面发现了石油，马场要被改建成油田。老板人挺好，寄来了一张支票，嘱咐他好好养病。博来担心的是：他那匹马怎么办？他带着一匹马能做什么呢？油田里要瘸子和马干什么呢？好吧，他再也不能像原来那样训练马了，去油田他也什么都不会做。他想着如果再找个有关马的工作就好了。

他发现这次找到的观光牧场和电影里看到的也不一样。

那些来牧场游玩的人穿的衣服不对，更不会骑马，那几匹原本就可怜的马差点儿被他们折腾坏了。

他遇到了一个看上去不像是"养男人"的女人。那个女人很瘦，长得不惊艳，看上去也不是呆头呆脑的，经常一副很疲倦的样子，不过对他很好。在牧场附近有一处她的产业，她想和博来结婚，并且承诺帮他治好那条瘸了的腿。这可能是她作为和他结婚的"交换条件"吧！

这可不是博来想要的生活。

不过在牧场工作有一个好处，那就是赚钱多。他从小长到大，从来没有赚到过那么多的钱，所以他想好好地去美国东部逛逛。没想到中间又突然出现了意外。因为他在美国东部看到了西部没有的美丽乡村、精致的花园，这些景色引起他对英国家乡的怀念。这是他始料不及的，这几年在外面流浪，却从未有过回英国看看的念头。

小屁孩才会有那些想家的念头呢。他和这个念头对持了好久，最后终于妥协了。

他到现在为止还没去过伦敦，正好可以趁这次机会去伦敦看看。

于是，他住进了这间位于皮姆里克区的房间，并且在街上认识了那个戏院的演员。

第五章

起床后，他从披在椅子背上的外衣里掏出一盒香烟。

在那个戏子洛丁向他提建议的时候，他就预料到那个演员的提议是不可告人的诡计，因为他的表情早就表现出来了，所以他听到提议的时候才不会惊讶。他心里肯定有什么阴谋。因为他觉得这件事与自己无关，他也不想惹太多的事，于是大骂道："你居然妄想得到你朋友即将接手的产业，真是个白眼儿狼。"他也不是真的关心别人：那些都是别人的罪孽、悲伤、幸福什么的，跟他没任何关系。俗话说吃人家的嘴软，一顿午饭后，他已经站在了正义的对立面。

他在窗边观望着外面萧瑟的景色。他已经很久没有做过任何工作了，尽管他不再是穷小子，但他还是希望能有一份工作。可他的工作经验一点也不能让他自豪，在英国，马夫可比马场多得多了。

英国有很多爱马的人，可是有关马的工作却很少。他现在可不想只是浑浑噩噩地度日子了。就像喜欢道路工程的人不能总做铺沥青的工作吧。

他去了很多地方，没有人愿意给一个既没推荐信又腿瘸的人安排工作。他们感兴趣的是那些英国最优秀的年轻人，他们有自己的选择权。那些人听到他之前是在美国驯马的时候，他从那些人眼睛里看到了失望。"是那种牧马吧？"他们委婉地说着。他在美国待了很久，忘记了英国是一个很讲礼貌的国家。尽管如此，他还是明白了他们的意思：他们不需要西部牛仔的驯马方式。

毕竟对方没有明说，他也不方便说自己的训练方式和西部牛仔的方式不一样。或者说有可能说了也不会有效果，他们用不用你，看的是你的背景，而不是其他。

美国人都喜欢迁移，没有固定的居所，和英国有些差别。英国人无论做什么工作，一做就是一辈子。能否胜任一份工作，完全是看自己的真本事。

解决问题的办法很简单——再次离开这个国家。不过，他现在并不想离开了。他回来后才发现，以前他追求的自由和流浪，都是为了让他懂得回到祖国的美好。他是从墨西哥，通过了美国西部的那条路回来的，为此，他几乎绕了大半个地球，而不是迪耶普。他在墨西哥州找到了他喜欢的事物，那就是马，但他并不认为自己属于那里，仅仅是喜欢那个地方罢了。

现在的问题是，他觉得自己更愿意留在英国，和英国的马一起工作。

如果没钱，离开这里比留在这里更加困难。

有一次，他在一个小餐馆吃饭，同桌的人告诉他，他花了十八个月都找不到办身份证的门路。那人愤怒地说："你会经常听到'你有身份证吗？'这样的问话。如果你不是某地的工会会员，你就无法在当地立足，更别说工作了。就连餐厅的服务员都要有身份证才行。我想他们如果找不到有厨师工会的人来工作，难道看着船上的人饿死吗？"

他看到这个人的眼睛时，想起了法国餐厅里的那个人说的话："你首先得有一张身份证。"

在这个世界上，没有身份证是寸步难行的，更不用提找工作了。

可惜的是，洛丁的建议是违法的。

也许他提到马，博来会感兴趣。不，不会的！这是违法的行为，他无论如何都不会去做违法的事。

"其实很安全。"心底有一个声音告诉他，"即便被发现，也不会被控告，因为洛丁说过，那样他们的面子会挂不住的。"

"违法是不对的。"他的内心挣扎着。倘若去看看他演的戏，也许是个不错的想法。他从未认识过一个演员，看着一个熟识的人演戏一定很有意思。他有没有可能是一个合适的伙伴呢？

"他那么聪明，挺适合做合作伙伴。"心底冒出一个声音。

"照我看，他就是混蛋一个！"他说，"合作？连门儿都没有！"

"没那么麻烦，不用阴谋也可以。你去他们家，告诉他们：'21年前，有人把我遗弃在孤儿院，现在我找回来了。请帮我找一份工作。'一切都解决了。"

"这是诬陷，是欺骗，我才不屑于这样做！"

"难道这不是他们欠你的吗？"

"他们并没有欠我什么。"

"得了吧，你知道自己就是阿什比的孪生兄弟。"

"我不知道，世界上本来就有很多人长得很像，甚至有很多人长得像那些出名的人。报纸上经常登一些模仿名人的相片，不是吗？只是外表像，性格就不一定了。"

"你笨吗，你原本就和阿什比是兄弟，不然你怎么会驯马呢？"

"这并不能说明什么，很多人都会。"

"按你说的，孤儿院的60多个孩子都会被富人收养，不在乎好工作，却唯独喜欢和马在一块儿吗？"

"我起初并不知道自己喜欢马。"

"尽管你不知道，但你身体里的阿什比家的血液却知道。"

"你给我住嘴！"

他决定明天去一趟马场。虽然他瘸了，但骑上四条腿的动物没有任何问题。说不定会有人对他这样一个瘸腿的人感兴趣呢。

"别说了，别浪费精力了。"

"反正这件事挺有意思的。"

"他最好赶紧停下来，别再想了。"

不记得谁说过，不可能的事多想想就变得可能了。

看照片肯定不会违法，也不犯罪，有空可以去洛丁那里看看照片。

他的孪生兄弟长什么样呢？他一定要去看看才死心。

尽管他对洛丁有些反感，但如果仅仅是看看，也没什么大不了，反正他的真实目的是看莱切特的照片。

他决定了，去找洛丁。

不管明天还是后天，看洛丁演完戏，趁那个机会去看看。

第六章

一天的工作就要结束了，柯瑟诺律师楼的桑杜先生一边收拾着自己的东西，一边又开始琢磨他每天都会面临的问题：到底是要搭四点五十五分的车，还是五点一刻的？或者这是他唯一一件需要动脑子来想的事情。要知道，在柯瑟诺律师楼的客户通常只有两种：一种是告诉你应该怎么解决问题，那口气是不容置疑的；另一种则是不需要解决任何问题。这栋乔治亚式的建筑隐藏在树荫底下，从没有任何事让它感觉慌乱过。即使是客户死了，那又怎样呢？遗嘱早就放在了合适的地方，一切不过是走走流程而已，全在他们的掌握之中。

柯瑟诺律师楼主要是做家庭律师的。他们的主要工作是为客户保管遗嘱，当然，还有保守秘密。他们可不保证能解决问题。

这就是原因了，为什么接下来的事会让桑杜先生手足无措呢？

"今天结束了吧，阿瑟？"他问刚送完客人的助理。

"不，年轻的阿什比先生还在等着，"

"阿什比？是那个莱切特庄园的吗？"

"是，先生。"

"很好，请他进来，并帮我泡一壶茶进来，阿瑟。"

"请稍等，先生。"阿瑟看向客人，礼貌地说道，"先生，请进！"一个年轻人走了进来。

"啊，是西蒙。好好好，见到你真开心。"桑杜先生一边打招呼，一边和他握手，"你这是找我有事，还是……"

他的声音越来越低，瞪大着眼睛，原本伸向椅子的手也停在了半空中。

"天啊，你不是西蒙！"他吃惊地说。

"是的，我不是。"

"可是你长得很像阿什比家的人。"

"如果你能这样想，事情就好解决了。"

"什么意思？对不起，我有点迷糊。在我的印象里，阿什比家好像没有什么堂兄弟。"

"据我所知，确实是没有。"

"那，你究竟是谁呢？"

"我叫帕特。"

桑杜先生的小嘴张开着，像极了金鱼的嘴巴。

此刻，忧愁、麻烦、烦恼一拥而上，原本的悠闲已无影无踪。

时间仿佛凝固了，他的双眼就那样死死地盯着对方的浅色眼睛，一时之间，竟没找到合适的言语。

"也许，我们可以坐下来聊聊。"桑杜先生终于开口了。他随手指了指客户专座，然后把自己扔在了椅子上，那感觉就好像是在正经历着暴风骤雨的大海中，突然找到了可以停靠的港湾一般。

"事情到底是怎么回事？我记得，帕特在13岁时，已经死了。"他一边说着，一边努力回想，"对，大概是八年前。"

"那他是怎么死的，你知道吗？"

"自杀。他留有遗书。"

"遗书上说他要自杀？"

"这个，时间太久，我已经不记得内容了。"

"我也不记得。但我记得大概的内容是：'我真的忍受不了了。请你们别生我的气。'"

"是的是的，大概意思就是这样的。"

"在这些言语里，有说要自杀吗？"

"每个看到这张纸条的人，都会认为他要自杀吧。更重要的是，这张纸条就在小男孩的外套里，和外套一起出现在断崖旁。"

"在那个断崖旁，有一条通往港口的小路。"

"港口？也就是说……"

"那张被你们称为要自杀的遗书，只是要表达离家出走。"

"那外套呢？"

"纸条总不能放在太阳下吧？所以就放在了外套里啊。"

"你是认真的吗？你真的是帕特？你没有自杀？"

年轻人紧紧地注视着他，答道："就在刚才，你不就把我认成我弟弟了吗？"

"是的是的。这一对孪生兄弟虽然不完全一样，但有时也……"桑杜先生停下了话，如梦初醒一般，"天啊，刚刚我真的以为你是西蒙。"

他愣愣地站在那里，发着呆，像是在思考什么。这时，阿瑟端着茶进来了。

"喝茶吗？"桑杜先生开口问。实际上这只是他看到茶盘的反射性问话。

"谢谢。我不要糖。"年轻人答道。

"我想你也明白，这么大的事，不是你的一面之词就可以让每个人信服并且接受的，这还需要调查结果来证明。"桑杜先生语带恳求地说。

"我不着急，我也不希望能让人马上接受。"

"那就好，你真善解人意。也许过一段时间大家就会为你的归来大肆庆祝。但现在，你应该明白，我们必须要理智一些。需要加点牛奶吗？"

"好的，谢谢！"

"你刚刚说，你是离家出走跑去海上的，这一说法我可以接受。"

"是这样的。"

"那你是搭了哪艘船呢？"

"艾拉·琼斯号。当时，它正好停在西镇的海港上。"

"你一定是偷偷溜进去的。"

"完全正确。"

"那么，这艘船把你带去了哪里呢？"桑杜先生一边问，一边做着笔记。慢慢地，他有些渐入佳境了。不过，在他的职业生涯中，这可算是他遇到的最麻烦的事了。如此一来，想搭5点15分的车也变成了一种奢望。

"圣赫勒的群岛。"

"一路都没有人发现你吗？"

"是的。"

"那你是在圣赫勒上岸的吗？也没人发现？"

"没有。"

"你到了那里之后呢？"

"我又重新坐船，去了圣美禄。"

"又是偷偷溜上去的？"

"不，这一次我是买票上船的。"

"你还记得这艘船的名字吗？"

"不记得了，仅仅是一艘普通的渡轮。"

"哦，这样啊。后来呢？"

"后来我又坐了汽车。对了，那汽车可比莱切特家的厢型旅行车看起来好多了。不过，以前我一直没坐过。"

"你还记得厢型旅行车。嗯，我也记得。"桑杜先生一边说，一边认真地记下："他记得家里的厢型旅行车。"接着，他又继续问："再往后呢？"

"嗯，请容我想想。接下来，我去了哈维尔，在那里的一家旅馆做了一段时间停车的工作。"

"旅馆叫什么名字，你还记得吗？"

"记得，叫杜芬旅馆。然后，我穿越整个国家，去到了哈佛。在那儿的一艘蒸汽船上做杂工。"

"船叫什么名字？还有印象吗？"

"当然，想忘也忘不了。它是巴夫勒尔号。从上船开始，直到在墨西哥的坦比上岸，我一直做杂工。所以，可以算是终生难忘。接下来，需要我写下在美洲的足迹吗？"

"那自然是最好了。来，给你笔！哦，你自己有。那请你将地名都写在这儿吧。非常感谢。你回英国的时间是……"

"我是上个月二号回来的。这一回，是以乘客的身份，搭乘的是佛罗里达号。之后，我在伦敦安定了下来，嗯，对，在那儿租了个小房间。来，我把地址写下来，之后你调查时，会用得着的。"

"是的是的。谢谢你想得如此周到。"此刻，桑杜先生觉得有些莫名其妙。明明是在审查这个年轻人，可掌控局面的却是他，而不是自己这个律师。他努力集中精神。

"你有和阿什比女士联络过吗？"

"没有。怎么了？"

"我是说——"

"没有。我没有和任何人联系过。我仔细地想了想，找您是最好的选择。"

"真聪明。"桑杜先生又回到了附和模式，"我想，我也许应该尽快和阿什比女士联系一下，将你回来的消息告诉她。"

"是的。一定要转告她，我还活着。"

"我会的。"他感觉眼前这个年轻人在嘲弄他，但转念想了想，又觉得不会。

"你一直住这儿？"

"是的，我一直住这儿。"年轻人站了起来，又一次取得了主动权。

"如果我的调查显示你说的一切都是真的，那我将是第一个欢迎你回到英国和莱切特庄园的人。"桑杜先生口气变得严肃，"当然，你的不辞而别让大家非常难过。更加让我无法理解的是，这么多年，你居然从来没有和家人联系过。"

"也许，我真的希望我已经死了。"

"为什么？"

"那样的话，一切都合情合理了，不是吗？"

"是吗？"

"还记得奥林匹亚那天吗？你以为我是因为害怕，所以哭，是这样吧？"

"奥林匹亚？"

"其实，我哭，是因为那些马实在是太漂亮了，我被它们的美感染到了。"

"你还记得奥林匹亚……"

"桑杜先生，希望你调查完后，及时将结果告知于我。"

"一定一定，那是自然的。"那场赛马大会的儿童晚会，自己早就忘到九霄云外去了，他居然还记得一清二楚。天啊！如果他说的是实情，那他就是莱切特的主人啊。会不会是自己太谨慎了。

"我真心希望你别认为——"他停下未说完的话。

年轻人已经走了,非常冷静,甚至还和阿瑟点头示意。

在里边的办公室里,桑杜先生正坐在那儿,摩挲着眉毛。

此刻,博来兴奋地走在大街上,他对自己刚才的表现感到震惊。他原来以为自己一定会非常紧张,而且心虚,而现实的情况却是截然相反的。竟然像走钢丝一样让人亢奋到极点——坐在那儿,流利地编织着一个个谎言,想想都刺激。

想来很多罪犯什么都不缺,可却愿做梁上君子,或者抢劫勒索,这应该就是原因吧?

那种满足感,让自己觉得非常了不起——跟上瘾一样,让人无法自拔。

这样的结果还真是意料之外呢。

按照洛丁的指示,他前去喝茶,可他却没有任何食欲。他觉得自己已经吃好了。要知道,从来没有一件事,让他拥有如此大的满足感。一般来说,他做完一件刺激的事后,都会吃很多东西。而现在,他却只是静静地坐在那里,看着食物发呆。内心的成就感,让他已经没有位置再装食物了。

确定没有人跟踪他,也没人对他有兴趣。

结账后,他走出餐厅。大街上,人人都在忙着赶路。再次确认没有人跟踪他后,他来到维多利亚街,给洛丁打电话。

"事情办得怎么样了?"洛丁迫不及待地问道,"顺利吗?"

"非常完美。"

"你喝酒了?"

"没,为什么这样问?"

"你第一次这样评价一件事。"

"是的,我很高兴。"

"天啊!你的兴奋都写在你脸上了吗?"

"什么意思?"

"我是说,你那张扑克脸,表情有没有变得好一些?"

"那我不知道。不过,你想知道事情的经过吗?"

"我已经知道了结果。"

"什么结果?"

"就是你没被抓起来啊。"

"哦。你希望那样?"

"有那种可能啊。不过,以我俩的智慧,应该不会发生那样的事。"

"过奖了。"

"老先生有没有打破砂锅问到底?"

"没,他只是履行了自己的职责,问了一些该问的问题。"

"所有的事都会一件一件地被证实的。"

"是的。按照我们的计划。"

"当他看到你时，第一反应是什么？"

"他叫我西蒙。是的，他是这样叫的。"

洛丁得意地笑了笑。

"你提奥林匹亚赛马大会的儿童晚会了吗？"

"提了。"

"回答别这么简洁。你不会提得太明显、露出破绽吧？"

"不，我衔接得天衣无缝。"

"他惊讶吗？关于你还记得这件事。"

"确实有些始料不及。"

"尽管这样，他还是没有完全相信你是帕特，对吗？"

"我没有看他的表情。说完话，我就直接离开了。"

"你的意思是，这件事是你离开前说的最后几句话？你真行，我几乎要向你脱帽致敬了。我们认识两个星期后，我以为我已经足够了解你了，可没想到，你居然还能有如此精妙绝伦的演出，简直就是个天才！"

"其实，连我自己也觉得很意外。这样讲，你是不是觉得有些安慰呢？"

"确定不是讽刺？"

"当然不是。我自己也觉得就像一个惊喜，难以想象。"

"嗯。现在你已经成功地迈出了第一步。接下来的这段时间，除非你到了被逼无奈的境地，否则就别给我打电话了，更不要见面。该告诉你的，我已经全盘托出，没有任何保留。认识你，真的是非常荣幸，我的好搭档。当然，我也希望能有机会让我进一步了解你。以后，只要一提到邱园，第一个想起的一定是你。现在，你就要孤军奋战了。"

显然，洛丁是正确的。他所提供的消息可谓是滴水不漏。在过去的两个礼拜，无论天晴还是下雨，他们都会一大早就坐在邱园，一次次排演莱切特与克莱尔两家的生活形态，温习阿什比家与列丁罕家的历史。当然，还有关于那片他从未谋面的土地的一切，就那样反反复复，一直到晚上七点。这所有的一切都让他觉得兴奋。要知道，在人们心中，他可是非常擅长考试的。而在邱园的十四天，就好像瘾君子在"过瘾"一般，棒极了。特别是今天下午。

每天，洛丁都会突击问他各种问题："你常常唱歌吗？""你妈妈头发的颜色是什么？""会不会弹钢琴？""除了房产，你爸爸还有什么赚钱方法？""从旁门走去马厩。""你最喜欢吃什么东西？""你一般用哪只手打保龄球？""克莱尔庄园的门房是谁在住？""你爸爸的公司叫什么名字？""村里糖果店的老板叫什么？""你会不会骑自行车？""管家的名字是什么？""阿什比家庭在教堂坐哪排？""模仿克莱尔的大客厅到食物储藏间的路线。""阁楼南端看下去是什么？"……他总是千方百计让自己不被任何问题困住。刚开始，这些问题有趣得像游戏一样，再后来，就像是考试一样刺激了。

是洛丁提议在邱园见面的。

"你来伦敦后，一举一动，以后都会被调查到。所以不能留下任何蛛丝马迹。我们不可以像之前计划的一样，正常交往，甚至，不能让任何一个认识我们的人，看到你和我在一起。当然，你住的地方我也不能去。你就保持原样就行了，从没有人来拜访过你。请原谅我这样谨慎，有备无患总是好的。"

像洛丁描述的一样，邱园是一个名副其实的好地方。进可攻、退可守——有很多地方都很宁静，可以不被干扰；你可以远远地看到有人过来，别人却发现不了你。

每天早晨，他们从不同的入口进来，在不同的地方见面，然后再一起去不同的区域。

短短的两个星期里，洛丁用了很多方法来一一指点他，先是照片、地图、平面图、图画，然后是铅笔画的图表。

从一寸见方的克莱尔庄园及周遭的鸟瞰图，到大一点的地图，再到整个房子的平面图，这就像从飞机上俯瞰一样清晰明了。不但如此，为了让他对整个背景了如指掌，他还向他讲解了整个乡村的分布状况，花园与田野的位置，房子的一些详细情况，使得他后面介绍细节时，内容更加饱满。不得不说，这教导方法够专业、够仔细，博来非常喜欢，学得也很好。

整个学习过程中，最重要的依然还是看照片。不过，非常奇怪的是，最吸引他眼光的并不是他的"孪生兄弟"西蒙。当然，他俩长得非常像，这毋庸置疑，看到他，博来觉得有些尴尬。

真正让他感兴趣的是，那个他即将要代替的男子，他对他是一种认同，更准确地说，这件事带给他的是参与感，而不是愧疚。他感觉自己和帕特像是同盟者一般，亲密无间。

他打完电话后，一个人走在维多利亚街的广场上，开始想自己为什么会提起奥林匹亚那件事？当时，洛丁只是说那一次，帕特没有任何来由地哭了（年仅七岁），让桑杜先生很生气，扬言再也不会带孩子们出去玩了。之所以说这件事，是让他在合适的时候用。为什么他要告诉桑杜先生，哭是因为马儿漂亮？也许这也是帕特哭的原因呢？没有人知道，不是吗？

现在的情况是，想与不想都不重要了，已经没有回头路了。在他那间黑暗的小屋子里，那个一再怂恿他的声音终于战胜了。所以，他现在是箭在弦上，不得不发了。至少，这会是一场斗智斗勇、独一无二的惊险游戏。

在孤儿院，通常把这种行为说成是一种亵渎，对不朽灵魂的亵渎，但现在的他，哪还顾得了这些？

如果一定要进入莱切特庄园，那必须要以侵入者的身份才够刺激，而绝对不会是诈骗者、恳求者。

第七章

　　大风呼呼地刮着，道路两旁的电线随风上下起伏，地面也跟随车窗的线条回旋。现在，碧翠的心情像极了这电线和地面，忽上忽下，烦躁不安。

　　刚刚在电话里，桑杜先生是这样说的："事实上，我应该亲自去登门拜访你，要知道，这么重要的事，居然用电话告知您，这已经违背了我的做事原则。但我也有所顾虑，如果我去了，孩子们一定会胡思乱想，猜测到底发生了什么严重的事。我想，如果此事只是暂时的，就没有必要让孩子们知道了。"

　　桑杜先生总是这么体贴入微，甚至讲到这里，他还问她说，有没有坐好。"阿什比女士，你还好吗？会不会觉得要昏倒？"

　　她并没有昏倒，也许她比自己想象中坚强。但她还是缓了好一会儿，让自己的腿有劲儿，可以走回房间去，找找帕特的照片。不过，除了一张合照外，她一无所获。是的，她一向都不注重保存照片这件事。这张合照还是帕特十岁时，和西蒙、九岁的爱莲一起在照相馆照的。

　　说到保存照片，她的嫂嫂诺拉可是非常热衷的。不但如此，她对保存照片还有自己的方法——放在一个大牛皮纸袋里。无论她去哪儿，都会带上它们。她不喜欢相册，她觉得那是一种时间与空间上的浪费。所以，在那次欧洲大陆度假，她也毫不例外地带着那个牛皮纸袋。当飞机在肯特海岸失事时，牛皮袋也随风消失了。

　　没有找到照片，所以碧翠想上楼，去以前的儿童房碰碰运气。也许只有这样做，才可以让她感觉离帕特近一些。其实她心里很清楚，儿童房里根本没有任何关于帕特的东西。所有属于帕特的东西，都被西蒙一把火烧光了。

　　这是唯一一件让碧翠感觉到，帕特的离开，西蒙难以接受的表现。

　　帕特死后没多久，西蒙就离开家，去上学了。等他放暑假回来时，就像个正常人一样，只是他从来没有提起过帕特。

　　直到有一天，碧翠发现，西蒙在平常和小伙伴们玩"印第安篝火晚会"的地方，点起了一堆火，然后把属于帕特的玩具、书本、图画、挂在他床头的滑稽小木马和一些小东西全部丢进了火里。

　　当他发现碧翠时，非常生气。他就在火堆和碧翠中间不停地左右移动，他用眼睛瞪着她，也提防着她。

　　"我不要看见这些东西！再也不要！"西蒙喊出了声。

　　"我可以理解你，孩子。"话说完，她就转身走开了。

　　经过那场大火，儿童房里再也找不到关于帕特的任何东西了。其实，其他孩子的东西也没有了。在碧翠还小的时候，她就睡在这儿。当时房间里放的都是一些别的房间淘汰下来的家具。地面上铺的是有图案的油毡，在它上面有一小块地毯；墙上挂的是咕咕钟；房间四周放着一些可以摆放东西的椅子、松木方桌、烫衣架之类的东西，这样的房间着实算不上漂亮。

不过，后来诺拉把它改造了一番，粉蓝与白色相间，墙纸印着童话里的各种角色，像极了那些装潢杂志上的插图。不过，遗憾的是，只有咕咕钟被保留了下来。

曾经，孩子们在这里度过了一段快乐的时光，可什么痕迹都没有留下来。如今，这个房间干净整洁，却空阔，像家具店里的橱窗。

碧翠心情沉重地回到房间，开始收拾洗漱用品。明天，她就要进城一趟，去面临这件大事，这可能是阿什比家族有史以来面临的最大的挑战了吧。

"你觉得他是帕特吗？"她一次次地问自己。

桑杜先生并没有任何证据可以证明他就是帕特。

他的话说得字斟句酌："阿什比家的人之间长得非常像，并且在这一代，并没有别的男孩子，如果他不是，那他到底是谁呢？另外，他看起来不像是伪装的。"

"可是，这么多年了，如果他没死，他应该会写信回家的。"她说。

这个想法萦绕在她的脑海里，挥之不去。是的，如果是帕特，他绝不会让她这么多年生活在悲伤和怀疑中。他一定会给她写信的。所以，那个人一定不是帕特。

那么，新的问题又来了，如果他不是，那他又是谁？为什么要这样做呢？

"你将是最好的裁判。在这些还在世的家人中，只有你对帕特最为了解。"桑杜先生提醒说。

"不，还有西蒙。"

"不完全对。事情发生时，西蒙还是个孩子，他的记忆力是有限的，对吧？而你却是个成年人，记忆相对清晰。"

这样一来，辨别真假的重任就落在了她身上。可是，她又凭什么去判断呢？的确，当时她最疼爱帕特，可时隔多年，她甚至都不太记得清帕特十三岁时的模样了。她将面临怎样的状况呢？能一眼就分辨出那个人是不是帕特吗？如果她觉得不是，可他却一定要说自己是，那又该怎么办呢？他会不会去打官司，逼迫我们承认呢？他会走法律途径吗？他会告知媒体，弄得满城风雨吗？如果他真的是，那西蒙会有什么样的表现呢？他将会怎样面对这八年未曾谋面、死而复生的哥哥呢？还有更重要的是，原本由他继承的家业，也会落入帕特的手中。他会乐于接受这个现实吗？还是会痛恨这个哥哥的出现呢？

看这样子，成年礼是要延期了。可日子已经这么近了，在这中间，也不可能出现什么大的改变，但用什么借口比较合适呢？

想想，如果真的有奇迹，帕特真的还活着，那她的噩梦就可以随风消逝了：当时的帕特在海水中，也许已经后悔了，可他已经没力气游回岸边了。

"你好你好，阿什比女士，一路辛苦了。"桑杜先生打着招呼，"这件事真的太让人出乎意料，太震惊了。先坐下，请坐请坐。这真是个残忍的考验。你一定累坏了吧？阿瑟，请你帮阿什比女士泡些茶来。"

"他有没有告诉你，这么多年没有写信回来的原因？"她直入主题，问了最关键的问题。

"他说了一句'他真的希望自己已经死了'。"

"这样啊。"

"我想他也许有一些心理负担。"桑杜先生用略带安慰的口气说。

"你相信他就是帕特?"

"我的意思是,如果他真的是帕特,那他那句话就像当年离家出走一样,只是一些心理问题没有得到有效解决而造成的。"

"这个我知道。不过,这么多年,连一封信也没有,这可不像帕特的风格。"

"是啊。他也不像会离家出走的孩子啊。他虽然内心比较敏感,但他却是一个勇敢的孩子。我想,当年一定是有什么事,让他心里难以承受,所以才不得不离开。"碧翠坐在那儿,一动不动,过了好一会儿,才接话说,"他回来了。"

"希望是这样。"

"他看起来正常吗?"

"很正常。"桑杜先生的声音有些干涩。

"本来,我想找几张帕特的照片。可孩子们每三年去一次照相馆拍照。这是他们一起拍的最后一张。再后来,就应该是比尔和诺拉去世那年的夏天了。可那一年,帕特也失踪了。所以,我找到最晚的这张照片,是他十岁时拍的。"她一边说着,一边拿出那张合照。

桑杜先生仔细看着那张照片,碧翠则紧紧地盯着他。

"实在看不出什么了,这么久的照片。就像我之前告诉你的一样,他长得跟你的家人真的很像。在那个时候,他们都是阿什比家的孩子,并没有什么特别的地方让人记忆犹新。"看了好一会儿,桑杜先生抬头说道。

"我希望,当你看到他时,可以一眼分辨出真假。毕竟除了长相,还要好好看看他的气质什么的,您说对吗?"桑杜先生继续说道。

"可是,要是我也不太确定,那该如何是好呢?"

"关于这个,我已经有对策了。昨晚,我和凯文吃饭时,聊了这个。"

"凯文?是凯文·麦克德莫特先生吗?"

"对,是他。当时,我心情特别糟糕。于是,我就把我的困惑和盘托出。他安慰我说,要想知道真假,有一个最简单的办法,就是看牙齿。"

"牙齿?那要怎么看?帕特的牙齿很普通,没有什么特别啊。"

"这也料到了。之前他总看过牙医吧,相信在牙医那儿,应该都有记录。事实上,几乎所有的牙医,对他们患者的牙齿都很敏感,一般只要看到牙齿,就知道是谁的。而且,他们的记录一般都会显示——"他话还没说完,就注意到碧翠的表情有异样,便问她,"你觉得哪里不妥吗?"

"没有。但他看的是哈蒙德医帅啊。"

"哈蒙德医师?那就太简单了啊。如果他不能确定,我们可以——"他的话停了下来,"天啊,哈蒙德医师,这也太不巧了吧!"

"是啊,太不巧了!"碧翠回应道。

原来当年的一场大火,把哈蒙德医师的诊所烧了个精光。

两人不再说话，沉默了好一会儿，桑杜说："我想我应该告诉你，凯文认为，那个年轻人应该是个骗子。"

"他怎么知道！"碧翠很生气地质问，"他从没见过他，凭什么这样说呢？"

眼看着桑杜先生又陷入了思考，她赶紧又加了一句："桑杜先生，那你是怎么想的呢？"

"其实，他只是根据我的描述，主观判断的。"

"这个我知道。可是为什么呢，他为什么会这样想？"

"他说，像这个男子这样直接就来找律师，本身就是一种伪装。"

"他才是莫名其妙呢！我倒觉得，这样做很合理。"

"问题就出在这儿！一切看起来都太合理了。凯文觉得，一个离家好几年的孩子，好不容易回到家乡，首先应该做的是回家。"

"那是他不了解帕特。这个孩子做事的方式一向很温和，回来后，先到家庭律师处了解情况，再间接让家人知道他回来这件事，这就是他的风格。他总是设身处地地为别人着想。我不太赞同凯文的意见。"

"我只是客观地把我觉得应该告诉你的，全都告诉你。那样会更加有利于你的判断。"桑杜先生的口气透着可怜。

"那是，那是。"碧翠的语气也软了下来，有些同情地继续问道："那个年轻人记得在奥林匹亚哭出来的事，你告诉凯文了吗？我的意思是，你是否说了，是那个年轻人主动提起这件事的？"

"我说了。"

"即使这样，他还是觉得年轻人在说谎吗？"

"是的。他觉得年轻人处理得非常巧妙，更显得是在造假。"

碧翠听后，又不高兴了，从鼻子里哼了一声："这是什么逻辑！跟法院一样，不近人情！"

"这叫分离思维！就是把感情和理智分开，来看事情的本质，不掺杂任何感情因素。"

"也是。现在，哈德蒙下落不明，也帮不上忙了，所有资料已经和大火一样，化为灰烬。你知道吗？他们一直在找他，但还是没找到。"碧翠表情严肃，像是在努力思索什么。

"是的，我听说了，真可怜！"

"目前的情况是，身体方面的证据已经没有了，我们只能从那年轻人的言语来判断真伪了。如果真的要查证的话，应该是没有什么问题的。"

"这倒容易。他把所有时间和地点都提供得非常清楚，可以一一查证的。这也是凯文的想法。当然我也认同是可以查出来的，他应该不会提供一些虚假的证据。"

"那还等什么呢！"

"是的，没有必要再等了！"

碧翠站着那儿，双手抱着胸。

"那你准备什么时候安排我们见面呢？"

"这个，我想，也许并不需要安排，你明白吗？"

"什么意思？"

"就是我们直接去他家找他，如果你没有意见的话。我们就不提前告知他，直接过去。也许这样，你更能看到真实的他，而不是一个他想让你看到的样子。我是说，如果我把他约到办公室，他可能会——"

"我明白，明白你的意思。那我们可以现在去吗？"

"没问题。马上出发。"桑杜先生的语调透着无奈，那种没有正常理由拒绝对方请求的无奈，"当然，你也要有他不在家的心理准备。不过，我们还是过去看看。对了，先喝点茶吧。我得安排阿瑟让辛普森请威力特为我们准备一部出租车才好。"

"你这里有什么比较有劲儿的饮料吗？"碧翠突然问。

"这倒没有。我没有把酒放在办公室的习惯。但是，如果你有需要，我可以叫威力特去——"

"不不不，那太麻烦了。谢谢你。听说，茶的后劲儿也很足呢。"

桑杜先生仿佛在那纠结，要不要拍拍她的肩，鼓励鼓励她。是的，他真的是个体贴入微的人，只是，他还没有强壮到可以让人依靠，碧翠想。

"他为什么换了法拉这个姓，之前有提到过吗？"坐上出租车后，碧翠开口问道。

"没有提到。"桑杜先生的嗓音又变得像之前一样干涩。

"他是不是在外面吃了很多苦？混得不好？你觉得？"

"这个，他穿得还算不错，但和英国目前流行的款式有些不同。从始到终，他没有提到钱。"

"没说借钱这回事？"

"没有，没有提过。"

"这样说来，他回来，并不是因为他没有钱了。"碧翠听完后，心里稍感安慰，不自觉地往后座靠了靠，心情也放松了一些。她想，也许事情并没有想象中的那么麻烦吧？

"你说，皮姆里克区为什么衰退得这么快？"当车通过皮姆里克街道时，桑杜先生终于找了一个话题，来打破沉默，"瞧这里，不但街道宽，交通不繁忙，还比邻近的那些地区干净。为什么那些有钱人就一直住在贝尔塔，不愿意搬来这儿呢？我真是百思不得其解。"

"我想，应该是从众心理吧。他们之所以不过来和这些新搬进来的平民住在一起，应该是怕自降身价吧。"她顺着他的话，回答道。

当他们终于在一栋房子跟前停下来时，碧翠的心马上又被揪紧了。天啊，帕特居然住在这样的地方——房子的油漆已经剥落，墙壁也相当斑驳，一切看起来都那么破旧。

他们从开着的前门走了进去。在走廊两侧挂着很多卡片，可以确定，这些房间是分租的。

"他住在59K。"桑杜先生提醒道，"K应该是房间号，我觉得。"

"所有房间是从地下室往上数的。现在我这边是B。"碧翠回答说。他们继续往上走。

"现在是H了。"来到一楼后，碧翠看了一眼房间号说，"我想，应该还在上面一层。"

二楼就是最上面的一层，他们爬上来后，在阴暗的楼梯口站了一会儿，谁也没有说话。她想，他也许是出去了。如果那样的话，她就要再来一次了。

"你带火柴了吗？"碧翠问。

"带了。"桑杜先生急忙拿出了火柴。

"I，J。"借着火光，碧翠依次读着房间号。

那么，应该是紧接着那间房了。

他们站在走廊上缓了缓，看了看那个房门，似乎在下一个决心。紧接着，桑杜先生就前去敲门了。

"请进！"一个稚嫩但低沉的声音响起，这和小时候帕特那略显成熟的声音有所不同。

桑杜先生比碧翠整整矮了半个头，所以越过他的肩膀，碧翠可以清楚看到那个年轻人。眼前的景象真是让她大吃一惊——这个人的身上没有小时候帕特的影子，却和西蒙一模一样。要知道，从她接到电话起，到现在的24个小时里，她的脑海里全是帕特：刚开始，印象很模糊，在她一点一点的努力搜寻中，现在已经比较清晰了，可以勾勒出他成人的样子了。

而现在，眼前这个人，却像极了西蒙。

这个年轻人一点也不慌，冷静地从坐着的床沿上站起来后，把那个套在手上、正在缝补的袜子拉了下来，丝毫没有一点难为情的意思。碧翠心里琢磨，西蒙补袜子应该是个什么状态，简直难以想象。

"早安。"他开口跟他们问好。

"早啊。今天，我给你带了个客人来，希望你别介怀。"桑杜先生一边抱歉地回应着，一边挪了挪身子，好让碧翠进来，"这是谁，你知道吗？"

碧翠迎上年轻人冷静的目光，想知道他会怎么认出她来。她的心跳得很快，好像每一次都要撞到她的肋骨，跳出胸膛一般。

"你换发型了。"声音还是那么冷。是啊，他一眼就看出来了，现在流行的发型怎么可能和八年前一样呢！

"你认识她吗？"桑杜先生有些好奇地继续问。

"当然认识。她是碧翠姑姑。"

她想，他应该要走上前来，给她一个拥抱什么的。可他却纹丝不动。过了一会儿，他开始找坐的地方给她。

"我想，恐怕你只能坐这张椅子了。只要不靠着它的背坐，就没事的。"他一边说，一边拉出一张有椅背的椅子来，可以清楚地看到，坐垫上有个小洞。

"如果你不介意的话，就坐在床上吧？"

"不用不用，我站着就好了，谢谢。"桑杜先生回答说。

年轻人小心翼翼地将针别在袜子上，碧翠看着他的一举一动，其实仔细看，也不是所有细节都和西蒙一样。虽然说整个人的外表和西蒙如出一辙，但认真端详的话，就会发现有很多不同之处。他给人更多的还是家族中的那种熟悉感。

"事情是这样的，阿什比女士迫不及待地想要见你，等不及我安排在办公室见面，所以我们就直接过来了。"桑杜先生解释说，"不过，你的情况好像——"他故意不把话说完。

年轻人看着她，脸上没有一丝笑容，态度却非常友善，说："我不知道，你会不会欢迎我回来。"

年轻人的这张脸，确切地说，像是一张小孩画出来的脸——每个部位都对，比例也没错，但却没有生气，看起来有些奇怪。就连嘴也呈现出一条直线，似乎在表达不妥协。

他走过去，把袜子放在了衣柜上。她发现，他的脚是跛的。

"你的脚怎么了？"

"在美国跌断了。"

"还疼吗？那你这样，怎么走路呢？"

"只是短了一小截，早就不疼了。"年轻人回答道。

"短了？你的意思是永远都不会恢复了，是吗？"

"应该是的。"

她注意到，他的嘴唇很薄，但却敏感，很会说话。

"一定会有办法的。"她安慰说，"应该是当初的医生没有帮你处理好，或者是手术不成功。"

"我不记得了。那时，我是昏迷状态，我想，该做的应该都做了吧：把重物挂在我的脚下边……"

"但是，帕——"她没办法叫出他的名字。

也许是为了缓解尴尬，他宽慰说："在调查清楚之前，还是先别叫我的名字吧。"

"现在和过去不一样了，外科技术非常发达。这大概是什么时候的事？"碧翠有意遮掩方才的失态，继续问道。

"让我想想，应该是两年前吧。"

他的口音还是蛮像的，除了偶尔的一两个音节带着美国味儿以外。

"好的。我们再一起想想办法。怎么摔的呢？是从马上摔下来的吗？"

"你怎么知道？是的，可能是我当时反应太慢了。"

"你不是告诉过桑杜先生，曾在马场工作过吗？怎么样？喜欢那个工作吗？"

她想，就当是随便聊聊，了解一下吧。

"我觉得那是我生命中最快乐的时光，也是最大的享受了。"

她顿时来了兴趣，突然觉得这并不是什么闲聊了。"是吗？那些西部的马怎么样？好不好？"

"大部分都很普通，偶尔会遇到一匹真正的好马。当然，也有一些上乘的马。"

"你有属于自己的马吗？"

"有啊，它叫'烟儿'。"

她注意到，当她提到马时，他的音调变了。

"后来呢，那匹马怎么样了呢？"

"我受伤后，就把它卖了。"

碧翠发现，她开始希望这个年轻人就是帕特，天啊，她被自己的想法吓了一跳，开始不安起来。

桑杜先生看到了碧翠眼里的请求，解围道："请你理解，阿什比女士不是为难你。如果你仅仅是一个浪子回家，那么，只要她接受你，就可以了。但现在的问题是涉及财产的继承及归属，所以必须要进一步调查，直到事情水落石出，一切才能尘埃落定。希望你能明白。"

"完全没有问题。我就留在这儿，耐心地等你们调查完毕，直到没有任何问题。"

"可是，这样的地方，你住得舒服吗？"碧翠一边说，一边嫌弃地看了看房间四周，还有窗外那些四处林立的烟囱。

"比这儿差的地方，我住过很多。"

"可能是。但也不能一直留在这里呀！如果你没有钱，我可以给你一些。"

"不，我住在这里挺好的。谢谢你。"

"只是为了一个独立的环境吗？"

"也不完全是吧。这儿不但方便，还很安静，不太容易被打扰。一个住过大通铺的人，才知道私密且属于自己的空间是多么可遇而不可求。"

"那好吧。你就住在这儿。那我们是否可以给你带一些什么东西呢？"

"我想要一套外衣。"

"好的。你有什么需要，尽管告诉桑杜先生，他会为你安排好一切的。"说到这，碧翠突然想起，他如果去阿什比家的家庭裁缝那儿做衣服，想必又会掀起一场风波。所以她又立即补充说，"桑杜先生会告诉你，他的裁缝的地址的。"

"我为什么不去华特先生那里呢？"年轻人突然问道，她竟无言以对。

"他们搬走了吗？"

"不，他们依然在那儿。不过，如果现在你出现在他们的视线里，恐怕要解释很多。"她一边说，一边努力平复自己的心情，一再警告自己说，想要知道阿什比家裁缝的名字的办法有很多，这证明不了什么。

"好的，我知道了！"

接着，她又谈论了一些无关痛痒的话题，然后就准备离开了。

"你的事，我们还没有告诉其他人。"在离开前，她说，"我想，还是像桑杜先生说的一样，等到一切水落石出了，再跟他们说。"听到这儿，年轻人眼里闪过一丝笑意，此刻，他们就好像是一个团伙，有着共同的小秘密需要保守。

"我懂的。"

她向他告辞后，转身向门口走去。年轻人则站在房间的中央，看着她离开。桑杜已随她出去了。年轻人看起来孤零零地。

碧翠心里想："如果，他真的就是帕特，现在他回来了，我怎么能让他继续留在这种地方呢？跟一个客人一样……"一想到年轻人的孤单，她就觉得难以忍受。于是，她又走了回去，用她那戴着手套的手轻轻托起年轻人的脸，吻了一下。

"欢迎你回来！孩子！"

第八章

　　事情到了这个地步，柯瑟诺律师楼便开始着手调查这件事，而碧翠也返回了莱切特。由于当时事发突然，她急匆匆地离开后，孩子们的成人礼也被耽搁了，因此，她必须赶快回去。

　　碧翠的心里一直有个顾虑，那就是该不该让孩子们现在就知晓这件事。如果选择隐瞒，那她该如何向他们解释推迟成人礼时间的原因呢？桑杜先生很看重凯文的直觉，而且他也想尽早知道事情的真相究竟是怎样的，所以他认为在律师楼没有确认那个男孩的身份之前，最好还是不要让孩子们知道。碧翠也认同桑杜先生的想法，如果律师楼经过确认，证实那个男孩子根本就不是帕特，那么，她告诉孩子们这件事根本就是多余的。或许到那时，她再向西蒙提起这件事，也可以避免他被蒙蔽或欺骗。

　　就这样决定之后，碧翠就只剩下一个难题了，她必须想个适当的理由来解释成人礼为什么推迟了日期。

　　说来也就这么巧，正当她急得焦头烂额的时候，查理叔公的一封电报替她解了这个燃眉之急。他在电报里说自己很想参加侄孙的成人礼，所以，等他办完退休手续，就马上赶回来。其实，以查理叔公的年纪，他早就已经退休了，但他似乎总是不服老。另外，他还在电报中称自己并没有坐飞机，因此估计在路上得耽搁一段时间，让西蒙不要着急，务必要等他回去之后再打开成人礼上的香槟酒。

　　通常来讲，在一个大家庭中，叔公的身份其实并没有那么重要，不过查理叔公在阿什比家族中可是个了不起的人物。无论是圣诞节，还是孩子们的生日，查理叔公都会按时送上礼物，仅这一点，就足以让大家对他喜爱至极。

　　他的礼物多种多样，有时是一双筷子，有时是一张蛇皮，无论是哪一种，都会让西蒙开心得不得了。爱莲的十二岁生日礼物是一双皮拖鞋，直到现在，虽然那双皮拖鞋已经破旧不堪，但她还是喜欢穿着它洗澡。查理叔公成为焦点人物这件事，在每年至少会出现四次。试想一下，一个人，如果以这样的频率、这样的尊贵身份能保持20年不变，那就足以说明他的地位是多么重要了。现在查理叔公发来电报让西蒙等他回来之后再举行成人礼，这也许会让西蒙或其他人偶尔抱怨几句，不过，毫无疑问，他们还是没有什么异议的。

　　另外，碧翠还有个小小的私心，那就是无论如何，西蒙对查理叔公都是非常尊敬的。因为虽然查理叔公并不是非常富有，可他总能过着舒心的小日子，也愿意为孩子们花钱买礼物，而最重要的是，西蒙是个非常注重物质的人，所以，他们必然就会尊重查理叔公的意愿，等他回来再举办成人礼。

　　碧翠心里的一块大石头就这样落了地，于是，这天晚上吃完饭后，她便开始修改邀请函上的日期。她一边改，一边在心里暗暗窃喜，在她看来，这封电报无疑就是雪中送炭，比任何理由都来得充分。

当然，那件事情始终还是困扰在她心头，让她的内心矛盾极了。如果那男孩真的是帕特，那么，离散的兄弟重新团聚，必然会是阿什比家族的一件大喜事；可另一方面，她又希望他不是帕特，因为她隐隐觉得，身份一旦被确认，说不定就会引起一场轩然大波。她就这样不断地纠结着，尽管她对前者充满期望，然而她却总不能忽视后者带来的隐患。她越是纠结，就越是痛苦，好几天寝食难安，就连脾气也变得古怪起来。露丝察觉到碧翠的异样，便问珍妮："她这几天究竟是怎么了？"

　　珍妮不以为然："或许又算错账了吧，她的计算能力本来就不怎么样。"

　　每过几天，桑杜先生都会带来最新的调查结果，这些调查均显示，那孩子并没有说过假话。

　　"在这些调查中，最有说服力的，就是那孩子从佛罗里达号下岸回到英国之后，就完全隔绝了与外界的联系。他住在那间小屋里，既没有信件往来，也没有人拜访过他。这些都是通过房东太太亲口证实的，因为她的房间就在一楼。每天她无所事事，都会坐在门口观察房客和邻居，因此对他们的一举一动可谓是了如指掌，而且，每次邮差来送信，她都会把所有的信查看一番，所以，如果有人来找过那孩子，她是不可能不知道的。不过，让她感到奇怪的是，即便如此，那孩子还是和伦敦那些年轻人一样，每天很少着家，也不知道他在外面和什么人在一起。"

　　每次那男孩被传唤来例行询问事宜，都丝毫没有表现出不满的情绪，并且能够对问题耐心地一一作答。在征得碧翠的意见后，当那男孩再次来到办公室的时候，凯文也来了，他不参与问话，只是在一旁安静地倾听，后来他说自己也有点儿被感动了。

　　他说："和他的经历比起来，我是被他的认真和坦诚深深地打动了。你知道吗？我在这一行干了这么多年，和各式各样的人都打过交道。谁说的是真话，谁说的是假话，我一眼就可以辨别出来。不过，到目前为止，我并没有发现这个小伙子说了谎话。"

　　于是，经过柯瑟诺律师楼一系列的审查和证实，他们最终确认这个小伙子正是帕特·阿什比、西蒙的哥哥，也就是说，作为长子，他会继承阿什比家族的产业。当然，要完全恢复他的身份还需要完善法律上的一些手续，毕竟他被作为死亡人口申报已经有八年的时间了，不过，这些都不是什么大问题。商榷之后，柯瑟诺律师楼通知了碧翠他们，说帕特·阿什比随时都可以以真实身份回家。

　　终于要面对这一天了，碧翠心里犹豫着该选个怎样的合适时机来告诉大家这件事。她原本打算先单独找西蒙谈谈，告诉他实情，可后来转念一想，这样做也许并不妥当，说不定西蒙一下子难以接受即将失去一切的现实从而对帕特的出现更加充满敌意。帕特的身份对西蒙来说是非常敏感的，因此处理不好，往往会适得其反。后来，再三考虑过后，碧翠决定不给西蒙搞特殊化，她要当着所有人的面把这件事说出来，这样既可以让大家都开心开心，也不至于令西蒙感到难堪。

　　于是，星期天吃过午饭，趁着大家都在场，碧翠清了清嗓子，郑重说道："现在，我要向你们宣布一件事，这件事也许会让你们感到意外、震惊、难以置信，不过，不管怎么样，我想它都是一件值得开心的事情。"说完，她看了看众人，便缓缓将整件事和盘托出。她告诉大家帕特并没有死，他只是离家出走去了伦敦，现在，他要重新回家了。当然，为了证明他的身份，她也请柯瑟诺律师楼确认过了，他真的是帕特·阿什比，确信无疑。

　　碧翠一边说，一边故意忽略掉大家疑惑的目光。在她讲完之后，屋子里是长时间的沉默。她忍不住瞧了瞧西蒙，只见他脸色苍白，表情非常痛苦，眼底却窜出簇簇火苗，和以往判若两人。碧翠心中一惊，下意识地连忙移开了视线。

"你的意思是，只要这个叫帕特的哥哥回来了，他就会拿走西蒙哥哥的一切吗？"珍妮一向说话不经过大脑，她脱口而出地问道。

"这样听上去确实不可思议。"爱莲也跟着说道。

"你们为什么会有这样的感觉？"碧翠问道。

"我们都以为他早死了，可谁知道他只是离家出走，这可真是够意外的。"

"其实，当时可能我们理解错了他留下的那张纸条的意思，误认为他是自杀了，不过他哪里能知道我们的想法？"

"这话听着没错，但他这一走是多少年来着？七年还是八年？这么长时间一直和家里没有联系，现在突然说回来就回来，还要我们列队去欢迎不成？"

"他怎么样？"露丝开口问道。

"你是指什么？"听到露丝这么问，碧翠的心里多少还是有些欣慰的。

"嗯……他长得怎么样？脾气怎么样？说话呢？"

"帕特是个帅小伙，口音也很标准。"

"这么多年他在什么地方啊？"爱莲问道。

"他在墨西哥和美国待的时间比较长。"

露丝一听，立刻尖叫道："哦！墨西哥是多么浪漫的地方啊！那他一定会戴黑色的水手帽子吧？"

"不，他只戴大众款的帽子，不会戴什么水手帽！"

"姑姑，你们已经见过面了吗？"爱莲问道。

"是的，几周之前见过一次。"

"老天！我们竟然都不知道！"

"其实，我是想等律师楼查证这件事情后再告诉你们的。反正你们不能去伦敦，那就等他的身份被确认无误了，他也就回家了。"

"你说得对，我们没法去，不过西蒙可以去啊，是不是？这事儿跟我们也没什么关系，不过西蒙不一样，他和帕特可是亲兄弟啊！"

"那个人根本就不是帕特！"西蒙神经紧绷，哽咽的声音中透着难以克制的激动。

"西蒙！"爱莲忍不住打断他。

看着眼前这一幕，碧翠的心里早已乱成一团麻，她一下子不知该说些什么，只得坐在旁边，默默地叹气。

"西蒙，别这样，几周之前他们就已经见过面了，姑姑肯定不会乱讲话的。"

"看看，姑姑的语气听上去早已经默认了。"

碧翠再次暗暗叹气，看来现在的情况要远比她想象的复杂得多啊。她缓了缓情绪，用温和的语气说道："西蒙，我知道这件事你一时难以接受，不过你要知道，帕特的身份是经过柯瑟诺律师楼几番查证后才被确认的。对这种敏感的事件，律师楼可是十分谨慎的，他们根本不会放过任何一点可疑的问题，就连帕特从英国离开后的点点滴滴，他们也是精敲细琢，几乎严谨到苛刻的地步才证实的。"

"这不代表什么！如果他们想查谁，都不是问题，可凭什么他们就能那么确定？他们能保证自己一点错误都不会出吗？"

"如果真要说理由，倒是有一个，那就是你们俩完全像一个模子刻出来的。"

西蒙一听，愣了愣，不由得嘀咕道："怎么可能！有那么像吗？"

"千真万确，和他当年离家出走的时候比起来，现在你们俩反倒更加相像了。"

碧翠的话令西蒙像个泄了气的皮球一般，尽管他的脸色渐渐恢复，但看上去还是萎靡不振。

"亲爱的西蒙，我不会欺骗你的，他真的是帕特。"碧翠说道。

"不！你骗我！他根本就不是帕特！你们都别相信！"

这时，只听爱莲开口说道："西蒙，别这样。我们都能理解你的心情，其实，这件事我们也觉得很意外，但现在事已至此，我们除了面对现实，并没有其他办法啊，你越是这样，可能会越对你不利哦！"

"好吧！那你告诉我，那个'他'是什么时候、是如何离开英国去的墨西哥？"

"他是搭船从西镇出发离开英国的，那艘船叫艾拉·琼斯号。"

"你怎么知道是西镇？"

"律师楼的人调查的时候，他自己是这么回答的。后来律师楼的人找到港口的管理员，他们也证实在那天晚上，确实有一艘船离开英国，而那艘船就叫艾拉·琼斯号。"

见西蒙一时无语，碧翠接着说道："律师楼把他离开英国后的点点滴滴都调查证实了。他们查到他在诺曼底的一家旅馆工作，只可惜那旅馆后来被拆掉了，不过他们又查到他离开哈佛港口时乘坐的船只隶属于布勒斯特的某公司，于是就有人在照片上指认出他来，像这样细小的事情律师楼都一一查证过了，再后来，他们查到他重新返回伦敦的时候去找了桑杜先生。"

"你是说他回来后的第一时间就去找了桑杜先生？"

"没错。"

"律师楼做了这么多调查，要是还有人存疑，那我就得第一个站出来反驳了。我确信那个小伙子就是帕特，不然，他怎么可能对我们家里发生的事情都了如指掌呢？"

"够了！我再说一遍！那个人根本就不是帕特！"

"亲爱的西蒙，听我说，我真的非常理解你的心情。"碧翠温柔地说道，"爱莲说得对，让你一下子接受这个现实是不可能的，不过，我想如果你见到他，你的想法就会很快改变的，他真的和你长得一模一样，怎么看你们都是孪生兄弟啊！"

"你说的不对！帕特跟我压根儿就不像。"

碧翠刚要开口，没想到就被爱莲抢了先，她说道："西蒙，你忘了吗？你们可是双胞胎啊，怎么可能长得不像？"

"珍妮，如果我也平白无故消失了很多年，再出现的时候，你们就敢百分之百肯定那就是我吗？"露丝反问道。

"不管怎么说，你不会那么做的。"珍妮回答。

"你为什么那么肯定？"

"你离不开家。"

"为什么？"

"你巴不得每天都盯着我们呢！"

"姑姑，帕特什么时候会回家呀？"爱莲问道。

"我原先打算让他周二回来的，不过，如果你们一时半会儿还接受不了这个事实，那么……"碧翠说着，下意识地瞥见了西蒙依旧苍白、愤怒的脸，她的心中难免一沉，甚至有些难过起来。

"我告诉你，我是永远不会接受他的！不管他是谁！不管他什么时候回来！跟我一点关系都没有！我根本就不认识他！"西蒙愤愤地说着，腾地站起身，急匆匆地就离开了餐厅。

"西蒙怎么了？他以前可不是这样的啊！"爱莲担忧地说道。

"也许我不该这样直接告诉他，说不定换个方式他还能容易接受些。唉，我当时只是不想让他多想罢了。"

"西蒙小时候不是和帕特关系非常好吗？现在帕特回来了，他怎么反而一点儿都不高兴呢？"

"我想，可能帕特的出现会让西蒙有危机感吧。"珍妮说着，还不忘补充一句，"毕竟西蒙将会一无所有了。"

"碧翠姑姑，我能不能在帕特回来的那天穿蓝色的连衣裙呢？"露丝不合时宜地开口问道。

第九章

这天下午，一直等到祷告仪式全部结束，碧翠才穿过大草原，向牧师的家走去。

她告诉大家自己是要去通知牧师关于帕特的事情，可事实上，她心里烦闷极了，想去找牧师好好聊一聊。乔治牧师一般在没事的时候都会独自研读些历史典籍，不过当有人真的相求的时候，他总会耐心地倾听对方大吐苦水，然后心平气和地开导对方。

乔治牧师之所以能够对任何事都处之淡然，也许得益于他多年的牧师身份，对这样、那样的倾诉早就习以为常了吧。正因如此，碧翠在左右为难的时候，首先想到的就是乔治牧师，甚至连她的好闺蜜南希都被抛在了脑后。假如她向南希诉苦，那么南希肯定只会用温柔的声音来安慰她，可她现在需要获得智慧和支持，而不仅仅是同情和安慰。另外，碧翠也明白，南希说不定早已忘记帕特是谁了，就算她去找她，也未必会有成效，不过，乔治牧师就不同了，帕特曾经是他的学生，他一定记得他。

黄昏时分，碧翠穿过草地，来到了牧师的花园边。她打开铁门，走过教会的墓园，并告诉自己，无论现在遇到多么难以解决的困难，总有一天她也会微笑着回忆，只是，此刻的她，心里沉甸甸地像压着一块巨大的石头，让她觉得喘不过气来。

通常情况下，乔治牧师会在下午的祷告结束之后，一个人在花园里进行着细微的富有乐趣的观察活动。这天也不例外，碧翠找到他时，他正在一边认真地盯着紫丁香，一边抽着最喜欢的烟斗，烟丝发出的味道像极了露营的篝火，在花园里向四周弥散开来。南希不喜欢他在花园里抽烟，因此经常会责怪道："乔治总是在花园里抽烟，真是恼人极了，真应该给他定个禁令。"

乔治牧师留意到碧翠，他看了她一眼，随后目光又落回到面前的紫丁香上，开口说道："瞧，它的颜色是不是很漂亮？可惜只有当我们看到它时，我们才知道这美丽的紫色究竟是什么颜色啊！"

碧翠没有回答，她回想起乔治牧师曾经有一次跟露丝两姐妹说，墙上的钟表只有在屋里有人的时候才会发出滴答滴答的响声。后来她无意中看到露丝踮着脚在客厅里鬼鬼祟祟地不知在干什么，细问之下，才知道原来她是看看乔治牧师说的是不是真的。

碧翠站在一旁，无神地望着那朵紫丁香，她的脑子里真是乱极了，不知该从何说起。

过了好一会儿，她还是开口问道："乔治，你还记得曾经教过一个叫帕特的孩子吗？"

"当然，你说的是帕特·阿什比吧？"他转身问道。

"没错，八年前我们都以为他自杀了，可实际上他只是离家出走了，现在，他要回来，可西蒙根本不愿意接受这个事实。"碧翠说着，眼泪就不自觉地掉落下来。

乔治牧师用枯瘦的手轻拍着她的肩膀，说道："来，坐下来慢慢说。"

在金银花弥漫的香气下，牧师和碧翠坐在了凳子上，这时，只听牧师开口说道："来，究竟怎么了？"

于是，碧翠从接到桑杜先生的电话，说到她在伦敦皮姆里克区见到帕特，再到律师楼的调查考证，再到查理叔公的电报，最后到她宣布这件事，她把事情的来龙去脉统统都告诉了乔治牧师。

"虽然爱莲的语气不冷不热，但看上去她是第一个愿意接受帕特的，这也可能和她的性格有关系。珍妮有点儿担心西蒙的处境，但我想她终究是个乖孩子，也会愿意接受帕特的。"

"那露丝是什么态度？"

"露丝？她现在只关心帕特回来的那天她穿哪条裙子！"提起露丝，碧翠简直不知该说什么好。

"露丝这种心态很不错。"乔治牧师忍不住笑了笑。

"可是，现在最头疼的是西蒙的问题，我该怎么办呢？"

"其实，他这样的反应是可以理解的啊。你想想，他只是个普通的孩子，从13岁开始就一直认为帕特已经死掉了，而自己才是家产的唯一继承人。现在帕特突然回来，也就意味着他会什么都没有了，不管是谁都会紧张、烦躁的啊！"

"乔治，他们可是双胞胎啊，怎么还分你的、我的？"

"已经过了八年了啊，八年前他们是天天在一起的玩伴，现在他已经21岁了，想法当然和以前不一样了啊。"

碧翠听后，自责地说道："这事儿都怪我，只怪我当时不想让他过分在意这件事，所以才当着大家的面说。现在想想，如果我事先单独找他谈谈就好了，那么……"

"事情也许就会有不一样的结局？"

"没错。我知道当他得知这件事的时候，肯定会和大家的反应不一样，其实，我只不过是不想让他觉得这事只是针对他的，所以……哎，没想到他根本就不相信那个孩子就是帕特！"

"那只是个借口，其实他打心眼里就不希望帕特回家。"

"打心眼里不希望……"碧翠喃喃自语。

"没错，他是个诚实的孩子，起码没有隐藏自己对帕特的抗拒。其实你是站在大人的角度来看待这件事的，所以你很开心帕特能够回家，不过……"乔治牧师停顿了一下，回头问碧翠，"也许你也心口不一呢？"

"怎么会？我是真的开心他能回来啊！"碧翠急忙解释，乔治牧师倒没再说什么。

"西蒙对帕特的记忆只停留在八年前，现在对他来说，帕特完全就是个陌生人，一个来抢夺他一切财产的陌生人，他当然会抗拒了。"

"乔治……"碧翠有点儿不满。

"碧翠，这就是事实！除非是圣母玛利亚的爱，才能消除西蒙如此强烈的恨意，咱们是无能为力的。真是个可怜的孩子啊，怎么就遇到这种事儿呢！"

"是啊，而且还是在他马上要成人的时候。不过，无论如何，知道帕特还活着，我这八年的心事也算有个了结了。"

"什么心事？"

"我一直不能相信帕特自杀了，他是个乖巧懂事的孩子，怎么可能会这么想不开呢？虽然西蒙也很聪明，可缺点是总不能以诚待人，帕特就不一样，他很有责任心，也许当时年龄太小，得知自己将要继承整个家族事业，他觉得压力太大，一时想不开才会离家出走吧。"

"是什么让你觉得他不是自杀呢？"

"可能是看到断崖上的外套了吧。当时他留下的那张字条和一般的遗书没有什么两样，而且那天下午亚伯也在断崖上看到他了，要知道，很多人都是在断崖那儿自杀的，况且从那天起，他就消失了，所有这些都表明他无疑是自杀的，但我心里总是有个疑问，以我对他的了解，他是不会做这种愚蠢的事情的。如今事实证明，我的判断是对的。"

"当我闭上眼的时候，眼前的所有都会变成黑色，但只要我睁开眼，紫丁香就还是紫色。"碧翠喃喃自语，极力忍住快要掉落的眼泪。

"碧翠，说实话，帕特回家，你是真的高兴吗？"

"千真万确。现在的他还和小时候一样，是个安静又懂事的小伙子。乔治，你还记得吗？当帕特还是小孩子的时候，他总是会在做事前问问别人'你没事吧？'你瞧，他从小都是那么善解人意。我见到他时，他并没有跟我说他所经历的那些痛苦遭遇，他总是把伤痛留在自己心里。"

"你觉得这些年他受了很多苦？"

"应该是的，哦，他的腿断了，现在走路还一瘸一拐的。"

"怎么回事？"

"他以前做过养马的工作，可能是在骑马的时候不小心摔断的，不过并不太严重。"

"那就好。你现在可以放心了。"乔治对马不了解，因此也不好多做评论。

"是的，莱切特的继承人应该是个爱马的人。"碧翠忍不住微笑起来。

"西蒙讨厌马？"

"其实也谈不上讨厌，只不过他对马并不是很关注罢了。他认为马就是维持家族声望和寻求刺激的工具而已，换句话说，也许不太恰当，但就是这样，他对人、对马都一样。他的感情很淡漠，一旦看到有生病的马，他就会立刻摆出厌恶的神情，然后恨不得躲得越远越好。照料病马的事情都由爱莲和格雷来做。在我的印象里，他唯一一次照顾的病马，其实是他想要参加比赛的马。"

"哦！西蒙，可怜的孩子，嫉妒之心真的非常可怕啊！"乔治牧师缓缓地说道。

就在这时，南希也向两人走来。她看到碧翠，开心地喊道："碧翠，能在下午的礼拜见到你，真是开心极了！怎么？有什么事儿吗？"

"还真有一件特别的事呢！"乔治牧师说道。

"是什么？西蒙订婚了？"

"和西蒙无关，是帕特。"

"帕特？"南希惊讶地大叫。

"他回来了。"乔治牧师言简意赅地将事情解释了一番。

"老天！这是真的吗？碧翠，这下你可总算放心了啊！"南希轻轻抱住碧翠，开心地说道。突然，她恍然大悟，立刻拉着碧翠的手说，"走，咱们去喝点儿雪利酒庆祝一下！这可真是件开心的事情呀！"

碧翠拿着酒杯，一点点地喝着雪利酒，而乔治牧师则把事情的经过又简单地重复了一遍。看着乔治和南希，碧翠忽然觉得心里的那块石头轻了许多，无论如何，她还有这两个好朋友的安慰啊。

"帕特几时回家来？"南希问道，乔治也看向碧翠，一同等待答案。

"周二吧。其实要是邻居们问起来，我还没想好要怎么解释呢。"碧翠回答。

"这有什么难的？你只需要告诉格鲁姆太太一个人就行了啊！"

南希口中的格鲁姆太太在村子里开了家小商铺，她最大的爱好就是打听东家长西家短，无论谁家有什么事，她总是第一时间了解到，然后很快，整个村子也就知道了，因此，大家给她起了个外号，叫"大喇叭"。

"要不你像村里的吉姆一样，通过邮局给自己寄一张明信片。他上次就是用这种办法把自己结婚的事儿告知他妈妈的，而且没过多久，全村就都知道了。"

"其实我就是不想太多人知道。"碧翠心中担忧。

"这么开心的消息，为什么怕被人知道啊？"南希不解地问道。

"但是……这件事情听上去太匪夷所思了，我怕……"

"亲爱的，我明白那种感受，就好像踩在果酱堆上走路一样，稍不留神就陷下去了。"

"也像在沼泽里一样。"

"也像走在游乐园里的那种时高时低的板子上一样。"

碧翠说着，便要起身离去，这时，乔治牧师却突然问道："碧翠，你怎么知道游乐场有这种板子？"

"差不多一两年前，我去西镇的时候在集市上见过。那东西真是挑战人的忍耐力啊！"

南希挽着碧翠向门口走去，一边走，一边说道："亲爱的，你现在明白为什么结婚13年，我还是那么迷恋乔治吗？他总是让我另眼相看。今天你也看到了，他竟然说他知道游乐园有这种东西，不过我才不相信呢，你是没看到他进了游乐园后那种迷茫的样子呢！"

碧翠穿过教堂的牧场，一路往家赶去，她的脑子里不停地盘旋着那个游乐场里时高时低的板子，她明白，往后的日子，她也许真的就要注定过这种颠簸的生活了。

踏上教堂南边的走廊，她偶然发现教堂的大门还敞开着。在金色夕阳的映照下，整座教堂越发显得静谧。此时，坟墓、旗帜以及墙上的那些不认识的名字，和她一起在古老的钟摆的敲击下，共同享受着这平静安详的时刻。碧翠知道列丁罕家去世的人都埋葬在这里，他们有十字军的军人，也有赫赫有名的政治家，总之，都是很有身份、地位的人。可阿什比家族中却并没有这样的人，他们没有那样的地位来赢得墓地，只不过能在墙上的石板中刻下"莱切特庄园阿什比家族"这几个字而已。碧翠曾经仔细地研究过这个名字，其实也都只是些农场主或马商。

如今，阿什比家族的长子，帕特·阿什比要回来了，可是说实在的，她对现在的他并不是非常了解。

她同意乔治牧师的说法，帕特的责任心很强，是个懂事的孩子。可是，既然如此，帕特怎么能八年都不跟家里联系呢？甚至连只字片语都没见到过。因此，她始终不愿承认，她所认识的帕特是这样的人。

"可能是这些年遇到什么事情导致的吧？"桑杜先生也对这个问题做过猜测。无论怎样，以帕特的性格，他是绝不可能做出离家出走这种事情的，或许这些年他慢慢长大，心智也逐渐变得成熟，只是不知如何面对家人，所以才选择自我封闭的吧。然而，碧翠还是忍不住会在心里问自己，现在的帕特，还是以前那个善解人意、乖巧懂事的帕特吗？

第十章

此时，在克莱尔庄园的教堂里，碧翠正坐在里面，一直盯着阿什比家的那块石板，同一时刻，在皮姆里克的那间小房间里，穿着一身新衣服的博来十分不安地站在那里。

看着自己身上的这身新衣服，虽然这身衣服出自手艺闻名英国的裁缝之手，而且这身衣服也是自己一直都想得到的，但是看着镜子中的自己，他心里想到了很多，他在想自己怎么会这么愚蠢，竟然掉到这样的陷阱里来？他在想自己怎么会做这些事情呢？他在想自己为什么会沦落到现在情景？看着这身衣服，他就像看到了自己的罪恶以及之前自己所做的所有错事。现在这般他实在没有心情做其他任何事情，他知道自己不能做这种事，他知道自己必须在事情还没有完全失控之前就解决掉，他不能再穿这身衣服了，必须把它还回去，而且还要给那位心地善良的女人写一封信，这样才可以从这件事情中完全抽出身来。

在他这么想的同时，他的脑子里还有一个声音在说："你这个傻瓜，这是一个千载难逢的好机会，你不能就这样让它溜走，你一定要抓住它！"

"这绝对是一个陷阱，不是机会！"如果他就这样跑掉，他们绝对不会到处寻找他的，肯定就当他从来没有出现过一样。

可是他脑子里的那个声音又出来了："难道你就忍心把这么多的财产白白扔掉？"

"那还能怎么办，这样的财产不要也罢，反正我也不想要。"

其实，只要他写一封信，把事情的来龙去脉说清楚，他们就不会再来困扰他了，就会当作他不存在一样。他多想在信里告诉那位女士，他很感激她那么信任他，在还不知道他身份的情况下就吻了他，他还想在信里对她承认自己的罪恶，他也想让整件事就此结束，就当从来没有发生过。

"马场很快就可以是你的了，难道你要放弃吗？"

"世上那么多马，谁想要那个马场呢！"

"但是你自己有多少马呢？"

"将来也许我会拥有很多马。"

"如果你现在把这个机会放弃了，那以后就不会再有这样的机会了。"

"不要再说了。"

他决定给洛丁写信，告诉他自己不想再卷入这场骗局了。

"那你之前为此所做的训练就白白浪费了？"

"我情愿一开始我就不应该知道这些。"

"但现在你已经知道了，你不能虎头蛇尾啊，这些东西很值钱啊，你不能就这样不要了！"

洛丁正在幻想着自己可能会得到的财富呢，而他很后悔自己怎么这么笨，竟然掉进这样的陷阱里，成为洛丁的犯罪工具。"洛丁根本不知道什么是可耻和无赖，他是一个十足的混蛋，是一个既狡猾又无耻的混蛋！"

明天还是去旅行社，想办法离开这里，离开这个国家。

"我还以为你永远不会离开英国呢。"

可是如果我不离开英国，我怎么可能抵抗这个迷惑呢！"什么？你认为是迷惑？我觉得你还想得到它吧？"

他已经没有足够的钱回美国了，但是足够让他走得远远的，他想到处游玩，可以在旅行社找到很多方案。也许在明天早上，他就已经不在英国了，完全远离了那件事。"以后再也看不到莱切特庄园了。"

"你刚说的什么？"

"我说我再也看不到莱切特庄园了。"

他一直在想答案是什么。

"你难道没有话要说吗？"

一定可以找到答案的。

"巨额资产、奔跑的骏马以及安逸富足的生活，难道你不想要吗？要是离开莱切特庄园，丢掉这个机会，以后你将再也没有机会拥有这些了。"

"我和莱切特庄园没有任何关系啊！"

"你怎么说这样的话？你看看自己，你的脸型、身材和身上的气味，都和阿什比家族是一样的，甚至你身上的血液也和阿什比家族是一样的，难道这些还不够？"

"可是我根本没办法证明。"

"你真是傻瓜，你明明就是阿什比家族的人，你流的就是阿什比家族的血液，不要再装作无所谓了！"

"我哪一点表现出满不在乎了，其实我心里是很在意的。"

"那你刚才为什么说要离开英国，要永远离开莱切特庄园？现在机会就在这里，你只要抓住它，星期二早上你就可以真切地感受到莱切特庄园了，如果你现在离开，不抓住这个机会，以后就永远看不到了。"

"我从来没做过这种骗人的事，这是犯罪！"

"你没做过？我觉得你是喜欢做这件事的，你看你前一段时间装得挺像的，都已经完全融入这个身份里去了。难道你忘记了用假身份去见桑杜先生时的那种刺激了吗？难道你忘记了侦探审问你时的情景了吗？我觉得你现在想太多了，如果你想拥有自己的马场，拥有莱切特庄园，在英国过上舒心的生活，只要你抓住这个机会，星期二早上去莱切特庄园，那你将会拥有这一切！"

"不过……"

"你绞尽脑汁，不就是为了得到莱切特庄园吗？现在机会就在眼前，老天给了你这个机会，你命里就应该拥有它。作为阿什比家族的人，你跑了那么多地方，还是跑到了这里，这就是老天给你的安排，你注定要来到莱切特庄园的，跑不掉的……"

博来把新衣服脱下来，认真地挂了起来，沮丧地坐在床边，双手捂着自己的脸，就这样一动不动地坐到天完全黑了。

第十一章

这是一个晴朗的天气，微风吹拂着树叶，博来·法拉来到了莱切特庄园。虽然天气很好，但还是给人要下雨的感觉。此时，碧翠看着窗外的天气，心里祈祷着晚上最好不要下雨。面对一些非常调皮贪玩的孩子时，她总会用这样的天气告诉他们，什么是"物极必反"。但是，在帕特回家的时候，天气是非常好的，太阳也是温和的。

她已经憧憬过帕特回家的情景了。她觉得应该有人去火车站接他，然后回到家里，一家人高高兴兴地吃午饭，就这样不露声色最好了。可是她随后想到应该谁去接他的问题，因为不可能全家人都去接他，虽然那对姐妹希望这样，而且全家人都去，那么多人，一定会让车站的工作人员及旅客看笑话的。她自己也不能去，因为她不想让西蒙产生误解，更何况西蒙之前还说她已经喜欢上他了。所以从这一点来说，西蒙也不能去。从知道帕特要回来的那一刻起，西蒙白天都不在家，直到晚上才回来睡觉，也不帮家里做事。这样一直持续了一个星期，碧翠想找一个晚上和他谈一下，可是也一直没有机会。所以，当爱莲告诉她，说自己可以开车去接帕特的时候，她才放下心来。

可是接下来，她又开始为帕特的中饭怎么安排这个问题担心了。如果西蒙不在家吃中饭，她该怎么向帕特解释？如果西蒙在家吃中饭，那又会是什么情景呢？她觉得应该去和厨师把情况说一下，因为这一年来，他们已经换了三个厨师了。而女佣拉娜的家就在这个村子里，只是因为她的男朋友在马厩工作，所以她才来这里做点扫地、擦灰之类的工作，不是负责伺候他们吃饭的，所以和女佣说没有一点用。

而且碧翠觉得拉娜一点都不讲究卫生，碧翠不喜欢她嘴里和身上散发出来的味道，也不喜欢她野蛮的做事方式，她曾经告诉过拉娜，只要自己还在，就不会让她走进厨房一步。可是拉娜也有自己的说法，她说阿什比家的人吃饭都是自己做，根本不需要别人伺候。这不，这次拉娜又故意来找碴儿了，说吸尘器坏了，不往里面吸灰尘了。像这样的事经常发生。

爱莲正准备开自己的小车去接帕特，碧翠看见了，问爱莲："你确定你要开你的只有两座的甲壳虫汽车，而不开家里的旅行车？我觉得你最好开旅行车去接帕特。"

随后，碧翠又看到爱莲还是穿着早上驯马时的驯马服，驯马服有点脏，还有点马身上的味道。此时，露丝穿着蓝色连衣裙在车旁向爱莲撒娇："我也要去，我也要去！"她非要和爱莲一起去，一边说还一边看着汽车，看车上的灰尘是否会把裙子弄脏了。

爱莲的回答很肯定："不行！"

"如果帕特看到我去接他，一定会非常高兴的！"

"还是不可以！你离车远一点，不然车上的灰会把你裙子弄脏了。"

爱莲开着汽车，沿着小路走远了，小路两边种着高大的菩提树，露丝看着远去的汽车，一边拍着手上的灰尘，一边说："爱莲总是不照顾别人的想法，太自私了。"

碧翠看到露丝这样，安慰她："不要生气了，早就安排好让爱莲去接帕特了，你和珍妮要老老实实地在家里等帕特回来。对了，我怎么没看到珍妮？她去哪里了？"

"她可不喜欢帕特，我猜她应该在马厩呢。"

"她最好中午准时回来吃饭。"

"虽然她不喜欢帕特，但是她喜欢美食，吃中饭的时候她肯定会回来的。对了，西蒙会回来吃中饭吗？"

"可能回来吧。"

"不知道他和帕特会聊些什么？"

听到露丝问这些，碧翠忽然想到，再过一两年，露丝和珍妮就要出去到外地上学了，如果以后莱切特庄园的生活不再平静，那她们去外地上学是最好的选择。如果今天帕特回来，家里就开始不和谐了，那她情愿她们姐妹俩现在就出去上学。

露丝又问："你说帕特回来，会不会发生什么精彩的事情？"

"什么精彩的事情？你不要乱想，也不要故意去做什么事情。"

碧翠说着这些话，同时也是真的希望什么事都不要发生，她期待爱莲在接帕特回来的路上，就把事情和帕特说清楚。对于这个很久没见的哥哥，爱莲觉得很慌张，可是又不知道慌张的原因是什么，今天她特意穿了一件很平常的衣服，想以此来暗示自己，这是一件很普通的事情，自己没必要兴奋，更没必要慌张。

修建在三个村庄中间的火车站，平时要装运很多货物，但是旅客却不是很多，爱莲来到站台上等候博来，她看到此时站台上只有一个妇女、一个挑夫和一个收票员，所以当博来走下火车，来到站台上的时候，没有人注意到他。

"嘿！你好！"爱莲伸出手，和西蒙的手握在一起，"你和西蒙真的是一模一样！"

博来注意到爱莲的鼻子周围是一圈雀斑，知道她没有化妆，他也认出了爱莲："你好，爱莲！"

"我是爱莲！对了，你的行李呢？虽然我的车是甲壳虫汽车，但是后备箱还是很大的，能装很多东西。"

博来晃了晃手上的东西："我的行李在这儿。"

"随身带的就这么多？其他的行李要过几天才到吗？"

"不是，这是我全部的行李。"

"呵呵，真的？"她乐观地说，"也对，东西都无关紧要，人回来最好。"博来很喜欢这样的说话方式。

"我们从这儿走，车就停在外边。"

"阿什比先生，您是出门刚回来吗？"收票员一边收着票根，一边礼貌地问他。

"是的，刚回来，出去有一段时间了。"

收票员听了这话，惊讶地看着他。

当他们坐进汽车，爱莲微笑地对他说："他把你当成是西蒙了。"爱莲的两颗门牙长得叠在一起，所以她笑起来的时候看起来像小孩子，可是当她不笑的时候，脸就显得很严肃。然后她严肃地对博来说："你回家的时间选择得很好！"

"回家。"他一边回味着这个词，一边看着爱莲，爱莲的头发有一点点泛白的黄色，就像玉米的颜色一样，看起来非常柔软，今天爱莲的头发向后梳着，在后边很随意地扎成个辫子，一看就知道她不想在头发上花心思。

在车里，爱莲继续说着："现在是个收获的季节，家里马厩里的第一批小马就快出生了！"他看到爱莲的马裤膝盖的部位像很多男孩子一样磨破了，而露在外边的胳膊，却是白皙圆润的，一看就是女孩子的胳膊。

"家里一匹叫蜜糖的母马，生了一只健康的小母马，以后一定长得非常强壮，你回去就可以看到了。在你走后它才来的，所以你还不认识它。其实，它的全名叫希腊蜜糖，它的妈妈是海米德，它的爸爸是果酱钱，你看到一定会很喜欢它的。"

"我很期待看到它们。"

"碧翠姑姑说你很喜欢那些马。"

"是的，但是我对于养马没什么经验，只会把它们喂大，让它们可以工作，而不会训练它们。"爱莲和博来就这样聊着，一会儿就回到了村子。

博来看到眼前的村庄，知道这地方就是地图上小方块指示的地方，也就是克莱尔庄园了，汽车继续往前开着，他看到了怀特哈德酒吧和贝尔酒吧，在往前，就是山顶上的教堂了，教堂里挂着阿什比家族的石板。

"村子是不是没什么改变？"爱莲问博来，"在我的印象里，自从遭遇水灾过后，村子一直是这个样子。每个房子前面挂着的牌子也一直没换过，好像几百年来一直都是这样似的。哈哈，看我说的，我都忘记你是这里的人了！"

博来知道，过了这个村子，就应该到克莱尔庄园了，他心里对洛丁的庄园充满了好奇，他不知道到底是什么样子。等到了庄园门口，他看到门口立着两根又粗又高的柱子，每根柱子旁边都有一头狮子，而远处的柱子上，一个小男孩正趴在上边，穿的还是鳄鱼皮做成的衣服。

"你看，和以前一模一样，一切都没变。"爱莲对博来说。

"是的，看到这些，我心里真舒服。"

"现在克莱尔的院子改成学校了，你知道吗？"

他脱口而出想说知道，可是突然想到这些都是洛丁告诉他的，自己不应该知道，所以他马上问道："改成学校了？"

"是的，专门给逃兵办的学校。"

"逃兵？"

"对，这个学校的学生都是那些不喜欢上学，或者是父母很有钱的孩子。在学校里，没有人会去管他们到底有没有读书，甚至像乘法口诀表之类简单的东西都不要背，他们认为，等你真正需要的时候，你自己会主动地去学习。但是我认为这根本不是办法。"

"这样不可以吗？"

"当然不可以了，哪有不学就会的？"

"那学生不学习，每天都在干嘛？"

"他们说要完全释放自己，寻找自己的兴趣。其实就是画图，做一些手工，或者是粉刷房屋，要么就是角色扮演这些。我也教他们如何骑马，他们对如何骑马挺感兴趣的。他们认为没什么事可以难倒他们，所以如果让他们做一些很困难的事，他们会觉得比较有意思。当然，这样的困难还不能是那种很常见的困难，必须是不常见的，这样他们才会觉得和普通人区别开来，要不然就体现不出他们的身份了。"

"听起来很有趣。"

"这样可以增加克莱尔庄园的收入，所以为什么不去做呢？好了，我们已经到克莱尔庄园了。"

博来紧张的心已经提到嗓子眼了，爱莲把车开进菩提树小路上，从树后边突然跳出来一只很大的"蓝蝴蝶"，冲到了汽车前边，幸亏汽车的速度不快，要不然就要撞到她了。

"欢迎来到克莱尔庄园！""大蝴蝶"一边向博来的方向跑来，一边说道。

爱莲生气地说道："你这个笨蛋，白痴！司机迎着太阳开车，根本看不清楚前面的情况，难道你不知道？万一撞到你怎么办？"

"欢迎光临，帕特！自我介绍一下，我叫露丝，我是特意来迎接你的，我在等你一起回去。这辆车太小了，我必须坐到你的腿上，我不想把裙子弄皱。你喜欢我穿的这身衣服吗？这是我为了欢迎你而特意穿的。你长得真好看，你觉得我长得怎么样？"

她说完，微笑地看着博来，可是博来却吞吞吐吐地说不知道。

看到博来的神态，露丝非常失望，语气也带着不满："不知道？这几天我们一直都在谈论你，大家都一直在想着你。"

"那当然，我离家好几年了，现在要回来，大家当然都说这个话题了，要是你离家也一样。"博来回答。

"我可从来没想过做这些任性妄为的事情。"露丝不满地说道。

"你怎么说这样的话？你怎么说这个词？"爱莲有点惊讶。

"这是派克夫人教给我的成语。"

博来不想再继续这个话题，所以他问："现在派克一家人怎么样？"但是他现在哪有心情去想派克一家人啊，他的心思都飞到了莱切特庄园，飞到了他的孪生兄弟那去了。

"西蒙没有在家。"露丝说着，又看了爱莲一眼，博来都看到了，心里很慌张。

这么说来，西蒙没在庄园里，更没有在门口迎接他回来。其实洛丁早就把家里的这些情况都告诉他了，洛丁告诉他莱切特庄园根本没什么亲戚，所以不要幻想着回去的时候有很多亲戚会在门口迎接他，也不要幻想有佣人列队欢迎他，何况莱切特庄园就没有专门伺候吃饭的仆人。现在这些孩子的父亲只有一个妹妹，也就是碧翠，再没有其他兄弟。他们的母亲倒是有两个兄弟，但是没有姐妹，不幸的是这两个兄弟都死了，而且都是在二十岁之前就被德国人杀死了。如今阿什比家族的近亲只有远在新加坡的查理叔公了。

尽管之前都想到了，但是现在阿什比家族能来的人都没有来，看来一定是有人不欢迎他的到来。原来刚才见到爱莲时的高兴都是虚假的。汽车驶过小路，开到了院子前。莱切特庄园在太阳的照耀下安静地矗立在那里，显得非常宏伟和壮观。房屋经过阿什比家族的不断装修和改造，显得很时尚。房子前边全是草地，比在花园里显得更好看。

当汽车行驶到房屋门口时，碧翠从房间里走了出来，博来看到碧翠的一刹那，马上紧张了起来。他多想马上向碧翠把事情全部坦白出来，然后赶快离开这里，因为他能想象出来以后面对她会有多么紧张，他不知道自己是否可以这样伪装下去。就在他不知所措的时候，露丝适时地出来了。汽车还没有完全停下来，她就拉开车门跳了下去，蹦蹦跳跳地向大家宣布，她把博来接回来了。"碧翠姑姑，我接到博来了，我把他带回来了。我刚才走到大门那，看到他在车里，我就坐上车，和他一起回来了，你不会生我的气吧？是我把他接回来的！"她拉着博来的胳膊，把他从车里拉了出来，就像他是她的宠物似的。就这样，博来见到了碧翠。在那个时刻，他们都被露丝小孩子般天真的做法感染了，他们之间第一次见面的尴尬就这样被露丝消除了。

可是，就在这个时候，又发生了一件小事，珍妮骑着一匹叫"四柱子"的马准备到马厩去。当她经过房子的时候，看到门口站了几个人，所以就拉紧了马缰，想让马走慢一点，她并不是想停下来和他们一起交谈，可是"四柱子"看到那么多人，一下子来了兴趣，马上准备凑上去看一下热闹，所以珍妮想走也来不及了。不一会儿她就被小马带到人群中来了。当马停下来的时候，出于礼貌，珍妮从马背上下来，神情中带着一点不好意思，同时也带着一点防备心。碧翠向博来介绍珍妮，珍妮礼貌地和他握了一下手，可是马上就把手抽了回来。"请问这匹小马叫什么名字？"博来问珍妮，因为他感觉到了珍妮的戒备心，所以这么问。"珍妮给它起的名字叫'四柱子'，可是牧师都叫它是'公共马车'。"露丝抢着回答。

博来友好地准备摸一下小马，可是因为是陌生人，所以小马眼睛看着自己的鼻子，往后退了退，并不接受他的好意。

"它像是一个小明星。"博来开玩笑说。碧翠听了也笑了起来。

"它一般不喜欢不认识的人。"珍妮这么说"四柱子"，也是说自己。可是博来听到，还是把手伸向小马，爱抚它，过了一会儿，小马觉得他没有恶意，这时它的好奇心上来了，所以把头低下来，顶了顶博来的手，就这样和博来玩了起来。

"你看它，它从来没对陌生人这么热情过。"露丝说。

"没有其他人在，它肯定对珍妮也这么热情。"

"好了，珍妮，你快去洗手，马上要开饭了。"碧翠说完，就向厨房走去，博来跟在她后边，也走了进去。

第十二章

　　碧翠对博来说："这个房间以前是儿童房，现在收拾好了，你就暂时住在这里，你不要在意。西蒙现在住的房间是之前你们的房间。"说到这里，碧翠心里开始责备自己太心急，还没有确定是不是帕特呢，但是她还是说，"如果让你住客人的房间，又太不合适了。"

　　博来说他很喜欢住这个房间。

　　"你想现在就去房间，还是等一会儿再去房间？"

　　"我想现在就进去看看。"博来说完，就准备上楼梯。

　　博来知道碧翠姑姑在看着他呢，也是想拿这个来验证自己，看自己是否知道房屋的结构。于是他上了楼梯，通过走廊，向北边的一排房间走去。当走到一排房间前面时，他熟悉地推开第三个房间的门，走进了儿童房。这个房间之前是诺拉特意为孩子们准备的，因为远离马路和马厩，所以不受任何干扰。他徘徊在房间的窗户前，看着楼下的草地和远处的群山，此时，他感觉到碧翠·阿什比就站在他后边看着他。他知道现在必须要主动说话了。

　　"西蒙到哪儿去了？"他转过身问碧翠。

　　"他和珍妮一样，老是不准时吃中饭，不过我想他就快回来了。"碧翠回答。

　　从他下火车到现在，事情进展得很顺利，可是他还是觉得对于他的问题，碧翠好像有点不自在，也不知道该如何回答。西蒙知道他回来，而没有在家，估计他是一个很不好相处的人。停了一会儿，碧翠说："这里的洗手间你随便用，不过热水器有点小毛病，你开热水的时候小心一点。你洗完手就下来吃饭吧，今天派克家知道你回来，特意送来了自酿的雪利酒。"

　　"派克他们不来吗？"

　　"哦，中饭只有我们自己家里人，晚上他们才来。"

　　博来走到第四个门口，推门进去，碧翠看到他确实知道房间结构，这才满意地走了。博来知道碧翠满意的原因，可他现在却心乱如麻。因为欺骗桑杜先生他只是觉得好玩，可是欺骗碧翠却让他心里不舒服。他用肥皂洗着脸和手，眼睛看着远处梦寐以求的草原。他恨不得现在就骑着马离开这里，远离人间凡尘，想到这里，他又觉得这么做是有意义的。他走回房间，看到一个金头发的女孩子在窗户前边整理一盆花。

　　女孩看到他进来，说："你好，欢迎回家！"

　　"谢谢你！"博来回答。他不认识这个女孩。

　　"你和你弟弟长得太像了。"

　　"是的。"他一边回答，一边从行李包里把牙刷等物品拿了出来，放在桌子上。

　　"你肯定不认识我，我叫拉娜，也是这个村子的，亚当是我爸爸，我男朋友就在你们的马厩工作，所以我也在这里工作。"

　　博来知道她是这里的女佣，他马上为她的男朋友感到难过。

"和西蒙比起来，你比他老多了，我想你肯定吃过很多苦，不像你弟弟一样。请不要介意，西蒙听说你要回来，他有点不高兴，他被别人惯坏了。其实任何人只要看到你，就知道你是阿什比家的人，根本没办法否认，所以，你不要对他太好了，千万不要被他吓到了。"

博来听着，什么也没说，这时听到爱莲在楼下说："你还需要什么吗？"

女孩连忙回答："我在帮帕特先生整理花呢。"接着回头对他笑了一下就走了。

博来不知道爱莲听到了什么。

爱莲进来说："这间房间很好，虽然早上照不到太阳。碧翠姑姑把之前的小床卖了，特意从拍卖行买了这张床，本来是放在亚克力房间的。其他的东西都没动。"

"是的，壁纸也没有变。"

"是啊，你看，这是我小时候最喜欢的威克郡的赫里沃德将军，他真的很厉害！"她指着墙上说。他们的母亲为了孩子能愉快地入睡，专门选的这种童话壁纸。

"旁边的壁纸还贴着童谣吗？"

"是的，还是一样，走，我们去看看。"

他们走了过去，爱莲对他说着往事，可是，博来此时一直想着刚才那个女孩子说的话。而且，他今天晚上要睡在亚克力·洛丁的床上，这也太巧了。这么看来，西蒙不接受他是帕特。

"你肯定就是帕特。"想到女孩子的话，他不知道西蒙为什么不想接受这个事实。

随后爱莲把他带到一个明亮的房间里，碧翠正在那里倒雪利酒，露丝正在学习弹钢琴。

"你要听我弹钢琴吗？"露丝热情地问。

"不要弹，"爱莲直接否定了，又对碧翠说，"我们刚去看了房间的壁纸。我都差点忘记我的赫里沃德将军了。幸亏我不住在那里了，不然我肯定一直忘不了。"

"我从来不喜欢那些。"露丝说。

"你没有读过那些故事，怎么可能喜欢呢？"爱莲反驳。

"自从她们姐妹俩长大之后，那个房间就没人住了，因为那个房间太远了。"碧翠说。

"是的，每天叫她们起床要走那么远，露丝还特别喜欢赖床，所以我们让她们住在近一点的房间了。"爱莲接着说。

"我需要充足睡眠，这样才能长高一点。"露丝理论起来。

"你很矮吗？"爱莲问。

"我比珍妮矮，珍妮长得又高又壮，是吧？"她看到珍妮走进房间，马上问珍妮。珍妮的头上全是汗，根本就没看她，一直看着碧翠。

"西蒙已经到楼下了。"她小声地告诉碧翠，同时站到碧翠旁边，不想让她慌张。

除了露丝在走，周围没人说话了。露丝好像在等什么事情发生似的。碧翠紧接着说："太好了，我们马上就可以吃中饭了。"

博来觉得碧翠的反应太快了，其实他心里知道大概的情况了。"西蒙人呢？"爱莲装作轻松的口气问。

"就在楼下。"珍妮说着，又看着碧翠。

这时西蒙推开门进来了。

他进来反手把门关了起来，看了一眼博来，说："你回来了。"语气平淡，听不出什么。

他向博来走过去，走到博来对面，此时，他的眼神很平静，脸上也很平静，但是身体紧绷着，就像绷紧的琴弦一样。

可是他一下子放松了下来。

他盯着博来看了一会儿，脸上突然柔和了起来。

"你应该知道，我之前一直不相信你是帕特，可是现在看到你，我相信你就是帕特，同时，"他语气很慢，同时伸出手，"欢迎回家。"其他人一听，马上热闹了起来，大家都举起酒杯互相祝贺。刚才还有点生气的露丝，这时也高兴地喝起酒来，因为一般情况下，碧翠不允许她们喝酒。

面对西蒙的表情，博来知道自己度过了一个关卡，可是他不知道西蒙为什么是这样的表情。难道西蒙之前有什么顾虑吗？难道西蒙为了不让自己失望，故意在暗示自己，博来不是帕特？难道他不相信帕特还活着，所以害怕希望越大、失望越大？

后来他表现出柔和、放松的神情，难道是因为他发现他就是帕特？博来觉得不像。他看看高兴的西蒙，心里一直在想着这个问题。在刚进门的时候，西蒙好像想找到什么，可是现在却不找了，他为什么会这样呢？吃饭的时候，博来还在想，可是餐桌上大家都是说笑着，所以他暂时就不想这个问题了。

"你做到了，你终于成为阿什比家的人了，你看大家多高兴啊！"博来在心里对自己说。

可不是所有人都高兴，珍妮肯定是向着西蒙的，此时她很安静，西蒙也并不是真的高兴。

最高兴的就是碧翠姑姑了，而爱莲也是越说越高兴。

露丝是唯一叫他帕特的人，一点也没把他对她外表的忽略放在心上，对他很热情。

午饭还在继续，但是好像大家都在回避一个问题，大家都没有叫他帕特。相比露丝，博来希望珍妮可以和他站在一起。如果他要有一个小妹妹，他喜欢像珍妮这样的小妹妹。可是珍妮一直没有正眼看过他，这让他觉得很不舒服。

餐厅墙上挂着很多画像，珍妮后边挂的是威廉·阿什比七世的画像，画像中的人物穿着当年抵抗拿破仑的军服。他对这些画像非常了解，之前洛丁就告诉过他，威廉七世对邱园的尖塔非常熟悉，而说这些的时候，他和洛丁正好就在邱园尖塔下面。这时他看着画像，感觉画像中的人物早就看穿了自己的身份。这是多么讽刺的事情啊！

但是有件事对他帮助很大，之前在餐厅里洛丁就告诉过他，他没有自杀，只是坐船走了，这一点他必须撒谎，其他的生活部分他都可以照实说，不需要有任何欺骗，而且阿什比家的人也不会再追问以前那些让人难过的事情，所以他说话的时候根本不需要紧张，只要照实说就可以。

甚至连餐桌上的礼仪他都可以不要很在意，因为洛丁说过，亲戚中只有南希是大家闺秀，比较注重这些礼仪，其他人都不是很重视，这点比孤儿院还要自由。

博来没有改变他的吃饭习惯，这让露丝有点失望。

"你怎么不用叉子呢？电影里美国人都是先用刀子切好食物，然后用叉子叉着吃的。"她疑惑地看着博来。

"那我也没像他们一样，喜欢吃口香糖啊。"他回答露丝。

"真不明白他们到底是什么用餐习惯。"碧翠说。

"我想一开始他们吃饭时不用刀子的。"爱莲接着说。

"但是我觉得他们一开始应该是需要用刀子的，你想啊，他们喜欢吃肉，面对那么大的一块肉，他们没有刀子可不行。"西蒙分析。

博来听他们随意说着话，感觉到他们真是典型的英国人，他们可以在他面前无所顾忌地谈论着美国，甚至连"是否记得"这样的问题也不问。

碧翠看到大家一起聊天，显得非常高兴。

"你平时抽烟吗？"碧翠给大家倒了咖啡，指着烟盒问他。博来自己有香烟，平时也喜欢抽烟，所以他把自己的烟盒拿给碧翠。

"我已经戒烟了，这样倒省了很多钱。"碧翠回答。

于是博来把烟盒推给爱莲。

爱莲拿起烟盒，看到烟盒上的字。

"博来·法拉，他是什么人？"她读着烟盒上的字。

"我。"博来回答。

"是你？你为什么叫这个名字？"

"我也不清楚。"

"他们都叫你博来吗？"

"是的。"

"他们为什么叫你博来呢？"

"这个我也不知道，也许是因为我个子不高吧。"

"博来！以后我就这样叫你！"露丝听到这个名字很开心。

"可以啊，大家一直这么叫我。"这时拉娜推开门对碧翠说，有一个年轻人想见她，已经被她带到书房了。

"真是不凑巧。"碧翠小声地说，问拉娜，"你知道他有什么事吗？"

"他自称是新闻记者，"拉娜说，"但是我觉得不像记者，长得很斯文。"其实新闻记者给拉娜的印象都是从电影中来的，就像博来对中产阶级生活的认识一样。

"我不见新闻记者。"碧翠大声说。

"他说是《西部时报》的记者。"

"那他说要采访什么吗？"

"肯定是关于帕特先生的事啊。"拉娜用手指着博来回答道。

"真是扫兴，我就知道他们会来的，饭才吃了一半。"西蒙也小声地说。

碧翠端起咖啡一下子喝完，拉起博来说："我们去吧，博来，这些事要早点解决。西蒙，你也一起来吧。"她拉着博来，说笑着向书房走去。

对于碧翠的招待，他觉得特别温暖，从来没有人这样对他。可是他知道现在必须要认真应付这个新闻记者。书房在最里面，光线很暗，书房里只有一张桌子，桌子上有一些账本及参考书。一个个子不高的年轻人正在看一本关于养马的书，他穿的是蓝色的西服。他看到有人进来，放下书，用带有格拉斯哥的口音说："请问是阿什比女士吗？我是《西部时报》的新闻记者麦卡伦，很抱歉打扰您用餐了，我以为您已经吃过中饭了。"

"我们吃中饭的时间晚，而且今天吃饭的时间有点长。"碧翠说。

"我非常抱歉。但是我们记者的工作准则是最快和最新，所以对于您家的大事，我觉得是最好的新闻。"麦卡伦解释道。

"你的新闻是不是指我侄子回家这件事？"

"是的。"

"他刚回家，你怎么就知道了？"

"我有一个线人，他在克莱尔酒吧听说的。"

"线人？太可怕了。"碧翠说道。

"你说酒吧很可怕？"

"不是，我说线人这个词很可怕。"

"您误解了，其实他可是说是我的一个助理。"麦卡伦耐心地解释，"我可以认识一下刚回来的帕特先生吗？"

碧翠把西蒙和博来介绍给了他，西蒙又紧张了起来，可是博来却变得轻松了。他简单地回答了一些问题，他在想着如果记者要拍照的话，他该如何推脱呢？

但是碧翠坚决地说，只能采访，不能拍照，这样就帮博来解决了的问题。

麦卡伦先生虽然不太乐意，但他还是听从了碧翠的建议，他略显遗憾地说道："真可惜，单纯的文字故事可没有图文并茂的新闻来的吸引眼球啊！"

"你打算用什么做标题？'失散多年的双胞胎'？"碧翠问道。

没等麦卡伦先生开口，西蒙突然说了话："不，那个名字太俗，我觉得用'死而复生'更确切！"他的声音透着冰冷的寒意，即使在宽敞的大厅里，也让人忍不住后背发凉。

麦卡伦望了一眼西蒙，沉思了片刻，说道："其实我当时想用'莱切特庄园奇闻'来着，不过我想《西部时报》很可能会弃用，因为他们并不喜欢报道这类天下奇闻，不过我想这则新闻应该更适合《克莱恩日报》。"

"《克莱恩日报》？那在伦敦可是很有名的啊！我……我不希望他们报道这种家庭琐碎的小事……"

"其实任何新闻都只不过是鸡毛蒜皮的小事啊！"麦卡伦先生说道。

"但我认为既然是家事，也就只需我们家里的人关注吧。我侄子在八年前失踪，《西部时报》也来采访了，可当时也不过是寥寥几行字罢了。"

"你说的那条新闻我看过，我记得登在报纸的最下面，而且只有一小段字而已。"

"所以啊，和当时失踪比起来，为什么他现在回来又成了争相报道的筹码呢？"

"这就是炒作啊。新闻可不就得靠炒作嘛！没人关心这地球上一天死掉多少人，但死而复生的新闻可就吸引眼球了。现在医学技术这么发达，也没见有成功的病历吧？你现在知道《克莱恩日报》为什么一定要做这则报道了吧？"

"他们是怎么知道这件事的？"

"当然是听说的了。"麦卡伦先生夸张地睁大眼睛,说道,"阿什比女士,你知道我是费了多大的力气才得到这条线索的吗?"

"那你的意思是,你要给《克莱恩日报》提供消息?"

"是的,没错。"

"不,这绝对不行!"碧翠下意识地大喊。

麦卡伦先生缓缓地说道:"阿什比女士,你别激动,听我说。我发誓见到你侄子的时候不会拍照,更不会偷拍!但请你理解,这条新闻线索对我来说真的非常重要啊!"

碧翠闻言,一时心软,不知该如何拒绝。只听麦卡伦先生又说道:"其实就算我不给《克莱恩日报》提供这条线索,他们也会通过其他办法得知的,只不过那样的话,我就少拿些稿费罢了。可是,希望你明白,不管怎么样,他们都会报道这件事。"

"哦!老天啊,这样一来,所有的报纸上都会报道这件事了啊!"碧翠忍不住惊呼道。

"不,不是这样。只有《克莱恩日报》才有资格刊登,因为这是他们报社的独家新闻,未经许可是绝不能转载的。所以,即使有人来采访你,你也可以放宽心。"说完,麦卡伦四下找他的帽子,然后起身准备离开。

"阿什比女士、阿什比先生,多谢你们的热情款待,我有事要先走一步,临走前我还是要衷心地祝福你们能够团聚。"说着,麦卡伦先生的目光落在了西蒙的脸上,说道,"非常感谢。"

"你住的地方离这儿远吗?"碧翠客套地问道。

"住的地方?"

"哦,你是苏格兰人,对吗?"

麦卡伦先生感到意外,问道:"你怎么知道?哦,对了,是不是因为我的姓氏?没错,我是苏格兰人,离这里确实很远,不过……"

"你开车了吗?"碧翠看着院子,打断了他的话。

"开了。不过我不会把车停在人家门口,我的车在通道那儿。"麦卡伦先生说完,迈步便向门外走去。

第十三章

碧翠和麦卡伦先生的交谈声越来越远,直至消失,书房里瞬间陷入一片寂静。待在这样安静的书房里,博来的心里没来由地浮上一丝不安。为了打破此时的尴尬,他转过身,目光落在书架上,一副在认真浏览书籍的模样。

"嗯,恭喜你,又度过了一次危机。"西蒙的目光看向窗外,脸上是一副漫不经心的神情。

博来有些不明白他话中的含义,皱着眉头问道:"危机?什么意思?"

"我有些想不明白,你为什么会回到这里,难道是因为想家吗?要知道,你回到这里是需要很大的勇气的,因为你必须经历许多艰难险阻,而且,你还需要预先想好很多事情,这并不是一件简单的事情。"

博来没有想到，西蒙会这样坦诚地开口叙述他这些事情，而这也让他对这样的阿什比家的人有了更好的印象。

"我自己也不明白究竟是怎么回事，也许是我觉得只有这里才是我的归宿。"似乎担心自己的话会引起西蒙的误会，于是他又补充说道，"我想说的是，在外面奔波了那么久，让我最能感到心安的，还是只有这里，也只有这里，才是我的家。"

房间里又重归静默，博来继续看书架上的书。他不希望自己会因此而喜欢上面前这位阿什比家的年轻人，因为这会使他现在所面对的事情变得更加糟糕。

就在这时，碧翠走进了书房，她打破了此时的安静。

"我刚刚做了一件糟糕的事情，我竟然忘记给那位年轻的记者弄些喝的。哦，不过现在想起来也有些迟了，希望他能够从他的那位'线人'那里找到喝的。"

"我觉得他应该会去贝尔酒吧找喝的。"西蒙说。

"为什么会是贝尔酒吧，而不是怀特酒吧？"碧翠好奇地问道。

"因为咱们家的厨师拉娜经常去贝尔酒吧。所以，我觉得贝尔酒吧应该更好一些。"

"哦，无所谓了。反正这件事情，早点让大家知道，也就会越早将此事平息。"碧翠看向一边的博来，对他笑了笑问道，"要不要去看看马？博来，你过来的时候，带骑马装了吗？"

"虽然有，但是我的骑马装看起来都太糟糕了。"博来回道。对于碧翠没有叫他帕特这件事情，他的心里是十分感激的。

"和我一起上楼，我给你找一套适合你的骑马装。"西蒙说。

"很好，"听到西蒙的话，碧翠很高兴地说道，"那我现在就去找爱莲，叫她一起去。"

"你觉得那间儿童房怎么样，住得可还习惯？"西蒙一边领着博来上楼，一边向他询问道。

"不错，我很喜欢。"

"哦，那就好。对了，我想你已经注意到墙上的那些旧壁纸了。我知道，你或许早就已经不记得我们假扮赫里沃德将军打仗的那个晚上的事情了。"

博来没有说话，因为他确实不知道那件事情。对此，他感到很抱歉。西蒙也识趣地没有再说话。两个人都沉默了下来。博来跟着西蒙一起走进那个属于西蒙和他的哥哥帕特共同居住过的房间。然而，这里却一点都看不到属于帕特的特色，整间房间满是西蒙的东西、西蒙的风格。房间里的陈设，看起来与客厅无异。房间里的书架上，摆满了各种书籍，壁炉架上则摆放着一整排的银奖杯。地上放着一把摇椅和一张小书桌，书桌的上面还放着一部电话，而在房间的墙上，则挂着马的写生画。

博来趁西蒙翻找骑马装的时候来到窗前，朝外面望去。他知道从窗户这里能够看到不远处的马厩。但此时，他眼前的视线却被一片绿树挡住了。再向远处看去，是克莱尔教堂。他想，也许这周末，他就会被带到那里做礼拜，到时候，他将会面临下一个危机。

"危机"，他不明白年轻的阿什比人为什么会用这个词语来形容这件事情。

就在这时，西蒙从衣柜中拿了一套衣服，走了过来。

"你穿这一套，应该很合适。"西蒙一边说着，一边将衣服放到床上。

随后，他又打开另一个抽屉，从里面拿出一件衬衫，"这件衬衫也给你。"对于西蒙的举动，博来有些不知所措，于是他干脆故意避开西蒙，来到壁炉架边，看着上面放着的一整排的银奖杯。这些奖杯都是骑马比赛获得的。能看得出，有些属于小型比赛奖品，有些则属于类似奥林匹亚这一类的大型比赛。从这些奖杯上所显示的日期来看，除了其中的一个之外，其余的都和帕特没有任何关系，当然，他也不知道这些奖杯的来历，而那例外的一个奖杯，则是在帕特失踪的前一年，西蒙在贝尔农业展的少年组障碍赛里得来的。

西蒙从翻找衬衫的动作中停下来，回身看向博来时，恰好看到博来手上拿着的那个银质的奖杯，于是走过来笑着说道："你还记得吗？这个奖杯是我从你的手上抢过来的。准确来说，这个奖杯原本应该是属于你的。"

"属于我的？你抢的？"博来有些不解，一脸惊讶地看着西蒙。

"是的。当时，如果不是我在第二回合意外地得了一个满分，把你从决赛的名单中挤了出去，这个奖杯就一定是属于你的。"

"嗯，也许你说的对。"博来淡淡地回应着，下一秒他却连忙转移话题，"不过，能看得出来，从那以后，你一直都表现得不错。"房间里成排的奖杯就是最好的证明。

"嗯，应该是这样的。"西蒙说完后，又接着找衬衫，"我相信，我以后会做得更好。甚至能够在奥林匹亚上获得冠军。"虽是一句漫不经心的话，但博来能听出他语气里的自信。

"你床头上挂着的那件东西，你还有印象吗？"西蒙有点漫不经心地问了一句，然后将抽屉推了回去。

"你是说那匹小马吗？"博来问，"当然记得，它叫特拉维弟，是爱尔兰农夫用橡木刻的小马。"

他收回看向壁炉架的目光，正打算将床上的衣服收起来时，目光不经意间落在了镜子里，他看到了西蒙震惊的表情。此时的西蒙，连推着抽屉的动作都停在了那里，那模样就好像突然听到电话铃响起时，一时没反应过来一样。他的动作只停顿了一瞬间，接着他又继续手上关抽屉的动作。

西蒙将衬衫搭在肩上，转过身面对着博来，对他说道："我想你穿这几件应该会很适合。"他用右手拿过衬衫递给博来，但是他的目光，从始至终一直落在博来的脸上。他的眼神有些茫然，和刚刚的震惊不同，仿佛灵魂出窍的人一样，双目无神。

博来觉得他好像在想些什么。

博来接过他递过来的衬衫，又从床上拿起衣服，向他道了声谢之后便走了出去。

"你换好直接下楼吧。"西蒙看着博来，只是他眼中的目光还是十分茫然，他说，"我们会在楼下等你。"

博来拿着衣服走向他自己的房间，现在轮到他震惊了。西蒙刚刚的表现，明显代表着他并不相信博来会知道关于那匹小马的事情，而这也意味着，他本来并不相信博来就是帕特。所以，当博来说出有关那匹小马的事情时，西蒙才会那般震惊。

博来关上自己的房门，靠在门上想了好一会儿，连手上的衣服滑到了地上都没有察觉。

他骗不了西蒙，原来刚刚他们在喝酒干杯时，西蒙的表现全是装出来的。

想到这里，他的心里仿佛插着一把尖刀。

西蒙究竟是出于什么原因会演这样一出戏？为什么他不干脆说"别骗我了，你根本就不是帕特"呢？这本来就是拉娜告诉他的实情。

一直以来，对于博来的归来，大家都不知道西蒙会以什么心态来面对，直到西蒙对博来表现出了友好的欢迎之后，众人悬着的心才终于放了下来。

只是，既然他根本就不相信博来就是帕特，那他又为什么要表示对博来的欢迎呢？这会不会是他故意设下的陷阱？很明显，西蒙从见到博来的那一刻，就已经知道面前的人，并不是他的哥哥帕特了，但他却没有拆穿他，这又是为了什么？

对于这些疑点，博来没有办法猜透。

他弯下身去捡滑落在地上的衣服，又猛地站起身。博来的脑海中，突然浮现了第一次见到西蒙时，他脸上那瞬间放松了的表情。

是了，真相就是这样了！因为西蒙害怕他是真的帕特！所以当他发现自己不是帕特时，才会又突然放松。恐怕那时，他真的想上前来拥抱自己吧？博来心中想到。

但还有一点是博来没有办法想通的，既然他已经知道面前的人并不是自己的哥哥帕特，那他为什么不直接拆穿，反而选择接受了呢？

也许这只是西蒙拖延时间的一个战术。也许他正在暗地里筹划着什么事情。而这件事一定具有戏剧性，现在的他，只是在等待着一个更适合的机会。只要时机成熟，他就会立刻揭穿自己这个假的帕特。

如果事情果然如他所想这般，那么未来将要发生的事情，一定会让西蒙感到应接不暇的。

换好衣服后，博来看着镜子中的自己，又想了一些能够先发制人的招数，这才精神抖擞地走下楼。既然他已经知道西蒙并不相信自己，那么他也就不用再被动地提防那位年轻的阿什比家的人，他们将直接展开激烈的战斗。

"这套衣服穿在你身上简直太合适了，你可以直接照着这个尺寸去华特的店里定制骑马装，免去了麻烦的量身定做。"碧翠说道。

"博来身上穿着的这条马裤可不是华特店里的，而是出自高兰之手。我想华特是一辈子都做不出像这样好的马裤的。"西蒙慵懒地说。

西蒙的目光在博来的身上来回扫了一圈之后，又回到了博来的脸上，然后才一脸慵懒地说道："好了，我们走吧，去看马。"

现在这情况可不像是两个人在下棋，博来暗自想着。这倒有些像是在赌博。

"我们先去看看马厩吧。等喝过了下午茶，我们再去看那些母马。"碧翠提议道。

她左边手挽着博来，右边手挽着西蒙的手臂，三个人仿佛朋友一般，一起朝着马厩走过去，而爱莲和珍妮、露丝这对孪生姐妹则跟在后面。

"也许一会儿你见到格雷之后，并不能看出他有什么特别，但事实上，他一直都期待着与你重逢，一听说你回来了，他心里非常高兴。"

虽然他早就从洛丁那里将老马夫莫尔先生的一切都了解得一清二楚，但他还是向碧翠询问道："不知道老莫尔先生如今怎么样了？"

"他早就退休了。"

碧翠对于博来这样一直未能放松的表现感到有些疑惑。他不明白博来为什么会一直这样紧张，明明他需要面临考验的日子都已经结束了。

其实，碧翠不知道的是，当她挽着博来的手臂时，博来的脑海中所浮现的是他去接受麦卡伦先生的采访时的场景，而他现在的感觉也和那时一样，令他莫名紧张。

不过，当他看到马厩时，这些事情就全被他抛到了脑后。

他以前对马厩的了解，也仅限于从图画纸上看到的那些。如今当他亲眼看到眼前的一切时，他不禁为之赞叹。眼前的一切景致，都带着一层梦幻的色彩。

马鞍房位于广场左边，格雷就在这里工作。他是一位看起来很年轻的男子，但事实上，如今的他已经有50几岁了。

格雷看到众人过来，于是停下手边的工作，上前走了两步来迎接他们。两步，是他对他们表示礼貌的方式，而只向前走了两步就停下来，则表示他是在他自己所管辖的地方迎接他们。当碧翠将博来等人介绍给格雷的时候，格雷的那双蓝色的眼睛始终打量着博来。不过，从始至终，他都保持着礼貌的姿态。他伸出手，重重地握了握博来的手，然后说道："听说你在美国的工作也和马相关，是这样吗？"

"是的，但我所做的是有关西部的那种马，是专门用来干活的，和你的不同。"博来回答。

格雷点了点头，目光却越过博来，看向了他身后的爱莲，说道："爱莲小姐，你看到谁还在这间马鞍房吗？"

"是托尼！"爱莲突然大喊道，"托尼，你为什么会在这里？"

"我是过来练习骑马的。"托尼一脸怯懦，看着面前的众人，心里十分害怕，犹如一只受到惊吓的小兽。

"如果我没记错，今天并不是你练习骑马的日子。"

"是吗？可我明明记得今天是的。"

"今天是星期二，你不应该出现在这里，我想你是知道的。"

"哦，那可能是我弄错了，因为我一直以为今天是星期三。"

"你总是喜欢说谎。"爱莲的语气透着冷淡和严厉，她说，"我知道你是故意的，你一定知道今天并不是星期三。你之所以会出现在这里，完全是因为你好奇，想看看我刚刚载过来的人究竟是谁罢了。"

"行了，爱莲，不要那样严厉。"碧翠轻声对身边的爱莲说道。

爱莲并没有觉得自己这样有什么不对，她对碧翠说道："您并不了解托尼，他整天游手好闲，而且好奇心很重，什么事情他都想弄个明白。"

"既然他已经来了，那你今天就让他骑吧，明天不教他就好了。"西蒙皱着眉头，一脸嫌恶地看了托尼一眼，淡淡地说道。

"话不能这样说，没有规矩不成方圆，总不能什么事情都随着他开心，想做就可以做，不想做就可以不做。"爱莲说道，"而且，我已经和他说过了，如果他穿这种衣服，我是不可能带他去骑马的。托尼，你忘记我和你说的话了吗？我分明说过，过来练习骑马的时候，要穿马靴的。"

托尼一听到爱莲的话，瞬间蔫了下去。他撇着嘴一脸委屈地说道："可我家里太穷，爸爸根本不可能给我买马靴的。"

"你这小子又胡说了！你爸爸一年可是能赚上好几万呢，而且他还不用缴税。"爱莲打断了他的话。

"爱莲，如果你今天抽出时间来教这个孩子，那么明天你就有时间来帮我了。博来才刚刚回来，那些听到消息的人，一定都会在明天上门拜访，到时候我会非常忙，如果有你的帮忙就再好不过了。"看到爱莲有点犹豫，碧翠忙又补充了一句，"既然这个孩子现在已经在这里了，你就教教他，然后再将他打发走吧。"

"是啊，反正就算是他明天过来，也还是不会穿马靴的。这双印第安鞋看起来也不是那样糟糕。"西蒙也帮腔说话。

"是的，印第安人在骑马的时候，都是这样穿的。"托尼赶忙为自己辩解，"他们并没有穿马靴，但他们也骑得很好啊。"

"如果你爸爸看到你现在的这副打扮，一定不会高兴的。我希望你回去换上马靴再来。另外，你不要以为我今天下午教你骑马，以后你也可以随心所欲，星期二过来。下次如果你还是不在规定的时间过来，我是不会教你的，你只能乖乖地回去，别想有马骑，知道吗？"

"知道了，爱莲老师。我会记住的。"托尼一脸恭敬地回答道。

"好了，去让亚瑟帮你把'史巴德'的马鞍上好。"

"好的，爱莲老师。"

"不要只知道和亚瑟说谢谢，你要在一旁观察学习，看他是如何上马鞍的。"爱莲一边说，一边目送他离开这里。

"那个孩子的头上，为什么要戴个头盔？"看着离去的背影，西蒙有些不解地问。

"托尼经常说自己的头骨很脆弱，稍微碰一下就有可能会受伤，所以他得在头上戴上头盔来保护一下。不知道这个小头盔是在什么地方弄来的，也许是从马戏团弄来的，不然其他地方很难找到这样小的头盔。不过好在他没有在头盔上插上羽毛或者在头上戴着金箍。唉，这小子的脑子里装的都是印第安人。"

"也许未来不久的某一天，他就会像你说的那样打扮自己。"博来笑着说道。

"也许吧。"爱莲也笑了笑，"其实他那样的打扮也还不错，至少他的那匹马会觉得很好玩。哦，我想我得去给我的'巴斯特'上马鞍了。真是对不起，博来，看来我得失陪了。我们约定，等到下午茶结束之后，我们一起到跑马场逛一逛。"

第十四章

在博来的印象中，英国马比较娇生惯养，他正在发愁要怎么照顾它们。但是，当他观察完四五个马厩的马之后发现，这个马场中的马似乎并不是他想象中的样子，这让他很高兴。不论是纯种马、混种马、小马、大马，它们身上的毛都被马夫刷得光溜溜的。根据博来养马的经验，一看这些马就不是从温暖舒适的马厩中饲养的。马的身上几乎没有什么装饰，只有各种颜色的锦标，样子像玫瑰，有各种颜色，跟马厩的环境搭配得很和谐。

刚开始的时候，碧翠领头逐一介绍，马夫格雷在旁边补充。但是，现场所有的人都是行家，难免对每一匹马产生不同的意见，所以，到最后变成了一场讨论会。博来观察到碧翠有意给西蒙多一点说话的机会。

"你对'特拉'有印象吗？这匹马就是她和'冷钢'的孩子。"西蒙现在开始给大家介绍，这应该是碧翠比较想看到的一种场景。

那对孪生姐妹好像对这些不感兴趣，不知道去哪里玩了。露丝本来就不太喜欢马。珍妮对这里的一切熟悉得不能再熟悉了，所以也不愿意听别人在这里介绍。格雷和碧翠聊得很开心，他们也不再参与讨论了。现在只剩下博来和西蒙面对面地交流了。

西蒙好像并没有表现得很高兴，在他眼里，博来只是一个普通的访客，只不过对马略有了解而已，这个下午对他来说也是普通得不能再普通了。他讲述着有关这里的一切，博来也偶尔附和一下他。

碧翠在一旁默默地听着他们的讨论，并不想打扰他们。

多年来，碧翠一直全盘操持着这份家业，但是，阿什比家的其他成员也都有自己的兴趣所在，各自负责不同的事情。爱莲负责坐骑和打猎的马，西蒙主管打猎和表演跳跃的马，碧翠的精力主要放在小马和母马身上。以前，孩子的父亲比尔还没去世的时候，打猎和坐骑的马只用来满足家人的休闲娱乐，有的时候，碧翠会挑选一两匹比较好的马，带到伦敦去展示。多次展示后，莱切特这个名字被越来越多的人熟知，也是一种很不错的广告方式。所以，在比尔去世以后，他的儿女们也渐渐跟着碧翠学会了马场的管理工作。

"盖茨先生想跟您说几句话，不知道有没有机会？"

马厩里面的助手跟格雷先生说。

格雷先生说了声："抱歉，失陪一下。"便转身回到了马厩。四柱子在自己房门口用一种冷冷的眼神盯着博来看，还用它罗马式的鼻子碰了他一下。

"它一直属于珍妮吗？"博来问。

"不是，"碧翠回答，"刚开始的时候，它是作为西蒙的十四岁生日礼物买回来的。但是，西蒙很快就嫌它太小了，就把它转赠给了只有四岁的珍妮，珍妮那个时候也骑够了那匹名叫'雪伦'的小马，正想换一匹'真正的马'呢。所以，四柱子便属于珍妮了。这几年，四柱子跟着珍妮已经对礼仪完全不顾了，但是他们俩却很合得来。"格雷回来，说盖茨其实是想见阿什比女士，想跟她聊聊有关围篱笆的事情。

"好的，我这就过去。"碧翠回答。等到格雷离开后，她对博来和西蒙说："他其实是想来看看博来，但是，我想让他明天再过来。这个家伙总是有办法创造各种机会来达到目的。你们两个要是还想在这里待一会儿，不要忘了回家喝下午茶。在天黑以前，博来要和我去一趟跑马场。"

"你对盖茨还有印象吗？"西蒙一边说一边打开另一个马厩。

"没印象了。"

"他是住在维塞农场的一个承租户。"

"原来住在那的魏勒先生呢？"

"他死了。盖茨就是他的女婿，那个农场现在是他在打理。"西蒙现在说的这些正是他想要听的。他想知道西蒙会怎么回应他的话，但是西蒙的注意力好像都集中在怎么把马从马厩里牵出来。

"最后的这三间马厩里面的马都是从展览会上新买来的。特别是这一匹，它是'高树'和'高叫'生的孩子，今年已经四岁了，名字叫'提波'。"

提波全身的毛都是黑色的，没有一丝杂毛。博来很少见到这么漂亮的马。它很有风度地走出马厩，仿佛读懂了人们的心思，知道人们正在关注它。它尽情地向人们展示它的高大俊美，让人们多了谈论的话题。博来隐约感觉到这匹马身上散发出来的傲慢气息，也许是它两腿并拢的站姿给人多了想象的空间。但是，不论怎么看，它的外表似乎跟它眼神中的自负感觉不相符合。

"是不是不错？"西蒙很得意地说，"这么好看的马很少见，看看它的骨架。"西蒙继续补充道，"它跑起来也很好。"

博来看着这匹马一言不发。

"怎么样？"西蒙焦急地询问博来的想法。

"给人的感觉有些傲慢。"

"哈哈。"西蒙笑了起来。

"它的傲慢是有理由的，我也是这样觉得的。"

"是的。"

"它不单单长得好看，而且跑得也好，还能轻易地跳过阳光下的任何东西。"

博来上前来跟这匹马打招呼。提波对他的示好表示接受，但是却没有表现出什么特别的反应，它的样子似乎有些不屑。

"你想不想试骑一下？"

"当然。"

"它今天一天都没有活动了，也该让它跑跑了。"西蒙喊来马夫，"亚瑟，你给提波上好鞍。"

"双鞍可以吗？先生？"

"不用，轻鞍就行。"等到马夫离开后，他对博来说，"它的嘴对你的手很感兴趣。"

博来看到提波总是想把嘴打开，把他的手含进嘴里。他心想："这也许是这匹马并不想跟着他这个'西部牛仔'出去吧。"

他们趁着安装马鞍的空闲时间，又看了看另外的两匹马。

"你喜欢哪一匹？"博来看到西蒙把剩下的马牵回到马厩中，问道。

西蒙关上马厩的门闩，转过身来对博来说："我觉得你应该会喜欢一个人走走。"

博来突然不知道怎么回答这句话，这无疑是个好消息。

"不要让它玩得太欢。"西蒙喊道。

"放心，我会让它听话的。"博来边说边跨上了这匹英国马，这可是他平生第一次骑英国马。

他选择了一条合适的马鞭,转身骑马向草原奔去。

"你想去哪儿?"西蒙对他的掉头有些吃惊。

"去草原的另一边。"博来回答。西蒙问话的感觉好像是说博来已经有了明确的前进方向。

要是西北门边上能够通到草原的捷径不通的话,西蒙应该会提前告知博来;要是那条捷径还能通过,西蒙还要考虑另外的事情。

"那你手中的鞭子是不合适的,关不了门,还是你想直接跳栅栏过去?"西蒙好像有些疑问。

"放心,我会下马来关上门的。"博来冷静地回答。

他慢慢地骑着提波向草原走去。

"他可是很不好骑的,你一定要小心。"西蒙不放心地说。

"我会小心的。"博来边说边走向门口,亚瑟已经在那里准备好开门了。亚瑟笑着说:"它可是很刁的。"

博来绕了一个圈之后走到了小路上,心里还在琢磨刚才亚瑟说的那句话到底是什么意思。很久没有听到有人这样描述马了,或者是想说这匹马比较狡猾吧,有点小聪明。没错,这符合它的气质。

这匹马很自信地走过布满小红花的林荫小路。它的耳朵一直很警惕地竖着,直直地朝那片草地走去,好像想肆无忌惮地跑一跑。当他们走到草原另一边的棚门边上的时候,提波突然扭动了一下身子,好像要跳过去。"不行,"博来拉住了它,它很快就停下了。棚门没有关上,但是旁边竖着一个牌子,上面写着"请关上棚门",博来把提波的位置调整好,以便关上棚门。提波很清楚指挥者的手脚提示,而且没有丝毫的迟疑,它很沉稳地应对着博来的指挥。博来很高兴,不论怎么走,提波都能很快领会他的意图。

"你真的很不错。"博来小声地鼓励着它。

它的耳朵微微地颤动了一下。

"你真的很厉害,"他说完后夹紧膝盖,向草原的另一边骑去。提波迈着轻快的步伐前进,前面是一丛丛的杜松和金雀花。

这次骑马的体验太棒了,博来的心情很愉快,在骑行的过程中他不需要太费力,就像跟马融为一体,这种感觉就是上好的英国马带来的美妙感觉。整齐、漂亮的草坪在眼前飞驰而过,马蹄经过的地方没有什么尘土激起,这种感觉博来从未遇到过。这就是在英国。"英国,英国,英国!"马蹄的声音就这样在耳边响起,好像一阵阵小鼓声。

我什么都不在乎,他这样告诉自己。我不会想起自己是个罪人、是个骗子,这又怎么样呢?我已经得到了一切,这些都是我想要的。这多么值得啊!就算是明天我死了,我也没有什么遗憾。他们一起来到了草原的最尽头,前面有两排矮树丛,组成了一条大概50码宽、沿着山脊延伸的天然通道。亚力克·洛丁好像没有跟他提到过这条通道,在地图和鸟瞰图上也没有提到。他思考了一会儿,但是提波好像没有迟疑,它对这条矮树丛形成的通道似乎很熟悉。

"那我要看看你想做什么?"博来想。

博来骑快马的经验并不缺乏。他曾经骑过一匹犹如离弦之箭的马,而且还因此赚了很多钱。要是只是跑得快,倒没什么,让博来感到有些惊奇的是:这匹马加速的时候竟然如此悄无声息,就像骑在游乐园的旋转木马上,逐渐加速,像是机械控制的。

空气温柔地从他面前吹过,轻轻地撩拨他的耳朵,阳光下的青草散发出一阵阵的香气,混合着马鞭的皮革味道冲击着他的嗅觉。这些,他都不在乎,不在乎,不在乎,马蹄好像在传递这样的声音。不在乎,不在乎,不在乎,博来浑身也散发着这样的信号,就算是明天死了也不会有遗憾。到了路的最尽头,提波停下了脚步。但是博来并不喜欢他骑的马擅自停下来,所以,他向南掉了头,让提波继续奔跑,提波很配合地跑了起来。

"真是我的好伙伴。"博来用手抚摸了一下提波光滑的背部,很喜爱地赞叹,"英国马都是这样吗?还是你是它们中的佼佼者?"

提波低下头,它很享受这种爱抚,这是它应得的奖励。

就当他们准备掉头回去的时候,博来被眼前的乡间美景所吸引了。这就是显示在洛丁地图上的那片村庄吗?只不过地图上的标识是从南向北画的,但是他现在是反向看的。这就是整个克莱尔庄园。

他的下面靠左边一点能看到莱切特的红屋顶,整个房子的位置位于跑马场的最中心,左边有教堂,建造在一个稍微高起来的台地上。继续看向左边,能看到克莱尔的农村,绿树丛中间夹杂着一排排屋顶。经过村庄,地势渐渐变高。它的南边有一个小山谷,这里便是克莱尔宅院,是一所寄宿学校。

他正对面的地方能够看到一道绿色的山坡,叫坦壁区,这里是通往一个古老的采石坑的必经之路,山坡的顶端能看到山毛榉的树林。以前,那里有十棵山毛榉,但是现在少了三棵,不过,从这里看过去景色依然迷人。

凭借他对地图的记忆,对面应该有一道一英里半长的山坡地,一直能通向一道断崖,这里就是帕特·阿什比自杀的地方。山谷的另一端能看到一片农地,连接着西势镇的郊区。有一条能够通到海边的小路,就在坦壁区靠近克莱尔宅院的地方。这条路线是八年前帕特离家出走时选择的路线。

突然,他有一种感觉,就是他用来占便宜的悲剧在眼前展现了。就在亚叙别家的房子里,虽然他看到一些事情跟帕特相关,但是,因为还有很多人和事要应付,所以说话还是要小心,占用了一部分精力;现在,在空旷的野外,他能清楚地看到八年前,那个孩子就这样一点点消失在视线里,对家人、朋友,所有的一切不曾带有一丝挂念,都被他抛诸脑后。

博来这辈子很少与人有关联,这个时候第一次感到了一种别人的不幸与自己息息相关。在那个小饭馆里,洛丁提到帕特的时候,他用了一句"可怜的孩子"来形容这个曾经拥有一切却经受不了打击的孩子。后来,洛丁带到邱园的照片中有帕特,博来看到后心中出现了一丝认同感。

"这就是帕特,大概只有11岁。"洛丁倚着邱园的栏杆悠闲地指着照片说。那张照片是用伯朗宁照相机照的,博来对这个孩子只是允满好奇,并没有想要过多地了解他。

但是,此时此刻,帕特已经不单单是那个"可怜的孩子"了,他就像一个真实的人一样在他脑海里闪过,给人一种怜爱的感觉。博来有的时候在想,要是他还在世,应该会跟自己很投缘。过去他对这个孩子有些排斥,但是,现在他仿佛已经成了他的好伙伴。

他为帕特感到莫名的悲哀。

"叮——叮——！"山谷下几声不太清晰的敲打声打断了博来的思绪，他看了一眼坦壁区，目光集中在了脚下的一间小屋子上。

　　那是铁匠的房子，就在距离村子的西头四分之一英里左右的位置。

　　地图上对这座房子的标识是一个小小的四方形，可是现在他看到的却是一间有着黑烟囱的铁匠铺。铺子里面的铁匠正在奋力地挥动铁锤，制造出一阵阵敲打的声音。

　　这个村子给人一种"我的家乡"的感觉，就像是初级法文课本中描述的那样。要是能有人从教堂出来，旁边再出现一个骑车的邮差，就完全符合课本插图的样子了。

　　博来下马后把马的腹带放松，这是他一直以来的习惯。他坐在草地上，尽情地享受这一片宁静、美丽的英国乡村景色。

第十五章

　　阳光淡淡地洒下来，风轻云白，青草拂动，空气中充满静谧与安详。提波的鼻隙间不时发出细微的嘶嘶声，似乎在故意显示自己的存在。博来已经沉醉在这份美好中，暂时忘却了其他的事情。

　　就在这时，提波的头忽然动了一下，博来很快清醒过来。他听到一个轻柔而优雅的声音："不要动，也不许回头，闭上眼睛，现在猜猜看，我是谁？"

　　这是一个女孩子的声音，语调中带着一丝造作的伦敦腔。

　　博来不可能按女孩子说的去做，当被一个人作弄时，人的本能就是立刻回头，以明确发生了什么事情。他看到树上坐着一个十六七的女孩，身材圆胖，一头褐色的长发，眼睛蓝蓝的，但很让人迷惑，似乎灵动，却又分外迷蒙。

　　看到这双眼睛时，博来有一种迅速站起身来的冲动。

　　"哎呀！"女孩子也吃了一惊，大叫起来，"原来你不是西蒙呀，我还以为是他呢。"

　　"我当然不是西蒙。"博来说着便要站起身来。

　　但是，女孩子比他还要迅速，在他还没有站起来时，已经从树上跳到了他的背后。

　　"天啊，我被你吓到了，让我猜猜看，你一定是西蒙那个在几年前失踪的哥哥，是不是？肯定是，你和西蒙简直长得一模一样，太像了。"

　　博来没有否认，算是承认了。

　　"你穿的马装也和西蒙的一样呢。"女孩子激动地说。

　　博来说："这就是西蒙的，怎么，你认识西蒙吗？"

　　"那是当然，我的名字叫希拉·帕斯洛，在克莱尔学校寄宿。"

　　"哦，是这样子。"博来常听爱莲说克莱尔学校是逃兵的学校，在那里没有哪个学生愿意去背九九乘法表。

　　"我正在努力追求西蒙，想要与他谈场恋爱可不容易呢。"希拉·帕斯洛毫无顾忌地说。

博来反而一时不知如何回答，不过他已经看出来了，这个女孩子并不需要任何人的意见。

"在克莱尔学校，我只能自己为自己找点儿快乐的事做做，因为太无聊了，学校规定特别多，什么也不能做。有一次，我实在闲得无聊，便直接脱去全身的衣服走到校长办公室去，可是，你知道校长怎么说吗？哦，天啊，这位校长大人居然说我该减肥了。这个势利的家伙，只注重有名气的人，如果你的父母没有被划进名人录里去，那就别想在这个学校找到一点儿地位了。不过，我爸爸虽然也没在名人录中，可他很有钱，这有什么不好吗？是不是？"

博来完全不知怎么回答，只能敷衍地说："对，没错。"

"我已经反复在西蒙面前炫耀我爸爸很有钱了，可是，他虽然热衷理财投资的事，却对我没有任何兴趣，这是因为他太势利了，你说对吗？"

"你觉得对吗？"

"难道你不知道？"

"我也是今天才认识他的。"

"哦，那就对了，你刚回来肯定不知道。不过，我很了解西蒙，他对你的回来肯定不高兴，因为你会拿走本属于他的财产。但这样可能我就有机会接近他了，不信你就等着看吧。这个地方他常来，是他最喜欢的地方了，而且我知道他不喜欢坦壁区。"希拉说着用下巴朝山谷那边示意了一下，算是给博来指了方向。

"在这里，他经常一个人独自待着，我今天就是看到那匹黑马，才以为是他在这里呢。"

"那不好意思了。"博来抱歉地说。

希拉看着草地，又说："我在想，如果我现在改成追求你，是不是会让你感觉不好？"

"真的不好。"

"是我们属于不同的两种类型吗？还是我不是你喜欢的对象？"

"我想，你的个性不是我想要的那一种吧。"

"我想也是。"希拉点点头，继续说，"感觉你就像个修道士，虽然与西蒙长得很像，但气质却完全不同。西蒙一点儿都不像修道士，盖茨家的女儿最能证明这一点。我也很想学盖茨家女儿那样，但很可惜，她家的女儿和牡丹花一样美，西蒙已经被完全迷住了。"

其实，这个叫希拉·帕斯洛的女孩子也美得如同牡丹花。博来看着她粉润的双唇，以及丰腴饱满的胸部，自然地这样想着。

"西蒙知道你很喜欢他吗？"

"喜欢西蒙？我可没有，我只是为了给自己找点乐子，和他谈谈恋爱而已，等到离开这个学校我就会离开西蒙的。"

"那你为什么不直接现在就离开克莱尔学校呢？"博来很不解地问。

"你不知道，我之前是在修道院学习的，不过那里被我弄得乱七八糟，最后我就被送到这个鬼地方来了。开始时我还以为不用做功课，也没特别的规定，应该很不错，但没想到这里会是这么无聊！"

"那你可以找另外的人来取代西蒙，我的意思是，你可以找一个相对随和的人。"

"我已经找过了，而且找了好一阵子，但找不到。想要找一个又聪明，长得又漂亮的男孩子可不是件容易的事。这一点你应该知道，西蒙确实很好看，对吧？之前在修道院的时候，我也看中过一个比较好看的花匠，但他比起西蒙可是差远了。"

"那个好看的花匠没有提议让你在修道院继续学习吗？"

"当然没有，他们把我赶出来，修道院可不想让我在那里惹出一个又一个的乱子来。不过，花匠交女朋友的技术比他种花的技术差太远了。我想你大概不愿意帮我在西蒙面前说说好话吧？可惜我这么费尽心思地追他，到头来却什么也没得到。"

"费尽心思？"

"当然，说了你也不相信。你以为我学骑马是真的对骑马感兴趣吗？只是他妹妹爱莲的那种神情，我就已经很受不了了。哦，不好意思，他妹妹应该也是你妹妹，不过你已经离家这么久了，应该不像别人那样爱护自己的妹妹了吧？"

"哦，当然不。"希拉居然完全没有听出博来的意思，依旧说下去。

"我在想你是不是刚会爬就已经会骑马了？所以你根本不能想象学骑马是多么痛苦的事情。"

博来说："想要吸引自己喜欢的人，应该有做自己不喜欢的事之外的方法吧？"

"我这样做其实并不是为了吸引西蒙，只是这样可以让我有机会到马厩去。他的妹妹，哦，不对，也是你妹妹，她不许别人随便到那里去。"

听着希拉说"你妹妹"这个词，博来突然感觉很喜欢。现在，他已经有三个妹妹了，其中两个是他认可的。而现在最重要的事就是，要和她们变得熟悉起来才行。

"我要走了。"希拉把马鞭还给博来，又说，"没想到你居然是我来到这里之后感觉说话最随和的人，只不过，你似乎对女孩子没什么好感，不然的话，盖茨家的女儿可能会因为你的到来而与西蒙疏远一些，这样我的机会也就大一点了。"

"不会的，你想太多了。"博来自顾自地走向提波。

"不要急着拒绝，去盖茨家看看吧，她家的女儿可漂亮啦。"

"好的，我知道了。"博来敷衍地回答她。

"你现在回来了，是不是代表以后我可以经常在马场看到你呢？"

"或许吧。"

"那你可以代替你妹妹教我骑马吗？"

"哦，好像不能这样。"

"好吧。"希拉彻底放弃，说，"你骑马的样子非常好看。"

"谢谢，再见了。"

"可是我还没问你叫什么，之前西蒙告诉过我，但我没记住。"

"叫我帕特就好。"

博来说出这个名字的时候，整颗心已经早就跑远了，几乎完全忘了还有一位叫希拉的女孩和他说过话。他坐在提波的背上，沿着山谷草地的小路缓慢地向前跑去，一直跑到与莱切特一样高的高度，才向坡下走去。那些绿意盎然的小草在提波的脚下延伸，顺着这些轻柔的小草，就可以到达他的房子，还有那块小石子地。中午的时候，珍妮就是顺着这条路过来的，她站在房前的那块小石子地上，看到自己时，居然都不知道应该怎么说话。

博来骑着提波走到比较平缓的草坡处，便轻轻拍一下提波，让它跑得快一些，于是那白色的栅栏便出现了，栅门正敞开着。

当博来走近栅门两边的白色栅栏时，提波突然身体下卧，博来差点掉下马去。不过，他本能地将左脚向上抬起，提波则以最快的速度穿过栅栏，而左边马鞍刚好碰到栅栏上。博来倒吸一口冷气，心想：还好，在美国的这几年时间，已经骑惯了野马，反应速度也算够快，不然这几秒钟的时间里反应不过来，腿就要撞到栅栏上报废了。"真危险！"想到这儿，博来不禁自言自语。他看看提波倒一副什么事也没发生的样子，依旧保持着刚才的悠闲状态。

"真是个坏家伙。"博来小声地骂提波，心里又觉得有点好笑。

博来重新掉回马头，向远处走了一段距离，再次像刚才经过那样从栅门前过去。只是这次他没有故意用马钉刺提波，想要看看它这次会是什么样的反应。

果然不错，提波就如同自己测量了栅门之间的距离一样，分毫不差地从栅门中间走了过去。

"你刚才是不是在说我？"提波好像在对博来反问，"你认为我是故意那样做的对不对？不过我如此有素养，怎么可能做那种事，只不过我当时没掌握好平衡而已，要知道，再好的马也有失蹄的时候呢。"

"我知道了，知道了。"博来在心里想着刚才的事，拉了一下马缰绳，让提波慢慢走，非常大声地说："你肯定认为自己是最聪明的马，可是你知道吗，我骑过太多比你聪明的马了，你想用那种方法把我甩到地上来证明自己的厉害，是不是？我告诉你吧，之前我遇到过比你厉害很多的马，你和它们相比，还差一大截呢。"

提波的耳朵直直地竖起来，似乎在认真听博来说话，并细细分析话的意思，虽然它并不能理解。

这时，路边的母马们看到他们走过来，便自动站到栅栏边来，看着他们，好像特别高兴，刚才的一幕为它们调剂了无聊的生活。那些小马驹们则欢快地蹦跳着，只不过提波对这些没一点儿兴趣，他早就对母马没有任何兴趣了。现在，它最在乎的是博来，这个今天遇到的，比它还聪明的人，只是他说话自己还有些不懂。直到走近了马厩，它还在竖着耳朵思索，以至让耳朵一下一下地跳动不停。

博来按着中午时珍妮走过的路，围着房子转了半圈，可是并没有看到有人在。他直接到马厩，爱莲正骑着马回来，不过在她身后还跟着一匹马。这应该是她刚教托尼练习骑马回来，直接将托尼留在了学校，自己一个人将马带回来了。

"嗨！"爱莲和博来打招呼，"你是骑着提波出去的吗？"爱莲的脸上充满惊讶，说，"西蒙没有告诉过你要提防这匹马？"

"已经说过了，我知道的。"

爱莲与博来一起向草场走，她看了一眼提波，说："应该说这是我的失误，买马时没有留意。"

"提波是你买回来的吗？"

"对，难道西蒙没和你说过？"

"没有，我不知道。"

"他应该是怕我不好意思吧，他应该是这样想的，不能让你这么快就知道自己的妹妹有多笨。"爱莲说着对博来笑起来，似乎她为自己可以做博来的妹妹而高兴，"提波之前的主人叫韩腓利,你应该认识吧?西蒙有说过吗?"

"我没听说,西蒙只说这匹马会作弄人。"

"韩腓利先生有很多好马,他去世之后,马场进行拍卖,我就去看看能不能拍到匹好马。可是他之前的工人似乎都不愿对提波投标,我只以为这是个人情感问题,因为韩腓利先生就是骑着这匹马摔死的。我当时实在头脑简单,觉得这与马并没什么关系,如果能多打听一下应该会好很多吧。只是,当时看到这马血统及表现都这么好,居然开那么低的价格,觉得有些不可思议。后来,我才听说,在韩腓利先生去世后,这匹马又用相同的方法,想把骑它的人甩下马背来,只不过它当时撞的那棵树太细了,那个骑马人才没把头撞碎,只是被甩下来了。"

"原来是这样。"博来说着,心里也一下明白了刚才的事情。

"其实,韩腓利先生被摔的那天,所有在场的人都认为这不是一次意外。因为当时一大群人在很大的一片空地上骑马,可是提波却将韩腓利先生带到橡树下,用力地撞过去。应该说韩先生在摔下来的时候,就已经被撞死了。当然,这些都是我后来才听说的。我当时拍卖时,只知道韩先生是骑提波出事的,但这种事并不奇怪,是不是?可是,骑马场的地方那么大,韩先生不会故意去撞橡树的。直到提波第二次想要把骑马人甩下来时,大家才算是明白了这个问题,提波的劣根性就在这里,会作弄人。也正因为如此,我才成了那个傻傻地将这匹刁马买回来的人。"

"不过,它虽然是刁马,但真的很优雅,不是吗?"博来抚摸着提波的脖子,说,"我认为没有人不会这样看待它的。"

"真的,它确实漂亮。"爱莲马上说,"不仅如此,它跳得也很好,今天你有感受过吗?下次一定要记得试一试,当它跳跃的时候,不会有时间要作弄人,所以不用有安全方面的担心。真是奇怪,这匹马给人的感觉其实挺可靠的呢。"爱莲依旧不能相信提波是匹爱作弄人的马。

"应该是这样。"

爱莲听出了博来话里的不确定,说:"你觉得不是这样吗?"

"我只是觉得,它是我遇到过的一匹比较自负的马而已。"

爱莲听着博来的评价,觉得很新鲜,产生了和西蒙听他说话时一样的感受。

"你觉得提波比较爱显示自己?我想也是吧,换了我是它的话,我可能会因为可以杀死一个人,而感觉特别有本事吧。它今天有作弄你吗?"

"刚刚在栅栏门前差点把我甩下去,如此而已。"不过,博来没有说提波想把自己的腿撞断,他想让这成为自己与提波之间的秘密。

"通常情况下,它还是很规矩的。"爱莲说,"可就是这样,才让人感觉危险,我、西蒙、格雷、亚瑟都骑过它,只有两次遇到它作弄人,分别是对西蒙和亚瑟。只不过,我们汲取经验,"爱莲笑起来,"我们会离树远远的。"

"如果把它放在沙漠,它应该是一匹非常好的马吧,但在有树、有栅栏的地方,就要特别小心了。"爱莲接过博来手中的提波的缰绳,带着它回去,同时满脸忧郁地说:"它一定又在想其他作弄人的方法了。"

博来站在那里,想了想,觉得爱莲说的没错。提波是一匹好马,只是它不寻常,它很有心机，当一招行不通时，它会用别的方法来作弄人，这真是匹狡猾的马啊。

不过，西蒙也很狡猾，他让自己骑这匹会作弄人的马，却只是轻松地告诉他："它会作弄人。"这样说的时候，似乎认为死个把人并不是一件大事情一样。

第十六章

看着餐桌前的侄儿，碧翠·阿什比不禁感慨："这孩子多有教养啊，他以前肯定是经历过不少挫折，但显然他能应付得来。他并不愚笨，也不油滑，他用第一次相遇时镇定的态度来面对今天的事情，这意味着他的成熟，但令人惊讶的是，他才不过21岁。"

她想，这孩子虽然一直沉默着，但看上去并不呆滞，并且身上还透露着尊贵的气质。

她一手带大了西蒙，对此她深感满意，但眼前这个孩子是自己努力长大的，却似乎比西蒙更好一些，或许有句话说得很有道理："七岁之前决定一生。"

或许这孩子的品质天生就很好，不需要什么引导，他就只是照着自己的本性与品性成长，就长成了这样一张面容——安静的，喜怒不形于色的。

但是，实际上这面容更像一张哭的面具，西蒙的谈笑风生的面容，两张面孔一对比，就会像是在剧场上看到的一半哭一半笑的面具图。

今天晚上，西蒙看上去似乎很开心，想到这里，碧翠心里有些不忍。西蒙是个不错的孩子，她很爱他。而西蒙显然是心甘情愿地放弃了他原有的权利，他的心甘情愿让碧翠既感到出乎意料，又感到非常羞愧，她没想到一向都很自私，并且有着强烈占有欲的西蒙会选择放弃。

他们一起在为蜜糖刚生的小马取名字，南希提议叫"小木偶"，她觉得很可爱，但爱莲觉得这个名字很老土。

在今天早上的时候，爱莲没有怎么打扮就去接帕特了，但到了晚上她又特地打扮了一番。碧翠很久没看见爱莲这样打扮了，她一向不喜欢花枝招展的外表。

爱莲说："博来可喜欢蜜糖了。"

南希接着问道："我想碧翠姑姑肯定没有给你歇一口气的机会，就迫不及待地拉着你到跑马场转了好久，我说对了吗，博来？"

她也称呼他为博来，目前也就是牧师还叫他帕特了。

博来回答说："我真的很喜欢这一切，我今天还碰到了一个老朋友。"

"谁呀？"

"是列吉娜。"

南希同情地说道："哦！可怜的老列吉娜，她现在应该都20岁了吧？"

"也不能这么说，她过去对我们有着不小的帮助，现在我们应该让她分享一下我们的利润。"西蒙说。

"这个贪吃的家伙早就从草地上得到她该有的利润了。"爱莲说。

"要是你跟列吉娜一样年年多产，就算贪吃也没关系。"西蒙说。

西蒙喝了不少，但看上去并没受什么影响，碧翠发现牧师时时会用同情的眼光看着西蒙。

坐在餐桌另一端的博来也看着西蒙，而他的眼里并没有一丝同情，虽然他的人生里就没有"同情"这个词，他不仅不会同情他人，更不会怜悯自己，但这次的情况不同，他不同情西蒙，是因为西蒙已经是他的对头了。

博来静静地观察着西蒙，他忽然觉得西蒙和他最近刚遇见的一个人很相像，那个人也有良好的出身，也生得很好看，并且都不可靠。那个人是谁呢？博来有些懊恼，因为他想不起来了，明明轻而易举就能想出的答案，但他就是想不起来。是不是洛丁？不是，那是在回来的时候遇到的什么人吗？应该也不是，是那几个办案的律师吗？不像是，那究竟是谁？"帕特，你难道不觉得吗？"

牧师问道。在帕特小时候他对他也是很照顾的。

除了西蒙之外，他可最怕面对牧师了，因为除了和你一起生活的家人，最了解你的人恐怕就是牧师了，所以有些他妈妈都不一定知道的事，但乔治或许会知道。

方才南希亲吻着他的脸颊说："哦！你真长大了许多，看上去成熟了不少！"

"他原本就很成熟。"牧师说完和他握了握手。

乔治若有所思地打量着他，就像老师打量自己许久未见的学生一样。虽然博来很喜欢这位牧师，但对于他那双似乎能洞察一切的眼睛，博来还是要提防几分。庆幸的是，他对帕特所受的教育十分了解，而牧师是洛丁的姐夫，所以对他姐夫教给帕特和西蒙的功课也十分清楚。

南希是洛丁的姐姐，她可是个大美人，他曾经见过她穿着不同款式的衣服的照片，照片中的她美得很自然，完全不需要靠衣裳去装饰。洛丁说，"任何男人都想迎娶她进门，单单是看着她就已经觉得很满足了。"但最后她却嫁给了牧师。

他不知道牧师到底是走了什么运才娶到了这位美人。

这位美人问爱莲："今天下午你教的是杜家的孩子吗？"

"对，是杜家的托尼。"爱莲说。

"看见他就让我想到了小时候的事。"

"哦？托尼吗？什么事？"

"可能连你都想不起来了，我们小时候有个少年团，每一个团都有一个专门负责耍宝的骑马队，队里会有一个小丑，而托尼就和那个小丑一样。"

"是的呀！"碧翠高兴地说道，"今天下午的时候，我一看到他就想起了什么，但一时间也想不起来到底是什么，是的，就是这样，他跟小丑一样，穿得奇奇怪怪的。"

"或许你们会感到奇怪，为什么我下午要教他。"爱莲说，"因为教了希拉·帕斯洛之后再去教他，会很轻松，就像度假一样，我想这孩子以后肯定能骑得很好。"

牧师打趣道："只要以后骑术好，怎么都行，对吗？"

西蒙接着问道："帕斯洛小姐有什么进展吗？"

"没有，她不会有任何进展的，她一直在马鞍上不停地滑动，就像冰块一样，我可真为她骑的那匹马感到难过，幸好那匹马的骨架够稳，所以应该没什么感觉。"

他们从餐厅走到客厅，话题也就岔开了。博来忽然觉得很疲惫，仿佛已经撑不下去了一样，他希望不要再有人问他任何问题。孪生姐妹相互之间道过晚安就上楼了，碧翠将炉火边的咖啡壶提起来给自己倒了杯咖啡，但咖啡还不够热，她冲南希嘟了嘟嘴。

南希有些怜悯地说，"我想是拉娜吧？"

"是的，恐怕已经迫不及待地要和亚瑟约会了，就连几分钟都等不及。"

西蒙没接话，似乎他刚才做的一切努力到这会儿都起不了作用了，全场就只剩下爱莲带来的欢乐，而外面已经下起了淅淅沥沥的小雨。

"碧翠姑姑，今儿的天气你可猜对了。"爱莲转过头对大家说，"碧翠姑姑早上就说要是外面出了大太阳，到了晚上肯定会下雨的。"

"碧翠总是对的。"牧师用赞许的目光看着碧翠。

"可是这雨声听起来真叫人不舒服。"碧翠有些惋惜地说道。

时候差不多了，南希站起身说："今天大家也忙一天了，肯定累坏了，我们也该走了。博来，我知道你还有很多事情，要是有空就到我们那儿坐坐吧？"

西蒙将头巾递给她，大家一起到前门送客。南希走到门阶那儿将晚宴鞋脱掉，换上她放在门背后的长筒靴，然后，她就挽着牧师和他一起撑着伞离开了。

西蒙似乎已经有了几分醉意，他说："不愧是南希啊，怎么看都好看。"

"是啊，南希的确很好。"碧翠一边回应，一边回到客厅，她漫无目的地看了一下四周，"南希说得对，大家都累了，都去休息吧。"

"我们这么早就休息吗？"爱莲摇着头说。

"我看了你的账册，明天早上9点半你还要教帕斯洛小姐呢。"西蒙提醒她说。

"你看那个做什么？"

"看你有没有照实报税啊。"

"行了吧，去睡吧。"爱莲打了个哈欠，说，"今天很开心。"接着她看向博来，有些羞涩地和他握了握手，说了声晚安，"晚安博来，祝你好梦。"然后她就上楼了。

博来转身看着碧翠，碧翠说："我上楼之后再去找你吧。"于是博来又看着西蒙。

他看到的是西蒙那一双清澈的蓝色眼睛："西蒙，晚安。"

"晚安，帕特。"西蒙仿佛是咬牙切齿地在喊他的名字。

"现在你要上楼吗？"博来刚要上楼时，就听到碧翠这样问西蒙。

"不，还没。"

"那你能不能去检查一下灯是不是都关了，门是不是锁好了？"

"好的，碧翠姑姑，晚安。"

博来走到二楼，他刚转身就看到碧翠正用手环着西蒙的肩，一股突如其来的妒意忽然涌上心头，但他也不知道这到底是怎么一回事。不一会儿，碧翠就跟着他走进他住的儿童房里，她看着床上，有些不满意地说，"那丫头还说在床上放个暖水袋呢，她居然忘了。"

"不要紧的，我其实不需要暖水袋，就算她放了，我也会拿出来。"博来说。

"你是不是觉得我们都很娇生惯养？"

"没有。"

"是不是累了？"

"有一点。"

"明天早上8点半吃早餐，你起得来吗？"

"能起来，8点半对我来说已经很奢侈了。"

"那些年的你生活得那样辛苦……还能熬得过来吗，博来？"

"当然能。"

"我想也是，你是很不错的。"她轻轻地亲吻了一下他，说，"我真希望你并没有离开我们那么久，现在你回来了，大家都很开心，早点休息吧，好孩子，晚安。"她一边转过身往外走，一边又说，"如果晚上你还想吃什么，或者想看什么书尽管叫我，我还是住在前面右边的那一个房间，但是晚上别摇铃，摇铃是不会有人响应的。"

"好的，晚安。"

她停留在他的房门外，手握着门把站了好久，然后她就转身离开，来到了爱莲的房门前敲了敲门。以前有什么事都要她自己一个人面对，一个人拿主意做决定，现在爱莲长大了，可以帮她参考、帮她分担了，所以这一两年来，她一有事就和爱莲商量。

"晚上好，碧翠。"爱莲一边梳着头发，一边说道。现在她也学着西蒙，不再称呼她姑姑了。

碧翠重重地坐在沙发上，说："好了。"

"还行，对吧？可怜的西蒙表现得还是很不错的。"爱莲说。

"没错，可怜的西蒙。"

"或许博来——我是说帕特，他会给他分一部分家产吧？不管怎么说，西蒙也帮着管理了这么多年的马场，要是现在他突然出现把一切都拿走了，什么都不留给西蒙，那也实在太过分了些，你说呢？"

"我也不知道，我觉得应该不会。"

"你看上去好像很累的样子。"

"我们都累了，不是吗？"

"碧翠你知道吗？我得承认，要想把他们两个人凑到一起真的很难。"

"你是说西蒙和帕特？"

"不，我是说帕特和博来。"

房间里顿时陷入了一片沉默，只剩下窗外淅沥沥的雨声和爱莲梳头发发出的声响。

"你的意思是，你觉得他不是帕特？"

爱莲停下了梳头发的动作，她看着碧翠，因为惊讶，她的眼睛睁得大大的："他当然是帕特啊，不然他还能是谁？"

她用蓝色的丝带将头发绑起来，接着说道："我只是觉得，我就好像没和他一起相处过似的，你是不是觉得很奇怪？真不敢相信，我们以前曾一起相处过12年。但是我挺喜欢现在的帕特，你觉得呢？"

"我也是。"实际上碧翠也有相同的感觉，她也觉得似乎以前没有和他在一起过，但以前的那种感觉她也说不上，要是他不是帕特又会是谁呢？"帕特以前也不常笑。"

"是的,他是个严肃的孩子。"

"看见博来笑,我倒想哭。"

"哦,天!"

"我知道你明白我说的意思。"

碧翠相信她是明白的。

"他有没有和你说,为什么他这么多年都没有写信回来?"

"没有,我们没有多少能交心的机会。"

"我还以为,今天下午你们一起在跑马场的时候你会问他。"

"没有,他的全部注意力都在马的身上。"

"你有没有想过,为什么他离开家之后就没有再过问过我们呢?"

"可能他只是想暂时先把过去的事情都放到一边吧,这也不奇怪,就像他当初出走一样,他只是不想再过问莱切特的事情。"

"的确,我也是这么认为的。但是,帕特本来是一个很体贴的人,他一直那么喜欢我们,就算他不想回来,但也总该让我们知道他过得好不好。"

这一点碧翠也想不明白,所以她也无法回答爱莲的问题。"或许对他来说,离开之后再回来是很难的。"爱莲一边梳理着头发,一边说,"今天晚上那会儿,他的脸色一直不太好看,就像死人一样,这可不像是回家应有的表现,你说对吗?要是把他的脸割下来挂墙上,就跟挂在他脖子上没什么区别。"

碧翠很了解爱莲,她很赞同爱莲的这个比喻。

"你说,他会不会等这一段时间的新鲜劲儿过去后又离家出走呢?"

"不,我相信他不会。"

"你觉得他会留下来?"

"我是这么觉得的。"

博来站在窗户边,看着外面星光下被雨淋湿的阜地,心里也正想着同一个问题。目前为止,一切进展都很完美,比洛丁想的还要完美,几乎是天衣无缝。但是接下来呢?他该怎么办呢?万一西蒙把他揪出来了呢?就算西蒙没有这样做,但这种随时让人担心、后怕的日子该怎么过下去呢?是的,虽然这就是当初他决定要过的日子,但他并没有认真地想过事情进展到这一步又该怎么办。他潜意识里认为这件事并不会成功,但现在他已经成功了一半,然而,现在他就仿佛是爬上了长满荆棘的高墙顶上,已经下不来了。

他转过身来,将电灯打开。他记得皮姆里克区的房东太太曾说过,她疲惫得就像是从轧布机上轧过一样,现在他能深切地体会到这种感觉了,他感觉自己已经被轧得干瘪瘪的了,就连抬起手换衣服的力气都没有了。他把他身上那套令他觉得有着强烈的罪恶感的新衣服脱了下来,然后勉强地挂到了墙上,接着他脱下里衣,穿上那套已经褪色的旧睡衣。虽然窗户还开着,外面的雨或许会溅进来,他也不知道他们会不会介意,但此时,他也顾不上那么多了,他太累了。

他躺在床上,一边感受着周边的安谧,一边观察着整个房间。或许帕特的幽魂会来到这个房间里,整个房间也会因此充满阴冷的气息。他静静地等着幽魂进来,但房间里一切如常,并没有什么变化，还是一样温暖、安静。他看着墙纸上那些栩栩如生的人物图像，它们看上去是那么亲切，那么的友善，它们陪伴着孩子们成长。他又转过头去看着靠近床边的那些人像，想从中寻找出爱莲最喜欢的赫里沃德将军，他想："不知道现在她的心里是否正爱着谁。"

他又看向床头板，突然想起亚力克·洛丁曾经在这张床上睡过，他再一次觉得，这样的巧合实在是太有意思了。要是有机会，他一定要把这件事告诉洛丁，他肯定也会觉得十分有趣。

不知道是碧翠还是爱莲把这瓶花放在了这里，只为了迎接他回家。他突然低声叫了一声"莱切特"，然后又环顾了整个房间。这就是莱切特，我来了。唉！莱切特。

"莱切特"这个名字似乎起到了催眠的效果，就好像轻轻晃动的摇篮。他伸出手把灯关了，在这个黑暗的夜里，雨声似乎也变大了。

今天早上的时候，他还在皮姆里克区那个阴暗潮湿的小房间里，那残破的天花板和窗外的破旧的烟囱给他留下了深刻的印象，而现在，他已经睡在了莱切特这个舒适的房间里，呼吸着夹杂着青草气息的空气。

就是在他即将进入梦乡的时候，他的心里突然涌出了一种感觉，这种感觉是前所未有的，但是让他觉得很快乐。

这种与众不同的感觉让他一下子清醒了过来，他时而同意，时而不同意。当碧翠握他的手的时候，他为什么会觉得和平日里跟别人握手的感觉不一样？为什么他会觉得特别温暖、特别幸福？她到底是一个什么样的女人？特别是你很确定你不会爱上她。当然她是个女人，但这并不是唯一的原因，因为她表现出的亲切非常自然，完全是真情流露。

以前从来没有人这样自然而然地牵他的手，他也从未有过这种舒适的体验，不管是什么样的。当然，这并不是占有感。

以前也有人表示出占有他的意思，但是他并不喜欢。

所以，这是，一种归属感，是的，她牵着他的手，是因为她觉得他们是彼此的归属。一个女人对待家庭成员就是这种感觉。当碧翠牵着他的手的时候，因为他从来没有"属于"过任何圈子，所以他会觉得前所未有的幸福。他一边沉沉睡去，一边想着碧翠——在思考的时候，她会斜着眼睛看人，她的勇气，她第一次到他租的小房间里找他的情景，她什么都不确定就亲吻了他。今天他来到这里的时候，她巧妙地处理了西蒙不在场的情况。

她是个可爱的女人，碧翠·阿什比。他爱她！

他刚要睡去，突然想起了一件事，又清醒了。

他现在知道西蒙让他想起谁来了。

是提波。

第十七章

　　星期三的早上，他由碧翠带领去看望了承租户，他们分别属于上田、维塞和法兰地这三个农场。

　　"别让盖茨太高兴，把他放到最后。"这不过是碧翠单方面的意见。其实，盖茨所在的维塞农场是三个农场里面最不起眼的，所以他的位置也是最无关紧要的。

　　维塞农场处于教区最边远的地方，位于村北边的坡地上，它主要供莱切特自家使用。按说，想要依靠这个小农场保障生活差不多是痴人说梦。可是盖茨在村子里面又经营了一家肉铺，一星期内只卖两天。这样，他就不必完全依赖维塞农场的收入了。

　　大家正要上车时，碧翠问道："博来，你开车的技术怎么样？"

　　"我还行，但是我觉得还是你开比较合适，你比较了解——""路况"两个字差点从他嘴中蹦出，忙改口"车辆性能"。

　　"你愿意叫它'车辆'，真是太够意思了！也许，你可能更适应驾驶座的位置在左边？"

　　"是这样。"

　　"本来打算开家里那辆大车子的，没想到临时出了故障，修理工把车子拆下做了彻底检查，还是没解决。只好开这辆小金龟上路了，我对此很抱歉。"

　　"昨天，还是这辆小金龟将我从火车站拉回来的，我非常喜欢它。"

　　"像是发生在很久以前的事情，不知你是否有这样的感觉？"

　　"我也是这样。"这一天对博来来说的确是度日如年。

　　"《克莱恩日报》放过了我们，这件事情你听说了吗？"当车子轰鸣着开到林荫道之后，碧翠接着问。

　　"还没有，究竟是怎么回事？"

　　"难道你在早餐时间没有看报纸的习惯吗？"碧翠惊讶地问道，因为上午八点的时候，她就已经用完早餐了。

　　"我们习惯用收音机听新闻，因为我们住的地方根本看不到报纸。"

　　"的确是这样！我应该知道你们对报纸不是很了解，疏忽了。"

　　"他们放过我们，究竟是怎么回事？"

　　"有一个是女演员的丈夫，另一个是一口黑皮箱的拥有者，还有一个是住在曼彻斯特的女人——她是牙医的第四个老婆。就是这三个大家谁也不了解的陌生人帮我们逃脱了困境。"碧翠按了一下喇叭，车子缓缓地转向右边，接着说道，"因为女演员的丈夫控诉妻子对他冷淡——这样的花边新闻可是《克莱恩日报》的心头好；而神秘的黑皮箱里装了一个人的两只手和两只脚，谁知道它的主人为什么这样做呢？或许这些手和脚就是他自己的？恐怕这条新闻要在《克莱恩日报》上持续一段时间了。"

"第三个是怎么回事？"

"第三个？"

"就是那个牙医的第四个老婆。"

"可不是吗！这个可怜的女人才让人从墓穴里挖了出来，她的浑身上下都是砷毒呢，可是谁也不知道她的丈夫去哪儿了。"

"我猜您想说：《克莱恩日报》顾不上关心咱们，因为值得它报道的新闻已经让它忙不过来了。"

"肯定的，光是那个诉讼的新闻就占据了一个版面。即便他想报道咱们，顶多在报纸最后简单地说两句，看见新闻的人不消几分钟就会忘记，而且《西势时报》也要关心他们的重要新闻。总之，咱们的事情看起来不会太引人注意。"

无论如何又闯过了一关。目前，他要用全部的精力去应付法兰地和上田农场的承租户。他确实要好好认识他们。

身材高大、红脸庞的老赫塞和他的妹妹是法兰地的承租户。

洛丁曾经告诉他："每个人都害怕赫塞小姐。她的脸好像比巫婆还恐怖，尖利的舌头和刀片一样。她不太爱说话，只要一张嘴就会刮得你受不了。"

当站在菜园门口的老赫塞先生，发现来人身份后，马上高兴地打起了招呼："帕特先生，看见您回来太让人高兴了！"他伸出粗糙的手紧紧握住了博来的手，而且马上用另一只手热情地盖上了博来的手。可以肯定，他非常欢迎帕特回来。

但是想知道赫塞小姐的心思就不容易了。

她一边握着博来的手，一边上下打量，嘴里还不忘说客套话："您能够回来真让人惊讶，让人开心。"

她的里外不一，让博来感到非常可笑。

不大的客厅里，她一边忙着摆放茶具，一边说道："国外的生活对您的改变并不是很大呀！"

"我觉得，其中一点改变挺大的。"博来回应道。

"是吗？"看情形，她好像不打算为了讨博来欢心进行追问。

"至少我对你不害怕了。"

老赫塞闻言大笑起来："帕特先生，我可没有你的胆子大。我回家假如耽误半个小时，一定得和丧家之犬一样悄悄地夹紧尾巴溜回来，生怕大祸临头。"

赫塞小姐对此没有表态，可是博来发现她的神情好像对他有了几分好感。

很快，赫塞小姐回厨房捧了一盘饼干出来。不过，她刚才可没有那样的意思。

然后，大家一边谈笑，一边喝着名字叫作"白港"的酒。

当他们走进上田农场的时候，身材肥胖的杜克太太正在房屋后面忙着搅拌奶油。

"哪位？请您自己开门进来！"她回应着外面的敲门声。

听到后，他们迈过冰凉的地面，来到了更令人发冷的奶油房里。

听到脚步声，她随口说了句："我正在忙，这些奶油让我没办法停止。"然后她抬头辨认着来人，"天啊！没有想到是你们来了！我以为是从此地路过的行人。嘉立不在家，孩子们也全部上学去了……唉！我的天啊！怎么会是你们！"

在杜克太太准备和博来握手的时候，碧翠顺手拿起棒子接着搅拌奶油。

"真是太好了！"慈眉善目的杜克太太吃惊地叫着，"你现在长成一个帅小伙了！"

听到杜克太太这样热情的赞美，博来感到碧翠看着他的眼光似乎很有意味。

"今天可真是一个喜庆的日子！你认为呢？阿什比小姐。真是太让人意外了！我刚才还和嘉立念叨：像这种只能够发生在传说中的事情，居然在我们这些小人物身上发生了。现在亲眼看到你回来，真是太让人开心了。"

博来见此套起了近乎："我能够亲自搅拌一下奶油吗？我可从没做过这样的事情。"

杜克太太有点惊讶："怎么会！你以前一到星期六就大清早跑来搅拌这玩意儿。"

博来瞬间感觉自己的心脏停止了："哦！我记不得了。"

假如遇到不好解决的事情，就说自己记不清。洛丁以前嘱咐过他：一点都不要逞强，不然马上就会露出破绽。

"我还以为你现在改成电动搅拌了。"碧翠说着，腾出地方让博来搅拌。

"的确有很多事情都改成电动了。"杜克太太说道，"可是搅奶油不行：西镇国际食品行的奶油就是机器搅拌的，哪有从前手工搅拌的香浓？我有时候忙不过来，也少不了使用电动搅拌。不过心里总是不舒服：机器这玩意儿可真不好，一点艺术品位都没有。"

他们一边喝着热汽腾腾的红茶，一边嚼着大麦饼，还聊着孩子上学的琐碎事。

"杜克太太真是个好人。"回去的时候，碧翠说，"我想，她一定从内心里以为电是魔鬼发现的。"博来并没有搭话，他在想：以后一定不能出风头，以免让人怀疑。搅拌奶油的事情还好说，将来的事情可难以预料，一定要小心才行。

在他们经过克莱尔，通往维塞农场的路上，碧翠说："博来，到星期五那一天。"

"星期五怎么了？"博来刚从思绪中回过神，喃喃问道。

碧翠四下打量了一下，微笑着："忘了吗？那天是你的生日。"不错，他现在拥有一个全新的生日。

"到了星期五那一天，你就满21岁，难道真忘了吗？"

"是呀！确实差点忘了。"

碧翠斜视着他，睑上没有了笑意。

她继续说到道："既然我们决定把成人礼仪式延期，那么，你生日那天就不要特别庆祝了。到时候，桑杜先生会带来文件让你签名，我们就留他吃午饭，当成家庭聚餐吧。"

是的，还要在文件上签名。他明白自己躲不过这件事情。他甚至仿照着帕特的旧笔记本，努力练好了他非常特别的大写字体。如此，签名的事情倒也难不住他。这个仪式不过是在法律上确定了他的继承权。

"你认为这样的安排如何？"

"什么？哦，你是说生日。当然，当然。我并不想要盛大的庆祝。我们是不是也可以就这样不张扬地度过这个成人礼？"

"我觉得邻居们不会答应的。他们盼望着我们举办一个像样的庆祝会，我们当然不能让大家灰心。邀请函都准备好了，我把日期修改成查理叔公回来后的两个礼拜，再过23天他就回来了。老人们不是常说，该来的总是要来吗？"

不错，该来的总会来临。只要不是迫在眉睫，他根本不需要这样紧张。眼下，他就要去看望盖茨了，他可不必认识他们。

他们现在朝着村子的方向往回走，跑马场那个白栅栏在左边。这是一个清爽又明亮的清晨，可是好像太过耀眼：天空好像一片硕大的金属，而阳光又为它镶上了银边。

当他们经过牧师馆的时候，碧翠忽然说："亚力克·洛丁前段时间刚回来，在这里度过了周末。"

"哦？他现在干些什么？"

"还是在剧场扮演那些小角色。你明白，就是只需要几个角色和五个门，然后加一张床就可以演得那种不入流的戏。我没有看见他本人，可是南希说他比以前强了不少。"

"体现在哪些方面呢？"

"据说人际关系比以前好多了，居然可以和牧师相处融洽了。南希以为他年龄大了些，该明白事理了。牧师不在家时，他甚至还可以在牧师的房间看几个小时的书；要是牧师在家，他们也可以愉快地说会儿话。南希见此非常开心，她一直很喜欢亚力克。不过，从前他只要一回家，她都有点忐忑。村子里找不到适合他干的事情，而且他也不能和牧师好好相处。现在，他这个变化倒是挺好的。"

大概到了村中心，转过一个弯，走进一条小路后，终于到达维塞农场。

"你大概想不起一个名叫爱美的女孩了吧？"碧翠跟博来说道，"她从小在维塞农场长大，后来嫁给了家在布尔的盖茨先生。他在布尔经营了一家农场，爱美的爸爸去世之后，盖茨就回到了这个农场，顺理成章地接下了肉铺。他们的日子过得非常好，就是他们的儿子和爹合不来，在其他地方找了一个搞机械的工作离开了。女儿现在和他们在一起，她可是盖茨先生的千金小姐，在一个收费昂贵的寄宿制学校上学。她的真名叫作佩琦，不过在学校可是叫作玛嘉。"

车子开进了维塞农场，在一个铺满碎石的前院停了下来。有两条狗看见他们进来，冲他们不停地大声叫着。

"我真想让盖茨先生认真管住他的狗。"碧翠小声说道。因为她的狗被管教得和她的马一样听话。

狗叫声终于把女主人引了出来，尽管有些年岁了，不过能看出她年轻时肯定是个美人。

"小乐，阿林，不要叫了！"她对两只狗喊着，想要走上前去招呼他们。没想到，她还没来得及走上前，盖茨先生忽然从房屋一角冒了出来，大踏步超过了她。对于盖茨先生这样突然的欢迎方式，让更加诚恳的妻子有些无所适从，只能够微笑地站在旁边看着丈夫非常夸张地欢迎他们。

盖茨是个威猛高大的男子，博来认为他年轻时候的风采一定吸引了娇小美丽的爱美。

他问博来："听他们说你在那边也是凭着马匹赚了钱？"

"我只是靠马过日子而已。"博来回应着。

"请来看看我马厩里都有些什么？"他大步流星地带着他们向屋子后的马厩走去。

"赫利，你总得让人家先来屋子里坐一会儿吧？"爱美发出了抗议。

"过会儿再坐也行！他们肯定希望尽快看到这匹良马。请过来吧，帕特先生、阿什比女士。"他一边带路，一边开心地喊着助手："阿佛！去把那匹刚买的马拉出来让阿什比女士瞧一瞧！"

盖茨太太紧跟着出来了，恰好和博来走在了一起："看见你真高兴！"她细声细语地说道，"你能回来真是好极了。我现在还能想起你小时候的模样，当时我爸爸还活着。除了自己的孩子，我从来没有像喜欢你一样喜欢过别人的孩子。"

"来看一看！帕特先生，认真看一看，这匹马到底怎么样？"

盖茨伸出他的长手臂打开了马厩的门，只见阿佛牵出一匹异常壮硕的马。这匹马的卓越风姿，和周围的环境格格不入，毫无疑问，这匹棕色的马确实卓尔不群。

"大家看一看，到底如何呀？"

碧翠打量了一眼，说："去年，迪克在柏斯得跳跃奖的，就是这一匹马？"

"不错！"盖茨一副神采飞扬的模样，"不光是跳跃奖，还有最佳坐骑奖。它可花费了我不少的银子，还好我养得起，送给我的宝贝姑娘哪里还会有比它更好的礼物？不错，这匹马就是买给佩琦的。太值了！"他的大笑那么夸张，"当我的宝贝女儿骑上这匹马背的时候，如同一片轻盈的羽毛，漂亮极了！阿什比女士，你应该知道，村子里再没有人配得上这匹马，除了我的佩琦！为了她，花费再多的钱我也不心疼！"

"盖茨先生，你的确买了一匹好马！"碧翠说。

她兴奋的语气让博来有些惊讶。他禁不住回头看了她一阵子，想明白究竟是什么让她这样兴奋。毕竟这匹马将会成为提波和莱切特家中马匹的对手。

"我早就让兽医鉴定了，不然我是不会随便买进的。"盖茨接着补充了一句。

"今年，佩琦会展示这匹马吗？"

"那当然了！要不是为了展示，我买它有什么用？"

碧翠的神情越发开心了："真是好极了！"她的声音里透着无法抑制的兴奋。

"阿什比女士，您也很喜欢这匹马吗？"原来是佩琦在问，也不知什么时候，她站在了博来的身边。

佩琦非常美丽：嫩白的皮肤透着粉红，还有一头金色的长发。博来想：如果将巴斯勒小姐和爱莲两个人的优点合在一起，可能就是佩琦的样子。当盖茨夫妇向博来介绍她的时候，她的态度非常温顺，表明了她自己对他归来的欢迎。

博来和她握手的时候，感觉到她柔嫩的小手紧紧握了他一下。之后，博来好容易才忍住了不去裤腿上擦干净濡湿的手掌。

然后博来恭喜她得到了一匹好马，她以欣慰的态度接受了他的祝福。寒暄过后，盖茨夫妇就将客人请到客厅。他们喝着品质不错的酒，聊着布尔的发展。

即使他们开着车回到家时，碧翠的脸上还是一副捡到一大笔钱的开心样子。她看着博来有心事的样子，问道："感觉怎么样？"

"你比一只得到奶油的猫还要开心。"

碧翠又斜睨了他一眼，说："何止是奶油，恐怕是还有鱼和牛肝呢。"

"博来，星期五的事情办完后，你得进城一趟，添上几套新衣服。等查理叔公回家后，我们将要举办成年礼的庆祝活动了，到时你要穿得阔气些。"碧翠说道。

"我该买些什么样的衣服呢？"他对此毫无准备。

"我要是换作你，这个问题就交给裁缝华特，让他去动这个脑筋。"

"只要包装成地道的英国绅士就可以了。"博来说。

碧翠又斜睨了他一眼，总觉得他似乎话有所指。

第十八章

碧翠正检查着当天的邮件，爱莲兴奋地冲进客厅："她会骑马了！"

碧翠吃惊地抬眼看着她，心思还放在邮件上。

"我和你讲，她会骑马了。足足骑了50码！"

"你是说那个帕斯洛小姐吗？那么，恭喜你喽！爱莲。"

"有谁想和我一起喝雪利酒吗？我真没想过会有这么一天！"

"我和博来两个，一大早差不多喝下一个星期分量的饮料了。"

"博来，今天怎么样呢？"爱莲问道，然后为自己斟了一杯酒。

"倒是还没我想的那样坏。"博来说着，一面注视着她那双灵巧的手：这双柔软的手是不会暗示性地放在他掌中的。

"杜克先生有没有和你说他是如何受的伤？"

"我没有见到杜克先生，他去市场了。"碧翠说道，"不过，杜克太太招待我们吃了一些她做的奶油饼。"

"这位杜克太太真是好心人！那么赫塞小姐又请你们吃了什么？"

"是一些奶油脆饼。起初她并不打算拿出来，不过后来因为博来，就变了主意。"看来碧翠也发现了。

"我可一丁点都不吃惊。"爱莲那双眼睛透过眼镜看着博来。

"那么，在维塞农场怎么样？"

"你还记得迪克那匹棕色的马吗？"

"当然。"

"盖茨买下它了，当作礼物送给了佩琦。"

爱莲停下了喝雪利酒的动作，沉思了半晌，接下了碧翠的话："想要她展示。"

"对。"

"可是。"爱莲缓缓说道，"我可不认为这是个好主意。"她的表情很开心，而且在想着什么。

"我也不认为。"

"我要洗手去！大家午餐想吃什么？"

"想吃牛肉炖菜。"

"要是让贝太太做，只是一些清汤而已。"

当孪生姊妹下课回来的时候，西蒙也从马场回家了，神色轻松。

"你是否知道盖茨给佩琦买了一匹新马？"爱莲说。

"还不知道。"西蒙回答，他兴致盎然地注视着爱莲。

"他买的是迪克那匹马，棕色的。"

"你说的是那匹'旋风'吗？"西蒙停顿了一下，接着吃他的午餐。他脸上的红潮消失了，又变成了从前冷静的样子。在他思量这个新消息的时候，碧翠和爱莲都回避着他，只是露丝却对此颇有兴致，一直看着他。

这是博来遇见了西蒙后，头一次看见他脸红。他一边喝着贝太太做的炖肉汤，一边琢磨着西蒙的异样反应。

西蒙的确喜爱盖茨的女儿，可是他会因为她获得一匹好马开心吗？答案是否定的！他甚至愤怒极了！更让西蒙不可接受的是，他的姑姑以及姊妹们都猜中了他会非常恼火。她们早猜到他不会原谅佩琦拥有一匹好马。她们从来没把西蒙和佩琦谈恋爱当成一回事，现在这匹马让她们解脱了。西蒙到底是一个什么样的人呢？即便让自己深爱的人击倒也不会接受吗？他回忆起碧翠不同以往的开心，回忆起爱莲对这件事情的态度。她们早已料定：这匹马将要结束这段恋情！

盖茨买那匹马的本意是想要高攀阿什比家，让女儿能够扬眉吐气地配得上这样一个家庭，没想到他这样做反而适得其反！

现在的西蒙，已经不再是阿什比家业的继承人了。现在的问题是：西蒙是否还爱着他的竞争对手呢？

"布尔农展的时候，博来将要展示哪一匹马？"他听到爱莲在发问，于是将精神集中到了餐桌上。

"全部都有呀！"西蒙抢先做了回答。他看见爱莲注视他的眼光，于是又说了一句，"那些马匹全部由他支配。"

博来听出了西蒙的话外音：对于那些他已经完全适应的东西，现在必须放弃，他感到十分生气。

博来说："我不愿意展示什么马，那需要非常高的技术，我可没有那样厉害。"

"但是你以前不是行家吗？"碧翠有意提醒他。

"可是那都是很久之前的事情了。我今年可不打算在布尔农展上展示马。"

"距离布尔农展还需要三个星期嘛。"爱莲说，"让碧翠花费一两天的时间帮你练习一下，到时你的表现肯定会精彩。"

不过博来并没有心动，如果是和英国马打交道肯定是有点意思，特别是让他骑着阿什比家的马而且又能得奖的事情。不过，他还是不愿意用帕特·阿什比的名义出风头。

露丝说："节目最后那个赛马的活动，要是博来骑上提波，肯定能赢过所有人！"

"提波可不是用来和乡巴佬那些不入流的马匹混的！假如我还有资格在这里说话。"西蒙头也不肯抬，"奥林匹亚才是它该去的地方。"

"我同意这个观点。"博来说了一句，气氛顿时缓和了一些。

午餐还没有吃完的时候，家里第一个来访的客人就到了。整整一个下午，从咖啡时间、下午茶时间、一直延续到了下午6点左右，人流络绎不绝。他们全部是来看望博来的。他发现所有认识帕特的人们都怀着一颗真诚的心迎接他回家。

大家都保存着对帕特小时候的记忆，这些记忆如此鲜活。他们每一个人都深爱着帕特，对他当年的忽然失踪非常伤心。

博来的感觉非常奇怪，好像那个被大家喜欢的人是个受他爱戴的人。看来，阿什比的家业的确不该传给西蒙，应该传给帕特才对。假如帕特得知他心爱的女孩拥有了一匹出色的马，肯定会为她开心的。

只有帕特才是最好的继承人！

于是，他抱着愉快的心情代替帕特收下了那些赞美。

晚餐时，小镇的司医生也来看望他了。可是这一次，博来的心情可没那么好了！他非常在意爱莲对那个司医生的态度。爱莲好像非常喜欢司医生。虽然博来对司医生根本不了解，可是凭直觉，司医生一点都配不上爱莲。

家里现在的客人，有司医生、史摩警官以及在镇上经营五金行的两个拜妮小姐。

司医生看起来挺年轻，红头发，脸上的雀斑给人的感觉非常和气。他是镇上那个老医师的继承人，而且这个家里的人都是老医师亲眼看着长大的。碧翠认为司医生非常聪明，在乡下当医生太屈才了。博来心想：司医生愿意留在乡下，也许是因为爱莲。能看出来他非常喜欢爱莲。

史摩警官和博来打着招呼，说："年轻人，你可是带给了我们不小的麻烦。"

博来很欣赏他的坦率，就像他对英国中产阶级以上的了解源于美国电影一样。他对英国警官的了解完全是因为那些来自英国的报纸，而这两样明显都和实际不一样，史摩警官身材不高，鼻梁高挺，衬托着灰眼珠，特别有精神。

最后，史摩警官让两位拜妮小姐搭顺风车离去了，司医生还是磨蹭着不想走。直到碧翠要请他留在家里用吃晚饭，他才抓起帽子告辞。

"司医生真可怜。"晚餐的时候，碧翠说，"我猜房东肯定不给他吃饱，只可惜他不能留在家里吃饭。"

"才不是这样。"西蒙搭话了，又成了好脾气，整整一个下午他的心情都很好，"他长得那副病歪歪的样子，什么时候看起来都像是缺乏营养。即便留他下来也不肯吃的，他在这儿不过是想多看两眼爱莲而已。"

这句话正好印证了博来的猜想。

爱莲淡淡地回了一句话："不要乱说话。"

吃晚餐的时候，大家都有点乏了，所以晚餐吃得很匆忙。大家对博来刚回家时的兴奋渐渐变成了理所应当的样子。他们不再视他为刚回家的客人，就连珍妮都不用排斥的眼神看他了。他非常高兴自己顺理成章地变成了这个家的一分子。从来到这里开始，博来终于感觉到自己的肚子饿了。

博来准备上床睡觉的时候，他的脑子不由自主地开始思考西蒙的问题：西蒙非常确定他不是帕特，但是却不想指明这一点。

这又是为什么呢？是因为即便他指出来，也不会有人相信他，他的指认将会被人误解为，不情愿将家产拱手相让吗？还是他在等待一个更好的时机，用更出人意料的方法来揭穿他？

西蒙这样一个心思细腻的人，可以对家人完全隐瞒自己的内心想法。这样一个爱慕虚荣、眼高于顶的人，怎么会忍受一个人做出这样违逆心意的事情？

暗夜里，他站在窗前，凝视着对面连绵起伏的山峦。或许是因为他今天晚上不是十分劳累，也就少了几分恐惧的心理。可是他依然能感受到，决定他命运的重要因素还是西蒙此人。

西蒙甚至连佩琦拥有一匹好马都接受不了，那么，对于帕特猛然接手莱切特产业这件事情又会是怎样的想法呢？他注视着黑夜，独自思考着。

当他决定转身开灯的时候，一个念头忽然在他的心头回旋：西蒙在哪里？当帕特从山崖上跳下去的时候，西蒙在哪里？但他马上告诉自己这样的想法是荒诞的：这样的拷问有什么实际意义呢？在莱切特的家里发生了谋杀案吗？一个只有13岁的小男孩怎么可能做得出来？他一再告诉自己，不要再胡乱猜疑。

帕特的自杀，是经过警察翔实调查之后，才确定的。

的确是自杀吗？还是无法证明是他杀？那么验尸官的报告又在哪里呢？

他相信一定是保存在警察的卷宗里，但是一个普通人想要查阅警察的卷宗是不可能办到的事情，他们太忙了。

这件事情在当年引起了轩然大波，那么，地方上的报纸一定也关注了此事，报社的档案里肯定留存着书面调查报告。

博来，一定要查个究竟！

无论怎样，他都想知道：当年，帕特在西镇临近的断崖上跳下去的时候，西蒙到底在哪里？

第十九章

桑杜预计星期四晚上到莱切特庄园，一直要待到星期五午饭后才走。

星期四早上，碧翠要到西镇去买一些好吃的菜，来招待桑杜，并且问博来今天有什么打算？

博来说他想随她到西镇上去看看，碧翠听了非常高兴地说："我们可以在经过格鲁姆太太的路口停下车，让她看看你，这样到了星期天，你在教堂里，可以少应付一个人了。"

他们在"广播电台"停下了车，格鲁姆太太看见他们兴奋地问东问西，想多知道一些事情。直到他们离开"广播电台"驶向海边去的时候，还一路笑格鲁姆太太的言行。

他们一路开着，忽然看到一栋建筑物，前面有一个醒目的牌子：医院区，请勿鸣喇叭。

博来看了一眼建筑物："这座医院太漂亮了！"

"是啊，看起来还真没有一般医院那么吓人呢。"碧翠指了指医院对面的一排店面，努了努嘴，"只是真可惜，破坏了景色。"

对面的一排店面有一些是很小的咖啡屋、雕刻店、自行车店、蔬果店，还有卖花圈与十字架的丧葬店，和与这个店打对台的鲜花店，另外还有一家店，只油漆了一半窗子，上面贴满了许多广告纸。

他们顺着坡向镇上开去，路过这些小店后，就是西镇上的繁华区了，它又干净又整齐，在海水的映衬下，闪着熠熠的光。

碧翠边停车边对博来说："我想你一定不会喜欢跟着我逛街吧，那你自己好好去玩玩，咱们12点45分在'天使餐厅'一块儿共进午餐吧。"

但他刚走了几步，又被碧翠叫住："我忘了问你身上带钱了吗，没有的话，我可以先借一点给你。"

"哦，不用不用，谢谢你，我还有一点钱是律师事务所的桑杜借给我的。"

博来向翠碧告了别，首先去了海港，看了看他八年前出走的地方。

港口停泊着很多的船只，忙碌而繁荣。他靠在被太阳晒得暖暖的石墙上，陷入沉思：帕特生命里的最后一天，洛丁就在这里画他的写生，可不远处，他就从那个断崖上跳下去摔死了。

随后，他直起了身，离开港口，继续去寻找《西势时报》的办公点。他花了好长时间才找到，尽管这里的人每天都要阅读这份报纸，可是知道报社地点的人并不多。事实上，报社就在一条石子路旁的离港口不远的石屋子里。

报社的入口处很低，博来是低着头才走进去的。

"你有什么事？"他听到门卫说。

"我找麦卡伦先生。"

"麦卡伦先生出去了。"

"那你能告诉我他去哪里了吗？"

"他在蓝鸟咖啡馆里，楼上靠左第四张桌子。"

"谢谢，你知道的可真清楚。"

"呵呵，是啊，反正他每天的这个时间都会去那里坐那个位子。"

蓝鸟咖啡馆坐落在港口的街角处。麦卡伦先生果然坐在楼上左边的第四张桌子，他靠着窗，桌上有一杯喝了一半的咖啡。一看到博来，他立马站起来亲切地招呼，并拉出一张椅子让博来坐下，就像是见到了一个老朋友一般。

"我想这次帮不了你了。"博来对麦卡伦先生说。

"呵呵，恐怕能让我自己上这次的《克莱恩日报》头条新闻的唯一方法，就是把自己装在一只皮箱里了。"麦卡伦先生调侃地说。

"一只皮箱？"博来疑惑地看向他。

"对啊，还要被切成好几块，想来都有些后怕。"麦卡伦先生打开新出的《克莱恩日报》。

这个箱尸案发现已经有三天了，却依然占据着头版头条，而且警方最新发现，箱子里的两条腿分别属于两个不同的人，这让整个案情变得更加扑朔迷离了。

"其实，谋杀案最吓人的地方……"麦卡伦先生若有所思地说，"并不是这个案件已经发生了，而是他发生在了你周围熟悉的人身上……"

博来若有所思地点了点头。

"嗨，小姐！给我的朋友一杯咖啡吧！"麦卡伦先生挥手示意服务生，随后他又继续说着这个话题，"如果说你家邻居比尔去从军死在了战场上，你一定相对比较容易接受，但如果说有人在琼斯下班回家的路上把她杀了，这就非常可怕了！因为这种事情，你通常觉得不会发生在你认识的人身上的。"

"如果刚巧，杀死琼斯的人又是你认识的，那就更加耸人听闻了。"

"是啊。"麦卡伦先生说着，在自己的咖啡里又加了一匙糖，"这种情形我见过，真真实实地发生在家人中间，可是没有人愿意去相信它。因为谁也不会想到他们所认识的大卫会做出这种事情来。这就是一场杀人案最可怕的地方——自己人杀自己人。"随后，他抽出了一根香烟，递给了博来，"做莱切特庄园的男主人怎么样？回来后你高兴吗？"

"你可不知道，我有多高兴呢！"

"你过惯了那些在亚利桑那或是德州或是其他什么地方的自在日子，真的喜欢这儿？"麦卡伦先生看了看忙碌的码头，转过头来对博来说，"说实话，我简直不敢相信！"

"为什么？你难道不喜欢这个地方？"

麦卡伦先生向下望了望，楼下正走过一群英格兰人，他轻蔑地斜着眼睛，啐了一口说："看看他们，对自己的处境也太过于满足了！"

"他们对自己目前的生活现状非常满足，这有什么不好呢？"博来笑着说。

"在这世界上，就没几件让人满足的事了！"麦卡伦先生说道。

"可若是我们自己找乐子过，就会变得不一样。"博来的这一句补充，让麦卡伦先生咧嘴一笑。

"是！我同意。"只见他又转眼向码头那边望去，"我常常想着，你看这些人和苏格兰人作对了四百多年，这又何必呢？我实在搞不懂他们为何这样。"

"答案是他们不值得作对。"

"呵呵，不值得吗？让我来告诉你吧，我的国家……"

博来打断他："过去一千年，英格兰人一直忙着守卫着他们的国土、他们的海岸，可对于他们来说，你们苏格兰现如今已是西班牙的一部分。"

这些话无疑给了麦卡伦先生一个全新的看法，他决定换个话题。

"你今天来蓝鸟，不单是来找我的吧？"

"是啊，我一直在找你，我先去了你的办公室，他们告诉我你每天都会在这里。我希望你帮我一个忙，我在寻找一些东西……"

"你不会想登广告吧？"麦卡伦先生撇了撇嘴说道。

"不。我想看看当年我自己的讣告。"

"是啊，你当然会想看看，我当然也乐意帮你这个忙！"

"我想，《西势时报》一定会保留以往的报纸吧？"

"那是自然，从1827年6月18日到如今都保留着呢……"麦卡伦先生思索着，停了停，"抑或是从6月28日？日子我不太记得了，不过，读自己的讣告是一件很有意思的事儿吧？"

"这么说，你看过了？"

"是啊，我星期二去阿什比家之前就读过了。"

于是他们一同走着阴暗的楼梯，去《西势时报》旧报纸堆放的仓库，麦卡伦先生毫不费力地找到了他所要的那份旧报纸，甚至连灰尘都没有扬起。

"慢慢看吧。"麦卡伦先生靠着这没有灯罩的灯发出的微弱光线，把报纸打开说，"如果你需要我帮你什么忙，尽管开口。"

随后，麦卡伦先生摸索着走着石梯上楼去了。麦卡伦先生的皮鞋声越来越远，博来才知道，在这个偌大的地下室，自己是独自一人了。

《西势时报》每周发行两期，分别是星期三和星期六，帕特是星期六失踪的，所以星期三的报纸上既刊登了他失踪的消息，也刊登了警察讯问的笔录。

除了报道帕特死亡的消息外，还登了一些其他的特别报道，并对帕特不幸的遭遇深表同情，还向其家属致以深切的哀悼和慰问。

关于帕特的自杀，除了说他是从悬崖上坠下去的以外，并没有做其他详尽的报道。

《西势时报》的第五页是一整页警察的讯问笔录：

星期六下午是阿什比家孩子们自由活动的时间。他们一直以来都习惯做一些自己喜欢的做的事情，所以通常会到吃晚饭的时候才回家。帕特的迟迟未归，起初并没有引起家人们的在意，只是觉得是因为帕特最近喜爱赏鸟，所以会回来得晚些罢了，可是家人们一直等到天黑，帕特还是没有回来，他们这才开始意识到不对劲，于是赶忙联络起了全村的人去找帕特。村里的人有人骑马、有人走路，也有人开车，沿路寻找，可是一点结果都没有，他们还组织了一个搜救队伍，搜遍了所有能找到他的地方。

不幸的是，第二天一大早，搜救队员在断崖处看到了帕特的外套，这件外套是放在离崖口大约五十码远的地方，用一块石头压着，清晨的晨露把外套都打湿了，搜救队员摸了摸外套口袋，里面除了一张用尖头自来水笔写的纸条外，什么都没有。

搜救队员随即报了警，警察赶到后，询问了这个搜救队员当时是如何找到这件外套的，并且展开了彻底的搜索行动，但是在海滩上仍是找不到帕特的尸体！事实上，他们也知道，从悬崖跳崖自杀的人，尸体很少能被找到，因为前天晚上涨潮，如果帕特早就跳崖了，那么潮水就已经将尸体冲走了，不可能被找到，所以如今的搜索只是例行一些公事，寻找的希望就渺茫了，或是真的找不到了。

最后一个看到帕特·阿什比的，是牧羊人亚伯。那天下午，他还看到过帕特，就在坦壁区与断崖间的路上。

问：帕特在做什么？

答：他俯卧在草地上。

问：趴在草地上做什么？

答：等一只云雀。

问：云雀？什么品种？

答：英格兰云雀。

问：你的意思是，他在赏鸟？那么他的精神看起来正常吗？

答：是的。

就亚伯看来，帕特那时看起来和平常并没什么不同，他一向是个安静的孩子。

问：你是说他一直以来都很寡言？

答：对。是个话不多，却很令人喜欢的孩子。

亚伯说，他们谈了一会儿鸟，就分手了。他沿着断崖的小路赶往西镇，那天他休半天假，去西镇办事直到半夜才回来，所以直到星期天早上才听到帕特失踪了的消息。

警察还问亚伯，是否有很多人都会选择他走的路线。

亚伯说，不，很少有人像他这样走路去西镇，因为从村子有直达的公共汽车开往西镇，时间上只需花费走路的十分之一就可到达。

碧翠告诉警方，帕特父母的骤然去世，对他来说是个致命的打击，但他表面上好像还能接受，而且看上去也渐渐从悲痛中恢复过来。碧翠实在想不出帕特为什么会选择跳崖自杀。至于那天下午为什么他不与孩子们在一起玩耍，那是因为每个人的兴趣爱好不同，帕特会一个人独处，不是一件不寻常的事。

问：那他的孪生弟弟也没有和他在一起吗？

答：对，没有。帕特那段时间对鸟类很痴迷，而西蒙只是喜欢机械类的东西。

问：想必你看过他留在外套里的纸条了，上面的字迹，你可以确认是帕特所写吗？

答：是的。帕特写大写字母很独特，而且他是我知道的人中唯一用尖头自来水笔写字的。

碧翠对警方说明了这种自来水笔的特点。

答：帕特的那支笔，中间有一条黄色螺旋。这支笔不见了，但他却一向随身携带，那是他心爱的东西之一。

问：你再想想，他为何突然决定自杀？他的朋友牧羊人亚伯还说，那日下午，帕特的精神是相当正常的，心情也挺愉快的。

答：我只能说，那天下午他是快乐的。但或许他突然想到自己要回到那个空荡荡的家，再没有以前快乐，空虚感瞬间淹没了他，所以他一时冲动，用结束生命来逃避这种感受。

法院的判决也下来了：帕特在突来的冲动下，内心失去平衡，以致做出自杀这件事。

报道到这里就结束了，帕特年轻的生命也在这里画上了句号。

博米无意翻到报纸背页，报道是一些夏天里活动，与帕特的生死毫不相关。帕特已经成为过去式了，博米在这孤独的旧报纸仓库里，静静地想着这整件事：这个小男孩在夏天午后的草地上，心情愉悦地趴着等待他心爱的云雀，但黄昏已过，小男孩却再没有走下坦壁区山坡，然后安静地回家。

"西蒙对机械很感兴趣。"碧翠说，"他对内燃机很感兴趣，男孩通常都对汽车感兴趣吧？那时西蒙也许是在哪家车行逗留呢！那时西蒙的行踪如何，也没那么重要。"

博来到了"天使餐厅"与碧翠共进午餐，博来真想直截了当地问碧翠姑姑，那天下午西蒙究竟在哪里？但他也不能这么问："姑姑，我出走那天下午，西蒙在哪里？"

这么问显然是荒唐的。他必须想一个办法在闲聊时提出这个问题。

这时，餐厅的一个白发领班走了过来，打断了他的思路。他看到帕特回来，高兴得难以自持，因为这个老人对阿什比家的每个孩子都知道得一清二楚。

他把各色餐盘放到他们面前，双手微微颤抖，他每放上一道菜，便会恭恭敬敬地说一次"帕特先生，请用"，好像他很喜欢叫他名字似的。

到了上甜点的环节，气氛更是到了高潮。

他用银盘盛了一碟蛋白烤成的松甜饼送到碧翠和博来面前，博来有点意外地抬起头，看到老人充满期待，嘴边带着微笑，眼里充满了泪水。但此时，博来的心里想的都是西蒙，根本没有顾及老人的意思，这时碧翠为他解了围："好细心的丹尼，还记得你过去喜欢吃这个。"

博来也顺势感谢了老人，老人听完很开心也很宽慰地离开了，一路走还一路擦着眼睛。

"谢谢！"博来对碧翠说，"一时间我没想起来。"

"丹尼真好！我想他是看到自己儿子回来一样！你是知道的，他本来有三个儿子，可都死在了战场上，后来孙子也在战争中死了。你小的时候，他很疼你。这回你能回来，他一定高兴坏了！今天早上你做了什么？"

"去报社看了我的讣告。"

"你也真是的。不过这也是，任谁都会这么做。麦卡伦先生，你看到了吗？"

"是，看到了。他要我问候你，碧翠姑姑……"

"你现在都长大了，别叫我姑姑了。"

"那就叫碧翠！西蒙对哪种机械感兴趣？"博来继续说着，"据我所知，西蒙从来没对机械感兴趣过，可是在笔录里你说过他对机械感兴趣的。"

"我说过吗？我记不起来了。我什么时候说的？"

"你是在说明我们为什么星期六下午没有在一起。我去赏鸟，西蒙在做什么呢？"他极力表现着试图想起一件记不起的事的神情。

"到处乱逛吧，西蒙一直是这样。他的爱好从没坚持超过两个星期的。"

博来继续问："所以你是记不得西蒙那天在做什么了？"

"我真的不记得了，那天发生了那么可怕的事，你知道，对于这些事，人总会下意识地把它忘记，我只记得那晚他骑马到处找你，受了太大刺激，自从你出走后，他整个人都变了。"

博来一时也不知怎么回答，只好继续吃东西。

碧翠又继续说："这几年你都没写信给我，让我很难过。说实话，你为何不写信回家？"

这如同洛丁不断强调的事，没写信是整件事情中最致命的一节了。

"我也不知道！"博来无可奈何地说，"老实说，我也不知道。"

"好了，"碧翠说，"我不是要怪你，只是自己想不通。你小时候我有多疼你，我们一直是很好的朋友。可你这么多年没有来信，好像从没有回想起你曾在家的日子。"

"十三岁是个很容易忘记过去的年龄。如果不断遭遇新鲜事物，过去的事就像是一部电影，没什么真实感。"博来终于从自己的记忆深处找到了填塞碧翠的理由。

"那我也想出去走走！"碧翠轻轻地说，"有太多的事我也想将它遗忘。"

这时，老人丹尼又送来了乳酪，于是他们的话题又转移到了别处。

第二十章

　　星期五早上,由于没有一点儿准备,所以当博来发现自己的餐盘旁堆着很多礼物时,感到十分意外。若非是见到这些,他恐怕根本意识不到今天是自己的生日。

　　在伦敦时,桑杜先生曾交代过:"只有查理叔公回来才能决定庆祝会的事。"然而碧翠送来的礼物却让他意识到,今天不但是庆祝会的日子,同时也是他21岁的生日。他可从未过什么生日。原本按照他的想法,既然庆祝会都已经延期了,那么他在这个所谓生日当天收获的应该也只是几句口头的问候而已,所以当看到这些礼物,尤其是想到自己要在众人瞩目中拆开它们时,博来的第一感觉是有些不自在。

　　就在此时,他发现了西蒙投射过来的讥讽的目光,他马上振作起来。他想到,或许西蒙之所以这么早就来吃早餐,恐怕并不是因为桑杜先生在此,而是单纯地为了来看他出丑。

　　"生日快乐,博来!"家人们涌进来,祝福的话语一下子飘散在他的周围。

　　此时,博来突然开始希望这一切都是真的:家人是真正的家人,生日是真正的生日。如此一来,他就可以不但不感到难堪,反而还能享受到跟家人一起过生日的美好感觉。

　　这时,爱莲凑过来问:"你想什么时候拆礼物?饭前还是饭后?"

　　"饭后吧。"博来回答,他需要一些喘息的时间。

　　托了几杯浓咖啡的福,他找回了自己的勇气。

　　与博来不同,除了礼物外,西蒙还收到了很多熟人发来的贺电。这些人大多不知道他的孪生哥哥已经回来了。西蒙一边用餐,一边炫耀似的读起了这些贺电,并时不时加上一些评述。

　　终于,到了博来必须打开礼物的时候了。幸而他收到的礼物与西蒙大致相同,所以只要开了头,后面也就不那么难了。这些礼物中,有碧翠送的长颈银瓶、桑杜先生送的筛糖器、孪生姐妹送的皮夹以及爱莲所送的马鞭。其中,只有牧师送他的礼物跟西蒙的不一样。那是一个十分精巧的、让他爱不释手的音乐盒。

　　"这份礼物是克莱尔庄园的牧师夫妇送的。"碧翠一句话将他拉回现实,他想起了洛丁。他恋恋不舍地合上了音乐盒的盖子,结束了那优美的音乐。

　　卖身契即将签署,他实在没心情再玩什么音乐盒。

　　让博来感到意外的是,他本以为自己只需要在几张纸上逐一签下自己的姓名即可,可实际上,他不但要细细查看整个家族的经济史,还要听桑杜先生为他详细讲解此前的收支情况,因此,这场签订仪式竟然耗费了好几个小时。

　　对于这些麻烦的东西,博来虽然困惑,却也觉得有趣。他吃力又认真地查看着相关文件,越看越对这位老者在计算方面所展现出来的才能感到钦佩。

　　"虽然这些遗产的数目远不如令尊继承时多,但还是可以确保你衣食无忧的。"桑杜先生对博来说,"如你所知,虽然在你成年前的这段时间盈余不多,但你的姑妈还是奉行绝不借贷的原则，只是用原有资金维持庄园的运转。她曾决定要在你二十一岁时将这个庄园原样归还于你。"

随着查看的账单越来越多，博来首次意识到，这个外表光鲜的莱切特庄园实际上已岌岌可危。

他指向情况特别差的某份记录："这一年发生了什么？"

桑杜先生翻了翻那份记录："啊，我想起来了。那年年景很差，不但死了一匹母马，另两匹也没有生育，此外，还有匹小马摔断了腿，这可是让人伤心的一年。当然，由此可见，养马的风险还是很大的。比如说，"他又指向了另一份同样不太好的记录，"你看，这一年虽然马匹没出什么问题，但买马的人却一个也没见着，若不是前几年还略有盈余，简直无法弥补这些亏损。"

查完了马厩的账，他们又开始盘查包括农场条件、租赁状况、承租人和收成情况等农场的账目。最后，他们开始查看个人收入情况。

"你父亲生前本以为自己每年都能从工程咨询师的工作上赚到一大笔钱，因此，他十分舍得在养马这个兴趣上投资。他买的都是价格昂贵的良种马，可直到他去世我们才知道，他的投资面实在太窄，加上价格不菲的遗产税，所以他的财产最后都所剩无几了。"

接着，他又指着另一张纸，给博来讲述了当年在没有抵押庄园的情况下是如何支付了大笔遗产税的。

"除了日常家用外，阿什比女士从不支出莱切特庄园的不动产，她有自己的收入。两个孩子的零用钱则随着年龄逐年递增。除了他们自己的小马外，其余的马都是庄园财产，无论是买进还是卖出，支出和收入都归入家产中。不过据我所知，近年，通过做马术教练，爱莲赚了些钱买了几匹马，西蒙也用赌马赢来的钱买了一两匹，过后，阿什比女士会告诉你具体是哪几匹的。当然，这些都是不在册的。此外，那些雪特兰种小马是阿什比女士自己投资的私人财产。情况就是这样，我觉得我应该是交代得很清楚了吧？"

博来点头称是。

"再来说说将来，银行那边建议将令尊的遗产继续留在银行做投资，对此你是否反对？"

"我没打算一次性拿到一大笔现金，"博来想起了洛丁曾说过的话，"要是那样的话，我一定会马上挥霍一空。况且在银行取出那么大一笔钱着实让人惴惴不安。我需要的只是每周都能有维持生计的钱罢了，这样我就不用再继续看房东的脸色，也不用再忍受剧场里那些导演和经理们的气了。记住，孩子，财富的最大作用是让你不用再受人支配。"

于是，博来问桑杜先生："在银行投资的收入是多少呢？"

桑杜先生说给他一个数字。

听起来还不错。除了付给洛丁的钱外，他还可以从容地履行自己的责任。

"现在让我们来看看孩子们的零用钱，这是目前需要的数目。不过那对孪生姐妹很快就要入学，她们的学费和生活费当然要由家里承担。"

孩子们的零用钱之少让博来感到吃惊。他自认为像原来那样在牧场工作三个月，赚到的钱都比这要多。同时他也察觉到，西蒙的零用钱并不比其他人多。

"他们的零用钱是不是少了点？"他问道。

博来的问题显然让桑杜先生吃了一惊，他冷冷地回答："零用钱的多少是根据家产定的。"

"那么现在能不能给他们再加一些？"

"你这提议虽然看似顺理成章，但总不能让两个成年人总想着仰仗家产而不去自力更生吧？"

"那你有什么好建议吗？"

"我倒觉得可以适当地给爱莲每年增加一些补贴，直到她嫁人为止。"

"她已经想结婚了？"

"男大当婚女大当嫁，我的孩子！哪个女孩不想结婚？不过爱莲嘛，我看目前她还没有这个想法。"

"这样啊。那么西蒙呢？"

"西蒙的事儿不太好办，因为直到几周前他还一直以为莱切特庄园是他的，如今看来他是不会在此久留了。不过只要他留在这里多为你工作一天，你就应该按照刚才说的给他增加些零用钱。"

桑杜先生似乎认定西蒙会离开，这让博来很吃惊。他说："我认为不该只是给他零用钱，而是应该分给他一部分产业。"

"你打算从道义出发这么做吗？"

"是。"

"毫无疑问，你的想法是正确的，但我绝不会同意这么危险的决定。出让产业跟付出津贴是两码事，它会令产业的整体性受到破坏。"

"那么，若是在西蒙去创业时借给他一部分启动资金呢？我们可以收取少许利息，虽然我并不想这么做，但我想若我说不要利息你肯定又会反对的。"

"这我倒没什么意见。"老人亲切地笑笑，"最坏的年景已经过去，我可是一直盼望着莱切特能有更大的发展呢。我想，只要保持好收支平衡，那么借给西蒙一点钱也并没有什么妨碍。好了，现在让我们谈谈增加零用钱的事吧。"

他们讨论后定好了数额。

"最后是养老金。"桑杜先生说

"养老金？"

"没错。家中原来雇用的人现在已经因为年迈而无法工作了。"

那串长长的名单使博来第四次被吓到了。他开始怀疑所有有固定资产的英国家庭，是否都是如此被瓜分了收入的。不过桑杜先生却觉得养老金制度理所当然。

这份名单的第一名是92岁的奶妈，目前住在苏格兰的新迪儿。接下来是分别住在村里和格斯的马夫，住在村里那名已经89岁。另外还有在阿什比家做饭直到68岁，目前跟69岁的女儿住在赫桑的厨师等人。

博来想起了那个对他说"欢迎回家"并在他房间内里摆放鲜花的金发女孩，她的养老金会由谁来支付呢？也许是国家吧？

博来同意了继续支付养老金。

接着，西蒙被要求进来签名。博来很高兴看到西蒙在将视线落在他的签名上时那副睁大眼睛的样子，这种样子驱散了他整个上午的沮丧。差不多已经有十年的时间没见过的帕特那独特的大写签名又出现在了自己的眼前,西蒙或多或少也尝到了一丝挫败的滋味。

碧翠进来后,桑杜先生跟她解释了资助西蒙创业和增加零用钱的事。听到这些,西蒙若有所思地看了看博来。从他的眼神中,博来明白,他是在告诉自己贿赂他没用,他是绝不会离开这里的,而他在这里一天,博来就要付给他一天的零用钱。博来知道,西蒙的一切计划都是针对莱切特山庄的。

不过碧翠好像很满意这样的安排,她不但挽着博来的胳膊一起去用午餐,还对他说:"博来,你真好。"

餐桌上,桑杜先生举起酒杯:"虽然早餐时我已经致上了我的祝福,但现在,让我来为你们干杯吧!帕特,希望那你不但能继承家业,也能承担起责任!"

"为帕特干杯!"大家一起喊道。

"为帕特干杯!"珍妮最后一个说道。

博来看向珍妮,发现她正在对自己微笑。

第二十一章

下午,西蒙送桑杜先生前往车站。

他们离开后,碧翠对博来说:"下午我要整理账目,所以如果你不愿意,我可以顺便替你应酬。爱莲现在应该回马厩了,你也许会想找她一起去骑骑马。"

虽然和爱莲骑马是博来为数不多想做的事之一,但他却更想在遗产交接的这几天,沿着帕特生命中的最后一天所走的那条路去一趟坦壁区。

露丝提出要和博来一起去,而珍妮则一直等着偷听露丝请求的结果,露出一副也想去的样子。不过碧翠回绝了露丝,让她给博来留下一些独处的时间。

露丝愤愤地抗议道:"可是爱莲都能跟他一起出去!"

博来赶紧否认,他解释自己确实是要一个人出去。

为了避开客人,博来特意绕过了林荫大道。当他穿过跑马场时,爱莲正在对一匹棕红色的小马进行训练。他在树下凝神张望,爱莲对小马的掌控和她的耐心让博来不禁想象,那个爱慕爱莲的医生是否也如她一般爱马、懂马。

生平第一次嗅着草香踏在松软的草地上,博来的心情十分舒畅。"若是能走到坦壁区这座山的山顶,那么不管是树林、悬崖还是村庄都能一览无遗吧?"博来想,"想必当初帕特就是在此观赏云雀优美的身姿的。"

当走到旧采石场时,小屋里那个正啃着抹了果酱的硬面包的老人用尖酸刻薄的语气跟他打了个招呼:"呦!我当是谁这么傲气!原来是你!"

博来倏地停下看向他。

老人的目光透过破损的帽檐望过来,他又咬了一大口面包:"怎么,不认识这个破窝也总该认识我吧！"

博来马上惊喜地叫出来："亚伯！"

"可不就是我嘛。"老人嗔怪地说。

"亚伯！见到你真高兴！"博来边说边在老人身边坐下。他简直无法相信昨天报纸上提到的那个最后见过帕特的牧羊人竟然就在自己眼前。

博来的热情使亚伯逐渐高兴起来，他告诉博来，自己老远就认出他来了。

"腿瘸了？"

"有点儿。"

"摔断了？"

"是啊。"

"没事，谁还没有个沟沟坎坎。"亚伯安慰他。

博来靠在栅栏上，掏出了香烟。他已经准备在这待上一下午了。

接下来的一小时，老人对他讲了很多关于帕特的事情，然而这里面却没有任何能解释他为何自杀的线索。帕特的自杀让老人既震惊又意外，即便是已经经过了警方的证实，他也不肯相信帕特会自杀。亚伯始终认为，无论遇到怎样的困难，帕特都不会用这种方法去逃避。

到回去的时间了。老人先陪博来一起去了山毛榉树那里。然后，在博来的目送下，老人带着狗下山去了。当他们的身影渐渐消失后，他又立在原处，长时间地享受了一会儿山野中的静谧和拂过树枝的微风，接着，他扭转身子，顺着老人走过的路返回了那条通往克莱尔庄园的大路。

沿着北坡小路前行，风中传来熟悉的"叮当——叮当"的声音。有那么一瞬间，他似乎觉得自己回到了美国的威尔森农场，空气中隐约可见铸铁炉的火光。对了，还有那个曾与他陷入爱河的女孩，她叫什么名字来着？

正回忆着，他突然想起了传来声音的铁匠铺的位置，它就在山脚下的小房子里。眼瞅着天色还早，他决定去看看英国的铁匠铺是个什么样子。

终于到了。

除了屋顶低矮一些，这个铺子和威尔森农场的铁匠铺差不了多少。铺子里，铁匠只身一人在打着马蹄铁。因为博来的身体挡住了从门口射进来的光线，铁匠知道有人来了。他抬头随意地打了个招呼，却并未停下手中的活计。博来静静地看了一会儿后，走过去帮忙拉起了风箱。铁匠露出了一个感激的微笑。马蹄铁做好后，他马上说："我刚刚没看清是你来了。帕特先生，真高兴能在这儿再见到你。"

"谢谢。"

"你现在干这个可熟练多了。"

"是啊，离家后找一直以此为生。"

"真的？"他从火炉中夹出一块做了一半的通红的铁掌，正打算继续做完时，却又突然改变了主意，"那我可要——"话才说了一半，他已把手中的夹子递给了博来。

博来毫不迟疑地接受了挑战，很快完成了一个漂亮的铁掌。皮本先生边看，边不住地赞赏。

当博来将做好的铁掌放入水中淬火时，铁匠说："真有趣。说真的，要是你们阿什比家真有人要以此为生的话，也应该是西蒙啊。"

"为什么？"

"因为你以前对这个从不感兴趣。"

"难道西蒙就喜欢这个吗？"

"当然！有段时间他每天赖在这里，赶都赶不走。从烛台到铁门，就没有他没试过的东西。可惜，他只做成了一个不成样子的牧羊钩子。但无论怎么说，他那年夏天是彻底迷上这个了。"

"哪个夏天？"

"就是你离开的那个夏天。要是我没记错，你离家出走的那天他正在我这里看我们把铁块装车，要不是我催他，他连晚饭都不肯回家吃呢。"

博来始终盯着自己打的铁掌发呆，皮本先生则做着结束工作的准备。

皮本看了看那块铁掌，满意地点点头："即便是我自己也做不了这么好！我得把它挂起来，还得贴上'莱切特庄园帕特·阿什比先生之作品'的标签。"

告别铁匠回去的路上，博来进行了一番思考：如此看来，西蒙当时正在克莱尔而非悬崖附近，铁匠的话就是他的不在场证明。

事情就是这样。

回程中，博来遇见了珍妮。虽然她一脸"随便逛逛"的神色，但博来却认为她是故意在这里等自己的。珍妮尽力装出没看见博来的样子，同蜜糖和她的小马儿说着话。

"你好，珍妮，"他打完招呼，走过去逗起了蜜糖，以便给珍妮一些时间调整自己的情绪。

珍妮似乎正在与什么不同寻常的感情抗争，她的脸一下子变得通红。

过了一会儿，见她并未说话，博来说道："我们也该回去洗手吃饭了。"

珍妮的手突然从蜜糖的头上垂下，转过身面对着博来，鼓足勇气问："我能跟你说点事吗？"

"有事要我帮忙？"

"不是！我只是想跟你道歉！你刚从美国回来时，我对你不太礼貌。"

"哦，珍妮！"他突然很想把这个勇敢的小姑娘拥在怀里。

珍妮急着对他解释："我对你没有成见，真的！我只是——只是——"

"我明白。"

"你真的明白？"

"嗯。你当时那么做是正常的。"

"是吗？"

"是。事实上我已经考虑过这些，也相信你的诚意。"

"那你愿意接受我的道歉吗？"

"是的，我接受。"博来一本正经地跟珍妮握了握手。

她没有像露丝那样马上挽住他的胳膊，而是一边矜持地与他并肩行走，一边跟他谈论着蜜糖的小马的市场价，以及该给它取个什么名字。当说到小马的名字时，她顿时兴奋起来，完全忘了一贯的矜持。当他们到了家门前时，她已经毫无顾忌、滔滔不绝地说了一大堆话了。

碧翠已然在门外等着了。见他们回来，她说道："怎么才回来？等你们吃晚饭呢！"

第二十二章

博来就这样继承了家业，并赢得了除了西蒙以外所有人的心。

星期日跟家人去教堂时，他被所有人审视、议论了足足一个半小时。除了不信教的人和三个出麻疹的孩子外，几乎是全城的人都来看他了。碧翠说，有几个原本只在谷仓中做礼拜的人为了看他都宁愿来忍受这里乏味古板的高级教士了。甚至还有一些人，比如女佣拉娜，除了自己受洗或最后一个孩子受洗时，就从没来过教堂。

博来坐在爱莲和碧翠中间，孪生姐妹坐在爱莲另一边，西蒙则坐在碧翠的另一边。露丝因为喜欢表演而加入了唱诗班，此时她正充满激情地大声歌唱着。而珍妮则始终不屑地看着一切。博来一面专心听着牧师布道，一面查看着教堂墙上阿什比家的纪念碑。

牧师并未按照常规方式解释教义，而是仿佛在辩解着什么似的。若是闭上眼睛，甚至会让人觉得正坐在壁炉旁在听他谈话。博来不禁想起了自己小时候在孤儿院听过的一些布道。那些牧师有的慷慨激昂、抑扬顿挫，有的精神饱满地跟教徒互动，还有的就像是在兜售商品的小贩一样。在他们之中，总能在讲道时达到忘我境界的派克算是讲得最好的。听他布道，会让人觉得即使没有布道的讲坛，他也一定会成为一个牧师。

礼拜结束后，博来原本应去牧师家用餐，可村民们却纷纷涌来，为他献上祝福。碧翠本打算陪他一起应付这些人，却被爱嚼舌根的格鲁姆太太借故拉走了。如此一来，博来只能孤军奋战。一群陌生人围过来，博来有些不知所措。此时，一位帽檐上插着粉红玫瑰花、脸颊通红的胖太太正朝他走来，他要不要假装还记得她呢？还有那些徘徊不去的人，他要跟他们搭话吗？

就在此时，爱莲出声解救了他："你还记得吗？这位高莎拉小姐常来教堂帮忙洗衣服的。"

介绍完高莎拉小姐，她又像秘书一样带着他应付了一拨又一拨。每次遇到新面孔，她都会简短地跟博来介绍一下："赫利，曾帮我们修过脚踏车。""这是助产士史太太。""这位是马小姐，学校老师。""这是以前花匠的儿子唐米。""还有农具厂的司太太。"

一直将他护送至牧师家花园的小铁门前，爱莲才边打开门推他进去，边说："行了，到了避难区你应该就安全了。"

"什么？"

"咱们小时候捉迷藏时不是总把最佳藏身地叫'避难区'的吗？别说你忘了！"

他沿着小路往牧师家走去，默默对自己说："博来·法拉，总有一天，你会遇到无法说忘记的事的。"

午餐时，他和主人一起悠闲地享受了南希的热情款待。饭后在园子里散步时，在牧师的询问下，他一五一十地讲述了自己这八年来的生活。这位牧师最大的优点就是他很会倾听。

周一他去了伦敦做衣服。在裁缝铺中，他受到了殷勤接待，并得到保证，他们一定会用最快的速度帮他做好一套让他满意的新装。

与桑杜先生一起吃午饭后，他被带去见了银行的经理。在银行，他兑现了一张支票，用挂号信将现金寄给了洛丁。按照早就约好的，信中没有附言，信封上没有名字，也没有任何电话通知。

第一次给同犯寄钱，博来心中有种奇怪的滋味，他试图用啤酒来冲掉这种味道，但却失败了。于是他乘坐二十四路公交车，去看了他以前租住的小屋。当看到这些破败不堪的屋子时，他的心终于安定下来。

当他搭乘四点十分的车回来时，爱莲的小甲虫车正在车站等候。此时他已不需要再时刻提防，因此也就觉得爱莲不再是敌人，而更像是亲人了。

"既然我有空接你，总不能再让你坐公交车了吧。"爱莲说。

博来十分自然地坐进副驾驶的位置，两人一起回家了。

"现在你应该不会再长久地离开家了。"她说。

"是，除了去看牙医和试衣服，确实不会了。"

"没错，就等那一天了。或许查理叔公希望他回来时你能去接他，但在那之前，我们可以安定一阵了。"

于是他就彻底安定下来了。

上午他不是遛马就是在马场进行翻越障碍辅导，也经常跟爱莲和孩子们一起骑马出去。这让喜欢冒险的托尼喜出望外。他破天荒地给家里发了一封电报，要了一套正式的儿童骑马装，穿着来上课。博来几乎每天都跟爱莲在一起，就连晚上回家后也要计划第二天的活动。

他们兄妹如此投契，让碧翠也倍觉欣慰。但同时，她也希望能看见西蒙加入到他们之中。现在西蒙常找借口出去。每天都是早饭后就出门，至晚方归。上午他会去训练一下提波或思嘉，然后就去西部港吃午饭。虽然也着意观察过几次，但碧翠还是弄不明白他到底是醉还是醒。不过在家时他倒是不常喝酒。西蒙一向喜怒无常，所以碧翠始终认为这只是他纾解压力的一种办法罢了。她真心希望西蒙能早点像爱莲一样跟博来成为好友。

一天，当他们在马厩中忙碌整天后回家时，爱莲对博来说："你应该在布尔农展上表演些什么，免得大家觉得你奇怪。"

"我可以听露丝的，去赛马。"

"没人会拿那种趣味项目当回事。你得用咱们自己的马展示你的骑术。你骑马用的装备很快就会送来，你一定得做点什么。"

"好。"

"你总是这样敷衍我。"

"我没有。那我应该骑哪匹马参赛？"

"除了提波，最快的就是彻伦了。"

"可彻伦是西蒙的马。"

"才不是！彻伦是用马厩的钱买的。你参加过赛马吗？"

"我只参加过一些本地的赛马。"

"我觉得碧翠姑姑可能是打算让彻伦作为租用马的，不过应该也能参加最后的赛马。虽然彻伦很容易紧张，但它跑得快，跳障碍的能力也很好。"

晚餐时，他们将讨论的结果告诉了碧翠，碧翠不但同意了，还问了问博来打算参加哪个级别的比赛。

"128磅。"

碧翠若有所思地看着正在吃饭的博来。虽然阿什比过去的两代都不胖，但眼前这孩子明显比他们更加单薄，而且还总显得很疲惫，尤其是在劳作一天后，这种情况格外明显。她觉得，或许是因为腿的缘故，博来才显得紧张和抑郁，因此她决定，等庆祝会过后就找个医生来给他治疗。要是能请司医生找个有能力的外科医生咨询一下就最好不过了。

让碧翠惊喜的是，跟西蒙不同，博来是真心喜欢与马相关的一切知识。西蒙只看过一年的赛马杂志，而博来却爱看各种有关马的书籍。某天晚上，本打算去书房关灯的碧翠竟发现博来还在那里埋头苦读一本书，并且还说要追溯蜜糖的血统来源。

"你选错书了。"说完，碧翠帮他找了一本。

因为还要忙别的事，那晚，碧翠在两个小时后才回到书房，可博来依然在聚精会神地读着，甚至都没发现寂静中来到身边的碧翠。

书桌上堆满了书，博来痴迷地看着马的照片，对碧翠说："碧翠，这真是太令人着迷了！"

碧翠看了看他正在看的书，又拿了一些过来："你还没找到我最喜欢的书呢！"

从那以后，若是在博来时常出没的地方见不到他的话，那他一定是在书房里看有关马的书或是照片。他也常常去找格雷谈论有关马的事情。一周后，格雷对他的敬意就超过了西蒙。对西蒙，他一向称之为"西蒙先生"，但他却管博来叫"帕特先生阁下"。因为体会到了这位新主人的虚心和热切，格雷对他愈发敬重起来。

每当碧翠走过马厩时，总能听到格雷喋喋不休地大谈特谈，而博来只是偶尔予以简短的回应。

碧翠曾无数次想象侄儿回来的情形，如今她感谢上苍，这个侄儿竟如她所想的一样好。当然，他确实有些过于沉默而让人无法看透了，可比起西蒙的善变，他的这种沉稳反而更好一些。

为了能让查理叔公尽快收到信件，她将写给他的长信寄到了马赛。在信中她详细描述了这个侄儿，即便知道查理叔公兴趣不大，她还是告诉他博来对马是如何在行。不过，查理叔公一向认为马是一种愚蠢的动物，甚至还不如一个三个月的孩童伶俐。

对查理叔公来说，马厩的吸引力完全在于那里还养了几只猫。查理叔公喜欢猫，每次在别人看马展时他总会蹲在角落里逗猫。实际上，他就连个性都与猫相似。他高大温和，圆圆的脸皱成一团，常用空闲的手举着一只眼镜片到处乱看。虽然身高六英尺多，但他走路时脚下却仿佛垫着海绵一样悄无声息。

查理叔公对家人和故乡付出了全部的爱。他喜欢别人说他越活越年轻。他将自己弟弟的孙子视为掌上明珠，因此碧翠才这样描写博来："他仅归来两周，便完全融入了这个家庭，甚至那些陌生的村里人都觉得他似乎从未离开过。他少言寡语但头脑却很灵活，发表意见时总是一针见血。他还彻底征服了珍妮。他刚回来时，珍妮因为西蒙的原因对他很不友善，但很快就转变了态度。露丝倒是一开始就大献殷勤，然而却没讨到什么好处，我猜可能是因为帕特觉得露丝这种表现是对西蒙不忠吧。现在露丝倒是也不那么腻着他了。

"乔治虽然也很高兴他能回来，但恐怕还无法谅解他始终不写信回来吧。我原本也觉得此事很不可思议，但后来一想，或许他是因为无法承受家庭的巨大变故才离开的吧，对此，我们应该试着去理解。

"西蒙表现得也不错。对于突然要屈居第二，他表现得很有风度，这真让人感动。但他始终不相信现在的帕特就是以前的帕特。由此可见，帕特始终没有来信是多么大的失策啊，这对西蒙简直太不公平了。我猜测他可能根本没想过回来。我也想问问他这个问题，可他本就内向，如今更是难以搭话。或许你回来以后，他会愿意跟你聊聊吧。

"也许你愿意听听我们是如何为参加布尔展览会做准备的吧？展览会预计在你抵达英国的前三天举行，我们计划在会上展示一下莱切特庄园的成果——今年我们有三匹水准以上的马，其中两匹甚至应该能达到进军奥林匹亚的水准。不过，为了将机会留给西蒙和爱莲，帕特始终不打算参加今年的展示。

"当然，三言两语是很难说清帕特究竟是什么样子的，所以还是请你自己回来看一下吧。"

第二十三章

博来觉得在布尔农展会上，是由西蒙来展示提波，所以他把最近训练提波的工作都交给了西蒙，自己去照看其余的几匹马。不过，有时候，在西蒙有事外出的时候，博来也会带着提波到处遛遛——事实上博来很享受这样的时光。从内心来讲，博来对莱切特的很多马匹都很喜欢，特别是机灵好动的彻伦，还有看起来很有亲和力的思嘉。爱莲的那匹老得快走不动的巴斯特，他也很喜爱。不过在这些马中，提波是与众不同的，它几乎可以算是勇气、力量的一种象征，算是主人们的荣耀。博来原本想把提波一直以来的坏毛病改掉，那就是任谁骑到身上，都十有八九被摔下。不过，他觉得在农展会开始之前，是不适合训练提波的，如果让它接受其他训练，它将要在农展会上展示的跳跃技能，将会因自信心不足而大打折扣。

如果有好的时机，他肯定会好好地训练它，不过，这段时间是西蒙在负责提波的一切，并很看重提波能保持现有的状态。所以，博来带着提波出去遛弯的时候，只是让它在简单而缓慢地散散步而已。在陪伴提波的时间里，他会在脑子里暗自计划农展会后，在什么地方开始对提波进行训练比较合适。坦壁区一带的树木太过高大，而这里的山顶也不是那么阔朗，提波是不可能在这里得到好的训练的。他想找一个宽阔的场地，能够独自一人带着提波成长，那个地方不仅要开阔，还要有高度适合的树，以供提波来嬉戏。或许，在克莱尔的那片草原上训练提波最为合适。

在农展会召开前的某一天，他试探爱莲的意见："你觉得克莱尔那边的人，会不会看我骑着马经过他们的草原，很不高兴？"

爱莲立即肯定地告诉他，克莱尔方面的人肯定不会在意这些，那些人甚至都不太喜欢那些游戏场，如果不是为了构成一定的景观，早就把它废掉了。

听了爱莲的话，博来就领着提波来到克莱尔的草场上，慢悠悠地散步，并且注意躲避那些低矮的树枝。之后，他领着它又转了几个小树丛，并估摸着最低的那根树枝离地面有多高。提波对博来做的这一切非常困惑，不过它还是很愉快地跟着博来到处转悠。它似乎很喜欢那些高大的树，但不知道博来对那些树是何感觉。

他们一连经过了很多树丛，一直到了那片最古老树丛之中——它大概有500年的历史了，一直是克莱尔最引以为豪的地方。当博来领着提波走近这片树丛时，提波突然从地上腾空而起，并且发出恐惧的嘶鸣。博来对它的反应很是吃惊，眼前这棵橡树让提波发现了什么？他瞅瞅提波，提波的耳朵一直竖立着，好像高度警惕着什么。博来觉得提波不是因为想到什么而惊恐，而是发现了草地上的异样的东西才会如此。

"你一直以来就是这么偷袭藏在树丛里的女孩吗？"帕斯洛小姐在树影里大声说，并像海狗一样从草地上昂起头来，用手肘支撑着身子，饶有兴致地看着博来和提波。

博来看这里就她一个人，非常惊奇。

帕斯洛小姐又问："你平时只骑这一匹马吗？对别的马都不屑一顾？"

"不是，我平时也骑其他马的。"博来老老实实地回答。

"我想，如果我说你是特意来这里找我的，会遭到你的嘲笑吧？"

博来告诉她，他来这里是找一个合适的地方训练提波。

"它哪里不好，需要训练？"

"它有个坏习惯，总是喜欢跑到树下，然后借树枝把它背上的人扫下来。"

帕斯洛小姐一副极为有兴趣的样子，把身子又从草丛里抬高一点，兴奋地瞅瞅提波："是这样吗？我简直难以置信一匹马会这么爱搞恶作剧。你会如何改正它这个毛病呢？"

"我是让它体验一下，每次到树底下都要感受痛苦。"

"你的意思是每次跑到树下，都揍它一顿？"

"不是的，那能起到什么作用？"

"那你意思是它搞恶作剧之后，你揍它？"

"我不会这样的，因为事后它更不可能知道挨打是因为走到树下把人摔下去。"

博来用马鞭不停在提波健硕的身体上挠痒，提波很享受地低着头。他对帕斯洛小姐说："你肯定不知道它会想什么。"

"一切与训马有关的事情我都不知道。你了解它的想法，还知道如何做吗？"

"当它看到一棵树兴奋起来，我就让它过去，但到了那棵树下，我会刺它的肚子，让它铭记于心。"

"哎哟，你这样比我想的还残忍呢。"

"我这样做的前提是算好时间点，如果时机选择不对，那就太糟糕了。"博来面无表情地说。

"它会非常恨你的。"

博来笑起来："假如它能够记仇，我倒会很意外呢！马怎么可能和人类一样呢？"

"它会想是谁刺它的呢？"

"它可能认为是那棵树刺痛它了。"

"啊，我也一直认为马是非常笨的动物呢。"

博来觉得帕斯洛小姐好长时间以来都没参加爱莲举办的骑马会了，并且在马厩里她也从未光顾。于是，他就关切地问这位小姐最近骑马技术如何了。

"我是不会骑了。"帕斯洛小姐回答。

"完全不会再骑马了？"

"是的。"

"但是前一段时间，你骑得很不错呢。"

"骑马太折磨人了，不仅让马受罪，我也被颠簸得受不了了。"

说到这里，她从身边揪了一根草，叼在嘴里，并用调戏的神色盯着博来："我猜得不错的话，西蒙也不怎么去马厩了，我知道他去了什么地方。"

"去哪里了？"博来忍不住问。

"肯定去了天使餐厅啊！"

"你说的是西镇的天使餐厅？可是你足不出户怎么知道呢？你是想的什么方法溜出去的？"

"这还不容易？我就说我要去西镇看牙医。"她兴奋地笑起来，"而且，第一次去是我们学校给约的时间呢。不过后来他们不管我了。我有足足30颗牙，这足够我一直到学期结束也不愁溜走的借口。"

她特意张开涂着口红的嘴，露出一排洁白闪亮的牙齿。"我如今就是藏在这里打发时间，等开往西镇的车子来。其实，我原本可以乘上一班车，不过我认为下一班的司机太帅了。他还请我下周去一起看电影呢。假如西蒙还是对我态度冷淡，我就会和这个帅司机约会了。但是，西蒙最近的态度是好了一些呢。"她开始嚼那根草，"他好像对我心平气和了。"

"是这样吗？"博来心不在焉地问。

"我想问你，你是不是按我的意思，把盖茨家的那个女孩子诱惑走了？"

"我从没这么做。"

"那真是奇怪，他如今也不太搭理那个女孩了。我觉得，他对你也不友好了，还以为你按我所说的把他那个女友引诱走了呢。我想，他不高兴是因为你把莱切特家的财产弄走了。"

"你还在胡说，你赶不上车子了。"

"哎呀，你学西蒙那一套，不过你们的手段不一样。"

"我没骗你，车子马上来了。"

"天啊！"她大叫着从草丛里跳出来，往车子的方向跑去。这个激烈的动作把提波也吓得不轻。

"天啊，等等！我要坐车！"她一路狂奔到大路上，到了车前还在不停地尖叫。

看来她这一天的意义，就在于赶上这班车了。希望她能在西镇的天使餐厅看到西蒙。

西蒙会在西镇的天使餐厅打发一个下午的时光，这真是让人困惑，更让人意外的是，他还能对这个帕斯洛小姐心平气和。要知道，以前人们提起帕斯洛的名字，他都会嗤之以鼻的。帕斯洛对他来说就是空气。现在他竟然可以见她，对她的态度还"心平气和"。这个帕斯洛小姐，一般是不会撒谎的。再说西蒙要是实在不愿意见她，肯定能找到一个帕斯洛找不到的地方。在西镇，酒馆饭店数不胜数，并且很多地方都比天使餐厅更符合男人的胃口。

博来非常想知道西蒙和帕斯洛小姐是如何相处的，但他费尽心思也想象不出到底发生了什么事情，能让这个一向对帕斯洛不屑一顾的西蒙，开始能接受这个女孩呢？是对自己家庭的一种报复心理吗？——"你们不给我任何利益，我就让你们出丑。"假如真的如此，那西蒙就太不成熟了。不过，也可能有别的原因。

博来知道帕罗斯的家里非常有钱，而现在西蒙正是缺钱的时候。不过，博来很难说服自己，西蒙会为了钱而接受帕罗斯这样的女孩。

他一边牵着提波往回走，一边想着有关西蒙的古怪性格，他实在猜不透这个人。

到了家，他把提波交由亚瑟看管，自己和爱莲一起去看列吉娜新生出来的小马驹。

"她真棒，是不是？"爱莲看着列吉娜的小宝贝，她正在颤巍巍地要站起来。"又诞生了一匹好马。列吉娜这么骄傲，她这一生里，不知道有多少人来看望她的小马驹。她似乎并不在乎那匹小马，而只是享受人们来看望她时的荣耀。""这匹小马比不上蜜糖的好。"博来看了一眼小马，并不很高兴地说。

"你太偏爱蜜糖了。"

"不信你等着吧，蜜糖下一胎一定生个前所未有的小马，比这些马都好。"

"你就是喜欢蜜糖喜欢到骨子里了。"

"这话是碧翠说的吧？"

"你怎么知道？"

"她和我也这么说的。"

他两人相视一笑。

爱莲接着说："博来，有你在这儿，事情都变得美好了。"

博来注意到她的用词，是"在这儿"而不是"回这儿"，不过，爱莲自己一点儿也没觉得这样说有什么不妥。

"那个医生也会参加布尔农展吗？"

"他太忙了，应该不去的。你怎么想到他了呢？"

博来自己也说不清为什么想起他。

两个人沿着马场走了好多圈，等到返回家中，家人都喝过午茶了。这样更好，只有他们两个人一起喝茶。他们进门时，看到珍妮正在正儿八经地弹奏着肖邦的乐曲，看到他们进门，好似长出了一口气。

"爱莲，你觉得25分钟是不是和半个小时一样？我刚好弹了25分钟。"

"随你的便，但我不想在喝茶时听到什么钢琴曲。"

珍妮听了，如释重负，摘下厚镜片的眼镜放到口袋里，然后一脸感谢地走了。

"露丝弹琴时，似乎对表情特别看重，而一点也不重视弹走了音调；而珍妮专注于把每个音符都弹正确，不过脸上没有一点表情。这两个人，肖邦不知道会喜欢哪一个。"爱莲一边往面包上涂抹果酱，一边评价这两位"音乐家"。

博来一边看她忙碌，一边陷入沉思：自己终有一天会事情败露，而西蒙的计划也会成功。到那个时候，他在此所拥有的一切都会是过眼云烟，爱莲也不会像现在这样了。

两个人安静地吃着东西，只是偶尔说上一两句。爱莲想起一件事："对了，你有没有咨询碧翠，下周我们在赛马时，用什么样的旗帜？"

博来平静地说自己忘了问了。

"那我们去找找，我们往年用的旗帜应该就在马厩的箱子里放着。"爱莲建议。

吃过东西，他们就去马厩查看。马厩里空无一人，格雷回去吃午餐了。但是爱莲知道箱子的钥匙放在哪里。

"这些旗子都是用过多年的了，"爱莲把旗子找出来摊在桌子上，"事实上，这些事情是应该是爸爸做的，后来西蒙也做过几回。这些实在太破旧了，不然我们今年可以——"

她停顿了一下，博来接着她的话说："我们可以做些新的。"

"如果重做，我想用紫罗兰色的布和淡黄色的布相配最好，你的意见呢？不过这样的颜色也容易褪色。西蒙一到冬天天冷，就会脸泛青色，他说这样的颜色正好搭配他的脸色。"

他们在箱子里又开始翻找，找到了好几件过去赛马时得到的纪念品和奖品。

最后，爱莲关起箱子对博来说："是吃晚饭的时间了。"她锁好箱子，把钥匙放到原处。

"我看我们还是用这些旧旗子吧，我倒是觉得他们和你很相配。不过，我看需要熨烫平整才好。"

说完，她拿起了旗子放在胳膊下，然后两个人一起走出马厩，和迎面而来的西蒙撞个满怀。

"你才回来，西蒙。"爱莲看看西蒙的脸色，很吃惊。

"谁带提波出去的？"他似乎非常愤怒。

"是我带的。"博来说。

"什么时候轮到你管提波了？即便是我不在，也不许你动它！"

"但是我觉得今天需要有人带它出去遛遛。"博来很温和地说。

"除我之外，不许任何人动它，任何人！"

"西蒙，你怎么可以——"爱莲想劝导西蒙。

"闭上你的嘴！"西蒙咬牙切齿地说。

"我不会闭嘴，马本来就是博来的，假如——"

"我再重复一遍，你闭上嘴！我不需要什么外人来带坏我的提波。"

"西蒙，你不要这样，听我说！"

"不知道从哪里来的杂种，竟然打起我们马场的主意，好像他真要一生都在这里度过一样！"

"西蒙，我想你是喝多了，你怎么能对用这样的言辞说哥哥？！"

"哥哥？你说哥哥？天真的爱莲，你真是单纯得要死。他甚至都算不上是我们阿什比家族的亲戚，有谁知道他从哪里冒出来？他打扫马厩还行，想骑我的马，简直是做梦。即便是我的马需要出去透透气，也不需要他这样的人来费心，我的马夫多得用不完呢！"

他的脸高高昂起，博来看他的样子，恨不得立刻揍他一顿，但博来明白，揍这个人的时机还远远没有来临。

"没听到我说的话吗？"西蒙看他没反应，更是万分恼怒，不由得大声质问。

"听到了。"博来心平气和地回答。

"这就好。你牢牢记住，提波和你没有一点关系，你不要妄想动他一个指头。"

他说完，扭头就走。

爱莲愣在原地，脸色苍白。

"啊，博来，我真是感到抱歉，他想必是脑子出问题了。他见到你之前，曾经怀疑你不是帕特，但是看到你以后，他不再怀疑了。没想到今天他又开始旧病复发了。他喝醉了吧，因为他每次喝醉都是这样胡言乱语，你不用在意。"

博来想的正好和她相反，他相信酒后吐真言。

"你不知道的，他整天喝酒，喝醉了就成这样。他不醉的时候不是这样的。"

博来反过来安慰爱莲，每个人喝醉后，都有失态的时候，他不会放在心上的。

他们随着西蒙回到房子里。一下午的愉快时光，被西蒙的到来打破了。他想西蒙也许在晚上会恢复正常。

但是西蒙压根儿没回来吃晚饭。爱莲问别人西蒙的去向，碧翠说他去旅馆探望朋友了，晚饭前打电话说不会回来。

碧翠看起来神色正常，所以博来觉得西蒙应该在碧翠面前非常正常，并没有喝醉。

第二天清晨，西蒙下楼吃早饭，和平时没有区别。

"我昨天可能是太在意提波了，不好意思。"他好像没发生什么事情一样和博来及爱莲打了个招呼，"我不该喝得烂醉，以至于太失态。"

"你昨天真的太可怕了。"爱莲非常冷漠地说。

不过气氛因为西蒙的道歉，变得轻松起来。接下来的一天和平常一样平淡无奇。碧翠从外面的屋子里走过来，到了第二杯咖啡；珍妮端着粥从厨房也走到这里。露丝来得很晚，头上戴着自己喜爱的钻石发卡。碧翠一看她的头饰，就叫她立马回房间去拿掉它。露丝非常不满地抗议，但上学时间快到了，她只能回房间去掉它。她上学走后，碧翠很疑惑地问："她那奇怪的发卡，是从哪里弄到的？"

"那不是咱们去西镇时，她到商店买的吗？"珍妮抢着说，"但那才不是真钻石呢，一个才一块六毛钱，很便宜。"

"你为何不买一个戴呀？"碧翠看着珍妮那个破旧的发卡，问道。她觉得那个买假钻石发卡的应该是这个女孩才对。

"啊，那个啊，我不是喜欢钻石的人。"

就这样，阿什比家又开始像往常一样平静如水了。他们开始筹备布尔农展的事情——这个农展上，他们家里又会遇到哪些事情呢？

第二十四章

布尔镇非常小,在西镇的北边,大约位于整个县的中心位置。它就如英国其他小镇一般无二,但是要比别处富足多了。正因为如此,布尔农业展览会才会像全县的博览会一样,有着极高的声誉。

每年到这里来参加农展会的动物,也会出现在高一级的展览会上,并且还会有很好的表现。所以,当地人都会在其他大的展览会上感叹:"这匹马就是在布尔农展上出现的呢!"

这个现在既现代化,又让人喜爱的小镇上,有几座古老的旅馆和一座教堂,还有一条非常宽阔的街道。假如让报社的麦卡伦先生看到参展农民的神态表情,一定会非常生气——因为这里的人们是如此安于现状,并乐在其中。

每年的初夏时节,这里都会举行农展会,不仅为人们提供做生意的机会,也让很多人开始一年中大的社交活动。展览会结束时一般都会有一个大的舞会,人们可以尽情聊天欢聚,并且交换坊间的小道消息。

最早的交通工具是马车时,人们还有个习惯,就是在布尔镇上的旅馆里留宿。不过从人们广泛使用汽车后,旅店的生意显然清冷了很多。人们越来越喜欢那种在舞会后一家人其乐融融地挤到汽车里,然后开车呼啸着返回家中。愿意住在旅馆的,是那些怀旧的老人,或者是离家比较远,不方便带动物回家的人。留宿的人一般都住在杰克旅馆。

阿什比家从威廉·阿什比七世开始,就习惯于住在杰克旅馆。他们一般不会订下旅馆最好的房间,因为当时最好的房间总会被列丁罕一家霸占。实际上,近年来,阿什比一家要想订好的房间,也是可以实现的,但是他们一家人都非常勤俭节约,主观上不想这么奢侈。他们不太喜欢所订的三间景观不好,家具粗陋的房间,可他们会想:这么多年一直住,也习惯了这些房间属于他们。

格雷在周二下午把参展的马带到布尔镇,亚瑟是周三早上才带着爱莲骑的巴斯特和一匹小马来到的。巴斯特很不喜欢在陌生的马厩里吃住,它很爱发脾气,而且一发脾气就会把一个马厩踢得粉碎。

西蒙和那对孪生姐妹陪着碧翠乘车而来,博来和爱莲坐着那辆"金龟"车,车上还坐着小孩托尼——他坚持要去参加专为儿童举办的赛马大会,并且声称:"如果我不去参加这个比赛,我爸爸会自杀的。"

博来真的不希望这个小毛头也跟着——尤其是一路上要夹在他和爱莲之间。他越来越觉得,自己和爱莲在一起相处的快乐时光越来越少了。

"今天的天气肯定不错,"爱莲看看蓝色的天空,愉快地说,"这么多年,农展时只有一次下了雨。参加农展的人运气总是这么好。博来,我是不是把手套放到箱子里了?"

"是的。"

"你早上想干些什么？仅仅是看看高大婶做果酱吗？"

"不，我想去跑道上转一圈。"

"不错，"爱莲很赞同地说，"这是个好主意。"

"我想别的选手肯定对跑道的情况都很熟悉了。"

"是这样的，其实，假如你放你的马出去，它们自然会知道沿着跑道跑。还有，碧翠姑姑是否把看台的票给你了？"

"给我了。"

"在你身上带着吗？"

"是的。"

"今天早上我似乎有点发抖，可能还是紧张的缘故。你一定要稳住，博来，你总是这么沉稳吗？"

"那怎么会，我也是会紧张的。"

"你属于内心紧张，表面轻松的？"

"我想是这样的。"

"这太有趣了。从表面上，我丝毫看不出你紧张。"

"嗯。"

"我觉得你这样真好，不像我，一紧张就脸红。"

博来听爱莲这么说，看了她一眼，只见脸颊通红的爱莲真是动人。

"据说佩琦为了参加比赛，还买了一套新的马装。你见过她骑马的样子吗？"

"从来没有。"

"她看上去非常美，"爱莲说，"骑马的技术也很好。我感觉这次她骑着那匹叫'旋风'的新马，肯定会有不俗的表现。"爱莲就是有这样的特点，她做出判断都是从客观出发的。

布尔镇的公路在太阳下熠熠生辉，各种各样的招牌整齐地排布在街道的两边。卖各类商品的店铺都有，比如吃穿玩用，甚至动物的饲料和药物。简直让人目不暇接。

到了住宿的杰克旅馆，碧翠早就在那里等他们了。碧翠说，西蒙到马厩里去看马了。

"我是头一回来这里，通知说晚上可以随意活动，这真是好消息。"爱莲兴奋地说，"博来，把行李放到这里，谢谢。我现在就要打开箱子。"

博来到了他和西蒙共同的房间，门上写着十七号。西蒙的物品丢得随处都有，两张床上也堆满了他的东西。让他感到奇怪的是，尽管这些物品是没有生命的，但它们像是都在述说着什么。

博来收拾了一下自己的床铺，然后打开箱子很细致地把自己带来的日常用品摆放在置物架上。

"我担心你忘记时间，特地来告诉你一声，"碧翠从门外探头进来，"午饭是12点半开始，我们家是在门口左边那张桌子上吃。你早上准备干什么，博来？"

"他想去跑道那边瞧瞧。"爱莲在一边搭腔。

"那不错，不过要注意，不要惹事儿啊。"

他们把小托尼送给史达先生照看，并且叮嘱史达："如果汤尼说他爸爸生了重病奄奄一息，一定不要信他。"

"那他爸爸到底生病了没？"

"没有，身体很好，不过我们知道这个小鬼头，假如他觉得展览会没意思，就会想别的主意了。总之，你别信他。到午餐时我会来带他吃饭。"

博来在布尔镇上的街道上散步，心情无比轻松。这是最近一个月来，他第一回自己独自出行。他早就对轻松散步失去感觉了。现在将有三个小时的时间可以自由支配，自己可以随心所欲地做任何事，并且不用担心会有什么样的后果。

看到前面一辆公共汽车上写着"哈伦公园"的字样，他毫不犹豫地上车赶往这个展览区。

他从来没参与过英国农展，不过在美国也曾参与过类似的展览会。他在心里不由得把自己以前看到的情况和现在的情况对比了一下。

对面不时有人走过去，并向他挥手打招呼——但往往举到空中就愣了一下，然后放下去。大概是把他当成西蒙了。

这让博来很感慨，看来自己长得还是很像阿什比家里的人的——不过这样的话，自己的自由时间将会大打折扣了。好在人们都在兴致勃勃地参观，没几个人注意到他。

参观完展览，他又来到举行跑马的公园中去。看到红色的旗帜在跑道两边飘扬。他先看到的是一条笔直的有着栅栏的跑道，之后这条跑道拐了个弯，延伸进乡间的道路上，一直到终点。

整个跑道只有几个弧度很弯的拐点，其余的都不算难跑。跑道两边的栅栏设置得很专业，跑马的草皮也非常舒服。博来参观完，很想早些开始比赛。

乡野的什么都是平静和安详的，这让他乐不思返。不过他回到旅店，看到自己的那些"家人"其乐融融地一起吃饭，又不由自主地开心起来——这样的感觉让他自己都很吃惊。他非常自然地坐到为他预留的位置上。

吃饭的时候，还有一些人专门过来打招呼，欢迎博来到布尔镇参加农展，并欢迎他回到英国。

这些打招呼的人都是比尔和诺拉的好友，甚至是他们上一辈家长的好友，所以他们似乎都不会为博来不认识他们而生气。博来只需要礼貌地应对一下就可以了。

第二十五章

"我想我快要生病了。"露丝说，这时她和博来正坐在看台上。

"我说嘛。"博来答道。

"你要说什么？"她很吃惊地说，博来的这种反应是她始料未及的。

"吃下个大螃蟹，又加了三个冰淇淋。"

"不是因为我吃的东西嘛。"她娇声说道，"是因为我的大脑太娇贵了，一激动就头晕眼花，像是要吐了。"

"没事的，过一会儿就好了。"博来随口答道。

"你说想吐没有事？"

"那种感觉很好呀！"

"我能安静地坐一会儿就会好的。"露丝说完就不再出声了。

实际上是今天露丝感到自己好像不受重视，才使用刚才那个办法的。这一年来，她实在对马的事情太大意了，导致了在布尔农展上没有大展身手的机会，她只能穿着那身美丽的绒布衣服，安静地坐在看台上。她对她的孪生姊妹的比赛倒很是上心，这是非常好的做法。

"瞧，爱莲和罗杰在那儿。"

博来也瞧见他们了。

"谁是罗杰？"

"他在这附近有一个农场。"

罗杰是个有着浓黑眉毛的年轻人，他看上去和爱莲一点儿也不陌生。

"他在跟爱莲谈恋爱呢。"露丝说，又想玩新花样了。

"他看上去很棒。"博来心不在焉地说，心里却乱成了一团。

"假如爱莲和罗杰结婚倒是挺好的。他不缺钱，还有一所大房子和很多马。"露丝开始绘声绘色地说。

博来情非所愿地向露丝打听，爱莲是否愿意嫁给罗杰。这回露丝可找到施展本领的机会了，她马上像模像样地对爱莲和罗杰结婚的优点和缺点进行细述。

"爱莲还在试探罗杰呢，就好比圣经写的利百加让雅各为了娶到她，要先为她工作七年那样。你要清楚，爱莲可是罗杰最喜欢的人啊。"

爱莲和罗杰道别了以后，就来到看台与他们坐到了一块儿，准备观看十岁以下的新手比赛。

"你们知道托尼差一点儿就没法加入这一组的比赛吗？"爱莲问他们道，并一边在博来的旁边坐了下来，"他到后天就10岁整了。"

参加这组比赛的孩子总共11个，最小的那个大概仅仅四岁，胖乎乎的大肉团，堆在一匹健壮的马上，几乎没有控制那匹马的可能。

"好在托尼看上去好多了，即使是在最不好的时候。"爱莲道。

"托尼看上去相当好。"露丝说。实际上托尼一向都很棒，就像爱莲说的，他称得上是骑马的天才。

这些小骑士起初是让马缓缓地走，随后渐渐加快了速度轻跑开来，11个选手经过裁判的筛选，最终四人闯入决赛。但这几个选手实力相当，裁判无法判断出胜负，只能让他们一遍一遍地重复每样动作。因为只有三个奖牌，所以四人中肯定有一个要出局。

就在这个关键时刻，托尼拿出了看家本领，展示了一个他自以为最棒的动作。当他的马经过裁判的看台时，他一下跪在了马背上。接着又一个动作，一脸得意地站立在马背上。

"我的上帝呀！"爱莲实在无法相信地喊起来。

观众里发出了一阵又一阵的笑声，但托尼的把戏还没有结束呢。

他又重新跪回马上，两手握住马鞍的前面，大头朝下地竖起了蜻蜓来，两条细长的腿在马上不停地摇晃着。笑声过后，观众里又响起了热烈的掌声，托尼满脸得意地坐回原来的样子，驱赶着他那匹吓得魂飞魄散的马接着朝前跑。

托尼这么一耍，反而让裁判们易如反掌地决出了胜负。托尼傻傻地眼瞅着他的三个对手拿走了奖牌——但他所受的刺激怕是远不及他的老师严重。

"但愿我的怒火熄灭下来以前这小子不会出现在我眼前，"爱莲气急败坏地说，"否则我会拿把斧子把他砍死！"

但是托尼把马交给亚瑟之后，还是若无其事地走了过来。

"托尼！你这个笨蛋！你耍的什么新花样！"爱莲气得连吃了他的心都有。

"我仅仅是想让他们看到我的骑术有多高超啊。"

"讲！你在什么地方学的这些玩意儿？"

"我骑在吃草的马背上学的。就在学校，你认识那一匹马吧？它的背宽过这匹马太多了，所以我今天不如从前立得那么挺拔。我认为那几个人不懂得欣赏马术。"他一边说一边朝着裁判们扬了扬头。

爱莲实在不晓得说什么才好。

博来赶快给了他一个硬币，让他去吃冰淇淋。

"假如不是还想等着看珍妮的比赛，我倒愿意躲到厕所去。这实在是太丢脸了！"爱莲恼怒地说。

珍妮这时坐在"莱结"的背上，身穿着全套的骑马服，看上去神采奕奕。博来从前只见过她穿得邋里邋遢的模样，今天看她如此打扮，倒是眼前一亮。

"珍妮的骑马水平在家里是最棒的，"爱莲看着满脸认真的珍妮，满怀深情地说，"那边那个灰马上坐着的女孩是她仅有的对手。"

那个高个子的女孩今年15了，那匹灰马长得也不错；可是裁判好像更青睐珍妮，她胜了！珍妮快要哭了，露丝则是一阵狂喜！"太棒了，珍妮！"西蒙一边说一边向他们走了过来："刚九岁呀，技术就那么老练了。"

"嘿，西蒙，你刚刚看见没有？"爱莲一见着西蒙，忍不住又不甘心地说起刚才的烦心事来。

"别想太多了，"西蒙理解地把手放在爱莲肩上，以示安慰："还不至于坏透了！"

"还能坏到哪里呀？"

"最起码他没在马背上放声歌唱吧。"西蒙一本正经地说。

她禁不住笑了，这下一发不可收拾了。

"哎哟，实在是太可笑了，"她一边说一边抹着眼睛，"今后回想起来肯定还觉得可笑，但我现在一个下午就只想待在地洞里面去！"

"出发吧，小莲，"西蒙亲热地说，"该你上场了。"说完他们俩一块儿离开了。这时候珍妮也来到了他们身旁。

博来向珍妮道贺，珍妮却回应道："这有什么呢？仅仅是十五岁以下的骑马比赛而已，更好看的节目接下来还有呢。将来我肯定与大人们一块儿比赛。和碧翠姑姑，和西蒙，和佩琦，还有罗杰。"

是啊，包括罗杰。爱莲现在正坐在思嘉的背上，罗杰站在她的身旁，骑着一匹漂亮的栗色的马，那匹马的四条腿像穿了白袜子一样，特别好看。

　　"你猜谁会胜利？"珍妮问道。

　　博来吃力地把目光从爱莲和罗杰身上挪开，开始集中精力关注比赛。刚刚裁判让碧翠把彻伦骑出去轻跑一圈，这时她把彻伦骑回来了。博来看见穿骑马服的焕然一新的碧翠显然气派得很。

　　"博来，你觉得谁会取得最后的胜利？"

　　"肯定是提波。"

　　"难道不是佩琦那匹吗？以前迪克骑过的。"

　　"你指旋风？我觉得它参加跳跃组可能获胜，不过在这里是不会获胜的。"

　　博来真的猜对了。尽管裁判是第一回见到提波，但他们却对提波另眼相看。因此，虽然旋风原本名气大，但他们还是偏爱提波。而裁判的裁决也和观众的意愿一致，在西蒙领完奖骑着提波经过观众看台时，收获了最热烈的掌声。

　　"这就是摔死韩腓利的马吧？"观众中有人这么说，"还来参赛领奖，应该一枪打死它才对。"

　　获得第二名的是佩琦和那匹叫旋风的马。佩琦非常开心，因为自己没有辜负父亲的苦心。第三名获得者让人很意外，是碧翠和她的彻伦。

　　"看啊，依然是阿什比家的比赛。"刚才那个要一枪打死提波的人，又开始发牢骚了。但是旁边的观众用嘘声阻止了他的继续发言。

　　下面将进行的跳跃组的赛事，这个比赛是观众最喜欢的。没有参加这个比赛的碧翠，到看台上和其他家人一起欣赏比赛。

　　"请一号选手准备。"高音喇叭里开始播报比赛事项。

　　爱莲骑着思嘉出场了。思嘉是非常细致而且心平气和的马。它跳得非常高，似乎立志要摘取天上的月亮。不过在落地的时候，后蹄碰到了栅栏。

　　"爱莲好可怜啊，自己辛苦训练了那么久。"

　　二号和三号表现得很糟，似乎没有接受训练就来到了赛场。

　　"请四号到赛场，准备比赛。"喇叭又开始叫下一位了。

　　这次是佩琦骑着旋风出场。她的新装显得腰身太紧绷，而且颜色也很暗淡，不过样式还行。她并没有过多干涉旋风的表演，只是淡定地坐在马背上。旋风看起来是十足的跳跃能手，它步伐优美地结束了所有的表演。

　　"你们看罗杰，真是可怜啊。"碧翠忍不住笑起来，一边指着罗杰的长筒袜。它此时正在水潭前面犹豫不决，始终没有跳过去的意思。

　　"据我所知，他在家里骑着这匹马在水塘前来回跳着玩呢，现在它竟然还是拒绝跳过去。"

　　长筒袜一直在徘徊，一点没有想跳过去的意思。最后罗杰只好骑着它离开赛场，观众还是给了他鼓励的掌声。

　　接下来的六号和七号都犯了错。

　　排第八号的是西蒙和提波。提波入场的姿态和博来看到它时一样，器宇轩昂、信心满满的样子。它似乎对观众的喝彩很在乎，踌躇满志地想表现一番。它跑道栅栏前，耳朵因为精力集中而竖立着。西蒙骑着它助跑了一下，转眼来到第一个栅栏前。

博来离场地中的提波很远，但可以感觉到提波跳栏时熟练、优美的动作。博来到莱切特第一回骑到它身上，就被它这种魅力所吸引。

这匹马熟练地越过栅栏，轻便地落地栅栏另一侧，观众们无不啧啧赞叹。

博来更是敬佩地欣赏着西蒙骑马的姿态。觉得自己就算是活到一百岁，也不会做得像西蒙那么好。

西蒙和提波的表演结束，观众还沉浸在他们优美的姿态中不能醒来，过了很久才想起鼓掌。

后面的三位表演者，宣布退出本次比赛。因此西蒙就成了第一个回合中的收尾表演者。他一离场，第二个回合的较量就开始了。

爱莲骑着思嘉再次上场。观众对于思嘉在本轮中的进步，报以鼓励的掌声。

二号的发挥有些失常，但没有什么大错。三号的表现可以说有些糟糕。

接下来是佩琦。她脸上还挂着第一轮表演成功的骄傲。她依然如第一轮一样，淡定地坐在马背上，无论旋风因跳跃把她带到了高处，还是落下来到了低处，她都一脸平静。旋风的跳跃技能没有可挑剔的地方，好似每天都是这么优雅、熟练地跳跃的。它对距离的判断很精准，在栅栏前面，从没有出现过犹豫不决的样子，而是选择最适当的机会跳起，一点都不拖泥带水。

"咚咚咚！"门口处的鼓号乐队开始演出。旋风听到这音声，耳朵竖立起来，好像有点精力分散。它冲到一道栅栏的前面时，耳朵垂了下来，因为太靠近这道栅栏而犹豫起来。它缩短了步子，试图调整跳跃前和栅栏的距离，但是这次判断有些迟了，它跳起来后，整个身体越过了栅栏，但前蹄却踢到栅栏的顶部，栅栏的木头被踢下来一块。

"哎呦！"观众们为佩琦感到遗憾，佩琦回头看到栅栏上缺失的边角，明白刚才发生的事情。不过她没有受影响，而是回头带领旋风接着挑战下面的栅栏。

"佩琦真是好样的！"碧翠自言自语地说。

乐队的演出动静越来越大，但是旋风完全没有受到这些声音的影响——事实上它对这些声音已经非常熟悉了。它就是在乐曲中获得一次次的胜利的。旋风接着向前跑着，最后以惊险的跳水动作，结束了自己的演出。

"西蒙会输给这个女孩的。"碧翠担心地说，"刚刚提波那样的表现算是创造奇迹了。"

罗杰的那匹长筒袜动作干净利索，但是走到水潭前就停下来。它一溜烟地跑到最后那个栅栏前，不知道在沉思什么。无论罗杰如何劝解，它始终不愿意跳过去。他似乎对栅栏对面的那潭水有些抵抗。但是后来，它似乎又有另外的主意，很坚决地跑向栅栏。罗杰这下放心了，四平八稳地坐在马背上，准备等待长筒袜的最后一跳。但是最后时刻，长筒袜的主意又改变了：还是不跳了吧。它的前蹄在栅栏前突然停下，因为刚才冲刺得太猛，导致在地上缓冲了很久，才完全停下来。

看到这里，观众忍不住笑了起来。罗杰也无可奈何地笑着。他把长筒袜领到栅栏的另外一边，以便让它知道潭水到底是何物，之后他又带它到栅栏的另一边。他很有耐心地带着长筒袜走向栅栏，似乎是暗示它只剩最后一道关卡了，越过去就完事儿了。但是长筒袜并没有领会主人的意思，而是到前面直接撞倒了那道栅栏，然后到水潭上跳了一会儿舞，自顾自地结束了自己的表演。

目睹这一切的观众都哈哈大笑起来，罗杰也忍不住露出了笑容。

他挥舞着自己的帽子，向兴高采烈的观众致意。不过他的眼睛并没有看观众，而是骑着自己的坐骑风度翩翩地出了赛场。

六号一连有两个错误，而七号则犯了两个半的错误。

"下面请八号就位。"高音喇叭又开始发通告了。珍妮紧张得浑身发抖，她把手放到碧翠姑妈的手上。露丝这回无需有额外的才能展示，已经显得非常戏剧化了。她大张着嘴巴，两眼直勾勾地看着赛场，早就达到了忘我的地步。

和佩琦的那匹"旋风"相比，提波没有什么参赛经验，也没有天赋上的运动能力，他必须有人驾驭，才能表现突出。因此想要胜过佩琦，骑手西蒙在判断力和驾驭技术上，一定要更胜一筹才行。博来观察到，这个时候，西蒙的脸色由于过于紧张而显得苍白，这场比赛对他来说真的太重要了。因为除了那个奖杯的诱惑，赢了自己心仪的女孩才是更为重要的原因。

提波一上来似乎就带着疑惑，它似乎在寻思：我不是已经演出了一回吗？看到赛场中设置的栅栏，它的耳朵立马警觉地竖立起来，之后又抖动了一下。它失去了第一次出场时的热情，不过在西蒙的引导下，它还是很听话地越过了第一道栅栏。

这个时候，博来似乎听到了阿什比一家的剧烈心跳声——其中也夹杂着自己的心跳，就像是远方的擂鼓声。这个时候，西蒙带着提波完成了赛程的一半路程。露丝闭上双眼，应该是在祈祷。她睁开眼睛看时，提波正用它优美的姿势跳过一个栅栏，而它的前方，就剩下最后一道高栅栏还有一潭水。"感谢主的保佑。"露丝惊魂未定地祷告着。

最意外的事情发生了。当提波准备冲过最后那道高栅栏时，突然一阵大风吹来，把西蒙头上的大帽子吹落到地上，并且在地上不停翻滚着。博来知道，这个时候的西蒙根本不知道自己的帽子掉到了地上，因为现在他的注意力全在自己和提波身上——眼前是最后一道栅栏了。无论是多么大的事情，都不会让西蒙分散注意力。他大概两岁时就开始骑马了，而所有的辛苦就是为了这个时刻。

他刚把提波引导到栅栏前，准备做最后的一跳，一只小狗猛然从看台处跑出，跟着地上翻滚的帽子跑了起来。它非常敏捷，像是一个被谁狠踢了一脚的球一样。它跑经到了提波的面前，跑动时不停地狂叫着。

提波显然被突如其来的小东西吓到了，它不安地扭动着，并且大口地喘着气。

露丝怕极了，又一次闭上眼睛，接着祷告起来。

西蒙很耐心地安抚着提波，带着它慢慢地在场地上转圈，让它的情绪安定下来。

有人过来带走了小狗，并把它归还给主人。当然，观众中有不少人对这个差点丧命马蹄下的小狗表示同情。

虽然时间不停地在流逝，但西蒙还是非常有耐心地安抚着自己的爱马。他肯定知道时间所剩无几，因为那只小狗已经耽误了不少时间。现在的情况，对他非常不利。

博来一直都很欣赏西蒙控制自我的能力，不过他从来没有看到过西蒙如此时一样沉稳。他肯定有强烈的愿望，想让提波漂亮地完成最后的动作，但他不想冒险。他选择浪费一点比赛时间，来尽力安抚提波，以便它有更好的表现。

此时，西蒙也感觉到时间不多了。他领着情绪已经平稳的提波再次到了栅栏前。在冲到栅栏前的时候，提波好像有些犹豫不决。

西蒙全神贯注地骑在提波背上。

假如博来可以喜欢西蒙，那就是这个时候的西蒙了。

提波似乎受西蒙的感染，心无旁骛地集中精力从栅栏上越过，并开始奋力奔跑，像一只黑色的燕子，灵巧地掠过水潭。

西蒙取得胜利了！

珍妮顿时把手从碧翠的手中抽开，在自己的手帕上擦拭着。碧翠高兴地挽着珍妮的胳膊，并在上面掐了一下。

欢呼声震动着赛场，人们根本听不到彼此说了什么。

随后是一阵静默，然后露丝很羞涩地说："哎呀，我用自己的零用钱赌了一把。"

"你押到哪匹马上了？"碧翠姑姑很好奇。

"上帝。"露丝马上回答。

第二十六章

更衣室里，博来正打量着自己的服装，淡黄和紫罗兰的搭配，果然还是没有西蒙穿得好看。如果，自己也有罗杰那样的深色皮肤，那这套春天般的淡色服装就会出彩多了。一想起罗杰，博来心里就升起丝丝醋意。一整个下午，他都和爱莲形影不离，更糟糕的是，爱莲好像很享受这样。

博来调整了下眼睛上边的黄色遮阳帽，心里还是酸酸的。

"这和你有关系吗？别忘了，你是她哥哥！"

"闭嘴！"

"反正，你就别再痴心妄想了！"

"闭嘴！"

转眼间，更衣室的人就走得差不多了，他也走出来，找到他要骑去赛跑的彻伦。白天的节目基本结束了，会场的气氛也跟着轻松了下来。大树下，几个参加下一轮赛马的选手正在咖啡座中间溜他们的马。这时，博来看到了佩琦，她的双眼正在搜寻着什么，很显然她在找人。她看起来既疲倦，又憔悴。当她走到博来身边时，博来轻声招呼道："今天运气也许不太好！"

"嗨，阿什比先生，你指什么？"

"那鼓声！"

"哦！你说的是那个？"她的话充满了不解，但博来看到她时，可不是这样的：当时，她眼里充盈着泪水。

"预祝你取得好成绩！"她祝福博来。

博来感谢她后，正要离开，突然佩琦开口问道："阿什比先生，请你想一想，我是不是得罪西蒙了？"

博来摇了摇头，说他也不知道。

"哦，最近不知为什么，他老是躲着我，我百思不得其解，不知道自己做错了什么！"说到这，佩琦眼里再次蓄满了泪水。

"哎，算了算了！"她勉强挤出一个微笑，但并不成功，无奈地挥挥手走了。

原来，在佩琦的内心深处，一直深深地眷恋着西蒙，什么阿什比家的大少奶奶，她根本就不稀罕。

可怜的佩琦，她根本不知道，西蒙无法原谅她，仅仅是因为她拥有了旋风。

爱莲骑着她的"巴斯特"停到了树下，毫无意外地，罗杰正陪在她身边，过一会儿，他也有一匹小马要参加比赛。从远处看去，罗杰正津津有味地讲着什么事，爱莲听得专心致志，还不时地点点头表示同意。

博来来到了马厩，邂逅了碧翠和格雷。此刻，彻伦看起来非常紧张，而且还很不开心的样子。

"也许是观众的声音吓到了它。"格雷说，"它可能听到这些声音，不知道是什么，就会很害怕。帕特先生阁下，如果我是您，我现在就把它带去外面看看，顺便散散心。当它看到那些人，便会明白声音从哪里来，就不会紧张了。"

于是，博来把彻伦带到了公园，到处走走看看，慢慢地，它变得好多了，像格雷说的一样，不再那么浮躁。正巧这时，西蒙迎面来了，西蒙告诉他，应该去起点那准备比赛了。

"你知道要在本子上签名吗？"西蒙问道。

"本子？"博来不解，又问，"又为什么要签名？"

"证明你同意有人带你的马出去啊。"

"我从没听说过此事。这些参加比赛的马不都已经注册过了吗？"

"是的。但是在过去几年里，有一些外人根本没有经过马主人的同意，就私自把马骑出去，白占便宜。一次，有人居然把一匹已经疲惫不堪的马骑断了腿。"

"好吧！本子放在哪里呢？"

"在健身房。我在这帮你看着彻伦，直到你回来。"西蒙热情地说。

博来到了办公室，柜台后的史摩警官正和他打招呼。

"你好啊，阿什比先生，你的家人表现得非常好，已经是三个第一，你这是还要再加一个吧？本子？什么本子？哦，是签名单吗？有的有的，在这儿。"

博来签好名后，说自己从来没听说过签名这事。

"也许是的。我也是第一次听说，但这么做，确实是有备无患。去年，有一个家伙的马被别人牵走骑了，他居然毫不知情，后来，他控告了这个农展，说是自己蒙受了损失，差点赢了官司。所以，你弟弟就提了这个建议，今年刚开始这个新方法。"

"我弟弟？你说的是西蒙？"

"是啊，是他，他说了算。这样一来，再也没有人会过来说，有人私自带走了他的马。"

"是吗？"

话说着，博来就走到了后边，从亚瑟那儿接过了彻伦。

"帕特先生阁下，西蒙先生有些等不及，他让我等你过来，把马交给你。不过，他祝你好运。"

原来，西蒙已经回到看台，和家人一起，开始欣赏最后一场比赛了。

"没关系。太感谢你了，亚瑟。"

"要我陪你到起点那儿吗？帕特先生阁下。"

"不用，谢谢你。"

"那我就去找个好位置看比赛。我们看好你啊，祝你好运。"

亚瑟速度很快，几乎是一溜烟就穿过人群走了。

博来套好缰绳，正准备一脚踏上马去，却突然想着再检查一下马的腹带。虽然他刚才已经上紧了腹带，但他怕上得太紧，适得其反。

天啊！有人放松了腹带！到底是谁呢？！

博来紧紧抓着腹带松松的缘边，愣怔了好一会儿。一定是刚才把马交给西蒙后，有人伺机松了腹带。一边回想着一切可能，一边又伸手探了探腹带的松弛程度，思考着：这样的话，彻伦跑不了多久，马鞍就会在它背上滑动，然后因为受惊而狂奔。那么，马上的他会怎么样呢？是谁呢？是亚瑟？不像，西蒙或许更有动机。

他连忙给彻伦勒紧了腹带，并把它带到起点。一到那儿，就一眼看到穿着红白两色马装的罗杰，正骑着他的长统袜等在那儿了。

"你就是帕特。"罗来一看到博来，就招呼道，"我是罗杰。"他凑过身去，热情地和博来握手，"你能回来布尔，真是太开心了。"

"刚才的比赛谁赢了？"

"当然是我。不过只比莲儿快一点点。"

"莲儿"！真亲切！"去年，她带着她的巴斯特赢了这一项比赛，今年没得到，也无伤大雅吧。无论如何，今年我是一定要拿个银杯回去的。"

开始列队了！博来没时间问他为什么一定要拿个银杯回去。这一场一共有十四组人马参加比赛，博来排在了第五跑道，罗杰被排在了很靠外边的跑道。这次比赛的开始不是从跑出栅门算，而是用挥旗子作为记号。

刚开始，博来看似漫不经心，让所有人都跑到他前面去，这样他便有机会充分了解他的对手。他发现，至少有五匹马已经在今天一天里参加了多场比赛，到现在已是疲于应付，只是勉强在那踏着步子。另外有三匹马，之前参加了跳跃比赛，现在几乎也没什么体力了。

这样一来，可能的对手实际就剩下五匹，其中有三匹与博来旗鼓相当，罗杰的长统袜算一个。

彻伦好像很享受别的马跑在它前面，也非常满意自己的排行。它自信满满地跳跃过几个栅栏。你几乎可以听到它一边跑跳，一边哼歌。

当它看到两匹年轻骑士骑的马连栅栏都跳不过，它恨不得用蹄子踏它们的脸。

慢慢地，在他们前面的马越来越少了。

博来开始加速。不费吹灰之力，他便超过了第五个可能的对手，而第四个对手正跑得呼呼作响。远处，就剩下三个对手了，罗杰便是其中之一。

罗杰环视了一下四周。当他的视线碰到博来时，他善意地笑了一笑，此刻，他们可没有时间来表示更多的礼貌。

四匹马同时加速，在两边插着鲜红旗帜的林荫大道上飞奔，好像他们也知道，远处正有至高的荣誉正等着它们。渐渐地，棕色马放缓了速度，另外一匹虽然毫不松懈，但从它的各种表现来看，也坚持不了多久了，任它的主人费尽心思，也没什么改观。

博来看了看长统袜，它正专心致志地快速奔跑，从罗杰的表情来看，他胸有成竹。目前，就剩下两个栅栏了。他不知道彻伦还能支撑多久，他灵机一动，决定略施小计，愚弄一下罗杰。

他让彻伦迎头追上长统袜，并装出已竭尽全力的神情，罗杰见状，也加速和他并驾齐驱，两人一起跃过了最后那道栅栏。这时，博来让彻伦减速，落后于罗杰，跑到了他的视线之外。终点已在眼前，罗杰以为势在必得，就放松了警惕，心里正高兴不用做太激烈的最后冲刺呢。谁知，博来突然夹紧了彻伦，风驰电掣一般冲了上来，罗杰一惊，赶紧加速，可为时已晚——终点已经太近了！这和博来的设计如出一辙——冠军被偷来了！"你可真聪明！实在是佩服！"他们一起把马带回去时，罗杰笑着说，"我想是我的脑袋出问题了，我得好好检查检查！"

不管以后爱莲会不会嫁给罗杰，此刻博来开始喜欢上这个小伙子了。

第二十七章

博来本来以为，西蒙赢了旋风后，心情会好一些，人也会变得友善一些，可事实正好相反，西蒙整个下午神经都绷得很紧，表现得很跋扈。

"我从来没见过西蒙这么得意忘形。"晚上的舞会里，爱莲一边和博来跳舞，一边越过他的肩头，看着西蒙说道。她这么说，更像是在道歉，"一直以来，胜利对他来说，好像都是无关紧要的。"

博来说，可能是喝多了香槟吧，说着转了个身，把爱莲的目光从西蒙身上带离了。

一整天，博来都盼望着在晚上的舞会里，能和爱莲一起跳舞。可是，第一支舞，他却是和碧翠一起跳的，他总是希望能在最好的时刻，再开始做最美好的事。

和碧翠跳舞时，还被调侃说："这套把戏是谁教你的？"

"不用任何人教我，就算是原创吧。"

碧翠笑了笑，搭在他肩上的手拍了拍他。她真的很可爱，很讨人喜欢。此刻，他想起了烟儿——以前，他也曾深深地爱着这匹马。

"从托尼当众出丑后，整整一下午，我都没看到你。"

爱莲一边跳舞，一边问博来。

博来告诉她，在他比赛前，本来想找她说会儿话的，可是她一直在和罗杰聊天。

"是的，我想起来了。下午，他说他的舅舅要他放弃农场，去奥斯特，和他一起住。他舅舅就是经营着奇芭底马场的那个康提慕。他想退休了，把马场转给罗杰。不过，罗杰不想离开英格兰。"

那还用说，英格兰和爱莲加起来就是现实版的天堂了。博来想着。

"今晚，好像他没来参加舞会。"

"是的，他没来。他来参加比赛，只是想拿个银杯送给他的太太。"

"什么！他的太太？"

"是啊。就在上个礼拜，他的太太刚生了第一个孩子，就是她让他来参加这个农展，抱个银杯回去。这样，便可以在婴儿受洗时，用来装洗礼水了。怎么了？"爱莲问。

"记得提醒我，要好好打露丝一顿！"他一边说道，一边疯狂地跳起舞来。

她看着他，觉得有点好笑，说："露丝说了什么浪漫的话？"

"她告诉我，罗杰想娶你。"

"是吗？在很久以前，他的确是那么想过。就在去年这时，他还没有结婚，所以露丝可能也不知道他结过婚的事。"

"哦，你对我的婚事有建议？"

"你有计划吗？"

"完全没有。"

时间一点点在过去，他们俩一直在一起跳舞。最后，她终于忍不住说："也许你应该和别人跳跳舞。"

"跳过了啊。"

"就只和佩琦跳了。"（前文说的是碧翠）

"原来你一直在关注我啊。那我是不是妨碍了你和别人跳舞呢？"

"没有。我喜欢和你跳舞。"

"这样就好。"

这是第一次他和爱莲跳舞，很有可能，这也是最后一次了。

接近午夜时，他们一起来到了楼上的自助餐厅。取了食物后，坐到了阳台上的一张小桌旁。这个餐厅是杰克旅馆的一部分，阳台上正好可以俯瞰旅馆旁边的花园。在花园里、餐桌顶部都点着中国式的灯笼。

"我太开心了！根本吃不下东西。"爱莲说着，做梦似的喝着香槟。"你穿晚礼服的样子，很好看。"

"谢谢。"

"我的晚礼服好看吗？"

"这是我见过的最漂亮的衣服。"

"我真希望你喜欢。"

"你吃晚餐了吗？"

"吃了一点三明治，喝了点香槟。"

"那你现在还是吃点儿吧。"

爱莲小心翼翼地吃着，这和平时不拘小节的她可截然不同呢。

"今年的布尔展览会可是咱们阿什比家的大事，你说呢？哦，你别动，有一只虫爬到你领子里去了。"

爱莲靠了过去，轻轻伸手探进了他的领子里。"呀，它往下爬了！"很自然地，她用一只手把他的脖子往旁边一按，另一只手往领子里探去了——她是妹妹。

"你抓到了吗？"

没有听到回答。他抬头看她。

"你不是我哥哥！"她语无伦次，表情也是惊慌失措，"我忘了……"她浑身都开始颤抖起来。

一片寂静，终于，远处的鼓声又响了起来。

"对不起，博来，我想我一定是喝多了，我不是故意的。"说着，她啜泣了起来。

"对不起，真的对不起。"她抓起皮包，从幽暗的阳台，跌跌撞撞地跑向餐室。

"我回房间躺躺，让自己清醒清醒。"

爱莲走后，博来到酒吧寻找慰藉。在这大半夜里，大家都去大厅找乐子去了，酒吧反而显得很冷清。在一个角落里，西蒙独自坐在那儿，面前摆了一瓶酒。

"啊，大哥，你对那边的摸彩也没有兴趣吗？"西蒙看到他后，用他那充满酒意的声音招呼道，"来！过来喝一杯！"

"谢谢，我自己过去买。"

博来到卖酒的地方要了一杯酒后，穿过空荡荡的酒吧，在西蒙桌旁坐下。

"摸彩中奖率太低了，我想，也许你更想要现成的。"

博来故意不理他。"对了，我还没恭喜你和提波得奖呢。"他岔开话题。

"我不稀罕你的赞美。"

显然，西蒙喝醉了。

"我的表现是不是很粗俗？可是我就喜欢粗俗。"他像小孩一样，开始撒起野来，"今天，我的表现是不是很差？来，喝一杯。"

"我有酒。"

"你很讨厌我吗？"他故意表现得很无赖，让人厌烦。

"还行吧。"

"为什么？"

"我想，也许你是唯一一个不相信我是帕特的人。"

"也许你应该说，我是唯一知道你不是帕特的人。"

博来瞪着西蒙的眼睛，很长一段时间，他俩都没再开口说话。

"是你杀了他？"博来突然觉得，事实就是这样。

"是的,我杀了他。但你永远不会说出来。"西蒙像是幸灾乐祸一般,靠了过来,"因为你就是帕特,他没有死,正和我说话呢。"

"告诉我,你是怎么把他杀死的?"

"你想知道?其实很简单。"西蒙又靠近了些,流氓一般地低声说道,"我会变魔术,我可以在两个不同的地方同时出现。嘿嘿。"看着博来惊讶的表情,他满意地把身子往后仰。

"老兄,你是不是以为我喝醉了,所以告诉你关于帕特的事。哈哈,现在你是我的同党。如果你以为我会告诉你,我是怎么做的,那你就大错特错了。"

"可是,你为什么要这么做?"

"他是个笨蛋,根本不配继承莱切特的家业。"西蒙一贯地毫不在乎,直接说道,"告诉你,我就是恨他。"

他给自己倒了一杯酒,一口喝了个精光。他阴险地笑着说道:"咱们啊,现在可是'精神上的孪生兄弟',同坐一条船,谁也别泄谁的底。不过也很不公平,你得到的比我多。"

"怎么说?"

"你不用觉得良心不安啊。"

"那是。从这方面说,我确实比较占便宜。但是我得提防你,你却不用提防我。我知道,今天下午你想方设法,想要害死我。"

"看来我的手段还是不够高明。"

"我相信,你还会改进的,不是吗?"

"是的,我一直在进步。"

"你一定可以做到的。我相信,一个可以同时在两个地方出现的人,一定会想出比松马的腹带更高明的招儿。"

"那是那是。只是必须得就地取材。"

"原来是这样。"

"我在想,你是否愿意告诉我一些事,来回报我的坦白呢?"

"比如说,什么事呢?"

"你到底是谁?"

博来看着他,问道:"你不认识我吗?"

"当然不认识。快告诉我,你到底是谁?"

"那你听好了,我的名字叫报复。"博来说完,一口喝干了杯里的酒。

他走出酒吧,在栏杆旁靠了好一会儿,想让自己的心慢慢平静下来,呼吸变得顺畅些。现在,他想找个安静的地方,好好想想,这整件事从头到尾到底是怎样的。很明显,旅馆是不适合的,即使他回到房间,西蒙也随时可能闯进来。他想,他必须离开这里。

他回17号房间拿了外套,出来正好遇到了碧翠。

"到底发生了什么?"碧翠气急败坏地问道,"爱莲在房间里哭,西蒙在酒吧喝得烂醉,而你,像撞到鬼一样。到底怎么了?你们吵架了吗?"

"没有吵架,也许他们只是下午累坏了。"

"那你呢?脸色这么苍白。"

"应该是舞厅的空气太差了。你也知道,我比较喜欢空旷的野外。"

"我觉得,野外和舞厅一样让人沸腾。"

"碧翠,你的车可以借我用用吗?"

"你要去哪儿?"

"我想去肯利谷看日出。"

"就你自己?"

"是的,就我自己。"

"那你记得穿上外套,外面很凉。"碧翠嘱咐说。

他将车停在了肯利谷的最高点,把引擎熄了火。天还很暗,恐怕一时半会儿也不会变亮。他下了车,在山谷边缘的草地上站了会儿,身体靠在栏杆上,感受周遭的寂静。空气中是浓浓的土地和青草味,山谷另一头传来了火车的汽笛声。

他吸了一支烟后,胃是舒服多了,但脑袋开始翻腾起来。

果然如此,他猜得没错,西蒙和提波一样,拥有良好的出身,表面看起来彬彬有礼,很有教养,实际上却是充满邪恶。

今晚在酒吧里,西蒙告诉了他实情,看起来他很兴奋。听说,杀人凶手都喜欢跟别人吹嘘自己高明的作案手段。可能西蒙也是这样,一直都想把这件事告诉别人,但一直没有遇到一个像博来一样,没有"危险性"的听众,直到今晚。

是的,博来对于西蒙来说,确确实实是最安全的听众了。

现在,博来是莱切特家业的拥有者,而西蒙竟一门心思想抓着这份产业不放。

事实上,这是绝对不可能的。他和洛丁同谋是一回事,如果他想和博来联手,那就太意想天开了。这件事太可怕了,太难以想象了。

现在到了这步田地,该怎么办呢?直接去警察局,跟警察坦白,说自己不是帕特·阿什比,西蒙喝醉酒后,亲口告诉他,八年前他杀死了帕特?这可行吗?警察一定会说,八年前的案子已经彻查过了——事情发生时,西蒙正在克莱尔的铁匠那里。这样做,除了自己的处境会改变外,好像什么也改变不了,一切如常。帕特还是自杀。

当时,西蒙是如何做到的?西蒙刚刚说"必须就地取材"。

在八年前的那一天,西蒙到底取的什么材?放松马的腹带,应该是即兴,而在本子上签名,则是预谋。如果这些成功了,他就可以高枕无忧了,就算不成功,他也没什么损失。

这些计谋,外人是看不出破绽的。今下午的诡计和八年前一样,一切都是那么天衣无缝。"就地取材"原来这么妙不可言!

八年前,西蒙杀了帕特,到底是怎么做到滴水不漏的?博来的脑子里满是问号,一点头绪也没有。空气开始荡漾起来,提醒他早晨来临。阵阵晨风吹得树叶和草地唰唰作响,东方也渐渐由墨黑转鱼肚白。他看着天空一点点变明,耳边的鸟鸣声也越来越响亮了。

在那儿站了好几个小时,他依然没想到什么有价值的线索。

这时，一个警察悠闲地推着一部脚踏车走了过来，问他是否需要帮助。他回答说自己刚从舞厅出来，在这儿透透气。

警察看了看他笔挺的西装，对他的说辞深信不疑。

他看了看他的车，接着说道："你该不是把她从这儿推了下去吧？要知道，我可是第一次听一个年轻人说从舞厅出来透气的。"

博来心想，如果我告诉他"我正想告诉你，我是另一个谋杀案的共犯"，他会有什么反应？"好吧，我承认，是她在舞会上把我甩了。"博来装得很无辜。

"这么说，那你是过来疗情伤的？哈哈，你听我说，小伙子，要不了一个星期，你就会庆幸自己被甩了，到时，你会乐得在街上乱舞的。"

话说完，警察就乐呵呵地推着脚踏车沿着山脊走了。

博来感觉到自己的身体冷得发抖。

他回到车里，跟着警察，在他后面慢慢开。他探出头来问，这附近有没有热的东西吃？警察告诉他，再往前走两英里的样子，路口有一家小咖啡馆，24小时营业。

到咖啡馆后，他喝了一杯热气腾腾的咖啡。忙碌的老板娘正煎着香喷喷的腊肠，另外还有一些人，正玩着架在墙角的吃角子老虎。他进来后，大家也就礼貌地和他打了个招呼，没有人奇怪他穿的正式礼服。

差不多吃早餐的时候，他回到了布尔，把车停到了车房里。

看了看表，才7点半。他走进了17号房间，西蒙正睡得香呢，那些睡前脱下来的衣服，乱七八糟地堆在地上。他换上白天的便服，刚开始，他还小心翼翼，轻手轻脚地怕吵着他了，后来他想到，现在的西蒙，只怕是打雷也吵不醒吧。

他低下头来，打量着西蒙，真是不可思议。

此刻的他，就像个孩子一般安安静静地睡着。难道说，这八年来，他早就习惯了那件事吗？难道他就没有一点愧疚吗？或者说，这件事对他来说，根本不算什么？这么一张精致的脸，五官安排得恰到好处，和高大英俊的提波一样，从外表来看，根本不会有人会从他身上想到犯罪或狡诈这些词。

他到盥洗室洗了手脸，心里正后悔刚才应该好好洗个澡，再换衣服的。

刚才在房间时，一心只想到赶快换好衣服，省得西蒙醒了，又叽叽喳喳地说个不停。当他走进餐厅时，正好看到了碧翠和两个孪生姐妹在用餐，他就加入其中了。

"莲儿和西蒙还在睡。"碧翠说，"你和我，还有两个妹妹一起坐车回家，这样，等他们醒了，就可以开另一部车回去了。"

"那托尼呢？"

"哦，他啊，他昨天就和史达太太回去了啊。"

他得知自己可以和碧翠一起回去，兴奋得不行。

孪生姐妹开始讲诉汤尼的一些行为，博来不用费心插什么话。后来碧翠问他，日出是不是像他想象的那么美。

在回克莱尔的路上，乡间景致填满了整个旅程，阳光下，翠绿无比，非常美丽。可这一切在博来眼里，就好像一个垂死之人对世间的看法——等我离开后，这美景依旧。

可以确定的是，他永远也不会再回到布尔了。当然，他也没有机会再和碧翠同乘一部车了。

不管西蒙会承认些什么，反正，他在莱切特的日子，已经画上了句号。

第二十八章

这天星期四，再过三天，查理叔公就会乘船归来，随后会举行成年礼的庆祝会，这件事情早已板上钉钉。博来在碧翠的带领下，进入莱切特家园的门厅中，心中忐忑不已。

"我能够去一趟西镇吗？"他看向碧翠。

"可以。你真的应该多外出走走。你看西蒙，整日都不回家。"

博来乘坐公车抵达了西镇，他一直等到报社的麦卡伦先生惯例要喝咖啡的时间。他进入《西势时报》的办公处，请求查阅档案资料。虽然门房从来没有见过博来，但仍然带着他向地下室走去，那儿储藏着档案。博来将相关的文件仔细地浏览了一番，依旧没有找到一丁点有价值的线索。

或许能够在完整的正式报告中得到一些线索？想到这，他离开报社，掏出电话簿，找到史摩警官的号码。在电话中，他询问史摩警官，用什么途径能够找到他八年前失踪相关的调查报告？能不能让他查阅一下？史摩警官爽快地答应了下来，但又觉得博来这样做完全就是多此一举，他根本没有必要翻阅这份报告。通过史摩的电话推荐，博来得以见到一位态度和蔼的警官。警官请他落座，又敬了一支烟，然后像是变戏法一样，将八年前的报告交到博来的手上，这份报告，就是关于帕特失踪的调查记录。

博来将报告反复查阅了几遍，最后沮丧地发现这份报告除了比《西势时报》的信息更多详尽之外，没有什么多余的价值。

他真诚地感谢了警官，回敬了一支烟，离开的时候，他手里的证据并没有增多。他漫无目的地走到港口，倚靠在墙上，眺望着西方的一处断崖。

无论怎样，他始终认定事发当天，西蒙·阿什比就在克莱尔。铁匠告诉他这件事情的时候，根本没有必要说谎，另外铁匠在说这件事情的时候，完全不会认为这有什么重要的。西蒙大多数的时间都在铁匠皮本先生的不远处，就算是离开，也不会很久，这样会让皮本先生感觉博来整个下午都绕着他。

帕特·阿什比横遭不测的时间，肯定是在牧羊人亚伯最后看到他到下午六点钟之间，六点钟的时候，铁匠正催促西蒙回家吃晚饭。

但是，那件外套又要如何解释呢？若是遵循他的推论，肯定是西蒙写下了那张字条，然而整个下午的时间，他都没有离开克莱尔，外套与字条又是如何放到悬崖边缘的？他不断地冥思苦想，直到下午两点才恢复清醒，不紧不慢地走到港口的一家小餐馆吃饭。这家餐馆的菜肴味道很一般，然而对于博来来说并没有什么影响。其实，从侍者呈上午餐，到结账的时候，他都没有吃一口。

博来回到了莱切特，然而却没有进屋，而是直接去了马厩，挑出了一匹尚未参加布尔农展的马。马厩里只有马夫亚瑟一个人。亚瑟向他禀告说，每一匹送往布尔农展的马都安全地召回了，唯有巴斯特出现过度疲劳的现象。

"先生，你要直接将它带出去吗？"亚瑟出于礼貌地询问，博来点了点头。

博来像前天一样骑着马，走向同样的路线，然而却完全没有当初的愉悦心境，所有的事情都变得糟糕透顶，生活也随之变得毫无意义。

他从马背上跳下来，坐在了一个月前曾经坐过的地方，眺望着眼前的山谷。在一个月之前，这个地方对于他来说就像是一个乐园，甚至连那个找他搭讪的笨拙女孩也没有影响他的心情。

他依然清晰地记得，那个笨女孩得知他不是西蒙的时候，惊讶得张口结舌的模样。

那笨女孩之所以要来，肯定是来找西蒙的，因为这个地方是西蒙最喜欢遛马的地方。

博来忽然哆嗦了一下，猛地扯了扯马口中的缰绳，将马吓了一跳。

因为西蒙……

博来仔细地回忆起女孩那天所说的话，随后徐徐站起身来，怔怔地凝视着山谷，许久都不曾动弹一下。

这一刻，博来猜到了西蒙的做法，也找到了一直疑惑不解的答案。他终于知道西蒙为什么会对帕特的回来感到恐惧。

他翻身上马，回到了马厩。西北方的天空飘来一朵乌云，很快就下起了暴雨。他在马厩里留下了一张便条，飞快写上："我今晚出去吃，不用等我吃晚饭。前门不要锁。我如果很晚才回来，请不要担心。"他将纸叠好塞入了一张信封，署名碧翠，让亚瑟转交给碧翠。

博来在马鞍房门的背后找到了一件外衣，径自冲入了瓢泼大雨中，离开了莱切特。现在的他已经猜出事情的真相了，但是，他下一步要如何做呢？他像是一只无头苍蝇一样走着，除了萦绕在脑海中的问题之外，他没有精力思考别的事情。他走入了铁匠的店面，皮本先生仍然在辛勤地工作，皮本冲着博来点了点头，随意寒暄了几句，然而博来的思绪完全被那个关键的问题给占据了，根本无法专心聊天。

他径自走向通往坦壁区的小路，穿过茂密的草地，一直到长满了山毛榉的山巅才停下了脚步。他在粗壮的树间不断徘徊，心中焦虑，根本无法做出正确的决断。

他如果将这件事情给揭发了，对于碧翠来说绝对是一件非常残忍的事情。包括爱莲与莱切特的家人。他对莱切特的伤害已经足够多了。若是西蒙能够众望所归，接管莱切特的家业，这绝对是皆大欢喜的事情。可要是选择沉默，只会对帕特不公平。

若是西蒙由于将帕特害死而受到法律的裁决，这对阿什比家族来说实在是太恐怖了，是一个沉重的打击！其实，他完全可以不管不顾。他完全可以营造一个自杀的假象，随后远走高飞。反正在八年之前，西蒙就营造了一个自杀的假象，成功躲过了警方的调查。若是一个13岁的男孩都能够完成这件事，他有什么理由做不到？他完全可以大步流星地离开，像是一个月前一样生活。

但是，对于帕特要如何交代呢？帕特是如此善良而心地仁慈的人，他肯定不会愿意别人来为他伸冤叫屈，继而破坏了他那原本安静祥和的家庭。

那西蒙呢？事情的发展会不会像是西蒙原先预料的那样：博来不会采取任何的行动，而西蒙就可以心安理得地享受莱切特的家产？然后将丰厚的家业传承子孙后代？但无论怎样，西蒙也是阿什比的家人。若是西蒙受到了法律的裁决，那么莱切特的家业恐怕就要旁落于人，成为外人的囊中之物了。

但是用谋杀的手段来巩固家业，这是什么手段？这么做对于他的家业来说根本没有好处。博来一路辗转，前往莱切特，不就是为了这件事情而来吗？他不辞辛劳地穿过大半个地球，不就是为了在街上碰到洛丁吗？博来曾经可是认为这是命运的安排，但他那个时候无论如何都不会想到这件事情事关重大，现在，是最为关键的时刻。

他要何去何从呢？谁能够帮他出谋划策呢？谁可以援手相助呢？若是必须由他一个人来承受如此沉重的压力，真是一件不公平的事情。他根本没有处理如此重大事件的智慧与经验啊！

"我要报仇。"他曾经跟西蒙这样说过，这句话可不是信口胡诌的。不过，当他信誓旦旦地说出这句话的时候，他的手上并没有武器。

他要如何是好？今夜去报警？还是等到明天天亮？还是放任不管，让阿什比家族的人在查理叔公回来之后，隆重地举行一场成年礼？他该何去何从？那晚夜半，乔治·派克独自坐在书房中，正翻阅着一本历史书，然而他根本无法沉下心来读书。这个时候，在淅淅沥沥的雨声中，夹杂着拍打窗户的声音，派克牧师起身开门。发现有人深夜拍门找他，这绝对非同寻常。

在前厅的灯光下，一张阿什比家的面孔映入眼帘。但是他看不出来者何人，因为湿漉漉的帽子已经将他的脸给完全挡住了。

"牧师，我能够进屋吗？"

"帕特，原来是你，快进屋吧。"

博来站在门前的台阶上，全身湿透。

"我被雨水浇透了。"他支支吾吾道。

牧师低头望去，发现博来的整条裤子也都湿透了，鞋子仿佛是从雨水中捞出来的一样，雨水不断地顺着他的脸颊流淌下来。

"将外衣脱下来放好吧。"牧师和蔼可亲地嘱咐道，"等你要离开的时候，我会烘干的。"紧接着，他从壁橱里翻出了一条很大的毛巾，递给了博来，"赶紧擦干净头发。"博来点头答应，像是一个乖巧的孩子。牧师走入厨房，出来的时候提着一个水壶。

"你快过来，"他出声嘱咐道，"将毛巾丢到你的外衣那儿就行了。"

博米跟着他走到了书房，牧师用一个小电炉来烧水壶："你瞧，茶壶中的水一会儿就会沸腾了。我在晚上熬夜的时候都会用来泡茶。跟我讲讲吧，你今晚找我有何贵干？"

"关于多坍的故事。"

"你什么意思？"

"不好意思，我现在的脑子一团糨糊。您这儿有没有什么喝的？"

牧师原本是要将威士忌调入酒里来招待博来的，听他这样说，就干脆将威士忌倒入了杯中，递给了博来。

"非常感谢。这么晚还来叨扰你真是抱歉。但你要相信，我是真有十万火急的事情要见你，还望你不要介意。"

"不要这么客气,再来点威士忌吗?"

"谢谢,我不要了。"

"你等着,我去给你拿一双干的鞋子来。"

"不用麻烦了,我已经习惯穿湿的鞋子了。牧师,我有一件非常重要的事情需要您来开导我。但是,请允许我在开始之前向您忏悔一下,当然了,您可不要有什么压力。"

"放心,你说什么我都会将它当作是忏悔的。"

"谢谢。我必须要向您坦白,我根本就不是帕特·阿什比。"

"这我明白。"牧师用平静的口气回答道,这让博来瞠目结舌。

"您的意思是说您一直都知道我并不是帕特·阿什比?"

"没错。"

"你为什么会这样认为?"

"认识一个人,除了样貌、形态之外,还有更重要的因素。譬如说一个人的气质、个性、谈吐之类的。在我第一次看到你的时候,我就已经能够肯定我从未见过你。你给我的感觉是完全陌生的,虽然你看起来很像是帕特。"

"但您为什么一直不揭发我?"

"你希望我要如何做才好?你的家人与律师,包括你的朋友,全都接受了你,而且欢迎了你的回归。除了我那说不清、道不明的感觉之外,我根本没有证据来证明你不是帕特。若是我将自己的想法公布于众,根本没有什么意义。我曾经盘算过,哪怕是我不说出来,事情的真相迟早也会水落石出的。"

"您认为我早晚都会身份败露?"

"不是。我觉得以你的性格,要不了多久,你就会厌恶自己所过的生活了。你今晚来找我,让我更加肯定了自己的猜测。"

"但是我今晚来的目的,并不只是来坦白我的身份的。"

"是吗?"

"之前我就告诉过您,我坦白自己的身份,只是为了方便您理解我接下来所要说的事情。我多么希望自己能够保持清醒,今晚我在外面到处徘徊,却根本找不到什么头绪。"

"或许,若是你能够提前告诉你的真实身份,反而能够帮助我有个清晰的概念。"

"在美国的时候碰到了一个女人,她曾经住在克莱尔。她觉得我跟帕特长得非常相像,兴许我可以乔装成帕特。"

"只要你继承了家业,她就能够从中分一杯羹?"

"没错。"

"不得不说,从某种程度上来说这女人完全配得上这笔指导费。她完全就是一个绝佳的教练,我从未见过像你如此成功的例子。这么说来,你也是美国人吗?"

"不是,"博来回答,牧师感受到他对于这个词语的强调,嘴角微微上扬。博来紧接着说道:"有人将我丢弃在了孤儿院,我是在孤儿院长大的。"

博来向牧师简单地描述了一番自己的成长经历。

"这所孤儿院的名字我曾经听说过，"牧师说道，"难怪你会有那么好的教养。"话音刚落，他给博来倒了一杯茶，又递上了一杯威士忌，对博来说道，"你最好来点比饼干更扛饿的食物？你不需要？要不，来点燕麦饼吧，这玩意儿容易吃饱。"

"我之所以要告诉您这些事情，是因为我要告诉您一个重要的消息。帕特并不是自杀而亡，他是被人谋杀害死的。"

牧师悚然一惊，徐徐地将手中的杯子放到了桌子上。

"什么？你说是谋杀？究竟是谁杀了他？"

"帕特的弟弟。"

"你是说，凶手是西蒙吗？"

"对。"

"但是帕特，哦不，你叫什么名字来着？"

"我根本没有名字，但是大家都称呼我为博来，这个名字还是别人叫错的。"

"亲爱的伙计，你凭什么做出这样的推断？"

"西蒙亲口告诉我的。"

"西蒙亲自告诉你的？"

"没错，他还洋洋得意地向我夸口。他觉得我拿他完全没有办法，因为只要我将这件事情给抖搂出来，就等于将自己给卖了。其实，他一看到我，就知道我不是真正的帕特。"

"你们在谈论这个话题的时候，是在什么状况下进行的？"

"就是昨晚，在布尔的酒吧中。其实，这并不是凑巧发生的事情。我早就怀疑西蒙了，只不过昨晚我质问了西蒙，他告诉我，他早就知道我不是帕特，在我质问他的时候，他朗声大笑，随后就洋洋得意地告诉我帕特是他杀死的。"

"我觉得你们在酒吧里说这种事情已经说明了一些问题。"

"您觉得我们都喝醉了？"

"那倒未必。或许是因为你们都太兴奋了。你质问了西蒙，以西蒙的性格，肯定会顺着你的话题，将你所想要的答案告诉你。"

"您觉得我是那么蠢笨的人吗？"博来平静地出声。

"我一向觉得你非常聪明，所以当你有这样的想法时，我感到非常意外。"

"那就请您相信我的话吧，我可不仅仅是因为西蒙向我坦诚交代，我才这样说的。帕特并非自杀而亡，是被西蒙害死的，我甚至连西蒙施展了什么样的手段都一清二楚。"

接下来，博来将自己所知道的一切都一五一十地告诉了牧师。

"然而，直到现在，你都没有拿出确凿的证据。你所说的话，都不过是一些可笑的猜测罢了。说实话，我也觉得你的假设很有道理。但是，你根本没有办法拿出确凿的证据来。"

"若是我报警的话，在警方的帮助下，肯定能够找到证据。但这并非我所愿。我想要向您请教的是，我究竟要不要将这件事情抛之脑后，不闻不问？"他将心中的困扰和盘托出。

然而，让博来意想不到的是，虽然牧师对于博来提出的观点并不完全相信，但谈到公正与放纵之类的话题，立场就变得非常明确——若是帕特真的是被谋杀的，那么就必须要替帕特讨还公道,不然的话,就无法无天了。

但牧师依旧固执地认为,博来并没有足够的理由控告西蒙谋杀了帕特。

牧师觉得,肯定是博来先入为主,本能地觉得是西蒙谋杀了帕特,然后故意设下一些问题来诱使西蒙入套。西蒙是一个轻率、鲁莽的人,很容易顺势夸夸其谈,将他杀害了帕特的话说出来;博来再依据西蒙的话,在一段时间的东拼西凑后,总算是推出了一套西蒙谋杀的理论。

"您觉得我在狂风暴雨中走了好几个小时的时间,只是要开西蒙的一个玩笑?您觉得我今晚鼓起勇气来找您,向您坦白我的真实身份,只是因为西蒙的这个小玩笑?"

牧师闻言缄默不语。

"牧师,您告诉我,当您听到西蒙就是杀人凶手的时候,您一点儿都没有感到意外吗?"

"我感到非常意外。"

"您知道谁一点儿也不意外吗?"

"我不清楚。但我觉得自杀本就是一件让人捉摸不透的事情。"

"好吧,我投降了。"

牧师沉吟片刻,说:"我总算是弄懂了你说的'多坍的深坑'是什么含义了。能够准确地运用这样的典故,可见你在孤儿院受到了良好的教育。"

"那所孤儿院的教育,是符合圣经的要求的,若是您觉得这就是您眼中的好的教育的话。我坚信西蒙对于这个典故也是了然于胸的。"

"没错。但是你为何会联想到这个典故呢?"

"我曾听说,当西蒙得知帕特要回来的时候,他显得十分慌乱。纵然他总是矢口否认,但心里终究是非常害怕的。因为没有人知道会不会发生奇迹,让受害的人又安然归来。他那个时候非常担心奇迹会降临到帕特的身上。我对于这一点非常清楚,因为当我到他家里的第一天,感受到他的眼神时,我就感觉到他紧绷的身体,眼神中充斥着恐惧,但是当他仔细盯了我一眼,确认我并非真正的帕特后,就重重地松了一口气。"

博来一口喝光杯子中的水,用质疑的眼神看向牧师,这个时候他的心情已经平复了一些,虽然事情并没有真正得到解决。

"西蒙曾经对我施展了一些手段。在我第一天来到莱切特的时候,他故意让我骑着提波外出,但他并没有提醒我提波会将背上的人给甩出去,不过,那个时候我只是单纯地以为他在捉弄我。除此之外,就是在昨天的布尔农展中,他有意把我要骑去参加比赛的彻伦的腹带给松开了,那个时候我仍然觉得他是在恶作剧,因为你也知道,他总是喜欢恶作剧。"

牧师的眼神变得深沉起来:"我真的不是在给西蒙辩解,其实,我也不欣赏他的个性。但是一码归一码,他的确总是自私自利,但杀死孪生哥哥这件事情就要另当别论了。再说了,西蒙在看到你的第一面时,并没有指出你并非他的亲哥哥啊。"

"他的原因与您的原因一致。"

"我懂。他若是否认的话,只会让人觉得他是心里不平衡而已。"牧师赞同道。

"再说了,他既然已经轻松地杀死了一个人,自然有绝对的把握杀死第二个人。"

"博来,我真希望这只是你的猜测。"

"看来您对我的想象力非常钦佩。"

当博来在午夜两点钟向牧师告别的时候，牧师反复嘱咐："若是你仔细回想，你会骤然发现很多事情一开始都非常细致，之后越想越多，仿佛也很有道理，但其实整件事情都只是你捏造出来的假象罢了。"

但是直到午夜两点钟，博来起身告辞的时候，这个推断仍然没有得到牧师的认同。

牧师要留下博来过夜，但博来固执地向牧师借了一把雨伞与一个手电筒，在午夜瓢泼大雨的泥路上摸索着回家。

"不管你最终做出什么决定，我希望你都能够回来找我。"牧师嘱咐道。其实牧师从某种程度上已经帮助了博来，对于一个悬而未决的疑问：如果在公义与仁爱中一定要做出抉择的话，那么毫无疑问地应该选择公义。

博来回去的时候发现门没有上锁，碧翠在大厅的桌子上留下了一张字条："厨房的电炉子上有热汤。"一旁还摆放了一个镶在乌木上的银杯，上面平放着一张卡片，是爱莲的字迹："你忘了这个东西！"

他关了灯，轻手轻脚地钻入了安静的屋子，步入他的房间。不知道是谁在他的被窝里放了一个热水袋。他的头尚未挨着枕头，就已经昏昏入睡。

第二十九章

星期五清晨，西蒙春风满面地起来吃早餐，颇为愉悦地向博来打着招呼。对于"箱尸案"的调查进展与报纸上的消息作出了一番评论。除了眼睛中偶尔乍现的光芒外，他完全没有表现出他对他们两人之间关系的改变有什么警惕。他对自己认定的"精神上的双胞胎"觉得理所当然。

爱莲除了有一点羞涩之外，好像回到了从前。她建议下午最好将他们得到的四个银杯送到西镇的银匠那儿，告诉银匠要刻上哪些字。

"可以看到'帕特·阿什比'的名字真是一件幸事。"爱莲如此说道。

"你说的没错。"西蒙回应道。

看样子西蒙是打定主意要将博来引入毂中了。不过当他听到昨晚博来与牧师进行了一次秉烛夜谈，他抬了抬头，仿佛有了一丝不祥的预感。自此以后，博来就常常感觉到西蒙的目光时不时地会落在他的身上。午后，就在博来与爱莲准备启程前往西镇的时候，西蒙现身了，坚持要与他们一起挤入那辆小金龟里一同前往。他给出这样的理由：四个银杯中有一个是他靠着自己的本事赢来的，所以他有权力告诉银匠要刻上什么字，并且要用哪一种字体。

西蒙一副什么事情都漠不关心的模样，让博来都有些相信牧师的推测也许是对的。或许他自认为的谋杀案只不过是凭空想象出来的罢了。可是他仍然记得那个叫盖茨的农夫与他为女儿佩琦买的马，包括西蒙对这件事情的反应，这让博来越发相信自己之前的推断。

一行人在银匠那儿决定好要刻什么字，用什么字体之后，西蒙便与爱莲一起去喝茶，博来却说要去买一些东西。博来早就有所计划了。他绝不能直接去警局自首，这样做只是徒劳无功。既然牧师这个最熟悉西蒙性格弱点的人都不相信博来的推测，就更不要指望那帮警察会相信他了。在警察看来，西蒙可不是什么凶恶的刽子手，而是受人尊敬的莱切特家的阿什比先生呢！

所以博来必须要找出一些证据来，交给警方。

他来到了港口一带，在那儿找到了一个船商的店铺。他在店铺里寻找了一圈，总算如愿以偿地买到了一捆两百尺长的绳子。绳子非常细，但却非常坚韧，与钢索相差无几。他请店员将绳子装入箱子里，送到小金龟车存放的天使修车厂。博来在修车厂收到了店员送来的箱子，随手将箱子放到了小金龟车的行李箱中。

当西蒙与爱莲来到小金龟车旁准备踏上归途的时候，他已然悠闲地坐在车中了，优哉游哉地看着晚报。

三个人在车里坐定，正要开动车子时，西蒙忽然出声："啊呀，我们忘了把旧轮胎留下来了。"说着从车里下来，打开行李箱，就要取出旧轮胎。

"爱莲，这箱子里是什么东西？"

"我没有在箱子里放什么东西啊！"

"哦，你说的箱子是我的。"博来道。

"这箱子里装的是什么东西？"

"无可奉告。"

"船商吉姆父子公司。"西蒙轻声念叨着箱子上的印字。

苍天啊！博来心地不好，他居然忘了箱子上的字可能会走漏风声。

西蒙用力地关上了行李箱的门，重回座位。"博来，你究竟买了什么？一条战舰吗？不可能，船实在是太大了，没办法装入箱子里。或许是一条普通的船？还是游艇？"

"别胡乱猜测了，到底是什么东西啊？莫非是一个秘密？"爱莲问道。

若是西蒙真的想要弄清楚箱子里装着什么东西，他总有办法知道的。事已至此，固执地保密只会勾起西蒙的好奇心罢了。博来最好是自动坦白。

"你们要是真想知道的话，我也就不保密了。我曾经不是一名水手吗？那个时候我非常擅长甩绳子，但离开之后我就越来越生疏了，现在我买了一捆，准备练练手。"

爱莲听得直乐。她说这是好事，以后的每天晚上博来都可以给他们表演。

"暂时不行，等我练好之后再说。"

"你能教我怎么甩吗？"

没错，博来是想要教她的。但要是让她知道这绳子未来的作用，她肯定会憎恨博来一辈子。

抵达莱切特之后，博来取出了绳子，有意在大厅里将箱子打开。碧翠好奇地询问绳子是用来干什么的，博来做出了同样的解释，碧翠欣然接受了。很快就没有人再去注意那捆绳子了。博来暗想道：我不会在莱切特待很久，已经不想再继续说谎了。

与此同时，他心里又非常地矛盾。说起来，他在莱切特招摇撞骗已经这么久了，如今撒个小谎居然还会坐立不安！时间并不紧迫，先将这捆绳子丢在这儿。要是有人问起，他就说是买错了型号，过段时间再拿去退换。

然而当黑夜降临，博来独处一室的时候，他明白自己已然没有了退路，他绕了大半个地球，就为了这一天，现在他要完成自己的使命了。

从布尔农展回来后，家人们就非常疲惫，如今早早就进入了梦乡。但博来还是非常谨慎，一直到午夜十二点才动身。

周围没有一丁点的光亮，落针可闻。他溜下了楼，在墙角的位置拿起了绳子。他努力地踮起脚尖打开窗户，一跃跳上窗台，随后轻飘飘地跳下去，最后将窗帘拉上。他耐心地等了一会儿，周围没有一点儿动静。

他轻手轻脚地穿过小石子路，又穿越草地，随后在跑马场的第一棵树下面盘坐下来，这个位置已经是在窗口的视线之外，而且无须借光，也能够看得到东西。

博来坐下来开始编织一节一节的绳梯。这么长时间了，重新触碰到熟悉的绳子，让他分外踏实。他忍不住要感谢卖绳子给他的商人了。

他将编好的绳梯卷起来，套在自己的肩膀上。半个小时之后，月亮就会升到半空。虽然只是一轮新月，月亮黯淡，但博来的口袋里还有两个手电筒，其实，月光太亮并不是什么好事。

每隔五分钟，博来就会停下动作，小心翼翼地环顾一周，看看有没有人跟踪他。

当博来抵达通向坦壁区的山道上的时候，在银色的月光之下，他能够清楚地看到通往西势镇的小路，完全不需要借助手电筒。他顺着山路朝上走，等他看到长着山毛榉的山巅时，便直奔采石坑上面的树丛旁。他在那儿蹲坐下来，环顾了一圈，这个时候除了山坡上的狗偶尔叫唤几声外，根本听不到什么别的声音。他将绳子绑在了一棵粗壮的树上，然后垂下绳梯，绳子经过采石坑的边缘，直接坠到了谷底的草丛中。这一面是较为陡峭的一面，在地形较低的那一面还有一个窄小的入口，但已经被茂盛的荆棘丛给覆盖了，完全没可能钻进去。那天，他与牧羊人亚伯坐在这里谈论关于帕特的事情时，亚伯已经将所知道的事情全都告诉他了。亚伯对附近的地形非常熟悉，因为他曾经冒险下到了谷底，将一只迷途的羔羊给找了回来。亚伯还说，要是想要下到谷底，与其从地形较低的那一头下去，不如从陡峭的这一头慢慢地爬下去，因为那些荆棘丛几乎是不可能逾越的。亚伯还说，深坑里没有一滴水，至少二十年前他下到谷底的时候是一滴水都没有的，据说水都下渗到了海里。

博来尝试了几次绳子的承载力，包括抗磨损的程度。拴着绳子的树干表面光滑如镜，另外博来在绳子靠近山壁的位置做了护垫，如此一来就不怕绳子磨断了。他缓慢地顺着绳子滑了下去，尝试着用脚踩住第一个绳圈。此时，他的眼睛与地面齐平，感觉天空分外光亮。他甚至能够清楚地看到低处的草丛倒映着天空的影像，以及高大树木的形状。

这个时候他顺利地踩住了第一个绳圈，但他的手仍然攀着绳梯。

这个时候，西蒙的声音忽然传入了博来的耳中。

"若是我让你死得不明不白，似乎有点说不过去，"西蒙慢条斯理的声音传来，"我想你也知道，我完全能够将绳子割断，你反应再快，也只会单纯地认为是绳子断了。但这样就没什么意思了，你说呢？"

博来抬起头，看着天空下西蒙巨大的身影，此刻他正半蹲在草皮上俯视着博来，距离他的绳子不远。

真是糟糕，博来显然低估了西蒙。西蒙从来不会做没有把握的事情，他甚至早早地等候在此，就是为了避免被博来发现。

"你只要一割断绳子，我就会拼命大喊，这样的话，你也不会好过的。"

"你真是自作聪明！你觉得在这儿谁会听到你的叫喊？"西蒙冷笑着说道。博来暗暗计算着自己能否赶在西蒙割断绳子之前滑到谷底。绳圈是等他下到谷底后，重新爬到山顶用的，但现在他根本不需要顾及绳圈，他完全可以直接滑到谷底。但是，在绳子割断之前，他距离谷底还有一段距离，说不定就会摔死。忽然，博来想到了一个办法，他单手抓着绳子，踩着绳圈的脚猛地一蹬，整个人的身体顿时腾飞起来，他的一个膝盖甚至已经可以触碰到草皮。但这个时候，博来也发现了一件事情，那就是西蒙的手也握着绳子并没有松开。

"哈哈，你想干嘛？"西蒙察觉到博来的举动，立刻用脚踩住博来的一只手。

博来忍着钻心刺骨的疼痛，慌忙用另外一只手抓着西蒙的皮鞋口不松手。西蒙弯下腰，挥舞着匕首就要割绳子，博来大喊了一声，吓得西蒙直哆嗦，博来拼命地抓着皮鞋不放。被西蒙踩在脚下的手趁机挣脱，一把抓住西蒙的脚踝，用身体尽可能地挡住暴露在西蒙眼前的绳子。西蒙的双脚被博来的双手抓着，没有办法转过身来割断背后的绳子，他的双脚被紧紧抓着，身体却虚空悬浮在深坑口，西蒙惊慌失措。

"松开我的脚！"西蒙嚷嚷起来，拼命地想要挣脱西蒙的手。

"你再一意孤行，"博来喘息急促，"我们就同归于尽！"

"松开！松开！"西蒙丝毫没有听到博来的警告，拼命地对博来拳打脚踢。

博来松开了抓住西蒙皮鞋的那只手，猛地抓住西蒙攥着刀子的手，这时，他的右手抓着西蒙的左脚踝，左手则抓着西蒙的右手腕。

西蒙拼命叫嚷着，想要挣脱开来，谁想博来几乎将他的身体完全压在了他的手腕上。博来的脚踩着绳梯，心里还有点谱，但什么都抓不到的西蒙就惨了。

西蒙拼命地想要挣脱自己拿刀的手，博来马上又迅速地用右手一把抓住了西蒙的左手腕，这时，西蒙的双手都被控制住了，西蒙整个身子就好像是一只弓着身子的虾。

"赶快将刀放下！"他大喊。

电光火石间，他感觉眼前的草皮不断向前飞去。他的脚仍然蹬着绳梯，所以不是感觉自己的身体甩离了崖边一段距离，但对于西蒙来说，这绝对是性命攸关的一瞬间。

博来抬起头来，发现西蒙的整个身体从上面飞扑而下，他在极度惊恐中被西蒙压着身子径直坠向了谷底。他感觉脑袋都快要炸开了，然后就什么都不知道了。

第三十章

　　碧翠坐在小咖啡馆的桌子前，桌子上放着一杯浓咖啡，她的眼睛盯着对面的医院墙上的牌子，上面写着"医院区域请勿鸣喇叭"，她一动不动，就这样坐了四十八个小时。这个小咖啡馆是早上六点开门的，现在是早上七点钟，从咖啡馆开门到现在，总会进来一些吃早餐的客人。她对那些人不感兴趣，甚至看都没看他们一眼，只是这样呆坐着，眼睛盯着对面医院的标志。因为她在咖啡馆坐了很久了，所以看到她的人都会建议她站起来活动一下，并吃点东西。她听了之后，便会站起来走到对面的咖啡馆坐下来，过一会儿，再返回到这里。

　　她现在的生活状态真是糟糕透了，她记不得以前的事情，也不能想以后的事情，她只能像现在这样，她现在的生活里只剩下医院和咖啡馆了。前天晚上她在医院里待了一夜，昨天晚上她是在修女的宿舍里过夜的。所有看到她的人都会说"他的情况还没有好转"，或者建议她去吃点东西，这些话她都已经听烦了，就像看烦了医院的标志一样，可是其他的她什么也做不了。咖啡馆里穿着邋遢的女服务员对她说："你的咖啡都凉了，你还没喝一口呢。"一边说一边为她换上一杯热咖啡。可是过一会儿，这杯热咖啡还是一动不动地放在那儿，已经变冷了。虽然她对女服务员的关心很感激，但是她不知道女服务员这样做的目的是什么，是不是为了看她的笑话，所以，她心里还是有一点不舒服。

　　她觉得自己不能老是看医院墙上的那个标语，应该看点别的，也许可以"一、二、三、四"地开始念数字，可是她马上觉得不能这样。

　　这时，司医生推开咖啡馆的门走了进来，他对女服务员说了句"请来杯咖啡"，然后就在碧翠旁边坐了下来，他的头发有点乱，胡子也没有刮。

　　"情况怎么样？"她问司医生。

　　"还没有死。"

　　"那他醒了吗？"

　　"目前还没有，但是情况有好转。我觉得可以醒过来，至少醒的概率比较大，但即使醒了，也不能保证他一定能活下去。"

　　"哦。"

　　"目前可以直接看到的就是他的头骨破裂，至于其他的伤，现在还确定不了。"

　　"哦，知道了。"

　　"你一直没有吃东西吧？你不能只喝咖啡啊！"

　　"她一口咖啡都没喝。"女服务员一边把咖啡放到司医生的前边，一边说。

　　她很反感女服务员对她的事发表评论。

　　"我带你去外边吃点东西吧。"

　　"我不想吃，谢谢了。"

"我知道附近有个天使餐厅很不错，你可以在那儿休息一下，而且……"

"不了，真的不需要，我不能去吃饭，我觉得这个热咖啡很好喝，我要喝咖啡。"

司医生听了，端起咖啡一口喝掉，然后付了钱，看着碧翠，好像不忍心把碧翠留在这里："我现在要回克莱尔有点事，现在有医生照顾他，照顾的肯定会比我好，如果不是这样，你知道我是不会现在离开的。"

"我们永远也不会忘了，你帮了我们这么多忙。"碧翠感激地说。说完，她就埋头喝起了咖啡，连门开了也没看到。进来的是乔治·派克，他直接坐到了碧翠旁边。现在除了来自医院的消息，其他的事她都不关心，所以当她看到乔治·派克时，显得很意外。

"司医生说可以到这里来找你。"

"乔治，你怎么一大早就来西镇了？"

"我有一个好消息要告诉你，西蒙死了。"

"这是好消息？"

"当然。"

乔治说着，从信封里拿出一件东西放到桌上。

虽然东西很破旧，但是可以看得出来，是一支刻着黄色螺旋装饰的自来水笔。

碧翠盯着这支笔看了很久，又抬头看着乔治。

"这么说，他们找到那个东西了？"

"是的，找到了。你是想回医院说，还是在这里说？"

"都一样，在哪儿都是等消息。"

这时，女服务员走了过来："需要来杯咖啡吗？"

"不用了，谢谢。"

"好的。"

"他们在那儿找到了什么？现在还剩下什么？"碧翠迫不及待地问乔治。

"他们在树叶下面找到了一堆骨头还有一些腐烂掉的衣服。"

"那这支笔是怎么找到的？"

"这支笔是在另一个地方找到的。"乔治细心地回答。

"你的意思，这支笔是事后才被扔掉的？"

"很有可能。"

"明白。"

"据法医说，他在摔下去之前就已经死了，或者已经没有感觉了，我想你听到这个应该会好受一点。"

"在他被推下去之前？"

"根据头骨受伤的情况来说，是这样的。"

"如果是这样，是会好受一点，也许他之前一点痛苦也没有，就这样没有痛苦地死了。"

"警察在他的裤兜里还找到了一些小东西，但是他们把那些留了下来。史摩警官把这支笔给我，让我辨认一下。"他说着，又把笔放回到信封里，"对了，我刚才在门口看到司医生开车走了，医院有什么消息吗？"

"没有，他还没有醒过来。"

"我想现在真的很后悔，如果那天晚上我能明白他说的话，也许就不会发生这样的事了。"乔治牧师非常自责地说。

"乔治，我觉得我们必须想办法知道他是谁。"

"可是孤儿院已经开始调查了。"

"是的，我知道孤儿院已经开始调查了，可是不知道他们的调查是否可靠，我觉得我们可以调查得更详细一点。"

"从先假设他是阿什比家族的人开始调查？"

"是的，他和我们的人太像了，我觉得他不是外人，如果真是外人的话，那也太巧了。"

"对，你希望马上就确认？"

"当然了，时间很紧张。"

"我知道了，我去和史摩警官说，我已经把调查的事和他说过了，他会亲自跟进这个案子的，你不参与进来也没关系。还有，南希让我问你，是否需要她过来陪你，还是你想一个人待着。"

"帮我转告南希，谢谢她，我想一个人安静一下。还有，请她在这个时候多关心一下爱莲，毕竟出了这样的事，还要处理马场那些琐碎的事情。"

"我倒觉得，在这个时候，专心照顾那些动物，可以让心情好一点。"

"你把博来不是帕特的事和她说了吗？"

"我已经告诉她了。碧翠，当你刚把这个事情交代给我的时候，我真的是非常担心，西蒙刚死，博来又不是她的哥哥，我不知道爱莲如果知道了会是什么反应，但是她的反应真的出乎我的意料。"

"哦，她什么反应？"

"她竟然亲了我一下。"

这时，咖啡馆的门又开了，进来的是一位年轻、漂亮的修女，她直接向碧翠跑过来，急急忙忙地说："请问您是阿什比女士吗？"

"我是，请问有什么事吗？"碧翠一边说，一边站了起来。

"阿什比女士，您好，您的侄儿已经醒过来了。可是他好像失忆了，记不起任何人，也记不起来他在什么地方，但是他只是不停地叫着您的名字，所以修女让我来，看是否可以找到您。很抱歉打扰您喝咖啡了，只是……"

"没关系，我们去吧！"碧翠说着，人已经走到了门口。

"我想如果您在他身边，他会安静一点，"修女跟在碧翠后边走着，"脑袋受伤的病人都是这样，即使谁都不认识，但是有熟悉的人在身边，他们都能安静下来。我经常遇见这样的情形。他们一般会说依莲或者其他的名字。但是如果是他不认识的人，他们就会变得更加烦躁，这确实是很奇怪的现象。"

当碧翠进到病房的时候，平时话很少的博来竟然一下子说了两天一夜的话，碧翠就这样坐在他的病床边听他说着梦话。他会很突然地问:"是碧翠姑姑吗?"然后碧翠马上就回答:"是的,我是姑姑。"听了这些,他就会很放心地继续说着自己的梦话。

他说的最多的就是他从马上摔下来的事,而且他把现在的情形和那次摔下马的事混在了一起,他会经常问:"我的脚没摔坏吧,还可以骑马吗?他们不会把我的脚截肢吧?"

"不会的,你还可以骑马,你会好起来的。"碧翠安慰他。

中间有一次,他认真地问碧翠:"姑姑,你一定生我的气了吧?"

"没有,我没有生你的气,你睡一会儿吧。"

医院外边的生活还和平时一样,港口的船还是一如既往地来来往往,调查还在继续,尸体已经安葬了,但是现在碧翠的生活就是两点一线,整天来往于病床和宿舍之间。

星期三的早上,查理·阿什比迈着宽大的脚步来到了医院,碧翠在走廊里接他,好方便带他到博来的病房。他一下子就抱住了碧翠,就像碧翠小时候一样,他的拥抱让碧翠感觉很踏实。"查理叔叔,幸好您比爸爸小了十五岁,要不然,我真的不知道怎么面对现在的事情了。"

"哈哈,我比你爸爸小十五岁最大的好处就是不需要穿他的旧衣服!"查理开玩笑地说。

"查理叔叔,他刚睡着,我们安静一点吧。"

查理向门里看了一眼正在睡觉的博来:"沃尔特。"

"他的名字叫博来。"

"我知道,我不是在说他的名字,我只是觉得他和沃尔特有很多相似的地方。沃尔特像他这么大的时候,特别爱喝酒,每次喝醉了酒就是这个样子。"

碧翠靠近了一点仔细地看了看,然后问查理:"查理叔叔,你确定他是沃尔特的儿子?"

"百分之百确定!"

"我还是看不出来他和沃尔特有什么一样的地方。"

"那是因为你没看过沃尔特熟睡的样子。"查理说着,又看了博来一眼,"长得比沃尔特好看一点,看起来是个好孩子。"出了病房后,他问碧翠:"听说他很招人喜欢。"

"是这样的,我们都很爱他。"

"真是可恶,你知道背后是谁指使的吗?"

"好像是一个美国人指使的。"

"哦,乔治也是这样说的,但是那个美国人会是谁呢?"

"伟列一家都去了加拿大,他们的女儿也跟着去了,说不定他们后来去了美国。你要知道,对方还是个女人。"

"我觉得不是女人做的。"

"我也有这样的感觉。"

"是吗?你是一个好姑娘,又聪明又漂亮,以后,这个男孩子怎么办?"

"我都不知道他是不是会有以后。"

第三十一章

  截止到目前，知道博来不是帕特·阿什比的只有牧师、碧翠、爱莲、查理以及律师，还有警察局里的一些领导。
  警察领导已经掌握了事情的全部经过，现在他们正在想办法，在不违反法律的情况下，怎么妥善地安排这件事情。西蒙已经死了，现在重新调查他死之前做过的事，对谁都没有好处，相反，如果不去管之前的事，并不违反任何法律，所以他们决定只调查对以后有影响的事，而其他无关紧要、没人想说出来的事，他们就不去调查了。
  法医根据从采石坑里找来的一堆骨头，仔细检查后宣布调查结束。附近没有任何报告显示有民众失踪，而且这个采石场是吉普赛人经常聚会的地方，他们有人失踪后是不会向警方报案的，所以法医推测这堆骨头有可能是某个吉普赛人的。除了骨头，只有一些衣服碎片，再无其他物证了。如果想在附近寻找其他的东西也没有用，因为只能找到像哨子、铜板之类没用的东西。
  "乔治，你看到那支笔了吗？"碧翠大声叫喊起来。
  "笔？那只自来水的硬笔吗？哦，我想我不小心弄丢了。"
  "你说什么？你确定？"
  "是的，我把它弄丢了，其实，总得有一个人要负责把它弄丢。史摩警官身负着国家使命，不能是他弄丢了；也不能是警察弄丢了，因为他们必须要对广大民众负责；而我就不一样了，我既没有身负国家使命，也不要对民众负责，所以我觉得弄丢那支笔的责任由我来负责是最合适的了。"
  不久，对西蒙的调查结果也出来了。因为一直等到博来康复了一点，能记起一些事情的时候，才开始对西蒙的调查，博来也在医院接受了访问，所以这个调查推迟了一段时间。警察在对博来进行访问之后的报告说，阿什比先生已经完全不记得那场意外的前后经过了，甚至连为什么必须三更半夜和他弟弟跑到那个地方，也完全说不出来。他只是隐隐约约地记得，好像是两个人在为悬崖下面到底有没有水在打赌。但是他记得不是很清楚，也不是很肯定，不能完全确定自己的记忆，所以不能当作证据。博来的头部受了重伤，身体还非常虚弱，需要恢复，但是他还是清楚地记得从牧羊人亚伯那里了解到采石坑下面没有水，而西蒙则坚决地认为下面有水，所以两人才为了这个打起赌来。
  牧羊人亚伯也证明，是他告诉博来采石坑下面有水，也证实了博来所说的话的真实性。而且，这次意外事件也是他第一个发现的。那天他正在山上放羊，忽然听到远处传来求救的声音，于是他循着声音跑到现场，但是他只看到了一根完好的绳子，而没有发现人。于是他第一时间跑到离现场不远的铁匠那里打电话报警。碧翠也表示，如果她事前就知道他们兄弟两人有这样的赌约和计划，她一定会阻止他们的。法医根据这些报告，宣布调查到此为止，已经完成了。
  警方根据调查结果以及法医的报告，宣布了这是一起意外事故。法医也非常喜欢这个年轻有为的年轻人，他对这个年轻人的家属进行了安慰。

就这样，西蒙的问题就解决了。还没到十四岁的西蒙，亲手杀死了自己的哥哥，然后镇定自若地模仿哥哥的笔迹写了遗书，之后又到铁匠那里待了一个下午，到晚上六点钟的时候，还故意让铁匠回去吃晚饭，好让大家发现他哥哥不见了，在晚上大家都在找他哥哥的时候，他趁人不注意，拿了一件他哥哥的衣服，把之前伪造好的遗书塞进了衣服的口袋里，最后把衣服放在了通往西镇的断崖顶上，可是现在他却被人们认为是年轻有为的青年。

但是关于博来的问题一时间还不好下定论。

不是因为他到底是谁的问题，而是不管是否知道他是谁，他以后该怎么办的问题。

照顾他的医生们说，正是因为博来在不可能脱险的情况下，逃脱了出来，所以他的生存意志非常强大，他活下去的可能性也非常高，但是如果希望他能恢复到和之前一样，那必须要经过相当长时间的调理和治疗。

在博来已经恢复得比较好、注意力也可以集中的时候，碧翠对他说："在你还没有完全清醒的时候，查理叔公就到医院来看过你了，他觉得你和我的堂弟沃尔特长得特别像。"

"哦，是吗？长得像有什么问题吗？"博来对长得像一点也不感兴趣，漫不经心地说着。

"所以我们就对你的身世进行了调查，看你到底是谁。"

"是吗？其实警察好几年前就已经调查过了。"博来还是慢慢说着。

"是的，几年前他们确实调查过，可是他们的调查不是很细致，也不够彻底。他们只查到那一年从伯明翰开来的火车上有一个女孩抱着一个婴儿，她到孤儿院附近的车站下了车，但是离开的时候手上却没有抱着婴儿。但是，伯明翰是一个大的中转站，有很多火车支线在那里汇集，他们没有查到那列火车是从哪里开到伯明翰的，所以调查就很难追查下去，也就到此中断了。而我们的调查和他们不一样，我们是从沃尔特那一头开始调查的。"

"于是，我们从二十年前沃尔特的生活开始查起。沃尔特是一个没什么定性的人，总是到处乱跑，所以要想查清楚他到过哪些地方，以及做过哪些事，真的是非常不容易。可即使是这样，我们还是查出来了，有一段时间，他在一个叫葛罗彻斯的地方的一户人家管过马厩，正巧那家的主人住院动手术了，家里就剩下管家和一个做饭的小姑娘。"

"那个小姑娘很会做饭，可是她的理想是做一名护士。那户人家的主人和管家都很喜欢这个小姑娘，所以当发现她怀孕的时候，仍然让她在那里继续住下去，所以可以肯定，她是在葛罗彻斯生的孩子。管家觉得那个孩子是沃尔特的，也非常肯定，可是那个小姑娘一直不说出实情，对她来说，她更想当护士，而不是结婚。她对那户人家的主人和管家说，她要把婴儿抱回她在伊珊的家里，去接受洗礼，但是她抱着婴儿离开之后就没有回去。过了很久，那个小姑娘给管家写了一封信，信里表达了对管家照顾的感谢，还说她已经实现自己的愿望，已经成为了一名护士了，而且在信里她还说已经把孩子安排好了，其他任何人都不知道孩子的事。"碧翠说到这里，停了下来，看了博来一眼。只见博来眼睛紧紧地盯着天花板，一动不动，但是可以看得出来，他在仔细地听碧翠说的话。

"那个小姑娘的名字叫伍玛丽，她后来真的成为了一名优秀的护士，比做饭还优秀，后来在战争中，在护送病人到安全的地区的途中被子弹打死了。"

说完这话，很长一段时间里都没有人说话。

"我想我完全遗传了我母亲做饭的本事。"博来忽然开口说着这句话，让人不明白他是什么意思，以及他的心理。

"就我个人来说，我非常喜欢沃尔特，因为他善良体贴，但缺点就是爱喝酒，而且一喝了酒什么事都做得出来。我猜沃尔特肯定不知道那个姑娘怀孕了，如果知道的话，他一定会和那个姑娘结婚的，而那个姑娘也肯定不想让他知道。"

碧翠又看了博来一眼，她不知道现在告诉他这么多，是不是太早了，也许可以激发出他对生命的渴望。

"博来，这些就是我们搜集到的所有信息，而且我们觉得这些信息都是真实的。查理叔公一看到就非常肯定地说出沃尔特，但是我却觉得你和你妈妈长得比较像，我这里有一张她在圣路加医院工作时照的照片。"碧翠说着，把一张已经泛黄的照片递给博来，也没有拿回来。

这样过了一两个星期，有一天碧翠对爱莲说："莲儿，我向康提慕租了一个马场，我想到那里去，所以我要向你告辞了。"

"天啊，碧翠，你为什么要走？"

"莲儿，还不是很着急走，至少要等到博来完全康复，能够旅行了再说。"

"你要把博来也带过去吗？嗯，是个好主意，你应该去，真的，碧翠，我也觉得这是个好主意。这样一来，可以解决很多问题，你说是吗？但是我想租马场的租金那么多，你的钱够吗，我借给你一点吧！"

"这个倒不需要，查理叔公会帮我的。你想啊，查理叔公竟然能在马场的事情上帮我，这是不是让人觉得很激动呢。对了，桑杜先生告诉银行说，莱切特家业这么多年来，一直是归西蒙所有，所以你还要付一大笔遗产税呢。"

"你们怎么向大家解释博来不是帕特这件事呢，应该怎么让大家知道他的真实身份呢？"

"我觉得这件事不需要我们主动去解释，主动去宣布，大家会慢慢知道事情真相的。我们也不需要可以地掩盖真相。我们还会继续把他当作我们家的人，而且我们也不会追究他的责任，那些喜欢说闲话的人说一阵就会觉得无趣的。莲儿，这样对我们大家都好，对他也好。"

"是的，这样是最好的。如果以后还有人想我说起这件事，我会很轻松地告诉他，博来是我的表哥，之前有一段时间，他确实假装是我的哥哥。我觉得那样就和做蛋糕一样轻松平常。"停了一会儿，爱莲又继续说，"可是我又希望让别人早一点知道他的真实身份，这样我就可以早一点和他结婚了，不然我就要变老了。"

"莲儿，你真的有这个想法吗？"碧翠惊讶地问爱莲。

"是的，我已经决定了。"

碧翠听了爱莲的话，倒有些犹豫了，她不断地安慰自己，不要紧张，就让事情顺其自然地发展吧。

"不要担心，该发生的总会发生的，谁也改变不了。"

"现在查理叔公已经来了，而且他决定要长期在这里住下来，我想我也该离开这里，去其他地方开始我自己的新生活了。"碧翠对爱莲说。

"我想去奥斯特，那有一个地方非常好，就是康提慕的那片马场，我非常喜欢。"她对着病床上的博来说。

博来听了她的话，手指在不停地搓着床单。

"你已经决定去奥斯特了吗？"博来问道。

"当然，我决定了，但是你必须和我一起去，你要帮我看着马厩。"

听到这话，这个从劫难中生存下来的年轻人，眼睛里充满了泪水，并且顺着脸庞滴了下来。

"我想你已经接受了我的工作安排，太好了！"碧翠非常高兴。